O. Schlömilch, E. Kahl, M. Cantor

Zeitschrift für Mathematik und Physik

XXV. Jahrgang

Anatiposi

O. Schlömilch, E. Kahl, M. Cantor

Zeitschrift für Mathematik und Physik

XXV. Jahrgang

Unveränderter Nachdruck der Originalausgabe von 1880.

1. Auflage 2023 | ISBN: 978-3-38200-965-6

Anatiposi Verlag ist ein Imprint der Outlook Verlagsgesellschaft mbH.

Verlag: Outlook Verlag GmbH, Zeilweg 44, 60439 Frankfurt, Deutschland
Vertretungsberechtigt: E. Roepke, Zeilweg 44, 60439 Frankfurt, Deutschland
Druck: Books on Demand GmbH, In de Tarpen 42, 22848 Norderstedt, Deutschland

Zeitschrift

für

Mathematik und Physik

herausgegeben

unter der verantwortlichen Redaction

von

Dr. O. Schlömilch, Dr. E. Kahl

und

Dr. M. Cantor.

XXV. Jahrgang.

Mit 8 lithographirten Tafeln.

LEIPZIG,

Verlag von B. G. Teubner.

1880.

Druck von B. G. Teubner in Dresden.

Inhalt.

Mechanik.

Elektricität und Magnetismus.

Molecularphysik und mechanische Wärmetheorie.

I.

Ueber Wirbelbewegungen in compressiblen Flüssigkeiten.

Von

Dr. L. Graetz

in Breslau.

Bei der Untersuchung von Flüssigkeitsbewegungen bietet sich als einfachster Fall dar, dass bei der Bewegung ein Geschwindigkeitspotential existirt. Für diesen Fall reduciren sich die hydrodynamischen Gleichungen bei incompressiblen Flüssigkeiten auf die Gleichung $\Delta\varphi = 0$ und bei compressiblen auf die Gleichung $\frac{\partial^2\varphi}{\partial t^2} = a^2\Delta\varphi$. Die Annahme der Existenz eines Geschwindigkeitspotentials involvirt, dass in der Flüssigkeit keine Wirbelbewegungen existiren.* Will man diese mit betrachten, so lassen sich die Componenten der Geschwindigkeit nicht mehr durch ein Potential ausdrücken. Man kann dann die Bewegungen als superponirt aus zwei Componenten betrachten. Die erste Componente ist die Bewegung unter der Annahme eines Geschwindigkeitspotentials, die zweite unter der von Wirbeln. Auf diese Weise hat Oberbeck einige Bewegungen in reibenden incompressiblen Flüssigkeiten behandelt.** Für nicht reibende incompressible Flüssigkeiten ist, wie Helmholtz gezeigt hat, die Bewegung aller Theilchen vollständig bestimmt, wenn zu irgend einer Zeit die Componenten der Wirbelbewegungen gegeben sind. Eine genauere Durchführung ist nur für einige wenige Fälle bis jetzt möglich gewesen.

Es soll hier untersucht werden, wie sich die Bewegungen bei nicht reibenden compressiblen Flüssigkeiten gestalten, wenn man annimmt, dass in ihnen Wirbelbewegungen existiren. Aeussere Kräfte sollen nicht wirken.

Die Gleichungen für die Bewegung einer solchen Flüssigkeit sind:

---

* Helmholtz in Borchardt's Journal Bd. 55.

** Borchardt's Journal Bd. 81.

$$\text{I)}\quad \begin{aligned} \frac{\partial u}{\partial t}+u\frac{\partial u}{\partial x}+v\frac{\partial u}{\partial y}+w\frac{\partial u}{\partial z}&=-\frac{\partial P}{\partial x},\\ \frac{\partial v}{\partial t}+u\frac{\partial v}{\partial x}+v\frac{\partial v}{\partial y}+w\frac{\partial v}{\partial z}&=-\frac{\partial P}{\partial y},\\ \frac{\partial w}{\partial t}+u\frac{\partial w}{\partial x}+v\frac{\partial w}{\partial y}+w\frac{\partial w}{\partial z}&=-\frac{\partial P}{\partial z};\end{aligned}$$

$$\text{II)}\quad P=\int\frac{dp}{\mu};$$

$$\text{III)}\quad \frac{\partial \mu}{\partial t}+\frac{\partial \mu u}{\partial x}+\frac{\partial \mu v}{\partial y}+\frac{\partial \mu w}{\partial z}=0;$$

$$\text{IV)}\quad \frac{\partial w}{\partial y}-\frac{\partial v}{\partial z}=2\xi,\quad \frac{\partial u}{\partial z}-\frac{\partial w}{\partial x}=2\eta,\quad \frac{\partial v}{\partial x}-\frac{\partial u}{\partial y}=2\zeta.$$

Hierin bedeuten, wie gewöhnlich, $u\,v\,w$ die Componenten der Geschwindigkeit, $\xi\eta\zeta$ die der Drehungsgeschwindigkeit nach den Axen der xyz, p den Druck und μ die Dichtigkeit. Man behandelt in der Theorie der Luftströmungen immer nur den Fall, dass die Geschwindigkeitscomponenten und ebenso die Aenderungen der Dichtigkeit sehr klein sind, so dass man ihre Quadrate und Producte vernachlässigen kann. Wir werden sehen, dass diese Annahme eine specielle Voraussetzung über die Wirbelbewegungen involvirt. Unter dieser Annahme können wir zunächst setzen

$$dp=a^2\,d\mu$$

und $\mu=\mu_0(1+\sigma)$, wo σ die Verdichtung im Punkte xyz bedeutet. Es soll μ_0 nur unendlich wenig von μ abweichen. Es ist dann $P=\int\frac{a^2\mu_0\,d\sigma}{\mu_0+\mu_0\sigma}$, also bei unseren Vernachlässigungen

$$P=a^2\sigma.$$

Ferner werden die Gleichungen I), III), IV)

$$\text{V)}\quad \begin{aligned}\frac{\partial u}{\partial t}+a^2\frac{\partial \sigma}{\partial x}&=0,\\ \frac{\partial v}{\partial t}+a^2\frac{\partial \sigma}{\partial y}&=0,\\ \frac{\partial w}{\partial t}+a^2\frac{\partial \sigma}{\partial z}&=0;\end{aligned}$$

$$\text{VI)}\quad \frac{\partial \sigma}{\partial t}+\frac{\partial u}{\partial x}+\frac{\partial v}{\partial y}+\frac{\partial w}{\partial z}=0,$$

$$\text{VII)}\quad \frac{\partial w}{\partial y}-\frac{\partial v}{\partial z}=2\xi,\quad \frac{\partial u}{\partial z}-\frac{\partial w}{\partial x}=2\eta,\quad \frac{\partial v}{\partial x}-\frac{\partial u}{\partial y}=2\zeta.$$

Aus den Gleichungen V) und VII) folgt zunächst durch passende Differentiation, dass $\frac{\partial \xi}{\partial t}$, $\frac{\partial \eta}{\partial t}$, $\frac{\partial \zeta}{\partial t}$ gleich Null sein müssen, und das ist eben die Beschränkung, die wir bei unserer Annahme eintreten lassen müssen.

Das heisst also: **Wenn bei einer Flüssigkeitsbewegung nur sehr kleine Geschwindigkeiten und Dichtigkeitsänderungen vorkommen sollen, so müssen die Wirbelbewegungen an jedem Orte mit der Zeit unveränderlich sein, und umgekehrt: Aendern sich die Wirbelbewegungen an einem Orte mit der Zeit, so müssen in der Flüssigkeit endliche Geschwindigkeiten oder endliche Dichtigkeitsänderungen, oder Beides zusammen stattfinden.**

Wir wollen zunächst beweisen, dass $u v w$ vollkommen bestimmt sind, wenn gegeben sind

1. $\xi \eta \zeta$ für alle Punkte,
2. $u v w$ und $\frac{\partial u}{\partial t}, \frac{\partial v}{\partial t}, \frac{\partial w}{\partial t}$ für irgend eine Zeit $t=0$ als Functionen des Ortes,
3. $\frac{\partial u}{\partial n}, \frac{\partial v}{\partial n}, \frac{\partial w}{\partial n}$ für alle Elemente der Grenzfläche als Functionen von t.

Wenn $\xi \eta \zeta$ gegeben sind und es gäbe zwei Werthsysteme $u_1 v_1 w_1 \sigma_1$ und $u_2 v_2 w_2 \sigma_2$, so bilden wir ihre Differenzen $u_1 - u_2 = u'$, $v_1 - v_2 = v'$, $w_1 - w_2 = w'$, $\sigma_1 - \sigma_2 = \sigma'$. Dann muss nach den Gleichungen VII) zunächst sein

$$\frac{\partial w'}{\partial y} - \frac{\partial v'}{\partial z} = 0, \quad \frac{\partial u'}{\partial z} - \frac{\partial w'}{\partial x} = 0, \quad \frac{\partial v'}{\partial x} - \frac{\partial u'}{\partial y} = 0,$$

d. h.

$$u' = \frac{\partial \varphi}{\partial x}, \quad v' = \frac{\partial \varphi}{\partial y}, \quad w' = \frac{\partial \varphi}{\partial z}.$$

Die Gleichungen V) und VI) werden dann

$$\text{VIII)} \qquad \frac{\partial \sigma'}{\partial t} + \Delta \varphi = 0,$$

$$\text{IX)} \qquad \frac{\partial \varphi}{\partial t} + a^2 \sigma' = f(t).$$

Aus diesen Gleichungen folgt

$$\text{X)} \qquad \frac{\partial^2 \varphi}{\partial t^2} = a^2 \Delta \varphi + f'(t).$$

Das ist bis auf $f'(t)$ die Gleichung für die Bewegung einer Flüssigkeit in Wellen. Wir multipliciren die Gleichung mit $\frac{\partial \varphi}{\partial t} d\tau$ und integriren über den ganzen von der Flüssigkeit eingenommenen Raum. Da die Veränderung von $d\tau$ mit der Zeit unendlich klein von höherer Ordnung ist, als die Veränderungen, die wir hier betrachten, so können wir setzen

$$\int \frac{\partial^2 \varphi}{\partial t^2} \frac{\partial \varphi}{\partial t} d\tau = \frac{1}{2} \frac{d}{dt} \int \left(\frac{\partial \varphi}{\partial t} \right)^2 d\tau$$

und es ist also

$$\frac{d}{dt}\int\left(\frac{\partial\varphi}{\partial t}\right)^2 dt = 2a^2\int\varDelta\varphi\frac{\partial\varphi}{\partial t}d\tau + 2\int f'(t)\frac{\partial\varphi}{\partial t}d\tau.$$

Nach dem Green'schen Satze ist aber bei der Vernachlässigung, die wir hier eintreten lassen,

$$-2\int\frac{\partial\varphi}{\partial t}\varDelta\varphi\,d\tau = \frac{d}{dt}\int\left(\left(\frac{\partial\varphi}{\partial x}\right)^2+\left(\frac{\partial\varphi}{\partial y}\right)^2+\left(\frac{\partial\varphi}{\partial z}\right)^2\right)d\tau + 2\int\frac{\partial\varphi}{\partial t}\frac{\partial\varphi}{\partial n}ds,$$

wo ds ein Element der Oberfläche der Luftmasse ist und n die nach dem Innern gerichtete Normale. Es ist also

$$\frac{d}{dt}\int\left[\frac{1}{a^2}\left(\frac{\partial\varphi}{\partial t}\right)^2+\left(\frac{\partial\varphi}{\partial x}\right)^2+\left(\frac{\partial\varphi}{\partial y}\right)^2+\left(\frac{\partial\varphi}{\partial z}\right)^2\right]d\tau$$
$$= -2\int\frac{\partial\varphi}{\partial t}\frac{\partial\varphi}{\partial n}ds + \frac{2}{a^2}f'(t)\frac{d}{dt}\int\varphi\,d\tau.$$

Nun nehmen wir an, dass für alle Elemente der Oberfläche $\frac{\partial\varphi}{\partial n}=0$ ist. Dann wird die Gleichung

$$\text{XI)}\quad \int\left[\frac{1}{a^2}\left(\frac{\partial\varphi}{\partial t}\right)^2+\left(\frac{\partial\varphi}{\partial x}\right)^2+\left(\frac{\partial\varphi}{\partial y}\right)^2+\left(\frac{\partial\varphi}{\partial z}\right)^2\right]d\tau$$
$$= \frac{2}{a^2}\int dt\,f'(t)\frac{d}{dt}\int\varphi\,d\tau + C,$$

wo C von t unabhängig ist. Setzen wir nun voraus, dass für $t=0$ φ und $\frac{\partial\varphi}{\partial t}$ gleich Null sind, so ist $C=0$.

Nun war $\frac{\partial\varphi}{\partial x}=u_1-u_2$, $\frac{\partial\varphi}{\partial y}=v_1-v_2$, $\frac{\partial\varphi}{\partial z}=w_1-w_2$, also, wie durch Variation erwiesen wird,

$$\varphi = \int(u_1-u_2)\,dx + (v_1-v_2)\,dy + (w_1-w_2)\,dz.$$

Vertauschen wir also $u_1 v_1 w_1$ mit $u_2 v_2 w_2$, so ändert φ sein Vorzeichen. Dann ändert sich auch in Gleichung 11) rechts das Vorzeichen, links nicht, folglich müssen die beiden Gleichungen gleich Null sein. Es muss also

$$\int\left[\frac{1}{a^2}\left(\frac{\partial\varphi}{\partial t}\right)^2+\left(\frac{\partial\varphi}{\partial x}\right)^2+\left(\frac{\partial\varphi}{\partial y}\right)^2+\left(\frac{\partial\varphi}{\partial z}\right)^2 d\tau = 0\right.$$

sein, d. h. es muss φ constant, also gleich Null sein. Es ist also bewiesen, dass φ immer gleich Null ist, wenn $\frac{\partial\varphi}{\partial n}$ für alle Elemente der Grenzfläche verschwindet, und wenn für $t=0$ φ und $\frac{\partial\varphi}{\partial t}$ gleich Null sind.

Ist also für $t=0$

$$u_1=u_2,\quad v_1=v_2,\quad w_1=w_2,\quad \frac{\partial u_1}{\partial t}=\frac{\partial u_2}{\partial t},\quad \frac{\partial v_1}{\partial t}=\frac{\partial v_2}{\partial t},\quad \frac{\partial w_1}{\partial t}=\frac{\partial w_2}{\partial t},$$

und für die Oberfläche

$$\frac{\partial u_1}{\partial n}=\frac{\partial u_2}{\partial n},\quad \frac{\partial v_1}{\partial n}=\frac{\partial v_2}{\partial n},\quad \frac{\partial w_1}{\partial n}=\frac{\partial w_2}{\partial n},$$

so ist überall

$$u_1=u_2,\quad v_1=v_2,\quad w_1=w_2.$$

Ist nun $\varphi=0$, so giebt die Gleichung VIII) σ' gleich einer von t unabhängigen Grösse und aus Gleichung IX) folgt, dass diese auch von xyz unabhängig ist. Es ist also σ bis auf eine additive Constante bestimmt. Wir müssen nun aus den Gleichungen V), VI), VII) bestimmte Gleichungen für $uvw\sigma$ bilden. Dazu differentiiren wir die erste Gleichung V) nach t und die Gleichung VI) nach x. In den Ausdruck für $\frac{\partial^2\sigma}{\partial x\,\partial t}=-\left(\frac{\partial^2 u}{\partial x^2}+\frac{\partial^2 v}{\partial x\,\partial y}+\frac{\partial^2 w}{\partial x\,\partial z}\right)$ tragen wir die Ausdrücke für ξ, η, ζ ein. Dadurch erhalten wir die Gleichungen

$$\text{XII)}\qquad \begin{aligned}\frac{\partial^2 u}{\partial t^2}&=a^2\Delta u-2a^2\left(\frac{\partial\zeta}{\partial y}-\frac{\partial\eta}{\partial z}\right),\\ \frac{\partial^2 v}{\partial t^2}&=a^2\Delta v-2a^2\left(\frac{\partial\xi}{\partial z}-\frac{\partial\zeta}{\partial x}\right),\\ \frac{\partial^2 w}{\partial t^2}&=a^2\Delta w-2a^2\left(\frac{\partial\eta}{\partial x}-\frac{\partial\xi}{\partial y}\right);\end{aligned}$$

$$\text{XIII)}\qquad \frac{\partial^2\sigma}{\partial t^2}=a^2\Delta\sigma.$$

Die Gleichung XIII) ist genau dieselbe, welche auch bei der Annahme eines Geschwindigkeitspotentials vorkommt. Die Verdichtungen werden also von den Wirbelbewegungen nicht beeinflusst. Sie sind dieselben, ob Wirbel existiren oder nicht.

In den Gleichungen XII) treten im letzten Gliede die Verbindungen $\frac{\partial\zeta}{\partial y}-\frac{\partial\eta}{\partial z}$ u. s. w. auf. Es brauchen also gar nicht die $\xi\eta\zeta$ selbst überall gegeben zu sein, sondern nur diese Differenzen. Aus den Gleichungen

$$\frac{\partial\zeta}{\partial y}-\frac{\partial\eta}{\partial z}=L,\quad \frac{\partial\xi}{\partial z}-\frac{\partial\zeta}{\partial x}=M,\quad \frac{\partial\eta}{\partial x}-\frac{\partial\xi}{\partial y}=N,$$

$$\frac{\partial\xi}{\partial x}+\frac{\partial\eta}{\partial y}+\frac{\partial\zeta}{\partial z}=0$$

lassen sich aber die $\xi\eta\zeta$ immer vollständig bestimmen.

Die letzten Glieder der Gleichungen 12) sind nach unserer Voraussetzung von t unabhängig. Wir haben also die Lösungen der Gleichung

$$\frac{\partial^2\psi}{\partial t^2}=a^2\Delta\psi-2a^2f(xyz)$$

zu suchen. Die allgemeine Lösung dieser Gleichung ist

$$\psi=\Psi-F(xyz),$$

wo Ψ der Gleichung

$$\frac{\partial^2 \Psi}{\partial t^2} = a^2 \Delta \Psi$$

und F der Gleichung

$$\Delta F = -2 f(xyz)$$

genügen muss. Die letzte Gleichung giebt

$$F = \frac{1}{2\pi} \int \frac{f(xyz)\, d\tau}{r}.$$

Bezeichnen wir also mit $U\,V\,W$ Lösungen der Gleichung $\frac{\partial^2 \Psi}{\partial t^2} = a^2 \Delta \Psi$, so erhalten wir

$$\text{XV)} \qquad \begin{aligned} u &= U - \frac{1}{2\pi} \int \frac{\left(\frac{\partial \zeta}{\partial y} - \frac{\partial \eta}{\partial z}\right)}{r} d\tau, \\ v &= V - \frac{1}{2\pi} \int \frac{\left(\frac{\partial \xi}{\partial z} - \frac{\partial \zeta}{\partial x}\right)}{r} d\tau, \\ w &= W - \frac{1}{2\pi} \int \frac{\left(\frac{\partial \eta}{\partial x} - \frac{\partial \xi}{\partial y}\right)}{r} d\tau. \end{aligned}$$

Darin ist $d\tau$ ein Element des von den Wirbelfäden erfüllten Raumes, r ist seine Entfernung von uvw und das Integral erstreckt sich über den ganzen von den Wirbelfäden erfüllten Raum. Die Geschwindigkeitscomponenten eines bestimmten Punktes uvw setzen sich also aus zwei Theilen zusammen. Erstens bewegt sich das Theilchen nach jeder Axe so, wie es sich auch ohne das Vorhandensein von Wirbeln bewegen könnte, und ausserdem wird seine Bewegung noch von derjenigen sämmtlicher Wirbel beeinflusst. Jedes Element eines Wirbels trägt zu der Geschwindigkeit des Theilchens xyz bei die Componenten

$$u' = \frac{d\tau}{2\pi} \frac{\left(\frac{\partial \zeta}{\partial y} - \frac{\partial \eta}{\partial z}\right)}{r}, \quad v' = \frac{d\tau}{2\pi} \frac{\left(\frac{\partial \xi}{\partial z} - \frac{\partial \zeta}{\partial x}\right)}{r}, \quad w' = \frac{d\tau}{2\pi} \frac{\left(\frac{\partial \eta}{\partial x} - \frac{\partial \xi}{\partial y}\right)}{r}.$$

Wir können aber die Gleichungen XV) auch so schreiben:

$$\text{XVI)} \qquad \begin{aligned} u &= U + \frac{1}{2\pi} \int d\tau \left(\zeta \frac{\partial \frac{1}{r}}{\partial y} - \eta \frac{\partial \frac{1}{r}}{\partial z}\right) - \frac{1}{2\pi} \int d\tau \left(\frac{\partial \frac{\zeta}{r}}{\partial y} - \frac{\partial \frac{\eta}{r}}{\partial z}\right), \\ v &= V + \frac{1}{2\pi} \int d\tau \left(\xi \frac{\partial \frac{1}{r}}{\partial z} - \zeta \frac{\partial \frac{1}{r}}{\partial x}\right) - \frac{1}{2\pi} \int d\tau \left(\frac{\partial \frac{\xi}{r}}{\partial z} - \frac{\partial \frac{\zeta}{r}}{\partial x}\right), \\ w &= W + \frac{1}{2\pi} \int d\tau \left(\eta \frac{\partial \frac{1}{r}}{\partial x} - \xi \frac{\partial \frac{1}{r}}{\partial y}\right) - \frac{1}{2\pi} \int d\tau \left(\frac{\partial \frac{\eta}{r}}{\partial x} - \frac{\partial \frac{\xi}{r}}{\partial y}\right). \end{aligned}$$

Die letzten Integrale rechts können wir nach dem bekannten Satze leicht in Flächenintegrale umwandeln. Es ist

$$-\int d\tau\left(\frac{\partial}{\partial y}\left(\frac{\zeta}{r}\right)-\frac{\partial}{\partial z}\left(\frac{\eta}{r}\right)\right)=\int\frac{ds}{r}\left(\zeta\cos(ny)-\eta\cos(nz)\right).$$

Bezeichnen wir die Drehungsgeschwindigkeit selbst mit k, so ist

$$\xi=k\cos(k,x),\quad \eta=k\cos(k,y),\quad \zeta=k\cos(kz),$$

unser Integral wird also

$$\int\frac{ds\,k}{r}\left(\cos(kz)\cos(ny)-\cos(ky)\cos(nz)\right).$$

Die einzelnen Wirbelfäden werden von den Wirbellinien begrenzt. Die Linien k und n stehen also auf einander senkrecht. Errichten wir daher auf der durch k und n bestimmten Ebene eine Senkrechte m, so sind die Differenzen der Producte der Cosinus bezüglich gleich $\cos(m,x)$, $\cos(m,y)$, $\cos(m,z)$. Unser Integral wird also $\int\frac{ds\,k\cos(mx)}{r}$ und entsprechend werden die anderen. Die Gleichungen XVI) werden also

$$\text{XVII)}\quad \begin{aligned} u&=U+\frac{1}{2\pi}\int d\tau\left(\zeta\frac{\partial\frac{1}{r}}{\partial y}-\eta\frac{\partial\frac{1}{r}}{\partial z}\right)+\frac{1}{2\pi}\int\frac{ds\,k\cos(m,x)}{r},\\ v&=V+\frac{1}{2\pi}\int d\tau\left(\xi\frac{\partial\frac{1}{r}}{\partial z}-\zeta\frac{\partial\frac{1}{r}}{\partial x}\right)+\frac{1}{2\pi}\int\frac{ds\,k\cos(m,y)}{r},\\ w&=W+\frac{1}{2\pi}\int d\tau\left(\eta\frac{\partial\frac{1}{r}}{\partial x}-\xi\frac{\partial\frac{1}{r}}{\partial y}\right)+\frac{1}{2\pi}\int\frac{ds\,k\cos(m,z)}{r}.\end{aligned}$$

Die Geschwindigkeit eines Punktes xyz wird also von jedem Theilchen innerhalb eines Wirbels und von jedem Theilchen an der Oberfläche desselben beeinflusst. Jedes Element aus dem Innern des Wirbels erzeugt eine Geschwindigkeit, deren Componenten sind

$$\frac{d\tau}{2\pi}\left(\zeta\frac{\partial\frac{1}{r}}{\partial y}-\eta\frac{\partial\frac{1}{r}}{\partial z}\right),\quad \frac{d\tau}{2\pi}\left(\xi\frac{\partial\frac{1}{r}}{\partial z}-\zeta\frac{\partial\frac{1}{r}}{\partial x}\right),\quad \frac{d\tau}{2\pi}\left(\eta\frac{\partial\frac{1}{r}}{\partial x}-\xi\frac{\partial\frac{1}{r}}{\partial y}\right).$$

Die Grösse dieser Geschwindigkeit ist

$$\frac{d\tau}{2\pi}\,\frac{k\sin\vartheta}{r^2},$$

wo ϑ der Winkel zwischen k und r ist.

Jedes Theilchen an der Oberfläche des Wirbels erzeugt eine Geschwindigkeit, welche gleich

$$\frac{ds}{2\pi}\,\frac{k}{r}$$

ist. Die erstere ist bekanntlich gleich und gleichgerichtet der Kraft, welche ein Element eines elektrischen Stromes in $d\tau$ auf einen Magnetpol in xyz ausübt, die letztere gleich der Kraft, welche ein Element ds einer mit magnetischer Flüssigkeit belegten Fläche auf diesen Pol ausübt.

Für den Fall, dass in einer compressiblen Flüssigkeit keine Wirbelbewegungen existiren, lässt sich der Werth des Potentials in jedem Punkte für ein gegebenes Zeitintervall einfach ausdrücken durch die Werthe, die φ und $\frac{\partial \varphi}{\partial t}$ im Anfang der Zeit haben. Es ergiebt sich diese Behauptung durch Anwendung des Green'schen Satzes unter Benutzung einer speciellen Auflösung der für solche Flüssigkeiten geltenden Differentialgleichung.* Ganz ebenso lassen sich in unserem Falle die Werthe von uvw für einen beliebigen Punkt der Luftmasse in einem gewissen Zeitintervall ausdrücken durch die Werthe von uvw und $\frac{\partial u}{\partial t}$, $\frac{\partial v}{\partial t}$, $\frac{\partial w}{\partial t}$ im Anfange der Zeit und durch die Componenten der Wirbelbewegung. Der Beweis ist beinahe derselbe, wie in dem einfacheren Falle. Es muss hier, wenn wir unter ψ eine der Grössen uvw und unter $f(xyz)$ eine der Grössen $-2a^2\left(\frac{\partial \zeta}{\partial y}-\frac{\partial \eta}{\partial z}\right)$, $-2a^2\left(\frac{\partial \xi}{\partial z}-\frac{\partial \zeta}{\partial x}\right)$, $-2a^2\left(\frac{\partial \eta}{\partial x}-\frac{\partial \xi}{\partial y}\right)$ verstehen, ψ der Differentialgleichung genügen

$$\text{XVIII)} \qquad \frac{\partial^2 \psi}{\partial t^2}=a^2 \Delta \psi+f(xyz).$$

Nach dem Green'schen Satze ist nun

$$\text{XIX)} \qquad \int d\tau\,(U\Delta V-V\Delta U)=\int ds\left(V\frac{\partial U}{\partial n}-U\frac{\partial V}{\partial n}\right).$$

Dieser Satz gilt, wenn U und V mit ihren ersten Differentialquotienten in dem ganzen Raume stetig sind. Die Function ψ könnte möglicherweise an der Oberfläche des von den Wirbelfäden erfüllten Raumes unstetig sein. Da wir aber in XV) ψ als Summe zweier Functionen darstellen konnten, von denen die eine der Gleichung $\frac{\partial^2 \varphi}{\partial t^2}=a^2\Delta\varphi$ genügt und die andere ein Raumpotential ist, so erkennt man leicht, dass ψ mit seinen ersten Differentialquotienten im ganzen Raume stetig bleibt.

In die Gleichung XIX) tragen wir nun für U eine Function ψ ein, die der Gleichung XVIII) genügt, und lassen V der Gleichung genügen

$$\frac{\partial^2 V}{\partial t^2}=a^2\Delta V.$$

Dann wird die Gleichung XIX)

$$\int ds\left(V\frac{\partial \psi}{\partial n}-\psi\frac{\partial V}{\partial n}\right)=\frac{1}{a^2}\frac{\partial}{\partial t}\left[\int d\tau\left(\psi\frac{\partial V}{\partial t}-V\frac{\partial \psi}{\partial t}\right)\right]+\frac{1}{a^2}\int d\tau\, V.f.$$

Diese Gleichung multipliciren wir mit dt und integriren sie von 0 bis T. Dann wird sie

* S. Kirchhoff, Vorles., S. 314—317.

$$\text{XX)}\quad \int_0^T dt \int ds \left(V \frac{\partial \psi}{\partial n} - \psi \frac{\partial V}{\partial n} \right) = \frac{1}{a^2} \left[\int d\tau \left(\psi \frac{\partial V}{\partial t} - V \frac{\partial \psi}{\partial t} \right) \right]_0^T + \frac{1}{a^2} \int_0^T dt \int d\tau\, V . f.$$

Wenn wir nun speciell wählen

$$V = \frac{F(r + at)}{r},$$

wobei F nur von Null verschieden sein soll, wenn das Argument zwischen at' und $at' + \varepsilon$ liegt und wenn wir annehmen, dass

$$0 < at' < at' + \varepsilon < aT$$

und

$$\int_{at'}^{at'+\varepsilon} F(r)\, dr = 1$$

ist, so können wir das Glied links und das erste Glied rechts von XX) ebenso umformen, wie es an dem angeführten Orte geschehen ist. Das zweite Glied rechts können wir schreiben, da f von t unabhängig ist,

$$\int d\tau\, f \int_0^T dt\, V = \int \frac{d\tau\, f}{r} \int_0^T F(r + at)\, dt = \frac{1}{a} \int \frac{d\tau\, f}{r}.$$

Wir haben also darnach

$$4\pi \varphi_0 = \int\int \sin\vartheta\, d\vartheta\, dw \left(t' \frac{\partial \psi}{\partial t} + \frac{\partial (t' \psi)}{\partial t'} \right) + \frac{1}{a^2} \int \frac{d\tau\, f(xyz)}{r}.$$

Diese Gleichung giebt den Werth von ψ im Punkte $r = 0$ zur Zeit t', ausgedrückt durch die Werthe, die zur Zeit $t = 0$ $\frac{\partial \psi}{\partial t}$ in der Kugelfläche und ψ in und unendlich nahe der Kugelfläche besitzt, welche mit dem Radius at' um den Punkt $r = 0$ beschrieben ist, und durch die Werthe der Drehungscomponenten $f(xyz)$.

Um ein Beispiel für die Bewegung von compressiblen Flüssigkeiten zu berechnen, nehmen wir an, dass eine Trombe der z-Axe parallel vorhanden sei. Wir setzen also $\xi = 0$, $\eta = 0$. Wir nehmen den Anfangspunkt in der Axe des Wirbels an, also mit ihm beweglich, und setzen $\zeta = f(\varrho)$, wo $\varrho = \sqrt{x^2 + y^2}$ ist. Dann ist, wenn wir die Coordinaten des Punktes xyz mit $\varrho \vartheta z$ und die von $d\tau$ mit $\varrho' \vartheta' z'$ bezeichnen,

$$u = U + \frac{1}{2\pi} \int \frac{d\tau\, f'(\varrho) \sin\vartheta'}{\sqrt{(z' - z)^2 + \varrho'^2 + \varrho^2 - 2\varrho\varrho' \cos(\vartheta' - \vartheta)}},$$

$$v = V + \frac{1}{2\pi} \int \frac{d\tau\, f'(\varrho) \cos\vartheta'}{\sqrt{(z' - z)^2 + \varrho'^2 + \varrho^2 - 2\varrho\varrho' \cos(\vartheta' - \vartheta)}}.$$

Nehmen wir nun speciell $f(r) = c\varrho$ an, wo ϱ constant ist, und denken uns die Wirbel in einem Hohlcylinder von $\varrho = \varrho_1$ bis $\varrho = \varrho_2$, so ist

$$\text{XXI)}\quad \begin{cases} u = U + \dfrac{c}{2\pi}\displaystyle\int\limits_{\varrho_1}^{\varrho_2}\int\limits_0^{2\pi}\int\limits_0^{l} \frac{\varrho' d\varrho' d\vartheta' dz' \sin\vartheta'}{\sqrt{(z'-z)^2+\varrho'^2+\varrho^2-2\varrho\varrho'\cos(\vartheta'-\vartheta)}}, \\ v = V + \dfrac{c}{2\pi}\displaystyle\int\limits_{\varrho_1}^{\varrho_2}\int\limits_0^{2\pi}\int\limits_0^{l} \frac{\varrho' d\varrho' d\vartheta' dz' \cos\vartheta'}{\sqrt{(z'-z)^2+\varrho'^2+\varrho^2-2\varrho\varrho'\cos(\vartheta'-\vartheta)}}. \end{cases}$$

Da nun, wenn wir $\vartheta' - \vartheta = \varphi$ setzen,

$$\int\limits_0^{2\pi} \frac{\sin\varphi\, d\varphi}{\sqrt{(z'-z)^2+\varrho'^2+\varrho^2-2\varrho\varrho'\cos\varphi}} = 0,$$

ist, so ist

$$\text{XXII)}\quad \begin{aligned} u &= U + \frac{c \sin\vartheta}{2\pi}\int\limits_{\varrho_1}^{\varrho_2}\int\limits_0^{2\pi}\int\limits_0^{l} \frac{\varrho' d\varrho' dz' \cos\varphi\, d\varphi}{\sqrt{(z'-z)^2+\varrho'^2+\varrho^2-2\varrho\varrho'\cos\varphi}} \\ &= U + \frac{c\sin\vartheta}{2\pi} R; \end{aligned}$$

ebenso

$$v = V + \frac{c\cos\vartheta}{2\pi} R.$$

Für die Axe des Cylinders, also für $\varrho = 0$, ergiebt sich aus XXI)

$$\text{XXIII)}\quad \begin{cases} u = U + \dfrac{c}{2\pi}\displaystyle\int\limits_{\varrho_1}^{\varrho_2}\int\limits_0^{2\pi}\int\limits_0^{l} \frac{\varrho' d\varrho' d\vartheta' dz' \sin\vartheta'}{\sqrt{(z'-z)^2+\varrho'^2}} = U, \\ v = V + \dfrac{c}{2\pi}\displaystyle\int\limits_{\varrho_1}^{\varrho_2}\int\limits_0^{2\pi}\int\limits_0^{l} \frac{\varrho' d\varrho' d\vartheta' dz' \cos\vartheta'}{\sqrt{(z'-z)^2+\varrho'^2}} = V. \end{cases}$$

Auf die in der Axe der Trombe liegenden Theilchen, das Auge, hat also die Wirbelbewegung gar keinen Einfluss.

Abgesehen von den Eigenbewegungen U und V haben alle ausserhalb der Trombenaxe liegenden Theilchen eine Bewegung im Kreise um die Axe mit dem Radius $\frac{cR}{2\pi}$. Dieser Radius ist variabel mit ϱ und z. Ueber die anderen Erscheinungen bei den Tromben, namentlich über die Druckverminderung im Auge derselben, giebt die Analyse in dieser Annäherung keinen Aufschluss.

II.

Zur mathematischen Statistik.

Von

W. Küttner

in Burgk.

Die Errichtung von Invaliden-Pensionscassen ist in jüngster Zeit mehr denn je der Gegenstand öffentlicher Besprechungen gewesen und hat erfreulicherweise in fast allen Kreisen lebhaftes Interesse erweckt. Mit fast gleicher Intensität hat aber auch die Theorie der Invaliditätsversicherung — die mathematische Grundlage, auf der sich Versorgungsinstitute dieser Richtung aufzubauen haben — Gelehrte und Techniker beschäftigt und Veranlassung zu einer Reihe wissenschaftlicher Abhandlungen gegeben, die zum grossen Theil in „Masius, Rundschau der Versicherungen" und im „Journal des Collegiums für Lebensversicherungswissenschaft" zum Abdruck gelangt sind. Allein diese Arbeiten, so verdienstvoll sie an und für sich sind, weichen in ihren Voraussetzungen so von einander ab und haben fast ausnahmslos so herbe Kritiken über sich ergehen lassen müssen, dass es nicht auffallen kann, wenn sie, anstatt eine fortschreitende Entwickelung dieser Theorie herbeizuführen, eine gewisse Unsicherheit in den Fundamentalsätzen erzeugt haben, die im Interesse dieser wichtigen Frage heute mehr denn je zu beklagen ist.

Wenn der Verfasser daher hier auf die zwar ältere, aber ausgezeichnete Zeuner'sche Behandlung der Invaliditätsversicherung* zurückkommt und eine neue Begründung der daselbst abgeleiteten Formeln giebt, so glaubt derselbe nicht allein etwaige Bedenken, die man gegen die Zeuner'sche Darstellung hegt, zu zerstreuen, sondern der Sache selbst insofern einen Dienst zu leisten, als er den Technikern die etwas in Vergessenheit gerathenen Formeln in Erinnerung bringt, welche nach seiner Ansicht vor allen anderen berechtigt sind, zur Lösung des vorliegenden Problems zu dienen.

Ich beginne zunächst damit, die nachstehenden Functionen, die zur Berechnung der Invalidenpensionen vorzugsweise erforderlich sind,

---

* Zeuner, *Abhandlungen aus der mathematischen Statistik*. Leipzig, 1869.

1. die Wahrscheinlichkeit, innerhalb der Altersgrenzen x_0 und x_1 activ zu verbleiben,
2. die Wahrscheinlichkeit, innerhalb derselben Altersgrenzen als Activer zu sterben,
3. die Wahrscheinlichkeit, innerhalb derselben Altersgrenzen dauernd invalid zu werden und das Grenzalter x_1 lebend zu erreichen

und

4. die Wahrscheinlichkeit, innerhalb derselben Grenzen invalid zu werden und vor Erreichung des Grenzalters x_1 zu sterben,

direct auf die Fundamentalsätze der Wahrscheinlichkeitsrechnung,* d. h. auf die Sätze der einfachen und zusammengesetzten Wahrscheinlichkeit zu gründen.

Die Wahrscheinlichkeit, innerhalb der Altersgrenzen x_0 und x_1 in Activität zu verbleiben oder als Activer zu sterben, oder endlich invalid zu werden, fällt, wie unschwer einzusehen ist, genau mit derjenigen zusammen, aus einer Urne, die eine unbestimmte Anzahl von weissen, schwarzen und rothen Kugeln enthält, eine weisse, schwarze oder rothe Kugel zu ziehen. Genau so, wie man nun hier von n Versuchen, die w weisse, s schwarze und r rothe Kugeln ergeben haben mögen, nach der wahrscheinlichsten Hypothese schliesst, dass die Wahrscheinlichkeit, weiss zu ziehen, $= w:n$, schwarz zu ziehen $= s:n$ und roth zu ziehen $= r:n$ ist, so hat man auch im ersteren Falle nach Massgabe derselben Hypothese und des Beobachtungsmaterials, das von A activen Personen innerhalb der erwähnten Altersgrenzen A' als activ verblieben, T_a als activ verstorben und J als invalid geworden nachweisen soll, zu folgern, dass die Wahrscheinlichkeit, innerhalb der Altersgrenzen x_0 und x_1

1. activ zu verbleiben, gleich

1) $$l_a = \frac{A'}{A},$$

2. als Activer zu sterben, gleich

2) $$t_a = \frac{T_a}{A}$$

und endlich

---

* Behm behauptet in seinem sonst vorzüglichen Werke: „Statistik der Mortalitäts-, Invaliditäts- und Morbilitätsverhältnisse beim Beamtenpersonal der deutschen Eisenbahnen. Berlin 1876", dass die obigen Functionen gar nicht in das Bereich der Wahrscheinlichkeitsrechnung gehören. Wenn es mir überhaupt ganz undenkbar ist, dass Wahrscheinlichkeitswerthe nicht in die Wahrscheinlichkeitsrechnung gehören sollen, so war für Behm, falls ihm die bekannten Sätze derselben auf gegenwärtige Fragen nicht anwendbar schienen, doch durchaus keine Veranlassung zu einer solchen Behauptung vorhanden, weil in diesem Falle naturgemäss fragliche Functionen eine Bereicherung der Wahrscheinlichkeitsrechnung bilden mussten.

3. invalid zu werden, gleich

$$q = \frac{J}{A} \tag{3}$$

ist.

Diese drei Ereignisse sind, wie aus der Vergleichung unmittelbar folgt, einfache.

Verlangt man aber weiter die Wahrscheinlichkeit, innerhalb der Altersgrenzen x_0 und x_1 invalid zu werden und das Grenzalter x_1 lebend zu erreichen, so kann dies nicht mehr die Frage nach der Wahrscheinlichkeit eines einfachen, sondern nach der eines zusammengesetzten Ereignisses sein, die gleichbedeutend mit derjenigen ist, eine rothe Kugel aus der ersten Urne und, wenn dies eingetroffen, eine weisse Kugel aus einer zweiten Urne, die in einer unbekannten Mischung gerade soviel weisse und schwarze Kugeln zusammen enthält, als sich in der ersten rothe befinden, zu ziehen.

Hätte nun eine Reihe von Versuchen zu dem Ergebnisse geführt, dass von n_1 aus der zweiten Urne gezogenen Kugeln s_1 schwarz und $n_1 - s_1$ weiss wären, so würde nach der wahrscheinlichsten Hypothese die Wahrscheinlichkeit, aus der zweiten Urne weiss zu ziehen, $= (n_1 - s_1) : n_1$ und nach dem Satze von der zusammengesetzten Wahrscheinlichkeit die gesuchte Wahrscheinlichkeit, d. h. aus der ersten Urne roth und aus der zweiten weiss zu ziehen, gleich

$$\frac{r}{n} \cdot \frac{n_1 - s_1}{n_1}$$

sein. Genau so verhält es sich mit der Wahrscheinlichkeit, invalid zu werden und am Ende der Altersstrecke von x_0 bis x_1 noch zu leben. Hätten die Beobachtungen ergeben, dass von den J invalid gewordenen Personen T_i innerhalb der erwähnten Altersgrenzen verstorben wären, so würde nach dem Vorstehenden die Wahrscheinlichkeit, im Alter von x_0 bis x_1 invalid zu werden und x_1 zu erleben,

$$l_i = \frac{J}{A} \cdot \frac{J - T_i}{J} = \frac{J - T_i}{A} = q - \frac{T_i}{A} \tag{4}$$

sein, weil in diesem Falle r mit J, n mit A, s_1 mit T_i und n_1 mit J zusammenfällt.

Die Wahrscheinlichkeit, im Alter von x_0 bis x_1 invalid zu werden und das Grenzalter x_1 nicht zu erleben, ist selbstredend

$$t_i = \frac{J}{A} \cdot \frac{T_i}{J} = \frac{T_i}{A}. \tag{5}$$

Könnten wir jetzt voraussetzen, dass uns immer eine Gesellschaft activer Personen gegeben wäre, bei der während eines gewissen Zeitraumes $(x_1 - x_0)$ ein Zugang gar nicht, ein Abgang aber nur durch Tod oder Invalidität erfolgte, so würde die Beobachtung der Invaliditäts- und Todesfälle dieser Gesellschaft unmittelbar die Werthe liefern, die wir in unsere Formeln 1)—5) einzuführen hätten. Allein eine derartige Voraussetzung ist schon deshalb unzulässig, weil unsere Formeln auf jede Gesellschaft, also auch auf die mit aus- und eintretenden Mitgliedern anwendbar sein müssen. In diesem Falle hätten sich aber diese Beobachtungen nur auf einen bestimmten Theil der Gesellschaft zu erstrecken, was dieselben dergestalt compliciren würde, dass man voraussichtlich von ihrer Ausführung oft Abstand nehmen müsste, abgesehen noch davon, dass zur exacten Bestimmung von t_i nicht immer eine genügende Anzahl von Fällen vorhanden sein würde. Es empfiehlt sich daher, in erwähnten Formeln A, A', J, T_a und T_i zu eliminiren und als Functionen anderer Grössen, die unabhängig von den Aus- und Eintrittsbewegungen sind, auszudrücken. Hierzu eignet sich aber am vorzüglichsten die Lebenswahrscheinlichkeit p und die Invaliditätswahrscheinlichkeit q, auf deren numerische Berechnung wir später zurückkommen werden.

Führt man in Gleichung 1) zunächst

$$A' = A - (T_a + J)$$

oder

$$A' = A - (T_a + T_i) - J + T_i$$

ein, so hat man

$$l_a = \frac{A - (T_a + T_i)}{A} - \frac{J}{A} + \frac{T_i}{A}.$$

Setzen wir vorläufig für active, wie für invalide Personen ein und dieselbe Lebenswahrscheinlichkeit fest, so ist $(A - [T_a + T_i]) : A$ offenbar die Wahrscheinlichkeit p, am Ende der Altersstrecke x_0 und x_1 noch zu leben, so dass wir

$$l_a = p - q + \frac{T_i}{A}$$

erhalten. Ferner ist

$$T_a = A - [A - (T_a + T_i)] - T_i,$$

so dass Gleichung 2) in

$$t_a = (1 - p) - \frac{T_i}{A}$$

übergeht. Recapitulirt man jetzt die vier gefundenen Wahrscheinlichkeitswerthe, so findet sich, dass

$$6)\qquad l_a = p - q + \frac{T_i}{A},\quad l_i = q - \frac{T_i}{A},\quad t_a = (1 - p) - \frac{T_i}{A},\quad t_i = \frac{T_i}{A}$$

ist.

Zur Bestimmung des Quotienten $\frac{T_i}{A}$ schlage ich folgendes Verfahren ein. Ist $F(x)$ die Function für die Anzahl sämmtlicher, aus einer gegebenen Gesammtheit von Activen bis zum Alter x invalid gewordenen Personen und $f(x)$ die Anzahl der lebenden Personen vom Alter x, entnommen aus einer Absterbeordnung für eine gemischte Bevölkerung, so werden die in dem unendlich kleinen Zeitintervall dx invalid werdenden Personen durch

$$F(x+dx)-F(x)=F'(x)\,dx$$

dargestellt. Von diesen $F'(x)\,dx$ Personen werden aber vor Erreichung des Alters x_1

$$\left(1-\frac{f(x_1)}{f(x)}\right)F'(x)\,dx$$

sterben, so dass die innerhalb der Altersgrenzen x_0 und x_1 invalid gewordenen und sodann verstorbenen Personen durch

$$T_i=\int_{x_0}^{x_1}\left(1-\frac{f(x_1)}{f(x)}\right)F'(x)\,dx$$

7) $$=F(x_1)-F(x_0)-f(x_1)\int_{x_0}^{x_1}\frac{F'(x)}{f(x)}\,dx$$

ausgedrückt werden.

Ist das Intervall von x_0 bis x_1 klein genug, so kann man sowohl $F(x)$, wie $f(x)$ als lineare Functionen betrachten und setzen

$$F(x)=\alpha+\beta x,\quad f(x)=\alpha'+\beta' x.$$

In diesem Falle geht aber Gleichung 7) in

8) $$T_i=F(x_1)-F(x_0)-\frac{\beta}{\beta'}f(x_1)\,log\,nat\,\frac{\alpha'+\beta' x_1}{\alpha'+\beta' x_0}$$

über. Da nun den gemachten Voraussetzungen gemäss

$$\frac{\alpha'+\beta' x_1}{\alpha'+\beta' x_0}=\frac{f(x_1)}{f(x_0)}=p,\quad f(x_1)=p(\alpha'+\beta' x_0),$$

sowie

$$\frac{\beta'(x_0-x_1)}{\alpha'+\beta' x_0}=1-p,$$

so folgt

$$\beta'=\frac{(1-p)(\alpha'+\beta' x_0)}{x_0-x_1}$$

und

9) $$\frac{f(x_1)}{\beta'}=\frac{p(x_0-x_1)}{1-p}.$$

Ferner erhält man aus

$$F(x_0)=\alpha+\beta x_0 \text{ und } F(x_1)=\alpha+\beta x_1$$

10) $$\beta=\frac{F(x_1)-F(x_0)}{x_1-x_0}.$$

Substituirt man die in 9) und 10) für $\frac{f(x_1)}{\beta'}$, resp. β gefundenen Werthe in 8), so folgt unter Berücksichtigung, dass $F(x_1)-F(x_0)$ im gegenwärtigen Falle J ist,

$$T_i=J+\frac{Jp}{1-p}\,log\,nat\,p,$$

womit

$$11)\quad \frac{T_i}{A} = q\left(1 + \frac{p}{1-p}\, log nat\, p\right)$$

wird. Es stünde Nichts im Wege, den soeben gefundenen Werth für $\frac{T_i}{A}$ in die Gleichungen 6) einzuführen; allein wir würden damit für die Praxis noch etwas unbequeme Formeln erhalten, weshalb wir *lognatp* nach der Reihe

$$log nat\, n = -2\left[\frac{1-n}{1+n} + \tfrac{1}{3}\left(\frac{1-n}{1+n}\right)^3 + \ldots\right]$$

entwickeln und, da n in unserem Falle nur wenig von der Einheit verschieden und die Reihe mithin stark convergent sein wird, mit dem ersten Gliede abbrechen wollen.

In diesem Falle wird

$$\frac{T_i}{A} = q\left(1 - \frac{p}{1-p} \cdot \frac{2(1-p)}{1+p}\right) = q\left(1 - \frac{2p}{1+p}\right).$$

Führt man den soeben gefundenen Werth in die Gleichungen 6) ein, so erhält man

$$12)\quad l_a = p - \frac{2pq}{1+p},\quad l_i = \frac{2pq}{1+p},\quad t_a = (1-p) - \frac{1-p}{1+p}q,\quad t_i = \frac{1-p}{1+p}q.$$

Das sind aber genau die Formeln, die Zeuner auf einem ganz andern Wege gefunden und zuerst in seinen „Abhandlungen aus der mathematischen Statistik" mitgetheilt hat.

S. 14 ist die Voraussetzung gemacht worden, dass die Lebenswahrscheinlichkeit für invalide Personen mit derjenigen für active Personen übereinstimmt. Es ist indess *a priori* einzusehen, dass diese Annahme nicht ganz zutreffend ist, weil erfahrungsgemäss in sehr vielen Fällen dem Tode ein längeres oder kürzeres Stadium der Krankheit oder Kränklichkeit vorausgeht, was oft den Eintritt in die Invalidität herbeiführen wird. Wir haben daher zu erwarten, dass die Lebenswahrscheinlichkeit für active Personen nicht unerheblich höher ist, als die für invalide, und, da dieses Moment nicht ohne Einfluss auf die Berechnung der Invalidenpensionen sein kann, hierauf noch Rücksicht zu nehmen.*

Wir unterscheiden jetzt drei verschiedene Lebenswahrscheinlichkeiten, und zwar:

1. die für active Personen $= p'$,
2. „ „ eine gemischte Bevölkerung $= p$ und
3. „ „ invalide Personen $= p''$.

Damit ist leicht einzusehen, dass für

$$\frac{A - (T_a + T_i)}{A}$$

---

* Zeuner hat in seinen Abhandlungen S. 133 auf diese Erweiterung zwar aufmerksam gemacht, die Ausführung aber aus dort dargelegten Gründen noch unterlassen.

nicht mehr p gesetzt werden kann, weil bei den anfangs vorhandenen A Personen die Invaliden fehlen. Denken wir uns die J invalid gewordenen Personen einfach als ausgeschieden, so würden, wenn der Austritt nicht erfolgt wäre, anstatt der T_a Todesfälle $T_a + T_\alpha$ stattgefunden haben. Setzt man daher

$$A' = A - (T_a + T_\alpha) - J + T_\alpha,$$

so wird

$$l_a = p' - q + \frac{T_\alpha}{A} \text{ und } t_a = (1 - p') - \frac{T_\alpha}{A}.$$

Nun ist aber T_α Nichts weiter, als die Anzahl der verstorbenen Personen von den J innerhalb der Altersgrenzen x_0 und x_1 ausgetretenen, unter der Voraussetzung, dass die Sterblichkeit der activen Personen auf sie eingewirkt hat. $T_\alpha : A$ unterscheidet sich daher in l_a und t_a von dem ursprünglichen $T_i : A$ nur dadurch, dass es, anstatt eine Function der allgemeinen Sterblichkeit, eine Function der Sterblichkeit der activen Personen ist. Daher ist

$$\frac{T_\alpha}{A} = q\left(1 - \frac{2p'}{1+p'}\right)$$

und somit

12a) $$l_a = p' - \frac{2p'q}{1+p'}, \quad t_a = (1-p') - \frac{1-p'}{1+p'}q.$$

In den Formeln für l_i und t_i hat man aber, wie unmittelbar folgt, einfach p mit p'' zu vertauschen, mithin

12b) $$l_i = \frac{2p''q}{1+p''}, \quad t_i = \frac{1-p''}{1+p''}q$$

zu setzen.

Mit der Aufstellung der Gleichungen 12a) und 12b), die nun unmittelbar sich auf jede Genossenschaft anwenden lassen, ist der Zweck vorliegender Abhandlung, die Zeuner'schen Formeln direct und unabhängig von Nebenfragen herzuleiten und so den Technikern in Erinnerung zu bringen, erreicht worden. Zur Vervollständigung bleibt mir nur noch übrig, die zur Berechnung von p', p'' und q erforderlichen Formeln anzugeben, wobei ich mich, um den mir hier gewährten Raum nicht übermässig in Anspruch zu nehmen, auf eine Wiedergabe der Näherungsformeln, wie sie Lazarus, Behm u. A. m. anwenden, beschränke und bezüglich genauerer Formeln auf Zeuner's Abhandlung verweise.

Wird mit A die Anzahl der beim Beginne der Beobachtung vorhandenen x_0-jährigen Activen und mit B die der ebenfalls vorhandenen x_0-jährigen Invaliden, ferner die Anzahl der innerhalb der Beobachtungszeit $(x_1 - x_0)$ — die in der Regel gleich einem Jahre angenommen wird — im Alter von x_0 bis x_1 bei dieser Gesellschaft

1. eingetretenen Activen mit E,
2. invalid gewordenen Activen mit J,
3. freiwillig ausgeschiedenen Activen mit F_a,

4. freiwillig ausgeschiedenen Invaliden mit F_i,
5. verstorbenen Activen mit T_a,
6. " Invaliden mit T'_i

bezeichnet, so gelten, wie eine leichte Untersuchung dies bestätigen die Näherungsformeln

13) $$p' = 1 - \frac{T_a}{A + \frac{E - J - F_a}{2}},$$

14) $$p'' = 1 - \frac{T'_i}{B + \frac{J - F_i}{2}},$$

15) $$q = \frac{J}{A + \frac{E - F_a}{2}}.$$

Im Anschlusse an vorstehende Untersuchungen dürfte es ... interessant sein, auf zwei neuere Arbeiten der Invaliditätsv... etwas näher einzugehen.

Betrachten wir zunächst die von G. **Behm** in seinem W... tistik der Mortalitäts-, Invaliditäts- und Morbilitätsverhältni... amtenpersonal der deutschen Eisenbahnen. Berlin 1876" ... Formeln, die bei Anwendung unserer Bezeichnung sich

$$l_a = p' - \frac{1+p'}{2} q, \quad t_a = (1-p') - \frac{1-p'}{2} q, \quad l_i = \frac{1+p''}{2} ...$$

schreiben, so kann selbst der flüchtigen Vergleichung d... einstimmung derselben mit den von uns im vorigen Al... **Zeuner**'schen Formeln nicht entgehen. Vertieft ... **Behm**'sche Arbeit, so findet man leicht, dass d... unsrigen ein und dieselben Wurzeln haben, un...

$$l_a = p' - q + \frac{T_a}{A} = p' + \frac{p'q}{1-p'} ...$$

und

$$l_i = q - \frac{T_i}{A} = - \frac{p''q}{1-p''}, ...$$

und dass **Behm** ... deshalb nicht a... ist, weil er zur A... des logar... gente Reihe

$$l_{...} \quad ... (1-n) ...$$

benützt hat.

Die **Beh**... m... ner'schen F...

Gleichungen 12a) und 12b) den Nenner $1+p$ des sehr kleinen Gliedes $\frac{1-p}{1+p}q$ gleich 2, so erhält man die oben angegebenen Behm'schen Formeln. So ist z. B. nach 12a)

$$l_a = p' - \frac{2p'q}{1+p'} = p' - \frac{(1+p') - (1-p')}{1+p'} q$$

$$= p' - q + \frac{1-p'}{1+p'} q$$

und daher

$$l_a = p' - q + \frac{1-p'}{2} q$$

$$= p' - \frac{1+p'}{2} q$$

. . . .

Nach Alledem ist es wohl zweifellos, dass die Behm'schen Formeln nur als Näherungsformeln der Zeuner'schen anzusehen sind und die a. a. O. ausgesprochene Originalität nicht besitzen.*

Eine sehr interessante, wenn auch das Problem der Invaliditätsversicherung noch ungelöst lassende Arbeit hat ein Gutachten, das für die Reichsverwaltung von der Gothaer Lebensversicherungsbank über Invaliden- und Wittwenpensionsverhältnisse angefertigt worden ist, zur Folge gehabt. In beregtem Gutachten, das übrigens in Versicherungskreisen bedeutendes Aufsehen hervorgerufen hat, wird die Invaliditätswahrscheinlichkeit als diejenige definirt, welche zum Ausdrucke gelangen würde, wenn die Sterblichkeit für den betreffenden Zeitraum nicht vorhanden wäre. Damit glaubte man, die zwei von einander abhängigen Wahrscheinlichkeiten p und q derart umzuformen, dass die gegenseitige Abhängigkeit aufgehoben und der Satz von der abhängigen Wahrscheinlichkeit auf den bekannten der unabhängigen zurückgeführt sei, und hatte infolge dessen die Activitätswahrscheinlichkeit als das Product der Ergänzung der so definirten — unabhängigen — Invaliditätswahrscheinlichkeit zur Einheit in die Lebenswahrscheinlichkeit hingestellt.

---

* Zur Beurtheilung der Schärfe beider Formeln diene Folgendes:

	$p''=0{,}9$:	$p''=0{,}8$:	$p''=0{,}7$:
$l_\iota = -\frac{p''q}{1+p''} \, lognat \, p'' =$	$0{,}9482445.q$	$0{,}8925740.q$	$0{,}8322417.q$,
l_ι nach Zeuner $\left(\frac{2p''q}{1+p''}\right) =$	$0{,}9473684.q$	$0{,}8888889.q$	$0{,}8235294.q$,
l_ι nach Behm $\left(\frac{1+p''}{2}q\right) =$	$0{,}95.q$	$0{,}9.q$	$0{,}85.q$,
Correctur bei Zeuner =	$+0{,}0008761.q$	$+0{,}0036851.q$	$+0{,}0087123.q$,
„ „ *Behm* =	$-0{,}0017555.q$	$-0{,}0074260.q$	$-0{,}0177583.q$.

Gegen diese Darstellung hatte zuerst Dr. Dienger Einwendungen erhoben, worauf Johann Karup und zwar zunächst anonym als Anwalt des Gothaer Gutachtens auftrat und in „Masius, Rundschau der Versicherungen, Jahrg. XXVI“ S. 22 flg. eine Beweisführung veröffentlichte, die in ihren Hauptzügen, jedoch mit einer etwas schärferen Definition der in Betracht kommenden Functionen, hier folgen soll. Durch diese Präcisirung hoffe ich, den gegen fragliche Beweisführung von Dienger in „Masius, Rundschau der Versicherungen“, 1876 S. 46 und 47, und 109—111, von Behm in seinem mehrerwähnten Werke über die Statistik der Eisenbahnbeamten und von Heym in der Deutschen Versicherungszeitung, Jahrg. 1876 Nr. 61, vorgebrachten Einwendungen zu begegnen und ein specielleres Eingehen darauf unnöthig zu machen.

Wenn n Ereignisse, die von n von einander unabhängigen Ursachen bedingt werden, sich sämmtlich oder theilweise ausschliessen, d. h., wenn das vorherige Eintreffen des einen oder des andern das Eintreffen mehrerer oder aller übrigen unmöglich macht, so kann bei einem unendlich kleinen Zeitintervall doch dieses Abhängigkeitsverhältniss nicht in Frage kommen, weil, wenn die Aufeinanderfolge zweier oder mehrerer Ereignisse von dem Zusammentreffen durch unsere Sinne unterschieden werden soll, immer ein endliches, wenn auch noch so kleines Zeitintervall zwischen denselben liegen muss. Für ein unendlich kleines Zeitintervall, dt, werden daher derartige abhängige Ereignisse unabhängig von einander und die Sätze der unabhängigen Wahrscheinlichkeiten sind auf sie anwendbar.

Seien die Wahrscheinlichkeiten für das Eintreffen dieser Ereignisse zwischen der Zeit t und $t+dt$ resp. $\varphi_1(t)\,dt$, $\varphi_2(t)\,dt$, ... $\varphi_n(t)\,dt$ und die Wahrscheinlichkeit, dass keines dieser Ereignisse zwischen der Zeit 0 und t eintrifft, $F(t)$, so gilt dem Obigen zufolge die Gleichung

$$\text{a)}\quad F(t+dt)=F(t)[1-\varphi_1(t)\,dt][1-\varphi_2(t)\,dt]\ldots[1-\varphi_n(t)\,dt],$$
$$d.F(t)=-F(t)[\varphi_1(t)\,dt+\varphi_2(t)\,dt+\ldots+\varphi_n(t)\,dt],$$

woraus durch Integration

$$\text{b)}\quad F(t)=e^{-\int_0^t\varphi_1(t)\,dt}\,.\,e^{-\int_0^t\varphi_2(t)\,dt}\ldots e^{-\int_0^t\varphi_n(t)\,dt}$$

folgt. Setzt man hierin $\varphi_1(t)$, $\varphi_2(t)$, ... $\varphi_{n-1}(t)$ für alle Werthe von t gleich Null, so erhält man offenbar die Wahrscheinlichkeit, welche für das Nichteintreffen des der Wahrscheinlichkeit $\varphi_n(t)$ entsprechenden Ereignisses in der Zeit t vorhanden sein würde, wenn alle übrigen Ursachen nicht vorhanden wären, so dass, wenn diese Wahrscheinlichkeit mit $1-f_n(t)$ bezeichnet wird,

$$1-f_n(t)=e^{-\int_0^t\varphi_n(t)\,dt}$$

und

c) $$F(t) = (1-f_1(t))(1-f_2(t)) \dots (1-f_n(t))$$
ist.

Wie man sieht, stimmt die soeben gefundene Formel in der Form genau mit derjenigen überein, welche sich für den Fall ergiebt, dass die Wahrscheinlichkeiten des Ein- oder Nichteintreffens der einzelnen Ereignisse innerhalb der Zeit t von einander ganz unabhängig sind.

Diesen Satz kann man unmittelbar auf die Activitätswahrscheinlichkeit, d. h. auf die Wahrscheinlichkeit, innerhalb der Zeit 0 bis t activ zu verbleiben, anwenden und hat sodann, wenn $i(t)\,dt$ die Wahrscheinlichkeit ist, in der unendlich kleinen Zeit dt (unter dem Einflusse der Sterblichkeit) invalid zu werden und $s(t)\,dt$ die Wahrscheinlichkeit, in derselben Zeit zu sterben,

$$F(t) = (1-f_1(t))(1-f_2(t)) = e^{-\int_0^t i(t)\,dt} \cdot e^{-\int_0^t s(t)\,dt}.$$

Bezeichnet man jetzt die Gesammtheit der aus $P(0)$ Activen bis zur Zeit t hervorgegangenen Invaliden mit $J(t)$ und die Gesammtheit der bis dahin verstorbenen Activen mit $S(t)$, wobei sogleich angenommen werden soll, dass die $P(0)$ Activen einen Zugang gar nicht, einen Abgang aber nur durch Tod oder Invalidität erleiden — was, ohne der Allgemeinheit der Untersuchung zu schaden, geschehen kann —, so folgt, da

$$P(t)\,i(t)\,dt = dJ(t), \quad i(t)\,dt = \frac{dJ(t)}{P(t)}$$

und

$$P(t)\,s(t)\,dt = dS(t), \quad s(t)\,dt = \frac{dS(t)}{P(t)},$$

$$F(t) = e^{-\int_0^t \frac{dJ(t)+dS(t)}{P(t)}},$$

eine Gleichung, deren Richtigkeit sofort erhellt. Da nämlich

$$P(0) - P(t) = J(t) + S(t),$$

so ist

$$dP(t) = -(dJ(t) + dS(t))$$

und daher

$$F(t) = e^{\int_0^t \frac{dP(t)}{P(t)}} = \frac{P(t)}{P(0)}.$$

Zur Berechnung der sogenannten „unabhängigen" Invaliditätswahrscheinlichkeit $\varepsilon = 1 - e^{-\int_0^t i(t)\,dt} = 1 - e^{-\int_0^t \frac{dJ(t)}{P(t)}}$ und der Sterbenswahrscheinlichkeit $\sigma = 1 - e^{-\int_0^t \frac{dS(t)}{P(t)}}$ hat man, wenn das Intervall von 0 bis t klein genug ist, um

$$P(t) = P(0) - \Delta t, \quad J(t) = J.t, \quad S(t) = S.t$$

setzen zu können,

$$\varepsilon = 1 - \left(\frac{P(0) - \Delta t}{P(0)}\right)^{\frac{J}{\Delta}} = 1 - \left(1 - \frac{\Delta t}{P(0)}\right)^{\frac{J}{\Delta}}$$

und

$$\sigma = 1 - \left(\frac{P(0) - \Delta t}{P(0)}\right)^{\frac{S}{\Delta}} = 1 - \left(1 - \frac{\Delta t}{P(0)}\right)^{\frac{S}{\Delta}}.$$

Ist $t = 1$, so sieht man leicht ein, wenn $1 - \left(1 - \frac{\Delta}{P(0)}\right)^{\frac{J}{\Delta}}$ und $\frac{J}{P(0) - \frac{\Delta - J}{2}}$, sowie $1 - \left(1 - \frac{\Delta}{P(0)}\right)^{\frac{S}{\Delta}}$ und $\frac{S}{P(0) - \frac{\Delta - S}{2}}$ in eine Reihe entwickelt werden, dass näherungsweise

$$\varepsilon = \frac{J}{P(0) - \frac{\Delta - J}{2}} \text{ und } \sigma = \frac{S}{P(0) - \frac{\Delta - S}{2}}$$

gesetzt werden kann. —

Das ist in der Hauptsache die interessante Karup'sche Arbeit und die vollkommen correcte Beweisführung für die Richtigkeit, dass die Activitätswahrscheinlichkeit durch $(1 - \varepsilon)(1 - \sigma)$ dargestellt werden kann. Allein so richtig diese Beweisführung an und für sich ist, so falsch ist es auch, wenn ε und σ als unabhängige Wahrscheinlichkeiten in dem Sinne definirt werden, dass auf sie ohne Weiteres der Satz von der zusammengesetzten Wahrscheinlichkeit, wie er für unabhängige Ereignisse Giltigkeit hat, angewandt werden kann. Würde man dies thun, so erhielte man, da die Formel b) sich direct nur auf die Activitätswahrscheinlichkeit anwenden lässt, die Wahrscheinlichkeiten, die sich auf Verstorbene beziehen, total falsch, während die Wahrscheinlichkeit, als Invalide zu leben, nur bedingungsweise zutreffend gefunden würde.

Von der Richtigkeit dieser Behauptung überzeugt man sich leicht. Die Wahrscheinlichkeit, innerhalb 0 bis t als Activer zu sterben, würde

$$(1 - \varepsilon)\sigma$$

sein. Nun ist aber

$$(1 - \varepsilon)\sigma = e^{-\int_0^t i(t)\,dt}\left(1 - e^{-\int_0^t s(t)\,dt}\right)$$

$$= e^{-\int_0^t i(t)\,dt} - F(t),$$

und da

$$1-e^{-\int_0^t i(t)\,dt} > q, \quad \text{mithin} \quad e^{-\int_0^t i(t)\,dt} < 1-q,$$

so ist

$$(1-s)\sigma < l_a$$

und demzufolge

$$s\sigma > l_i,$$

vorausgesetzt, dass durch die unzulässige Anwendung von σ auf invalide Personen der Fehler nicht zufällig compensirt oder, was ebenfalls möglich wäre, das Ungleichheitszeichen nicht umgekehrt wird.

Als Wahrscheinlichkeit, innerhalb 0 bis t invalid zu werden und nicht zu sterben, erhielte man

$$s(1-\sigma) = \left(1-e^{-\int_0^t i(t)\,dt}\right)e^{-\int_0^t s(t)\,dt}$$
$$= e^{-\int_0^t s(t)\,dt} - F(t)$$

oder mit unserer früheren Bezeichnung

$$s(1-\sigma) = p' - l_a,$$

was offenbar nur dann richtig ist, wenn für Active, wie für Invalide ein und dieselbe Sterblichkeit besteht. Bezeichnet man fragliche Wahrscheinlichkeit mit $\Psi(t)$, so gilt in diesem Falle bei Beibehaltung aller früheren Bezeichnungen und mit $s_1(t)\,dt$ als Wahrscheinlichkeit für einen Invaliden, in der unendlich kleinen Zeit von t bis $t+dt$ zu sterben, die Gleichung

$$\Psi(t+dt) = \Psi(t)(1-s_1(t)\,dt) + F(t)\,i(t)\,dt(1-s_1(t)\,dt),$$
$$d\Psi(t) = -\Psi(t)\,s_1(t)\,dt + F(t)\,i(t)\,dt.$$

Durch Integration folgt sodann als genaue Relation

$$\Psi(t) = e^{-\int s_1(t)\,dt} \cdot \int_0^t F(t)\,i(t)\,e^{\int s_1(t)\,dt}\,dt,$$

die, wie es sein muss, für $s_1(t)\,dt = s(t)\,dt$ in

$$e^{-\int_0^t s(t)\,dt} - F(t)$$

übergeht.

Die Formel

$$f(t) = 1 - e^{-\int_0^t \varphi(t)\,dt},$$

die unpassend „unabhängige" Wahrscheinlichkeit definirt wird, ist der allgemeine Ausdruck für jeden Wahrscheinlichkeitswerth, der eine Function der Zeit ist, *und hierin scheint* mir eine gewisse Bereicherung der

Wahrscheinlichkeitsrechnung zu liegen. Das Problem der Invaliditätsversicherung löst sie aber in der gehofften einfachen Weise und ohne das Hinzutreten weiterer Untersuchungen nicht. —

Zum Schlusse vorliegender Abhandlung möchte ich noch auf die nicht uninteressante Uebereinstimmung aufmerksam machen, die zwischen den Invaliditätswahrscheinlichkeiten besteht, welche Zeuner für die Freiberger Bergarbeiter und Behm für das Beamtenpersonal von circa 50 deutschen Eisenbahnen ermittelt hat.

Wir entnehmen den mehrfach angezogenen Werken: „Zeuner, Abhandlungen aus der mathematischen Statistik“ und „Behm, Statistik der Mortalitäts-, Invaliditäts- und Morbilitätsverhältnisse beim Beamtenpersonale der deutschen Eisenbahnen“:

Alter:	20	30	40	50	60	70 Jahre
q nach Zeuner	= 0,00026	0,00073	0,00297	0,01390	0,04998	0,12774
q nach Behm f. alle Eisenbahnbeamt.	= 0,00022	0,00125	0,00382	0,01217	0,03928	0,10153.

Für das Zugpersonal der Eisenbahnen ist hingegen q wesentlich höher. Behm giebt a. a. O. für dasselbe:

im Alter von	20	30	40	50	60	70 Jahren
	q = 0,00052	0,00218	0,00671	0,01897	0,05618	0,15789.

Leider sind dies zur Zeit die einzigen bekannten Wahrscheinlichkeitswerthe, welche sich auf die Invalidität beziehen und aus wirklichen Beobachtungen hervorgegangen sind. Den Zeuner'schen Zahlen liegt allerdings noch ein weniger vollkommenes Material zu Grunde, während die Behm'schen Werthe in neuester Zeit aus sehr guten statistischen Aufzeichnungen abgeleitet wurden.

III.

Ueber eine eigenthümliche Deformation der Kegelschnitte.

Von

Dr. K. Schwering

in Coesfeld.

§ 1.

Man denke sich einen willkürlichen Kegel zweiten Grades durch eine Ebene geschnitten. Rollt man seinen Mantel nun in einer beliebigen Ebene ab, so wird die Saumcurve desselben eine Deformation des ursprünglichen, den Mantel begrenzenden Kegelschnittes sein. Es gelingt ohne grosse Schwierigkeit, die Gleichung dieser Saumcurve anzugeben; und nun drängt sich die interessante Frage auf, ob diese Deformation des Kegelschnittes algebraisch sein kann. Das Interesse darf ein um so höheres sein, als man gesehen hat*, dass die geodätische Linie auf dem Rotationsellipsoid, auf die Aequatorialebene projicirt, mit einer solchen Saumcurve identisch werden kann. Wir werden nun in der That solche algebraische Deformationen auffinden; ferner werden wir die algebraischen Curven angeben, mit denen die Deformationen übereinstimmen müssten, wenn sie existirten. Dabei wird sich die auffallende Erscheinung darbieten, dass die geometrische Figur eines Zweiges dieser Curven mit der Saumcurve die denkbar schönste Uebereinstimmung zeigt, dass aber eine wirkliche Identificirung unmöglich ist. Ich werde mir erlauben, die Resultate meiner Untersuchungen in der durch die obige Auseinandersetzung gegebenen Reihenfolge darzulegen.

§ 2.

Denken wir uns zunächst einen geraden Kegel mit kreisförmiger Basis. Möge derselbe durch eine beliebige Ebene geschnitten werden. (Vergl. umstehende Figur.)

Sei ABC der durch die grosse Axe der Schnittellipse geführte Axenschnitt, M, M_1 die Centra der eingeschriebenen, die Schnittellipse berührenden Kugeln, dann sind E und D ihre Brennpunkte. Die Halbaxen der Ellipse nennen wir a und b, ferner sei

* S. die Abhandlg. des Verf.: diese Zeitschr., Bd. 24 S. 405 flgg.

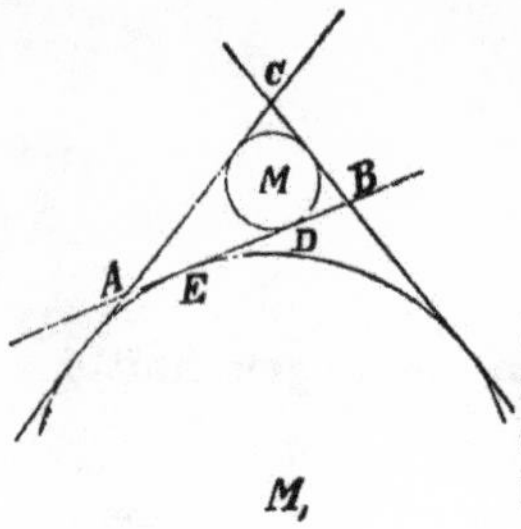

Dann ist

$$AC = g, \quad BC = h.$$

$$BD = AE = a + \frac{h-g}{2},$$

$$ED = g - h,$$

$$a^2 - b^2 = \tfrac{1}{4}(g-h)^2.$$

Fällen wir von C aus die Senkrechte auf AB und bezeichnen ihre Länge mit c, so ist c als Höhe des Dreiecks ABC gegeben. Der Fusspunkt hat von A den Abstand

$$\frac{g^2 - h^2 + 4a^2}{4a},$$

daher von der Mitte von AB, d. h. dem Mittelpunkte der fraglichen Ellipse den Abstand α, wo

$$\alpha = \frac{g^2 - h^2}{4a}.$$

Jetzt stellen wir uns die allgemeine Aufgabe:

Gegeben ein Kegel mit der Basisellipse

1) $$\frac{x^2}{a^2} + \frac{y^2}{b^2} = 1.$$

In ihrer Ebene befindet sich ein Punkt mit den Coordinaten α, β; in demselben ist die Senkrechte $= c$ errichtet. Ihr Endpunkt sei die Spitze des Kegels. Wir lassen denselben abrollen und fragen nach der Saumcurve des Mantels. Zunächst finden wir die Gleichung des Kegels:

2) $$\frac{(z\alpha - xc)^2}{a^2} + \frac{(z\beta - yc)^2}{b^2} = (z-c)^2.$$

In dem gewählten Coordinatensystem hat die Spitze die Coordinaten

$$\alpha, \beta, c.$$

Führen wir den Winkel ψ ein durch die Gleichungen

$$x' = a \,.\, \cos\psi, \quad y' = b \,.\, \sin\psi,$$

dann finden wir durch analoge Methoden wie in der v. A.* die Gleichung der Saumcurve für die Polarcoordinaten ϱ, φ:

$$\varrho^2 = c^2 + (x' - \alpha)^2 + (y' - \beta)^2,$$

$$d\varphi = \frac{\sqrt{\{c^2(b^2 . \cos^2\psi + a^2 . \sin^2\psi) + (\alpha b \cos\psi + \beta a \sin\psi - ab)^2\}}}{c^2 + (a . \cos\psi - \alpha)^2 + (b . \sin\psi - \beta)^2}\, d\psi.$$

Diese allgemeinen Formeln vereinfachen sich für den von uns betrachteten Specialfall ausserordentlich. Man erhält nämlich

3) $$\varrho = \frac{g+h}{2} - \frac{g-h}{2}\cos\psi, \quad d\varphi = \frac{b}{\frac{g+h}{2} - \frac{g-h}{2}\cos\psi}\,.\, d\psi.$$

Bezeichnen wir den Winkel C im Dreieck ABC mit γ und setzen

* *Diese Zeitschr.*, Bd. 24 S. 405 flgg.

$$n = \sin\frac{\gamma}{2},$$

so erhalten wir durch Integration

$$\frac{a^2 - b^2 - a\alpha \,.\, \cos\psi}{(a^2 - b^2)\cos\psi - a\alpha} = \cos\frac{\varphi}{n}.$$

Ferner

5) $$\varrho = \frac{2gh}{g + h + (g - h)\cos\frac{\varphi}{n}}.$$

Diese Gleichung ist als lösende Endformel anzusehen. Man leitet aus ihr rückwärts die Differentialformel ab:

6) $$\frac{1}{n} \,.\, d\psi = \frac{\sqrt{gh}}{\varrho\sqrt{g - \varrho}\sqrt{\varrho - h}} \,.\, d\varrho.$$

Unsere Curve wird algebraisch, wenn n eine rationale Zahl ist. Die geometrische Beziehung ist evident. Denken wir uns nämlich den Kegel durch eine Ebene senkrecht zur Axe geschnitten, so entsteht ein Kreis mit dem Radius $r \,.\, \sin\frac{\gamma}{2}$, wenn r die Seite des begrenzten Kegels ist. In unserem Falle wird bei Abrollung des Mantels ein Sector entstehen, dessen Amplitude zu π ein rationales Verhältniss hat.

Was wir bisher für die Ellipse abgeleitet haben, kann ohne Mühe auf Parabel und Hyperbel ausgedehnt werden. **Ja, man kann behaupten, dass jede algebraische dem Kegel aufbeschriebene Curve in unserer Deformation algebraisch bleibt.** Die Gleichung 5) lehrt, wenn man zu Cartesischen Coordinaten übergeht, dass alle resultirenden Curven die Eigenschaft haben, unicursal zu sein, indem ihre Coordinaten sich als rationale Functionen eines Parameters darstellen lassen.

§ 3.

Wir wollen jetzt einige Beispiele geben:

1. $n = \frac{1}{2}$.

In diesem Falle haben wir

$$\varrho \,.\, \cos\varphi = x = \frac{2gh\cos\varphi}{g + h + (g - h)\cos 2\varphi},$$

$$\varrho \,.\, \sin\varphi = y = \frac{2gh\sin\varphi}{g + h + (g - h)\cos 2\varphi}.$$

Daraus zieht man sofort

$$\frac{x^2 - y^2}{x^2 + y^2} = \cos 2\varphi$$

und, indem man eine der vorhergehenden quadrirt,

7) $$(gx^2 + hy^2)^2 = g^2h^2(x^2 + y^2).$$

Dies ist also die Deformation einer Ellipse mit den Halbaxen a, b, wenn

$$4a^2 = g^2 - gh + h^2, \quad 4b^2 = gh.$$

Man kann noch beweisen

8) $$tg\,\varphi = \sqrt{\frac{g}{h}} \cdot tg\,\frac{\psi}{2}.$$

2. $n = \frac{1}{3}$.

Weil

$$\cos\varphi = \frac{x}{\sqrt{x^2+y^2}}, \quad \cos 3\varphi = \frac{x(x^2-3y^2)}{(\sqrt{x^2+y^2})^3},$$

so wird gefunden

9) $$(g+h)^2(x^2+y^2)^3 = \{2gh(x^2+y^2) - (g-h)\,x(x^2+3y^2)\}^2.$$

Interessante Bemerkungen über die Richtungen der imaginären Asymptoten muss ich mir an dieser Stelle auszuführen versagen.

§ 4.

Betrachten wir jetzt den allgemeinen Kegel zweiten Grades:

10) $$\frac{x^2}{a^2} + \frac{y^2}{b^2} = \frac{z^2}{c^2},$$

so wird ein auf ihm liegender Kegelschnitt, ja jede algebraische Curve nur dann eine algebraische Deformation besitzen, wenn die letztere geschlossen ist, d. h. mit einer algebraischen Linie nicht unendlich viele Schnittpunkte darbietet. Dazu ist nun sofort nothwendig, dass die Amplitude des Sectors, nach vollzogener einmaliger Abrollung, zu π ein rationales Verhältniss besitzt. Denn sonst würde die Deformation jeder Schnittellipse unendlich viele Doppelpunkte besitzen. Denken wir uns nun um die Spitze des Kegels als Mittelpunkt eine Kugel mit dem Radius r beschrieben, so wird die Schnittcurve bei der Abrollung zur Peripherie eines Kreises und muss daher zu $r\pi$ ein rationales Verhältniss haben, wenn eine algebraische Deformation gelingen soll. Andererseits haben wir bereits die Differentialgleichung unserer Rollcurve für die Polarcoordinaten ϱ und φ in der v. A. Formel 8) erhalten und können auch an dieselbe die weiteren Untersuchungen anknüpfen.

Wird der Kegel 10) durch die Ebene $z = c$ geschnitten und abgerollt, so wird die Gleichung der Saumcurve:

11) $$d\varphi = \frac{\sqrt{(c^2+a^2)(c^2+b^2) - c^2\varrho^2}}{\sqrt{\varrho^2-b^2-c^2}\sqrt{a^2+c^2-\varrho^2}} \cdot \frac{d\varrho}{\varrho}.$$

Nun setzen wir:

$$du = \frac{\varrho \cdot d\varrho}{\sqrt{c^2\varrho^2-(a^2+c^2)(b^2+c^2)}\sqrt{\varrho^2-b^2-c^2}\sqrt{(a^2+c^2)+\varrho^2}}$$

und bestimmen

$$\varrho^2 = ns + m,$$

um einen Ausdruck in s zu erhalten, welche

$$du = -\frac{ds}{2\sqrt{(s-e_1)(s-e_2)(s-e_3)}}$$

besitzen soll. Dann findet man

$n = \frac{1}{c^2}$, $3c^2m = 3c^4 + 2c^2a^2 + 2c^2b^2 + a^2b^2$, $e_1 = \frac{1}{3}(a^2c^2 + b^2c^2 + 2a^2b^2)$,

12) $e_1 - e_3 = a^2(b^2+c^2)$, $e_1 - e_2 = b^2(a^2+c^2)$, $e_2 - e_3 = c^2(a^2-b^2)$.

Aus den vorhergehenden Substitutionen folgen die simultanen Werthe:

$$s = e_2,\quad \varrho^2 = a^2+c^2,$$
$$s = e_3,\quad \varrho^2 = b^2+c^2.$$

Den letzteren als Anfangswerth annehmend, setzen wir:

13) $$u = \int_{e_3}^{s} \frac{ds}{2\sqrt{(s-e_1)(s-e_2)(s-e_3)}}.$$

Dann ist u reell und, wenn $s = e_3$, $u = 0$. Aus 13) folgt $s = \wp(u+c')$, also $e_3 = \wp(c')$, $c' = \omega_3$. Wir verstehen nämlich unter $2\omega_1$ die kleinste reelle, unter $2\omega_3$ die kleinste rein imaginäre Periode unseres Integrals, wozu wir noch ω_2 durch die Gleichung hinzunehmen:

$$\omega_1 + \omega_2 + \omega_3 = 0.$$

Es ist also

14) $$s = \wp(u+\omega_3).$$

Wenn $\varrho = 0$, so wird $s = -\frac{m}{n}$. Den zugehörigen Werth von u nennen wir u_0, so dass

$$u_0 = \int_{\sqrt{b^2+c^2}}^{0} \frac{\varrho\, d\varrho}{\sqrt{c^2\varrho^2 - (a^2+c^2)(b^2+c^2)}\,\sqrt{\varrho^2-b^2-c^2}\,\sqrt{a^2+c^2-\varrho^2}}.$$

Dies Integral soll so eingerichtet sein, dass u_0 eine rein imaginäre Grösse mit positiver Coordinate sei, analog ω_3. Da

$$\wp(u_0+\omega_3) = -c^4 - \tfrac{2}{3}c^2a^2 - \tfrac{2}{3}c^2b^2 - \tfrac{1}{3}a^2b^2,$$

so beweist man leicht:

15) $$\begin{cases} \wp(u_0+\omega_3) - e_1 = -(a^2+c^2)(b^2+c^2), \\ \wp(u_0+\omega_3) - e_2 = -(a^2+c^2)c^2, \\ \wp(u_0+\omega_3) - e_3 = -(b^2+c^2)c^2. \end{cases}$$

Nun erhält man aus 11)

$$d\varphi = \frac{(c^2+a^2)(c^2+b^2) - c^2\varrho^2}{\varrho^2}\, du$$

oder, weil

$$(c^2+a^2)(c^2+b^2) - c^2\varrho^2 = e_1 - s,\quad c^2\varrho^2 = e_1 - \wp(u_0+\omega_3) - (e_1 - s):$$

16) $$d\varphi = \frac{c^2(e_1 - \wp(u+\omega_3))}{\wp(u+\omega_3) - \wp(u_0+\omega_3)}\, du.$$

Nun kann man setzen

$$\frac{e_1 - \wp(u+\omega_3)}{\wp(u+\omega_3) - \wp(u_0+\omega_3)} = A + B\left\{\frac{\sigma'}{\sigma}(u-u_0) - \frac{\sigma'}{\sigma}(u+u_0)\right\}.$$

Hier ist Kürze wegen $\frac{\sigma'}{\sigma}(u)$ für $\frac{\sigma' u}{\sigma u}$ geschrieben. Für $u=\omega_3$ folgt sofort:

$$0=A+2B\,.\,\frac{\sigma'_2}{\sigma_2}(u_0).$$

Man hat also A auf B zurückgeführt. Für $u=u_0$ wird

$$B=\frac{e_1-\wp(u_0+\omega_3)}{\wp'(u_0+\omega_3)}.$$

Nun ist aber $\wp' u$, weil sein erster Term $-\frac{2}{u^3}$, auf der positiven Axe des Imaginären anfangs negativ imaginär, wechselt aber bei $u=\omega_3$ sein Vorzeichen, daher ist $\wp'(u+\omega_3)$ positiv imaginär und folglich, nach 15),

17) $$\wp'(u+\omega_3)=+2c^2(a^2+c^2)(b^2+c^2)\,i;$$

mithin wird $B=-\frac{1}{2c^3}i$, folglich verwandelt sich 16) in

$$d\varphi=\left\{\frac{\sigma'_2}{\sigma_2}(u_0)+\tfrac{1}{2}\frac{\sigma'}{\sigma}(u+u_0)-\frac{\sigma'}{\sigma}(u-u_0)\right\}i\,.\,du.$$

Integrirt man, so folgt:

$$\varphi=c'+i\,.\,\frac{\sigma'_2}{\sigma_2}(u_0)\,.\,u+\frac{i}{2}\,lg\,\frac{\sigma(u+u_0)}{\sigma(u-u_0)}.$$

Hieraus folgt:

18) $$e^{2\varphi i}=\frac{\sigma(u-u_0)}{\sigma(u+u_0)}\,.\,e^{+2u\,.\,\frac{\sigma'_2}{\sigma_2}(u_0)}.$$

In dieser Formel ist die Integrationsconstante derartig bestimmt, dass man $\varphi=\frac{\pi}{2}$ für $u=0$ hat. Es war

$$\varrho^2=ns+m=\frac{1}{c^2}\left(\wp(u+\omega_3)-\wp(u_0+\omega_3)\right).$$

Demnach

$$\varrho^2=-\frac{\sigma(u+u_0)\,.\,\sigma(u-u_0)}{\sigma^2(u_0)+\sigma_3^2 u}(b^2+c^2).$$

Mithin nach 18)

19) $$\varrho\,.\,e^{\varphi i}=i\,.\,\frac{\sigma(u_0-u)}{\sigma u_0\,.\,\sigma_3 u}\,.\,e^{+u\,.\,\frac{\sigma'_2}{\sigma}(u_0)}\,.\,\sqrt{b^2+c^2}.$$

Der Wurzel ist das positive Vorzeichen zu ertheilen. Noch hat man

20) $$\varrho^2=(b^2+c^2)\frac{\wp u-\wp u_0}{\wp u-e_3}.$$

Die Formeln 19) und 20) lösen unsere nächste Aufgabe.

Bestimmt man für 19) das erste Glied in der Entwickelung nach Potenzen von u, so wird der reelle, mit u multiplicirte Theil negativ. Für kleine positive u liegt also φ im zweiten Quadranten. Im Beginn der Abrollung hat also der Kegel die Lage, dass seine kleinste Seite,

$\sqrt{b^2+c^2}$, mit der y-Axe zusammenfällt. Der Sinn der Abrollung ist soeben erkannt worden.

§ 5.

Für $u=\omega_1$ entwickeln wir aus 15) zunächst

$$21)\quad \left\{\begin{aligned} \wp u_0 - e_1 &= -a^2(a^2+c^2),\\ \wp u_0 - e_2 &= -(a^2-b^2)(a^2+c^2),\\ \wp u_0 - e_3 &= -a^2(a^2-b^2),\\ \wp' u_0 &= -2a^2(a^2-b^2)(a^2+c^2).i. \end{aligned}\right.$$

Alsdann liefert 20)

$$\varrho^2 = a^2+c^2.$$

Hiermit ist ein Viertel einer ganzen Abrollung vollzogen oder ein Quadrat der Basisellipse in der Ebene abgebildet. Für $u=2\omega_1$ haben wir wieder $\varrho^2=b^2+c^2$, für $u=3\omega_1$ wieder $\varrho^2=a^2+c^2$ und für $u=4\omega_1$ $\varrho^2=b^2+c^2$. Wenn also das Argument u um eine halbe reelle Periode wächst, so vollzieht sich allemal die Abbildung eines weiteren Quadranten der Ellipse.

Untersuchen wir jetzt die Veränderungen, welche φ erleidet, wenn u um ganze Perioden zunimmt.

Wir bedienen uns zu diesem Zwecke der Formel 18). Weil

$$\sigma(u+2\omega_1) = -e^{2\eta_1(u+\omega_1)}.\sigma u,\quad \sigma(u+2\omega_3) = -e^{2\eta_3(u+\omega_3)}.\sigma u,$$

so erhält φ, wie aus 18) erhellt, die Zuwächse φ_1 und φ_3, wo

$$22)\quad \varphi_1.i = 2\omega_1.\frac{\sigma_2'}{\sigma_2}(u_0) - 2\eta_1 u_0,\quad \varphi_3.i = 2\omega_3.\frac{\sigma_2'}{\sigma_2}(u_0) - 2\eta_3.u_0.$$

Es ist φ_1 reell, und daraus folgt, dass bei Vermehrung um ganze reelle Perioden immer reelle Curvenpunkte gefunden werden. Dagegen ist φ_3 imaginär, und weil ϱ gleichzeitig reell bleibt, so führt die Vermehrung um ganze imaginäre Perioden im Allgemeinen nicht zu reellen Curvenpunkten. Für $u=\omega_1$ finden wir den zugehörigen Werth von φ leicht als $\frac{1}{2}\varphi_1$; ein Ergebniss, welches sich geometrisch vorhersehen liess.

Damit nun unsere Curve algebraisch werde, ist zunächst erforderlich, dass φ_1 zu π in einem rationalen Verhältnisse stehe; denn sonst wird der reelle Curvenzweig nimmer geschlossen sein. Andererseits bleibt ϱ unverändert für Vermehrungen des Arguments um ganze Vielfache von $2\omega_3$, während der Winkel φ gleichzeitig constante, rein imaginäre Zuwächse erfährt. Demnach würde der Kreis mit dem Radius ϱ unsere Curve in unendlich vielen imaginären Punkten schneiden. Daher kann unsere Curve nur dann algebraisch sein, wenn ausserdem φ_3 verschwindet.

Aus diesen Bedingungen ergiebt sich, wenn λ eine rationale Zahl bedeutet, leicht

$$P(t)=P(0)-\Delta t,\quad J(t)=J.t,\quad S(t)=S.t$$

setzen zu können,

$$\varepsilon=1-\left(\frac{P(0)-\Delta t}{P(0)}\right)^{\frac{J}{\Delta}}=1-\left(1-\frac{\Delta t}{P(0)}\right)^{\frac{J}{\Delta}}$$

und

$$\sigma=1-\left(\frac{P(0)-\Delta t}{P(0)}\right)^{\frac{S}{\Delta}}=1-\left(1-\frac{\Delta t}{P(0)}\right)^{\frac{S}{\Delta}}.$$

Ist $t=1$, so sieht man leicht ein, wenn $1-\left(1-\frac{\Delta}{P(0)}\right)^{\frac{J}{\Delta}}$ und $\frac{J}{P(0)-\frac{\Delta-J}{2}}$, sowie $1-\left(1-\frac{\Delta}{P(0)}\right)^{\frac{S}{\Delta}}$ und $\frac{S}{P(0)-\frac{\Delta-S}{2}}$ in eine Reihe entwickelt werden, dass näherungsweise

$$\varepsilon=\frac{J}{P(0)-\frac{\Delta-J}{2}}\ \text{und}\ \sigma=\frac{S}{P(0)-\frac{\Delta-S}{2}}$$

gesetzt werden kann. —

Das ist in der Hauptsache die interessante Karup'sche Arbeit und die vollkommen correcte Beweisführung für die Richtigkeit, dass die Activitätswahrscheinlichkeit durch $(1-\varepsilon)(1-\sigma)$ dargestellt werden kann. Allein so richtig diese Beweisführung an und für sich ist, so falsch ist es auch, wenn ε und σ als unabhängige Wahrscheinlichkeiten in dem Sinne definirt werden, dass auf sie ohne Weiteres der Satz von der zusammengesetzten Wahrscheinlichkeit, wie er für unabhängige Ereignisse Giltigkeit hat, angewandt werden kann. Würde man dies thun, so erhielte man, da die Formel b) sich direct nur auf die Activitätswahrscheinlichkeit anwenden lässt, die Wahrscheinlichkeiten, die sich auf Verstorbene beziehen, total falsch, während die Wahrscheinlichkeit, als Invalide zu leben, nur bedingungsweise zutreffend gefunden würde.

Von der Richtigkeit dieser Behauptung überzeugt man sich leicht. Die Wahrscheinlichkeit, innerhalb 0 bis t als Activer zu sterben, würde $(1-\varepsilon)\sigma$ sein. Nun ist aber

$$(1-\varepsilon)\sigma=e^{-\int_0^t i(t)\,dt}\left(1-e^{-\int_0^t s(t)\,dt}\right)$$

$$=e^{-\int_0^t i(t)\,dt}-F(t),$$

und da

$$1-e^{-\int\limits_0^t i(t)\,dt} > q, \quad \text{mithin} \quad e^{-\int\limits_0^t i(t)\,dt} < 1-q,$$

so ist

$$(1-s)\sigma < l_a$$

und demzufolge

$$s\sigma > l_i,$$

vorausgesetzt, dass durch die unzulässige Anwendung von σ auf invalide Personen der Fehler nicht zufällig compensirt oder, was ebenfalls möglich wäre, das Ungleichheitszeichen nicht umgekehrt wird.

Als Wahrscheinlichkeit, innerhalb 0 bis t invalid zu werden und nicht zu sterben, erhielte man

$$s(1-\sigma) = \left(1-e^{-\int\limits_0^t i(t)\,dt}\right) e^{-\int\limits_0^t s(t)\,dt}$$

$$= e^{-\int\limits_0^t s(t)\,dt} - F(t)$$

oder mit unserer früheren Bezeichnung

$$s(1-\sigma) = p' - l_a,$$

was offenbar nur dann richtig ist, wenn für Active, wie für Invalide ein und dieselbe Sterblichkeit besteht. Bezeichnet man fragliche Wahrscheinlichkeit mit $\Psi(t)$, so gilt in diesem Falle bei Beibehaltung aller früheren Bezeichnungen und mit $s_1(t)\,dt$ als Wahrscheinlichkeit für einen Invaliden, in der unendlich kleinen Zeit von t bis $t+dt$ zu sterben, die Gleichung

$$\Psi(t+dt) = \Psi(t)(1-s_1(t)\,dt) + F(t)\,i(t)\,dt(1-s_1(t)\,dt),$$

$$d\Psi(t) = -\Psi(t)\,s_1(t)\,dt + F(t)\,i(t)\,dt.$$

Durch Integration folgt sodann als genaue Relation

$$\Psi(t) = e^{-\int s_1(t)\,dt} \int\limits_0^t F(t)\,i(t)\,e^{\int s_1(t)\,dt}\,dt,$$

die, wie es sein muss, für $s_1(t)\,dt = s(t)\,dt$ in

$$e^{-\int\limits_0^t s(t)\,dt} - F(t)$$

übergeht.

Die Formel

$$f(t) = 1 - e^{-\int\limits_0^t \varphi(t)\,dt},$$

die unpassend „unabhängige" Wahrscheinlichkeit definirt wird, ist der allgemeine Ausdruck für jeden Wahrscheinlichkeitswerth, der eine Function der Zeit ist, *und hierin scheint mir* eine gewisse Bereicherung der

Wahrscheinlichkeitsrechnung zu liegen. Das Problem der Invaliditätsversicherung löst sie aber in der gehofften einfachen Weise und ohne das Hinzutreten weiterer Untersuchungen nicht. —

Zum Schlusse vorliegender Abhandlung möchte ich noch auf die nicht uninteressante Uebereinstimmung aufmerksam machen, die zwischen den Invaliditätswahrscheinlichkeiten besteht, welche Zeuner für die Freiberger Bergarbeiter und Behm für das Beamtenpersonal von circa 50 deutschen Eisenbahnen ermittelt hat.

Wir entnehmen den mehrfach angezogenen Werken: „Zeuner, Abhandlungen aus der mathematischen Statistik" und „Behm, Statistik der Mortalitäts-, Invaliditäts- und Morbilitätsverhältnisse beim Beamtenpersonale der deutschen Eisenbahnen":

Alter:	20	30	40	50	60	70 Jahre
q nach Zeuner	= 0,00026	0,00073	0,00297	0,01390	0,04998	0,12774
q nach Behm f. alle Eisenbahnbeamt.	= 0,00022	0,00125	0,00382	0,01217	0,03928	0,10153.

Für das Zugpersonal der Eisenbahnen ist hingegen q wesentlich höher. Behm giebt a. a. O. für dasselbe:

im Alter von	20	30	40	50	60	70 Jahren
	q = 0,00052	0,00218	0,00671	0,01897	0,05618	0,15789.

Leider sind dies zur Zeit die einzigen bekannten Wahrscheinlichkeitswerthe, welche sich auf die Invalidität beziehen und aus wirklichen Beobachtungen hervorgegangen sind. Den Zeuner'schen Zahlen liegt allerdings noch ein weniger vollkommenes Material zu Grunde, während die Behm'schen Werthe in neuester Zeit aus sehr guten statistischen Aufzeichnungen abgeleitet wurden.

III.

Ueber eine eigenthümliche Deformation der Kegelschnitte.

Von

Dr. K. Schwering

in Coesfeld.

---

§ 1.

Man denke sich einen willkürlichen Kegel zweiten Grades durch eine Ebene geschnitten. Rollt man seinen Mantel nun in einer beliebigen Ebene ab, so wird die Saumcurve desselben eine Deformation des ursprünglichen, den Mantel begrenzenden Kegelschnittes sein. Es gelingt ohne grosse Schwierigkeit, die Gleichung dieser Saumcurve anzugeben; und nun drängt sich die interessante Frage auf, ob diese Deformation des Kegelschnittes algebraisch sein kann. Das Interesse darf ein um so höheres sein, als man gesehen hat*, dass die geodätische Linie auf dem Rotationsellipsoid, auf die Aequatorialebene projicirt, mit einer solchen Saumcurve identisch werden kann. Wir werden nun in der That solche algebraische Deformationen auffinden; ferner werden wir die algebraischen Curven angeben, mit denen die Deformationen übereinstimmen müssten, wenn sie existirten. Dabei wird sich die auffallende Erscheinung darbieten, dass die geometrische Figur eines Zweiges dieser Curven mit der Saumcurve die denkbar schönste Uebereinstimmung zeigt, dass aber eine wirkliche Identificirung unmöglich ist. Ich werde mir erlauben, die Resultate meiner Untersuchungen in der durch die obige Auseinandersetzung gegebenen Reihenfolge darzulegen.

§ 2.

Denken wir uns zunächst einen geraden Kegel mit kreisförmiger Basis. Möge derselbe durch eine beliebige Ebene geschnitten werden. (Vergl. umstehende Figur.)

Sei ABC der durch die grosse Axe der Schnittellipse geführte Axenschnitt, M, M_1 die Centra der eingeschriebenen, die Schnittellipse berührenden Kugeln, dann sind E und D ihre Brennpunkte. Die Halbaxen der Ellipse nennen wir a und b, ferner sei

---

* S. *die Abhandlg. des Verf.: diese Zeitschr.*, Bd. 24 S. 405 flgg.

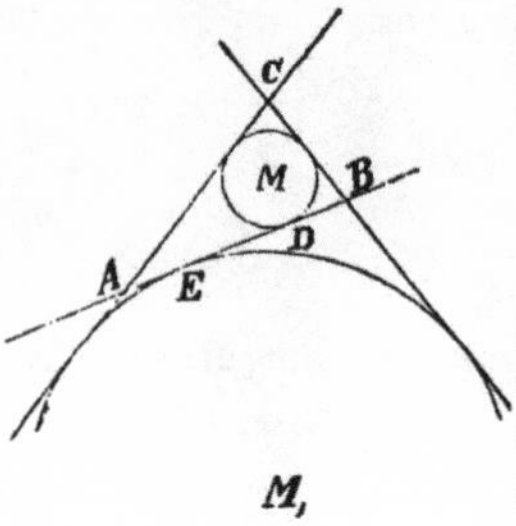

Dann ist

$$AC = g, \quad BC = h.$$

$$BD = AE = a + \frac{h-g}{2},$$

$$ED = g - h,$$

$$a^2 - b^2 = \tfrac{1}{4}(g-h)^2.$$

Fällen wir von C aus die Senkrechte auf AB und bezeichnen ihre Länge mit c, so ist c als Höhe des Dreiecks ABC gegeben. Der Fusspunkt hat von A den Abstand

$$\frac{g^2 - h^2 + 4a^2}{4a},$$

daher von der Mitte von AB, d. h. dem Mittelpunkte der fraglichen Ellipse den Abstand α, wo

$$\alpha = \frac{g^2 - h^2}{4a}.$$

Jetzt stellen wir uns die allgemeine Aufgabe:

Gegeben ein Kegel mit der Basisellipse

1) $$\frac{x^2}{a^2} + \frac{y^2}{b^2} = 1.$$

In ihrer Ebene befindet sich ein Punkt mit den Coordinaten α, β; in demselben ist die Senkrechte $= c$ errichtet. Ihr Endpunkt sei die Spitze des Kegels. Wir lassen denselben abrollen und fragen nach der Saumcurve des Mantels. Zunächst finden wir die Gleichung des Kegels:

2) $$\frac{(z\alpha - xc)^2}{a^2} + \frac{(z\beta - yc)^2}{b^2} = (z-c)^2.$$

In dem gewählten Coordinatensystem hat die Spitze die Coordinaten

$$\alpha, \ \beta, \ c.$$

Führen wir den Winkel ψ ein durch die Gleichungen

$$x' = a \,.\, \cos\psi, \quad y' = b \,.\, \sin\psi,$$

dann finden wir durch analoge Methoden wie in der v. A.* die Gleichung der Saumcurve für die Polarcoordinaten ϱ, φ:

$$\varrho^2 = c^2 + (x' - \alpha)^2 + (y' - \beta)^2,$$

$$d\varphi = \frac{\sqrt{\{c^2(b^2 . \cos^2\psi + a^2 . \sin^2\psi) + (\alpha b \cos\psi + \beta a \sin\psi - ab)^2\}}}{c^2 + (a . \cos\psi - \alpha)^2 + (b . \sin\psi - \beta)^2}\, d\psi.$$

Diese allgemeinen Formeln vereinfachen sich für den von uns betrachteten Specialfall ausserordentlich. Man erhält nämlich

3) $$\varrho = \frac{g+h}{2} - \frac{g-h}{2}\cos\psi, \quad d\varphi = \frac{b}{\frac{g+h}{2} - \frac{g-h}{2}\cos\psi} . d\psi.$$

Bezeichnen wir den Winkel C im Dreieck ABC mit γ und setzen

* *Diese Zeitschr.*, Bd. 24 S. 405 flgg.

$$n = \sin\frac{\gamma}{2},$$

so erhalten wir durch Integration

$$\frac{a^2 - b^2 - a\alpha \,.\, \cos\psi}{(a^2 - b^2)\cos\psi - a\alpha} = \cos\frac{\varphi}{n}.$$

Ferner

5) $$\varrho = \frac{2gh}{g + h + (g - h)\cos\frac{\varphi}{n}}.$$

Diese Gleichung ist als lösende Endformel anzusehen. Man leitet aus ihr rückwärts die Differentialformel ab:

6) $$\frac{1}{n} \,.\, d\psi = \frac{\sqrt{gh}}{\varrho\sqrt{g - \varrho}\,\sqrt{\varrho - h}} \,.\, d\varrho.$$

Unsere Curve wird algebraisch, wenn n eine rationale Zahl ist. Die geometrische Beziehung ist evident. Denken wir uns nämlich den Kegel durch eine Ebene senkrecht zur Axe geschnitten, so entsteht ein Kreis mit dem Radius $r \,.\, \sin\frac{\gamma}{2}$, wenn r die Seite des begrenzten Kegels ist. In unserem Falle wird bei Abrollung des Mantels ein Sector entstehen, dessen Amplitude zu π ein rationales Verhältniss hat.

Was wir bisher für die Ellipse abgeleitet haben, kann ohne Mühe auf Parabel und Hyperbel ausgedehnt werden. **Ja, man kann behaupten, dass jede algebraische dem Kegel aufbeschriebene Curve in unserer Deformation algebraisch bleibt.** Die Gleichung 5) lehrt, wenn man zu Cartesischen Coordinaten übergeht, dass alle resultirenden Curven die Eigenschaft haben, unicursal zu sein, indem ihre Coordinaten sich als rationale Functionen eines Parameters darstellen lassen.

§ 3.

Wir wollen jetzt einige Beispiele geben:

1. $n = \frac{1}{2}$.

In diesem Falle haben wir

$$\varrho \,.\, \cos\varphi = x = \frac{2gh\cos\varphi}{g + h + (g - h)\cos 2\varphi},$$

$$\varrho \,.\, \sin\varphi = y = \frac{2gh\sin\varphi}{g + h + (g - h)\cos 2\varphi}.$$

Daraus zieht man sofort

$$\frac{x^2 - y^2}{x^2 + y^2} = \cos 2\varphi$$

und, indem man eine der vorhergehenden quadrirt,

7) $$(gx^2 + hy^2)^2 = g^2h^2(x^2 + y^2).$$

Dies ist also die Deformation einer Ellipse mit den Halbaxen a, b, wenn

$$4a^2 = g^2 - gh + h^2, \quad 4b^2 = gh.$$

Wahrscheinlichkeitsrechnung zu liegen. Das Problem der Invaliditäts versicherung löst sie aber in der gehofften einfachen Weise und ohne das Hinzutreten weiterer Untersuchungen nicht. —

Zum Schlusse vorliegender Abhandlung möchte ich noch auf die nicht uninteressante Uebereinstimmung aufmerksam machen, die zwischen den Invaliditätswahrscheinlichkeiten besteht, welche Zeuner für die Freiberger Bergarbeiter und Behm für das Beamtenpersonal von circa 50 deutschen Eisenbahnen ermittelt hat.

Wir entnehmen den mehrfach angezogenen Werken: „Zeuner, Abhandlungen aus der mathematischen Statistik" und „Behm, Statistik der Mortalitäts-, Invaliditäts- und Morbilitätsverhältnisse beim Beamtenpersonale der deutschen Eisenbahnen":

Alter:	20	30	40	50	60	70 Jahre
q nach Zeuner =	0,00026	0,00073	0,00297	0,01390	0,04998	0,12774
q nach Behm f. alle Eisenbahnbeamt. =	0,00022	0,00125	0,00382	0,01217	0,03928	0,10153.

Für das Zugpersonal der Eisenbahnen ist hingegen q wesentlich höher. Behm giebt a. a. O. für dasselbe:

im Alter von	20	30	40	50	60	70 Jahren
q =	0,00052	0,00218	0,00671	0,01897	0,05618	0,15789.

Leider sind dies zur Zeit die einzigen bekannten Wahrscheinlichkeitswerthe, welche sich auf die Invalidität beziehen und aus wirklichen Beobachtungen hervorgegangen sind. Den Zeuner'schen Zahlen liegt allerdings noch ein weniger vollkommenes Material zu Grunde, während die Behm'schen Werthe in neuester Zeit aus sehr guten statistischen Aufzeichnungen abgeleitet wurden.

III.

Ueber eine eigenthümliche Deformation der Kegelschnitte.

Von

Dr. K. Schwering

in Coesfeld.

---

§ 1.

Man denke sich einen willkürlichen Kegel zweiten Grades durch eine Ebene geschnitten. Rollt man seinen Mantel nun in einer beliebigen Ebene ab, so wird die Saumcurve desselben eine Deformation des ursprünglichen, den Mantel begrenzenden Kegelschnittes sein. Es gelingt ohne grosse Schwierigkeit, die Gleichung dieser Saumcurve anzugeben; und nun drängt sich die interessante Frage auf, ob diese Deformation des Kegelschnittes algebraisch sein kann. Das Interesse darf ein um so höheres sein, als man gesehen hat*, dass die geodätische Linie auf dem Rotationsellipsoid, auf die Aequatorialebene projicirt, mit einer solchen Saumcurve identisch werden kann. Wir werden nun in der That solche algebraische Deformationen auffinden; ferner werden wir die algebraischen Curven angeben, mit denen die Deformationen übereinstimmen müssten, wenn sie existirten. Dabei wird sich die auffallende Erscheinung darbieten, dass die geometrische Figur eines Zweiges dieser Curven mit der Saumcurve die denkbar schönste Uebereinstimmung zeigt, dass aber eine wirkliche Identificirung unmöglich ist. Ich werde mir erlauben, die Resultate meiner Untersuchungen in der durch die obige Auseinandersetzung gegebenen Reihenfolge darzulegen.

§ 2.

Denken wir uns zunächst einen geraden Kegel mit kreisförmiger Basis. Möge derselbe durch eine beliebige Ebene geschnitten werden. (Vergl. umstehende Figur.)

Sei ABC der durch die grosse Axe der Schnittellipse geführte Axenschnitt, M, M_1 die Centra der eingeschriebenen, die Schnittellipse berührenden Kugeln, dann sind E und D ihre Brennpunkte. Die Halbaxen der Ellipse nennen wir a und b, ferner sei

---

* S. die *Abhandlg. des Verf.: diese Zeitschr.*, Bd. 24 S. 405 flgg.

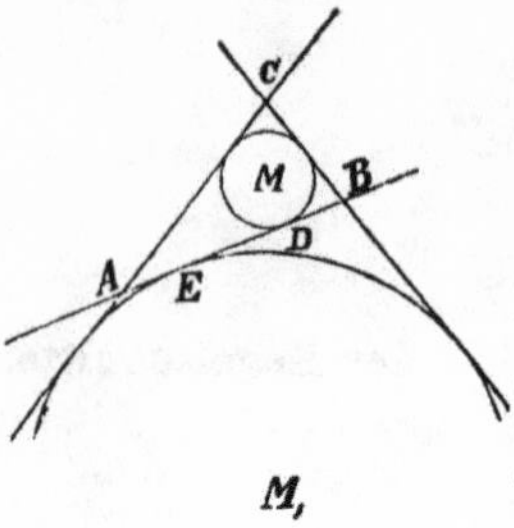

Dann ist

$$AC = g, \quad BC = h.$$

$$BD = AE = a + \frac{h-g}{2},$$

$$ED = g - h,$$

$$a^2 - b^2 = \tfrac{1}{4}(g-h)^2.$$

Fällen wir von C aus die Senkrechte auf AB und bezeichnen ihre Länge mit c, so ist c als Höhe des Dreiecks ABC gegeben. Der Fusspunkt hat von A den Abstand

$$\frac{g^2 - h^2 + 4a^2}{4a},$$

daher von der Mitte von AB, d. h. dem Mittelpunkte der fraglichen Ellipse den Abstand α, wo

$$\alpha = \frac{g^2 - h^2}{4a}.$$

Jetzt stellen wir uns die allgemeine Aufgabe:

Gegeben ein Kegel mit der Basisellipse

1) $$\frac{x^2}{a^2} + \frac{y^2}{b^2} = 1.$$

In ihrer Ebene befindet sich ein Punkt mit den Coordinaten α, β; in demselben ist die Senkrechte $= c$ errichtet. Ihr Endpunkt sei die Spitze des Kegels. Wir lassen denselben abrollen und fragen nach der Saumcurve des Mantels. Zunächst finden wir die Gleichung des Kegels:

2) $$\frac{(z\alpha - xc)^2}{a^2} + \frac{(z\beta - yc)^2}{b^2} = (z-c)^2.$$

In dem gewählten Coordinatensystem hat die Spitze die Coordinaten

$$\alpha, \ \beta, \ c.$$

Führen wir den Winkel ψ ein durch die Gleichungen

$$x' = a \,.\, \cos\psi, \quad y' = b \,.\, \sin\psi,$$

dann finden wir durch analoge Methoden wie in der v. A.* die Gleichung der Saumcurve für die Polarcoordinaten ϱ, φ:

$$\varrho^2 = c^2 + (x' - \alpha)^2 + (y' - \beta)^2,$$

$$d\varphi = \frac{\sqrt{\{c^2(b^2 . \cos^2\psi + a^2 . \sin^2\psi) + (\alpha b \cos\psi + \beta a \sin\psi - ab)^2\}}}{c^2 + (a . \cos\psi - \alpha)^2 + (b . \sin\psi - \beta)^2}\, d\psi.$$

Diese allgemeinen Formeln vereinfachen sich für den von uns betrachteten Specialfall ausserordentlich. Man erhält nämlich

3) $$\varrho = \frac{g+h}{2} - \frac{g-h}{2}\cos\psi, \quad d\varphi = \frac{b}{\frac{g+h}{2} - \frac{g-h}{2}\cos\psi} . \, d\psi.$$

Bezeichnen wir den Winkel C im Dreieck ABC mit γ und setzen

* *Diese Zeitschr.*, Bd. 24 S. 405 flgg.

$$n = \sin\frac{\gamma}{2},$$

so erhalten wir durch Integration

$$\frac{a^2-b^2-a\alpha\,.\cos\psi}{(a^2-b^2)\cos\psi-a\alpha}=\cos\frac{\varphi}{n}.$$

Ferner

5) $$\varrho=\frac{2gh}{g+h+(g-h)\cos\frac{\varphi}{n}}.$$

Diese Gleichung ist als lösende Endformel anzusehen. Man leitet aus ihr rückwärts die Differentialformel ab:

6) $$\frac{1}{n}\,.\,d\psi=\frac{\sqrt{gh}}{\varrho\sqrt{g-\varrho}\,\sqrt{\varrho-h}}\,.\,d\varrho.$$

Unsere Curve wird algebraisch, wenn n eine rationale Zahl ist. Die geometrische Beziehung ist evident. Denken wir uns nämlich den Kegel durch eine Ebene senkrecht zur Axe geschnitten, so entsteht ein Kreis mit dem Radius $r\,.\sin\frac{\gamma}{2}$, wenn r die Seite des begrenzten Kegels ist. In unserem Falle wird bei Abrollung des Mantels ein Sector entstehen, dessen Amplitude zu π ein rationales Verhältniss hat.

Was wir bisher für die Ellipse abgeleitet haben, kann ohne Mühe auf Parabel und Hyperbel ausgedehnt werden. **Ja, man kann behaupten, dass jede algebraische dem Kegel aufbeschriebene Curve in unserer Deformation algebraisch bleibt.** Die Gleichung 5) lehrt, wenn man zu Cartesischen Coordinaten übergeht, dass alle resultirenden Curven die Eigenschaft haben, unicursal zu sein, indem ihre Coordinaten sich als rationale Functionen eines Parameters darstellen lassen.

§ 3.

Wir wollen jetzt einige Beispiele geben:

1. $n=\frac{1}{2}$.

In diesem Falle haben wir

$$\varrho\,.\cos\varphi=x=\frac{2gh\cos\varphi}{g+h+(g-h)\cos2\varphi},$$

$$\varrho\,.\sin\varphi=y=\frac{2gh\sin\varphi}{g+h+(g-h)\cos2\varphi}.$$

Daraus zieht man sofort

$$\frac{x^2-y^2}{x^2+y^2}=\cos2\varphi$$

und, indem man eine der vorhergehenden quadrirt,

7) $$(gx^2+hy^2)^2=g^2h^2(x^2+y^2).$$

Dies ist also die Deformation einer Ellipse mit den Halbaxen a, b, wenn

$$4a^2=g^2-gh+h^2,\quad 4b^2=gh.$$

1) $AE = a,\quad BE = b,\quad CE = z,$

so geben die beiden sphärischen Dreiecke EAC und EBC

3) $$\begin{aligned} \cos AC &= \cos a \cos z + \cos p \sin a \sin z,\\ \cos BC &= \cos b \cos z + \cos p \sin b \sin z. \end{aligned}$$

Da $AB = a - b$, so ist

4) $$\cos AB = \cos(a-b).$$

Sind A, B, C die Winkel des Dreiecks, ist S der sphärische Excess, also $S = A + B + C - \pi$, so hat man die bekannte Gleichung

5) $$\cot\frac{S}{2} = \frac{1 + \cos AB + \cos AC + \cos BC}{\Delta},$$

6) $$\Delta^2 = 1 - \cos^2 AB - \cos^2 AC - \cos^2 BC + 2\cos AB . \cos AC . \cos BC,$$

wo AB, AC und BC die Seiten des Dreiecks sind. Die Gleichung 6) lässt sich auch schreiben

$$\Delta^2 = \sin^2 AB - \sin^2 AB \cos^2 BC - (\cos AC - \cos BC \cos AB)^2.$$

Mittelst der Gleichungen 3) und 4) findet man nun leicht

$$\Delta^2 = [\sin(a-b) . \sin p . \sin z]^2$$

und, wenn $a > b$ ist,

7) $$\Delta = \sin(a-b) . \sin p \sin z.$$

Die Gleichungen 3) und 4) geben ferner

$$1 + \cos AB + \cos AC + \cos BC$$
$$= 2\cos\frac{a-b}{2}\left[\cos\frac{a-b}{2} + \cos\frac{a+b}{2}\cos z + \cos p \sin\frac{a+b}{2}\sin z\right].$$

Diese Gleichung und die Gleichung 7) geben zur Bestimmung von S in 5) folgende Gleichung:

8) $$\cot\frac{S}{2} = \frac{\cos\frac{a-b}{2} + \cos\frac{a+b}{2}\cos z + \cos p \sin\frac{a+b}{2}\sin z}{\sin\frac{a-b}{2}\sin p \sin z}.$$

Für ein Maximum des Dreiecks ABC ist $\frac{\partial S}{\partial z} = 0$. Die Gleichung 8) giebt dann

$$\cos\frac{a-b}{2}\cos z + \cos\frac{a+b}{2} = 0$$

oder

9) $$\cos\frac{a-b}{2} . \cos z = \cos\frac{2\pi - a - b}{2}.$$

Nun ist nach 1) $\pi - a = AF$, $\pi - b = BF$; setzt man wieder $a - b = AB$ und $z = CE$, so lässt sich die Gleichung 9) schreiben

$$\cos\frac{AB}{2} . \cos CE = \cos\frac{FA + FB}{2}.$$

Diese Gleichung enthält die von Fuss gegebene Lösung. Auf S. 245 *sind noch die beiden folgenden* Anmerkungen beigefügt:

1. Anmerkung.

„Es ist merkwürdig, dass die Grösse des Bogens EC oder FC gar nicht von der Neigung der beiden grössten Kreise abhängt, sondern blos durch die Bogen EA und EB bestimmt wird.“

2. Anmerkung.

„Auf eine der obigen ähnliche Art, aber viel leichter, lässt sich der Punkt C so bestimmen, dass die Summe der beiden Seiten $AC + BC$ ein Maximum oder ein Minimum wird, in welchem Falle aber die Neigung der beiden grössten Kreise nicht, wie vorhin, aus der Rechnung geht.“

Der Inhalt der 2. Anmerkung erledigt sich unmittelbar mit Zuziehung der Gleichungen 3).

Göttingen. Professor Enneper.

II. Convergenz der Thetareihen.

Will man nicht, wie es Riemann in seinen Vorlesungen gethan hat, die Convergenz der mehrfach unendlichen Thetareihen auf die mehrfacher bestimmter Integrale zurückführen, also auf eine Theorie, die im Grunde weniger einfach ist, als die der unendlichen Reihen, so kann man durch Zerlegung der quadratischen Form

$$f(x_1, x_2, \ldots x_p) = \sum_{1\mu}^{\mu} \sum_{1\nu}^{\mu} \tau_{\mu\nu}\, x_\mu x_\nu$$

in eine Summe von Quadraten die Reihe mit einem Product von p einfach unendlichen Reihen vergleichen, deren Terme grösser, als die der vorgegebenen Reihe sind, und die doch convergirt. Allein bei der ungeheuer raschen Convergenz der Thetareihen kann man dieselben auch direct mit einer einfach unendlichen Reihe vergleichen. Da diese Methode wenigstens für $p = 2$, $p = 3$ durch Anwendung graphischer Darstellung besonders einfach und fasslich wird, so kann dieselbe für Vorlesungen, zu welchem Zwecke ich sie mir erfand, Manchem willkommen sein, weshalb der Beweis für $p = 2$ hier folgt.

In einer einfach oder mehrfach unendlichen Reihe von Termen

$$e^{-f}$$

kommt es bekanntlich nur auf den reellen Theil von f an, wenn man ihre Convergenz feststellen will. Demnach kann man in der Reihe

$$\sum_{m_1} \sum_{m_2} e^{-\tau_{11}(m_1+e_1)^2 - 2\tau_{12}(m_1+e_1)(m_2+e_2) - \tau_{22}(m_2+e_2)^2},$$

in der m_1, m_2 alle ganzen positiven und negativen Zahlen durchlaufen, annehmen, dass τ_{11}, τ_{12}, τ_{22}, e_1, e_2 reelle Grössen sind, ohne dadurch die Allgemeinheit *der Untersuchung* zu beschränken. Wir setzen

$$m_1+e_1=x,\quad m_2+e_2=y,$$
$$\tau_{11}xx+2\tau_{12}xy+\tau_{22}yy=f(x,y),$$

dann bedeutet, wenn die Form **positiv** ist, was zur Convergenz erforderlich ist, die Gleichung

$$f(x,y)=N^2$$

eine Schaar ähnlicher Ellipsen, wenn N variirt. Für $N=1$ sei ihr Flächeninhalt F die Länge ihrer Begrenzung L. Nun zerlegen wir die xy-Ebene in ein quadratisches Gitter mit den Ecken oder Gitterpunkten $x=e_1+m_1$, $y=e_2+m_2$, worin m_1, m_2 alle ganzen negativen und positiven Zahlen sind. Jedes Quadrat hat den Flächeninhalt Eins. Hieraus folgt, dass der Flächeninhalt der Ellipse $E(N)$, welche zu der Gleichung $f=NN$ gehört, $>G$ ist, wenn G die Anzahl der Gitterpunkte im **Innern** der Ellipse bedeutet. Vermehrt man aber G um die Zahl LN, d. h. vermehrt man die Gitterpunkte um je einen auf die Länge der Begrenzung, so ist diese Zahl grösser als der Flächeninhalt. Die Anzahl der Gitterpunkte im Innern der Ellipse $E(N+1)$ ist demnach $<F.(N+1)^2$ und die im Innern der Ellipse $E(N)>F.N.N-LN$, woraus sich durch Subtraction ergiebt, dass die Anzahl der Gitterpunkte zwischen $E(N)$ und $E(N+1)$ kleiner als $F.(2N+1)+LN$ ist. Jedem Gitterpunkte entspricht nun ein Term e^{-f} der Reihe und umgekehrt. Jeder zu einem Gitterpunkte zwischen $E(N)$ und $E(N+1)$ gehörende Term ist $<e^{-NN}$ und demnach ist die Summe aller zu ihnen gehörenden Terme kleiner als

$$((2N+1)F+NL)e^{-NN}.$$

Setzt man nun für N der Reihe nach 1, 2, 3, ..., so erkennt man sogleich, dass die vorgegebene Reihe weniger und kleinere Terme, als die stark convergente, einfach unendliche Reihe

$$\sum_{1\,(N)}^{\infty}((2N+1)F+NL)e^{-NN}$$

besitzt und mithin convergent ist.

Zur Bestimmung der Zahlen F, L bedarf man der Integralrechnung nicht, da man von ihnen hier Nichts, als ihre Endlichkeit zu wissen braucht.

Freiburg, 1877. J. Thomae.

III. Ueber Schwingungen einer Saite, deren Spannung eine stetige Function der Zeit ist.

Da man in neuerer Zeit angefangen hat, Töne von stetig veränderlicher Höhe experimentell zu untersuchen, so dürfte eine Betrachtung der mechanischen Bewegung einer Seite von veränderlicher Spannung nicht *ohne Interesse sein*. Es wird sich zeigen, dass in den in der Wirklichkeit vorkommenden Fällen in jedem Augenblicke die Obertöne sehr genau harmonisch zu dem Grundtone bleiben.

Ist m die Masse der Längeneinheit der Saite, G die Kraft, mit der die Saite gespannt ist, ist ferner s der Abstand eines Punktes der Saite von einem Endpunkte, ξ die Amplitude dieses Punktes zur Zeit t, so ist die Bewegungsgleichung der schwingenden Saite:

$$\frac{\partial^2 \xi}{\partial t^2} = \frac{G}{m} \cdot \frac{\partial^2 \xi}{\partial s^2}.$$

Ist l die Länge der Saite, so wird den Grenzbedingungen genügt, wenn wir setzen

$$\xi = F(t) \sin \frac{\pi s}{l}$$

und F als blos von t abhängig annehmen. Es muss dann $F(t)$ der Gleichung genügen

1) $$\frac{d^2 F}{d t^2} + \frac{G \pi^2}{m l^2} F = 0.$$

Wir nehmen nun an, dass $\frac{G\pi^2}{m l^2}$ einer Potenz von t, nämlich t^α proportional sei, also $\frac{G \pi^2}{m l^2} = c^2 t^\alpha$ sei, wo c^2 eine Constante ist. α wollen wir so bestimmen, dass 1) durch Bessel'sche Functionen integrirt werden könne. Sind μ und ν zwei Constanten, über welche wir noch verfügen werden, λ eine Variable, so setzen wir

2) $$t = \lambda^\nu, \quad F(t) = \lambda^\mu J_\mu(\lambda);$$

durch diese Substitution geht 1) über in

3) $$\frac{d^2 J_\mu}{d\lambda^2} + \frac{(2\mu - \nu + 1)}{\lambda} \cdot \frac{d J_\mu}{d\lambda} + \left(c^2 \nu^2 \lambda^{\alpha\nu + 2\nu - 2} + \frac{\mu(\mu - \nu)}{\lambda^2}\right) J_\mu = 0.$$

Ist a eine Constante, so ist die Differentialgleichung der Bessel'schen Functionen

4) $$\frac{d^2 J_\mu}{d\lambda^2} + \frac{1}{\lambda} \frac{d J_\mu}{d\lambda} + J_\mu \left(4a^2 - \frac{\mu^2}{\lambda^2}\right) = 0.$$

Gleichung 3) ist also durch Bessel'sche Functionen integrirbar, wenn wir setzen

5) $$\nu = 2\mu \quad \text{und} \quad \alpha = \frac{2}{\nu} - 2 = \frac{1}{\mu} - 2.$$

Ein Integral von 4) entnehme ich aus der Abhandlung des Herrn Schlömilch über Bessel'sche Functionen:*

$$J_\mu = \frac{2(a\lambda)^\mu}{\Gamma(\frac{1}{2}) \cdot \Gamma(\mu + \frac{1}{2})} \int_0^1 (1 - x^2)^{\mu - \frac{1}{2}} \cos(2 a \lambda x) \, . \, dx.$$

---

* Diese *Zeitschrift, Bd.* 2 *S.* 147.

Setzen wir mit Hilfe von 2) und 5) den Werth von $\lambda = t^{\frac{1}{2\mu}}$ in dieses Integral ein, so ist

$$6)\qquad F(t) = \frac{2(c\mu)^{\mu}t}{\Gamma(\frac{1}{2})\,\Gamma(\mu+\frac{1}{2})}\int_0^1 (1-x^2)^{\mu-\frac{1}{2}}\cos\left(2\,c\,\mu t^{\frac{1}{2\mu}}x\right)dx$$

ein Integral der Gleichung

$$7)\qquad \frac{d^2F(t)}{dt^2} + c^2 t^{\frac{1}{\mu}-2}F(t) = 0.$$

Ist C_1 eine Constante, so ist $\xi_1 = C_1 F(t)\sin\frac{\pi s}{l}$ ein Integral der Differentialgleichung für die Bewegung der Saite. F ist ausser von t auch noch von C und μ abhängig; drücken wir dieses aus durch die Bezeichnung $F_\mu(t, c)$, so ist auch $\xi_2 = C_2 F_\mu(t, 2c)\sin\frac{2\pi s}{c}$ ein Integral der Differentialgleichung; ein ziemlich allgemeines ist

$$8)\qquad \xi = \sum_{n=1}^{\infty} C_n F_\mu(t, nc)\sin\frac{n\pi s}{c}.$$

Die Aufstellung des allgemeinsten Integrals würde die Kenntniss auch des zweiten Integrals der Gleichung 7) erfordern. Die Lösung 8) umfasst alle Fälle, in denen zur Anfangszeit $t = t_0$ die Amplituden und Geschwindigkeiten so gegeben sind, dass die Amplitude des Punktes s durch

$$\sum_{n=1}^{\infty} C_n F_n(t_0, nc)\sin\frac{n\pi s}{c},$$

dessen Geschwindigkeit durch $\sum_{n=1}^{\infty} C_n \frac{\partial F_n(t_0, nc)}{\partial t_0}\sin\frac{n\pi s}{c}$ dargestellt werden kann.

Um 8) auf einen speciellen Fall anzuwenden, nehmen wir an, dass $\mu = 1$ sei, also die Spannung G zur Zeit t sich finde aus $\frac{G\pi^2}{m l^2} = \frac{c^2}{t}$. Die Anfangsspannung ist $= G_0 = \frac{c^2 m l^2}{t_0 \pi^2}$, sie nimmt ab mit der Anfangsgeschwindigkeit $\frac{dG}{dt_0} = -\frac{c^2 m l^2}{t_0^2 \pi^2}$. c^2 und t_0 kann man so wählen, dass G_0 und $\frac{dG}{dt_0}$ gegebene Werthe erhalten.

Für den Grundton findet man aus 2)

$$9)\qquad F(t) = t^{\frac{1}{2}}.J_1(t^{\frac{1}{2}})$$

und für $J_1(t^{\frac{1}{2}})$ findet man in der oben citirten Abhandlung des Herrn *Schlömilch* für grosse Werthe von $ct^{\frac{1}{2}}$ die Entwickelung

10)
$$J_1(t^{1/2}) = \frac{\sin\left(2ct^{1/2}-\frac{\pi}{4}\right)}{\sqrt{\pi}}\left(\frac{1}{\sqrt{ct^{1/2}}}+\frac{15}{512(\sqrt{ct^{1/2}})^5}\cdots\right) + \frac{\cos\left(2ct^{1/2}-\frac{\pi}{4}\right)}{\sqrt{\pi}}\left(\frac{3}{16(\sqrt{ct^{1/2}})^3}-\frac{105}{8192(\sqrt{ct^{1/2}})^7}\cdots\right).$$

Aus 9) und 10) erkennt man, dass die Excursionen der Saite um so grösser werden, je mehr die Spannung mit wachsender Zeit abnimmt. Die Richtigkeit dieses Resultats leuchtet ein.

Die halbe Schwingungsdauer zur Zeit t bestimmt sich als Differenz zweier aufeinander folgender Wurzeln der Gleichung $F(t)=0$ oder $J(t)=0$. Da $ct^{1/2}$ immer sehr gross ist, so können wir nach der Gleichung 10) die Wurzeln von $J_1(t)=0$ mit hinreichender Genauigkeit berechnen aus

11)
$$\operatorname{tang}\left(2ct^{1/2}-\frac{\pi}{4}\right)+\frac{3}{16\,ct^{1/2}}=0$$

oder auch

$$2ct^{1/2}=(n+\tfrac{1}{4})\pi-\frac{3}{16\,ct^{1/2}},$$

wenn die höheren Potenzen von $\frac{1}{ct^{1/2}}$ vernachlässigt werden und n eine grosse positive ganze Zahl ist. Hinreichend genau erhalten wir

12)
$$2ct^{1/2}=(n+\tfrac{1}{4})\pi-\frac{3}{8(n+\frac{1}{4})\pi}.$$

Bezeichnen wir die halbe Schwingungsdauer zur Zeit t mit τ, so erhalten wir τ, indem wir in 12) statt n schreiben $n+1$ und $t+\tau$ für t, nämlich aus

13)
$$2c(t+\tau)^{1/2}=(n+\tfrac{1}{4}+1)\pi-\frac{3}{8(n+\frac{1}{4}+1)\pi};$$

da τ sehr klein gegen t ist, so können wir für $(t+\tau)^{1/2}$ setzen $t^{1/2}+\frac{1}{2}\frac{\tau}{t^{1/2}}$, ziehen wir dann 12) von 13) ab, so ist

$$\frac{c\tau}{t^{1/2}}=\pi+\frac{3}{8(n+\frac{1}{4})(n+\frac{1}{4}+1)\pi}.$$

Da offenbar das letzte Glied nur ein Correctionsglied ist, so können wir aus 12) für $(n+\frac{1}{4})\pi$ einsetzen $2ct^{1/2}$, die ganze Schwingungsdauer ist dann zur Zeit $t=2\tau=\frac{2\pi t^{1/2}}{c}+\frac{3\pi}{16}\frac{t^{1/2}}{c^2 t}$. Die Schwingungszahl N ist $=\frac{1}{2\tau}=$

14)
$$\frac{c}{2\pi t^{1/2}}\left(1-\frac{3}{32\,ct}\right).$$

Würde die Spannung zur Zeit t nicht mehr geändert, so würde die Schwingungszahl sein $\frac{c}{2\pi t^{1/2}}$, die obige ist also um $\frac{3}{64\pi t^{3/2}}$ kleiner. Nehmen wir an, dass die Spannung *von der Anfangszeit* t_0 ab so rasch abnehme, dass die Schwingungszahl nach Verlauf von $\frac{1}{3}$ Secunde die Hälfte von der anfänglichen sei, so ist $t_0 = \frac{1}{3}$ zu setzen; in diesem Falle ist der Unterschied der Schwingungszahlen zur Zeit $t_0 = 0,39$, nach Verlauf von $\frac{1}{3}$ Secunde beträgt der Unterschied nur 0,05. Bemerkenswerth ist, dass die Schwingungszahl, die der zur Zeit t stattfindenden augenblicklichen Spannung G entspricht, kleiner ist als die Schwingungszahl, die der constanten Spannung G entspricht.

Die Schwingungszahl des ersten Obertones erhält man, indem man in Gleichung 14) statt c einsetzt $2c$. Das Verhältniss der Schwingungszahlen zur Zeit t ist $= 2\left(1 + \frac{3}{64ct}\right)$; wie man leicht findet, ist dieses Verhältniss so nahe gleich 2, dass die Obertöne als harmonisch zu den Grundtönen angesehen werden können.

Von der Gleichung 1) lässt sich auch in dem Falle ein Integral angeben, wenn $\frac{G\pi^2}{ml^2} = a^2 - 2\gamma \cos \frac{2\pi t}{\vartheta}$ gesetzt wird, wo a^2, γ und ϑ Constanten sind und zwischen a^2 und γ eine gewisse Abhängigkeit besteht. Es entspricht diese Annahme dem Falle, dass das eine Ende der Saite an einem Körper von sehr grosser Masse befestigt ist, der in der Richtung der gespannten Saite Vibrationen von der Schwingungszeit ϑ ausführt. Die Integration geschieht mit Hilfe der von Herrn Heine eingeführten Functionen erster Art des elliptischen Cylinders, derselben Functionen, die bei der Untersuchung der Schwingungen einer unendlic dünnen elliptischen Membran auftreten und verwandt sind mit den Lam schen Functionen.

Eisenach.

Dr. Niemöller,
Lehrer am Realgymnasium

IV. Ueber den verallgemeinerten Taylor'schen Satz.

Von O. Schlömilch.

Wie bekannt, hat L. Crelle sich s. Z. vielfach mit einer rung des Taylor'schen Satzes beschäftigt, bei welcher im allg Gliede der Reihe an die Stelle der Potenz eine Factorielle Grades, und an die Stelle des Differentialquotienten ein Diffe tient derselben Ordnung zu stehen kam. Das Resultat, z Crelle durch wiederholte Anwendung einer identischen Gl langte, lautet folgendermassen:

$$\varphi(\zeta+h) - R_n = \varphi(\zeta) + \frac{h}{1} \cdot \frac{\Delta\varphi(\zeta)}{\Delta^2\zeta} + \frac{h(h-\delta)}{1.2} \cdot \frac{\Delta^2\varphi(\zeta)}{\Delta\zeta^2} + \ldots + \frac{h(h-\delta)(h-2\delta)\ldots(h-}{1.2.3\ldots r}$$

worin $\Delta\zeta = \delta$, mithin

$$\frac{\Delta^m \varphi(\zeta)}{\Delta \zeta^m} = \frac{1}{\delta^m}\{(m)_0\varphi(\zeta+m\delta) - (m)_1\varphi(\zeta+\overline{m-1}\,\delta) + (m)_2\varphi(\zeta+\overline{m-2}\,\delta) - \ldots\}$$

ist, und R_n den Rest der Reihe bezeichnet. Eine genauere Untersuchung des letzteren verursachte jedoch schon bei reellen ζ so grosse Weitläufigkeiten, dass die ganze Speculation nie recht in Aufnahme gekommen und jetzt so gut wie verschollen ist. Unter diesen Umständen gewährt es vielleicht einiges Interesse, wenn ich im Folgenden zeige, dass die Crelle'sche Gleichung in zwei Zeilen hergeleitet werden kann und dass sich bei etwas veränderter Ansicht der Sache auch die Bedingungen angeben lassen, unter welchen der Rest mit unendlich wachsenden n gegen die Null convergirt.

Es bezeichne z eine complexe Variable, $\varphi(z)$ eine Function, welche längs und innerhalb eines geschlossenen Contours synektisch bleibt, ferner mögen die Punkte w, $w+\delta$, $w+2\delta$, ... $w+m\delta$ innerhalb desselben Contours liegen; wird nun der letztere zum Integrationswege für z genommen, so gelten bekanntlich die Formeln*

$$\int \frac{\varphi(z)}{z-w}\,dz = 2i\pi\varphi(w),$$

$$\int \frac{\varphi(z)\,dz}{(z-w)(z-w-\delta)(z-w-2\delta)\ldots(z-w-m\delta)}$$
$$= \frac{2i\pi}{1.2\ldots m}\cdot\frac{1}{\delta^m}\{(m)_0\varphi(w+m\delta) - (m_1)\varphi(w+\overline{m-1}\,\delta) + (m_2)\varphi(w+\overline{m-2}\,\delta) - \ldots\}$$
$$= \frac{2i\pi}{1.2\ldots m}\cdot\frac{\Delta^m\varphi(w)}{\Delta w^m},\quad (\Delta w = \delta).$$

Andererseits kennt man die identische Gleichung

$$\frac{\alpha}{\alpha-\beta}\left\{1-\frac{\beta(\beta-1)(\beta-2)\ldots(\beta-n)}{\alpha(\alpha-1)(\alpha-2)\ldots(\alpha-n)}\right\}$$
$$=1+\frac{\beta}{\alpha-1}+\frac{\beta(\beta-1)}{(\alpha-1)(\alpha-2)}+\frac{\beta(\beta-1)(\beta-2)}{(\alpha-1)(\alpha-2)(\alpha-3)}+\ldots$$
$$\ldots+\frac{\beta(\beta-1)(\beta-2)\ldots(\beta-\overline{n-1})}{(\alpha-1)(\alpha-2)(\alpha-3)\ldots(\alpha-n)};$$

setzt man in dieser $\alpha=\frac{h}{\delta}$, $\beta=\frac{z-\zeta}{\delta}$, multiplicirt beiderseits mit

$$\frac{1}{2i\pi}\cdot\frac{\varphi(z)}{z-\zeta}\,dz$$

und integrirt nach den vorigen Formeln, so gelangt man unmittelbar zu dem Crelle'schen Resultate. Dabei ist

* Das erste Integral rührt von Cauchy her; das zweite ist zuerst vom Verf. entwickelt worden im *Comp. d. höh. Anal.*, *Bd. II S. 72.*

$$R_n = \frac{1}{2i\pi}\int \frac{h(h-\delta)(h-2\delta)\dots(h-n\delta)}{(z-\zeta)(z-\zeta-\delta)\dots(z-\zeta-n\delta)}\cdot\frac{\varphi(z)\,dz}{z-(\zeta+h)};$$

der Integrationsweg muss so gewählt werden, dass er die Punkte $\zeta+h$, ζ, $\zeta+\delta$, $\zeta+2\delta$, ... $\zeta+n\delta$ umschliesst.

Nimmt man $\zeta=0$, $\delta=1$, schreibt w für h, F statt φ und setzt zur Abkürzung

$$1)\qquad \lambda_m = \frac{(m)_0F(m)-(m)_1F(m-1)+(m)_2F(m-2)-\dots}{1.2.3\dots m},$$

so wird

$$F(w)-R_n$$

$$2)\qquad =\lambda+\lambda_1 w+\lambda_2 w(w-1)+\lambda_3 w(w-1)(w-2)+\dots$$
$$\dots+\lambda_n w(w-1)(w-2)\dots(w-\overline{n-1}),$$

$$3)\qquad R_n=\frac{1}{2i\pi}\int\frac{w(w-1)(w-2)\dots(w-n)}{z(z-1)(z-2)\dots(z-n)}\cdot\frac{F(z)\,dz}{z-w},$$

wobei die Punkte w, 0, 1, 2, ... n innerhalb des Integrationscontours liegen müssen. Diese Formeln sind weit einfacher als die vorigen, aber gleichwohl nicht specieller; setzt man nämlich zuerst $F(w)=f(w+\gamma)$, dann $w=\frac{h}{\delta}$, $\gamma=\frac{\zeta}{\delta}$ und schliesslich $f(z)=\varphi(z\delta)$, so kommt man auf die ursprünglichen Gleichungen zurück.

Bei unendlich wachsenden n macht es sich wegen der Punkte 1, 2, ... n erforderlich, den Integrationsweg mindestens in der Richtung der x unendlich zu erweitern; hierdurch entsteht eine gewisse Unbestimmtheit, welche man am besten dadurch vermeidet, dass man von Hause aus die Formeln auf einen unendlichen Integrationsweg einrichtet. Dies lässt sich durch folgende, von dem Vorigen ganz unabhängige Betrachtung erreichen.

Die Function $f(z)$ bleibe synektisch innerhalb eines, aus dem Coordinatenanfange mit dem Radius r beschriebenen Halbkreises, dessen Durchmesser auf der y-Axe von $-ir$ bis $+ir$ reicht; innerhalb dieses Halbkreises liege der Punkt $c=a+ib$, für welchen hiernach $a>0$ und $\sqrt{a^2+b^2}<r$ ist; der Werth des Integrals

$$\int\frac{f(z)}{c-z}\,dz,$$

worin c einen Ausnahmepunkt bildet, bleibt dann derselbe, wenn einerseits jener Halbkreis nebst seinem Durchmesser als Integrationsweg genommen, und wenn andererseits der Punkt c in einem ganzen Kreise von hinreichend kleinem Halbmesser ϱ umgangen wird. Mittelst bekannter Substitutionen ist demzufolge

$$i\int_{-r}^{+r}\frac{f(iy)}{c-iy}\,dy-i\int_{-\frac{1}{2}\pi}^{+\frac{1}{2}\pi}\frac{f(re^{i\theta})}{c-re^{i\theta}}\,re^{i\theta}\,d\theta=i\int_0^{2\pi}f(c-\varrho e^{-i\vartheta})\,d\vartheta;$$

für $\varrho=0$, $r=\infty$ und unter der Voraussetzung, dass $f(re^{i\theta})$ bei unendlich wachsenden r und für $-\frac{1}{2}\pi \leqq \theta \gtreqless +\frac{1}{2}\pi$ verschwindet, ergiebt sich die Formel

4) $$\int_{-\infty}^{\infty} \frac{f(iy)}{c-iy}\, dy = 2\pi f(c), \quad a>0,$$

von welcher der Specialfall $b=0$ längst bekannt ist. Für $a=0$ gilt diese Formel nicht, weil dann der kritische Punkt auf den Integrationsweg zu liegen kommt; umgeht man in diesem Falle den Punkt ib mittelst eines Halbkreises vom Radius ϱ, so erhält man

$$\int_{-r}^{b-\varrho} \frac{f(iy)}{b-y}\, dy - i\int_{-\frac{1}{2}\pi}^{+\frac{1}{2}\pi} f(ib+\varrho e^{i\vartheta})\, d\vartheta + \int_{b+\varrho}^{+r} \frac{f(iy)}{b-y}\, dy - i\int_{-\frac{1}{2}\pi}^{+\frac{1}{2}\pi} \frac{f(re^{i\theta})}{c-re^{i\theta}}\, re^{i\theta}\, d\theta = 0,$$

und daraus wird für verschwindende ϱ und $r=\infty$

$$Lim\left\{\int_{-\infty}^{b-\varrho} \frac{f(iy)}{b-y}\, dy + \int_{b+\varrho}^{+\infty} \frac{f(iy)}{b-y}\, dy\right\} = i\pi f(ib).$$

Statt dessen kann man entweder schreiben

$$\text{Hauptwerth von} \int_{-\infty}^{\infty} \frac{f(iy)}{b-y}\, dy = i\pi f(ib)$$

oder auch, wenn im ersten Integrale $b-y=t$, im zweiten $y-b=t$ gesetzt wird,

5) $$\int_0^{\infty} \frac{f[i(b-t)]-f[i(b+t)]}{t}\, dt = i\pi f(ib).$$

Ist endlich $a<0$, so verschwindet das in Nr. 4 verzeichnete Integral, weil dann der kritische Punkt ausserhalb des Integrationsweges liegt.

Nach diesen Vorbereitungen betrachten wir das Integral

6) $$f(w) = \frac{1}{2\pi}\int_{-\infty}^{\infty} \frac{f(iy)}{w-iy}\, dy,$$

worin $w=u+iv$ und $u>0$ sein möge. Zur Entwickelung desselben benutzen wir die identische Gleichung

7) $$\frac{1}{\zeta-\gamma} - \frac{1}{\zeta-\gamma}\cdot\frac{\gamma(\gamma+1)(\gamma+2)\ldots(\gamma+n-1)}{\zeta(\zeta+1)(\zeta+2)\ldots(\zeta+n-1)}$$
$$= \frac{1}{\zeta} + \frac{\gamma}{\zeta(\zeta+1)} + \frac{\gamma(\gamma+1)}{\zeta(\zeta+1)(\zeta+2)} + \ldots + \frac{\gamma(\gamma+1)(\gamma+2)\ldots(\gamma+n-2)}{\zeta(\zeta+1)(\zeta+2)\ldots(\zeta+n-1)},$$

die auch für $n=\infty$ gilt, wenn der reelle Theil von ζ, vermindert um den reellen Theil *von γ, einen positiven*, die Null übersteigenden Rest giebt, während die imaginären Bestandtheile von ζ und γ willkürlich bleiben*. Diesen Bedingungen genügt die Substitution

$$\zeta = 1 - iy, \quad \gamma = 1 - w,$$

wonach aus Nr. 7) wird

$$\frac{1}{w-iy} - \frac{1}{w-iy} \cdot \frac{(1-w)(2-w)\dots(n-w)}{(1-iy)(2-iy)\dots(n-iy)}$$
$$= \frac{1}{1-iy} + \frac{1-w}{(1-iy)(2-iy)} + \frac{(1-w)(2-w)}{(1-iy)(2-iy)(3-iy)} + \dots$$
$$\dots + \frac{(1-w)(2-w)\dots(n-1-w)}{(1-iy)(2-iy)\dots(n-iy)};$$

multiplicirt man die vorstehende Gleichung mit

$$\frac{1}{2\pi} f(iy)\, dy,$$

integrirt von $y = -\infty$ bis $y = +\infty$ und benutzt die Abkürzungen

$$8)\qquad R_n = \frac{1}{2\pi} \int_{-\infty}^{\infty} \frac{(1-w)(2-w)\dots(n-w)}{(1-iy)(2-iy)\dots(n-iy)} \cdot \frac{f(iy)}{w-iy}\, dy,$$

$$9)\qquad K_m = \frac{1}{2\pi} \int_{-\infty}^{\infty} \frac{f(iy)\, dy}{(1-iy)(2-iy)\dots(m+1-iy)},$$

so gelangt man zu folgendem Resultate:

$$10)\qquad \begin{aligned} f(w) - R_n = K_0 + K_1(1-w) + K_2(1-w)(2-w) + \dots \\ \dots + K_{n-1}(1-w)(2-w)\dots(n-1-w). \end{aligned}$$

Der Werth von K_m findet sich leicht, wenn man die bekannte Gleichung

$$\frac{1}{t(t+1)(t+2)\dots(t+m)} = \frac{1}{1.2\dots m} \left\{ \frac{(m)_0}{t} - \frac{(m)_1}{t+1} + \frac{(m)_2}{t+2} - \dots \right\}$$

für $t = 1 - y$ benutzt und die einzelnen Glieder nach Nr. 4 integrirt; dies giebt

$$K_m = \frac{1}{1.2\dots m} \{(m)_0 f(1) - (m)_1 f(2) + (m)_2 f(3) - \dots\}$$
$$= \frac{(-1)^m}{1.2\dots m} \{(m)_0 f(m+1) - (m)_1 f(m) + \dots\}.$$

Führt man die Abkürzung ein

$$11)\qquad \varkappa_m = \frac{(m)_0 f(m+1) - m_1 f(m) + m_2 f(m-1) - \dots}{1.2.3\dots m},$$

so wird $K_m = (-1)^m \varkappa_m$, und die Gleichung 10) gestattet dann folgende Schreibweise:

$$12)\qquad \begin{aligned} f(w) - R_n = \varkappa_0 + \varkappa_1(w-1) + \varkappa_2(w-1)(w-2) + \dots \\ \dots + \varkappa_{n-1}(w-1)(w-2)\dots(w-n-1). \end{aligned}$$

---

* Sitzungsbericht d. sächs. Ges. d. Wiss. vom 1. November 1863, S. 59.

Bei unendlich wachsenden n ist nach den gemachten Voraussetzungen

$$Lim \frac{(1-w)(2-w)\dots(n-w)}{(1-iy)(2-iy)\dots(n-iy)} = 0,$$

mithin $Lim\, R_n = 0$, und die Gleichung 12) wird

$$13)\qquad f(w) = \varkappa_0 + \varkappa_1(w-1) + \varkappa_2(w-1)(w-2) + \dots.$$

Um schliesslich diejenige Reihenentwickelung zu erhalten, welche der Gleichung 2) für $n = \infty$ entspricht, bedarf es nur der Substitution

$$f(w) = \frac{F(w) - F(0)}{w};$$

wie leicht zu sehen ist, wird dann

$$\varkappa_m = \frac{(m+1)_0 F(m+1) - (m+1)_1 F(m) + (m+1)_2 F(m-1) - \dots}{1.2.3\dots(m+1)}$$

oder $\varkappa_{m-1} = \lambda_m$, wenn, wie in Nr. 1,

$$14)\qquad \lambda_m = \frac{(m)_0 F(m) - (m)_1 F(m-1) + (m)_2 F(m-2) - \dots}{1.2.3\dots m}$$

ist; das Endresultat lautet hiernach

$$15)\qquad F(w) = \lambda_0 + \lambda_1 w + \lambda_2 w(w-1) + \lambda_3 w(w-1)(w-2) + \dots.$$

Zum Bestehen desselben gehört, dass der Quotient

$$\frac{F(u+iv) - F(0)}{u+iv}$$

für jedes $u > 0$ und beliebige v synektisch bleibt und dass er für $u = \infty$ verschwindet.

Diesen Erörterungen nach kommt der verallgemeinerte Taylor'sche Satz auf die Entwickelung einer Function nach steigenden Facultäten zurück, und damit ist gleichzeitig das Seitenstück zu der früher von mir angegebenen Entwickelung nach absteigenden Facultäten gewonnen.

(Aus den Sitzungsber. d. sächs. Gesellsch. d. Wissensch.)

V. Ueber eine directe Messung der Inductionsarbeit und eine daraus abgeleitete Bestimmung des mechanischen Aequivalents der Wärme.

Von Prof. Dr. A. v. Waltenhofen in Prag.

Der Verfasser hat Versuche gemacht, welche darauf abzielten, die zur Induction eines elektrischen Stromes von bestimmter Stärke in einem Schliessungskreise von gegebenem Widerstande erforderliche Arbeit direct mit Hilfe eines Feder-Dynamometers zu messen und mit der theoretisch berechneten zu vergleichen.

Als Inductionsapparat diente eine magnetoelektrische Maschine für continuirlichen Strom, deren elektromotorische Kraft zuvor genau ermittelt und der Tourenzahl *proportional* gefunden worden war. — Als

Dynamometer wurde eine dynamometrische Kurbel neuester Construction verwendet, welche mit einem Schreibapparate zur Aufnahme der Arbeitsdiagramme versehen ist. Die Scala derselben wurde durch directe Belastung geprüft und richtig befunden. Die dynamometrische Kurbel wurde am Inductionsapparate an einer statt der gewöhnlichen Kurbel am Triebwerke angebrachten Welle festgeschraubt. — Zur Messung der inducirten Ströme war eine Tangentenboussole von genau ermitteltem Reductionsfactor in den Schliessungskreis eingeschaltet, dessen Widerstand möglichst genau gemessen wurde und mittelst eingeschalteter Scalen beliebig verändert werden konnte. — Zur Bemessung der Tourenzahl diente ein Secundenpendel mit lautem Schlage.

Es wurden fünf Versuche gemacht; bei dreien betrug die Drehungsgeschwindigkeit 1 Kurbelumdrehung in 1 Secunde (entsprechend 7 Umläufen des Inductors); bei den zwei anderen Versuchen kam 1 Kurbeltour beziehungsweise auf je 2 und je 4 Secunden. Bei jedem Versuche wurden 65 Touren ausgeführt, und zwar einmal bei unterbrochenem und einmal bei geschlossenem Stromkreise. Die Differenz der in beiden Fällen vom Dynamometer verzeichneten Arbeiten war die zur Erzeugung des gleichzeitig an der Tangentenboussole gemessenen Stromes nach Massgabe der aus der Tourenzahl berechneten elektromotorischen Kraft oder des bekannten Widerstandes aufgewendete Inductionsarbeit. Sie betrug nach den gut übereinstimmenden Ergebnissen der fünf Versuche (wobei die angewendeten Inductionsarbeiten zwischen den Grenzen von $\frac{1}{4}$ und 6 Meterkilo lagen) auf die elektromotorische Kraft eines Daniell'schen Elementes und auf den Widerstand einer Siemens'schen Einheit reducirt, 0,13 Meterkilo per Secunde, ein Resultat, welches theoretischen Bestimmungen sehr nahe kommt.

Vergleicht man diesen Arbeitswerth mit der Anzahl der Calorien, welche den in einer Daniell'schen Kette bei gleichem Widerstande stattfindenden chemischen Processen entsprechen, so erhält man mit Benutzung der von W. Thomson und Jenkin dafür angegebenen Zahlen für das mechanische Aequivalent der Wärme die Zahl 428 oder, wenn man nur die grösseren Inductionsarbeiten in den vier ersten Versuchen der Rechnung zu Grunde legt, die Zahl 421, sehr nahe übereinstimmend mit dem allgemein angenommenen Joule'schen Aequivalente.

(Aus den Sitzungsber. d. Wiener Akad. 1879, XVI.)

VI. Geometrische Untersuchungen.

III.

Dem Dreieck $A_1 A_2 A_3$ auf dem Kreise K und seinem Gegendreieck $A'_1 A'_2 A'_3$ ist eine Ellipse V eingeschrieben, welche der Ort der Schnittpunkte normaler zu demselben Punkte P des Kreises gehöriger Geradenpaare σ ist. Aus den sechs Punkten A_1, A_2, A_3, A'_1, A'_2, A'_3 auf K lassen sich überdies die Dreieckspaare

$$A_2A_3A'_1,\ A'_2A'_3A_1;\ A_3A_1A'_2,\ A'_3A'_1A_2;\ A_1A_2A'_3,\ A'_1A'_2A_3$$

formen.

Die Combination dieser Dreieckspaare mit dem ursprünglichen führt zu folgenden Sätzen:

Wenn man für den Punkt P bezüglich jedes dieser Paare den Punkt V construirt, so bilden diese drei Punkte V_1, V_2, V_3, mit dem ersten, V, zusammen ein orthogonales vollständiges Viereck, so dass z. B. V der Höhenschnitt von $V_1V_2V_3$ ist. Die Dreiecke $V_1V_2V_3$, V_2V_3V, V_3V_1V, V_1V_2V sind congruent den Dreiecken $A_1A_2A_3$, $A_2A_3A'_1$, $A_3A_1A'_2$, $A_1A_2A'_3$, aber entgegengesetzten Sinnes, und ihr (gemeinsamer) Feuerbach'scher Kreis hat PO zum Durchmesser.

Die Senkrechten, welche von V_1, V_2, V_3 beziehendlich zu A_2A_3, A_3A_1, A_1A_2 gezogen werden, schneiden sich in einem Punkte X, welcher mit $V_1V_2V_3$ zusammen ein dem Viereck $PA_1A_2A_3$ congruentes Kreisviereck bildet. Der Punkt S_4 dieses Kreisviereckes $XV_1V_2V_3$ fällt mit P zusammen.

Bewegt sich P auf K, so beschreiben V_1, V_2, V_3 bestimmte concentrische Ellipsen, das Umkreiscentrum von $V_1V_2V_3$ beschreibt eine mit V congruente, aber gegen diese um 90^0 gedrehte Ellipse um O, die Euler'sche Gerade OH des Dreiecks $V_1V_2V_3$ hüllt eine orthogonale Asteroide ein.

Dem Auftreten der Ellipse V bei zwei Gegendreiecken analog ist das Auftreten einer allgemeineren Ellipse bei zwei beliebigen Dreiecken $A_1A_2A_3$ und $B_1B_2B_3$ auf dem Kreise K.

Bestimmt man für einen Kreispunkt P die σ sowohl für $A_1A_2A_3$, als $B_1B_2B_3$, und bringt die beiden Geraden zum Schnitt, so erhält man einen Schnittpunkt U. Bewegt sich nun P auf dem Kreise, so beschreibt U als das Erzeugniss zweier projectiv aufeinander bezogenen Steiner-schen Hypocycloiden eine Ellipse. Dabei ist vorerst zu bemerken, dass der Neigungswinkel ν zweier entsprechender σ für alle P derselbe ist, nämlich

$$\nu = \tfrac{1}{3}\Sigma AB,$$

worin die Summe 9 Glieder, die in stets gleichem Sinne gezählten Winkelabstände der Punkte A von den Punkten B umfasst. M_a, M_b seien die Centra der Feuerbach'schen Kreise. Die Halbirungspunkte von PH_a und PH_b begrenzen eine mit M_aM_b gleiche und parallele Strecke. Durch sie gehen die Geraden des zu P gehörigen Paares, und da ihr Winkel constant ist, so bestimmen die Halbirungspunkte mit dem Schnittpunkte U Dreiecke von constantem Umkreisradius $r' = M_aM_b : 2\,Sin\,\nu$. Das Umkreiscentrum dieses Dreieckes ist von der zu M_aM_b parallelen Seite stets nach derselben Richtung um $\frac{1}{2}M_aM_b\,cotg\,\nu$ entfernt. Die Centra sämmtlicher solcher Dreiecke bilden daher einen Kreis vom Radius $\frac{r}{2}$, dessen Centrum O' von dem Halbirungspunkte der $M_a M_b$ um $\frac{1}{2} M_a M_b \cot g\, \nu$ und von M_a und M_b gleich weit entfernt ist. Um die einzelnen Punkte dieses Kreises sind mit constantem Radius Kreise gezogen; die grösste Entfernung, welche ein Punkt dieser Kreise von O' haben kann, ist offenbar $r' + \frac{r}{2}$, und die kleinste ist $r' - \frac{r}{2}$. Das ist sofort evident. Diese Werthe sind daher auch die Grenzwerthe, welche $O'U$ annehmen kann. Durch Betrachtung des Verlaufs von P auf dem Kreise sieht man, dass O' das Centrum der Ellipse V sein muss. Es sind also $r' + \frac{r}{2}$ und $r' - \frac{r}{2}$ die Halbaxenlängen.

Für die Ellipse U gelten demnach, wenn wir noch eine Construction der Axenrichtungen hinzufügen, folgende Beziehungen:

„Der Mittelpunkt der Ellipse liegt in der Geraden, welche normal zu $M_a M_b$ durch den Halbirungspunkt von $M_a M_b$ geht, und hat von diesem Halbirungspunkte den Abstand

$$\frac{M_a M_b}{2} \cot g \tfrac{1}{3} \Sigma \mathrm{AB}$$

nach jener Seite, welche der Seite von $M_a M_b$, auf der O liegt, entgegengesetzt ist. Die Axenlängen der Ellipse sind

$$\frac{M_a M_b}{\sin \frac{1}{3} \Sigma \mathrm{AB}} + r \quad \text{und} \quad \frac{M_a M_b}{\sin \frac{1}{3} \Sigma \mathrm{AB}} - r.$$

Die Axenrichtungen halbiren den Winkel zwischen $H_a H_b$ und der Verbindungslinie jener zwei Kreispunkte, denen bezüglich der beiden Dreiecke A und B Gerade σ zugehören, die zu $H_a H_b$ parallel sind.

Für den Fall zweier Gegendreiecke wird $\Sigma \mathrm{AB} = 3.90$ und die Formeln gehen in jene speciellen über, welche ich in den Sitzungsber. d. kaiserl. Akad. d. Wissensch. zu Wien (Dec. 1877) gegeben habe.

IV.

a) In der letzten Zeit haben sich mehrere Geometer eingehend mit dem Satze beschäftigt, dass die vier Kreise, welche einem Dreieck eingeschrieben sind, alle vier auch den Feuerbach'schen Kreis des Dreiecks berühren, und diesen Satz verschiedentlich bewiesen, sowie in projectivischer Beziehung auch verallgemeinert. Soviel ich weiss, hat man aber die folgende interessante und wesentliche Eigenschaft der Berührungspunkte nicht bemerkt, welche wir an der Hand der in II aufgestellten Formeln nun beweisen können.

„Der Feuerbach'sche Kreis des Dreiecks $B_1 B_2 B_3$ berührt einen die drei Seiten in $A_1 A_2 A_3$ berührenden Kreis in jenem

Punkte T, welcher die Eigenschaft hat, dass seine Gerade σ bezüglich $A_1A_2A_3$ parallel der Euler'schen Geraden dieses letzteren Dreiecks ist."

Wir beweisen dies speciell für den Inkreis. Zu dem Zwecke berechnen wir vor Allem die Winkel der Centrallinie mit den Eckenhalbmessern von $A_1A_2A_3$ oder mit den drei Seiten von $B_1B_2B_3$.

Der Mittelpunkt des Feuerbach'schen Kreises hat von B_1B_2 den Abstand $r\,Sin\,B_1B_2\,Sin\,B_3B_1-\frac{r}{2}\,Cos\,B_2B_3=\frac{r}{2}\,Cos\,(B_1B_2-B_3B_1)$, der Mittelpunkt des Kreises $A_1A_2A_3$ von B_2B_3 den Abstand $\varrho=4r\,Sin\frac{B_2B_3}{2}$ $Sin\frac{B_3B_1}{2}\,Sin\frac{B_1B_2}{2}$. Der Cosinus des Winkels, welchen die Centrallinie mit dem Eckenhalbmesser A_1J einschliesst (J das Centrum des Inkreises), ergiebt sich also aus einem rechtwinkligen Dreieck, dessen Hypotenuse die Centrallinie selbst ist, als

$$\frac{r}{\frac{r}{2}-\varrho}\left[4\,Sin\frac{B_2B_3}{2}\,Sin\frac{B_3B_1}{2}\,Sin\frac{B_1B_2}{2}-\tfrac{1}{2}\,Cos(B_1B_2-B_3B_1)\right],$$

wofür auch geschrieben werden kann

$$\frac{r}{r-2\varrho}\,[8\,Cos\,A_2A_3\,Cos\,A_3A_1\,Cos\,A_1A_2-Cos\,2(A_1A_2-A_3A_1)].$$

Aehnliche Formeln gelten für die Winkel von TJ mit A_2J und A_3J. Daher ist, wenn wir auf Formel 7) in II Bezug nehmen, der Cosinus des Winkels, welchen TJ mit der Euler'schen Geraden von $A_1A_2A_3$ macht, gegeben durch

$$Cos\,TJ^\wedge H_iJ$$
$$=\frac{\varrho\,.\,r}{H_iJ\,.\,(r-2\varrho)}\,[24\,Cos\,A_1A_2\,Cos\,A_2A_3\,Cos\,A_3A_1-\Sigma\,Cos\,2(A_1A_2-A_3A_1)].$$

Nun ist

$$r-2\varrho=r(1-8\,Cos\,A_1A_2\,Cos\,A_2A_3\,Cos\,A_3A_1)=r(3+2\,\Sigma\,Cos\,2\,A_1A_2),$$

daher

$$\frac{\varrho r}{r-2\varrho}=\frac{\varrho}{3+2\,\Sigma\,Cos\,2\,A_1A_2}=\frac{\varrho^3}{\varrho^2(3+2\,\Sigma\,Cos\,2\,A_1A_2)},$$

und weil der Nenner des letzteren Ausdruckes eben gleich H_iJ^2 gesetzt werden kann, so kommt

$$Cos\,TJ^\wedge H_iJ=\frac{\varrho^3}{H_iJ^3}\,[24\,Cos\,A_1A_2\,Cos\,A_2A_3\,Cos\,A_3A_1-\Sigma\,Cos\,2(A_1A_2-A_3A_1)].$$

Dies gilt aber nach Formel 12) in II gerade für den Winkel, welchen der dortige Halbmesser PO mit OH einschliesst, und wenn wir die Bedeutung von P in jener Formel in Betracht ziehen, so sehen wir, dass der anfangs aufgestellte Satz hierdurch bewiesen ist.

Man kann den Satz auch so ausdrücken: Der Feuerbach'sche Kreis jedes einem Kreise K *umgeschriebenen* Dreiecks berührt K in jenem

Punkte P, welcher für das Dreieck der Berührungspunkte die oben definirte Eigenschaft besitzt.

Die Berührungspunkte der vier in $B_1 B_2 B_3$ eingeschriebenen Kreise mit dem Feuerbach'schen Kreise bilden auf diesem ein Viereck, dessen Seiten einzeln durch die sechs Punkte gehen, in denen die Dreiecksseiten von den Halbirungslinien der gegenüberliegenden Winkel getroffen werden (wie bekannt). Ausserdem sind die Winkel des von diesen Schnittpunkten gebildeten Vierseits gleich den Winkeln des genannten, auf dem Feuerbach'schen Kreise liegenden Vierecks. Je ein Umkreis des Vierseits enthält einen Eckpunkt des Vierecks. —

b) Ich muss hier auf einige anderwärts gegebene Formeln zurückkommen. Ist $A_1 A_2 A_3 A_4$ ein Kreisviereck und $t_1 t_2 t_3 t_4$ das umschriebene Vierseit, so sind die Umkreise von t die Inversen der Feuerbach'schen Kreise von A. Die Gerade R der Diagonalenmitten von t ist normal zu einer gewissen Geraden Γ_4, welche ich in den schon erwähnten Aufsätzen betrachtet habe, und schliesst mit $A_1 O$ einen Winkel ein, für welchen die Rechnung liefert

$$\begin{aligned}\mathit{Sin}\, R^\wedge A_1 O = \frac{2r^2}{SO}[&\mathit{Sin}(A_1A_2 + A_1A_3 + A_1A_4) + \mathit{Sin}(A_1A_2 + A_1A_3 - A_1A_4)\\ &+ \mathit{Sin}(A_1A_2 - A_1A_3 + A_1A_4) + \mathit{Sin}(-A_1A_2 + A_1A_3 + A_1A_4)],\end{aligned}$$

$$\begin{aligned}\mathit{Cos}\, R^\wedge A_1 O = \frac{2r^2}{SO}[&\mathit{Cos}(A_1A_2 + A_1A_3 + A_1A_4) + \mathit{Cos}(A_1A_2 + A_1A_3 - A_1A_4)\\ &+ \mathit{Cos}(A_1A_2 - A_1A_3 + A_1A_4) + \mathit{Cos}(-A_1A_2 + A_1A_3 + A_1A_4)].\end{aligned}$$

Der Radius desjenigen Kreises, auf welchem die vier Umkreiscentra von t liegen, ist

$$2)\qquad \frac{SO}{16\,\mathit{Cos}\, A_1A_2\, \mathit{Cos}\, A_2A_3\, \mathit{Cos}\, A_3A_1\, \mathit{Cos}\, A_1A_4\, \mathit{Cos}\, A_2A_4\, \mathit{Cos}\, A_3A_4}.$$

Dabei ist S das Centrum der durch $A_1 A_2 A_3 A_4$ gehenden gleichseitigen Hyperbel.

Wir können mit Hilfe dieser Formeln eine fundamentale Eigenschaft des Kreisfünfseits, wie folgt, nachweisen. Die Geraden R_4, R_5 mögen den Vierseiten $t_1 t_2 t_3 t_5$ und $t_1 t_2 t_3 t_4$ zugehören und deren Steiner'sche Kreise mögen die Radien r_4, r_5 haben. Mit Anwendung einiger Reductionen und der consequenten Winkelzählung auf dem Kreise bekommt man aus den Werthen für $R_4^\wedge A_4 O$ und $R_5^\wedge A_1 O$, welche man nach Gleichung 1) bildet, den $\mathit{Sin}\, R_4 R_5$ als

$$3)\qquad \frac{2r^2}{S_4 O \,.\, S_5 O}\, \mathit{Sin}\, A_4A_5\, \mathit{Cos}\, A_1A_2\, \mathit{Cos}\, A_2A_3\, \mathit{Cos}\, A_3A_1.$$

Die Werthe von r_4 und r_5 werden nach 2) berechnet. Multiplicirt man ihr Product noch mit 3) und dividirt durch $\mathit{Sin}\, t_4 t_5$, wo $t_4 t_5 = 2 A_4 A_5$ zu setzen ist, so kommt $r^2 : 2^8 \Pi(\mathit{Cos}\, A_s A_t)$, also unabhängig von den Indices 4, 5, daher:

„Für das Kreisfünfseit hat das Product $\frac{r_s r_t \, Sin \, R_s R_t}{Sin \, t_s t_t}$ für alle Combinationen s, t aus 1 ... 5 denselben Werth, nämlich

$$\frac{r^2}{2^8 \Pi (Cos A_s A_t)},$$

wenn A die Berührungspunkte der t mit dem Kreise sind."

Wien, den 22. Juli 1878. S. Kantor.

VII. Die einem Dreieck umschriebene Ellipse kleinsten Inhalts und das einem Tetraeder umschriebene Ellipsoid kleinsten Volumens.

I.

Sind $x_1 y_1$, $x_2 y_2$, $x_3 y_3$ die rechtwinkligen Coordinaten der Eckpunkte eines Dreiecks und

1) $$\alpha_x = p_x x + q_x y + r_x = 0 \quad (x = 1, 2, 3)$$

die Gleichungen der durch $x_2 y_2$, $x_3 y_3$; $x_3 y_3$, $x_1 y_1$ und $x_1 y_1$, $x_2 y_2$ bestimmten Geraden, so lässt sich die Gleichung jeder durch die drei Punkte gehenden Curve zweiten Grades auf die Form bringen

$$u' \alpha_2 \alpha_3 + v' \alpha_3 \alpha_1 + w' \alpha_1 \alpha_2 = 0.$$

Da in unserer Aufgabe diese Curve eine Ellipse sein soll, so dürfen u', v', w' weder Null, noch unendlich werden; wir können also durch eine dieser Grössen dividiren und erhalten

2) $$u \alpha_2 \alpha_3 + v \alpha_3 \alpha_1 + \alpha_1 \alpha_2 = 0.$$

Die p_x, q_x sind die Richtungscosinus der Normalen zu $\alpha_x = 0$ und die r_x die negativ genommenen senkrechten Abstände der Geraden vom Anfangspunkt und werden in bekannter Weise eindeutig durch die $x_x y_x$ bestimmt.

Bezeichne ich

$$\begin{vmatrix} p_1 & q_1 & r_1 \\ p_2 & q_2 & r_2 \\ p_3 & q_3 & r_3 \end{vmatrix} = \Delta$$

und die Unterdeterminanten von Δ mit $\Delta_{x\lambda}$, so sind Δ und die Grössen Δ_{x3} von Null verschieden, weil die drei Geraden weder durch einen Punkt gehen, noch zwei von ihnen einander parallel sein sollen.

Ferner ist die allgemeine Gleichung einer Curve zweiten Grades

3) $$a_{11} x^2 + 2 a_{12} x y + a_{22} y^2 + 2 a_{13} x + 2 a_{23} y + a_{33} = 0,$$

und soll diese durch die drei gegebenen Punkte gehen, so ergeben sich durch Vergleichung mit 2) für die Coefficienten die Werthe

$$a_{11} = u p_2 p_3 + v p_3 p_1 + p_1 p_2,$$

$$2 a_{12} = u (p_2 q_3 + p_3 q_2) + v (p_3 q_1 + p_1 q_3) + (p_1 q_2 + p_2 q_1) \text{ u. s. w.}$$

Setze ich nun

$$\begin{vmatrix} a_{11} & a_{12} & a_{13} \\ a_{21} & a_{22} & a_{23} \\ a_{31} & a_{32} & a_{33} \end{vmatrix} = \bar{\Delta} \text{ und } \begin{vmatrix} a_{11} & a_{12} \\ a_{21} & a_{22} \end{vmatrix} = \delta,$$

wobei $a_{\varkappa\lambda} = a_{\lambda\varkappa}$ zu nehmen ist, so ist bekanntlich das Quadrat des Flächeninhalts einer durch 3) dargestellten Ellipse

$$F^2 = \frac{\overline{\Delta}^2}{\delta^3}\pi^2.$$

Für unsern Fall findet man

$$\overline{\Delta} = \frac{1}{8}\begin{vmatrix} p_1 & q_1 & r_1 \\ p_2 & q_2 & r_2 \\ p_3 & q_3 & r_3 \end{vmatrix}^2 \cdot \begin{vmatrix} 0 & 1 & v \\ 1 & 0 & u \\ v & u & 0 \end{vmatrix} = \frac{1}{4}\Delta^2 uv,$$

$$\delta = \frac{1}{4}\left\{\begin{array}{l} \Delta_{13}u(-\Delta_{13}u + \Delta_{23}v + \Delta_{33}) \\ + \Delta_{23}v(\ \ \Delta_{13}u - \Delta_{23}v + \Delta_{33}) \\ + \Delta_{33}\ (\ \ \Delta_{13}u + \Delta_{23}v - \Delta_{33}) \end{array}\right\}$$

und hieraus

$$F^2 = \frac{\Delta^4 u^2 v^2}{\delta^3}\,\frac{\pi^2}{16}.$$

Soll jetzt F ein Minimum werden, so erhält man, nach Weglassung stets von Null verschiedener Factoren, zur Bestimmung von u und v die beiden Gleichungen

$$P_1 = -2\Delta^2_{13}u^2 + \Delta_{13}\Delta_{23}uv + \Delta^2_{23}v^2 + \Delta_{13}\Delta_{33}u - 2\Delta_{23}\Delta_{33}v + \Delta^2_{33} = 0,$$
$$P_2 = \Delta^2_{13}u^2 + \Delta_{13}\Delta_{23}uv - 2\Delta^2_{23}v^2 - 2\Delta_{13}\Delta_{33}u + \Delta_{23}\Delta_{33}v + \Delta^2_{33} = 0.$$

Ihnen genügen die vier Werthepaare

$$u_1 = \frac{\Delta_{33}}{\Delta_{13}},\quad u_2 = \frac{\Delta_{33}}{\Delta_{13}},\quad u_3 = 0,\quad u_4 = \infty,$$
$$v_1 = \frac{\Delta_{33}}{\Delta_{23}},\quad v_2 = 0,\quad v_3 = \frac{\Delta_{33}}{\Delta_{23}},\quad v_4 = \infty,\quad \frac{u_4}{v_4} = \frac{\Delta_{23}}{\Delta_{13}}.$$

Fasse ich $P_1 = 0$ und $P_2 = 0$ als die Gleichungen zweier Curven zweiten Grades auf, so stellen sie zwei Hyperbeln dar, die ein Paar paralleler Asymptoten haben.

$u_1 = \frac{\Delta_{33}}{\Delta_{13}}$ und $v_1 = \frac{\Delta_{33}}{\Delta_{23}}$ ist das einzige Werthepaar, welches eine Lösung unserer Aufgabe giebt. Wir erhalten also für die Ellipse kleinsten Inhalts, die durch die Ecken eines Dreiecks geht, die höchst einfache Gleichung

$$\frac{\alpha_2\alpha_3}{\Delta_{13}} + \frac{\alpha_3\alpha_1}{\Delta_{23}} + \frac{\alpha_1\alpha_2}{\Delta_{33}} = 0.$$

Es ist aber

$$\Delta_{13} = p_2q_3 - p_3q_2 = \cos\varphi_2\sin\varphi_3 - \sin\varphi_2\cos\varphi_3 = \sin(\varphi_3 - \varphi_2) = \sin(\alpha_2, \alpha_3)$$

und ebenso

$$\Delta_{23} = \sin(\alpha_3, \alpha_1),\quad \Delta_{33} = \sin(\alpha_1, \alpha_2),$$

so dass man die Gleichung der Ellipse kleinsten Inhalts auch schreiben kann

$$\frac{\alpha_2\alpha_3}{\sin(\alpha_2, \alpha_3)} + \frac{\alpha_3\alpha_1}{\sin(\alpha_3, \alpha_1)} + \frac{\alpha_1\alpha_2}{\sin(\alpha_1, \alpha_2)} = 0.$$

Als Gleichung der Tangente im Punkte x_3y_3 findet man

$$p_3x + q_3y - (p_3x_3 + q_3y_3) = 0.$$

Daher ist die Tangente im Punkte $x_3 y_3$ der gegenüberliegenden Seite des gegebenen Dreiecks parallel. Dasselbe gilt natürlich auch für die beiden anderen Tangenten und Seiten.

Hieraus geht hervor, dass das gegebene Dreieck zu der Schaar der der Ellipse kleinsten Inhalts eingeschriebenen Dreiecke grössten Inhalts gehört.

Für den Inhalt der Ellipse kleinsten Inhalts erhält man den rational durch die $x_\varkappa y_\varkappa$ ausgedrückten Werth

$$F = \tfrac{2}{9}\sqrt{3}\,\frac{\Delta^2}{\Delta_{13}\Delta_{23}\Delta_{33}}\,\pi = \tfrac{2}{9}\sqrt{3}\begin{vmatrix} 1 & x_1 & y_1 \\ 1 & x_2 & y_2 \\ 1 & x_3 & y_3 \end{vmatrix}\pi\,^*$$

oder, wenn f den Inhalt des gegebenen Dreiecks bedeutet,

$$F = \tfrac{4}{9}\sqrt{3}\,f\pi,$$

welches zugleich die Relation zwischen den Inhalten einer Ellipse und der ihr eingeschriebenen Dreiecke grössten Inhalts ist.

II.

Bedeuten, ganz entsprechend den Bezeichnungen unter I, $x_\varkappa y_\varkappa z_\varkappa$ die rechtwinkligen Coordinaten von vier im Endlichen gelegenen Punkten des Raumes, die aber nicht in einer Ebene und von denen keine drei in einer Geraden liegen, ferner

$$\alpha_\varkappa = p_\varkappa x + q_\varkappa y + r_\varkappa z + s_\varkappa = 0 \quad (\varkappa = 1, 2, 3, 4)$$

die Gleichungen der vier durch sie bestimmten Ebenen, so haben die in bekannter Weise durch die $x_\varkappa y_\varkappa z_\varkappa$ ausgedrückten $p_\varkappa$, $q_\varkappa$, $r_\varkappa$, $s_\varkappa$ die analogen Bedeutungen wie in I und es sind sowohl

$$\Delta = \begin{vmatrix} p_1 & q_1 & r_1 & s_1 \\ p_2 & q_2 & r_2 & s_2 \\ p_3 & q_3 & r_3 & s_3 \\ p_4 & q_4 & r_4 & s_4 \end{vmatrix},$$

als auch die Unterdeterminanten $\Delta_{\varkappa 4}$ von Null verschieden.

Die Gleichung jeder Fläche zweiten Grades, welche durch die Eckpunkte des durch die $x_\varkappa y_\varkappa z_\varkappa$ bestimmten Tetraeders geht, hat die Form

$$1) \qquad u\alpha_1\alpha_2 + v\alpha_1\alpha_3 + w\alpha_1\alpha_4 + r\alpha_2\alpha_3 + s\alpha_2\alpha_4 + t\alpha_3\alpha_4 = 0.$$

Für rechtwinklige Coordinaten ist aber die allgemeine Gleichung der Flächen zweiten Grades

$$2) \qquad \begin{aligned} a_{11}x^2 + a_{22}y^2 + a_{33}z^2 + 2a_{23}yz + 2a_{31}zx + 2a_{12}xy + 2a_{14}x \\ + 2a_{24}y + 2a_{34}z + a_{44} = 0, \end{aligned}$$

und soll diese Fläche durch die vier Punkte $x_\varkappa y_\varkappa z_\varkappa$ gehen, so ergeben sich für die Coefficienten die Werthe

---

* Vergl. Baltzer. Theorie der Determinanten, 3. Aufl., S. 200.

$$a_{11} = u p_1 p_2 + v p_1 p_3 + w p_1 p_4 + r p_2 p_3 + s p_2 p_4 + t p_3 p_4,$$
$$\cdot\ \cdot\ \cdot\ \cdot\ \cdot\ \cdot\ \cdot\ \cdot\ \cdot\ \cdot\ \cdot\ \cdot\ \cdot\ \cdot\ \cdot\ \cdot\ \cdot\ \cdot$$
$$2 a_{23} = u(q_1 r_2 + q_2 r_1) + \ldots + t(q_3 r_4 + q_4 r_3),$$
$$\cdot\ \cdot\ \cdot\ \cdot\ \cdot\ \cdot\ \cdot\ \cdot\ \cdot\ \cdot\ \cdot\ \cdot\ \cdot\ \cdot$$

Setze ich weiter

$$\begin{vmatrix} a_{11} & a_{12} & a_{13} & a_{14} \\ a_{21} & a_{22} & a_{23} & a_{24} \\ a_{31} & a_{32} & a_{33} & a_{34} \\ a_{41} & a_{42} & a_{43} & a_{44} \end{vmatrix} = \overline{\Delta} \text{ und } \begin{vmatrix} a_{11} & a_{12} & a_{13} \\ a_{21} & a_{22} & a_{23} \\ a_{31} & a_{32} & a_{33} \end{vmatrix} = \delta,$$

wobei wieder $a_{\varkappa\lambda} = a_{\lambda\varkappa}$ ist, so ist das Quadrat des Volumeninhalts eines durch 2) dargestellten Ellipsoids

$$V^2 = -\tfrac{16}{9}\pi^2 \frac{\overline{\Delta}^3}{\delta^4}.$$

In unserem Falle ergiebt sich

$$\overline{\Delta} = \tfrac{1}{16} \begin{vmatrix} p_1 & q_1 & r_1 & s_1 \\ p_2 & q_2 & r_2 & s_2 \\ p_3 & q_3 & r_3 & s_3 \\ p_4 & q_4 & r_4 & s_4 \end{vmatrix}^2 \cdot \begin{vmatrix} 0 & u & v & w \\ u & 0 & r & s \\ v & r & 0 & t \\ w & s & t & 0 \end{vmatrix} = \tfrac{1}{16}\Delta^2\Delta',$$

und für 8δ die Summe der Producte sämmtlicher Determinanten dritter Ordnung, die aus folgenden zwei Elementensystemen gebildet werden können:

$$8\delta = \begin{Bmatrix} p_1 p_2 p_3 p_4 \\ q_1 q_2 q_3 q_4 \\ r_1 r_2 r_3 r_4 \end{Bmatrix} \begin{Bmatrix} u p_2 + v p_3 + w p_4, & u p_1 + r p_3 + s p_4, & v p_1 + r p_2 + t p_4, & w p_1 + s p_2 + t p_3 \\ u q_2 + v q_3 + w q_4, & u q_1 + r q_3 + s q_4, & v q_1 + r q_2 + t q_4, & w q_1 + s q_2 + t q_3 \\ u r_2 + v r_3 + w r_4, & u r_1 + r r_3 + s r_4, & v r_1 + r r_2 + t r_4, & w r_1 + s r_2 + t r_3 \end{Bmatrix}.$$

Die Gleichungen, die aus der Minimumsbedingung von V folgen, lassen wegen ihrer complicirten Form keine weitere Behandlung zu. Ich suche daher die Gleichung des Ellipsoids kleinsten Volumens auf andere Weise zu finden.

Ich bestimme in der Gleichung 1) die Grössen $u, v, \ldots t$ so, dass die in den Punkten

$$(\alpha_2 = 0,\ \alpha_3 = 0,\ \alpha_4 = 0),\quad (\alpha_3 = 0,\ \alpha_4 = 0,\ \alpha_1 = 0),$$
$$(\alpha_4 = 0,\ \alpha_1 = 0,\ \alpha_2 = 0),\quad (\alpha_1 = 0,\ \alpha_2 = 0,\ \alpha_3 = 0)$$

an die Fläche 1) gelegten Tangentialebenen den entsprechenden Ebenen $\alpha_\varkappa = 0$ parallel werden.

Hierdurch erhalte ich, wenn n_1, n_2, n_3, n_4 vier neue Un[illegible] bedeuten, für die zehn Grössen $u, v, \ldots t, n_1 \ldots n_4$ die zwölf [illegible] linearen Gleichungen

Daher ist die Tangente im Punkte $x_3 y_3$ der gegenüberliegenden Seite des gegebenen Dreiecks parallel. Dasselbe gilt natürlich auch für die beiden anderen Tangenten und Seiten.

Hieraus geht hervor, dass das gegebene Dreieck zu der Schaar der der Ellipse kleinsten Inhalts eingeschriebenen Dreiecke grössten Inhalts gehört.

Für den Inhalt der Ellipse kleinsten Inhalts erhält man den rational durch die $x_\varkappa y_\varkappa$ ausgedrückten Werth

$$F = \tfrac{2}{9}\sqrt{3}\,\frac{\Delta^2}{\Delta_{13}\Delta_{23}\Delta_{33}}\,\pi = \tfrac{2}{9}\sqrt{3}\begin{vmatrix} 1 & x_1 & y_1 \\ 1 & x_2 & y_2 \\ 1 & x_3 & y_3 \end{vmatrix}\pi\,^*$$

oder, wenn f den Inhalt des gegebenen Dreiecks bedeutet,

$$F = \tfrac{4}{9}\sqrt{3}\,f\pi,$$

welches zugleich die Relation zwischen den Inhalten einer Ellipse und der ihr eingeschriebenen Dreiecke grössten Inhalts ist.

II.

Bedeuten, ganz entsprechend den Bezeichnungen unter I, $x_\varkappa y_\varkappa z_\varkappa$ die rechtwinkligen Coordinaten von vier im Endlichen gelegenen Punkten des Raumes, die aber nicht in einer Ebene und von denen keine drei in einer Geraden liegen, ferner

$$\alpha_\varkappa = p_\varkappa x + q_\varkappa y + r_\varkappa z + s_\varkappa = 0 \quad (\varkappa = 1, 2, 3, 4)$$

die Gleichungen der vier durch sie bestimmten Ebenen, so haben die in bekannter Weise durch die $x_\varkappa y_\varkappa z_\varkappa$ ausgedrückten $p_\varkappa$, $q_\varkappa$, $r_\varkappa$, $s_\varkappa$ die analogen Bedeutungen wie in I und es sind sowohl

$$\Delta = \begin{vmatrix} p_1 & q_1 & r_1 & s_1 \\ p_2 & q_2 & r_2 & s_2 \\ p_3 & q_3 & r_3 & s_3 \\ p_4 & q_4 & r_4 & s_4 \end{vmatrix},$$

als auch die Unterdeterminanten $\Delta_{\varkappa 4}$ von Null verschieden.

Die Gleichung jeder Fläche zweiten Grades, welche durch die Eckpunkte des durch die $x_\varkappa y_\varkappa z_\varkappa$ bestimmten Tetraeders geht, hat die Form

$$1) \qquad u\alpha_1\alpha_2 + v\alpha_1\alpha_3 + w\alpha_1\alpha_4 + r\alpha_2\alpha_3 + s\alpha_2\alpha_4 + t\alpha_3\alpha_4 = 0.$$

Für rechtwinklige Coordinaten ist aber die allgemeine Gleichung der Flächen zweiten Grades

$$2) \qquad \begin{aligned} a_{11}x^2 + a_{22}y^2 + a_{33}z^2 + 2a_{23}yz + 2a_{31}zx + 2a_{12}xy + 2a_{14}x \\ + 2a_{24}y + 2a_{34}z + a_{44} = 0, \end{aligned}$$

und soll diese Fläche durch die vier Punkte $x_\varkappa y_\varkappa z_\varkappa$ gehen, so ergeben sich für die Coefficienten die Werthe

---

* Vergl. Baltzer, *Theorie und Anwendung* der Determinanten, 3. Aufl., S. 200.

Die Coefficienten $\Delta_{14}\Delta_{24}, \ldots$ lassen sich leicht als Functionen Cosinus der Winkel, welche die vier Ebenen $a_x = 0$ mit einander bil darstellen. Man findet z B.

$$\Delta_{34}\Delta_{44} = \begin{vmatrix} -1 & cos(\alpha_1, \alpha_2) & cos(\alpha_1, \alpha_4) \\ cos(\alpha_2, \alpha_1) & -1 & cos(\alpha_2, \alpha_4) \\ cos(\alpha_3, \alpha_1) & cos(\alpha_3, \alpha_2) & cos(\alpha_3, \alpha_4) \end{vmatrix} \quad \text{u. s. w.}$$

$(\alpha_1, \alpha_2), \ldots$ bedeuten dabei die Winkel, welche nach dem Innenraum Tetraeders zu liegen.

Für den Volumeninhalt des Ellipsoids 4) ergiebt sich endlich folgende einfache und rational durch die Coordinaten $x_x y_x z_x$ gedrückte Werth. Man findet nämlich zunächst

$$V^2 = -\tfrac{1}{9}\,\frac{\Delta^6}{16^2}\cdot\frac{\Delta'^3}{\delta^4}\,\pi^2,$$

und da

$$\Delta' = -3(\Delta_{14}\Delta_{24}\Delta_{34}\Delta_{44})^2, \quad \delta = -\tfrac{1}{2}(\Delta_{14}\Delta_{24}\Delta_{34}\Delta_{44})^2$$

ist, so folgt

$$V = \frac{\sqrt{3}}{4}\,\frac{\Delta^3}{\Delta_{14}\Delta_{24}\Delta_{34}\Delta_{44}}\,\pi.$$

Bezeichnet man den Volumeninhalt des gegebenen Tetraeders durch

$$V' = \tfrac{1}{6}\begin{vmatrix} 1 & x_1 & y_1 & z_1 \\ 1 & x_2 & y_2 & z_2 \\ 1 & x_3 & y_3 & z_3 \\ 1 & x_4 & y_4 & z_4 \end{vmatrix},$$

so findet man schliesslich

$$V = \frac{\sqrt{3}}{4}\begin{vmatrix} 1 & x_1 & y_1 & z_1 \\ 1 & x_2 & y_2 & z_2 \\ 1 & x_3 & y_3 & z_3 \\ 1 & x_4 & y_4 & z_4 \end{vmatrix}\pi = \tfrac{3}{2}\sqrt{3}\,V'\pi.$$

Berlin. Dr. A. Börsch,

Assistent im königl. geodätischen Insti

IV.

Formeln zur numerischen Berechnung des allgemeinen Integrals der Bessel'schen Differentialgleichung.

Von

Dr. F. Niemöller

in Eisenach.

In meiner Arbeit: „Ueber die Bewegung einer Saite, deren Spannung mit der Zeit sich stetig ändert", konnte ich die allgemeine Lösung deshalb nicht angeben, weil ich eine Darstellung des allgemeinen Integrals der Bessel'schen Differentialgleichung

$$1)\qquad \frac{d^2J}{d\lambda^2}+\frac{1}{\lambda}\frac{dJ}{d\lambda}+J\left(4-\frac{m^2}{\lambda^2}\right)=0$$

in einer zur numerischen Berechnung geeigneten Form nicht vorfand, indem ja die Bessel'schen Functionen nur ein particuläres Integral liefern, wenn m eine ganze Zahl ist. Ich stelle deshalb in dieser Arbeit Formeln auf, die eine numerische Berechnung gestatten, wenn m^2 eine beliebige reelle, positive Constante ist. Ich gehe davon aus, dass, wenn $f(\lambda, m)$ ein Integral von 1) ist, das allgemeine Integral durch $Af(\lambda, m)+Bf(\lambda, -m)$ dargestellt werden kann, wo A und B Constante sind. Wird $f(\lambda, -m)=f(\lambda, m)$, was eintritt, wenn m eine ganze Zahl ist, so werde ich A und B so von m abhängen lassen, dass der Grenzwerth von $Af(\lambda, m)+Bf(\lambda, -m)$ endlich bleibt und neben $f(\lambda, m)$ das zweite Integral darstellt.

I.

Wir schreiben in 1) für m den Buchstaben ε und nehmen zunächst an, dass $-\frac{1}{2}<\varepsilon<+\frac{1}{2}$ sei. Eine Lösung von 1) ist dann bekanntlich

$$2)\qquad J_{+\varepsilon}=\frac{\lambda^{\varepsilon}}{\Gamma(1+\varepsilon)}-\frac{1}{1!}\frac{\lambda^{\varepsilon+2}}{\Gamma(2+\varepsilon)}+\frac{1}{2!}\frac{\lambda^{\varepsilon+4}}{\Gamma(3+\varepsilon)}-\dots$$

Eine andere ist

$$3)\qquad J_{-\varepsilon}=\frac{\lambda^{-\varepsilon}}{\Gamma(1-\varepsilon)}-\frac{1}{1!}\frac{\lambda^{-\varepsilon+2}}{\Gamma(2-\varepsilon)}+\frac{1}{2!}\frac{\lambda^{-\varepsilon+4}}{\Gamma(3-\varepsilon)}-\dots$$

Ist $\varepsilon=0$, so geben beide dasselbe, nämlich

$$3a)\qquad J_0=1-\frac{\lambda^2}{(1!)^2}+\frac{\lambda^4}{(2!)^2}-\dots$$

Wir können aber leicht aus 2) und 3) ein neues Integral O_0 herleiten, welches der Gleichung $\frac{d^2J}{d\lambda^2}+\frac{1}{\lambda}\frac{dJ}{d\lambda}+4J=0$ genügt, indem wir setzen

4) $$O_0 = Lim\,\frac{\Gamma(1+\varepsilon)\,J_{+\varepsilon}-\Gamma(1-\varepsilon)\,J_{-\varepsilon}}{2\varepsilon}$$

für $\varepsilon=0$. Man erhält

5) $$O_0 = J_0 \log\lambda + \frac{\lambda^2}{(1!)^2} - \frac{\lambda^4}{(2!)^2}(1+\tfrac{1}{2}) + \frac{\lambda^6}{(3!)^2}(1+\tfrac{1}{2}+\tfrac{1}{3}) - \ldots.$$

Nach Gleichung 4) können wir auch setzen

4a) $$O_0 = \frac{d}{d\varepsilon}\left(\Gamma(1+\varepsilon)\,J_{+\varepsilon}\right)_{(\varepsilon=0)}.$$

Es ist nun

6) $$J_{+\varepsilon} = \frac{2}{\sqrt{\pi}}\int_0^1 \frac{\cos 2\lambda x\,(\lambda(1-x^2))^{\varepsilon}}{\sqrt{1-x^2}\;\Gamma(\frac{1}{2}+\varepsilon)}\,dx.$$

Aus 6) können wir leicht ein bestimmtes Integral für O_0 herleiten, indem wir beiderseits mit $\Gamma(1+\varepsilon)$ multipliciren und dann nach ε unter dem Integralzeichen differentiiren. Es ist dieses erlaubt, wie eine leichte Untersuchung zeigt.

Wir benutzen noch die Formeln

$$\frac{1}{\Gamma(\frac{1}{2}+\varepsilon)} = \frac{4^{\varepsilon}\,\Gamma(\varepsilon)}{2\sqrt{\pi}\;\Gamma(2\varepsilon)},$$

ferner

$$\Gamma(\varepsilon) = \frac{\pi}{\sin\pi\varepsilon\;\Gamma(1-\varepsilon)} \quad \text{und} \quad \Gamma(2\varepsilon) = \frac{\pi}{\sin 2\pi\varepsilon\;\Gamma(1-2\varepsilon)}.$$

Da sich $\Gamma(1+\varepsilon)$ in eine Potenzreihe entwickeln lässt von der Gestalt $1-C\varepsilon+\ldots$, so ergiebt sich

$$\frac{d}{d\varepsilon}\left(\frac{\Gamma(1+\varepsilon)(\lambda(1-x^2))^{\varepsilon}}{\Gamma(\frac{1}{2}+\varepsilon)}\right)_{(\varepsilon=0)} = \frac{\log[4\lambda(1-x^2)]}{\sqrt{\pi}}.$$

7) $$O_0 \text{ ist also } = \frac{2}{\pi}\int_0^1 \frac{\log(4\lambda(1-x^2))\cos(2\lambda x)}{\sqrt{(1-x^2)}}\,dx$$

oder

8) $$O_0 = \frac{2}{\pi}\int_0^{\frac{\pi}{2}} \log(4\lambda\cos^2\varphi)\cos(2\lambda\sin\varphi)\,d\varphi$$

II.

Wir wollen nun $J_{+\varepsilon}$ und $J_{-\varepsilon}$ in halbconvergente Reihen entwickeln und an diesen Reihen den in 4) oder 4a) angedeuteten Grenzübergang *vornehmen*, um eine Reihenentwickelung für O_0 zu bekommen.

Aus dem Integral 6) leitet Herr Schlömilch* für den Fall, dass $\varepsilon = 0$ ist, eine Darstellung von J_0 durch halbconvergente Reihen her nach einer Methode, die auch dann noch anwendbar bleibt, wenn $-\frac{1}{2} < \varepsilon < +\frac{1}{2}$ ist.

Wir setzen in 6) $\frac{1}{2} - \varepsilon = \alpha$ und $1 - x = y$, $2\lambda = \mu$, dann ist

$$J_{+\varepsilon} = \frac{2\lambda^\varepsilon}{\sqrt{\pi}\,\Gamma(\frac{1}{2}+\varepsilon)} \int_0^1 y^{-\alpha}(2-y)^{-\alpha} \cos\mu(1-y)\,dy$$

$$9) \qquad = \frac{2^{1-\alpha}\lambda^\varepsilon}{\sqrt{\pi}\,\Gamma(\frac{1}{2}+\varepsilon)} \left[\cos\mu \int_0^1 \frac{\cos\mu y\,dy}{y^\alpha\left(1-\frac{y}{2}\right)^\alpha} + \sin\mu \int_0^1 \frac{\sin\mu y\,dy}{y^\alpha\left(1-\frac{y}{2}\right)^\alpha} \right].$$

Wir setzen

$$10) \qquad \int_0^1 \frac{\cos\mu y}{y^\alpha}\,dy = P, \quad \int_0^1 \frac{\sin\mu y}{y^\alpha}\,dy = Q, \quad \frac{dP}{d\mu} = P' \ldots,$$

dann ist P und Q endlich, da $\alpha < 1$ ist. Ferner ist

$$\int_0^1 \frac{\cos\mu y}{y^\alpha\left(1-\frac{y}{2}\right)^\alpha}\,dy = P - \frac{(-\alpha)_1}{2} Q' - \frac{(-\alpha)_2}{2^2} P'' + \frac{(-\alpha)_3}{2^3} Q''' + \ldots$$

und

$$\int_0^1 \frac{\sin\mu y\,dy}{y^\alpha\left(1-\frac{y}{2}\right)^\alpha} = Q + \frac{(-\alpha)_1}{2} P' - \frac{(-\alpha)_2}{2^2} Q'' - \frac{(-\alpha)_3}{2^3} P''' + \ldots$$

$(-\alpha)_1$, $(-\alpha)_2$, ... sind Binomialcoefficienten. Die Klammergrösse in 9) ist also

$$11) \qquad \begin{aligned} &= P\cos\mu + Q\sin\mu - \frac{(-\alpha)_2}{2^2}(P''\cos\mu + Q''\sin\mu) \\ &+ \frac{(-\alpha)_4}{2^4}(P^{IV}\cos\mu + Q^{IV}\sin\mu) - \frac{(-\alpha)_1}{2}(Q'\cos\mu - P'\sin\mu) \\ &+ \frac{(-\alpha)_3}{2^3}(Q'''\cos\mu - P'''\sin\mu) - \ldots . \end{aligned}$$

Es ist nun

$$P = \int_0^\infty \frac{\cos\mu y}{y^\alpha}\,dy - \int_1^\infty \frac{\cos\mu y}{y^\alpha}\,dy, \quad Q = \int_0^\infty \frac{\sin\mu y}{y^\alpha}\,dy - \int_1^\infty \frac{\sin\mu y}{y^\alpha}\,dy.$$

Ist

$$12) \qquad f = \frac{1}{\Gamma(\alpha)}\,\frac{\pi}{2\cos\frac{\alpha\pi}{2}}, \quad \varphi = \frac{1}{\Gamma(\alpha)}\,\frac{\pi}{2\sin\frac{\alpha\pi}{2}},$$

---

* Diese Zeitschrift, Bd. II S. 148.

so ist der rechte Theil von $P = \mu^{\alpha-1} f$, der von $Q = \mu^{\alpha-1}\varphi$. Wenden wir auf den zweiten Theil von P und Q die partielle Integration an und vernachlässigen das Restglied, so ist

$$P = \mu^{\alpha-1} f + \frac{\sin\mu}{\mu} - \frac{\alpha\cos\mu}{\mu^2} - \frac{\alpha(\alpha+1)\sin\mu}{\mu^3} + \ldots,$$

$$Q = \mu^{\alpha-1}\varphi - \frac{\cos\mu}{\mu} - \frac{\alpha\sin\mu}{\mu^2} + \frac{\alpha.\alpha+1\cos\mu}{\mu^3} + \ldots.$$

Mit Hilfe dieser halbconvergenten Reihen für P und Q geht die unter 11) angegebene Grösse über in

$$(f\cos\mu + \varphi\sin\mu)\Big(\mu^{\alpha-1} - (-\alpha)_2 . \frac{\alpha-1.\alpha-2}{2^2}\mu^{\alpha-3}$$
$$+ (-\alpha)_4 . \frac{\alpha-1.\alpha-2.\alpha-3.\alpha-4}{2^4}\mu^{\alpha-5} - \ldots\Big)$$
$$+ (\varphi\cos\mu - f\sin\mu)\Big(-(-\alpha)_1 . \frac{(\alpha-1)}{2}\mu^{\alpha-2}$$
$$+ (-\alpha)_3 . \frac{\alpha-1.\alpha-2.\alpha-3}{2^3}\mu^{\alpha-4} - \ldots\Big).$$

Wir setzen nun wieder $\mu = 2\lambda$, ferner

13) $$A = \frac{1}{\lambda^{1/2}} - \frac{4!(\alpha+1)_4}{2!.2^4.\lambda^{5/2}} + \frac{8!(\alpha+3)_8}{4!\,2^8.\lambda^{9/2}} - \ldots,$$

14) $$B = -\frac{2!(\alpha)_2}{1!\,2^2.\lambda^{3/2}} + \frac{6!(\alpha+2)_6}{3!\,2^6.\lambda^{7/2}} - \frac{10!(\alpha+4)_{10}}{5!\,2^{10}.\lambda^{11/2}} + \ldots.$$

Dann ist der Factor von $f\cos\mu + \varphi\sin\mu$

$$= \frac{\mu^{\alpha-1/2}}{\sqrt{2}}.A,$$

der von $\varphi\cos\mu - f\sin\mu$

$$= \frac{\mu^{\alpha-1/2}}{\sqrt{2}}.B.$$

Benutzen wir noch 12), so wird die unter 11) angegebene Grösse

$$= \frac{(2\lambda)^{\alpha-1/2}}{\sqrt{2}\,\Gamma(\alpha)} . \frac{\pi}{\sin\alpha\pi}\Big(A\sin\Big(2\lambda + \frac{\alpha\pi}{2}\Big) + B\cos\Big(2\lambda + \frac{\alpha\pi}{2}\Big)\Big).$$

Wenn man diese Grösse in 9) einsetzt, sich erinnert, dass $\alpha = \frac{1}{2} - \varepsilon$ ist und benutzt, dass $\Gamma(\frac{1}{2}-\varepsilon)\,\Gamma(\frac{1}{2}+\varepsilon) = \frac{\pi}{\sin\pi(\frac{1}{2}-\varepsilon)}$ ist, so erhält man schliesslich

15) $$J_{+\varepsilon} = \frac{1}{\sqrt{\pi}}\Big(A\sin\Big(2\lambda + \frac{\alpha\pi}{2}\Big) + B\cos\Big(2\lambda + \frac{\alpha\pi}{2}\Big)\Big),$$

wo $\alpha = \frac{1}{2} - \varepsilon$ zu setzen ist. Diese Formel gilt für grosse Werthe von λ, so lange ε kleiner als $\frac{1}{2}$ bleibt. Das zweite Integral $J_{-\varepsilon}$ findet sich aus 15), indem statt $+\varepsilon$ überall $-\varepsilon$ gesetzt wird.

Multipliciren wir 15) mit $\Gamma(1+\varepsilon)$, differentiiren nach ε und setzen $\varepsilon=0$, so erhalten wir O_0. Es ist nun $\frac{dA}{d\varepsilon}=\frac{dB}{d\varepsilon}=0$ für $\varepsilon=0$ oder $\alpha=\frac{1}{2}$; da ferner $\frac{d\Gamma(1+\varepsilon)}{d\varepsilon}=-C$ ist für $\varepsilon=0$, wo $C=0{,}5772156\ldots$, so findet sich

$$16)\quad O_0=-\frac{\sin\left(2\lambda+\frac{\pi}{4}\right)}{\sqrt{\pi}}\left(CA_0+\frac{\pi}{2}B_0\right)-\frac{\cos\left(2\lambda+\frac{\pi}{4}\right)}{\sqrt{\pi}}\left(\frac{\pi}{2}A_0-CB_0\right),$$

wo A_0 und B_0 aus A und B hervorgehen, indem wir $\alpha=\frac{1}{2}$ setzen. Es ist

$$A_0=\frac{1}{\sqrt{\lambda}}-\frac{9}{512(\sqrt{\lambda})^5}+\frac{3675}{524288(\sqrt{\lambda})^9}-\ldots,$$

$$B_0=\frac{3}{16(\sqrt{\lambda})^3}-\frac{75}{8192(\sqrt{\lambda})^7}+\frac{297675}{41943040(\sqrt{\lambda})^{11}}-\ldots,$$

Ich habe nach 16) O_0 berechnet für $\lambda=4$, man findet

$O_0=+0{,}2520309$; der genaue Werth findet

sich aus 5) $=+0{,}2520272.$

Fehler $0{,}0000037.$

Für Argumente, die grösser als 4) sind, liefert die Formel 16) Werthe, von denen mindestens fünf Decimalstellen genau sind.

III.

Mit Hilfe von 15) und 16) kann man das allgemeine Integral von 1) berechnen, so lange m^2 oder ε^2 kleiner als $\frac{1}{4}$ ist. Wir werden jetzt Formeln aufstellen, die die beiden particulären Integrale berechnen lassen, wenn $m^2>\frac{1}{4}$ ist. Es sei $m^2=(n\pm\varepsilon)^2$; ist dann n eine positive ganze Zahl und $0\leq\varepsilon<\frac{1}{2}$, so sind durch diese Annahmen bei beliebig gegebenem positivem m^2 die Grössen n und ε eindeutig bestimmt. Ist zunächst $m^2=(n-\varepsilon)^2$, so genügt der Differentialgleichung 1)

$$17)\quad J_{n-\varepsilon}=\frac{\lambda^{n-\varepsilon}}{\Gamma(n+1-\varepsilon)}-\frac{1}{1!}\frac{\lambda^{n+2-\varepsilon}}{\Gamma(n+2-\varepsilon)}+\frac{1}{2!}\frac{\lambda^{n+4-\varepsilon}}{\Gamma(n+3-\varepsilon)}-\ldots,$$

aber auch

$$18)\quad \begin{aligned} J_{-n+\varepsilon}=&\frac{1}{n!}\frac{\lambda^{-n+\varepsilon}}{\Gamma(1+\varepsilon)}-\frac{1}{n+1!}\frac{\lambda^{-n+2+\varepsilon}}{\Gamma(2+\varepsilon)}+\frac{1}{n+2!}\frac{\lambda^{-n+4+\varepsilon}}{\Gamma(3+\varepsilon)}\\ &-\frac{\Gamma(1-\varepsilon)}{n-1!}\frac{\lambda^{-n-2+\varepsilon}}{\Gamma(\varepsilon)\Gamma(1-\varepsilon)}-\frac{\Gamma(2-\varepsilon)}{n-2!}\frac{\lambda^{-n-4+\varepsilon}}{\Gamma(\varepsilon)\Gamma(1-\varepsilon)}-\ldots\\ &\ldots-\frac{\Gamma(n-\varepsilon)}{0!}\frac{\lambda^{-n+\varepsilon}}{\Gamma(\varepsilon)\Gamma(1-\varepsilon)}.\end{aligned}$$

Aus 17) folgt, dass

$$J_{n+1-\varepsilon}=\frac{(n-\varepsilon)}{2\lambda}J_{n-\varepsilon}-\frac{1}{2}\frac{dJ_{n-\varepsilon}}{d\lambda}=-\lambda^{n+1-\varepsilon}\frac{d}{d\lambda^2}\left(J_{n-\varepsilon}\lambda^{-n+\varepsilon}\right)$$

ist. Hieraus &

$$19)\qquad J_{n-\varepsilon} = (-1)^n \lambda^{n-\varepsilon} \frac{d^n(\lambda^\varepsilon J_{-\varepsilon})}{(d\lambda^2)^n}.$$

Aus 18) folgt, dass

$$J_{-n-1+\varepsilon} = \frac{n-\varepsilon}{2\lambda} J_{-n+\varepsilon} - \frac{1}{2}\frac{d}{d\lambda} J_{-n+\varepsilon},$$

also ist

$$20)\qquad J_{-n+\varepsilon} = (-1)^n \lambda^{n-\varepsilon} \frac{d^n(\lambda^\varepsilon J_{+\varepsilon})}{d\lambda^2}.$$

Da $J_{+\varepsilon}$ und $J_{-\varepsilon}$ in 15) entwickelt sind, so kann man aus 19) und 20) Reihenentwickelungen für $J_{n-\varepsilon}$ und $J_{-n+\varepsilon}$ ableiten.

Ist zweitens $m^2 = (n+\varepsilon)^2$, so haben wir in 17) und 19) statt $-\varepsilon$ zu setzen $+\varepsilon$; man erhält dann

$$21)\qquad J_{n+\varepsilon} = (-1)^n \lambda^{n+\varepsilon} \frac{d^n(\lambda^{-\varepsilon} J_{+\varepsilon})}{(d\lambda^2)^n}.$$

Ist ferner

$$22)\qquad \begin{aligned} J_{-n-\varepsilon} = {} & \frac{1}{n!}\,\frac{\lambda^{n-\varepsilon}}{\Gamma(1-\varepsilon)} - \frac{1}{n+1!}\,\frac{\lambda^{n+2-\varepsilon}}{\Gamma(2-\varepsilon)} + \frac{1}{n+2!}\,\frac{\lambda^{n+4-\varepsilon}}{\Gamma(3-\varepsilon)} \\ & + \frac{\Gamma(1+\varepsilon)}{n-1!}\,\frac{\lambda^{n-2-\varepsilon}}{\Gamma(\varepsilon)\,\Gamma(1-\varepsilon)} + \frac{\Gamma(2+\varepsilon)}{n-2!}\,\frac{\lambda^{n-4-\varepsilon}}{\Gamma(\varepsilon)\,\Gamma(1-\varepsilon)} + \dots \\ & \dots + \frac{\Gamma(n+\varepsilon)}{0!}\,\frac{\lambda^{-n-\varepsilon}}{\Gamma(\varepsilon)\,\Gamma(1-\varepsilon)}, \end{aligned}$$

so sind $J_{n+\varepsilon}$ und $J_{-n-\varepsilon}$ zwei particuläre Integrale der Differentialgleichung.

Man findet

$$23)\qquad J_{-n-\varepsilon} = (-1)^n \lambda^{n+\varepsilon} \frac{d^n(\lambda^{-\varepsilon} J_{-\varepsilon})}{(d\lambda^2)^n}.$$

Die Gleichungen 17) bis 23) gelten auch noch für $n=0$. Aus 21) und 23) kann man mit Hilfe von 15) Reihenentwickelungen für $J_{-n-\varepsilon}$ und $J_{n+\varepsilon}$ ableiten.

Da die unter 17) und 18) angegebenen Functionen, ebenso wie die unter 21) und 22), identisch gleich werden, wenn $\varepsilon = 0$ ist, so bleibt noch das zweite particuläre Integral zu bestimmen für den Fall, dass m^2 das Quadrat einer ganzen Zahl ist.

Man findet, dass sowohl

$$\frac{\Gamma(1+\varepsilon)\,J_{-n+\varepsilon} - \Gamma(1-\varepsilon)\,J_{n-\varepsilon}}{2\varepsilon},$$

als auch

$$\frac{\Gamma(1+\varepsilon)\,J_{n+\varepsilon} - \Gamma(1-\varepsilon)\,J_{-n-\varepsilon}}{2\varepsilon}.$$

sich demselben Grenzwerth für $\varepsilon = 0$ nähert. Dieser Grenzwerth ist =

$$O_n = Lim\,(-1)^n \lambda^{n-\varepsilon} \frac{d^n}{(d\lambda^2)^n} \frac{(\Gamma(1+\varepsilon)\,J_{n+\varepsilon} - \Gamma(1-\varepsilon)\,J_{n-\varepsilon})}{2\varepsilon}.$$

Also ist

$$24) \qquad O_n = (-1)^n \lambda^n \frac{d^n O_0}{(d\lambda^2)^n}.$$

Mit Hilfe von 16) kann man O_n leicht hieraus bestimmen.

Es bleiben schliesslich noch die Fälle übrig, in denen m^2 von der Form $(n+\frac{1}{2})^2$ ist.

Man findet aber aus 17) und 18) oder auch aus 19) und 20), indem man $n=0$ und $\varepsilon=\frac{1}{2}$ setzt, dass

$$J_{+\frac{1}{2}} = \frac{\sin 2\lambda}{\sqrt{\pi}\sqrt{\lambda}}, \quad J_{-\frac{1}{2}} = \frac{\cos 2\lambda}{\sqrt{\pi}\sqrt{\lambda}}$$

ist. Mit Hilfe von 19) und 20) kann man dann $J_{+3/2}$ und $J_{-3/2}$, ferner $J_{+5/2}$ und $J_{-5/2}$ etc. leicht berechnen.

V.

Ueber die ellipsoidischen Gleichgewichtsfiguren der Satelliten der Erde und des Jupiter.

Von

Prof. Dr. Ludwig Matthiessen

in Rostock.

Ueber die sogenannten Mondfiguren sind schon früher von Roche und Vaughan analytische Untersuchungen angestellt und beziehungsweise in den Zeitschriften *L'Institut de Paris* 1849—1850 und *Phil. Mag.* 1860—1861 publicirt worden.* Das Problem der Bestimmung der Mondfiguren gewinnt ein besonderes Interesse durch den Umstand, dass die Rotationsdauer des Erdmondes und der Jupitertrabanten, von ihrer geringen Nutation abgesehen, vollkommen mit ihrer Revolutionsdauer übereinstimmt, was wahrscheinlich bei allen übrigen Satelliten der Fall ist. Diese auffallende Thatsache findet ihre Erklärung in den sehr beträchtlichen Fluthen, welche vor der Bildung der festen Rinde dieser Weltkörper unter der Einwirkung der Massenanziehung des Hauptplaneten stattfanden, indem die Fluthwellen continuirlich die Rotationsbewegung verzögerten, bis endlich eine Ausgleichung derselben mit der Revolution erfolgte. Diese Ausgleichung wird um so früher eingetreten sein müssen, je grösser das Verhältniss der Masse der Fluthwellen zu der Masse des ganzen Satelliten sich ergab. Bis jetzt kennt man nur die Masse des Erdmondes und der Satelliten des Jupiter. Wir stellen uns die Aufgabe, die Fluthhöhen und die Gleichgewichtsfiguren dieser fünf Monde überhaupt zu bestimmen, unter der Voraussetzung, dass ihre Massen homogen seien.

* Wir verweisen auf die Literaturangaben in folgenden Publicationen:

L. Matthiessen, Neue Untersuchungen über frei rotirende Flüssigkeiten im Zustande des Gleichgewichts. Akademische Einladungsschrift zur Feier des Geburtstages Sr. Maj. des Königs Friedrich VII. Kiel 1859.

—, Ueber die Gesetze der Bewegung und Abplattung im Gleichgewicht befindlicher homogener Ellipsoide und die Veränderung derselben durch Expansion und Condensation. Zeitschr. f. Math. u. Phys. XVI, S. 290—323. Leipzig 1871.

Zunächst muss die Rotationsaxe eines Satelliten auf seiner Bahnebene, welche durch das Centrum des Hauptplaneten geht, senkrecht stehen. Sie ist die kürzeste, die gegen den Planeten gerichtete Centralaxe die längste, und die Figur eines Mondes wird als ein dreiaxiges Ellipsoid betrachtet werden können. Es handelt sich darum, das Axenverhältniss des Ellipsoids zu berechnen.

Es sei $2a$ die kürzeste, $2b$ die mittlere, $2c$ die längste Axe. Die Coordinaten irgend eines Punktes der Oberfläche, bezogen auf den Mittelpunkt des Satelliten, bezeichnen wir beziehentlich mit x, y, z und drücken die auf die kürzeste Axe bezogenen Halbaxenverhältnisse aus durch die Gleichungen

$$\frac{b}{a} = \sqrt{1+\lambda^2}, \quad \frac{c}{a} = \sqrt{1+\lambda_1^2}.$$

Die Grössen λ^2 und λ_1^2 werden im Allgemeinen gegen die Einheit als sehr klein betrachtet werden können. Um dieselben zu berechnen, werden wir die Differentialgleichung der Oberfläche des Ellipsoids mit derjenigen zu vergleichen haben, welche nach d'Alembert die Bedingung des hydrostatischen Gleichgewichts einer Niveaufläche ausdrückt.

Wenn man von der Voraussetzung ausgeht, dass, wie es in Wirklichkeit der Fall ist, die Entfernung des Centralkörpers beträchtlich gross gegen den Durchmesser des Satelliten ist, und dass λ^2 und λ_1^2 gegen die Einheit sehr kleine Grössen sind, wie die Rechnung ergeben wird, so lässt sich der Calcul bedeutend vereinfachen. In diesem Falle nämlich kann man, gestützt auf das Princip von der Summirung kleinster Bewegungen, einerseits die Abplattung infolge der Rotation, andererseits die Verlängerung der Centralaxe wegen der Fluthen für sich allein berechnen und die daraus sich ergebenden partiellen Axenverhältnisse mit einander multipliciren. Die totalen Axenverhältnisse lassen sich aber auch direct bestimmen, wenn man die Integrale der Massenattraction eines dreiaxigen Ellipsoids auf einen Punkt seiner Oberfläche in die Gleichgewichtsbedingung einführt. Es sollen hier beide Wege betreten werden, und zwar zunächst der letztere.

Die Differentialgleichung der Oberfläche des Ellipsoids ist nun

$$1) \qquad x\,\partial x + \frac{1}{1+\lambda^2}\, y\,\partial y + \frac{1}{1+\lambda_1^2}\, z\,\partial z = 0$$

und die Differentialgleichung des hydrostatischen Gleichgewichts einer Niveaufläche

$$2) \quad (X+X_1)\,\partial x + (Y+Y_1+\omega^2 y)\,\partial y + (Z+Z_1+\omega^2[r+z])\,\partial z = 0,$$

worin X, Y, Z die Componenten der Massenanziehung des Satelliten, X_1, Y_1, Z_1 die des Centralkörpers auf den Punkt x, y, z seiner Oberfläche, ω die Winkelgeschwindigkeit, r die Centrale des Satelliten und des Planeten bezeichnen. *Es ist nun* die Anziehung des Centralkörpers auf den Punkt x, y, z, multiplicirt mit den Elementen der Richtung, in erster Annäherung

$$3)\qquad -\tfrac{4}{3}\pi f\varrho R^3 \left\{\frac{\partial z}{r^2} - \frac{2z\,\partial z}{r^3} + \frac{y\,\partial y + x\,\partial x}{r^3}\right\},$$

wo ϱ die Dichtigkeit, R den Halbmesser des als Kugel betrachteten Centralkörpers bezeichnet. Die Componenten der Anziehung des Ellipsoids werden durch die folgenden bestimmten Integrale gegeben:

$$4)\qquad X = -4\pi f\varrho_1 \frac{bc}{a^2}\, x \int_0^1 \frac{u^2\,\partial u}{(1+\lambda^2 u^2)^{1/2}(1+\lambda_1^2 u^2)^{1/2}} = -4\pi f\varrho_1 \frac{bc}{a^2}\, L x,$$

$$5)\qquad Y = -4\pi f\varrho_1 \frac{bc}{a^2}\, y \int_0^1 \frac{u^2\,\partial u}{(1+\lambda^2 u^2)^{3/2}(1+\lambda_1^2 u^2)^{1/2}} = -4\pi f\varrho_1 \frac{bc}{a^2}\, \frac{\partial(\lambda L)}{\partial \lambda}\, y,$$

$$6)\qquad Z = -4\pi f\varrho_1 \frac{bc}{a^2}\, z \int_0^1 \frac{u^2\,\partial u}{(1+\lambda^2 u^2)^{1/2}(1+\lambda_1^2 u^2)^{3/2}} = -4\pi f\varrho_1 \frac{bc}{a^2}\, \frac{\partial(\lambda_1 L)}{\partial \lambda_1}\, z.$$

Setzt man sämmtliche Componenten der Wirkungen in die d'Alembert'sche Gleichung ein, so ist, nachdem durch $-2\pi f\varrho_1$ dividirt und $\omega^2 : 2\pi f\varrho_1 = V$ gesetzt ist,

$$7)\qquad \begin{aligned} &\left(\frac{2bc}{a^2} L + \frac{2}{3}\frac{\varrho}{\varrho_1}\frac{R^3}{r^3}\right) x\,\partial x + \left(\frac{2bc}{a^2}\frac{\partial(\lambda L)}{\partial\lambda} + \frac{2}{3}\frac{\varrho}{\varrho_1}\frac{R^3}{r^3} - V\right) y\, dy \\ &+ \left(\frac{2bc}{a^2}\frac{\partial(\lambda_1 L)}{\partial\lambda_1} - \frac{4}{3}\frac{\varrho}{\varrho_1}\frac{R^3}{r^3} - V\right) z\,\partial z + \left(\frac{2}{3}\frac{\varrho}{\varrho_1}\frac{R^3}{r^2} - Vr\right)\partial z = 0. \end{aligned}$$

Dividirt man diese Differentialgleichung durch den Coefficienten von $x\,\partial x$ und vergleicht die resultirende mit der Differentialgleichung der Oberfläche, so erhält man folgende drei Bestimmungsgleichungen:

$$8)\qquad \frac{2}{3}\cdot\frac{\varrho}{\varrho_1}\frac{R^3}{r^3} - V = 0,$$

$$9)\qquad \frac{2\sqrt{1+\lambda^2}\sqrt{1+\lambda_1^2}\,.\,\dfrac{\partial(\lambda L)}{\partial\lambda}}{2\sqrt{1+\lambda^2}\sqrt{1+\lambda_1^2}\,.\,L + V} = \frac{1}{1+\lambda^2},$$

$$10)\qquad \frac{2\sqrt{1+\lambda^2}\sqrt{1+\lambda_1^2}\,.\,\dfrac{\partial(\lambda_1 L)}{\partial\lambda_1} - 3V}{2\sqrt{1+\lambda^2}\sqrt{1+\lambda_1^2}\,.\,L + V} = \frac{1}{1+\lambda_1^2}.$$

Die Gleichung 8) bestimmt die Rotations- oder Revolutionsgeschwindigkeit für eine Kreisbewegung; die Gleichungen 9) und 10) bestimmen die Axenverhältnisse. Wir eliminiren zunächst V aus den letzten beiden Gleichungen, wodurch die Relation zwischen λ^2 und λ_1^2 gefunden wird. Wir erhalten die folgenden Gleichungen:

$$11)\quad \frac{4+3\lambda_1^2}{\lambda_1^2} V = 2\sqrt{1+\lambda^2}\sqrt{1+\lambda_1^2}\int_0^1 \frac{u^2(1-u^2)\,\partial u}{(1+\lambda^2u^2)^{\frac{1}{2}}(1+\lambda_1^2u^2)^{\frac{3}{2}}},$$

$$12)\quad \frac{V}{\lambda^2} = 2\sqrt{1+\lambda^2}\sqrt{1+\lambda_1^2}\int_0^1 \frac{u^2(1-u^2)\,\partial u}{(1+\lambda^2u^2)^{\frac{3}{2}}(1+\lambda_1^2u^2)^{\frac{1}{2}}}.$$

Demgemäss ist immer

$$13)\quad \frac{4+3\lambda_1^2}{\lambda_1^2}\int_0^1 \frac{u^2(1-u^2)\,\partial u}{(1+\lambda^2u^2)^{\frac{3}{2}}(1+\lambda_1^2u^2)^{\frac{1}{2}}} = \frac{1}{\lambda^2}\int_0^1 \frac{u^2(1-u^2)\,\partial u}{(1+\lambda^2u^2)^{\frac{1}{2}}(1+\lambda_1^2u^2)^{\frac{3}{2}}}.$$

Die Hauptaufgabe, auf deren Lösung es in der Theorie der Mondfiguren ankommt, besteht nun in der Berechnung simultaner Wurzelwerthe von λ^2 und λ_1^2 aus dieser transcendenten Gleichung, sowie auch in der Berechnung des simultanen Werthes von V mit Hilfe einer der beiden vorhergehenden Gleichungen. Diese Aufgabe ist eine verhältnissmässig schwierige, zumal dann, wenn λ^2 und λ_1^2 sich der Einheit nähern. Ihre Lösung wird aber gerade hier von Bedeutung, da V in dieser Umgebung ein Maximum wird. Durch diesen Umstand treten Bedingungen ein, deren Nichterfüllung das Bestehen ellipsoidischer Mondfiguren unmöglich macht, wodurch andere Gleichgewichtsfiguren auftreten, wie wir sie in dem Ringsystem des Saturn erkennen.

Es existiren nun für jedes unter jenem Maximum liegende V zwei ellipsoidische Mondfiguren: ein wenig und ein stark gestrecktes dreiaxiges Ellipsoid. Aus der Gleichung 13) folgt mit Evidenz, dass sie für $V=0$ erfüllt wird durch die simultanen Werthepaare

$\lambda^2 = 0,\ \lambda_1^2 = 0$ (Kugel),

$\lambda^2 = 0,\ \lambda_1^2 = \infty$ (unendlicher Kreiscylinder).

Hieraus geht hervor, dass auch λ^2 ein Maximum erreicht, vermuthlich zugleich mit V. Es lässt sich auch eine obere Grenze von λ^2 angeben, unter welcher das Maximum von λ^2 liegen muss. Wir gelangen zu derselben durch folgende Betrachtung. Wenn nämlich die Differenz der beiden Seiten der Gleichung 13) gleich Null werden soll, so müssen dieselben zwischen den gegebenen Grenzen 0 und 1 wenigstens einmal ihr Vorzeichen wechseln. Dieses findet aber statt für

$$\frac{4+3\lambda_1^2}{\lambda_1^2(1+\lambda^2u^2)} = \frac{1}{\lambda^2(1+\lambda_1^2u^2)},$$

d. h. wenn

$$14)\quad u^2 = \frac{\lambda_1^2 - \lambda^2(4+3\lambda_1^2)}{\lambda^2\lambda_1^2(4+2\lambda_1^2)}$$

wird. Es kann mithin auch nur solche simultane Werthe von λ^2 und λ_1^2 geben, bei welchen die rechte Seite dieser Gleichung zwischen den Grenzen 0 und +1 liegt. *Daraus folgen* die Bedingungen

$$15)\qquad \lambda_1^2(1-3\lambda^2) > 4\lambda_1^2, \quad +1 > \frac{\lambda_1^2-\lambda^2(4+3\lambda_1^2)}{\lambda^2\lambda_1^2(4+2\lambda_1^2)} > 0$$

und es muss λ^2 jedenfalls kleiner als $\frac{1}{3}$, also ein echter Bruch sein. Es giebt demnach zwei Fälle, in welchen diese beiden Bedingungen erfüllt werden, nämlich

$\lambda^2 < \frac{1}{3}$, λ_1^2 sehr gross,
λ^2 sehr klein, λ_1^2 sehr klein, aber $> 4\lambda^2$.

Die Grenzen dieser Bedingungen werden offenbar durch den **Cylinder** und die **Kugel** gebildet.

Es ist nun von Wichtigkeit, wenigstens angenähert das Maximum von V zu bestimmen. **Vaughan** giebt ihm den Werth 0,0433.* Nehmen wir die Dichtigkeit des äussersten Saturnringes gleich der des Wassers an, so wird $V=0{,}039$, welches jenem Werthe sehr nahe liegt, ihn aber übertrifft, wenn man die Dichtigkeit des äussersten Ringes ein wenig herabdrückt. Die Bestimmung von **Vaughan** ist aber jedenfalls ungenau und, wie weiter unten gezeigt werden wird, fast auf das Dreifache zu erhöhen. **Vaughan** setzt aber der Einfachheit der Rechnung zu Gunsten voraus, dass das Ellipsoid ein nahezu oblonges Rotationsellipsoid sei, und findet zu jenem Maximalwerthe von V den zugehörigen Werth $\lambda_1^2=4$, was nahezu richtig ist. Dieser Werth kann bestimmend sein für die Richtung, welche wir bei der Untersuchung des Maximalwerthes von V einzuschlagen haben. Da unter die kosmischen Mondfiguren im Allgemeinen nur die erste Classe der Ellipsoide zu rechnen ist, so wird zunächst hierauf unsere numerische Berechnung gerichtet sein. Die Bestimmung des Maximalwerthes von V schieben wir bis zur Discussion der zweiten Classe auf.

Entwickelt man die Integrale unter der Voraussetzung, dass λ^2 und λ_1^2 gegen die Einheit verhältnissmässig sehr klein seien, in Reihen nach steigenden Potenzen jener Grössen, so erhält man mit Vernachlässigung der Grössen von der Kleinheit zweiter Ordnung

$$16)\qquad \lambda^2(4+3\lambda_1^2)\{2-\tfrac{9}{7}\lambda^2-\tfrac{3}{7}\lambda_1^2\} = \lambda_1^2\{2-\tfrac{3}{7}\lambda^2-\tfrac{9}{7}\lambda_1^2\}.$$

Da also für sehr kleine Werthe λ_1^2 nahezu gleich $4\lambda^2$ wird, so kann man setzen

$$\lambda^2 = \tfrac{1}{4}\lambda_1^2(1-\tfrac{15}{14}\lambda_1^2)$$

oder nahezu

$$17)\qquad \lambda^2 = \tfrac{1}{4}\lambda_1^2.$$

Hieraus geht nun hervor, dass die Verlängerung der Centralaxe $2c$ viermal so gross ist, als die der mittleren Axe $2b$. Aus 12) findet man weiter in erster Annäherung

$$18)\qquad V = 2\lambda^2\sqrt{1+\lambda^2}\,\sqrt{1+\lambda_1^2}\,(\tfrac{2}{15}-\tfrac{3}{35}\lambda^2-\tfrac{1}{35}\lambda_1^2)$$

und in Berücksichtigung von 17)

---

* *Phil. Mag. XX, 1860, p. 417.*

$$V = \tfrac{4}{15}\lambda^2(1+\lambda^2) = \tfrac{1}{15}\lambda_1^2(1-\tfrac{23}{28}\lambda_1^2),$$

wofür man setzen kann

19) $$V = \tfrac{4}{15}\lambda^2 = \tfrac{1}{15}\lambda_1^2.$$

Diese Gleichung bestimmt die Beziehung der Axenverhältnisse zur Revolutionsdauer.

Wenden wir diese Formeln zunächst auf den Erdmond an und gehen dabei aus von den Daten $r:R = 60$, $\varrho_1:\varrho = 0{,}619$, so finden wir

$$V = \tfrac{2}{3}\frac{\varrho}{\varrho_1}\frac{R^3}{r^3} = 0{,}0000050 \text{ und } \tfrac{4}{15}\lambda^2 = \tfrac{1}{15}\lambda_1^2 = 0{,}0000050.$$

Demgemäss ist

$$\frac{b}{a} = \sqrt{1+\lambda^2} = 1{,}00000935, \quad \frac{c}{a} = \sqrt{1+\lambda_1^2} = 1{,}0000374,$$

folglich

$$a:b:c = 1:1{,}00000935:1{,}0000374.$$

Die Fluthhöhe beträgt demnach etwa 140 Fuss rhein., die Anschwellung am Aequator infolge der Rotationsbewegung 47 Fuss rhein., also die Verlängerung derselben Centralaxe 187 Fuss und der ganze Ueberschuss der Centralaxe über die Rotationsaxe 374 Fuss. Die Angabe Mädler's, dass dieser Ueberschuss die Höhe von gegen 1000 Fuss erreiche, ist jedenfalls zu hoch gegriffen.

Zu denselben Resultaten gelangen wir nun auch bei Voraussetzung sehr kleiner Werthe von λ^2 und λ_1^2, wenn wir erst die Fluthhöhen an den Scheiteln der Centralaxe, darnach die Abplattung wegen der Rotation suchen und endlich die Axenverhältnisse mit einander multipliciren. Zu diesem Zwecke betrachten wir zunächst den Mond als oblonges Rotationsellipsoid, dessen Centralaxe $2c$ und dessen Rotationsaxe $2a$ ist. Die Einwirkung der Erde ist alsdann dargestellt durch das Differential

20) $$-\tfrac{4}{3}\pi f\varrho R^3\left(\frac{-2z\,\partial z}{r^3} + \frac{x\,\partial x}{r^3}\right).$$

Ferner ist die Differentialgleichung des Mondmeridians

21) $$x\,\partial x + \frac{1}{1+\lambda^2}\,z\,\partial z = 0,$$

und die Differentialgleichung, welche nach d'Alembert die Bedingung des hydrostatischen Gleichgewichts darstellt,

22) $$(X+X_1)\,\partial x + (Z+Z_1)\,\partial z = 0$$

Es ist nun

23) $$X+X_1 = -\frac{3Mfx}{2a^3\lambda^3}\left\{\lambda\sqrt{1+\lambda^2} - lg(\lambda+\sqrt{1+\lambda^2})\right\} - \tfrac{4}{3}\pi f\varrho\frac{R^3}{r^3}x,$$

24) $$Z+Z_1 = -\frac{3Mfz}{\lambda^3 a^3}\left\{lg(\lambda+\sqrt{1+\lambda^2}) - \frac{\lambda}{\sqrt{1+\lambda^2}}\right\} + \tfrac{8}{3}\pi f\varrho\frac{R^3}{r^3}z.$$

Setzt man diese Werthe in 22) ein, dividirt durch den Coefficienten von $x\,\partial x$ und setzt $\tfrac{4}{3}\pi\varrho_1 a^2 c$ an *die Stelle* von M, so erhält man eine Relation, welche die Verlängerung der Centralaxe oder die doppelte Fluthhöhe bestimmt, nämlich

$$25)\qquad 1+\lambda^2=\frac{\frac{4}{3}\varrho\frac{R^3}{r^3}+\frac{2\varrho_1 c}{\lambda^3 a}\left\{\lambda\sqrt{1+\lambda^2}-lg(\lambda+\sqrt{1+\lambda^2})\right\}}{-\frac{8}{3}\varrho\frac{R^3}{r^3}+\frac{4\varrho_1 c}{\lambda^3 a}\left\{lg(\lambda+\sqrt{1+\lambda^2})-\frac{\lambda}{\sqrt{1+\lambda^2}}\right\}}.$$

Berücksichtigt man, dass $\frac{c}{a}=\sqrt{1+\lambda^2}$ ist und entwickelt die Function von λ, einschliesslich der fünften Potenz von λ, so erhält man

$$26)\qquad 1+\lambda^2=\frac{\frac{4}{3}\frac{R^3}{r^3}+2\frac{\varrho_1}{\varrho}\sqrt{1+\lambda^2}\,(\frac{2}{3}-\frac{1}{5}\lambda^2)}{-\frac{8}{3}\frac{R^3}{r^3}+4\frac{\varrho_1}{\varrho}\sqrt{1+\lambda^2}\,(\frac{1}{3}-\frac{3}{10}\lambda^2)}$$

oder

$$27)\qquad 1+\lambda^2=\frac{\frac{2}{3}+\left(\frac{2}{15}\lambda^2+\frac{2}{3}\frac{\varrho R^3}{\varrho_1 r^3}\right)}{\frac{2}{3}-2\left(\frac{2}{15}\lambda^2+\frac{2}{3}\frac{\varrho R^3}{\varrho_1 r^3}\right)}.$$

Da die eingeklammerten Grössen gegen $\frac{2}{3}$ sehr klein sind, so kann man setzen

$$28)\qquad \lambda^2=\frac{9}{2}\left(\frac{2}{15}\lambda^2+\frac{2}{3}\frac{\varrho R^3}{\varrho_1 r^3}\right)$$

oder endlich

$$29)\qquad \lambda^2=\frac{15}{2}\frac{\varrho R^3}{\varrho_1 r^3}$$

Setzt man die Constanten für den Erdmond ein, so wird

$$\frac{c}{a}=\frac{c}{b}=\sqrt{1+\lambda^2}=1{,}00002805,$$

also die Fluthhöhe wie oben einseitig 140 Fuss rhein. Die beiden Axen des Mondäquators, welche in seiner Bahnebene liegen, werden aber noch durch die Rotation vergrössert. Zur Bestimmung derselben können wir mit Vernachlässigung sehr kleiner Grössen zweiter Ordnung den Mond als eine Kugel betrachten. Die Abplattung wird bestimmt durch die Abplattungsformel des Ellipsoids (α), nämlich

$$30)\qquad \lambda^2=\frac{15}{4}V=\frac{5}{2}\frac{\varrho R^3}{\varrho_1 r^3}$$

Das erste Axenverhältniss

$$a:b:c=1:1:\left(1+\frac{15}{4}\frac{\varrho R^3}{\varrho_1 r^3}\right)$$

ist also mit dem Abplattungscoefficienten

$$\sqrt{1+\lambda^2}=1+\frac{5}{4}\frac{\varrho R^3}{\varrho_1 r^3}$$

zu multipliciren. Man erhält daraus das totale Axenverhältniss

31) $$a:b:c = 1:\left(1+\tfrac{5}{4}\frac{\varrho R^3}{\varrho_1 r^3}\right):\left(1+5\frac{\varrho R^3}{\varrho_1 r^3}\right)$$
$$= 1:(1+\tfrac{15}{8}V):(1+\tfrac{15}{2}V).$$

Setzt man die bekannten Zahlenwerthe ein, so resultirt daraus, wie oben,

32) $$a:b:c = 1:1{,}00000935:1{,}00003740.$$

Wir wollen die Formeln nun auch noch auf die Berechnung der Axenverhältnisse der vier Jupiterstrabanten anwenden. Die Daten sind folgende:*

Satelliten.	$r:R$.	R_1.	$m:M$.
I	6,049	264,5 g M.	0,000017328
II	9,623	287,5 „ „	0,000028235
III	15,350 .	388,0 „ „	0,000088497
IV	26,998	832,0 „ „	0,000042659

Hieraus folgt nun mit Hilfe der Relation

$$\frac{\varrho_1}{\varrho} = \frac{m}{M}\cdot\frac{R^3}{R_1^{\,3}} = \frac{m}{M}\cdot\frac{9647^3}{R_1^{\,3}}$$

die folgende Tabelle von Werthen:

Satelliten.	$r:R$	$\varrho_1:\varrho$.	$a:b:c$.	V.
I	6,049	0,8407	1 : 1,00672 : 1,02687	0,00358
II	9,623	1,5571	1 : 1,00090 : 1,00360	0,00048
III	15,350	1,3602	1 : 1,00025 : 1,00102	0,00013
IV	26,998	1,0466	1 : 1,00006 : 1,00024	0,00003

Die Jupiterstrabanten haben demnach eine sehr bedeutende Fluthhöhe im Vergleich zu der des Erdmondes. Stellen wir ihre Werthe zusammen in rhein. Fusse mit Hilfe der Formel

$$f = \frac{c-b}{a}R_1:$$

Satelliten.	f (Fluthhöhe).	Abplattung.
I	126010 rh. F.	31502 rh. F.
II	15175 „ „	3794 „ „
III	6992 „ „	1748 „ „
IV	1429 „ „	357 „ „

* Man vergl. *Humboldt's Kosmos, Bd. III S. 522.*

Da die Jupitersmasse die Dichtigkeit 1,2 besitzt, so hat der erste Satellit fast genau die Dichtigkeit des Wassers. Bemerkenswerth ist übrigens, dass bei allen uns bekannten Systemen die innersten und äussersten Körper eine verhältnissmässig geringere Dichtigkeit haben im Vergleich zu den mittleren. Dies gilt höchst wahrscheinlich auch von dem partiellen System der fünf Saturnringe.

Wir wollen nun weiter untersuchen, wie sich das Axenverhältniss gestalten würde, wenn die Monde die Gleichgewichtsfigur des Jacobischen Ellipsoids angenommen hätten. Bei der Berechnung dieser Axenverhältnisse wird λ_1^2 sehr gross gegen die Einheit und die Reihenentwickelung der Integrale auf den Factor $(1+\lambda^2u^2)$ zu beschränken sein, da λ^2 beträchtlich klein sein wird. Wir gehen aus von der Gleichung 13), welche die Beziehung zwischen λ^2 und λ_1^2 ausdrückt. Dieselbe lautet

$$(4+3\lambda_1^2)\frac{\lambda^2}{\lambda_1^2}\int_0^1\frac{(1-u^2)u^2\,\partial u}{(1+\lambda^2u^2)^{3/2}(1+\lambda_1^2u^2)^{1/2}}=\int_0^1\frac{(1-u^2)u^2\,\partial u}{(1+\lambda^2u^2)^{1/2}(1+\lambda_1^2u^2)^{3/2}}.$$

Die beiden Seiten lassen sich zu einem Integral vereinigen. Wir integriren zu dem Zwecke den zweiten Theil partiell nach der bekannten Formel

$$\int y\,\partial x = xy-\int x\,\partial y$$

und setzen

$$\frac{(1-u^2)u}{(1+\lambda^2u^2)^{1/2}}=y,\quad \frac{u\,\partial u}{(1+\lambda_1^2u^2)^{3/2}}=\partial x.$$

Durch Integration erhält man

$$x=-\frac{1}{\lambda_1^2(1+\lambda_1^2u^2)^{1/2}},$$

und somit für die vorgeschriebenen Grenzen

$$33)\quad \int_0^1\frac{(1-u^2)u^2\,\partial u}{(1+\lambda^2u^2)^{1/2}(1+\lambda_1^2u^2)^{3/2}}=\frac{1}{\lambda_1^2}\int_0^1\frac{(1-3u^2-2\lambda^2u^4)\,\partial u}{(1+\lambda^2u^2)^{3/2}(1+\lambda_1^2u^2)^{1/2}}.$$

Wird nun Alles auf eine Seite gebracht, so wird die Relation zwischen λ^2 und λ_1^2 ausgedrückt durch

$$34)\quad \int_0^1\frac{[1-(3+3\lambda^2\lambda_1^2+4\lambda^2)u^2+(3\lambda^2\lambda_1^2+2\lambda^2)u^4]\,\partial u}{(1+\lambda^2u^2)^{3/2}(1+\lambda_1^2u^2)^{1/2}}=0.$$

Wenn weiter

$$(1+\lambda^2u^2)^{-3/2}=1-\tfrac{3}{2}\lambda^2u^2+\tfrac{15}{8}\lambda^4u^4-\ldots$$

gesetzt wird, so reducirt sich nach Vernachlässigung der sehr kleinen Grössen erster Ordnung das bestimmte Integral auf

$$35)\qquad \int_0^1 \frac{[1-3(1+\lambda^2\lambda_1^2)u^2+3\lambda^2\lambda_1^2u^4]\,\partial u}{(1+\lambda_1^2u^2)^{1/2}}=0.$$

Durch Integration der drei Glieder erhält man weiter

$$\int_0^1 \frac{\partial u}{(1+\lambda_1^2u^2)^{1/2}}=\frac{1}{\lambda_1}\,lg(\lambda_1+\sqrt{1+\lambda_1^2}),$$

$$-3(1+\lambda^2\lambda_1^2)\int_0^1 \frac{u^2\,\partial u}{(1+\lambda_1^2u^2)^{1/2}}$$

$$=-3(1+\lambda^2\lambda_1^2)\left\{\frac{(1+\lambda_1^2)^{1/2}}{2\lambda_1^2}-\frac{1}{2\lambda_1^2}\int_0^1\frac{\partial u}{(1+\lambda_1^2u^2)^{1/2}}\right\},$$

$$3\lambda^2\lambda_1^2\int_0^1\frac{u^4\,\partial u}{(1+\lambda_1^2u^2)^{1/2}}=3\lambda^2\lambda_1^2\left\{\frac{(1+\lambda_1^2)^{1/2}}{4\lambda_1^2}-\frac{3}{4\lambda_1^2}\int_0^1\frac{u^2\,\partial u}{(1+\lambda_1^2u^2)^{1/2}}\right\}.$$

Die auf der rechten Seite unentwickelt gebliebenen Integrale können als sehr kleine Grössen erster Ordnung vernachlässigt werden. Die Gleichung 35) reducirt sich deshalb auf

$$\lambda_1\,lognat(\lambda_1+\sqrt{1+\lambda_1^2})-\tfrac{3}{2}(1+\lambda^2\lambda_1^2)\sqrt{1+\lambda_1^2}+\tfrac{3}{4}\lambda^2\lambda_1^2\sqrt{1+\lambda_1^2}=0.$$

und mit Vernachlässigung sehr kleiner Grössen ergiebt sich hieraus

$$36)\qquad \lambda^2=\frac{4\,lg\,2\lambda_1-6}{3\lambda_1^2}=\frac{2\,lg(\lambda_1^2)-3{,}228}{3\lambda_1^2}.$$

Zur Bestimmung von V benutze man die Gleichung

$$2\lambda^2\frac{\sqrt{1+\lambda_1^2}}{\sqrt{1+\lambda^2}}\int_0^1\frac{(1-u^2)\,u^2\,\partial u}{(1+\lambda^2u^2)^{3/2}(1+\lambda_1^2u^2)^{1/2}}=\tfrac{1}{2}\lambda^2\left(1-\tfrac{3}{2}\lambda^2-\frac{1}{2\lambda_1^2}+\ldots\right).$$

Infolge der Gleichung 12) ist nun

$$V=\tfrac{1}{2}\lambda^2(1+\lambda^2)\left(1-\tfrac{3}{2}\lambda^2-\frac{1}{2\lambda_1^2}+\ldots\right),$$

also approximativ

$$37)\qquad V=\tfrac{1}{2}\lambda^2,\quad \sqrt{1+\lambda^2}=1+V.$$

Werden die Formeln auf das mögliche Axenverhältniss des Erdmonde angewendet, so ist zunächst

$$38)\qquad \frac{b}{a}=\sqrt{1+\lambda^2}=1+V=1{,}000005.$$

Um $\sqrt{1+\lambda_1^2}$ zu erhalten, *hat man die transcendente* Gleichung

$$\frac{2\, lognat\, \lambda_1^2 - 3{,}228}{\lambda_1^2} = 3\lambda^2 = 0{,}00003$$

aufzulösen. Hierzu benütze man die *regula falsorum* und setze zunächst

$$\lambda_1^2 = 100000 = \alpha_1;$$

man findet den Fehler der Gleichung

$$\varphi_1 = \frac{2\, lg\, \lambda_1^2 - 3{,}228}{\lambda_1^2} - 0{,}00003 = 0{,}0001680.$$

Sodann setze man

$$\lambda_1^2 = 1000000 = \alpha_2;$$

der zweite Fehler der Gleichung ist alsdann

$$\varphi_2 = -0{,}0000056.$$

Der erste Näherungswerth von λ_1^2 ist alsdann

$$\lambda_1^2 = \frac{\alpha_2 \varphi_1 - \alpha_1 \varphi_2}{\varphi_1 - \varphi_2} = 970970,$$

woraus sich das zweite Axenverhältniss ergiebt, nämlich

39) $$\frac{c}{a} = \sqrt{1 + \lambda_1^2} = 985{,}4.$$

Die Centralaxe würde demnach bei dieser Art von Gleichgewichtsfigur gegen 1000 mal so lang sein, wie die beiden anderen. Das totale Axenverhältniss ist hierbei

40) $$a : b : c = 1 : 1{,}000005 : 985{,}4.$$

Um zu sehen, wie weit sich die Mondfigur der Erde nähern würde, bilden wir die Gleichung der Volumina:

$$\tfrac{4}{3}\, 227^3 . \pi = \tfrac{4}{3}\, abc\pi = \tfrac{4}{3}\, \pi a^3 . 985{,}4.$$

Daraus folgt

$$a = 22{,}8 \text{ geogr. M.}, \quad c = 22478 \text{ geogr. M.}$$

Bei einer derartigen Länge der Centralaxe des Mondes von 44956 Meilen würde allerdings die ellipsoidische Gestalt des Mondes nicht mehr gewahrt werden und höchst wahrscheinlich zu einer Theilung führen.

Wenn nun auch nach dem Vorhergehenden einer bestimmten Revolutionsdauer eines jeden Satelliten zwei Gleichgewichtsfiguren entsprechen, so folgt daraus keineswegs, dass die Satelliten zufällig eine derselben in ihrem flüssigen Zustande angenommen haben. Die Figur wird nämlich bestimmt durch die ursprüngliche Energie der rotirenden Masse oder der Summe der Momente ihrer Bewegungsquantität. Diese ist gleich der doppelten Energie und ihr Princip gleichbedeutend mit demjenigen von der Erhaltung der Flächensumme der frei rotirenden Masse; es ist

41) $$E = \tfrac{1}{2} \int\int\int \partial m \left(y \frac{\partial z}{\partial t} - z \frac{\partial y}{\partial t} \right) = \tfrac{1}{2}\, \omega \int\int\int r^2\, \partial m.$$

Die Energie des Maclaurin'schen Ellipsoids (α) ist sehr klein im Verhältniss zu derjenigen des stark gestreckten Jacobi'schen Ellipsoids

(γ), wie wir bereits früher in einer besondern Abhandlung auseinandergesetzt haben. Wir fügen jetzt noch die Axenverhältnisse der Jupiterstrabanten hinzu bei der Annahme der zweiten Gleichgewichtsfigur (γ).

Satelliten.	V.	$a:b:c$.
I	0,00385	1 : 1,00358 : 21,24
II	0,00048	1 : 1,00048 : 70,71
III	0,00013	1 : 1,00013 : 148,33
IV	0,00003	1 : 1,00003 : 316,1

Da nach dem dritten Kepler'schen Gesetze die Winkelgeschwindigkeiten in der Bahn, also auch die Werthe von V wachsen, während die Durchmesser der Bahnen abnehmen, so werden, wenn V ein Maximum erreicht, bei geringeren Distanzen vom Centralkörper die ellipsoidischen Gleichgewichtsfiguren nicht mehr bestehen können. Ob sich dann in den geringsten Abständen vom Centralkörper Ringe bilden, wird davon abhängen, ob es auch für diese Gleichgewichtsfiguren ein Maximum von V giebt und ob dasselbe höher liegt, als jenes, welches wir vorläufig im Auge haben. Für die ringförmigen Satelliten bestimmte Laplace den Maximalwerth von V zu 0,108605 und λ_1^2 gleich 5,73. Für die ellipsoidischen Satelliten habe ich die entsprechenden Werthe als von jenen wenig abweichend gefunden; sie bedürfen jedoch noch immer einer genaueren Bestimmung; ich finde nämlich nahezu $V = 0,1086$ und $\lambda_1^2 = 4,0$. Es soll der Weg in Kürze angedeutet werden, auf welchem man zu denselben gelangen kann. Für die ellipsoidischen Gleichgewichtsfiguren ohne Centralkörper, sowie für die Ringe mit Centralkörper sind die Rechnungen ziemlich einfach und lassen sich auf die Discussion geschlossener algebraischer Functionen zurückführen. Bei den freien kosmischen Ringen (α) und (β) dagegen, für welche ich das Maximum V zu 0,1392 bestimmt habe, und bei den Mondfiguren ist die numerische Untersuchung unendlich schwieriger. Was zunächst die directe Bestimmung des Maximums von V für die ellipsoidischen Mondfiguren anbetrifft, so hängt dieselbe ab von einer der Gleichungen 11) und 12) und von der Gleichung 34). Bezeichnen wir das bestimmte Integral in 34) kurz mit J, so findet man nach Cauchy (Differentialcalcul, XXII. Vorles.) aus der Gleichung

42) $$\left(\frac{\partial V}{\partial \lambda}\right)\left(\frac{\partial J}{\partial \lambda_1}\right) - \left(\frac{\partial V}{\partial \lambda_1}\right)\left(\frac{\partial J}{\partial \lambda}\right) = 0$$

in Verbindung mit der Gleichung $J = 0$ das Maximum von V. Indessen ist die Ausführung dieser Operationen mehr als abschreckend. Ich habe mich darauf beschränkt *unter der Voraussetzung*, dass λ_1^2 die Einheit ziemlich übertrifft, λ^2 dagegen unter dem Werthe $\frac{1}{8}$ bleibt, die Integrale in Reihen entwickelt und daraus simultane Werthe von λ^2, λ_1^2 und V berechnet. Mit Berücksichtigung der Glieder von der Ordnung λ^4 und $\frac{\lambda^2}{\lambda_1^2}$ erhalte ich folgende Werthe der Gleichungen 12) und 34):

$$43)\qquad V = \tfrac{1}{2}\lambda^2 \left\{1 - \tfrac{1}{2}\lambda^2 - \frac{1}{2\lambda_1^2} + 1\tfrac{3}{16}\lambda^4 + 2\frac{\lambda^2}{\lambda_1^2}\right\},$$

$$44)\qquad 3\lambda^2\lambda_1^2 = \frac{2\,log\,nat(\lambda_1^2) - 3{,}228 + \frac{7}{\lambda_1^2}}{1 - 2\tfrac{1}{4}\lambda^2 - \frac{1}{\lambda_1^2} + 4\tfrac{5}{16}\lambda^4 + \tfrac{3}{8}\frac{\lambda^2}{\lambda_1^2}}.$$

Hieraus ergeben sich in Vereinigung mit den oben für die Jupiterstrabanten berechneten Näherungswerthen folgende simultane Werthe von λ^2 λ_1^2 und V:

λ^2.	λ_1^2.	V.
0,00006	100000	0,00003
0,00026	22000	0,00013
0,00096	5000	0,00048
0,00460	720	0,00230
0,00716	450	0,00358
0,096	10	0,048
0,1078	8	0,054
0,144	6	0,072
0,235	4	0,1086

Durch die letzte Werthereihe wird nun die Bedingungsgleichung 15) noch eben erfüllt und wir sind somit den gesuchten Werthen sehr nahe. Das Maximum von V stimmt mit dem für die Ringe geltenden nahezu überein, ist aber weit grösser, als das von Vaughan angenommene, was wir auch schon aus den oben angeführten Gründen nicht für genau halten dürfen.

Wir wenden uns noch kurz der Betrachtung der ringförmigen Satelliten und ihrer Gleichgewichtsbedingungen zu. Die um einen Centralkörper kreisenden Satelliten können nämlich auch noch die concentrischen Ringformen mit elliptischen Querschnitten annehmen, und zwar, wie Laplace gezeigt hat, zwei verschiedene bei gleicher Winkelgeschwindigkeit in der Bahn. Ist der Querschnitt oder die sogenannte erzeugende Figur des Ringes sehr klein, sein Durchmesser sehr gross, so ist der Querschnitt der einen Ringfigur eine Ellipse von sehr geringer, der des andern eine Ellipse von starker Abplattung. Führen wir die Componenten der Anziehung seiten der Erd- und Mondmasse in die *d'Alembert'sche Gleichung* ein, so erhalten wir

$$45)\quad \left\{\frac{2\varrho R^3}{3\varrho_1 r^2} - rV\right\}\partial z + \left\{\frac{2}{1+\sqrt{1+\lambda^2}} - 3V\right\} z\,\partial z + \left\{\frac{2\sqrt{1+\lambda^2}}{1+\sqrt{1+\lambda^2}} + V\right\} x\,\partial x = 0,$$

und wenn man diese Gleichung mit der Differentialgleichung des Querschnittes

$$z\,\partial z + (1+\lambda^2)\,x\,\partial x = 0$$

identificirt, so gelangt man zu den Bestimmungsgleichungen

$$46)\quad V = \frac{2\varrho R^3}{2\varrho_1 r^3}.$$

$$47)\quad \frac{\dfrac{2\sqrt{1+\lambda^2}}{1+\sqrt{1+\lambda^2}} + V}{\dfrac{2}{1+\sqrt{1+\lambda^2}} - 3V} = 1 + \lambda^2.$$

Die erste Gleichung bestimmt wieder die Umwälzungsdauer des Ringes, die zweite die Abplattung seines Querschnittes. Setzt man $\sqrt{1+\lambda^2} = p$, so wird

$$48)\quad V = \frac{2p(p-1)}{(p+1)(3p^2+1)}$$

oder

$$49)\quad p^3 - \frac{2-3V}{3V}p^2 + \frac{2+V}{3V}p + \tfrac{1}{3} = 0.$$

Das Maximum von V berechnet man durch Auflösung der Gleichung

$$\frac{\partial V}{\partial p} = 0$$

oder

$$50)\quad 3p^4 - 6p^3 - 4p^2 - 2p + 1 = 0.$$

Die reelle positive Wurzel ist $p = 2{,}594$ und $V = 0{,}108605$.

Die Relation zwischen V und λ^2 lässt sich in speciellen Fällen sehr vereinfachen, und zwar für sehr wenig abgeplattete Ringe auf

$$51)\quad \sqrt{1+\lambda^2} = 1 + 4V,$$

für stark abgeplattete Ringe auf

$$52)\quad \sqrt{1+\lambda_1^2} = \frac{2}{3V}.$$

Die Axenverhältnisse sind demnach für gleiche Werthe von V beziehungsweise

$$a:c = 1:\sqrt{1+\lambda^2} = 1:(1+4V),\quad a_1:c_1 = 1:\sqrt{1+\lambda_1^2} = 1:\frac{2}{3V}.$$

Für den satellitischen Ring, der die Stelle des Erdmondes vertreten könnte, würde sich ergeben

$$a:c = 1:1{,}00002,\quad a_1:c_1 = 1:133333.$$

Bei der ersten Gleichgewichtsfigur würde die Dicke des Ringes etwa 14 geogr. Meilen betragen. Um den Querschnitt des zweiten Ringes zu erhalten, geht man aus von der Aequivalenz

$$\tfrac{4}{3} . 227^3 \pi = 2 r \pi . a c \pi.$$

Da $r = 50000$ geogr. Meilen ist, so findet man für die halbe Rotationsaxe den Werth

$a = 0{,}019296$ geogr. Meil.,
$c = 2572{,}8$ „ „

Ist die Breite des zweiten Ringes verhältnissmässig gross, so dass sie nicht klein genug gegen r bleibt, so muss sie zur Auflösung in mehrere Ringe führen, wie es bei den Saturnringen thatsächlich der Fall ist.

VI.

Ueber die Flächenräume und Bogenlängen, welche bei der Bewegung eines starren Systems von einer Geraden umschrieben werden.

Von

Dr. Ad. Schumann,

Oberlehrer am Ascanischen Gymnasium in Berlin.

In dem „*Bulletin des sciences mathématiques*“ (*Tome II, Aout* 1878) hat Herr Darboux eine Reihe bemerkenswerther Relationen veröffentlicht, welche sich auf Bogenlängen und Flächenräume beziehen, die eine Gerade bei der Bewegung eines starren Gebildes umschreibt. Er entwickelt zunächst in ganz genereller Form alle die Theoreme, welche Herr Liguine in demselben Bande der Zeitschrift in den Kreis seiner Betrachtungen gezogen hat und welche nach verschiedenen Richtungen hin laufende Verallgemeinerungen der Ergebnisse der Steiner'schen Abhandlung „Ueber den Krümmungsschwerpunkt ebener Curven“ (Crelle, Bd. XXI, 1840) enthalten, und wendet sich alsdann von der Bewegung eines Punktes zu der einer Geraden. Die Form seiner Untersuchungen lässt ihm hier einige geometrische Relationen entgehen, auf die ich die Aufmerksamkeit lenken möchte. Sie ergeben sich leicht aus der Behandlungsweise, deren ich mich in einer früheren Publication bei der Untersuchung des fraglichen Gegenstandes* bedient habe. Einen Theil der daselbst gewonnenen Beziehungen werde ich in allgemeinerer Form vorlegen und andere, welche die von einer Geraden umschriebenen Bogenlängen betreffen, anschliessen.

Wenn ein starres ebenes System sich bewegt, so lässt sich bekanntlich die Bewegung dadurch erzeugt denken, dass eine Curve, der Ort der augenblicklichen Drehungscentren des bewegten Systems, auf einer Bahn, dem Ort der Drehungscentren für eine feste Ebene, ohne Gleitung rollt. Jene beiden Curven mögen mit Herrn Liguine als „bewegliche“ und „feste Centroide“ unterschieden werden.

---

* Progr. d. Louisenstdt. Realschule, Berlin 1867.

Ist a der augenblickliche Berührungspunkt beider Centroiden, so legt sich ein an a anstossendes Bogenelement ds der beweglichen Centroide auf das entsprechende Bogenelement der festen Centroide und macht dabei eine Drehung um a, deren Grösse durch den Winkel $d\varphi$ bestimmt ist, den beide Bogenelemente einschliessen. Eine Gerade G, deren Abstand von a durch p gemessen sei, geht dabei in eine Lage G' über und umschreibt einen Sector $\frac{1}{2}p^2 d\varphi$. Ist a' der nächste Drehungspunkt und bedeutet p' seinen Abstand von G', $d\varphi'$ aber die bezügliche Drehung, so tritt zu der umschriebenen Fläche hinzu das zwischen p und p' gelegene Flächenstück der beweglichen Centroide und der Sector $\frac{1}{2}p'^2 d\varphi'$. Mit Rücksicht darauf, dass $d\varphi$ gleich der algebraischen Summe der Contingenzwinkel, also gleich $ds\left(\frac{1}{\varrho}+\frac{1}{r}\right)$, drückt sich demnach das Flächenstück, welches von der festen Bahn, von dem durch G umschriebenen Bogen und den Perpendikeln in den Grenzlagen eingeschlossen ist, in der Form aus

$$\frac{1}{2}\int p^2\left(\frac{1}{\varrho}+\frac{1}{r}\right)ds+F,$$

worin F das Flächenstück der beweglichen Centroide bedeutet, welches dem abgerollten Bogen derselben entspricht. Ist S die Länge der ihn überspannenden Sehne, Q das von Bogen und Sehne umgrenzte Flächenstück, γ der Winkel, den die Sehne mit G bildet, so lässt sich F, wenn p_0 das vom Mittelpunkte der Sehne auf G gefällte Loth angiebt, durch $Q+p_0 S\cos\gamma$ darstellen und die von G umzogene Fläche V gewinnt den Ausdruck

$$V=\frac{1}{2}\int p^2\left(\frac{1}{\varrho}+\frac{1}{r}\right)ds+p_0 S\cos\gamma+Q.$$

Nunmehr beziehe man alle Elemente der beweglichen Centroide auf ein mit ihr starr verbundenes Axensystem. Die Gerade G sei durch $x\cos\alpha+y\sin\alpha-\delta=0$ dargestellt, $x_0 y_0$ seien die Coordinaten des Mittelpunktes der Sehne S, und μ der Winkel, den ein Loth auf derselben mit der X-Axe einschliesst. Demgemäss ist

$$p=x\cos\alpha+y\sin\alpha-\delta,\quad p_0=x_0\cos\alpha+y_0\sin\alpha-\delta,\quad \cos\gamma=\cos(\alpha-\mu).$$

Diese Grössen führe man in den obigen Ausdruck für V ein und ziehe die von der Integrationsvariabeln unabhängigen Grössen vor die Integrale. Es treten alsdann in der Darstellung von V folgende Integrale auf:

$$\frac{1}{2}\int x^2\left(\frac{1}{\varrho}+\frac{1}{r}\right)ds,\quad \frac{1}{2}\int y^2\left(\frac{1}{\varrho}+\frac{1}{r}\right)ds,\quad \int xy\left(\frac{1}{\varrho}+\frac{1}{r}\right)ds,$$

$$\int x\left(\frac{1}{\varrho}+\frac{1}{r}\right)ds,\quad \int y\left(\frac{1}{\varrho}+\frac{1}{r}\right)ds.$$

Die letzten beiden Integrale können durch $x_1\Theta$ und $y_1\Theta$ ersetzt werden, wenn $x_1 y_1$ die Coordinaten des Schwerpunktes des Centroidenbogens sind, dessen Elemente mit $\left(\frac{1}{\varrho}+\frac{1}{r}\right)$ belastet gedacht werden und Θ den Winkel angiebt, um den das starre System bei der betrachteten Bewegung sich gedreht hat. Die ersten beiden Integrale stellen das halbe Trägheitsmoment des in obigem Sinne belasteten Centroidenbogens dar und mögen durch A und B bezeichnet werden. Nennt man endlich das dritte Integral C, so ist

$$\begin{aligned} V = {} & \cos^2\alpha(A + x_0 S\cos\mu) + \sin^2\alpha(B + y_0 S\sin\mu) \\ & + \sin\alpha\cos\alpha(C + x_0 S\sin\mu + y_0 S\cos\mu) \\ & - \delta\cos\alpha(x_1\Theta + S\cos\mu) - \delta\sin\alpha(y_1\Theta + S\sin\mu) \\ & + \delta^2\frac{\Theta}{2} + Q. \end{aligned}$$

Hätte man den Anfangspunkt der Axen so gewählt, dass $x_1 = -\frac{S}{\Theta}\cos\mu$, $y_1 = -\frac{S}{\Theta}\sin\mu$, so läge derselbe auf dem Lothe, welches sich vom Krümmungsschwerpunkte aus auf die Sehne S fällen lässt und zwar in einer Entfernung $\frac{S}{\Theta}$ von diesem. Dieser so bestimmte Punkt mag m heissen. Wäre zudem die Richtung der Axen so genommen, dass $C + x_0 S\sin\mu + y_0 S\cos\mu = 0$ ist, so wäre

$$V = \cos^2\alpha(A + x_0 S\cos\mu) + \sin^2\alpha(B + y_0 S\sin\mu) + \delta^2\frac{\Theta}{2} + Q.$$

Daraus folgt:

Unter allen parallelen Geraden G ist die Fläche V für diejenige Gerade ein Minimum oder Maximum, welche durch den Punkt m läuft, und zwar ein Minimum, wenn Θ positiv, ein Maximum, wenn Θ negativ ist.

Für die Geraden, welche durch einen beliebigen Punkt gehen, ist die Summe der Flächen, welche zwei auf einander senkrechten Geraden entspricht, constant, und diese Summe behält denselben Werth für alle Punkte, welche von m gleichen Abstand haben.

Unter allen Geraden, welche durch m selbst gehen, tritt für $\alpha = 0$ und $\alpha = \frac{\pi}{2}$ ein Maximum, resp. Minimum der Fläche V ein. Wird V für $\alpha = 0$ ein Minimum, so wird es für $\alpha = \frac{\pi}{2}$ ein Maximum *et vice versa*.

Es seien V_1 und V_2 die Werthe von V, welche den Geraden zugehören, die durch den Punkt m gehen, und $\alpha = 0$ und $\alpha = \frac{\pi}{2}$ entsprechen; alsdann ist wenn e die Excentricität der Ellipse bezeichnet; andererseits aber giebt, wie man sich leicht überzeugt, ein Element des Integrals ein Flächenelement der vom Brennpunkte als Pol construirten Fusspunktencurve plus dem zwischen ihr und zwei aufeinander folgenden Tangenten gelegenen Flächenraum an. Es ist also der Werth des Integrals gleich $a^2\pi + (a^2\pi - ab\pi)$. Man erhält so die Beziehung $A + B = (a^2 - ab + b^2)\pi$, und aus beiden Gleichungen ergiebt sich $A = \frac{a^3}{a+b}\pi$ und $B = \frac{b^3}{a+b}\pi$. Es ist daher in diesem Falle

$$V_1 = ab\pi + \frac{b^3}{a+b}\pi, \quad V_2 = ab\pi + \frac{a^3}{a+b}\pi.$$

Der Werth V_1 entspricht der grossen Axe, der Werth V_2 der kleinen Axe der Ellipse. Es liegen demnach auf der kleinen Axe der Ellipse die Brennpunkte der Schaar confocaler Kegelschnitte; ihre Excentricität ist durch $\sqrt{\frac{a^3-b^3}{a+b}}$ gegeben. Bildet man das Verhältniss der von den Axen umschriebenen Flächenräume, so zeigt sich, dass diese im umgekehrten Verhältniss der Axen der Ellipse stehen. Ist irgend eine Gerade in ihrer Lage gegen die rollende Ellipse gegeben, so ist aus der Schaar der confocalen Kegelschnitte das Glied construirbar, welches sie berührt. Bezeichnet α die grosse Halbaxe dieses Kegelschnittes, so ist der von der Geraden umzogene Flächenraum $\left(ab + \frac{b^3}{a+b} + \alpha^2\right)\pi$, also in Form eines Kreises construirbar.

Es möge noch auf eine Beziehung hingewiesen werden, in welcher die Flächensumme, die zwei senkrecht aufeinander stehenden Geraden entspricht, mit dem von ihrem Kreuzungspunkte umzogenen Flächenraume steht. Wird ein Richtstrahl von diesem Punkte aus nach dem augenblicklichen Drehpunkte der beweglichen Centroide mit r bezeichnet, so setzt sich die von ihm umschriebene Fläche zusammen aus $\frac{1}{2}\int r^2\, d\varphi$ und dem Flächenstück P der Centroide, welches durch den abgerollten Bogen und den Richtstrahl nach seinen Endpunkten begrenzt ist. Die Flächensumme $F' + F''$ der beiden senkrechten Geraden drückt sich aber in der Form aus $\frac{1}{2}\int r^2\, d\varphi + F' + F''$, wo F' und F'' obige Bedeutung haben. Nun überzeugt man sich leicht, dass $2P = F' + F''$; daher unterscheidet sich die Flächensumme von der Fläche des Kreuzungspunktes um das Flächenstück P. Ist also die bewegliche Centroide geschlossen und macht dieselbe eine einmalige Abrollung auf einer beliebigen Bahn, so unterscheidet sich die Flächensumme zweier senkrechten Geraden von dem Flächenraum, den ihr Schnittpunkt beschreibt, um den Inhalt der beweglichen Centroide.

in der Form der $V_1 + a^2 \frac{\Theta}{2}$ oder $V_2 + b^2 \frac{\Theta}{2}$. Die Ergebnisse dieser Erwägungen lassen sich in folgendem Theorem zusammenfassen:

Rollt eine beliebig gestaltete geschlossene Curve auf einer willkürlichen Bahn sich einmal vollständig ab, so umschreibt die Gerade, der das kleinste Trägheitsmoment in Bezug auf den in Steiner'schem Sinne belasteten Curvenbogen zukommt, die Minimalfläche V_1. Sie unterscheidet sich von der Fläche der rollenden Curve um die Hälfte jenes Trägheitsmoments. Diese ausgezeichnete Gerade läuft durch den Krümmungsschwerpunkt, durch ihn führt senkrecht zu ihr eine zweite Gerade, und diese umzieht unter allen Geraden, welche sich in ihm schneiden, die Maximalfläche V_2. Auch sie unterscheidet sich von der rollenden Curve um die Hälfte des bezüglichen Trägheitsmomentes. Beide Gerade, Hauptträgheitsaxen der rollenden Curve, bilden die Axen einer Schaar confocaler Kegelschnitte, deren Excentricität durch $\sqrt{\frac{2(V_2 - V_1)}{\Theta}}$, also durch die Trägheitsmomente der Axen und die Gesammtdrehung der rollenden Curve bestimmt ist. Die Tangenten jedes einzelnen Gliedes der Kegelschnittschaar umschreiben bei der Bewegung gleiche Flächen V, und zwar unterscheidet sich eine solche Fläche von der Minimalfläche V_1 um einen Kreissector, dessen Winkel gleich der Gesammtdrehung und dessen Radius mit der grossen Axe übereinstimmt. Ist im Besondern die Bahn, auf der die Abrollung sich vollzieht, geradlinig, so ist die Gesammtdrehung gleich 2π, und der Unterschied der Fläche V von der Minimalfläche ist gleich dem Kreise, der den entsprechenden Kegelschnitt in den Scheiteln der grossen Axe berührt.

Es sei die bewegliche Centroide eine Ellipse mit den Halbaxen a und b, die feste Centroide eine Gerade, und die Ellipse möge eine vollständige Abrollung auf ihrer Bahn machen. Aus Gründen der Symmetrie ist der Mittelpunkt der Ellipse ihr Krümmungsschwerpunkt, und ihre Axen sind die Hauptträgheitsaxen, wenn die Bogenelemente proportional der Krümmung belastet gedacht werden. Sind A und B die halben Trägheitsmomente, so ergiebt die Gleichung der Ellipse unmittelbar die Relation $\frac{A}{a^2} + \frac{B}{b^2} = \pi$. Eine zweite Beziehung zwischen A und B gewinnt man leicht durch folgende Betrachtung. Wenn r einen Richtungsstrahl von einem Brennpunkte aus bedeutet, so ist $\frac{1}{2}\int r^2\, d\varphi = A + c^2\pi + B$,

bilden mit den Seiten $a_1, a_2, \ldots a_n$ und $p_1, p_2, \ldots p_n$ ihre Abstände vom Krümmungsschwerpunkte bedeuten, so ist $a_1 p_1 + a_2 p_2 + \ldots + a_n p_n$ gleich dem doppelten Flächenraume $\mathfrak{B}$ der umgrenzten Figur, während andererseits die Projection ihres Umfangs auf jede Gerade Null ist. Bedeuten daher $B_1, B_2, \ldots B_n$ die von den Geraden bei der Bewegung umzogenen Bogenlängen, so ist

$$a_1 B_1 + a_2 B_2 + \ldots + a_n B_n = 2\mathfrak{B}.\Theta.$$

Es bedarf des Hinweises, dass in der generellen Formel $B = p_1 \Theta + S \cos\gamma$ die Zunahme der Bogenlängen von bestimmten Stellen an negativ zu rechnen ist; es sind dies diejenigen, an denen die von G umzogene Curve ihre Krümmung von der einen zur andern Seite wendet, wo also in dem Bogen ein Rückkehrpunkt sich bildet.

In diesem Sinne gezählt, ist die Bogenlänge, welche eine Gerade durch den Krümmungsschwerpunkt umschreibt, gleich der Strecke, in welche der abgerollte Centroidenbogen sich auf sie projicirt.

Schneidet die Gerade G die durch den Krümmungsschwerpunkt gegen S geführte Senkrechte in einer Entfernung x von diesem, so ist $p_1 = x \cos\gamma$, also $B = \cos\gamma(x\Theta + S)$. Der Bogen ist also Null für alle Geraden, für welche $x = -\frac{S}{\Theta}$, d. h. für alle Geraden, welche durch den auch für die früheren Relationen ausgezeichneten Punkt m gehen. Fällt man von ihm aus ein Perpendikel q auf die Gerade G, so ist dieses gleich $p_1 + \frac{S}{\Theta}\cos\gamma$, daher $p_1 = q - \frac{S}{\Theta}\cos\gamma$. Führt man diesen Werth für p_1 in die Formel $B = p_1\Theta + S\cos\gamma$ ein, so ergiebt sich B in der Form $B = q.\Theta$.

Es umhüllen also, wie auch Herr **Darboux** bereits gezeigt hat, die Geraden, welche gleiche Bogenlängen umschreiben, Kreise und den veränderten Werthen der Bogenlängen entspricht eine Schaar concentrischer Kreise mit dem Mittelpunkte m; die Bogenlänge selbst aber ist gleich dem Bogen des betreffenden Gliedes der Schaar, welcher die Gesammtdrehung der Centroide zum Centriwinkel hat.

Ist die Centroide geschlossen und vollzieht eine vollständige Abrollung, so fällt der Mittelpunkt der Kreisschaar in den Krümmungsschwerpunkt, und ist im Besondern die Bahn, auf der die Abrollung vor sich geht, geradlinig, so ist die von einer Geraden umzogene Bogenlänge gleich der Peripherie des Kreises, welcher den Abstand der Geraden vom Krümmungsschwerpunkt zum Radius hat.

Kleinere Mittheilungen.

VIII. Die Abhängigkeit der Rückkehrelemente der Projectionen einer unebenen Curve von denen der Curve selbst.

Lässt man auf einer unebenen Curve einen Punkt P hingleiten, mit ihm die zugehörige Tangente t ohne Gleiten hinrollen und die Schmiegungsebene S sich mitdrehen, so führt der Punkt eine Bewegung auf der Tangente gegen einen festen Punkt derselben, die Tangente eine Drehung in der Schmiegungsebene um den augenblicklichen Berührungspunkt gegen eine feste Gerade der Schmiegungsebene, und die Schmiegungsebene eine Drehung um die augenblickliche Tangente gegen eine Ebene aus, welche durch diese Tangente und einen festen, auf keiner der Tangenten liegenden Punkt des Raumes geht. In einem Punkte der Curve kann jedes der drei Elemente, Punkt, Tangente, Schmiegungsebene, seinen Bewegungssinn beibehalten oder umkehren. Wir wollen dies Verhalten seinen Charakter, und den Charakter beim Beibehalten des Sinnes positiv, beim Umkehren negativ nennen; ein Element mit negativem Charakter heisst auch ein Rückkehr- oder stationäres Element.

Die Ergebnisse der folgenden Erörterung sind schon in den Formeln enthalten, welche v. Staudt in seiner Geometrie der Lage (S. 110 flgg.) mittheilt; doch wird von demselben nicht in die Einzelheiten, insbesondere nicht in die im Folgenden betrachteten Projectionen auf die drei Hauptebenen eingegangen. Die oben angenommene Bedeutung von + und − schien mir näher liegend, als die umgekehrte v. Staudt's.

Es treten nun folgende acht Fälle auf:

	1.	2.	3.	4.	5.	6.	7.	8.
P	+	+	+	+	−	−	−	−
t	+	+	−	−	+	+	−	−
S	+	−	+	−	+	−	+	−

Projicirt man die Curve aus einem in endlichem oder in unendlichem Abstande befindlichen Auge auf eine Ebene, so sind die Charaktere des Punktes P' und der Tangente t' der Projection übereinstimmend mit denen von P und t der Curve selbst, so lange die Tangente, bezw. die Schmiegungsebene nicht das Auge durchschreitet. Dann sind also $P' = P$, $t' = t$. Man erkennt dies z. B. für den Punkt daran, dass seine Bewegung aus derjenigen in der Tangente und aus der durch die Drehung der Tangente und der Schmiegungsebene hervorgebrachten zusammengesetzt ist, welche Bewegungen der Reihe nach unendlich klein von der ersten, zweiten und dritten Ordnung sind, dass also gegen den ersten Bestandtheil die anderen verschwinden und dass dies auch für die Projectionen gilt, so lange nicht die Tangente das Auge enthält. — Bewegt sich aber die Tangente so, dass sie das Auge in sich aufnimmt und dann über dasselbe hinausgeht, wobei also $t = +$ ist, so sieht man die Tangente vor und nach dem Durchgange durch das Auge von entgegengesetzten Seiten, es kehrt sich hierdurch der scheinbare Sinn der Bewegung um und es wird $P' = -P$. Geht andernfalls die Tangente nur bis ins Auge, dreht sich aber dann wieder rückwärts, wobei also $t = -$ ist, so sieht man sie nicht von entgegengesetzten Seiten und es wird $P' = P$. Für beide Fälle gilt daher $P' = -tP$, wobei die Zeichen $+$ und $-$ uneigentlich und ebenso miteinander multiplicirt werden sollen, wie Einheiten, welche sie zum Vorzeichen haben. Ebenso, wenn die Schmiegungsebene bis zum Auge fortschreitet und es dann durchschreitet, wobei $S = +$ ist, kehrt sich die Seite um, von der man sie sieht, und es wird $t' = -t$; gelangt aber S blos bis ins Auge und kehrt dann um, wobei $S = -$ ist, so bleibt $t' = t$, so dass für beide Fälle $t' = -St$ gilt.

Darnach findet man nun die Charaktere für die Projectionen der Curve auf die Schmiegungsebene (P', t'), auf die Normalebene (P'', t'') und auf die zu beiden senkrechte rectificirende Ebene, welche durch die Tangente und die Binormale geht, (P''', t'''). Man findet $P' = P$, $t' = t$; $P'' = -tP$, weil die Tangente durch das Auge geht, $t'' = S$, weil die Tangente als Punkt erscheint und der Sinn der scheinbaren Drehung von der vorhergehenden in die folgende Lage der Tangente von dem Drehungssinne der Schmiegungsebene, welche die Tangente projicirt, abhängt; endlich $P''' = P$, $t''' = -St$, letzteres, weil die Schmiegungsebene durch das Auge geht. Es ist also

$$P' = P, \quad P'' = -tP, \quad P''' = P,$$
$$t' = t, \quad t'' = S, \quad t''' = -St.$$

Man erhält daher in den acht Fällen die in nachstehender Tabelle verzeichneten Charaktere.

	1.	2.	3.	4.	5.	6.	7.	8.
P'	+	+	+	+	−	−	−	−
t'	+	+	−	−	+	+	−	−
P''	−	−	+	+	+	+	−	−
t''	+	−	+	−	+	−	+	−
P'''	+	+	+	+	−	−	−	−
t'''	−	+	+	−	−	+	+	−

Bildet man **die abwickelbare Fläche der Tangenten der** Curve, von welcher also die Curve die Rückkehrkante ist, so schneidet bekanntlich die Normalebene der Curve in einem bestimmten Punkte P derselben diese Fläche im Allgemeinen in einer Curve, die in P eine Spitze besitzt. Hat aber die Curve in P ein Rückkehrelement, so kann die Gestalt des Flächenschnittes eine andere sein. Sind P_1 und t_1 die Charaktere dieser Schnittcurve, so stimmen dieselben mit denen der Normalprojection der Curve überein oder es ist

$$P_1 = P'', \quad t_1 = t''.$$

Jeder der vier möglichen Fälle: des gewöhnlichen Punktes, des Wendepunktes, der Spitze und des Schnabelpunktes, kommt daher zweimal vor. Man kann sich von der Richtigkeit der Gleichungen leicht überzeugen, da in der Projection der Curve und ihrer Tangenten sowohl auf die Schmiegungsebene, als auf die rectificirende Ebene im Curvenpunkte P, die Projection eines dem P benachbarten Punktes der Curve und des Schnittpunktes ihrer Tangente in diesem Punkte mit der Normalebene in P auf entgegengesetzter Seite von P liegen, woraus folgt, dass in der Normalebene entsprechende Punkte der Projection der Curve und des Schnittes der Tangentenfläche in entgegengesetzten Quadranten liegen, die Quadranten gebildet durch die Hauptnormale und die Binormale der Curve.

Der Verfasser hat **Modelle** über die acht Fälle der Curve und ihrer drei Hauptprojectionen in Draht und Holz ausführen lassen und dieselben im September d. J. bei der Naturforscher-Versammlung in Baden-Baden in der mathematischen Section mitgetheilt. Da die Frage wegen Nachbildung an ihn gerichtet wurde, erklärt er sich gern bereit, dieselbe auf geäusserten Wunsch zu veranlassen, und bemerkt, dass sich der Preis der acht Modelle auf 30 Mark stellt.

Karlsruhe, im November 1879. Dr. Christian Wiener.

IX. Zur Construction einer Fläche zweiter Ordnung aus neun gegebenen Punkten.

Chasles hat in den *Comptes rendus* 1855 eine für alle Fälle ausreichende Construction einer Fläche zweiter Ordnung aus neun gegebenen Punkten mitgetheilt, die sich so anordnen lässt, dass sie sich aus lauter linearen Einzelconstructionen zusammensetzt. Da diese Bemerkung nicht unwesentlich ist, so sei es gestattet, die Chasles'sche Construction in etwas ausführlicherer Darstellung zu wiederholen, um dann zu zeigen, wie sie linear durchgeführt werden kann.

Man ordne die neun Punkte 1, 2, 3, 4, 5, 6, 7, 8, 9 in drei Gruppen 123, 456, 789; die Ebenen dieser Gruppen seien der Reihe nach a, b, c; die diesen Ebenen gegenüberliegenden Kanten der Ecke a, b, c seien α, β, γ.

Jeder Fläche des Büschels zweiter Ordnung, das die Grundpunkte 1...8 hat, schneidet die Ebenen a, b, c in Kegelschnitten, die durch 123, bez. 456, bez. 78 gehen und zu je zweien sich in den Punkten treffen, in denen die Fläche von den Kanten α, β, γ geschnitten wird.

Man kann nun zunächst die Aufgabe stellen: Den Punkt zu construiren, in welchem die durch einen Punkt A auf β bestimmte Fläche $\mathfrak{F}$ des Büschels 1...8 die Kante β zum zweiten Male trifft. Diese Aufgabe ist offenbar von der folgenden nicht verschieden: Drei Kegelschnitte zu construiren, die der Reihe nach in a, b, c liegen, durch 123, bez. 456, bez. 78 gehen und zu je zweien sich in zwei Punkten auf α, β, γ begegnen, wenn von diesen Punkten einer, z. B. A auf β, gegeben ist.

Die Kegelschnitte $\mathfrak{a}, \mathfrak{a}_1, \ldots$ des Büschels $A123$ schneiden auf β eine Punktreihe β_1 und auf γ eine Involution γ_1 aus; durch die Paare dieser Involution und durch die Grundpunkte 4, 5, 6 ist ein Kegelschnittbüschel $\mathfrak{b}, \mathfrak{b}_1, \ldots$ auf b bestimmt, und durch dieses eine Involution α_1 auf α; durch die Paare dieser Involution und durch die Punkte $78A$ ist ein Kegelschnittbüschel $\mathfrak{c}, \mathfrak{c}_1, \ldots$ auf c bestimmt und durch dieses Büschel wird auf β eine Punktreihe β_2 ausgeschnitten. Diese Punktreihe β_2 ist mit β_1 projectiv, denn man hat

$$\beta_1 \overline{\wedge} \gamma_1, \quad \gamma_1 \overline{\wedge} \alpha_1, \quad \alpha_1 \overline{\wedge} \beta_2.$$

Die Punktreihen β_1 und β_2 haben den Doppelpunkt A, sie haben also ausserdem noch einen reellen, linear bestimmbaren Doppelpunkt B; dieser ist offenbar der gesuchte Punkt.

Aus B ergeben sich nun sofort die drei Kegelschnitte $\mathfrak{a}$, $\mathfrak{b}$, $\mathfrak{c}$, welche die Fläche $\mathfrak{F}$ mit a, b, c gemein hat.

Man construire nun zu einem andern Punkte A_1 auf β in gleicher Weise den Punkt B_1, in welchem die durch $A_1 1 \ldots 8$ bestimmte Fläche zweiter Ordnung $\mathfrak{F}_1$ die Gerade β zum zweiten Male trifft, sowie Kegelschnitte $\mathfrak{a}_1$, $\mathfrak{b}_1$, $\mathfrak{c}_1$, die a, b, c mit ${}_1\mathfrak{F}$ gemein haben.

Die vierten Schnittpunkte 3′ und 6′, die $\mathfrak{a}$ und $\mathfrak{a}_1$, $\mathfrak{b}$ und $\mathfrak{b}_1$ ausser 123, bez. 456 gemein haben, liegen auf $\mathfrak{F}$ und $\mathfrak{F}_1$, also auf der Grundcurve der Büschel 1...8; ebenso die Punkte 8′ und 8″, welche $\mathfrak{c}$ und $\mathfrak{c}'$ noch ausser 7 und 8 gemein haben.

Durch diese Bemerkungen sind die beiden Aufgaben gelöst: **Von einer Raumcurve vierter Ordnung erster Species sind acht Punkte gegeben; man soll den vierten Schnittpunkt der Curve mit einer durch drei der gegebenen Punkte gehenden Ebene, bez. den dritten und vierten Schnittpunkt der Curve mit einer durch zwei der gegebenen Punkte gehenden Ebene construiren.**

Das Flächenbüschel 1...8 trifft jede der Ebenen a, b, c in einem Kegelschnittbüschel; diese Büschel sind durch die Kegelschnittpaare $\mathfrak{a}\mathfrak{a}_1$, $\mathfrak{b}\mathfrak{b}_1$, $\mathfrak{c}\mathfrak{c}_1$ festgelegt, die ihnen angehören; das Flächenbüschel trifft die Kanten α, β, γ in Punktinvolutionen und diese sind durch die Schnittpunkte der Kanten mit $\mathfrak{F}$ und $\mathfrak{F}_1$ bestimmt; insbesondere ist die Involution auf β durch die beiden Punktepaare AB und A_1B_1 gegeben.

Construirt man nun den Kegelschnitt $\mathfrak{c}'$ des Büschels $\mathfrak{c}\mathfrak{c}_1$, der durch 9 geht, so liegt dieser auf der durch 1...9 bestimmten Fläche zweiter Ordnung $\mathfrak{F}'$; aus $\mathfrak{c}'$ erhält man die Kegelschnitte $\mathfrak{a}'$ und $\mathfrak{b}'$, die $\mathfrak{F}'$ mit a und b gemein hat.

Legt man nun eine Ebene e durch zwei feste Punkte auf $\mathfrak{a}'$ und $\mathfrak{c}'$, z. B. durch 1 und 7 und durch einen veränderlichen Punkt P auf $\mathfrak{b}'$, so kann man linear die noch fehlenden Schnittpunkte dieser Ebene mit $\mathfrak{a}'\mathfrak{c}'\mathfrak{b}'$ construiren und erhält somit sechs Punkte auf e, mehr als genügend, um den Kegelschnitt $\mathfrak{d}$ zu construiren, den e und $\mathfrak{F}'$ gemein haben. Beschreibt nun P den Kegelschnitt $\mathfrak{b}'$, so dreht sich e um 17 und $\mathfrak{d}$ beschreibt die ganze Fläche $\mathfrak{F}'$, die somit vollständig erzeugt ist. —

Die Constructionen können in folgender Weise linear erledigt werden.

Um die projectiven Reihen β_1 und β_2 zu erhalten, gehe man von besonderen Voraussetzungen über die Kegelschnitte $\mathfrak{b}$ und $\mathfrak{b}_1$ aus; als $\mathfrak{b}$ wähle man ein Geradenpaar, zu welchem 45, als $\mathfrak{b}_1$ eines, zu welchem 46 gehört.

Man durchschneide γ mit 45 (in C) und bestimme ferner die Punkte D und E, in welchen der durch $123AC$ gehende Kegelschnitt $\mathfrak{a}$ die Geraden β und γ (ausser in A und C) noch trifft.

Dann durchschneide man γ mit 46 (in F) und bestimme die noch fehlenden Schnittpunkte G und H des durch $123AF$ bestimmten Kegelschnittes $\mathfrak{a}_1$ mit β und γ.

Die Kegelschnitte $\mathfrak{b}$ und $\mathfrak{b}_1$ sind nun die Geradenpaare 45, $6E$, bez. 46, $5H$.

Man bemerke nun die Schnittpunkte J, K und L, M der Geradenpaare $\mathfrak{b}$ und $\mathfrak{b}_1$ mit der Kante α und construire die Punkte D' und G', welche die durch $JK78A$ und $LM78A$ bestimmten Kegelschnitte $\mathfrak{c}$ und $\mathfrak{c}_1$ mit β ausser A noch gemein haben.

Von den beiden Reihen β_1 und β_2 sind nun die Paare $D \barwedge D'$, $G \barwedge G'$ und somit ist auch B linear bestimmt.

In gleicher Weise bestimmt man linear zu A_1 den zugehörigen Punkt B_1.

Hiermit ist 3′ linear bestimmt.

Man construire nun die Punkte C_1 und F_1, in welchen die durch C und F gehenden Kegelschnitte $\mathfrak{a}_2$ und $\mathfrak{a}_3$ des Büschels $1233'$ die Kante γ noch durchschneiden; dann gehören die Geradenpaare $\mathfrak{b}_2 = (45, C_1 6)$ und $\mathfrak{b}_3 = (46, F_1 5)$ zu dem Büschel $\mathfrak{b}\mathfrak{b}_1$ und bestimmen daher den vierten Grundpunkt 6′ dieses Büschels.

Ferner suche man die Schnittpunkte N, O der Geraden 78 mit β und α auf und construire die Punkte N_1, O_1, in welchen die Kanten β und α von den Kegelschnitten $1233'N$, bez. $4566'O$ noch geschnitten werden; dann gehört das Geradenpaar 78, $N_1 O_1$ zum Büschel $\mathfrak{c}\mathfrak{c}_1$.

Ist P der Schnittpunkt der Ebenen abc, so bestimme man die weiteren Schnittpunkte Q und R der Kegelschnitte $1233'P$ und $4566'P$ mit den Kanten β und α; der Kegelschnitt $78PQR$ gehört ebenfalls zum Büschel $\mathfrak{c}\mathfrak{c}_1$.

Ferner sei $\mathfrak{b}_4$ das dritte Geradenpaar des Büschels $4566'$, $\mathfrak{a}_4$ der entsprechende Kegelschnitt des Büschels $1233'$, ferner seien SS_1, TT_1 und UU_1 die Schnittpunkte der Geradenpaare $\mathfrak{b}_2$, $\mathfrak{b}_3$, $\mathfrak{b}_4$ mit der Kante α. Mit Hilfe der Kegelschnitte $78NN_1O$ und $78PQR$ kann man dann auf linearem Wege in bekannter Weise die Tangenten t_2, t_3, t_4 in 7 an die Kegelschnitte des Büschels $\mathfrak{c}\mathfrak{c}_1$ construiren, die durch SS_1, bez. TT_1, bez. UU_1 gehen, sowie die Punkte des durch 9 gehenden Kegelschnittes $\mathfrak{c}'$ und die Tangente t' in 7 an $\mathfrak{c}'$.

Construirt man nun die Tangenten r_2, r_3, r_4 in 1 an $\mathfrak{a}_2$, $\mathfrak{a}_3$, $\mathfrak{a}_4$ und hierauf die Geraden r' durch 1 und s' durch 4, so dass

$$t_2 t_3 t_4 t' \barwedge r_2 r_3 r_4 r' \barwedge 45, 46, 46', s',$$

so sind die t' und s' berührenden Kegelschnitte der Büschel $1233'$ und $4566'$ die gesuchten Kegelschnitte $\mathfrak{a}'$ und $\mathfrak{b}'$.

Hierdurch ist die Chasles'sche Construction zwar viel umständlicher, als durch quadratische Constructionen mit directer Verwendung der Kegelschnitte $\mathfrak{a}$, $\mathfrak{a}_1$, $\mathfrak{b}$, $\mathfrak{b}_1$, $\mathfrak{c}$, $\mathfrak{c}_1$, aber doch durchaus linear erledigt.

Dresden. HEGER.

X. Eine Construction von Curven dritter Ordnung, aus conjugirten Punkten.

Zwei projective Strahleninvolutionen in allgemeiner Lage erzeugen *bekannt*lich eine Curve vierter Ordnung; die Träger der Strahleninvo-

lassen A_1 und A_2 sind Doppelpunkte der Curve. Dem Strahlenpaare, zu welchem die Gerade $A_1 A_2$ in der Involution A_1 (bez. A_2) gehört, entsprechen in der Involution A_2 (bez. A_1) die Doppelpunktstangenten.

Befinden sich die beiden Involutionen in *reducirter Lage*, d. h. entspricht dem Strahlenpaare der Involution A_1, zu welchem die Gerade $A_1 A_2$ gehört, das Strahlenpaar in A_2, zu welchem $A_1 A_2$ gehört, so bildet die Gerade $A_1 A_2$ einen Theil der von den Involutionen erzeugten Curve vierter Ordnung. Dieselbe zerfällt daher in diese Gerade und in eine Curve dritter Ordnung. Die beiden einander entsprechenden Strahlenpaare in A_1 und A_2, zu welchen $A_1 A_2$ gehört, enthalten ausser $A_1 A_2$ noch die Tangenten der Curve dritter Ordnung; da ihr Schnitt auf der Curve liegt, so folgt, dass A_1 und A_2 *conjugirte Punkte* der Curve dritter Ordnung sind.

Sind A_1, A_2 zwei conjugirte Punkte einer Curve dritter Ordnung, ist A_3 ihr gemeinsamer Tangentialpunkt und

$$a_x^3 \equiv (a_1 x_1 + a_2 x_2 + a_3 x_3)^3 = 0$$

in symbolischer Form die Gleichung der Curve, bezogen auf das Dreieck $A_1 A_2 A_3$, so sind die Gleichungen der Curventangenten in A_1 und A_2:

$$a_1^2 a_x = 0, \quad a_2^2 a_x = 0.$$

Da diese Geraden nach der Voraussetzung mit

$$x_2 = 0, \quad x_1 = 0$$

zusammenfallen, und da ferner A_3 auf der Curve liegt, so folgen als nothwendige und ausreichende Bedingungen dafür, dass A_1 und A_2 conjugirte Curvenpunkte sind und A_3 zum Tangentialpunkt haben:

$$a_{111} = a_{113} = a_{222} = a_{223} = a_{333} = 0.$$

Die Gleichung der Curve in Bezug auf das Dreieck $A_1 A_2 A_3$ enthält daher fünf Glieder; *folglich ist die Curve durch noch weitere vier gegebene Punkte eindeutig bestimmt.*

Es soll nun gezeigt werden, wie die Curve aus den Punkten A_1, A_2, A_3 und vier weiteren Punkten 1, 2, 3, 4 construirt werden kann; oder, mit anderen Worten, wie zwei projective Strahleninvolutionen in reducirter Lage ergänzt werden, wenn die beiden Paare gegeben sind, zu welchen der die Träger A_1 und A_2 verbindende Strahl gehört, und wenn ausserdem noch vier entsprechende Halbpaare gegeben sind, nämlich

$$A_1 1,\ A_1 2,\ A_1 3,\ A_1 4 \;\overline{\wedge}\; A_2 1,\ A_2 2,\ A_2 3,\ A_2 4.$$

Man construire einen Kegelschnitt K_1 durch die fünf Punkte 1, 2, 3, 4, A_1 und bestimme die Punkte B und C, in welchen er $A_1 A_3$ und $A_1 A_2$ durchschneidet; sowie einen Kegelschnitt K_2 durch 1, 2, 3, 4, A_2 und bestimme die Schnittpunkte D und E dieses Kegelschnittes mit $A_2 A_3$ und $A_2 A_1$. Die Involution A_1 schneidet auf K_1 Punktepaare aus, welche auf den Strahlen eines Büschels liegen, das mit den Involutionen projectiv ist; der Träger X dieses *Büschels liegt auf BC.* Die andere Involution A_2

4) $$\frac{e^{-C\varrho}}{\Gamma(1+\varrho)} = H_0 + H_1\varrho + H_2\varrho^2 + \dots.$$

Wegen
$$\left(1+\frac{\varrho}{m}\right)e^{-\frac{\varrho}{m}} = 1 - \tfrac{1}{2}\frac{\varrho^2}{m^2} + \tfrac{1}{3}\frac{\varrho^3}{m^3} - \dots$$
ersieht man aus dem Gange der Multiplication die Werthe der drei ersten Coefficienten, nämlich
$$H_0 = 1,\quad H_1 = 0,\quad H_2 = -\tfrac{1}{2}\left(\frac{1}{1^2}+\frac{1}{2^2}+\frac{1}{3^2}+\dots\right) = -\frac{\pi^2}{12}.$$

Um die übrigen Coefficienten zu bestimmen, nimmt man die Logarithmen der Gleichung 4), benutzt unter Voraussetzung echt gebrochener ϱ die bekannte Formel
$$l\,\Gamma(1+\varrho) + C\varrho = \tfrac{1}{2}S_2\varrho^2 - \tfrac{1}{3}S_3\varrho^3 + \tfrac{1}{4}S_4\varrho^4 - \dots \left(S_p = \frac{1}{1^p} + \frac{1}{2^p} + \frac{1}{3^p} + \dots\right),$$
differenzirt und vergleicht nach Wegschaffung des Bruches die Coefficienten von ϱ^{m-2}; dies giebt folgende Relation

5) $$mH_m = -S_2H_{m-2} + S_3H_{m-3} - \dots + (-1)^{m-1}S_mH_0,$$
woraus der Reihe nach gefunden wird
$$H_2 = -\tfrac{1}{2}S_2 = -0{,}822467,\quad H_3 = +\tfrac{1}{3}S_3 = +0{,}400686,$$
$$H_4 = \tfrac{1}{8}S_2^2 - \tfrac{1}{4}S_4 = +0{,}067645 \quad \text{u. s. w.}$$

Multiplicirt man die Gleichung 4) mit $e^{C\varrho} = 1 + C\varrho + \frac{1}{2}C^2\varrho^2 + \dots$, so gelangt man zu einem Resultate von der Form

6) $$\frac{1}{\Gamma(1+\varrho)} = K_0 + K_1\varrho + K_2\varrho^2 + \dots,$$
wobei die Coefficienten K sich von selbst aus den früheren Coefficienten H ergeben; abgesehen davon erhält man auch durch Logarithmirung und Differenzirung der Gleichung 6) die Recursionsformel

7) $$(m+1)K_{m+1} = CK_m - S_2K_{m-1} + S_3K_{m-2} - \dots.$$
Aus Nr. 6) ersieht man unmittelbar, dass $K_0 = 1$ ist; die Formel 7) führt dann zu den Werthen
$$K_1 = C = 0{,}577216,$$
$$K_2 = \tfrac{1}{2}(C^2 - S_2) = -0{,}655878,$$
$$K_3 = \tfrac{1}{6}(C^3 - 3CS_2 + 2S_3) = -0{,}042003 \quad \text{u. s. w.},$$
welche zuerst von W. Scheibner auf anderem Wege berechnet worden sind.*

Nicht ohne Interesse ist es, dass sich die Coefficienten K unter der independenten Form bestimmter Integrale darstellen lassen. Hierzu dient die Formel

* Berichte über die Verhandlungen der königl. sächs. Gesellsch. d. Wissensch., Jahrg. 1862 (erschienen 1863) S. 75.

8. die vier Schnittpunkte des Strahlenpaares AL, AM mit dem entsprechenden Strahlenpaare BN, BO; diese vier Punkte liegen auf der gesuchten Curve vierter Ordnung.

Beschreibt der Strahl HK das Büschel H vollständig, so wird die ganze Curve vierter Ordnung erzeugt.

Dresden. HEGER.

XI. Einige Bemerkungen über den reciproken Werth der Gammafunction.

Die Function $\Gamma(1+\varrho)$ lässt sich bekanntlich auf zwei verschiedene Weisen definiren, entweder durch das Legendre'sche Integral oder durch das unendliche Product

$$1)\qquad \Gamma(1+\varrho)=\frac{(1+\frac{1}{1})^\varrho}{1+\frac{1}{1}\varrho}\cdot\frac{(1+\frac{1}{2})^\varrho}{1+\frac{1}{2}\varrho}\cdot\frac{(1+\frac{1}{3})^\varrho}{1+\frac{1}{3}\varrho}\cdots,$$

wofür auch geschrieben werden kann

$$2)\qquad \Gamma(1+\varrho)=Lim\left\{\frac{1.2.3\ldots n.n^\varrho}{(1+\varrho)(2+\varrho)\ldots(n+\varrho)}\right\},\ (n=\infty);$$

nach der schönen Untersuchung von Weierstrass (Crelle's Journal, Bd. 51) bietet die zweite Definition den Vortheil, dass $\Gamma(1+\varrho)$ für alle reellen und complexen ϱ, mit alleiniger Ausnahme der Fälle $\varrho=-1$, -2, -3 etc., eine endliche, stetige und eindeutige Function darstellt.

Bezeichnet C die Constante des Integrallogarithmus, so ist bekanntlich

$$\frac{1}{1}+\frac{1}{2}+\frac{1}{3}+\ldots+\frac{1}{n}-ln=C+\delta,$$

wo δ gegen die Null convergirt, sobald n unendlich wächst; aus der vorliegenden Gleichung folgt

$$n^\varrho=e^{(\frac{1}{1}+\frac{1}{2}+\ldots+\frac{1}{n})\varrho}\cdot e^{-(C+\delta)\varrho}$$

und durch Substitution dieses Ausdrucks in Nr. 2) ergiebt sich für $n=\infty$

$$3)\qquad \Gamma(1+\varrho)=e^{-C\varrho}\cdot\frac{e^{\frac{1}{1}\varrho}}{1+\frac{1}{1}\varrho}\cdot\frac{e^{\frac{1}{2}\varrho}}{1+\frac{1}{2}\varrho}\cdot\frac{e^{\frac{1}{3}\varrho}}{1+\frac{1}{3}\varrho}\cdots.$$

Diese Transformation der ursprünglichen Definition scheint unbeachtet geblieben zu sein; für reelle und positive ϱ ist sie vom Verfasser schon früher (Analyt. Studien, I, S. 45) aus dem Legendre'schen Integrale hergeleitet worden.

Die Gleichung 3) liefert weiter

$$\frac{e^{-C\varrho}}{\Gamma(1+\varrho)}=(1+\tfrac{1}{1}\varrho)e^{-\frac{1}{1}\varrho}.(1+\tfrac{1}{2}\varrho)e^{-\frac{1}{2}\varrho}.(1+\tfrac{1}{3}\varrho)e^{-\frac{1}{3}\varrho}\ldots$$

und da die linke Seite für alle complexen ϱ endlich, stetig und eindeutig bleibt, so existirt auch für alle ϱ eine Reihenentwickelung von der Form

Die Formel 13) liefert ein bestimmtes Integral für den reciproken Werth von $\Gamma(\mu)$, nämlich

$$\frac{1}{\Gamma(\mu)} = \frac{b^{1-\mu} e^{ab}}{2\pi} \int_{-\infty}^{\infty} \frac{e^{ibz}}{(a+iz)^{\mu}} dz;$$

ebenso ist für $\mu = 1+\varrho$ und wenn einfach $a=b=1$ genommen wird,

14) $$\frac{1}{\Gamma(1+\varrho)} = \frac{e}{2\pi} \int_{-\infty}^{\infty} \frac{e^{iz}}{(1+iz)^{1+\varrho}} dz.$$

Verwandelt man den Factor

$$\frac{1}{(1+iz)^{\varrho}} = e^{-\varrho l(1+iz)}$$

in die bekannte Exponentialreihe, so gelangt man unter Rücksicht auf Nr. 6) zu der Formel

15) $$K_n = \frac{(-1)^n e}{2\pi . 1.2 \ldots n} \int_{-\infty}^{\infty} \frac{e^{iz}}{1+iz} [l(1+iz)]^n dz.$$

Schlömilch.

XII. Bestimmung des infinitären Werthes des Integrals $\int_0^1 (u)_n du$.

Das sehr specielle Problem gewinnt bedeutend an Interesse, wenn man es in seinem Zusammenhange mit umfassenderen von mir ausgeführten Untersuchungen ins Auge fasst, aus welchen die vorliegende Mittheilung nur ein Bruchstück vorstellt. Ueber die Tendenz und theilweise auch über Resultate der letzteren will ich (in §§ 1 und 2) bei der Gelegenheit mit berichten.

§ 1.

Ich knüpfe an die von Ubbo Meyer* untersuchten Reihenentwickelungen

1) $$\left\{\frac{(1+z)^{\mu}-1}{\mu z}\right\}^{x} = \sum_{n=0}^{n=\infty} A_n^{(x)}(\mu) . z^n, \quad \left(\frac{e^z-1}{z}\right)^x = \sum_{n=0}^{n=\infty} B_n^{(x)} . z^n,$$
$$\left\{\frac{\log(1+z)}{z}\right\}^x = \sum_{n=0}^{\infty} C_n^{(x)} . z^n,$$

welche für ein z von hinreichend kleinem Modul zulässig sind und durch welche die Coefficienten A, B, C als Functionen des „Arguments"

* Grunert's Archiv, Bd. 9. Die Literatur über die Coefficienten dieser Entwickelungen ist eine ausserordentlich grosse und zerstreute. Es wird genügen, noch auf den zweiten Band des Compendiums der höheren Analysis des Herausgebers dieser Zeitschrift hinzuweisen, durch welchen die Theorie ebendieser Entwickelungscoefficienten bekanntlich sehr gefördert worden ist.

μ, des „Exponenten“ $\varkappa$ und des auf das Gebiet der natürlichen Zahlen vorerst beschränkten „Index“ n erklärt werden.

In erster Linie habe ich nun darnach gestrebt, die Coefficienten von dieser letzteren Beschränkung zu befreien, sie als Functionen des Index für das ganze Gebiet der complexen Zahlen zu expliciren. Zu einer solchen Erweiterung der Definition kann man (abgesehen von der Zuziehung gewisser Stetigkeitsbedingungen oder aber Entwickelungsformen) die bekannte, von U. Meyer aufgestellte Functional- oder Differenzengleichung benutzen, welcher für eine natürliche Indexzahl die Coefficienten A, resp. B, C ohnehin genügen müssen. Das genannte Ziel zu erreichen, ist mir so in der That mittelst convergenter Reihenentwickelungen wenigstens für den Fall gelungen — der allerdings praktisch gerade das geringere Interesse besitzt —, wo der Index beliebig negativ ist.

Um einer künftigen Theorie dieser Functionen gründlich vorzuarbeiten, habe ich überhaupt die U. Meyer'sche und spätere Arbeiten einer Revision unterzogen — namentlich in Hinsicht auf die Vollständigkeit der zwischen den Coefficienten auffindbaren Beziehungen und die Uebersicht ihres gegenseitigen Zusammenhanges. Dies gab den Anlass, die von diesen Coefficienten schon bekannten Relationensysteme (wie Recursionen und Summenformeln) durch Zufügung mancher neuen zu vermehren, sie vielseitig zu verallgemeinern und zu ergänzen.

Als Beispiel eines, wie ich glaube, neuen Ergebnisses kann ich mir nicht versagen, hier die Formel anzuführen

$$2)\qquad A_n^{(\varkappa)}(\mu) = \sum_{a=0}^{a=n} \mu^a B_a^{(\varkappa)} C_{n-a}^{(\varkappa+a)},$$

durch welche die Anordnung der A-Coefficienten nach Potenzen des Arguments geleistet wird.

Wegen der Schwierigkeit, eine derartige umfang- und formelreiche Arbeit, die doch etwa zur Hälfte den Charakter einer Sammelarbeit trägt, vollendet zum Druck zu bringen — eine Schwierigkeit, die mich zu lange schon veranlasst hat, mit einzelnen Untersuchungsergebnissen zurückzuhalten —, gedenke ich jetzt wenigstens, in Gestalt von in sich abgerundeten Bruchstücken (dergleichen die nachfolgende Mittheilung von § 3 ab ein erstes vorstellt) besonders interessante Partien einstweilen in Zeitschriften zu veröffentlichen.

Die Untersuchungen U. Meyer's lassen sich auch von vornherein verallgemeinern, und zwar indem man, um die „erzeugende Function“ der Coefficienten A, B, C zu bilden, von den Reihenentwickelungen der Functionen $(1+z)^{\mu}$, resp. e^z und $log(1+z)$ die h ersten Glieder abzieht, durch das erste stehen gebliebene Glied dividirt und die so resultirende Reihe auf die $\varkappa^{te}$ Potenz erhebt. Zu den bisherigen Argumenten tritt bei den *Entwickelungscoefficienten* dann noch die „Ordnungszahl" h hinzu, welche leicht von der beschränkenden Anforderung, dem Gebiet der natürlichen Zahlen anzugehören, zu befreien ist. Die zu potenzirende Reihe in der erzeugenden Function der A-Coefficienten kann alsdann als die allgemeine hypergeometrische Reihe erster Ordnung bezeichnet werden, und lässt sich noch immer eine Differenzengleichung für die so verallgemeinerten Entwickelungscoefficienten gewinnen von gleicher Einfachheit, wie die U. Meyer'sche, welche nur einen Parameter mehr enthält. Die Lösung derselben würde zugleich die der allgemeinen Differenzengleichung mit linearen Coefficienten bei zwei unabhängigen Variablen

$$3)\quad (\alpha\nu+\beta\varkappa+\gamma)A_\nu^{(\varkappa)}=(\alpha_1\nu+\beta_1\varkappa+\gamma_1)A_{\nu-1}^{(\varkappa)}+(\alpha_2\nu+\beta_2\varkappa+\gamma_2)A_\nu^{(\varkappa-1)}$$

durch leichte Transformation liefern für den Fall, dass zwischen den neun Coefficienten nur zwei Relationen bestehen, deren eine $\alpha_2=0$ ist und deren andere das Verschwinden der Determinante $\begin{vmatrix}\alpha, & \beta, & \gamma\\ \alpha_1, & \beta_1, & \alpha_1+\gamma_1\\ \alpha_2, & \beta_2, & \gamma_2\end{vmatrix}$ ausdrückt.

Gleichwie bekanntlich

$$4)\quad B_n^{(\varkappa)}=\lim_{\mu=\infty}.\,\mu^{-n}A_n^{(\varkappa)}(\mu),\ \text{und}\ C_n^{(\varkappa)}=A_n^{(\varkappa)}(0)$$

ist, so sind auch die, wie eben geschildert, verallgemeinerten B- und C-Coefficienten nur Grenz- resp. Specialfälle der entsprechenden A-Coefficienten.

§ 2.

Zufolge der Beziehungen 4) besteht ein gewisser Dualismus zwischen den B- und den C-Coefficienten; dieselben spielen durchgängig die Rolle von Gegenstücken zu einander.

Manchmal allerdings ist von den beiden einander zugeordneten Beziehungen, welche die B- resp. C-Coefficienten einzeln betreffen, nur die eine bis jetzt hervorgehoben oder erkannt worden.

So ist der Zusammenhang bekannt, in welchem die B-Coefficienten zu den höheren Differenzen der Potenzen von 0 stehen, nämlich (in der in England beliebten Schreibweise)

$$\Delta^k.0^n=n!\,B_{n-k}^{(k)}.$$

Diese Beziehung sammt der noch nirgends erwähnten analogen für die C und der den beiden übergeordneten Beziehung für die A lässt sich darstellen als eine Folge aus dem Bronwin'schen* Satze des Operationscalculs:

$$5)\quad \Psi(v+\partial_u).\,\Phi(u)=\Phi(u+\partial_v).\,\Psi(v),$$

welcher unter der Voraussetzung gilt, dass die Functionen Φ und Ψ für die vorkommenden Argumentwerthe u, v in gewöhnliche Potenzreihen ent-

* *Camb. and Dub. Math. Journal 1848,* vergl. auch Carmichael, Operationscalcul, *übers.* von Schnuse.

wickelt werden können, deren Coefficienten von beiden Variabeln unabhängig sind, und dass ausserdem die durch Interpretation des Ausdrucks auf einer Seite der Gleichung entstehende Potenzreihe convergire, die vorkommenden Symbole also einen Sinn haben. — Nimmt man nämlich in dem für $lim\, \varepsilon = 0$ in Anspruch genommenen Specialfalle des Satzes

5a) $$\Psi(\partial_\varepsilon) \,.\, \Phi(\varepsilon) = \Phi(\partial_\varepsilon) \,.\, \Psi(\varepsilon)$$

die Function $\Psi(\varepsilon) = \frac{\varepsilon^n}{n!}$ an und für $\Phi(\varepsilon)$ die erzeugende Function unserer Coefficienten A, resp. B, C, so erhält man drei Darstellungen für die letzteren, welche zeigen, wie diese Coefficienten gebildet werden können durch lauter an der Potenz ε^n vorzunehmende Operationen (des wiederholten Differenzirens, Multiplicirens mit Constanten und Summirens), wenn schliesslich $\varepsilon = 0$ gesetzt wird.

Für ein positives ganzes $x = k$ modificiren sich die gedachten Darstellungen leicht, wie folgt:

6) $$\begin{cases} (n+k)!\, \mu^k A_n^{(k)}(\mu) = \{(1+\partial_\varepsilon)^\mu - 1\}^k . \varepsilon^{n+k}, \\ (n+k)!\, B_n^{(k)} = (e^{\partial_\varepsilon} - 1)^k . \varepsilon^{n+k}, \quad (n+k)!\, C_n^{(k)} = \{log(1+\partial_\varepsilon)\}^k . \varepsilon^{n+k}, \end{cases}$$

worin $lim\, \varepsilon = 0$ zu denken ist. Die zweite dieser Formeln ist die oben erwähnte Beziehung in Anbetracht, dass das Operationssymbol $\Delta_x = e^{\partial x} - 1$, an irgend einer synektischen Function $f(x)$ operirend, die Wirkung haben muss, dieselbe in $f(x+1) - f(x)$ zu verwandeln. Das hierzu im Gegensatz stehende Symbol $log(1+\partial_x)$ ist unschwer zu deuten.

Um die Stellung meines im folgenden Paragraphen in Angriff genommenen Specialproblems genau zu kennzeichnen, will ich noch an einige der wichtigeren Untersuchungen erinnern, bei denen die A, B, C eine wesentliche Rolle spielen und die Analogie der B, C besonders hervortritt.

Bekannt ist das Auftreten der A, B, C bei dem Problem der mehrfachen Differentiation nach x von $f(x^\mu)$, $f(e^x)$, $f(log\, x)$. Ich erinnere ferner an den Zusammenhang der B mit den Combinationssummen der ganzen Zahlen, und zwar mit — der C ohne — Wiederholungen; an die Rolle der C als „Facultätencoefficienten" bei der Anordnung des Binomialcoefficienten nach Potenzen seines Exponenten nebst deren Umkehrung, welche die Anordnung der natürlichen Potenz einer Zahl nach Binomialcoefficienten derselben leistet.

Analog hierzu ist die Rolle der B- und C-Coefficienten bei den (diesmal allerdings unendlichen) Entwickelungen der reciproken Potenz nach reciproken Facultäten, und *vice versa*, welche ebenfalls bekannt sind. In Bezug auf diese erwähne ich, dass ich aus semiconvergenten Reihen, welche nach fallenden Potenzen einer Variablen fortschreiten, durch Entwickelung nach *reciproken* Facultäten noch immer convergente

Reihen gewonnen habe, was ich nächstens durch einige Beispiele zu belegen gedenke.

Endlich will ich auf das Auftreten der B, C bei der Entwickelung der Bernoulli'schen Function nach Binomialcoefficienten ihres (ersten) Argumentes, und *vice versa*, aufmerksam machen, welches von Herrn Leopold Schendel* entdeckt und (*l. c.*) unlängst mitgetheilt worden ist und welches ich unabhängig davon ebenfalls wahrgenommen hatte.

Durch die Bernoulli'sche Function gewinnen die B mit dem Exponenten -1 ein besonderes Interesse. Bekannt ist der Zusammenhang derselben mit den Bernoulli'schen Zahlen und den harmonischen Reihen.

Die Art ihres Verschwindens für $n = \infty$ ist hiernach durchaus bekannt, indem (während $B_1^{(-1)} = -\frac{1}{2}$ ist) $B_{2n+1}^{(-1)} = 0$ ist für $n > 0$, und

$$7)\qquad \lim_{n=\infty} B_{2n}^{(-1)} = \frac{(-1)^{n+1}.2}{(2\pi)^{2n}}$$

ist. — Es soll nun das analoge für die $C_n^{(-1)}$ geleistet werden, für welche nur von Martin Ohm** eine nicht sonderlich nahe kommende obere Grenze ermittelt worden ist.

§ 3.

Aus der Gleichung

$$8)\qquad \frac{z}{(1+\log z)} = \int_0^1 (1+z)^u du$$

folgt durch Entwickelung nach Potenzen von z und Coefficientenvergleichung

$$9)\qquad C_n^{(-1)} = \int_0^1 (u)_n du,$$

wobei wir uns der Schlömilch'schen Bezeichnungsweise für die Binomialcoefficienten bedienen.

Indem man $(u)_n$ auf einen u entgegengesetzt enthaltenden Exponenten transformirt nach dem bekannten Schema

$$10)\qquad (u)_n = (-1)^n (n-u-1)_n,$$

sodann $n-u-1 = v$ als neue Integrationsvariable einführt, kann man, nebenbei gesagt, der Darstellung 10) auch noch die Form geben

---

* Die Bernoulli'schen Functionen und das Taylor'sche Theorem, Jena 1876.

** Versuch eines vollkommen consequenten Systems der Mathematik.

$$11) \qquad C_n^{(-1)} = (-1)^n \int_{n-2}^{n-1} (v)_n \, dv.$$

Um nun die Art des Verschwindens dieser Function bei unendlich wachsendem n zu erfahren, drücken wir in 10) den Binomialcoefficienten $(u)_n$ durch Factoriellen oder durch Gammafunctionen aus:

$$12) \qquad (u)_n = \frac{u!}{n!\,(u-n)!} = \frac{\Gamma(u+1)}{\Gamma(n+1)\,\Gamma(u-n+1)}$$

Mit Rücksicht auf einen bekannten Satz der letzteren kann man, Zähler und Nenner mit $\Gamma(n-u)$ multiplicirend und $n>1$ voraussetzend, in Gestalt von

$$13) \; (u)_n = \frac{\sin(n-u)\pi}{\pi} \cdot \frac{\Gamma(u+1)\,\Gamma(n-u)}{\Gamma(n+1)} = \frac{\sin(n-u)\pi}{\pi} [u+1,\ n-u]$$

jenen auf ein Euler'sches Integral erster Gattung $[u+1,\ n-u]$ zurückführen.

Unter Benutzung der gewöhnlichen und auch der Richelot'schen Form des letzteren, welche bekanntlich den Vorzug besitzt, die Symmetrie der Function bezüglich ihrer beiden Argumente auch äusserlich erkennen zu lassen, nämlich

$$14) \quad [u+1,\ n-u] = \int_0^1 y^u (1-y)^{n-u-1} \, dy = \int_0^1 \frac{x^u + x^{n-u-1}}{(1+x)^{n+1}} \, dx$$

erhält man dann für $C_n^{(-1)}$ zweierlei Doppelintegrale, für deren letzteres die Bedingung der Umkehrbarkeit der Integrationsfolge sich ganz unmittelbar als erfüllt zeigt; für das erstere werden wir die Berechtigung zur Umkehrung *a posteriori* nachweisen.

Zerlegt man noch $\sin(n-u)\pi$ nach dem Additionstheorem des *sinus*, so lassen hernach die Integrationen nach u sich ausführen gemäss den Schemata

$$15) \quad \int_0^1 e^{\alpha u} \cos u\pi \, du = -\frac{\alpha(1+e^\alpha)}{\pi^2+\alpha^2}, \quad \int_0^1 e^{\alpha u} \sin u\pi \, du = \frac{\pi(1+e^\alpha)}{\pi^2+\alpha^2}$$

und zwar selbst bei beliebig complexem Werthe von n — eine Annahme, die wir indess hier nicht weiter verfolgen wollen. Für eine natürliche Zahl n erhalten wir die einfachen Ergebnisse

$$16) \; (-1)^{n-1} C_n^{(-1)} = \int_0^1 \frac{(1-y)^{n-2} \, dy}{\pi^2 + \left(\log \frac{y}{1-y}\right)^2} = \int_0^1 \frac{1+x^{n-2}}{(1+x)^n} \cdot \frac{dx}{\pi^2 + (\log x)^2},$$

deren ersteres noch durch die Substitution $\frac{y}{1-y} = x$ dem zweiten mehr genähert werden möge, wodurch es übergehen wird in:

$$17)\qquad (-1)^{n-1} C_n^{(-1)} = \int_0^\infty \frac{1}{(1+x)^n} \cdot \frac{dx}{\pi^2 + (\log x)^2}.$$

Zerlegte man hier das Integral $\int_0^\infty$ in $\int_0^1 + \int_1^\infty$ und führte im zweiten Theile $\frac{1}{x}$ statt x als Integrationsvariable ein, so würde man die zweite Formel 16) erhalten, und da man diese Ableitung auch umgekehrt ausführen kann, so ist die Gleichung 17) ebensogut wie die zweite Formel 16) bewiesen und der oben versprochene Nachweis jener Umkehrungsberechtigung geleistet.

Setzt man in 16) noch $x = e^{-\vartheta}$, in 17) lieber $x = e^{\vartheta}$, so ergeben sich die Ausdrücke:

$$18)\quad (-1)^{n-1} C_n^{(-1)} = \int_0^\infty \frac{e^{-\vartheta} + e^{-(n-1)\vartheta}}{(1+e^{-\vartheta})^n} \cdot \frac{d\vartheta}{\pi^2 + \vartheta^2} = \int_{-\infty}^\infty \frac{e^\vartheta}{(1+e^\vartheta)^n} \cdot \frac{d\vartheta}{\pi^2 + \vartheta^2},$$

deren erster (und folglich auch zweiter) sich sogar für $n = 1$ noch als giltig erweist, da hier direct ersichtlich ist, dass

$$C_1^{(-1)} = \int_0^1 (u)_1\, du = \tfrac{1}{2} = \int_0^\infty \frac{d\vartheta}{\pi^2 + \vartheta^2} = \frac{1}{\pi}\, arctg\, \infty.$$

§ 4.

Wir wollen die bisherigen Ergebnisse beiläufig zur Ableitung einiger merkwürdiger Integralwerthe benutzen.

Setzt man die beiden Darstellungen 18) in die um ihr Anfangsglied $C_0^{(-1)}$ verminderte Reihenentwickelung der erzeugenden Function der $C_n^{(-1)}$ ein, welche Entwickelung zu ihrer Giltigkeit $mod.\ z < 1$ voraussetzt, so lassen sich die unter das Integralzeichen tretenden Reihen als geometrische summiren und man erhält, wenn durch z dividirt und noch $z-1$ für z geschrieben wird:

$$19)\qquad \frac{1}{\log z} + \frac{1}{1-z} = 2\int_0^\infty \frac{d\vartheta}{\pi^2 + \vartheta^2} \cdot \frac{1 + z\cos i\vartheta}{1 + 2z\cos i\vartheta + z^2},$$

sowie

$$20)\qquad \frac{1}{\log z} + \frac{1}{1-z} = \int_{-\infty}^\infty \frac{d\vartheta}{\pi^2 + \vartheta^2} \cdot \frac{1}{1 + z e^\vartheta}.$$

Von der der Herleitung anhaftenden Bedingung $mod.\,(z-1) < 1$ sind diese beiden Formeln schliesslich leicht zu befreien und ist ihre Giltigkeit auf das ganze Gebiet der complexen Zahlen z mit Ausnahme des negativen Theiles der reellen Zahlenlinie auszudehnen durch die Bemerkung, dass die Integrale rechter Hand eindeutige, endliche und stetige Functionen von z sein müssen, sofern nur der Nenner unter dem Integralzeichen niemals 0 wird, d. h. z nicht gerade eine negative Zahl ist. Die Aenderung des Integrals stellt sich nämlich dar als Product der Aenderung von z in ein anderes Integral, welches dann *a fortiori* convergiren muss; sie verschwindet daher zugleich mit dieser.

Da nun eine Function nur auf eine Art stetig über ein Gebiet hinaus „fortgesetzt" werden kann, so muss die Gleichung 19) resp. 20) auch über jenen Convergenzkreis der erzeugenden Function hinaus in Geltung bleiben, wenn man die Definition der Function linker Hand bis an die Ausnahmelinie heran stetig fortsetzt, d. h. wenn man unter $\log z$ den füglich „Principalwerth" zu nennenden Werth der Logarithmusfunction versteht, dessen imaginärer Theil zwischen $-\pi i$ (etwa excl.) und $+\pi i$ (incl.) liegt, so dass also die Function ihren Verzweigungsschnitt der Axe der negativen Zahlen entlang besitzt.

Die hiermit gewonnenen Formeln 19), 20) scheinen neu zu sein, finden sich wenigstens nicht in der Bierens de Haan'schen Sammlung. Die zweite leistet gewissermassen die Partialbruchzerlegung der linker Hand stehenden Function, zerlegt dieselbe nämlich in lauter Brüche mit (unendlich kleinem) von z unabhängigem Zähler und bezüglich dieses Argumentes linearem Nenner.

* Anstatt des letzten Bruches könnte in 20) auch $\frac{e^{\vartheta}}{e^{\vartheta}+z}$ geschrieben werden, wie man durch Einführung von $-\vartheta$ für ϑ erkennt.

Auch für die Euler (Mascheroni)'sche Constante $C(-1) = 0{,}577215$ *, für welche die Darstellung durch eine nach den Functionen $C_n^{(-1)}$ fortschreitende Reihe bekannt ist:

$$21)\qquad C(-1) = \sum_{n=1}^{n=\infty} \frac{(-1)^{n-1}}{n}\, C_n^{(-1)}$$

ergeben sich auf demselben Wege neue Integralformeln, da die unter das Integralzeichen tretenden Reihen hier als logarithmische summirbar sind. Diese lauten:

$$22)\quad C(-1) = \int_0^{\infty} \frac{d\vartheta}{\pi^2+\vartheta^2}\left\{e^{-\vartheta}\log(1+e^{\vartheta}) + e^{\vartheta}\log(1+e^{-\vartheta})\right\} = \int_{-\infty}^{\infty} \frac{e^{-\vartheta}\log(1+e^{\vartheta})}{\pi^2+\vartheta^2}\,d\vartheta,$$

---

* Das Motiv zur Bezeichnung $C(-1)$ entlehne ich Kinkelin's Allgemeiner Theorie der harmonischen Reihen, *Basel 1862.*

wo im letzten Ausdruck auch e^{ϑ} mit $e^{-\vartheta}$ vertauscht werden kann; dem ersten kann man auch die Form geben:

$$C(-1)=\int_0^\infty \frac{d\vartheta}{\pi^2+\vartheta^2}\left\{(e^{\vartheta}+e^{-\vartheta})\log\left(e^{\frac{\vartheta}{2}}+e^{\frac{-\vartheta}{2}}\right)-\vartheta.\frac{e^{\vartheta}-e^{-\vartheta}}{2}\right\}:$$

§ 5.

In 17) substituire ich $x=\frac{y}{n}$, zerlege das nach y zu nehmende $\int_0^\infty$ in $\int_0^\omega+\int_\omega^\infty$, wobei ich in Anwendung von Dirichlet's Princip der doppelten Unendlichkeit ω selbst, jedoch so, unendlich annehme, dass bei unendlich wachsendem n noch

23) $$\lim_{n=\infty}.\frac{\omega^2}{n}=0$$

wird. Es empfiehlt sich hierzu besonders die Annahme $\omega=\log n$. Multipliciren wir noch mit $n\,(\log n)^2$, so kommt

24) $$(-1)^{n-1}\,C_n^{(-1)}.\,n\,(\log n)^2=J_1+J_2,$$

wo

$$J_1=\int_0^\omega\frac{dy}{\left(1+\frac{y}{n}\right)^n}.\frac{(\log n)^2}{\pi^2+(\log y-\log n)^2},\quad J_2=(\log n)^2\int_\omega^\infty\frac{dy}{\left(1+\frac{y}{n}\right)^n\left\{\pi^2+\left(\log\frac{y}{n}\right)^2\right\}}$$

bedeutet. Ich werde nun zeigen, dass, wenn man n unendlich anwachsen lässt, $J_1=1$ und $J_2=0$ wird.

Aus Ampère's bekannter Restform der Mac-Laurin'schen Reihe in ihrer Anwendung auf die Function $\log(1+y)$ — wenn schon beim ersten Gliede abgebrochen wird — ist leicht abzuleiten, dass $\lim_{n=\infty}\left(1+\frac{y}{n}\right)^n=e^y$ ist auch für solche unendliche y, für welche nur $\lim\frac{y^2}{n}=0$ bleibt.* Der zweite Factor unter dem Integralzeichen in J_1 hat den Grenzwerth 1, wie man schon für den grössten vorkommenden Werth $\omega=\log n$ von y, um so mehr also für alle kleineren Werthe einsieht. Folglich ist in der Grenze

$$\lim J_1=\lim\int_0^{\log n}e^{-y}\,dy=\lim\left(1-\frac{1}{n}\right)=1.$$

Die Elemente des Integrals in J_2 sind ferner sämmtlich positiv, und zwar wachsen beide Factoren des Nenners, welche für sich ebenfalls

* Vergl. auch Dirichlet-Meyer's Vorlesungen über die Theorie der bestimmten Integrale. Leipzig, Teubner, 1871, S. 98.

positiv sind, mit zunehmendem y. Setzen wir daher statt des zweiten Factors im Nenner dessen Minimum, welches an der untern Grenze $y=\omega$ stattfindet, so erhalten wir etwas zu grosses, also ist

$$J_2 < \frac{(\log n)^2}{\pi^2+\left(\log\frac{\omega}{n}\right)^2}\int\limits_{\omega}^{\infty}\frac{dy}{\left(1+\frac{y}{n}\right)^n}.$$

Gehen wir zur Grenze über, wobei, wie wir oben gesehen haben, der Factor vor dem Integralzeichen sich der Einheit nähert, und führen wir die noch erübrigende Integration aus, so muss also für hinreichend grosse n sein

$$J_2 < \frac{n}{n-1}\cdot\frac{1}{\left(1+\frac{\omega}{n}\right)^{n-1}} \text{ oder } < \left(1+\frac{\omega}{n}\right)e^{-\omega}$$

und folglich ist $\lim J_2 = 0$.

Hiermit ist der Satz gefunden:

25) $$\lim_{n=\infty}.(-1)^{n-1}\,n\,(\log n)^2 C_n^{(-1)} = 1,$$

und muss also für ein sehr grosses n approximativ sein

25a) $$C_n^{(-1)} = \frac{(-1)^{n-1}}{n\,(\log n)^2}.$$

Dies lässt sich als das Anfangsglied einer für hinreichend grosse n brauchbaren Reihenentwickelung betrachten; doch ist es mir bis jetzt nicht gelungen, die folgenden Glieder dieser Entwickelung zu finden.

§ 6.

Anlässlich der vorstehenden Mittheilung hat mich Herr Lüroth darauf aufmerksam gemacht, dass dasselbe Ergebniss 25) sich auch aus dem von Weierstrass* aufgestellten und der Definition der Factorielle oder reciproken Gammafunction mit zu Grunde gelegten Grenzwerthe

26) $$\lim_{n=\infty}.\frac{n^{-u}Fc(n)}{Fc(u+n)} = 1$$

ableiten lasse, was ich — ausgehend von dem bekannten Stirling'schen Grenzwerthe für $\lim\limits_{n=\infty}\Gamma(n)$ — früher ebenfalls versucht, jedoch nicht durchgeführt hatte. Und zwar wie folgt:

Nach bekannter Transformation ist

$$(u)_n = (-1)^n(n-u-1)_n = (-1)^n\frac{Fc(n+1)\,Fc(-u)}{Fc(n-u)} = \frac{(-1)^n}{n}\cdot\frac{Fc(n)\,Fc(-u)}{Fc(n-u)};$$

daher kann man nach 26) setzen

27) $$(u)_n = (-1)^n Fc(-u)\,n^{-u-1}.(1+\delta_n),$$

* Crelle's Journal, Bd. 51 S. 1 flgg.

wo δ_n eine übrigens auch von u abhängige Grösse bedeutet, die bei unendlich wachsendem n sicher verschwindet. Da aber

$$n^{-u} Fc.(-u) = \frac{1}{n^u \Gamma(-u)} = \frac{-u}{n^u \Gamma(1-u)}$$

stets von einerlei Zeichen (negativ) bleibt, wenn u von 0 bis 1 wächst, während δ_n in diesem Intervall jedenfalls stetig mit u sich ändert (sobald $n > 1$ gedacht wird), so ist der „erste Mittelwerthsatz" über bestimmte Integrale anwendbar, und hat man, unter ε_n einen Mittelwerth der δ_n zwischen $u = 0$ und $u = 1$ verstehend,

$$28) \qquad (-1)^n \int_0^1 (u)_n du = \frac{1+\varepsilon_n}{n} \int_0^1 e^{-u \log n} Fc(-u)\, du,$$

wo dann also auch $\lim_{n=\infty} . \varepsilon_n = 0$ sein muss.

Man zerlege nun das Integral $\int_0^1$ rechts in $\int_0^\varepsilon + \int_\varepsilon^1$, unter der Annahme $\varepsilon = \frac{1}{\sqrt{ln}}$, wo l bequemer für den natürlichen Logarithmus steht.

Wiederum aus dem Grunde, weil $Fc(-u)$ sein Zeichen nicht wechselt, muss alsdann, wenn der absolute Betrag einer Grösse durch Einschliessung derselben zwischen zwei Verticalstrichen ausgedrückt wird,

$$\left| \int_\varepsilon^1 e^{-uln} Fc(-u) du \right| < e^{-\varepsilon ln} \int_\varepsilon^1 |Fc(-u)|\, du < e^{-\varepsilon ln} \int_0^1 |Fc(-u)|\, du$$

sein, in Anbetracht, dass das Maximum des ersten Factors an der untern Grenze $u = \varepsilon$ stattfindet. Man kann daher setzen

$$29) \qquad \int_\varepsilon^1 e^{-uln} Fc(-u)\, du = -\eta_n e^{-\sqrt{ln}} \int_0^1 |Fc(-u)|\, du,$$

wo $0 < \eta_n < 1$ ist; das Minuszeichen ist dadurch gerechtfertigt, dass sämmtliche Elemente des Integrals linker Hand negativ, diejenigen rechter Hand positiv sind.

Setzt man ferner $Fc(-u) = -u\, Fc(1-u)$ ein, so ist abermals nach jenem Mittelwerthsatze (weil auch e^{-uln} sein Zeichen nicht wechselt)

$$30) \qquad \int_0^\varepsilon e^{-uln} Fc(-u)\, du = -Fc(1-\vartheta_n \varepsilon) \int_0^\varepsilon e^{-uln} . u\, du$$

$$= Fc\left(1 - \frac{\vartheta_n}{\sqrt{ln}}\right) . \frac{e^{-\sqrt{ln}}(\sqrt{ln}+1)-1}{(ln)^2},$$

wo auch ϑ_n einen echten Bruch bedeutet.

Durch Einsetzung dieser Ergebnisse entsteht

$$31)\quad (-1)^n n\,(ln)^2 \int_0^1 (u)_n\,du = -(1+\varepsilon_n)\,Fc\left(1-\frac{\vartheta_n}{\sqrt{ln}}\right) + e^{-\sqrt{ln}} \,.\, X_n,$$

wo

$$X_n = (1+\varepsilon_n)\left[(\sqrt{ln}+1)\,Fc\left(1-\frac{\vartheta_n}{\sqrt{ln}}\right) - (ln)^2\,\eta_n \,.\int_0^1 |Fc(-u)|\,du\right].$$

Wegen des Exponentialfactors verschwindet aber trotz der unendlich werdenden Factoren $\sqrt{ln}$ und $(ln)^2$ der letzte Term rechter Hand in 31) in Anbetracht, dass die übrigen vorkommenden Factoren endliche Grössen sind, und da $Fc(1)$ bekanntlich $=1$ ist, wird der Grenzwerth der linken Seite $=-1$, wie zu zeigen gewesen.

Karlsruhe, im August 1879. Ernst Schröder.

Nachschrift des Herausgebers.

Der von Herrn Prof. Schröder am Ende von § 7 gefundene Satz, dass bei grossen n näherungsweise

$$\int_0^1 (u)_n\,du = \frac{(-1)^{n-1}}{n\,(l\,n)^2}$$

ist, und die vom Verfasser daran geknüpfte Bemerkung haben mich zu einer flüchtigen Untersuchung desselben Integrales veranlasst, deren Resultat ich zur Ergänzung des vorigen Aufsatzes mittheile.

Das Nächstliegende würde sein, $n=m+1$,

$$(u)_{m+1} = \frac{(-1)^m u}{m+1}\left(1-\frac{u}{1}\right)\left(1-\frac{u}{2}\right)\cdots\left(1-\frac{u}{m}\right)$$

zu setzen und das Product der m binomischen Factoren nach Potenzen von u zu entwickeln. Hierbei tritt aber der Uebelstand ein, dass der Coefficient von u, nämlich

$$-\left(\frac{1}{1}+\frac{1}{2}+\frac{1}{3}+\cdots+\frac{1}{m}\right),$$

gleichzeitig mit m ins Unendliche wächst, wodurch die Entwickelung unbrauchbar wird. Man muss sich daher nach einer andern Reihe umsehen, welche jenen Coefficienten nicht enthält. Dies gelingt auf folgende einfache Weise.

Für alle a und u besteht eine Gleichung von der Form

$$e^{au}\left(1-\frac{u}{1}\right)\left(1-\frac{u}{2}\right)\cdots\left(1-\frac{u}{m}\right) = b_0 + b_1 u + b_2 u^2 + b_3 u^3 + \cdots,$$

worin $b_0 = 1$ ist. Um die übrigen Coefficienten zu bestimmen, ne
man die Logarithmen, differenzire in Beziehung auf u und entwi
linker Hand Alles nach Potenzen von u, wobei zur Abkürzung

$$s_p = \frac{1}{1^p} + \frac{1}{2^p} + \frac{1}{3^p} + \ldots + \frac{1}{m^p}$$

sein möge; es ist dann

$$a - s_1 - s_2 u - s_3 u^2 - s_4 u^3 - \ldots = \frac{1\, b_1 + 2\, b_2 u + 3\, b_3 u^2 + \ldots}{b_0 + b_1 u + b_2 u^2 + b_3 u^3 + \ldots}.$$

Setzt man die noch disponible Constante $a = s_1$ und schafft den I
weg, so erhält man durch Coefficientenvergleichung

$$3)\qquad \left\{ \begin{array}{l} b_1 = 0,\quad b_2 = -\frac{1}{2} s_2,^* \quad b_3 = -\frac{1}{3} s_3, \\ b_4 = \frac{1}{8} s_2^2 - \frac{1}{4} s_4,\quad b_5 = \frac{1}{6} s_2 s_3 - \frac{1}{5} s_5, \ldots \end{array} \right.$$

und überhaupt für $k > 1$

$$4)\qquad b_k = -\frac{1}{k} [b_0 s_k + b_1 s_{k-1} + \ldots + b_{k-2} s_2].$$

Wegen Nr. 2) und Nr. 1) ist nun

$$(u)_{m+1} = \frac{(-1)^m}{m+1} u e^{-au} (b_0 + b_1 u + b_2 u^2 + \ldots)$$

und hier bedarf es nur der Multiplication mit du und der nachhe
Integration zwischen den Grenzen $u = 0$ und $u = 1$, um das gesucht
tegral zu erhalten. Die rechts vorkommenden Einzelintegrale findet
leicht recurirend; wird nämlich zur Abkürzung

$$J_k = \int_0^1 u^k e^{-au} du$$

gesetzt, so ist

$$5)\qquad J_0 = \frac{1 - e^{-a}}{a}$$

und durch theilweise Integration

$$6)\qquad J_k = \frac{k\, J_{k-1} - e^{-a}}{a}.$$

Das Endresultat lautet nach diesen Bemerkungen:

$$7)\qquad \int_0^1 (u)_{m+1} du = \frac{(-1)^m}{m+1} (b_0 J_1 + b_1 J_2 + b_2 J_3 + \ldots).$$

Schon bei mässigen m gewähren die Formeln 3) bis 7) eine le
Rechnung. Bezeichnet man nämlich mit C die Constante des Int
logarithmus, mit B_1, B_3, B_5 etc. die Bernoulli'schen Zahlen un
S_p die Summe der unendlichen, für $p > 1$ convergirenden Reihe

$$\frac{1}{1^p} + \frac{1}{2^p} + \frac{1}{3^p} + \ldots,$$

so findet man s_1, s_2, s_3 etc. mittelst der bekannten halbconverg
Reihen

$$a = s_1 = C + lm + \frac{1}{2m} - \frac{B_1}{2m^2} + \frac{B_3}{4m^4} - \ldots,$$

$$s_p = S_p - \frac{1}{(p-1)\,m^{p-1}} + \frac{1}{2m^p} - \frac{B_1 p}{1.2\,m^{p+1}} + \frac{B_3 p(p+1)(p+2)}{1.2.3.4\,m^{p+3}} - \ldots$$

und hieraus nach Nr. 3) die Coefficienten b_2, b_3 etc. Noch einfacher wird die Sache, wenn m so gross ist, dass für die verlangte Genauigkeit bereits $\frac{1}{2m}$ vernachlässigt werden darf; es ist dann

$$a = C + lm, \quad e^{-a} = \frac{1}{m} e^{-C} = 0,$$

ferner (für $p > 1$) $s_p = S_p$,

$$J_0 = \frac{1}{a}, \quad J_k = \frac{1.2\ldots k}{a^{k+1}},$$

mithin unter Rücksicht auf die Beziehung $2S_2^2 = 5S_4$

$$8)\quad \int_0^1 (u)_{m+1}\,du = \frac{(-1)^m}{m+1}\left\{\frac{1}{a^2} - \frac{3S_2}{a^4} - \frac{8S_3}{a^5} + \frac{5S_4}{2a^6} + \ldots\right\}.$$

Beispielsweise erhält man für $m = 1000000$

$a = 14{,}392727$; $S_2 = 1{,}644934$; $S_3 = 1{,}202057$; $S_4 = 1{,}082323$

und als Summe der in Nr. 8) eingeklammerten Reihe

0,004814.

Für dasselbe m giebt Herrn Prof. Schröder's Formel

$$\frac{1}{(l\,1000001)^2} = 0{,}005239.$$

Die geringe Uebereinstimmung beider Resultate erklärt sich leicht. Aus der Gleichung 8) folgt nämlich die Schröder'sche Formel, wenn man die Reihe auf ihr erstes Glied reducirt und in diesem $a = C + lm$ durch $l(m+1)$ ersetzt, d. h. $C = l\left(1 + \frac{1}{m}\right)$ nimmt; wegen $C = 0{,}577..$ ist dies aber eine etwas starke Vernachlässigung, und daher kann die Schröder-sche Formel nur als eine erste Annäherung gelten.

Schlömilch.

XIII. Der kubische Kreis.

Zwei beliebig projectivische, schief liegende Strahlenbündel erzeugen durch die Schnittpunkte der homologen Strahlen, die einander treffen, einen kubischen Kegelschnitt. Derselbe ist, wenn er nur einen unendlich fernen Punkt besitzt, eine kubische Ellipse, und kann durch ihn ein elliptischer Cylinder gelegt werden, *dessen Erzeugungslinien nach dem unendlich fernen*

Punkte gerichtet sind. Die kubische Ellipse kann daher auf eine zur Richtung dieser Erzeugungslinien senkrechten Ebene als ebene Ellipse projicirt werden. Es kann gefragt werden, ob die Projection unter Umständen ein Kreis sein könne, sodass ein Specialfall der kubischen Ellipsen existirte, welcher den Namen des **kubischen Kreises** verdienen würde. In der mir zugänglichen Literatur habe ich darüber nichts gefunden und theile daher nachfolgende kleine Untersuchung dieses Gegenstandes mit.

Es seien S, S' die Mittelpunkte, a, a'; b, b'; c, c'; ... die homologen, sich schneidenden Strahlenpaare der beiden Strahlenbündel, und unter diesen x, x' insbesondere das nach dem unendlich fernen Punkte der kubischen Ellipse gerichtete parallele Strahlenpaar, welches also auf dem Cylinder liegt, der die Curve enthält. Die Strahlen x, x' sind die Axen zweier homologen Ebenenbüschel, deren homologe Ebenenpaare α, α'; β, β'; γ, γ'; ... sich in den Erzeugungslinien dieses Cylinders schneiden und die Strahlenpaare a, a'; b, b'; c, c'; ... enthalten. Durch jeden Punkt des kubischen Kegelschnitts geht daher ein solches Paar Ebenen. Eine zur Richtung des Cylinders senkrechte Ebene ξ schneidet die Ebenenbüschel in zwei ebenen projectivischen Strahlenbüscheln, deren Mittelpunkte X, X' auf x, x' liegen. Diese Strahlenbüschel erzeugen durch die Schnittpunkte ihrer homologen Strahlen den elliptischen Schnitt der Ebene ξ mit dem Cylinder. Zwei Ebenen ε, ε', durch S, S' senkrecht zu x, x' gelegt, sind nun entweder homolog oder nicht, weil zwei allgemein projectivische Strahlenbündel sich auch dadurch von projectivischen gleichen Strahlenbündeln unterscheiden, dass die auf zwei homologen Strahlen senkrecht stehenden Ebenen nicht immer homolog sein müssen. Für diese Untersuchung jedoch kommen nur diejenigen Ebenen ε, ε' in Betracht, welche homolog sind. In diesem angenommenen Falle sind auch die Strahlen in ε, ε' homolog, und die durch dieselben gebildeten Strahlenbüschel S, S' projectivisch, von denen der eine mit dem Strahlenbüschel X, der andere mit dem Strahlenbüschel X' congruent ist. Der elliptische Cylinderschnitt in ξ wird nun ein Kreis, wenn die beiden Strahlenbüschel in ε, ε' unter sich congruent werden und sich in gleichartiger Lage befinden. Die Ebenenbüschel sind dann gleichfalls congruent und gleichliegend und erzeugen einen Kreiscylinder. Dieser Fall tritt nun immer ein, wenn die schief liegenden Strahlenbündel projectivisch gleich und die Strahlenbüschel in den parallelen, homologen Ebenen ε, ε' gleichliegend sind. Aber auch bei allgemein projectivischen Strahlenbündeln kann dieser Fall eintreten, wenn die Strahlenbüschel in den homologen Ebenen ε, ε' projectivisch gleich und gleichliegend und die auf ihnen senkrechten Strahlen homolog sind. In zwei allgemein projectivischen Strahlenbündeln befinden sich nun zwei Paar homologer Ebenen mit projectivisch gleichen Strahlenbüscheln, was in ihrer perspectivischen Lage leicht zu ersehen ist, nämlich:

1. die zum perspectivischen Durchschnitt parallelen Ebenen;
2. die Ebenen, welche sich in derjenigen Geraden des perspectivischen Durchschnitts schneiden, durch welche eine zu dem Scheitelstrahl senkrecht gelegte Ebene die Strecke SS' halbirt.

Diese beiden Fälle reduciren sich auf einen, wenn der Scheitelstrahl senkrecht auf dem perspectivischen Durchschnitt steht, somit in diesem Specialfalle die Strahlenbündel nur ein Paar homologer Ebenen haben.

Die Ebenenpaare des ersten, wie zweiten Falles können nur dann zu ε, ε' werden, wenn beide Fälle zu einem sich verbinden, d. h. wenn der Scheitelstrahl senkrecht auf dem perspectivischen Durchschnitte steht, weil sonst die auf diesen Ebenen senkrechten Strahlen nicht homolog sind und deshalb auch nicht x, x' sein können.

Hieraus ergiebt sich der folgende Satz:

Werden zwei projectivisch gleiche oder zwei allgemein projectivische Strahlenbündel, welch' letztere nur ein Paar congruenter Strahlenbündel haben, im Raume so gelegt, dass bei den ersteren ein beliebiges, bei letzteren jenes eine Paar congruenter Strahlenbüschel parallel liegen und in gleicher Folge der homologen Strahlen sind, im Uebrigen aber sich in schiefer Lage befinden: so erzeugen die einen, wie die anderen Strahlenbündel durch die Schnittpunkte der homologen, einander begegnenden Strahlenpaare einen kubischen Kreis, und die Richtung des parallelen homologen Strahlenpaares der Bündel ist die des Kreiscylinders, welcher die Curve enthält.

Bei dieser Fassung wurden die Grenzfälle des kubischen Kreises, wie sein gänzliches Verschwinden und der Fall, in welchem zwei projectivische, schief im Raume liegende Strahlenbündel statt des kubischen den ebenen Kreis erzeugen, unberücksichtigt gelassen, weil diese Fälle nicht speciell sind, sondern der Betrachtung der kubischen Kegelschnitte im Allgemeinen angehören.

Diese Untersuchung, die sich auf zwei projectivische Strahlenbündel beschränkte, kann auch auf zwei projectivische Ebenensysteme übertragen werden, welche dann durch analoge Schlüsse zu demselben Resultate führt.

Carlsruhe. R. O. Consentius.

XIV. Ueber die Bestimmung der schiefen Lage zweier projectivischer Strahlenbüschel in der Ebene.

(Hierzu Taf. I Fig. 1—4.)

Wenn zwei allgemein projectivische Strahlenbüschel S, S' concentrisch und gleichliegend in der Ebene liegen, deren homologe Axen s, s' und t, t' seien und deren homologe Strahlen g, g' so liegen, dass $\angle sg = \angle t'g'$, so gilt der bis jetzt unbestrittene Satz, dass die Strahlenbüschel, wenn der kleinere Supplementwinkel $st' > 2.sg$ ist, zwei, wenn er $= 2.sg$ ist, einen, und wenn er $< 2.sg$ ist, keinen Doppelstrahl haben (Dr. Hermann Weissenborn, Die Projection in der Ebene).

Da nun aber keine Regel aufgestellt werden kann, welchem Paare homologer Axen die Benennung s, s' oder t, t' zugewiesen werden muss, die Wahl derselben im Gegentheil ganz beliebig ist, so hat man bei der so oder anders beliebten Buchstabengebung für den zu messenden kleineren Supplementwinkel st', dessen Grösse in beiden Fällen gleich bleibt, als Maass zwei verschiedene, sich complementirende Winkel sg, wodurch der aufgestellte Satz, wo nicht hinfällig, mindestens zweifelhaft wird, und wenn der eine dieser beiden Winkel sg der richtige ist, so fehlt dessen Bestimmung und für dieselbe der Beweis.

Folgende Betrachtung führt zu einer unzweifelhaft richtigen Messung.

Man bestimme ganz beliebig die Benennung der homologen Axen durch s, s' und t, t'. — Bezeichnet man nun (Fig. 1) jeden der beiden kleineren Supplementwinkel sg, welche als Scheitelwinkel gleich sind, durch ψ, so geht aus dem Vorstehenden hervor, dass jeder der kleineren Supplementwinkel tg, welche als Scheitelwinkel gleich sind, zu gleicher Zeit aber auch jeder derselben ein Complementwinkel zu dem kleineren Supplementwinkel sg ist, das gleiche Recht auf diese Benennung durch ψ hat. Um diese beiden Paare ψ zu unterscheiden, sei ψ_s der kleinere Supplementwinkel sg, und ψ_t der kleinere Supplementwinkel tg. Wie aber in dem einen Sinne g zu s liegt, so liegt im entgegengesetzten Sinne in gleicher Winkelentfernung h zu s, und deshalb ist auch der kleinere Supplementwinkel $sh = \psi_s$ und der kleinere Supplementwinkel $th = \psi_t$. Jeder der rechten Winkel st wird somit (wie Fig. 1 es zeigt) durch g oder h in die Winkel ψ_s und ψ_t getheilt. Da aber ebenso gut $\psi_s \gtrless \psi_t$ sein kann, so ist ψ durch diese Bezeichnung nur der Lage, nicht der Grösse nach unterschieden. Sollen nun diese beiden sich complementirenden Winkel ψ (Figg. 2 u. 3), nämlich $\psi = 45^0 \pm x$, ihrer Grösse nach unterschieden werden, so werde $\psi = 45^0 + x$ durch ψ_+, und $\psi = 45^0 - x$ durch ψ_- bezeichnet, wobei ψ_+, wie ψ_- je nach der Lage von g (oder h) ebenso gut (wie die Figuren dies zeigen) ψ_s, wie ψ_t sein können.

Legt man nun zwei allgemein projectivische Strahlenbüschel S, S' concentrisch so aufeinander, dass die gleichnamigen Axen aufeinander fallen, so haben die Büschel die beiden Doppelstrahlen ss' und tt'. Legt man dieselben Büschel in derselben Lage nun auch excentrisch, so dass $s \| s'$, folglich auch $t \| t'$ ist, so müssen die Projectionspunkte der homologen Strahlen auf einer Hyperbel liegen, weil durch jenen Parallelismus die Curve zwei unendlich ferne Punkte hat. Es zeigt sich also augenscheinlich, dass bei dieser concentrischen, wie excentrischen Lage die Resultate durchaus nicht durch die Grösse von ψ_s, welches ebenso gut ψ_+, wie ψ_- sein kann, bedingt werden. — Denkt man sich nun bei dieser concentrischen, wie excentrischen Lage den Büschel S fest und lässt sich den Büschel S' um seinen Mittelpunkt in dem einen oder entgegengesetzten Sinne bewegen, so werden bei der concentrischen Lage bei beiderlei Drehungen so lange zwei Doppelstrahlen bleiben, bis die immer näher aneinander rückenden Doppelstrahlen bei einer gewissen Grösse des Winkels st' sich in einen Doppelstrahl verlieren, während bei der excentrischen Lage der Büschel ebenso lange die Projectionspunkte der homologen Strahlen eine Hyperbel erzeugen müssen, bis diese in eine Parabel und zwar bei derselben Grösse des erwähnten Winkels st' übergeht, bei welcher in der concentrischen Lage die Anzahl der Doppelstrahlen von zwei auf eins übergeht, weil die Doppelstrahlen der concentrischen Lage die homologen Parallelstrahlen der excentrischen Lage sind.

Legt man andererseits die Büschel concentrisch so aufeinander, dass die ungleichnamigen Axen aufeinander fallen, so fällt t' auf s, s' auf t, g' auf h, h' auf g, es giebt folglich nur ideelle und keine reellen Doppelstrahlen; und legt man die Büschel in derselben Lage excentrisch, so dass $s \| t'$, folglich $t \| s'$, $g \| h'$, $h \| g'$ ist, es mithin keine homologen Parallelstrahlen giebt, so müssen die Projectionspunkte der homologen Strahlen auf einer Ellipse liegen, weil die Curve keinen unendlich fernen Punkt hat. Denkt man sich wieder bei dieser concentrischen, wie excentrischen Lage den Büschel S fest und lässt sich den Büschel S' um seinen Mittelpunkt in dem einen oder entgegengesetzten Sinne bewegen, so wird bei beiderlei Drehung es bei der concentrischen Lage so lange keine Doppelstrahlen geben, bis bei jener gewissen Grösse des Winkels st' sich ein solcher bildet, während bei der excentrischen Lage aus dem obenerwähnten Grunde ebenso lange die Projectionspunkte der homologen Strahlen eine Ellipse erzeugen müssen, bis diese in eine Parabel und zwar bei der erwähnten gewissen Grösse des Winkels st' übergeht, bei welcher in der concentrischen Lage die Anzahl der Doppelstrahlen von Null auf Eins übergeht.

Es ist jetzt nur noch nöthig, die Grösse des Winkels st' zu bestimmen, bei welchem in concentrischer Lage ein Doppelstrahl eintritt, während in excentrischer Lage *die Parabel erzeugt* wird. — Es wurde angenommen, dass s fest bleibe und t' sich in beiderlei Sinne drehe. Geht die Bewegung des Strahles t' von s aus und durchläuft je einen Quadranten st in beiderlei Sinne, so hat t' alle nur möglichen Lagen eingenommen, weil jeder Halbstrahl von t' in einem Quadranten seinen ihm zugehörigen Halbstrahl in dessen gegenüberliegenden Quadranten hat. Es muss sich deshalb in jedem der vier Quadranten die gesuchte Lage von t' finden, d. h. sie muss nothwendigerweise zweimal eintreten. Diese beiden Lagen von t' mögen durch t'_1 und t'_2 bezeichnet werden, welche dann eintreten, wenn der bewegliche Strahlenbüschel S' in die eine oder andere der beiden Lagen gelangt, in welchen $st' = 2\psi = 90^0 \pm 2x$ ist, weil dann bei der concentrischen Lage der Strahlenbüschel jeder dieser vier Winkel entweder durch den Doppelstrahl gg' oder hh' halbirt wird oder auf dessen Halbirungslinie einer dieser Doppelstrahlen senkrecht steht. In jeder dieser beiden Lagen von t' haben also die Strahlenbüschel nur einen Doppelstrahl, und beide dieser Lagen von t', nämlich t'_1 und t'_2, begrenzen einerseits den Spielraum $= 4x$, in welchem sich zwei, und andererseits den Spielraum $= 180 - 4x$, in welchem sich keine Doppelstrahlen vorfinden, während, wenn die Strahlenbüschel excentrisch sind, in diesen beiden Lagen von t' die Projectionspunkte homologer Strahlen eine Parabel erzeugen und beide Lagen von t' den Spielraum der Hyperbeln $= 4x$ und den der Ellipsen $= 180 - 4x$ begrenzen. Und da, wie gesagt, in jedem Quadranten st sich eine dieser Lagen von t', nämlich entweder t'_1 oder t'_2 vorfindet, so bilden auch in jedem Quadranten ein Halbstrahl von s und ein Halbstrahl von t'_1 oder t'_2 einen Winkel $st' = 2\psi_-$, weil $2\psi_+$ grösser, als ein Quadrant ist. — Und da nun schliesslich aus dem Vorstehenden deutlich hervorgeht, dass in jedem der vier Quadranten alle beliebigen, jedoch unter einander gleichen Winkel st', wobei der Sinn der Winkel nicht in Betracht kommt, eine Lage der Strahlenbüschel bedingen, die, wenn letztere concentrisch sind, die gleiche Anzahl von Doppelstrahlen haben, und wenn sie excentrisch sind, die gleiche Art von Curven erzeugen, so geht hieraus der folgende Satz hervor:

Wenn zwei allgemein projectivische Strahlenbüschel in der Ebene concentrisch gleich liegen, und wenn 1. der kleinere Supplementwinkel $st' > 2\psi_-$ ist, so haben sie zwei; 2. wenn er $= 2\psi_-$ ist, so haben sie einen, und 3. wenn er $< 2\psi_-$ ist, so haben sie keinen Doppelstrahl; während, wenn sie excentrisch liegen, im ersten Falle eine Hyperbel, im zweiten eine Parabel und im dritten Falle eine Ellipse durch die Projectionspunkte homologer Strahlen erzeugt wird. Der Spielraum für zwei Doppelstrahlen, wie der für die Hyperbeln ist $4x$, und der für keinen Doppelstrahl, wie für die Ellipsen ist $180 - 4x$.

Carlsruhe. R. O. Consentius.

XV. Zur Darstellung der eindeutigen analytischen Functionen.

In der Abhandlung: „Die Darstellung der eindeutigen analytischen Functionen durch unendliche Producte und Partialbruchreihen, von C. Frenzel in Berlin" im 5. Hefte des XIV. Jahrgangs (ausgeg. am 15. August 1879) Ihrer Zeitschrift für Mathematik und Physik ist zunächst eine Ableitung für die von Herrn Weierstrass angegebene Formel

$$f(u) = e^{\psi u} . u^m . \prod_k \left\{ \left(1 - \frac{u}{k}\right) . e^{\sum_1^{\nu-1} {}_n \frac{1}{n} \left(\frac{u}{a_k}\right)^n} \right\}^{m_k}$$

enthalten. Abgesehen von einigen Rechenfehlern, die sich in den Beispielen finden, ist die Anlage der ganzen Ableitung eine durchaus nicht wissenschaftlich strenge. Bis zu dem Punkte, wo der Verfasser auf die Formel

$$f(u) = C . u^m . \prod_k{}' \left(1 - \frac{u}{a_k}\right)^{m_k} . e^{\sum_1^{\infty} {}_n \frac{u^n}{n} \left(a^{(n-1)} + \sum_k' \frac{m_k}{a_k}\right)}$$

(S. 323) kommt, lässt sich Nichts einwenden. Der Schluss auf das Folgende jedoch ist unbegründet. Denn es ist

$$\sum_1^{\infty} {}_n \frac{u^n}{n} \left\{ a^{(n-1)} + \sum_k' \frac{m_k}{a_k} \right\} = \sum_1^{\infty} {}_n \frac{u^n}{n} a^{(n-1)} + \sum_1^{\infty} {}_n \frac{u^n}{n} \sum_k' \frac{m_k}{u_k^n}.$$

Wenn nun für $n \geqq \nu$ die Reihe

$$\sum_k' \operatorname{mod} \frac{1}{a_k^\nu}$$

convergirt, also auch die Reihe

$$\sum_k' \frac{m_k}{a_k^\nu},$$

weil m_k ganze endliche Zahlen sind, so wird dadurch nur $\sum_1^{\nu-1} {}_n$ statt $\sum_1^{\infty} {}_n$ zu setzen sein, während die folgenden Summen von ν bis ∞ als unbedingt convergente Potenzreihen nur einen Factor $e^{\psi(u)}$ liefern. Wie aber steht es mit dem ersten Ausdrucke?

$\sum_1^{\infty} {}_n \frac{u^n}{n} a^{(n-1)}$ bildet nun **keine** unbedingt convergente Potenzreihe; denn betrachtet man zwei Glieder aus der Unendlichkeit, so wird

$$\frac{\frac{u^{n+1}}{n+1} a^{(n)}}{\frac{u^n}{n} a^{(n-1)}} = \frac{a^{(n)}}{a^{(n-1)}} . \frac{n}{n+1} . u.$$

Nun ist $\lim \frac{n}{n+1} = 1$. Die Grösse u kann der Voraussetzung gemäss jeden beliebigen endlichen Werth haben, denn es wird ja $f(u)$ für endliche, sonst beliebige u entwickelt; ebenso aber wird $\frac{a^{(n)}}{a^{(n-1)}}$ endlich sein, denn nach Formel 2') (S. 322) ist durchaus nicht ersichtlich, dass diese Grössen eine convergente Reihe bilden; es ist ja nicht nöthig, dass die Reihe der Coefficienten einer Potenzreihe convergent sei, wenn diese selbst convergent ist. Demnach wird der obige Quotient eine endliche, im Allgemeinen unbestimmte Zahl sein, von der nicht nachgewiesen ist, dass sie kleiner als 1 ist; damit ist aber gezeigt, dass dieser Ableitung zufolge die unendliche Summe

$$\sum_{1}^{\infty}{}_{n} \frac{u^n}{n} a^{(n-1)}$$

keine unbedingt convergente ist, diese Grösse somit in dem Weierstrass'schen Ausdrucke fehlen würde und derselbe also lauten müsste

$$U = \psi(u) + \sum_{1}^{r-1}{}_{n} \left(\frac{u^n}{n} \sum{}'_{k} \frac{m_k}{a_k}\right) + \sum_{1}^{\infty}{}_{n} \frac{u^n}{n} a^{(n-1)},$$

was aber der Weierstrass'schen Formel nicht entspricht.

Was die Beispiele zur Productenentwickelung betrifft, so ist S. 326 offenbar eine Reihe von Gliedern weggelassen, denn

$$\sum_{-(n+1)}^{pn}{}_{k} \frac{1}{k+\frac{1}{2}} = \frac{1}{-n-\frac{1}{2}} + \frac{1}{-n+\frac{1}{2}} + \frac{1}{-n+\frac{3}{2}} + \dots + \frac{1}{pn+\frac{1}{2}}$$

enthält alle Glieder von $\frac{1}{-n-\frac{1}{2}}$ bis $\frac{1}{n+\frac{3}{2}}$ mehr, als die Reihe

$$\frac{1}{n+\frac{3}{2}} + \frac{1}{n+\frac{5}{2}} + \dots + \frac{1}{n+\frac{2(p-1)n+1}{2}}.$$

Die Anzahl der fehlenden Glieder wird hieraus

$$n + \tfrac{3}{2} - (-n - \tfrac{1}{2}) = 2n + 2.$$

Die Endformel wäre richtig, wenn die Summe

$$\sum_{+(n+1)}^{pn}{}_{k} \frac{1}{k+\frac{1}{2}}$$

lauten würde; da dies aber gemäss der von Herrn Weierstrass abgeleiteten Formel falsch ist, weil, wie aus 2) (S. 326) ersichtlich ist, k alle positiven und negativen ganzen Zahlen durchlaufen soll, indem für dieselben $\cos(\pi u)$ verschwindet, so ist auch die Formel 4) unrichtig.

Als drittes Beispiel ist die Gammafunction gewählt. Nun wird aber dieselbe nicht nur für die Werthe 0, −1, −2, ... unendlich, sondern für sämmtliche Werthe $u < 0$, denn es wird für

$$\Gamma(u) = \int_0^\infty e^{-x} x^{u-1}\, dx$$

$x = 0$ ein kritischer Punkt, und in diesem

$$[x^{u-1}.\, e^{-x}.\, x]_{x=0} = [x^u.\, e^{-x}]_{x=0} = \frac{0}{\infty},$$

je nachdem $u \gtrless 0$; für $u = 0$ wird schon

$$\left[\frac{e^{-x}}{x}.\, x\right]_{x=0} = [e^{-x}]_{x=0} = 1,$$

also ist die Gammafunction eine solche, welche in allen Punkten der negativen u-Axe endlich wird. Ganz anders verhält es sich mit der von Herrn Weierstrass im LI. Bande des Crelle'schen Journals behandelten Function $Fc(u)$, welche wirklich nur in den Punkten 0, −1, −2, ... unendlich wird und für welche die Form angegeben ist (Formel 47, S. 34, Bd. LI in Crelle's Journal):

$$Fc(u) = u.\prod_{\alpha=1\ldots\infty} \left\{\left(\frac{\alpha}{\alpha+1}\right)^u.\left(1+\frac{u}{\alpha}\right)\right\}.$$

Auch bei der Partialbruchentwickelung finden sich einige Unrichtigkeiten; so zeigt sich, dass die erste Formel auf S. 333 fehlerhaft ist und

$$\frac{1}{2\pi i}\int_{(\alpha_k)} \frac{f(v)}{v-u}\, dv = -\sum_1^{\mu_k}{}_\lambda \frac{A_k^{(\mu_k-\lambda)}}{(u-\alpha_k)^\lambda}.\frac{1}{(\mu_k-\lambda)!}$$

lauten soll; hiermit wird die zweite:

$$f(u) = \sum{}_k \sum_1^{\mu_k}{}_\lambda \frac{A_k^{(\mu_k-\lambda)}}{(u-\alpha_k)^\lambda}.\frac{1}{(\mu_k-\lambda)!} + \frac{1}{2\pi i}\int_{(S)} \frac{f(v)}{v-u}\, dv$$

und S. 334:

$$f(u) = \sum{}_k \sum_1^{\mu_k}{}_\lambda (-1)^\lambda.\, A_k^{(\mu_k-\lambda)} \left\{\frac{1}{(\mu_k-\lambda)!}.\frac{1}{(\alpha_k-u)^\lambda} - \frac{1}{\alpha_k^\lambda}\right\}$$

$$+ \frac{1}{2\pi i}\int_{(S)} \frac{u}{v}\,\frac{f(v)\, dv}{v-u},$$

$$f(u) = A + id,$$

$$f(u) = \sum_1^{\mu}{}_\lambda \frac{A^{(\mu-\lambda)}}{u^\lambda} + id,$$

je nachdem $v = 0$ ein Nullpunkt, ein neutraler Punkt oder ein Unendlichkeitspunkt μ^{ter} Ordnung von $f(v)$ ist.

Hierbei ist $y! = \frac{1}{Fc(y+1)}$ für ganzzahlige y.

Verschwindet das letzte Integral, so erhält man schliesslich ı entsprechend veränderten Endformeln $3a$, $3b$, $3c$, S. 336.

Auf die zu dieser Entwickelung gewählten Beispiele übt dieser U stand keinen Einfluss aus, indem bei der Entwickelung von $cot(\pi u)$ u $Fc(u)$ die Unstetigkeitspunkte von der ersten, und bei der Functi $p(u)$ von der zweiten Ordnung sind, wo der Factor $\frac{1}{(u-\lambda)!}$ in 1 üb geht.

Wien, im October 1879. NORBERT HERZ

VII.

Ueber Hermite's Auflösung der Gleichung fünften Grades.

Von

Dr. H. KREY

in Göttingen.

In den *Comptes rendus* vom Jahre 1858 zeigte Hermite, dass sich die allgemeine Gleichung fünften Grades durch elliptische Functionen lösen lasse. Angeregt durch wichtige Vorarbeiten von Galois, welcher bereits ausgezeichnete Eigenschaften der Modulargleichungen der niederen Grade entdeckt hatte, vervollständigte er dessen Untersuchungen und gelangte auf diesem Wege zu seinem merkwürdigen Resultate.

Bald darauf publicirten auch Kronecker und Brioschi ihre Lösungen der Gleichung fünften Grades. Ersterer gab eine Andeutung, wie sich die Lösung auf die einer Resolvente sechsten Grades, welcher durch elliptische Functionen genügt wird, zurückführen lasse, während Brioschi die Multiplicatorgleichung sechsten Grades zum Ausgangspunkte nahm.

Eine Darlegung von Brioschi's Lösung findet sich im Jahrgange 1859 dieser Zeitschrift.

Die Hermite'sche Auflösung hat, was die Art der Herleitung betrifft, vor der Brioschi'schen manche Vorzüge. Die ungemein complicirten Rechnungen, welche die letztere erfordert, werden bei Hermite ganz vermieden; es tritt der Kern der Sache und die Bedeutung älterer Untersuchungen, welche zu Hermite's schöner Entdeckung geführt haben, deutlicher hervor. Mit Hilfe eines Galois'schen Satzes, welcher aussagt, dass gewisse nicht symmetrische Functionen der Wurzeln der Modulargleichung sechsten Grades rational durch die Coefficienten der Gleichung ausdrückbar sind, gelangt Hermite durch wenige Schlüsse zum Ziele.

Die hierher gehörigen Arbeiten sind gesammelt unter dem Titel: „*Sur la théorie des équations modulaires et la résolution de l'équation du cinquième degré. Par M. Hermite. Paris* 1859." Die Untersuchungen über Modulargleichungen, welche diese Schrift enthält, sind weit allgemeiner, als für den Zweck der Lösung der Gleichung fünften Grad erforderlich wäre; andererseits aber ist die Darstellung an einigen Stell knapp und scheinbar lückenhaft; so fehlt z. B. der Beweis des sch erwähnten Galois'schen Satzes. Dass die Begründung desselben keineswegs einfach ist, ersieht man aus Camille Jordan's grossem Werk „*Traité des substitutions et des équations algebriques. Paris* 1870", in welchem überhaupt alle von Hermite benutzten algebraischen Sätze bewiesen sind.

Die späteren Bearbeitungen dieses Gegenstandes, welche mehr auf die algebraische Seite des Problems eingehen, setzen die Hermite'sche Lösung als bekannt voraus. Da sich nun diese weder in Lehrbüchern der elliptischen Functionen, noch in den grösseren Werken über Algebra vollständig dargestellt findet, so erscheint vielleicht der Versuch gerechtfertigt, durch Zusammenstellung der nöthigen Hilfssätze und möglichst einfache Begründung derselben das Studium der Hermite'schen Abhandlung zu erleichtern. Dabei wird aus der Theorie der elliptischen Functionen nur die Kenntniss des Jacobi'schen Transformationsproblems vorausgesetzt. Auf den Galois'schen Satz, dass jede algebraische Gleichung ihre „Gruppe" von Substitutionen hat, soll hier nur so weit eingegangen werden, wie derselbe für die Fünftheilungsgleichung zur Anwendung kommt.

Der Beweis dafür, dass sich jede Gleichung fünften Grades in die Jerrard'sche Form

$$x^5 + ax + b = 0$$

bringen lässt, soll hier nicht wiederholt werden; derselbe findet sich z. B. in Serret's Algebra, auch in Bd. 4 dieser Zeitschrift. Es sei hier noch bemerkt, dass die Jerrard'schen Resultate und Bestrebungen ausführlich dargestellt sind von Hamilton in dem „*Report of the sixth meeting of the British Association. London* 1837."

---

§ 1. Die Modulargleichung sechsten Grades.

Auf S. 36 der „Fundamenta" giebt Jacobi die allgemeine Lösung seines Transformationsproblems für einen unpaaren Transformationsgrad n. Für $n=5$ lautet dasselbe:

Wie sind der Integralmodul l und Zähler und Nenner der Substitution

$$y = \frac{a_1 x + a_3 x^3 + a_5 x^5}{b_0 + b_2 x^2 + b_4 x^4}$$

als Functionen von k zu bestimmen, damit der Differentialausdruck

$$\frac{dy}{\sqrt{(1-y^2)(1-l^2y^2)}}$$

bis auf einen constanten Factor (Multiplicator) in den gegebenen

$$\frac{dx}{\sqrt{(1-x^2)(1-k^2x^2)}}$$

übergehe?

Das Transformationsproblem setzt den Begriff der elliptischen Functionen nicht voraus; es ist ursprünglich ein rein algebraisches und ist auch von Jacobi für die einfachsten Fälle ($n = 3, 5$) als solches behandelt worden. Auf S. 28 der „Fundamenta" giebt er die folgende Relation (Modulargleichung) an, welche zwischen

$$u = \sqrt[4]{k}, \quad v = \sqrt[4]{l}$$

besteht:

$$1) \qquad u^6 - v^6 + 5u^2v^2(u^2 - v^2) + 4uv(1 - u^4v^4) = 0,$$

welche v als sechsdeutige Function von u definirt, also sechs Lösungen andeutet.

Für höhere Transformationsgerade ist diese Art, die Modulargleichungen zu bilden, unthunlich. Da zeigt aber Jacobi in überraschender Weise, dass die Lösung des allgemeinen Transformationsproblems vermittelt wird durch elliptische Functionen, deren Argumente Theile von Perioden sind; für $n = 5$ insbesondere hat man (Fund. S. 37)

$$2) \qquad \sqrt[4]{l} = k^{3/4} \sin coam \frac{4mK + 4m'iK'}{5} \sin coam \frac{8mK + 8m'iK'}{5},$$

wo m, m' beliebige ganze Zahlen, nur nicht gleichzeitig $\equiv 0 \,(mod\, 5)$ sein können.

Diese zweifache Art, das Transformationsproblem zu lösen, ist nun besonders für die Algebra fruchtbar geworden. Es ist der Umstand an sich schon von Interesse, dass die Wurzeln einer, wenn auch speciellen Gleichung sechsten Grades, die durch Radicale nicht angebbar sind, durch elliptische Functionen ausgedrückt werden können und dass umgekehrt die sechs Ausdrücke 2) die Wurzeln einer Gleichung sind, deren Coefficienten rational von $k^{1/4}$ abhängen.

Die Ausdrücke 2) sollen wie folgt bezeichnet werden:

$$3) \qquad \begin{cases} v_\varrho = k^{3/4} \sin coam\, 4\,\dfrac{K + \varrho i K'}{5} \sin coam\, 8\,\dfrac{K + \varrho i K'}{5} \\ \qquad (\varrho = 0, 1, 2, 3, 4), \\ v_\infty = k^{3/4} \sin coam \dfrac{4iK'}{5} \sin coam \dfrac{8iK'}{5}. \end{cases}$$

Ausserdem aber empfiehlt sich wegen der später anzuwendenden Substitutionstheorie die Einführung gebrochener Indices. Man setze allgemein

$$4) \qquad v_{\frac{m'}{m}} = k^{3/4} \sin coam\, 4\,\frac{mK + m'iK'}{5} \sin coam\, 8\,\frac{mK + m'iK'}{5}.$$

Jeder gebrochene Index ist einem ganzzahligen äquivalent; es ist nämlich, wenn m und m' *beide von Null* verschieden sind,

$$v_{\frac{m'}{m}} = v_\nu, \text{ wo } m\nu \equiv m' \ (mod\, 5),$$

oder, wie man nach dem Vorgange von Gauss bisweilen schreibt,

$$\frac{m'}{m} \equiv \nu \ (mod\, 5).$$

Hiernach ist immer

$$v_{\frac{\mu}{2}} = v_{3\mu}, \quad v_{\frac{\mu}{3}} = v_{2\mu}, \quad v_{\frac{\mu}{4}} = v_{4\mu}.$$

Die Bezeichnung 4) steht offenbar mit 3) nicht in Widerspruch.

Abgesehen von dem Factor $k^{1/4}$, sind die Ausdrücke 4) sämmtlich von der Form

$$sin\,coam\, w\; sin\,coam\, 2w, \quad \text{wo} \quad w = \frac{m.4K + m'.4iK'}{5}.$$

Dies ist rational in $sin^2 am\, w$ darstellbar; denn für den zweiten Factor hat man unmittelbar

$$sin\,coam\, 2w = \frac{1 - 2\, sin^2 am\, w + k^2\, sin^4 am\, w}{1 - 2k^2\, sin^2 am\, w + k^2\, sin^4 am\, w}.$$

Aus

5) $$sin\,am\, 5w = sin\,am\, w\,.\, f(sin^2 am\, w)$$

folgt ferner durch Differentiation eine Gleichung von der Form

6) $$cos\,am\, 5w\; \Delta am\, 5w = f_1(sin^2 am\, w)\,.\, cos\,am\, w\; \Delta am\, w,$$

wo die linke Seite $=1$ ist. Andererseits hat man

$$sin\,coam\, w = \frac{cos\,am\, w\; \Delta am\, w}{1 - k^2\, sin^2 am\, w},$$

wo der vorigen Gleichung zufolge der Zähler in der verlangten Weise ausdrückbar ist. Daher besteht immer eine Gleichung

7) $$v_{\frac{m'}{m}} = f_2\left(sin^2 am\, \frac{m.4K + m'.4iK'}{5}\right),$$

wo f_2 eine vollkommen bestimmte rationale Function ist; ihr Argument ist das Quadrat einer Wurzel der Fünftheilungsgleichung. Auf die Wurzeln der letzteren lassen sich also die Wurzeln der Modulargleichung zurückführen.

§ 2. Die Fünftheilungsgleichung.

Man erhält dieselbe aus der schon benutzten 5); f ist eine gebrochene Function, deren Zähler und Nenner vom 12. Grade in Bezug auf $sin^2 am\, u$ ist (vergl. Enneper, Ell. Funct. S. 319, oder Koenigsberger, Ell. Funct. II S. 195). Setzt man in der Gleichung 5)

$$w = \frac{m.4K + m'.4iK'}{5},$$

so verschwindet die linke Seite; es verschwindet also auch, wenn nur m, m' nicht gleichzeitig $\equiv 0\ (mod\, 5)$ sind, der Zähler des zweiten Factors der rechten Seite; und dieser Zähler giebt, gleich Null gesetzt, nchdem x an die Stelle von $sin\,am\, w$ getreten, eine Gleichung vom 24. Grade

8) $$X=0$$

mit den Wurzeln

9) $$x_{m,m'}=\sin am\,\frac{m.4K+m'.4iK'}{5}.$$

Die 24 Wurzeln sind paarweise entgegengesetzt gleich,

10) $$x_{5-m,5-m'}=-x_{m,m'};$$

man könnte also die Gleichung 8) durch eine Gleichung zwölften Grades mit den Wurzeln x^2 ersetzen. Diese Gleichung zwölften Grades hat schon Abel untersucht, ihre Wurzeln in sechs Paare gruppirt, der Art, dass sich jede Wurzel durch die demselben Paare angehörende rational ausdrücken lässt, und hat darauf die Zurückführung der Theilungsgleichung auf eine Gleichung sechsten Grades basirt.

Für das Folgende ist es vortheilhaft, die Gleichung 24. Grades 8) beizubehalten. Sie gehört zur Classe derjenigen Gleichungen, zwischen deren Wurzeln rationale Beziehungen stattfinden, und zwar kann man als Quelle dieser Relationen die folgenden ansehen:

11) $$x_{m+\mu,\,m'+\mu'}-\chi(x_{m,m'},x_{\mu,\mu'})=0,$$

wo χ eine vollkommen bestimmte rationale Functionsform bedeutet. Diese Beziehungen sind eine unmittelbare Folge des Additionstheorems; nach 9) ist

$$x_{m+\mu,\,m'+\mu'}=\sin am\left(\frac{m.4K+m'.4iK'}{5}+\frac{\mu.4K+\mu'.4iK'}{5}\right);$$

die Entwickelung der rechten Seite giebt eine rationale Function von $x_{m,m'}$, $x_{\mu,\mu'}$ und von Ausdrücken der Form

$$\cos am\,\frac{m.4K+m'.4iK'}{5}\quad \Delta am\,\frac{m.4K+m'.4iK'}{5},$$

die nach 6) sich rational durch $x_{m,m'}$ ausdrücken lassen.

Die Relation 10) ist als specieller Fall ($m+\mu=5$, $m'+\mu'=5$) in 11) enthalten. Sieht man von diesem Ausnahmefalle ab, so verbindet die Gleichung 11) immer drei Wurzeln miteinander; durch zwei nicht entgegengesetzt gleiche drückt sich eine dritte rational aus, und umgekehrt lässt sich eine gegebene Wurzel auf verschiedene Arten durch zwei andere rational darstellen. Offenbar kann man beliebig viele weitere Relationen zwischen mehr als drei Wurzeln herstellen durch wiederholte Anwendung und Combination der Gleichungen 11).

Es handelt sich nun um die Auffindung eines Kriteriums, wornach zu entscheiden ist, ob sich eine gegebene rationale Function der Wurzeln der Theilungsgleichung durch die Coefficienten der Gleichung rational ausdrücken lässt oder nicht. Zu dem Zwecke möge ein Satz von Lagrange vorausgeschickt werden.

Sind $x_1, \dots x_n$ die Wurzeln einer Gleichung

$$X=0,$$

15) $$|r, s \quad \alpha r+\beta s, \quad \gamma r+\delta s|.$$

Die verschiedenen Substitutionen dieser Art erhält man, wenn man die zulässigen Zahlenquadrupel α, β, γ, δ auf alle möglichen Arten wählt, wobei jede dieser Zahlen durch ihren kleinsten Rest ($mod\, 5$) ersetzt werden kann.

Wendet man die Substitution 15) auf die Gleichung

11) $$x_{m+\mu,\, m'+\mu'} - \chi(x_{m,m'},\, x_{\mu,\mu'}) = 0$$

an, so erhalten die Argumente von χ die Indicespaare

$$(\alpha m+\beta m',\ \gamma m+\delta m') \text{ und } (\alpha\mu+\beta\mu',\ \gamma\mu+\delta\mu'),$$

und die erste in 11) vorkommende Wurzel erhält die Indices

$$\alpha(m+\mu)+\beta(m'+\mu') = (\alpha m+\beta m')+(\alpha\mu+\beta\mu')$$

und

$$\gamma(m+\mu)+\delta(m'+\mu') = (\gamma m+\delta m')+(\gamma\mu+\delta\mu');$$

die neue Gleichung würde also nichts mehr und nichts weniger aussagen, als die Gleichung 11); auch die Gleichung 13) bleibt mithin richtig nach Ausführung der Substitution 15).

Umgekehrt ist jede Substitution, welcher man die Gleichung 13) unterwerfen kann, von der Form 15); denn soll das Wurzelpaar $x_{m,m'}$, $x_{\mu,\mu'}$ in irgend ein anderes $x_{n,n'}$, $x_{\nu,\nu'}$ übergehen, so kann man immer α, β, γ, δ so bestimmen, dass

$$\begin{matrix} \alpha m+\beta m' \equiv n, & \gamma m+\delta m' \equiv n' \\ \alpha\mu+\beta\mu' \equiv \nu, & \gamma\mu+\delta\mu' \equiv \nu' \end{matrix} \quad (mod\, 5).$$

Die dritte Wurzel ist dann nicht mehr willkürlich, sondern vollständig bestimmt, wenn die Gleichung 11) oder 13) richtig bleiben soll.

Dieses, in Verbindung mit dem über die Gleichung 14) Bemerkten, lehrt, dass

16) $$R(V_1) = R(V_a) = R(V_b) = \ldots = 0,$$

wenn mit S_1 (identische Substitution), S_a, S_b, ... die verschiedenen in der Form 15) enthaltenen Substitutionen bezeichnet werden, dass aber für die übrigen V, welche anderen Substitutionen entsprechen, $R(V)$ nicht verschwindet.

Die Gleichung, welche $V_1, V_2, \ldots V_N$ zu Wurzeln hat,

$$(V-V_1)(V-V_2)\ldots(V-V_N) = 0$$

oder

17) $$V^N + P_1 V^{N-1} + \ldots + P_N = 0,$$

hat zu Coefficienten $P_1, \ldots P_N$ symmetrische Functionen aller x, also rationale Functionen der Coefficienten der Gleichung 8).

Die gemeinschaftlichen Wurzeln der Gleichung 17) und der folgenden

18) $$R(V) = 0$$

sind nach 16)

$$V_1, V_a, V_b, \ldots$$

und nur diese. Sucht man also den grössten gemeinschaftlichen Theiler der Ausdrücke 17) und 18), erhält man eine Gleichung

$$f(V, x_2) = (V - V'_1)(V - V'_2) \dots (V - V'_\mu);$$

dieser Ausdruck aber kann für $V = V_1$ nicht verschwinden, weil der Annahme nach $V'_1, V'_2, \dots V'_\mu$ sämmtlich von V_1 verschieden sind.

Da man alle Wurzeln $x_1, \dots x_n$ in der verlangten Weise darstellen kann, so folgt:

Jede rationale Function der Wurzeln $x_1, \dots x_n$ der Gleichung $X = 0$ lässt sich rational durch V_1 und die Coefficienten der Gleichung ausdrücken. Hat man auf diese Weise eine Gleichung

$$\psi(x_1, x_2, x_3, \dots) = R(V_1)$$

erhalten, so bleibt dieselbe richtig, wenn man beide Seiten einer und derselben Permutation der x unterwirft, wobei an die Stelle des Arguments V_1 der Function R einer der mit $V_2, V_3, \dots V_N$ bezeichneten Ausdrücke tritt; denn die Herleitung setzt nicht voraus, dass ein Theil der Wurzeln vor den übrigen durch irgendwelche Eigenschaften bevorzugt sei.

Kehren wir jetzt zur Theilungsgleichung und zur Bezeichnung der x mit zwei Indices zurück. Wir bilden eine Combination der Gleichungen 11)

13) $$\Sigma \gamma . [x_{m+\mu, m'+\mu'} - \chi(x_{m,m'}, x_{\mu,\mu'})] = 0,$$

wo die γ unbestimmte Constanten sind und die Summe so viele Glieder enthält, dass alle Paare von nicht entgegengesetzt gleichen Wurzeln je einmal als Argument der rationalen Function χ vorkommen. Nach dem Satze von Lagrange kann man die linke Seite durch V_1 ausdrücken und erhält so eine Gleichung

14) $$R(V_1) = 0.$$

Es fragt sich, ob dieselbe richtig bleibt, wenn man das Argument V_1 durch ein anderes, einer Substitution S_a entsprechendes, V_a ersetzt. Der oben über die Function ψ gemachten Bemerkung zufolge beantwortet sich diese Frage dahin, dass die Substitution V_a für V_1 in 14) immer dann und nur dann zulässig ist, wenn die Substitution S_a, auf 13) angewandt, wieder zu einer richtigen Gleichung führt. Substitutionen, welche dieser letzteren Bedingung genügen, lassen sich allgemein angeben; es sind diejenigen, welche $x_{r,s}$ überführen in $x_{\alpha r+\beta s, \gamma r+\delta s}$, wo $\alpha, \beta, \gamma, \delta$ ganze Zahlen sind, die bis auf die Einschränkung

$$\alpha\delta - \beta\gamma \text{ nicht } \equiv 0 \ (mod 5)$$

beliebig gewählt werden können. Dass man wirklich eine Substitution erhält, ist leicht zu zeigen; denn sind (r, s), (ϱ, σ) verschiedene Paare von Indices, so gilt dasselbe von den Paaren

$$(\alpha r + \beta s, \ \gamma r + \delta s) \text{ und } (\alpha\varrho + \beta\sigma, \ \gamma\varrho + \delta\sigma);$$

aus der Annahme des Gegentheils leitet man den Widerspruch her

$$(\varrho - r)(\alpha\delta - \beta\gamma) \equiv (\sigma - s)(\alpha\delta - \beta\gamma) = 0 \ (mod 5).$$

Die in Rede stehende Substitution lässt sich, da es nur auf die Indicespaare ankommt, *wie folgt schreiben:*

15) $\left| \begin{matrix} r, s & \alpha r + \beta s, & \gamma r + \delta s \end{matrix} \right|$.

Die verschiedenen Substitutionen dieser Art erhält man, wenn man die zulässigen Zahlenquadrupel $\alpha, \beta, \gamma, \delta$ auf alle möglichen Arten wählt, wobei jede dieser Zahlen durch ihren kleinsten Rest ($mod\,5$) ersetzt werden kann.

Wendet man die Substitution 15) auf die Gleichung

11) $$x_{m+\mu,\, m'+\mu'} - \chi(x_{m,m'},\, x_{\mu,m'}) = 0$$

an, so erhalten die Argumente von χ die Indicespaare

$$(\alpha m + \beta m',\ \gamma m + \delta m') \text{ und } (\alpha\mu + \beta\mu',\ \gamma\mu + \delta\mu'),$$

und die erste in 11) vorkommende Wurzel erhält die Indices

$$\alpha(m+\mu) + \beta(m'+\mu') = (\alpha m + \beta m') + (\alpha\mu + \beta\mu')$$

und

$$\gamma(m+\mu) + \delta(m'+\mu') = (\gamma m + \delta m') + (\gamma\mu + \delta\mu');$$

die neue Gleichung würde also nichts mehr und nichts weniger aussagen, als die Gleichung 11); auch die Gleichung 13) bleibt mithin richtig nach Ausführung der Substitution 15).

Umgekehrt ist jede Substitution, welcher man die Gleichung 13) unterwerfen kann, von der Form 15); denn soll das Wurzelpaar $x_{m,m'}$, $x_{\mu,\mu'}$ in irgend ein anderes $x_{n,n'}$, $x_{\nu,\nu'}$ übergehen, so kann man immer $\alpha, \beta, \gamma, \delta$ so bestimmen, dass

$$\begin{matrix} \alpha m + \beta m \equiv n, & \gamma m + \delta m' \equiv n' \\ \alpha\mu + \beta\mu' \equiv \nu, & \gamma\mu + \delta\mu' \equiv \nu' \end{matrix} \quad (mod\,5).$$

Die dritte Wurzel ist dann nicht mehr willkürlich, sondern vollständig bestimmt, wenn die Gleichung 11) oder 13) richtig bleiben soll.

Dieses, in Verbindung mit dem über die Gleichung 14) Bemerkten, lehrt, dass

16) $$R(V_1) = R(V_a) = R(V_b) = \ldots = 0,$$

wenn mit S_1 (identische Substitution), S_a, S_b, ... die verschiedenen in der Form 15) enthaltenen Substitutionen bezeichnet werden, dass aber für die übrigen V, welche anderen Substitutionen entsprechen, $R(V)$ nicht verschwindet.

Die Gleichung, welche $V_1, V_2, \ldots V_N$ zu Wurzeln hat,

$$(V - V_1)(V - V_2)\ldots(V - V_N) = 0$$

oder

17) $$V^N + P_1 V^{N-1} + \ldots + P_N = 0,$$

hat zu Coefficienten $P_1, \ldots P_N$ symmetrische Functionen aller x, also rationale Functionen der Coefficienten der Gleichung 8).

Die gemeinschaftlichen Wurzeln der Gleichung 17) und der folgenden

18) $$R(V) = 0$$

sind nach 16)

$$V_1,\ V_a,\ V_b, \ldots$$

und nur diese. Sucht man also den grössten gemeinschaftlichen Theiler der Ausdrücke 17) und 18), erhält man eine Gleichung

19) $$V^{\nu}+Q_1 V^{\nu-1}+\ldots+Q_{\nu}=0$$

mit rationalen Coefficienten und den Wurzeln $V_1, V_a, V_b, \ldots$.

Auf der Existenz einer solchen Gleichung beruht der Beweis des folgenden Satzes:

Jede rationale Function Ψ der Wurzeln $x_{r,s}$ der Theilungsgleichung, welche durch Anwendung sämmtlicher Substitutionen der Form

$$\left| r,s \quad \alpha r+\beta s,\ \gamma r+\delta s \right|$$

in einen gleichwerthigen übergeht, ist rational durch die Coefficienten der Gleichung ausdrückbar.

Der Voraussetzung nach ist $\Psi=\Psi_1=\Psi_a=\Psi_b=\ldots$, also folgt, wenn man Ψ wieder durch V_1 ausdrückt,

$$\Psi=F(V_1)=F(V_a)=F(V_b)=\ldots$$

oder

$$\Psi=\frac{1}{\nu}[F(V_1)+F(V_a)+F(V_b)+\ldots],$$

d. h. Ψ ist eine symmetrische Function der Wurzeln der Gleichung 19), also eine rationale Function von $Q_1, \ldots Q_{\nu}$, mithin selbst rational.

§ 3. Die Wurzeln der Modulargleichung.

Auf die Wurzeln der Modulargleichung übertragen, giebt der soeben bewiesene Satz, mit Rücksicht auf die Gleichung 7), den folgenden:*

Solche rationale Functionen der Wurzeln $v_{\frac{m'}{m}}$ der Modulargleichung, welche durch Anwendung sämmtlicher Substitutionen der Form

20) $$\left| \frac{m'}{m} \quad \frac{\alpha m'+\beta m}{\gamma m'+\delta m} \right|$$

ungeändert bleiben, sind rationale Functionen von $k^{1/4}$.

Die Substitutionen 20) oder

20) $$\left| \nu \quad \frac{\alpha\nu+\beta}{\gamma\nu+\delta} \right| \quad (\nu=\infty, 0, 1, \ldots 4),$$

mit welchen wir es hier zu thun haben, beziehen sich auf sechs Elemente $v_{\infty}, v_0, v_1, \ldots v_4$, für welche es im Ganzen 720 Substitutionen giebt. Die Zahl der verschiedenen Substitutionen 20) beträgt, wie sich zeigen wird, 120.

Sei erstens $\gamma=0$, dann darf man immer $\delta=1$ setzen, da man für $\delta>1$ durch Multiplication des Zählers und Nenners mit einer geeigneten ganzen Zahl an die Stelle von δ eine Zahl $\equiv 1 \pmod 5$ bringen kann. Man erhält so die 20 Substitutionen

21) $$|\nu \quad \alpha\nu+\beta| \quad (\alpha=1,2,3,4;\ \beta=0,1,2,3,4)$$

* Vgl. Hermite, *l. c.* S. 59.

Zweitens sei γ nicht $\equiv 0\,(mod\,5)$; dann darf man $\gamma = 1$ nehmen und erhält die 100 Substitutionen

$$\left| \nu \quad \frac{\alpha\nu+\beta}{\nu+\delta} \right|,$$

oder

$$\text{22)} \qquad \left| \nu \quad \alpha - \frac{\Delta}{\nu+\delta} \right| \qquad (\Delta = \alpha\delta - \beta)$$

wo α, δ, Δ unabhängig von einander die folgenden Werthe annehmen können:

$$\alpha = 0, 1, 2, 3, 4; \quad \delta = 0, 1, 2, 3, 4; \quad \Delta = 1, 2, 3, 4.$$

Functionen der v, welche, ohne symmetrisch zu sein, den Bedingungen des Galois'schen Satzes genügen, hat Hermite wirklich gebildet. Er beweist den Satz:

Symmetrische Functionen der folgenden fünf Wurzelverbindungen

$$\text{23)} \qquad \begin{cases} (v_\infty - v_0)(v_1 - v_4)(v_2 - v_3) = z_0, \\ (v_\infty - v_1)(v_2 - v_0)(v_3 - v_4) = z_1, \\ (v_\infty - v_2)(v_3 - v_1)(v_4 - v_0) = z_2, \\ (v_\infty - v_3)(v_4 - v_2)(v_0 - v_1) = z_3, \\ (v_\infty - v_4)(v_0 - v_3)(v_1 - v_2) = z_4 \end{cases}$$

ändern sich entweder nicht oder ändern ihr Vorzeichen, wenn man sie den Substitutionen 20) unterwirft.

Die Ausdrücke 23) lassen sich in den einen zusammenfassen

$$\text{24)} \quad z_\lambda = (v_\infty - v_\lambda)(v_{1+\lambda} - v_{4+\lambda})(v_{2+\lambda} - v_{3+\lambda}) \quad (\lambda = 0, 1, 2, 3, 4).$$

Wenn $\lambda > 0$, ist auch

$$z_\lambda = -\left(\frac{\lambda}{5}\right)(v_\infty - v_\lambda)(v_0 - v_{2\lambda})(v_{3\lambda} - v_{4\lambda}),$$

wo $\left(\frac{\lambda}{5}\right) = +1$ oder -1, je nachdem λ Quadratrest $(mod\,5)$ ist oder nicht.

Durch die Substitutionen 21) geht z_λ, wenn man

$$\text{25)} \qquad \alpha\lambda + \beta \equiv \mu\,(mod\,5)$$

setzt, über in

$$(v_\infty - v_\mu)(v_{\alpha+\mu} - v_{4\alpha+\mu})(v_{2\alpha+\mu} - v_{3\alpha+\mu}),$$

d. h. in z_μ, wenn $\alpha = 1$ oder 4, in $-z_\mu$, wenn $\alpha = 2$ oder 3.

Erhält nun der Index λ nach einander die Werthe $0, 1, \ldots 4$, so durchläuft μ dieselben in anderer Reihenfolge, wie aus der Congruenz 25) hervorgeht; symmetrische Functionen der fünf z gehen also, bis auf das Vorzeichen, in sich über.

Noch ist die Wirkung der 100 Substitutionen 22) zu untersuchen. Man darf sich aber auf die 20

$$\text{26)} \qquad \left| \nu \quad \frac{-\Delta}{\nu+\delta} \right|$$

beschränken; denn sobald gezeigt sein wird, dass diese die z in einander überführen, folgt dasselbe für die Substitutionen 22); eine der letzteren hat nämlich genau dieselbe Wirkung, als hätte man zuerst die Substitution 26), dann aber die schon in der Form 21) enthaltene

$$|\nu \quad \nu + \alpha|$$

ausgeführt.

Was nun die Wirkungen der Substitutionen 26) betrifft, so lässt sich leicht zeigen, dass in allen Fällen

$$z_\lambda \text{ übergeht in } \left(\frac{\Delta}{5}\right) . z_\mu,$$

wo sich μ durch die Congruenz

$$(\lambda + \delta)\,\mu \equiv 2\,\Delta \,(mod\, 5)$$

bestimmt. Ersetzt man überall die gebrochenen Indices der v durch ganze (vgl. § 1), so erhält man aus z_λ, je nachdem

$$\lambda + \delta \equiv 0, 1, 2, 3, 4 \,(mod\, 5)$$

ist, die folgenden Ausdrücke:

$$\begin{aligned}
(v_0 - v_\infty)\,(v_{4\Delta} - v_\Delta)\,(v_{2\Delta} - v_{3\Delta}) &= \pm z_0,\\
(v_0 - v_{4\Delta})\,(v_{2\Delta} - v_\infty)\,(v_{3\Delta} - v_\Delta) &= \pm z_{2\Delta},\\
(v_0 - v_{2\Delta})\,(v_{3\Delta} - v_{4\Delta})\,(v_\Delta - v_\infty) &= \pm z_\Delta,\\
(v_0 - v_{3\Delta})\,(v_\Delta - v_{2\Delta})\,(v_\infty - v_{4\Delta}) &= \pm z_{4\Delta},\\
(v_0 - v_\Delta)\,(v_\infty - v_{3\Delta})\,(v_{4\Delta} - v_{2\Delta}) &= \pm z_{3\Delta},
\end{aligned}$$

wo immer das Pluszeichen gilt, wenn $\Delta \equiv 1$ oder 4, das Minuszeichen, wenn $\Delta \equiv 2$ oder 3 $(mod\, 5)$.

Es möge hier der sehr einfache Beweis eines Satzes Platz finden, welchen **Hermite** (*l. c.* S. 8) angiebt und welcher für das Folgende von Wichtigkeit ist.

Die Function z_λ (Function von k) geht, wenn k durch $\frac{1}{k}$ ersetzt wird, über in $\frac{1}{k^{3/4}} . z_{\lambda+1}$.

Geht k über in $\frac{1}{k}$, so geht bekanntlich über

$$K \text{ in } k\,(K + iK'), \quad K' \text{ in } kK',$$

also wegen

$$sin\, coam\left(k u, \frac{1}{k}\right) = \frac{1}{sin\, coam\, u}$$

(*Fundamenta pag* 71) geht über [vgl. den Ausdruck 4)]

$$v_{\frac{m'}{m}} \text{ in } \frac{1}{k^{1/4}}\,\frac{1}{sin\, coam \frac{4}{5}[(m + m')\,iK' + mK]\; sin\, coam \frac{8}{5}[(m + m')\,iK' + mK]}$$

$$v_\varrho \text{ also in } \frac{1}{v_{\varrho+1}}, \quad z_\varrho \text{ in } \frac{-z_{\varrho+1}}{v_\infty\, v_0\, v_1 \ldots v_4}.$$

Das Product der sechs v ist aber gleich dem von v unabhängigen Gliede der Modulargleichung, *also* $= - u^6 = - k^{3/2}$.

Symmetrische Functionen der z sind, wie man sieht, im Allgemeinen nicht symmetrische Functionen der v. Unter ihnen ist eine ausgezeichnet, deren Quadrat man sogleich als eine symmetrische Function der v erkennt, nämlich

$$z_0 z_1 z_2 z_3 z_4 = \Pi (v_r - v_s) = \sqrt{D},$$

das Product der 15 Wurzeldifferenzen; ihr Quadrat, die Discriminante D der Modulargleichung, ist rational in $u = \sqrt[4]{k}$.

Aber man kann ferner zeigen, dass auch $\sqrt{D}$ rational ist und dass infolge dessen die Giltigkeitsbedingungen des Galois'schen Satzes eine Einschränkung gestatten.

§ 4. Die Discriminante der Modulargleichung.

Um das Quadrat D des Productes der 15 Wurzeldifferenzen $v_r - v_s$ der Gleichung

1) $$G = v^6 + 4u^5v^5 + 5u^2v^4 - 5u^4v^2 - 4uv - u^6 = 0$$

zu finden, könnte man nach den gewöhnlichen Regeln der Elimination verfahren, also die Gleichung homogen machen, indem man $\frac{v}{w}$ statt v setzt, mit w^6 multiplicirt, dann aus $\frac{\partial G}{\partial v} = 0$, $\frac{\partial G}{\partial w} = 0$ v und w eliminirt. Dabei ergiebt sich eine zehnreihige Determinante (die man durch eine fünfreihige ersetzen kann, deren Elemente zweireihige Determinanten der Elemente der ersteren sind); die fünf Horizontalreihen, welche von $\frac{\partial G}{\partial w}$ herrühren, haben sämmtlich den Factor u; nach dessen Ausscheidung haben noch die beiden von Null verschiedenen Elemente der letzten Verticalreihe den Factor u, D also den Factor u^6. Da ferner ein Glied der Determinante sechsmal den Factor u^5, viermal den Factor u^6 enthält, so erreicht D den Grad 54.

In dem vorliegenden Falle der sehr speciellen Gleichung sechsten Grades braucht man nun die zehnreihige Determinante nicht wirklich auszurechnen, um ihren Werth zu ermitteln; man kann Werthe von u angeben, für welche die Gleichung 1) mehrfache Wurzeln hat. Abgesehen von dem Falle $u = 0$, in welchem alle sechs Wurzeln $= 0$ werden, hat man

für $u^8 = 1$ $\qquad G = (v + u^5)^4 (v^2 - u^2)$

für $u^8 = -1$ $\qquad G = (v - u^5)^2 (v^4 + 6u^5v^3 - 6u^2v^2 - 6u^7v + u^4)$.

In beiden Fällen besitzt also G einen mehrfachen Factor, daraus kann man bereits schliessen, dass

$$u^6 (u^8 - 1)^{\nu_1} (u^8 + 1)^{\nu_2},$$

wo die Exponenten ν_1, ν_2 noch zu bestimmen sind, ein Factor der Discriminante ist. Für $u = \sqrt[8]{-1}$, $v = u^5$ verschwinden nicht nur G, $\frac{\partial G}{\partial v}$, sondern auch $\frac{\partial G}{\partial u}$, also ist $u-\sqrt[8]{-1}$ Doppelfactor der Discrimante, und $\nu_1=2$. Für $u=\sqrt[8]{1}$ hat die Gleichung nicht nur eine Doppelwurzel, sondern eine fünffache Wurzel $v=-u^5=\mp u$, deshalb ist $u-\sqrt[8]{1}$ vierfacher Factor von D. Der Ausdruck

$$u^6(u^8-1)^4.(u^8+1)^2$$

ist vom Grade 54, also von D nur noch um einen numerischen Factor g_2^2 verschieden. Hieraus folgt, wenn man wieder u durch $k^{1/4}$ ersetzt,

$$27)\qquad \Pi(v_r-v_s)=\sqrt{D}=g_2.k^{3/4}(1-k^2)^2(1+k^2).$$

Bedeutet u_0 eine beliebige achte Einheitswurzel, so werden, wie gezeigt worden, fünf Wurzeln v einander gleich $(=-u_0^5)$, ohne dass $\frac{\partial G}{\partial u}$ verschwindet. Ist nun u wenig von u_0 verschieden, so werden auch fünf Wurzeln v wenig von u_0^5 verschieden sein, und diese können dann entwickelt werden in eine Reihe der Form

$$-u_0^5+\gamma_1.(u-u_0)^{1/5}+\gamma_2(u-u_0)^{2/5}+\ldots,$$

welche für kleine $u-u_0$ fünf wenig von einander verschiedene Wurzeln darstellt. In einem beliebigen der Ausdrücke z_λ werden also zwei Factoren für unendlich kleine $u-u_0$ unendlich klein, wie $(u-u_0)^{1/5}$, oder es bleibt

$$\frac{z_\lambda}{(u-u_0)^{2/5}} \text{ endlich für } u=u_0;$$

und da u_0 eine beliebige achte Einheitswurzel war, so bleibt auch

$$\frac{z_\lambda}{(u^8-1)^{2/5}} \text{ endlich für } u^8=1.$$

Hieraus folgt weiter:

Eine ganze homogene Function n^{ten} Grades der z ist durch $(u^8-1)^{\frac{2n}{5}}$ theilbar, der Art, dass der Quotient für $u^8=1$ nicht unendlich gross wird. Für das Product aller z z. B. hat man $n=5$, also ist $\sqrt{D}$ theilbar durch $(u^8-1)^2$, wie schon oben bemerkt wurde.

Ist F eine symmetrische Function der z, welche durch einen Theil der Substitutionen 20) ihr Zeichen ändert [was nur durch solche Substitutionen geschehen kann, für welche $\alpha\delta-\beta\gamma$ quadratischer Nichtrest (mod 5) ist], so bleibt doch die Function

$$\frac{F}{z_0 z_1 z_2 z_3 z_4}=\frac{F}{\Pi(v_r-v_s)}$$

durch jede der 120 Substitutionen ungeändert, genügt also vollkommen den Bedingungen des Galois'schen Satzes und ist rational. Da aber $\Pi(v_r-v_s)$ rational ist, so muss dasselbe von F gelten, und man hat den Satz:

Alle rationalen Functionen der Wurzeln v_ν der Modulargleichung, welche die 60 Substitutionen

$$\left|\begin{array}{cc} \nu & \frac{\alpha\nu+\beta}{\gamma\nu+\delta} \end{array}\right| \quad [\alpha\delta-\beta\gamma \text{ Quadratrest } (mod\, 5)]$$

zulassen, sind rational in $k^{1/4}$.

Daraus folgt in Verbindung mit dem in § 3 Bewiesenen der folgende Satz, der Angelpunkt der ganzen Theorie:

Rationale symmetrische Functionen von $z_0, z_1, \ldots z_4$ sind rationale Functionen von $k^{1/4}$.

§ 5. Die Gleichung fünften Grades, welcher $z_0, z_1, \ldots z_4$ genügen.

Diese Gleichung sei

$$z^5 + A_1 z^4 + A_2 z^3 + A_4 z + A_5 = 0.$$

Die A_ν sind ganze homogene symmetrische Functionen ν^{ten} Grades von $z_0, z_1, \ldots z_4$; sie sind rationale, und zwar ganze Functionen von $\sqrt[4]{k} = u$, da die v, also auch die z, mit k zugleich unendlich klein werden.

Der Coefficient A_5 ist bereits [Gleichung 27)] bis auf einen numerischen Factor bekannt. Um die übrigen Coefficienten zu finden, wendet Hermite einige Kunstgriffe an, welche die Berechnung mit Leichtigkeit auszuführen erlauben.

Die v haben [vgl. 4)] sämmtlich den Factor $k^{5/4}$, welcher nicht, wie K und K', eindeutig von k^2 abhängt, sondern für ein gegebenes k^2 noch auf acht verschiedene Arten gewählt werden kann. Ersetzt man u durch δu, wo δ eine beliebige achte Einheitswurzel ist, so gehen die v über in $\delta^5 v$, die z also in $\delta^{15} z = \delta^{-1} z$; ist also

$$A_\nu = a u^{\alpha_\nu} + b u^{\beta_\nu} + c u^{\gamma_\nu} + \ldots,$$

so muss auch folgende Gleichung richtig sein:

$$\delta^{-\nu} A_\nu = a\,\delta^{\alpha_\nu} u^{\alpha_\nu} + b\,\delta^{\beta_\nu} u^{\beta_\nu} + c\,\delta^{\gamma_\nu} u^{\gamma_\nu} + \ldots,$$

mithin ist

$$\delta^{\alpha_\nu+\nu} = \delta^{\beta_\nu+\nu} = \ldots = 1 \text{ oder } \alpha_\nu \equiv \beta_\nu \equiv \ldots \equiv 8 - \nu \; (mod\, 8).$$

Hiernach darf man setzen

28) $$A_\nu = u^{\alpha_\nu}(a + b u^8 + c u^{16} + \ldots + h u^{8\varrho_\nu}),$$

wo $\alpha_\nu \equiv 8 - \nu \; (mod\, 8)$.

In § 3 ist bewiesen, dass A_ν in $\frac{A_\nu}{u^{6\nu}}$ übergeht, wenn k durch $\frac{1}{k}$ ersetzt wird. Aus 28) folgt also die Gleichung

$$\frac{A_\nu}{u^{6\nu}} = u^{-\alpha_\nu}(a + b u^{-8} + c u^{-16} + \ldots + h u^{-8\varrho_\nu}),$$

welche nach Multiplication mit $u^{6\nu}$ genau mit 28) übereinstimmen muss; die Vergleichung der niedrigsten Exponenten von u giebt dann

$$8\varrho_\nu = 6\nu - 2\alpha_\nu.$$

Nach dem im vorigen Paragraphen Bewiesenen ist ferner

$$A_\nu \text{ theilbar durch } (1-u^8)^{\nu/4\,\nu},$$

also, da die A_ν ganze Functionen sind,

A_1 und A_2 theilbar durch $1-u^8$
A_3 und A_4 theilbar durch $(1-u^8)^2$.

Sehen wir nun, ob diese Bedingungen, in Verbindung mit den soeben abgeleiteten

$$\alpha_\nu \equiv 8 - \nu \,(mod\, 8), \qquad 8\varrho_\nu = 6\nu - 2\alpha_\nu$$

erfüllt werden können.

Für $\nu = 1$ würde man für ϱ_ν einen negativen Exponenten erhalten, also verschwindet A_1. Für A_2 hätte man $\alpha_\nu = 6$, $\varrho_\nu = 0$; dann aber ist die Bedingung der Theilbarkeit durch $1-u^8$ nicht erfüllt, also verschwindet auch A_2. Für $\nu = 3$ wäre $\alpha_3 = 5$, $\varrho_3 = 1$; aber $u^5(a + bu^8)$ ist nicht theilbar durch $(1-u^8)^2$, daher $A_3 = 0$.

Für $\nu = 4$ ist $\alpha_4 = 4$, $\varrho_4 = 2$; sämmtlichen Bedingungen kann genügt werden durch die Annahme

$$A_4 = g_1 . u^4 (1-u^8)^2 = g_1 . kk'^4,$$

wo nur noch der numerische Factor g_1 zu bestimmen ist.

Die Gleichung fünften Grades hat somit die Jerrard'sche Form

29) $$z^5 + g_1 . kk'^4 . z + g_2 . k^{3/4} k'^4 (1+k^2) = 0.$$

§ 6. Bestimmung der numerischen Coefficienten.

Die Integralmoduln l, wie sie aus der Transformation fünfter Ordnung hervorgehen, hängen ebenso ab von q^5, $q^{1/5}$, $\varepsilon q^{1/5}$, ... $\varepsilon^4 q^{1/5}$ (ε fünfte Einheitswurzel) wie der ursprüngliche Modul k von q abhängt vermöge der Relation

$$k = \left[\frac{\vartheta_2(0,q)}{\vartheta_3(0,q)}\right]^2$$

Aus einer nach Potenzen von q fortschreitenden Reihenentwickelung für $\sqrt[4]{k}$ ergeben sich also leicht die Entwickelungen für die $v = \sqrt[4]{l}$ und sodann auch für die z.

Es ist

30) $$\sqrt[4]{k} = \frac{\sqrt{\vartheta_2(0)\,\vartheta_3(0)}}{\vartheta_3(0)}.$$

Aus der Gleichung

$$\vartheta_2(x, \sqrt{q})\,\vartheta_2(y, \sqrt{q}) = \vartheta_2(x+y)\,\vartheta_3(x-y) + \vartheta_3(x+y)\,\vartheta_2(x-y)$$

folgt sofort

$$\vartheta_2(0)\,\vartheta_3(0) = \tfrac{1}{2}\,\vartheta_2(0, \sqrt{q})^2 = 2\,[q^{1/8}(1+q+q^3+q^6+q^{10}+\dots)]^2,$$

also giebt die Gleichung 30)

31) $$\sqrt[4]{k} = \sqrt{2}\,.\,q^{1/8}\,\frac{1+q+q^3+q^6+q^{10}+\dots}{1+2q+2q^4+2q^9+\dots}.$$

Da

$$\frac{1}{1+2q+2q^4+2q^9+\dots} = 1 - 2q + 4q^2 - 8q^3 + 14q^4 - 24q^5 \dots,$$

so erhält man die Entwickelung

32) $\sqrt[4]{k} = \sqrt{2}\, q^{1/8}(1 - q + 2q^2 - 3q^3 + 4q^4$ ...genden

Setzt man $q = e^{i\pi\tau}$, wo $\tau = \frac{iK'}{K}$, so erhält

nirt durch die Hermite'sche φ-Function, näm-

$$\varphi(\tau) = \frac{\sum_{-\infty}^{\infty} e^{(2m^2+m)i\pi\tau}}{\sum_{-\infty}^{\infty} e^{m^2 . i\pi\tau}} \sqrt{2}$$ ... von k

... n, bilde

Die Function $\varphi(\tau)$ hat, wie man sieht, die I

Zwei Wurzeln der Modulargleichung erhä

5τ und durch $\frac{\tau}{5}$ ersetzt; da aber

$$\varphi(\tau) = \varphi(\tau + 16) = \ldots = \varphi$$

so erhält man neben $\varphi\left(\frac{\tau}{5}\right)$ als gleichberech

gleichung

$$\varphi\left(\frac{\tau + 16}{5}\right),\quad \varphi\left(\frac{\tau + 2.16}{5}\right),\quad \varphi\left(\frac{\tau +}{}\right.$$

und zwar ist

$$-\varphi(5\tau) = v_0, \quad \varphi\left(\frac{\tau}{5}\right) = v_\infty,$$

also

33) $z_0 = \left[\varphi\left(\frac{\tau}{5}\right) + \varphi(5\tau)\right]\left[\varphi\left(\frac{\tau + 1.16}{5}\right)\right.$ - 38

Die Entwickelung 32) soll zur Abk

32) $$\sqrt[4]{k} = \sqrt{2} . q^{1/8}$$

bezeichnet werden; ferner setze man f

$$q^{\frac{1}{40}} = p;\quad \cos\frac{2\pi}{5}$$ is

Geht τ über in $\frac{\tau + \nu.16}{5}$, s

$e^{\frac{i\pi\tau}{40}} . e^{\frac{2\pi i}{5}\nu} = \varepsilon^\nu . q^{1/40}$, während q überg

ergiebt

$$\varphi\left(\frac{\tau + \nu.16}{5}\right) = \sqrt{2} . q$$

Für den zweiten und dritten F

hiernach

---

* Vergl. Enneper, Ellipt. Func

fortgesetzt ist.

$$\varphi\left(\frac{\tau+16}{5}\right)-\varphi\left(\frac{\tau+64}{5}\right)$$
$$=\sqrt{2}\,.\,q^{1/40}.\,\Sigma c_s p^s.(\varepsilon^{3s+1}-\varepsilon^{2s+4})=\sqrt{2}\,.\,q^{1/40}.\,[(\varepsilon-\varepsilon^4)A+(\varepsilon^2-\varepsilon^3)B],$$
$$\varphi\left(\frac{\tau+48}{5}\right)-\varphi\left(\frac{\tau+32}{5}\right)$$
$$=\sqrt{2}\,.\,q^{1/40}.\,\Sigma c_s p^s.(\varepsilon^{4s+3}-\varepsilon^{s+2})=\sqrt{2}\,.\,q^{1/40}.\,[(\varepsilon-\varepsilon^4)B-(\varepsilon^2-\varepsilon^3)A],$$

wo A und B folgende Bedeutung haben:

$$A=\Sigma c_{5s}p^{5s}-\Sigma c_{5s+1}p^{5s+1}=1+p-6p^5-9p^6\ldots,$$
$$B=\Sigma c_{5s+2}p^{5s+2}-\Sigma c_{5s+4}p^{5s+4}=2p^2-4p^4-12p^7\ldots.$$

Beachtet man, dass

$$(\varepsilon-\varepsilon^4)(\varepsilon^2+\varepsilon^3)=(\varepsilon-\varepsilon^4)^2-(\varepsilon^2-\varepsilon^3)^2=-\sqrt{5}.$$

so giebt die Ausführung der Multiplication

$$2q^{1/40}.\sqrt{5}.(A^2-B^2-AB)$$

oder, nach Einsetzen der Reihenausdrücke,

$$2\sqrt{5}.q^{1/40}.(1+2p-p^2-2p^3-8p^5\ldots).$$

Um z_0 zu erhalten, hat man noch diese Reihe zu multipliciren mit dem ersten Factor des Ausdrucks 33), also mit

$$\sqrt{2}.q^{1/40}[p^3(1-p^{25}\ldots)+1-p+2p^2-3p^3+4p^4-6p^5\ldots];$$

schreibt man dann wieder $q^{1/5}$ statt p, so hat man die gesuchte Entwickelung

$$34)\qquad z_0=\sqrt{2}^3\sqrt{5}q^{3/40}.(1+q^{1/5}-q^{2/5}+q^{3/5}-8q^{5/5}\ldots),$$

eine eindeutige Function von τ, wenn man nur immer $q^{\frac{m}{n}}$ durch $e^{\frac{i\pi\tau.m}{n}}$ ersetzt denkt. Die übrigen z erhält man, wenn $\tau+16\nu$ an die Stelle von τ tritt, wodurch sowohl $q^{3/40}$ als $q^{1/5}$ den Factor $\varepsilon^{3\nu}$ annehmen, und da ε^3 wieder eine fünfte Einheitswurzel ist, so sind $z_0, z_1, \ldots z_4$ sämmtlich in der Form enthalten

$$35)\quad z=\sqrt{2}^3\sqrt{5}.q^{3/40}.\varepsilon^\nu(1+\varepsilon^\nu q^{1/5}-\varepsilon^{2\nu}q^{2/5}+\varepsilon^{3\nu}q^{3/5}-8\varepsilon^{5\nu}q^{5/5}\ldots)$$
$$(\nu=0,1,2,3,4).$$

Aus 34) folgt

$$z_0^4=2^6.5^2.q^{3/10}(1+4q^{1/5}+2q^{2/5}-4q^{3/5}\ldots),$$

es sind also die z^4 in der Form enthalten

$$36)\qquad 2^6.5^2.q^{3/10}.\varepsilon^{4\nu}(1+4\varepsilon^\nu q^{1/5}+2\varepsilon^{2\nu}q^{2/5}\ldots).$$

Mittelst dieser Entwickelungen kann man leicht die in A_4, A_5 vorkommenden numerischen Coefficienten bestimmen.

Nach den Newton'schen Formeln ist, wenn s_h die Summe der h^{ten} Wurzelpotenzen bedeutet,

$$A_4=\tfrac{1}{24}(s_1^4-6s_1^2s_2+8s_1s_3+3s_2^2-6s_4);$$

hier verschwinden aber wegen $A_1=A_2=A_3=0$ auch s_1, s_2, s_3, so dass

$$A_4=-\tfrac{1}{4}s_4=-\tfrac{1}{4}\sum_{\nu=0}^{\nu=4}z_\nu^4.$$

Das Anfangsglied in der Entwickelung von A_4 nach steigenden gebrochenen Potenzen von q ist mithin nach 36)

$$-\tfrac{1}{4}.5.2^6.5^2.4\,q^{3/10+1/5} = -2^6.5^3.q^{1/2};$$

da

$$q = \frac{k^2}{16} + \frac{k^4}{32} + \ldots,$$

so ist das Anfangsglied in der Entwickelung nach Potenzen von k

$$-2^4.5^3.k,\quad \text{also ist } g_1 = -2^4.5^3.$$

Um das Anfangsglied von $A_5 = -z_0 z_1 z_2 z_3 z_4$ zu erhalten, bilde man das Product der fünf Ausdrücke 35); man findet

$$-\sqrt{2}^{15}.\sqrt{5}^5.q^{3/8}\ldots = -\sqrt{2}^{12}.\sqrt{5}^5.k^{3/4}\ldots;$$

hieraus

$$g_2 = -2^6.\sqrt{5}^5.$$

Die Gleichung fünften Grades ist demnach folgende:

37) $$z^5 - 2^4.5^3.kk'^4.z - 2^6.\sqrt{5}^5.k^{3/4}.k'^4.(1+k^2) = 0.$$

Setzt man

$$z = 2.5^{3/4}.k^{1/4}.k'x,\quad \frac{2}{\sqrt[4]{5}^5}.\frac{1+k^2}{k'\sqrt{k}} = a,$$

so nimmt sie die einfachere Form an

38) $$x^5 - x - a = 0,$$

und es hängt k mit a zusammen durch die Gleichung

39) $$k^4 + a^2\frac{\sqrt{5}^5}{4}(k^3 - k) + 2k^2 + 1 = 0.$$

Ist also eine Gleichung fünften Grades in der Form 38) gegeben, so nehme man als Integralmodul eine Wurzel der Gleichung 39), womit auch K und K' bestimmt sind. Die Wurzeln der Gleichung 38) können dann durch die v, also nach 7) durch die Functionen

$$\sin am \frac{m.4K + m'.4iK'}{5}$$

ausgedrückt werden. Will man sie wirklich berechnen, so muss man den zu k gehörigen Thetamodul q ermitteln und von den Reihenentwickelungen 35) Gebrauch machen, welche in der angegebenen Weise beliebig weit fortgesetzt werden können.

VIII.

Deformation eines elastischen geknickten Stromleiters unter Einwirkung des Erdmagnetismus.

Von

Dr. NIEMÖLLER

in Eisenach.

I.

Unter den elektrodynamischen Versuchen sind namentlich diejenigen von besonderem Interesse, welche die Wirkung eines geschlossenen Stromes auf einen beweglichen Theil eines anderen Stromes erkennen lassen. In Folgendem werde ich einen Versuch beschreiben, mit welchem man noch einfacher und augenscheinlicher, als wie mit dem Ampère-schen Rechteck, die Wirkung eines geschlossenen Stromes oder eines Magneten auf einen beweglichen Stromtheil zeigen kann.

Man knicke einen 1500 bis 2000 mm langen, etwa 1 mm dicken Draht in der Mitte so, dass beide Drahthälften einen rechten Winkel einschliessen. Die beiden freien Enden klemme man zwischen zwei Holzleisten so ein, dass der Draht mit den Holzleisten ein gleichschenklig-rechtwinkliges Dreieck bildet. Die eingeklemmten Enden schalte man in den Kreis eines Stromes ein, welcher bequem commutirt werden kann. Bringt man die Ebene des Dreiecks in den Meridian unter wagerechter oder schräger Stellung der Holzleisten, so erfährt der Draht beim Stromschluss durch den Erdmagnetismus eine Ablenkung. Durch wiederholtes rechtzeitiges Commutiren des Stromes kann man den Draht in starke Schwingungen versetzen. — Die Wirkung zweier paralleler Ströme auf einander zeigt man dadurch, dass man parallel mit diesem Draht einen zweiten Draht anbringt und die Wirkung des Erdmagnetismus durch einen Magneten neutralisirt. Auch in diesem Falle kann man die Schwingungen so stark machen, dass sie einem grösseren Auditorium sichtbar sind. Das Princip der Gleichheit von Action und Reaction zeigt man, indem man abwechselnd bald den einen, bald den anderen Draht festhält.

Bei einem mit Messingdraht angestellten Versuche war die Länge l jeder Drahthälfte von der Knickstelle bis zur Befestigungsstelle = 800 mm.

Der Elasticitätscoefficient E der Drahtsorte bestimmte sich aus der Beobachtung des Longitudinaltones eines 1500 mm langen stark gespannten Drahts in absolutem Maass zu $0,8374.10^{14}$, wenn als Einheiten der Zeit und der Länge die Secunde und das Millimeter angesehen werden. (In gewöhnlichem Maass ist $E = \frac{0,8375.10^{14}}{0,981.10^{10}} = 8540 \frac{\text{Kgr}}{\square\,\text{mm}}$, welcher Werth mit dem in den Tabellen gegebenen ziemlich übereinstimmt.) Eine Drahtlänge von 600 mm verlor im Wasser 1085 mgr, der Radius des Drahtquerschnitts ist also $= \sqrt{\frac{1085}{600\pi}} = 0,7587$ mm. Die Ebene des Dreiecks war im Meridian, die Holzleiste bildete einen Winkel von 45^0 mit der Horizontalebene, so dass die eine Hälfte des Drahts vertical, die andere horizontal hing. Die Richtung des horizontalen Drahts von der Befestigungsstelle zur Knickstelle gab die Nordrichtung an. Die Ablenkung des horizontalen Drahts wurde mit einem Mikroskop beobachtet, nachdem derselbe behufs Erzielung einer ruhigen Einstellung mit Korkstückchen versehen war, die auf Wasser schwammen. Im Abstande 400 mm von dem Befestigungspunkt war die Ablenkung $= 0,017$ mm, im Abstande 615 mm war sie $= 0,034$ mm Im magnetischen Maass war die Stromstärke $i = 9,988$.

II.

Um die Ablenkung zu berechnen, werde ich zunächst allgemein die Bedingungen herleiten, welche an der Knickstelle erfüllt sein müssen. — Wir denken uns nahe an der Knickstelle sowohl die eine Hälfte, als auch die andere durchschnitten, und zwar soll jede Schnittfläche senkrecht stehen auf der Schwerpunktslinie des betreffenden Drahtes. Es bleibt dann ein aus zwei unendlich kleinen Cylindern bestehendes Element übrig, welches die Knickstelle enthält. Bei der Deformation müssen für dieses Element folgende Bedingungen gelten:

A. Die Kräfte, welche auf das Element an den Schnittflächen wirken müssen, wenn Gleichgewicht bestehen soll, entgegengesetzt gleich sein.

B. Die an beiden Schnittflächen wirkenden Drehungsmomente müssen entgegengesetzt gleich sein.

C. Das Element behält wegen seiner geringen Grösse seine Gestalt bei.

D. Die Continuität des ganzen Drahts muss gewahrt bleiben, d. h. die Coordinaten der Enden beider Drahthälften an der Knickstelle müssen während der Deformation gleich bleiben.

Bei der mathematischen Formulirung dieser Bedingungen werde ich die Theorie der Deformation elastischer Drähte, wie sie im Lehrbuch von Clebsch gegeben ist, als bekannt voraussetzen. Betrachten wir zunächst blos eine Drahthälfte. Die Entfernung eines Punktes der Schwerpunktslinie dieser Drahthälfte vom Befestigungspunkte sei s, s wachse in der

Richtung vom Befestigungspunkte nach der Knickstelle. Im Punkte s wird mit dem Körper ein Coordinatensystem (x, y, z) fest verbunden, dessen z-Axe Tangente ist an der Schwerpunktslinie und positiv ist in der Richtung der wachsenden s. Die x- und y-Axe fällt vor der Deformation mit je einer Hauptachse des durch s gelegten Querschnittes zusammen. Es seien ferner ξ, η, ζ die Coordinaten des Punktes s, bezogen auf ein im Raum festes System; die Richtungscosinusse der x Axe gegen die Axe der ξ, η, ζ seien $\alpha_1, \beta_1, \gamma_1$; die Richtungscosinusse der y- und z-Axe gegen die festen Axen seien resp. $\alpha_2, \beta_2, \gamma_2$ und α, β, γ. Nach der Deformation gehe α_1 über in $\alpha_1+\alpha'_1$, β_1 in $\beta_1+\beta'_1$ etc. Wir nehmen ferner an, dass die Deformation eine sehr geringe sei, dann sind die mit Strichen versehenen Grössen im Allgemeinen unendlich klein gegen die entsprechenden Grössen ohne Striche. $\Xi\, ds\, dx\, dy$, $H\, ds\, dx\, dy$, $Z\, ds\, dx\, dy$ seien die Componenten der äusseren Kräfte, die auf ein Volumelement $ds\, dx\, dy$ nach der ξ-, η-, ζ-Axe wirken; wir nehmen an, dass Ξ, H und Z nur von s abhängen. Ferner wollen wir annehmen, dass der Querschnitt q nahezu kreisförmig sei und symmetrisch in Bezug auf die Hauptaxen. Wir führen dann noch folgende Bezeichnungen ein:

$$U=\Xi q,\quad V=Hq,\quad W=Zq,\quad \lambda^2=\int\frac{x^2\,dq}{q},\quad \varkappa^2=\int\frac{y^2\,dq}{q},\quad \vartheta^2=\frac{\varkappa^2+\lambda^2}{2(1+\mu)}.$$

Clebsch zeigt § 57, dass den Bedingungsgleichungen zwischen den Cosinus entsprochen wird, wenn wir setzen

$$1)\quad \begin{array}{l|l|l} \alpha'_1=\pi_2\alpha-\pi\alpha_2 & \alpha'_2=\pi\alpha_1-\pi_1\alpha & \alpha'=\pi_1\alpha_2-\pi_2\alpha_1 \\ \beta'_1=\pi_2\beta-\pi\beta_2 & \beta'_2=\pi\beta_1-\pi_1\beta & \beta'=\pi_1\beta_2-\pi_2\beta_1 \\ \gamma'_1=\pi_2\gamma-\pi\gamma_2 & \gamma'_2=\pi\gamma_1-\pi_1\gamma & \gamma'=\pi_1\gamma_2-\pi_2\gamma_1. \end{array}$$

Die Componenten der äusseren Kräfte, welche auf die Fläche des durch s gelegten Querschnitts wirken, seien A, B, C, genommen resp. nach den Axen der x, y und z. Diese Componenten sind bestimmt durch die Gleichungen

$$2)\quad \begin{aligned} A\alpha_1+B\alpha_2+C\alpha&=\int_s^l U\,ds+K,\\ A\beta_1+B\beta_2+C\beta&=\int_s^l V\,ds+L,\\ A\gamma_1+B\gamma_2+C\gamma&=\int_s^l W\,ds+M. \end{aligned}$$

K, L, M sind Constanten, welche offenbar die nach den festen Axen genommenen Componenten der Kräfte sind, welche an der Knickstelle auf die Endfläche des Drahtes wirken.

Die Grössen π, π_1 und π_2 bestimmen sich aus den Gleichungen

$$3)\quad Eq\,\varkappa^2\frac{d^2\pi_1}{ds^2}=-B,\quad Eq\,\lambda^2\frac{d^2\pi_2}{ds^2}=A,\quad Eq\,\vartheta^2\frac{d^2\pi}{ds^2}=0.$$

Geht ds bei der Deformation über in $ds(1+\sigma)$, so wird $\sigma = \frac{C}{Eq}$; die unendlich kleinen Verschiebungen des Punktes s nach den drei festen Axen sind dann

$$\xi' = \int_0^s (\pi_1 \alpha_2 - \pi_2 \alpha_1 + \sigma \alpha)\, ds,$$

4)
$$\eta' = \int_0^s (\pi_1 \beta_2 - \pi_2 \beta_1 + \sigma \beta)\, ds,$$

$$\zeta' = \int_0^s (\pi_1 \gamma_2 - \pi_2 \gamma_1 + \sigma \gamma)\, ds.$$

Da der Draht am Ende eingeklemmt ist, so müssen hierfür die Grössen α_1, β_1, γ_1 etc. verschwinden, das heisst, die Grössen π_1, π_2 und π müssen für $s=0$ verschwinden.

Bei der Integration der Gleichungen 3) bleiben also noch drei Integrationsconstanten willkürlich; ausser diesen sind noch unbestimmt K, L und M, so dass noch sechs Constanten unbestimmt bleiben.

Wir denken uns nun für die zweite Drahthälfte dasselbe Formelsystem aufgestellt, indem wir auch hier annehmen, dass s von der Befestigungsstelle zur Knickstelle wächst. Die Bezeichnungen für diese Drahthälfte seien folgende:

statt	α, β, γ etc.	schreiben wir	a, b, c
„	α', β', γ' etc.	„ „	a', b', c'
„	π, π_1, π_2	„ „	p, p_1, p_2
„	x, y, z	„ „	x_1, y_1, z_1
„	ξ', η', ζ'	„ „	$\xi'_1, \eta'_1, \zeta'_1$
„	A, B, C	„ „	A_1, B_1, C_1
„	U, V, W	„ „	U_1, V_1, W_1
„	K, L, M	„ „	K_1, L_1, M_1.

Auch bei dieser Drahthälfte bleiben sechs Constanten willkürlich, so dass die Anzahl der zu bestimmenden Constanten 12 beträgt.

Nach der Bedingung A. haben wir nun $K+K_1=0$, $L+L_1=0$, $M+M_1=0$, so dass die Gleichungen für A_1, B_1 und C_1 lauten:

$$A_1 a_1 + B_1 a_2 + C_1 a = \int_s^l U_1\, ds - K,$$

5)
$$A_1 b_1 + B_1 b_2 + C_1 b = \int_s^l V_1\, ds - L,$$

$$A_1 c_1 + B_1 c_2 + C_1 c = \int_s^l W_1\, ds - M.$$

Um die Bedingung B. auszudrücken, bezeichnen wir, bezogen auf die festen Raumaxen, mit N, P, Q die Componenten der Drehungsmomente, welche auf die Endfläche der ersten Drahthälfte wirken. N, P, Q bestimmen sich aus:

$$N\alpha_1 + P\beta_1 + Q\gamma_1 = Eq\varkappa^2 \frac{d\pi_1}{ds}$$

$$6)\qquad N\alpha_2 + P\beta_2 + Q\gamma_2 = Eq\lambda^2 \frac{d\pi_2}{ds}$$

$$N\alpha + P\beta + Q\gamma = Eq\vartheta^2 \frac{d\pi}{ds},$$

wo überall statt s zu setzen ist l.

Auf die anliegende Fläche des ausgeschnittenen mittleren Elements wirken dann die Componenten $-N$, $-P$, $-Q$.

Wir wollen ferner festsetzen, dass das in der zweiten Drahthälfte festgelegte System (x_1, y_1, z_1) sich nicht durch Drehung und Verschiebung mit dem festen System zur Deckung bringen lasse, sodass also die Determinante $\begin{vmatrix} a_1 & a_2 & a \\ b_1 & b_2 & b \\ c_1 & c_2 & c \end{vmatrix} = -1$ ist. Wir geben nun für den Augenblick sämmtlichen Axen der Coordinaten x_1, y_1 und z_1 die entgegengesetzte Richtung, so dass die neuen Axen die Richtungscosinusse $-a_1$, $-b_1$, $-c_1$ etc. haben. Die neue z_1-Axe ist dann positiv nach der Richtung von der Knickstelle zur Befestigungsstelle. Das neue Coordinatensystem lässt sich dann mit dem festen zur Deckung bringen. Lassen wir noch für den Augenblick s in der Richtung nach der Befestigungsstelle wachsen, so wirken auf die der zweiten Drahthälfte anliegende Fläche des ausgeschnittenen Elementes die Componenten N_1, P_1, Q_1, die sich aus den Gleichungen bestimmen:

$$N_1(-a_1) + P_1(-b_1) + Q_1(-c_1) = Eq\varkappa^2 \frac{dp_1}{ds}$$

$$N_1(-a_2) + P_1(-b_2) + Q_1(-c_2) = Eq\lambda^2 \frac{dp_2}{ds}$$

$$N_1(-a) + P_1(-b) + Q_1(-c) = Eq\vartheta^2 \frac{dp}{ds}.$$

Vertauschen wir jetzt wieder die Richtung von s, so werden auch die rechten Seiten das $-$Zeichen bekommen. Gemäss der Bedingung B. müssen die Gleichungen stattfinden: $-N + N_1 = 0$, $-P + P_1 = 0$, $-Q + Q_1 = 0$.

Lassen wir noch den Factor Eq fort, so erhalten wir

$$\varkappa^2 \alpha_1 \frac{d\pi_1}{ds} + \lambda^2 \alpha_2 \frac{d\pi_2}{ds} + \vartheta^2 \alpha \frac{d\pi}{ds} = \varkappa^2 a_1 \frac{dp_1}{ds} + \lambda^2 a_2 \frac{dp_2}{ds} + \vartheta^2 a \frac{dp}{ds},$$

$$\varkappa^2 \beta_1 \frac{d\pi_1}{ds} + \lambda^2 \beta_2 \frac{d\pi_2}{ds} + \vartheta^2 \beta \frac{d\pi}{ds} = \varkappa^2 b_1 \frac{dp_1}{ds} + \lambda^2 b_2 \frac{dp_2}{ds} + \vartheta^2 b \frac{dp}{ds},$$

$$\varkappa^2 \gamma_1 \frac{d\pi_1}{ds} + \lambda^2 \gamma_2 \frac{d\pi_2}{ds} + \vartheta^2 \gamma \frac{d\pi}{ds} = \varkappa^2 c_1 \frac{dp_1}{ds} + \lambda^2 c_2 \frac{dp_2}{ds} + \vartheta^2 c \frac{dp}{ds}.$$

Multipliciren wir diese Gleichungen resp. mit α_1, β_1, γ_1, ferner mit α_2, β_2, γ_2 und α, β, γ, und addiren, so erhalten wir

$$\varkappa^2 \frac{d\pi_1}{ds} = \varkappa^2 \cos(x, x_1) \frac{dp_1}{ds} + \lambda^2 \cos(x, y_1) \frac{dp_2}{ds} + \vartheta^2 \cos(x, z_1) \frac{dp}{ds},$$

$$7) \quad \lambda^2 \frac{d\pi_2}{ds} = \varkappa^2 \cos(y, x_1) \frac{dp_1}{ds} + \lambda^2 \cos(y, y_1) \frac{dp_2}{ds} + \vartheta^2 \cos(y, z_1) \frac{dp}{ds},$$

$$\vartheta^2 \frac{d\pi}{ds} = \varkappa^2 \cos(z, x_1) \frac{dp_1}{ds} + \lambda^2 \cos(z, y_1) \frac{dp_2}{ds} + \vartheta^2 \cos(z, z_1) \frac{dp}{ds}.$$

Das System gilt nur, wenn das Coordinatensystem (x_1, y_1, z_1) sich mit dem festen System oder mit dem System x, y, z nicht zur Deckung bringen lässt. Die Determinante $\begin{vmatrix} \cos(x x_1) & \cos(x y_1) & \cos(x z_1) \\ \cos(y x_1) & \cos(y y_1) & \cos(y z_1) \\ \cos(z x_1) & \cos(z y_1) & \cos(z z_1) \end{vmatrix}$ muss also $= -1$ sein.

Um die Bedingung $C.$ zu erfüllen, haben wir auszudrücken, dass die Winkel, welche die Axen x, y, z mit den Axen x_1, y_1, z_1 bilden zu beiden Seiten des ausgeschnittenen Elements, bei der Deformation ungeändert bleiben. Also muss

$$a_1 \alpha_1 + b_1 \beta_1 + c_1 \gamma_1 = (a_1 + a'_1)(\alpha_1 + \alpha'_1) + (b_1 + b'_1)(\beta_1 + \beta'_1) + (c_1 + c'_1)(\gamma_1 + \gamma'_1)$$

sein, oder, da wir nur sehr kleine Deformationen betrachten,

$$0 = \alpha_1 a'_1 + a_1 \alpha'_1 + \beta_1 b'_1 + b_1 \beta'_1 + \gamma_1 c'_1 + c_1 \gamma'_1.$$

Benutzen wir die Formel 1), so geht diese Bedingung über in

$$p_2 \cos(x, z_1) + \pi_2 \cos(z, x_1) = p \cos(x, y_1) + \pi \cos(y, x_1).$$

Die acht anderen Gleichungen sind

$$8) \quad \begin{aligned} p_2 \cos(y z_1) + \pi \cos(x x_1) &= p \cos(y y_1) + \pi_1 \cos(z x_1), \\ p_2 \cos(z z_1) + \pi_1 \cos(y x_1) &= p \cos(z y_1) + \pi_2 \cos(x x_1), \\ p \cos(x x_1) + \pi_2 \cos(z y_1) &= p_1 \cos(x z_1) + \pi \cos(y y_1), \\ p \cos(y x_1) + \pi \cos(x y_1) &= p_1 \cos(y z_1) + \pi_1 \cos(z y_1), \\ p \cos(z x_1) + \pi_1 \cos(y y_1) &= p_1 \cos(z z_1) + \pi_2 \cos(x y_1), \\ p_1 \cos(x y_1) + \pi_2 \cos(z z_1) &= p_2 \cos(x x_1) + \pi \cos(y z_1), \\ p_1 \cos(y y_1) + \pi \cos(x z_1) &= p_2 \cos(y x_1) + \pi_1 \cos(z z_1), \\ p_1 \cos(z y_1) + \pi_1 \cos(y z_1) &= p_2 \cos(z x_1) + \pi_2 \cos(x z_1). \end{aligned}$$

Von diesen neun Gleichungen sind nur drei von einander unabhängig.

Die Bedingung $D.$ erfüllen wir durch Gleichsetzung der drei Ausdrücke 4) mit den entsprechenden drei anderen für die andere Drahthälfte.

Die Anzahl der aufgestellten Bedingungsgleichungen genügt gerade, um die Integrationsconstanten zu bestimmen.

III.

Obige Formeln wollen wir jetzt zur Berechnung der Ablenkung des im Versuch benutzten Drahtes anwenden. Die $\zeta\xi$-Ebene falle zusammen mit der Meridianebene; wir haben dann die Ablenkung η' der einzelnen Punkte des Drahtes zu berechnen. Die z-Axe ist nach der Knickstelle gerichtet, die y-Axe soll parallel der η-Axe sein. Die x-Axe soll so gerichtet sein, dass sich das System zur Deckung bringen lässt mit dem festen. In der zweiten Drahthälfte sei wieder die z-Axe nach der Knickstelle gerichtet, die y_1-Axe sei entgegengesetzt der η-Axe; die z_1-Axe ist so zu wählen, dass das System sich nicht mit dem festen zur Deckung bringen lässt. Die Cosinus haben dann an der Knickstelle folgende Werthe:

$$\begin{array}{l|ll} \cos x x_1 = 0 & \cos y x_1 = 0, & \cos z x_1 = -1, \\ \cos x y_1 = 0 & \cos y y_1 = -1, & \cos z y_1 = 0, \\ \cos x z_1 = 1 & \cos y z_1 = 0, & \cos z z_1 = 0. \end{array}$$

Das feste System $\xi\eta\zeta$ soll gleichgerichtet sein mit dem System (x, y, z), dann ist

$$\begin{array}{lll} \alpha_1 = 1, & \alpha_2 = 0, & \alpha = 0, \\ \beta_1 = 0, & \beta_2 = 1, & \beta = 0, \\ \gamma_1 = 0, & \gamma_2 = 0, & \gamma = 1, \end{array}$$

ferner

$$\begin{array}{lll} a_1 = 0, & a_2 = 0, & a = 1, \\ b_1 = 0, & b_2 = -1, & b = 0, \\ c_1 = -1, & c_2 = 0, & c = 0. \end{array}$$

Die Bedingungen 7) gehen über in

$$9) \qquad \varkappa^2 \frac{d\pi_1}{ds} = \vartheta^2 \frac{dp}{ds}, \quad \frac{d\pi_2}{ds} = -\frac{dp_2}{ds}, \quad \vartheta^2 \frac{d\pi}{ds} = -\varkappa^2 \frac{dp_1}{ds},$$

die Bedingungen 8) in

$$10) \qquad p = -\pi_1, \quad p_1 = \pi, \quad p_2 = \pi_2.$$

Wir können annehmen, dass V und V_1 von s unabhängig seien, die zweite der Gleichungen 2) liefert dann $B = V(l - s) + L$.

Aus der ersten der Gleichungen 3) findet sich, wenn a_0 eine Constante ist,

$$E q \varkappa^2 \frac{d\pi_1}{ds} = V\left(\frac{s^2}{2} - l s\right) - L s - a_0,$$

also ist

$$E q \varkappa^2 \pi_1 = V\left(\frac{s^3}{6} - \frac{l s^2}{2}\right) - \frac{L s^2}{2} - a_0 s.$$

Die Ablenkung η' berechnet sich aus der zweiten der Gleichungen 4), $\eta' = \int_0^s \varkappa_1 ds$, also ist

11) $$E q \varkappa^2 \eta' = \frac{V s^4}{24} - \frac{V l s^3}{6} - \frac{L s^3}{6} - a_0 \frac{s^2}{2},$$

an der Knickstelle ist

12) $$E q \varkappa^2 \eta' = -\frac{V l^4}{8} - \frac{L l^3}{6} - a_0 \frac{l^2}{2}.$$

Aus 5) findet man

$$-B_1 = V_1(l - s) - L,$$

also ist

$$E q \varkappa^2 p_1 = -V_1\left(\frac{s^3}{6} - \frac{s^2 l}{2}\right) - \frac{L s^2}{2} - b_0 s,$$

η_1' ist $= -\int_0^s p_1 ds$, also

$$E q \varkappa^2 \eta_1' = V_1\left(\frac{s^4}{24} - \frac{l s^3}{6}\right) + \frac{L s^3}{6} + \frac{b_0 s^2}{2}.$$

An der Knickstelle ist

13) $$E q \varkappa^2 \eta_1' = -\frac{V_1 l^4}{8} + \frac{L l^3}{6} + \frac{b_0 l^2}{2}.$$

Da η' und η_1' nach $D.$ gleich sein müssen, so erhalten wir durch Subtraction von 12) und 13)

14) $$0 = (V - V_1)\frac{l^2}{8} + \frac{L l}{3} + \frac{a_0 + b_0}{2}.$$

Nach der dritten von den Gleichungen 3) können wir setzen

$$E q \vartheta^2 \pi = A s, \quad E q \vartheta^2 p = B s,$$

wo A und B Constanten sind.

Nach den Gleichungen 9) ist

15) $$B = -\frac{V l^2}{2} - L l - a_0, \quad A = -\frac{V_1 l^2}{2} + L l + b_0.$$

Nach den Gleichungen 10) ist

16) $$A = \alpha\left(\frac{V_1 l^2}{3} - \frac{L l}{2} - b_0\right), \quad B = \alpha\left(\frac{V l^2}{3} + \frac{L l}{2} + a_0\right),$$

17) $$\alpha \text{ ist } = \frac{\vartheta^2}{\varkappa^2}.$$

Wir kehren die Vorzeichen der zweiten Gleichungen 15) und 16) um, durch Addition sämmtlicher Gleichungen 15) und 16) erhält man

18) $$0 = (V - V_1) l^2 \left(\frac{1}{2} + \frac{\alpha}{3}\right) + L l (2 + \alpha) + (a_0 + b_0)(1 + \alpha).$$

Aus 14) und 18) findet sich

19) $$L = -\frac{1}{4}(V - V_1) . l . \frac{3 + \alpha}{4 + \alpha}.$$

Die erste der Gleichungen 15) combinirt mit der zweiten der Gleichungen 16), liefert

20) $$-a_0 = \frac{\frac{1}{2}(V l + 2 L) + \frac{\alpha}{6}(2 V l + 3 L)}{1 + \alpha}.$$

Die Gleichungen 11), 19) und 20) lassen η' in jedem Punkte berechnen. Die Ablenkung an der Knickstelle ist $=\frac{(V+V_1)l^4(3+\alpha)}{48\,Eq\varkappa^2(1+\alpha)}$.

Bei kreisförmigem Querschnitt ist $q\varkappa^2=\frac{r^4\pi}{4}$ und $\alpha=\frac{\vartheta^2}{\varkappa^2}=\frac{1}{1+\mu}$.

Wir wollen nach Poisson's Annahme $\mu=\frac{1}{4}$ setzen, dann ist $\alpha=0{,}8$.

Ist G die absolute Intensität des Erdmagnetismus, x der Inclinationswinkel, so ist nach dem Biot-Savart'schen Gesetz

$$V=Gi\sin x,\quad V_1=Gi\cos x.$$

Ist ferner T die Horizontalintensität des Erdmagnetismus, so ist

$$G=\frac{T}{\cos x},$$

also ist

$$V=Ti\,\mathrm{tang}\,x,\quad V_1=Ti.$$

Wir wollen annehmen, dass $x=67^0$ sei und $T=1{,}84$.

Bezeichnet man den Numerus zu einem Logarithmus durch Einklammern des Logarithmus, so findet man

$$L=-3945,\quad Vl=34638,$$

$$\eta=\frac{[0{,}25625]\,s^4-[3{,}70889]\,s^3+[6{,}66969]\,s^2}{[13{,}33831]}.$$

Ist $s=615$ mm, so ist $\eta=0{,}038$ mm,
während beobachtet wurde 0,034 mm.
Ist $s=400$ mm, so ist $\eta=0{,}014$ mm,
beobachtet wurde 0,017 mm.

In Anbetracht der vielen zu messenden Grössen kann die Uebereinstimmung als genügend bezeichnet werden, zumal da der Draht nicht ausgeglüht war und ich die Messung der Ablenkung ohne Schraubenmikrometer ausführen musste.

aus, wo x_1, x_2, x_3 homogene Punktcoordinaten in der Ebene bezeichnen. Kann man daher irgend eine auf ebene Schnitte der Fläche F sich beziehende Berührungsaufgabe lösen, so hat man auch die Lösung der entsprechenden Aufgabe für Kreise in einer Ebene.

In dem Folgenden soll der Feuerbach'sche Satz und die Malfatti'sche Aufgabe für die Fläche F behandelt werden.

II.

Es sei, unter $x_1, x_2, x_3, x_4, u_1, u_2, u_3, u_4$ homogene Punkt- und Ebenencoordinaten verstanden,

$$F(u_1, u_2, u_3, u_4) = \Sigma A_{\alpha\beta} u_\alpha u_\beta = 0$$

die Gleichung einer gegebenen Fläche zweiten Grades in Ebenencoordinaten, deren Discriminante

$$A = \Sigma \pm A_{11} A_{22} A_{33} A_{44}$$

von Null verschieden vorausgesetzt wird,

$$a_x = 0, \quad b_x = 0, \quad c_x = 0$$

die Gleichungen dreier, sich nicht in einer Ebene schneidenden Geraden, wo nach üblicher Bezeichnungsweise

$$a_x = a_1 x_1 + a_2 x_2 + a_3 x_3 + a_4 x_4$$

u. s. w. ist, und es werde zur Abkürzung gesetzt

$$F(u_1, u_2, u_3, u_4) = F_u, \quad \Sigma A_{\alpha\beta} u_\alpha v_\beta = F_{uv},$$

$$F_{bc} - \sqrt{F_b}\sqrt{F_c} = G_{bc}, \quad F_{bc} + \sqrt{F_b}\sqrt{F_c} = H_{bc},$$

$$F_{ca} - \sqrt{F_c}\sqrt{F_a} = G_{ca}, \quad F_{ca} + \sqrt{F_c}\sqrt{F_a} = H_{ca},$$

$$F_{ab} - \sqrt{F_a}\sqrt{F_b} = G_{ab}, \quad F_{ab} + \sqrt{F_a}\sqrt{F_b} = H_{ab};$$

es soll die Apollonius'sche Aufgabe für die drei durch die Ebenen a, b, c in der Fläche F erzeugten Schnitte gelöst, d. h. es soll ein ebener Schnitt t bestimmt werden, welcher die drei Schnitte a, b, c berührt.

Die Coordinaten t_1, t_2, t_3, t_4 der gesuchten Ebene müssen den Gleichungen

$$4) \quad F_{at} + \sqrt{F_a}\sqrt{F_t} = 0, \quad F_{bt} + \sqrt{F_b}\sqrt{F_t} = 0, \quad F_{ct} + \sqrt{F_c}\sqrt{F_t} = 0$$

genügen, welche zu ihrer Bestimmung hinreichen. Um dieselben aufzulösen, nehme man zu den Ebenen a, b, c eine vierte d von der Art hinzu, dass die Determinante $\Sigma \pm a_1 b_2 c_3 d_4$ nicht verschwindet. Es lassen sich dann immer vier Constanten $\mathfrak{A}, \mathfrak{B}, \mathfrak{C}, \mathfrak{D}$ derart bestimmen, dass identisch in Bezug auf x_1, x_2, x_3, x_4

$$5) \quad t_x + \mathfrak{A} a_x + \mathfrak{B} b_x + \mathfrak{C} c_x + \mathfrak{D} d_x = 0$$

ist. In dieser Identität ersetze man x_1, x_2, x_3, x_4 einmal durch die Coefficienten von s_1, s_2, s_3, s_4 in F_{as}, dann durch die in F_{bs}, F_{cs}, F_{ds}. Auf diese Weise erhält man die Gleichungen

IX.

Zwei Berührungsaufgaben.

Von

F. Mertens

in Krakau.

I.

Sind

$$F(u_1, u_2, u_3, u_4) = \Sigma A_{\alpha\beta} u_\alpha u_\beta = 0$$

die Gleichung einer Fläche zweiten Grades in Ebenencoordinaten und

1) $$a_x = a_1 x_1 + a_2 x_2 + a_3 x_3 + a_4 x_4 = 0,$$

2) $$b_x = b_1 x_1 + b_2 x_2 + b_3 x_3 + b_4 x_4 = 0$$

die Gleichungen zweier Ebenen, so erhält man die Bedingung, dass die durch diese Ebenen in der Fläche hervorgebrachten Schnitte einander berühren, wenn man ausdrückt, dass durch die Durchschnittslinie der Ebenen 1), 2) nur eine Berührungsebene an die Fläche gelegt werden kann. Da jede die genannte Durchschnittslinie enthaltende Ebene eine Gleichung von der Form

$$\lambda a_x + \mu b_x = 0$$

hat, so darf nach dem Gesagten, wenn eine Berührung der Schnitte stattfinden soll, die quadratische Gleichung

$$F(\lambda a_1 + \mu b_1, \lambda a_2 + \mu b_2, \ldots) = F_a \lambda^2 + 2 F_{ab} \lambda\mu + F_b \mu^2 = 0,$$

wo zur Abkürzung

$$F(a_1, a_2, a_3, a_4) = F_a, \quad F(b_1, b_2, b_3, b_4) = F_b, \quad \Sigma A_{\alpha\beta} a_\alpha b_\beta = F_{ab}$$

gesetzt worden ist, keine verschiedenen Lösungen zulassen, und es ist daher

3) $$F_a F_b - F^2_{ab} = 0$$

die Bedingungsgleichung für die Berührung.

Setzt man

$$F(u_1, u_2, u_3, u_4) = u_1^2 + u_2^2 + 2 u_3 u_4,$$

so drückt die Gleichung 3) die Bedingung für die Berührung der zwei Kreise

$$a_4(x_1^2 + x_2^2) - 2x_3(a_1 x_1 + a_2 x_2 + a_3 x_3) = 0,$$
$$b_4(x_1^2 + x_2^2) - 2x_3(b_1 x_1 + b_2 x_2 + b_3 x_3) = 0$$

aus, wo x_1, x_2, x_3 homogene Punktcoordinaten in der Ebene bezeichnen. Kann man daher irgend eine auf ebene Schnitte der Fläche F sich beziehende Berührungsaufgabe lösen, so hat man auch die Lösung der entsprechenden Aufgabe für Kreise in einer Ebene.

In dem Folgenden soll der Feuerbach'sche Satz und die Malfatti'sche Aufgabe für die Fläche F behandelt werden.

II.

Es sei, unter $x_1, x_2, x_3, x_4, u_1, u_2, u_3, u_4$ homogene Punkt- und Ebenencoordinaten verstanden,

$$F(u_1, u_2, u_3, u_4) = \Sigma A_{\alpha\beta} u_\alpha u_\beta = 0$$

die Gleichung einer gegebenen Fläche zweiten Grades in Ebenencoordinaten, deren Discriminante

$$A = \Sigma \pm A_{11} A_{22} A_{33} A_{44}$$

von Null verschieden vorausgesetzt wird,

$$a_x = 0, \quad b_x = 0, \quad c_x = 0$$

die Gleichungen dreier, sich nicht in einer Ebene schneidenden Geraden, wo nach üblicher Bezeichnungsweise

$$a_x = a_1 x_1 + a_2 x_2 + a_3 x_3 + a_4 x_4$$

u. s. w. ist, und es werde zur Abkürzung gesetzt

$$F(u_1, u_2, u_3, u_4) = F_u, \quad \Sigma A_{\alpha\beta} u_\alpha v_\beta = F_{uv},$$

$$F_{bc} - \sqrt{F_b}\sqrt{F_c} = G_{bc}, \quad F_{bc} + \sqrt{F_b}\sqrt{F_c} = H_{bc},$$

$$F_{ca} - \sqrt{F_c}\sqrt{F_a} = G_{ca}, \quad F_{ca} + \sqrt{F_c}\sqrt{F_a} = H_{ca},$$

$$F_{ab} - \sqrt{F_a}\sqrt{F_b} = G_{ab}, \quad F_{ab} + \sqrt{F_a}\sqrt{F_b} = H_{ab};$$

es soll die Apollonius'sche Aufgabe für die drei durch die Ebenen a, b, c in der Fläche F erzeugten Schnitte gelöst, d. h. es soll ein ebener Schnitt t bestimmt werden, welcher die drei Schnitte a, b, c berührt.

Die Coordinaten t_1, t_2, t_3, t_4 der gesuchten Ebene müssen den Gleichungen

$$4) \quad F_{at} + \sqrt{F_a}\sqrt{F_t} = 0, \quad F_{bt} + \sqrt{F_b}\sqrt{F_t} = 0, \quad F_{ct} + \sqrt{F_c}\sqrt{F_t} = 0$$

genügen, welche zu ihrer Bestimmung hinreichen. Um dieselben aufzulösen, nehme man zu den Ebenen a, b, c eine vierte d von der Art hinzu, dass die Determinante $\Sigma \pm a_1 b_2 c_3 d_4$ nicht verschwindet. Es lassen sich dann immer vier Constanten $\mathfrak{A}$, $\mathfrak{B}$, $\mathfrak{C}$, $\mathfrak{D}$ derart bestimmen, dass identisch in Bezug auf x_1, x_2, x_3, x_4

$$5) \quad t_x + \mathfrak{A} a_x + \mathfrak{B} b_x + \mathfrak{C} c_x + \mathfrak{D} d_x = 0$$

ist. In dieser Identität ersetze man x_1, x_2, x_3, x_4 einmal durch die Coefficienten von s_1, s_2, s_3, s_4 in F_{as}, dann durch die in F_{bs}, F_{cs}, F_{ds}. Auf diese Weise erhält man die Gleichungen

$$\begin{aligned}
F_{at}+\mathfrak{A}F_a+\mathfrak{B}F_{ab}+\mathfrak{C}F_{ac}+\mathfrak{D}F_{ad}&=0,\\
F_{bt}+\mathfrak{A}F_{ab}+\mathfrak{B}F_b+\mathfrak{C}F_{bc}+\mathfrak{D}F_{bd}&=0,\\
F_{ct}+\mathfrak{A}F_{ac}+\mathfrak{B}F_{bc}+\mathfrak{C}F_c+\mathfrak{D}F_{cd}&=0,\\
F_{dt}+\mathfrak{A}F_{ad}+\mathfrak{B}F_{bd}+\mathfrak{C}F_{cd}+\mathfrak{D}F_d&=0,
\end{aligned}$$

aus welchen durch Beseitigung von $\mathfrak{A}$, $\mathfrak{B}$, $\mathfrak{C}$, $\mathfrak{D}$ unter Hinzunahme der Identität 5) die Identität

$$6)\qquad \begin{vmatrix} t_x & a_x & b_x & c_x & d_x \\ F_{at} & F_a & F_{ab} & F_{ac} & F_{ad} \\ F_{bt} & F_{ab} & F_b & F_{bc} & F_{bd} \\ F_{ct} & F_{ac} & F_{bc} & F_c & F_{cd} \\ F_{dt} & F_{ad} & F_{bd} & F_{cd} & F_d \end{vmatrix} = 0$$

entspringt. Ersetzt man noch hierin x_1, x_2, x_3, x_4 durch die Coefficienten von s_1, s_2, s_3, s_4 in F_{st}, so ergiebt sich zur Bestimmung des Verhältnisses $\sqrt{F_t}:F_{dt}$ die Gleichung

$$7)\qquad \begin{vmatrix} F_t & F_{at} & F_{bt} & F_{ct} & F_{dt} \\ F_{at} & F_a & F_{ab} & F_{ac} & F_{ad} \\ F_{bt} & F_{ab} & F_b & F_{bc} & F_{bd} \\ F_{ct} & F_{ac} & F_{bc} & F_c & F_{cd} \\ F_{dt} & F_{ad} & F_{bd} & F_{cd} & F_d \end{vmatrix} = 0.$$

Es seien Δ, Δ_a, Δ_{ab}, … die Determinante und Unterdeterminanten dritten Grades des Elementensystems

$$\begin{matrix} F_a & F_{ab} & F_{ac} & F_{ad} \\ F_{ab} & F_b & F_{bc} & F_{bd} \\ F_{ac} & F_{bc} & F_c & F_{cd} \\ F_{ad} & F_{bd} & F_{cd} & F_d \end{matrix}$$

und zur Abkürzung

$$P = -\begin{vmatrix} 1 & -\sqrt{F_a} & -\sqrt{F_b} & -\sqrt{F_c} & 0 \\ -\sqrt{F_a} & F_a & F_{ab} & F_{ac} & F_{ad} \\ -\sqrt{F_b} & F_{ab} & F_b & F_{bc} & F_{bd} \\ -\sqrt{F_c} & F_{ac} & F_{bc} & F_c & F_{cd} \\ 0 & F_{ad} & F_{bd} & F_{cd} & F_d \end{vmatrix},$$

$$\begin{aligned} Q = \begin{vmatrix} -\sqrt{F_a} & F_a & F_{ab} & F_{ac} \\ -\sqrt{F_b} & F_{ab} & F_b & F_{bc} \\ -\sqrt{F_c} & F_{ac} & F_{bc} & F_c \\ 0 & F_{ad} & F_{bd} & F_{cd} \end{vmatrix} \\ = \Delta_{ad}\sqrt{F_a}+\Delta_{bd}\sqrt{F_b}+\Delta_{cd}\sqrt{F_c}. \end{aligned}$$

Die Gleichung 7) lautet dann unter Berücksichtigung der Gleichungen 4):

$$8)\qquad PF_t - 2Q\sqrt{F_t}.F_{dt} + \Delta_d F_{dt}^2 = 0.$$

Um den zur Auflösung dieser Gleichung erforderlichen Ausdruck

$$R = Q^2 - \Delta_d P$$

auf seine einfachste Form zu bringen, multiplicire man in der Determinante P die letzte Spalte mit Δ_d und addire hierauf zu derselben die beziehungsweise mit Δ_{ad}, Δ_{bd}, Δ_{cd} multiplicirte zweite, dritte und vierte Spalte. Hierdurch entspringt

$$-\Delta_d P = \begin{vmatrix} 1 & -\sqrt{F_a} & -\sqrt{F_b} & -\sqrt{F_c} & -Q \\ -\sqrt{F_a} & F_a & F_{ab} & F_{ac} & 0 \\ -\sqrt{F_b} & F_{ab} & F_b & F_{bc} & 0 \\ -\sqrt{F_c} & F_{ac} & F_{bc} & F_c & 0 \\ 0 & F_{ad} & F_{bd} & F_{cd} & \Delta \end{vmatrix}$$

oder

$$R = \Delta \begin{vmatrix} 1 & -\sqrt{F_a} & -\sqrt{F_b} & -\sqrt{F_c} \\ -\sqrt{F_a} & F_a & F_{ab} & F_{ac} \\ -\sqrt{F_b} & F_{ab} & F_b & F_{bc} \\ -\sqrt{F_c} & F_{ac} & F_{bc} & F_c \end{vmatrix}.$$

In dieser Determinante denke man sich ferner die erste Spalte der Reihe nach mit $\sqrt{F_a}$, $\sqrt{F_b}$, $\sqrt{F_c}$ multiplicirt und beziehungsweise zur zweiten, dritten und vierten addirt; es wird dann

$$R = \Delta \begin{vmatrix} 1 & 0 & 0 & 0 \\ -\sqrt{F_a} & 0 & G_{ab} & G_{ac} \\ -\sqrt{F_b} & G_{ab} & 0 & G_{bc} \\ -\sqrt{F_c} & G_{ac} & G_{bc} & 0 \end{vmatrix}$$

9) $$= 2\Delta G_{bc} G_{ca} G_{ab}.$$

Der Gleichung 8) wird nun allgemein genügt, wenn man

$$\sqrt{F_t} = Q + \sqrt{R}, \quad F_{dt} = P$$

setzt, wo $\sqrt{R}$ mit beiden Vorzeichen zu nehmen ist, und die Identität 6) giebt dann, wenn man unter Berücksichtigung der Gleichungen 4) die vorstehenden zwei Lösungen statt $\sqrt{F_t}$ und F_{dt} einsetzt, die Gleichungen der beiden den Gleichungen 4) genügenden Ebenen.

Bezeichnen

$$P_1, Q_1, R_1, u_x, \quad P_2, Q_2, R_2, v_x, \quad P_3, Q_3, R_3, w_x$$

die Ausdrücke, in welche P, Q, R, t_x übergehen, wenn man einmal $\sqrt{F_a}$, dann $\sqrt{F_b}$ und zuletzt $\sqrt{F_c}$ mit dem entgegengesetzten Vorzeichen behaftet, so erschöpfen die vier Ebenenpaare

10) $$t_x = 0, \quad u_x = 0, \quad v_x = 0, \quad w_x = 0$$

alle möglichen Auflösungen der Apollonius'schen Aufgabe.

Ist insbesondere $\Delta_d = 0$, d. h. liegt der Durchschnittspunkt der Ebenen a, b, c auf der Fläche F, so fällt in jedem dieser vier Ebenenpaare eine Ebene mit der Berührungsebene in dem Durchschnittspunkte der Ebenen a, b, c zusammen. Da nämlich in diesem Falle

$$R = Q^2, \quad R_1 = Q_1^2, \quad R_2 = Q_2^2, \quad R_3 = Q_3^2$$

ist, so wird

$$\sqrt{R} = \pm Q, \quad \sqrt{R_1} = \pm Q_1, \quad \sqrt{R_2} = \pm Q_2, \quad \sqrt{R_3} = \pm Q_3$$

und daher entweder

11) $$\sqrt{F_t} = 2Q, \quad \sqrt{F_u} = 2Q_1, \quad \sqrt{F_v} = 2Q_2, \quad \sqrt{F_w} = 2Q_3$$

oder

12) $$\sqrt{F_t} = 0, \quad \sqrt{F_u} = 0, \quad \sqrt{F_v} = 0, \quad \sqrt{F_w} = 0.$$

III.

Man bestimme die fünf Unbekannten r, s_1, s_2, s_3, s_4 den Gleichungen

13) $$F_{st} - r\sqrt{F_t} = 0, \quad F_{su} + r\sqrt{F_u} = 0,$$
$$F_{sv} + r\sqrt{F_v} = 0, \quad F_{sw} + r\sqrt{F_w} = 0$$

gemäss, wo t, u, v, w die in dem Vorhergehenden gefundenen Ebenen bezeichnen. Denkt man sich s_x auf die Form

$$\mathfrak{A}a_x + \mathfrak{B}b_x + \mathfrak{C}c_x + \mathfrak{D}d_x$$

gebracht und

$$\frac{Q+\sqrt{R}}{P} = h, \quad \frac{Q_1+\sqrt{R_1}}{P_1} = h_1, \quad \frac{Q_2+\sqrt{R_2}}{P_2} = h_2, \quad \frac{Q_3+\sqrt{R_3}}{P_3} = h_3$$

gesetzt, so verwandeln sich diese Gleichungen in

$$(\ r + \mathfrak{A}\sqrt{F_a} + \mathfrak{B}\sqrt{F_b} + \mathfrak{C}\sqrt{F_c})h \ - \mathfrak{D} = 0,$$
$$(-r - \mathfrak{A}\sqrt{F_a} + \mathfrak{B}\sqrt{F_b} + \mathfrak{C}\sqrt{F_c})h_1 - \mathfrak{D} = 0,$$
$$(-r + \mathfrak{A}\sqrt{F_a} - \mathfrak{B}\sqrt{F_b} + \mathfrak{C}\sqrt{F_c})h_2 - \mathfrak{D} = 0,$$
$$(-r + \mathfrak{A}\sqrt{F_a} + \mathfrak{B}\sqrt{F_b} - \mathfrak{C}\sqrt{F_c})h_3 - \mathfrak{D} = 0,$$

und man genügt denselben allgemein, wenn man

$$r = \sqrt{F_a}\sqrt{F_b}\sqrt{F_c}\,[h_1h_2h_3 - hh_2h_3 - hh_1h_3 - hh_1h_2],$$
$$\mathfrak{A} = \sqrt{F_b}\sqrt{F_c}\,[h_1h_2h_3 - hh_2h_3 + hh_1h_3 + hh_1h_2],$$
$$\mathfrak{B} = \sqrt{F_c}\sqrt{F_a}\,[h_1h_2h_3 + hh_2h_3 - hh_1h_3 + hh_1h_2].$$
$$\mathfrak{C} = \sqrt{F_a}\sqrt{F_b}\,[h_1h_2h_3 + hh_2h_3 + hh_1h_3 - hh_1h_2],$$
$$\mathfrak{D} = 4\sqrt{F_a}\sqrt{F_b}\sqrt{F_c}\,hh_1h_2h_3$$

setzt.

Dies vorausgeschickt, soll der Ausdruck F_s gebildet werden, wobei man voraussetzen darf, dass Δ_d nicht $=0$ ist. Setzt man zur Abkürzung

$$\sqrt{F_a}\sqrt{F_b}\sqrt{F_c}\,[-\sqrt{R} + \sqrt{R_1} + \sqrt{R_2} + \sqrt{R_3}] = S,$$
$$\sqrt{F_b}\sqrt{F_c}\,[\sqrt{R} - \sqrt{R_1} + \sqrt{R_2} + \sqrt{R_3}] = S_1,$$
$$\sqrt{F_c}\sqrt{F_a}\,[\sqrt{R} + \sqrt{R_1} - \sqrt{R_2} + \sqrt{R_3}] = S_2,$$
$$\sqrt{F_a}\sqrt{F_b}\,[\sqrt{R} + \sqrt{R_1} + \sqrt{R_2} - \sqrt{R_3}] = S_3,$$

so ergiebt sich zunächst

$$\mathfrak{A} = \sqrt{F_b}\sqrt{F_c}\, h h_1 h_2 h_3 \left[\frac{1}{h} - \frac{1}{h_1} + \frac{1}{h_2} + \frac{1}{h_3}\right]$$

und den Gleichungen

$$\frac{\Delta_d}{h} = Q - \sqrt{R}, \quad \frac{\Delta_d}{h_1} = Q_1 - \sqrt{R_1}, \quad \frac{\Delta_d}{h_2} = Q_2 - \sqrt{R_2}, \quad \frac{\Delta_d}{h_3} = Q_3 - \sqrt{R_3}$$

zufolge

$$\Delta_d \mathfrak{A} = h h_1 h_2 h_3 \,[4\Delta_{ad}\sqrt{F_a}\sqrt{F_b}\sqrt{F_c} - S_1].$$

Ebenso findet man

$$\begin{aligned}\Delta_d \mathfrak{B} &= h h_1 h_2 h_3 \,[4\Delta_{bd}\sqrt{F_a}\sqrt{F_b}\sqrt{F_c} - S_2],\\ \Delta_d \mathfrak{C} &= h h_1 h_2 h_3 \,[4\Delta_{cd}\sqrt{F_a}\sqrt{F_b}\sqrt{F_c} - S_3],\\ \Delta_d r &= h h_1 h_2 h_3\, S.\end{aligned}$$

Mit Hilfe dieser Gleichungen verwandeln sich die Ausdrücke

$$\begin{aligned}&\Delta_d(F_a\,\mathfrak{A} + F_{ab}\mathfrak{B} + F_{ac}\mathfrak{C} + F_{ad}\mathfrak{D}),\\ &\Delta_d(F_{ab}\mathfrak{A} + F_b\,\mathfrak{B} + F_{bc}\mathfrak{C} + F_{bd}\mathfrak{D}),\\ &\Delta_d(F_{ac}\mathfrak{A} + F_{bc}\mathfrak{B} + F_c\,\mathfrak{C} + F_{cd}\mathfrak{D}),\\ &\Delta_d(F_{ad}\mathfrak{A} + F_{bd}\mathfrak{B} + F_{cd}\mathfrak{C} + F_d\,\mathfrak{D}),\end{aligned}$$

von dem Factor $h h_1 h_2 h_3$ abgesehen, beziehungsweise in

$$\begin{aligned}&-F_a\,S_1 - F_{ab}S_2 - F_{ac}S_3,\\ &-F_{ab}S_1 - F_b\,S_2 - F_{bc}S_3,\\ &-F_{ac}S_1 - F_{bc}S_2 - F_c\,S_3,\\ &-F_{ad}S_1 - F_{bd}S_2 - F_{cd}S_3 + 4\Delta\sqrt{F_a}\sqrt{F_b}\sqrt{F_c},\end{aligned}$$

und da

$$\begin{aligned}F_s = &\,(F_a\,\mathfrak{A} + F_{ab}\mathfrak{B} + F_{ac}\mathfrak{C} + F_{ad}\mathfrak{D})\mathfrak{A}\\ &+ (F_{ab}\mathfrak{A} + F_b\,\mathfrak{B} + F_{bc}\mathfrak{C} + F_{bd}\mathfrak{D})\mathfrak{B}\\ &+ (F_{ac}\mathfrak{A} + F_{bc}\mathfrak{B} + F_c\,\mathfrak{C} + F_{cd}\mathfrak{D})\mathfrak{C}\\ &+ (F_{ad}\mathfrak{A} + E_{bd}\mathfrak{B} + F_{cd}\mathfrak{C} + F_d\,\mathfrak{D})\mathfrak{D}\end{aligned}$$

ist, so wird

$$\Delta^2_d F_s = h^2 h_1^2 h_2^2 h_3^2\, \Omega,$$

o

$$\begin{aligned}\Omega = 16\Delta\,\Delta_d F_a F_b F_c + F_a S_1^2 + F_b S_2^2 + F_c S_3^2\\ + 2F_{bc}S_2S_3 + 2F_{ca}S_3S_1 + 2F_{ab}S_1S_2.\end{aligned}$$

Entwickelt man Ω, so ergiebt sich

$$\begin{aligned}\Omega - S^2 = &\,16\Delta\,\Delta_d F_a F_b F_c\\ &+ 2F_a F_b F_c (R + R_1 + R_2 + R_3)\\ &+ 2F_{bc} F_a \sqrt{F_b}\sqrt{F_c}\,(R + R_1 - R_2 - R_3)\\ &+ 2F_{ca} F_b \sqrt{F_c}\sqrt{F_a}\,(R - R_1 + R_2 - R_3)\\ &+ 2F_{ab} F_c \sqrt{F_a}\sqrt{F_b}\,(R - R_1 - R_2 + R_3)\\ &+ 4F_a\sqrt{F_b}\sqrt{F_c}\,[H_{bc}\sqrt{R}\sqrt{R_1} + G_{bc}\sqrt{R_2}\sqrt{R_3}]\\ &+ 4F_b\sqrt{F_c}\sqrt{F_a}\,[H_{ca}\sqrt{R}\sqrt{R_2} + G_{ca}\sqrt{R_3}\sqrt{R_1}]\\ &+ 4F_c\sqrt{F_a}\sqrt{F_b}\,[H_{ab}\sqrt{R}\sqrt{R_3} + G_{ab}\sqrt{R_1}\sqrt{R_2}].\end{aligned}$$

Es ist aber (9)

$$R = 2\Delta G_{bc} G_{ca} G_{ab}, \quad R_1 = 2\Delta G_{bc} H_{ca} H_{ab},$$
$$R_2 = 2\Delta H_{bc} G_{ca} H_{ab}, \quad R_3 = 2\Delta H_{bc} H_{ca} G_{ab}$$

und daher

$$R + R_1 + R_2 + R_3 = 8\Delta(F_{bc} F_{ca} F_{ab} - F_a F_b F_c),$$
$$R + R_1 - R_2 - R_3 = 8\Delta(F_a F_{bc} - F_{ca} F_{ab}) \sqrt{F_b} \sqrt{F_c},$$
$$R - R_1 + R_2 - R_3 = 8\Delta(F_b F_{ca} - F_{ab} F_{bc}) \sqrt{F_c} \sqrt{F_a},$$
$$R - R_1 - R_2 + R_3 = 8\Delta(F_c F_{ab} - F_{bc} F_{ca}) \sqrt{F_a} \sqrt{F_b}.$$

Mit Hilfe dieser Ausdrücke ergiebt sich

$$\begin{aligned} 16\Delta \Delta_d F_a F_b F_c &+ 2F_a F_b F_c (R + R_1 + R_2 + R_3) \\ &+ 2F_{bc} F_a \sqrt{F_b} \sqrt{F_c} (R + R_1 - R_2 - R_3) \\ &+ 2F_{ca} F_b \sqrt{F_c} \sqrt{F_a} (R - R_1 + R_2 - R_3) \\ &+ 2F_{ab} F_c \sqrt{F_a} \sqrt{F_b} (R - R_1 - R_2 + R_3) = 0. \end{aligned}$$

Wenn man ferner über die Vorzeichen der Wurzeln $\sqrt{R}$, $\sqrt{R_1}$, $\sqrt{R_2}$, $\sqrt{R_3}$ so verfügt, dass

$$14) \quad \begin{aligned} \sqrt{R} . \sqrt{R_1} . \sqrt{R_2} . \sqrt{R_3} &= -4\Delta^2 G_{bc} G_{ca} G_{ab} H_{bc} H_{ca} H_{ab} \\ &= 4\Delta^2 (F_b F_c - F_{bc}^2)(F_c F_a - F_{ca}^2)(F_a F_b - F_{ab}^2) \end{aligned}$$

wird, was auf acht verschiedene Weisen geschehen kann, so ist gleichzeitig

$$H_{bc} \sqrt{R} \sqrt{R_1} + G_{bc} \sqrt{R_2} \sqrt{R_3} = 0, \quad H_{ca} \sqrt{R} \sqrt{R_2} + G_{ca} \sqrt{R_3} \sqrt{R_1} = 0,$$
$$H_{ab} \sqrt{R} \sqrt{R_3} + G_{ab} \sqrt{R_1} \sqrt{R_2} = 0$$

und daher

$$\Omega - S^2 = 0.$$

Hieraus folgt

$$F_s = r^2.$$

Hält man dieses Resultat mit den Gleichungen 13) zusammen, so folgt, dass der Schnitt s einen Schnitt je eines der vier Schnittpaare 10) berührt.

Wenn $\Delta_d = 0$ ist, so genügen die den Gleichungen 11) entsprechenden vier Ebenen der Bedingung 14). Denn es ist in diesem Falle

$$-\Delta_{ad}^2 = \Delta(F_b F_c - F_{bc}^2), \quad \Delta_{bd} \Delta_{cd} = \Delta(F_a F_{bc} - F_{ca} F_{ab}),$$
$$-\Delta_{bd}^2 = \Delta(F_c F_a - F_{ca}^2), \quad \Delta_{cd} \Delta_{ad} = \Delta(F_b F_{ca} - F_{ab} F_{bc}),$$
$$-\Delta_{cd}^2 = \Delta(F_a F_b - F_{ab}^2), \quad \Delta_{ad} \Delta_{bd} = \Delta(F_c F_{ab} - F_{bc} F_{ca})$$

und daher

$$\begin{aligned} \frac{Q Q_1}{\Delta} &= F_a(F_b F_c - F_{bc}^2) - F_b(F_c F_a - F_{ca}^2) - F_c(F_a F_b - F_{ab}^2) \\ &\quad - 2(F_{ca} F_{ab} - F_a F_{bc}) \sqrt{F_b} \sqrt{F_c}. \end{aligned}$$

Addirt man hierzu die Gleichung $\Delta_d = 0$, so wird

$$Q Q_1 = 2\Delta(F_{ca} F_{ab} - F_a F_{bc}) G_{bc}.$$

Ebenso ergiebt sich

$$Q_2 Q_3 = -2\Delta(F_{ca} F_{ab} - F_a F_{bc}) H_{bc}.$$

Hieraus folgt

$$QQ_1Q_2Q_3 = -4\Delta^2 G_{bc} H_{bc} (F_{ca}F_{ab} - F_a F_{bc})^2$$
$$= 4\Delta^2 (F_b F_c - F_{bc}^2)(F_c F_a - F_{ca}^2)(F_a F_b - F_{ab}^2),$$

infolge der Gleichung $\Delta_d = 0$

$$(F_{ca}F_{ab} - F_a F_{bc})^2 = (F_c F_a - F_{ca}^2)(F_a F_b - F_{ab}^2)$$

IV.

Behält man die vorhergehenden Bezeichnungen bei, so besteht die Malfatti'sche Aufgabe (in der Steiner'schen Verallgemeinerung) darin, dass drei Ebenen

$$u_x = 0, \quad v_x = 0, \quad w_x = 0$$

derart bestimmt werden sollen, dass jeder der durch dieselben in der Oberfläche F erzeugten Schnitte die beiden anderen und je zwei der durch drei gegebene, sich nicht in einer Geraden schneidende Ebenen

$$a_x = 0, \quad b_x = 0, \quad c_x = 0$$

hervorgebrachten Schnitte berührt und zwar nach Massgabe der Gleichungen

$$\text{15)} \quad \begin{aligned} &F_{bu} + \sqrt{F_b}\sqrt{F_u} = 0, \quad F_{cu} + \sqrt{F_c}\sqrt{F_u} = 0, \\ &F_{cv} + \sqrt{F_c}\sqrt{F_v} = 0, \quad F_{av} + \sqrt{F_a}\sqrt{F_v} = 0, \\ &F_{aw} + \sqrt{F_a}\sqrt{F_w} = 0, \quad F_{bw} + \sqrt{F_b}\sqrt{F_w} = 0, \end{aligned}$$

$$\text{16)} \quad F_{vw} + \sqrt{F_v}\sqrt{F_w} = 0, \quad F_{wu} + \sqrt{F_w}\sqrt{F_u} = 0, \quad F_{uv} + \sqrt{F_u}\sqrt{F_v} = 0.$$

Bezeichnet man in üblicher Weise die Determinante $\Sigma \pm p_1 q_2 r_3 s_4$ mit $(pqrs)$ und setzt zur Abkürzung

$$F_{au} - \sqrt{F_a}\sqrt{F_u} = U, \quad F_{bv} - \sqrt{F_b}\sqrt{F_v} = V, \quad F_{cw} - \sqrt{F_c}\sqrt{F_w} = W,$$

so ergiebt sich durch zeilenweise Ausführung der Determinantenproducte

$$A(auvw)(auvw), \quad A(buvw)(cuvw),$$

wobei zuerst die ersten zwei Factoren mit einander und hierauf die erhaltene Determinante mit dem dritten Factor zu multipliciren ist:

$$A(auvw)^2 = \begin{vmatrix} F_a & F_{au} & F_{av} & F_{aw} \\ F_{au} & F_u & F_{uv} & F_{uw} \\ F_{av} & F_{uv} & F_v & F_{vw} \\ F_{aw} & F_{uw} & F_{vw} & F_w \end{vmatrix},$$

$$A(buvw)(cuvw) = \begin{vmatrix} F_{bc} & F_{bu} & F_{bv} & F_{bw} \\ F_{cu} & F_u & F_{uv} & F_{uw} \\ F_{cv} & F_{uv} & F_v & F_{vw} \\ F_{cw} & F_{uw} & F_{vw} & F_w \end{vmatrix}$$

und daher den Gleichungen 15), 16) zufolge:

$$A(auvw)^2 = 8\sqrt{F_u}F_v F_w \sqrt{F_a}\, U,$$
$$A(buvw)(cuvw) = -2F_u\sqrt{F_v}\sqrt{F_w}\,(VW + 2H_{bc}\sqrt{F_v}\sqrt{F_w}).$$

Zwei ähnliche Gleichungspaare erhält man durch blosse Buchstabenvertauschung, so dass im Ganzen folgende sechs Gleichungen bestehen:

$$
17)\quad
\begin{aligned}
\sqrt{A}.(auvw) &= 2\sqrt{2}\,\sqrt[4]{F_u}\sqrt{F_v}\sqrt{F_w}\sqrt[4]{F_a}\sqrt{U},\\
\sqrt{A}.(buvw) &= 2\sqrt{2}\,\sqrt[4]{F_v}\sqrt{F_w}\sqrt{F_u}\sqrt[4]{F_b}\sqrt{V},\\
\sqrt{A}.(cuvw) &= 2\sqrt{2}\,\sqrt[4]{F_w}\sqrt{F_u}\sqrt{F_v}\sqrt[4]{F_c}\sqrt{W},\\
A(buvw)(cuvw) &= -2F_u\sqrt{F_v}\sqrt{F_w}(VW+2H_{bc}\sqrt{F_v}\sqrt{F_w}),\\
A(cuvw)(auvw) &= -2F_v\sqrt{F_w}\sqrt{F_u}(WU+2H_{ca}\sqrt{F_w}\sqrt{F_u}),\\
A(auvw)(buvw) &= -2F_w\sqrt{F_u}\sqrt{F_v}(UV+2H_{ab}\sqrt{F_u}\sqrt{F_v}).
\end{aligned}
$$

Eliminirt man aus denselben die Determinanten $(auvw)$, $(buvw)$, $(cuvw)$, so ergeben sich zur Bestimmung der Producte $\sqrt{V}.\sqrt{W}$, $\sqrt{W}.\sqrt{U}$, $\sqrt{U}.\sqrt{V}$ die quadratischen Gleichungen:

$$
\begin{aligned}
VW + 4\sqrt[4]{F_b}\sqrt[4]{F_c}\sqrt[4]{F_v}\sqrt[4]{F_w}\sqrt{V}.\sqrt{W} + 2H_{bc}\sqrt{F_v}\sqrt{F_w} &= 0,\\
WU + 4\sqrt[4]{F_c}\sqrt[4]{F_a}\sqrt[4]{F_w}\sqrt[4]{F_u}\sqrt{W}.\sqrt{U} + 2H_{ca}\sqrt{F_w}\sqrt{F_u} &= 0,\\
UV + 4\sqrt[4]{F_a}\sqrt[4]{F_b}\sqrt[4]{F_u}\sqrt[4]{F_v}\sqrt{U}.\sqrt{V} + 2H_{ab}\sqrt{F_u}\sqrt{F_v} &= 0.
\end{aligned}
$$

Man hat daher, wenn zur Abkürzung

$$
\begin{aligned}
&\sqrt{-2G_{bc}} - 2\sqrt[4]{F_b}\sqrt[4]{F_c} = R_{bc}, \quad \sqrt{-2G_{bc}} + 2\sqrt[4]{F_b}\sqrt[4]{F_c} = R'_{bc},\\
&\sqrt{-2G_{ca}} - 2\sqrt[4]{F_c}\sqrt[4]{F_a} = R_{ca}, \quad \sqrt{-2G_{ca}} + 2\sqrt[4]{F_c}\sqrt[4]{F_a} = R'_{ca},\\
&\sqrt{-2G_{ab}} - 2\sqrt[4]{F_a}\sqrt[4]{F_b} = R_{ab}, \quad \sqrt{-2G_{ab}} + 2\sqrt[4]{F_a}\sqrt[4]{F_b} = R'_{ab},
\end{aligned}
$$

$$
\frac{R_{ca}R_{ab}}{R_{bc}} = S_a, \quad \frac{R_{ab}R_{bc}}{R_{ca}} = S_b, \quad \frac{R_{bc}R_{ca}}{R_{ab}} = S_c
$$

gesetzt wird,

$$
\begin{aligned}
\sqrt{V}.\sqrt{W} &= R_{bc}\sqrt[4]{F_v}\sqrt[4]{F_w},\\
\sqrt{W}.\sqrt{U} &= R_{ca}\sqrt[4]{F_w}\sqrt[4]{F_u},\\
\sqrt{U}.\sqrt{V} &= R_{ab}\sqrt[4]{F_u}\sqrt[4]{F_v}
\end{aligned}
$$

und demgemäss

$$
18)\qquad U = S_a\sqrt{F_u}, \quad V = S_b\sqrt{F_v}, \quad W = S_c\sqrt{F_w}.
$$

Es ist bei der Herleitung dieser Formeln stillschweigend vorausgesetzt worden, dass man den Gleichungen 15), 16) durch keine der Annahmen

$$
F_u = 0, \quad F_v = 0, \quad F_w = 0
$$

genügen könne. Dieses kann in der That im Allgemeinen nicht geschehen. Ist nämlich z. B. $F_u = 0$ und die Gleichungen 15), 16) erfüllt, so folgert man, dass die Ebenen b, c, v, w alle durch den Berührungspunkt der Ebene u laufen und die Durchschnittslinien vw, bw, cv in der Ebene u liegen. Wenn nun die Schnitte b, c sich nicht berühren, so müssen die Ebenen v, w beide die Geraden bu, cu enthalten und es sind daher die Ebenen u, v, w identisch. In diesem Falle muss also $F_u = F_v = F_w = 0$ sein und der Durchschnittspunkt der Ebenen a, b, c liegt auf der Fläche F.

Die Gleichungen 18) kann man nun mit Vortheil statt der Gleichungen 16) zur Bestimmung von $u_1, u_2, \ldots, w_3, w_4$ verwenden. Denkt man sich zu diesem Ende zu den Ebenen a, b, c eine vierte, den Durchschnittspunkt derselben nicht enthaltende Ebene d hinzugenommen und eine Identität von der Form

$$u_x + \mathfrak{A} a_x + \mathfrak{B} b_x + \mathfrak{C} c_x + \mathfrak{D} d_x = 0$$

aufgestellt, so wird, wenn man allgemein x_i der Reihe nach durch den Coefficienten von s_i in $F_{as}, F_{bs}, F_{cs}, F_{ds}$ ersetzt,

$$\begin{aligned} F_{au} + \mathfrak{A} F_a + \mathfrak{B} F_{ab} + \mathfrak{C} F_{ac} + \mathfrak{D} F_{ad} &= 0, \\ F_{bu} + \mathfrak{A} F_{ab} + \mathfrak{B} F_b + \mathfrak{C} F_{bc} + \mathfrak{D} F_{bd} &= 0, \\ F_{cu} + \mathfrak{A} F_{ac} + \mathfrak{B} F_{bc} + \mathfrak{C} F_c + \mathfrak{D} F_{cd} &= 0, \\ F_{du} + \mathfrak{A} F_{ad} + \mathfrak{B} F_{bd} + \mathfrak{C} F_{cd} + \mathfrak{D} F_d &= 0 \end{aligned}$$

und nach Fortschaffung von $\mathfrak{A}, \mathfrak{B}, \mathfrak{C}, \mathfrak{D}$

$$19)\qquad \begin{vmatrix} u_x & a_x & b_x & c_x & d_x \\ F_{au} & F_a & F_{ab} & F_{ac} & F_{ad} \\ F_{bu} & F_{ab} & F_b & F_{bc} & F_{bd} \\ F_{cu} & F_{ac} & F_{bc} & F_c & F_{cd} \\ F_{du} & F_{ad} & F_{bd} & F_{cd} & F_d \end{vmatrix} = 0.$$

Aus dieser Identität ergiebt sich mit Hilfe der Gleichungen 15), 18) u_x, wenn das Verhältniss $\sqrt{F_u} : F_{du}$ bekannt ist. In derselben Weise erhält man

$$20)\qquad \begin{vmatrix} v_x & a_x & b_x & c_x & d_x \\ F_{av} & F_a & F_{ab} & F_{ac} & F_{ad} \\ F_{bv} & F_{ab} & F_b & F_{bc} & F_{bd} \\ F_{cv} & F_{ac} & F_{bc} & F_c & F_{cd} \\ F_{dv} & F_{ad} & F_{bd} & F_{cd} & F_d \end{vmatrix} = 0,$$

$$21)\qquad \begin{vmatrix} w_x & a_x & b_x & c_x & d_x \\ F_{aw} & F_a & F_{ab} & F_{ac} & F_{ad} \\ F_{bw} & F_{ab} & F_b & F_{bc} & F_{bd} \\ F_{cw} & F_{ac} & F_{bc} & F_c & F_{cd} \\ F_{dw} & F_{ad} & F_{bd} & F_{cd} & F_d \end{vmatrix} = 0.$$

Es erübrigt demnach nur noch die Bestimmung der Verhältnisse

$$\sqrt{F_u} : F_{du}, \quad \sqrt{F_v} : F_{dv}, \quad \sqrt{F_w} : F_{dw}.$$

Hierzu ersetze man in der Identität 19) x_i allgemein durch den Coefficienten von s_i in F_{us}. Es wird dann

$$\begin{vmatrix} F_u & F_{au} & F_{bu} & F_{cu} & F_{du} \\ F_{au} & F_a & F_{ab} & F_{ac} & F_{ad} \\ F_{bu} & F_{ab} & F_b & F_{bc} & F_{bd} \\ F_c & F_{ac} & F_{bc} & F_c & F_{cd} \\ F_{du} & F_{ad} & F_{bd} & F_{cd} & F_d \end{vmatrix} = 0$$

oder, wenn zur Abkürzung

$$P_a = -\begin{vmatrix} 1 & S_a+\sqrt{F_a} & -\sqrt{F_b} & -\sqrt{F_c} & 0 \\ S_a+\sqrt{F_a} & F_a & F_{ab} & F_{ac} & F_{ad} \\ -\sqrt{F_b} & F_{ab} & F_b & F_{bc} & F_{bd} \\ -\sqrt{F_c} & F_{ac} & F_{bc} & F_c & F_{cd} \\ 0 & F_{ad} & F_{bd} & F_{cd} & F_d \end{vmatrix},$$

$$Q_a = \begin{vmatrix} S_a+\sqrt{F_a} & F_a & F_{ab} & F_{ac} \\ -\sqrt{F_b} & F_{ab} & F_b & F_{bc} \\ -\sqrt{F_c} & F_{ac} & F_{bc} & F_c \\ 0 & F_{ad} & F_{bd} & F_{cd} \end{vmatrix}$$

$$= -\Delta_{ad}(S_a+\sqrt{F_a}) + \Delta_{bd}\sqrt{F_b} + \Delta_{cd}\sqrt{F_c}$$

gesetzt wird, in entwickelter Form

22) $$P_a F_u - 2\,Q_a \sqrt{F_u}\, F_{du} + \Delta_d F_{du}^2 = 0.$$

In derselben Weise ergeben sich noch die zwei quadratischen Gleichungen

23) $$P_b F_v - 2\,Q_b \sqrt{F_v}\, F_{dv} + \Delta_d F_{dv}^2 = 0,$$

24) $$P_c F_w - 2\,Q_c \sqrt{F_w}\, F_{dw} + \Delta_d F_{dw}^2 = 0,$$

wo P_b, Q_b, P_c, Q_c leicht durch Buchstabenvertauschung erhalten werden.

Denkt man sich behufs Bildung der Ausdrücke

$$T_a = Q_a^2 - \Delta_d P_a, \quad T_b = Q_b^2 - \Delta_d P_b, \quad T_c = Q_c^2 - \Delta_d P_c$$

in der Determinante P_a die fünfte Spalte mit Δ_d multiplicirt und hierauf zu derselben die beziehungsweise mit Δ_{ad}, Δ_{bd}, Δ_{cd} multiplicirte zweite, dritte und vierte Spalte addirt, so ergiebt sich

$$-\Delta_d P_a = \begin{vmatrix} 1 & S_a+\sqrt{F} & -\sqrt{F_b} & -\sqrt{F_c} & -Q_a \\ S_a+\sqrt{F_a} & F_a & F_{ab} & F_{ac} & 0 \\ -\sqrt{F_b} & F_{ab} & F_b & F_{bc} & 0 \\ -\sqrt{F_c} & F_{ac} & F_{bc} & F_c & 0 \\ 0 & F_{ad} & F_{bd} & F_{cd} & \Delta \end{vmatrix}$$

oder

$$T_a = \Delta \begin{vmatrix} 1 & S_a+\sqrt{F_a} & -\sqrt{F_b} & -\sqrt{F_c} \\ S_a+\sqrt{F_a} & F_a & F_{ab} & F_{ac} \\ -\sqrt{F_b} & F_{ab} & F_b & F_{bc} \\ -\sqrt{F_c} & F_{ac} & F_{bc} & F_c \end{vmatrix}.$$

In dieser Determinante multiplicire man ferner die erste Spalte beziehungsweise mit $-S_a-\sqrt{F_a}$, $\sqrt{F_b}$, $\sqrt{F_c}$ und addire hierauf dieselbe zur zweiten, dritten und vierten. Es wird dann

$$T_a = \Delta \begin{vmatrix} -2S_a\sqrt{F_a} - S_a^2 & H_{ab}+S_a\sqrt{F_b} & H_{ac}+S_a\sqrt{F_c} \\ H_{ab}+S_a\sqrt{F_b} & 0 & G_{bc} \\ H_{ac}+S_a\sqrt{F_c} & G_{bc} & 0 \end{vmatrix}$$

$$= 2\,\Delta G_{bc}\left[(H_{ab}+S_a\sqrt{F_b})(H_{ac}+S_a\sqrt{F_c}) + G_{bc}(S_a\sqrt{F_a}+\tfrac{1}{2}S_a^2)\right].$$

Es ist aber

$$H_{ab}H_{ac}=\tfrac{1}{4}R_{ab}R'_{ab}R_{ac}R'_{ac}=\tfrac{1}{4}S_a R_{bc}R'_{ab}R'_{ac},$$
$$\sqrt{F_b}\sqrt{F_c}+\tfrac{1}{2}G_{bc}=\tfrac{1}{2}H_{bc}=-\tfrac{1}{4}R_{bc}R'_{bc}$$

und daher

$$T_a=2\Delta G_{bc}S_a\left[G_{bc}\sqrt{F_a}+H_{ca}\sqrt{F_b}+H_{ab}\sqrt{F_c}+\frac{R_{bc}R'_{ca}R'_{ab}-R'_{bc}R_{ca}R_{ab}}{4}\right]$$
$$=-\Delta G_{bc}S_a\left[-\sqrt{-2G_{bc}}\sqrt[4]{F_a}+\sqrt{-2G_{ca}}\sqrt[4]{F_b}+\sqrt{-2G_{ab}}\sqrt[4]{F_c}\right]^2.$$

Setzt man daher zur Abkürzung

$$\sqrt{\Delta}.\sqrt{-2G_{bc}}\,(-\sqrt{-2G_{bc}}\sqrt[4]{F_a}+\sqrt{-2G_{ca}}\sqrt[4]{F_b}+\sqrt{-2G_{ab}}\sqrt[4]{F_c})=L_a,$$
$$\sqrt{\Delta}.\sqrt{-2G_{ca}}\,(\sqrt{-2G_{bc}}\sqrt[4]{F_a}-\sqrt{-2G_{ca}}\sqrt[4]{F_b}+\sqrt{-2G_{ab}}\sqrt[4]{F_c})=L_b,$$
$$\sqrt{\Delta}.\sqrt{-2G_{ab}}\,(\sqrt{-2G_{bc}}\sqrt[4]{F_a}+\sqrt{-2G_{ca}}\sqrt[4]{F_b}-\sqrt{-2G_{ab}}\sqrt[4]{F_c})=L_c,$$

so wird

$$T_a=\tfrac{1}{2}L^2_a S_a,\quad T_b=\tfrac{1}{2}L^2_b S_b,\quad T_c=\tfrac{1}{2}L^2_c S_c$$

und man genügt den Gleichungen 22), 23), 24) allgemein, wenn man

$$\text{25)}\quad \begin{aligned}\sqrt{F_u}&=Q_a R_{bc}+L_a\sqrt{\tfrac{1}{2}R_{bc}R_{ca}R_{ab}}, & F_{du}&=P_a R_{bc},\\ \sqrt{F_v}&=Q_b R_{ca}+L_b\sqrt{\tfrac{1}{2}R_{bc}R_{ca}R_{ab}}, & F_{dv}&=P_b R_{ca},\\ \sqrt{F_w}&=Q_c R_{ab}+L_c\sqrt{\tfrac{1}{2}R_{bc}R_{ca}R_{ab}}, & F_{dw}&=P_c R_{ab}\end{aligned}$$

nimmt.

Es ist nun noch zu untersuchen, ob die gefundenen Werthe der Unbekannten $u_1, u_2, \ldots, w_3, w_4$ den Gleichungen 16) genügen. Hierzu setze man in der Identität 20) statt x_1, x_2, x_3, x_4 die Coefficienten von s_1, s_2, s_3, s_4 in F_{sw}. Es wird dann

$$\begin{vmatrix} F_{vw} & F_{av} & F_{bv} & F_{cv} & F_{dv}\\ F_{aw} & F_a & F_{ab} & F_{ac} & F_{ad}\\ F_{bw} & F_{ab} & F_b & F_{bc} & F_{bd}\\ F_{cw} & F_{ac} & F_{bc} & F_c & F_{cd}\\ P_{dw} & F_{ad} & F_{bd} & F_{cd} & F_d \end{vmatrix}=0$$

oder

$$\text{26)}\quad \Delta(F_{vw}+\sqrt{F_v}\sqrt{F_w})=P_{bc}\sqrt{F_v}\sqrt{F_w}-Q_b\sqrt{F_v}\,F_{dw}-Q_c\sqrt{F_w}F_{dv}+\Delta_d F_{dv}F_{dw},$$

wo

$$P_{bc}=-\begin{vmatrix} -1 & -\sqrt{F_a} & S_b+\sqrt{F_b} & -\sqrt{F_c} & 0\\ -\sqrt{F_a} & F_a & F_{ab} & F_{ac} & F_{ad}\\ -\sqrt{F_b} & F_{ab} & F_b & F_{bc} & F_{bd}\\ S_c+\sqrt{F_c} & F_{ac} & F_{bc} & F_c & F_{cd}\\ 0 & F_{ad} & F_{bd} & F_{cd} & F_d \end{vmatrix}.$$

Wenn nun Δ_d nicht $=0$ ist, so wird

$$\text{27)}\quad \begin{aligned}\Delta_d\Delta(F_{vw}+\sqrt{F_v}\sqrt{F_w})&=(Q_b\sqrt{F_v}-\Delta_d F_{dv})(Q_c\sqrt{F_w}-\Delta_d F_{dw})\\ &\quad-(Q_b Q_c-\Delta_d P_{bc})\sqrt{F_v}\sqrt{F_w}\\ &=\sqrt{F_v}\sqrt{F_w}\,[\sqrt{T_b}.\sqrt{T_c}-(Q_b Q_c-\Delta_d P_{bc})].\end{aligned}$$

Um den Ausdruck $Q_b Q_c - \Delta_d P_{bc}$ auf die einfachste Form zu bringen, multiplicire man in der Determinante P_{bc} die zweite, dritte und vierte Spalte beziehungsweise mit Δ_{ad}, Δ_{bd}, Δ_{cd} und addire dieselben hierauf zu der mit Δ_d multiplicirten fünften; es wird dann

$$-\Delta_d P_{bc} = \begin{vmatrix} -1 & -\sqrt{F_a} & S_b+\sqrt{F_b} & -\sqrt{F_c} & -Q_b \\ -\sqrt{F_a} & F_a & F_{ab} & F_{ac} & 0 \\ -\sqrt{F_b} & F_{ab} & F_b & F_{bc} & 0 \\ S_c+\sqrt{F_c} & F_{ac} & F_{bc} & F_c & 0 \\ 0 & F_{ad} & F_{bd} & F_{cd} & \Delta \end{vmatrix}$$

oder

$$Q_b Q_c - \Delta_d P_{bc} = \Delta \begin{vmatrix} -1 & -\sqrt{F_a} & S_b+\sqrt{F_b} & -\sqrt{F_c} \\ -\sqrt{F_a} & F_a & F_{ab} & F_{ac} \\ -\sqrt{F_b} & F_{ab} & F_b & F_{bc} \\ S_c+\sqrt{F_c} & F_{ac} & F_{bc} & F_c \end{vmatrix}$$

$$= \Delta \begin{vmatrix} -1 & -\sqrt{F_a} & \sqrt{F_b} & -\sqrt{F_c} \\ -\sqrt{F_a} & F_a & F_{ab} & F_{ac} \\ -\sqrt{F_b} & F_{ab} & F_b & F_{bc} \\ \sqrt{F_c} & F_{ac} & F_{bc} & F_c \end{vmatrix}$$

$$+ \Delta S_b \begin{vmatrix} -\sqrt{F_a} & F_a & F_{ac} \\ -\sqrt{F_b} & F_{ab} & F_{bc} \\ +\sqrt{F_c} & F_{ac} & F_c \end{vmatrix} - \Delta S_c \begin{vmatrix} -\sqrt{F_a} & \sqrt{F_b} & -\sqrt{F_c} \\ F_a & F_{ab} & F_{ac} \\ F_{ab} & F_b & F_{bc} \end{vmatrix}$$

$$- \Delta S_b S_c (F_{ab} F_{ac} - F_a F_{bc})$$

$$= -\Delta (2 H_{bc} + S_b S_c)(F_{ab} F_{ac} - F_a F_{bc})$$

$$- \Delta (H_{ca} S_b + H_{ab} S_c)(-G_{bc}\sqrt{F_a} + G_{ca}\sqrt{F_b} + G_{ab}\sqrt{F_c}).$$

Es ist aber

$$2H_{bc} + S_b S_c = -4 R_{bc} \sqrt[4]{F_b} \sqrt[4]{F_c}$$

$$H_{ca} S_b + H_{ab} S_c = R_{bc}(4\sqrt{F_a}\sqrt[4]{F_b}\sqrt[4]{F_c} - \sqrt{-2G_{ca}}\sqrt{-2G_{ab}}),$$

$$F_{ca} F_{ab} - F_a F_{bc} = G_{ca} G_{ab} + (-G_{bc}\sqrt{F_a} + G_{ca}\sqrt{F_b} + G_{ab}\sqrt{F_c})\sqrt{F_a}$$

und daher

$$Q_b Q_c - \Delta_d P_{bc} = \tfrac{1}{2} L_b L_c R_{bc}.$$

Setzt man diesen Ausdruck in 27) ein, so schliesst man, dass es für das Bestehen der Gleichungen 16) nothwendig und hinreichend ist, wenn in den Formeln 25) die Wurzel $\sqrt{\tfrac{1}{2} R_{bc} R_{ca} R_{ab}}$ mit demselben Vorzeichen ausgezogen wird.

Berücksichtigt man die verschiedenen Vorzeichen, welche die Wurzeln

$$\sqrt{F_a},\ \sqrt{F_b},\ \sqrt{F_c},\ \sqrt{-2G_{bc}},\ \sqrt{-2G_{ca}},\ \sqrt{-2G_{ab}},$$
$$\sqrt{\tfrac{1}{2} R_{bc} R_{ca} R_{ab}}$$

haben können, so erhellt, dass die Gleichungen 15) und 16) im Allgemeinen 64 verschiedene Lösungen zulassen.

Ist $\Delta_d = 0$, so hat man für eine Lösung der Gleichungen 22), 23), 24)

$$F_u = F_v = F_w = 0$$

und für die andere

$$\sqrt{F_u} = 2Q_a, \quad \sqrt{F_v} = 2Q_b, \quad \sqrt{F_w} = 2Q_c,$$
$$F_{du} = P_a, \qquad F_{dv} = P_b, \qquad F_{dw} = P_c.$$

Dass in diesem letzteren Falle die Gleichungen 16) erfüllt sind, folgt aus 26), wenn man berücksichtigt, dass allgemein

$$(Q^2_b - \Delta_d P_b)(Q^2_c - \Delta_d P_c) - (Q_b Q_c - \Delta_d P_{bc})^2 = 0$$

und daher auch

$$2 P_{bc} Q_b Q_c - P_b Q^2_c - P_c Q^2_b + \Delta_d (P_b P_c - P^2_{bc}) = 0$$

ist, woraus in dem besondern Falle $\Delta_d = 0$

$$2 P_{bc} Q_b Q_c - P_b Q^2_c - P_c Q^2_b = 0$$

folgt.

V.

Die Steiner'sche Construction beruht auf Folgendem.

Bestimmt man drei Ebenen p, q, r derart, dass identisch in Bezug auf s_1, s_2, s_3, s_4

$$F_{ps} = \alpha \left[\frac{F_{us}}{\sqrt{F_u}} - \frac{A(auvw)(suvw)}{8 F_u F_v F_w \sqrt{F_a}}\right] + \alpha'(abcs),$$

$$F_{qs} = \beta \left[\frac{F_{vs}}{\sqrt{F_v}} - \frac{A(buvw)(suvw)}{8 F_u F_v F_w \sqrt{F_b}}\right] + \beta'(abcs),$$

$$F_{rs} = \gamma \left[\frac{F_{ws}}{\sqrt{F_w}} - \frac{A(cuvw)(suvw)}{8 F_u F_v F_w \sqrt{F_c}}\right] + \gamma'(abcs)$$

ist, wobei F_a, F_b, F_c von Null verschieden vorausgesetzt werden, und hierauf α und α', β und β', γ und γ' beziehungsweise so, dass

$$\alpha^2 = F_p, \quad \beta^2 = F_q, \quad \gamma^2 = F_r$$

wird, so hat man unmittelbar auf Grund der Gleichungen 15), 16), 17)

$$(abcu) F_{pv} - (abcv) F_{pu} = -[(abcu)\sqrt{F_v} + (abcv)\sqrt{F_u}]\sqrt{F_p},$$
$$(abcu) F_{pw} - (abcw) F_{pu} = -[(abcu)\sqrt{F_w} + (abcw)\sqrt{F_u}]\sqrt{F_p},$$
$$F_{ap} = \sqrt{F_a}\sqrt{F_p},$$
$$\sqrt{F_b} F_{ap} - \sqrt{F_a} F_{bp} = \sqrt[4]{F_a}\sqrt[4]{F_b}\sqrt{-2G_{ab}}\sqrt{F_p},$$
$$\sqrt{F_c} F_{ap} - \sqrt{F_a} F_{cp} = \sqrt[4]{F_a}\sqrt[4]{F_c}\sqrt{-2G_{ac}}\sqrt{F_p},$$
$$(abcv) F_{qw} - (abcw) F_{qv} = -[(abcv)\sqrt{F_w} + (abcw)\sqrt{F_v}]\sqrt{F_q},$$
$$(abcv) F_{qu} - (abcu) F_{qv} = -[(abcv)\sqrt{F_u} + (abcu)\sqrt{F_v}]\sqrt{F_q},$$
$$F_{bq} = \sqrt{F_b}\sqrt{F_q},$$
$$\sqrt{F_c} F_{bq} - \sqrt{F_b} F_{cq} = \sqrt[4]{F_b}\sqrt[4]{F_c}\sqrt{-2G_{bc}}\sqrt{F_q},$$
$$\sqrt{F_a} F_{bq} - \sqrt{F_b} F_{aq} = \sqrt[4]{F_b}\sqrt[4]{F_a}\sqrt{-2G_{ba}}\sqrt{F_q},$$

$$(abcw)F_{ru}-(abcu)F_{rw}=-[(abcw)\sqrt{F_u}+(abcu)\sqrt{F_w}]\sqrt{F_r},$$
$$(abcw)F_{rv}-(abcv)F_{rw}=-[(abcw)\sqrt{F_v}+(abcv)\sqrt{F_w}]\sqrt{F_r},$$
$$F_{cr}=\sqrt{F_c}\sqrt{F_r},$$
$$\sqrt{F_a}F_{cr}-\sqrt{F_c}F_{ar}=\sqrt[4]{F_c}\sqrt[4]{F_a}\sqrt{-2G_{ca}}\sqrt{F_r},$$
$$\sqrt{F_b}F_{cr}-\sqrt{F_c}F_{br}=\sqrt[4]{F_c}\sqrt[4]{F_b}\sqrt{-2G_{cb}}\sqrt{F_r}.$$

Diese Gleichungen drücken der Reihe nach aus, dass die Schnitte p, q, r je zwei der Schnitte

28)
$$\begin{aligned}(abcw)v_x-(abcv)w_x&=0,\\(abcu)w_x-(abcw)u_x&=0,\\(abcv)u_x-(abcu)v_x&=0,\end{aligned}$$

je einen der Schnitte

29) $$a_x=0,\quad b_x=0,\quad c_x=0$$

und je zwei der Schnitte

30) $$\sqrt{F_c}b_x-\sqrt{F_b}c_x=0,\quad \sqrt{F_a}c_x-\sqrt{F_c}a_x=0,\quad \sqrt{F_b}a_x-\sqrt{F_a}b_x=0$$

berühren und zwar, dass p den zweiten und dritten der Schnitte 28) und 30) und den Schnitt a berührt u. s. w. Ueberdies drücken die Gleichungen

$$(abcw)(F_{pv}+\sqrt{F_p}\sqrt{F_v})-(abcv)(F_{pw}+\sqrt{F_p}\sqrt{F_w})=0,$$
$$(abcu)(F_{qw}+\sqrt{F_q}\sqrt{F_w})-(abcw)(F_{qu}+\sqrt{F_q}\sqrt{F_u})=0,$$
$$(abcv)(F_{ru}+\sqrt{F_r}\sqrt{F_u})-(abcu)(F_{rv}+\sqrt{F_r}\sqrt{F_v})=0$$

aus, dass, wenn s_1, s_2, s_3, s_4 laufende Ebenencoordinaten bezeichnen, die Coordinaten der Ebenen 28) den Gleichungen der Berührungspunkte der Schnitte a und p, b und q, c und r, nämlich

$$\sqrt{F_p}F_{as}-\sqrt{F_a}F_{ps}=0,$$
$$\sqrt{F_q}F_{bs}-\sqrt{F_b}F_{qs}=0,$$
$$\sqrt{F_r}F_{cs}-\sqrt{F_c}F_{rs}=0$$

beziehungsweise genügen. Endlich berühren die Schnitte u, v, w je zwei der Schnitte 28), und zwar u den zweiten und dritten, v den dritten und ersten, w den ersten und zweiten.

X.

Ueber die Einwirkung ruhender und rotirender Kugelflächen unter Zugrundelegung des Weber'schen Gesetzes.

Von

Ernst Lehmann,

Oberlehrer am Gymnasium zu St. Nikolai zu Leipzig.

Hierzu Taf. II Fig. 1—7.

Einleitung.

In der Theorie der Elektricität werden zwei Hauptclassen von Erscheinungen betrachtet: die Erscheinungen der statischen Elektricität, welche das Coulomb'sche Gesetz befolgen, und die elektrodynamischen Erscheinungen, welche gewissen ponderomotorischen und elektromotorischen Elementargesetzen entspringen. Jenes erste Gesetz bestimmt die gegenseitige Wirkung zweier elektrischer Massen, welche sich in Ruhe befinden, die letzteren die Wechselwirkung zweier Stromelemente.

Wilhelm Weber ist es gelungen, beide, das Coulomb'sche wie die elektrodynamischen Gesetze in Ein allgemeines Grundgesetz zu vereinigen, welches daher beide Classen von Erscheinungen umfasst. Nach seiner Anschauung müssen zwei elektrische Massenpunkte, sobald sie in Bewegung sind, in anderer Weise auf einander wirken, als wenn sie sich in Ruhe befinden, oder genauer: das Coulomb'sche Gesetz ist nur das erste Glied in der Formel für die gegenseitige Einwirkung zweier elektrischer Massenpunkte, indem noch andere Glieder hinzutreten, welche von den Bewegungszuständen der Punkte, von ihren Geschwindigkeiten und Beschleunigungen, abhängen und die mithin für ruhende Elektricitäten verschwinden. Das so vervollständigte Gesetz ist nach den Untersuchungen W. Weber's durch die Formel

$$\mathfrak{R} = \frac{m\mu}{r^2}\left[1 - \frac{1}{c^2}\left(\frac{dr}{dt}\right)^2 + \frac{2r}{c^2}\left(\frac{d^2r}{dt^2}\right)\right]$$

gegeben, wo $\mathfrak{R}$ die in der Richtung der Verbindungslinie stattfindende repulsive Wirkung der beiden Massentheilchen m und μ, r den Abstand dieser letzteren, t die Zeit und c eine dem Weber'schen Gesetze eigenthümlich zugehörende Constante bedeutet.

In vorliegender Abhandlung* wird auf Grund dieses Gesetzes
1. die Einwirkung einer ruhenden Kugelfläche auf einen in beliebiger Bewegung begriffenen Punkt,
2. die Einwirkung einer rotirenden Kugelfläche auf einen in beliebiger Bewegung begriffenen Punkt und
3. die Einwirkung zweier rotirender Kugelflächen auf einander

ermittelt, und zwar unter der Voraussetzung, dass die zu betrachtenden Kugelflächen gleichmässig von elektrischer Materie durchdrungen und mit derselben starr und unlöslich verbunden sind.

I.

Die Einwirkung einer ruhenden Kugelfläche auf einen in beliebiger Bewegung begriffenen Punkt.

§ 1.

Das Fundament der Lösung bilde folgende

Transformation des Weber'schen Gesetzes.**

Setzt man in dem Ausdrucke für die Kraft $\mathfrak{R}$ zur Abkürzung

$$\frac{2}{c^2} = A^2,$$

so lässt sich $\mathfrak{R}$ auch darstellen durch die Formel

$$1)\qquad \mathfrak{R} = \frac{m\mu}{r^2}\left[1 - \frac{A^2}{2}\left(\frac{dr}{dt}\right)^2 + A^2 r \frac{d^2 r}{dt^2}\right];$$

da ferner

$$\frac{d^2\sqrt{r}}{dt^2} = -\frac{1}{4r\sqrt{r}}\left(\frac{dr}{dt}\right)^2 + \frac{1}{2\sqrt{r}}\frac{d^2 r}{dt^2},$$

also

$$2r\sqrt{r}\,\frac{d^2\sqrt{r}}{dt^2} = -\tfrac{1}{2}\left(\frac{dr}{dt}\right)^2 + r\frac{d^2 r}{dt^2},$$

so ist auch

$$\mathfrak{R} = \frac{m\mu}{r^2}\left[1 + 2A^2 r\sqrt{r}\,\frac{d^2\sqrt{r}}{dt^2}\right]$$

oder

$$\mathfrak{R} = m\mu\left(\frac{1}{r^2} + 2A^2\frac{1}{\sqrt{r}}\,\frac{d^2\sqrt{r}}{dt^2}\right),$$

und dieser Ausdruck nimmt durch die Substitutionen

---

* Zu welcher dem Verfasser – wie zu vielem Andern – von seinem hochverehrten Lehrer, Herrn Professor Dr. C. Neumann, die Anregung zu Theil wurde.

** C. Neumann: „Ueber das von Weber für die elektrischen Kräfte aufgestellte Gesetz". Leipzig 1874, S. 88 flg., und „Die Principien der Elektrodynamik". Tübingen 1868.

$$\frac{1}{r^2} = -\frac{d\frac{1}{r}}{dr}, \quad \frac{1}{\sqrt{r}} = 2\frac{d\sqrt{r}}{dr}$$

die Form an

$$\mathfrak{R} = m\mu\left(-\frac{d\frac{1}{r}}{dr} + 4A^2\frac{d\sqrt{r}}{dr}\frac{d^2\sqrt{r}}{dt^2}\right)$$

oder endlich

2) $$\mathfrak{R} = m\mu\left(-\frac{d\varphi}{dr} + 4A^2\frac{d\psi}{dr}\frac{d^2\psi}{dt^2}\right),$$

wobei unter φ und ψ Functionen von r zu verstehen sind, welche zwar für beträchtliche Entfernungen mit $\frac{1}{r}$ und $\sqrt{r}$ übereinstimmen, für sehr kleine Entfernungen hingegen von noch unbekannter Beschaffenheit sind, da wahrscheinlich für solche auch das Weber'sche Gesetz gewisser Modificationen bedarf.

Sind nun x, y, z und ξ, η, ζ die Coordinaten resp. von m und μ, u, v, w die Richtungswinkel ihres Abstandes r, so besitzen die Componenten $\mathfrak{X}$, $\mathfrak{Y}$, $\mathfrak{Z}$ der von μ auf m ausgeübten Kraft $\mathfrak{R}$ die Werthe

$$\mathfrak{X} = \mathfrak{R}\cos u \qquad \mathfrak{X} = \mathfrak{R}\frac{x-\xi}{r},$$

$$\mathfrak{Y} = \mathfrak{R}\cos v \quad \text{oder} \quad \mathfrak{Y} = \mathfrak{R}\frac{y-\eta}{r},$$

$$\mathfrak{Z} = \mathfrak{R}\cos w \qquad \mathfrak{Z} = \mathfrak{R}\frac{z-\zeta}{r}$$

oder infolge der Relation $r^2 = (x-\xi)^2 + (y-\eta)^2 + (z-\zeta)^2$

$$\mathfrak{X} = \mathfrak{R}\frac{\partial r}{\partial x}, \quad \mathfrak{Y} = \mathfrak{R}\frac{\partial r}{\partial y}, \quad \mathfrak{Z} = \mathfrak{R}\frac{\partial r}{\partial z},$$

d. i. nach 2)

$$\mathfrak{X} = m\mu\left(-\frac{\partial\varphi}{\partial x} + 4A^2\frac{\partial\psi}{\partial x}\frac{d^2\psi}{dt^2}\right),$$

3) $$\mathfrak{Y} = m\mu\left(-\frac{\partial\varphi}{\partial y} + 4A^2\frac{\partial\psi}{\partial y}\frac{d^2\psi}{dt^2}\right),$$

$$\mathfrak{Z} = m\mu\left(-\frac{\partial\varphi}{\partial z} + 4A^2\frac{\partial\psi}{\partial z}\frac{d^2\psi}{dt^2}\right).$$

Auch diese Ausdrücke 3) lassen sich noch in eine andere und für das Folgende geeignetere Gestalt überführen. Beachtet man, dass

$$\frac{\partial r}{\partial x} = -\frac{\partial r}{\partial \xi}, \quad \frac{\partial r}{\partial y} = -\frac{\partial r}{\partial \eta}, \quad \frac{\partial r}{\partial z} = -\frac{\partial r}{\partial \zeta},$$

$$\frac{\partial\psi}{\partial x} = \frac{d\psi}{dr}\frac{\partial r}{\partial x}, \quad \ldots, \quad \frac{\partial\psi}{\partial \xi} = \frac{d\psi}{dr}\frac{\partial r}{\partial \xi}, \quad \ldots,$$

also

$$\frac{\partial\psi}{\partial x}=-\frac{\partial\psi}{\partial\xi},\quad \frac{\partial\psi}{\partial y}=-\frac{\partial\psi}{\partial\eta},\quad \frac{\partial\psi}{\partial z}=-\frac{\partial\psi}{\partial\zeta},$$

$$\frac{\partial^2\psi}{\partial x^2}=-\frac{\partial^2\psi}{\partial x\,\partial\xi},\quad \frac{\partial^2\psi}{\partial x\,\partial y}=-\frac{\partial^2\psi}{\partial x\,\partial\eta},\quad \frac{\partial^2\psi}{\partial x\,\partial z}=-\frac{\partial^2\psi}{\partial x\,\partial\zeta},\ \ldots,$$

sowie dass

$$\frac{d\psi}{dt}=\frac{d\psi}{dr}\,\frac{dr}{dt},$$

$$\frac{dr}{dt}=\frac{\partial r}{\partial x}\,\frac{dx}{dt}+\frac{\partial r}{\partial y}\,\frac{dy}{dt}+\ldots+\frac{\partial r}{\partial\zeta}\,\frac{d\zeta}{dt},$$

d. i. auch

$$\frac{dr}{dt}=\left(\frac{dx}{dt}-\frac{d\xi}{dt}\right)\frac{\partial r}{\partial x}+\left(\frac{dy}{dt}-\frac{d\eta}{dt}\right)\frac{\partial r}{\partial y}+\left(\frac{dz}{dt}-\frac{d\zeta}{dt}\right)\frac{\partial r}{\partial z}$$

oder, wenn die Differentiationen nach der Zeit durch Accente angedeutet werden,

$$\frac{dr}{dt}=\frac{\partial r}{\partial x}(x'-\xi')+\frac{\partial r}{\partial y}(y'-\eta')+\frac{\partial r}{\partial z}(z'-\zeta'),$$

so erhält man

$$4)\quad \frac{d\psi}{dt}=\frac{\partial\psi}{\partial x}(x'-\xi')+\frac{\partial\psi}{\partial y}(y'-\eta')+\frac{\partial\psi}{\partial z}(z'-\zeta'),$$

$$5)\quad \frac{\partial\frac{d\psi}{dt}}{\partial x}=\frac{\partial^2\psi}{\partial x^2}(x'-\xi')+\frac{\partial^2\psi}{\partial x\,\partial y}(y'-\eta')+\frac{\partial^2\psi}{\partial x\,\partial z}(z'-\zeta'),\ \ldots,$$

$$\frac{d\frac{\partial\psi}{\partial x}}{dt}=\frac{\partial^2\psi}{\partial x^2}x'+\ldots+\frac{\partial^2\psi}{\partial x\,\partial\xi}\xi'+\ldots,\ \ldots$$

oder

$$6)\quad \frac{d\frac{\partial\psi}{\partial x}}{dt}=\frac{\partial^2\psi}{\partial x^2}(x'-\xi')+\frac{\partial^2\psi}{\partial x\,\partial y}(y'-\eta')+\frac{\partial^2\psi}{\partial x\,\partial z}(z'-\zeta'),\ \ldots,$$

so dass 5) und 6) die Relation liefern

$$\frac{\partial\frac{d\psi}{dt}}{\partial x}=\frac{d\frac{\partial\psi}{\partial x}}{dt},\ \ldots$$

Differentiirt man jetzt 4) nach x', ..., so ergiebt sich

$$\frac{\partial\frac{d\psi}{dt}}{\partial x'}=\frac{\partial\psi}{\partial x},\ \ldots;$$

multiplicirt man jede dieser Gleichungen mit $2\frac{d\psi}{dt}$, so erhält man

$$7)\quad \frac{\partial\left(\frac{d\psi}{dt}\right)^2}{\partial x}=2\frac{d\psi}{dt}\,\frac{d\frac{\partial\psi}{\partial x}}{dt},\ \ldots,$$

$$8)\qquad \frac{\partial\left(\frac{d\psi}{dt}\right)^2}{\partial x'} = 2\frac{d\psi}{dt}\frac{\partial\psi}{\partial x}, \ldots;$$

da aber

$$\frac{d\left(2\frac{d\psi}{dt}\frac{\partial\psi}{\partial x}\right)}{dt} = 2\frac{d\psi}{dt}\cdot\frac{d}{dt}\frac{\partial\psi}{\partial x} + 2\frac{d^2\psi}{dt^2}\cdot\frac{\partial\psi}{\partial x}, \ldots,$$

so hat man mit Hilfe von 7) und 8)

$$\frac{d}{dt}\frac{\partial\left(\frac{d\psi}{dt}\right)^2}{dx'} = \frac{\partial\left(\frac{d\psi}{dt}\right)^2}{\partial x} + 2\frac{d^2\psi}{dt^2}\frac{\partial\psi}{\partial x}, \ldots$$

und gewinnt die für unsere Transformation massgebende Beziehung

$$2\frac{\partial\psi}{\partial x}\frac{d^2\psi}{dt^2} = -\frac{\partial\left(\frac{d\psi}{dt}\right)^2}{\partial x} + \frac{d}{dt}\frac{\partial\left(\frac{d\psi}{dt}\right)^2}{\partial x'}, \ldots;$$

multiplicirt man noch mit $2A^2$ und setzt

$$9)\qquad \tilde{\omega} = 2A^2\left(\frac{d\psi}{dt}\right)^2,$$

so ergiebt sich

$$4A^2\frac{\partial\psi}{\partial x}\frac{d^2\psi}{dt^2} = -\frac{\partial\tilde{\omega}}{\partial x} + \frac{d}{dt}\frac{\partial\tilde{\omega}}{\partial x'}\ldots,$$

und die Ausdrücke 3) erhalten die endgiltige Form

$$10)\qquad \begin{aligned} \mathfrak{X} &= m\mu\left[-\frac{\partial(\varphi+\tilde{\omega})}{\partial x} + \frac{d}{dt}\frac{\partial\tilde{\omega}}{\partial x'}\right], \\ \mathfrak{Y} &= m\mu\left[-\frac{\partial(\varphi+\tilde{\omega})}{\partial y} + \frac{d}{dt}\frac{\partial\tilde{\omega}}{\partial y'}\right], \\ \mathfrak{Z} &= m\mu\left[-\frac{\partial(\varphi+\tilde{\omega})}{\partial z} + \frac{d}{dt}\frac{\partial\tilde{\omega}}{\partial z'}\right]. \end{aligned}$$

Hierin nennt man aus leicht ersichtlichen Gründen $m\mu\varphi$ das elektrostatische und $m\mu\tilde{\omega}$ das elektrodynamische Potential.

§ 2.

Die Gleichungen des Problems.

Sei K die Kugelschale, $d\sigma$ ein Flächenelement und $\varkappa$ die elektrische Dichtigkeit desselben, U das elektrostatische und P das elektrodynamische Potential der ruhenden Kugelfläche K auf den in Bewegung begriffenen Punkt, welcher die Masse m und die Coordinaten x, y, z besitze; alsdann lassen sich zufolge der Formeln 10) die Componenten $\mathfrak{X}$, $\mathfrak{Y}$, $\mathfrak{Z}$ der zu suchenden Wirkung $\mathfrak{R}$ darstellen wie folgt:

$$11)\qquad \begin{aligned} \mathfrak{X} &= -\frac{\partial(U+P)}{\partial x} + \frac{d}{dt}\frac{\partial P}{\partial x'}, \\ \mathfrak{Y} &= -\frac{\partial(U+P)}{\partial y} + \frac{d}{dt}\frac{\partial P}{\partial y'}, \\ \mathfrak{Z} &= -\frac{\partial(U+P)}{\partial z} + \frac{d}{dt}\frac{\partial P}{\partial z'}. \end{aligned}$$

Hierbei sind *U und P definirt durch* die Gleichungen

12) $$U = m\int\int \varphi\varkappa\, d\sigma, \quad P = m\int\int \tilde{\omega}\varkappa\, d\sigma,$$

die Integration ausgedehnt über alle Elemente $d\sigma$ der Kugelfläche K. Falls nun der Punkt m derselben nicht zu nahe liegt, so erhalten φ und ψ resp. die Bedeutungen $\frac{1}{r}$ und $\sqrt{r}$, und man hat, mit Rücksicht auf 9),

13) $$\tilde{\omega} = \frac{A^2}{2r}\left(\frac{dr}{dt}\right)^2 \text{ oder nach 4) } \tilde{\omega} = \frac{A^2}{2r}\left(\frac{x-\xi}{r}x' + \frac{y-\eta}{r}y' + \frac{z-\zeta}{r}z'\right)^2,$$

worin ξ, η, ζ die Coordinaten eines Elementes μ $(= \varkappa\, d\sigma)$ der Kugelfläche K repräsentiren. Die Geschwindigkeiten ξ', η', ζ' der Masse μ sind null vermöge der im Eingange gemachten Voraussetzung. Somit geben die Gleichungen 11) über in

14) $$U = m\int\int \frac{\varkappa\, d\sigma}{r}, \quad P = \frac{A^2 m}{2}\int\int\left(\frac{x-\xi}{r}x' + \frac{y-\eta}{r}y' + \frac{z-\zeta}{r}z'\right)^2 \frac{\varkappa\, d\sigma}{r},$$

wo übrigens $\varkappa$ als Constante vor das Integralzeichen gesetzt werden darf.

§ 3.

Ausführung der Integration in den für U und P erhaltenen Werthen.

Ist α der Radius, C das Centrum der Kugelfläche K, ferner ϑ der Winkel, welchen der Radius $C\mu$ mit der Centrale $\overline{R(m\mu)}$ bildet, und φ der Winkel, welchen die Ebene $mC\mu$ mit einer beliebigen festen, durch Cm gehenden Ebene einschliesst, so wird das Flächenelement $d\sigma$ bekanntlich dargestellt durch die Formel

$$d\sigma = \alpha^2 \sin\vartheta\, d\vartheta\, d\varphi,$$

und für das Dreieck $mC\mu$ gilt die Relation

$$r^2 = \alpha^2 + R^2 - 2\alpha R\cos\vartheta.$$

Differentiirt man diese Gleichung nach ϑ, so erhält man

$$r\, dr = \alpha R \sin\vartheta\, d\vartheta$$

und ist vermöge dieser Beziehung im Stande, in dem Ausdrucke für $d\sigma$ die Variable ϑ durch r zu ersetzen. Die Integrale

$$\int\int \frac{\varkappa\, d\sigma}{r} \text{ und } \int\int r\varkappa\, d\sigma,$$

welche sich beide über die Fläche K hinerstrecken sollen, werden daher durch die Substitutionen

$$\frac{d\sigma}{r} = \frac{\alpha\, dr\, d\varphi}{R} \text{ und } r\, d\sigma = \frac{\alpha r^2\, dr\, d\varphi}{R}$$

zu

$$\frac{\varkappa\alpha}{R}\int\int dr\, d\varphi \text{ und } \frac{\varkappa\alpha}{R}\int\int r^2\, dr\, d\varphi.$$

Liegt der indicirte Punkt m innerhalb der Kugelfläche K, so ist $R < \alpha$, **liegt** er ausserhalb derselben, so ist $R > \alpha$. Die hierdurch hervorgerufene Verschiedenheit der Grenzen erheischt daher im weiteren Verlaufe der Rechnung die gesonderte Behandlung der beiden genannten Fälle.

Man findet

a) für einen Punkt innerhalb K:

$$15)\qquad \iint \frac{\varkappa\, d\sigma}{r} = \frac{\alpha\varkappa}{R} \int_0^{2\pi}\int_{\alpha-R}^{\alpha+R} dr\, d\varphi = \frac{M}{\alpha},$$

worin $M = 4\pi\alpha^2\varkappa$ die Gesammtbelegung von K repräsentirt, und

$$16)\qquad \iint r\varkappa\, d\sigma = \frac{\alpha\varkappa}{R} \int_0^{2\pi}\int_{\alpha-R}^{\alpha+R} r^2\, dr\, d\varphi = M\left(\alpha + \frac{R^2}{3\alpha}\right).$$

Differentiirt man 15) und 16) nach den Coordinaten x, y, z des Punktes m, so ergeben sich die Werthe anderer Integrale, welche uns in der weiteren Bearbeitung wiederholt entgegentreten. Man erhält, falls der Anfangspunkt des Coordinatensystems mit dem Centrum C der Kugelschale K coincidirt, in der angegebenen Weise aus 15)

$$17)\qquad \iint \varkappa \frac{x-\xi}{r^3}\, d\sigma = 0, \quad \iint \varkappa \frac{y-\eta}{r^3}\, d\sigma = 0, \quad \iint \varkappa \frac{z-\zeta}{r^3}\, d\sigma = 0$$

und aus 16), durch zweimalige Differentiation, mit Hilfe von 15)

$$18)\qquad \iint \varkappa \frac{(x-\xi)^2}{r^3}\, d\sigma = \frac{M}{3\alpha}, \quad \iint \varkappa \frac{(y-\eta)^2}{r^3}\, d\sigma = \frac{M}{3\alpha}, \quad \iint \varkappa \frac{(z-\zeta)^2}{r^3}\, d\sigma = \frac{M}{3\alpha},$$

$$19)\qquad \iint \varkappa \frac{(x-\xi)(y-\eta)}{r^3}\, d\sigma = 0, \quad \iint \varkappa \frac{(y-\eta)(z-\zeta)}{r^3}\, d\sigma = 0, \quad \iint \varkappa \frac{(z-\zeta)(x-\xi)}{r^3}\, d\sigma = 0.$$

In gleicher Weise ergiebt sich

b) für einen Punkt ausserhalb K:

$$20)\qquad \iint \frac{\varkappa\, d\sigma}{r} = \frac{\alpha\varkappa}{R} \int_0^{2\pi}\int_{R-\alpha}^{R+\alpha} dr\, d\varphi = \frac{M}{R}$$

und

$$21)\qquad \iint \varkappa r\, d\sigma = \frac{\alpha\varkappa}{R} \int_0^{2\pi}\int_{R-\alpha}^{R+\alpha} r^2\, dr\, d\varphi = M\left(R + \frac{\alpha^2}{3R}\right).$$

Differentiirt man auch diese Gleichungen wie in *a)* nach x, y, z und beachtet, dass

$$R^2 = x^2 + y^2 + z^2,$$

so findet man aus 20)

$$22) \quad \iint \varkappa \frac{x-\xi}{r^3} d\sigma = \frac{\mathrm{M} x}{R^3}, \quad \iint \varkappa \frac{y-\eta}{r^3} d\sigma = \frac{\mathrm{M} y}{R^3}, \quad \iint \varkappa \frac{z-\zeta}{r^3} d\sigma$$

und aus 21)

$$23) \quad \iint \varkappa \frac{x-\xi}{r} d\sigma = \mathrm{M}\left(\frac{x}{R} - \frac{\alpha^2 x}{3R^3}\right), \quad \iint \varkappa \frac{y-\eta}{r} d\sigma = \mathrm{M}\left(\frac{y}{R} - \frac{\alpha}{3}\right.$$

$$\iint \varkappa \frac{z-\zeta}{r} d\sigma = \mathrm{M}\left(\frac{z}{R} - \frac{\alpha^2 z}{3R^3}\right),$$

$$\iint \varkappa \frac{(x-\xi)^2}{r^3} d\sigma = \frac{\mathrm{M} x^2}{R^3}\left(1 - \frac{\alpha^2}{R^2}\right) + \mathrm{M}\frac{\alpha^2}{3R^3},$$

$$24) \quad \iint \varkappa \frac{(y-\eta)^2}{r^3} d\sigma = \frac{\mathrm{M} y^2}{R^3}\left(1 - \frac{\alpha^2}{R^2}\right) + \frac{\mathrm{M}\alpha^2}{3R^3},$$

$$\iint \varkappa \frac{(z-\zeta)^2}{r^3} d\sigma = \frac{\mathrm{M} z^2}{R^3}\left(1 - \frac{\alpha^2}{R^2}\right) + \frac{\mathrm{M}\alpha^2}{3R^3},$$

$$\iint \varkappa \frac{(x-\xi)(y-\eta)}{r^3} d\sigma = \frac{\mathrm{M}}{R^3} x y \left(1 - \frac{\alpha^2}{R^2}\right),$$

$$25) \quad \iint \varkappa \frac{(y-\eta)(z-\zeta)}{r^3} d\sigma = \frac{\mathrm{M}}{R^3} y z \left(1 - \frac{\alpha^2}{R^2}\right),$$

$$\iint \varkappa \frac{(z-\zeta)(x-\xi)}{r^3} d\sigma = \mathrm{M}\frac{z x}{R^3}\left(1 - \frac{\alpha^2}{R^2}\right).$$

§ 4.

Ermittelung der Kräfte $\mathfrak{X}$, $\mathfrak{Y}$, $\mathfrak{Z}$.*

Durch die Substitutionen 18), 19), 24), 25) gehen die Wertl U und P in 14)

a) für einen Punkt innerhalb K

über in

$$26) \quad U = \frac{m\mathrm{M}}{\alpha}, \quad P = \frac{A^2 m \mathrm{M}}{2} \frac{x'^2 + y'^2 + z'^2}{3\alpha},$$

so dass

$$\frac{\partial U}{\partial x} = 0, \quad \frac{\partial P}{\partial x} = 0, \quad \frac{\partial P}{\partial x'} = \frac{A^2 m \mathrm{M}}{3\alpha} x', \quad \frac{d}{dt}\frac{\partial P}{\partial x'} = \frac{A^2 m \mathrm{M}}{3\alpha} x'', \quad \ldots$$

und daher

$$27) \quad \mathfrak{X} = \frac{A^2 m \mathrm{M}}{3\alpha} x'', \quad \mathfrak{Y} = \frac{A^2 m \mathrm{M}}{3\alpha} y'', \quad \mathfrak{Z} = \frac{A^2 m \mathrm{M}}{3\alpha} z''.$$

Hieraus folgt der von Helmholtz** zuerst ausgesprochene Satz:

---

* C. Neumann: „Ueber das von Weber für die elektrischen Kräf gestellte Gesetz."

** *Helmholtz*, Borch. Journal, Bd. 75 S. 48 – 54.

Die Componenten der von einer Kugelfläche auf einen innerhalb befindlichen Punkt ausgeübten Kraft sind proportional den Beschleunigungen des Punktes.

b) **Für einen Punkt ausserhalb K**

hat man

$$28)\quad \begin{cases} U = \dfrac{m\mathrm{M}}{R}, \\[2mm] P = \dfrac{A^2 m\mathrm{M}}{2}\left\{\dfrac{R^2-\alpha^2}{r^5}(xx'+yy'+zz')^2 + \dfrac{\alpha^2}{3R^3}(x'^2+y'^2+z'^2)\right\} \\ \text{oder, weil} \\ R^2 = x^2+y^2+z^2 \text{ und } RR' = xx'+yy'+zz', \\[2mm] P = \dfrac{A^2 m\mathrm{M}}{2R^3}\left\{(R^2-\alpha^2)R'^2 + \dfrac{\alpha^2}{3}(x'^2+y'^2+z'^2)\right\}, \end{cases}$$

so dass

$$\frac{\partial U}{\partial x} = -\frac{m\mathrm{M}}{R^3}x, \;\ldots,$$

$$\frac{\partial P}{\partial x} = \frac{A^2 m\mathrm{M}}{2}\left\{\left(\frac{5\alpha^2}{R^2}-3\right)\frac{xR'^2}{R^3} + 2\left(1-\frac{\alpha^2}{R^2}\right)\frac{x'R'}{R^2} - \frac{\alpha^2 x}{R^5}(x'^2+y'^2+z'^2)\right\}, \ldots,$$

$$\frac{\partial P}{\partial x'} = \frac{A^2 m\mathrm{M}}{2}\left\{2\left(1-\frac{\alpha^2}{R^2}\right)\frac{xR'}{R^2} + \frac{2\alpha^2}{3R^3}x'\right\}, \;\ldots,$$

$$\frac{d}{dt}\frac{\partial P}{\partial x'} = \frac{A^2 m\mathrm{M}}{2}\left\{\frac{4\alpha^2 x}{R^5}R'^2 - 4\left(1-\frac{\alpha^2}{R^2}\right)R'^2 + 2\left(1-\frac{\alpha^2}{R^2}\right)\frac{x'R'}{R^2}\right.$$
$$\left. + 2\left(1-\frac{\alpha^2}{R^2}\right)\frac{x}{R^2}R'' + \frac{2\alpha^2}{3}\frac{d}{dt}\left(\frac{x'}{R^3}\right)\right\}, \;\ldots,$$

und man erhält nach gehöriger Reduction

$$29)\quad \begin{aligned} \mathfrak{X} &= \frac{m\mathrm{M}x}{R^3} + \frac{A^2 m\mathrm{M}}{2}\left\{\frac{F.x}{R^3} + \frac{2\alpha^2}{3}\frac{d}{dt}\left(\frac{x'}{R^3}\right)\right\}, \\ \mathfrak{Y} &= \frac{m\mathrm{M}y}{R^3} + \frac{A^2 m\mathrm{M}}{2}\left\{\frac{F.y}{R^3} + \frac{2\alpha^2}{3}\frac{d}{dt}\left(\frac{y'}{R^3}\right)\right\}, \\ \mathfrak{Z} &= \frac{m\mathrm{M}z}{R^3} + \frac{A^2 m\mathrm{M}}{2}\left\{\frac{F.z}{R^3} + \frac{2\alpha^2}{3}\frac{d}{dt}\left(\frac{z'}{R^3}\right)\right\}, \end{aligned}$$

wobei F die Bedeutung besitzt

$$F = \frac{\alpha^2}{R^2}(x'^2+y'^2+z'^2) + 2RR''\left(1-\frac{\alpha^2}{R^2}\right) - R'^2\left(1-\frac{3\alpha^2}{R^2}\right).$$

Da $\frac{x}{R}, \frac{y}{R}, \frac{z}{R}$ die Richtungscosinus der Centrale R bezeichnen, da ferner $\frac{d}{dt}\left(\frac{x'}{R^3}\right) = \frac{x''}{R^3} - \frac{3R'x'}{R^4}, \ldots$, so erkennt man, dass **die resultirende Wirkung $\mathfrak{R}$ einer gleichmässig mit Elektricität belegten ruhenden Kugelfläche auf einen Punkt ausserhalb nur theilweise in der Richtung der Centralen stattfindet, während ein anderer Theil in der Richtung der Geschwindigkeit V und ein dritter proportional der Beschleunigung angreift, jeder** noch mit einer gewissen Potenz der Entfernung R oder ihrer Differentialquotienten (R' und R'') nach der Zeit behaftet. Ist m in Ruhe, so verschwinden x', y', z', R', R'' und nur der erste Term bleibt bestehen, das bekannte Theorem repräsentirend:

Die Wirkung einer unendlich dünnen homogenen Kugelschale auf einen Punkt ausserhalb ist genau dieselbe, als wenn ihre Masse im Centrum vereinigt wäre.

§ 5.

Andere Lösung.

Die jetzt folgende Lösung ermittelt direct die Kräfte $\mathfrak{X}$, $\mathfrak{Y}$, $\mathfrak{Z}$, und zwar werden zuvörderst die Ausdrücke $\left(\frac{dr}{dt}\right)^2$ und $r\frac{d^2r}{dt^2}$ oder r'^2 und rr'' berechnet und, nach Substitution der erhaltenen Werthe in die Formel des Weber'schen Gesetzes

$$\mathfrak{R} = \frac{m\mu}{r^2}\left(1 - \frac{r'^2}{c^2} + \frac{2rr''}{c^2}\right),$$

die sich darbietenden geometrischen Beziehungen zur weiteren Rechnung verwendet.

Die Durchführung derselben gestaltet sich für den Fall *a)* wie folgt:

Sind wiederum x, y, z die rechtwinkligen Coordinaten des sollicitirten Punktes m und ξ, η, ζ die eines Elementes μ $(= \varkappa\, d\sigma)$ der Kugelfläche K, so erhält man durch Differentiation des Ausdruckes

$$r^2 = (x-\xi)^2 + (y-\eta)^2 + (z-\zeta)^2$$

nach der Zeit t die Beziehung

$$rr' = (x-\xi)x' + (y-\eta)y' + (z-\zeta)z', \tag{30}$$

da wegen der Unbeweglichkeit der elektrischen Materie auf der Kugelschale $\xi' = 0$, $\eta' = 0$, $\zeta' = 0$. Schreibt man 1) in der Form

$$r' = \frac{x-\xi}{r}x' + \frac{y-\eta}{r}y' + \frac{z-\zeta}{r}z',$$

so erkennt man in Coefficienten von x', y', z' die Richtungscosinus der Geraden r; bildet dieselbe also mit den Coordinatenaxen resp. die Winkel u, v, w, so ist auch

$$r' = x'\cos u + y'\cos v + z'\cos w.$$

Bedeutet nun V die Geschwindigkeit des Punktes m und u', v', w' ihre Richtungswinkel, so hat man

$$x' = V\cos u', \quad y' = V\cos v', \quad z' = V\cos w'$$

und durch diese Substitutionen

$$r' = V(\cos u \cos u' + \cos v \cos v' + \cos w \cos w')$$

oder, wenn ϑ den Winkel bezeichnet, welchen r und V mit einander einschliessen,

31) $r' = V \cos\vartheta$.

Durch nochmalige Differentiation von 1) nach der Zeit ergiebt sich weiter

$$r'^2 + r r'' = x'^2 + y'^2 + z'^2 + (x-\xi)x'' + (y-\eta)y'' + (z-\zeta)z''$$

oder, mit Hilfe von 2) und der Relation $V^2 = x'^2 + y'^2 + z'^2$,

32) $r r'' = V^2 \sin^2\vartheta + (x-\xi)x'' + (y-\eta)y'' + (z-\zeta)z''$.

Durch Einführung der Werthe 31) und 32) nimmt daher das Weber'sche Gesetz die Form an

$$\mathfrak{R} = \frac{m\mu}{r^2}\left\{1 + \frac{2 - 3\cos^2\vartheta}{c^2} V^2 + \frac{2}{c^2}\left[(x-\xi)x'' + (y-\eta)y'' + (z-\zeta)z''\right]\right\}.$$

Zur Vereinfachung zerlege man diese Kraft $\mathfrak{R}$ in zwei gleichgerichtete Kräfte $\mathfrak{P}$ und $\mathfrak{Q}$ so, dass

$$\mathfrak{R} = \mathfrak{P} + \mathfrak{Q},$$

wobei

$$\mathfrak{P} = \frac{m\varkappa}{r^2}\left\{1 + \frac{2 - 3\cos^2\vartheta}{c^2} V^2\right\}, \quad \mathfrak{Q} = \frac{2m\mu}{c^2 r^2}\left\{(x-\xi)x'' + (y-\eta)y'' + (z-\zeta)z''\right\}.$$

Um die Summirung dieser Ausdrücke über die Kugelfläche zu bewerkstelligen, denke man sich m (Fig. 1) als Mittelpunkt unendlich vieler und unendlich schmaler Doppelkegel, welche die Kugelschale K in Paare unendlich kleiner Flächenelemente zerlegen.* Sind $d\sigma$ und $d\sigma_1$ zwei zusammengehörige Elemente mit den bezüglichen Entfernungen r und r_1 von m, und construirt man um m als Centrum drei Hilfskugeln resp. mit den Radien 1, r, r_1, so schneidet der Doppelkegel, welchem $d\sigma$ und $d\sigma_1$ angehören, aus der Kugel vom Radius 1 ein Element $d\omega$ (die Kegelöffnung) und aus den beiden anderen Hilfskugeln mit den Radien r, resp. r_1 die Elemente ds, resp. ds_1, und es gelten die Relationen

33) $ds : d\omega = r^2 : 1, \quad ds_1 : d\omega = r_1^2 : 1.$

Bezeichnet ferner φ den Winkel, welchen r oder r_1 mit dem zu $d\sigma$ oder $d\sigma_1$ gehörigen Radius α der Kugelschale K einschliesst, so ist

34) $ds = d\sigma \cos\varphi, \quad ds_1 = d\sigma_1 \cos\varphi,$

und durch Combination der übereinanderstehenden Gleichungen ergiebt sich

$$d\sigma = \frac{r^2\, d\omega}{\cos\varphi}, \quad d\sigma_1 = \frac{r_1^2\, d\omega}{\cos\varphi}.$$

Da aber die Elektricitätsmenge auf K gleichmässig vertheilt ist, so hat man für die auf $d\sigma$ und $d\sigma_1$ vorhandenen elektrischen Theilchen μ und μ_1

$$\mu = \varkappa\, d\sigma, \quad \mu_1 = \varkappa\, d\sigma_1$$

oder

$$\mu = \frac{\varkappa\, d\omega}{\cos\varphi} r^2, \quad \mu_1 = \frac{\varkappa\, d\omega}{\cos\varphi} r_1^2,$$

so dass

---

* Vergl. den Aufsatz von C. Neumann in Pogg. Annalen, Bd. 109 Jahrg. 1860.

$$\frac{\partial\psi}{\partial x}=-\frac{\partial\psi}{\partial\xi},\quad \frac{\partial\psi}{\partial y}=-\frac{\partial\psi}{\partial\eta},\quad \frac{\partial\psi}{\partial z}=-\frac{\partial\psi}{\partial\zeta},$$

$$\frac{\partial^2\psi}{\partial x^2}=-\frac{\partial^2\psi}{\partial x\,\partial\xi},\quad \frac{\partial^2\psi}{\partial x\,\partial y}=-\frac{\partial^2\psi}{\partial x\,\partial\eta},\quad \frac{\partial^2\psi}{\partial x\,\partial z}=-\frac{\partial^2\psi}{\partial x\,\partial\zeta},\ \ldots,$$

sowie dass

$$\frac{d\psi}{dt}=\frac{d\psi}{dr}\,\frac{dr}{dt},$$

$$\frac{dr}{dt}=\frac{\partial r}{\partial x}\,\frac{dx}{dt}+\frac{\partial r}{\partial y}\,\frac{dy}{dt}+\ldots+\frac{\partial r}{\partial\zeta}\,\frac{d\zeta}{dt},$$

d. i. auch

$$\frac{dr}{dt}=\left(\frac{dx}{dt}-\frac{d\xi}{dt}\right)\frac{\partial r}{\partial x}+\left(\frac{dy}{dt}-\frac{d\eta}{dt}\right)\frac{\partial r}{\partial y}+\left(\frac{dz}{dt}-\frac{d\zeta}{dt}\right)\frac{\partial r}{\partial z}$$

oder, wenn die Differentiationen nach der Zeit durch Accente angedeutet werden,

$$\frac{dr}{dt}=\frac{\partial r}{\partial x}(x'-\xi')+\frac{\partial r}{\partial y}(y'-\eta')+\frac{\partial r}{\partial z}(z'-\zeta'),$$

so erhält man

$$4)\qquad \frac{d\psi}{dt}=\frac{\partial\psi}{\partial x}(x'-\xi')+\frac{\partial\psi}{\partial y}(y'-\eta')+\frac{\partial\psi}{\partial z}(z'-\zeta'),$$

$$5)\qquad \frac{\partial\frac{d\psi}{dt}}{\partial x}=\frac{\partial^2\psi}{\partial x^2}(x'-\xi')+\frac{\partial^2\psi}{\partial x\,\partial y}(y'-\eta')+\frac{\partial^2\psi}{\partial x\,\partial z}(z'-\zeta'),\ \ldots,$$

$$\frac{d\frac{\partial\psi}{\partial x}}{dt}=\frac{\partial^2\psi}{\partial x^2}x'+\ldots+\frac{\partial^2\psi}{\partial x\,\partial\xi}\xi'+\ldots,\ \ldots$$

oder

$$6)\qquad \frac{d\frac{\partial\psi}{\partial x}}{dt}=\frac{\partial^2\psi}{\partial x^2}(x'-\xi')+\frac{\partial^2\psi}{\partial x\,\partial y}(y'-\eta')+\frac{\partial^2\psi}{\partial x\,\partial z}(z'-\zeta'),\ \ldots,$$

so dass 5) und 6) die Relation liefern

$$\frac{\partial\frac{d\psi}{dt}}{\partial x}=\frac{d\frac{\partial\psi}{\partial x}}{dt},\ \ldots$$

Differentiirt man jetzt 4) nach x', ..., so ergiebt sich

$$\frac{\partial\frac{d\psi}{dt}}{\partial x'}=\frac{\partial\psi}{\partial x},\ \ldots;$$

multiplicirt man jede dieser Gleichungen mit $2\frac{d\psi}{dt}$, so erhält man

$$7)\qquad \frac{\partial\left(\frac{d\psi}{dt}\right)^2}{\partial x}=2\,\frac{d\psi}{dt}\,\frac{d\frac{\partial\psi}{\partial x}}{dt},\ \ldots,$$

$$8)\qquad \frac{\partial\left(\frac{d\psi}{dt}\right)^2}{\partial x'} = 2\frac{d\psi}{dt}\frac{\partial\psi}{\partial x}, \ \ldots;$$

da aber

$$\frac{d\left(2\frac{d\psi}{dt}\frac{\partial\psi}{\partial x}\right)}{dt} = 2\frac{d\psi}{dt}\cdot\frac{d}{dt}\frac{\partial\psi}{\partial x} + 2\frac{d^2\psi}{dt^2}\cdot\frac{\partial\psi}{\partial x}, \ \ldots,$$

so hat man mit Hilfe von 7) und 8)

$$\frac{d}{dt}\frac{\partial\left(\frac{d\psi}{dt}\right)^2}{dx'} = \frac{\partial\left(\frac{d\psi}{dt}\right)^2}{\partial x} + 2\frac{d^2\psi}{dt^2}\frac{\partial\psi}{\partial x}, \ \ldots$$

und gewinnt die für unsere Transformation massgebende Beziehung

$$2\frac{\partial\psi}{\partial x}\frac{d^2\psi}{dt^2} = -\frac{\partial\left(\frac{d\psi}{dt}\right)^2}{\partial x} + \frac{d}{dt}\frac{\partial\left(\frac{d\psi}{dt}\right)^2}{\partial x'}, \ \ldots;$$

multiplicirt man noch mit $2A^2$ und setzt

$$9)\qquad \bar{\omega} = 2A^2\left(\frac{d\psi}{dt}\right)^2,$$

so ergiebt sich

$$4A^2\frac{\partial\psi}{\partial x}\frac{d^2\psi}{dt^2} = -\frac{\partial\bar{\omega}}{\partial x} + \frac{d}{dt}\frac{\partial\bar{\omega}}{\partial x'} \ \ldots,$$

und die Ausdrücke 3) erhalten die endgiltige Form

$$10)\qquad \begin{aligned} \mathfrak{X} &= m\mu\left[-\frac{\partial(\varphi+\bar{\omega})}{\partial x} + \frac{d}{dt}\frac{\partial\bar{\omega}}{\partial x'}\right], \\ \mathfrak{Y} &= m\mu\left[-\frac{\partial(\varphi+\bar{\omega})}{\partial y} + \frac{d}{dt}\frac{\partial\bar{\omega}}{\partial y'}\right], \\ \mathfrak{Z} &= m\mu\left[-\frac{\partial(\varphi+\bar{\omega})}{\partial z} + \frac{d}{dt}\frac{\partial\bar{\omega}}{\partial z'}\right]. \end{aligned}$$

Hierin nennt man aus leicht ersichtlichen Gründen $m\mu\varphi$ das elektrostatische und $m\mu\bar{\omega}$ das elektrodynamische Potential.

§ 2.

Die Gleichungen des Problems.

Sei K die Kugelschale, $d\sigma$ ein Flächenelement und $\varkappa$ die elektrische Dichtigkeit desselben, U das elektrostatische und P das elektrodynamische Potential der ruhenden Kugelfläche K auf den in Bewegung begriffenen Punkt, welcher die Masse m und die Coordinaten x, y, z besitze; alsdann lassen sich zufolge der Formeln 10) die Componenten $\mathfrak{X}$, $\mathfrak{Y}$, $\mathfrak{Z}$ der zu suchenden Wirkung $\mathfrak{R}$ darstellen wie folgt:

$$11)\qquad \begin{aligned} \mathfrak{X} &= -\frac{\partial(U+P)}{\partial x} + \frac{d}{dt}\frac{\partial P}{\partial x'}, \\ \mathfrak{Y} &= -\frac{\partial(U+P)}{\partial y} + \frac{d}{dt}\frac{\partial P}{\partial y'}, \\ \mathfrak{Z} &= -\frac{\partial(U+P)}{\partial z} + \frac{d}{dt}\frac{\partial P}{\partial z'}. \end{aligned}$$

Hierbei sind U und P definirt durch die Gleichungen

$$x_0 = \frac{R_0}{R} x = \frac{\alpha^2}{R^2} x \text{ und } \varrho + \varrho_1 = 2\alpha \cos\varphi,$$

so wird

$$x - x_0 = \frac{R^2 - \alpha^2}{R^2} x$$

und

$$\cos u + \cos u_0 = \frac{\varrho + \varrho_1}{\alpha R} x$$

oder

45)
$$\begin{cases} \cos u + \cos u_0 = \frac{2x}{R} \cos\varphi \\ \text{und analog} \\ \cos v + \cos v_0 = \frac{2y}{R} \cos\varphi, \quad \cos w + \cos w_0 = \frac{2z}{R} \cos\varphi. \end{cases}$$

Durch Einführung dieser Werthe erhält man

$$(\mathfrak{P} + \mathfrak{P}_1)_x = \frac{2m\alpha^2 x}{R^3} \Big\{ 1 + \frac{2R^2}{\alpha^2 c^2} (x'^2_0 + y'^2_0 + z'^2_0)$$
$$- \frac{3R^2}{\alpha^2 c^2} (x'_0 \cos u_0 + y'_0 \cos v_0 + z'_0 \cos w_0)^2 \Big\} \varkappa\, d\omega, \ \ldots$$

Infolge der Werthe des § 7:

$\alpha^2 \Sigma_1 \varkappa\, d\omega = 2\alpha^2 \pi \varkappa = \frac{1}{2} \mathrm{M}$, $\Sigma_1 \cos^2 u_0\, d\omega = \frac{4}{3}\pi$, ..., $\Sigma_1 \cos u_0 \cos v_0\, d\omega = 0$, ...,

findet man die gesammten Kräfte $\mathfrak{P}_x$, welche auf m ausgeübt werden, in dem Ausdrucke

$$\Sigma \mathfrak{P}_x = m\mathrm{M} \frac{x}{R^3} + m\mathrm{M} \frac{x}{\alpha^2 c^2 R} (x'^2_0 + y'^2_0 + z'^2_0),$$

worin noch x'_0, y'_0, z'_0 durch x', y', z' zu ersetzen sind; dies geschieht durch Differentiation der Gleichungen

$$x_0 = \frac{\alpha^2}{R^2} x, \quad y_0 = \frac{\alpha^2}{R^2} y, \quad z_0 = \frac{\alpha^2}{R^2} z$$

nach der Zeit, mit Berücksichtigung der Werthe

$$R^2 = x^2 + y^2 + z^2 \text{ und } R_0^2 = x_0^2 + y_0^2 + z_0^2,$$

falls man nämlich den Anfang des Coordinatensystems in das Centrum der Kugel fallen lässt; in solcher Weise ergiebt sich

$$x'_0 = \frac{\alpha^2}{R^2} x' - \frac{2\alpha^2 x}{R^3} R', \quad y'_0 = \frac{\alpha^2}{R^2} y' - \frac{2\alpha^2 y}{R^3} R', \quad z'_0 = \frac{\alpha^2}{R^2} z' - \frac{2\alpha^2 z}{R^3} R',$$

also, nach gehöriger Reduction, mit Hilfe des Werthes $RR' = xx' + yy' + zz'$

$$x'^2_0 + y'^2_0 + z'^2_0 = \frac{\alpha^4}{R^4} (x'^2 + y'^2 + z'^2),$$

und daher endlich

46)
$$\Sigma \mathfrak{P}_x = m\mathrm{M} \frac{x}{R^3} + m\mathrm{M} \frac{\alpha^2 x}{c^2 R^5} (x'^2 + y'^2 + z'^2);$$

analog ergeben sich $\Sigma \mathfrak{P}_y$ und $\Sigma \mathfrak{P}_z$.

Um die Componente $\Sigma \mathfrak{Q}_x$ der Gesammtwirkung zu erhalten, d. h. den Ausdruck

$$(\mathfrak{D}+\mathfrak{D}_1)_x = \frac{m}{R^3 c^3 \cos\varphi}\Big\{2R^2\varrho(x''_0\cos u_0 + y''_0\cos v_0 + z''_0\cos w_0) + 2RR'\varrho(x'_0\cos u_0 + y'_0\cos v_0 + z'_0\cos w_0) + \varrho^2(2RR''-R'^2)\Big\}\cos u\,.\,\varkappa\,d\omega$$
$$+\frac{m}{R^3 c^3 \cos\varphi}\Big\{-2R^2\varrho_1(x''_0\cos u_0 + y''_0\cos v_0 + z''_0\cos w_0) - 2RR'\varrho_1(x'_0\cos u_0 + y'_0\cos v_0 + z'_0\cos w_0) + \varrho_1^2(2RR''-R'^2)\Big\}\cos u_1\,.\,\varkappa\,d\omega$$

über die Halbkugel vom Radius 1 zu summiren, bemerke man, dass

$$\cos u - \cos u_1 = \frac{x-\xi}{r} - \frac{x-\xi_1}{r_1} = \frac{r_1(x-\xi) - r(x-\xi_1)}{r r_1},$$

welcher Werth durch die Substitutionen

$$r = \frac{R}{\alpha}\varrho,\quad r_1 = \frac{R}{\alpha}\varrho_1,\quad x-\xi = \varrho\cos u_0,\quad x-\xi_1 = -\varrho_1\cos u_0$$

übergeht in

$$\cos u - \cos u_1 = \frac{R}{\alpha}\,\frac{2\varrho\varrho_1\cos u_0 - (\varrho-\varrho_1)(x-x_0)}{R^2-\alpha^2};$$

da aber $\varrho\varrho_1$ die Potenz des Punktes m_0, also

$$\varrho\varrho_1 = \alpha^2 - R_0^2 = \frac{\alpha^2}{R^2}(R^2-\alpha^2),$$

ferner

$$x - x_0 = \frac{R^2-\alpha^2}{R^2}x \text{ und } \varrho-\varrho_1 = \frac{\alpha}{R}(r-r_1) = \frac{2\alpha^2}{R}\cos\psi$$

— wenn ψ den Winkel (ϱ, R_0) bezeichnet —, so ist definitiv

47) $$\left\{\begin{aligned} &\cos u - \cos u_1 = \frac{2\alpha}{R}\left(\cos u_0 - \frac{x}{R}\cos\psi\right) \\ &\text{und analog} \\ &\cos v - \cos v_1 = \frac{2\alpha}{R}\left(\cos v_0 - \frac{y}{R}\cos\psi\right), \\ &\cos w - \cos w_1 = \frac{2\alpha}{R}\left(\cos w_0 - \frac{z}{R}\cos\psi\right), \end{aligned}\right.$$

45) und 47) ergeben alsdann

48) $$\begin{aligned} \cos u &= \frac{x}{R}\cos\varphi + \frac{\alpha}{R}\cos u_0 - \frac{\alpha x}{R^2}\cos\psi, \\ \cos v &= \frac{y}{R}\cos\varphi + \frac{\alpha}{R}\cos v_0 - \frac{\alpha y}{R^2}\cos\psi, \\ \cos w &= \frac{z}{R}\cos\varphi + \frac{\alpha}{R}\cos w_0 - \frac{\alpha z}{R^2}\cos\psi; \\ \cos u_1 &= \frac{x}{R}\cos\varphi - \frac{\alpha}{R}\cos u_0 + \frac{\alpha x}{R^2}\cos\psi, \\ \cos v_1 &= \frac{y}{R}\cos\varphi - \frac{\alpha}{R}\cos v_0 + \frac{\alpha y}{R^2}\cos\psi, \\ \cos w_1 &= \frac{z}{R}\cos\varphi - \frac{\alpha}{R}\cos w_0 + \frac{\alpha z}{R^2}\cos\psi, \end{aligned}$$

und der zu behandelnde Ausdruck geht durch die betreffenden Substitutionen über in

$$\begin{aligned}(\mathfrak{O}+\mathfrak{O}_1)_x = \frac{m\,x}{c^2 R^3}\Big\{ & 2R^2(\varrho-\varrho_1)(x''_0 \cos u_0 + y''_0 \cos v_0 + z''_0 \cos w_0) \\ & + 2kR'(\varrho-\varrho_1)(x'_0 \cos u_0 + y'_0 \cos v_0 + z'_0 \cos w_0) \\ & + (2RR''-R'^2)(\varrho^2+\varrho_1^2)\Big\}\,\varkappa\, d\omega \\ + \frac{m}{c^2 R^2 \cos\varphi}\Big\{ & 2R^2(\varrho+\varrho_1)(x''_0 \cos u_0 + y''_0 \cos v_0 + z''_0 \cos w_0) \\ & + 2RR'(\varrho+\varrho_1)(x'_0 \cos u_0 + y'_0 \cos v_0 + z'_0 \cos w_0) \\ & + (2RR''-R'^2)(\varrho^2-\varrho_1^2)\Big\}\Big\{\frac{\alpha}{R}\cos u_0 - \frac{\alpha x}{R^2}\cos\psi\Big\}\,\varkappa\, d\omega;\end{aligned}$$

da aber

$$\varrho-\varrho_1 = \frac{2\alpha^2}{R}\cos\psi \quad \text{und} \quad \varrho+\varrho_1 = 2\alpha\cos\varphi,$$

also

$$\varrho^2+\varrho_1^2 = 2\alpha^2\left(\cos^2\varphi + \frac{\alpha^2}{R^2}\cos^2\psi\right),$$

und wegen

$$\frac{\sin\psi}{\sin\varphi} = \frac{R}{\alpha} \quad \text{oder} \quad \cos^2\varphi = 1 - \frac{\alpha^2}{R^2}\sin^2\psi$$

$$\varrho^2+\varrho_1^2 = 2\alpha^2\left(1 - \frac{\alpha^2}{R^2} + \frac{2\alpha^2}{R^2}\cos^2\psi\right),$$

so ergiebt sich nach leichter Umformung

$$\begin{aligned}(\mathfrak{O}+\mathfrak{O}_1)_x = & \frac{2\alpha^2 m\,x}{R^3 c^2}\left[\Big\{2RR''-R'^2\Big\}\Big\{1-\frac{\alpha^2}{R^2}\Big\}\right]\varkappa\, d\omega \\ & + \frac{2\alpha^2 m}{R^3 c^2}\Big[2R^2\Big\{x''_0 \cos u_0 + y''_0 \cos v_0 + z''_0 \cos w_0\Big\} \\ & \qquad + 2RR'\Big\{x'_0 \cos u_0 + y'_0 \cos v_0 + z'_0 \cos w_0\Big\}\cos u_0 \\ & \qquad + \Big\{2RR''-R'^2\Big\}.\frac{2\alpha^2}{R}\cos\psi\cos u_0\Big]\,\varkappa\, d\omega.\end{aligned}$$

Die Integration gelingt mit Hilfe der Formeln des § 7, nach welchen

$$\alpha^2 \Sigma_1 \varkappa\, d\omega = \tfrac{1}{2}M, \quad \Sigma_1 \cos^2 u_0\, d\omega = \tfrac{2}{3}\pi, \ \ldots, \quad \Sigma_1 \cos u_0 \cos v_0\, d\omega = 0, \ \ldots,$$

$$\Sigma_1 \cos\psi \cos u_0\, d\omega = \frac{2\pi}{3}\frac{x}{R}, \ \ldots,$$

wodurch man erhält

$$\Sigma\mathfrak{O}_x = \frac{mMx}{c^2R^3}(2RR''-R'^2)\left(1-\tfrac{1}{3}\frac{\alpha^2}{R^2}\right) + \frac{mM}{c^2R^3}\left(\tfrac{2}{3}R^2 x''_0 + \tfrac{2}{3}RR'x'_0\right),$$

worin noch x'_0 und x''_0 durch x' und x'' zu ersetzen sind; da nun

$$x'_0 = \frac{\alpha^2}{R^2}x' - \frac{2\alpha^2 x}{R^3}R', \quad x''_0 = \frac{\alpha^2}{R^2}x'' - \frac{4\alpha^2}{R^3}x'R' + \frac{6\alpha^2}{R^4}xR'^2 - \frac{2\alpha^2}{R^3}xR'',$$

$$\frac{x''}{R^3} - \frac{2x'R'}{R^4} = \frac{d}{dt}\left(\frac{x'}{R^3}\right),$$

so gewinnt man

$$49)\quad \Sigma\mathfrak{O}_x = \frac{mMx}{c^2R^3}\Big\{2RR''\left(1-\frac{\alpha^2}{R^2}\right) - R'^2\left(1-\frac{3\alpha^2}{R^2}\right)\Big\} + \frac{2mM\alpha^2}{3c^2}\frac{d}{dt}\left(\frac{x'}{R^3}\right)$$

und in gleicher Weise $\Sigma\mathfrak{O}_y$ und $\Sigma\mathfrak{O}_z$.

Die Componenten $\mathfrak{X}$, $\mathfrak{Y}$, $\mathfrak{Z}$ der Gesammtwirkung sind aber

$$\mathfrak{X}=\mathfrak{P}_x+\mathfrak{Q}_x,\quad \mathfrak{Y}=\mathfrak{P}_y+\mathfrak{Q}_y,\quad \mathfrak{Z}=\mathfrak{P}_z+\mathfrak{Q}_z,$$

d. i. nach 46) und 49) schliesslich

$$\text{50)}\quad \begin{aligned}\mathfrak{X}=\frac{m\,\mathrm{M}\,x}{R^3}+\frac{m\,\mathrm{M}}{c^2}\Big\{\frac{x}{R^3}\Big[\frac{\alpha^2}{R^2}(x'^2+y'^2+z'^2)+2\,R\,R''\Big(1-\frac{\alpha^2}{R^2}\Big)-R'^2\Big(1-\frac{3\,\alpha^2}{R^2}\Big)\Big]\\ +\frac{2\,\alpha^2}{3}\frac{d}{dt}\Big(\frac{x'}{R^3}\Big)\Big\}\ \text{etc.,}\end{aligned}$$

wie S. 179.

§ 6.

Dritte Lösung.

Ungleich einfacher gestaltet sich die Rechnung, wenn man die Kräfte indirect mit Hilfe der Potentiale φ und $\bar{\omega}$ ermittelt. Nach den Formeln 10) des § 1 lässt sich das Weber'sche Gesetz auf das Potential

$$W=m\mu(\varphi+\bar{\omega})\,*$$

reduciren, welcher Werth durch die Substitutionen

$$\varphi=\frac{1}{r},\quad \bar{\omega}=\frac{4}{c^2}\Big(\frac{d\sqrt{r}}{dt}\Big)^2=\frac{1}{c^2}\frac{r'^2}{c^2}$$

in

$$W=\frac{m\mu}{r}\Big(1+\frac{r'^2}{c^2}\Big)$$

übergeht. Die Rechnung selbst aber nimmt für beide Fälle (a und b), die wiederum gesondert behandelt werden mögen, folgenden Verlauf:

a) Der Punkt m innerhalb K.

Da

$$r^2=(x-\xi)^2+(y-\eta)^2+(z-\zeta)^2,$$

so wird

$$r'=\frac{x-\xi}{r}x'+\frac{y-\eta}{r}y'+\frac{z-\zeta}{r}z'$$

und, infolge der Bedeutungen

$$\frac{x-\xi}{r}=\cos u,\ \ldots,\quad x'=V\cos u',\ \ldots,\quad r'=V\cos\vartheta,$$

wenn ϑ den Winkel (V, r) bezeichnet. Mithin ist auch

$$W=\frac{m\mu}{r}\Big(1+\frac{V^2\cos^2\vartheta}{c^2}\Big).$$

Zerlegt man wieder in bekannter Weise die Kugelfläche K in unendlich viele Elementenpaare $\mu\,(d\sigma)$ und $\mu_1(d\sigma_1)$, so erhält man das Potential eines der unendlich schmalen Doppelkegel

* Dies von C. Neumann eingeführte Potential ist seiner Definition nach verschieden von dem von Weber bemerkten, welches durch den Ausdruck $m\mu(\varphi-\bar{\omega})$ dargestellt ist (vergl. Poggendorff's Annalen, Bd. 73).

$$W + W_1 = \frac{m\mu}{r}\left(1 + \frac{V^2\cos^2\vartheta}{c^2}\right) + \frac{m\mu_1}{r_1}\left(1 + \frac{V^2\cos^2\vartheta}{c^2}\right),$$

da $\cos^2(180 - \vartheta) = \cos^2\vartheta$. Nach § 5, 35) ist aber

$$\frac{\mu}{r} = \frac{\varkappa\, d\omega}{\cos\varphi}\, r \text{ und } \frac{\mu_1}{r_1} = \frac{\varkappa\, d\omega}{\cos\varphi}\, r_1 \text{ und ausserdem } \frac{r + r_1}{\cos\varphi} = 2\alpha,$$

so dass schliesslich

$$W + W_1 = 2m\alpha\left(1 + \frac{V^2\cos^2\vartheta}{c^2}\right)\varkappa\, d\omega.$$

Das Potential der ganzen Kugelschale ist daher

$$W_m^K = 2m\alpha\left(\Sigma_1 \varkappa\, d\omega + \frac{V^2}{c^2}\,\Sigma_1 \cos^2\vartheta\, \varkappa\, d\omega\right)$$

$$= 2m\alpha\left(\Sigma_1 \varkappa\, d\omega + \frac{1}{c^2}\,\Sigma_1 (x'\cos u + y'\cos v + z'\cos w)^2 \varkappa\, d\omega\right),$$

d. i. nach § 7

51) $$W_m^K = \frac{m M}{\alpha}\left(1 + \frac{x'^2 + y'^2 + z'^2}{3c^2}\right).$$

Dieser Ausdruck vereinigt die Potentiale U und P:

$$U = \frac{m M}{\alpha}, \quad P = \frac{m M}{\alpha}\,\frac{x'^2 + y'^2 + z'^2}{3c^2}$$

und liefert durch die in § 1, 10) oder § 2, 11) angezeigte Behandlung die Componenten

$$\mathfrak{X} = \frac{2mM}{3\alpha c^2}\, x'', \quad \mathfrak{Y} = \frac{2mM}{3\alpha c^2}\, y'', \quad \mathfrak{Z} = \frac{2mM}{3\alpha c^2}\, z''.$$

b) Der Punkt m ausserhalb K.

Durch die Einführung des Poles m_0 (Fig. 3) erhält man

$$r = \frac{R}{\alpha}\,\varrho, \text{ also } r'^2 = \frac{(R'\varrho + R\varrho')^2}{\alpha^2}$$

oder, weil $\varrho' = V_0 \cos\vartheta_0$,

$$r'^2 = \frac{1}{\alpha^2}(R'\varrho + RV_0\cos\vartheta_0)^2,$$

und das von $\mu\,(d\sigma)$ auf m ausgeübte Potential wird

$$W = \frac{\alpha\mu m}{R\varrho}\left(1 + \frac{1}{\alpha^2 c^2}[R'\varrho + RV_0\cos\vartheta_0]^2\right).$$

Da ferner $\cos(180 - \vartheta) = -\cos\vartheta_0$, so übt der Doppelkegel $(\mu\mu_1)$ das Potential

$$W + W_1 = \frac{\alpha m}{R}\left(\frac{\mu}{\varrho} + \frac{\mu_1}{\varrho_1} + \frac{\mu}{\varrho}\,\frac{[R'\varrho + RV_0\cos\vartheta_0]^2}{\alpha^2 c^2} + \frac{\mu_1}{\varrho_1}\,\frac{[R'\varrho_1 - RV_0\cos\vartheta_0]^2}{\alpha^2 c^2}\right)$$

auf den Punkt m aus, welcher Ausdruck durch die Substitutionen

$$\frac{\mu}{\varrho} = \frac{\varkappa\, d\omega}{\cos\varphi}\,\varrho, \quad \frac{\mu_1}{\varrho_1} = \frac{\varkappa\, d\omega}{\cos\varphi}\,\varrho_1$$

und durch Zerlegung der Binome $\varrho^3 + \varrho_1^3$ und $\varrho^2 - \varrho_1^2$ übergeht in

$$W+W_1=\frac{\alpha m}{R\cos\varphi}(\varrho+\varrho_1)\Big(1+\frac{1}{\alpha^2c^2}[R'^2(\varrho^2-\varrho\varrho_1+\varrho_1^2)+2RR'(\varrho-\varrho_1)V_0\cos\vartheta_0 + R^2V_0^2\cos^2\vartheta_0]\Big)\varkappa\,d\omega;$$

hierin ist

$$\frac{\varrho+\varrho_1}{\cos\varphi}=2\alpha$$

und, als Potenz von m_0 in Bezug auf die Kugel K,

$$\varrho\varrho_1=\frac{\alpha^2}{R^2}(R^2-\alpha^2),$$

ferner ergiebt sich, mit Rücksicht auf die Relationen $R_0^2=x_0^2+y_0^2+z_0^2$, $\xi^2+\eta^2+\zeta^2=\alpha^2$, $\xi_1^2+\eta_1^2+\zeta_1^2=\alpha^2$,

$$\varrho^2+\varrho_1^2=2(R_0^2+\alpha^2)+2[x_0(\xi+\xi_1)+y_0(\eta+\eta_1)+z_0(\zeta+\zeta_1)],$$

und dieser Ausdruck nimmt durch die Werthe

$$\frac{x_0-\xi}{\varrho}=-\frac{x_0-\xi_1}{\varrho_1}=\cos u_0,\ \ldots$$

oder

$$\xi+\xi_1=2x_0-(\varrho-\varrho_1)\cos u_0,\quad \eta+\eta_1=2y_0-(\varrho-\varrho_1)\cos v_0,$$
$$\zeta+\zeta_1=2z_0-(\varrho-\varrho_1)\cos w_0$$

und

$$R_0=\frac{\alpha^2}{R}$$

die folgende Gestalt an:

$$\varrho^2+\varrho_1^2=2\alpha^2\Big(1-\frac{\alpha^2}{R^2}\Big)+2(\varrho-\varrho_1)(x_0\cos u_0+y_0\cos v_0+z_0\cos w_0),$$

so dass

$$\varrho^2-\varrho\varrho_1+\varrho_1^2=\frac{\alpha^2}{R^2}(R^2-\alpha^2)+2(\varrho-\varrho_1)(x_0\cos u_0+y_0\cos v_0+z_0\cos w_0)$$

und

$$W+W_1=\frac{2\alpha^2m}{R}\Big(1+\frac{1}{\alpha^2c^2}\Big[R'^2\frac{\alpha^2}{R^2}(R^2-\alpha^2) + 2R'^2(\varrho-\varrho_1)(x_0\cos u_0+y_0\cos v_0+z_0\cos w_0) + 2RR'(\varrho-\varrho_1)V_0\cos\vartheta_0+R^2V_0^2\cos^2\vartheta_0\Big]\Big)\varkappa\,d\omega.$$

Da nun $\angle C\mu m=\psi$, und r sowie r_1 symmetrisch zu R liegen, so hat man

$$r-r_1=2\alpha\cos\psi \text{ und daher } \varrho-\varrho_1=\frac{\alpha}{R}(r-r_1)=\frac{2\alpha^2}{R}\cos\psi,$$

so dass schliesslich

$$W+W_1=\frac{2\alpha^2m}{R}\Big(1+\frac{1}{\alpha^2c^2}\Big[\frac{\alpha^2}{R^2}(R^2-\alpha^2)R'^2 + \frac{4\alpha^2R'^2}{R}\cos\psi(x_0\cos u_0+y_0\cos v_0+z_0\cos w_0) + 4\alpha^2R'\cos\psi(x'_0\cos u_0+y'_0\cos v_0+z'_0\cos w_0) + R^2(x'_0\cos u_0+y'_0\cos v_0+z'_0\cos w_0)^2\Big]\Big)\varkappa\,d\omega.$$

Das Gesammtpotential W_m^K wird durch die Integration dieses Ausdruckes über die Halbkugel vom Radius 1 erhalten mit Hilfe der in § 7 enthaltenen Berechnung von

$$\alpha^2 \Sigma_1 \varkappa\, d\omega = \tfrac{1}{2} M, \quad \Sigma_1 \cos u_0^2\, d\omega = \tfrac{2}{3}\pi, \ \ldots, \quad \Sigma_1 \cos u_0 \cos v_0\, d\omega = 0, \ \ldots,$$

$$\Sigma_1 \cos\psi \cos u_0\, d\omega = \frac{2\pi}{3} \frac{x_0}{R_0}, \ \ldots,$$

durch welche Werthe sich die Integrale

$$\Sigma_1 \cos\psi (x_0 \cos u_0 + y_0 \cos v_0 + z_0 \cos w_0)\, d\omega$$
$$= \tfrac{2}{3}\pi \frac{x_0^2 + y_0^2 + z_0^2}{R_0} = \tfrac{2}{3}\pi R_0 = \frac{2\alpha^2\pi}{R},$$

$$\Sigma_1 \cos\psi (x'_0 \cos u_0 + y'_0 \cos v_0 + z'_0 \cos w_0)\, d\omega$$
$$= \tfrac{2}{3}\pi \frac{x_0 x'_0 + y_0 y'_0 + z_0 z'_0}{R_0} = \tfrac{2}{3}\pi R'_0 = -\frac{2\alpha^2\pi R'}{3R^2}$$

— da $R_0 R'_0 = x_0 x'_0 + y_0 y'_0 + z_0 z'_0$, $R_0 = \dfrac{\alpha^2}{R}$ und daher $R'_0 = -\dfrac{\alpha^2}{R^2} R'$ —,

$$\Sigma_1 (x'_0 \cos u_0 + y'_0 \cos v_0 + z'_0 \cos w_0)^2$$
$$= \tfrac{2}{3}\pi (x'^2_0 + y'^2_0 + z'^2_0) = \tfrac{2}{3}\pi \frac{\alpha^4}{R^4}(x'^2 + y'^2 + z'^2)$$

ergeben.

Nach Einführung dieser Werthe und gehöriger Reduction findet man

$$52)\qquad W_m^K = \frac{mM}{R}\left\{1 + \frac{1}{c^2 R^2}\left[(R^2 - \alpha^2) R'^2 + \frac{\alpha^2}{3}(x'^2 + y'^2 + z'^2)\right]\right\}$$

und hieraus, mit Berücksichtigung der Bezeichnungen U und P für das statische und das dynamische Potential

$$U = \frac{mM}{R}, \quad P = \frac{mM}{c^2 R^3}\left[(R^2 - \alpha^2) R'^2 + \frac{\alpha^2}{3}(x'^2 + y'^2 + z'^2)\right]$$

— welche Scheidung in jedem der voraufgehenden Ausdrücke für W klar zu Tage tritt —, die Componenten der Kraft $\mathfrak{R}$ nach § 2, 11):

$$\mathfrak{X} = \frac{mMx}{R^3} + \frac{mM}{c^2}\left[\frac{F.x}{R^3} + \frac{2\alpha^2}{3}\frac{d}{dt}\left(\frac{x'}{R^3}\right)\right],$$

$$\mathfrak{Y} = \frac{mMy}{R^3} + \frac{mM}{c^2}\left[\frac{F.y}{R^3} + \frac{2\alpha^2}{3}\frac{d}{dt}\left(\frac{y'}{R^3}\right)\right],$$

$$\mathfrak{Z} = \frac{mMz}{R^3} + \frac{mM}{c^2}\left[\frac{F.z}{R^3} + \frac{2\alpha^2}{3}\frac{d}{dt}\left(\frac{z'}{R^3}\right)\right],$$

wobei F zur Abkürzung gesetzt wurde für $2RR''\left(1 - \dfrac{\alpha^2}{R^2}\right) - R'^2\left(1 - \dfrac{3\alpha^2}{R^2}\right)$
$+ \dfrac{\alpha^2}{R^2}(x'^2 + y'^2 + z'^2)$.

§ 7.

Berechnung der in den §§ 5 und 6 auftretenden Integrale.

Die Ermittelung der Summen $\Sigma_1 \cos^2 u\, d\omega$, ... und $\Sigma_1 \cos u \cos v\, d\omega$, ... wird wesentlich erleichtert durch die Bemerkung,* dass man die Werthe

$\cos u$, $\cos v$, $\cos w$ als die relativen Coordinaten eines Elementes $d\omega$ der Kugelfläche vom Radius 1 betrachten kann. Setzt man daher

$$\xi = \cos u, \quad \eta = \cos v, \quad \zeta = \cos w,$$

so gehen beispielsweise die Summen $\Sigma_1 \cos^2 u\, d\omega$ und $\Sigma_1 \cos u \cos v\, d\omega$ über in

$$\Sigma_1 \xi^2\, d\omega \text{ und } \Sigma_1 \xi\eta\, d\omega.$$

Da sich zu jedem Gliede $\xi^2 d\omega$ ein gleiches, nämlich $(-\xi)^2 d\omega$, und ebenso zu jedem Term $\xi\eta\, d\omega$ ein gleicher, nämlich $(-\xi)(-\eta)\, d\omega$, vorfindet, so bestehen die über die ganze Kugelfläche hinerstreckten Integrale $\Sigma_0 \xi^2 d\omega$ und $\Sigma_0 \xi\eta\, d\omega$ aus paarweise gleichen Gliedern, so dass

$$\Sigma_0 \xi^2\, d\omega = \tfrac{1}{2} \Sigma_1 \xi^2\, d\omega, \quad \Sigma_0 \xi\eta\, d\omega = \Sigma_1 \xi\eta\, d\omega.$$

Aus der Symmetrie der Kugel folgt aber

$$\Sigma_0 \xi^2\, d\omega = \Sigma_0 \eta^2\, d\omega = \Sigma_0 \zeta^2\, d\omega;$$

ist daher J der gemeinschaftliche Werth dieser Summen, so hat man

$$3J = \Sigma_0 (\xi^2 + \eta^2 + \zeta^2)\, d\omega = 4\pi,$$

da $\xi^2 + \eta^2 + \zeta^2 = 1$, und

1) $\Sigma_1 \cos^2 u\, d\omega = \frac{2}{3}\pi, \quad \Sigma_1 \cos^2 v\, d\omega = \frac{2}{3}\pi, \quad \Sigma_1 \cos^2 w\, d\omega = \frac{2}{3}\pi.$

In Bezug auf das Integral $\Sigma_0 \xi\eta\, d\omega$ ist zu bemerken, dass neben jedem Gliede $\xi\eta\, d\omega$ noch ein ihm gleiches und entgegengesetztes $(-\xi\eta\, d\omega)$ auftritt, und man erkennt, dass sich die Glieder der Summe $\Sigma_0 \xi\eta\, d\omega$ paarweise zerstören, und dass somit auch

2) $\Sigma_1 \cos u \cos v\, d\omega = 0, \quad \Sigma_1 \cos v \cos w\, d\omega = 0, \quad \Sigma_1 \cos w \cos u\, d\omega = 0$

ist.

Zur Ermittelung der Integrale $\Sigma_1 \cos\psi \cos u\, d\omega$, $\Sigma_1 \cos\psi \cos v\, d\omega$ und $\Sigma_1 \cos\psi \cos w\, d\omega$ hat man $\cos u$, $\cos v$, $\cos w$ durch die Integrationsvariablen — die Kugelcoordinaten ψ (die Poldistanz) und χ (die Länge) — ausdrücken:

Sind $\gamma_1, \gamma_2, \gamma_3$ die Richtungswinkel der Centrale R der Kugel K und der Kugel vom Radius 1, ferner $\delta_1, \delta_2, \delta_3$ die Winkel, welche die Ebenen $(\overline{R, y})$ und $(\overline{R, z})$, $(\overline{R, z})$ und $(\overline{R, x})$, $(\overline{R, x})$ und $(\overline{R, y})$ der Reihe nach einschliessen, und sind endlich χ_1, χ_2, χ_3 die Winkel, welche die Ebene $(\overline{R, r})$ resp. mit den Ebenen $(\overline{R, x})$, $(\overline{R, y})$, $(\overline{R, z})$ bildet, so gelten für die sphärischen Dreiecke (R, r, x), (R, r, y), (R, r, z) die Formeln

$$\begin{aligned} \cos u &= \cos\gamma_1 \cos\psi + \sin\gamma_1 \sin\psi \cos\chi_1, \\ \cos v &= \cos\gamma_2 \cos\psi + \sin\gamma_2 \sin\psi \cos\chi_2, \\ \cos w &= \cos\gamma_3 \cos\psi + \sin\gamma_3 \sin\psi \cos\chi_3, \end{aligned}$$

und für die rechtseitig-sphärischen Dreiecke (R, y, z), (R, z, x), (R, x, y) hat man

$$\cos\delta_1 = -\cot\gamma_2 \cot\gamma_3, \quad \cos\delta_2 = -\cot\gamma_3 \cot\gamma_1, \quad \cos\delta_3 = -\cot\gamma_1 \cot\gamma_2,$$

und hieraus, nach leichter trigonometrischer Umformung und Berücksichtigung der Relation $\cos^2\gamma_1 + \cos^2\gamma_2 + \cos^2\gamma_3 = 1$,

$$\sin\delta_1 = \frac{\pm\cos\gamma_1}{\sin\gamma_2\,\sin\gamma_3}, \quad \sin\delta_2 = \frac{\pm\cos\gamma_2}{\sin\gamma_3\,\sin\gamma_1}, \quad \sin\delta_3 = \frac{\pm\cos\gamma_3}{\sin\gamma_1\,\sin\gamma_2}.$$

Ausserdem liefert Fig. 4 unmittelbar die Beziehungen

$$\delta_1+\delta_2+\delta_3 = 360^0\,(=0), \quad \chi_2-\chi_3=\delta_1, \quad \chi_3-\chi_1=\delta_2, \quad \chi_1-\chi_2=\delta_3.$$

Mit Hilfe dieser Gleichungen lassen sich die Werthe der bereits oben berechneten, sowie die der übrigen Integrale dieser Abhandlung ohne Schwierigkeit ermitteln.

Das Element $d\omega$ der Kugelfläche vom Radius 1 lässt sich ausdrücken durch

$$d\omega = \sin\psi\,d\psi\,d\chi_1 \text{ oder } = \sin\psi\,d\psi\,d\chi_2 \text{ oder } = \sin\psi\,d\psi\,d\chi_3,$$

und man findet beispielsweise

$$1)\qquad \Sigma_1 \cos^2 u\,d\omega = \int_0^\pi\!\!\int_0^\pi \cos^2 u\,\sin\varphi\,d\psi\,d\chi_1$$

$$= \int_0^\pi\!\!\int_0^\pi (\cos\gamma_1\cos\psi + \sin\gamma_1\sin\psi\cos\chi_1)^2 \sin\psi\,d\psi\,d\chi_1$$

$$= \cos^2\gamma_1 \int_0^\pi\!\!\int_0^\pi \cos^2\psi\,\sin\psi\,d\psi\,d\chi_1$$

$$+ 2\sin\gamma_1\cos\gamma_1 \int_0^\pi\!\!\int_0^\pi \sin^2\psi\cos\psi\cos\chi_1\,d\psi\,d\chi_1$$

$$+ \sin^2\gamma_1 \int_0^\pi\!\!\int_0^\pi \sin^3\psi\cos^2\chi_1\,d\psi\,d\chi_1$$

$$= \pi\cos^2\gamma_1 \left\{ \int_0^\pi \sin\psi\,d\psi - \int_0^\pi \sin^3\psi\,d\psi \right\}$$

$$+ \tfrac{1}{2}\pi\sin^2\gamma_1 \int_0^\pi \sin^3\psi\,d\psi,$$

weil $\int_0^\pi d\chi_1 = \pi$, $\int_0^\pi \cos\chi_1\,d\chi_1 = 0$, $\int_0^\pi \cos^2\chi_1\,d\chi_1 = \tfrac{1}{2}\pi$,

$$= \pi\cos^2\gamma_1 \cdot \tfrac{2}{3} + \tfrac{1}{2}\pi\sin^2\gamma_1 \cdot \tfrac{4}{3},$$

$$= \tfrac{2}{3}\pi,$$

weil $\int_0^\pi \sin\psi\,d\psi = 2$, $\int_0^\pi \sin^3\psi\,d\psi = \tfrac{4}{3}$.

$$2)\ \Sigma_1 \cos u \cos v\, d\omega = \cos\gamma_1 \cos\gamma_2 \int_0^\pi\!\!\int_0^\pi \cos^2\psi \sin\psi\, d\psi\, d\chi_1$$

$$+ \sin\gamma_1 \sin\gamma_2 \int_0^\pi\!\!\int_0^\pi \sin^3\psi\, d\psi \cos\chi_1 \cos\chi_2\, d\chi_1,$$

da die übrigen Glieder, wegen $\int_0^\pi \cos\chi_1\, d\chi_1 = \int_0^\pi \cos\chi_2\, d\chi_2 = 0$, verschwinden,

$$= \cos\gamma_1 \cos\gamma_2 \int_0^\pi\!\!\int_0^\pi \cos^2\psi \sin\psi\, d\psi\, d\chi_1$$

$$+ \sin\gamma_1 \sin\gamma_2 \int_0^\pi\!\!\int_0^\pi \sin^3\psi\, d\psi (\cos\delta_3 \cos^2\chi_1 + \sin\delta_3 \times \sin\chi_1 \cos\chi_1)\, d\chi_1,$$

weil $\chi_1 - \chi_2 = \delta_3$,

$$= 2\pi \cos\gamma_1 \cos\gamma_2 - \tfrac{2}{3}\pi \cos\gamma_1 \cos\gamma_2 + \tfrac{4}{3}\pi \sin\gamma_1 \sin\gamma_2 \cos\delta_3,$$
$$= 0,$$

da $\int_0^\pi \sin\chi_1 \cos\chi_1\, d\chi_1 = 0$ und $\cos\delta_3 = -\cot\gamma_1 \cot\gamma_2$.

In ähnlicher Weise erhält man das noch erübrigende Integral $\Sigma_1 \cos\psi \cos u\, d\omega$:

$$3)\ \Sigma_1 \cos\psi \cos u\, d\omega = \cos\gamma_1 \int_0^\pi\!\!\int_0^\pi \sin\psi \cos^2\psi\, d\psi\, d\chi_1$$

$$+ \sin\gamma_1 \int_0^\pi\!\!\int_0^\pi \sin^2\psi \cos\psi\, d\psi \cos\chi_1\, d\chi_1$$

$$= \cos\gamma_1 . \pi \int_0^\pi \sin\psi\, d\psi - \cos\gamma_1 . \pi \int_0^\pi \sin^3\psi\, d\psi$$

$$= 2\pi \cos\gamma_1 - \tfrac{4}{3}\pi \cos\gamma_1,$$

$$= \tfrac{2}{3}\pi \frac{x}{R},$$

da γ_1, γ_2, γ_3 die Richtungswinkel der Geraden R vorstellen. Aus derselben Quelle fliessen die Werthe

$$\Sigma_1 \cos\psi \cos v\, d\omega = \tfrac{2}{3}\pi \frac{y}{R}, \quad \Sigma_1 \cos\psi \cos w\, d\omega = \tfrac{2}{3}\pi \frac{z}{R}.$$

(Schluss folgt.)

Kleinere Mittheilungen.

XVI. Ueber die Eigenschaften der Binomialcoefficienten, welche mit der Auflösung der trinomischen Gleichung zusammenhängen.

Die sehr gründliche und anerkennenswerthe Arbeit des Herrn Hans von Mangoldt („Ueber die Darstellung der Wurzeln einer dreigliedrigen algebraischen Gleichung durch unendliche Reihen, Inauguraldissertation, Berlin 1878“) hat mich doch in einigen Hinsichten noch unbefriedigt gelassen. In dem rechnenden Theile der Arbeit nämlich möchte ich an die Stelle mancher kunstvollen, aber umständlichen Transformationen des genannten Verfassers, welche doch von ziemlich speciellem Charakter zu sein scheinen, eine Herleitung aus allgemeineren Gesichtspunkten treten lassen — eine Herleitung, welche die Resultate, wie man sehen wird, nicht nur mit der denkbar grössten Leichtigkeit liefert, sondern dieselben auch sogleich in ihrer einfachsten und elegantesten Gestalt hervorspringen lässt, in welcher sie in der genannten Schrift nicht immer zu erblicken sind.

Mein Hauptbeweggrund zu der gegenwärtigen Veröffentlichung ist aber der Umstand, dass bei der gedachten Behandlungsweise die so merkwürdigen Relationen der Binomialcoefficienten, auf welche das Problem hinführt und deren Aufstellung auch ein Theil der v. Mangoldt'schen Schrift gewidmet ist, sich in ungleich grösserer Fülle — ich möchte sagen vollständig — unmittelbar ergeben, so dass ich glaube, gerade die allgemeinsten und übersichtlichsten dieser weiter unten deducirten Relationen als neu bezeichnen zu dürfen.

In Bezug auf die Literatur des Problems (von welcher mir übrigens nur noch die Arbeit von Westphal zugänglich gewesen ist) verweise ich auf die Anmerkung am Schlusse der genannten Schrift; dem dort gegebenen Verzeichnisse werde ich nur in § 3 unter 32) Etwas beizufügen haben.

In § 1 recapitulire ich zunächst aus den Arbeiten der Vorgänger das zur Einführung in die ganze Untersuchung Erforderliche.

§ 1.

Die allgemeine trinomische Gleichung

1) $$\gamma_0 z^{\varrho_0} + \gamma_1 z^{\varrho_1} + \gamma_2 z^{\varrho_2} = 0,$$

in welcher z als die Unbekannte gilt und die Potenzen von z als deren Principalwerthe eindeutig erklärt sein sollen, enthält drei Coefficienten und drei Exponenten, welche sechs Parameter beliebig gegebene complexe Zahlen vorstellen mögen.

Unter einem leicht zu discutirenden Vorbehalt lässt diese Gleichung sich in der nur vier Parameter enthaltenden Form anschreiben:

2) $$z^{\mu+\nu} - \alpha z^{\nu} - \beta = 0$$

und diese geht (desgleichen) durch die Substitution

$$z = \beta^{\frac{1}{\mu+\nu}} . u, \text{ wenn } \alpha . \beta^{-\frac{\mu}{\mu+\nu}} = \gamma$$

Kürze halber genannt wird, über in

3) $$u^{\mu+\nu} - \gamma u^{\nu} - 1 = 0$$

— eine Gleichung, in welcher nur mehr ein Coefficient, aber noch zweierlei Exponentenparameter vorkommen.

Wenn jedoch endlich

$$u = (1+w)^{\frac{1}{\mu+\nu}} \left[\text{oder aber } u = \left(\frac{w}{\gamma}\right)^{\frac{1}{\nu}}\right] \text{ gesetzt und } \frac{\nu}{\mu+\nu} = \varrho$$

geschrieben wird, so lautet die zu erfüllende Gleichung:

4) $$w - \gamma (1+w)^{\varrho} = 0.$$

Dieselbe enthält auch nur mehr einen Exponenten und zeigt die Anzahl der Parameter jetzt auf zwei herabgesunken.

Die mit dem Coefficienten γ zugleich verschwindende Wurzel w dieser Gleichung 4) kann nun nach dem Bürmann'schen Theorem* in eine nach Potenzen von γ fortschreitende Reihe nicht nur selbst entwickelt werden, sondern auch eine beliebige um den Nullpunkt herum synektische Function derselben, z. B. die natürliche Potenz w^k. Unschwer findet man auf dem angedeuteten Wege

5) $$w = \sum_{a=1}^{a=\infty} \frac{1}{a} (a\varrho)_{a-1} . \gamma^a$$

und noch allgemeiner

6) $$w^k = \sum_{a=k}^{a=\infty} \frac{k}{a} (a\varrho)_{a-k} . \gamma^a,$$

wofern wir uns für die Binomialcoefficienten der Schlömilch'schen Bezeichnungsweise bedienen.

Bezüglich der Convergenzbedingungen, sowie bezüglich dessen, wie auf die Entwickelung 5) in allen Fällen die vollständige Auflösung der Gleichungen 1) bis 4) zu gründen ist, sei auf die citirte Schrift v. Mangoldt's verwiesen.

* Vergl. etwa des Herausgebers Compendium, Bd. 2.

§ 2.

Wir geben jetzt die im Nachfolgenden zur Geltung kommenden allgemeinen Gesichtspunkte, was als ein kleiner Beitrag zum polynomischen Satze betrachtet werden mag.

Wenn überhaupt

7) $$P = \sum_{a=0}^{a=\infty} P_a z^a$$

eine für hinreichend kleine z zulässige Entwickelung einer Function $P(z)$ oder P nach den natürlichen Potenzen von z vorstellt, so lässt sich, falls P_0 nicht 0 ist, auch die beliebige Potenz

8) $$P^x = \sum_{a=0}^{a=\infty} P_a^{(x)} z^a$$

für ein hinreichend kleines z, also innerhalb eines gewissen Bereiches entwickeln, und letzteres deckt sich sogar mit dem Convergenzbezirk von 7), sobald der Exponent $x = k$ eine positive ganze Zahl ist.

Wenn dagegen $P_0 = 0$ ist, so ist eine Entwickelung von der Form 8) nach ganzen Potenzen von z nur für einen natürlichen Exponenten $x = k$ möglich. Jedoch auch wenn der Exponent x eine beliebig complexe Zahl ist, kann man wenigstens nach steigenden Potenzen von z alsdann entwickeln.

Um diesen Fall auf den vorhin betrachteten zurückzuführen, nehmen wir an, dass P_r der erste von 0 verschiedene von den Coefficienten P_a sei, dass also $P_0 = P_1 = \ldots = P_{r-1} = 0$.

Dann kann man setzen $P = z^r Q$, wo Q eine Reihe von der Form 7) mit nicht verschwindendem Absolutglied vorstellen muss. Da hiernach $P^x = z^{xr} . Q^x$, so erkennt man, dass jetzt eine Entwickelung von der folgenden Form:

9) $$P^x = \sum_{a=0}^{a=\infty} P_{rx+a}^{(x)} z^{rx+a}$$

allein möglich ist. Für $r = 0$ geht diese in 8) über.

Die Entwickelungscoefficienten der Potenz P^x nach steigenden Potenzen von z sind also jetzt für alle Fälle — in Gestalt von $P_a^{(x)}$ und, in allgemeinster Weise, von $P_{rx+a}^{(x)}$ — durch die getroffenen Festsetzungen erklärt.

Für die so definirten Entwickelungscoefficienten lassen sich einige allgemeine Sätze aussprechen, von welchen die drei nächstfolgenden für uns von Wichtigkeit sind.

Erstes Theorem. Aus der Differentialformel

10) $$\partial_z . P^{x+1} = (x+1) P^x . \partial_z P$$

ergiebt sich durch Einsetzung der Reihen 7) und 8), Entwickelung der beiden Seiten nach Potenzen von z und Gleichsetzung der Coefficienten von z^{n-1} mit Leichtigkeit die Relation

11) $$n P_n^{(\varkappa+1)} = (\varkappa+1) \sum_{a=0}^{a=n-1;\,n} (n-a) P_{n-a} P_a^{(\varkappa)},$$

durch welche unsere Coefficienten auf solche mit um 1 vermindertem Exponenten zurückgeführt werden.

Man kann aber diese Formel noch verallgemeinern, indem man den in ihr ausgesprochenen Satz — statt auf die ursprüngliche Reihe P selbst — auf deren beliebige Potenz P^λ anwendet.

Dadurch ergiebt sich

$$n P_n^{(\varkappa\lambda+\lambda)} = (\varkappa+1) \sum_{a=0}^{a=n} (n-a) P_{n-a}^{(\lambda)} P_a^{(\varkappa\lambda)},$$

und wenn wir hierin $\frac{\varkappa}{\lambda}$ für $\varkappa$ setzen, sodann $\varkappa$ mit λ und a mit $n-a$ vertauschen,

12) $$n \varkappa P_n^{(\varkappa+\lambda)} = (\varkappa+\lambda) \sum_{a=0;\,1}^{a=n} a P_a^{(\varkappa)} P_{n-a}^{(\lambda)}.$$

Sollten hierin $\varkappa$ und λ beliebig complex sein, so müsste P_0 noch ungleich 0 vorausgesetzt werden. Geht man aber von da nach der oben angedeuteten Methode zu dem allgemeinsten Falle über, so folgt als der allgemeinste und eleganteste Ausdruck des ersten Theorems

I) $$\frac{n}{\varkappa+\lambda} P_{r\varkappa+r\lambda+n}^{(\varkappa+\lambda)} = \sum_{a=0}^{a=n} \frac{a}{\varkappa} P_{r\varkappa+a}^{(\varkappa)} P_{r\lambda+n-a}^{(\lambda)}.$$

Wir werden hiervon nur für $r=0$ oder für $r=1$ Gebrauch zu machen haben.

Zweites Theorem. Die Differentialformel 10) für $\varkappa-1$ in Anspruch genommen und mit P multiplicirt:

13) $$P.\,\partial_z P^\varkappa = \varkappa P^\varkappa.\,\partial_z P,$$

giebt (zunächst unter der Annahme, dass P_0 ungleich 0 sei) durch Coefficientenvergleichung die bekannte Recursion

14) $$0 = \sum_{a=0}^{a=n} [(n-a)\varkappa - a] P_{n-a} P_a^{(\varkappa)},$$

welche dazu dient, die Coefficienten $P_n^{(\varkappa)}$ des polynomischen Satzes für immer grössere Indices n successive zu berechnen.

Diese Recursion lässt sich nun ebenso, wie 11) verallgemeinern. Mit Rücksicht darauf, dass $P^\varkappa$ die $\frac{\varkappa}{\lambda}$ te Potenz von P^λ ist, muss nämlich auch sein

15) $$0 = \sum_{a=0}^{a=n} [(n-a)\varkappa - a\lambda] P_a^{(\varkappa)} P_{n-a}^{(\lambda)},$$

und wenn wir von da zu dem allgemeinsten Falle übergehen, wo P_r der erste nicht verschwindende von den Coefficienten der Reihe 7) ist, erhalten wir

$$\text{II)} \qquad 0=\sum_{a=0}^{a=n}[(n-a)\varkappa-a\lambda]\,P^{(\varkappa)}_{r\varkappa+a}\,P^{(\lambda)}_{r\lambda+n-a},$$

worin man statt der eckigen Parenthese auch $[(r\lambda+n-a)\varkappa-(r\varkappa+a)\lambda]$ schreiben und so hinbringen könnte, dass die Indices der P selbst als Factoren in ihr auftreten.

Für $\lambda=\varkappa$ ist die Richtigkeit der Gleichung II) leicht direct einzusehen, wie denn überhaupt identisch

$$16) \qquad 0=\sum_{a=0}^{a=n}(n-2a)P_a P_{n-a}$$

sein muss, welches auch die Bedeutung der Grössen P sein mag; man zeigt dies durch Vertauschung von a mit $n-a$ unter Beachtung der Zerlegung $n-2a=(n-a)-a$, woraus erhellt, dass die Summe ihrem entgegengesetzten Werthe gleich ist.

Aber auch für beliebige $\varkappa$ und λ lässt sich das Theorem II) direct durch I) verificiren, da man die von Minuend und Subtrahend in der eckigen Klammer herrührenden beiden Summationen nach letzterem ausführen kann.

Drittes Theorem. Da $P^{\varkappa+\lambda}=P^{\varkappa}.P^{\lambda}$ ist, so folgt auf demselben Wege — zunächst für ein von 0 verschiedenes P_0 — die Relation

$$17) \qquad P_n^{(\varkappa+\lambda)}=\sum_{a=0}^{a=n}P_a^{(\varkappa)}P_{n-a}^{(\lambda)},$$

welche wir „das Additionstheorem der Exponenten bei den Coefficienten des polynomischen Satzes" nennen werden, in Anbetracht, dass sie lehrt, den P-Coefficienten für die Summe zweier Zahlen im Exponenten auszudrücken durch lauter solche P-Coefficienten, deren Exponenten die einzelnen Glieder jener Summe sind.

Für den allgemeinsten Fall ergiebt sich hieraus

$$\text{III)} \qquad P^{(\varkappa+\lambda)}_{r\varkappa+r\lambda+n}=\sum_{a=0}^{a=n}P^{(\varkappa)}_{r\varkappa+a}P^{(\lambda)}_{r\lambda+n-a}.$$

Auf I) und III) ist durch Zerlegung der rechten Seite leicht noch der Satz zurückzuführen:

$$\text{Ia)} \qquad \frac{r\varkappa+r\lambda+n}{\varkappa+\lambda}P^{(\varkappa+\lambda)}_{r\varkappa+r\lambda+n}=\sum_{a=0}^{a=n}\frac{r\varkappa+a}{\varkappa}P^{(\varkappa)}_{r\varkappa+a}P^{(\lambda)}_{r\lambda+n-a},$$

welcher als eine Modification des ersten Theorems zu bezeichnen ist. Dieselbe ist für $r=0$ mit I) identisch; auf sie führt auch 12) bei ganzen positiven Zahlen $\varkappa$ und λ, wenn man die Glieder aus der Summe fortlässt, die 0 werden.

Viertes Theorem. Es sei mir gestattet, noch einer weiteren Eigenschaft unserer Entwickelungscoefficienten Erwähnung zu thun, w gleich ich von derselben hier keinen speciellen Gebrauch machen werde – schon weil ich an dieselbe eine kritische Bemerkung zu knüpfen habe.

Es lassen nämlich (wenn zunächst P_0 ungleich Null gedacht wird) unsere Coefficienten $P_n^{(x)}$ für einen beliebigen, etwa complexen Exponenten x sich ausdrücken durch lauter solche Coefficienten $P_n^{(a)}$, deren Exponent a eine natürliche Zahl ist, und zwar nach dem Schema

18) $$P_n^{(x)} = \sum_{a=0}^{a=n} (x)_a (n-x)_{n-a} P_n^{(a)}.$$

Desgleichen gilt für den allgemeinsten Fall

IV) $$P_{rx+n}^{(x)} = \sum_{a=0}^{a=n} (x)_a (n-x)_{n-a} P_{ra+n}^{(a)}.$$

Der analoge Satz

19) $$f(x) = \sum_{a=0}^{a=n} (x)_a (n-x)_{n-a} f(a)$$

gilt überhaupt für jede ganze Function $f(x)$, welche vom (höchstens) n^{ten} Grade ist, und ist, wie man leicht erkennt, weiter Nichts, als eine Specialisirung der Lagrange'schen Interpolationsformel — ihre Anwendung auf diese Function, die man sich durch ihre $n+1$ Werthe für die äquidistanten ganzzahligen Argumente $x = 0, 1, 2, \ldots, n$ gegeben denkt.

Speciell ist z. B. auch für jede natürliche Zahl $k \leq n$:

20) $$x^k = \sum_{a=0}^{a=n} (x)_a (n-x)_{n-a} \cdot a^k$$

– eine merkwürdige Relation von Binomialcoefficienten.

Dass nun in 18) $P_n^{(x)}$ eine ganze Function n^{ten} Grades von x sein muss, ist schon aus der Recursion 14) mit Leichtigkeit zu folgern, und versteht sich darnach auch das Theorem IV) gewissermassen von selbst.

Aus dem Bildungsgesetz für die Derivirten einer Potenz ist sofort ersichtlich, dass auch $y^{-x} \partial_x^n (y^x)$ eine ganze Function n^{ten} Grades von x sein muss, und es erscheinen demnach die directen Beweise des zuerst von Hoppe ausgesprochenen Theorems, welches die Anwendung der Lagrange'schen Formel 19) auf ebendiese Function uns nun unmittelbar liefern würde — wie scharfsinnig sie sind — als überflüssig. Vergl. die Aufsätze der Herren Götting und Hoppe in Bd. 2 und 3 der Math. Annalen und die daselbst citirte Schrift des Letzteren — in welchen allen die Beziehung des gedachten Theorems zu Lagrange's Formel nicht bemerkt zu sein scheint.

§ 3.

Auf unsern Fall der Gleichungen 5) und 6) angewandt, liefern uns nun die für $r=1$ in Anspruch zu nehmenden Theoreme I), II), III) und Ia) des vorigen Paragraphen folgende Binomialcoefficientenrelationen:

$$21)\quad \left\{\begin{aligned}&\sum_{a=0}^{a=n}\frac{a}{\varkappa+a\varrho}\{\varkappa+a\varrho\}_a\cdot\frac{\lambda}{\lambda+(n-a)\varrho}\{\lambda+(n-a)\varrho\}_{n-a}\\&\qquad=\frac{n}{\varkappa+\lambda+n\varrho}\{\varkappa+\lambda+n\varrho\}_n,\end{aligned}\right.$$

$$22)\quad 0=\sum_{a=0}^{a=n}[(n-a)\varkappa-a\lambda]\cdot\frac{\varkappa}{\varkappa+a\varrho}\{\varkappa+a\varrho\}_a\cdot\frac{\lambda}{\lambda+(n-a)\varrho}\{\lambda+(n-a)\varrho\}_{n-a},$$

$$23)\quad \left\{\begin{aligned}&\frac{\varkappa+\lambda}{\varkappa+\lambda+n\varrho}\{\varkappa+\lambda+n\varrho\}_n\\&=\sum_{a=0}^{a=n}\frac{\varkappa}{\varkappa+a\varrho}\{\varkappa+a\varrho\}_a\cdot\frac{\lambda}{\lambda+(n-a)\varrho}\{\lambda+(n-a)\varrho\}_{n-a},\end{aligned}\right.$$

$$24)\quad \{\varkappa+\lambda+n\varrho\}_n=\sum_{a=0}^{a=n}\frac{\varkappa}{\varkappa+a\varrho}\{\varkappa+a\varrho\}_a\cdot\{\lambda+(n-a)\varrho\}_{n-a}.$$

Bezüglich der Herleitung ist hervorzuheben, dass die citirten Gleichungen I) etc. hier nur für ganze positive Exponenten $\varkappa=k$, $\lambda=l$ in Anspruch genommen werden dürfen und einfach

$$25)\quad P_n^{(k)}=\frac{k}{n}(n\varrho)_{n-k}\ \text{oder}\ P_{k+a}^{(k)}=\frac{k}{k+a}\{(k+a)\varrho\}_a$$

darinnen einzusetzen ist.

Hiernach aber kann man bemerken, dass zu beiden Seiten der Relation ganze rationale Functionen von k und l begrenzten Grades stehen, welche für unendlich viele Werthe dieser Grössen (nämlich für alle natürlichen Zahlwerthe) als einander gleich bewiesen sind. Dieselben müssen daher durchaus übereinstimmen, identisch einander gleich sein, und ist es deshalb gestattet, wenn etwa jetzt $k\varrho=\varkappa$, $l\varrho=\lambda$ gesetzt wird, diese Grössen $\varkappa$, λ, ϱ als von einander unabhängige beliebige complexe Zahlen zu betrachten.

Führt man die Abkürzung ein

$$26)\quad \frac{\varkappa}{\varkappa+a\varrho}\{\varkappa+a\varrho\}_a=\varrho_a(\varkappa),$$

so stellen sich unsere Relationen in der concisesten Weise wie folgt dar:

$$27)\quad \sum_{a+b=n}\frac{a}{\varkappa}\varrho_a(\varkappa)\varrho_b(\lambda)=\frac{n}{\varkappa+\lambda}\varrho_n(\varkappa+\lambda),$$

$$28)\quad 0=\sum_{a+b=n}(b\varkappa-a\lambda)\varrho_a(\varkappa)\varrho_b(\lambda),$$

$$29)\quad \varrho_n(\varkappa+\lambda)=\sum_{a+b=n}\varrho_a(\varkappa)\varrho_b(\lambda),$$

$$30)\quad \frac{\varkappa+\lambda+n\varrho}{\varkappa+\lambda}\varrho_n(\varkappa+\lambda)=\sum_{a+b=n}\frac{\lambda+b\varrho}{\lambda}\varrho_b(\lambda)\varrho_a(\varkappa).$$

Die Gleichung 29) geht für $\varrho=0$ in das „Additionstheorem für die Exponenten bei Binomialcoefficienten" über, nämlich in die bekannte Relation

$$31)\qquad (\varkappa+\lambda)_n=\sum_{a+b=n}(\varkappa)_a(\lambda)_b,$$

welche aus der Identität $(1+x)^\varkappa.(1+x)^\lambda=(1+x)^{\varkappa+\lambda}$ durch Coefficientenvergleichung hervorgeht. Ich schlage vor, jene Gleichung einfach „die Verallgemeinerung des Additionstheorems für die Binomialcoefficienten" zu nennen.

Nimmt man daselbst $\varkappa=\lambda=\varrho$ an, so folgt die symmetrische Relation

$$32)\qquad \sum_{a=0}^{a=n}\frac{\{(a+1)\varrho\}_a}{a+1}\cdot\frac{\{(n-a+1)\varrho\}_{n-a}}{n-a+1}=\frac{2}{n+2}\{(n+2)\varrho\}_n.$$

Ebendiese Relation geht auch hervor aus der Vergleichung zweier Aufsätze in Grunert's Archiv (Bd. 1 S. 193—204 und Bd. 2 S. 117—122) von Grunert, resp. Tellkampf, welche sich mit der zuerst für einen Specialfall (für $m=3$) von Euler gestellten, von Pfaff dann verallgemeinerten Aufgabe beschäftigen: die Anzahl der Arten zu ermitteln, auf welche sich ein gegebenes n-Eck durch Diagonalen in lauter m-Ecke zerlegen lässt. Soll dies überhaupt möglich sein, so muss n von der Form sein: $n=(q+1)m-2q$, wo die natürliche Zahl q dann die Anzahl der Diagonalen bedeutet, welche die Zerlegung bewirken. Hernach ist die gesuchte Anzahl der möglichen Zerlegungsweisen gleich

$$\frac{1}{q+1}(n+q-1)_q=\frac{\{(q+1)(m-1)\}_q}{q+1}.$$

Eine erste (recurrente) Lösung vorstehenden Problems ist an *(l. c.)* angeführtem Orte von Fuss gegeben, welcher auch bereits den Zusammenhang der Ergebnisse mit der Auflösung der trinomischen Gleichung $zt^{m-1}=z-1$ erkannt hat.

Auf die erwähnte Art zeigt sich die Relation 32) zwar direct auf combinatorischem Wege, jedoch zunächst allerdings nur für eine natürliche Zahl ϱ bewiesen; sie muss dann aber auch identisch gelten.

Da in 32) die vom Anfang und Ende gleichweit abstehenden Terme der Summe einander gleich sind, so kann man, diese zusammenfassend und die Fälle eines geraden $n=2m$ und eines ungeraden $n=2m+1$ unterscheidend, daraus auch noch die beiden Summenformeln ableiten:

$$33)\qquad \sum_{a=1}^{a=m}\frac{\{(m-a+1)\varrho\}_{m-a}}{m-a+1}\cdot\frac{\{(m+a)\varrho\}_{m+a-1}}{m+a}=\frac{\{(2m+1)\varrho\}_{2m-1}}{2m+1},$$

$$34)\qquad \left\{\begin{aligned}&\sum_{a=1}^{a=m}\frac{\{(m-a+1)\varrho\}_{m-a}}{m-a+1}\cdot\frac{\{(m+a+1)\varrho\}_{m+a}}{m+a+1}\\&=\frac{\{2(m+1)\varrho\}_{2m}}{2(m+1)}-\tfrac{1}{2}\left[\frac{\{(m+1)\varrho\}_m}{m+1}\right]^2.\end{aligned}\right.$$

Analog zu 32) folgt noch aus 30)

$$35) \qquad \sum_{a=0}^{a=n} \frac{\{(a+1)\varrho\}_a}{a+1} \{(n-a+1)\varrho\}_{n-a} = \{(n+2)\varrho\}_n,$$

und hieraus, sowie aus 32) ergiebt sich für $\varrho = \infty$

$$36) \qquad \sum_{a=0}^{a=n} (n)_a (a+1)^{a-1} (n-a+1)^{n-a} \quad = (n+2)^n,$$

$$37) \qquad \sum_{a=0}^{a=n} (n)_a (a+1)^{a-1} (n-a+1)^{n-a-1} = 2(n+2)^{n-1},$$

zwei Formeln, welche mit von v. Mangoldt abgeleiteten cor- verwandt sind.

Durch beiderseitige Anordnung nach Potenzen oder Binomialcoefficienten der willkürlichen Zahlen $\varkappa$, λ, ϱ und C vergleichung würden sich noch viele Relationen aus den gegenwärtigen Paragraphen deduciren lassen, zumeist zur interessanter Doppelsummen dienlich. In einem Theile ders die Facultätencoefficienten eine Rolle, wie denn eigentlic Relationengruppe in die Facultätentheorie gehört. Ich will hier mit dem blossen Hinweis auf diese Thatsache begnügen

§ 4.

Auf Grund der Darstellung 6) von w^k lassen alle synekt tionen von w für gewisse zugehörige Gebiete auch nach Pot sich entwickeln. Ist

$$f(w) = \sum_{k=0}^{k=\infty} \delta_k w^k,$$

so braucht man zu dem Ende nur den Werth 6) zu sub nach Potenzen von γ anzuordnen — selbstverständlich unte Beachtung der Convergenzregeln.

Die Coefficienten dieser neuen, nach Potenzen von den Entwickelung präsentiren sich aber, durch die δ_k a Gestalt von einfachen Summen, und es erscheinen dieje merkenswerth, wo diese Summationen nach einfachem Ge führen lassen.

Ein solcher Fall ist der von $log(1+w)$, für welche mische Reihe zur Verfügung steht. Bemerkt man nur, dass ist, so fällt die hier auszuführende Summation unter d Paragraphen erwähnte Additionstheorem 31) der Expon mialcoefficienten und ergiebt sich sofort

$$log(1+w) = \sum_{a=1}^{a=\infty} \frac{1}{a} (a\varrho - 1)_{a-1} \gamma^a,$$

oder wegen $(\sigma - 1)_{a-1} = \dfrac{a}{\sigma} (\sigma)_a$ noch eleganter:

$$38)\qquad log(1+w)=\sum_{a=1}^{a=\infty}\frac{1}{a\varrho}(a\varrho)_a\gamma^a.$$

Mit Rücksicht darauf, dass $log\,u=\frac{1}{\mu+\nu}log(1+w)$ ist (vergl. § 1), stimmt dieses Ergebniss mit dem durch Aufstellung und Integration einer Differentialgleichung zweiter Ordnung sehr umständlich gewonnenen Resultate v. Mangoldt's überein.

Eine zweite Function derart ist die beliebige Potenz $(1+w)^\sigma$.

Wendet man eine Umformung nach dem Schema $m(\sigma)_m=\sigma(\sigma-1)_{m-1}$ an, so lässt sich das ebenerwähnte Additionstheorem 31) wiederum anwenden, und ergiebt sich sofort

$$(1+w)^\sigma=1+\sum_{a=1}^{a=\infty}\frac{\sigma}{a}(\sigma+a\varrho-1)_{a-1}\gamma^a$$

oder eleganter

$$39)\qquad (1+w)^\sigma=\sum_{a=0}^{a=\infty}\frac{\sigma}{\sigma+a\varrho}(\sigma+a\varrho)_a\gamma^a=\sum_{a=0}^{a=\infty}\varphi_a(\sigma)\,.\,\gamma^a.$$

Nimmt man speciell $\sigma=\frac{1}{\mu+\nu}$, resp. $\frac{\varkappa}{\mu+\nu}$ an, so fliesst hieraus die Entwickelung der Wurzel $u\,(=1+v)$ der Gleichung 3) nach Potenzen ihres Coefficienten γ, resp. die Entwickelung der beliebigen Potenz $u^\varkappa=(1+v)^\varkappa$, wie sie v. Mangoldt und dessen Vorarbeiter aufgestellt haben, und zwar jene in der übersichtlicheren Gestalt:

$$40)\qquad u=1+v=(1+w)^{\frac{1}{\mu+\nu}}=\sum_{a=0}^{a=\infty}\frac{1}{1+a\nu}\left\{\frac{1+a\nu}{\mu+\nu}\right\}_a\cdot\gamma^a.$$

Nun kann man allerdings auf das Ergebniss 39) wiederum die (diesmal für $r=0$ in Anspruch zu nehmenden) Theoreme I), II), III) des § 2 anwenden, indem hier eine beliebige Potenz einer Function $1+w$ entwickelt gegeben ist, für die man selbst in Gestalt der für $\sigma=1$ sich ergebenden Reihe die Entwickelung kennt.

Man findet jedoch so die alten Relationen wieder, und zwar sogleich in ihrer vollen Allgemeinheit, d. h. ohne dass man genöthigt wäre, erst aus der Gleichheit der ganzen Functionen für natürliche Zahlwerthe auf deren Uebereinstimmung für beliebige Argumente zu schliessen.

Die Fragen, welche die Convergenz der hier gegebenen Entwickelungen betreffen, sind im Wesentlichen *(l. c.)* erledigt.

Uebrigens kann 38) durch den bekannten Grenzübergang

$$log(1+w)=\lim_{\sigma=0}.\frac{(1+w)^\sigma-1}{\sigma}$$

auch bequem aus 39) abgeleitet werden.

§ 5.

Ich gehe jetzt über zur Betrachtung der v. Mangoldt'schen Binomialcoefficientenrelation und zur Darlegung ihres Zusammenhanges mit den in § 3 von uns aufgestellten Identitäten.

Zunächst muss ich in Bezug auf die von v. Mangoldt gegebene kunstvolle Herleitung seiner Relation bemerken, dass diese Herleitung noch ziemlich vereinfacht — namentlich das unbequeme Eingehen auf die combinatorischen Summen (vergl. *l. c.*) ganz vermieden — werden könnte durch Benutzung der für $\lambda = 1$ (und $r = 1$) in Anspruch genommenen Theoreme I) und III) des § 2.

Im Uebrigen erweist sich diese von v. Mangoldt späterhin noch weiter specialisirte und für Vervielfältigung der Consequenzen in verschiedener Hinsicht verwerthete Relation (*l. c.* S. 5, Gleichung 14 flgg.) als eine complicirte Folgerung aus unseren einfachen in § 3 gegebenen Identitäten.

Wenn — um dies darzuthun — noch $\varkappa$ für $\frac{1}{\mu+\nu}$ geschrieben wird, stellt sich die v. Mangoldt'sche Relation, in unsere Bezeichnungsweise umgeschrieben, wie folgt dar:

$$41)\quad \left\{\begin{aligned} 0 &= \frac{n+1}{\varkappa+(n+1)\varrho}\{\varkappa+(n+1)\varrho\}_{n+1}+\frac{(\varkappa-2\varrho+1)n-2\varkappa}{\varkappa+n\varrho}\{\varkappa+n\varrho\}_n \\ &+\sum_{a=1}^{a=n-1}\left[\frac{\varkappa-\varrho+1}{n-a+1}\,a-\varkappa\right].\frac{\{\varkappa+a\varrho\}_a}{\varkappa+a\varrho}.\{\varkappa+(n-a)\varrho\}_{n-a},\end{aligned}\right.$$

und erscheint dieselbe dadurch bemerkenswerth, dass sie als (quadratische) Recursion zeigt, wie die Grössen $\{\varkappa+n\varrho\}_n$ oder auch, wenn man will, die $\varrho_n(\varkappa)$ für immer wachsende n successive berechnet werden können.

Bequemlichkeitshalber schreiben wir die Gleichung 41) so:

$$0 = A + B + \sum_{a=1}^{a=n-1}\left[(\varkappa-\varrho+1)\frac{a}{n-a+1}-\varkappa\right]C,$$

woraus die Bedeutung von A, B, C durch Vergleichung erhellt.

Wir dehnen nun die Summe von 1 bis n aus, indem wir das damit hinzugeschlagene Glied beim mittleren Term B wieder in Abzug bringen. So kommt

$$0 = A - \{\varkappa+n\varrho\}_n + (\varkappa-\varrho+1)\sum_{a=1;\,0}^{a=n}\frac{a}{n-a+1}\,C - \sum_{a=1}^{a=n}\varkappa C.$$

Die letzte Summe rechter Hand ist aber nach dem für $\lambda = \varkappa$ in Anspruch genommenen Theorem 24) geradezu

$$\sum_{a=1}^{a=n}\varkappa C = \{2\varkappa+n\varrho\}_n - \{\varkappa+n\varrho\}_n,$$

wie man erkennt, indem man die Summe von 0 an nimmt und das Anfangsglied wieder in Abzug bringt; folglich können wir schreiben

$$0=A-\{2\varkappa+n\varrho\}_n+(\varkappa-\varrho+1)\sum_{a=0}^{a=n}\left[\frac{n+1}{n-a+1}-1\right]C.$$

Der vom Subtrahenden herrührende Theil der Summe ist, wie vorhin evaluirt:

$$\sum_{a=0}^{a=n}C=\frac{1}{\varkappa}\{2k+n\varrho\}_n,$$

mithin allein noch die Gleichung zu beweisen

$$0=A-\frac{2\varkappa-\varrho+1}{\varkappa}\{2\varkappa+n\varrho\}_n+(\varkappa-\varrho+1)(n+1)\sum_{a=0}^{a=n}\frac{C}{n-a+1}.$$

Durch eine Umformung des einen Binomialcoefficienten nach dem Schema $\frac{1}{m+1}(\sigma)_m=\frac{1}{\sigma+1}(\sigma+1)_{m+1}$ lässt sich die letzte Summe so darstellen:

$$\sum_{a=0}^{a=n}\frac{C}{n-a+1}=\sum_{a=0}^{a=n}\frac{\{\varkappa+a\varrho\}_a}{\varkappa+a\varrho}\cdot\frac{\{\varkappa-\varrho+1+(n+1-a)\varrho\}_{n+1-a}}{\varkappa-\varrho+1+(n+1-a)\varrho}.$$

Dehnt man dieselbe bis $a=n+1$ aus und bringt den überzähligen Term nachher in Abzug, so lässt sich nach dem für $n+1$ und für $\lambda=\varkappa-\varrho+1$ in Anspruch genommenen Theorem 23) die Summation ausführen, und folgt

$$\sum_{a=0}^{a=n}\frac{C}{n-a+1}=\frac{2\varkappa-\varrho+1}{\varkappa(\varkappa-\varrho+1)}\cdot\frac{\{2\varkappa-\varrho+1+(n+1)\varrho\}_{n+1}}{2\varkappa-\varrho+1+(n+1)\varrho}$$
$$-\frac{1}{\varkappa-\varrho+1}\cdot\frac{\{\varkappa+(n+1)\varrho\}_{n+1}}{\varkappa+(n+1)\varrho}.$$

Durch Einsetzung dieses Werthes erhalten wir aber die Identität

$$0=\frac{2\varkappa-\varrho+1}{\varkappa}\left[-\{2\varkappa+n\varrho\}_n+\frac{n+1}{2\varkappa+1+n\varrho}\{2\varkappa+1+n\varrho\}_{n+1}\right],$$

womit Alles bewiesen ist.

Ob sich auch umgekehrt aus der v. Mangoldt'schen Relation 41) die Beziehungen des § 3 ableiten lassen, möchte ich bezweifeln.

Karlsruhe, im October 1879. Ernst Schröder.

XVII. Ueber die Wellenfläche zweiaxiger Krystalle.

(Hierzu Taf. III Fig. 1—5.)

Die graphische Darstellung der Wellenfläche geschieht am besten mit Hilfe der sphärischen und ellipsoidischen Curven, deren Gleichungen ich in meinem früheren Aufsatze in dieser Zeitschrift (Thl. XXIV S. 400) angegeben habe und welche ich hier reproducire:

$$1)\quad \frac{x^2}{c^2\dfrac{r^2-a^2}{c^2-a^2}}+\frac{y^2}{c^2\dfrac{r^2-b^2}{c^2-b^2}}=1,\quad \frac{x^2}{b^2\dfrac{r^2-a^2}{b^2-a^2}}+\frac{z^2}{b^2\dfrac{r^2-c^2}{b^2-c^2}}=1,$$
$$\frac{y^2}{a^2\dfrac{r^2-b^2}{a^2-b^2}}+\frac{z^2}{a^2\dfrac{r^2-c^2}{a^2-c^2}}=1,$$

$$2)\quad \frac{x^2}{\dfrac{b^2c^2}{r^2}\dfrac{r^2-a^2}{c^2-a^2}}+\frac{y^2}{\dfrac{a^2c^2}{r^2}\dfrac{r^2-b^2}{c^2-b^2}}=1,\quad \frac{x^2}{\dfrac{b^2c^2}{r^2}\dfrac{r^2-a^2}{b^2-a^2}}+\frac{z^2}{\dfrac{a^2b^2}{r^2}\dfrac{r^2-c^2}{b^2-c^2}}=1,$$
$$\frac{y^2}{\dfrac{a^2c^2}{r^2}\dfrac{r^2-b^2}{a^2-b^2}}+\frac{z^2}{\dfrac{a^2b^2}{r^2}\dfrac{r^2-c^2}{a^2-c^2}}=1.$$

$a>b>c$ sind die Halbaxen des Ergänzungsellipsoids, aus dem die Wellenfläche abgeleitet ist, und $r<a>c$ ist der Halbmesser einer (veränderlichen) Kugel, welche für $r>b$ den äussern Mantel in einer sphärischen Curve schneidet, z. B. AC, $A'C'$ (Fig. 1); die äusserste dieser sphärischen Curven ist der Kreis BB'. Sie liegen auf Kegeln, deren Spitze O ist und welche den innern Mantel in ellipsoidischen Curven $\alpha\gamma$, $\alpha'\gamma'$, ... schneiden. Wenn $r<b$, so wird der innere Mantel in sphärischen Curven $\gamma^0\gamma'$, $\delta^0\delta'$ geschnitten, die ebenfalls auf Kegeln liegen, welche den äusseren Mantel in ellipsoidischen Curven C^0C', D^0D' schneiden. Die letzte dieser sphärischen Curven, für $r=c$, ist der Kreis, in welchem der innere Mantel der Wellenfläche die xy-Ebene schneidet; ihre entsprechende ellipsoidische Curve ist die Ellipse (ab), in welcher der äussere Mantel die xy-Ebene schneidet.

Nun bestehen die Identitäten

$$3)\quad \frac{c^2\dfrac{r^2-a^2}{c^2-a^2}}{c^2\dfrac{a^2-b^2}{a^2-c^2}}+\frac{c^2\dfrac{r^2-b^2}{c^2-b^2}}{c^2\dfrac{b^2-a^2}{b^2-c^2}}=1,\quad \frac{b^2\dfrac{r^2-a^2}{b^2-a^2}}{b^2\dfrac{a^2-c^2}{a^2-b^2}}+\frac{b^2\dfrac{r^2-c^2}{b^2-c^2}}{b^2\dfrac{a^2-c^2}{b^2-c^2}}=1,$$
$$\frac{a^2\dfrac{r^2-b^2}{a^2-b^2}}{a^2\dfrac{c^2-b^2}{a^2-b^2}}+\frac{a^2\dfrac{r^2-c^2}{a^2-c^2}}{a^2\dfrac{b^2-c^2}{a^2-c^2}}=1,$$

$$4)\quad \frac{\dfrac{b^2c^2}{r^2}\dfrac{r^2-a^2}{c^2-a^2}}{c^2\dfrac{a^2-b^2}{a^2-c^2}}+\frac{\dfrac{a^2c^2}{r^2}\dfrac{r^2-b^2}{c^2-b^2}}{c^2\dfrac{b^2-a^2}{b^2-c^2}}=1,\quad \frac{\dfrac{b^2c^2}{r^2}\dfrac{r^2-a^2}{b^2-a^2}}{b^2\dfrac{a^2-c^2}{a^2-b^2}}+\frac{\dfrac{a^2b^2}{r^2}\dfrac{r^2-c^2}{b^2-c^2}}{b^2\dfrac{a^2-c^2}{b^2-c^2}}=1,$$
$$\frac{\dfrac{a^2c^2}{r^2}\dfrac{r^2-b^2}{a^2-b^2}}{a^2\dfrac{c^2-b^2}{a^2-b^2}}+\frac{\dfrac{a^2b^2}{r^2}\dfrac{r^2-c^2}{a^2-c^2}}{a^2\dfrac{b^2-c^2}{a^2-c^2}}=1.$$

Aus diesen Gleichungen folgt für die Projection in der xz Ebene (Fig. 1), dass, wenn man

$$5)\qquad OX = b\sqrt{\frac{a^2-c^2}{a^2-b^2}},\quad OZ = b\sqrt{\frac{a^2-c^2}{b^2-c^2}}$$

annimmt, diese Strecken die Halbaxen einer Hilfsellipse sind, welche die Eigenschaft hat, dass die Coordinaten OA''' und OD^0 irgend eines Punktes M derselben die Halbaxen einer Ellipse sind, welche die Projection sowohl einer sphärischen, als auch einer ellipsoidischen Curve vorstellt. $A'''D''$ ist eine sphärische Curve und $D''D^0$ eine ellipsoidische, beide auf dem äussern Mantel. $A''E$ und $E\gamma^0$ sind Projectionen D von einer sphärischen und einer ellipsoidischen Curve des äusseren Mantels und stellen zugleich die Grenzlinien des innern Mantels auf der xz-Ebene dar.

Wenn man also die Wellenfläche mit diesen Curven für das Ellipsoid (a, b, c) construiren will, so bestimmt man nach 5) die Werthe von OX und OZ, und zeichnet eine Schaar von Ellipsen, deren Axen in die Richtungen OX und OZ fallen und welche die Gerade XZ berühren, mittelst der Hilfsellipse XMZ. Unter diesen Ellipsen giebt diejenige mit den Halbaxen c und a (in der Figur $A''EC'C^0$) und der Kreis $BB'\gamma^0$, dessen Halbmesser $= b$ ist, den Durchschnitt der Wellenfläche mit der xz-Ebene an.

Die Figur ist so gezeichnet, dass man von dem äussern auf den innern Mantel sehen kann, wobei die durch die confocalen Kegel erzeugten Scheidewände als undurchsichtig angenommen sind. Die Schraffirung des sichtbaren Theiles von der einen Hälfte dieser Kegelwände auf der linken Seite der Figur soll die Zeichnung plastisch machen.

Um die Projection in der xy-Ebene (Fig. 2) zu zeichnen, macht man

$$6)\qquad OX' = c\sqrt{\frac{a^2-b^2}{a^2-c^2}},\quad OY' = c\sqrt{\frac{a^2-b^2}{b^2-c^2}}$$

und betrachtet diese Strecken als die Halbaxen einer Hilfshyperbel und einer Hilfsellipse; nimmt man auf ersterer einen Punkt M an, so sind die Coordinaten OA und OD die Halbaxen einer Ellipse, die Coordinaten OA' und OD' eines Punktes M' auf der Hilfsellipse dagegen sind die Halbaxen einer Hyperbel.

Verändert der Punkt M seine Lage auf der Hilfshyperbel, so erhält man eine Schaar von Ellipsen; unter denselben ist ein Kreis CC', dessen Halbmesser $= c$, welcher der Durchschnitt der Wellenfläche mit der xy-Ebene ist. Jeder ellipsoidischen Curve AD des äussern Mantels entspricht eine sphärische $\alpha\delta$ des innern, welche mit ihr auf Einem Kegel liegt und deren Projection innerhalb des Kreises CC' fällt.

Verändert der Punkt M' auf der Hilfsellipse seine Lage, so entsteht eine Schaar von Hyperbeln: jeder sphärischen Curve $A'E$ auf dem äussern Mantel entspricht eine ellipsoidische $\alpha'\varepsilon$ auf dem innern.

Bei einem aus zwei Paaren sphärischer und ellipsoidischer Curven auf der Wellenfläche gebildeten Viereck sind die Abstände einer Hauptebene von den vier Ecken, sowie auch von den Durchdringungspunkten von je vier Tangenten mit einer andern Hauptebene in Proportion. Es lassen sich in den vier Ecken im Ganzen acht Tangenten ziehen, von welchen je vier zu zwei Gegenseiten gehörige zu nehmen sind.

Ueber die Projectionen der sphärischen und ellipsoidischen Curven der Wellenfläche auf den Hauptebenen lässt sich noch weiter bemerken:

1. Diejenigen auf der xy- und yz-Ebene, welche aus einem System von confocalen Ellipsen und Hyperbeln nach den Regeln der Transformation proportional getheilter Coordinaten abgeleitet sind, können als krummlinige Coordinatensysteme betrachtet werden und zur Bestimmung von Punkten u. s. w. in der Ebene dienen, wie dies bei den confocalen Kegelschnitten oder bei den elliptischen Coordinaten der Fall ist. Sie theilen mit denselben alle diejenigen Eigenschaften, welche bei der Transformation ungeändert bleiben.
2. Die Projectionen der Krümmungslinien eines Ellipsoids, sowie der confocalen sphärischen Kegelschnitte (Durchdringungen einer Kugel mit confocalen Kegeln) stimmen vielfach mit den Projectionen der Curven auf der Wellenfläche überein; letztere können, wenn man jede Hauptebene für sich betrachtet, einzeln als Projectionen von ellipsoidischen Krümmungslinien angesehen werden.

Für die plastische Darstellung der Wellenfläche oder die Construction des Modells geben die sphärischen und ellipsoidischen Curven in mehrfacher Hinsicht Anhaltspunkte. Aus den Projectionen in Fig. 1—3 lassen sich nach verschiedenen Richtungen hin Durchschnitte und Profile in wahrer Grösse zeichnen, nach welchen die Schablonen angefertigt werden können. Wenn nun das Modell zwar an und für sich schon geeignet ist, eine Anschauung von der Form der Fläche zu geben, so erscheint es doch wünschenswerth und namentlich für Unterrichtszwecke förderlich, auch Curvensysteme auf den Flächen des Modells anzubringen, und zu diesem Zwecke empfehlen sich die genannten Curven vorzugsweise darum, weil der von mir in meinem ersten Aufsatze angegebene Satz ein Mittel darbietet, die Richtigkeit der Zeichnung auf der Fläche selbst und unmittelbar zu controliren, ohne Hilfe der Projection.

Um diese Curven zu zeichnen, ist es rathsam, nicht das Modell der ganzen Fläche, sondern nur einen Octanten zu wählen, weil an demselben die Beziehungen zwischen dem innern und äussern Mantel der Fläche am leichtesten zu erkennen sind. Man beginnt damit, den Halbkreis zu zeichnen, in welchem die durch XZ (Fig. 1) senkrecht zur xz-Ebene gehende Ebene den äussern Mantel berührt; der Durchmesser dieses Halbkreises ist die Gerade $B'G = \frac{1}{b}\sqrt{a^2-b^2}\sqrt{b^2-c^2}$; G ist der Berührungspunkt auf der Ellipse $A''EC^0$. Von denjenigen Curven, welche diesen Kreis schneiden, lassen sich die Durchschnittspunkte auf dem Modell leicht bestimmen. Will man nun irgend einen weiteren Punkt, z. B. D' auf der Fläche finden oder den Durchschnitt der Curven $A'''D^0$ und $A'C'$, so giebt man zunächst diese vier Punkte auf dem Modell an, beschreibt hierauf von C^0 aus mit der vom Modell direct abgenommenen Entfernung D^0C' und von demjenigen Punkte der Fläche, welcher sich in O projicirt, mit der ebenfalls vom Modell abgenommenen Entfernung $A'D^0$ Kreisbögen, so schneiden sich dieselben in D'. Dieser Punkt lässt sich aber noch auf zwei weitere Arten controliren, da die Entfernungen $A'D'$ und $A'D''$ einander gleich sind, sowie auch $C'D'''$ und ED'. Es ist nämlich E der Endpunkt der secundären optischen Axe als Durchschnitt des Kreises $B\gamma^0$ und der Ellipse $A''C^0$, somit bilden die Bögen $C'E$ und ED''' (beide in der xz-Ebene), ferner $D'''D'$ und $C'D'$ (auf der Fläche) ein Viereck, in welchem die Entfernungen der Gegenecken C', D''' und E, D' einander gleich sind. Es ist also die Entfernung irgend eines Punktes der Fläche vom Endpunkte der secundären optischen Axe gleich derjenigen der Durchschnittspunkte von den beiden durch ihn gehenden Curven (einer sphärischen und einer ellipsoidischen) mit der Ebene der optischen Axen.

Nachdem die Curven des äussern Mantels bestimmt sind, zieht man in den Hauptebenen die Geraden $C\gamma$, $C'\gamma'$, ..., $A\alpha$, $A'\alpha'$, ..., $D^0\delta^0$ und erhält dadurch auf den Begrenzungslinien des innern Mantels die Punkte γ, γ', α, α', δ^0, ..., von welchen aus sich irgend ein weiterer Punkt δ oder δ' ebenso bestimmen lässt, wie beim äussern Mantel.

Es ist schon oben auf eine Analogie zwischen den sphärischen und ellipsoidischen Curven der Wellenfläche und den Krümmungslinien des Ellipsoids aufmerksam gemacht worden; eine weitere Beziehung ist die Gleichheit der Entfernungen der Gegenecken in einem Krümmungslinienviereck auf dem Ellipsoid, welche bei der Construction dieser Curven auf dem Modell der letzteren Fläche in derselben Weise verwerthet werden kann, wie es soeben für die Wellenfläche angegeben worden ist.

Eine neue Serie der mathematischen Modelle aus der Verlagshandlung von L. Brill in Darmstadt wird unter anderen auch ein Modell der Wellenfläche enthalten, wo die Curven nach meiner Construction auf einem Octanten eingezeichnet sind.

Reutlingen, im October 1879. Dr. O. Böklen.

XVIII. Beziehung zwischen den Krümmungsradien collinearer Curven.

(Hierzu Taf. III Fig. 6.)

Im 6. Hefte des XXIV. Jahrgangs dieser Zeitschrift* wurde eine Beziehung zwischen den Krümmungsradien entsprechender Punkte in affinen Curven entwickelt, deren Erweiterung auf collineare Gebilde im Folgenden mitgetheilt werden soll.

In Fig. 6 seien k_1 und k_2 zwei collineare Curven in perspectivischer Lage; O sei das Collineationscentrum, g die Collineationsaxe. Den unendlich nahen Punkten A_1, B_1, C_1 in k_1 entsprechen A_2, B_2, C_2 in k_2. Ferner bedeuten ϱ_1, $d\omega_1$, $ds_1 = A_1B_1 = A_1C_1$ den Krümmungsradius, den Contingenzwinkel und das Bogendifferential der ersten, ϱ_2, $d\omega_2$, $ds_2 = A_2B_2 = A_2C_2$ die entsprechenden Grössen für die zweite Curve.

Es ist $\varrho_1 = \frac{ds_1}{d\omega_1}$, $d\omega_1 = \frac{\varDelta(A_1B_1C_1)}{ds_1^2}$, daher

$$\varrho_1 = \frac{ds_1^3}{\varDelta(A_1B_1C_1)}.$$

Die Sehnen A_1B_1 und A_2B_2 mögen sich in $\mathfrak{D}$, die Sehnen A_1C_1 und A_2C_2 in $\mathfrak{E}$ schneiden. Es folgt, die Strecken $A_1\mathfrak{D}$ und $A_2\mathfrak{D}$ mit t_1 und t_2 bezeichnend:

$$\varDelta(A_1B_1C_1) = \frac{\varDelta(A_1\mathfrak{D}\mathfrak{E}).ds_1^2}{t_1^2}, \text{ daher } \varrho_1 = \frac{t_1^2.ds_1}{\varDelta(A_1\mathfrak{D}\mathfrak{E})}.$$

Ebenso ergiebt sich $\varrho_2 = \frac{t_2^2.ds_2}{\varDelta(A_2\mathfrak{D}\mathfrak{E})}$, und hiermit folgt

$$\frac{\varrho_1}{\varrho_2} = \frac{\varDelta(A_2\mathfrak{D}\mathfrak{E})}{\varDelta(A_1\mathfrak{D}\mathfrak{E})}.\frac{t_1^2}{t_2^2}.\frac{ds_1}{ds_2} = \frac{\mathfrak{A}A_2}{\mathfrak{A}A_1}.\frac{t_1^2}{t_2^2}.\frac{ds_1}{ds_2}.$$

Nach dem Satze des Ptolemaeos, angewendet auf Dreieck $A_1A_2\mathfrak{D}$, und OB_1B_2 als Schnittgerade betrachtend, ist $\frac{ds_1}{ds_2} = \frac{OA_1}{OA_2}.\frac{t_1}{t_2}$, demnach

$$1) \qquad \frac{\varrho_1}{\varrho_2} = \frac{OA_1.\mathfrak{A}A_2}{OA_2.\mathfrak{A}A_1}.\left(\frac{t_1}{t_2}\right)^3.$$

Der Quotient $\frac{OA_1.\mathfrak{A}A_2}{OA_2.\mathfrak{A}A_1}$ ist ein für alle Punkte der Collineation constantes Doppelschnittsverhältniss, welches sich am einfachsten mit Hilfe eines der Gegenpunkte in $O\mathfrak{A}$ ausdrückt. Demnach ergiebt sich der Satz:

2) **Das Verhältniss zwischen den Krümmungsradien entsprechender Punkte in zwei perspectivischen Curven**

---

* Geisenheimer, Die Bildung affiner Figuren durch ähnlich-veränderliche Systeme, S. 357.

ist gleich dem Cubus aus dem Verhältnisse der bis zur Collineationsaxe verlängerten Tangentenstrecken, multiplicirt mit einem für alle Punkte der durch die Curven gebildeten Collineation constanten Doppelschnittsverhältnisse.

Für affine Systeme wird $\frac{OA_1}{OA_2}=1$, $\frac{\mathfrak{A}A_2}{\mathfrak{A}A_1}$ der reciproke Werth des Affinitätsverhältnisses. Hiermit ergiebt sich der früher entwickelte Satz:

3) Das Verhältniss zwischen den Krümmungsradien entsprechender Punkte in zwei affinen Curven ist gleich dem Cubus aus dem Verhältnisse der entsprechenden Tangentenstrecken, dividirt durch das Affinitätsverhältniss.

Für involutorische Systeme wird das Doppelschnittsverhältniss $\frac{OA_1 . \mathfrak{A}A_2}{OA_2 . \mathfrak{A}A_1}$ gleich -1. Sehen wir von der Richtung der Krümmungsradien ab, so folgt:

4) Das Verhältniss zwischen den Krümmungsradien entsprechender Punkte in zwei involutorischen Curven ist gleich dem Cubus aus dem Verhältnisse der bis zur Involutionsaxe verlängerten Tangentenstrecken.

Die Anwendung des letzten Satzes auf Kegelschnitte lautet:

5) Das Verhältniss zwischen den Krümmungsradien zweier Punkte eines Kegelschnittes ist gleich dem Cubus aus dem Verhältnisse der bis zum Durchschnitt verlängerten Tangenten dieser Punkte.

Tarnowitz in Schlesien. Dr. L. Geisenheimer.

XIX. Einige Notizen über das Pascal'sche Sechseck.

Sind 123456 die Ecken eines gegebenen Pascal'schen Sechsecks, also 12, 23, 34, 45, 56, 61 dessen Seiten, so sind auch für die drei folgenden Seitenfolgen

12, 23, 61, 45, 56, 34,
12, 56, 34, 45, 23, 61,
12, 56, 61, 45, 23, 34

die entsprechenden Sechsecke Pascal'scher Sechsecke. Die resp. Ecken liegen daher immer auf einem Kegelschnitte; diesen vier Sechsecken entsprechen also vier Kegelschnitte.

In meiner Dissertation „Der Pascal'sche Satz", Bern 1879, habe ich gezeigt, dass einem gegebenen Pascal'schen Sechseck 180 Sechsecke, resp. Kegelschnitte entsprechen, welche wie die drei obigen gebildet sind. Aus diesen 180 Sechsecken können wir ebenso neue ableiten.

Die 180 Kegelschnitte, welche man so von einem und demselben Pascal'schen Sechsecke ableiten kann, schneiden sich zu je zwölf in zwei Eckpunkten des gegebenen Pascal'schen Sechsecks, oder die 180 entsprechenden Pascal'schen Sechsecke haben mit dem gegebenen Sechsecke zu zwölf zwei Eckpunkte gemein. (Siehe meine Dissert. S. 23.)

„Die 180 Sechsecke schneiden sich ferner zu je 60 in einem und zu je 12 in zwei Punkten des gegebenen Kegelschnittes."

„Die 180 Kegelschnitte haben zu je 16 eine Ecke gemein, welche nicht Ecke des gegebenen Sechsecks ist. Von je 16 solcher Sechsecke haben je acht noch eine „folgende" Ecke gemein, die auch nicht Ecke des gegebenen Sechsecks ist."

„Je 16 Sechsecke gehen also durch den Durchschnittspunkt zweier nicht auf einander folgenden Seiten der gegebenen 60 Pascal'schen Sechsecke; von diesen gehen je acht durch eine Ecke des gegebenen Sechsecks, welche Ecke nicht auf den Seiten liegt, die sich in dem betreffenden Punkte schneiden, und zu je vier durch eine Ecke des gegebenen Sechsecks, welche auf einer jener beiden Seiten sich befindet."

„Je zwei Sechsecke haben im Allgemeinen zwei Ecken gemein, die keine Ecken des gegebenen Sechsecks sind."

„Die 180 Kegelschnitte schneiden sich zu je zwei in vier Punkten, von denen zwei auf dem gegebenen Kegelschnitte liegen."

„Je drei der 180 Sechsecke haben mit dem gegebenen Sechseck dieselben Pascal'schen Punkte, resp. dieselbe Pascal'sche Linie.

„Je zwölf dieser Sechsecke besitzen einen gemeinschaftlichen Pascal'schen Punkt. Haben zwei Sechsecke zwei Pascal'sche Punkte gemein, so haben sie auch den dritten Pascal'schen Punkt gemein."

Diese Sätze kann man auch auf das Brianchon'sche Sechsseit übertragen.

Die Beweise dieser Sätze und ihr Zusammenhang mit der sogenannten Hesse'schen Tafel, und Erweiterungen der Sätze von Kirkmann, Salmon, Cayley etc. in Bezug auf das System der 180 Sechsecke werde ich später in einer grössern Abhandlung mittheilen.

Dr. Friedrich Graefe,
Docent a. d. Universität Bern.

XI.

Beiträge zur geometrischen Behandlung der Mechanik.

Von

G. Helm

in Dresden.

Hierzu Taf. IV Fig. 1–9.

Möbius hat* nachgewiesen, dass die Bahn eines bewegten Punktes als eine Seilcurve betrachtet werden kann. Bei der Bedeutung, welche das Kräftepolygon für die Untersuchung des Seilpolygons erlangt hat, liegt es nahe, die Curve aufzusuchen, welche zur Bahn in derselben Beziehung steht, wie das Kräfte- zum Seilpolygon. Im Folgenden wird sich zeigen, dass diese Curve der Hodograph Hamilton's ist und dass man die Dynamik des Punktes im Wesentlichen aus den Beziehungen dieser Curve zur Bahn entwickeln kann. Es soll dabei unmittelbar von den Grundlagen der Dynamik ausgegangen werden, dem Satze vom Beharrungsvermögen und dem Satze von der Zusammensetzung der Bewegungen, Sätze, aus welchen folgen wird, dass die Dynamik mit Geschwindigkeiten operiren kann, wie die Statik mit Kräften.

1. Es bewege sich (Fig. 1) ein Punkt gleichförmig mit der Geschwindigkeit v_1 in der Geraden $B_0 B_1$. Im Punkte B_1 wirke auf ihn ein Antrieb, der — wenn das Mobil in B_1 geruht hätte — es zu gleichförmiger Bewegung mit der Geschwindigkeit p_1 nöthigen würde. Dann wird der bewegliche Punkt sich mit der aus v_1 und p_1 zusammengesetzten Geschwindigkeit v_2 längs der Geraden $B_1 B_2$ gleichförmig bewegen, bis zu einem Punkte B_2, wo ein Antrieb p_2 ablenkend wirke, der sich mit v_2 zur neuen Geschwindigkeit v_3 zusammensetzt, u. s. w.

Macht man nun die vom beliebigen Punkte P, dem Pole, ausgehenden Geschwindigkeitsstrahlen PH_1, PH_2, . . nach Grösse und Richtung der Reihe nach gleich $v_1, v_2, \ldots$, Beziehungen, welche durch

$$PH_1 = \overline{v_1}, \quad PH_2 = \overline{v_2}, \ldots$$

ausgedrückt werden sollen, so ist auch

* Möbius, Lehrbuch der Statik, 1837, Theil II Cap. 7.

$$H_1 H_2 = \overline{p_1}, \quad H_2 H_3 = \overline{p_2}, \ldots$$

und diese Strecken $H_1 H_2$, $H_2 H_3$, ... bilden ein Polygon H, welches der Hodograph des von den Punkten $B_0 B_1 B_2 \ldots$ gebildeten Bahnpolygons B heissen soll. Die Strecken p sollen Geschwindigkeitsänderungen, ihre durch die Punkte B gehenden Geraden Beschleunigungsstrahlen genannt werden. Endlich soll die eben beschriebene Lage des Hodographen gegen die Bahn seine Parallellage heissen zum Unterschiede von einer nur bei ebenen Bahnen anwendbaren, um $\frac{\pi}{2}$ gedrehten Lage, der Normallage, bei welcher die Geschwindigkeitsstrahlen senkrecht zu den entsprechenden Seiten des Bahnpolygons stehen.

Denkt man sich unter B einen biegsamen, unelastischen Faden, unter den Strecken p auf denselben wirkende Kräfte, so stellen bekanntlich die Strecken $\pm v$ die Fadenspannungen dar und das Polygon H heisst alsdann Kräftepolygon.

Es möge an dieser Stelle ein Blick geworfen werden auf die Uebereinstimmung, welche zwischen den statischen Operationen mit Kräften am starren Körper und den dynamischen Operationen mit Geschwindigkeiten eines Punktes stattfindet.

Denkt man sich die Geschwindigkeit v durch eine Strecke dargestellt, deren Anfangspunkt der bewegte Punkt ist, so kann man sagen, dass sie sich — wenn keine Geschwindigkeitsänderung stattfindet — in einer Geraden verschiebt. Analog kann man am starren Körper die Kraft in einer Geraden verschieben.

Tritt in einem Punkte der Geraden eine Geschwindigkeitsänderung p ein, so setzt sich v mit p zu einer resultirenden Geschwindigkeit V zusammen, als wären v und p Kräfte. Es sind v und p äquivalent V, aber auch $-v$ und V äquivalent p u. s. f. Die Ablenkung in eine die ursprüngliche Gerade schneidende Gerade wird also durch eine Strecke, die Geschwindigkeitsänderung, die durch den Schnittpunkt geht, dargestellt.

Die Ablenkung in eine parallele Gerade lässt sich immer durch eine Bewegung in einer die ursprüngliche Gerade und die Parallele schneidenden Linie bewirken und erfordert zwei entgegengesetzt gleiche Geschwindigkeitsänderungen, die in verschiedenen Geraden liegen — ein Geschwindigkeitspaar. Analog wird eine Kraft in eine Parallele durch ein Kräftepaar verlegt. Für beide Streckenpaare gelten dieselben Sätze. Hiernach hat es nun einen bestimmten Sinn, Geschwindigkeiten in andere Geraden zu verlegen, Geschwindigkeiten mit Aenderungen zusammenzusetzen, die sie kreuzen u. dergl. — die Analogie zur Statik des starren Körpers ist eine so vollkommene, dass eine eingehendere Angabe des bezüglichen Verfahrens unnöthig wird.

$$p'_1 = \overline{H_1 H'_2}, \quad p'_2 = \overline{H'_2 H'_3}, \ldots p'_n = \overline{H'_n H_{n+1}}$$

zu wählen ist, endlich B_1 mit B_n durch einen Linienzug zu verbinden, dessen Bruchstellen in diesen Beschleunigungsstrahlen liegen und dessen gerade Theilstücke bez. parallel PH_1, $PH'_2, \ldots, PH'_n$, PH_{n+1} sind. Da die Linie $H_1 H'_2 \ldots H'_n H_{n+1}$ ganz willkürlich zwischen H_1 und H_{n+1} liegt, so darf man die Zahl ihrer Bruchstellen H' ins Unendliche wachsen lassen, ohne dass irgend einer der bisherigen Sätze ungiltig würde. Das Beschleunigungspolygon wird dann eine Curve, der Geschwindigkeitsänderungen erhält man unendlich viele unendlich kleine, doch bleibt deren Resultante immer endlich, nämlich gleich $H_1 H_{n+1}$. Die Bahn wird eine Curve, deren Elemente die Richtungen der entsprechenden Geschwindigkeitsstrahlen PH haben.

Ist daher die Bahn eine Curve B (Fig. 4), in deren Punkten $B_1, B_2, B_3, \ldots$ der bewegliche Punkt die Geschwindigkeiten $v_1, v_2, v_3, \ldots$ besitzt, welche bez. gleich den Geschwindigkeitsstrahlen PH_1, PH_2, $PH_3, \ldots$ sind, so bilden die Tangenten der krummen Bahn in den genannten vier Punkten eine gebrochene Bahn $B_0 \mathsf{B}_1 \mathsf{B}_2 \mathsf{B}_3 \ldots$, deren Theilstücke mit jenen Geschwindigkeiten $v_1 v_2 \ldots$ durchlaufen werden würden, wenn statt der Geschwindigkeitsänderungen, welche die krumme Bahn hervorrufen, und welche durch die Elemente des Hodographen gemessen werden, deren Resultanten wirken würden, welche durch die Sehnen $H_1 H_2$, $H_2 H_3$, $H_3 H_4 \ldots$ gemessen werden und durch B_1, B_2, $\mathsf{B}_3 \ldots$ gehen. Wählt man also auf einer beliebigen ebenen Bahn beliebige Punkte und auf dem Hodographen die entsprechenden, so bestimmen die Tangenten in jenen ein der Bahn umschriebenes Polygon und die Hodographenpunkte ein dem Hodographen eingeschriebenes Polygon: jenem umschriebenen Polygon als Bahn gehört dieses eingeschriebene als Hodograph zu; die Geschwindigkeiten im umschriebenen Polygon stimmen mit den Geschwindigkeiten der gegebenen Bahn in den Berührungspunkten überein, die Geschwindigkeitsänderungen sind die Resultanten aus den Aenderungen, die in der gegebenen Bahn zwischen den benachbarten Berührungspunkten stattfinden.

Man greife (Fig. 4) aus den Tangenten einer ebenen Bahn eine beliebige, z. B. die in B_2 berührende b_2 heraus und betrachte ihre Schnittpunkte B' mit allen anderen Tangenten. Wirkt auf einen längs der Tangente b_2 bewegt gedachten Punkt im Punkte B'_4 die Resultante $H_2 H_4$ aller derjenigen Aenderungen, welche die Geschwindigkeit des in der Curve sich wirklich bewegenden Punktes auf dem Wege $B_2 B_4$ erleidet, so wird jener in B'_4 in die Richtung der Tangente b_4 übergehen. Die Punktreihe B' ist demnach so beschaffen, dass in jedem Punkte derselben der Uebergang in die durch ihn gehende Tangente durch eine Aenderung zu bewirken ist, welche als Resultante wirklich auftretender Aenderungen durch einen Strahl des Hodographen nach Grösse und

Richtung bestimmt ist. Diese Strahlen bilden ein Büschel aus H_2. Der Punktreihe, welche von den Bahntangenten auf einer von ihnen ausgeschnitten wird, ist hiernach ein Strahlbüschel zuzuordnen, dessen Strahlen die Punkte des Hodographen mit einem von ihnen verbinden. Diese Strahlen messen die Geschwindigkeitsänderungen, welche, in den Punkten jener Punktreihe wirkend, die Ablenkung in die dort schneidende Tangente zur Folge haben.

(Die beiden zuletzt abgeleiteten Sätze lassen die Giltigkeit zweier ihnen reciproker Sätze vermuthen. Solche reciproke Sätze gelten aber nur in speciellen Fällen, z. B. wenn die Beschleunigungsstrahlen durch einen Punkt gehen. In dem unten folgenden Beispiele findet Reciprocität zwischen Hodograph und Bahn statt.)

Beide vorstehende Lehrsätze können zur näherungsweisen graphischen Herstellung der Bahn und des Hodographen angewendet werden. Ist nämlich die Anfangsgeschwindigkeit PH_1 und die Anfangslage B_1 (Fig. 4) des beweglichen Punktes bekannt, dazu die Resultante der in der ersten Secunde stattfindenden Geschwindigkeitsänderungen, so ergiebt sich PH_2 aus der Grösse und Richtung H_1H_2 der Resultante und die Linie B_1B_2, welche die Bahn am Beginne der zweiten Secunde berührt, aus dem Schnittpunkte B_1 der Resultanten mit der Anfangsgeschwindigkeit. Die Construction lässt sich fortsetzen, wenn nun für die zweite Secunde die Resultirende der Aenderungen bekannt ist, und liefert dann lauter genaue Tangenten der Bahn. Durch Verkleinerung des Zeitintervalls vergrössert man die Anzahl der bekannten Bahnelemente beliebig.

Wir wenden uns nun zu dem oben zurückgestellten Falle, dass die Bahn und der Hodograph uneben sind. Es mögen jetzt (Fig. 3) B_0B_1 und B_4B_5 zwei gegebene, im Allgemeinen sich kreuzende Gerade vorstellen, die durch ein unebenes Polygon $B_0 \dots B_5$ als Bahn verbunden sind. Die Geschwindigkeitsstrahlen PH, welche dieser unebenen Bahn entsprechen, werden daher auch nicht in der Ebene PH_1H_5 des ersten und letzten Geschwindigkeitsstrahles liegen.

Ist nun die erste Geschwindigkeit PH_1 gegeben, so erhält man den zum vorgelegten Bahnpolygon gehörigen Hodographen folgendermassen. Durch PH_1 legt man eine Ebene parallel $B_0B_1B_2$, zieht H_1H_2 parallel dem in B_1 wirkenden Beschleunigungsstrahl und $PH_2 \parallel B_1B_2$. Durch PH_2 legt man dann eine Ebene parallel $B_1B_2B_3$, zieht H_2H_3 parallel dem Beschleunigungsstrahl, der in B_2 wirkt, und $PH_3 \parallel B_2B_3$ u. s. f. Lässt man nun das Polygon $B_0 \dots B_5$ durch Verkleinerung der Geschwindigkeitsänderungen und Vermehrung ihrer Anzahl in eine doppelt gekrümmte Curve übergehen, so wird auch der Hodograph eine solche, die Ebenen zweier Geschwindigkeiten und einer Aenderung werden die Schmiegungs-[ebe]nen der Bahn und aus obiger Construction folgt, dass sie parallel liegen den entsprechenden Tangentialebenen des Kegels, den die Geschwindigkeitsstrahlen bilden.

Es erscheint nun (Fig. 4) die Geschwindigkeit v_5, mit der sich der Punkt in der Tangente b_5 in B_5 schliesslich bewegt, als die Resultante seiner Anfangsgeschwindigkeit v_1 längs $B_0 B_1$ und der Aenderungen, die auf dem Wege $B_1 B_5$ gewirkt haben und durch die Elemente des Hodographen $H_1 H_5$ gemessen sind. Diese sich kreuzenden Geschwindigkeitsänderungen lassen sich im Allgemeinen nur zu einer Strecke und einem Streckenpaar vereinigen; erstere wird durch $H_1 H_5$ gemessen und würde, ohne das Paar in einem beliebigen Punkte X der Geraden $B_1 B_5$ wirkend, dort den beweglichen Punkt in die Richtung der Tangente b_5 ablenken; das Paar ist nöthig, um diese Bewegung an den Punkt B_5 selbst zu verlegen, hat also zum Moment das Product aus v_5 in den Abstand des Punktes X von der Geraden b_5 und liegt in der Ebene dieser Geraden und des willkürlich gewählten Punktes X. Die Analogie mit der Statik liegt auch hier so klar, dass ein weiteres Eingehen auf dieses Verfahren unnöthig scheint.

Der Uebergang vom Bahnpolygon zur Bahncurve ist in allen Fällen an die Vorstellung geknüpft, dass die vorher in vereinzelten Geraden wirkenden Aenderungen dichter zusammenrücken und endlich in einander beliebig nahen Geraden Aenderungen stattfinden, welche alle — bis auf vereinzelte Ausnahmen — unendlich klein sein müssen. Sind nun diese Aenderungen stetig, d. h. sind die während eines sehr kleinen Zeittheilchens wirkenden nach Grösse und Richtung unendlich wenig verschieden, etwa alle gleich p, so liefern sie eine Resultante, die das Sovielfache von p ist, als einzelne Aenderungen in diesem Zeittheilchen erfolgen. Nun wird p messbar gemacht, indem man sich den während jenes Zeittheilchens stattfindenden Zustand auf eine Secunde ausgedehnt denkt. Würden in der Secunde dann n Aenderungen stattfinden, so ist $np = P$ die Beschleunigung und die Geschwindigkeitsänderung ist $p = P\frac{1}{n} = P\,dt$, sobald n ins Unendliche wächst, dt gegen Null abnimmt. Geometrisch werden die Geschwindigkeitsänderungen p durch die Elemente des Hodographen gemessen, die Beschleunigungen P aber durch Vielfache dieser Elemente auf den Tangenten des Hodographen, gleichwie die Geschwindigkeiten v durch Strecken auf den Bahntangenten darstellbar sind.

Beispiel. Die Wurfbewegung. (Fig. 5.) Der Hodograph ist hier eine verticale Gerade. Der Abstand des Pols P von derselben misst die Horizontalcomponente der Geschwindigkeit, die also constant bleibt. Ist daher (OI) die Horizontalprojection der Bahn während der ersten Secunde, $(I\,II)$ die während der zweiten Secunde der Bewegung u. s. f., so ist $(OI) = (I\,II) = \ldots$ Die unendlich kleinen Geschwindigkeitsänderungen, die während der einzelnen Momente eines jeden dieser Intervalle stattfinden, liefern als gleiche, parallele und in gleichem Abstande liegende Strecken Resultanten, die durch die Mitten $G_1, G_2, \ldots$ der einzelnen Intervalle gehen und durch die gleichen Strecken $(0,1), (1,2) \ldots = g$ des Hodographen gemessen werden. Die Anfangstangente der Bahn wird von ihrer Tangente b_1 zur Zeit 1 in einem Punkte a geschnitten, durch den die Resultante aller Aenderungen der ersten Secunde, also die Verticale g_1 in G_1, hindurchgehen muss. Die Resultante aller Aenderungen der ersten beiden Secunden liegt in der Verticalen g_I durch I und muss durch den Schnittpunkt b der Anfangstangente mit der Tangente zur Zeit 2 gehen. Die Punktreihe $O, a, b, c, d, \ldots$ ist also ähnlich der Reihe $O, G_1, I, G_2, II, \ldots$. Dasselbe gilt von einer Punktreihe, welche von den Tangenten der Bahn auf irgend einer anderen unter ihnen (in der Figur der Tangente zur Zeit 4) ausgeschnitten wird; daher schneiden die Bahntangenten auf je zweien unter ihnen ähnliche Punktreihen aus und umhüllen deshalb im Allgemeinen eine Parabel.

Im vorliegenden Falle kann man die Natur der Bahn auch auf reciprokem Wege erkennen, nämlich durch Betrachtung der beiden Büschel, die irgend zwei der Bahnpunkte (in der Figur den Anfangspunkt O und den Ort B_{IV} zur Zeit 4) mit allen anderen verbinden. Statt die Geschwindigkeitsänderungen der ersten Secunde zu einer zusammenzusetzen, kann man sie zu zweien vereinigen, deren eine in O, deren andere in B_1, dem Ort zur Zeit 1, wirkt. Die erste lenkt die Bewegung aus der Anfangsrichtung nach OB_1 ab, die zweite aus dieser Richtung in die Tangente b_I des Punktes B_I. Jede dieser beiden Geschwindigkeitsänderungen ist gleich $\frac{1}{2}g$, da beide wieder g in der Geraden g_1 zur Resultante haben müssen. Hiernach hat OB_I die Richtung des Geschwindigkeitsstrahles $(P, \frac{1}{2})$. Ebenso hat OB_{II} die Richtung $(P, 1)$, weil eine Bewegung längs OB_{II} hervorgebracht werden würde, wenn in O die Hälfte der auf die beiden ersten Secunden entfallenden Geschwindigkeitsänderungen vereinigt wäre. Das Büschel aus O kann also zur Deckung gebracht werden mit dem Büschel, das P mit den Punkten $\frac{1}{2}, 1, \frac{3}{2}, \ldots$ des Hodographen verbindet. Entsprechendes gilt von dem Büschel aus B_{IV}. Um die Bewegung längs der Tangente b_{IV} des Punktes B_{IV} z. B. in die Richtung $B_{II}B_{IV}$ zurückzulenken, bedarf es der Hälfte der von der zweiten bis zur vierten Secunde wirkenden Geschwindigkeitsänderungen in negativer Richtung oder der Strecke $(4, 3)$. So wird auch das Büschel aus B_{IV} congruent einem aus P. Die beiden Büschel aus P sind aber projectivisch, denn ihre Strahlen gehen nach Punktreihen, die zur Deckung gebracht werden können, weil sich die Punkte einer jeden im Abstande $\frac{1}{2}g$ folgen. Ferner haben die Büschel aus P den Strahl nach dem unendlich fernen Punkte gemein. Das Gleiche gilt daher von den ihnen parallel gelegenen Büscheln aus O und B_{IV}; diese schneiden sich daher im Allgemeinen in einer Parabel.

4. **Das Princip der Projection.** Indem man eine beliebige Bewegung B_0 mit einer geradlinigen Bewegung von beliebiger Richtung R zusammensetzt, erhält man eine neue Bewegung B, deren Punkte mit den entsprechenden von B_0 auf Parallelen von der Richtung R liegen und deren Geschwindigkeiten und Geschwindigkeitsänderungen die Resultanten der entsprechenden Strecken in den Bewegungen B und R sind. Aus letzterem Grunde liegen auch die entsprechenden Hodographenpunkte auf Parallelen von der Richtung R. Umgekehrt kann man auch sagen, die Bewegung B lasse sich in eine Bewegung B_0 und eine Bewegung längs R zerlegen. Die Bewegungen B_0 und B sollen **Projectionen** von einander heissen, genommen nach der Richtung R. Sind die Bahnen, so sind auch die Hodographen Projectionen von einander nach derselben Richtung.

Aus einer bekannten Bewegung lassen sich beliebig viele neue durch Projection herleiten, d. h. durch Zusammensetzung mit einer willkürlichen geradlinigen Bewegung. So lässt sich bekanntlich die harmonische Bewegung sehr einfach aus der gleichförmigen Bewegung im Kreise durch Projection herleiten. Insbesondere kann das Princip der Projection zur **Bestimmung der Zeit** dienen.

Das Durchlaufen von Bewegungen, welche Projectionen von einander sind, erfordert nämlich gleiche Zeit. Denn wird in der Bewegung B_0 die Strecke s_0 mit der Geschwindigkeit v_0, in der Bewegung B die entsprechende Strecke s mit der Geschwindigkeit v durchlaufen, so ist die Zeit $\frac{s}{v} = \frac{s_0}{v_0}$ wegen der proportionalen Theilung durch Parallelen. Die Strecken s_0, v_0 fallen ja in dieselbe Gerade, sowie die Strecken s, v und die Anfangs- und Endpunkte der entsprechenden Strecken liegen in Parallelen von der Richtung R. Da dies nun für beliebig kleine Wege giltig bleibt, so werden überhaupt beliebig entsprechende Stücke von B_0 und B gleichzeitig durchlaufen.

Hieraus ergiebt sich eine Methode zur **graphischen Darstellung der Zeit**, die zur Durchlaufung der Bahn B nöthig ist. Man beschreibe eine Kugel (in der Ebene einen Kreis), deren Radius die Geschwindigkeitseinheit darstellt. Der Mittelpunkt derselben heisse p. Ist wie früher P der Pol des Hodographen, so projicire man den Punkt H des Hodographen in der Richtung Pp auf die Kugel. Die Projectionen h bestimmen mit dem Punkte p als Pol den **Zeithodographen**, d. i. den Hodographen für eine Bewegung mit der constanten Geschwindigkeit 1. Zu diesem Hodographen construirt man durch Parallelenziehen eine Bahn, deren Punkte b man so wählt, dass sie mit den entsprechenden Punkten B der gegebenen Bahn auf Parallelen zu Pp liegen. Dann giebt die Bogenlänge t der Bahn b die zum Durchlaufen des entsprechenden Stückes s auf B erforderliche Zeit an, denn es folgt aus ähnlichen Dreiecken für die geradlinigen Elemente s, dass $\frac{s}{v}=\frac{t}{1}$. Die Bahn b heisst Zeitcurve. Die Kugel vom Radius 1 muss so gewählt werden, dass die Projicirenden Pp sie sämmtlich treffen. Ist dies nicht erreichbar, so kann man den Radius k-mal grösser wählen und erhält dann nach dem obigen Verfahren das k-fache der Zeit. Am einfachsten lässt man p nach P fallen; dann ist die Projectionsrichtung willkürlich.

Beispiel zur Zeitbestimmung. Das Cycloidenpendel. (Fig. 6.) Bewegt sich ein anfangs ruhender Punkt aus der Horizontalen OA_0 in die NP unter dem Einflusse der Schwerkraft, so erlangt er die Geschwindigkeit $v=\sqrt{2g\overline{ON}}$, wenn $\overline{ON}$ die Fallhöhe bedeutet. (Das Energiegesetz, aus welchem dieser Werth folgt, wird unten geometrisch abgeleitet werden.) Liegt daher Q in einem Halbkreise über der vorläufig beliebig langen verticalen Strecke OB, so ist OQ proportional der Geschwindigkeit v, mit der ein aus OA_0 kommender Punkt die Horizontale NP durch Q passirt, nämlich $v=OQ.\sqrt{\frac{2g}{\overline{OB}}}$. Der Halbkreis über OB wird dem Hodographen der Bewegung ähnlich, wenn die Strecke OQ auch noch unter constantem Winkel gegen das Bahnelement bei P geneigt ist, z. B. wenn letzteres normal zu OQ liegt. Ist nun A_0P Bogen einer Cycloide, deren halbe Basis A_0O ist, und wählt man als den oben beliebig gelassenen Punkt B den Scheitel der Cycloide, so ist diese Bedingung erfüllt. Denn denkt man sich den Wälzungskreis der Cycloide in dem Moment, wo der die Cycloide beschreibende Punkt desselben das Element bei P durchläuft — ΩPB sei die Lage einer Hälfte des Wälzungskreises in diesem Momente —, so ergiebt sich, dass das Element der Cycloide bei P normal zu ΩP liegen muss, aus der Erwägung, dass jetzt Ω der Pol für die Bewegung des Wälzungskreises ist. Das Element bei P ist also normal zu OQ, und OQB ist ähnlich dem Hodographen der auf der Cycloide stattfindenden Fallbewegung in Normallage, O sein Pol. Die Dimensionen des wirklichen Hodographen sind $\sqrt{\frac{2g}{OB}}$-mal so gross. In demselben Verhältniss erhält man die Zeitcurve zu gross, wenn man OQB als Hodograph betrachtet.

Um nun die Zeitbestimmung für die Fallbewegung auf der Cycloide auszuführen, hat man der Regel nach den Hodographen auf einen Kreis mit dem Radius 1 zu projiciren. Man wähle O selbst zum Mittelpunkt, den Radius aber nicht gleich 1, sondern gleich dem Radius $OM=a$ des als Hodograph betrachteten Halbkreises OQB. Dann wird sich auch die Zeitcurve OM-mal zu gross ergeben. Man projicire in verticaler Richtung. Bringt man alsdann den neuen Hodographen mit dem ursprünglichen zur Deckung durch Parallelverschiebung in verticaler Richtung, so erkennt man, dass der Halbkreis über OB auch für die Zeitbestimmung als Zeithodograph dienen kann, wenn man nichts ändert, als den Pol, nämlich M statt O zum Pol nimmt. Während also OQ die Geschwindigkeit im Punkte P der Bahn misst, bestimmt MQ die Geschwindigkeit in dem P entsprechenden Punkte der Zeitcurve. Diese findet man durch Projection der Bahn in horizontaler Richtung, da man den Hodograph in Normallage durch Projection in verticaler Richtung gewonnen hat. Da das Element der Zeitcurve ferner normal zu MQ liegen muss, so zeigt sich, dass der Halbkreis OQB selbst die Zeitcurve ist. Der Bogen OQ misst die zur Durchlaufung von A_0Q nöthige Zeit. Er würde diese Zeit selbst darstellen, wenn erstens die Geschwindigkeit des Zeithodographen gleich 1 statt OM gewählt worden wäre und zweitens der als Hodograph betrachtete Halbkreis nicht $1:\sqrt{\frac{2g}{OB}}$-mal zu gross wäre. Die Zeit ist daher wirklich

$$\widehat{OQ}:OM\sqrt{\frac{2g}{OB}}=\widehat{OQ}:OM\sqrt{\frac{g}{OM}}=\frac{\widehat{OQ}}{\sqrt{g\,.\,OM}}.$$

(Zu demselben Resultat führt die Betrachtung der Dreiecke $Orq \sim QOM$.) Zum Durchfallen der halben Cycloide A_0B ist hiernach die Zeit nöthig

$$\frac{\pi\,.\,OM}{\sqrt{g\,.\,OM}}=\pi\sqrt{\frac{OM}{g}}=\pi\sqrt{\frac{a}{g}}.$$

Durchfällt der Punkt die Cycloide nicht von ihrer Spitze A_0, sondern von dem beliebigen Punkte A aus, so ermittelt man die zum Durchlaufen des Bogens AP erforderliche Zeit durch Vergleichung mit derjenigen, die nöthig ist, um den Bogen $A'P'$ einer Cycloide zurückzulegen, deren halbe Basis AO in der Horizontalen durch A liegt und deren Wälzungskreis die verticale Projection $O'B$ von AB zum Durchmesser hat. Die im gleichen Horizonte PN liegenden Elemente Pp, $P'p'$ beider Curven werden mit gleicher Geschwindigkeit durchlaufen, ihre Fallzeiten verhalten sich also wie die Wege Pp und $P'p'$ selbst. Nun ist $Pp \,\#\, Qr$ senkrecht zu OQ, $P'p' \,\#\, Q'r'$ senkrecht zu $O'Q'$, daher

$$Pp:P'p'=Qr:Q'r'=BQ:BQ'=\sqrt{OB}:\sqrt{O'B}.$$

Da nun die Fallzeit auf AB nach Obigem gleich $\pi\sqrt{\frac{O'B}{2g}}$ ist, so ist die Fallzeit für AB gleich $\pi\sqrt{\frac{OB}{2g}}=\pi\sqrt{\frac{a}{g}}$, also gleich der für A_0B erforderlichen, womit der Tautochronismus der Cycloidenbewegung bewiesen ist.

Beispiel. (Fig. 7.) Ein Punkt beschreibt eine Ellipse APB, indem er Beschleunigungen p unterliegt, die nach dem Mittelpunkte O der Ellipse gerichtet sind. Wie gross ist p, vorausgesetzt, dass es nur von dem jeweiligen Abstande $r=OP$ des Punktes abhängt? — Der Hodograph ist der Ellipse APB polar verwandt (2) bez. eines Kreises vom Radius $\sqrt{a v_0}$ um O, wenn $a = OA$ und v_0 die Geschwindigkeit in A ist. Der Hodograph ist also eine ähnliche Ellipse $A'QB'$, und OQ stellt die Geschwindigkeit im Punkte P dar, indem sie dieser an Grösse gleicht und zu ihr normal liegt. $v_0 = OA'$. Das PP' entsprechende Element QQ' ist gleich $p\,dt$. Nun denke man sich die Ellipse $A'QB'$ von einem Punkte durchlaufen unter dem Einflusse nach O gerichteter Beschleunigungen. Diese müssen in derselben Weise von OQ abhängen, wie p von $OP = r$. Für die fingirte Bewegung liefert nun der Flächensatz

$$\tfrac{1}{2}\overline{QQ'}.\overline{ON} = \frac{f}{T}dt \text{ oder } p.\overline{ON} = \frac{2f}{T},$$

wenn f die Fläche der Ellipse $A'QB'$ und T die Umlaufszeit ist; und für die gegebene Bewegung ergiebt derselbe Satz

$$a v_0 = \frac{2F}{T},$$

wenn F die Fläche der gegebenen Ellipse darstellt. Endlich ist wegen der polaren Verwandtschaft der beiden Ellipsen auch

$$ON.OP = AO.A'O, \quad ON = \frac{a}{r}v_0.$$

Die Substitution liefert

$$p = \frac{f}{F}r = \frac{v_0^2}{b^2}r = \frac{v'^2}{a^2}r,$$

wo v' die Geschwindigkeit in B ist, b die Strecke OB bezeichnet und die letzten Umformungen wegen der Aehnlichkeit der beiden Ellipsen zulässig sind.

Die zum Durchlaufen von AP erforderliche Zeit erhält man, wenn der Kreis um O mit dem Radius OB' als Zeithodograph (Geschwindigkeit v' statt 1) und der mit dem Radius OA als Zeitcurve genommen werden, die entsprechenden Hodographenpunkte Q, q aber auf Parallelen zu OA und die entsprechenden Punkte P, p der normal gelegenen Bahnen auf Parallelen zu OB gewählt werden. Zum Durchlaufen von AP ist die Zeit $\frac{Ap}{v'}$ nöthig, zum Durchlaufen der ganzen Ellipse die Zeit $T = \frac{2\pi a}{v'} = \frac{2\pi b}{v_0}$, was auch aus einer der oben vom Flächensatze hergeleiteten Formeln hervorgeht.

5. Massbeziehungen an Bahn und Hodograph. Aus der Betrachtung des Hodographen ergiebt sich das Princip der Energie. Im $\triangle PH_kH_{k+1}$ desselben (Fig. 1) ist

$$v^2_{k+1} = v^2_k + p^2_k + 2v_k p_k \cos(v_k p_k),$$

wenn unter v und p die Masszahlen der bezeichneten Grössen verstanden werden. Ist der Hodograph eine Curve, so ist $p_k = P_k dt$ unendlich klein und p^2 verschwindet gegen das dritte Glied rechts, falls $v_k \cos(v_k p_k)$ nicht unendlich klein ist. Dies vorausgesetzt, ist

$$\tfrac{1}{2}v^2_{k+1} - \tfrac{1}{2}v^2_k = v_k . P_k\,dt . \cos(v_k P_k)$$

oder, wenn $v\,dt = ds$, dem in der Zeit dt zurückgelegten Wegelement gesetzt wird,

$$\tfrac{1}{2}v^2_{k+1} - \tfrac{1}{2}v^2_k = P_k\,ds_k \cos(ds_k, P_k).$$

Wendet man diese Formel auf alle die Zeitelemente an, welche während des Ueberganges von v_1 in v_n verstreichen, so folgt durch Addition

a) $$\tfrac{1}{2}v^2_n - \tfrac{1}{2}v^2_1 = \int P\,ds \cos(ds, P)$$

Ausgeschlossen war der Fall, dass $v_k \cos(v_k p_k)$ unendlich klein ist. In diesem Falle aber lehrt das $\triangle PH_k H_{k+1}$, dass

$$p_k = -v_k \cos PH_k H_{k+1} + v_{k+1} \cos PH_{k+1} H_k$$

unendlich klein von der zweiten Ordnung ist. Die obige Gleichung a) gilt also stets, wenn p unendlich klein ist.

Existirt ein Potential, so ist hiernach bei gegebener Anfangsgeschwindigkeit die Geschwindigkeit für jeden Punkt des Raumes der Grösse nach bekannt. Den Niveauflächen entsprechen Kugelflächen um den Pol dergestalt, dass, wenn die Bahn eine Niveaufläche passirt, der Hodograph durch die entsprechende Kugelfläche geht.

Es bezeichnen (Fig. 8) für eine ebene Bahn ϱ den Krümmungsradius, $d\tau$ den Winkel zweier unendlich nahen Tangenten oder Normalen, ds das Bogenelement, so dass $ds = v\,dt$. Für den Hodographen mögen im entsprechenden Punkte ϱ', $d\tau'$, $ds' = P\,dt$ die analogen Bedeutungen haben. Dann ist

$$\varrho \frac{d\tau}{dt} = \frac{ds}{dt} = v, \quad \varrho' \frac{d\tau'}{dt} = \frac{ds'}{dt} = P,$$

wo t die Zeit bezeichnet, innerhalb welcher der bewegte Punkt den betrachteten Bahnpunkt erreicht und zugleich ein auf dem Hodographen bewegter Punkt das entsprechende Stück zurücklegt. Aus der Construction des Hodographen folgt, dass $\frac{d\tau}{dt}$ die Winkelgeschwindigkeit des Geschwindigkeitsstrahles PH und dass $\frac{d\tau'}{dt}$ die Winkelgeschwindigkeit des Beschleunigungsstrahls $SB = r$ ist.* Aus den Dreiecken BSB' und HPH' folgt

$$\frac{d\tau'}{dt} = \frac{v \sin(Pv)}{r}, \quad \frac{d\tau}{dt} = \frac{P \sin(Pv)}{v}.$$

Durch Vergleichung erhält man

b) $$\varrho = \frac{v^2}{P \sin(Pr)}, \quad \varrho' = \frac{Pr}{v \sin(Pv)}.$$

* Vergl. Pröll in „Civilingenieur" 1873, S. 111.

Daher ist auch die Normalbeschleunigung $N = P\sin(Pv) = \frac{v^2}{\varrho}$. Die Formeln gelten auch für unebene Bahnen, wenn $\varrho\varrho'$ dann die Krümmungsradien in den betreffenden Schmiegungsebenen bedeuten.

Sind die Beschleunigungen nach einem Punkte gerichtet, so gilt der Flächensatz

$$r\,v\sin(P, v) = \alpha,$$

wo α eine Constante bezeichnet. Für Centralbewegungen ist also

c) $$\varrho = \frac{r v^2}{\alpha P}, \quad \varrho' = \frac{P r^2}{\alpha}.$$

Beispiel. Bei Bewegung nach Newton'schem Gesetz $P = \frac{\beta}{r^2}$ (β Constante) ist

$$\varrho = \frac{r^3 v^3}{\alpha\beta}, \quad \varrho' = \frac{\beta}{\alpha}.$$

Die letztere Gleichung besagt, dass der Hodograph ein Kreis ist. Da aber hier Bahn und Hodograph polar verwandt sind (2), ist die Bahn ein Kegelschnitt. Aus der Gleichung für ϱ folgt durch Multiplication mit $\sin^3(r, ds) = \sin^3(P, v)$

$$\varrho\sin^3(r, ds) = \frac{\alpha^2}{\beta}, \quad \varrho\cos^3(\varrho, r) = \frac{\alpha^2}{\beta},$$

eine bekannte Eigenschaft der Krümmungsradien in Kegelschnitten.

Eine andere Formel für ϱ erhält man, wenn man sich zwei Bewegungen auf demselben Kegelschnitt vorstellt (Fig. 9), nämlich neben der eben betrachteten, deren Beschleunigungen nach dem Brennpunkte f zeigen, eine zu ihr symmetrisch erfolgende, deren Beschleunigungen nach dem andern Brennpunkte F wirken. Für die letztere Bewegung sei V die Geschwindigkeit im Punkte P, der Fahrstrahl FP sei R, die Constanten α, β sind aber dieselben, wie bei der zuerst betrachteten Bewegung. Also besteht neben obiger Gleichung

$$\varrho = \frac{r^3 v^3}{\alpha\beta}$$

auch die Beziehung

$$\varrho = \frac{R^3 V^3}{\alpha\beta},$$

daher

$$\varrho^2 = \frac{r^3 R^3 v^3 V^3}{\alpha^2\beta^2}.$$

Nun ist $V = \overline{FQ}$, $v = \overline{fq} = \overline{FQ'}$, wenn FQ und fq normal zur Tangente in P stehen und Q, q auf den zu einander symmetrischen Hodographenkreisen der beiden Bewegungen liegen, endlich $FQ \mathrel{=\!\!|\!\!=} fq$ die

Verlängerung von FQ ist. Bezeichnet nun γ^2 den absoluten Betrag der Potenz des ersten Hodographenkreises im Punkte F, so ist

$$V.v = \overline{FQ}.\overline{FQ'} = \gamma^2 \text{ und } \varrho = \frac{(rR)^{3/2}}{\left(\frac{\alpha\beta}{\gamma^3}\right)}.$$

(Der constante Nenner lässt sich noch durch die Halbaxen a, b des Kegelschnittes ausdrücken. Man hat, weil $FA.FX = FB.FY = \alpha^2$,

$$\gamma^2 = FX.FY = \frac{\alpha^2}{FA.FB} = \frac{\alpha^2}{b^2}, \quad \frac{\alpha}{\gamma} = b,$$

aber weil $FX = \varrho' - OF$, $FY = \varrho' + OF$, ist auch (für den Fall der Ellipse)

$$FA(\varrho' - OF) = FB(\varrho' + OF), \quad \varrho'(FA - FB) = OF(FA + FB),$$

$$OF = \frac{\beta}{\alpha}\sqrt{\frac{a^2 - b^2}{a^2}}$$

und aus der Gleichung $\gamma^2 = -OF^2 + \varrho'^2$ für den absoluten Werth der Potenz folgt

$$\gamma^2 = \frac{\beta^2}{\alpha^2}\frac{b^2}{a^2}, \quad \frac{\beta b}{\alpha\gamma} = \frac{\beta}{\gamma^2} = a.$$

Die Substitution giebt die bekannte Formel

$$\varrho = \frac{(rR)^{3/2}}{ab}.$$

Das Vorzeichen der Potenz des Hodographenkreises im Brennpunkte entscheidet darüber, ob die Bahn Ellipse, Parabel oder Hyperbel ist.)

6. Auch die Untersuchung der Bewegung eines Punktes auf gegebener Fläche wird durch die im Vorstehenden dargelegten Betrachtungsweisen erleichtert. Dass z. B. ein nur dem Normaldrucke der Fläche, nicht äusseren Kräften, unterworfener Punkt sich mit constanter Geschwindigkeit bewegt, folgt sogleich aus der Construction des Hodographen, der, wenn die Beschleunigung immer senkrecht zur Geschwindigkeit steht, eine sphärische Figur werden muss. Dass dabei die Schmiegungsebenen der Bahn durch die Normalen der Fläche gehen, — diese Eigenschaft der kürzesten Linie folgt ohne Weiteres aus der oben (3) gemachten Bemerkung, dass die Schmiegungsebenen stets die Richtung der Beschleunigung enthalten.

Eine einfache Anwendung des Princips der Projection und des Momentensatzes ist folgender Beweis eines Satzes von Clairaut*. Im Punkte O einer Rotationsfläche sei OP die Richtung des Parallelkreises, OM die des Meridians, OC die einer kürzesten Linie c, OC' die ihrer

* *Mémoires de l'Acad. des sciences de Paris, 1733.* Vergl. Schell, Theorie der Bewegung ..., 1870, S. 373.

Projection auf den Parallelkreis, ON die Flächennormale. Man projicire jetzt die kürzeste Linie c rechtwinklig auf die Ebene E irgend eines Parallelkreises. Die Projection c' wird beschrieben unter dem Einfluss von Beschleunigungen, welche die Projectionen jener in den Flächennormalen stattfindenden Beschleunigungen sind, die eine Bewegung längs c erzeugen. Die Beschleunigungen, unter deren Einfluss c' durchlaufen wird, gehen daher durch einen Punkt, die Spur der Rotationsaxe in der Ebene E, und in Bezug auf diesen Punkt gilt der Flächensatz. Ist v die constante Geschwindigkeit auf der kürzesten Linie, also $v\cos(COC')$ die Geschwindigkeit auf der Linie c' in der Projection O' von O, ist ferner r der Abstand des Punktes O von der Rotationsaxe, also $r\cos(POC')$ der Abstand des Elements der Curve c' im Punkte O' von der Spur der Rotationsaxe, so muss

$$vr\cos(COC')\cos(POC') = vr\cos(POC) = vr\sin(MOC)$$

eine Constante sein. Für jede kürzeste Linie einer Rotationsfläche ist das Product aus dem Abstande eines Punktes von der Rotationsaxe und dem Sinus des Winkels zwischen Meridian und kürzester Linie in diesem Punkte constant.

7. Zum Schlusse dürfte eine Parallele zwischen der geometrischen und der analytischen Behandlung mechanischer Probleme von Interesse sein. Während die Analysis das Problem der Bewegung eines Punktes im Allgemeinen auf die Auflösung eines Systems von Differentialgleichungen zweiter Ordnung — bei Grassmann'scher Behandlung auf eine solche — zurückführt, löst es die geometrische Methode durch Construction zweier Curven, der Bahn und des Hodographen. Der Hodograph dient zur geometrischen Summation, bez. Integration der Geschwindigkeitsänderungen, deren Summe zur Anfangsgeschwindigkeit gefügt, die Geschwindigkeit zu beliebiger Zeit liefert; die Bahn vollbringt alsdann die geometrische Summation (Integration) der Wegänderungen, die sich aus der Geschwindigkeit ergeben, wie die Geschwindigkeitsänderungen aus der Beschleunigung, nämlich durch Multiplication mit dem Zeitdifferentiale. Im Allgemeinen lassen sich diese Curven nicht unabhängig von einander construiren. Nachdem nämlich durch die Anfangsgeschwindigkeit und den Ausgangsort das erste Element der Bahn gegeben ist, liefert die Beschleunigung des ersten Zeitelements das erste Element des Hodographen, durch welches nun wieder das zweite Bahnelement bekannt wird u. s. f. Dem Falle, dass sich beide Curven unabhängig von einander construiren lassen, entspricht in der Analysis die Zurückführung auf Quadraturen, die sich geometrisch (durch umhüllende Gerade) wie analytisch mit beliebiger Annäherung ausführen lässt. Die Polarverwandtschaft zwischen Bahn und Hodograph, die für Centralbewegungen gilt, macht nur die Construction einer der beiden Curven nöthig und leistet

also dasselbe, wie der Flächensatz der Analysis: Ersparniss an Integrationen. Das Energieprincip lehrt die Geschwindigkeit ihrem absoluten Werthe nach kennen und führt zur Construction des Hodographen, sobald noch die einem beliebigen Bahnpunkte entsprechende Richtung des Geschwindigkeitsstrahls angebbar ist, also z. B. bei Bewegungen auf vorgeschriebener Bahn. Als eine besondere Methode ist oben die der Projection hervorgehoben worden. Sie wird — freilich in sehr specialisirter Form — in der Analysis durchgehends verwendet, nämlich um statt der zu untersuchenden Bewegung drei simultane geradlinige zu betrachten; auch bei Anwendung des Flächensatzes benutzt sie der Analytiker, indem er die Bewegung auf drei Ebenen projicirt.

XII.

Ueber eine Art Curven, deren Bogen durch ein elliptisches oder hyperelliptisches Integral erster Gattung ausgedrückt wird.

Von

Dr. K. SCHWERING

in Coesfeld.

---

§ 1.

In einer Abhandlung, Crelle's Journal Bd. 79, S. 304 ff., hat Herr Kiepert eine Reihe Curven mit elliptischem Bogenintegral kennen gelehrt. Die Untersuchungen des Verfassers über eine eigenthümliche Deformation der Kegelschnitte, Zeitschr. f. Math. u. Phys., Bd. 25 S. 25, führten dazu, Curven aufzustellen, deren Differentialgleichung in Polarcoordinaten eine sehr einfache Form annimmt. Es lag nahe, meine Methoden auf jene von Kiepert behandelten Curven anzuwenden, und es gelang mir, in dem ersten Hauptfalle die allgemeine Form derselben aufzufinden. Ausser diesem an sich nicht uninteressanten Ergebnisse halte ich das Folgende deshalb einer Mittheilung werth, weil die erforderlichen Rechnungen selbst im Falle $n=7$ verhältnissmässig leicht ausführbar blieben und die Ausdehnung der Methoden auf geradzahlige n und hyperelliptische Bogenintegrale vollständig geglückt ist.

Wir betrachten eine Curve, deren Gleichung, auf Polarcoordinaten bezogen, eine der folgenden ist:

$$1)\qquad \varrho^n . \sin n\varphi = P, \quad \varrho^n . \cos n\varphi = Q\sqrt{R}.$$

Dabei sollen P, Q, R ganze Functionen von ϱ^2 und n eine ungerade Zahl sein.

Dann hat man

$$2)\qquad \varrho^{2n} = P^2 + Q^2 R,$$

$$3)\qquad \frac{\varrho . d\varphi}{d\varrho} = \frac{\frac{1}{n}P'.\varrho - P}{Q\sqrt{R}}.$$

Es lässt sich nun zeigen, dass $\frac{1}{n}P'\varrho - P$ immer den Factor Q hat. Denn wenn $Q=0$, so wird $\varrho^{2n} - P^2$ nebst seiner Ableitung verschwinden; also wird $\varrho^{2n} = P^2$ und $n.\varrho^{2n-1} = P.P'$ sein, woraus, weil P nicht gleichzeitig verschwinden kann, sofort folgt, dass $nP = \varrho P'$ sein muss. Demnach dürfen wir setzen

$$4)\qquad \frac{1}{n}P'\varrho - P = (A\varrho^4 + B\varrho^2 + C)Q.$$

Dann haben wir also

$$\frac{ds}{d\varrho} = \frac{\sqrt{R + (A\varrho^4 + B\varrho^2 + C)^2}}{\sqrt{R}}$$

und dies Integral wird ein elliptisches erster Gattung, wenn wir setzen

$$5)\qquad R = g^2\varrho^2 - (A\varrho^4 + B\varrho^2 + C)^2.$$

Nehmen wir nun an, der höchste Term in P sei $a_p . \varrho^{2p}$ und in Q der höchste $b_q . \varrho^{2q}$, dann zeigt Gleichung 2) in Verbindung mit 5), indem $p > n$ angenommen wird,

$$a^2_p = b^2_q . A^2, \quad 2p = 2q + 8.$$

Dagegen lehrt 4), dass

$$\left(\frac{2p}{n} - 1\right) a_p = A . b_q.$$

Diese Gleichung ist mit der vorangehenden nur verträglich, wenn $p = n$ angenommen wird. Hieraus folgt die allgemeine Form von P und Q, nämlich

$$6)\qquad \begin{cases} P = a_1 + a_1\varrho^2 + a_2\varrho^4 + \ldots + a_n \,.\, \varrho^{2n}, \\ Q = b_0 + b_1\varrho^2 + b_2\varrho^4 + \ldots + b_{n-2} . \varrho^{2n-4}. \end{cases}$$

Zur Ausrechnung der Coefficienten bedienen wir uns nun folgender Methode. Sei

$$7)\ \varrho^n + P = (f_0 + f_1\varrho + f_2\varrho^2 + \ldots + f_{n-2}\varrho^{n-2})^2(g\varrho + A\varrho^4 + B\varrho^2 + C).$$

Dann ist

$$\varrho^n - P = (f_0 - f_1\varrho + f_2\varrho^2 - \ldots - f_{n-2}\varrho^{n-2})^2(g\varrho - A\varrho^4 + B\varrho^2 + C).$$

Demnach finden wir (über die Zeichenwahl s. weiter):

$$-Q = (f_0 + f_1\varrho + f_2\varrho^2 + \ldots + f_{n-2}\varrho^{n-2})(f_0 - f_1\varrho + f_2\varrho^2 - \ldots - f_{n-2}\varrho^{n-2}).$$

In der Gleichung 7) haben wir nun die $n-1$ Coefficienten f so zu bestimmen, dass alle ungeraden Potenzen mit Ausnahme der n^{ten} fortfallen, wozu n Bedingungen erfüllt sein müssen. Dadurch werden die Quotienten der f, ferner die Grösse g und eine Relation zwischen den Grössen A, B, C gewonnen: $(n-2)+1+1 = n$. Man wird bei der Ausführung immer die Relation 4) parallel nebenher gehen lassen, um so leicht die Coefficienten der geraden Potenzen in P zu gewinnen und eine controlirende Gegenrechnung zu haben.

Wir können nun noch folgende Bemerkungen machen.

1. **Der Coefficient f_{n-3} in Q ist Null.** Denn in der Entwickelung von $\varrho^n + P$ kommt als Coefficient von ϱ^{2n-1} nur das eine Glied $2f_{n-3}.f_{n-2}.A$ vor. Also $f_{n-3} = 0$.

2. In der Entwickelung von P verschwinden die Coefficienten a_{2n-2} und a_{2n-4}.

Denn aus Gleichung 4) zieht man

$$-n.a_0-(n-2)a_1\varrho^2-(n-4)a_2\varrho^4-\ldots+(n-4)a_{2n-4}.\varrho^{2n-4}$$
$$+(n-2)a_{2n-2}\varrho^{2n-2}+n\,a_{2n}.\varrho^{2n}$$
$$=n(A\varrho^2+B\varrho^2+C)(f_{n-2}^2\varrho^{2n-4}+2f_{n-2}.f_{n-4}.\varrho^{2n-6}$$
$$+(2f_{n-2}.f_{n-6}+f_{n-4}^2)\varrho^{2n-8}+(2f_{n-2}.f_{n-8}+2f_{n-4}.f_{n-6}-f_{n-5}^2)\varrho^{2n-10}$$
8) $$+\ldots-f_0^2).$$

Der höchste und niedrigste Term liefern durch ihre Uebereinstimmung mit den aus 2) zu ziehenden Werthen eine Bestätigung der Zeichenwahl bei Q. Nun folgt aus 8)

$$\frac{n-2}{n}.a_{2n-2}=B.f_{n-2}^2+2A.f_{n-2}.f_{n-4},$$

$$\frac{n-4}{n}.a_{2n-4}=C.f_{n-2}^2+2B.f_{n-2}.f_{n-4}+A(2f_{n-2}.f_{n-6}+f_{n-4}^2).$$

Die rechten Seiten gleichen aber auch, wie 7) beweist, bezüglich a_{2n-2} und a_{2n-4}. Daher verschwinden beide.

3. Bestimmt man den Coefficienten a_{2n-6} aus 7) und 8), so findet man seinen Werth

$$\frac{3}{n}.a_{2n-6}=(Af_{n-5}+g.f_{n-2})f_{n-5}.$$

Andererseits lehrt das Verschwinden des Coefficienten von ϱ^{2n-3} in 7), dass

$$2A.f_{n-5}+g.f_{n-2}=0.$$

Daher

$$a_{2n-6}=-\frac{n}{3}A.f_{n-5}^2.$$

Weil A, f_{n-2} und g im Allgemeinen nicht verschwinden, so kann f_{n-5} und ebenso wenig a_{2n-6} im Allgemeinen Null sein. Die aufgeschriebenen Gleichungen ermöglichen es, die Quotienten $f_{n-2}:f_{n-4}:f_{n-5}:f_{n-6}$ zu bestimmen und zwar durch lauter lineare Gleichungen. Die Quotienten der f erscheinen also als rationale Functionen der A, B, C, g.

Gehen wir nun zu den Beispielen über.

1. $n=3$.

Aus den früheren Beschlüssen haben wir für P und Q sofort die Formen

$$Q=f_1^2\varrho^2,\quad P=a_0+a_3\varrho^6$$

und die Gleichung 7) wird

$$\varrho^2+a_0+a_3\varrho^6=f_1^2\varrho^2(g\varrho+A\varrho^4+B\varrho^2+C).$$

Demnach ist auch $a_0=0$ und wir finden

$$\varrho^3.\sin 3\varphi=Af_1^2\varrho^6,\quad \varrho^3.\cos 3\varphi=\varrho^3\sqrt{1-A^2f_1^4\varrho^6}.$$

Unbeschadet der Allgemeinheit können wir $Af_1^2=1$ setzen und erhalten so als Gleichung unserer Curve

9) $$\sin 3\varphi = \varrho^3$$

oder

9a) $$3x^2y - y^3 = (x^2+y^2)^3.$$

Diese Curve besitzt im Anfangspunkte der Coordinaten und den beiden unendlich fernen Kreispunkten im Ganzen drei dreifache Punkte, weshalb ihr Rang (Defect, Geschlecht, Riemann'sche Zahl p) gleich Eins wird.

2. $n=5$.

Hier haben wir

$$P=a_0+a_1\varrho^2+a_2\varrho^4+a_5\varrho^{10}, \quad -Q=(f_0+f_1\varrho+f_3\varrho^3)(f_0-f_1\varrho-f_3\varrho^3),$$

ferner

$$\varrho^5+a_0+a_1\varrho^2+a_2\varrho^4+a_5\varrho^{10}=(f_0+f_1\varrho+f_3\varrho^3)^2(g\varrho+A\varrho^4+B\varrho^2+C).$$

Aus den beiden Gleichungen

$$f_3B+2f_1A=0, \quad f_3g+2f_0A=0$$

zieht man die Verhältnisse der f, und durch Einsetzen in die folgende

$$f_3^2C+2f_1f_3B+f_1^2A=0$$

folgt

10) $$4AC=3B^2.$$

Vergleicht man nun in der obigen Entwickelung den Coefficienten von ϱ mit Null, so bestimmt sich g, nämlich

$$g^2=-2BC.$$

So ergiebt sich denn als Gleichung der Curve

11) $$\varrho^5.\sin 5\varphi=\frac{g}{6AB}\left(C+\tfrac{5}{2}B\varrho^2-\tfrac{5}{3}A\varrho^4-\frac{2A^3}{BC}\varrho^{10}\right).$$

Diese stimmt für $B=-2$, $C=1$ mit der von Kiepert a. a. O. gegebenen Gleichung überein, indem $g=-2$, $A=3$ genommen werden muss. Man hat in diesen Zahlwerthen

$$18\varrho^5.\cos 5\varphi=(1+\varrho+3\varrho^3)(1-\varrho-3\varrho^3)\sqrt{4\varrho^2-(3\varrho^4-2\varrho^2+1)^2}.$$

Da die Curve für

$$1+\varrho+3\varrho^3=0, \quad \cos 5\varphi=0$$

Doppelpunkte erhält, findet man deren 15. Der andere Factor von Q liefert, mit Null verglichen, entgegengesetzt gleiche Werthe für ϱ, für welche dann 11) dem $\sin 5\varphi$ den gleichfalls entgegengesetzten Werth der Einheit ertheilt, so dass keine neuen Doppelpunkte resultiren. Im Unendlichen besitzt aber die Curve je zwei fünffache Punkte in den imaginären Kreispunkten, welche also 20 Doppelpunkten äquivaliren. Da nun 36 die Maximalzahl dieser Singularität bei einer Curve zehnter Ordnung ist, so ist unsere Curve wieder vom Range Eins.

3. $n = 7$.

Hier haben wir

$$P = a_0 + a_1 \varrho^2 + a_2 \varrho^4 + a_3 \varrho^6 + a_4 \varrho^8 + a_7 \varrho^{14}$$

und

$$\varrho^7 + P = (f_0 + f_1 \varrho + f_2 \varrho^2 + f_3 \varrho^3 + f_5 \varrho^5)^2 (g \varrho + A \varrho^4 + B \varrho^2 + C).$$

Mit dieser Relation geht parallel die folgende:

$$7 (f_0 + f_1 \varrho + f_2 \varrho^2 + f_3 \varrho^3 + f_5 \varrho^5)(f_0 - f_1 \varrho + f_2 \varrho^2 - f_3 \varrho^3 - f_5 \varrho^5)(A \varrho^4 + B \varrho^2 - C)$$
$$= 7 a_0 + 5 a_1 \varrho^2 + 3 a_2 \varrho^4 + a_3 \varrho^6 - a_4 \varrho^8 - 7 a_7 \varrho^{14}.$$

Die Resultate, welche die Ausrechnung liefert, sind die folgenden:
Die Grösse g bestimmt die Gleichung

12) $$3 B g^2 = (4 A C - 3 B^2) C.$$

Die Quotienten der f haben die Werthe

$$f_5 = - \frac{8 A^2 C}{3 B g^2} f_1, \quad f_3 = \frac{4 A C}{3 g^2} f_1, \quad f_0 = - \frac{2 C}{g} f_1.$$

Zwischen A, B, C hat man die Beziehung

13) $$45 B^4 - 96 B^2 A C - 16 A^3 C^2 = 0.$$

Die Gleichung der Curve lautet

14) $$\frac{1}{7 f_1^2} \cdot \varrho^7 \cdot \sin 7\varphi = - \frac{4 C^3}{g^2} - C \varrho^2 + \frac{3 B^2 + 4 A C}{6 B} \varrho^4 + \frac{8 A^2 C^2}{9 B g^2} \varrho^6$$
$$- \frac{16 A^3 C^2}{27 B^2 g^2} \varrho^8 + \frac{64 A^5 C}{63 B^2 g^4} \varrho^{14}.$$

Darin ist f_1 noch völlig willkürlich, ein unwesentlicher Zahlfactor. Führt
man Parallelcoordinaten ein und schneidet die Curve mit der Geraden
$x + y i = m$, so erhält man nur 7 (imaginäre) endliche Schnittpunkte.
Denn $\varrho^{14} = (x^2 + y^2)^7 = m^7 (x - y i)^7$ u. s. w. Demnach sind die unendlich
fernen Kreispunkte siebenfache Punkte der Curve, äquivaliren also zusammen 42 Doppelpunkten. Andererseits liefern

$$Q = 0, \quad \cos 7\varphi = 0$$

35 Doppelpunkte, und somit hat unsere Curve 14ter Ordnung, welche
78 Doppelpunkte höchstens haben kann, deren 77; sie ist also vom
Range Eins.

Es wird dem aufmerksamen Leser nicht entgangen sein, dass diese
Betrachtung der Singularitätenzahl sich sofort verallgemeinern lässt. Die
Curve $2 n^{\text{ter}}$ Ordnung

$$\varrho^n \cdot \sin n\varphi = P$$

hat im Unendlichen zwei n-fache Punkte, welche zusammen $n(n-1)$
Doppelpunkten äquivaliren. Das System

$$Q = 0, \quad \cos n\varphi = 0$$

liefert dazu $n(n-2)$ weitere, so dass im Ganzen

$$2 n^2 - 3 n$$

vorhanden sind, d. h. einer weniger als die Maximalzahl

$$\tfrac{1}{2}(2n-1)(2n-2).$$

Daher sind unsere Curven vom Range Eins und ihre Coordinaten als elliptische Functionen eines Parameters darstellbar.

§ 2.

In den vorigen Beispielen war n immer eine ungerade Zahl, und in der That versagt die benutzte Methode den Dienst, sobald man geradzahlige n einzuführen versucht. Indess existirt für $n=2$ ein ebenso bekanntes, als unzweifelhaft zur betrachteten Gattung gehöriges Beispiel, nämlich die Lemniskate. Ihre Gleichung lässt sich nämlich schreiben

15) $$\varrho^2 . \sin 2\varphi = \varrho^4.$$

Versuchen wir demnach für ein gerades n, etwa für $n=4$, die Aufstellung der Gleichungen 1), so gelingt sofort der Beweis der Gleichung 4) und mit Hilfe der Coefficientenvergleichung in 2) kann man dann die gestellte Aufgabe bezwingen. Nach 6) besitzt P nun $n+1$, Q $n-1$ und R vier Constante, von denen eine, da in 2) Q mit R multiplicirt erscheint, abzurechnen ist: bleiben $2n+3$ verfügbare Constante. Ihnen stehen durch 2) $2n+1$ Gleichungen gegenüber. Wir werden also die Coefficienten $a_0, \ldots, a_n$ und $b_0, \ldots, b_{n-2}$ und g in A, B, C ausdrücken können und dann noch zwischen diesen eine Relation bestehend finden. Demnach wird das Resultat unserer Rechnung im Allgemeinen eine mit den in § 1 gefundenen Curven durchaus analoge liefern. Die hierzu erforderlichen Operationen habe ich in der That für $n=4$ vollständig durchgeführt, um überhaupt zunächst einmal zu einem Resultate zu gelangen. Indess lässt sich glücklicherweise eine andere Methode angeben, welche die Rechnung sehr einfach und in Kürze mittheilbar macht. Diese Methode beruht auf folgenden Schlüssen.

Da die Gleichung
$$\varrho^{2n} = P^2 + Q^2 R$$
identisch ist, so wird auch ihre Ableitung richtig bleiben. Es wird also sein
$$2n . \varrho^{2n} = 2PP'\varrho + 2QQ'R\varrho + Q^2R'\varrho.$$
Also wenn man den Werth ϱ^{2n} der ersten entnimmt und beachtet, dass 4)
$$P'\varrho - nP = nQ(A\varrho^4 + B\varrho^2 + C)$$
und 5)
$$R = g^2\varrho^2 - (A\varrho^4 + B\varrho^2 + C)^2,$$
so kann der Factor $2Q$ abgesetzt werden. Die übrig bleibenden Glieder haben alle den Factor $A\varrho^4 + B\varrho^2 + C$, ausgenommen einzig
$$(Q'\varrho - (n-1)Q)g^2\varrho^2.$$
Daher muss auch dieser A[illegible] durch $A\varrho^4 + B\varrho^2 + C$ theilbar sein.

Ferner beweist [illegible] und a_{n-2} verschwinden.

Man hat also für $n = 4$

$$16)\quad \begin{cases} \varrho^4 . \sin 4\varrho = a_0 + a_1\varrho^2 + a_4\varrho^8, \\ \varrho^4 . \cos 4\varphi = (b_0 + b_1\varrho^2 + b_2\varrho^4)\sqrt{g^2\varrho^2 - (A\varrho^4 + B\varrho^2 + C)^2} \end{cases}$$

und die Bestimmungen

$$17)\quad \begin{cases} 4a_4\varrho^8 - 2a_1\varrho^2 - 4a_0 = 4(b_0 + b_1\varrho^2 + b_2\varrho^4)(A\varrho^4 + B\varrho^2 + C), \\ b_2\varrho^4 - b_1\varrho^2 - 3b_0 = c_0(A\varrho^4 + B\varrho^2 + C). \end{cases}$$

Aus der ersten von beiden folgt

$$b_0 A + b_1 B + b_2 C = 0, \quad b_1 A + b_2 B = 0,$$

also

$$\frac{b_2}{b_1} = -\frac{A}{B}, \quad \frac{b_0}{b_1} = \frac{AC - B^2}{AB}.$$

Aus der zweiten zieht man

$$\frac{3b_0}{b_1} = \frac{C}{B}$$

und hat daher augenblicklich zwischen A, B, C die Gleichung

$$18)\quad 2AC = 3B^2.$$

Ferner liefert 16) durch Addition nach vorhergehender Quadrirung in Verbindung mit der ersten 17)

$$(a_4\varrho^8 + a_1\varrho^2 + a_0)^2 - (a_4\varrho^8 - \tfrac{1}{2}a_1\varrho^2 - a_0)^2 + g^2\varrho^2(b_0 + b_1\varrho^2 + b_2\varrho^4)^2 = \varrho^8.$$

Hieraus bestimmt man durch Vergleichung des Coefficienten von ϱ^2 etwa sehr einfach g. Man findet

$$g^2 = -8BC$$

und überhaupt

$$a_0 = -\frac{BC}{2A}b_1, \quad a_1 = -\frac{4B^2}{A}b_1, \quad a_4 = -\frac{A^2}{B}b_1.$$

Nehmen wir z. B.

$$A = 2, \quad C = 3, \quad B = -2,$$

so ergiebt sich die Curve

$$19)\quad \begin{cases} 2f\varrho^4 . \sin 4\varphi = 3 - 16\varrho^2 + 4\varrho^8, \\ 2f\varrho^4 . \cos 4\varphi = (-1 + 2\varrho^2 + 2\varrho^4)\sqrt{48\varrho^2 - (2\varrho^4 - 2\varrho^2 + 3)^2}, \end{cases}$$

$$f = -6\sqrt{3}.$$

Die Annahme $\cos 4\varphi = 0$ wird durch vier zu Doppelpunkten führende Werthe von ϱ erfüllt. Für jeden erfolgt $\sin 4\varphi = 1$. Man erhält also zu jedem dieser vier Winkel zwei entgegengesetzt gleiche Werthe für ϱ und daher acht Doppelpunkte im Endlichen, welche alle reell sind. Im Unendlichen haben wir, wie früher, zwei vierfache Punkte, die also zwölf Doppelpunkten äquivaliren. Die Curve hat $12 + 8 = 20$ Doppelpunkte, d. h. einen weniger, als eine Curve achter Ordnung überhaupt haben kann. Sie ist vom Range Eins.

Zu den aufgeführten Beispielen $n = 2$ und $n = 4$ mag noch ein drittes treten:

$$n = 6.$$

Hier haben wir die Annahmen zu machen:

$$20)\quad \begin{cases} \varrho^6 \,.\, \sin 6\varphi = a_0 + a_1\varrho^2 + a_2\varrho^4 + a_3\varrho^6 + a_7\varrho^{12}, \\ \varrho^6 \,.\, \cos 6\varphi = (b_0 + b_1\varrho^2 + \ldots + b_4\varrho^8)\sqrt{g^2\varrho^2 - (A\varrho^4 + B\varrho^2 + C)^2}. \end{cases}$$

Es folgen die Gleichungen

$$6a_6\varrho^{12} - 2a_2\varrho^4 - 4a_1\varrho^2 - 6a_0 = 6(A\varrho^4 + B\varrho^2 + C)(b_0 + \ldots + b_4\varrho^8),$$
$$3b_4\varrho^8 + b_3\varrho^6 - b_2\varrho^4 - 3b_1\varrho^2 - 5b_0 = (A\varrho^4 + B\varrho^2 + C)(c_0 + c_1\varrho^2 + c_2\varrho^4).$$

Die erste liefert alsbald die Verhältnisse der $b_1 : b_2 : b_3 : b_4$. Die zweite ist nur für die Bestimmung von $b_0 : b_4$ von Belang. Alsdann lehrt die Coefficientenvergleichung

$$-2a_3a_6 = b_4^2g^2, \quad -\tfrac{8}{3}a_2a_6 = 2b_3b_4g^2, \quad -\tfrac{10}{3}a_1a_6 = (b_3^2 + 2b_2b_4)g^2.$$

Die beiden letzten geben nach Division und Ersetzung der Werthe der a_1, a_2 in den b und A, B, C zwischen letzteren die Gleichung

$$21)\qquad 5B^6 - 12B^4AC + 6B^2A^2C^2 - 2A^3C^3.$$

Wir haben also wieder eine Beziehung zwischen B^2 und AC, diesmal aber vom dritten Grade.

Die weiteren Ausführungen ergeben

$$a_6 = A\,.\,b_4, \qquad a_2 = \frac{3C^2(2AC - 3B^2)}{5AB^2}\,.\,b_4,$$
$$a_1 = \frac{6BC(2B^2 - 3AC)}{5A^3}\,.\,b_4, \qquad a_0 = -\frac{C^2(2AC - 3B^2)}{5A^3}\,.\,b_4,$$
$$g^2 = \frac{4AC^2(2AC - 3B^2)}{5B^3}\,.\,b_4, \qquad a_3 = \frac{g^2}{2A}\,.\,b_4.$$

Den Factor b_4 lässt man zweckmässig unbestimmt. Erst bei Einsetzen wirklicher Zahlwerthe kann er Interesse gewinnen. Das Hauptergebniss unserer Untersuchung ist offenbar die Gleichung 21). Wenn man dieselbe durch die Cardanische Formel auflöst, so findet man

$$22)\qquad AC = B^2(1 - \sqrt[3]{2} + \sqrt[3]{\tfrac{1}{2}}).$$

Ich kann die Bemerkung nicht unterdrücken, dass ich dies Resultat für ebenso einfach, als schön halte.

Es mögen hier kurz die gefundenen Hauptgleichungen mit Ausschluss der Fälle $n = 2$ und $n = 3$ wiederholt werden:

$$n = 4, \ \ldots\ 3B^2 - 2AC = 0,$$
$$n = 5, \ \ldots\ 3B^2 - 4AC = 0,$$
$$n = 6, \ \ldots\ 5B^6 - 12B^4AC + 6B^2A^2C^2 - 2A^3C^3 = 0,$$
$$n = 7, \ \ldots\ 45B^4 - 96B^2AC - 16A^2C^2 = 0.$$

§ 3.

Die vorigen Methoden sind selbstverständlich auch für die hyperelliptischen Integrale anwendbar. Um zunächst für die einfachste Classe derselben einige Beispiele anzugeben, haben wir zunächst $A\varrho^4 + B\varrho^2 + C$

durch $A\varrho^6 + B\varrho^4 + C\varrho^2 + D$ und $g^2\varrho^2$ durch $(g_1\varrho + g_3\varrho^3)^2$ zu ersetzen. Ferner beweist man in durchaus analoger Weise wie vorhin, dass a_{n-1} und a_{n-2} verschwinden. Dann lehrt eine Abzählung der Constanten, dass alle Grössen a, b, g durch A, B, C, D ausgedrückt werden können und zwischen diesen zwei Relationen bestehen.

Zur factischen Ausrechnung bieten sich ebenso die analogen Erleichterungen dar:

23) $$P'\varrho - nP = nQ(A\varrho^6 + B\varrho^4 + C\varrho^2 + D)$$

und

$$(g_1\varrho + g_3\varrho^3)(nQ - Q'\varrho) - Q(g_1\varrho + 3g_3\varrho^3)$$

ist entweder selbst oder noch mit $g_1\varrho + g_3\varrho$ multiplicirt, theilbar durch $A\varrho^6 + B\varrho^4 + C\varrho^2 + D$.

Obgleich für $n = 2$ und $n = 4$ das Integral degenerirt, ist die Form, welche das Resultat zeigt, dennoch für $n = 4$ mittheilenswerth.

$$n = 4.$$

24) $$\begin{cases} \varrho^4 . \sin 4\varphi = a_0 + a_1\varrho^2 + a_4\varrho^8, \\ \varrho^4 . \cos 4\varphi = (b_0 + b_1\varrho^2)\sqrt{(g_1\varrho + g_3\varrho^3)^2 - (A\varrho^6 + B\varrho^4 + C\varrho^2 + D)^2}. \end{cases}$$

Man hat alsdann

$$4a_4\varrho^8 - 2a_1\varrho^2 - 4a_0 = 4(b_0 + b_1\varrho^2)(A\varrho^6 + B\varrho^4 + C\varrho^2 + D)$$

und

$$(g_1\varrho + g_3\varrho^3)^2(2b_1\varrho^2 + 4b_0) - (g_1\varrho + g_3\varrho^3)(g_1\varrho + 3g_3\varrho^3)(b_0 + b_1\varrho^2$$
$$= (c_0 + c_1\varrho^2)(A\varrho^6 + B\varrho^4 + C\varrho^2 + D).$$

Die Coefficientenvergleichung ergiebt

$$\begin{aligned} a_4 &= b_1 A, & c_0 &= 0, \\ 0 &= b_0 A + b_1 B, & -g_3^2 b_1 &= c_1 A, \\ 0 &= b_0 B + b_1 C, & g_3^2 b_0 &= c_1 B, \\ -2a_1 &= 4(b_0 C + b_1 D), & g_1^2 b_1 + 4g_1 g_3 b_0 &= c_1 C, \\ -a_0 &= b_0 D, & 3g_1^2 b_0 &= c_1 D. \end{aligned}$$

Nach Ausführung derselben hat man die Resultate

$$a_4 = -\frac{A^2}{B} . b_0, \quad a_1 = -2\frac{BC - AD}{B} . b_0, \quad a_0 = -D . b_0.$$

Den unwesentlichen Zahlenfactor b_0 lässt man am besten einstweilen unbestimmt. Ferner wird

$$g_1^2 = 2\frac{D}{B}(AD - BC), \quad g_3^2 = 6(AD - BC)$$

und die beiden Relationen zwischen den A, B, C, D, die uns am meisten interessiren,

25) $$B^2 = AC, \quad 48ABCD = (3BC + AD)^2.$$

Man kann der letzteren noch die Form geben

26) $$\sqrt[4]{\frac{D^2 A}{C^3}} = \frac{3 + \sqrt{3}}{2}.$$

Mag jetzt gleich zum folgenden Beispiel übergegangen werden:

$$n = 6.$$

Hier haben wir die Annahme

$$\varrho^5 . \sin 5\varphi = a_0 + a_1\varrho^2 + a_2\varrho^4 + a_5\varrho^{10},$$

$$\varrho^5 . \cos 5\varphi = (b_0 + b_1\varrho^2 + b_2\varrho^4)\sqrt{(g_1\varrho + g_3\varrho^3)^2 - (A\varrho^6 + B\varrho^4 + C\varrho^2 + D)^2}.$$

Die Rechnungen gestalten sich fast noch einfacher, als in dem vorigen Beispiele. Da in denselben jedoch kein neues Princip hervortritt, so werden wir die Ausführung dem Leser überlassen dürfen. Man findet

$$a_0 = \frac{CD}{A} . b_2, \quad a_1 = \tfrac{5}{3}\frac{C^2}{A} . b_2, \quad a_2 = -5D . b_2, \quad a_5 = A . b_2,$$

$$g_1^2 = -\tfrac{4}{3}DC, \quad g_3^2 = 12AD.$$

Endlich findet man als die gesuchten Endrelationen

27) $$B = 0, \quad 9AD^2 = -4C^3.$$

Die letztere lässt sich in die Form setzen

28) $$\sqrt{\frac{AD^2}{C^3}} = \tfrac{2}{3}i \quad \text{oder} \quad \sqrt[4]{\frac{AD^2}{C^3}} = \frac{1+i}{\sqrt{3}}.$$

Die Form der Endresultate 26) und 28) zeigt, dass in beide keine andere Irrationalität, als $\sqrt{3}$ eingeht. Nimmt man $A = -3$, $D = -2$, so erhält man die Curve

29) $$8\sqrt{2} . \varrho^5 . \sin 5\varphi = 2.5\varrho^2 + 10\varrho^4 - 3\varrho^{10}.$$

Das Bogenintegral derselben ist

30) $$s = 2\sqrt{2}\int\frac{(\varrho - 3\varrho^3)\,d\varrho}{\sqrt{8\varrho^2(1-3\varrho^2)^2 - (3\varrho^6 - 3\varrho^2 + 2)^2}}$$

und dies ist in der That, wenn man ϱ^2 durch ξ ersetzt, hyperelliptisch und zwar erster Classe.

Es mag schliesslich bemerkt werden, dass die vorstehend gegebene Ausdehnung der Resultate auf die hyperelliptischen Integrale nicht die einzig mögliche ist. Fortgesetzte Untersuchungen haben mich noch andere, zum Theil sogar sehr einfache Curven mit hyperelliptischem Bogenintegral finden lassen.

Coesfeld, im December 1879.

XIII.

Ueber die Einwirkung ruhender und rotirender Kugelflächen unter Zugrundelegung des Weber'schen Gesetzes.

Von

ERNST LEHMANN,

Oberlehrer am Gymnasium zu St. Nikolai zu Leipzig.

(Schluss.)

II.

Die Einwirkung einer rotirenden Kugelfläche auf einen in beliebiger Bewegung begriffenen Punkt.

§ 1.

Die Gleichungen des Problems.

Unter Beibehaltung der im Abschnitt I eingeführten Bezeichnungsweise sind

$$U=m\int\int\psi\, \varkappa\, d\sigma \quad \text{und} \quad P=m\int\int\tilde{\omega}\, \varkappa\, d\sigma$$

die Potentiale der rotirenden Kugelfläche K auf den indicirten Punkt m und, nach der (I, § 1) durchgeführten Transformation des Weber'schen Gesetzes,

$$\begin{aligned} \mathfrak{X} &= -\frac{\partial(U+P)}{\partial x}+\frac{d}{dt}\frac{\partial P}{\partial x'}, \\ \text{1)} \qquad \mathfrak{Y} &= -\frac{\partial(U+P)}{\partial y}+\frac{d}{dt}\frac{\partial P}{\partial y'}, \\ \mathfrak{Z} &= -\frac{\partial(U+P)}{\partial z}+\frac{d}{dt}\frac{\partial P}{\partial z'} \end{aligned}$$

die Componenten der gesuchten Wirkung. Nun ist (falls nicht etwa m der gegebenen Kugelfläche K allzu nahe liegt)

$$\varphi=\frac{1}{r}, \quad \tilde{\omega}=\frac{A^2}{2r}\left(\frac{dr}{dt}\right)^2,$$

also

$$U=m\int\int\frac{\varkappa\, d\sigma}{r},$$

$$P=\frac{A^2 m}{2}\int\int\left(\frac{x-\xi}{r}[x'-\xi']+\frac{y-\eta}{r}[y'-\eta']+\frac{z-\zeta}{r}[z'-\zeta']\right)^2\frac{\varkappa\, d\sigma}{r},$$

wo wiederum x, y, z die Coordinaten von m und ξ, η, ζ die eines Flächenelementes $\mu(d\sigma)$ der Kugel K, hingegen $\varkappa$ die Flächendichtigkeit der mit K starr und unlöslich verbundenen elektrischen Materie vorstellt.

Sind ferner α, β, γ die Richtungscosinus der Rotationsaxe — die mit einem Durchmesser der Kugelfläche K coincidire —, ω die Winkelgeschwindigkeit der letzteren, so gelten für die Geschwindigkeitscomponenten eines Punktes $\mu(d\sigma)$ von K die folgenden Relationen:

$$2)\qquad \xi = \omega(\beta\zeta - \gamma\eta),\quad \eta' = \omega(\gamma\xi - \alpha\zeta),\quad \zeta' = \omega(\alpha\eta - \beta\xi),$$

und der Werth für das elektrodynamische Potential P verwandelt sich durch diese Substitutionen in

$$P = \frac{A^2 m}{2}\iint\Big\{\frac{x-\xi}{r}(x' - [\beta\zeta - \gamma\eta]\omega) + \frac{y-\eta}{r}(y' - [\gamma\xi - \alpha\zeta]\omega) + \frac{z-\zeta}{r}(z' - [\alpha\eta - \beta\xi]\omega)\Big\}^2 \frac{\varkappa\, d\sigma}{r}$$

oder

$$3)\quad P = \frac{A^2 m}{2}\iint\{G^2 - 2GH + H^2\}\varkappa\, d\sigma,$$

wobei

$$G^2 = \left(\frac{x-\xi}{r}x' + \frac{y-\eta}{r}y' + \frac{z-\zeta}{r}z'\right)^2 \frac{1}{r},$$

$$2GH = 2\omega\left(\frac{x-\xi}{r}x' + \frac{y-\eta}{r}y' + \frac{z-\zeta}{r}z'\right)\left(\frac{x-\xi}{r}[\beta\zeta - \gamma\eta] + \frac{y-\eta}{r}[\gamma\xi - \alpha\zeta] + \frac{z-\zeta}{r}[\alpha\eta - \beta\zeta]\right)\frac{1}{r},$$

$$H^2 = \omega^2\left(\frac{x-\xi}{r}[\beta\zeta - \gamma\eta] + \frac{y-\eta}{r}[\gamma\xi - \alpha\zeta] + \frac{z-\zeta}{r}[\alpha\eta - \beta\xi]\right)^2 \frac{1}{r}.$$

Das elektrostatische Potential U wird selbstverständlich durch die Drehbewegung der Kugel, d. i. durch die Substitutionen 2), nicht irritirt.

§ 2.

Ausführung der Integration in den für U und P erhaltenen Werthen.

Da die über K auszudehnenden Integrationen $\iint \varphi\varkappa\, d\sigma$ und $\iint G^2 \varkappa\, d\sigma$ als die Potentiale der ruhenden Kugelfläche auf den Punkt m erkannt werden, so erübrigt noch, die Werthe

$$\iint 2GH\varkappa\, d\sigma \text{ und } \iint H^2 \varkappa\, d\sigma$$

zu ermitteln. Zu diesem Zwecke schreibe man $2GH$ und H^2 in der Form

$$2GH = \frac{2\omega}{r^3}[(\xi x' + y'\eta + \zeta z') - (xx' + yy' + zz')][\xi(\beta z - \gamma y) + \eta(\gamma x - \alpha z) + \zeta(\alpha y - \beta x)]$$

oder, nach Potenzen und Producten von ξ, η, ζ geordnet,

$$2GH = \frac{2\omega}{r^3}\{[\xi^2(\beta z - \gamma y)x' + \eta^2(\gamma x - \alpha z)y' + \zeta^2(\alpha y - \beta x)z']$$

4)
$$+ [\xi\eta(\beta z - \gamma y)y' + \xi\eta(\gamma x - \alpha z)x' + \eta\zeta(\gamma x - \alpha z)z'$$
$$+ \eta\zeta(\alpha y - \beta x)y' + \zeta\xi(\alpha y - \beta x)x' + \zeta\xi(\beta z - \gamma y)z']$$
$$- [\xi(\beta z - \gamma y) + \eta(\gamma z - \alpha z) + \zeta(\alpha y - \beta x)][xx' + yy' + zz']\}$$

und

$$H^2 = \frac{\omega^2}{r^3}\{[\xi^2(\beta z - \gamma y)^2 + \eta^2(\gamma x - \alpha z)^2 + \zeta^2(\alpha y - \beta x)^2]$$

5)
$$+ [2\xi\eta(\beta z - \gamma y)(\gamma x - \alpha z) + 2\eta\zeta(\gamma x - \alpha z)(\alpha y - \beta x)$$
$$+ 2\zeta\xi(\alpha y - \beta x)(\beta z - \gamma y)]\}.$$

Nach I, § 3 aber hat man im Falle *a)*

$$\iint \varkappa \frac{x-\xi}{r^3} d\sigma = \iint \varkappa \frac{y-\eta}{r^3} d\sigma = \iint \varkappa \frac{z-\zeta}{r^3} d\sigma = 0,$$

welche Ausdrücke, der Reihe nach mit x, y, z multiplicirt und addirt, die Gleichung

$$6)\quad R^2\iint \frac{\varkappa\, d\sigma}{r^3} - \left(x\iint \frac{\xi}{r^3}\varkappa\, d\sigma + y\iint \frac{\eta}{r^3}\varkappa\, d\sigma + z\iint \frac{\zeta}{r^3}\varkappa\, d\sigma\right) = 0$$

ergeben, da $R^2 = x^2 + y^2 + z^2$. Ist α_0 der Radius der Kugelfläche K, so giebt 18) des I. Abschnittes

$$\iint \varkappa \frac{(x-\xi)^2}{r^3} d\sigma = \iint \varkappa \frac{(y-\eta)^2}{r^3} d\sigma = \iint \varkappa \frac{(z-\zeta)^2}{r^3} d\sigma = \frac{M}{3\alpha_0},$$

so dass durch Addition dieser Werthe

7)
$$R^2\iint \frac{\varkappa\, d\sigma}{r^3} - 2\left(x\iint \frac{\xi}{r^3}\varkappa\, d\sigma + y\iint \frac{\eta}{r^3}\varkappa\, d\sigma + z\iint \frac{\zeta}{r^3}\varkappa\, d\sigma\right)$$
$$+ \alpha_0^2\iint \frac{1}{r^3}\varkappa\, d\sigma = \frac{M}{\alpha_0},$$

da noch $\alpha_0^2 = \xi^2 + \eta^2 + \zeta^2$. Die Vergleichung von 6) und 7) liefert

$$-R^2\iint \frac{\varkappa\, d\sigma}{r^3} + \alpha_0^2\iint \frac{\varkappa\, d\sigma}{r^3} = \frac{M}{\alpha_0},$$

so dass

$$8)\quad \iint \frac{\varkappa\, d\sigma}{r^3} = -\frac{M}{\alpha_0(R^2 - \alpha_0^2)}$$

und alsdann aus den an erster Stelle citirten Gleichungen

9)
$$\iint \frac{\xi}{r^3}\varkappa\, d\sigma = -\frac{Mx}{\alpha_0(R^2 - \alpha_0^2)},$$
$$\iint \frac{\eta}{r^3}\varkappa\, d\sigma = -\frac{My}{\alpha_0(R^2 - \alpha_0^2)},$$
$$\iint \frac{\zeta}{r^3}\varkappa\, d\sigma = -\frac{Mz}{\alpha_0(R^2 - \alpha_0^2)};$$

ferner geben 8) und 9) in Verbindung mit I, 18)

$$\iint \frac{\xi^2}{r^3} \varkappa\, d\sigma = \frac{M}{3\alpha_0} - \frac{M x^2}{\alpha_0 (R^2 - \alpha_0^2)},$$

10)
$$\iint \frac{\eta^2}{r^3} \varkappa\, d\sigma = \frac{M}{3\alpha_0} - \frac{M y^2}{\alpha_0 (R^2 - \alpha_0^2)},$$

$$\iint \frac{\zeta^2}{r^3} \varkappa\, d\sigma = \frac{M}{3\alpha_0} - \frac{M z^2}{\alpha_0 (R^2 - \alpha_0^2)},$$

und endlich gewinnt man aus I, 19) mit Benutzung von II, 9)

$$\iint \frac{\xi\eta}{r^3} \varkappa\, d\sigma = - \frac{M x y}{\alpha_0 (R^2 - \alpha_0^2)},$$

11)
$$\iint \frac{\eta\zeta}{r^3} \varkappa\, d\sigma = - \frac{M y z}{\alpha_0 (R^2 - \alpha_0^2)},$$

$$\iint \frac{\zeta\xi}{r^3} \varkappa\, d\sigma = - \frac{M z x}{\alpha_0 (R^2 - \alpha_0^2)}.$$

In solcher Weise findet man nach gehöriger Reduction

$$\iint 2 G H \varkappa\, d\sigma = \frac{2\omega M}{3\alpha_0} [(\beta z - \gamma y) x' + (\gamma x - \alpha z) y' + (\alpha y - \beta x) z']$$

und

$$\iint H^2 \varkappa\, d\sigma = \frac{\omega^2 M}{3\alpha_0} [(\beta z - \gamma y)^2 + (\gamma x - \alpha z)^2 + (\alpha y - \beta x)^2].$$

Entnimmt man daher aus I die Werthe U und P $\left(= \iint P^2 \varkappa\, d\sigma\right)$, so wird schliesslich

$$U = \frac{m M}{\alpha_0},$$

12)
$$P = \frac{A^2 m M}{6\alpha_0} \{[x' - \omega(\beta z - \gamma y)]^2 + [y' - \omega(\gamma x - \alpha z)]^2 + [z' - \omega(\alpha y - \beta x)]^2\}.$$

Durch eine vollständig analoge Behandlung ergiebt sich im Falle *b)* mit Hilfe von I, 22) successive

13) $$x \iint \frac{\xi}{r^3} \varkappa\, d\sigma + y \iint \frac{\eta}{r^3} \varkappa\, d\sigma + z \iint \frac{\zeta}{r^3} \varkappa\, d\sigma - R^2 \iint \frac{1}{r^3} \varkappa\, d\sigma = - \frac{M}{R},$$

da $R^2 = x^2 + y^2 + z^2$, falls wieder der Anfangspunkt des Coordinatensystems in das Centrum von K fällt; ferner liefert die Addition der Gleichungen 24) des I. Abschnittes

14)
$$(R^2 + \alpha_0^2) \iint \frac{1}{r^3} \varkappa\, d\sigma - 2 \left(x \iint \frac{\xi}{r^3} \varkappa\, d\sigma + y \iint \frac{\eta}{r^3} \varkappa\, d\sigma + z \iint \frac{\zeta}{r^3} \varkappa\, d\sigma \right) = \frac{M}{R},$$

da $\xi^2 + \eta^2 + \zeta^2 = \alpha_0^2$, und durch Combination der beiden erhaltenen Gleichungen ergiebt sich

15)
$$\iint \frac{1}{r^3} \varkappa\, d\sigma = \frac{M}{R (R^2 - \alpha_0^2)},$$

und durch diese Substitution aus I, 22)

$$\int\int\frac{\xi}{r^3}\varkappa\,d\sigma=\frac{\mathrm{M}\,\alpha_0^2 x}{R^3(R^2-\alpha_0^2)},$$

16)
$$\int\int\frac{\eta}{r^3}\varkappa\,d\sigma=\frac{\mathrm{M}\,\alpha_0^2 y}{R^3(R^2-\alpha_0^2)},$$

$$\int\int\frac{\zeta}{r^3}\varkappa\,d\sigma=\frac{\mathrm{M}\,\alpha_0^2 z}{R^3(R^2-\alpha_0^2)},$$

ferner aus I, 24)

$$\int\int\frac{\xi^2}{r^3}\varkappa\,d\sigma=\frac{\mathrm{M}\,\alpha_0^2}{3R^3}+\frac{\mathrm{M}\,\alpha_0^4 x^2}{R^5(R^2-\alpha_0^2)},$$

17)
$$\int\int\frac{\eta^2}{r^3}\varkappa\,d\sigma=\frac{\mathrm{M}\,\alpha_0^2}{3R^3}+\frac{\mathrm{M}\,\alpha_0^4 y^2}{R^5(R^2-\alpha_0^2)},$$

$$\int\int\frac{\zeta^2}{r^3}\varkappa\,d\sigma=\frac{\mathrm{M}\,\alpha_0^2}{3R^3}+\frac{\mathrm{M}\,\alpha_0^4 z^2}{R^5(R^2-\alpha_0^2)},$$

und endlich aus I, 25)

$$\int\int\frac{\eta\xi}{r^3}\varkappa\,d\sigma=\frac{\mathrm{M}\,\alpha_0^4 xy}{R^5(R^2-\alpha_0^2)},$$

18)
$$\int\int\frac{\eta\zeta}{r^3}\varkappa\,d\sigma=\frac{\mathrm{M}\,\alpha_0^4 yz}{R^5(R^2-\alpha_0^2)},$$

$$\int\int\frac{\zeta\xi}{r^3}\varkappa\,d\sigma=\frac{\mathrm{M}\,\alpha_0^4 zx}{R^5(R^2-\alpha_0^2)}.$$

Durch Benutzung der Werthe 15) bis 18) in Verbindung mit 4) un 5) findet man nach gehöriger Umformung

$$\int\int 2GH\varkappa\,d\sigma=\frac{2\omega\mathrm{M}\,\alpha_0^2}{3R^3}\,[(\beta z-\gamma y)x'+(\gamma x-\alpha z)y'+(\alpha y-\beta x)z'],$$

$$\int\int H^2\varkappa\,d\sigma\;=\frac{\omega^2\mathrm{M}\,\alpha_0^2}{3R^3}\,[(\beta z-\gamma y)^2+(\gamma x-\alpha z)^2+(\alpha y-\beta x)^2].$$

Da auch hier $\int\int G^2\varkappa\,d\sigma$ und U als die Potentiale der ruhenden Kugelfläche K auf den Punkt m aus I entnommen werden können, so erhäl man schliesslich

$$U=\frac{m\mathrm{M}}{R},$$

19)
$$P=\frac{A^2 m\mathrm{M}}{6R^3}\{3[R^2-\alpha_0^2]R'^2+\alpha_0^2[(x'-\omega[\beta z-\gamma y])^2+(y'-\omega[\gamma x-\alpha z])^2+(z'-\omega[\alpha y-\beta x])^2]\}.$$

Die Vergleichung der Werthe 12) und 19) mit den Resultaten vo I ergiebt, dass sich die Potentiale elektrodynamischen Ursprungs (P) de ruhenden und der rotirenden Kugelfläche nur durch gewisse Glieder unte scheiden, welche zu den Geschwindigkeitscomponenten des Punktes hinzutreten. Vergl. Lösung 3) dieses Abschnittes.

§ 3.

Ermittelung der Kräfte $\mathfrak{X}$, $\mathfrak{Y}$, $\mathfrak{Z}$.

Die in § 1, 1) angedeuteten Operationen ergeben

a) für einen Punkt innerhalb K:

$$\frac{\partial U}{\partial x}=0, \ldots, \quad \frac{\partial P}{\partial x}=\frac{2\omega A^2 m \mathrm{M}}{6\alpha_0}(\beta z'-\gamma y'+\gamma[\gamma x-\alpha z]\omega-\beta[\alpha y-\beta x]\omega), \ldots,$$

$$\frac{\partial P}{\partial x'}=\frac{A^2 m \mathrm{M}}{3\alpha_0}(x'-\omega[\beta z-\gamma y]), \ldots,$$

$$\frac{d}{dt}\frac{\partial P}{\partial x'}=\frac{A^2 m \mathrm{M}}{3\alpha_0}(x''-\omega'[\beta z-\gamma y]-\omega[\beta z'-\gamma y']), \ldots,$$

so dass mit Rücksicht auf die Relationen

$$\alpha^2+\beta^2+\gamma^2=1, \quad \alpha x+\beta y+\gamma z=R\cos\vartheta$$

— wobei ϑ den Winkel der Centralen R und der Rotationsaxe bezeichnet — die Formeln

$$\mathfrak{X}=-\frac{\partial(U+P)}{\partial x}+\frac{d}{dt}\frac{\partial P}{\partial x'}, \ldots$$

übergehen in

$$20)\quad \mathfrak{X}=\frac{A^2 m \mathrm{M}}{3\alpha_0}\{x''-\omega'(\beta z-\gamma y)-2\omega(\beta z'-\gamma y')-\omega^2(x-\alpha R\cos\vartheta)\};$$

durch cyklische Vertauschung erhält man die Werthe von $\mathfrak{Y}$ und $\mathfrak{Z}$.

b) Für einen Punkt ausserhalb K:

$$\frac{\partial U}{\partial x}=-\frac{m\mathrm{M}x}{R^3}, \ldots,$$

$$\frac{\partial P}{\partial x}=\frac{A m \mathrm{M}}{2}\Big\{\Big(\frac{5\alpha_0^2}{R^5}-\frac{3}{R^3}\Big)R'^2 x+\frac{R^2-\alpha_0^2}{R^4}.2R'x'$$
$$-\frac{3\alpha_0^2 x}{R^5}([x'-(\beta z-\gamma y)\omega]+[y'-(\gamma x-\alpha z)\omega]^2+[z'-(\alpha y-\beta x)]^2)$$
$$+\frac{2\alpha_0^2\omega}{3R^3}([z'+(\beta z-\gamma y)\omega]\beta-[y'-(\gamma x-\alpha z)\omega]\gamma)\Big\}, \ldots,$$

$$\frac{\partial P}{\partial x'}=\frac{A^2 m \mathrm{M}}{2}\Big\{\frac{R^2-\alpha_0^2}{R^5}.2RR'x+\frac{2\alpha_0^2}{3R^3}[x'-\omega(\beta z-\gamma y)]\Big\},$$

$$\frac{d}{dt}\frac{\partial P}{\partial x'}=\frac{A^2 m \mathrm{M}}{2}\Big\{\Big[\frac{5\alpha_0^2}{R^7}-\frac{3}{R^5}\Big]2R^2R'^2x+\frac{2(R^2-\alpha_0^2)x}{R^5}[RR''-R'^2]$$
$$+\frac{R^2-\alpha_0^2}{R^5}2RR'x'+\frac{2\alpha_0^2}{3}.\frac{d}{dt}\frac{x'-\omega(\beta z-\gamma y)}{R^3}\Big\}$$

und daher, mit Rücksicht auf $\alpha^2+\beta^2+\gamma^2=1$, nach gehöriger Reduction

$$21)\quad \mathfrak{X}=\frac{m\mathrm{M}x}{R^3}+\frac{A^2 m \mathrm{M}}{2}\Big\{\frac{\mathfrak{F}.x}{R^3}-\frac{2\alpha_0^2}{3}\Big[\frac{\omega}{R^3}(\beta z'-\gamma y')-\frac{\alpha\omega^2}{R^2}\cos\vartheta$$
$$-\frac{d}{dt}\frac{x'-(\beta z-\gamma y)\omega}{R^3}\Big]\Big\} \text{ etc.},$$

worin wieder ϑ den Winkel bezeichnet, welchen die Centrale R mit der Rotationsaxe einschliesst und $\mathfrak{F}$ die Bedeutung besitzt

$$\mathfrak{F} = \frac{\alpha_0^2}{R^2}\left([x' - \omega(\beta z - \gamma y)]^2 + [y' - \omega(\gamma x - \alpha z)]^2 + [z' - \omega(\alpha y - \beta x)]^2\right)$$
$$- \frac{2\alpha_0^2}{3}\omega^2 - \left(1 - \frac{3\alpha_0^2}{R^2}\right)R'^2 + \left(1 - \frac{\alpha_0^2}{R^2}\right)2RR''.$$

Die Betrachtung der Ausdrücke 20) und 21) für die Componenten $\mathfrak{X}$, $\mathfrak{Y}$, $\mathfrak{Z}$ der Wirkung einer rotirenden Kugelfläche K auf einen in beliebiger Bewegung begriffenen Punkt lehrt, dass diese Einwirkung, abgesehen von den bereits bei dem Potentiale wahrgenommenen Geschwindigkeitsänderungen, auch von der Winkelbeschleunigung ω', dem Quadrate der Winkelgeschwindigkeit ω und von dem Winkel ϑ der Centrale gegen die Rotationsaxe abhängig ist. — Vergl. hierzu I, § 4.

§ 4.

Andere Lösung.

Während das Ergebniss der vorhergehenden Paragraphen als vollständig auf eigenen Füssen stehend betrachtet werden darf, stützen sich die beiden folgenden Lösungen auf die Resultate des an erster Stelle, d. i. S. 172–195, behandelten Problems. — Die sich hier anschliessende zweite Lösung bedient sich eines zweiten rechtwinkligen Coordinatensystems $\mathfrak{x}$, $\mathfrak{y}$, $\mathfrak{z}$, welches mit der Kugel fest verbunden ist und mit dem festen Coordinatensystem x, y, z den Anfangspunkt C gemein hat, welcher wiederum mit dem Centrum der Kugel coincidirt. Zwischen beiden Systemen bestehen alsdann die bekannten Beziehungen

$$R^2 = x^2 + y^2 + z^2 = \mathfrak{x}^2 + \mathfrak{y}^2 + \mathfrak{z}^2,$$

22a) $x = a_1\mathfrak{x} + a_2\mathfrak{y} + a_3\mathfrak{z}, \quad y = b_1\mathfrak{x} + b_2\mathfrak{y} + b_3\mathfrak{z}, \quad z = c_1\mathfrak{x} + c_2\mathfrak{y} + c_3\mathfrak{z},$

23a) $\mathfrak{x} = a_1 x + b_1 y + c_1 z, \quad \mathfrak{y} = a_2 x + b_2 y + c_2 z, \quad \mathfrak{z} = a_3 x + b_3 y + c_3 z,$

worin a_1, b_1, c_1, a_2, b_2, c_2, a_3, b_3, c_3 der Reihe nach die Richtungscosinus der Axen $\mathfrak{X}$, $\mathfrak{Y}$, $\mathfrak{Z}$ gegen die Axen X, Y, Z bedeuten; ferner

$$x = (\cos\varphi\cos\psi - \sin\varphi\sin\psi\cos\vartheta)\mathfrak{x} - (\sin\varphi\cos\psi + \cos\varphi\sin\psi\cos\vartheta)\mathfrak{y}$$
$$+ \sin\psi\sin\vartheta\,\mathfrak{z},$$

22b) $y = (\cos\varphi\sin\psi + \sin\varphi\cos\psi\cos\vartheta)\mathfrak{x} - (\sin\varphi\sin\psi - \cos\varphi\cos\psi\cos\vartheta)\mathfrak{y}$
$\qquad + \cos\psi\sin\vartheta\,\mathfrak{z},$

$$z = \sin\varphi\sin\vartheta\,\mathfrak{x} + \cos\varphi\sin\vartheta\,\mathfrak{y} + \cos\vartheta\,\mathfrak{z};$$

$$\mathfrak{x} = (\cos\varphi\cos\psi - \sin\varphi\sin\psi\cos\vartheta)x + (\cos\varphi\sin\psi + \sin\varphi\cos\psi\cos\vartheta)y$$
$$+ \sin\varphi\sin\vartheta\,z,$$

23b) $\mathfrak{y} = -(\sin\varphi\cos\psi + \cos\varphi\sin\psi\cos\vartheta)x - (\sin\varphi\sin\psi - \cos\varphi\cos\psi\cos\vartheta)y$
$\qquad - \cos\varphi\sin\vartheta\,z,$

$$\mathfrak{z} = \sin\psi\sin\vartheta\,x - \cos\psi\sin\vartheta\,y + \cos\vartheta\,z;$$

hierin bedeutet φ den Winkel zwischen der Knotenlinie (der XY-Ebene des festen und der $\mathfrak{X}\mathfrak{Y}$-Ebene des relativen Coordinatensystems) und der positiven $\mathfrak{X}$-Axe des letzteren, ferner ψ den Winkel zwischen derselben Knotenlinie und der positiven X-Axe der ersteren, endlich ϑ den Neigungswinkel der $\mathfrak{X}\mathfrak{Y}$-Ebene gegen die XY-Ebene, in demselben Sinne genommen, wie eine Drehung von der positiven Richtung der Y-Axe nach der positiven Richtung der Z-Axe; die hier gewählten Vorzeichen setzen übrigens zwei congruente (nicht symmetrische) Coordinatensysteme voraus (Taf. II Fig. 5). — Die Grössen φ, ψ, ϑ übernehmen die Rolle independenter Variablen, und zwar ergiebt die Vergleichung der Relationen 22a) und 23a) mit 22b) und 23b) die Beziehungen

$$\begin{aligned}
&a_1 = \cos\varphi\cos\psi - \sin\varphi\sin\psi\cos\vartheta, \quad a_2 = -\sin\varphi\cos\psi - \cos\varphi\sin\psi\cos\vartheta,\\
&\qquad a_3 = \sin\psi\sin\vartheta,\\
24)\quad &b_1 = \cos\varphi\sin\psi + \sin\varphi\cos\psi\cos\vartheta, \quad b_2 = -\sin\varphi\sin\psi + \cos\varphi\cos\psi\cos\vartheta,\\
&\qquad b_3 = -\cos\psi\sin\vartheta,\\
&c_1 = \sin\varphi\sin\vartheta, \quad c_2 = \cos\varphi\sin\vartheta, \quad c_3 = \cos\vartheta.
\end{aligned}$$

Die Richtungscosinus $a_1, a_2, a_3, b_1, b_2, b_3, c_1, c_2, c_3$ sind endlich durch folgende Gleichungen unter einander verknüpft:

$$\text{25a)}\quad \begin{aligned}
a_1^2 + a_2^2 + a_3^2 = 1, &\quad a_1 b_1 + a_2 b_2 + a_3 b_3 = 0,\\
b_1^2 + b_2^2 + b_3^2 = 1, &\quad b_1 c_1 + b_2 c_2 + b_3 c_3 = 0,\\
c_1^2 + c_2^2 + c_3^2 = 1, &\quad c_1 a_1 + c_2 a_2 + c_3 a_3 = 0;
\end{aligned}$$

$$\text{25b)}\quad \begin{aligned}
a_1^2 + b_1^2 + c_1^2 = 1, &\quad a_1 a_2 + b_1 b_2 + c_1 c_2 = 0,\\
a_2^2 + b_2^2 + c_2^2 = 1, &\quad a_2 a_3 + b_2 b_3 + c_2 c_3 = 0,\\
a_3^2 + b_3^2 + c_3^2 = 1, &\quad a_3 a_1 + b_3 b_1 + c_3 c_1 = 0;
\end{aligned}$$

$$\text{26)}\quad \begin{aligned}
a_1 = b_2 c_3 - b_3 c_2, &\quad a_2 = b_3 c_1 - b_1 c_3, \quad a_3 = b_1 c_2 - b_2 c_1,\\
b_1 = c_2 a_3 - c_3 a_2, &\quad b_2 = c_3 a_1 - c_1 a_3, \quad b_3 = c_1 a_2 - c_2 a_1,\\
c_1 = a_2 b_3 - a_3 b_2, &\quad c_2 = a_3 b_1 - a_1 b_3, \quad c_3 = a_1 b_2 - a_2 b_1.
\end{aligned}$$

Da die rotirende Kugelfläche K in Bezug auf das relative Coordinatensystem beständig in Ruhe verharrt, so gelten für die Componenten $\mathfrak{X}, \mathfrak{Y}, \mathfrak{Z}$ der Wirkung der Kugelfläche auf den Punkt $m(x, y, z)$ nach den augenblicklichen Richtungen der Axen $(\mathfrak{x}, \mathfrak{y}, \mathfrak{z})$ die im Abschnitt I erhaltenen Formeln

a) für einen Punkt innerhalb K:

$$\text{27a)}\quad \begin{aligned}
&U = \frac{m\mathrm{M}}{\alpha_0}, \quad P = \frac{A^2 m\mathrm{M}}{2}\,\frac{\mathfrak{x}'^2 + \mathfrak{y}'^2 + \mathfrak{z}'^2}{3\alpha_0},\\
&\mathfrak{X} = \frac{A^2 m\mathrm{M}}{3\alpha_0}\mathfrak{x}'', \quad \mathfrak{Y} = \frac{A^2 m\mathrm{M}}{3\alpha_0}\mathfrak{y}'', \quad \mathfrak{Z} = \frac{A^2 m\mathrm{M}}{3\alpha_0}\mathfrak{z}'';
\end{aligned}$$

b) für einen Punkt ausserhalb K:

$$\text{27b)}\quad \begin{aligned}
&U = \frac{m\mathrm{M}}{R}, \quad P = \frac{A^2 m\mathrm{M}}{2}\left\{\frac{R^2 - \alpha_0^2}{R^3} R'^2 + \frac{\alpha_0^2}{3R^3}(\mathfrak{x}'^2 + \mathfrak{y}'^2 + \mathfrak{z}'^2)\right\},\\
&\mathfrak{X} = \frac{m\mathrm{M}}{R^3}\mathfrak{x} + \frac{A^2 m\mathrm{M}}{2}\left\{\frac{F.\mathfrak{x}}{R^3} + \frac{2\alpha_0^2}{3}\frac{d}{dt}\left(\frac{\mathfrak{x}'}{R^3}\right)\right\}, \ldots,
\end{aligned}$$

worin

$$F=\frac{\alpha_0^2}{R^2}(\mathfrak{x}'^2+\mathfrak{y}'^2+\mathfrak{z}'^2)+2RR''\left(1-\frac{\alpha_0^2}{R^2}\right)-R'^2\left(1-\frac{3\alpha_0^2}{R^2}\right).$$

Die gesuchten Componenten X, Y, Z der Wirkung der rotirenden Kugelfläche K stehen aber mit den Componenten $\mathfrak{X}$, $\mathfrak{Y}$, $\mathfrak{Z}$ in demselben Connex, wie die absoluten Coordinaten mit den relativen, so dass

$$X=a_1\mathfrak{X}+a_2\mathfrak{Y}+a_3\mathfrak{Z},\quad Y=b_1\mathfrak{X}+b_2\mathfrak{Y}+b_3\mathfrak{Z},\quad Z=c_1\mathfrak{X}+c_2\mathfrak{Y}+c_3\mathfrak{Z}$$

und speciell für unser Problem

28a) *a)*
$$\begin{aligned}
X&=\frac{A^2 m\mathrm{M}}{3\alpha_0}(a_1\mathfrak{x}''+a_2\mathfrak{y}''+a_3\mathfrak{z}''),\\
Y&=\frac{A^2 m\mathrm{M}}{3\alpha_0}(b_1\mathfrak{x}''+b_2\mathfrak{y}''+b_3\mathfrak{z}''),\\
Z&=\frac{A^2 m\mathrm{M}}{3\alpha_0}(c_1\mathfrak{x}''+c_2\mathfrak{y}''+c_3\mathfrak{z}'');
\end{aligned}$$

28b) *b)*
$$\begin{aligned}
X=\frac{m\mathrm{M}}{R^3}(a_1\mathfrak{x}+a_2\mathfrak{y}+a_3\mathfrak{z})+\frac{A^2 m\mathrm{M}}{2}\Big\{&\frac{\mathfrak{F}}{R^3}(a_1\mathfrak{x}+a_2\mathfrak{y}+a_3\mathfrak{z})\\
&+\frac{2\alpha_0^2}{3R^3}(a_1\mathfrak{x}''+a_2\mathfrak{y}''+a_3\mathfrak{z}'')-\frac{2\alpha_0^2R'}{R^4}(a_1\mathfrak{x}'+a_1\mathfrak{y}'+a_3\mathfrak{z}')\Big\},
\end{aligned}$$

da $\frac{d}{dt}\left(\frac{\mathfrak{x}'}{R^3}\right)=\frac{1}{R^3}\left(\mathfrak{x}''-\frac{3\mathfrak{x}'R'}{R}\right)$, …; analog findet man Y und Z.

In diesen Gleichungen sind jetzt, mit Hilfe der vorangestellten Beziehungen, die relativen Coordinaten, Geschwindigkeiten und Beschleunigungen des indicirten Punktes durch die absoluten zu ersetzen; Analoges gilt betreffs der Ermittelung der Potentiale. — Zu diesem Behufe beachte man, dass infolge der Festsetzung der Grössen φ, ψ, ϑ S. 251 die $\mathfrak{Z}$-Axe als Rotationsaxe und der Winkel φ als Drehungswinkel charakterisirt und die Richtungscosinus a_3, b_3, c_3 mit denjenigen der Drehungsaxe identisch sind, in Zeichen:

$$\psi=const.,\quad \vartheta=const.,\quad \varphi'=\frac{d\varphi}{dt}=\omega \ \text{ und } \ a_3=\alpha,\quad b_3=\beta,\quad c_3=\gamma.$$

Durch Differentiation der Gleichungen 22b) und 23b) nach der Zeit t ergiebt sich bei geeigneter Verwendung der Relationen 24) bis 26)

29a)
$$\begin{aligned}
x'&=(\cos\varphi\cos\psi-\sin\varphi\sin\psi\cos\vartheta)\mathfrak{x}'-(\sin\varphi\cos\psi+\cos\varphi\sin\psi\cos\vartheta)\mathfrak{y}'\\
&\quad+\sin\psi\sin\vartheta\,\mathfrak{z}'-(\sin\varphi\cos\psi+\cos\varphi\sin\psi\cos\vartheta)\,\omega\mathfrak{x}\\
&\quad-(\cos\varphi\sin\psi-\sin\varphi\sin\psi\cos\vartheta)\,\omega\mathfrak{y},\\
y'&=(\cos\varphi\sin\psi+\sin\varphi\cos\psi\cos\vartheta)\mathfrak{x}'-(\sin\varphi\sin\psi-\cos\varphi\cos\psi\cos\vartheta)\mathfrak{y}'\\
&\quad-\cos\psi\sin\vartheta\,\mathfrak{z}'-(\sin\varphi\sin\psi-\cos\varphi\cos\psi\cos\vartheta)\,\omega\mathfrak{x}\\
&\quad-(\cos\varphi\sin\psi+\sin\varphi\cos\psi\cos\vartheta)\,\omega\mathfrak{y},\\
z'&=\sin\varphi\sin\vartheta\,\mathfrak{x}'+\cos\varphi\sin\vartheta\,\mathfrak{y}'+\cos\vartheta\,\mathfrak{z}'+\cos\varphi\sin\vartheta\,\omega\mathfrak{x}-\sin\varphi\sin\vartheta\,\omega\mathfrak{y}
\end{aligned}$$

oder

29b)
$$\begin{aligned}
x'&=a_1\mathfrak{x}'+a_2\mathfrak{y}'+a_3\mathfrak{z}'+\omega(a_2\mathfrak{x}-a_1\mathfrak{y}),\\
y'&=b_1\mathfrak{x}'+b_2\mathfrak{y}'+b_3\mathfrak{z}'+\omega(b_2\mathfrak{x}-b_1\mathfrak{y}),\\
z'&=c_1\mathfrak{x}'+c_2\mathfrak{y}'+c_3\mathfrak{z}'+\omega(c_2\mathfrak{x}-c_1\mathfrak{y})
\end{aligned}$$

und analog

$$
\begin{aligned}
\mathfrak{x}' = {} & (\cos\varphi\cos\psi - \sin\varphi\sin\psi\cos\vartheta)x' + (\cos\varphi\sin\psi + \sin\varphi\cos\psi\cos\vartheta)y' \\
& + \sin\varphi\sin\vartheta\, z' - (\sin\varphi\cos\psi + \cos\varphi\sin\psi\cos\vartheta)\,\omega x \\
& - (\sin\varphi\sin\psi - \cos\varphi\cos\psi\cos\vartheta)\,\omega y + \cos\varphi\sin\vartheta\,\omega z, \\
\mathfrak{y}' = {} & -(\sin\varphi\cos\psi + \cos\varphi\sin\psi\cos\vartheta)x' - (\sin\varphi\sin\psi - \cos\varphi\cos\psi\cos\vartheta)y' \\
& + \cos\varphi\sin\vartheta\, z' - (\cos\varphi\cos\psi - \sin\varphi\sin\psi\cos\vartheta)\,\omega x \\
& - (\cos\varphi\sin\psi + \sin\varphi\cos\psi\cos\vartheta)\,\omega y - \sin\varphi\cos\vartheta\,\omega z, \\
\mathfrak{z}' = {} & \sin\psi\sin\vartheta\, x' - \cos\psi\sin\vartheta\, y' + \cos\vartheta\, z'
\end{aligned}
\tag{30a}
$$

oder

$$
\begin{aligned}
& \mathfrak{x}' = a_1 x' + b_1 y' + c_1 z' + \omega(a_2 x + b_2 y + c_2 z), \\
& \mathfrak{y}' = a_2 x' + b_2 y' + c_2 z' - \omega(a_1 x + b_1 y + c_1 z), \quad \mathfrak{z}' = a_3 x' + b_3 y' + c_3 z'.
\end{aligned}
\tag{30b}
$$

Durch nochmalige Differentiation folgt

$$
\begin{aligned}
x'' = {} & (\cos\varphi\cos\psi - \sin\varphi\sin\psi\cos\vartheta)\mathfrak{x}'' - (\sin\varphi\cos\psi + \sin\varphi\sin\psi\cos\vartheta)\mathfrak{y}'' \\
& + \sin\psi\sin\vartheta\,\mathfrak{z}'' - 2(\sin\varphi\cos\psi + \cos\varphi\sin\psi\cos\vartheta)\,\omega\mathfrak{x}' \\
& - 2(\cos\varphi\cos\psi - \sin\varphi\sin\psi\cos\vartheta)\,\omega\mathfrak{y}' \\
& - (\cos\varphi\cos\psi - \sin\varphi\sin\psi\cos\vartheta)\,\omega^2\mathfrak{x} \\
& + (\sin\varphi\cos\psi + \cos\varphi\sin\psi\cos\vartheta)\,\omega^2\mathfrak{y} \\
& - (\sin\varphi\cos\psi + \cos\varphi\sin\psi\cos\vartheta)\,\omega'\mathfrak{x} \\
& - (\cos\varphi\cos\psi - \sin\varphi\sin\psi\cos\vartheta)\,\omega'\mathfrak{y}, \\
y'' = {} & (\cos\varphi\sin\psi + \sin\varphi\cos\psi\cos\vartheta)\mathfrak{x}'' - (\sin\varphi\sin\psi - \cos\varphi\cos\psi\cos\vartheta)\mathfrak{y}'' \\
& - \cos\psi\sin\vartheta\,\mathfrak{z}'' - 2(\sin\varphi\sin\psi - \cos\varphi\cos\psi\cos\vartheta)\,\omega\mathfrak{x}' \\
& - 2(\cos\varphi\sin\psi + \sin\varphi\cos\psi\cos\vartheta)\,\omega\mathfrak{y}' \\
& - (\cos\varphi\sin\psi + \sin\varphi\cos\psi\cos\vartheta)\,\omega^2\mathfrak{x} \\
& + (\sin\varphi\sin\psi - \cos\varphi\cos\psi\cos\vartheta)\,\omega^2\mathfrak{y} \\
& - (\sin\varphi\sin\psi - \cos\varphi\cos\psi\cos\vartheta)\,\omega'\mathfrak{x} \\
& - (\cos\varphi\sin\psi + \sin\varphi\cos\psi\cos\vartheta)\,\omega'\mathfrak{y}, \\
z'' = {} & \sin\varphi\sin\vartheta\,\mathfrak{x}'' + \cos\varphi\sin\vartheta\,\mathfrak{y}'' + \cos\vartheta\,\mathfrak{z}'' + 2\cos\varphi\sin\vartheta\,\omega\mathfrak{x}' \\
& - \sin\varphi\sin\vartheta\,\omega\mathfrak{y}' - \sin\varphi\sin\vartheta\,\omega^2\mathfrak{x} - \cos\varphi\sin\vartheta\,\omega^2\mathfrak{y} + \cos\varphi\sin\vartheta\,\omega'\mathfrak{x} \\
& - \sin\varphi\sin\vartheta\,\omega'\mathfrak{y}
\end{aligned}
\tag{31a}
$$

oder

$$
\begin{aligned}
x'' &= a_1\mathfrak{x}'' + a_2\mathfrak{y}'' + a_3\mathfrak{z}'' + 2\omega(a_2\mathfrak{x}' - a_1\mathfrak{y}') - \omega^2(a_1\mathfrak{x} + a_2\mathfrak{y}) + \omega'(a_2\mathfrak{x} - a_1\mathfrak{y}), \\
y'' &= b_1\mathfrak{x}'' + b_2\mathfrak{y}'' + b_3\mathfrak{z}'' + 2\omega(b_2\mathfrak{x}' - b_1\mathfrak{y}') - \omega^2(b_1\mathfrak{x} + b_2\mathfrak{y}) + \omega'(b_2\mathfrak{x} - b_1\mathfrak{y}), \\
z'' &= c_1\mathfrak{x}'' + c_2\mathfrak{y}'' + c_3\mathfrak{z}'' + 2\omega(c_2\mathfrak{x}' - c_1\mathfrak{y}') - \omega^2(c_1\mathfrak{x}' - c_2\mathfrak{y}') + \omega'(c_2\mathfrak{x} - c_1\mathfrak{y})
\end{aligned}
\tag{31b}
$$

und ebenso

$$
\begin{aligned}
\mathfrak{x}'' = {} & (\cos\varphi\cos\psi - \sin\varphi\sin\psi\cos\vartheta)x'' + (\cos\varphi\sin\psi + \sin\varphi\cos\psi\cos\vartheta)y'' \\
& + \sin\varphi\sin\vartheta\, z'' - 2(\sin\varphi\cos\psi + \cos\varphi\sin\psi\cos\vartheta)\,\omega x' \\
& - 2(\sin\varphi\sin\psi - \cos\varphi\cos\psi\cos\vartheta)\,\omega y' + 2\cos\varphi\sin\vartheta\,\omega z' \\
& - (\sin\varphi\cos\psi + \cos\varphi\sin\psi\cos\vartheta)\,\omega' x \\
& - (\sin\varphi\sin\psi - \cos\varphi\cos\psi\cos\vartheta)\,\omega' y + \cos\varphi\sin\vartheta\,\omega' z \\
& - (\cos\varphi\cos\psi - \sin\varphi\sin\psi\cos\vartheta)\,\omega^2 x \\
& - (\cos\varphi\sin\psi + \sin\varphi\cos\psi\cos\vartheta)\,\omega^2 y - \sin\varphi\sin\vartheta\,\omega^2 z,
\end{aligned}
$$

$$\begin{aligned}
\mathfrak{y}'' = & -(\sin\varphi\cos\psi + \cos\varphi\sin\psi\cos\vartheta)\,x'' \\
& -(\sin\varphi\sin\psi - \cos\varphi\cos\psi\cos\vartheta)\,y'' + \cos\varphi\sin\vartheta\, z'' \\
& -2(\cos\varphi\cos\psi - \sin\varphi\sin\psi\cos\vartheta)\,\omega x' \\
& -2(\cos\varphi\sin\psi + \sin\varphi\cos\psi\cos\vartheta)\,\omega y' \\
& -\sin\varphi\sin\vartheta\,\omega z' - (\cos\varphi\cos\psi - \sin\varphi\sin\psi\cos\vartheta)\,\omega' x \\
& -(\cos\varphi\sin\psi + \sin\varphi\cos\varphi\cos\vartheta)\,\omega' y - \sin\varphi\cos\vartheta\,\omega' z \\
& +(\sin\varphi\cos\psi + \cos\varphi\sin\psi\cos\vartheta)\,\omega^2 x \\
& +(\sin\varphi\sin\psi - \cos\varphi\cos\psi\cos\vartheta)\,\omega^2 y - \cos\varphi\cos\vartheta\,\omega^2 z, \\
\mathfrak{z}'' = & \sin\psi\sin\vartheta\, x'' - \cos\psi\sin\vartheta\, y'' + \cos\vartheta\, z''
\end{aligned} \tag{32a}$$

oder

$$\begin{aligned}
\mathfrak{x}'' = & a_1 x'' + b_1 y'' + c_1 z'' + 2\omega(a_2 x' + b_2 y' + c_2 z') - \omega^2(a_1 x + b_1 y + c_1 z) \\
& + \omega'(a_2 x + b_2 y + c_2 z), \\
\mathfrak{y}'' = & a_2 x'' + b_2 y'' + c_2 z'' - 2\omega(a_1 x' + b_1 y' + c_1 z') - \omega^2(a_2 x + b_2 y + c_2 z) \\
& - \omega'(a_1 x + b_1 y + c_1 z), \\
\mathfrak{z}'' = & a_3 x'' + b_3 y'' + c_3 z''.
\end{aligned} \tag{32b}$$

Mit Hilfe dieser Gleichungen 29) bis 32) ist man auf doppelte Weise im Stande, die Potentiale und Componenten 27) und 28) in der angezeigten Art umzuformen. Man hat infolge der Relationen 29b), 23a) und 26)

$$\begin{aligned}
x'^2 + y'^2 + z'^2 = & [a_1\mathfrak{x}' + a_2\mathfrak{y}' + a_3\mathfrak{z}' + \omega(b_3 z - c_3 y)]^2 \\
& + [b_1\mathfrak{x}' + b_2\mathfrak{y}' + b_3\mathfrak{z}' + \omega(c_3 x - a_3 z)]^2 \\
& + [c_1\mathfrak{x}' + c_2\mathfrak{y}' + c_3\mathfrak{z}' + \omega(a_3 y - b_3 x)]^2
\end{aligned}$$

und infolge von 25), 26) und 30b)

$$\begin{aligned}
x'^2 + y'^2 + z'^2 = & \mathfrak{x}'^2 + \mathfrak{y}'^2 + \mathfrak{z}'^2 + 2\omega[(b_3 z - c_3 y) + (c_3 x - a_3 z) + (a_3 y - b_3 x)] \\
& - \omega^2[(b_3 z - c_3 y)^2 + (c_3 x - a_3 z)^2 + (a_3 y - b_3 x)^2],
\end{aligned}$$

so dass

$$\begin{aligned}
\mathfrak{x}'^2 + \mathfrak{y}'^2 + \mathfrak{z}'^2 = & [x' - \omega(b_3 z - c_3 y)]^2 + [y' - \omega(c_3 x - a_3 z)]^2 \\
& + [z' - \omega(a_3 y - b_3 x)]^2,
\end{aligned} \tag{33}$$

welche Relation auch direct aus 30b) erhalten werden kann. Ferner giebt 31b)

$$a_1\mathfrak{x}'' + a_2\mathfrak{y}'' + a_3\mathfrak{z}'' = x'' - 2\omega(a_2\mathfrak{x}' - a_1\mathfrak{y}') - \omega'(a_2\mathfrak{x} - a_1\mathfrak{y}) + \omega^2(a_1\mathfrak{x} + a_2\mathfrak{y}),$$

worin infolge von 30b), 25) und 26)

$$a_2\mathfrak{x}' - a_1\mathfrak{y}' = \omega(b_3 z - c_3 y), \tag{34}$$

ferner infolge von 23a) und 26)

$$a_2\mathfrak{x} - a_1\mathfrak{y} = b_3 z - c_3 y \tag{35}$$

und endlich mit Zuhilfenahme von 25)

$$a_1\mathfrak{x} + a_2\mathfrak{y} = x - a_3(a_3 x + b_3 y + c_3 z),$$

so dass auch hierin nur noch die Cosinus a_3, b_3, c_3 neben den absoluten Coordinaten auftreten:

$$\begin{aligned}
a_1\mathfrak{x}'' + a_2\mathfrak{y}'' + a_3\mathfrak{z}'' = & x'' - 2\omega(b_3 z' - c_3 y') - \omega'(b_3 z - c_3 y) - \omega^2 x \\
& + a_3(a_3 x + b_3 y + c_3 z);
\end{aligned}$$

denselben Gleichungen fliessen noch

$$36)\quad \begin{aligned} b_1\mathfrak{x}''+b_2\mathfrak{y}''+b_3\mathfrak{z}'' &= y''-2\omega(c_3x'-a_3z')-\omega'(c_3x-a_3z)-\omega^2y \\ &\quad +b_3(a_3x+b_3y+c_3z), \\ c_1\mathfrak{x}''+c_2\mathfrak{y}''+c_3\mathfrak{z}'' &= z''-2\omega(a_3y'-b_3x')-\omega'(a_3y-b_3x)-\omega^2z \\ &\quad +c_3(a_3x+b_3y+c_3z). \end{aligned}$$

Endlich findet man aus 29b) mit Hilfe von 35)

$$37)\quad \begin{aligned} a_1\mathfrak{x}'+a_2\mathfrak{y}'+a_3\mathfrak{z}' &= x'-\omega(b_3z-c_3y), \\ b_1\mathfrak{x}'+b_2\mathfrak{y}'+b_3\mathfrak{z}' &= y'-\omega(c_3x-a_3z), \\ c_1\mathfrak{x}'+c_2\mathfrak{y}'+c_3\mathfrak{z}' &= z'-\omega(a_3y-b_3x), \end{aligned}$$

und die Potentiale und Componenten 27) und 28) werden durch die Substitutionen 22a), 33), 36) und 37) in die bereits bekannte Form übergeführt:

$$a)\ U=\frac{mM}{\alpha_0},$$

$$P=\frac{A^2mM}{6\alpha_0}\{[x'-\omega(\beta z-\gamma y)]^2+[y'-\omega(\gamma x-\alpha z)]^2+[z'-\omega(\alpha y-\beta x)]^2\},$$

$$X=\frac{A^2mM}{3\alpha_0}\{x''-\omega'(\beta z-\gamma y)-2\omega(\beta z'-\gamma y')-\omega^2(x-\alpha R\cos\vartheta)\},\ \ldots;$$

$$b)\ U=\frac{mM}{R},$$

$$P=\frac{A^2mM}{6R^3}\{3[R^2-\alpha_0^2]R'^2+\alpha_0^2([x'-\omega(\beta z-\gamma y)]^2+[y'-\omega(\gamma x-\alpha z)]^2 \\ +[z'-\omega(\alpha y-\beta x)]^2)\},$$

$$X=\frac{mMx}{R^3}+\frac{A^2mM}{2}\left\{\frac{\mathfrak{F}.x}{R^3}-\frac{2\alpha_0^2}{3}\left[\frac{\omega}{R^3}(\beta z'-\gamma y')-\frac{\alpha\omega^2}{R^2}\cos\vartheta \right.\right. \\ \left.\left. -\frac{d}{dt}\frac{x'-(\beta z-\gamma y)\omega}{R^3}\right]\right\},\ \ldots,$$

wie S. 249.

§ 5.

Dritte Lösung.

Die gegenseitigen Beziehungen zwischen der Kugelfläche K und dem indicirten Punkte m erleiden offenbar keinerlei Veränderungen, wenn man jene in Ruhe versetzt, zugleich aber dem Punkte m zu seiner augenblicklichen Geschwindigkeit V noch eine Winkelgeschwindigkeit zuertheilt, welche ihn im entgegengesetzten Sinne um die Drehungsaxe der Kugelfläche zu drehen strebt und an Grösse der rotatorischen Charakteristik ω der Kugelfläche gleich ist; man hat alsdann an Stelle der Componenten x', y', z' der Geschwindigkeit die Werthe

$$x'-\omega(\beta z-\gamma y),\quad y'-\omega(\gamma x-\alpha z),\quad z'-\omega(\alpha y-\beta x)$$

in die Potentiale der ruhenden Kugelfläche zu substituiren. Durch diese Ueberlegung ergiebt sich somit ohne jede Rechnung *a)* für einen Punkt innerhalb K:

$$U = \frac{m\mathrm{M}}{\alpha_0},$$

$$P = \frac{A^2 m \mathrm{M}}{6\alpha_0}\{[x' - \omega(\beta z - \gamma y)]^2 + [y' - \omega(\gamma x - \alpha z)]^2 + [z' - \omega(\alpha y - \beta x)]^2\}$$

— was übereinstimmt mit der Formel auf S. 247 —;

b) für einen Punkt ausserhalb K:

$$U = \frac{m\mathrm{M}}{R},$$

$$P = \frac{A^2 m \mathrm{M}}{6R^2}\{3[R^2 - \alpha_0^2]R'^2 + \alpha_0^2[(x' - \omega[\beta z - \gamma y])^2 + (y' - \omega[\gamma x - \alpha z])^2 + (z' - \omega[\alpha y - \beta x])^2]\},$$

— was in Einklang ist mit der Formel S. 248 —, woraus nach Vorschrift des § 1 die bereits auf doppelte Weise gefundenen Werthe der Componenten X, Y, Z der rotirenden Kugelfläche K in Bezug auf den sollicitirten Punkt m hervorgehen:

a) für einen Punkt innerhalb K:

$$X = \frac{A^2 m \mathrm{M}}{3\alpha_0}\{x'' - \omega'(\beta z - \gamma y) - 2\omega(\beta z' - \gamma y') - \omega^2(x - \alpha R \cos\vartheta)\}, \; .. \; ;$$

b) für einen Punkt ausserhalb K:

$$X = \frac{m\mathrm{M}x}{R^3} + \frac{A^2 m \mathrm{M}}{2}\left\{\frac{\mathfrak{F}.x}{R^3} - \frac{2\alpha_0^2}{3}\left[\frac{\omega}{R^3}(\beta z' - \gamma y') - \frac{\alpha\omega^2}{R^2}\cos\vartheta - \frac{d}{dt}\frac{x' - \omega(\beta z - \gamma y)}{R^3}\right]\right\}, \; \ldots,$$

worin

$$\mathfrak{F} = \frac{\alpha_0^2}{R^2}([x' - (\beta z - \gamma y)\omega]^2 + [y' - \omega(\gamma x - \alpha z)]^2 + [z' - \omega(\alpha y - \beta x)]^2) - \frac{2\alpha_0^2}{3}\omega^2 - \left(1 - \frac{3\alpha_0^2}{R^2}\right)R'^2 + \left(1 - \frac{\alpha_0^2}{R^2}\right)2RR''.$$

III.

Die Einwirkung zweier rotirender Kugelflächen auf einander.

Sind K und K die beiden rotirenden Kugelflächen mit den Radien α_0 und a_0, ferner M und M die Gesammtbelegungen von K und K mit den Flächendichtigkeiten $\varkappa$ und k, und endlich α, β, γ und a, b, c die Richtungscosinus ihrer bezüglichen Rotationsaxen mit den Winkelgeschwindigkeiten ω und w, so lassen sich nach den Resultaten des II. Abschnittes die Potentiale U_m^{K} und P_m^{K}, welche die Kugelfläche K auf ein Element $m(x, y, z)$ der Kugelfläche K ausübt, folgendermassen darstellen.

a) Wenn K innerhalb K:

$$U_m^{\mathrm{K}} = \frac{m\mathrm{M}}{\alpha_0},$$

$$P_m^{\mathrm{K}} = \frac{A^2 m\mathrm{M}}{6\alpha_0}\{[x' - \omega(\beta z - \gamma y)]^2 + [y' - \omega(\gamma x - \alpha z)]^2 + [z' - \omega(\alpha y - \beta x)]^2\};$$

b) wenn K ausserhalb K:

$$U_m^{\mathrm{K}} = \frac{m\mathrm{M}}{R},$$

$$P_m^{\mathrm{K}} = \frac{A^2 m\mathrm{M}}{6R^2}\{3[R^2 - \alpha_0^2]R'^2 + \alpha_0^2([x' - \omega(\beta z - \gamma y)]^2 + [y' - \omega(\gamma x - \alpha z)]^2 + [z' - \omega(\alpha y - \beta x)]^2)\}.$$

Führt man ausser dem Coordinatensystem (x, y, z), dessen Ursprung im Centrum C von K liegt, noch ein zweites, dem ersteren paralleles Coordinatensystem (ξ, η, ζ) ein, dessen Anfangspunkt in das Centrum von K fällt, und lässt die positiven x- und ξ-Axen mit der Richtung der Centralen E der beiden Kugelflächen coincidiren, so ergeben sich die Substitutionen

$$x = E + \xi, \quad y = \eta, \quad z = \zeta,$$
$$x' = w(b\zeta - c\eta), \quad y' = w(c\xi - a\zeta), \quad z' = w(a\eta - b\xi),$$
$$\alpha_0^2 = \xi^2 + \eta^2 + \zeta^2, \quad R^2 = x^2 + y^2 + z^2 = E^2 + 2E\xi + \alpha_0^2,$$

durch welche die Formeln 1) übergehen in

$$U_m^{\mathrm{K}} = \frac{m\mathrm{M}}{\alpha_0},$$

1) *a)* $$P_m^{\mathrm{K}} = \frac{A^2 m\mathrm{M}}{6\alpha_0}\{[\omega(\beta\zeta - \gamma\eta) - w(b\zeta - c\eta)]^2 + [\omega(\gamma[E+\xi] - \alpha\zeta) - w(c\xi - a\zeta)]^2 + [\omega(\alpha\eta - \beta[E+\xi]) - w(a\eta - b\xi)]^2\},$$

$$U_m^{\mathrm{K}} = \frac{m\mathrm{M}}{R},$$

2) *b)* $$P_m^{\mathrm{K}} = \frac{A^2 m\mathrm{M}}{6R^3}\Big\{3\frac{R^2 - \alpha_0^2}{R^2}[Ew(b\zeta - c\eta)]^2 + \alpha_0^2([\omega(\beta\zeta - \gamma\eta) - w(b\xi - c\eta)]^2 + [\omega(\gamma[E+\xi] - \alpha\zeta) - w(c\xi - a\zeta)]^2 + [\omega(\alpha\eta - \beta[E+\xi]) - w(a\eta - b\xi)]^2)\Big\}.$$

Die Potentiale der wirkenden Kugelfläche K auf die Kugelfläche K werden durch Summirung der gefundenen Ausdrücke über alle Elemente $m(ds)$ der Kugelfläche K erhalten. Man findet

a) wenn K innerhalb K,

indem man zuvörderst nach den Integrationsvariablen ξ, η, ζ ordnet:

$$U_K^{\mathrm{K}} = \frac{\mathrm{M}}{\alpha_0}\int\!\!\int k\,ds,$$

$$P_{\mathrm{K}}^{\mathrm{K}} = \frac{A^2\mathrm{M}}{6\alpha_0}\int\!\!\int\{[\xi(\omega\beta - wb) - \eta(\omega\alpha - wa) + \omega\beta E]^2 + [\eta(\omega\gamma - wc) - \zeta(\omega\beta - w\beta)]^2 + [\zeta(\omega a - wa) - \xi(\omega\gamma - wc)$$

und weil

$$\int\int k\,ds = M,\quad \int\int \xi^2 k\,ds = \int\int \eta^2 k\,ds = \int$$

$$\int\int \xi\eta\, k\,ds = \int\int \eta\zeta\, k\,ds = \int\int \zeta\xi\, k\,d$$

$$\int\int \xi\, k\,ds = \int\int \eta\, k\,ds = \int\int \zeta\, k\,ds$$

so wird

$$U_K^K = \frac{\mathfrak{M} M}{a_0},$$

$$P_K^K = \frac{A^2 \mathfrak{M} M}{6 a_0} \left\{ \frac{2 a_0^2}{3} \left[(\omega\alpha - w a)^2 + (\omega\beta - w b)^2 + (\omega\gamma - w \right.\right.$$

Bezeichnet ε den Winkel der beiden Rotationsax kel der Drehungsaxe von K gegen die Centrale E

$$\alpha a + \beta b + \gamma c = \cos\varepsilon \text{ und } \alpha = \cos$$

und daher schliesslich auch

$$3)\qquad P_K^K = \frac{A^2 \mathfrak{M} M}{6 a_0} \left\{ \frac{2 a_0^2}{3} \left[\omega^2 + w^2 - 2\omega w \cos\varepsilon \right] + \right.$$

worin $E \sin\vartheta$ den Abstand des Kugelcentrums $(\mathfrak{K})$ (K) repräsentirt.

Man erkennt, dass das Potential einer rotiren eine in ihrem innern Hohlraume befindliche $\mathfrak{K}$ ausser von den elektrischen Belegungen M und Entfernung E und den Winkelgeschwindigkeiten flächen, auch noch von dem Winkel abhängig is Rotationsaxen einschliessen, sowie von dem Winkel, axe der wirkenden Kugelfläche K mit der Central

Bewegen sich die Kugelflächen derart, dass Rotationsaxen erhalten bleiben, so lässt sich jede in der Richtung der Centrale E mit Hilfe der in I ferentiationen der Potentiale U_K^K und P_K^K ermittel

$$\mathfrak{R}_K^K = -\frac{\partial (U_K^K + P_K^K)}{\partial E} + \frac{d}{dt}\frac{\partial P_K^K}{\partial E'}$$

d. i.

$$4)\qquad \mathfrak{R}_K^K = -\frac{A^2 \mathfrak{M} M}{3 a_0}\, \omega^2 E \sin^2\vartheta:$$

Die Wirkung $\mathfrak{R}_E$, welche eine rotire auf eine im Innern rotirende andere Ku ist eine anziehende (vergl. S. 171), und direct proportional den Massen M, $\mathfrak{M}$, der Quadrate der Winkelgeschwindigkeit de und dem Quadrate des Sinus des Winke

tationsaxe derselben Fläche mit der Richtung E bildet, hingegen indirect proportional dem Radius dieser Kugelfläche.

Differentiirt man die Potentiale U_K^{K} und P_K^{K} in gleicher Weise nach dem Drehungswinkel φ, sowie nach φ' und t, so erhält man — in Analogie zu dem Newton'schen Potentiale* — das Drehungsmoment D_K^{K} durch die Formel

$$D_K^{\mathrm{K}} = -\frac{\partial(U_K^{\mathrm{K}} + P_K^{\mathrm{K}})}{\partial\varphi} + \frac{d}{dt}\frac{\partial P_K^{\mathrm{K}}}{\varphi'},$$

d. i., weil $\varphi' = w$,

$$5) \qquad D_K^{\mathrm{K}} = -\frac{2A^2 M \mathrm{M} \alpha_0^2}{9\alpha_0}(\omega' \cos\varepsilon - w'),$$

worin ω' und w' die Winkelbeschleunigungen von K, resp. K bedeuten.

Das Drehungsmoment D, welches eine rotirende Kugelfläche K auf eine in ihrem Innern rotirende Kugelfläche K ausübt, ist proportional der Differenz aus dem Producte der Winkelbeschleunigung von K und des Cosinus des Winkels, welchen die Rotationsaxen einschliessen, und aus der Winkelbeschleunigung von K selbst.

Sind die Drehungsaxen einander parallel, so ist das wirkende Drehungsmoment der Differenz der Winkelbeschleunigungen proportional. — Sind die Axen normal zu einander, so ist das Drehungsmoment der Winkelbeschleunigung der indicirten Kugelfläche proportional.

b) Wenn K ausserhalb K:

Ordnet man 2) nach den Coordinaten ξ, η, ζ eines Elementes $m(ds)$ der Kugelfläche K, so erhält man für die Potentiale der Kugelfläche K auf die Kugelfläche K die Ausdrücke

$$U_K^{\mathrm{K}} = \mathrm{M}\iint \frac{k\,ds}{R},$$

$$\begin{aligned} P_K^{\mathrm{K}} = \frac{A^2\mathrm{M}}{2}\iint \Big\{ & \frac{R^2 - \alpha_0^2}{R^5}[Ew(b\zeta - c\eta)]^2 \\ & + \frac{\alpha_0^2}{3R^3}\big([\xi(\omega\beta - wb) - \eta(\omega\alpha - wa) + \omega\beta E]^2 \\ & + [\eta(\omega\gamma - wc) - \zeta(\omega\beta - wb)]^2 \\ & + [\zeta(\omega\alpha - wa) - \xi(\omega\gamma - wc) - \omega\gamma E]^2\big)\Big\}\,k\,ds. \end{aligned}$$

---

* Bei Zugrundelegung des Newton'schen Potentials erhält man bekanntlich das Drehungsmoment eines Körpers durch Differentiation des Potentials nach dem Drehungswinkel φ, d. h. in ähnlicher Weise, wie man die Kraft durch Differentiation nach einer beliebigen Richtung x findet: dies wird hier auch für das Weber'sche Potential als giltig angenommen; dabei sind an die Stelle der einfachen Differentiation nach φ die angedeuteten Differentiationen nach φ, φ' und t zu setzen [vergl. die Formeln 11) S. 175].

Die jetzt über die Kugelfläche K auszudehnende Integration wird durch die Bemerkung wesentlich erleichtert, dass in dem vorliegenden Falle die von den Kugelflächen K und K aufeinander ausgeübten Potentiale durch vollkommen symmetrische Ausdrücke dargestellt sein müssen, dass also z. B. in dem zu findenden Resultate neben α_0^2, dem Quadrate des Radius von K, auch nur noch a_0^2, das Quadrat des Radius von K, auftreten kann. Man sichert daher der Lösung volle Genauigkeit, wenn man in den für R^{-3} und R^{-5} sich ergebenden Reihen diejenigen Glieder vernachlässigt, welche höhere Potenzen von a_0 als a_0^2 in das Resultat einführen würden. Dabei ist zu beachten, dass die Werthe $\xi = a_0 \cos\vartheta$, $\eta = a_0 \sin\vartheta \cos\varphi$ die erste Potenz und das Flächenelement $ds = a_0^2 \sin\vartheta \, d\vartheta \, d\varphi$ bereits das Quadrat von a_0 involviren.

In solcher Weise ergeben sich mit Hilfe der gedachten Entwickelungen

$$R^{-3} = E^{-3} - \tfrac{3}{2}(2E\xi + a_0^2)E^{-5} + \tfrac{15}{8}(2E\xi + a_0^2)^2 E^{-7} - \ldots,$$
$$R^{-5} = E^{-5} - \tfrac{5}{2}(2E\xi + a_0^2)E^{-7} + \tfrac{35}{8}(2E\xi + a_0^2)^2 E^{-9} - \ldots$$

die gesuchten Werthe

$$\left\{\begin{aligned} &\iint \frac{\xi^2}{R^3} k\,ds = \frac{M a_0^2}{3E^3}, \\ &\iint \frac{\eta^2}{R^3} k\,ds = \frac{M a_0^2}{3E^3}, \\ &\iint \frac{\zeta^2}{R^3} k\,ds = \frac{M a_0^2}{3E^3}; \end{aligned}\right. \qquad \left\{\begin{aligned} &\iint \frac{\xi\eta}{R^3} k\,ds = 0, \\ &\iint \frac{\eta\zeta}{R^3} k\,ds = 0, \\ &\iint \frac{\zeta\xi}{R^3} k\,ds = 0; \end{aligned}\right.$$

$$\left\{\begin{aligned} &\iint \frac{\xi}{R^3} k\,ds = -\frac{M a_0^2}{E^4}, \\ &\iint \frac{\eta}{R^3} k\,ds = -\frac{M a_0^2}{E^4}, \\ &\iint \frac{\zeta}{R^3} k\,ds = -\frac{M a_0^2}{E^4}; \end{aligned}\right. \qquad \iint \frac{1}{R^3} k\,ds = \frac{M}{E^3}\left(1 + \frac{a_0^2}{E^2}\right);$$

$$\left\{\begin{aligned} &\iint \frac{\xi^2}{R^5} k\,ds = \frac{M a_0^3}{3E^5}, \\ &\iint \frac{\eta^2}{R^5} k\,ds = \frac{M a_0^2}{3E^5}, \\ &\iint \frac{\zeta^2}{R^5} k\,ds = \frac{M a_0^2}{3E^5}; \end{aligned}\right. \qquad \left\{\begin{aligned} &\iint \frac{\xi\eta}{R^3} k\,ds = 0, \\ &\iint \frac{\eta\zeta}{R^5} k\,ds = 0, \\ &\iint \frac{\zeta\xi}{R^5} k\,ds = 0. \end{aligned}\right.$$

Die directe Berechnung (ohne Benutzung der angegebenen Reihen) ist bei weitem umständlicher. Um beispielsweise $\iint \frac{\eta^2}{R^3} k\,ds$ zu ermitteln, hat man folgendermassen zu verfahren: Man stellt η^2, ds, R^3 als Functionen der Kugelcoordinaten φ und ϑ dar, so dass

$$\iint \frac{\eta^2}{R^3} k\, ds = a_0^2 k \int_0^{2\pi}\int_0^{\pi} \frac{\sin^3\vartheta \cos^2\varphi\, d\vartheta\, d\varphi}{\sqrt{(E^2 + a_0^2 + 2 E a_0 \cos\vartheta)^3}}$$

$$= a_0^2 \pi k \int_0^{\pi} \frac{\sin^3 d\vartheta}{\sqrt{(E^2 + a_0^2 + 2 E a_0 \cos\vartheta)^3}},$$

und führt durch die Substitutionen

$$\sin\vartheta\, d\vartheta = -\frac{R\, dR}{a_0 E} \text{ und } \sin^3\vartheta = \frac{(R - E^2 - a_0^2)^2 . R\, dR}{4 a_0^3 E^3} - \frac{R\, dR}{a_0 E}$$

wiederum R als Variable ein, wodurch man

$$\iint \frac{\eta^2}{R^3} k\, ds = \frac{a_0^4 \pi k}{4 a^3 E^3} \int \frac{(R^2 - E^2 - a_0^2)\, dR}{R^2} - \frac{a_0^4 \pi k}{a_0 E} \int \frac{dR}{R^2}$$

erhält; da nun R die Grenzen $E + a_0$ und $E - a_0$ besitzt, und

$$\int_{E+a_0}^{E-a_0} R^2\, dR = \frac{2 a_0 (3 E^2 + a_0^2)}{3}, \quad \int_{E+a_0}^{E-a_0} dR = -2 a_0, \quad \int_{E+a_0}^{E-a_0} \frac{1}{R^2}\, dR = -\frac{2 a_0}{E^2 - a_0^2},$$

so ergiebt sich schliesslich durch leichte Rechnung

$$\iint \frac{\eta^2}{R^3} k\, ds = \frac{4 a_0^4 \pi k}{3 E^3}, \text{ d. i. } = \frac{a_0^2 M}{3 E^3}, \text{ w. o.}$$

Führt man die gefundenen Integralwerthe in die Ausdrücke für die Potentiale U_K^{K} und P_K^{K} ein, so lassen sich dieselben nach gehöriger Umformung darstellen, wie folgt:

$$U_{\mathrm{K}}^{\mathrm{K}} = \frac{M\mathrm{M}}{E},$$

$$6)\quad P_{\mathrm{K}}^{\mathrm{K}} = \frac{A^2 M \mathrm{M}}{6} \Big\{ a_0^2 \frac{\omega^2 \sin^2\vartheta}{E} + a_0^2 \frac{w^2 \sin^2\vartheta_1}{E} - \frac{a_0^2 a_0^2}{3 E^3} [\omega^2 (1 - 3\cos^2\vartheta) + w^2 (1 - 3 \cos^2\vartheta_1) - 2\omega w (\cos\varepsilon - 3\cos\vartheta \cos\vartheta_1)] \Big\};$$

Hierin bedeuten ϑ und ϑ_1 die Winkel der Rotationsaxen von K, resp. K gegen die Centrale E und ε den Winkel der Drehungsaxen selbst (Fig. 7).

Man erkennt, dass auch das Potential einer rotirenden Kugelfläche K auf eine ausserhalb derselben rotirende Kugelfläche K, ausser von den Massen M, M, der gegenseitigen Entfernung E und den Winkelgeschwindigkeiten ω und w, noch von den Winkeln abhängig ist, welche die Rotationsaxen mit der Centrale einschliessen, und von dem Winkel, welchen diese Axen mit einander bilden.

Die Kraft $\mathfrak{R}_K^{\mathrm{K}}$, welche die Kugelfläche K auf die Kugelfläche K in der Richtung der Centrale E ausübt, erhält man, analog wie im Falle a), in dem Ausdrucke

$$7)\quad \mathfrak{R}_K^{\mathrm{K}} = -\frac{M\mathrm{M}}{E^2} - \frac{A^2 M\mathrm{M}}{6E^2}\Big\{\alpha_0^2\omega^2 \sin^2\vartheta + a_0^2 w^2 \sin^2\vartheta_1 - \frac{\alpha_0^2 a_0^2}{E^2}\left[\omega^2(1-3\cos^2\vartheta)\right. + w^2(1-3\cos^2\vartheta_1) - 2\,\omega w(\cos\varepsilon - 3\cos\vartheta\cos\vartheta_1)\left.\right]\Big\}:$$

Die Wirkung $\mathfrak{R}_E$, welche zwei sich ausschliessende rotirende Kugelflächen in der Richtung der Centrale auf einander ausüben, ist eine „anziehende", und zwar ist ein Theil dieser Kraft direct proportional den elektrischen Belegungen M, M und indirect proportional dem Quadrate der Entfernung beider Kugelflächen; dabei ist die Kraft „elektrodynamischen Ursprungs" noch von den Radien, den Winkelgeschwindigkeiten und von den Winkeln abhängig, welche die Rotationsaxen gegen die Centrale einerseits und diese Axen andererseits mit einander bilden.

Endlich ergiebt sich wie in *a)* das Drehungsmoment, mit welchem K auf K einwirkt, in dem Ausdrucke

$$8)\quad D_{\mathrm{K}}^{\mathrm{K}} = \frac{A^2 M\mathrm{M}}{3E}\Big\{a_0^2 w \sin^2\vartheta_1 - \frac{\alpha_0^2 a_0^2}{3E^2}\left[w'(1-3\cos^2\vartheta_1) - \omega'(\cos\varepsilon - 3\cos\vartheta\cos\vartheta_1)\right]\Big\},$$

worin ω' und w' die Winkelbeschleunigungen der Kugelflächen K und K bezeichnen:

Das Drehungsmoment D, welches eine Kugelfläche K auf eine andere rotirende Kugelfläche K ausübt, ist direct proportional den Massen M, M und dem Quadrate des Radius der indicirten Kugelfläche K, ausserdem aber abhängig von der Winkelgeschwindigkeit dieser Kugelfläche, den Winkelbeschleunigungen und der gegenseitigen Entfernung beider, sowie von den Winkeln, welche die Rotationsaxen mit der Centrale und mit einander einschliessen.

Sind die Rotationsaxen parallel gerichtet, so erhält man

$$P_K^{\mathrm{K}} = \frac{A^2 M\mathrm{M}}{6E}\Big\{(\alpha_0^2\omega^2 + a_0^2 w^2)\sin^2\vartheta - \frac{\alpha_0^2 a_0^2}{E^2}(1-3\cos^2\vartheta)(\omega - w)^2\Big\},$$

$$\mathfrak{R}_K^{\mathrm{K}} = -\frac{M\mathrm{M}}{E^2} - \frac{A^2 M\mathrm{M}}{6E^2}\Big\{(\alpha_0^2\omega^2 + a_0^2 w^2)\sin^2\vartheta - \frac{\alpha_0^2 a_0^2}{E^2}(1-3\cos^2\vartheta)(\omega - w)^2\Big\},$$

$$D_K^{\mathrm{K}} = \frac{A^2 M\mathrm{M}a_0^2}{3E}\Big\{w\sin^2\vartheta + \frac{\alpha_0^2}{3E^2}(1-3\cos^2\vartheta)(\omega' - w')\Big\}.$$

Sind die Rotationsaxen parallel zu einander und normal zur Centrale der Kugelflächen, so findet man

$$P_K^{\mathrm{K}} = \frac{A^2 M\mathrm{M}}{6E}\Big\{\alpha_0^2\omega^2 + a_0^2 w^2 - \frac{\alpha_0^2 a_0^2}{E^2}(\omega - w)^2\Big\},$$

$$\mathfrak{R}_K^{\mathrm{K}} = -\frac{M\mathrm{M}}{E^2} - \frac{A^2 M\mathrm{M}}{6E^2}\Big\{\alpha_0^2\omega + a_0^2 w'^2 - \frac{\alpha_0^2 a_0^2}{E^2}(\omega - w)^2\Big\},$$

$$D_K^{\mathrm{K}} = \frac{A^2 M\mathrm{M}a_0^2}{3E}\Big\{w + \frac{\alpha_0^2}{3E^2}(\omega' - w')\Big\}.$$

Kleinere Mittheilungen.

XX. Die Polkreispaare einer Cycloide.

(Hierzu Taf. IV Fig. 10—12.)

Nachdem Herr Prof. Durège im IX. Bande dieser Zeitschrift nachgewiesen hat, dass die sternförmigen cyclischen Curven — d. h. diejenigen Cycloiden, welche durch den Mittelpunkt des festen Grundkreises gehen — mit den gemeinen, Spitzen bildenden cyclischen Curven die merkwürdige Eigenschaft einer doppelten Erzeugungsweise gemein haben, dürfte die Bemerkung von Interesse sein, dass nicht bloss die genannten, sondern alle Cycloiden, ohne Ausnahme, jene Eigenschaft haben.

Es lässt sich nämlich der folgende Satz beweisen:

Jede cyclische Curve kann auf zweierlei Weise, d. h. durch das Rollen zweier verschiedenen Kreispaare erzeugt werden.

Sind R und R_1 die Radien der beiden festen und concentrischen Kreise, r und r_1 die der rollenden Kreise, b und b_1 die Entfernungen des die Curve beschreibenden Punktes von den resp. Mittelpunkten der rollenden Kreise, endlich φ und φ_1 die Winkel, welche die Centrallinien beider Kreispaare mit einer gemeinschaftlichen bestimmten Anfangslage einschliessen, so gelten die Beziehungen

$$R-r=b_1,\quad R_1-r_1=b,\quad \frac{r}{R}+\frac{r_1}{R_1}=1,\quad \frac{R}{r}\varphi=-\frac{R_1}{r_1}\varphi_1.$$

Eins der beiden fraglichen Kreispaare, die ich mit Rücksicht auf die kinematische Geometrie Polkreispaare nennen will, darf beim Beweis des Satzes als bekannt vorausgesetzt werden, so dass die Existenz des zweiten Polkreispaares zu beweisen bleibt.

Die Anfangslage der Centrallinie sei die, bei welcher der die Curve beschreibende Punkt auf der Centrallinie liegt und zwar nicht durch den Mittelpunkt des beweglichen Kreises von dem Berührungspunkte beider Kreise getrennt. Die positive Richtung in Bezug auf jeden der Kreise sei die Richtung von dem Mittelpunkte desselben zu dem Berührungspunkte beider Kreise, und der positive Drehungssinn sei dem eines Uhrzeigers entgegengesetzt.

1. Kinematischer Beweis.

Der Mittelpunkt des gegebenen festen Kreises K sei M (Fig. 10—12), und A sei der Punkt, in dem derselbe den rollenden Kreis k berührt. O sei der Mittelpunkt des letzteren und P der die Cycloide erzeugende Punkt. Dann ist

$$\overline{MA} = R,\quad \overline{OA} = r,\quad \overline{MO} = \overline{MA} + \overline{AO} = \overline{MA} - \overline{OA} = R - r,\quad \overline{OP} = b.$$

Ist die Berührung beider Kreise äusserlich, so ist sowohl r als auch b negativ zu nehmen.

Ich will annehmen, der bewegliche Kreis sei so weit auf der Peripherie des festen Grundkreises gerollt, dass er denselben nunmehr in B berührt; er nimmt dann die Lage k' ein, indem sein Mittelpunkt nach O′ und der Radius $\overline{OPA}$ nach $\overline{O'P'A'}$ gelangt ist. Da der Kreis k auf K rollt, ohne zu gleiten, sind die Bogen $\widehat{A'B}$ und $\widehat{AB}$ einander gleich. Die zugehörigen Centriwinkel beider Kreise seien φ und ψ, nämlich

$$\angle AMB = \varphi \text{ und } \angle A'O'B = \angle AO(B) = \psi;$$

dann ist $r.\psi = R.\varphi$.

Die beiden Kreise K und k sind unter diesen Umständen als das Polbahnenpaar des starren Systems $\overline{O'P'}$ anzusehen, von dem ein Punkt O′ einen Kreis mit dem Mittelpunkte M und ein zweiter Punkt P′ die cyclische Curve beschreibt. Durch die Bewegung der Geraden $\overline{O'P'}$ ist das Rollen der Kreise völlig bestimmt, und umgekehrt. Ich ziehe nun durch P′ eine Parallele zu $\overline{MO'}$ und durch M eine Parallele zu $\overline{O'P'}$; beide schneiden einander in Q′. Es ist klar, dass Q′ bei der angegebenen Bewegung der Geraden $\overline{O'P'}$ einen Kreis mit dem Mittelpunkte M beschreibt. $\overline{Q'P'}$ bleibt constant und zwar $= \overline{MO'}$, und während $\overline{O'P'}$ die vorgeschriebene Bewegung macht, bewegt sich $\overline{Q'P'}$ so, dass Q′ — wie O′ — einen Kreis um M als Mittelpunkt und P′ die cyclische Curve beschreibt. Der Momentandrehpol der Bewegung dieses neuen Systems $\overline{Q'P'}$ ist E, der Schnittpunkt von $\overline{BP'}$ und $\overline{MQ'}$; denn $\overline{BP'}$ ist die Normale der cyclischen Curve in P′, und $\overline{MQ'}$ ist in Q′ senkrecht auf den von Q′ beschriebenen Kreis.

Da nun $\overline{ME}$ constant ist, nämlich

$$\overline{ME} = \frac{\overline{MB}}{\overline{O'B}}.\overline{O'P'} = \frac{R}{r}b,$$

so ist die feste Polbahn dieser Bewegung ein Kreis $\widehat{DE}$ oder K_1 mit dem Mittelpunkte M und dem Radius $\frac{R}{r}.b$; und da ferner Q′ einen zu diesem concentrischen Kreis mit dem Radius $\overline{MQ'} = b$ beschreibt, mit anderen

Worten: da die aufeinander folgenden Momentancentra der Bewegung sämmtlich die Entfernung

$$\overline{Q'E}=\frac{R}{r}b-b=\frac{R-r}{r}.b$$

von Q' haben, so ist die bewegliche Polbahn des neuen Systems ein Kreis $\widehat{D'E}$ oder k_1 mit dem Mittelpunkte Q' und dem Radius $\frac{R-r}{r}.b$. Demnach kann die Bewegung von $\overline{Q'P'}$ durch das Rollen des Kreises k_1 auf dem Kreise K_1 hervorgerufen werden, und bei diesem Rollen beschreibt P' in der That dieselbe Cycloide wie bei dem Rollen von k auf K. Damit ist der Satz bewiesen; denn die oben angegebenen Relationen ergeben sich jetzt leicht. Es ist

$$b_1=R-r,\quad R_1=\frac{R}{r}b,\quad r_1=\frac{R-r}{r}.b \text{ oder } R_1-r_1=\left(\frac{R}{r}-\frac{R-r}{r}\right)b=b$$

und

$$\frac{r_1}{R_1}=\frac{(R-r)br}{rR.b}=1-\frac{r}{R} \text{ oder } \frac{r}{R}+\frac{r_1}{R_1}=1.$$

Als gegenüberliegende Winkel im Parallelogramm (resp. deren Nebenwinkel) sind $\angle$BO'P' und $\angle$EQ'P' einander gleich, aber von entgegengesetztem Sinne, d. h.

$$\psi_1=-\psi,$$

wenn $\angle$EQ'P' mit ψ_1 bezeichnet wird.

Aus der Gleichheit der Bogen $\widehat{DE}$ (mit dem Centriwinkel DME $=\varphi_1$) und $\widehat{D'E}$ (mit dem Centriwinkel D'Q'E $=\psi_1$) folgt

$$R_1\varphi_1=r_1\psi_1,$$

analog der Gleichung $R\varphi=r\psi$. Somit ergiebt sich folgende für den Sinn der Bewegungen und deren Verhältniss massgebende Gleichung:

$$\frac{R}{r}\varphi=-\frac{R_1}{r_1}\varphi_1.$$

Der soeben bewiesene Satz giebt Veranlassung zu einer kinematischen Definition der cyclischen Curven, die sich etwa folgendermassen aussprechen lässt:

„Rotiren zwei in einer Ebene befindliche ebene Systeme mit gleicher Geschwindigkeit um zwei Punkte, welche sich auf zwei concentrischen Kreisen bewegen, so haben die beiden Systeme — gleichförmige Bewegung vorausgesetzt — stets einen Punkt miteinander gemein, dessen Rollcurve eine cyclische Curve genannt wird.

2. Analytischer Beweis.

Die Gleichungen einer beliebigen cyclischen Curve sind unter denselben Voraussetzungen wie oben, wenn die Anfangslage der Centrallinie zur x-Axe gewählt wird, folgende:

$$1)\quad x=(R-r)\cos\varphi+b\cos\frac{R-r}{r}\varphi,\quad y=(R-r)\sin\varphi-b\sin\frac{R-r}{r}\varphi.$$

Daraus folgt durch Quadriren und Addiren

$$x^2+y^2=(R-r)^2+b^2+2b(R-r)\cos\frac{R}{r}\varphi.$$

Diese Gleichung ist identisch mit der folgenden:

$$x^2+y^2=(R_1-r_1)^2+b_1^2+2b_1(R_1-r_1)\cos\frac{R_1}{r_1}\varphi_1,$$

wenn gesetzt wird

$$2)\quad\left\{\begin{array}{ll}1. & (R_1-r_1)^2+b_1^2=(R-r)^2+b^2,\\ 2. & b_1(R_1-r_1)=b(R-r),\\ 3. & \frac{R_1}{r_1}\varphi_1=-\frac{R}{r}\varphi.\end{array}\right.$$

Ergeben die Gleichungen 2) ein Werthsystem R_1, r_1, b_1, φ_1, welches von R, r, b, φ verschieden ist und den Gleichungen 1) genügt, so bestimmt dasselbe offenbar ein neues Polkreispaar der durch 1) dargestellten Cycloide.

Aus den ersten beiden Gleichungen 2) folgt durch Eliminiren von R_1-r_1

$$(R-r)^2(b_1^2-b^2)=b_1^2(b_1^2-b^2),$$

also entweder $b_1^2=b^2$ und $(R_1-r_1)^2=(R-r)^2$

oder $b_1^2=(R-r)^2$ und $(R_1-r_1)^2=b^2$.

Die einzige Lösung dieser Gleichungen, welche die Gleichungen 1) und die dritte Gleichung 2) befriedigen, ist

$$b_1=R-r \text{ und } R_1-r_1=b.$$

Setzt man nämlich diese Werthe in 1) ein, indem zugleich $\varphi=-\frac{R_1-r_1}{r_1}\varphi_1$ und also $\frac{R-r}{r}\varphi=-\varphi_1$ gesetzt wird, so gehen die Gleichungen 1) in Gleichungen von derselben Form über, nämlich in

$$1\text{a})\quad\left\{\begin{array}{l}x=(R_1-r_1)\cos\varphi_1+b_1\cos\frac{R_1-r_1}{r_1}\varphi_1,\\ y=(R_1-r_1)\sin\varphi_1-b_1\sin\frac{R_1-r_1}{r_1}\varphi_1.\end{array}\right.$$

Da nun aus

$$\varphi=-\frac{R_1-r_1}{r_1}\varphi_1 \text{ und } \varphi_1=-\frac{R-r}{r}\varphi$$

die Relation

$$\frac{R_1-r_1}{r_1}=\frac{r}{R-r} \text{ oder } \frac{r}{R}+\frac{r_1}{R_1}=1$$

folgt, so ist der Satz bewiesen.

Die Gleichungen einer cyclischen Curve verwandeln sich mit Hilfe der gefundenen Beziehungen in die folgenden:

$$x=(R-r)\cos\varphi+(R_1-r_1)\cos\varphi_1,\quad y=(R-r)\sin\varphi+(R_1-r_1)\sin\varphi_1$$

$$x = b_1 \cos\varphi + b \cos\varphi_1, \quad y = b_1 \sin\varphi + b \sin\varphi_1.$$

Ausser $R-r$ oder b_1 und R_1-r_1 oder b muss allerdings zur vollständigen Bestimmung der Cycloide das Verhältniss der beiden Winkel φ und φ_1 bekannt sein.

Ist $b = R - r$, so sind die cyclischen Curven sternförmige Curven. Die Bedingungen, denen die beiden Polkreispaare einer solchen sternförmigen Cycloide unterworfen sind, lauten:

$$R - r = R_1 - r_1, \quad \frac{r}{R} + \frac{r_1}{R_1} = 1, \quad \frac{R}{r}\varphi = -\frac{R_1}{r_1}\varphi_1.*$$

Ist $b = r_1$, so sind die cyclischen Curven spitze Curven, deren beide Polkreispaare einen gemeinschaftlichen festen Polkreis haben. Die zwischen ihnen bestehenden Relationen lauten:

$$R_1 = R = r + r_1 \text{ und } \frac{r}{r_1} = -\frac{\varphi}{\varphi_1}.**$$

Auf den Umstand, dass nach dem Vorstehenden jede cyclische Curve zwei Polkreispaare besitzt, muss sich, wie ich glaube, eine naturgemässe und zugleich praktische

Classificirung der cyclischen Curven

gründen.

Man theilt jetzt vielfach mit Weissenborn*** die cyclischen Curven in Hypocycloiden, Epicycloiden und Pericycloiden ein, je nachdem der feste Grundkreis von dem rollenden Kreise innerlich berührt wird, oder beide Kreise einander äusserlich berühren, oder der rollende Kreis von dem festen innerlich berührt wird.

Diese Eintheilung gründet sich ganz auf die zufällige Kenntniss des einen der beiden Polkreispaare einer Cycloide und führt deshalb, wie sich leicht ergiebt, zu inneren Widersprüchen.

Im Falle der Hypocycloiden ist nach der genannten Eintheilung r positiv und $r < R$, für die Epicycloiden ist r negativ, und für die Pericycloiden ist r positiv und $r > R$.

Ist r positiv und kleiner als R, so ist, wie aus der Gleichung $\frac{r}{R} + \frac{r_1}{R_1} = 1$ ohne Weiteres hervorgeht, r_1 positiv und kleiner als R. Ist r negativ, so ist r_1 positiv und grösser als R, und ist schliesslich r positiv und grösser als R, so ist r_1 negativ.

In Worten heisst das nichts Anderes, als dass eine Curve, welche in Bezug auf das eine ihrer Polkreispaare als Hypocycloide erscheint, auch bezüglich des zweiten Polkreispaares eine Hypocycloide ist, dass

* Vergl. Durège, Zeitschr. f. Math. u. Phys., Bd. IX S. 211.

** Vergl. Euler, *Acta ac. scient. imp. Petrop.*, Jahrg. 1781 S. 48.

*** Weissenborn, Die cyclischen Curven. Eisenach.

dagegen eine Cycloide, die rücksichtlich des einen Polkreispaares nach obiger Eintheilung Epicycloide genannt werden muss, zu gleicher Zeit in Bezug auf das zweite, bei der Classificirung der Cycloiden jedenfalls gleichberechtigte Polkreispaar als Pericycloide zu betrachten wäre, und umgekehrt. Der Unterschied zwischen Epicycloiden und Pericycloiden erscheint somit als illusorisch, und ich schlage vor, für diese Curven die ältere Bezeichnung Epicycloiden beizubehalten, so dass nur Hypocycloiden und Epicycloiden unterschieden werden, je nachdem die festen Grundkreise von den rollenden Kreisen innerlich oder äusserlich berührt werden.

Jeder Punkt, welcher nicht auf der Peripherie des rollenden Kreises liegt, beschreibt eine sogenannte allgemeine, nicht spitze, cyclische Curve. Diese allgemeinen Cycloiden pflegt man durchweg in zwei Gruppen einzutheilen, indem man unterscheidet, ob der die Curve beschreibende Punkt ausserhalb ($b > r$) oder innerhalb ($b < r$) des rollenden Kreises liegt. Beide Gruppen sind mitunter direct entgegengesetzt bezeichnet worden, und dies erklärt sich wieder leicht aus der oben bewiesenen Existenz zweier Polkreispaare einer Cycloide, wie folgt.

Durch die Relationen $R_1 - r_1 = b$ und $R - r = b_1$ geht die Gleichung $\frac{r}{R} + \frac{r_1}{R_1} = 1$ über in

$$r r_1 = b b_1.$$

Aus dieser Gleichung folgt, dass $b_1 > r_1$, $b_1 = r_1$ oder $b_1 < r_1$ ist, wenn resp. $b < r$, $b = r$ oder $b > r$ ist. Jede cyclische Curve, deren erzeugender Punkt nach dem Vorstehenden stets innerhalb des einen und ausserhalb des andern der beiden rollenden Kreise liegt, ist demnach den beiden Gruppen allgemeiner Cycloiden beizuzählen; die genannte Eintheilung kann also unmöglich beibehalten werden.

Kommt man dagegen überein, bei der Classificirung der cyclischen Curven stets dasjenige der beiden Polkreispaare zu Grunde zu legen, dessen Radienverhältniss $\frac{r}{R}$ das kleinere von beiden ist, so gelangt man zu einer wirklich natürlichen Eintheilung der allgemeinen Cycloiden. Alle Curven, deren erzeugender Punkt ausserhalb des so definirten rollenden Kreises liegt, sind von den anderen, deren erzeugender Punkt innerhalb desselben liegt, ganz charakteristisch verschieden. Jene bilden bei jeder Umdrehung der rollenden Kreise eine Schleife oder Schlinge, diese dagegen haben mehr oder weniger die Gestalt einer zwischen zwei concentrischen Kreisen verlaufenden Wellenlinie. Geeignete Bezeichnungen für diese beiden Arten allgemeiner cyclischer Curven scheinen mir die Namen „verschlungen“ und „gedehnt“ zu sein, welche *bisher hier und da*, allerdings nicht genau für dieselben Classen von Cycloiden angewendet wurden; sie erinnern zugleich an jene wichtigen geometrischen Eigenschaften.

Abgesehen von einigen Grenzfällen, zerfallen nach dieser Eintheilung die cyclischen Curven in folgende sechs Classen:

I. Hypocyclische Curven.

$$\left(\frac{r}{R}<1,\ \frac{r_1}{R_1}<1,\ \frac{r}{R}<\frac{r_1}{R_1}\right).$$

1. Verschlungene Hypocycloiden ($b>r$, $b_1<r_1$).
2. Spitze Hypocycloiden ($b=r$, $b_1=r_1$).
3. Gedehnte Hypocycloiden ($b<r$, $b_1>r_1$).

II. Epicyclische Curven.

$$\left(\frac{r}{R}<0,\ \frac{r_1}{R_1}>1\right).$$

4. Verschlungene Epicycloiden ($b>r$, $b_1<r_1$).
5. Spitze Epicycloiden ($b=r$, $b_1=r_1$).
6. Gedehnte Epicycloiden ($b<r$, $b_1>r_1$).

Die erwähnten Grenzfälle sind folgende:

A. Grenzfälle der verschlungenen und gedehnten cyclischen Curven.

α) Im Falle der hypocyclischen Curven.

$$\frac{r}{R}=\tfrac{1}{2},\ \frac{r_1}{R_1}=\tfrac{1}{2};\quad R=R,\ r=\frac{R}{2},\ b=b;$$
$$R_1=2b,\ r_1=b,\ b_1=\frac{R}{2}.$$

Die rollenden Kreise sind halb so gross, als die festen Grundkreise, und die cyclischen Curven sind in diesem Falle bekanntlich Ellipsen, die nur für $b=r=b_1=r_1$ in gerade Linien degeneriren. Die Halbaxen der Ellipsen sind

$$r_1+b_1=r+b \text{ und } r_1-b_1=b-r.$$

β) Im Falle der epicyclischen Curven.

$$\frac{r}{R}=-\infty,\ \frac{r_1}{R_1}=+\infty;\quad \begin{matrix} R=R,\ r=-\infty,\ b=-\infty-a=-\infty; \\ R_1=R,\ r_1=+\infty,\ b_1=+\infty+a=+\infty. \end{matrix}$$

Die festen Grundkreise sind einander gleich und concentrisch, d. h. sie fallen zusammen. Die rollenden Kreise sind beide unendlich gross, d. h. es sind gerade Linien, welche ebenfalls zusammenfallen. In Wirklichkeit existirt also nur ein Polkreispaar. Die cyclischen Curven sind verschlungene, gewöhnliche oder gedehnte Kreisevolventen, je nachdem die sie beschreibenden Punkte auf derselben Seite der Geraden liegen wie der Kreis, oder auf der Geraden, oder auf der dem Kreise gegenüberliegenden Seite der Geraden.

B. Grenzfälle der hypocyclischen und epicyclischen Curven.

$$\frac{r}{R} = 0, \quad \frac{r_1}{R_1} = 1.$$

Es sind mehrere Fälle zu unterscheiden.

α) Der Radius R sei endlich; dann muss $r = 0$ sein.

$$R = R, \quad r = 0, \quad b = b;$$
$$R_1 = \infty, \quad r_1 = \infty - b = \infty, \quad b_1 = R.$$

Wenn der eine bewegliche Kreis unendlich klein ist, so kann offenbar von einem Rollen desselben nicht mehr die Rede sein. Dagegen wird ein Punkt, welcher mit ihm fest verbunden ist, um ihn als Mittelpunkt einen Kreis beschreiben, welcher als cyclische Curve dieses Punktes zu betrachten ist. Das zweite Polkreispaar, durch dessen Bewegung dieser Kreis ebenfalls entsteht, wird von zwei unendlich grossen Kreisen gebildet, deren Mittelpunkte im Endlichen liegen. Jene kreisförmige cyclische Curve entsteht also auch, wenn — man gestatte mir diese Ausdrucksweise — ein Kreis mit dem Radius $\infty - b$ auf der Innenseite eines Kreises mit dem Radius ∞ rollt; vorausgesetzt, dass die Mittelpunkte beider Kreise im Endlichen liegen. Kinematisch erklärt sich die Erzeugung jener kreisförmigen Cycloide, wie folgt.

Wenn von zwei beweglichen ebenen Systemen das eine um einen seiner Punkte O rotirt, während alle Punkte des zweiten in demselben Sinne Kreise mit dem Radius b beschreiben, so haben beide Systeme stets einen Punkt mit einander gemein, der sich auf einem Kreise mit dem Mittelpunkte O und dem Radius b bewegt.

Für $b = 0$ wird

$$R_1 = \tfrac{0}{0}, \quad r_1 = R_1, \quad b_1 = R.$$

Die beiden Kreise des zweiten Polkreispaares einer solchen punktförmigen cyclischen Curve — denn die cyclische Curve des Punktes ($b = 0$) ist der Punkt selbst — sind demnach zwei gleich grosse concentrische Kreise von unbestimmtem Radius.

β) Der Radius R sei unendlich.

$$R = \infty, \quad r = r, \quad b = b.$$

Soll nicht die ganze Curve im Unendlichen liegen, so muss der Mittelpunkt des festen Kreises und der Cycloide im Unendlichen liegend angenommen werden. Der feste Grundkreis ist dann eine Gerade und die cyclische Curve ist eine gemeine Cycloide; sie ist verschlungen, spitz oder gedehnt, je nachdem $b > r$, $b = r$ oder $b < r$ ist.

Für $b = r$ fällt die Gerade, welche den zweiten unendlich grossen Grundkreis repräsentirt, mit der gegebenen zusammen, und der zweite bewegliche Polkreis ist eine zu dieser parallele Gerade, welche durch den erzeugenden Punkt geht. Die Bewegung derselben geht so vor sich, als ob sie in einem ihrer Punkte mit einem Punkte der Peripherie des gegebenen rollenden Kreises fest verbunden wäre. Dies zweite Polkreispaar der gemeinen spitzen Cycloide ist offenbar nicht geeignet zur mechanischen Erzeugung oder Construction derselben. Ebenso wenig oder noch weniger das zweite Polkreispaar einer verschlungenen oder gedehnten gemeinen Cycloide; denn dasselbe wird aus zwei unendlich grossen Kreisen gebildet, deren Mittelpunkte und Peripherien im Unendlichen liegen. Ist P der die Curve beschreibende Punkt, so wird die Bewegung der Ebene des zweiten Polkreises bestimmt durch die Bewegung einer durch P gehenden, mit ihm fest verbundenen Geraden, welche bei der Bewegung des Punktes P stets parallel bleibt zu der Geraden, auf welcher der gegebene bewegliche Polkreis rollt.

In Formeln ist für $R=\infty$, $r=r$ und $b=b$:

$$R_1=\frac{b}{r}\,\infty=\infty,\quad r_1=\frac{b}{r}\,\infty-b=\infty,\quad b_1=\infty-r=\infty.$$

Wiesbaden. ALWIN VIETOR.

XXI. Ueber eine Methode, die Intensität des horizontalen Theiles des Erdmagnetismus in absolutem Maasse nur mittelst Schwingungsbeobachtungen zu bestimmen.

Gauss hat in seiner Abhandlung „*Intensitas vis magneticae terrestris ad mensuram absolutam revocata*“ eine Methode zur absoluten Messung der horizontalen Componente des Erdmagnetismus angegeben und befolgt, welche im Wesentlichen darauf hinauskommt, mittelst Schwingungsbeobachtungen die Grösse MT — d. i. das Product aus dem magnetischen Momente des schwingenden Stabes in die horizontale Componente des Erdmagnetismus — und durch Beobachtung der Ablenkung, welche derselbe Stab in einer bestimmten Lage einem andern ertheilt, das Verhältniss $\frac{M}{\mathrm{T}}$ zu bestimmen und hieraus durch Elimination von M T in absolutem Maasse, d. h. nach Art irgend einer bewegenden Kraft vermittelst der elementaren Einheiten der Masse, Länge und Zeit auszudrücken.

Gauss erwähnt in dem Vorwort zur genannten Abhandlung, dass sich auch jener zweite Theil, die Bestimmung von $\frac{M}{\mathrm{T}}$ mittelst Schwingungsbeobachtungen ausführen lasse; dass Poisson diese Methode schon vorgeschlagen habe und dass nach derselben ausgeführte Beobachtungen ihm mitgetheilt worden seien, die jedoch entweder ganz erfolglos geblieben wären oder nur eine sehr rohe Annäherung gegeben hätten.

Aus den kurzen Bemerkungen, welche Gauss dieser zweiten Methode widmet und in denen er ausdrücklich von der Anwendung nur zweier

Magnetstäbe spricht, geht hervor — wie ich später nachweisen werde —, dass dabei doch noch eine Ablenkungsbeobachtung hat angestellt werden müssen, um das Verhältniss der von der Torsion des Aufhängefadens herrührenden Kraft zu der Kraft $\mathfrak{M}.T$ zu finden. Aber gerade die Ablenkungsbeobachtungen bilden eine hauptsächliche Fehlerquelle, da es sich bei diesen immer nur um minimale Grössen handelt, so dass der kleinste Beobachtungsfehler schon eine merkliche Störung des Resultats hervorbringen kann, während dies bei der Rechnung mit der Schwingungsdauer nicht in demselben Maasse der Fall ist. Dazu kommt noch, dass wir die Schwingungsdauer durch einfache Fortsetzung der Beobachtungen bis zu einem beliebigen Grade der Genauigkeit bestimmen können; dass diese Beobachtungen sehr bequem auszuführen sind, da man nur von Zeit zu Zeit Ablesungen zu machen hat, und dass eine Aenderung der Declination während der Beobachtung, die naturgemäss nur klein sein kann, das Resultat bei Weitem weniger beeinflusst, als bei einem Ablenkungsversuche. Wollte man daher darauf ausgehen, andere Methoden aufzufinden, nach denen man jene Bestimmung bewerkstelligen könnte, so würde man von vornherein nur von einer solchen einen praktischen Nutzen erwarten dürfen, bei der man jeder Ablenkungsbeobachtung überhoben ist.

Eine solche lässt sich nun in der That angeben; ich werde dieselbe im Folgenden entwickeln und die Resultate meiner nach dieser Methode angestellten Beobachtungen angeben. Auch nach der von Gauss erwähnten Methode habe ich Beobachtungen angestellt und es hat sich gezeigt, dass — wenn man nur in den Ausdrücken für die Kraftcomponenten noch Glieder mit dem Factor R^{-5} berücksichtigt — die Resultate, zu denen man auf den verschiedenen Wegen gelangt, von einander nicht viel mehr abweichen, als die von Gauss angegebenen Beobachtungsresultate selbst, so dass ich seine Bemerkung über die Unbrauchbarkeit jener Methode, über die er sich meines Wissens nirgends des Näheren ausgelassen, nicht für gerechtfertigt halte.

Ich werde mich der von Gauss in der genannten Abhandlung angewandten Bezeichnungen bedienen, soweit diese für die veränderte Aufgabe anwendbar und ausreichend sind.

Den die schwingende Magnetnadel (I) beeinflussenden Stab (II) lege ich so, dass seine Axe in die Verlängerung der von I in ihrer Ruhelage im magnetischen Meridian fällt, und setze fest, dass

$$\text{für } A \gtrless 0 \quad E \gtrless 0$$

sei, wenn II seinen Nordpol nach Norden, dagegen

$$\text{für } A \gtrless 0 \quad E \lessgtr 0,$$

... seinen Nordpol nach Süden kehrt.

Für die Einwirkung des beeinflussenden auf den schwingenden Magneten ergeben sich dann zwei Werthe, die den beiden Fällen entsprechen, dass der Nordpol von II

1. nach Norden,
2. nach Süden

gekehrt ist, in denen — unter Voraussetzung einer symmetrischen Vertheilung des Magnetismus in den Stäben — die beiden Doppelfälle enthalten sind, dass

1. II $\left\{ \begin{matrix} \text{nördlich} \\ \text{südlich} \end{matrix} \right\}$ von I, Nordpol II gen Norden,

2. II $\left\{ \begin{matrix} \text{nördlich} \\ \text{südlich} \end{matrix} \right\}$ von I, Nordpol II gen Süden

liegt. — Es ergeben sich dann, wenn ich ausser den von Gauss angewandten und erklärten Bezeichnungen

$$\Sigma A^3 E = \alpha^2, \quad \Sigma A B^2 E = \beta^2, \quad \Sigma A C^2 E = \gamma^2$$

setze, für die Componenten der magnetischen Kräfte, die auf das Element $e(a, b, c)$ wirken, die Gleichungen

$$X = \mp e \left\{ -\frac{2M}{R^3} - \frac{6xM}{R^4} - \frac{4\alpha^2 + 12x^2M - 6\beta^2 - 6y^2M - 6\gamma^2 - 6z^2M}{R^5} \right\} + e\mathrm{T},$$

$$Y = \mp e \left\{ -\frac{3yM}{R^4} - \frac{12xyM}{R^5} \right\},$$

$$Z = \mp e \left\{ -\frac{3zM}{R^4} - \frac{12xzM}{R^5} \right\},$$

wo in den Doppelzeichen die obengenannten beiden Fälle angedeutet sind.

Zu diesen Kräften kommt nun noch die, welche von der Torsion des Aufhängefadens auf die schwingende Nadel ausgeübt wird und die wir als ein auf das feste System in geeigneten Punkten wirkendes Kräftepaar auffassen können.

Der schwingende Stab kann nur eine Drehung um die z-Axe ausführen. Bezeichnen wir den variablen Winkel zwischen seiner Axe und deren Ruhelage im magnetischen Meridian mit u, nennen den Torsionscoefficienten des Fadens Θ, das Trägheitsmoment des aufgehängten Systems μ, setzen ferner

$$4\alpha^2 = \Omega$$

und berücksichtigen, dass β^2 und γ^2 sehr klein sind gegen α^2, so erhalten wir als einzige Differentialgleichung der Bewegung nach einigen Umformungen

$$\mu \frac{d^2u}{dt^2} = -\sin u \left\{ \mathrm{T}m + \Theta \pm \frac{2\mathrm{M}m}{R^3} \pm \frac{m\Omega}{R^5} \right\}.$$

Hieraus folgt aber für die Schwingungsdauer t

$$t = \pi \sqrt{\frac{\mu}{m\mathrm{T} + \Theta \pm \frac{2Mm}{R^3} \pm m\Omega}}$$

Bezeichnen wir nun die Schwingungsdauer für die Fälle 1 und 2 mit dem entsprechenden Index, so ergiebt sich hieraus

$$\frac{\mu\pi^2}{t_1^2} = m\mathrm{T} + \Theta + \frac{2\mathfrak{M}m}{R^3} + \frac{m\Omega}{R^5}, \quad \frac{\mu\pi^2}{t_2^2} = m\mathrm{T} + \Theta - \frac{2\mathfrak{M}m}{R^3} - \frac{m\Omega}{R^5}.$$

Bedienen wir uns zur Bezeichnung entsprechender Grössen für beide Stäbe derselben Buchstaben des kleinen, resp. grossen Alphabets, so können wir für den Fall, dass umgekehrt der Stab II unter dem Einfluss von I schwingt, sofort die Gleichungen hinschreiben

$$\frac{\mathrm{M}\pi^2}{T_1^2} = \mathfrak{M}\mathrm{T} + \Theta + \frac{2\mathfrak{M}m}{R^3} + \frac{\mathfrak{M}\omega}{R^5}, \quad \frac{\mathrm{M}\pi^2}{T_2^2} = \mathfrak{M}\mathrm{T} + \Theta - \frac{2\mathfrak{M}m}{R^3} - \frac{\mathfrak{M}\omega}{R^5}.$$

Für den Fall, dass I oder II unbeeinflusst von einander schwingen, ergeben sich hieraus, indem wir $R = \infty$ setzen, die Gleichungen

$$\frac{\mu\pi^2}{t^2} = m\mathrm{T} + \Theta, \quad \frac{\mathrm{M}\pi^2}{T^2} = \mathfrak{M}\mathrm{T} + \Theta.$$

Aus diesen Gleichungen können wir nun dadurch, dass wir die Trägheitsmomente um bestimmte, selbstständig messbare Grössen $\varkappa$ ändern oder R variiren, beliebig viele neue Gleichungen herleiten, deren Repräsentant diese sei:

$$\frac{(\mathrm{M}+\varkappa)\pi^2}{T_1'^2} = \mathfrak{M}\mathrm{T} + \Theta + \frac{2\mathfrak{M}m}{R'^3} + \frac{\mathfrak{M}\omega}{R'^5}.$$

In allen diesen Gleichungen kommen die 8 Unbekannten

$$\mu,\ \mathrm{M},\ m,\ \mathfrak{M},\ \omega,\ \Omega,\ \Theta,\ \mathrm{T}$$

in den 7 Complexen

$$m\mathrm{T} + \Theta,\ \mathfrak{M}\mathrm{T} + \Theta,\ m\mathfrak{M},\ m\Omega,\ \mathfrak{M}\omega,\ \mu,\ \mathrm{M}$$

vor, so dass — wenn wir diese Complexe als einheitliche Unbekannte auffassen — unser System von Gleichungen deren nur 7 enthält. Zur Bestimmung von 7 Unbekannten gehören aber 7 und nur 7 unabhängige Gleichungen. Wenn es uns als gelingt, mit Hilfe von 7 unserer Gleichungen diese Unbekannten zu bestimmen, so sind nur die beiden Fälle denkbar, dass entweder alle übrigen Gleichungen nach Einsetzung jener Lösungen identisch erfüllt werden, oder dass sie den benutzten widersprechen. Der letztere Fall ist aber hier ausgeschlossen, da alle unsere Gleichungen Lösungen ein und derselben Differentialgleichung und als solche gleichberechtigt sind zur Lösung des physikalischen Problems; dieselben müssen also — die Beobachtungen als absolut genau und unsere Voraussetzungen als vollständig erfüllt angesehen — durch die Lösungen der 7 gewählten Gleichungen erfüllt werden, d. h.: sie sind eine Folge derselben. Wir haben somit unter allen aufgestellten Gleichungen höchstens 7 unabhängige und diese reichen zur Bestimmung der 8 Unbekannten, insbesondere von T nicht hin, folglich lässt sich mit Hilfe der bisher angegebenen Anordnungen des Versuchs unser Problem überhaupt nicht lösen.

Es fragt sich nun, ob die beschriebenen alle möglichen oder alle brauchbaren Anordnungen sind? Wir haben die Stäbe I und II unbeeinflusst, hierauf I unter Einwirkung von II, und II unter Einwirkung von I, sowohl bei natürlicher, als umgekehrter Lage des beeinflussenden Stabes schwingen lassen. Es bleibt daher nur noch die Anordnung des Versuches übrig, dass man den schwingenden Stab umkehrt und seine Lage durch den Einfluss des andern Stabes zu einer stabilen Gleichgewichtslage macht. Dieser Anordnung entsprechend, würde man Gleichungen erhalten, in denen noch die Combinationen $-m\mathrm{T}+\Theta$ und $-\mathcal{M}\mathrm{T}+\Theta$ vorkommen. Aber der praktischen Verwerthung dieser Anordnung stellen sich grosse Schwierigkeiten entgegen; denn um zu bewirken, dass die umgekehrte Lage des aufgehängten Stabes eine stabile Gleichgewichtslage werde — was unbedingt erforderlich ist, wenn man denselben Schwingungen will ausführen lassen —, müsste man den beeinflussenden Magnetstab so nahe heranbringen, dass man den Abstand R ihrer Mittelpunkte nicht mehr als sehr gross gegen die Dimensionen der Nadeln ansehen könnte; man müsste dann von vornherein auch solche Glieder mit in Rechnung ziehen, die höhere als die fünfte Potenz von R im Nenner enthalten, und man würde dann gar nicht auf eine Gleichung kommen, die den von uns aufgestellten entspräche; es würde vielmehr die Differentialgleichung der Bewegung so complicirt werden, dass wir sie für unsern Zweck gar nicht brauchen können. Diese Anordnung des Versuches ist demnach als eine unbrauchbare auszuschliessen; und wir haben somit in den vorher aufgestellten Gleichungen wirklich alle, die wir überhaupt für die Schwingungsdauer mit Nutzen aufstellen können. Da wir nun gesehen haben, dass wir mit diesen das Problem noch nicht lösen können, so dürfen wir daraus nunmehr den Schluss ziehen: Bei Anwendung von nur zwei Magnetstäben reicht die Beobachtung der Schwingungsdauer allein nicht aus, um die unbekannten Grössen, insbesondere T zu bestimmen.

Wenden wir dagegen statt zweier drei Magnetstäbe an, so gelangen wir zum Ziele. Haben wir drei Magnetnadeln I, II, III und wir machen mit je zweien dieselben Operationen, die wir bisher angegeben haben, so erhalten wir jetzt eine hinreichend grosse Anzahl von Combinationen der Unbekannten, um diese daraus selbst zu finden. Bezeichnen wir jede dieser Grössen mit der Nummer des Stabes, auf den sie sich bezieht, als Index, so sind die elf Unbekannten des Problems:

$$\mu_1,\ \mu_2,\ \mu_3,\ m_1,\ m_2,\ m_3,\ \omega_1,\ \omega_2,\ \omega_3,\ \Theta \text{ und } \mathrm{T}$$

und es liefern uns unsere Gleichungen die Werthe der zwölf Complexe:

$$(m_1 m_2),\ (m_1 m_3),\ (m_2 m_3),\ (m_1 \omega_2),\ (m_1 \omega_3),\ (m_2 \omega_1),\ (m_2 \omega_3),\ (m_3 \omega_1),\ (m_3 \omega_2),$$
$$(m_1 \mathrm{T}+\Theta),\ (m_2 \mathrm{T}+\Theta),\ (m_3 \mathrm{T}+\Theta)$$

und der Unbekannten $\mu_1 \mu_2 \mu_3$. Hieraus aber ergeben sich alle Unb… ten selbst und wir erkennen somit die Möglichkeit der Lösung … Problems.

Um wirklich zu derselben zu gelangen, schlagen wir folgende… ein: Nachdem wir die Trägheitsmomente auf die von Gauss ange… Weise berechnet haben, stellen wir die Gleichungen auf:

$$a_1 = \frac{\mu_1 \pi^2}{t_1^2} = m_1 T + \Theta, \quad a_2 = \frac{\mu_2 \pi^2}{t_2^2} = m_2 T + \Theta, \quad a_3 = \frac{\mu_3 \pi^2}{t_3^2} = m_3 T$$

$$A_{12} = \frac{\mu_1 \pi^2}{T_{12}^2} = m_1 T + \Theta + \frac{2 m_1 m_2}{R^3} + \frac{m_1 \omega_2}{R^5},$$

$$A'_{12} = \frac{\mu_1 \pi^2}{T'^2_{12}} = m_1 T + \Theta + \frac{2 m_1 m_2}{R'^3} + \frac{m_1 \omega_2}{R'^5},$$

aus denen wir leicht finden

$$m_1 m_2 = \frac{R^5 (A_{12} - a_1) - R'^5 (A'_{12} - a_1)}{2 (R^2 - R'^2)} = P_{12}.$$

Auf ebendieselbe Weise erhalten wir, wenn wir die Stäbe I und II I und III, resp. III und II ersetzen,

$$m_1 m_3 = \frac{R^5 (A_{13} - a_1) - R'^5 (A'_{13} - a_1)}{2 (R^2 - R'^2)} = P_{13},$$

$$m_3 m_2 = \frac{R^5 (A_{32} - a_3) - R'^5 (A'_{32} - a_3)}{2 (R^2 - R'^2)} = P_{23}.$$

Hieraus folgt aber

$$m_1 = + \sqrt{\frac{P_{12} \cdot P_{13}}{P_{23}}}, \quad m_2 = + \sqrt{\frac{P_{12} \cdot P_{23}}{P_{13}}}, \quad m_3 = + \sqrt{\frac{P_{13} \cdot P_{..}}{P_{12}}}$$

Ferner erhalten wir ohne Weiteres aus unseren Gleichungen

$$a_1 - a_2 = (m_1 - m_2) T, \quad a_1 - a_3 = (m_1 - m_3) T, \quad a_2 - a_3 = (m_2 - m_3 \ldots$$

und daher ist

$$T = \frac{a_1 - a_2}{m_1 - m_2} = \frac{a_1 - a_3}{m_1 - m_3} = \frac{a_2 - a_3}{m_2 - m_3}.$$

Meine nach dieser Methode in der magnetischen Warte zu L… angestellten Beobachtungen ergaben nun für die auf unendlich … Schwingungen reducirten Schwingungszeiten der Stäbe:

I	unter Einfluss von	II	in einer Entfernung	$R = 1500^{mm}$	T_{12}	= 22…
I	,,	III	,,	$R = 1500$	T_{13}	= 22…
III	,,	II	,,	$R = 1500$	T_{32}	= 17…
I	,,	II	,,	$R' = 1700$	T'_{12}	= 22…
I	,,	III	,,	$R' = 1800$	T'_{13}	= 22…
III	,,	II	,,	$R' = 1779$	T'_{32}	= 1…

I unbeeinflusst $t_1 = 22{,}226$,
II ,, $t_2 = 19{,}449$,
III ,, $t_3 = 17{,}564$.

Ferner war

$\mu_1 = 4989928000, \quad \mu_2 = 5723196526, \quad \mu_3 = 5576576390,$

und hieraus folgt

$$a_1 = 99680739, \quad a_2 = 149328240, \quad a_3 = 171410782;$$
$$A_{12} = 100945279, \quad A_{13} = 101616779, \quad A_{32} = 175928380;$$
$$A'_{12} = 100726000, \quad A'_{13} = 100954395, \quad A'_{32} = 174084333.$$

Nach Einsetzung dieser Werthe in unsere Formeln ergiebt sich aber

$$m_1 = 51534782, \quad m_2 = 79411373, \quad m_3 = 91771000$$

und hieraus erhalten wir endlich gemäss unseren drei obigen Formeln:

(1, 2): T = 1,78115; (1, 3): T = 1,7839; (2, 3): T = 1,786;

Werthe, denen zu Grunde liegen als

Einheit der Masse: das Milligramm,
„ „ Länge: das Millimeter,
„ „ Zeit: die Secunde mittlerer Zeit.

Will man nun mit zwei Magneten auskommen, so bleibt Nichts übrig, als das Verhältniss der Torsionskraft Θ zu den magnetischen Kräften durch einen Ablenkungsversuch zu bestimmen. Es ist aber nach der Gauss'schen Bezeichnung

$$\frac{\Theta}{\mathrm{T}m} = \frac{u}{v-u}.$$

Füge ich diese Gleichung noch unserem früher besprochenen System von sieben Gleichungen hinzu, so kann ich nunmehr die acht Unbekannten μ ...T bestimmen.

Bei meinen nach dieser Methode angestellten Beobachtungen habe ich es nichtsdestoweniger vorgezogen, auch hier drei Magnetstäbe anzuwenden, jedoch lediglich, um eine intensivere Einwirkung auf den schwingenden Stab zu erhalten. Ich beeinflusste den schwingenden Stab gleichzeitig durch zwei Stäbe II und III, von denen ich den einen nördlich, den andern südlich in der früher angegebenen Weise anbrachte, und die dann zusammen wie Ein Magnet von grösserer magnetischer Kraft wirkten. Für diese Anordnung des Versuches besteht dann (wenn ich allgemein $\frac{u}{v-u} = \alpha$ und $1+\alpha_1 = c_1$, $1+\alpha_2 = c_2$, $1+\alpha_3 = c_3$ setze, ausserdem beide Stäbe in gleichem Abstande R auf die schwingende Nadel wirken lasse) die Gleichung

$$A_{\overline{23}} = \frac{\mu_1 \pi^2}{T^2_{\overline{23}}} = c_1 m_1 \mathrm{T} + \frac{2 m_1 (m_2 + m_3)}{R^3} + \frac{m_1 (\omega_2 + \omega_3)}{R^5}$$

und nach verändertem R

$$A'_{\overline{23}} = \frac{\mu_1 \pi^2}{T'^2_{\overline{23}}} = c_1 m_1 \mathrm{T} + \frac{2 m_1 (m_2 + m_3)}{R'^3} + \frac{m_1 (\omega_2 + \omega_3)}{R'^5}.$$

Hieraus und aus den Gleichungen für die unbeeinflusst schwingende Nadel folgt aber

$$n_1 n_2 - n_3 \mu = \frac{R^5 (t_{II} - t_1) - R'^5 (t_{III} - t_1)}{2(R^5 - R'^5)} = C,$$

also

$$n_2 + n_3 = \frac{C}{n_1}.$$

Ferner ist

$$n_2 + n_3 T = \frac{c_1 t_2 + t_2 c_2}{c_2 c_3}.$$

folglich

$$\frac{T}{n_1} = \frac{c_1 t_2 + c_2 t_3}{C c_2 c_3}.$$

Da nun $T n_1 = \frac{t_1}{c_1}$ ist, so erhalten wir hieraus endlich

$$T = +\sqrt{\frac{(c_1 t_2 + c_2 t_3) t_1}{C c_1 c_2 c_3}}.$$

Bezeichnen wir mit i und i' die Entfernung derjenigen Theilstriche der Scala, deren Spiegelbilder bei den veränderten Gleichgewichtslagen der magnetischen Axe im Fadenkreuz erscheinen, je nachdem man den Torsionskreis um $+v^0$ oder $-v^0$ gedreht hat, von dem, welcher bei der ursprünglichen darin stand, und mit r den Abstand der Scala von der Drehungsaxe, so erhalten wir die Grössen $c = \frac{u}{v - u}$ aus der Formel

$$c = \frac{(i + i') 180^0}{4 r \pi v - (i + i') 180^0}.$$

Es war nun die Schwingungsdauer von I unter dem Einflusse der Nadeln II und III bei einer Mittelpunktsentfernung

$$R = 1500^{mm} \quad T_{II} = 21.783'',$$
$$R = 1300 \quad T_{III} = 21.385.$$

Die Ablenkungsversuche ergaben für $v = 10^0$ und $r = 2113^{mm}$

$$i_1 = 226^{mm}, \quad i'_1 = 228^{mm},$$
$$i_2 = 205, \quad i'_2 = 215,$$
$$i_3 = 187, \quad i'_3 = 197.$$

Hieraus folgt aber

$$c_1 = 2.0552, \quad c_2 = 1.90445, \quad c_3 = 1.7546,$$
$$t_{II} = 103981580, \quad t_{III} = 107590000,$$

also endlich

$$T = 1.8067.$$

Dieser Werth weicht von den oben gefundenen allerdings etwas mehr ab, als jene von einander. Es finden sich aber unter den von Gauss angegebenen Beobachtungsresultaten — die er nach seiner Methode gefunden — Abweichungen, die der unsrigen gleich kommen, ja dieselbe noch übertreffen, und hieraus scheint mir hervorzugehen, dass die soeben angegebenen Methoden jener gegenüber durchaus nicht als unbrauchbar zu verwerfen, vielmehr derselben als gleichberechtigt, ja die erstere sogar nach dem auf S. 272 Gesagten — vielleicht als zu genaueren Resultaten befähigt an die Seite zu setzen sind.

Weidebrunn. Dr. A. Pfannstiel.

XXII. Ueber die Aehnlichkeitspunkte der Kugeln einer Dupin'schen Kugelschaar.

Untersuchungen über die Lage der Aehnlichkeitspunkte von drei und vier beliebigen Kugeln sind in allgemeinster Weise durchgeführt; man findet sie in Geiser's „Einleitung in die synthetische Geometrie", V § 17 und in Reye's „Synthetischer Geometrie der Kugeln" § 13.

Die Configuration der Aehnlichkeitspunkte von mehr als vier beliebigen Kugeln bietet wenig Interesse; dagegen scheint mir die Anordnung der Aehnlichkeitspunkte der Kugeln irgend einer Kugelschaar einer Untersuchung werth zu sein. Im Folgenden soll eine Dupin'sche Kugelschaar untersucht werden, d. h. die Schaar der Kugeln, welche drei gegebene Kugeln berühren. (S. Dupin's *„Applications de géométrie etc."*, *Paris* 1822, S. 200.)

Alle Kugeln einer Dupin'schen Schaar haben eine gemeinschaftliche Durchmesserebene; wir werden also die uns vorgesetzte Aufgabe folgendermassen fassen: Es sind zwei Kreise in einer Ebene gegeben und alle sie berührenden Kreise einer Schaar; die Anordnung ihrer Aehnlichkeitspunkte soll untersucht werden.

Wir beschränken uns auf folgenden Fall:

Die beiden gegebenen Kreise schliessen einander ein und die berührenden Kreise schliessen den innern Kreis aus. Die Berührungspunkte eines veränderlichen Kreises mit den beiden festen Kreisen liegen mit dem innern Aehnlichkeitspunkte der festen Kreise stets in gerader Linie (wie bekannt); denn jeder äussere Aehnlichkeitspunkt dreier Kreise liegt mit den beiden ihm nicht zugehörigen inneren in einer Geraden.

Die Indices 1, 2, 3, 4 mögen sich beziehen resp. auf die beiden festen Kreise und zwei dieselben berührende Kreise; A bezeichne einen äussern, J einen innern Aehnlichkeitspunkt.

Die vier Berührungspunkte je zweier Kreise mit den festen Kreisen sind, wie bekannt, Punkte eines Kreises; also ist $A_{13}A_{14}J_{23}J_{24}$ ein Kreisviereck.

Die Verbindungslinien $A_{13}A_{14}$ und $J_{23}J_{24}$ schneiden sich in einem Punkte der Potenzaxe der beiden festen Kreise, denn $A_{34}A_{14} \times A_{34}A_{13} = A_{34}J_{24} \times A_{34}J_{23}$ drückt die Gleichheit der Potenzen des gedachten Schnittpunktes in Bezug auf die festen Kreise aus. (Reye a. a. O. § 15, 139.)

Dieser Schnittpunkt ist aber äusserer Aehnlichkeitspunkt der berührenden Kreise 3 und 4; denn A_{34} muss erstens mit A_{13} und A_{14} in einer

Geraden liegen, weil die äusseren Aehnlichkeitspunkte dreier Kreise in gerader Linie liegen; zweitens muss A_{34} mit J_{23} und J_{24}, nämlich mit den beiden nicht zugehörigen inneren Aehnlichkeitspunkten in gerader Linie liegen.

Wir haben also den Satz:

Die äusseren Aehnlichkeitspunkte je zweier Kreise, welche zwei gegebene, sich einschliessende Kreise so berühren, dass der innere Kreis ausgeschlossen wird, liegen auf der Potenzaxe der beiden festen Kreise.

Um nun über die Lage der inneren Aehnlichkeitspunkte Aufschluss zu erlangen, halten wir einen der berührenden Kreise fest und sehen zu, was für eine Linie der innere Aehnlichkeitspunkt für diesen festen und einen veränderlichen Kreis beschreibt.

Der sich fortbewegende Mittelpunkt C_4 beschreibt eine Ellipse, deren Brennpunkte C_1 und C_2 sind und deren grosse Axe gleich ist der Summe der Radien der festen Kreise. Nun sind, nach der Definition der Aehnlichkeitspunkte, C_3, C_4, J_{34}, A_{34} vier harmonische Punkte. Da nun C_3 ein fester Punkt einer Ellipse, C_4 ein variabler derselben ist und A_{34} eine Gerade beschreibt, so muss der variable Punkt J_{34} auf der Polare des variablen Punktes A_{34} in Bezug auf die genannte Ellipse liegen. J_{34} ist also der Schnitt zweier entsprechender Strahlen projectivischer Strahlenbüschel, von denen der eine C_3 zum Mittelpunkte hat und der andere den Pol der Potenzaxe der festen Kreise in Bezug auf die Ellipse. (Vergl. einen allgemeinen Satz in Reye's „Geometrie der Lage", I S. 84.)

C_3 selbst ist einer der inneren Aehnlichkeitspunkte.

Wir können also folgenden Satz aussprechen:

Die äusseren Aehnlichkeitspunkte je zweier Erzeugungskugeln der ersten Art einer Dupin'schen Ringcyclide* liegen auf der äusseren Potenzaxe derselben, und die inneren Aehnlichkeitspunkte erzeugen eine Schaar von Ellipsen, welche in der einen Symmetrieebene der Cyclide liegen, alle durch einen Punkt gehen und die Ellipse der Kugelmittelpunkte in je einem Punkte berühren.

Für den Fall der Ringfläche erhält man eine Schaar congruenter Kreise, welche sich im Mittelpunkte der Fläche schneiden.

---

* Die Cyclide ohne Knotenpunkte und ohne Cuspidalpunkt.

Strassburg i. E. Dr. Kröber.

XIV.

Ueber einige Eigenschaften des Cylindroids.

Von

Dr. J. B. Goebel.

Hierzu Taf. V Fig. 1—7.

In meiner Dissertation „Die wichtigsten Sätze der neueren Statik"* sind einige Anwendungen mechanischer Principien auf geometrische Probleme enthalten, die sich auf eine gewisse Fläche dritter Ordnung, das Cylindroid, beziehen. Im gegenwärtigen Aufsatze sollen — theilweise nach derselben Methode, die jenen Entwickelungen zu Grunde gelegen — einige Beziehungen abgeleitet werden, die einestheils für die Curven zweiter und dritter Ordnung, welche auf dem Cylindroid liegen, andererseits für manche Aufgaben der Statik von Wichtigkeit sind.

Damit die Arbeit als unabhängiges Ganzes erscheine, dürfte es sich empfehlen, eine kurze Erläuterung einiger der vorkommenden, nicht allerwärts gebräuchlichen Begriffe vorauszuschicken. Namentlich wird es auf die Definitionen ankommen, welche S. 10 der citirten Schrift gegeben sind.

„Wir nennen die Vereinigung einer Einzelkraft von der Richtungslinie α und eines Kräftepaares in der Normalebene dieser Richtungslinie einen Winder.

Die Richtungslinie α der Einzelkraft heisst die Axe des Winders.

Das Verhältniss p des Moments M des Kräftepaares zu der Intensität a der Kraft nennt man den Pfeil des Winders.

„Wir nennen die Vereinigung einer gleichförmigen Rotationsbewegung um eine feste Gerade λ mit einer gleichförmigen Translationsbewegung parallel dieser Geraden eine Windung.

Die feste Gerade λ, um welche die Rotationsbewegung erfolgt, heisst die Axe der Windung.

Das Verhältniss q der Translationsgeschwindigkeit u zur Rotationsgeschwindigkeit** l nennt man den Pfeil der Windung.

* Verlag von Meyer & Zeller, Zürich.

** Die Rotationsgeschwindigkeit ist in Theilen eines Kreisbogens vom Radius Eins auszudrücken.

den Winkel φ, so erhält man die Gleichung des Cylindroids in der Form

3) $$z(x^2+y^2)=p\,xy.^*$$

Für den Pfeil p_ϱ, welcher einer Axe ϱ der Fläche entspricht, ergiebt sich die Relation

4) $$p_\varrho = p_\alpha \cos^2\varphi + p_\beta \sin^2\varphi,$$

welche u. A. ersehen lässt, dass je zwei Axen, die symmetrisch (also in gleichen Abständen $\pm z$) zur x- und y-Axe liegen, der gleiche Pfeil zugeschrieben werden muss.

Die Axen der beiden Winder α und β nennen wir die Hauptaxen der Fläche. Dass wirklich die Zusammensetzung je zweier Winder auf ein Cylindroid führt, zeigt man dadurch, dass man für solche zwei Winder die Existenz jener beiden Hauptaxen, d. h. der Fläche nachweist.

Das Princip der Mechanik, dass die Arbeit der Resultirenden gleich der Summe der Arbeiten der Componenten ist, führt zu dem wichtigen Satze:

„Eine Schraube λ, welche zu zwei anderen Schrauben α_1 und α_2 reciprok ist, ist zu allen Schrauben des durch α_1 und α_2 bestimmten Cylindroids reciprok."

Die Axe einer solchen „zum Cylindroid reciproken" Schraube λ, die den Pfeil p haben möge, wird die Fläche im Allgemeinen in drei Punkten — d. h. drei Cylindroidaxen — schneiden. Wird der Pfeil einer solchen Axe α mit q, der Winkel, unter welchem dieselbe gegen die Axe λ geneigt ist, mit ω bezeichnet, so kann die Reciprocitätsbedingung hinsichtlich der beiden Schrauben α und λ geschrieben werden

$$(p+q)\cos\omega = 0.$$

Die Gleichung lässt ersehen, dass die Axe jeder zum Cylindroid reciproken Schraube stets eine Axe der Fläche rechtwinklig und ausserdem — im Falle dreier reellen Schnittpunkte — zwei Axen gleichen Pfeils schneidet.

Nach diesen Vorbemerkungen wollen wir zunächst zur Betrachtung der auf dem Cylindroid liegenden Curven zweiter Ordnung übergehen.

Da das Cylindroid eine Fläche dritter Ordnung ist, so muss jede Ebene, welche die Fläche in einem Kegelschnitte schneidet, auch eine Erzeugende (Axe) des Cylindroids enthalten. Denken wir uns nun durch die Erzeugende α** eines gegebenen Cylindroids eine Ebene E gelegt,

* Der Factor p kann, wie es im Ferneren geschieht, ohne dass die Allgemeinheit der Betrachtungen beeinträchtigt wird, stets als positiv vorausgesetzt werden.

** Wir wollen im Ferneren diejenige Erzeugende, welche mit der x-Axe den *Winkel* α, *resp.* $180+\alpha$ bildet, kurz als „Erzeugende α" bezeichnen; nur dann,

so berührt dieselbe die Fläche in einem leicht angebbaren Punkte der Geraden α. Schneidet nämlich die Ebene E die Erzeugende $180-\alpha$ (gleichen Pfeils) im Punkte A_1, und legt man durch diesen Punkt eine Normalebene N zur Erzeugenden α, so schneidet die Ebene N die Erzeugende α im Berührungspunkte A der Ebene E.*

Der Neigungswinkel der Ebene E gegen die z-Axe sei mit μ bezeichnet. Ueber den Sinn desselben wollen wir später Festsetzung treffen. Vorläufig möge unter μ einfach der spitze Winkel gedacht sein, unter welchem die Ebene E gegen die z-Axe geneigt ist. Berücksichtigt man nun, dass die (in der z-Axe gemessene) Distanz der Erzeugenden α und $180-\alpha$ (Fig. 1) zufolge Gleichung 2) durch $p \sin 2\alpha$ ausgedrückt werden kann, so ist ersichtlich, dass das (im Grundriss gemessene) Stück AA_1 zwei Werthen gleichgesetzt werden darf:

$$AA_1 = OA_1 \sin 2\alpha = p \sin 2\alpha \, tg\,\mu,$$

woraus folgt

$$OA_1 = p \, tg\,\mu.$$

Nun muss jede Gerade, welche den Punkt A_1 der Erzeugenden $180-\alpha$ mit irgend einem Punkte der Erzeugenden α verbindet, offenbar auch einen Punkt der Schnittcurve der Ebene E mit dem Cylindroid enthalten. Erinnert man sich aber, dass jede solche Gerade — da sie zwei Axen gleichen Pfeils schneidet — als Axe einer zum Cylindroid reciproken Schraube betrachtet werden kann und also noch eine weitere Cylinderzeugende (in einem Punkte der gesuchten Schnittcurve) rechtwinklig schneiden muss, so sieht man sofort, dass der Grundriss jener Schnittcurve ein über der Strecke OA_1, als Durchmesser, stehender Kreis ist.

Unseren Zwecken dienlich ist es, hier die Bemerkung zu machen, dass der Winkel AOA_1 höchstens gleich 90^0 sein kann.

I. Es werden demnach die Grundrisse der Punkte A und A_1 durch die x- oder die y-Axe getrennt sein, je nachdem die Erzeugende α (also auch die Erzeugende $180-\alpha$) mit der x- oder mit der y-Axe den kleineren Winkel bildet.

Wir wollen, ehe wir die Polargleichung jenes Kreises anschreiben, noch die bezüglich des Sinnes des Neigungswinkels μ nöthige Unterscheidung treffen.

Es ist nützlich, zunächst mit Hinsicht auf den Neigungswinkel einer beliebigen Geraden gegen die z-Axe die entsprechende Unterscheidung festzustellen.

---

wenn eine Unterscheidung geboten erscheint, soll von „Radien vectoren α und $180+\alpha$" die Rede sein.

* Man weist nämlich leicht nach — indem man die Gerade AA_1 als Axe einer zum Cylindroid reci[illegible] [illegible]achtet —, dass diese Gerade die Fläche im Punkte A t[illegible]

Vorläufig genügt es, den Betrag des **spitzen** Neigungswinkels der betreffenden Geraden gegen die z-Axe, nach Massgabe folgender Entscheidung, positiv oder negativ in die Rechnung einzuführen.

Um einen Anhaltspunkt zu haben, fassen wir denjenigen Sinn der Geraden ins Auge, in welchem dieselbe durch eine im positiven (in Fig. 1 angedeuteten) Sinne um die z-Axe sich drehende Ebene beschrieben wird. Je nachdem nun in der Geraden dieser Sinn mit dem Sinne der wachsenden positiven z-Coordinaten übereinstimmt oder demselben entgegengesetzt ist, **soll die Gerade positiv oder negativ gegen die z-Axe geneigt heissen.**

Als leicht zu beweisende Folge dieser Feststellung führen wir u. A. an:

Eine Gerade, welche zwei Punkte der Fläche verbindet, deren Grundrisse durch die x-Axe getrennt sind, ist positiv; eine Gerade dagegen, welche durch zwei Flächenpunkte geht, deren Grundrisse durch die y-Axe getrennt sind, ist negativ gegen die z-Axe geneigt,

und als wichtige Specialisirung hiervon:

II. Geraden, welche Punkte von Axen gleichen Pfeils verbinden, haben positive oder negative Neigung gegen die z-Axe, je nachdem die Grundrisse der betreffenden beiden Punkte durch die x- oder durch die y-Axe getrennt sind. (Vergl. Anmerk. * S. 284.)

Es ist also z. B. die Gerade AA_1 (vergl. I, S. 285) positiv oder negativ gegen die z-Axe geneigt, je nachdem die Axe a mit der x- oder mit der y-Axe den kleineren Winkel bildet.

Im Anschluss hieran lässt sich auch für den Neigungswinkel μ der Schnittebene E die erforderliche Unterscheidung des Sinnes leicht angeben.

Da nämlich, wie man leicht erkennt, alle in einer solchen Schnittebene liegenden Geraden, welche den **gleichen** Radius vector a (also nicht $180 + a$)* schneiden, in gleichem Sinne gegen die z-Axe geneigt sind, so kann man die in Rede stehende Festsetzung folgendermassen treffen:

Die Schnittebene E soll mit **Bezug auf den Radius vector a ihres Berührungspunktes** A positiv oder negativ gegen die z-Axe geneigt heissen, je nachdem irgend eine in der Ebene liegende, den Radius vector a schneidende Gerade positiv oder negativ gegen die z-Axe geneigt ist.

Eine solche Gerade ist z. B. AA_1. Mit Berücksichtigung der oben angeführten, für deren Neigung massgebenden Unterscheidung gelangt man zu dem Resultat:

Die Schnittebene E ist mit Bezug auf den Radius vector a ihres Berührungspunktes positiv oder negativ gegen die

* Die Geraden der Ebene E, welche den Radius vector $180 + a$ schneiden, sind in entgegengesetztem Sinne gegen die z-Axe geneigt.

-Axe geneigt, je nachdem die Axe a mit der x- oder mit der y-Axe den kleineren Winkel bildet.

Die Polargleichung des oben erwähnten Grundrisskreises ermittelt man leicht als

$$5) \qquad r = p\, tg\mu\, cos(\varphi + a),$$

worin r der Radius vector (0 als Ursprung angenommen) eines beliebigen Kreispunktes und φ der Winkel ist, welchen jener Radius vector mit der positiven x-Axe einschliesst.

Nur für die Werthe 0 und ∞ für $tg\mu$ findet ein Zerfallen der Schnittcurve statt; im ersteren Falle vertritt die Doppelgerade des Cylindroids deren Stelle, im andern Falle kommen die Erzeugende $90 - a$ und die unendlich ferne Gerade des Cylindroids in Betracht.

Dem gewonnenen Resultate lässt sich folgende allgemeinere Fassung geben:

Die auf dem Cylindroid liegenden Kegelschnitte sind Ellipsen. Jeder Kreiscylinder, welcher die Doppelgerade des Cylindroids als Erzeugende enthält, schneidet die Fläche in einer solchen Ellipse.

Wir werden im Ferneren die zu irgend einer auf dem Cylindroid liegenden Ellipse $\varkappa$ gehörige Schnittebene E kurz als „Ebene $\varkappa$" und den zugehörigen Grundrisskreis als „Kreis $\varkappa$" bezeichnen.

Da jede Gerade g mit dem Cylindroid mindestens einen reellen Punkt gemein hat (der etwa in der Erzeugenden φ liege), so ist es eine stets anwendbare Methode, die Gerade g in Bezug auf das Cylindroid festzulegen, wenn ausser dem Grundriss derselben noch diejenige Ebene $\varkappa$ gegeben wird, welche durch die Gerade g und die Erzeugende φ geht. Diese Ebene ist aber durch den zugehörigen Kreis $\varkappa$ vollkommen bestimmt.

Eine Gerade g ist demnach als gegeben zu betrachten durch ihren Grundriss und einen Kreis $\varkappa$.

Wenn der Kreis $\varkappa$ mit dem Grundriss der Geraden g zwei reelle Punkte gemein hat, so entsprechen diesen offenbar zwei reelle Schnittpunkte der Geraden g mit dem Cylindroid. Die Gerade schneidet also in diesem Falle die Fläche in drei reellen Punkten.

Die den beiden Kreispunkten entsprechenden Flächenpunkte seien (Fig. 2) mit P_1 und P_2, der dritte Punkt (in welchem die Gerade g die in der Ebene $\varkappa$ gelegene Cylindroiderzeugende schneidet) sei nunmehr mit P_3 bezeichnet. Die Erzeugenden, auf welchen die Punkte P_1, P_2, P_3 liegen, seien resp. φ_1, φ_2, φ_3. Denkt man sich nun, die Gerade g bewege sich in der Ebene $\varkappa$ parallel sich selbst, so wird sie innerhalb der Grenzlagen m und n, wo ihr Grundriss den Kreis $\varkappa$ beziehungsweise in den Punkten M und N berührt, stets die Fläche in drei reellen Punkten schneiden. Für jede dieser parallelen Lagen der Geraden sind offenbar (im Grundriss) die Kreisbogen MP_1 und MP_2 oder auch NP_1 und

NP_2 einander gleich. Es sind demnach auch z. B. die Winkel MOP_1 und MOP_2 einander gleich. Sollen diese Gleichheiten durch die Winkel φ_1 und φ_2 ausgedrückt werden, so muss insbesondere die specielle Lage o der Geraden in Betracht gezogen werden, wo der Grundriss derselben durch den Ursprung O geht. Man sieht leicht ein, dass innerhalb des Bereiches mo

$$\angle \varphi_1 + \varphi_2 = 2XOM$$

und innerhalb des Bereiches on

$$\angle \varphi_1 + \varphi_2 = 2XON = 2XOM - 180$$

ist. Es ist also die Summe $\varphi_1 + \varphi_2$ im Allgemeinen constant; dieselbe differirt jedoch für solche Geraden g, welche durch die Gerade o getrennt sind, um 180^0.

Berücksichtigt man nun, dass für ebensolche Geraden auch der dem Punkte P_3 entsprechende Winkel φ_3 um 180^0 differirt, so ersieht man, dass die Summe

$$\varphi_1 + \varphi_2 + \varphi_3$$

für alle Geraden g constant ist. Diese Summe kann aber leicht bestimmt werden. Wir wollen zu diesem Zwecke die Lage g_r der Geraden (Schnittpunkte: P_1^*, P_2^*, P_3^*) betrachten, in welcher der Grundriss derselben durch den Endpunkt P_2^* des Durchmessers geht, über welchem der Kreis $\varkappa$ steht. Der Winkel φ_2 ist in diesem Falle gleich $180 - \varphi_3$, der Radius vector φ_1 fällt mit der kürzesten Entfernungslinie der z-Axe und der Geraden g_r zusammen. Bezeichnen wir demnach etwa den Winkel, welchen die der Geraden g_r zugekehrte Normale* mit der positiven x-Axe bildet, mit σ, so besteht die Relation

$$\varphi_1 + \varphi_2 + \varphi_3 = 180 + \sigma.$$

Die Summe $\varphi_1 + \varphi_2 + \varphi_3$ ist also in diesem Falle durch den Betrag des Winkels dargestellt, welchen die der Geraden g_r abgekehrte Normale mit der positiven x-Axe bildet. Offenbar ist in analogen Fällen die der Geraden g_r zu- oder abgekehrte Normale zu nehmen, je nachdem die Grundrisse der Punkte P_2^* und P_3^* durch die x- oder durch die y-Axe getrennt sind, d. h. (vergl. II, S. 286) je nachdem die Gerade g_r positiv oder negativ gegen die z-Axe geneigt ist. Berücksichtigt man nun, dass die der Geraden g_r zugekehrte Normale für irgend eine der Geraden g zu- oder abgekehrte Normale ist, je nachdem diese Gerade mit der Geraden g_r gleiche oder entgegengesetzte Neigung gegen die z-Axe hat, so folgt ganz allgemein:

Als der Winkelsumme $\varphi_1 + \varphi_2 + \varphi_3$ entsprechender Radius vector kommt die der betrachteten Geraden g zu- oder ab-

* Wird mit d die kürzeste Entfernungslinie der Geraden g und der z-Axe bezeichnet, so wollen wir fernerhin unter der „der Geraden g zugekehrten Normalen" den der Geraden g zugekehrten Radius vector d verstehen.

gekehrte Normale in Betracht, je nachdem die Gerade g positiv oder negativ gegen die z-Axe geneigt ist.

Wir wollen nun (Fig. 3) mit r_1, r_2, r_3 die den drei Punkten P_1, P_2, P_3 entsprechenden Radien vectoren, mit d den kürzesten Abstand der Geraden g von der z-Axe und mit ε den Neigungswinkel der Geraden gegen die z-Axe bezeichnen. Wird nunmehr allgemein unter σ der Winkel verstanden, welchen die der Geraden g zugekehrte Normale mit der positiven x-Axe bildet, so ergeben sich sofort die Relationen

$$6)\qquad d = r_1 \cos(\sigma - \varphi_1) = r_2 \cos(\sigma - \varphi_2) = r_3 \cos(\sigma - \varphi_3),$$

worin σ gleich $\varphi_1 + \varphi_2 + \varphi_3$ oder $\varphi_1 + \varphi_2 + \varphi_3 - 180$ zu setzen ist, je nachdem der Neigungswinkel ε positiv oder negativ ist. In dieser Gleichungsreihe ist beispielsweise die Relation enthalten

$$\frac{r_1}{r_2} = \frac{\cos(\sigma - \varphi_2)}{\cos(\sigma - \varphi_1)},$$

worin offenbar von dem Doppelwerth der Grösse σ abgesehen werden kann. Es ergeben sich demnach (wenn σ etwa gleich $\varphi_1 + \varphi_2 + \varphi_3$ gesetzt wird) die allgemeinen Beziehungen

$$\frac{r_1}{r_2} = \frac{\cos(\varphi_3 + \varphi_1)}{\cos(\varphi_2 + \varphi_3)}, \quad \frac{r_3}{r_1} = \frac{\cos(\varphi_2 + \varphi_3)}{\cos(\varphi_1 + \varphi_2)}, \quad \frac{r_2}{r_3} = \frac{\cos(\varphi_1 + \varphi_2)}{\cos(\varphi_3 + \varphi_1)}.$$

Wird nun etwa mit d_{12} der Abstand der beiden Erzeugenden φ_1 und φ_2 bezeichnet, so kann z. B. das im Grundriss gemessene Stück $P_1 P_2$ (Fig. 3) auf zweierlei Art ausgedrückt werden:

$$P_1 P_2 = r_1 \frac{\sin(\varphi_1 - \varphi_2)}{\cos(\sigma - \varphi_2)} = d_{12}\, tg\, \varepsilon$$
$$= p \sin(\varphi_1 - \varphi_2) \cos(\varphi_1 + \varphi_2)\, tg\, \varepsilon,\text{*}$$

woraus folgt

$$\text{A)}\qquad r_1 = p\, tg\, \varepsilon \cos(\varphi_1 + \varphi_2) \cos(\sigma - \varphi_2).\text{**}$$

Hierin ist $\cos(\sigma - \varphi_2) = \pm \cos(\varphi_1 + \varphi_3)$ zu setzen, je nachdem ε positiv oder negativ ist. Man kann demnach zur Berechnung der Radien vectoren die drei gleichgebauten Ausdrücke benützen:

$$r_1 = p\, tg\, \varepsilon \cos(\varphi_1 + \varphi_2) \cos(\varphi_3 + \varphi_1),$$
$$r_2 = p\, tg\, \varepsilon \cos(\varphi_2 + \varphi_3) \cos(\varphi_1 + \varphi_2),$$
$$r_3 = p\, tg\, \varepsilon \cos(\varphi_3 + \varphi_1) \cos(\varphi_2 + \varphi_3),$$

worin jedoch ε in allen Fällen positiv zu nehmen ist.

Setzt man in Gleichung A) für r_1 den aus der betreffenden Gleichung 6) hervorgehenden Werth ein, so entsteht die allgemeine Relation

* Es ergiebt sich nämlich, wie man leicht mittelst Gleichung 2) herleitet, für d_{12} der Werth $p \sin(\varphi_1 - \varphi_2) \cos(\varphi_1 + \varphi_2)$.

** Offenbar existirt auch die gleichbedeutende Relation $r_1 = p\, tg\, \varepsilon \cos(\varphi_1 + \varphi_3) \cos(\sigma - \varphi_3)$.

7) $$d = p\,tg\,\varepsilon\,cos(\varphi_1 + \varphi_2)\,cos(\varphi_3 + \varphi_1)\,cos(\varphi_2 + \varphi_3),$$

worin natürlich ε wieder mit dem entsprechenden Zeichen einzuführen ist.

Ein besonderes Interesse hat die durch Gleichung A) dargestellte Beziehung dadurch, dass mittelst derselben die Gleichung gewisser, auf dem Cylindroid liegender Curven dritter Ordnung leicht abgeleitet werden kann.

Denkt man sich nämlich zu den beiden Erzeugenden α und β des Cylindroids diejenigen Transversalen, welche einer gewissen Ebene $\varkappa$ parallel sind, so bilden diese Transversalen die Erzeugenden eines Paraboloids, welches mit dem Cylindroid die Erzeugenden α und β und eine unendlich ferne Gerade, und folglich im Allgemeinen noch eine Curve dritter Ordnung gemein hat.

Der dem Berührungspunkte der Ebene $\varkappa$ entsprechende Radiusvector bilde mit der positiven x-Axe den Winkel γ, der Neigungswinkel der Ebene $\varkappa$ gegen die z-Axe sei μ. Man zeigt nun leicht, dass für irgend eine zur Ebene $\varkappa$ parallele Gerade g, welche gegen die z-Axe um den Winkel ε geneigt sei, die Beziehung gilt

$$tg\,\varepsilon = \frac{tg\,\mu}{cos(\sigma - \gamma)},$$

worin, wie oben, σ den Winkel bedeutet, welchen die der Geraden g zugekehrte Normale mit der positiven x-Axe bildet. In der Gleichung A) ist für den Fall der erwähnten Transversalen, als der das Cylindroid schneidenden Geraden, φ_2 etwa gleich α, φ_3 gleich β zu setzen. Lassen wir noch überall die Indices Eins weg, so entsteht — bei Berücksichtigung des obigen Werthes für $tg\,\varepsilon$ — die Gleichung

$$r = p\,tg\,\mu\,cos(\varphi + \alpha)\,\frac{cos(\sigma - \alpha)}{cos(\sigma - \gamma)}.$$

Hierin kann, unbeschadet der Doppelwerthigkeit von σ, diese Grösse gleich $\alpha + \beta + \varphi$ gesetzt werden und es ergiebt sich

8) $$r\,cos(\alpha + \beta - \gamma + \varphi) = p\,tg\,\mu\,cos(\varphi + \alpha)\,cos(\varphi + \beta).$$

Durch diese Gleichung ist die in Rede stehende Curve dritter Ordnung, welche in den Erzeugenden $90 - \alpha$ und $90 - \beta$ die Doppelgerade des Cylindroids schneidet — im Grundriss also den Punkt O zum Doppelpunkt hat —, vollkommen bestimmt. Der unendlich ferne Punkt derselben liegt in der Erzeugenden $\varphi = 90 - \alpha - \beta - \gamma$. Wir werden später auf die auf dem Cylindroid liegenden Curven dritter Ordnung zurückkommen.

Bevor wir zur Entwickelung weiterer Beziehungen übergehen, wird es zweckmässig sein, einige Feststellungen zu treffen, welche zur Bestimmung des Sinnes des Winkels nothwendig sind, unter welchem irgend eine Gerade g des Raumes gegen irgend eine Erzeugende φ des Cylindroids geneigt ist.

Jedem der Radien vectoren, in welche die Cylindroiderzeugenden, wie überhaupt alle die z-Axe senkrecht schneidenden Geraden, durch diese Axe getheilt werden, schreiben wir denjenigen Drehungssinn — den betreffenden Radius vector als Drehungsaxe angenommen — als positiven zu, welchen ein in der positiven Richtung des Radius vector hinblickender Beobachter als Drehungssinn des Uhrzeigers erkennen würde.

Unter den Erzeugenden der Fläche ist mit Hinsicht auf eine gegebene Gerade g diejenige von besonderer Wichtigkeit, welche mit der Geraden g einen rechten Winkel bildet. Dieselbe soll im Ferneren als „Erzeugende σ" unterschieden werden, wobei σ den Winkel bezeichne, welchen derjenige Radius vector (der Erzeugenden σ) mit der positiven x-Axe bildet, der von der kürzesten Entfernungslinie der Geraden g und σ geschnitten wird.

Wir legen einer Geraden g denjenigen Sinn als positiven bei, welchen eine in derselben gedachte Kraft haben müsste, um hinsichtlich des zugehörigen Radius vector σ — dem oben definirten Drehungssinne gemäss — ein positives Moment zu erzeugen.

Es sollen nun einige Relationen zwischen den Bestimmungsstücken einer Geraden g abgeleitet werden, welche das Cylindroid in den drei Erzeugenden φ_1, φ_2 und φ_3 durchdringe, und zwar zunächst, indem die Winkel δ_1, δ_2, δ_3 eingeführt werden, unter welchen die Gerade g beziehlich jene drei Erzeugenden schneide.

Als positiven Sinn einer Erzeugenden φ, die im Punkte P von der Geraden g geschnitten werden möge, nehmen wir den positiven Sinn des Radius vector an, auf welchem der Punkt P liegt.

Der Winkel δ, unter welchem die Gerade g die Erzeugende φ schneide, kann nunmehr ausreichend als derjenige Winkel definirt werden, welchen die positiven Richtungen der Geraden g und φ mit einander bilden.

Diese Definition überträgt man auch leicht auf den Winkel δ', welchen die Grundrisse der beiden Geraden g und φ einschliessen.

So ist z. B. in Fig. 4 der positive Sinn der Geraden g (und ihres Grundrisses) als derjenige angenommen, in welchem die Gerade g (und ihr Grundriss) von einer im positiven Sinne um die z-Axe sich drehenden Ebene beschrieben werden. Wird wieder mit σ der Winkel bezeichnet, welchen die der Geraden g zugekehrte Normale mit der positiven x-Axe bildet, so erhält man in unserem Falle beispielsweise für den Winkel δ'_1 den Zusammenhang

$$\delta'_1 = 90 + \sigma - \varphi_1.$$

Weiter besteht, wie leicht ersichtlich, die Relation

$$\cos\delta_1 = \cos\delta'_1 \sin\varepsilon = -\sin(\sigma - \varphi_1)\sin\varepsilon,$$

worin wieder ε den Neigungswinkel der Geraden g gegen die z-Axe bedeutet, der jedoch in der vorstehenden Beziehung stets positiv zu nehmen ist.

Wird der Geraden g der dem angenommenen entgegengesetzte Sinn als positiver beigelegt, so wird die vorige Beziehung offenbar geschrieben werden müssen

$$\cos\delta_1 = \sin(\sigma - \varphi_1)\sin\varepsilon.$$

Es ist also $\cos\delta_1 = \mp\sin(\sigma-\varphi_1)\sin\varepsilon$ zu setzen, je nachdem der positive Sinn der Geraden g mit dem Sinne, in welchem die Gerade von einer im positiven Sinne um die z-Axe sich drehenden Ebene beschrieben wird, übereinstimmt oder demselben entgegengesetzt ist.

An dieser Stelle erscheint es zweckmässig, die frühere Definition des Winkels ε (S. 286) durch eine schärfere, die Uebersicht erleichternde zu ersetzen.

Es sei wieder die Linie der kürzesten Entfernung der Geraden g von der z-Axe mit d bezeichnet. Wir denken uns nun die Gerade g aus einer Anfangslage g^*, die parallel der z-Axe sei und mit der Geraden g einen und denselben Punkt der Linie d gemein haben möge, um die kürzeste Entfernungslinie d in die wirkliche Lage herausgedreht. Der positive Sinn jener Anfangslage stimme mit dem Sinne der wachsenden positiven z überein.

Das Maass des Winkels ε sei nun der Betrag desjenigen Drehungswinkels, welcher beschrieben werden muss, damit die Anfangsgerade g^* nach Sinn und Richtung mit der Geraden g zur Deckung kommt. Die Drehung der Geraden muss hierbei in dem der kürzesten Entfernungsstrecke d entsprechenden positiven Drehungssinne erfolgen.

Wird der Winkel ε dieser Art gezählt, so können die beiden obigen, durch das Vorzeichen sich unterscheidenden Formeln zusammengefasst werden in der Gleichung

$$9)\qquad \cos\delta_1 = -\sin(\sigma-\varphi_1)\sin\varepsilon.$$

Bei Berücksichtigung der analogen Ausdrücke für $\cos\delta_2$ und $\cos\delta_3$ ergiebt sich hier auch die allgemein giltige Gleichungsreihe

$$\frac{\cos\delta_1}{\cos\delta_2} = \frac{\sin(\varphi_3+\varphi_2)}{\sin(\varphi_1+\varphi_3)},\quad \frac{\cos\delta_3}{\cos\delta_1} = \frac{\sin(\varphi_2+\varphi_1)}{\sin(\varphi_3+\varphi_2)},\quad \frac{\cos\delta_2}{\cos\delta_3} = \frac{\sin(\varphi_1+\varphi_3)}{\sin(\varphi_2+\varphi_1)}$$

Nunmehr kann in sehr einfacher Weise für die kürzeste Entfernung e der Geraden g von der erwähnten, zu ihr normalen „Erzeugenden σ" ein Ausdruck abgeleitet werden, welcher durch eine gewisse Analogie mit dem Ausdrucke für die Distanz d (Gleichung 7) charakteristisch ist. Zu diesem Zwecke mögen die Erzeugenden σ, φ_1, φ_2 als Axen dreier Winder angesehen werden. Als solchen können denselben immer gewisse Intensitäten a, a_1, a_2 beigelegt werden, zwischen welchen jedoch — für den Fall des Gleichgewichts — die bekannte, durch das Gesetz des

Parallelogramms der Intensitäten begründete Relation bestehen muss. Wir denken (Fig. 5) den Winder σ als den resultirenden der beiden Winder φ_1 und φ_2. Wie man leicht erkennt, können in jedem Falle für zwei der drei Winder, also z. B. für σ und φ_1, positive* Intensitäten gewählt werden. Wird nun auch, wie in unserer Figur, die Intensität a_2 negativ, so besteht doch immer die Relation

$$\text{B)} \qquad \frac{a_1}{a} = \frac{\sin(\sigma - \varphi_2)}{\sin(\varphi_1 - \varphi_2)}.$$

Die Pfeile der Winder φ_1 und φ_2 seien resp. p_1 und p_2.

Die Gerade g betrachten wir als Axe einer Windung und legen derselben den Pfeil $-p_2$ und eine (sonst beliebige) Translationsgeschwindigkeit bei, deren Sinn mit dem positiven Sinne der Geraden g übereinstimme.

Setzen wir nun die mechanische Arbeit, welche der Winder σ gegenüber der Windung g verrichtet, gleich der Summe der Arbeiten der Winder φ_1 und φ_2 derselben Windung gegenüber, so entsteht die Relation

$$a e = a_1 (p_1 - p_2) \cos \delta_1 .^{**}$$

Mit Berücksichtigung der hier direct anwendbaren Formeln 9) und B) geht diese Gleichung über in

$$e = -(p_1 - p_2) \frac{\sin \varepsilon}{\sin(\varphi_1 - \varphi_2)} \sin(\sigma - \varphi_1) \sin(\sigma - \varphi_2),$$

worin natürlich der Betrag des Winkels ε der neuen Definition zufolge bestimmt werden muss und, wie leicht ersichtlich, $\sigma = \varphi_1 + \varphi_2 + \varphi_3$ gesetzt werden darf.

Mit Hinsicht auf Formel 4) weist man leicht die Beziehung nach

$$p_1 - p_2 = -p \sin(\varphi_1 + \varphi_2) \sin(\varphi_1 - \varphi_2),$$

vermöge welcher der Ausdruck für die Entfernung e geschrieben werden kann:

$$\text{10)} \qquad e = p \sin \varepsilon \sin(\varphi_1 + \varphi_2) \sin(\varphi_3 + \varphi_1) \sin(\varphi_2 + \varphi_3).$$

Eine weitere Anwendung des Princips der Summation der mechanischen Arbeiten wollen wir zum Zwecke der Lösung der für die Statik wichtigen Aufgabe machen:

Zu einer beliebigen Schraube λ vom Pfeil k die auf einem gegebenen Cylindroid liegende reciproke Schraube zu finden.

Es sei auch hier diejenige Cylindroidaxe, welche zur Axe λ rechtwinklig ist, mit σ bezeichnet. Der Pfeil derselben sei p. Ferner sei σ' diejenige Axe des Cylindroids, welche zur Axe σ rechtwinklig (d. h.

---

* D. h. Kräfte, welche ihre in der z-Axe zu denkenden Angriffspunkte nach der Geraden g hinzubewegen trachten.

** Es sind nämlich die virtuellen Coefficienten für die Schraubenpaare (g, σ), (g, φ_1), (g, φ_2) beziehungsweise gleich e, $(p_1 - p_2) \cos \delta_1$ und Null (vergl. S. 282).

parallel zum Grundrisse der Geraden λ) ist, und p' der Pfeil derselben. Denken wir die Schrauben σ und σ' als Winder von den Intensitäten $\cos\psi$ und $\sin\psi$, den resultirenden Winder ϱ (dessen Axe also mit der Axe σ den — im Sinne positiver Drehung um die z-Axe zu zählenden — Winkel ψ bilden wird) daher von der Intensität Eins, ferner die Schraube λ, deren Axe um den Winkel ε gegen die z-Axe geneigt sei, als Windung (vom Pfeil k), bezüglich welcher sonst wieder dieselben Voraussetzungen gemacht werden, wie oben für die Windung η, so ergiebt sich bei der Annahme, dass die Schraube jenes resultirenden Winders ϱ zur Schraube λ reciprok sein soll, durch eine der vorigen analoge Anwendung des Arbeitsprincips die Bedingungsgleichung

$$\cos\psi \,.\, e + \sin\psi \{(p' + k)\sin\varepsilon + d\cos\varepsilon\} = 0,$$

wenn hierin, wie früher, e und d die kürzesten Entfernungen der Axe λ von den Axen σ und σ' resp. bezeichnen. Der Winkel ε ist, wie man leicht erkennt, der Definition S. 292 gemäss anzunehmen. Der Winkel ψ und hiermit die zur Schraube λ reciproke Cylindroidschraube ist demnach bestimmt vermittelst der Formel

$$11) \qquad tg\,\psi = -\frac{e}{(p' + k)\sin\varepsilon + d\cos\varepsilon}.$$

Hat die Schraube λ den Pfeil $k = -p'$, so wird

$$tg\,\psi = -\frac{e}{d\cos\varepsilon}$$

oder auch, wenn wir aus den Formeln 7) und 10) die betreffenden Werthe für e und d entnehmen,

$$tg\,\psi = -\,tg(\varphi_1 + \varphi_2)\,tg(\varphi_3 + \varphi_1)\,tg(\varphi_2 + \varphi_3).$$

Für den speciellen Fall einer Schraube λ vom Pfeil $-p'$ lässt sich übrigens das Resultat einfacher in folgender Weise direct ableiten.

Wir wollen diejenige Parallelebene zur xy-Ebene, welche durch die (zur Axe λ gehörige) Erzeugende σ geht, kurzweg als „Höhenebene σ", den Punkt sodann, in welchem die Axe λ diese Ebene schneidet, mit Q bezeichnen. Offenbar könnte die Axe λ auch dadurch gegeben sein, dass die ihr entsprechende Erzeugende σ, der Neigungswinkel ε und der Punkt Q als bestimmende Elemente bekannt wären.

Die Windung λ vom Pfeil $-p'$ denken wir uns zerlegt nach zwei Windungen λ_1 und λ_2 von demselben Pfeil $-p'$, deren Axen mit der Axe λ durch denselben Punkt Q gehen — derart, dass etwa die Axe λ_1 zur z-Axe, die Axe λ_2 zum Grundrisse der Axe λ parallel ist. Die Schraube der Windung λ_2 ist zu zweien (σ und σ') und daher zu allen Cylindroidschrauben reciprok. Es muss demnach die zur Schraube λ reciproke Cylindroidschraube auch zur Schraube λ_1 (als der Schraube der andern componirenden Windung) reciprok sein. Erwägt man nun, dass die Axe λ_1, da sie zur z-Axe parallel ist, eine gewisse Cylindroidschraube

ϱ **rechtwinklig** schneidet, d. h. dass die Schraube λ_1 zur Cylindroidschraube ϱ **reciprok** ist, so erkennt man sofort die Richtigkeit der Folgerung:

Der Grundriss des Punktes Q ist ein Punkt des Grundrisses der Axe der zur Schraube λ reciproken Cylindroidschraube. — Alle zur selben Erzeugenden σ gehörigen Schrauben vom Pfeil $-p'$, deren Axen durch denselben Punkt Q der Höhenebene σ gehen, haben dieselbe Cylindroidschraube zur reciproken.

Leicht kann der allgemeine Fall auf den behandelten speciellen zurückgeführt werden. Es handelt sich nämlich nur darum, für die Schraube λ des (beliebigen) Pfeils k irgend eine andere Schraube λ_1 des Pfeils $-p'$ zu substituiren, welche mit der Schraube λ die gleiche Cylindroidschraube zur reciproken hat. Die Axe der Schraube λ_1 schneidet die Höhenebene σ in einem Punkte R, dessen Grundriss offenbar ein Punkt des Grundrisses der gesuchten Cylindroidaxe ist.*

Schliesslich soll es noch unsere Aufgabe sein, zu zeigen, wie mit Benutzung einiger der vorgekommenen Sätze und Begriffe die Curven dritter Ordnung, welche auf dem Cylindroid liegen, allgemein constructiv bestimmt werden können. An der Hand der allgemeinen Theorie weist man leicht nach:

1. Die Doppelgerade (z-Axe) ist eine Secante zu allen auf der Fläche liegenden Raumcurven dritter Ordnung.
2. Jede solche Raumcurve C_3 hat nur einen unendlich fernen Punkt.
3. Durch die unendlich ferne Gerade, welche den unendlich fernen Punkt der Curve C_3 mit dem unendlich fernen Punkte der Doppelgeraden verbindet, lässt sich ein Paraboloid legen, dessen eine Regelschaar aus lauter Secanten der Curve C_3 (darunter auch die Doppelgerade des Cylindroids) besteht. Unter den Erzeugenden der andern Regelschaar wird also noch eine Cylindroiderzeugende sein.

Wir wollen dies für die Curve C_3 charakteristische Paraboloid dem Cylindroid gegenüber durch entsprechende Bestimmungselemente des Näheren fixiren.

Es sei zunächst die Axe a des Cylindroids als die den **beiden** Flächen gemeinschaftliche Erzeugende gegeben. Diese Erzeugende —

---

* Die Substitution ist auf unendlich viele Arten möglich. Wir wollen ein Beispiel für dieselbe hier andeuten. Sei wieder Q der Schnittpunkt der Axe λ mit der Höhenebene σ. Wir suchen zu einer gewissen Schraube λ_2 vom Pfeil $-p'$, deren Axe durch den Punkt Q geht und zum Grundriss der Axe λ parallel ist, auf dem durch die Schrauben λ und λ_2 bestimmten Cylindroid die andere Schraube λ_1 des Pfeils $-p'$. Dieselbe hat die verlangte Eigenschaft. Die Entfernung des Punktes R, in welchem die Axe derselben die Höhenebene σ schneidet, vom Punkte Q berechnet sich aus der Gleichung $QR = (p'+k)\, tg\, \nu$. [Vergl. Gl. 17) der Dissert.]

sowie sämmtliche mit ihr zur selben Regelschaar gehörigen Paraboloid-erzeugenden — werden von sämmtlichen Erzeugenden der andern (aus lauter Secanten der Curve C_3 bestehenden) Schaar geschnitten.

Von vornherein gegeben ist als Erzeugende der letzteren Schaar die Doppelgerade des Cylindroids. Werden demnach etwa noch zwei andere Erzeugende derselben (Secanten-) Schaar gegeben, so ist das Paraboloid vollständig bestimmt. Als die eine dieser beiden Erzeugenden wählen wir diejenige, die der Grundrissebene parallel ist, und bezeichnen dieselbe mit h; die andere sei durch die unendlich ferne Gerade einer gewissen (durch die Axe α gehenden) Ebene $\varkappa$ (S. 287) repräsentirt. Diejenigen Transversalen zur z-Axe und zur Geraden h, welche zur Ebene $\varkappa$ parallel sind, werden demnach die Cylindroidfläche in den Punkten der gesuchten Curve C_3 schneiden.

Um den auf irgend einer Erzeugenden φ liegenden Curvenpunkt P zu construiren, kann man folgendermassen verfahren.

Es seien mit M (Fig. 6) der in der Doppelgeraden, also in der Axe α, mit $P_\varkappa$ der in der Erzeugenden φ liegende Punkt der Ellipse $\varkappa$ bezeichnet. Wir ziehen nun (in der Höhenebene α) durch den Punkt M eine Parallele zur Axe φ und verlängern dieselbe bis zu ihrem Schnittpunkte P_1 mit der Geraden h. Legt man dann durch den Punkt P_1 eine Parallele (P_1P) zum Strahl $MP_\varkappa$, so ist dies, wie leicht ersichtlich, diejenige der in Rede stehenden Transversalen, welche die Erzeugende φ in dem gesuchten Curvenpunkte P schneidet.

Als Folge der Gleichheit der Parallelogrammseiten $MP_\varkappa$ und P_1P ergiebt sich auch die Gleichheit der entsprechenden, im Grundriss gemessenen Strecken und hieraus leitet sich eine sehr einfache Construction des Grundrisses C'_3 der Curve C_3 ab.

Als gegeben mögen etwa vorausgesetzt werden der Grundriss der Ellipse $\varkappa$ — als durch den Ursprung gehender Kreis $\varkappa$ — und der Grundriss h' der Geraden h (Fig. 7).

Ist φ' der Grundriss der Erzeugenden φ, für welche ein Curvenpunkt P bestimmt werden soll, und sind M', $P'_\varkappa$, P'_1, P' die Grundrisse der in Betracht kommenden Punkte M, $P_\varkappa$, P_1 und P, so braucht man nur in der Geraden φ' die Strecke des Radius vector $M'P'_\varkappa$ des Kreises $\varkappa$ vom Punkte P'_1 aus — in dem durch den Radius vector $M'P'_\varkappa$ repräsentirten positiven Sinne — aufzutragen, um den betreffenden Punkt P' als Endpunkt jener derart verschobenen Strecke zu erhalten.

Wir wollen den Punkt P' der Curve C'_3 und den Kreispunkt $P'_\varkappa$, welche auf einer und derselben durch O gehenden Geraden φ' liegen, als „entsprechende Punkte" bezeichnen.

Legt man durch den Punkt O eine zur Geraden h' parallele Gerade [...]iht man sofort, dass die senkrechten Abstände der Punkte der

Curve C'_3 von der Geraden h' gleich sind den senkrechten Abständen der entsprechenden Punkte des Kreises $\varkappa$ von der Geraden h^*.

Es sollen weiterhin auch solche zwei zu h' parallele Geraden g und g^* als entsprechende bezeichnet werden, welche beziehungsweise von den Geraden h' und h^* in gleichem Sinne gleichweit abstehen. Dann kann man allgemein sagen:

Die senkrechten Abstände entsprechender Punkte von entsprechenden Geraden sind gleich.

Es sei nun der zur Geraden h' parallele Durchmesser des Kreises $\varkappa$ mit a^*, die demselben mit Hinsicht auf die Curve C'_3 entsprechende Gerade mit a bezeichnet. Man findet dann weiter:

Je zwei Punkte der Grundrisscurve C'_3, welche aus dem Punkte O unter einem rechten Winkel projicirt werden, haben gleiche, aber entgegengesetzte Abstände von der Geraden a. Da nun die zu solchen zwei Grundrisspunkten gehörigen Cylindroidpunkte auch gleiche und entgegengesetzte Abstände von der xy-Ebene haben, so ist ersichtlich, dass die (in der xy-Ebene liegende) Gerade a die Axe des elliptischen Cylinders ist, durch welchen die Curve C_3 aus ihrem unendlich fernen Punkte projicirt wird.

Wird mit v der Abstand irgend eines Punktes P' der Curve C'_3 von der Geraden a, mit v^* der Abstand des entsprechenden Punktes $P'_\varkappa$ von der Geraden a^* bezeichnet, so ist also

$$v = v^*.$$

Sind (Fig. 7) A und B die Endpunkte des Durchmessers a^* und ist C der Mittelpunkt des Kreises $\varkappa$, so kann offenbar gesetzt werden

$$v = CP'_\varkappa \sin ACP'_\varkappa.$$

Der Sinn, in welchem die positiven Abstände v von der Geraden a aus aufzutragen sind, ist durch den positiven Sinn des der Geraden a^* zugewandten und zu derselben normalen Radius vector dargestellt. Es ist hiernach in der letzten Gleichung der Radius $CP'_\varkappa$ immer als positive Grösse einzuführen.

Die Ebene $\varkappa$ ist vollständig bestimmt, wenn etwa festgesetzt wird, dass der Berührungspunkt derselben (mit dem Cylindroid) auf dem Radius vector α liege und dass mit Hinsicht auf diesen Radius vector der Neigungswinkel der Ebene gegen die z-Axe gleich μ sei. Werden ferner mit ξ und $90+\xi$ die Winkel XOA und XOB, mit σ derjenige Winkel bezeichnet, welchen die dem Durchmesser a^* zugekehrte Normale mit der positiven x-Axe bildet, so besteht die Relation

$$90 + 2\xi + \alpha = \sigma',$$

worin (da α constant gedacht wird) σ' gleich σ oder $180+\sigma$ zu setzen ist, je nachdem der Neigungswinkel μ (in Bezug auf den Radius vector α)

positiv oder negativ ist. Berücksichtigt man nun, dass, wenn, wie oben, der Winkel XOP' mit φ bezeichnet wird,

$$\angle ACP'_x = 2(\varphi - \xi)$$

gesetzt werden kann, so ergiebt sich schliesslich, als zur Substitution geeignet, das Resultat

$$\angle ACP'_x = 90 - (\sigma' - \alpha - 2\varphi).$$

Erinnert man sich dann noch der Relation $CP'_x = \frac{1}{2} p \, tg \mu$ (S. 285), so gelangt man zu der Gleichung

$$v = \tfrac{1}{2} p \, tg \mu \, cos(\sigma' - \alpha - 2\varphi).$$

worin jedoch der Winkel μ stets positiv einzuführen wäre. Soll auf das Zeichen von μ Rücksicht genommen werden, so hat man in der Formel einfach die Grösse σ' durch die Grösse σ zu ersetzen. Wie man leicht erkennt, kann in der nunmehr allgemeinen Formel

12) $$v = \tfrac{1}{2} p \, tg \mu \, cos(\sigma - \alpha - 2\varphi)$$

der Winkel σ auch als derjenige aufgefasst werden, welchen die der Geraden a zugekehrte Normale mit der positiven x-Axe bildet. Dann ist aber vorausgesetzt, dass der Sinn, in welchem die positiven Abstände v — von der Geraden a aus — aufzutragen sind, durch den positiven Sinn des der Geraden a zugewandten und zu derselben normalen Radius vector repräsentirt ist.

Für die beiden Punkte P_1 und P_2, welche auf den Radien vectoren φ_1 und φ_2 liegen, erhält man die Abstände

$$v_1 = \tfrac{1}{2} p \, tg \mu \, cos(\sigma - \alpha - 2\varphi_1), \quad v_2 = \tfrac{1}{2} p \, tg \mu \, cos(\sigma - \alpha - 2\varphi_2).$$

Wir berechnen hieraus

$$v_1 - v_2 = p \, tg \mu \, sin(\sigma - \alpha - \varphi_1 - \varphi_2) \, sin(\varphi_1 - \varphi_2).$$

Der parallel der z-Axe gemessene Abstand der beiden Cylindroidpunkte P_1 und P_2 ist

$$d_{12} = p \, cos(\varphi_1 + \varphi_2) \, sin(\varphi_1 - \varphi_2)$$

Die Tangente des Neigungswinkels ν (gegen die z-Axe) derjenigen Ebene, welche die beiden Punkte P_1 und P_2 aus dem unendlich fernen Punkte der Curve C_3 projicirt, ist

$$tg \nu = \frac{v_1 - v_2}{d_{12}} = tg \mu \cdot \frac{sin(\sigma - \alpha - \varphi_1 - \varphi_2)}{cos(\varphi_1 + \varphi_2)}.$$

Um den früheren Regeln gemäss den Sinn des Winkels ν zu bestimmen, denken wir uns zu der fraglichen Ebene die Parallelebene $\varkappa$. Die Cylindroiderzeugende, welche in dieser Ebene $\varkappa$ liegt, wird durch die z-Axe in die Halbstrahlen $\sigma - 90$ und $\sigma + 90$ getheilt. Wir wählen etwa

$$\sigma - 90 = \beta$$

als Radius vector, in Bezug auf welchen der Winkel ν berechnet werden soll. Dann geht die vorige Gleichung über in

$$tg\,\nu = tg\,\mu \frac{\cos(\alpha - \beta + \varphi_1 + \varphi_2)}{\cos(\varphi_1 + \varphi_2)}.$$

Setzen wir $\varphi_1 = \varphi_2 = \varphi$, so gilt der Ausdruck für die Parallelebene $\varkappa$ zu derjenigen Ebene, welche den die Curve C_3 projicirenden elliptischen Cylinder in der Erzeugenden desselben, welche durch den auf der Cylindroidaxe φ liegenden Curvenpunkt geht, berührt —

$$tg\,\nu = tg\,\mu \frac{\cos(\alpha - \beta + 2\varphi)}{\cos 2\varphi}.$$

Für den Neigungswinkel ν der Schmiegungsebene der Curve C_3 im unendlich fernen Punkte derselben ergiebt sich die Gleichung

$$tg\,\nu = tg\,\mu \,.\, \frac{\cos(\alpha + \beta)}{\cos 2\beta}.$$

XV.

Beziehung zwischen den Krümmungsradien reciproker, collinearer und inverser ebener Curven.

Von

Dr. L. Geisenheimer

in Tarnowitz.

Hierzu Taf. V Fig. 8 – 12.

Durch mehrere in dieser Zeitschrift erschienene Veröffentlichungen wurde der Nachweis geliefert, dass die Untersuchung der Bewegung ähnlich-veränderlicher Systeme sich für die Erkenntniss der bei dieser Bewegung auftretenden Curven fruchtbar zeigt. Besonders wurden für die Krümmung der bei dieser Bewegung auftretenden Curven Gesetze und Constructionen gefunden; so eine einfache Construction für den Krümmungsmittelpunkt der centralen Kegelschnitte; ferner eine allgemeine, durch Construction leicht darstellbare Beziehung zwischen dem Krümmungsradius in einem Punkte einer Curve und dem Krümmungsradius im entsprechenden Punkte der zugehörigen Fusspunktcurve; endlich eine Beziehung zwischen den Krümmungsradien entsprechender Punkte in affinen Curven, welche später für collineare Curven erweitert wurde.*

Von derselben Grundlage ausgehend, also mit Hilfe der Betrachtung ähnlich-veränderlicher Systeme, werden im Folgenden die Beziehungen zwischen den Krümmungsradien reciproker, collinearer und inverser ebener Curven hergeleitet werden.

§ 1.

Die Bewegung einer ähnlich-veränderlichen ebenen Figur in ihrer Ebene besteht in der gleichzeitigen Aenderung der Lage und Grösse der Polcurvenebene gegen die feste Polbahnebene. Eine beliebige feste Strecke der Polbahnebene nimmt während der Bewegung von der Bewegungs-

* Vergl.: Die Bildung affiner Figuren durch ähnlich veränderliche Systeme, *Zeitschr. f. Math. u. Phys.*, Bd. XXIV S. 357. Ferner: A. a. O., Bd. XXV S. 214.

phase abhängige Lagen und Grössenverhältnisse gegen irgend eine Systemgerade der Polcurvenebene an. Denkt man sich diese Ebene der Polcurve in irgend einer Phase erstarrt und nun die Ebene der Polbahn gleichzeitig so bewegt und geändert, dass 1. die sich jetzt bewegende und ändernde Strecke der Polbahnebene gleiche Lagen und Grössenverhältnisse gegen die jetzt feste Strecke in der Polcurvenebene annimmt wie vorhin, 2. sich die Dimensionen der Polbahnebene proportional der Strecke in dieser Ebene ändern, so besitzen jetzt die Punkte der Polbahnebene eine ähnlich-veränderliche Bewegung, welche wir die Umkehrung der erst betrachteten Bewegung nennen wollen. Die als erstarrt gewählte Phase der Polcurvenebene heisse die Ausgangsphase der Umkehrung.

Man ersieht sofort, dass nur die Dimensionen, nicht die Form der bei der umgekehrten Bewegung beschriebenen Bahnen von der Ausgangsphase der Umkehrung abhängt. Bei starren Systemen sind diese Bahnen für beliebige Ausgangsphasen einander congruent.

Die Polcurve einer Bewegung ist der geometrische Ort derjenigen Systempunkte, deren Geschwindigkeit einmal verschwindet. Demnach wird bei Umkehrung der Bewegung die Polbahn zur Polcurve; bei Umkehrung der Bewegung vertauschen sich also Polbahn und Polcurve. Wird die momentane Drehung $d\vartheta$ bei der umgekehrten Bewegung um den momentanen Pol nach gleicher Richtung wie bei der directen Bewegung ausgeführt, so müssen sich die Dimensionen in umgekehrter Weise wie vorhin ändern. Ist φ der augenblickliche Geschwindigkeitswinkel, so beträgt bei der directen Bewegung die momentane Vergrösserung der Längeneinheit $-cotg\,\varphi . d\vartheta$. Für die Umkehrung der Bewegung ist daher statt φ $180-\varphi$ und, wie auch schon die Anschauung ergiebt, statt der auf der Polcurve abgerollten Strecke du $-du$, demnach auch statt des Winkels $d\varkappa$, unter welchem du vom bewegten Systempunkte aus erscheint, $-d\varkappa$ zu setzen. Hieraus folgt mit Hilfe der für die Durchmesser des Wende- und Rückkehrkreises gefundenen Ausdrücke der bereits in einer früheren Arbeit erwähnte Satz*:

> Wird die Bewegung eines ähnlich-veränderlichen Systems umgekehrt, so dass die ähnlich-veränderliche Polbahn auf der fest bleibenden Polcurve rollt, vertauschen sich Wende- und Rückkehrkreis; der ausgezeichnete Kreis bleibt ungeändert.

Im Folgenden fassen wir den Fall ins Auge, bei welchem die Punkte des ähnlich-veränderlichen Systems affine Trajectorien beschreiben. Der Wendekreis ist dann ein Systemkreis des ähnlich-veränderlichen Systems.

---

* Vergl.: Untersuchung der Bewegung ähnlich-veränderlicher Systeme. Zeitschr. f. Math. u. Phys., Bd. XXIV S. 154.

Der Rückkehrkreis der umgekehrten Bewegung wird demnach ein für alle Phasen der Bewegung fester Kreis. Die bei der directen Bewegung von den Punkten des Wendekreises beschriebenen geraden Linien, welche in dem Affinitätspole S der affinen Trajectorien convergiren, drehen sich bei der Umkehrung der Bewegung alle mit gleicher Winkelgeschwindigkeit um ihren zweiten Schnittpunkt mit dem festen Rückkehrkreise r, während der frühere Affinitätspol S selbst den Umfang des Rückkehrkreises durchläuft. Die Punkte dieses Kreises besitzen Geschwindigkeiten, welche momentan stets durch S gehen; denn im Gleitpunkte kann eine Gerade nur eine in Richtung dieser Geraden fallende Geschwindigkeit haben.

Es seien (Fig. 8) g_1 und g_2 zwei beliebige bewegte Geraden einer derartigen umgekehrten Bewegung. Aus dem Punkte S legen wir Parallelen zu denselben, welche den Rückkehrkreis zum zweiten Male in R_1 und R_2 schneiden. Die von R_1 und R_2 auf g_1 bezüglich g_2 gefällten Senkrechten treffen diese Linien in Q_1 und Q_2. Da R_1Q_1 und R_2Q_2 Abstände paralleler Geraden des bewegten Systems, ist das Verhältniss $R_1Q_1 : R_2Q_2$ constant; und da ferner R_1Q_1 mit R_2Q_2 einen unveränderlichen Winkel bildet und diese Linien durch die festen Punkte R_1 und R_2 gehen, sind die von Q_1 und Q_2 beschriebenen Curven, also die Fusspunktcurven der zu g_1 und g_2 gehörigen Enveloppen, und daher diese Enveloppen selbst einander ähnlich. Um den Aehnlichkeitspol P_μ der beiden Enveloppen zu erhalten, verbinde man den Schnittpunkt G von g_1 und g_2 mit S; der Schnittpunkt P_μ der Verbindungslinie GS mit dem Rückkehrkreise r ist der gesuchte Aehnlichkeitspunkt. Denn die von P_μ auf g_1 und g_2 gefällten Senkrechten stehen in dem festen Verhältniss $R_1Q_1 : R_2Q_2$, und P_μ bleibt während der Bewegung in unveränderter Lage.

Die Trajectorie des von g_1 und g_2 gebildeten Schnittpunktes G ist eine Curve, welche zu der Fusspunktcurve von g_1 oder g_2 in Bezug auf den Aehnlichkeitspol P_μ ähnlich ist.* Die Enveloppen aller ein Strahlbüschel G bildenden Geraden besitzen einen gemeinschaftlichen Aehnlichkeitspol P_μ, und die Fusspunktcurve einer beliebigen dieser Enveloppen in Bezug auf den Punkt P_μ ist zur Trajectorie des Punktes G ähnlich. Hieraus folgt, dass die Trajectorie eines beliebigen Punktes zur Fusspunktcurve der Enveloppe einer beliebigen Geraden in Bezug auf einen bestimmten Punkt der Ebene ähnlich ist.

Demnach gilt folgender Satz:

1) Wird die Bewegung eines ähnlich-veränderlichen Systems, dessen Punkte affine Curven beschreiben, umgekehrt, so beschreibt der frühere Affinitätspol

* Vergl.: Untersuchung der Bewegung ähnlich-veränderlicher Systeme. Zeitschr. f. Math. u. Phys., Bd. XXIV S. 154.

den festen, mit der Polbahn der umgekehrten Bewegung zusammenfallenden Rückkehrkreis. Die durch den früheren Affinitätspol laufenden geraden Linien drehen sich um Punkte dieses Rückkehrkreises; alle anderen geraden Linien beschreiben ähnliche Enveloppen, deren Aehnlichkeitspol auf dem Rückkehrkreise liegt. Jeder Punkt durchläuft eine Trajectorie, welche zu einer Fusspunktcurve einer beliebigen dieser Enveloppen gleichwendig ähnlich ist.

Die im Vorstehenden betrachtete Bewegung ist durch drei Geraden, welche ähnliche Enveloppen umhüllen, bestimmt. Denn werden die Ecken des durch diese Geraden in irgend einer Phase gebildeten Dreiecks mit den entsprechenden Aehnlichkeitspolen der Enveloppen verbunden, so schneiden sich diese Verbindungslinien in einem Punkte (S) des durch die Aehnlichkeitspole gelegten Kreises.* Demnach drehen sich drei durch S laufende Geraden um feste Punkte, ist also der Rückkehrkreis der Bewegung fest.

Schneidet eine vierte Gerade g_4 das aus den bestimmenden Geraden g_1, g_2 und g_3 gebildete Dreieck bezüglich in G_1, G_2, G_3, so hängt der Winkel der Geraden SG_1, SG_2, SG_3 mit g_1, g_2, g_3 und g_4, und hiermit auch die Dimension der von g_4 umhüllten Enveloppe, nur von der Lage ab, welche g_4 gegen g_1, g_2, g_3 einnimmt. Hiermit folgt:

2) Umhüllen drei Geraden eines ähnlich-veränderlichen Systems ähnliche Curven, so sind die Enveloppen aller Geraden einander ähnlich. Werden die drei bestimmenden Curven eines derartigen Systems so verschoben oder gedreht, dass die gegenseitigen Winkel ungeändert bleiben, so wird die Enveloppe einer andern Geraden nicht geändert, sondern nur um denselben Winkel, wie die bestimmenden Geraden, gedreht. Bei Umkehrung der Bewegung beschreiben die Systempunkte affine Trajectorien.

In Fig. 9 seien k und k_1 die beiden affinen Grundcurven eines ähnlich-veränderlichen Systems, in welchen sich die Punkte A, B, ... und A_1, B_1, ... entsprechen. Die Bewegung werde umgekehrt und diejenige Phase, in welcher die Verbindungslinie zwischen den homologen Punkten auf k und k_1 die Lage AA_1 annimmt, sei die Ausgangsphase der Umkehrung. Um die Enveloppe $\mathfrak{k}$, welche eine Gerade $\mathfrak{a}$ bei Umkehrung der Bewegung umhüllt, zu construiren, stellen wir die Gerade AA_1 in einer beliebigen Phase BB_1 der directen Bewegung dar. Eine Phase $\mathfrak{a}_1$

* Vergl.: Untersuchung der Bewegung ähnlich-veränderlicher Systeme. Zeitschr. f. Math. u. Phys., Bd. XXIV S. 136.

von $\mathfrak{a}$ bei der umgekehrten Bewegung muss dann gegen AA_1 gleiche Lage haben, wie $\mathfrak{a}$ gegen BB_1. Es ist also $BB_1\mathfrak{a} \sim AA_1\mathfrak{a}_1$.

Es werde $\mathfrak{a}$ als die X-Axe eines die Grundcurven k und k_1 bestimmenden rechtwinkligen Coordinatensystems betrachtet; die Coordinaten von k seien x, y, von k_1 x_1, y_1. Die Lage der Geraden $\mathfrak{a}_1$ werde durch den reciproken Werth ξ des von $\mathfrak{a}_1$ auf AA_1 gebildeten Abschnittes AM, und durch den reciproken Werth η des Abschnittes AN, welchen $\mathfrak{a}_1$ auf einer zu AA_1 in A errichteten Senkrechten abschneidet, bestimmt.

Da k affin zu k_1, finden die Gleichungen statt:

$$x_1 = a_1 x + b_1 y + c_1, \quad y_1 = a_2 x + b_2 y + c_2,$$

wo die Constanten $a_1, b_1, c_1, a_2, b_2, c_2$ durch die Lage der selbstentsprechenden Geraden gegen das Coordinatensystem und durch die Verhältnisse bestimmt sind, nach welchen die Ausgangsphase AA_1 durch diese Geraden getheilt wird.

Aus der Figur ergiebt sich:

$$\frac{1}{AM} = \frac{y - y_1}{AA_1 \cdot y}, \quad \frac{1}{AN} = \frac{x - x_1}{AA_1 \cdot y}$$

oder

$$\xi = \frac{-a_2 x + (1 - b_2) y - c_2}{AA_1 \cdot y}, \quad \eta = \frac{(1 - a_1) x - b_1 y - c_1}{AA_1 \cdot y}.$$

Nach diesen Gleichungen ist die Enveloppe $\mathfrak{k}$ zur Trajectorie k reciprok, und zwar derart, dass die einander entsprechenden Elemente A und $\mathfrak{a}$ involutorisch liegen. Denn wird A zum System der Curve $\mathfrak{k}$ gerechnet, so folgt $\xi = \infty$, $\eta = \infty$, und hiermit als entsprechende Gerade im System der Curve k die X-Axe $\mathfrak{a}$ $(y = 0)$.

Wird $\xi = 0$, $\eta = 0$, so folgt aus den vorstehenden Gleichungen $x = x_1$, $y = y_1$. Demnach fällt der Affinitätspol der Curven k und k_1 mit dem Pol der unendlich fernen, zu $\mathfrak{k}$ gerechneten Linie im System der k zusammen.

Die für ξ und η gefundenen Gleichungen stellen die allgemeinste Art reciproker Verwandtschaft dar. Denn in zwei reciproken Systemen k und $\mathfrak{k}$ findet sich stets mindestens ein Paar involutorisch liegender Elemente A und $\mathfrak{a}$. Wird A zum Anfangspunkte der die Geraden des Systems $\mathfrak{k}$ bestimmenden Coordinaten $\xi\,\eta$, $\mathfrak{a}$ zur X-Axe des die entsprechenden Punkte in k bestimmenden Coordinatensystems $x\,y$ gewählt, so nehmen die $\mathfrak{k}$ und k verbindenden Gleichungen die obige Form an.

Hiermit sind folgende Sätze gefunden:

3) Wird die Bewegung eines ähnlich-veränderlichen Systems, in welchem die Systempunkte affine Trajectorien beschreiben, umgekehrt, so umhüllen die Systemgeraden einander ähnliche Enveloppen, welche den Trajectorien der directen Bewegung reciprok sind. Und umgekehrt:

4) **Wird die Bewegung eines ähnlichen Systems, dessen Systemgeraden ähnliche Enveloppen umhüllen, umgekehrt, so beschreiben die Systempunkte einander affine Trajectorien, welche den Enveloppen der directen Bewegung reciprok sind.**

5) **Zu zwei einander reciproken Curven lässt sich stets die Bewegung eines ähnlich-veränderlichen Systems finden, welche eine Curve (k) als Trajectorie eines Systempunktes bestimmt und deren durch die anderen Systempunkte beschriebenen Trajectorien hierzu affin sind, während die andere Curve ($\mathfrak{k}$) der umgekehrten Bewegung als Enveloppe einer Geraden angehört.**

Falls die reciproken Curven k und $\mathfrak{k}$ die involutorischen Elemente A und $\mathfrak{a}$ nicht enthalten, kann man k durch eine beliebige gerade oder krumme Linie mit A in Verbindung setzen und so diesen Punkt in sich aufnehmen lassen.

Die im letzten Satze hervorgehobene Bewegung ist bestimmt, sobald aus k und $\mathfrak{k}$ die zu k affine Curve k_1 gefunden ist. Zu dem Zwecke wählen wir im System der k ausser dem involutorisch liegenden Punkte A zwei weitere B und C, welchen im System der reciproken $\mathfrak{k}$ die Geraden $\mathfrak{b}$ und $\mathfrak{c}$ entsprechen mögen; nehmen weiter Punkt A_1 beliebig an und bestimmen die Punkte B_1 und C_1 derart, dass

$$AA_1\mathfrak{b} \sim BB_1\mathfrak{a}, \quad AA_1\mathfrak{c} \sim CC_1\mathfrak{a}.$$

Indem das so erhaltene $\triangle A_1B_1C_1$ dem $\triangle ABC$ affin zugeordnet wird, ist k_1 bestimmt.

Der Wendekreis der durch k und k_1 gegebenen Bewegung geht durch die Aehnlichkeitspole zwischen AA_1 und BB_1, AA_1 und CC_1, also durch die Aehnlichkeitspole der einander als ähnlich zugeordneten Systeme $A\mathfrak{b}$ und $B\mathfrak{a}$, $A\mathfrak{c}$ und $C\mathfrak{a}$. Da der Wendekreis auch den Affinitätspol S enthält, folgt:

6) **Haben in zwei beliebig gelegenen reciproken Systemen k und $\mathfrak{k}$ die Elemente A und $\mathfrak{a}$ involutorische Lage, so liegen die Aehnlichkeitspole der einander als ähnlich zugeordneten Systeme A, $\mathfrak{b}$ und B, $\mathfrak{a}$ auf einem Kreise, der durch den Pol (S) der zum System $\mathfrak{k}$ gerechneten unendlich fernen Linie geht.**

Die bisherigen Entwickelungen gelten für beliebige reciproke Systeme; im Folgenden werde vorausgesetzt, dass die Curven k und $\mathfrak{k}$ **involutorische** Lage haben, so dass für den Punkt A ein beliebiger Punkt in k gewählt werden darf. Die Tangente von k (Fig. 10) in diesem Punkte A sei a, der Schnittpunkt zwischen a und $\mathfrak{a}$ sei G, der Berührungspunkt von $\mathfrak{a}$ auf $\mathfrak{k}$ sei $\mathfrak{A}$. Da AA_1 Ausgangsphase der Umkehrung, so enthält der durch A, G und $\mathfrak{A}$ gelegte Kreis ausser dem Aehnlichkeitspole P_u

$$\varrho_1 . \varrho_2 = SA . S\mathfrak{A} . \frac{\sin^2 \omega}{\sin^2 \psi . \sin \varphi . \sin \varphi_1}.$$

Der in der Directrix der Involution (Fig. 10) nach Richtung SA fallende Halbmesser sei gleich d, der zu d conjugirte, also mit $\mathfrak{a}$ parallele Halbmesser sei d_1; der nach $S\mathfrak{A}$ fallende e, der hierzu conjugirte, parallel mit a laufende e_1. Ferner sei $\angle(d, \mathfrak{a}) = \nu$, $\angle(e, a) = \nu_1$; die halben Hauptaxen der Directrix seien a_0 und b_0.

Die auf SA und $S\mathfrak{A}$ durch die involutorische Reciprocität hervorgerufenen Involutionen liefern die Gleichungen

$$SA . S\mathfrak{A} . \frac{\sin \varphi}{\sin \nu} = d^2 \text{ und } SA . S\mathfrak{A} . \frac{\sin \varphi_1}{\sin \nu_1} = e^2.$$

Weiter ist nach den Gesetzen conjugirter Halbmesser, einmal dd_1, dann ee_1 als conjugirte Axen betrachtend:

$$\frac{\sin \varphi_1}{\sin \psi} . \frac{\sin \omega}{\sin \varphi} = \frac{d_1^2}{d^2} \text{ und } \frac{\sin \omega}{\sin \varphi_1} . \frac{\sin \varphi}{\sin \psi} = \frac{e_1^2}{e^2}.$$

Die letzten Gleichungen multiplicirend und dividirend, kommt

$$\frac{\sin \omega}{\sin \psi} = \frac{d_1 e_1}{d e}, \quad \frac{\sin \varphi}{\sin \varphi_1} = \frac{d e_1}{d_1 e}.$$

Endlich ist

$$\sin \nu = \frac{a_0 . b_0}{d . d_1}, \quad \sin \nu_1 = \frac{a_0 . b_0}{e . e_1}.$$

Werden die für $SA . S\mathfrak{A}$, $\frac{\sin \omega}{\sin \psi}$, $\frac{\sin \varphi}{\sin \varphi_1}$ und $\sin \nu$, bezüglich $\sin \nu_1$ gefundenen Ausdrücke in den für $\varrho_1 . \varrho_2$ erhaltenen Werth eingesetzt, so folgt:

9) $$\varrho_1 . \varrho_2 = a_0 . b_0 . \left(\frac{e_1}{e \sin \varphi}\right)^3 = a_0 . b_0 \left(\frac{d_1}{d \sin \varphi_1}\right)^3.$$

Diese zwei Gleichungen für $\varrho_1 . \varrho_2$ multiplicirend, wird

$$\varrho_1 . \varrho_2 = a_0 b_0 \left(\frac{d_1 e_1}{d e}\right)^{3/2} \frac{1}{(\sin \varphi \sin \varphi_1)^{3/2}} = \frac{a_0^4 b_0^4}{d^3 e^3} \frac{1}{(\sin \varphi . \sin \varphi_1 . \sin \nu . \sin \nu_1)^{3/2}},$$

$$\varrho_1 . \varrho_2 = \frac{a_0^4 b_0^4}{(SA \sin \varphi_1)^3 . (S\mathfrak{A} \sin \varphi)^3}.$$

Die normalen Entfernungen der an k und $\mathfrak{k}$ gelegten Tangenten a und $\mathfrak{a}$ seien n_1 und n_2; so folgt:

10) $$\varrho_1 . \varrho_2 = \frac{a_0^4 . b_0^4}{n_1^3 . n_2^3}.$$

Das Product aus den Krümmungsradien entsprechender Punkte zweier involutorisch-reciproken Curven ist zum Cubus des Products aus den Entfernungen der entsprechenden Tangenten vom Mittelpunkte der Involution umgekehrt proportional.

Was die Richtungen von ϱ_1 und ϱ_2 betrifft, so ist der vorstehend— Herleitung zu entnehmen, dass k und $\mathfrak{k}$ gegen P_u gleichzeitig conve concav sind.

mungsradius ϱ_e der Enveloppe, welche eine aus der momentanen Phase dieses Punktes unter der Gleitrichtung gezogene Gerade beschreibt, war gefunden worden*:

$$\varrho = \frac{ds}{d\vartheta} \cdot \frac{1}{1 - \frac{d\varphi}{d\vartheta} - \frac{d\varkappa}{d\vartheta}}, \quad \varrho_e = \frac{ds}{d\vartheta} \cdot \left(1 + \frac{d\varphi}{d\vartheta} + \frac{d\varkappa}{d\vartheta}\right).$$

Die von jenem Punkte und der Geraden bei Umkehrung der Bewegung in der augenblicklichen Phase beschriebenen Curvenelemente mögen Krümmungsradien haben, welche durch ϱ' und ϱ'_e dargestellt werden. Da statt $d\varphi$ $-d\varphi$, statt $d\varkappa$ $-d\varkappa$ zu setzen ist, folgt:

$$\varrho' = \frac{ds}{d\vartheta} \cdot \frac{1}{1 + \frac{d\varphi}{d\vartheta} + \frac{d\varkappa}{d\vartheta}}, \quad \varrho'_e = \frac{ds}{d\vartheta} \cdot \left(1 - \frac{d\varphi}{d\vartheta} - \frac{d\varkappa}{d\vartheta}\right).$$

Daher ist

$$\varrho \cdot \varrho'_e = \left(\frac{ds}{d\vartheta}\right)^2 = \frac{r^2}{\sin^2\varphi}.$$

Diese Formel werde auf die Ergebnisse des vorigen Paragraphen angewendet. Nennen wir den Krümmungsradius von k ϱ_1, von $\mathfrak{k}$ ϱ_2, so folgt mit Rücksicht auf die Aehnlichkeit der von a und $\mathfrak{a}$ bei Umkehrung der Bewegung umhüllten Enveloppen, und da $r = \overline{PA}$, $\varphi = \angle PAG$:

$$\varrho_1 \cdot \varrho_2 = \frac{PA^2}{\sin^2 PAG} \cdot \frac{P_\mu \mathfrak{A}}{P_\mu A} = \frac{r^2}{\sin^2\varphi} \cdot \frac{P_\mu \mathfrak{A}}{P_\mu A}.$$

Es ist $r = SA \cdot \frac{\sin AS\mathfrak{A}}{\sin AG\mathfrak{A}}$.

In der vorstehenden Entwickelung wurde k als Trajectorie, $\mathfrak{k}$ als Enveloppe betrachtet. Wird umgekehrt k als Enveloppe der Geraden a, $\mathfrak{k}$ als Trajectorie des Punktes $\mathfrak{A}$ angesehen, folgt:

$$\varrho_1 \cdot \varrho_2 = \frac{P_1\mathfrak{A}^2}{\sin^2 P_1\mathfrak{A}G} \cdot \frac{P_\mu A}{P_\mu \mathfrak{A}} = \frac{r_1}{\sin^2\varphi_1} \cdot \frac{P_\mu A}{P_\mu \mathfrak{A}},$$

wo P_1 den zweiten Schnittpunkt von SA mit dem Constructionskreise, und $\angle P_1AG$ den Winkel φ_1 bedeutet. Ferner ist $r_1 = \overline{P_1\mathfrak{A}} = S\mathfrak{A} \cdot \frac{\sin AS\mathfrak{A}}{\sin AG\mathfrak{A}}$.

Aus den letzten Gleichungen folgt

$$8) \quad \varrho_1 \cdot \varrho_2 = \frac{r}{\sin\varphi} \cdot \frac{r_1}{\sin\varphi_1} = SA \cdot S\mathfrak{A} \cdot \frac{\sin^2 AS\mathfrak{A}}{\sin^2 AGA \cdot \sin\varphi \cdot \sin\varphi_1}.$$

Aus diesen Gleichungen folgt zunächst eine einfache, den Zusammenhang zwischen ϱ_1 und ϱ_2 vermittelnde Construction. Um die letzte Formel in übersichtlicherer Weise auszudrücken, setzen wir

$$\angle AS\mathfrak{A} = \omega, \quad \angle AG\mathfrak{A} = \psi,$$

so dass wird

---

* Vergl.: Untersuchung der Bewegung ähnlich-veränderlicher Systeme, S. 143 und 151.

$$\varrho_1 \cdot \varrho_2 = SA \cdot S\mathfrak{A} \cdot \frac{\sin^2 \omega}{\sin^2 \psi \cdot \sin \varphi \cdot \sin \varphi_1}.$$

Der in der Directrix der Involution (Fig. 10) nach Richtung SA fallende Halbmesser sei gleich d, der zu d conjugirte, also mit $\mathfrak{a}$ parallele Halbmesser sei d_1; der nach $S\mathfrak{A}$ fallende e, der hierzu conjugirte, parallel mit a laufende e_1. Ferner sei $\angle(d, \mathfrak{a}) = \nu$, $\angle(e, a) = \nu_1$; die halben Hauptaxen der Directrix seien a_0 und b_0.

Die auf SA und $S\mathfrak{A}$ durch die involutorische Reciprocität hervorgerufenen Involutionen liefern die Gleichungen

$$SA . S\mathfrak{A} . \frac{\sin \varphi}{\sin \nu} = d^2 \text{ und } SA . S\mathfrak{A} . \frac{\sin \varphi_1}{\sin \nu_1} = c^2.$$

Weiter ist nach den Gesetzen conjugirter Halbmesser, einmal dd_1, dann ee_1 als conjugirte Axen betrachtend:

$$\frac{\sin \varphi_1}{\sin \psi} \cdot \frac{\sin \omega}{\sin \varphi} = \frac{d_1^2}{d^2} \text{ und } \frac{\sin \omega}{\sin \varphi_1} \cdot \frac{\sin \varphi}{\sin \psi} = \frac{e_1^2}{c^2}.$$

Die letzten Gleichungen multiplicirend und dividirend, kommt

$$\frac{\sin \omega}{\sin \psi} = \frac{d_1 e_1}{dc}, \quad \frac{\sin \varphi}{\sin \varphi_1} = \frac{dc_1}{d_1 c}.$$

Endlich ist

$$\sin \nu = \frac{a_0 . b_0}{d . d_1}, \quad \sin \nu_1 = \frac{a_0 . b_0}{c . e_1}.$$

Werden die für $SA . S\mathfrak{A}$, $\frac{\sin \omega}{\sin \psi}$, $\frac{\sin \varphi}{\sin \varphi_1}$ und $\sin \nu$, bezüglich $\sin \nu_1$ gefundenen Ausdrücke in den für $\varrho_1 . \varrho_2$ erhaltenen Werth eingesetzt, so folgt:

$$9) \qquad \varrho_1 \cdot \varrho_2 = a_0 . b_0 . \left(\frac{e_1}{c \sin \varphi}\right)^3 = a_0 . b_0 \left(\frac{d_1}{d \sin \varphi_1}\right)^3.$$

Diese zwei Gleichungen für $\varrho_1 . \varrho_2$ multiplicirend, wird

$$\varrho_1 \cdot \varrho_2 = a_0 b_0 \left(\frac{d_1 e_1}{dc}\right)^{3/2} \frac{1}{(\sin \varphi \sin \varphi_1)^{3/2}} = \frac{a_0^4 b_0^4}{d^3 c^3} \frac{1}{(\sin \varphi . \sin \varphi_1 . \sin \nu . \sin \nu_1)^{3/2}},$$

$$\varrho_1 \cdot \varrho_2 = \frac{a_0^4 b_0^4}{(SA \sin \varphi_1)^3 . (S\mathfrak{A} \sin \varphi)^3}.$$

Die normalen Entfernungen der an k und $\mathfrak{k}$ gelegten Tangenten a und $\mathfrak{a}$ seien n_1 und n_2; so folgt:

$$10) \qquad \varrho_1 \cdot \varrho_2 = \frac{a_0^4 . b_0^4}{n_1^3 . n_2^3}.$$

Das Product aus den Krümmungsradien entsprechender Punkte zweier involutorisch-reciproken Curven ist zum Cubus des Products aus den Entfernungen der entsprechenden Tangenten vom Mittelpunkte der Involution umgekehrt proportional.

Was die Richtungen von ϱ_1 und ϱ_2 betrifft, so ist der vorstehenden Herleitung zu entnehmen, dass k und $\mathfrak{k}$ gegen P_μ gleichzeitig convex oder *concav sind.*

Falls die Directrix der Involution ein **Kreis** oder eine **gleichseitige Hyperbel**, erhalten wir aus Formel 9)

$$\varrho_1 \cdot \varrho_2 = \frac{a_0^2}{\sin^3 \varphi} \text{ und } \sin \varphi = \sin \varphi_1,$$

daher in beiden Fällen

$$\varphi + \varphi_1 = \pi.$$

Um die entsprechenden Formeln für eine parabolische Directrix zu gewinnen, formen wir 10) um. Werden die Krümmungsradien der Directrix in den Endpunkten der Halbmesser d und e mit ϱ_{01} und ϱ_{02} bezeichnet, so ergiebt sich

$$\varrho_1 \cdot \varrho_2 = \left(\frac{SA}{d} \cdot \frac{S\mathfrak{A}}{e}\right)^3 \cdot \varrho_{01} \cdot \varrho_{02},$$

demnach für eine Parabel als Directrix

11) $$\varrho_1 \cdot \varrho_2 = \varrho_{01} \cdot \varrho_{02}.$$

Das Product aus den Krümmungsradien entsprechender Punkte zweier parabolisch-reciproken Curven ist gleich dem Product aus den Krümmungsradien derjenigen Punkte der Directrix, welche mit den Curvenpunkten in einen Durchmesser fallen*.

Aus den Formeln, durch welche sich die Krümmungen der in einem ähnlich-veränderlichen System beschriebenen Bahnen bestimmen, ergiebt sich auch eine Beziehung zwischen den entsprechenden Bogendifferentialien ds_1 und ds_2 der Curven k und $\mathfrak{k}$. Das Bogendifferential der von a bei Umkehrung der Bewegung beschriebenen Enveloppe ds' nennend, folgt:

$$ds' = \varrho'_r \,.\, d\vartheta = \left(1 - \frac{d\varphi}{d\vartheta} - \frac{d\varkappa}{d\vartheta}\right) ds_1, \quad \frac{ds_1}{ds'} = \frac{1}{1 - \frac{d\varphi}{d\vartheta} - \frac{d\varkappa}{d\vartheta}} = \sqrt{\frac{\varrho_1}{\varrho'_r}},$$

demnach

$$\frac{ds_1}{ds_2} = \sqrt{\frac{\varrho_1 \,.\, P_\mu A}{\varrho_2 \,.\, P_\mu \mathfrak{A}}}.$$

* Werden in der Formel 10) für die reciproken Curven Kegelschnitte genommen und deren Krümmungsradien mit Hilfe der bekannten Formeln ausgedrückt, so ergiebt sich folgende Beziehung: Sind M_1, a_1, b_1 und M_2, a_2, b_2 die Mittelpunkte und Halbaxen zweier reciprok-involutorischen Kegelschnitte, M_0, a_0, b_0 der Mittelpunkt und die Halbaxen ihrer Directrix, G und $\mathfrak{G}$ die Schnittpunkte entsprechender Tangenten der reciproken Curven mit der Centrale $M_0 M_1$, bezüglich $M_0 M_2$, so ist $\frac{M_0 G}{G M_1} \cdot \frac{M_0 \mathfrak{G}}{\mathfrak{G} M_2} = \sqrt[3]{\frac{a_0^4 b_0^4}{a_1^2 b_1^2 \,.\, a_2^2 b_2^2}}$. Also: Das Product der Theilungsverhältnisse, nach welchem zwei entsprechende Tangenten reciprok-involutorischer Kegelschnitte die Verbindungslinien des Mittelpunkts der Directrix mit denen der reciproken Curven schneiden, ist eine Constante, **deren Werth sich durch die Hauptaxen dieser drei Curven bestimmt.** -- Degenerirt eine dieser drei Curven in eine Parabel, ergiebt sich der entsprechende Satz durch einfache Grenzbetrachtung.

Da $\frac{P_\mu A}{P_\mu \mathfrak{A}} = \frac{SA \cdot \sin\varphi_1}{S\mathfrak{A} \cdot \sin\varphi} = \frac{n_1}{n_2}$, kommt für das Verhältniss entsprechender Bogenelemente involutorisch-reciproker Curven:

$$12)\qquad \frac{ds_1}{ds_2} = \sqrt{\frac{\varrho_1 \cdot n_1}{\varrho_2 \cdot n_2}}.$$

Falls k in einen Punkt degenerirt oder die Tangente a durch den Mittelpunkt der Directrix geht, ist $\frac{ds_1}{ds_2} = 0$. Im ersten Falle ist $ds_1 = 0$, im zweiten $ds_2 = \infty$. —

Für die parabolische Involution wird

$$13)\qquad \frac{ds_1}{ds_2} = \sqrt{\frac{\varrho_1 \cdot \sin\varphi_1}{\varrho_2 \cdot \sin\varphi}}.$$

In dieser Gleichung bedeuten die Glieder des radicirten Verhältnisses die Projectionen der Krümmungsradien auf den Durchmesser der Directrix.

§ 3.

Aus dem Gesetze über die Krümmungsradien reciproker folgt die Beziehung für collineare Curven.

Es sei Curve $\mathfrak{k}$ reciprok und in involutorischer Lage gegen k_1 und k_2; die Directrix zu $\mathfrak{k}$ und k_1 habe den Mittelpunkt O_1, die Halbaxen a_1 und b_1; die von O_1 auf die Tangente $\mathfrak{t}$ von $\mathfrak{k}$ gefällte Senkrechte sei ν_1, die von O_1 auf die entsprechende Tangente t_1 von k_1 gefällte Senkrechte n_1. Die entsprechenden, sich auf die zweite zu $\mathfrak{k}$ und k_2 gehörige Directrix beziehenden Grössen seien O_2, a_2, b_2, ν_2 und n_2. Die Krümmungsradien von $\mathfrak{k}$, k_1 und k_2 ϱ, ϱ_1 und ϱ_2 nennend, folgt nach 10)

$$\varrho \cdot \varrho_1 = \frac{a_1^4 b_1^4}{n_1^3 \nu_1^3}, \qquad \varrho \cdot \varrho_2 = \frac{a_2^4 b_2^4}{n_2^3 \nu_2^3},$$

daher

$$\frac{\varrho_1}{\varrho_2} = \left(\frac{a_1 b_1}{a_2 b_2}\right)^4 \left(\frac{n_2 \cdot \nu_2}{n_1 \cdot \nu_1}\right)^3.$$

Es ist k_1 stets collinear zu k_2. Wählt man die Directrix zwischen $\mathfrak{k}$ und k_1 ähnlich und ähnlich liegend zur Directrix zwischen $\mathfrak{k}$ und k_2, so dass das Verhältniss homologer Linien $\left(\frac{a_1}{a_2} = \frac{b_1}{b_2}\right)$ gleich λ wird, folgt, dass man k_1 und k_2 in perspectivische Lage bringen kann, indem man O_1 als Collineationscentrum wählt und k_2 so lange verschiebt, bis O_2 auf O_1 fällt. Denn jedem unendlich fernen Punkte in $\mathfrak{k}$ entsprechen in k_1 und k_2 parallele Durchmesser. Die Collineationsaxe wird alsdann der zur Centralen $O_1 O_2$ conjugirten Richtung parallel. Die Gegenaxe in k_1 ist die Polare von O_2 in Bezug auf das System $(\mathfrak{k} k_1)$, die Gegenaxe in k_2 ist die Polare von O_1 in Bezug auf das System $(\mathfrak{k} k_2)$. Hiernach *kommt* für das Verhältniss der Entfernungen der beiden Gegenaxen vom

Collineationscentrum, und auch für das constante Doppelschnittsverhältniss der in perspectivische Lage gebrachten Systeme k_1 und k_2 je nach der perspectivischen Lage, wenn $\mathfrak{A}$ den Schnitt des Strahles $O_1 A_1 A_2$ mit der Collineationsaxe bedeutet:

$$\frac{O_1 A_1}{A_1 \mathfrak{A}} \cdot \frac{O_1 A_2}{A_2 \mathfrak{A}} = \pm \lambda^2.$$

Da ausser ν_1 und ν_2 auch $O_1 A_1$ und $O_2 A_2$ parallel sind, folgt nach den Sätzen über die involutorische Theilung des Durchmessers durch Pol und Polare:

$$\frac{O_1 A_1 \cdot \nu_1}{O_2 A_2 \cdot \nu_2} = \lambda^2, \text{ und wird daher } \frac{\varrho_1}{\varrho_2} = \lambda^2 \cdot \left(\frac{n_2}{n_1} \cdot \frac{O_1 A_1}{O_2 A_2}\right)^3.$$

Aus Betrachtung der Fig. 11, in welcher die Systeme k_1 und k_2 in perspectivischer Lage dargestellt sind, folgt:

$$\frac{\triangle O_1 A_1 \mathfrak{D}}{\triangle O_1 A_2 \mathfrak{D}} = \frac{t_1 . n_1}{t_2 . n_2} = \frac{O_1 A_1}{O_1 A_2}$$

oder, da $O_1 A_2 = O_2 A_2$,

$$\frac{n_2 . O_1 A_1}{n_1 . O_2 A_2} = \frac{t_1}{t_2},$$

wo t_1 und t_2 die bis zur Collineationsaxe verlängerten Tangenten der perspectivischen Curven k_1 und k_2 in den entsprechenden Punkten A_1 und A_2 bedeuten. Demnach ist

14) $$\frac{\varrho_1}{\varrho_2} = \pm \lambda^2 . \left(\frac{t_1}{t_2}\right)^3.$$

Das Verhältniss der Krümmungsradien entsprechender Punkte in perspectivischen Curven ist gleich dem Cubus aus dem Verhältnisse der bis zur Collineationsaxe verlängerten Tangentenstrecken, multiplicirt mit einem für alle Punkte der durch die Curven bestimmten Collineation constanten Doppelschnittsverhältnisse.*

Wählt man als perspectivische Curven zwei Kegelschnitte mit den Halbaxen $a_1 b_1$ und $a_2 b_2$; werden ferner die Abstände der Tangenten t_1 und t_2 von den bezüglichen Curvenmittelpunkten mit p_1 und p_2 bezeichnet, so wird

$$\varrho_1 = \frac{a_1^2 b_1^2}{p_1^3}, \quad \varrho_2 = \frac{a_2^2 b_2^2}{p_2^3},$$

daher

$$\frac{t_1 p_1}{t_2 p_2} = \sqrt[3]{\frac{a_1^2 b_1^2}{a_2^2 b_2^2 . (\pm \lambda_2)}}.$$

15) Die Dreiecke, gebildet je aus dem Curvenmittelpunkte und der bis zur Collineationsaxe verlängerten Tangentenstrecke zweier perspectivischen Kegelschnitte,

* Vergl. Bd. XXV S. 214 dieser Zeitschrift.

haben ein constantes Verhältniss, dessen Werth sich durch das Product der Hauptaxen und das constante Doppelschnittsverhältniss der durch die Curven gegebenen Collineation bestimmt.*

Degenerirt der zweite Kegelschnitt in eine Parabel, so wird $\lim p_2 = \lim (a_2 . \sin \alpha)$, wo α den Winkel der Parabeltangente t_2 mit der Parabelaxe bedeutet. Daher wird

$$\frac{t_1 p_1}{t_2 . \sin \alpha} = \sqrt{\frac{a_1^2 b_1^2}{\lim \frac{b_2^2}{a_2} . (\pm \lambda^2)}}$$

Den Parameter der Parabel p nennend, kommt

$$\frac{t_1 p_1}{t_2 . \sin \alpha} = \sqrt[3]{\frac{a_1^2 b_1^2}{p . (\pm \lambda^2)}}.$$

§ 4.

Beschreiben zwei Punkte eines ähnlich-veränderlichen ebenen Systems ähnliche krumme Punktreihen, so bleibt ein Systempunkt, der Aehnlichkeitspol aller Systemphasen, unbeweglich; alle anderen Systempunkte bewegen sich auf ähnlichen Curven und erzengen auf diesen ähnliche Punktreihen. Diese Bewegungsform eines ähnlich-veränderlichen Systems nennen wir mit Burmester die einförmig-krummlinige Bewegung desselben.** Diese lässt sich als eine specielle Form der in § 1 betrachteten Bewegungsarten ansehen, da bei derselben sowohl die von den Systempunkten beschriebenen Trajectorien, wie die von den Systemgeraden umhüllten Enveloppen einander ähnlich werden. Ferner sind bei dieser Bewegungsart die Trajectorien der Systempunkte den zum Aehnlichkeitspol gehörigen Fusspunktcurven der von den Geraden umhüllten Enveloppen ähnlich.

Um die früheren Resultate dieser besondern Abart anzupassen, werde zunächst die Trajectorie der umgekehrten Bewegung gesucht. Es seien (Fig. 12) k und k_1 zwei Trajectorien der directen Bewegung, S deren Aehnlichkeitspol, AA_1 und BB_1 je zwei homologe Punkte dieser Curven, a, b deren bezügliche Verbindungsgeraden. Die Phase, in welcher der die Bahn k beschreibende Punkt nach A gelangt, sei die Ausgangsphase der Umkehrung. Die Trajectorie k' oder $P_a P_b \ldots$, welche bei Umkehrung der Bewegung ein Punkt beschreibt, welcher sich bei der Ausgangsphase

* Collineationsaxe kann jede gemeinschaftliche Secante der beiden Curven sein. Dass die Chordale zweier Kreise der Ort für die Schnittpunkte ihrer gleichen Tangenten, ist ein specieller Fall des Satzes 15).

** Vergl.: Burmester, Kinematisch-geometrische Untersuchungen der Bewegung ähnlich-veränderlicher ebener Systeme. Zeitschr. f. Math. u. Phys., Bd. XIX S. 161 flg.

in P_a befindet, wird erhalten, indem man für die verschiedenen Lagen von B stets $\triangle(AA_1P_b) \sim \triangle(BB_1P_a)$ construirt. Hiernach bleibt auch bei Umkehrung der einförmig-krummlinigen Bewegung der Aehnlichkeitspol S fest, und ist die umgekehrte Bewegung wieder eine solche gleicher Art.

Setzt man $SB = r$, $\angle ASB = \psi$, so lässt sich, wenn SA als Anfangslage des Radius vector betrachtet wird, die Polargleichung der Curve k in der Form geben:

$$F(r, \psi) = 0.$$

Aus der Proportion $SA : SB = SP_b : SP_a$ folgt $SB = \frac{SA . SP_a}{SP_b}$. Weiter ist $\angle P_a S P_b = -\psi$, daher die Polargleichung der vom Punkte P_a bei Umkehrung der Bewegung durchlaufenen Trajectorie k', SP_a als Anfangslage betrachtend:

$$F\left(\frac{SA . SP_a}{r}, -\psi\right) = 0.$$

Die durch diese Gleichung ausgedrückte Curve k' ist zu einer inversen Curve von k in Bezug auf S symmetrisch.

In gleicher Weise findet man, dass die Enveloppe, welche eine Gerade bei der Umkehrung der krummlinig-einförmigen Bewegung umhüllt, zu einer mit k in Bezug auf S circular-reciproken Curve symmetrisch ist. Da aber andererseits die Trajectorie der umgekehrten Bewegung auch zur Fusspunktcurve der Enveloppe der umgekehrten Bewegung (stets in Bezug auf denselben Punkt S) ähnlich ist, ergeben sich folgende Sätze:

16) Die Fusspunktcurve einer Curve ist der circular-reciproken Abbildung dieser Curve invers.

17) Die Einhüllende zu einer Fusspunktcurve ist der inversen Abbildung dieser Fusspunktcurve circular, reciprok.

18) Die circular-reciproke Abbildung einer Curve ist zur inversen Curve, diese als Fusspunktcurve betrachtet, die Einhüllende.

19) Die inverse Abbildung einer Curve ist zu der circular-reciproken Abbildung dieser Curve die Fusspunktcurve.

Specielle Fälle dieser Sätze sind folgende Beziehungen:

20) Die Fusspunktcurve eines Kegelschnitts in Bezug auf einen beliebigen Punkt fällt mit der inversen Abbildung des circular-reciproken Kegelschnitts zusammen. Und umgekehrt:

21) Die inverse Abbildung eines Kegelschnittes in Bezug auf einen beliebigen Punkt fällt mit der Fusspunkt-

curve des circular-reciproken Kegelschnitts zusammen.

Aus dem letzten Satze folgt:

22) Die inverse Abbildung eines Kegelschnitts in Bezug auf einen Brennpunkt ist eine Pascal'sche Curve.

Aus der Construction für die Trajectorie der Umkehrung der einförmig-krummlinigen Bewegung ergiebt sich, dass die Tangenten entsprechender Punkte inverser Curven symmetrisch gegen den die Punkte verbindenden Radius vector liegen. Nennen wir den Krümmungsradius der bei directer Bewegung von P_a beschriebenen Bahn ϱ_1, den der bei umgekehrter Bewegung von diesem Punkte beschriebenen Bahn ϱ', so folgt aus den Gleichungen

$$\varrho_1 = \frac{ds}{d\vartheta} \cdot \frac{1}{1 - \frac{d\varphi}{d\vartheta} - \frac{d\varkappa}{d\vartheta}}, \quad \varrho' = \frac{ds}{d\vartheta} \cdot \frac{1}{1 + \frac{d\varphi}{d\vartheta} + \frac{d\varkappa}{d\vartheta}}:$$

$$\tfrac{1}{2}\left(\frac{1}{\varrho_1} + \frac{1}{\varrho'}\right) = \frac{d\vartheta}{ds} = \frac{\sin\varphi}{r_1},$$

wo φ den Winkel des Radius vector $SP_a = r_1$ mit der Tangente an eine der Curven bedeutet.

Falls die von P_a bei directer Bewegung beschriebene Trajectorie k_2 mit ihrer symmetrisch-inversen Abbildung nicht den Punkt P_a als einen entsprechenden gemein hat, sondern dem Leitstrahl r_1 in der symmetrisch-inversen Curve der Leitstrahl r_2 entspricht, kommt, den Krümmungsradius dieser Curve ϱ_2 nennend, $\varrho_2 : \varrho' = r_2 : r_1$, daher

$$\tfrac{1}{2}\left(\frac{r_1}{\varrho_1} + \frac{r_2}{\varrho_2}\right) = \sin\varphi.$$

Für die Krümmungsradien ϱ_1 und ϱ_2 einer Curve und ihrer inversen Abbildung folgt hiernach die Gleichung

$$\tfrac{1}{2}\left(\frac{r_1}{\varrho_1} + \frac{r_2}{\varrho_2}\right) = \sin\varphi, \tag{23}$$

wo r_1 und r_2 die Leitstrahlen der entsprechenden Punkte, φ den Winkel der bezüglichen Tangenten mit diesen Leitstrahlen bedeutet.

Bei gleichem Vorzeichen von ϱ_1 und ϱ_2 fallen diese Krümmungsradien auf die entsprechend ungleichen Seiten der Leitstrahlen; sie sind positiv oder negativ zu rechnen, je nachdem die zugehörigen Curven concav oder convex gegen den Pol S liegen.

Ein Beispiel der vorstehenden Formel bieten zwei in Bezug auf ihren Aehnlichkeitspol inverse Kreise, wodurch sich auch eine einfache Construction für die durch Gleichung 23) ausgedrückte Beziehung, wie der Beweis dafür ergiebt, dass beide **Krümmungsmittelpunkte** mit S **in eine Gerade fallen.**

Die Umkehrung der kreislinigen* Bewegung eines ähnlich-veränderlichen Systems ist somit wieder eine kreislinige Bewegung. Ebenso folgt für die Umkehrung der **geradlinigen** Bewegung eines solchen Systems eine kreislinige Bewegung der besondern Art, bei welcher jeder von einem Systempunkte beschriebene Kreis durch den gemeinschaftlichen Aehnlichkeitspol aller Phasen geht, jede Systemgerade einen Punkt umhüllt. Alle Systemgeraden und Punkte gehen bei der umgekehrten Bewegung **gleichzeitig** durch den Aehnlichkeitspol, und zwar in einer Phase, welche der unendlich fernen Phase der directen Bewegung entspricht.

* Vergl. Burmester, a. a. O. S. 164.

Zu diesen kommt als vierte die Continuitätsgleichung

$$3)\qquad \frac{\partial u}{\partial x}+\frac{\partial v}{\partial y}+\frac{\partial w}{\partial z}=0.$$

Aus diesen Gleichungen lassen sich aber die u, v, w, p noch nicht vollständig bestimmen. Zur Vervollständigung gehören die Grenzbedingungen. Man stellt nun die Hypothese auf, dass zwei Elemente der Grenzfläche einen tangentialen Druck aufeinander ausüben, der proportional, aber entgegengesetzt gerichtet ist ihrer relativen Geschwindigkeit. Diese Hypothese stellt sich mathematisch durch folgende Gleichungen dar:

$$\begin{aligned} &X_n-(X_n\cos(nx)+Y_n\cos(ny)+Z_n\cos(nz))\cos(nx)=\lambda(u_1-u),\\ 4)\quad &Y_n-(X_n\cos(nx)+Y_n\cos(ny)+Z_n\cos(nz))\cos(ny)=\lambda(v_1-v),\\ &Z_n-(X_n\cos(nx)+Y_n\cos(ny)+Z_n\cos(nz))\cos(nz)=\lambda(w_1-w).\end{aligned}$$

Darin ist $X_n=X_x\cos(nx)+X_y\cos(ny)+X_z\cos(nz)$ u. s. w. und λ ist die Constante der äusseren Reibung.

Hat man aus diesen Gleichungen u, v, w, p vollständig bestimmt, so sind die Probleme alle, die in Frage kommen können, im Wesentlichen gelöst. Grössere Schwierigkeit würde nur die Bestimmung der Bahn jedes einzelnen materiellen Theilchens machen, ein Problem, das auf die Auflösung dreier simultaner Differentialgleichungen hinauskommt. Aus den Werthen von u, v, w, p folgen sofort, wie in 1) angegeben, die Werthe der elastischen Druckcomponenten, sowohl der normalen X_x, Y_y, Z_z, als der tangentialen X_y, Y_z, Z_x. Ferner folgen daraus sofort durch Differentiation die Werthe der Drehungsgeschwindigkeit an jedem einzelnen Punkte. Diese ergeben sich nämlich aus den Gleichungen

$$5)\qquad 2\xi=\frac{\partial w}{\partial y}-\frac{\partial v}{\partial z},\quad 2\eta=\frac{\partial u}{\partial z}-\frac{\partial w}{\partial x},\quad 2\zeta=\frac{\partial v}{\partial x}-\frac{\partial u}{\partial y}.$$

Wir wenden uns nun zu der Specialisirung der Gleichungen für die Bewegung von Flüssigkeiten in Röhren. Wir betrachten die Axe der Röhre als Axe der x und nehmen als einzige wirkende äussere Kraft die Schwerkraft an. Für den Fall, dass die Röhre vertical steht, können wir dann unsere in der Einleitung erwähnte Annahme, dass nämlich v und w gleich Null sind, ohne Weiteres immer anwenden. Ist die Röhre nicht vertical, sondern horizontal oder geneigt, so wird unsere Annahme noch immer gerechtfertigt sein, wenn der Querschnitt der Röhre klein ist. Dies beweisen die Poiseuille'schen Versuche. Wir wollen uns also im Folgenden entweder eine verticale Röhre von beliebigem Querschnitt vorstellen, bei der wir die Schwerkraft dann mit berücksichtigen, oder eine nicht verticale Röhre, bei der der Querschnitt nur so gross ist, dass man die Schwerkraft vernachlässigen kann.

Unter diesen Annahmen haben wir also

$$v=0,\quad w=0$$

und daher nach Gleichung 3) auch

F. Neumann giebt, dass für benetzende Flüssigkeiten, wie Wasser, diese Constante der äusseren Reibung unendlich gross angenommen werden kann, d. h. dass die Flüssigkeit an der Wand haftet. Ebenso wird für nicht benetzende Flüssigkeiten annähernd der andere äusserste Fall eintreten, dass nämlich diese Constante sehr klein ist.* Für praktische physikalische Zwecke genügt es also immer, die Differentialgleichung aufzulösen unter der Annahme, dass die Constante der äusseren Reibung einen der beiden extremen Werthe hat und es wird in allen Problemen, die uns aufstossen werden, möglich sein, den Werth von u unter dieser von der Beobachtung gegebenen Vereinfachung vollständig zu bestimmen.

---

§ 1. Die Gleichungen für die Bewegung von Flüssigkeiten in Röhren.

Die hydrodynamischen Gleichungen erlauben ebenso, wie die Gleichungen für die elastischen festen Körper, zwei Aufgaben zu lösen. In die Gleichungen treten nämlich die Geschwindigkeiten ein, welche an einem Punkte des von der Flüssigkeit erfüllten Raumes während der Bewegung stattfinden, und zugleich der Druck und die elastischen Kräfte, welche durch diese Bewegung hervorgerufen werden und sie weiter beeinflussen. Sind die Geschwindigkeiten und der Druck vollständig bekannt, so ist es leicht, die elastischen Kräfte zu finden, welche bei der Bewegung ins Spiel kommen. Es geschieht dies durch einfache Differentiation, denn die Componenten der elastischen Kräfte sind bekanntlich

$$X_x = p - 2k\frac{\partial u}{\partial x}, \quad Y_y = p - 2k\frac{\partial v}{\partial y}, \quad Z_z = p - 2k\frac{\partial w}{\partial z},$$

1)
$$Y_z = Z_y = -k\left(\frac{\partial v}{\partial z} + \frac{\partial w}{\partial y}\right),$$
$$X_z = Z_x = -k\left(\frac{\partial w}{\partial x} + \frac{\partial u}{\partial z}\right),$$
$$Y_x = X_y = -k\left(\frac{\partial u}{\partial y} + \frac{\partial v}{\partial x}\right).$$

Weit schwieriger ist aber die andere Aufgabe, die gewöhnlich verlangt wird, nämlich die Bestimmung der Bewegung der Flüssigkeit, wenn gegebene Kräfte auf sie wirken. Diese Aufgabe wird durch die drei Differentialgleichungen gelöst

$$\mu\left(\frac{\partial u}{\partial t} + u\frac{\partial u}{\partial x} + v\frac{\partial u}{\partial y} + w\frac{\partial u}{\partial z}\right) = \mu X - \frac{\partial X_x}{\partial x} - \frac{\partial X_y}{\partial y} - \frac{\partial X_z}{\partial z},$$

2)
$$\mu\left(\frac{\partial v}{\partial t} + u\frac{\partial v}{\partial x} + v\frac{\partial v}{\partial y} + w\frac{\partial v}{\partial z}\right) = \mu Y - \frac{\partial Y_x}{\partial x} - \frac{\partial Y_y}{\partial y} - \frac{\partial Y_z}{\partial z},$$
$$\mu\left(\frac{\partial w}{\partial t} + u\frac{\partial w}{\partial x} + v\frac{\partial w}{\partial y} + w\frac{\partial w}{\partial z}\right) = \mu Z - \frac{\partial Z_x}{\partial x} - \frac{\partial Z_y}{\partial y} - \frac{\partial Z_z}{\partial z}.$$

---

* Stefan in Wiener Sitzungsberichte Bd. 46, 1860.

Die Lösung dieser Gleichungen wird bedeutend vereinfacht, wenn wir die erste von ihnen auf die bekannte Form bringen $\frac{\partial^2 \varphi}{\partial y^2} + \frac{\partial^2 \varphi}{\partial z^2} = 0$. Dies geschieht, indem wir setzen

15) $$u = -\frac{a}{2}(y^2 + z^2) + \varphi.$$

Dadurch haben wir nun die beiden Gleichungen

16) $$\frac{\partial^2 \varphi}{\partial y^2} + \frac{\partial^2 \varphi}{\partial z^2} = 0$$

für alle Punkte innerhalb der Röhre und

17) $$\left(\frac{\partial \varphi}{\partial y} - a y\right) \cos(ny) + \left(\frac{\partial \varphi}{\partial z} - a z\right) \cos(nz) = \frac{\lambda}{k}\varphi - \frac{\lambda a}{2k}(y^2 + z^2)$$

für den Rand der Röhre.

In den beiden extremen Fällen, von denen schon oben die Rede war, vereinfacht sich die Grenzbedingung 17). Für den Fall, dass $\lambda = \infty$ ist, muss an der Grenze

$$\varphi - \frac{a}{2}(y^2 + z^2) = const.$$

sein und für den Fall, dass λ unendlich klein ist, muss

$$\left(\frac{\partial \varphi}{\partial y} - a y\right) \cos(ny) + \left(\frac{\partial \varphi}{\partial z} - a z\right) \cos(nz) = 0$$

sein. Die Form 16) und 17) ist zwar bei den einfachen Fällen, namentlich beim Kreise, vielleicht etwas umständlicher, als die Form 13) und 14). Dieser Mangel wird aber dadurch aufgewogen, dass sich aus dieser Form eine Menge von Querschnitten angeben lassen, für die das Problem lösbar ist, und dass zugleich das Strömungsproblem in engen Zusammenhang gebracht wird mit dem St. Vénant'schen Problem der Torsion fester Cylinder.

§ 2. Röhren mit kreisförmigem Querschnitt.

Für Röhren mit kreisförmigem Querschnitt ist die Aufgabe schon mehrfach behandelt.* Ich führe sie nur der Gleichförmigkeit halber an und um einige allgemeine Beziehungen dabei zu erörtern.

Der Kreis habe die Gleichung $y^2 + z^2 = R^2$.

Es ist dann

$$\cos ny = -\frac{y}{R}, \quad \cos nz = -\frac{z}{R}.$$

Die Grenzbedingung 17) wird dann

$$-\frac{1}{R}\left(y\frac{\partial \varphi}{\partial y} + z\frac{\partial \varphi}{\partial z}\right) - \frac{\lambda}{k}\varphi = -aR - \frac{\lambda a}{2k}R^2.$$

Wir lösen diese Gleichung und zugleich die Gleichung 16) durch $\varphi = const.$ und es ist

* *Jacobsohn* a. a. O. Stefan a. a. O. S. Kirchhoff, Vorles., S. 73.

$$\varphi = \frac{ak}{\lambda} R + \frac{a}{2} R^2,$$

also

18) $$u = \frac{a}{2}\left(R^2 + \frac{2k}{\lambda} R - \varrho^2\right).$$

Die Geschwindigkeit hängt also von der ersten und zweiten Potenz des Radius ab. Die normalen Elasticitätscomponenten sind alle gleich $\frac{p}{l} x$, während die tangentialen die Werthe haben

$$Y_z = 0, \quad X_z = kaz, \quad Y_x = kay.$$

Diese Werthe enthalten nur scheinbar die Reibungsconstante k. Denn k kommt auch im Nenner von a vor, so dass also die tangentialen Elasticitätscomponenten unabhängig von der Natur der Flüssigkeit sind und nur von der Grösse und Form der Querschnitte abhängen.

Es finden bei der Bewegung der Flüssigkeiten durch Röhren auch Drehungen der Theilchen statt. Es ist $2\xi = 0$, $2\eta = \frac{\partial u}{\partial z}$, $2\zeta = -\frac{\partial u}{\partial y}$. Man erkennt aus der Gleichung 13) sofort, dass bei allen Röhren $\Delta\eta = 0$ und $\Delta\zeta = 0$ ist. Dies ist aber, wie ich anderweitig nachgewiesen habe*, die nothwendige und hinreichende Bedingung dafür, dass die Wirbelbewegung in reibenden Flüssigkeiten den Helmholtz'schen Gesetzen** genügt. Die Wirbelbewegungen in Röhren jeder Art befolgen also die Helmholtz'schen Gesetze.

In dem Falle des kreisförmigen Querschnittes ist nun

19) $$\eta = -az, \quad \zeta = ay.$$

Die Drehungsaxe jedes Theilchens steht also auf seinem Radius senkrecht und die Drehungsgeschwindigkeit ist $a\varrho$. Je weiter ein Theilchen von der Röhrenaxe entfernt ist, um so schneller wirbelt es. Die grösste Drehungsgeschwindigkeit findet also an der Röhrenwand statt und zwar ganz unabhängig von dem Werthe der äussern Reibungsconstante λ, also auch bei $\lambda = \infty$, während doch dann die Theilchen an der Wand haften sollen. Dieses merkwürdige Verhalten ist schon von Stefan (a. a. O.) dargelegt worden.

Fassen wir u, y, z als die Coordinaten eines Theilchens auf, so liegen die Theile, welche ursprünglich auf einem Kreise liegen, nach einiger Zeit auf einer Fläche, deren Gleichung ist

$$u = m(y^2 + z^2) + n.$$

Das ist aber die Gleichung eines Rotationsparaboloids, dessen Scheitel in dem ursprünglichen Querschnitte liegt. Auf dieser Fläche befinden sich

* Schlömilch's Zeitschrift, Bd. XXIV S. 242, 1879.

** Borchardt's *Journal*, Bd. LV.

also nach der Zeit 1 die Theilchen, welche ursprünglich auf einem Querschnitte der Röhre liegen.

Die Constante a besteht aus einer Differenz zweier Terme; es ist also die Möglichkeit vorhanden, dass $a=0$ wird. Dann muss nach 18) auch $u=0$ werden. Wir haben uns die Röhre vertical aufgestellt gedacht. Fliesst das Wasser von oben nach unten, so muss $p_0 > p_l$ sein, dann ist also P negativ, die Constante a ist also stets positiv. Findet dagegen der Ueberdruck an der tiefsten Stelle der Röhre statt, so ist die Bewegung des Wassers der Schwerkraft entgegengesetzt gerichtet und für den Fall, dass $\frac{p_l - p_0}{l} = \mu g$ ist, bleibt die Flüssigkeit in Ruhe. Ist $\mu g > \frac{p_l - p_0}{l}$, so ist u positiv, das heisst, die Flüssigkeit in der Röhre strömt doch nach unten; ist dagegen $\frac{p_l - p_0}{l} > \mu g$, so wird die Flüssigkeit in der Röhre hinaufgetrieben, entgegengesetzt der Richtung der Schwerkraft.

Wir berechnen endlich noch die Menge der aus der Röhre in der Zeiteinheit ausfliessenden Flüssigkeit. Es ist diese allgemein $Q = \int\int dy\, dz\, u$, wo die Integration sich über den ganzen Querschnitt erstreckt. Für den kreisförmigen Querschnitt ist also

$$20)\qquad Q = a\pi \int_0^R \left(R^2 + \frac{2k}{\lambda} R - \varrho^2\right) \varrho\, d\varrho = \frac{a\pi}{4}\left(R^4 + \frac{4k}{\lambda} R^3\right).$$

Die Ausflussmenge ist also proportional a, d. h. direct proportional der Differenz $\mu g l - (p_l - p_0)$ und umgekehrt proportional der Länge der Röhre l und der Reibungsconstante k. Ausserdem ist die Ausflussmenge noch proportional der vierten und dritten Potenz des Radius.

In den beiden extremen Fällen, bei $\lambda = \infty$ und $\lambda = \varepsilon$ ist die Bewegung ganz verschieden.

Bei $\lambda = \infty$, also bei benetzenden Flüssigkeiten ist

$$u = \frac{a}{2}(R^2 - \varrho^2) \text{ und } Q = \frac{a\pi}{4} R^4$$

also Q einfach proportional der vierten Potenz des Radius. Wenn wir die Fläche $R^2\pi$ mit F bezeichnen, so ist

$$Q = \frac{a}{4\pi} F^2.$$

Ich nenne den Coefficienten von F^2 den reducirten Ausflusscoefficienten. Diese reducirten Coefficienten werden sich für die verschiedenen Querschnitte vergleichen lassen.

Dagegen ist für $\lambda = \varepsilon$

$$u = \frac{k}{\varepsilon} a R,$$

also u constant, aber sehr gross. Die Ausflussmenge ist mithin

22) $$Q = \frac{k}{\varepsilon} a \pi R^3.$$

§ 3. Röhren mit elliptischem Querschnitt.

Wir nehmen als Gleichung der Ellipse

23) $$\frac{y^2}{b^2} + \frac{z^2}{c^2} = 1.$$

Es ist dann

24) $$\cos(ny) = -\frac{y}{b^2\sqrt{\frac{y^2}{b^4}+\frac{z^2}{c^4}}}, \quad \cos(nz) = -\frac{z}{c^2\sqrt{\frac{y^2}{b^4}+\frac{z^2}{c^4}}}$$

und die Grenzbedingung 17) wird daher

25) $$+\frac{1}{\sqrt{\frac{y^2}{b^4}+\frac{z^2}{c^4}}}\left(\frac{y}{b^2}\frac{\partial\varphi}{\partial y}+\frac{z}{c^2}\frac{\partial\varphi}{\partial z}\right)+\frac{\lambda}{k}\varphi = +\frac{a}{\sqrt{\frac{y^2}{b^4}+\frac{z^2}{c^4}}}\left(\frac{y^2}{b^2}+\frac{z^2}{c^2}\right)+\frac{\lambda a}{2k}(y^2+z^2).$$

Dies soll gelten für $y = \pm b\sqrt{1-\frac{z^2}{c^2}}$ oder $z = \pm c\sqrt{1-\frac{y^2}{b^2}}$.

Wir können die Gleichungen 16) und 25) nur für die beiden extremen Fälle integriren: für $\lambda = \infty$ und $\lambda = \varepsilon$.

Für $\lambda = \infty$ wird die Grenzbedingung

$$\varphi = \frac{a}{2}(y^2+z^2)$$

für

$$y = \pm b\sqrt{1-\frac{z^2}{c^2}} \text{ oder } z = \pm c\sqrt{1-\frac{y^2}{b^2}}.$$

Wir setzen

26) $$\varphi = A + A_1(y^2 - z^2).$$

Dieses φ genügt der Differentialgleichung

$$\frac{\partial^2\varphi}{\partial y^2}+\frac{\partial^2\varphi}{\partial z^2} = 0$$

und es wird für die Grenze

$$y^2\left(\frac{a}{2} - A_1\right) + z^2\left(\frac{a}{2} + A_1\right) - A = 0.$$

Daraus folgt zur Bestimmung von A_1, wenn wir die Rechnung symmetrisch durchführen:

$$b^2\left(\frac{a}{2}-A_1\right)=c^2\left(\frac{a}{2}+A_1\right),$$

also

$$A_1=\frac{a}{2}\cdot\frac{b^2-c^2}{b^2+c^2} \text{ und } A=\tfrac{1}{2}\left(b^2\left(\frac{a}{2}-A_1\right)+c^2\left(\frac{a}{2}+A_1\right)\right)=a\frac{b^2c^2}{b^2+c^2}.$$

Es ist also

27) $$\varphi=\frac{a}{2(b^2+c^2)}[2b^2c^2+(b^2-c^2)(y^2-z^2)],$$

also

28) $$u=\frac{ab^2c^2}{b^2+c^2}\left[1-\frac{y^2}{b^2}-\frac{z^2}{c^2}\right].$$

Dieselbe Formel hat schon **Mathieu*** abgeleitet.

Für die Röhrenwand ist $\frac{y^2}{b^2}+\frac{z^2}{c^2}-1=0$, also u, wie es sein soll, gleich Null. **Die Geschwindigkeit hängt von den Quadraten der grössten und kleinsten Axe ab.**

Während die normalen Druckcomponenten, wie bei allen diesen Problemen, den Werth $\frac{P}{l}x$ haben, sind die tangentialen beziehlich:

29) $$Y_z=0,\quad X_z=\frac{2kab^2}{b^2+c^2}z,\quad Y_x=\frac{2kac^2}{b^2+c^2}y.$$

Die Werthe dieser Componenten wachsen also zum Rande zu. Ihren grössten und kleinsten Werth erhalten sie am Ende der beiden Hauptaxen. Dass die Werthe dieser Componenten von k unabhängig sind, ist schon erwähnt.

Die Drehungsgeschwindigkeiten dagegen sind von k abhängig. Es ist

30) $$\xi=0,\quad \eta=\tfrac{1}{2}\frac{\partial u}{\partial z}=-\frac{ab^2}{b^2+c^2}z,\quad \zeta=-\tfrac{1}{2}\frac{\partial u}{\partial y}=\frac{ac^2}{b^2+c^2}y,$$

die resultirende Drehungsgeschwindigkeit eines Theilchens mit den Coordinaten y, z ist also

31) $$\varphi=\frac{a}{b^2+c^2}\sqrt{b^4z^2+c^4y^2}=\frac{ab^2c^2}{b^2+c^2}\sqrt{\frac{y^2}{b^4}+\frac{z^2}{c^4}}.$$

Die grösste Drehungsgeschwindigkeit findet wieder an der Röhrenwand statt. Für ein Theilchen an der Wand mit der Coordinate z ist

$$\varphi=\frac{ab^2c^2}{b^2+c^2}\sqrt{\frac{1}{b^2}+\frac{z^2}{c^2}\left(\frac{1}{c^2}-\frac{1}{b^2}\right)}.$$

Für $z=\pm c$, also am Ende der z-Axe, ist also $\varphi_z=\frac{ab^2c}{b^2+c^2}$.

Für $z=0$, also am Ende der y-Axe, ist $\varphi_y=\frac{abc^2}{b^2+c^2}$.

---

* *Comptes rendus*, Bd. LVII S. 320.

Ist $c > b$, so ist $\varphi_y > \varphi_z$. Die grösste Drehungsgeschwindigkeit findet also am Ende der kleinen Axe statt, d. h. an derjenigen Stelle des Randes, welche dem Mittelpunkte am nächsten liegt.

Die Winkel, die die Coordinatenaxen mit den Hauptdrehungsaxen bilden, ergeben sich aus

32) $$\cos(\varphi, y) = \frac{-b^2 z}{\sqrt{\frac{y^2}{b^4} + \frac{z^2}{c^4}}}, \quad \cos(\varphi, z) = \frac{+c^2 y}{\sqrt{\frac{y^2}{b^4} + \frac{z^2}{c^4}}}.$$

Daraus folgt, dass die Drehungsaxe eines Punktes senkrecht auf der Polare dieses Punktes in Bezug auf den Kegelschnitt steht.

Fassen wir wieder u, y, z als Coordinaten des Theilchens nach der Zeiteinheit auf, das ursprünglich die Coordinaten y, z hatte, so sehen wir, dass das Theilchen auf einer Fläche

$$u = m - n y^2 - p z^2,$$

also auf einem elliptischen Paraboloid liegt.

Um endlich wieder die Ausflussmenge zu berechnen, haben wir

$$Q = \frac{a b^2 c^2}{b^2 + c^2} \iint dy\, dz \left(1 - \frac{y^2}{b^2} - \frac{z^2}{c^2}\right),$$

die Integration über die Fläche der Ellipse ausgedehnt.

Da $\iint y^2\, dF = \frac{\pi c b^3}{4}$ und $\iint z^2\, dF = \frac{\pi b c^3}{4}$ ist, so ist

33) $$Q = \frac{a \pi b^3 c^3}{2(b^2 + c^2)}.$$

Die Ausflussmenge ist also dem Product aus den dritten Potenzen der Halbaxen direct und der Summe der Quadrate dieser indirect proportional. Natürlich ergiebt sich für $b = c$ die Formel 21). Der Ausdruck 33) ist experimentell durch die Versuche Victor v. Lang's bestätigt worden.*

Wir hatten bis jetzt nur den Fall einer benetzenden Flüssigkeit ins Auge gefasst.

Um auch für nicht benetzende Flüssigkeiten das Probblem lösen zu können, müssen wir die Grenzbedingung 25) vereinfachen. Für den Fall, dass λ sehr klein ist, begehen wir nur einen unendlich kleinen Fehler, wenn wir den Nenner $\sqrt{\frac{y^2}{b^4} + \frac{z^2}{c^4}}$ fortlassen. Die übrig bleibende Grenzbedingung

$$+\frac{k}{\lambda}\left(\frac{y}{b^2}\frac{\partial \varphi}{\partial y} + \frac{z}{c^2}\frac{\partial \varphi}{\partial z}\right) + \varphi = \frac{k}{\lambda} a \left(\frac{y^2}{b^2} + \frac{z^2}{c^2}\right) + \frac{a}{2}(y^2 + z^2)$$

lösen wir wieder durch

---

* Wiener Sitzungsberichte, Bd. LIII, 1871.

$$34)\qquad \varphi = A + A_1(y^2 - z^2).$$

Dann haben wir zur Bestimmung von A und A_1 die Gleichung

$$y^2\left[(2A_1-a)\left(\frac{1}{b^2}\frac{k}{\lambda}+\tfrac{1}{2}\right)\right]-z^2\left[(2A_1+a)\left(\frac{1}{c^2}\frac{k}{\lambda}+\tfrac{1}{2}\right)\right]+A=0$$

und daraus

$$(a-2A_1)\left(\frac{k}{\lambda}+\frac{b^2}{2}\right)=(a+2A_1)\left(\frac{k}{\lambda}+\frac{c^2}{2}\right),$$

also

$$A_1=\frac{a}{2}\,\frac{b^2-c^2}{b^2+c^2+\frac{4k}{\lambda}} \quad\text{und}\quad A=\frac{a\left[\frac{2k}{\lambda}(b^2+c^2)+\frac{4k^2}{\lambda^2}+b^2c^2\right]}{b^2+c^2+\frac{4k}{\lambda}}.$$

Daraus folgt nach Formel 34) und 15) nach einigen Umformungen

$$u=\frac{a\left(c^2+\frac{2k}{\lambda}\right)\left(b^2+\frac{2k}{\lambda}\right)}{b^2+c^2+\frac{4k}{\lambda}}\left[1-\frac{y^2}{b^2+\frac{2k}{\lambda}}-\frac{z^2}{c^2+\frac{2k}{\lambda}}\right]$$

oder

$$u=\frac{a\left(c^2+\frac{2k}{\lambda}\right)\left(b^2+\frac{2k}{\lambda}\right)}{b^2+c^2+\frac{4k}{\lambda}},$$ also constant, aber sehr gross,

und daraus ergiebt sich

$$Q=\frac{a\pi bc\left(c^2+\frac{2k}{\lambda}\right)\left(b^2+\frac{2k}{\lambda}\right)}{b^2+c^2+\frac{4k}{\lambda}}=a\pi\frac{k}{\lambda}bc.$$

§ 4. Röhren mit rechteckigem Querschnitt.

Wenn auch praktisch meistentheils nur kreisförmige oder elliptische Röhren (in Thermometern) in Anwendung kommen, so ist doch eine Betrachtung von Röhren mit anderen Querschnitten von einem mehrfachen Interesse. Einmal ist es immerhin möglich, dass für gewisse praktische oder wissenschaftliche Zwecke Röhren mit anderem, als elliptischem Querschnitt zum Zwecke der Durchströmung von Flüssigkeiten gebraucht werden und es ist deshalb wesentlich, die Gesetze der Bewegung in ihnen zu kennen. Besonders die capillarelektrischen Untersuchungen dürften bei Röhren von anderen Querschnitten wichtige Resultate ergeben*. Zweitens giebt aber auch jede theoretische Durchführung eines speciellen Problems Anlass und Mittel zu einer neuen experimentellen Bestimmung der in dem Problem sich vorfindenden Constanten (hier der Reibungsconstante). Endlich drittens giebt die theoretische Ausarbeitung

* Helmholtz, Wied. Ann., Bd. VIII, 1879.

der verschiedenen Fälle auch eine Menge von allgemeinen Beziehungen an, die man von vornherein nicht hätte vermuthen können. Aus diesem dreifachen Grunde ist die Durchführung der Lösung für die folgenden Querschnitte unternommen worden.

Wir nehmen als Querschnitt ein Rechteck mit den Seiten $2b$ und $2c$. Für alle y zwischen $-b$ und $+b$ ist bei $z=\pm c$ $\cos(ny)=0$, $\cos(nz)=1$, während für alle z zwischen $-c$ und $+c$ bei $y=\pm b$ $\cos(nz)=0$ und $\cos(ny)=1$ ist. Die allgemeine Grenzbedingungsgleichung zerfällt also hier von selbst in zwei Gleichungen, nämlich

35) $$\frac{k}{\lambda}\frac{\partial\varphi}{\partial z}\mp\frac{ak}{\lambda}c=\varphi-\frac{a}{2}(y^2+c^2)$$ für alle y zwischen $-b$ und $+b$ bei $z=\pm c$

und

36) $$\frac{k}{\lambda}\frac{\partial\varphi}{\partial y}\mp\frac{ak}{\lambda}b=\varphi-\frac{a}{2}(b^2+z^2)$$ für alle z zwischen $-c$ und $+c$ bei $y=\pm b$.

In jeder Gleichung gehören die oberen und die unteren Vorzeichen zusammen.

Wie immer, muss φ der Gleichung genügen

37) $$\frac{\partial^2\varphi}{\partial y^2}+\frac{\partial^2\varphi}{\partial z^2}=0.$$

Wir können die beiden Grenzgleichungen 35) und 36) noch vereinfachen, allerdings auf Kosten der Symmetrie. Setzen wir nämlich

38) $$\varphi=\psi+A(y^2-z^2)+Bz+C,$$

worin A, B, C noch zu bestimmende Constanten bedeuten, so muss nach 37) zuerst ψ der Gleichung $\frac{\partial^2\psi}{\partial y^2}+\frac{\partial^2\psi}{\partial z^2}=0$ genügen. Ferner wird die erste Grenzbedingung

39) $$\frac{\varkappa}{\lambda}\frac{\partial\psi}{\partial z}\mp\frac{2k}{\lambda}Ac+\frac{Bk}{\lambda}\mp\frac{ak}{\lambda}c=\psi+Ay^2-Ac^2\pm Bc+C-\frac{a}{2}y^2-\frac{a}{2}c^2.$$

Setzen wir nun $A=\frac{a}{2}$, so wird diese Gleichung

$$\frac{k}{\lambda}\frac{\partial\psi}{\partial z}\mp\frac{2ak}{\lambda}c+\frac{Bk}{\lambda}=\psi-ac^2\pm Bc+C.$$

Weiter setzen wir $B=-\frac{2\varkappa}{\lambda}a$. Dadurch kommt

$$\frac{k}{\lambda}\frac{\partial\psi}{\partial z}-\frac{2k^2}{\lambda^2}a=\psi-ac^2+C.$$

Hier ist schon das störende doppelte Vorzeichen von c weggefallen. Endlich machen wir noch $C=ac^2-\frac{2k^2}{\lambda^2}a$, dann wird die erste Grenzbedingung

40) $$\frac{k}{\lambda}\frac{\partial\psi}{\partial z}-\psi=0$$ bei $z=\pm c$ für alle y zwischen $-b$ und $+b$.

Die Gleichung 38) wird bei unserer Constantenbestimmung

$$41)\qquad \varphi = \psi + \frac{a}{2}(y^2 - z^2) - \frac{2k}{\lambda} a z + a c^2 - \frac{2k^2}{\lambda^2} a.$$

Auch die zweite Grenzbedingung 36) vereinfacht sich durch diese Substitution, indem auch bei ihr das störende doppelte Vorzeichen fortfällt. Sie wird

$$\frac{k}{\lambda}\frac{\partial \psi}{\partial y} = \psi - a z^2 - \frac{2k}{\lambda} a z + a c^2 - \frac{2k^2}{\lambda^2} a \text{ bei } y = \pm b \text{ für alle } z \text{ zwischen } -c \text{ und } +c.$$

Unser Problem reducirt sich also für eine rechtwinklige Röhre auf die Bestimmung von ψ aus der Gleichung

$$42)\qquad \frac{\partial^2 \psi}{\partial y^2} + \frac{\partial^2 \psi}{\partial z^2} = 0$$

mit den Grenzbedingungen

$$43)\quad \frac{k}{\lambda}\frac{\partial \psi}{\partial z} - \psi = 0 \text{ für alle } y \text{ zwischen } -b \text{ und } +b \text{ bei } z = \pm c$$

und

$$44)\quad \frac{k}{\lambda}\frac{\partial \psi}{\partial y} = \psi - a z^2 - \frac{2k}{\lambda} a z + a c^2 - \frac{2k^2}{\lambda^2} a \text{ für alle } z \text{ zwischen } -c \text{ und } +c \text{ bei } y = \pm b.$$

Durch algebraische Ausdrücke lassen sich diese Gleichungen nicht erfüllen. Ich setze deshalb ψ gleich einer transcendenten Function von y und z. Die Differentialgleichung 42) lässt sich erfüllen, wenn man ψ gleich einer Summe von Termen $A e^{my} e^{nz}$ setzt. Es muss dann sein

$$\Sigma(m^2 + n^2) A e^{my} e^{nz} = 0,$$

also $n = \pm m i$.

Wir wollen setzen

$$45)\qquad \psi = \sum_{m=1}^{m=\infty} (\alpha e^{my} + \beta e^{-my})(A_m \sin mz + A'_m \cos mz).$$

Dieses ψ genügt der Differentialgleichung 42), denn es ist

$$\frac{\partial^2 \psi}{\partial y^2} = \sum_1^\infty m^2 (\alpha e^{my} + \beta e^{-my})(A_m \sin mz + A'_m \cos mz),$$

$$\frac{\partial^2 \psi}{\partial z^2} = \sum_1^\infty - m^2 (\alpha e^{my} + \beta e^{-my})(A_m \sin mz + A'_m \cos mz),$$

also ihre Summe gleich 0.

Wir haben nun den Werth 45) von ψ in die Grenzbedingungen 43), 44) einzutragen, um die Constanten α, β, A_m, A'_m zu bestimmen. Die erste Grenzbedingung wird

$$\sum_1^\infty (\alpha e^{my} + \beta e^{-my}) \left[\frac{k}{\lambda} m A_m \cos mc \mp \frac{mk}{\lambda} A'_m \sin mc \mp A_m \sin mc - A'_m \cos mc \right] = 0.$$

Damit der Ausdruck in der Klammer für $+c$ und $-c$ gleichmässig, müssen wir erstens setzen

46) $$A_m = -\frac{k}{\lambda} m A'_m.$$

Dann wird die Gleichung

$$\sum_1^\infty A'_m(\alpha e^{my} + \beta e^{-my})\left(\frac{\varkappa^2}{\lambda^2} m^2 + 1\right) \cos mc = 0.$$

Es muss also $\cos mc = 0$, d. h.

47) $$m = \frac{2n-1}{2c}\pi$$

sein, wo n eine ganze Zahl ist. Dadurch wird der Ausdruck 45), wenn wir statt A'_m schreiben A_m,

48) $$\psi = \sum_1^\infty A_m\left(\alpha e^{\frac{2n-1}{2c}\pi y} + \beta e^{-\frac{2n-1}{2c}\pi y}\right)\left(\cos\frac{2n-1}{2c}\pi z - \frac{k}{\lambda}\frac{2n-1}{2c}\pi \sin\frac{2n-1}{2c}\pi z\right).$$

Mit diesem Werthe von ψ bilden wir die zweite Grenzbedingung 44). Diese wird

49) $$\begin{aligned}\sum_1^\infty A_m\Big[\alpha\left(\frac{k}{\lambda}\frac{2n-1}{2c}\pi - 1\right) & e^{\pm\frac{2n-1}{2c}\pi b} \\ - \beta\left(\frac{k}{\lambda}\frac{2n-1}{2c}\pi + 1\right) & e^{\mp\frac{2n-1}{2c}\pi b}\Big] \\ \times\left(\cos\frac{2n-1}{2c}\pi z - \frac{k}{\lambda}\frac{2n-1}{2c}\pi \sin\frac{2n-1}{2c}\pi z\right) & \\ = -az^2 - \frac{2k}{\lambda} az + ac^2 - \frac{2k^2}{\lambda^2} a. &\end{aligned}$$

Damit dieser Ausdruck links für $+b$ und $-b$ denselben Werth habe, muss er von der Form sein

$$M(e^{mb} + e^{-mb}),$$

d. h. es muss $\alpha\left(\frac{k}{\lambda}\frac{2n-1}{2c}\pi - 1\right) = -\beta\left(\frac{k}{\lambda}\frac{2n-1}{2c}\pi + 1\right)$ sein, also, da ein Factor in A_m eingeht,

$$\alpha = \frac{k}{\lambda}\frac{2n-1}{2c}\pi + 1, \quad \beta = -\left(\frac{\varkappa}{\lambda}\frac{2n-1}{2c}\pi - 1\right).$$

Es wird also aus 48)

50) $$\begin{aligned}\psi = \sum_1^\infty A_m\Big[\left(\frac{k}{\lambda}\frac{2n-1}{2c}\pi + 1\right)e^{\frac{2n-1}{2c}\pi y} - \left(\frac{k}{\lambda}\frac{2n-1}{2c}\pi - 1\right)e^{-\frac{2n-1}{2c}\pi y}\Big] \\ \times\left(\cos\frac{2n-1}{2c}\pi z - \frac{k}{\lambda}\frac{2n-1}{2c}\pi \sin\frac{2n-1}{2c}\pi z\right).\end{aligned}$$

Wenn wir nun zur Abkürzung setzen

51) $$\frac{A_m}{a}\left(\frac{k}{\lambda}\frac{2n-1}{2c}\pi + 1\right)\left(\frac{k}{\lambda}\frac{2n-1}{2c}\pi - 1\right)\left(e^{\frac{2n-1}{2c}\pi b} + e^{-\frac{2n-1}{2c}\pi b}\right) = A_n,$$

so haben wir zur Bestimmung von A_n die Gleichung

52) $$\begin{aligned}\sum_{n=1}^{n=\infty} A_n\left(\cos\frac{2n-1}{2c}\pi z - \frac{\pi k}{\lambda}\frac{2n-1}{2c} \sin\frac{2n-1}{2c}\pi z\right) \\ = -z^2 - \frac{2k}{\lambda} z + c^2 - \frac{2k^2}{\lambda^2}.\end{aligned}$$

Es ist mir nicht gelungen, aus dieser Gleichung A_n für ein beliebiges λ zu finden. Es ist überhaupt fraglich, ob eine solche allgemeine Bestimmung möglich ist. Wohl aber ist die Bestimmung von A_n ausführbar für die extremen Fälle, bei denen auch die grosse Asymmetrie in dem Ausdrucke verschwindet.

Wir nehmen also den Fall $\lambda=\infty$. Für $\lambda=\infty$ wird aus 51) und 52)

$$-\frac{A_m}{a}\left(e^{\frac{2n-1}{2c}\pi b}+e^{-\frac{2n-1}{2c}\pi b}\right)=A_n$$

und

$$53)\qquad \sum_{n=1}^{n=\infty} A_n \cos\frac{2n-1}{2c}\pi z=-z^2+c^2.$$

Um die A_n daraus herzustellen, haben wir bekanntlich jeden Term mit $\cos\frac{2n'-1}{2c}\pi z\,dz$ zu multipliciren und von 0 bis c zu integriren. Zerlegen wir

$$\cos\frac{2n-1}{2c}\pi z\cos\frac{2n'-1}{2c}\pi z \text{ in } \tfrac{1}{2}\cos\left(\frac{n+n'-1}{c}\pi z\right)+\tfrac{1}{2}\cos\left(\frac{n-n'}{c}\pi z\right),$$

so giebt die Integration von 0 bis c

$$\left[\frac{1}{2}\frac{c}{n+n'-1}\sin\frac{n+n'-1}{c}\pi z+\frac{1}{2}\frac{c}{n-n'}\sin\frac{n-n'}{c}\pi z\right]_0^c.$$

Dieser Ausdruck ist immer gleich 0 (falls $n+n'>1$ ist), ausser für $n=n'$, wo er gleich $\frac{c}{2}$ ist. Wir haben also

$$54)\qquad A_n=-\frac{2}{c}\int_0^c (z^2-c^2)\cos\frac{2n-1}{2c}\pi z\,dz.$$

Wir können A_n einfach berechnen. Es ist

$$A_n=-\frac{2}{c}\int_0^c z^2\cos\frac{2n-1}{2c}\pi z\,dz+2c\int_0^c\cos\frac{2n-1}{2c}\pi z\,dz$$

$$=-\frac{2}{c}\left[\frac{z^2\sin\frac{2n-1}{2c}\pi z}{\frac{2n-1}{2c}\pi}\right]_0^c-\frac{4}{c}\left[\frac{z\cos\frac{2n-1}{2c}\pi z}{\left(\frac{2n-1}{2c}\pi\right)^2}\right]_0^c$$

$$+\left(2c+\frac{4}{c\left(\frac{2n-1}{2c}\right)^2\pi^2}\right)\int_0^c\cos\frac{2n-1}{2c}\pi z\,dz$$

$$=-\frac{2}{c}\cdot(-1)^{n+1}\frac{2c^3}{(2n-1)\pi}+\left(2c+\frac{4}{c\left(\frac{2n-1}{2c}\right)^2\pi^2}\right)\left(\frac{2c}{(2n-1)\pi}(-1)^{n+1}\right),$$

also

55)
$$A_n = (-1)^{n+1} \frac{32 c^2}{(2n-1)^3 \pi^3}.$$
Wir haben dann

56)
$$A_m = \frac{(-1)^n\, 32\, a c^2}{(2n-1)^3 \pi^3 \left(e^{\frac{2n-1}{2c}\pi b} + e^{-\frac{2n-1}{2c}\pi b}\right)},$$
also

57)
$$\psi = \sum_1^\infty \frac{(-1)^n\, 32\, a c^2}{(2n-1)^3 \pi^3} \frac{e^{\frac{2n-1}{2c}\pi y} + e^{-\frac{2n-1}{2c}\pi y}}{e^{\frac{2n-1}{2c}\pi b} + e^{-\frac{2n-1}{2c}\pi b}} \cos\left(\frac{2n-1}{2c}\pi z\right).$$

Da für $\lambda = \infty$ unsere Gleichung 41) wird
$$\varphi = \frac{a}{2}(y^2 - z^2) + a c^2 + \psi,$$
so ist nach 15)
$$u = -a z^2 + a c^2 + \psi.$$
Setzen wir nach der Bezeichnung von Gudermann* $\frac{e^x - e^{-x}}{2} = sih\, x$, $\frac{e^x + e^{-x}}{2} = coh\, x$, so können wir dafür schreiben

58)
$$u = -a z^2 + a c^2 + \frac{32\, a c^2}{\pi^3} \sum_1^\infty \frac{(-1)^n}{(2n-1)^3} \frac{coh\left(\frac{2n-1}{2c}\pi y\right)}{coh\left(\frac{2n-1}{2c}\pi b\right)} \cos\left(\frac{2n-1}{2c}\pi z\right).$$

Dieser Ausdruck ist nicht symmetrisch in den y und z; wir können daher, wenn wir y, b mit z, c vertauschen, auch schreiben

59)
$$u = -a y^2 + a b^2 + \frac{32\, a b^2}{\pi^3} \sum_1^\infty \frac{(-1)^n}{(2n-1)^3} \frac{coh\left(\frac{2n-1}{2b}\pi z\right)}{coh\left(\frac{2n-1}{2b}\pi c\right)} \cos\left(\frac{2n-1}{2b}\pi y\right).$$

Aus der Gleichsetzung dieser beiden Ausdrücke 58) und 59) werden sich eine Anzahl rein analytischer Beziehungen ergeben von der Art, wie sie Thomson und Tait** charakterisiren: „Der Vergleich der Resultate liefert bemerkenswerthe Sätze der reinen Mathematik, wie sie selten denjenigen Mathematikern aufstossen, die sich auf die reine Analysis oder Geometrie beschränken, statt sich in die reichen und schönen Gebiete der am Wege physikalischer Forschungen liegenden mathematischen Wahrheiten zu begeben."

Wir gehen nun zur Prüfung und Verwerthung unserer Ausdrücke für u über. Für die Grenze muss $u = 0$ sein. Für $z = \pm c$ verschwindet der Ausdruck 58) ohne Weiteres, ebenso wie der Ausdruck 59) für

* Crelle's Journal, Bd. VI.

** Thomson und Tait, Theoretische Physik I, 2, S. 236

$y = \pm b$ verschwindet. Aber auch 58) verschwindet für $y = \pm b$. Es wird dann nämlich

$$u = -a z^2 + a c^2 + \frac{32 a c^2}{\pi^3} \sum_1^\infty \frac{(-1)^n}{(2n-1)^3} \cos\left(\frac{2n-1}{2c} \pi z\right)$$

und dies ist nach 53) und 55) gleich Null. Dasselbe gilt für den Ausdruck 59) bei $z = \pm c$. In der Axe der Röhre herrscht die Geschwindigkeit

$$60) \quad \begin{cases} u = a c^2 + \frac{64 a c^2}{\pi^3} \sum_1^\infty \frac{(-1)^n}{(2n-1)^3} \frac{1}{coh\left(\frac{2n-1}{2c} \pi b\right)} \\ \text{oder} \\ u = a b^2 + \frac{64 a b^2}{\pi^3} \sum_1^\infty \frac{(-1)^n}{(2n-1)^3} \frac{1}{coh\left(\frac{2n-1}{2b} \pi c\right)}. \end{cases}$$

Es tritt auch hier, wie bei allen diesen Problemen, wieder a als Factor heraus.

Wir haben als tangentiale Druckcomponenten

$$61) \quad \begin{aligned} X_z &= 2 k a z + \frac{16 a k c}{\pi^2} \sum_1^\infty \frac{(-1)^n}{(2n-1)^2} \frac{coh\left(\frac{2n-1}{2c} \pi y\right)}{coh\left(\frac{2n-1}{2c} \pi b\right)} \sin\left(\frac{2n-1}{2c} \pi z\right) \\ &= -\frac{16 a k b}{\pi^2} \sum_1^\infty \frac{(-1)^n}{(2n-1)^2} \frac{sih\left(\frac{2n-1}{2b} \pi z\right)}{coh\left(\frac{2n-1}{2b} \pi c\right)} \cos\left(\frac{2n-1}{2b} \pi y\right), \end{aligned}$$

$$62) \quad \begin{aligned} Y_x &= -\frac{16 a k c}{\pi^2} \sum_1^\infty \frac{(-1)^n}{(2n-1)^2} \frac{sih\left(\frac{2n-1}{2c} \pi y\right)}{coh\left(\frac{2n-1}{2c} \pi b\right)} \cos\left(\frac{2n-1}{2c} \pi z\right) \\ &= 2 k a y + \frac{16 a k b}{\pi^2} \sum_1^\infty \frac{(-1)^n}{(2n-1)^2} \frac{coh\left(\frac{2n-1}{2b} \pi z\right)}{coh\left(\frac{2n-1}{2b} \pi c\right)} \sin\left(\frac{2n-1}{2b} \pi y\right). \end{aligned}$$

Auch hieraus ergeben sich analytische Beziehungen.

Die Drehungscomponenten berechnen sich einfach aus $2\eta = -\frac{1}{k} X_z$, $2\zeta = \frac{1}{k} X_y$. Wir wollen die Discussion dieser Formeln aber erst bei den speciellen Fällen vornehmen.

Wir suchen noch den allgemeinen Ausdruck für die ausfliessende *Flüssigkeitsmenge.* Es ist

$$Q=\int_{-b}^{+b}\int_{-c}^{+c} dy\,dz\,u=\tfrac{8}{3}\,a\,b\,c^3$$

$$+\frac{32\,a\,c^2}{\pi^3}\int_{-b}^{+b}\int_{-c}^{+c} dy\,dz\left[\sum\frac{(-1)^n}{(2n-1)^3}\,\frac{coh\left(\frac{2n-1}{2c}\,\pi y\right)}{coh\left(\frac{2n-1}{2c}\,\pi b\right)}\,cos\left(\frac{2n-1}{2c}\,\pi z\right)\right]$$

$$=\tfrac{8}{3}\,a\,b\,c^3-\frac{128\,a\,c^3}{\pi^4}\sum_1^{\infty}\int_{-b}^{+b}\frac{1}{(2n-1)^4}\,\frac{coh\left(\frac{2n-1}{2c}\,\pi y\right)}{coh\left(\frac{2n-1}{2c}\,\pi b\right)}\,dy,$$

63) $$Q=\tfrac{8}{3}\,a\,b\,c^3-\frac{512\,a\,c^4}{\pi^5}\sum\frac{1}{(2n-1)^5}\,tah\left(\frac{2n-1}{2c}\,\pi b\right).$$

Ebenso ist auch

64) $$Q=\tfrac{8}{3}\,a\,b^3\,c-\frac{512\,a\,b^4}{\pi^5}\sum\frac{1}{(2n-1)^5}\,tah\left(\frac{2n-1}{2b}\,\pi c\right).$$

Daraus folgt der symmetrische Ausdruck

65) $$Q=\tfrac{4}{3}\,a\,b\,c\,(b^2+c^2)$$
$$-\frac{256\,a}{\pi^5}\sum_1^{\infty}\frac{1}{(2n-1)^5}\left[c^4\,tah\left(\frac{2n-1}{2c}\,\pi b\right)+b^4\,tah\left(\frac{2n-1}{2b}\,\pi c\right)\right].$$

Aus den beiden Ausdrücken 63) und 64) folgt, wenn wir durch $a\,b^2c^2$ dividiren,

$$\tfrac{8}{3}\,\frac{c}{b}-\tfrac{1}{2}\left(\frac{4}{\pi}\right)^5\frac{c^2}{b^2}\sum_1^{\infty}\frac{1}{(2n-1)^5}\,tah\left(\frac{2n-1}{2}\,\pi\,\frac{b}{c}\right)$$
$$=\tfrac{8}{3}\,\frac{b}{c}-\tfrac{1}{2}\left(\frac{4}{\pi}\right)^5\frac{b^2}{c^2}\sum_1^{\infty}\frac{1}{(2n-1)^5}\,tah\left(\frac{2n-1}{2}\,\pi\,\frac{c}{b}\right),$$

also wenn wir $\frac{b}{c}=t$ setzen und mit $2\left(\frac{\pi}{4}\right)^5$ multipliciren,

66) $$\tfrac{16}{3}\left(\frac{\pi}{4}\right)^5\left(t-\frac{1}{t}\right)$$
$$=t^2\sum_1^{\infty}\frac{1}{(2n-1)^5}\,tah\left(\frac{2n-1}{2}\,\pi\,\frac{1}{t}\right)-\frac{1}{t^2}\sum\frac{1}{(2n-1)^5}\,tah\left(\frac{2n-1}{2}\,\pi t\right).$$

Wir können das auch so aussprechen: Der Ausdruck

67) $$f(t)=\frac{\pi^5}{192\,t}-\frac{1}{t^2}\left(\frac{e^{\frac{\pi t}{2}}-e^{-\frac{\pi t}{2}}}{e^{\frac{\pi t}{2}}+e^{-\frac{\pi t}{2}}}+\frac{1}{3^5}\,\frac{e^{\frac{3\pi t}{2}}-e^{-\frac{3\pi t}{2}}}{e^{\frac{3\pi t}{2}}+e^{-\frac{3\pi t}{2}}}+\frac{1}{5^5}\,\frac{e^{\frac{5\pi t}{2}}-e^{-\frac{5\pi t}{2}}}{e^{\frac{5\pi t}{2}}+e^{-\frac{5\pi t}{2}}}+\ldots\right)$$

ändert sich an Grösse nicht, wenn man t mit $\frac{1}{t}$ vertauscht.

Wenn wir in 66) $t = iv$ setzen, so wird

$$tah\left(\frac{2n-1}{2}\pi t\right) = i\, tang\left(\frac{2n-1}{2}\pi v\right).$$

Da nun ferner

$$\frac{\pi^4}{96} = 1 + \frac{1}{3^4} + \frac{1}{5^4} + \dots$$

ist, so können wir für 66) auch schreiben: Der Ausdruck

$$68)\quad f(v) = \frac{tang\frac{\pi v}{2} - \frac{\pi v}{2}}{1^5 v^2} + \frac{tang\frac{3\pi v}{2} - \frac{3\pi v}{2}}{3^5 v^2} + \frac{tang\frac{5\pi v}{2} - \frac{5\pi v}{2}}{5^5 v^2} + \dots$$

ändert sich an Grösse nicht, wenn man v mit $\frac{1}{v}$ vertauscht.*

Dies sind Beispiele von den mathematischen Beziehungen, die sich aus unseren Ausdrücken ergeben. Wir werden nun die gefundenen Formeln erst specialisiren, um dann allgemeine Resultate zu erzielen.

---

* *Cauchy*, *Exercices de mathématiques*, Bd. I u. II.

(Schluss folgt.)

Kleinere Mittheilungen.

XXIII. Ueber eine Verwandte der Gammafunction.

Die Function $P(x)$ sei für reelle x definirt als das unendliche Product

1) $$P(x) = \left(1+\frac{x}{1}\right)^{1/1}\left(1+\frac{x}{2}\right)^{1/2}\left(1+\frac{x}{3}\right)^{1/3}\ldots,$$

mithin ihr Logarithmus als die unendliche Reihe

2) $$lP(x) = \frac{1}{1}l\left(1+\frac{x}{1}\right)+\frac{1}{2}l\left(1+\frac{x}{2}\right)+\frac{1}{3}l\left(1+\frac{x}{3}\right)+\ldots;$$

aus der bekannten, für positive ξ geltenden Ungleichung $0 < l(1+\xi) < \xi$ ist dann leicht zu ersehen, dass bei positiven x die Reihe convergirt, also $P(x)$ nur endliche Werthe hat. Auch von $x=0$ bis $x=-2$ bleiben, wie Nr. 1) zeigt, die Werthe von $P(x)$ endlich und reell; für $x < -2$ werden sie imaginär, und nur an den Stellen $x = -3, -4$ etc. entstehen isolirte Nullpunkte. Zur Berechnung von $lP(x)$ können, je nachdem x klein oder gross ist, sehr verschiedene Mittel angewendet werden, die wir im Folgenden angeben wollen.

A. Unter der Voraussetzung $-1 < x < +1$ erhält man aus Nr. 2) durch Entwickelung der einzelnen Logarithmen

3) $$lP(x) = \tfrac{1}{1}S_2 x - \tfrac{1}{2}S_3 x^2 + \tfrac{1}{3}S_4 x^3 - \ldots,$$

worin S_m durch die Gleichung

$$S_m = \frac{1}{1^m}+\frac{1}{2^m}+\frac{1}{3^m}+\ldots$$

bestimmt ist. Die Formel 3) gewährt jedoch nur bei kleinen x eine bequeme Rechnung.

B. Statt Nr. 2 kann geschrieben werden

4) $$lP(x) = \int_0^x \left\{\frac{1}{1(1+x)}+\frac{1}{2(2+x)}+\frac{1}{3(3+x)}+\ldots\right\}dx$$
$$= \int_0^x \frac{dx}{x}\int_0^1 \frac{1-t^x}{1-t}\,dt,$$

wie sich durch die Entwickelung von

$$\frac{1}{1-t} = 1 + t + t^2 + t^3 + \dots$$

leicht bestätigt. Substituirt man $t = 1 - u$ und macht von der Binomialreihe Gebrauch, so erhält man

$$lP(x) = \int_0^x \frac{dx}{x} \int_0^1 \frac{1-(1-u)^x}{u}\,du$$

$$= \int_0^x \frac{dx}{x} \left\{ \tfrac{1}{1}(x)_1 - \tfrac{1}{2}(x)_2 + \tfrac{1}{3}(x)_3 - \dots \right\},$$

d. i.

$$5)\quad lP(x) = \frac{1}{1}\cdot\frac{x}{1} + \frac{1}{2}\cdot\frac{x - \frac{1}{2}x^2}{1.2} + \frac{1}{3}\cdot\frac{2x - \frac{3}{2}x^2 + \frac{1}{3}x^3}{1.2.3} + \dots$$

Obschon diese Gleichung für alle positiven x gilt, ist sie doch bei einigermassen grossen x nicht mehr brauchbar.

C. Wegen einer späteren Anwendung denken wir uns die Reihe 2) in zwei Theile zerlegt, von denen der erste n Glieder enthält und der zweite den Rest bildet, nämlich

$$6)\quad lP(x) = Q_n(x) + R_n(x),$$

$$7)\quad Q_n(x) = \frac{1}{1}l\left(1+\frac{x}{1}\right) + \frac{1}{2}l\left(1+\frac{x}{2}\right) + \dots + \frac{1}{n}l\left(1+\frac{x}{n}\right),$$

$$8)\quad R_n(x) = \frac{1}{n+1}l\left(1+\frac{x}{n+1}\right) + \frac{1}{n+2}l\left(1+\frac{x}{n+2}\right) + \dots$$

Bei mässigen n (z. B. für $n = 10$) lässt sich $Q_n(x)$ mit wenig Mühe direct berechnen; es kommt also noch auf eine rasche Ermittelung des Restes $R_n(x)$ an. Hierzu dient der folgende bekannte Satz*: Wenn die Functionen $f(u)$, $f'(u)$, $f''(u)$ etc. innerhalb des Intervalles $u = a$ bis $u = b$ endlich und stetig bleiben, ohne Vorzeichenwechsel zu erleiden, wenn ferner die Vorzeichen von $f^{(2p)}(u)$ und $f^{(2p+2)}(u)$ gleich sind, und wenn endlich bei ganzen positiven q

$$\frac{b-a}{q} = h \quad \text{oder} \quad b = a + qh$$

gesetzt wird, so ist

$$h\{f(a) + f(a+h) + f(a+2h) + \dots + f(a+[q-1]h)\}$$

$$= \int_a^b f(u)\,du - \tfrac{1}{2}h\{f(b) - f(a)\}$$

$$+ \frac{B_1 h^2}{1.2}\{f'(b) - f'(a)\} - \frac{B_3 h^4}{1.2.3.4}\{f'''(b) - f'''(a)\} + \dots,$$

* Compendium der höheren Analysis; Thl. II, Formel 39) des Abschn. „Die Bernoulli'schen Functionen etc.".

und zwar beträgt der Rest dieser halbconvergenten Reihe einen Bruchtheil des zuletzt gerechneten Terms, mit entgegengesetzten Zeichen genommen, so dass die wahre Summe immer zwischen den Summen von m und $m+1$ Termen liegt. Für $h=1$, $q=\infty$ und unter der Voraussetzung, dass $f(u)$, $f'(u)$, $f''(u)$ etc. für $u=\infty$ verschwinden, wird einfacher

$$f(a)+f(a+1)+f(a+2)+\dots$$
$$=\int_0^\infty f(u)\,du+\tfrac{1}{2}f(a)-\frac{B_1 f'(a)}{1.2}+\frac{B_3 f'''(a)}{1.2.3.4}-\dots.$$

Den erwähnten Bedingungen genügt die Function

$$f(u)=\frac{1}{u}\,l\left(1+\frac{c}{u}\right)=\frac{l(u+c)}{u}-\frac{lu}{u},$$

falls $u>a>0$ genommen wird; dabei ist

$$\frac{(-1)^{\varkappa}f^{(\varkappa)}(u)}{1.2.3\dots\varkappa}=\frac{1}{u^{\varkappa+1}}\,l\left(1+\frac{c}{u}\right)+\frac{1}{1\,u^{\varkappa}}\left(\frac{1}{u}-\frac{1}{u+c}\right)$$
$$+\frac{1}{2\,u^{\varkappa-1}}\left(\frac{1}{u^2}-\frac{1}{(u+c)^2}\right)+\dots+\frac{1}{\varkappa u}\left(\frac{1}{u^{\varkappa}}-\frac{1}{(u+c)^{\varkappa}}\right)$$

und bei positiven c bleiben $f'(u)$, $f'''(u)$, ... constant negativ, $f''(u)$, $f^{IV}(u)$, ... constant positiv. Man hat demnach

$$\frac{1}{a}\,l\left(1+\frac{c}{a}\right)+\frac{1}{a+1}\,l\left(1+\frac{c}{a+1}\right)+\frac{1}{a+2}\,l\left(1+\frac{c}{a+2}\right)+\dots$$
$$=\int_a^\infty \frac{1}{u}\,l\left(1+\frac{c}{u}\right)du+\frac{1}{2a}\,l\left(1+\frac{c}{a}\right)+\frac{B_1}{2}\left\{\frac{1}{a^2}\,l\left(1+\frac{c}{a}\right)+\frac{1}{1\,a}\left(\frac{1}{a}-\frac{1}{a+c}\right)\right\}$$
$$-\frac{B_3}{4}\left\{\frac{1}{a^4}\,l\left(1+\frac{c}{a}\right)+\frac{1}{1\,a^3}\left(\frac{1}{a}-\frac{1}{a+c}\right)\right.$$
$$\left.+\frac{1}{2a^2}\left(\frac{1}{a^2}-\frac{1}{(a+c)^2}\right)+\frac{1}{3a}\left(\frac{1}{a^3}-\frac{1}{(a+c)^3}\right)\right\}$$
$$+\dots\dots\dots\dots\dots\dots,$$

wobei noch bemerkt werden möge, dass das rechter Hand stehende Integral für $u=\frac{c}{t}$ in

$$\int_0^{\frac{c}{a}}\frac{l(1+t)}{t}\,dt$$

übergeht. Schreibt man n für a, x für c, so gelangt man zu folgender Entwickelung von $R_n(x)$:

$$
9)\qquad
\begin{aligned}
R_n(x)=&\int\limits_0^{\frac{x}{n}}\frac{l(1+t)}{t}\,dt-\frac{1}{2n}\,l\left(1+\frac{x}{n}\right)\\
&+\frac{1}{12}\left\{\frac{1}{n^2}\,l\left(1+\frac{x}{n}\right)+\frac{1}{1\,n}\left(\frac{1}{n}-\frac{1}{n+x}\right)\right\}\\
&-\frac{1}{120}\left\{\frac{1}{n^4}\,l\left(1+\frac{x}{n}\right)+\frac{1}{1\,n^3}\left(\frac{1}{n}-\frac{1}{n+x}\right)\right.\\
&\qquad\left.+\frac{1}{2n^2}\left(\frac{1}{n^2}-\frac{1}{(n+x)^2}\right)+\frac{1}{3n}\left(\frac{1}{n^3}-\frac{1}{(n+x)^3}\right)\right\}\\
&+\ldots\ldots\ldots\ldots\ldots\ldots
\end{aligned}
$$

Da sich der Werth des hier vorkommenden Integrales leicht berechnen lässt und die folgende Reihe anfangs rasch fällt, so ist die Formel recht gut zu gebrauchen.

Sehr einfach gestaltet sich dieselbe im Falle $x=n$. Es wird dann

$$\int\limits_0^1\frac{l(1+t)}{t}\,dt=\frac{1}{1^2}-\frac{1}{2^2}+\frac{1}{3^2}-\ldots=\frac{\pi^2}{12},$$

mithin

$$R_n(n)=\frac{\pi^2}{12}-\frac{l2}{2n}+\frac{\lambda_1}{12n^2}-\frac{\lambda_3}{120n^4}+\frac{\lambda_5}{252n^6}-\ldots,$$

worin die Coefficienten $\lambda_1, \lambda_3, \lambda_5$ etc. durch folgende Formeln bestimmt sind:

$$
\begin{aligned}
\lambda_1&=l2+\tfrac{1}{1}\left(1-\tfrac{1}{2}\right) &&=1,19314718,\\
\lambda_3&=\lambda_1+\tfrac{1}{2}\left(1-\tfrac{1}{4}\right)+\tfrac{1}{3}\left(1-\tfrac{1}{8}\right) &&=1,85981385,\\
\lambda_5&=\lambda_3+\tfrac{1}{4}\left(1-\tfrac{1}{16}\right)+\tfrac{1}{5}\left(1-\tfrac{1}{32}\right) &&=2,28793885 \text{ u. s. w.}
\end{aligned}
$$

Beispielsweise ist für $n=10$ nach Nr. 7)

$$Q_{10}(10)=\tfrac{1}{1}\,l\left(\tfrac{11}{1}\right)+\tfrac{1}{2}\,l\left(\tfrac{12}{2}\right)+\ldots+\tfrac{1}{10}\,l\left(\tfrac{20}{10}\right)=4,85940119$$

und nach der zuletzt entwickelten Formel

$$R_{10}(10)=\frac{\pi^2}{12}-\frac{l2}{20}+\frac{\lambda_1}{1200}-\ldots=0,78880242,$$

mithin

$$lP(10)=5,64820361,\quad P(10)=283,7812.$$

D. Um zu einer andern Entwickelung von $lP(x)$ zu gelangen, benutzen wir in Nr. 2) die bekannte, für $x>-1$ und $n\geqq 1$ geltende Formel

$$l\left(1+\frac{x}{n}\right)=\int\limits_0^\infty\frac{1-e^{-xu}}{u}\,e^{-nu}\,du;$$

zunächst entsteht hierdurch

$$lP(x)=\int\limits_0^\infty\frac{1-e^{-xu}}{u}\,l\left(\frac{1}{1-e^{-u}}\right)du,$$

wobei sich das Integral folgendermassen in drei Theile zerlegen lässt:

10)
$$lP(x) = X + Y - Z,$$
$$X = \int_0^\infty \left\{ l\left(\frac{1}{1-e^{-u}}\right) + e^{-u}\, lu \right\} \frac{du}{u},$$
$$Y = \int_0^\infty \{e^{-xu} - e^{-u}\} \frac{lu}{u}\, du,$$
$$Z = \int_0^\infty \left\{ lu + l\left(\frac{1}{1-e^{-u}}\right)\right\} \frac{1}{u}\, e^{-xu}\, du.$$

Das erste Integral ist unabhängig von x, mithin eine noch zu bestimmende Constante
$$X = A.$$
Für das zweite Integral hat man, wenn C die Constante des Integrallogarithmus bezeichnet,
$$\frac{dY}{dx} = -\int_0^\infty e^{-xu}\, lu\, du = \frac{C + lx}{x};$$
daraus folgt
$$Y = C\, lx + \tfrac{1}{2}(lx)^2,$$
und zwar bedarf es hier keiner Integrationsconstanten, weil Y, seiner ursprünglichen Bedeutung nach, für $x = 1$ verschwindet.

Zur Ermittelung von Z dient die bekannte halbconvergente Reihe
$$\frac{1}{t} - \frac{1}{e^t - 1} = \tfrac{1}{2} - \frac{B_1}{1.2}\, t + \frac{B_3}{1.2.3.4}\, t^3 - \frac{B_5}{1.2\ldots 6}\, t^5 + \ldots,$$
welche die Eigenschaft besitzt, dass die Summen von m und von $m+1$ Gliedern immer zwei Grenzen liefern, zwischen denen die linke Seite enthalten ist. Durch Multiplication mit dt und Integration von $t = 0$ bis $t = u$ ergiebt sich hieraus
$$l\left(\frac{u}{1-e^{-u}}\right) = \tfrac{1}{2} u - \frac{B_1}{1.2} \cdot \frac{u^2}{2} + \frac{B_3}{1.2.3.4} \cdot \frac{u^4}{4} - \ldots,$$
worin der neuen Reihe dieselbe Eigenschaft wie der vorigen zukommt. Dem entsprechend ist
$$Z = \int_0^\infty \left(\tfrac{1}{2} - \frac{B_1 u}{1.2.2} + \frac{B_3 u^3}{1.2.3.4.4} - \ldots\right) e^{-xu}\, du$$
$$= \frac{1}{2x} - \frac{B_1}{2^2 x^2} + \frac{B_3}{4^2 x^4} - \frac{B_5}{6^2 x^6} + \ldots$$
Nach diesen Bemerkungen zusammen folgt aus Nr. 10) die Entwickelung

11) $$lP(x) = A + C\, lx + \tfrac{1}{2}(lx)^2 - \frac{1}{2x} + \frac{B_1}{2^2 x^2} - \frac{B_3}{4^2 x^4} + \frac{B_5}{6^2 x^6} - \ldots,$$

die für alle positiven x gilt und schon bei einigermassen grossen x sehr bequem ist.

Beispielsweise erhält man für $x=10$

$$lP(10) = A + 3{,}98003724$$

und durch Vergleichung mit dem früher berechneten Werthe von $lP(10)$

$$A = 1{,}66816637.$$

E. Bemerkenswerth ist eine zweite Entwickelung von Z, die zu einer stets convergirenden Reihe führt. Wird nämlich in der Gleichung

$$Z = \int_0^\infty \left\{ lu + l\left(\frac{1}{1-e^{-u}}\right)\right\} \frac{1}{u}\, e^{-xu}\, du$$

die Substitution $1 - e^{-u} = v$ angewendet, so entsteht

$$Z = \int_0^1 \left\{ ll\left(\frac{1}{1-v}\right) - lv \right\} \frac{(1-v)^{x-1}}{l\left(\frac{1}{1-v}\right)}\, dv.$$

Die weitere Transformation dieses Integrales beruht auf der Gleichung

$$\frac{e^h}{h} = \frac{1}{1-e^{-h}} \int_0^1 e^{h\xi}\, d\xi,$$

welche für $1 - e^{-h} = v$ übergeht in

$$\frac{1}{(1-v)\, l\left(\frac{1}{1-v}\right)} = \frac{1}{v} \int_0^1 (1-v)^{-\xi}\, d\xi.$$

Benutzt man das Binomialtheorem und setzt zur Abkürzung

$$a_n = \int_0^1 \frac{\xi(\xi+1)(\xi+2)\ldots(\xi+n-1)}{1.2.3\ldots n}\, d\xi,$$

mithin

$$a_1 = \tfrac{1}{2}, \quad a_2 = \tfrac{5}{12}, \quad a_3 = \tfrac{3}{8}, \quad a_4 = \tfrac{251}{720}, \quad \ldots,$$

so erhält man

$$\frac{1}{(1-v)\, l\left(\frac{1}{1-v}\right)} = \frac{1}{v} + a_1 + a_2 v + a_3 v^2 + \ldots$$

Durch Multiplication mit dv und Integration zwischen den Grenzen $v=0$ und v, wobei zu beachten ist, dass die Differenz

$$ll\left(\frac{1}{1-v}\right) - lv = l\left[\frac{1}{v}\, l\left(\frac{1}{1-v}\right)\right]$$

für $v=0$ verschwindet, ergiebt sich weiter

$$ll\left(\frac{1}{1-v}\right) - lv = \frac{1}{1} a_1 v + \frac{1}{2} a_2 v^2 + \frac{1}{3} a_3 v^3 + \ldots$$

Das Product aus $1-v$ und den beiden vorigen Entwickelungen hat folgende Form:

$$\left\{ll\left(\frac{1}{1-v}\right)-lv\right\}\frac{1}{l\left(\frac{1}{1-v}\right)}=(1-v)(b_1+b_2v+b_3v^2+b_4v^3+\ldots)$$

und zwar sind die vier ersten Coefficienten

$$b_1=\tfrac{1}{2},\quad b_2=\tfrac{11}{24},\quad b_3=\tfrac{7}{16},\quad b_4=\tfrac{407}{960},\ \ldots$$

Für das mit Z bezeichnete Integral hat man jetzt

$$Z=\int_0^1(b_1+b_2v+b_3v^2+\ldots)(1-v)^x\,dv;$$

die einzelnen Glieder lassen sich nach einer bekannten Formel integriren, und wenn dabei zur Abkürzung

$$1.2.3\ldots(m-1)b_m=c_m$$

gesetzt wird, so entsteht

$$Z=\frac{c_1}{x+1}+\frac{c_2}{(x+1)(x+2)}+\frac{c_3}{(x+1)(x+2)(x+3)}+\ldots,$$

worin die Coefficienten folgende Werthe haben:

$$c_1=\tfrac{1}{2},\quad c_2=\tfrac{11}{24},\quad c_3=\tfrac{7}{8},\quad c_4=\tfrac{407}{160},\ \ldots$$

Nach diesen Erörterungen gilt unter der Voraussetzung $x>-1$ die neue Entwickelung

$$\begin{aligned}&lP(x)=A+Clx+\tfrac{1}{2}(lx)^2\\ 12)\qquad&-\frac{c_1}{x+1}-\frac{c_2}{(x+1)(x+2)}-\frac{c_3}{(x+1)(x+2)(x+3)}-\ldots,\end{aligned}$$

welche durch das Vorkommen einer Facultätenreihe einiges Interesse gewährt.

F. Aus den Formeln 11) und 12) geht hervor, dass bei unendlich wachsenden ω

$$A=Lim\{lP(\omega)-Cl\omega-\tfrac{1}{2}(l\omega)^2\}$$

ist; nimmt man der Einfachheit wegen für ω eine ganze positive Zahl n, zerlegt $lP(n)$ in $Q_n(n)$ und $R_n(n)$ und beachtet, dass $Lim\,R_n(n)=\frac{1}{12}\pi^2$ ist, so hat man weiter

$$A=\tfrac{1}{12}\pi^2+Lim\{Q_n(n)-Cln-\tfrac{1}{2}(ln)^2\}.$$

Wegen

$$l\left(1+\frac{n}{k}\right)=ln+l\left(1+\frac{k}{n}\right)-lk$$

ist nun

$$\begin{aligned}Q_n(n)=&\left(\frac{1}{1}+\frac{1}{2}+\frac{1}{3}+\ldots+\frac{1}{n}\right)ln\\ &+\frac{1}{1}l\left(1+\frac{1}{n}\right)+\frac{1}{2}l\left(1+\frac{2}{n}\right)+\ldots+\frac{1}{n}l\left(1+\frac{n}{n}\right)\\ &-\left(\frac{l1}{1}+\frac{l2}{2}+\frac{l3}{3}+\ldots+\frac{ln}{n}\right),\end{aligned}$$

und nach einer sehr bekannten Formel kann hier der erste Summand gleich

$$\left(C+ln+\frac{1}{2n}-\frac{1}{12n^2}+\ldots\right)ln=C\,ln+(ln)^2+\delta$$

gesetzt werden, wo δ bei unendlich wachsenden n gegen die Null convergirt. Demzufolge bildet A den Grenzwerth von

$$\frac{1}{12}\pi^2+\delta+\frac{1}{2}(ln)^2-\left(\frac{l1}{1}+\frac{l2}{2}+\ldots+\frac{ln}{n}\right)$$
$$+\frac{1}{1}l\left(1+\frac{1}{n}\right)+\frac{1}{2}l\left(1+\frac{2}{n}\right)+\ldots+\frac{1}{n}l\left(1+\frac{n}{n}\right).$$

Aus der summatorischen Bedeutung jedes bestimmten Integrales ergiebt sich unmittelbar, dass die letzte Summe für $n=\infty$ übergeht in

$$\int_0^1\frac{1}{x}l(1+x)\,dx=\tfrac{1}{12}\pi^2;$$

es bleibt also die Relation übrig

$$A=\frac{1}{6}\pi^2+Lim\left\{\frac{1}{2}(ln)^2-\left(\frac{l1}{1}+\frac{l2}{2}+\ldots+\frac{ln}{n}\right)\right\},$$

welche einer bekannten Eigenschaft der Mascheroni'schen Constante analog ist.

G. Giebt man der Gleichung 4) die Form

$$lP(x)=\int_0^x\frac{dx}{x}\left(C+\frac{dl\,\Gamma(1+x)}{dx}\right),$$

so wird ein gewisser Zusammenhang zwischen den Functionen P und Γ ersichtlich, welcher die gewählte Ueberschrift rechtfertigen möge. Ueberhaupt scheint die Function $P(x)$ mancherlei bemerkenswerthe Eigenschaften zu besitzen, deren genauere Untersuchung ich Anderen überlassen muss.

Schlömilch.

XXIV. Correcturformel für das logarithmische Decrement.

Bei Ermittelung des logarithmischen Decrements durch Schwingungsbeobachtungen mit Spiegelablesung wurden bisher stets, so weit
Kenntniss reicht, die in Theilen der ebenen Scala ausgedrückten A
tuden auf Bogenmaass reducirt und erst nach dieser Umrec
Berechnung des Decrements zu Grunde gelegt. Bei umfa
obachtungsreihen ist dies aber eine lästige Sache und er
die Anlegung weitläufiger Tabellen. Dieser Umstan
bei Gelegenheit meiner gemeinschaftlich mit Herrn

nommenen Untersuchungen über die Torsionsschwingungen von Metalldrähten* auf eine Correctur des Decrements selbst zu denken, durch welche eine Reduction der Scalenbeobachtung auf Bogenmaass überflüssig wird. Bei Schwingungen, deren Amplituden unendlich klein sind, gilt bekanntlich die Formel $\varphi = 1718{,}9 . \frac{n}{r}$, wobei n den Scalenausschlag, r die Entfernung des Spiegels von der Scala, φ die Amplitude in Bog.-Min. bedeutet. Sind nun zwischen den beiden Scalenausschlägen n_1 und n_2 $(n_1 > n_2)$ μ Schwingungen verflossen, so wird das logarithmische Decrement

$$\varepsilon = \frac{1}{\mu}(log\, n_1 - log\, n_2),$$

somit eine sehr bequem zu berechnende Grösse, welche auch in sehr vielen Fällen die wünschenswerthe Genauigkeit besitzt. Wenn nun bei längeren Beobachtungsreihen nur ein Theil der Amplituden die Grenze überschreitet, innerhalb deren die obige Formel gilt, so ist es im höchsten Grade erwünscht, nicht um ihretwillen sämmtliche Ablesungen reduciren zu müssen. Ein Correcturglied, das den Rechner dieser Nothwendigkeit enthebt, ist aber mit Leichtigkeit unter Zuhilfenahme des in erster Annäherung erhaltenen Werthes ε zu berechnen, wie im Folgenden gezeigt werden soll. Sind nämlich n_1 und n_2 so gross, dass die Näherungsformel

$$\varphi = 1718{,}9 . \frac{n}{r}\left(1 - \tfrac{1}{3} . \frac{n^2}{r^2}\right)$$

benützt werden muss, so wird das logar. Decr.

$$E = \frac{1}{\mu}(log\,\varphi_1 - log\,\varphi_2)$$

$$= \frac{1}{\mu}[log\, n_1 - log\, n_2] + \frac{1}{\mu}\left[log\left(1 - \frac{n_1^2}{3r^2}\right) - log\left(1 - \frac{n_2^2}{3r^2}\right)\right] = \varepsilon + \varkappa.$$

Entwickelt man die Logarithmen in unendliche Reihen und setzt zur Abkürzung $\frac{n^2}{3r^2} = x$, so wird

$$1)\quad \varkappa = -\frac{1}{\mu . l(10)} . \left[x_1\left(1 - \frac{x_2}{x_1}\right) + \frac{x_1^2}{2}\left(1 - \frac{x_2^2}{x_1^2}\right) + \frac{x_1^3}{3}\left(1 - \frac{x_2^3}{x_1^3}\right) + \ldots\right],$$

eine Reihe, die bei den der Praxis angemessenen Voraussetzungen unbedingt convergirt und die in erster Annäherung $= x_1\left(1 - \frac{x_2}{x_1}\right)$ gesetzt werden kann; es wird sich nämlich im Weiteren herausstellen, dass, wenn das zweite Glied dieser Reihe nicht vernachlässigt werden darf, auch die Formel für φ in der hier vorausgesetzten Ausdehnung nicht mehr statthaft ist [vergl. das Correcturglied 4) und 3)].

Berücksichtigt man nun, dass $\frac{x_2}{x_1} = \left(\frac{n_2}{n_1}\right)^2 = 10^{-2\varepsilon\mu}$, so wird

---

* S. Carl's Repertorium, Bd. XV S. 561 flgg.

XXV. Ueber die Wellenfläche zweiaxiger Krystalle.

(Hierzu Taf. V Fig. 13.)

Die Gleichung des Ellipsoids E (Ergänzungsellipsoid), aus welchem die Wellenfläche abgeleitet ist, sei wie früher

1) $$\frac{x^2}{a^2}+\frac{y^2}{b^2}+\frac{z^2}{c^2}=1$$

oder

2) $$\frac{x^2}{a^2}+\frac{y^2}{a^2-\beta^2}+\frac{z^2}{a^2-\gamma^2}=1.$$

$a>b>c$, $\beta^2=a^2-b^2$, $\gamma^2=a^2-c^2$. Ersetzt man in 2) a durch μ oder ν, so erhält man die Gleichungen der confocalen Hyperboloide (μ) und (ν), welche sich im Punkte P auf E schneiden. Die beiden Halbaxen des Centralschnittes von E, welcher der Tangentialebene von E parallel ist, sind $r=\sqrt{a^2-\nu^2}$ und $r_1=\sqrt{a^2-\mu^2}$; fällt man vom Mittelpunkte O ein Perpendikel auf die Tangentialebene und bestimmt darauf die Punkte M und m so, dass $OM=r$ und $Om=r_1$ ist, so liegen diese Punkte auf der Wellenfläche. Man ziehe nun durch P die Normalen der drei Flächen E, (μ), (ν) und trage darauf beiderseits die Strecken a, μ, ν ab, so erhält man die Axen für ein zweites Ellipsoid $\mathfrak{E}$, welches die yz-Ebene im Ursprung O berührt; ein Centralschnitt desselben, welcher parallel mit der yz-Ebene ist, hat die Halbaxen β und γ, und zwar ist β parallel der y-Axe und γ parallel der z-Axe. Die grosse Axe von $\mathfrak{E}$ liegt auf der Normale von E; bestimmt man auf ihr zwei Punkte F und f durch die Gleichungen

3) $$OF=r=\sqrt{a^2-\nu^2},\quad Of=r_1=\sqrt{a^2-\mu^2},$$

so sind F und f die Hauptbrennpunkte von $\mathfrak{E}$ (die Brennpunkte der beiden durch die grosse Axe gehenden Hauptschnitte). Bewegt man nun $\mathfrak{E}$ parallel mit sich selbst, so dass der Mittelpunkt P nach O versetzt wird, indem er die Gerade PO durchläuft, so werden die Punkte F und f mit M und m zusammenfallen, die grosse Axe von $\mathfrak{E}$ kommt in die Richtung eines Radius der Wellenfläche und der Centralschnitt von $\mathfrak{E}$, dessen Halbaxen β und γ sind, wird in die yz-Ebene kommen. Jedem Punkte P auf E entspricht ein anderes Ellipsoid $\mathfrak{E}$, welches ebenso, wie das erste nach O versetzt werden kann; man erhält dadurch eine Schaar von Ellipsoiden, deren Mittelpunkt O ist und deren grosse Halbaxe die constante Länge a hat; alle gehen durch die in der yz-Ebene construirte Ellipse ($\beta\gamma$), deren Halbaxen β und γ sind. Man hat also folgende neue Construction der Wellenfläche:

1. Die Hauptbrennpunkte aller Ellipsoide, welche einen Centralschnitt gemeinschaftlich haben und deren grosse Axe eine constante Länge hat, liegen auf einer Wellenfläche.

$$5)\qquad \varkappa = -n_1^2\left[\frac{2\varepsilon}{3r^2} - \frac{\mu.(l10)}{3r^2}.\frac{(2\varepsilon)^2}{1.2}\right] - \frac{23}{5}.n_1^4.\frac{2\varepsilon}{9\mu.(l10).r^4},$$

wobei in den meisten Fällen nur n_1^2 und n_1^4 für ein und dieselbe Beobachtungsreihe variabel sein werden, vorausgesetzt, dass man die Vorsicht gebraucht, immer in Intervallen von μ Schwingungen zu beobachten.

Zum Schluss sei eine Beobachtungsreihe mitgetheilt, um aus diesem praktischen Beispiel die Einfachheit der von mir vorgeschlagenen Correctur zu erkennen. Bei derselben war $\mu = 27$, $\varepsilon = 0,00087$, $r = 73,3$; somit war

$$\varkappa = -\frac{n_1^2}{3.r^2}\left[2\varepsilon - (2\varepsilon)^2.\frac{2,03}{2}.\mu\right] = -n_1^2.\frac{0,0017}{16119} = -0,0000001.n_2^2.$$

Für n_2 war der Reihe nach einzusetzen

7,131, 6,952, 6,405, 6,249, 5,748, 5,605.

Lit. der Beob.	Ampl. n.	Angabe der combin. Ampl.	Genäherte Decr. ε.	Correctur. $\varkappa$.	Corrig. Decr. E.
A	7,131	*A* und *C*	0,000857	− 0,000005	0,000852
B	6,952	*B* und *D*	855	5	850
C	761				
D	592				
E	405	*E* und *G*	864	4	860
F	249	*F* und *H*	875	4	871
G	070				
H	5,918				
J	748	*J* und *L*	877	3	874
K	605	*K* und *M*	879	3	876
L	443				
M	307				

Augsburg, den 6. Februar 1880. Dr. W. Braun.

P die Tangenten der Krümmungslinien, dann sind die vom Mittelpunkt O auf diese Tangenten gefällten Perpendikel die Normalen der zugehörigen Wellenebenen. Ist aber die Wellenebene gegeben, so ziehe man parallel mit ihr eine Tangentialebene an das Polarisationsellipsoid, und durch den Berührungspunkt die Tangenten der Krümmungslinien, so sind die von O auf diese Tangenten gefällten Perpendikel die zugehörigen Lichtstrahlen. Diese Benützung der Krümmungslinien macht die Vertheilung von Strahlen und Wellenebenen im Krystall übersichtlich, wie nachstehende Beispiele zeigen.

Der Berührungspunkt P, die Fusspunkte der von O auf die Tangentialebene und auf die Tangenten der Krümmungslinien gefällten Perpendikel bilden in beiden Fällen ein Rechteck, man hat also die zwei Sätze von Mannheim (*Deux théorèmes nouveaux sur la surface de l'onde, Compt. rend.* 1874 S. 839). Wenn ferner P ein Nabelpunkt des Ergänzungsellipsoids ist, durch welchen unendlich viele Krümmungslinien gehen, so bilden die auf ihre Tangenten gefällten Perpendikel einen Kegel, die entsprechenden Wellenebenen umhüllen den Ergänzungskegel, welcher die Wellenfläche im Endpunkte des zugehörigen Lichtstrahls, d. h. der secundären optischen Axe berührt. Ist aber P ein Nabelpunkt des Polarisationsellipsoids, so sind die auf die Tangenten der Krümmungslinien gefällten Perpendikel Lichtstrahlen und bilden einen zweiten Kegel, dessen Basis ein Kreis ist, auf dem ihre Fusspunkte in der Tangentialebene liegen. Legt man parallel mit der letzteren an die Wellenfläche eine Tangentialebene, so berührt sie diese in einem (kleineren) Kreise, der auch auf dem Kegel liegt und dessen Durchmesser $=\beta\sqrt{\frac{\gamma^2-\beta^2}{\alpha^2-\beta^2}}$ ist. Da dieser Kegel vollständig bestimmt ist, so möge er der Kürze wegen mit k bezeichnet werden, und man hat mit Rücksicht auf das Obige den Satz:

IV. Beschreibt die grosse Axe bei den in I genannten Ellipsoiden den Kegel k, so beschreibt der Eine Hauptbrennpunkt F derselben einen Kreisschnitt von k.

Die Wellenfläche, welche aus dem Ergänzungsellipsoid E abgeleitet ist, bezeichnen wir mit W und ihre Fusspunktsfläche (auch Wellengeschwindigkeitsfläche genannt) mit V. Letztere ist aus dem Polarisationsellipsoid E' entstanden, indem man auf einem Centralschnitte von E', dessen Halbaxen $\frac{1}{\varrho}$ und $\frac{1}{\varrho'}$ sind, in O eine Senkrechte errichtet und auf ihr zwei Punkte N und n bestimmt, so dass $ON=\varrho$ und $On=\varrho'$, also gleich den reciproken Werthen der Halbaxen. Man kann aber auch aus E' eine zweite Wellenfläche W' ableiten, indem man auf dieser Senkrechten zwei weitere Punkte N' und n' annimmt, $ON'=\frac{1}{\varrho}$, $On'=\frac{1}{\varrho'}$.

Hieraus folgt, dass W' die inverse Fläche von V oder durch Transformation mittelst reciproker Radien vectoren aus V entstanden ist. Nach den Regeln dieser Transformation entspricht einem Kreise auf W' auch ein Kreis auf V, welche beide auf einem Kegel liegen, dessen Spitze O ist; einer Berührungsebene von W' entspricht eine durch O gehende Kugel. Nun liegen auf W' (wie auf jeder Wellenfläche) vier Kreise, in welchen sie von Ebenen berührt wird, die senkrecht auf der xz-Ebene stehen.

In der Fig. 13 ist der Durchschnitt der drei Flächen W, V und W' mit der xz-Ebene gezeichnet. $OA=c$, $OB=b$, $OC=a$, $OA'=\frac{b^2}{c}$, $OC'=\frac{b^2}{a}$.

Der Kreis BB gehört zu allen drei Flächen, die Ellipse AO_2PC zu W, ihre Fusspunktscurve ASO_1C zu V und die Ellipse $A'P'O_1C'$ zu W'.

OO_1 ist die wahre optische Axe von W und die secundäre von W'; OO_2 ist die secundäre optische Axe von W und die wahre von W'.

$$4)\qquad \frac{z}{x}=\pm\sqrt{\frac{b^2-c^2}{a^2-b^2}},\qquad y=0,$$

$$5)\qquad \frac{z}{x}=\pm\frac{a}{c}\sqrt{\frac{b^2-c^2}{a^2-b^2}},\qquad y=0.$$

4) ist die Gleichung von OO_1 und 5) von OO_2.

O_2P' ist der Durchmesser eines Kreises, in welchem W' von einer Ebene berührt wird, die senkrecht zur xz-Ebene (also auch zur Ebene der Figur) steht. Diese verwandelt sich bei der Transformation in die Kugel OO_2; der Kreis O_2P' verwandelt sich in einen andern Kreis, welcher auf dieser Kugel liegt und dessen Ebene ebenfalls senkrecht zur Figur ist. Die Kugel OO_2 berührt demnach die Fläche V längs dieses Kreises, somit ist der Tangentialkegel TSO_2 der Kugel zugleich Berührungskegel von V:

V. **Auf der Fusspunktsfläche der Wellenfläche liegen vier Kreise, in welchen sie von vier Kugeln berührt wird, deren Durchmesser die secundären optischen Halbaxen sind.** Die Normalen, deren Fusspunkte in einem solchen Kreise liegen, bilden einen Drehungskegel, dessen Spitze die Mitte dieser Halbaxe ist. Ein zweiter Kegel berührt die Fläche längs eines solchen Kreises; der Durchmesser desselben ist $SO_2=\frac{\sqrt{a^2-b^2}\sqrt{b^2-c^2}}{\sqrt{a^2-b^2+c^2}}$.

Die Fläche W' wird in O_1 von einem Kegel zweiten Grades berührt PO_1R, dessen Focallinien O_1Q, die Verlängerung von OO_1 und O_1Q' senkrecht auf O_1R stehend, sind. Die Axe dieses Kegels ist also die Halbirungslinie von QO_1Q'; bei der Transformation verwandeln sich seine Erzeugenden in ein System von Kreisen, deren gemeinsame Sehne OO_1 ist und welche die inverse Fläche des Tangentenkegels bilden. Sie berührt V in O_1 und hat mit ihr den Tangentenkegel PO_1R' gemein, von dem sich leicht beweisen lässt, dass er dem ersten Kegel PO_1R gleich ist und dass beide hinsichtlich der durch O_1P gehenden Tangentialebene von W symmetrisch liegen; letztere Gerade ist eine gemeinsame Erzeugende beider Kegel: Irgend eine durch OO_1 gehende Ebene schneidet den ersten Kegel in einer Erzeugenden O_1J und den zweiten in der Erzeugenden O_1J'. Nach den Regeln der Transformation durch reciproke Radien vectoren sind die Winkel JO_1Q und $J'O_1O$ einander gleich, also haben O_1J und O_1J' in Beziehung auf die Axe OO_1Q oder, was dasselbe ist, in Beziehung auf die durch O_1P gehende Tangentialebene (welche senkrecht auf der Figur steht) eine symmetrische Lage. Die Focallinien des zweiten Kegels sind O_1Q und O_1Q'' (Winkel $QO_1Q''=QO_1Q'$); letztere Gerade ist die Normale der Curve ASO_1C in O_1. Hieraus folgt der Satz:

VI. Auf der Fusspunktsfläche der Wellenfläche giebt es vier ausgezeichnete Punkte — die Endpunkte der wahren optischen Axen —, in welchen beide Mäntel zusammenstossen, welche die Spitzen von vier Berührungskegeln sind und deren Focallinien die wahren optischen Axen und die Normalen des in der Ebene der optischen Axen liegenden Hauptschnittes der Fläche sind.

Mit Rücksicht auf die Beziehungen zwischen den Flächen W' und V ergiebt sich nun das weitere Corollar zu I:

VII. Bei den in I genannten Ellipsoiden beschreiben vier Punkte auf der grossen Axe, deren Abstände vom Mittelpunkte gleich den reciproken Entfernungen der Hauptbrennpunkte sind, die Fusspunktsfläche der Wellenfläche.

Mannheim hat für die Nabelpunkte der Wellenfläche W (die aus dem Ergänzungsellipsoid auf den Halbaxen a, b, c abgeleitet ist) folgende Construction angegeben (*Compt. rend.*, 5. Mai 1879): Der Eine Ω liegt in der xy-Ebene (man muss sich die y-Axe senkrecht zur Ebene der Fig. 13 denken) und zwar auf der Ellipse (a, b), also auf dem äussern Mantel, seine Coordinaten x und y entsprechen der Gleichung $\frac{x}{y}=\left(\frac{b}{a}\right)^{3/2}\sqrt[4]{\frac{a^2-c^2}{b^2-c^2}}$; der andere ω liegt in der yz-Ebene auf der Ellipse (b, c), also auf dem innern Mantel, seine Coordinaten y und z entsprechen der Gleichung $\frac{z}{y}=\left(\frac{c}{b}\right)^{3/2}\sqrt[4]{\frac{a^2-b^2}{a^2-c^2}}$.

Nach dieser Angabe findet man für die Nabelpunkte Ω' und ω' der Wellenfläche W', die aus dem Polarisationsellipsoid mit den Halbaxen $\frac{1}{\ }$, $\frac{1}{c}$ abgleitet ist, folgende Werthe:

$$6)\qquad \frac{x'}{y'}=\frac{a}{b}\sqrt[4]{\frac{a^2-c^2}{b^2-c^2}} \quad \text{und} \quad \frac{z'}{y'}=\frac{b}{c}\sqrt[4]{\frac{a^2-b^2}{a^2-c^2}};$$

der erste Ω' in der xy-Ebene liegt auf der Ellipse $\left(\frac{1}{a},\frac{1}{b}\right)$, also auf dem innern Mantel von W', und der andere ω' in der yz-Ebene auf der Ellipse $\left(\frac{1}{b},\frac{1}{c}\right)$, also auf dem äusseren Mantel. Da nun die nach den Krümmungslinien von W' gezogenen Radien vectoren auch die Fläche V in Krümmungslinien schneiden, so müssen auch die Nabelpunkte beider Flächen je auf einem Radius vector liegen. Somit erhält man den Satz:

VIII. Die Wellengeschwindigkeitsfläche oder die Fusspunktsfläche einer Wellenfläche hat acht gegen die Axen symmetrisch liegende Nabelpunkte, welche durch die Gleichungen 6) bestimmt sind: vier auf dem innern und vier auf dem äussern Mantel. Sie liegen in denjenigen zwei Hauptschnitten, welche die singulären Punkte nicht enthalten, der eine auf dem äussern Mantel liegt auf der Fusspunktcurve der über der grossen und mittlern Axe, und der andere auf dem innern Mantel liegt auf der Fusspunktcurve der über der mittleren und kleineren Axe construirten Ellipse der Wellenfläche.

Reutlingen, Februar 1880. Dr. O. Böklen.

XXVI. Ueber den Quotienten zweier Gammafunctionen.

Bezeichnet p eine positive, die Null übersteigende Constante, so gilt bekanntlich die Formel

$$1)\qquad \sqrt{\frac{\pi}{p}}\,e^{\frac{1}{4p}}=\int_0^\infty e^{-px^2}(e^x+e^{-x})\,dx;$$

mittelst der Substitution $e^{-x^2}=1-z$ wird daraus

$$2)\quad \sqrt{\frac{\pi}{p}}\,e^{\frac{1}{4p}}\int_0^1(1-z)^{p-1}z^{\frac{1}{2}-1}\sqrt{\frac{z}{-l(1-z)}}\cdot\tfrac{1}{2}\left\{e^{\sqrt{-l(1-z)}}+e^{-\sqrt{-l(1-z)}}\right\}dz$$

und hier lässt sich das Integral auf folgende Weise in eine Reihe entwickeln.

Wegen der bekannten Reihe für $l(1-z)$ ist erstens

$$\sqrt{\frac{z}{-l(1-z)}}=\frac{1}{\sqrt{1+\frac{1}{2}z+\frac{1}{3}z^2+\frac{1}{4}z^3+\dots}}$$

oder durch Anordnung nach Potenzen von z

$$3)\qquad \sqrt{\frac{z}{-l(1-z)}}=1-\tfrac{1}{4}z-\tfrac{7}{96}z^2-\tfrac{5}{128}z^3-\dots,$$

und zwar gilt diese Entwickelung, wie leicht zu sehen ist, von $z=0$ bis $z=1$.

Zweitens hat man

$$\tfrac{1}{2}\left\{e^{\sqrt{-l(1-z)}}+e^{-\sqrt{-l(1-z)}}\right\}=1+\frac{-l(1-z)}{1.2}+\frac{[-l(1-z)]^2}{1.2.3.4}+\frac{[-l(1-z)]^3}{1.2\ldots 6}+\ldots$$

und durch Anordnung nach Potenzen von z

$$4)\quad \tfrac{1}{2}\left\{e^{\sqrt{-l(1-z)}}+e^{-\sqrt{-l(1-z)}}\right\}=1+\tfrac{1}{2}z+\tfrac{7}{24}z^2+\tfrac{131}{720}z^3+\ldots$$

Das Product der Gleichungen 3) und 4) ist

$$5)\quad \sqrt{\frac{z}{-l(1-z)}}\cdot\tfrac{1}{2}\left\{e^{\sqrt{-l(1-z)}}+e^{-\sqrt{-l(1-z)}}\right\}=1+a_1 z+a_2 z^2+a_3 z^3+\ldots,$$

worin die Coefficienten folgende Werthe haben:

$$a_1=\tfrac{1}{4},\quad a_2=\tfrac{3}{32},\quad a_3=\tfrac{193}{5760},\quad \ldots$$

Die Substitution von Nr. 5) in Nr. 2) giebt nnn

$$\sqrt{\frac{\pi}{p}}\,e^{\frac{1}{4p}}=\int_0^{\Gamma}(1-z)^{p-1}z^{\frac{1}{2}-1}(1+a_1 z+a_2 z^2+a_3 z^3+\ldots)\,dz$$

und hier können alle Reihenglieder mittelst der bekannten Formel

$$\int_0^1(1-z)^{p-1}z^{\frac{1}{2}+n-1}\,dz$$

$$=\frac{\Gamma(p)\,\Gamma(\frac{1}{2}+n)}{\Gamma(p+\frac{1}{2}+n)}=\frac{\Gamma(p)\sqrt{\pi}}{\Gamma(p+\frac{1}{2})}\cdot\frac{1.3.5\ldots(2n-1)}{2^n(p+\frac{1}{2})(p+\frac{3}{2})(p+\frac{5}{2})\ldots\left(p+\frac{2n-1}{2}\right)}$$

integrirt werden. Setzt man hierbei

$$\alpha_1=\frac{1}{2}a_1=\frac{1}{8},\quad \alpha_2=\frac{1.3}{2^2}a_2=\frac{9}{128},\quad \alpha_3=\frac{1.3.5}{2^3}a_3=\frac{193}{3072},\ \ldots,$$

so gelangt man zu folgendem Ergebnisse:

$$\frac{1}{\sqrt{p}}\,e^{\frac{1}{4p}}=\frac{\Gamma(p)}{\Gamma(p+\frac{1}{2})}\left\{1+\frac{\alpha_1}{p+\frac{1}{2}}+\frac{\alpha_2}{(p+\frac{1}{2})(p+\frac{3}{2})}+\ldots\right\}$$

oder

$$6)\quad \frac{\Gamma(p+\frac{1}{2})}{\Gamma(p)}=\sqrt{p}\,.\,e^{-\frac{1}{4p}}\left\{1+\frac{\alpha_1}{p+\frac{1}{2}}+\frac{\alpha_2}{(p+\frac{1}{2})(p+\frac{3}{2})}+\ldots\right\}.$$

Ein analoges Resultat entsteht, wenn die Formel

$$\sqrt{\frac{\pi}{p}}\,e^{-\frac{1}{4p}}=2\int_0^\infty e^{-px^2}\cos x\,dx$$

auf dieselbe Weise wie Nr. 1 behandelt wird; für $\beta_1=\frac{3}{8}$, $\beta_2=\frac{15}{128}$, $\beta_3=\frac{443}{3072}$, … ist nämlich

$$7)\quad \frac{\Gamma(p+\frac{1}{2})}{\Gamma(p)}=\sqrt{p}\,.\,e^{+\frac{1}{4p}}\left\{1-\frac{\beta_1}{p+\frac{1}{2}}-\frac{\beta_2}{(p+\frac{1}{2})(p+\frac{3}{2})}-\ldots\right\}.$$

Die Formeln 6) und 7) nehmen für $p=q+\frac{1}{2}$ und unter der Voraussetzung positiver q folgende Gestalt an:

$$8)\quad \begin{aligned}\frac{\Gamma(q)}{\Gamma(q+\frac{1}{2})}&=\frac{\sqrt{q+\frac{1}{2}}}{q}\,e^{-\frac{1}{4q+2}}\left\{1+\frac{\alpha_1}{q+1}+\frac{\alpha_2}{(q+1)(q+2)}+\frac{\alpha_3}{(q+1)(q+2)(q+3)}+\ldots\right\}\\&=\frac{\sqrt{q+\frac{1}{2}}}{q}\,e^{+\frac{1}{4q+2}}\left\{1-\frac{\beta_1}{q+1}-\frac{\beta_2}{(q+1)(q+2)}-\frac{\beta_3}{(q+1)(q+2)(q+3)}-\ldots\right\}.\end{aligned}$$

SCHLÖMILCH.

XVII.

Grundzüge der mathematischen Chemie.

Von

Prof. Dr. W. C. Wittwer

in Regensburg.

Hierzu Taf. VII.

Es dürfte wohl kaum bestreitbar sein, dass der Grad der Anwendbarkeit der Mathematik bei den verschiedenen Zweigen der Naturwissenschaften eine Art von Maassstab für die höhere oder niedrigere Stufe der Ausbildung des Zweiges abgiebt. Je mehr ein Gegenstand der mathematischen Behandlung zugänglich ist, eine um so höhere Ausbildung darf man annehmen, dass er erlangt habe.

Je nach der grösseren oder geringeren Complication der zu behandelnden Erscheinungen ist die in den einzelnen Zweigen bis jetzt erreichte Stufe eine verschiedene, wie sich ganz leicht ergiebt, wenn man diejenigen Fächer, welche Gegenstände der organischen Natur umfassen, mit denen vergleicht, in welchen nur unorganische Körper die Objecte der Untersuchung bilden. Unter den Männern, welche sich mit den einzelnen Zweigen der unorganischen Natur beschäftigen, hat ohne Zweifel der Astronom die einfachste Aufgabe bekommen, und er ist damit auch in der That dem Wesen nach ziemlich fertig geworden. Weniger weit hat es der Physiker gebracht. Einzelne Disciplinen der Physik, wie z. B. die Optik, erfreuen sich zwar eines ziemlich hohen Grades von Ausbildung, dafür aber sind andere Theile wieder weiter zurück, und namentlich gilt dieses von denjenigen, welche an die Lehre von den kleinsten Theilchen der Körper und somit auch an dasjenige Capitel der Physik streifen, welches man Chemie nennt. Die Rechnungen, mit denen sich die Chemiker bisher zu beschäftigen hatten, dürften wohl einen Zustand repräsentiren, in dem sich die Astronomie in einer ziemlich weit zurückliegenden Zeit befand.

Ich habe nun in verschiedenen Abhandlungen, welche in dieser Zeitschrift Platz gefunden, sowie auch in einer Zusammenstellung* der frühe-

* Die Moleculargesetze. Leipzig 1871.

ren derselben eine Theorie veröffentlicht, welche sich den verschiedensten Erscheinungen der Molecularphysik in ganz ungezwungener Weise anschliesst, ohne mit einer einzigen in Widerspruch zu gerathen, und diese Theorie soll im Folgenden auf die Erscheinungen der Chemie angewendet werden. Ich gebe mich der Hoffnung hin, durch meine Arbeit den Impuls zu einer ganz neuen Art der Behandlung der Chemie zu geben; doch dürfte es kaum nöthig sein, darauf aufmerksam zu machen, dass es zuviel verlangt wäre, wenn man haben wollte, dass nun alle Berge eben sein müssen, denn wenn auch die Grundlagen des Ganzen ziemlich einfach sind, wenigstens weit einfacher, als man bisher annehmen zu müssen allgemein glaubte, so bieten sich doch Schwierigkeiten in Hülle und Fülle. Es wird an dem Nachstehenden noch allerlei zu ändern sein. Die Fundamentalsätze werden zwar bleiben, aber bezüglich ihrer Anwendung dürfte sich Manches anders ergeben, als ich jetzt glaube und die gegenwärtig vorhandenen Beobachtungen zu zeigen scheinen.

Es soll nun zuerst in einem allgemeinen Theile die Norm entwickelt werden, welche den Erscheinungen der Chemie zu Grunde liegt, worauf ich analog dem in den Lehrbüchern der Chemie beobachteten Verfahren in einem speciellen Theile die einzelnen Elemente folgen zu lassen gedenke.

I. Allgemeiner Theil.

Das Material, mit dem der Chemiker zu thun hat, ist das, was man materielle Substanz nennt, ausgerüstet mit denjenigen Eigenschaften, welche in den Physikbüchern als wesentliche Eigenschaften der Materie bezeichnet zu werden pflegen, also mit Ausdehnung, Undurchdringlichkeit und Gestalt, wozu von den ausserwesentlichen Eigenschaften noch die Beweglichkeit und die Trägheit kommen. Theilbar ist die materielle Substanz bis zu einer gewissen Grenze.

Die materielle Substanz, welche wir als gegeben annehmen müssen, zeigt eine Verschiedenheit, insofern ihre einzelnen kleinsten Theilchen oder Atome gegen einander ein abweichendes Verhalten beobachten; sie ist von zweierlei Art. Die eine Art umfasst die sogenannten Aethertheilchen, die andere ist — die andere. Ich habe ihre Theilchen vorläufig Massentheilchen genannt, weil ich keine zweckmässigere Bezeichnung wusste. Den naheliegenden Namen schwere Theilchen wollte ich vermeiden, da es schwere Theilchen im gewöhnlichen Sinne des Wortes nicht giebt, denn die Schwerewirkung ist erst zwischen Verbindungen beider Arten von materieller Substanz möglich. Eine specifische Verschiedenheit der einzelnen Körper, wie sie die Chemiker für die verschiedenen Elemente annehmen, *existirt nur für* Aether- und Massentheilchen, und es giebt also, in der bisher in der Chemie üblichen Ausdrucksweise gesprochen, nur zwei Elemente: den Aether und die Massensubstanz.

Hinsichtlich der Quantität der in einem kleinsten Theilchen vorhandenen trägen Substanz ist bei den Aetherthеilchen zur Zeit kein Grund vorhanden, eine Verschiedenheit anzunehmen; wohl aber ist eine solche wenigstens für jetzt bei den Massentheilchen als so oft gegeben vorauszusetzen, als gegenwärtig sogenannte chemische Elemente angenommen werden. Die Verschiedenheit der gegenwärtigen chemischen Elemente ist eine solche der Quantität, nicht der Qualität. Die Massensubstanz ist in verschiedenen Formaten gegeben. Wieviele solche Formate es giebt und inwieweit die gegenwärtigen Elemente aus verschiedenen kleineren Theilen zusammengesetzt sind, will ich vor der Hand dahingestellt sein lassen.

Im Nachstehenden soll die Quantität der trägen Substanz eines Aetherthеilchens durch μ, diejenige eines Massentheilchens (wenigstens zunächst) durch m bezeichnet werden. Die Grösse μ ist demnach immer die nämliche, während m bis zu deren näherer Bestimmung verschiedene Werthe haben kann.

Bis auf Weiteres ist anzunehmen, dass sämmtliche kleinste Theilchen Kugelgestalt besitzen.

Aus den Beobachtungen der Wärmeleitung scheint hervorzugehen, dass der Bruch $\frac{m}{\mu}$ stets einen bedeutenden Werth besitze.

Die materiellen Theilchen üben auf einander eine Einwirkung auf die Ferne aus, die sich in folgender Weise darstellen lässt:

1. Gleichartiges stösst sich ab.
2. Ungleichartiges zieht sich an.
3. Beide Kräfte nehmen ab, wie das Quadrat der Entfernung wächst.

Diese Normen bilden das Grundgesetz der materiellen Substanz, welches alle übrigen Gesetze umfasst. Das Schweregesetz ist nur ein specieller Fall des vorstehenden allgemeinen. Wie die Fernewirkung sich bewerkstelligt, lässt sich nicht angeben. Man sieht, dass die Körper von der Erde angezogen werden, während jedes Paar von Magneten Anziehungen und Abstossungen zeigt. Kann man also Fernewirkungen jederzeit wahrnehmen, so müssen sie auch möglich sein, selbst wenn man die Art, wie sie zu Stande kommen, sich nicht erklären kann. Vielleicht wäre es zweckmässig, zu sagen: Es ist, als ob u. s. w.

Im Nachstehenden ist die Grösse der gegenseitigen Einwirkung von Aetherthеilchen und Massentheilchen, zwei Aetherthеilchen, zwei Massentheilchen je für die Einheit der trägen Substanz und der Entfernung, der Reihe nach durch a, b und c bezeichnet. Das Zeichen — bedeutet eine Abstossung.

Die Aethertheilchen durch Zwischenräume von einander getrennt, erfüllen den ganzen Weltenraum. Infolge ihrer gegenseitigen Abstossung müssen sie so vertheilt sein, dass die absolute Summe der auf ein einzelnes ruhendes Theilchen von der Gesammtheit der übrigen ausgeübten Abstossungen ein Minimum wird; es müssen also die gegenseitigen Entfernungen je zweier benachbarten Theilchen unter sich ganz gleich oder möglichst wenig verschieden sein. Welche Vertheilung der Aetherkugeln dieser Bedingung genüge, ist meines Wissens zur Zeit unbekannt, aber jedenfalls ist das Problem in der Natur praktisch gelöst. Die mittlere Entfernung zweier im Weltenraume befindlichen benachbarten Aethertheilchen soll im Nachstehenden unter dem Namen **Aetherdistanz** als Einheit der Entfernung angenommen werden.

Die gesammten, auf ein im Weltenraum befindliches Aethertheilchen von Seiten der übrigen ausgeübten Wirkungen heben sich im Ruhezustande desselben auf. Wird irgendwo im Raume aus irgend einer Ursache der Aether weggenommen, so erfährt ein an einem beliebigen Punkte befindliches Aethertheilchen aus diesem leeren Raume keine Abstossung; da aber von Seiten des dem wirklich leeren Raume symmetrisch gegenüberliegenden Raumes Abstossung erfolgt, die durch die Wegnahme des Aethers aus dem ersten Raume nicht mehr compensirt wird, so ist der Erfolg der Wegnahme des Aethers gerade so, als sei der allgemeine Raum leer und nur die wirklich leere Stelle mit einer Substanz erfüllt, welche im entgegengesetzten Sinne, wie der Aether, also anziehend, aber nach dem nämlichen Gesetze thätig ist.* Ist ein kugelförmiger Raum von Aether entleert, so ist die auf ein an der Kugeloberfläche befindliches Aethertheilchen vom Kugelmittelpunkte ausgeübte Anziehung (eigentlich der Druck von aussen herein) dem Kugelradius proportional. Ist ein gegebener Raum nicht leer, so kann man ihn doch als leer betrachten, vorausgesetzt, dass man die Wirkung seines Inhalts gesondert in Rechnung zieht, und in diesem Falle kann man die vorstehende Norm auch als für kleinere Räume genau betrachten.

Ist ein Massentheilchen m gegeben, das irgendwo im Weltenraume sich befindet, so wird es so lange Aethertheilchen anziehen und auf seiner Oberfläche versammeln, bis die Abstossung, welche die bereits aufgenommenen Theilchen auf ein noch freies ausüben, gerade so gross ist, als die Anziehung, welche letzteres von dem Massentheilchen erfährt. Bei einer hinlänglichen Zahl der aufgenommenen Aethertheilchen kann man ihre Wirkung als von dem Mittelpunkte des Massentheilchens ausgehend betrachten, und ist M die träge Substanz der aufgenommenen Aethertheilchen, so ist die Grenze erreicht, wenn

1) $$a m \mu = b M \mu.$$

---

* Mol.-Ges. 35.

Hierzu kommen dann noch soviele Aetherth eilchen, als vermöge der allgemeinen Aethervertheilung in dem von der Verbindung erfüllten Raume sich befinden würden. Da die Wirkung dieser letzteren Aethertheilchen durch den äussern Aetherdruck aufgehoben wird, so kann von ihnen zunächst Umgang genommen werden.

Analog der ersten Massenkugel m nimmt eine zweite m_1 den Aether M_1 auf, wenn

2) $$a m_1 \mu = b M_1 \mu$$

ist. Die gegenseitige Einwirkung W beider Systeme auf einander ist, wenn die Entfernung der beiden Mittelpunkte von einander mit r bezeichnet wird,

3) $$W = \frac{a}{r^2}(m_1 M + m M_1) - \frac{b M M_1}{r^2} - \frac{c m m_1}{r^2}$$

oder, wenn man M und M_1 aus 1) und 2) durch $\frac{a}{b} m$ und $\frac{a}{b} m_1$ ersetzt,

4) $$W = \left(\frac{a^2}{b} - c\right)\frac{m m_1}{r^2}.$$

Ist der durch die Klammern eingeschlossene Ausdruck positiv, so ergiebt sich als Resultat des Zusammenwirkens beider Systeme eine Anziehung, welche dem Producte aus den Massen direct, dem Quadrate der Entfernung umgekehrt proportional ist (Schweregesetz). Die Vergleichung der Molecularwirkungen mit der Schwere ergiebt, dass $\frac{a^2}{b} - c$ im Vergleiche zu a, b und c verschwindend, um nicht zu sagen unendlich klein sein muss, und es wird von diesem geringfügigen Reste im Nachstehenden Umgang genommen und $\frac{a^2}{b} = c$ gesetzt werden, wenn der Unterschied nicht ausdrücklich betont wird.

Es soll nun angenommen werden, dass infolge irgend eines Umstandes das Theilchen m nicht M, sondern $M(1+\alpha)$ Aethersubstanz aufgenommen habe, wobei α einen positiven oder negativen Werth haben kann. Es wird dann aus 3)

5) $$W = \frac{a m_1}{r^2} M(1+\alpha) + \frac{a m}{r^2} M_1 - \frac{b M}{r^2} M_1(1+\alpha) - \frac{c m}{r^2} m_1.$$

Wenn wieder $M = \frac{a m}{b}$ und $M_1 = \frac{a m_1}{b}$ gesetzt wird, so geht 5) in 4) über. Ist also m_1 die Masse der Erde, m diejenige eines irdischen Körpers, so wird die gegenseitige Einwirkung beider durch die Aetherverhältnisse von m nicht geändert.

Hat das Massentheilchen m wieder $M(1+\alpha)$ Aether aufgenommen und m_1 gleichzeitig $M_1(1+\beta)$, wird dann wieder der Werth von M und M_1 aus 1) und 2) substituirt, so geht 3) über in

$$6)\quad W = \left[\frac{a^2}{b}(1+\beta+1+\alpha-(1+\alpha)(1+\beta-c)\right]\frac{m\,m_1}{r^2} = -\frac{a^2}{b}\,.\,\alpha\beta\,.\,\frac{m\,m_1}{r^2}.$$

Es ergiebt sich also eine Abstossung, wenn α und β gleiche Zeichen haben; im entgegengesetzten Falle erfolgt eine Anziehung. Nennen wir nun solche Körper, in denen die Massensubstanz nicht vollständig neutralisirt ist, in welchen also α, beziehungsweise β einen negativen Werth hat, elektronegative, solche mit positivem Werthe von α oder β elektropositive, so ergiebt sich daraus der bekannte Satz, dass gleichnamig elektrische Körper sich abstossen, ungleichnamig elektrische sich anziehen. Der Anschluss an die gegenwärtig allgemein eingeführten Sätze von der Elektricität dürfte wohl am leichtesten dadurch erzielt werden, dass man das, was ich Massensubstanz nannte, als negative Elektricität, den Aether als positive betrachtet.

Wenn in den vorhergehenden Gleichungen M und M_1 grosse Werthe bedeuten, wenn also eine grosse Menge von Aethertheilchen nöthig ist, um ein gegebenes Massentheilchen zu neutralisiren, so bilden erstere eine mehr oder weniger dicke Rinde um letzteres, und weil sämmtliche Kräfte mit wachsendem Quadrate der Entfernung abnehmen, so ist die gesammte Einwirkung des Massentheilchens und seiner Rinde auf die Aussenwelt einzig und allein auf die verschwindend kleine Schwerewirkung beschränkt. Anders ist die Sache, wenn schon einige wenige Aethertheilchen zur Sättigung des Massentheilchens hinreichen, denn sowie erstere nur einzelne über die Massenkugel zerstreute Punkte darstellen, ist ihre Wirkung in geringen Entfernungen nicht mehr die nämliche, als ob ihre Gesammtheit im Mittelpunkte der Massenkugel vereinigt sei, und sie üben darum auch einen Einfluss auf die Vertheilung des umgebenden Aethers aus. Dieser bekommt eine andere Gruppirung. Es wurde oben bemerkt, dass die Aethervertheilung im allgemeinen Raume eine derartige sein müsse, dass die gegenseitigen Einwirkungen der Aethertheilchen einen kleinsten Werth erhalten; wenn nun diese Gruppirung durch den Einfluss des Massenatomes eine andere wird, so ist das frühere Minimum der Einwirkung nicht mehr vorhanden, und da der äussere Druck der nämliche ist, wie im allgemeinen Raume, so muss eine geringere Dichtigkeit des Aethers in der Umgebung der Massentheilchen die Folge dieser Umgruppirung sein. Die Aethertheilchen sind nicht mehr so rationell verpackt, wie früher, und es haben daher bei gleichem Drucke von aussen herein nicht mehr soviele in dem nämlichen Raume Platz, wie früher.

Der Glaube, dass die Aethertheilchen in der Nähe der Massen- oder, wie man gewöhnlich sagt, der schweren Theilchen dichter seien, als im allgemeinen Raume, der Glaube an die sogenannten Aetheratmosphären ist so allgemein verbreitet, dass er, obwohl durch Nichts begründet, nach und nach eine Art von dogmatischem Ansehen erlangt hat und so sich von einem Buche ins andere schleppt. Das Licht, welches zuerst die

Existenz des Aethers gelehrt hat, ist auch heutzutage noch in erster Linie geeignet, über die Frage der Aetherdichtigkeit Auskunft zu geben; das Licht sagt aber nicht, dass der intermoleculare Aether dichter sei, als im allgemeinen Raume, sondern es lehrt, dass er dünner sei. Bereits Cauchy hat gezeigt, dass in einer Substanz, welche kein Farbenzerstreuungsvermögen hat, die Lichtgeschwindigkeit wächst, wie die Quadratwurzel der Aetherdichtigkeit. Für die Medien mit Farbendispersion kann doch unmöglich das Entgegengesetzte von dem gelten, was für diejenigen ohne Dispersion feststeht, denn in der atmosphärischen Luft geht ja das eine Medium in das andere über. Das Gesetz der gegenseitigen Abhängigkeit von Lichtgeschwindigkeit und Aetherdichte wird allerdings weniger einfach, wenn das Medium die Farben zerstreut; aber zu der Annahme, dass bei den farbenzerstreuenden Medien das Entgegengesetzte von dem gelte, was bei Fehlen der Dispersion seine Anwendung findet, ist kein Grund vorhanden. An einem andern Orte* habe ich gezeigt, dass auch für die Beobachtungen des optischen Verhaltens der Krystalle lauter Widersprüche zum Vorschein kommen, wenn man annimmt, dass die stärkere Lichtbrechung eines Mediums einer grösseren Aetherdichtigkeit entspreche.

Die Frage von der Aetherdichtigkeit ist von der höchsten Bedeutung in der Molecularphysik und die Annahme, dass der Aether in den wägbaren Körpern dichter sei, als im allgemeinen Raume, war für die ganze Molecularphysik von ausserordentlich nachtheiligen Folgen, denn wenn man von einer unrichtigen Voraussetzung ausgeht, so muss man bei den Schlüssen auf lauter Widersprüche gerathen. Bei den Luftarten liess sich die Sache noch am ehesten durchführen, wie dieses Redtenbacher in seinen Dynamidensystemen gezeigt hat, während die gegenwärtig allgemein angenommene Krönig'sche Lufttheorie den Aether ganz einfach ignorirt. Schwieriger hat sich die Annahme der Aetheratmosphären mit den tropfbarflüssigen und noch mehr mit den festen Körpern vertragen. Den vielen Aethertheilchen in der Nähe der sogenannten schweren Atome musste man eine bedeutende abstossende Wirkung zuschreiben, und da man von derselben nichts mehr gewahrte, wenn ein Körper mechanisch auseinander gezogen wurde, so mussten die complicirtesten Formeln angewendet werden, um dem Wechsel von Anziehung und Abstossung, den man namentlich bei den festen Körpern gewahrt, gerecht zu werden.

Ich will nun die Vorgänge näher untersuchen, welche eintreten, wenn irgendwo im allgemeinen äthererfüllten Raume sich ein Massentheilchen befindet, dessen träge Substanz nach und nach wächst oder, wenn man will, das fortwährend durch ein grösseres und grösseres ersetzt wird.

---

* Diese Zeitschrift XX, 1.

Ist die Massenkugel m nur ganz klein, so dass sie nicht einmal im Stande ist, ein Aethertheilchen zu neutralisiren, so wird sie, wenn sie sich in einer Umgebung von Aethertheilchen befindet, sich an eines derselben bis zum Contact anschliessen und dieses wenigstens theilweise neutralisiren. Letzteres bedurfte bisher seiner ganzen Kraft, um die von aussen hereindringenden Aethertheilchen zurückzuhalten, denn nach seiner Entfernung würde es sofort durch ein anderes ersetzt, und die theilweise Neutralisirung des Aethertheilchens entspricht daher einem Schwächerwerden der Aetherwirkung an der gegebenen Stelle. Dieser Fall ist jedoch nicht genau identisch mit demjenigen, welcher einträte, wenn das Aethertheilchen kleiner geworden wäre, denn beide Kugeln haben verschiedene Mittelpunkte, und insoweit die gegenseitige Entfernung dieser Mittelpunkte gegen die Aetherdistanz zu berücksichtigen ist, wird sie sich hier geltend machen. Die umgebenden Aethertheilchen nähern sich unserer Verbindung auf der Seite des Massentheilchens mehr, als auf der entgegengesetzten, und es ist die normale Aethergruppirung jedenfalls in Unordnung gebracht worden.

Je grösser m wird, um so mehr verstärkt sich dieser Zustand, und endlich wird m so gross, dass es auf der dem ersten Aethertheilchen gegenüberliegenden Seite noch ein zweites aufnimmt. Bezeichnet man mit r und r_1 die Radien der Massen- und der Aetherkugel, so kann erstere zwei der letzteren behalten, wenn

$$7)\qquad \frac{am}{(r+r_1)^2} > \frac{b\mu}{(2r+2r_1)^2}.$$

In diesem Falle ist also m nur im Stande, den vierten Theil eines Aethertheilchens zu neutralisiren, und doch kann es zwei wenigstens halten. Um ein zweites Aethertheilchen von ferne anzuziehen, gilt statt 7):

$$8)\qquad \frac{am}{R^2} > \frac{b\mu}{(R+r+r_1)^2},$$

wenn R die Entfernung des Mittelpunktes des anzuziehenden Aethertheilchens von demjenigen des Massentheilchens bedeutet. So lange $r+r_1$ gegen R nicht verschwindet, so lange wird das Massentheilchen noch ein zweites Aethertheilchen aufnehmen, ohne dass es im Stande wäre, ein einziges derselben vollständig zu neutralisiren. Bedenkt man nun, dass von den zwei Aethertheilchen eines da sein muss, weil der Vorgang inmitten eines äthererfüllten Raumes stattfindet, so bleibt doch noch ein Rest des zweiten unneutralisirt, und im Gegensatze zu vorhin schlägt in der Verbindung der Aether vor, es ist nahezu so, als sei hier ein grösseres, kräftigeres Aethertheilchen.

Wird m noch grösser, so wird der Aetherrest nach und nach neutralisirt, und endlich tritt wieder der Fall ein, dass die Aetherwirkung *gegen aussen* kleiner ist, als die eines einzelnen freien Aethertheilchens, es nähern sich also die Theilchen der Umgebung, die nach der Aufnahme des zweiten Aethertheilchens sich über die normale Distanz entfernt hatten, wieder der Verbindung auf weniger als die Einheit. Endlich findet die Aufnahme eines dritten Aethertheilchens statt, und nach seiner Aufnahme zeigt sich von Neuem, dass der Aether der Verbindung nicht neutralisirt ist u. s. w.

Wie man sieht, ergiebt sich durch Vergrösserung von m die Reihenfolge von Erscheinungen, dass unmittelbar nach Aufnahme eines Aethertheilchens die Aetherwirkung der Verbindung vorschlägt. Wächst m, so geht die Verbindung allmälig durch Null in den Zustand des Vorschlagens der Masse über, und dann, wenn dieser Zustand sein Maximum erreicht hat, wird nach Aufnahme eines weiteren Aethertheilchens das ursprüngliche Verhältniss wieder hergestellt. Der Uebergang von dem Vorschlagen der Aetherwirkung in das der Massenwirkung findet allmälig durch Null statt; von dem Ueberragen der Massenwirkung in das der Aetherwirkung ist der Uebergang ein plötzlicher von einem Extrem zum andern.

Nach der vorstehenden theoretischen Auseinandersetzung will ich den Versuch machen, die Ergebnisse der Beobachtung mit denen der Theorie zu vergleichen, und zu diesem Zwecke muss ich zunächst auf die Tafel verweisen. Dieselbe giebt die Beziehungen an, die zwischen den Atomvolumina und Atomgewichten bestehen, und ist dem Werke: „Die modernen Theorien der Chemie u. s. w. von Dr. Lothar Meyer" entnommen. Die Originaltafel geht bis 240, dem Atomgewichte des Urans; ich beschränke mich auf die Reproduction des vordern Theiles, welcher bis zu 137, dem Atomgewichte des Cers geht. Es sind nämlich von da an in den Atomgewichten und darum auch in der Tafel so grosse Lücken, dass für meinen Zweck aus dem folgenden Theile der Tafel zur Zeit nicht viel zu ersehen ist.

Die Betrachtung der Tafel ergiebt, dass die Curve der Atomvolumina periodisch Spitzen darstellt und dass bei diesen der vorher stark elektronegative Zustand der Elemente auf der Seite der wachsenden Atomgewichte plötzlich in einen stark elektropositiven übergeht. An diesen Spitzen muss der durch Aufnahme eines weiteren Aethertheilchens bewirkte Uebergang von dem Vorschlagen der Massenwirkung in dasjenige der Aetherwirkung stattfinden. Diesseits der Spitze ist das letzte Atom mit der früheren Aetherzahl, jenseits das erste mit der um eine Einheit vermehrten. In der Nähe der Grösse von m, an welcher die neue Aufnahme stattfindet, ist die in die normale Aethergruppirung gebrachte Unordnung am grössten, d. h. die Anordnung der Aethertheilchen weicht am meisten von der normalen des allgemeinen Raumes ab, und darum muss nach dem, was ich oben erwähnte, die in einem gegebenen Raume befindliche Zahl von Aethertheilchen bei gleichem äusserem

Drucke ein Minimum oder der von einer gleichen Anzahl von Aethertheilchen beanspruchte Raum ein Maximum werden. Darum das starke Anwachsen des Atomvolums. Es wird jedesmal ein weiteres Aethertheilchen aufgenommen, wenn das Atomgewicht von 1 auf 7 (*H — Li*), 19 auf 23 (*Fl — Na*), 35,5 auf 39 (*Cl — K*), 60 auf 85 (*Br — Rb*), 126,5 auf 132,5 (*J — Cs*) steigt. Jeweilig bei dem kleineren Atomgewichte schlägt die Wirkung des Massentheilchens vor, der entstehende Körper ist also elektronegativ, während nach Aufnahme des neuen Aethertheilchens bei Ueberwiegen der Aetherwirkung ein elektropositiver Körper zum Vorschein kommt.

Es bleibt nun die weitere Frage übrig, wieviele Aethertheilchen die einzelnen Massenkugeln aufgenommen haben. Diese Frage reducirt sich ganz einfach auf die, wieviele Aethertheilchen das Wasserstoffatom besitze; denn hat man diese Zahl, so ergeben sich die anderen von selbst.

Ich will nun annehmen, das Atom des Wasserstoffs besitze zwei Aethertheilchen. Ist dieses in der That so, so muss nach 7) die Wasserstoffkugel wenigstens ein Viertheil einer Aetherkugel zu neutralisiren im Stande sein, und die Spitzenbildung der Atomvolumcurve auf der Tafel muss sich daher wiederholen, so oft das Atomgewicht um beiläufig vier Einheiten gewachsen ist, denn in diesen Intervallen wird jedesmal ein neues Aethertheilchen aufgenommen. Es ist leicht zu sehen, dass die Intervalle zwischen den Spitzen viel grösser sind, und darum ist es unmöglich, dass das Wasserstoffatom mehr als ein Aethertheilchen aufnehmen kann. Die Zusammensetzung der gegenwärtigen chemischen Elemente ist daher folgende. Der Wasserstoff führt ein einziges Aethertheilchen, von Lithium an bis Fluor begleiten zwei der letzteren eine Massenkugel, von Natrium bis Chlor drei, von Kalium bis Mangan vier, von Eisen bis Brom fünf, von Rubidium bis Molybdän sechs, von Ruthenium bis Jod sieben.

Es ergiebt sich nun die Aufgabe: diejenige Quantität der Massensubstanz zu bestimmen, welche nothwendig ist, um ein Aethertheilchen zu neutralisiren. Hierzu hat man allerdings die Grenzen, innerhalb deren sich die Neuaufnahme eines Aethertheilchens vollziehen muss, aber es ist nicht bekannt, welche Distanz das neu aufzunehmende Aethertheilchen unmittelbar vor der Aufnahme von der Massenkugel trennte, und es muss daher zu einem andern Hilfsmittel Zuflucht genommen werden.

Wenn bei Zunahme von *m* der elektropositive Zustand des Elements in den elektronegativen übergeht, so muss da eine Stelle kommen, bei welcher das Atom gegen das nächste Aethertheilchen gerade oder nahezu so wirkt, wie ein an seine Stelle gesetztes Aethertheilchen, und die Distanz zwischen dem Elemente und dem nächsten Aethertheilchen kann von der Einheit unmöglich weit abweichen. Dort, wo die Curve in der *A* die tiefste Stelle erreicht, ist daher auch das Atomgewicht zu suchen, bei dem Massen- und Aetherwirkung nach aussen sich so aufheben, dass das nächste Aethertheilchen ganz oder doch sehr nahe sich in der Einheit der Distanz befindet. Diese Stelle findet sich auf der Tafel in der Nähe des Kohlenstoffs und dann wieder in der Nähe des Aluminiums. Die späteren Punkte lassen sich weniger gut bestimmen, und ich werde mich daher zunächst an die beiden genannten halten.

Sind an dem Atome, in dessen Menge der trägen Substanz diejenige des Wasserstoffatoms zwölfmal enthalten ist, zwei Aethertheilchen, so lagern sich diese ihrer gegenseitigen Abstossung wegen so, dass sie an der Massenkugel zwei sich diametral gegenüberstehende Punkte einnehmen. Denken wir uns nun, eine solche Combination sei inmitten einer äthererfüllten Umgebung vorhanden, so ist die gegenseitige Wirkung von Verbindung und Aether zu bestimmen. Wäre erstere nicht da, so würde ein Aethertheilchen ihre Stelle einnehmen, und wenn man die Wirkung der ganzen Verbindung für sich betrachtet, kann man den von ihr beherrschten Raum als ätherleer annehmen. Die Einwirkung des allgemeinen Aethers auf ein an der Peripherie dieses Hohlraumes befindliches Aethertheilchen ist nach dem oben angeführten Lehrsatze vom Aetherdrucke gerade so, als sei der allgemeine Raum leer und dafür in dem Hohlraume ein Körper, der gerade so wirkt, als wie das Aethertheilchen (das fehlt), aber im entgegengesetzten Sinne. Ist die Entfernung des peripherischen Aethertheilchens gleich der Einheit, so ist die von dem gesammten äussern Aether darauf ausgeübte Wirkung gleich $b\mu^2$, denn ein in den Mittelpunkt des Hohlraumes gebrachtes Aethertheilchen würde mit seiner Abstossung $-b\mu^2$ das peripherische im Gleichgewichte halten. Wenn der Radius R des Hohlraumes von der Einheit verschieden ist, so ist nach dem, was oben hierüber bemerkt wurde, als Aetherdruck $b\mu^2 R$ statt $b\mu^2$ zu nehmen. Bringt man in den Hohlraum die Massenkugel mit ihren zwei Aethertheilchen, so zieht erstere den äussern Aether an, die bereits aufgenommenen Aethertheilchen dagegen wirken abstossend. Ein Hereinbrechen des äussern Aethers kann nur in der Richtung erfolgen, welche senkrecht auf der Verbindungslinie der beiden aufgenommenen Aethertheilchen steht, und es ist also die Wirkung zu suchen, welche die Verbindung auf ein in einer solchen Senkrechten in der Entfernung R befindliches Aethertheilchen ausübt. Zu diesem Zwecke ist es zunächst nothwendig, die Bedeutung des Zeichens m dahin zu definiren, dass es, während es bisher allgemein die Quantität der trägen Substanz des Massentheilchens bedeutete, nunmehr nur diejenige eines Atomes Wasserstoff bezeichnen soll.

Ist k das Atomgewicht eines Elementes auf Wasserstoff bezogen, so ist km die Quantität der trägen Substanz eines Atomes. R giebt die Entfernung von dem Mittelpunkte der Massenkugel zu demjenigen des äussern Aethertheilchens, r die Entfernung von dem ersteren bis zu dem

Man kann bezüglich meiner obigen Annahme, dass $R = 1$ sei, den Einwurf machen, dass in der Nähe des Atomes wegen der veränderten Gruppirung die Aetherentfernung eine von der normalen abweichende, also $R \gtrless 1$ sei. Diesem Einwurfe liesse sich leicht dadurch begegnen, dass man statt der zwei Gleichungen 9) und 10) noch eine dritte nähme und dann R als dritte Unbekannte bestimmte. Was kann man aber unter den zur Verfügung stehenden Gleichungen ausser den beiden ersten für eine weitere benützen? Offenbar nur 12), nachdem man in derselben k_2 durch 89,6 oder 90 ersetzt hat. Denn 11) ist nicht zu verwenden, weil infolge mangelnder Elemente der Werth von k_1 zwischen 40 und 48 schwankt, denn zwischen Calcium und Titan giebt es kein Element. Ebenso ist es bei Gleichung 13), die eigentlich für k_3 einen fast unbeschränkten Spielraum gestattet. Nimmt man aber die Gleichung 12) und $k_2 = 89$ oder 90, so bekommt man für R einen von der Einheit nur sehr wenig verschiedenen Werth, da sich ja bei Zugrundelegung von $R = 1$ der Werth von k_2 zu 89,3 berechnet.

Würde man in der Gleichung 9) statt des Atomgewichts des Kohlenstoffs eine etwas höhere Zahl nehmen, so ergäbe sich ein kleinerer Werth von r, und dieses würde Null, wenn man statt 12 eine Zahl einsetzen würde, welche dem halben Atomgewichte des Aluminiums gleich kommt, also 13,65. Da nun die Atomdimension gegen die Aetherdistanz nicht verschwindend klein sein kann, so darf der Werth 13,65 für das Atomgewicht des neutralen Elements jedenfalls nicht erreicht werden, vorausgesetzt, dass man auf der andern Seite das Aluminium beibehält. Ich halte es für nicht unwahrscheinlich, dass r in Wirklichkeit einen kleineren Werth hat, als 0,37269, wie oben bestimmt wurde, und daraus schliesse ich, dass das neutrale Element, wenn es ein solches gäbe, seinen Platz zwischen Kohlenstoff und Stickstoff doch näher bei ersterem finden würde. In Ermangelung aller weiteren Anhaltspunkte kann ich zur Zeit nicht weiter gehen; ich bin jedoch überzeugt, dass, wie dieses bisher stets der Fall war, sich mit der Zeit noch Mittel und Wege zur genaueren Bestimmung der Constanten einstellen werden, an die man zur Zeit gar nicht denkt.

Die Grösse rR^{-1} ist wohl nicht constant, wie dieses oben stillschweigend vorausgesetzt wurde, da bei grösserem Atomgewichte die Massenkugel auch grösser werden muss. Es wäre bei Inrechnungziehung dieses Umstandes die Einführung irgend einer Hypothese über die relative Grösse von Massen und Aethertheilchen nothig gewesen, die ich lieber vermeiden wollte. Die Warmeerscheinungen deuten darauf hin, dass das Verhältniss der trägen Substanz eines Aethertheilchens zu derjenigen einer Massenkugel nur sehr klein sei, während andererseits ein Aethertheilchen eine Massenkugel von dem Gewicht 18,6 neutralisirt, und es ist recht gut möglich, dass die Grosse eines Aethertheilchens gegen die-

$$13)\quad b\mu^2 R + \frac{a k_3 m \mu}{R^2} = 4 b \mu^2 \left[\frac{R + \frac{r}{\sqrt{3}}}{\left(R^2 + \frac{2Rr}{\sqrt{3}} + r^2\right)^{3/2}} + \frac{R - \frac{r}{\sqrt{3}}}{\left(R^2 - \frac{2Rr}{\sqrt{3}} + r^2\right)^{3/2}} \right].$$

Ich will nun versuchen, inwieweit meine oben ausgesprochene Ansicht, dass im Falle des Gleichgewichts von Massen- und Aetherwirkung die Distanz des nächsten Aethertheilchens von der Einheit nur wenig verschieden sei, begründet ist. Zu diesem Zwecke setze ich in den Gleichungen 9) bis 13) $R = 1$ und bestimme $\frac{b\mu}{am}$ und r aus 9) und 10), weil diese sich hierzu am besten eignen. Es ist

$$\frac{b\mu}{am} = 18{,}600, \quad r = 0{,}37296.$$

Um also eine Aetherkugel zu neutralisiren, ist eine Massenkugel nothwendig, welche 18,6 mal soviel träge Substanz enthält, als das Wasserstoffatom, und nimmt man, was wohl am rationellsten sein wird, als Einheit des Atomgewichts dasjenige, welches im Stande ist, ein Aethertheilchen zu neutralisiren, so ist das zukünftige Atomgewicht des Wasserstoffs $\frac{1}{18{,}6}$. Die Distanz zweier freien Aethertheilchen verhält sich zu der Entfernung der Mittelpunkte von Massen- und gebundener Aetherkugel wie $1 : 0{,}37296$.

Benützt man diese Werthe, um in den Gleichungen 11), 12) und 13) die Grösse k zu bestimmen, so kann man dabei einen Anhaltspunkt zur Beurtheilung des Grades der Richtigkeit der Bestimmung erzielen. Es ergiebt sich nun $k_1 = 49{,}4$, $k_2 = 89{,}3$ und $k_3 = 125{,}3$. Bei Vergleichung dieser Werthe mit der Tafel ergiebt sich, dass k_1 vielleicht um ein paar Einheiten zu gross ist; ich wenigstens hätte das Gewicht des neutralen Elements eher etwas kleiner, als grösser als das des Titans geschätzt. Der Werth von k_2 fällt fast ganz mit dem Atomgewichte des Yttriums, eines Verwandten des Aluminiums, zusammen und ist sicher nicht weit gefehlt. Der Werth von k_3 ist jedenfalls zu klein; ich hätte etwa das Atomgewicht des Cers erwartet.

Der Natur der Sache nach können die Bestimmungen der Constanten zur Zeit nur annähernde sein, denn es ist durchaus nicht gewiss, ja nicht einmal wahrscheinlich, dass die Atomgewichte des Kohlenstoffs, des Aluminiums gerade diejenigen Werthe haben, bei denen das Atom weder elektropositiv, noch elektronegativ ist. Der Uebergang befindet sich allerdings in der Nähe, er kann aber auch zwischen zwei Elemente, etwa zwischen Kohlenstoff und Stickstoff oder zwischen ersteren und Bor hineinfallen, wenn auch allerdings die Höhe der Werthigkeit für die Nähe des Kohlenstoffs spricht, denn die Atome in der Nähe des Nullpunktes zeichnen sich regelmässig durch hohe Werthigkeit aus.

Man kann bezüglich meiner obigen Annahme, dass $R = 1$ sei, den Einwurf machen, dass in der Nähe des Atomes wegen der veränderten Gruppirung die Aetherentfernung eine von der normalen abweichende, also $R \lesseqgtr 1$ sei. Diesem Einwurfe liesse sich leicht dadurch begegnen, dass man statt der zwei Gleichungen 9) und 10) noch eine dritte nähme und dann R als dritte Unbekannte bestimmte. Was kann man aber unter den zur Verfügung stehenden Gleichungen ausser den beiden ersten für eine weitere benützen? Offenbar nur 12), nachdem man in derselben k_2 durch 89,6 oder 90 ersetzt hat. Denn 11) ist nicht zu verwenden, weil infolge mangelnder Elemente der Werth von k_1 zwischen 40 und 48 schwankt, denn zwischen Calcium und Titan giebt es kein Element. Ebenso ist es bei Gleichung 13), die eigentlich für k_3 einen fast unbeschränkten Spielraum gestattet. Nimmt man aber die Gleichung 12) und $k_2 = 89$ oder 90, so bekommt man für R einen von der Einheit nur sehr wenig verschiedenen Werth, da sich ja bei Zugrundelegung von $R = 1$ der Werth von k_2 zu 89,3 berechnet.

Würde man in der Gleichung 9) statt des Atomgewichts des Kohlenstoffs eine etwas höhere Zahl nehmen, so ergäbe sich ein kleinerer Werth von r, und dieses würde Null, wenn man statt 12 eine Zahl einsetzen würde, welche dem halben Atomgewichte des Aluminiums gleich kommt, also 13,65. Da nun die Atomdimension gegen die Aetherdistanz nicht verschwindend klein sein kann, so darf der Werth 13,65 für das Atomgewicht des neutralen Elements jedenfalls nicht erreicht werden, vorausgesetzt, dass man auf der andern Seite das Aluminium beibehält. Ich halte es für nicht unwahrscheinlich, dass r in Wirklichkeit einen kleineren Werth hat, als 0,37269, wie oben bestimmt wurde, und daraus schliesse ich, dass das neutrale Element, wenn es ein solches gäbe, seinen Platz zwischen Kohlenstoff und Stickstoff doch näher bei ersterem finden würde. In Ermangelung aller weiteren Anhaltspunkte kann ich zur Zeit nicht weiter gehen; ich bin jedoch überzeugt, dass, wie dieses bisher stets der Fall war, sich mit der Zeit noch Mittel und Wege zur genaueren Bestimmung der Constanten einstellen werden, an die man zur Zeit gar nicht denkt.

Die Grösse $r R^{-1}$ ist wohl nicht constant, wie dieses oben stillschweigend vorausgesetzt wurde, da bei grösserem Atomgewichte die Massenkugel auch grösser werden muss. Es wäre bei Inrechnungziehung dieses Umstandes die Einführung irgend einer Hypothese über die relative Grösse von Massen- und Aetherteilchen nöthig gewesen, die ich lieber vermeiden wollte. Die Wärmeerscheinungen deuten darauf hin, dass das Verhältniss der trägen Substanz eines Aethertheilchens zu derjenigen einer Massenkugel nur sehr klein sei, während andererseits ein Aethertheilchen eine Massenkugel von dem Gewicht 18,6 neutralisirt, und es ist recht gut möglich, dass die Grösse eines Aethertheilchens gegen diejenige einer Massenkugel nicht verschwindend ist; doch lässt sich nicht angeben, in welchem Verhältnisse beide zu einander stehen.

Wenn eine Massenkugel mit 2, 3, 4, 6, 8, 12 Aethertheilchen verbunden ist, so gruppiren sich letztere auf der ersteren so, dass ihre gegenseitige Abstossung ein Minimum wird, und diese Gruppirung hat ihrerseits wieder eine ganz bestimmte Wirkung auf die Anordnung der umgebenden Aethertheilchen. Es kommen hierbei Annäherungen an die Krystallbildung zum Vorschein, die ich bereits früher* besprochen habe und deren Ergebniss wieder eine Abweichung von der normalen Aethergruppirung bedingt. Wenn sich die Aethertheilchen statt in einer der vorstehenden Zahlen in der Anzahl 5, 7, 9, 10, 11 auf der Massenkugel niederlassen, so haben sie keine gleichmässige Vertheilung mehr auf derselben und es hört die Analogie mit der Krystallbildung auf. Dieser Umstand muss sich in der Atomvolumcurve geltend machen. In der That zeigt dieselbe auch an den Stellen, welche der Aufnahme des fünften und siebenten Aethertheilchens entsprechen, also bei Eisen (55,9) und Ruthen (103,5), lange nicht das Ansteigen, das man an den übrigen gewahrt. Dasselbe müsste auch an den Stellen der Fall sein, an denen 9, 10, 11 Aethertheilchen aufgenommen sind; doch fehlen hier die Elemente. Da, wo die Massenkugel zwölf Aethertheilchen hat, also in der Gegend von etwa 210, ist kein besonderes Ansteigen der Curve mehr zu erwarten, weil die durch die zwölf Aethertheilchen bedingte Gruppirung des umgebenden Aethers von der normalen jedenfalls nur wenig abweicht. Ich halte es jedoch nicht für unbedingt nothwendig, dass gerade jedesmal bei Eintreten der Krystallisation eine Vergrösserung des Volums stattfinden müsse; der Diamant wenigstens zeigt diese nicht.

Es giebt nach dem Vorstehenden eine Quantität der Massensubstanz, bei welcher sich die verschiedenen Anziehungen und Abstossungen so ausgleichen, dass das nächste Aethertheilchen in der Einheit der Entfernung sich schwebend verhält. Lässt man nun die Massenkugel grösser werden, so erhöht sich die Anziehung, welche sie auf das in der Einheit der Entfernung schwebende Aethertheilchen ausübt. Dieses nähert sich nun an einer solchen Stelle, wo es von den bereits aufgenommenen Aethertheilchen die geringste Abstossung erfährt, etwas mehr, und damit wächst einerseits die gegenseitige Anziehung, andererseits aber auch die Abstossung der bereits aufgenommenen Aethertheilchen, während der Druck des äussern Aethers abnimmt. Das freie Aethertheilchen bleibt nun da stehen, wo die verschiedenen Wirkungen sich aufheben, also in etwas geringerer Distanz von der Verbindung.

So geht dieses einige Zeit fort; Vergrösserung der Massenkugel bringt eine Annäherung des Aethertheilchens. Endlich macht sich der Umstand,

* Mol.-Ges. 84 u. 106. Diese Zeitschr. XVIII, 2 S. 180.

dass das freie Aethertheilchen von einer Seite hereinkommt, auf welcher es von den bereits gebundenen den kleinsten Widerstand erfährt, mehr und mehr geltend, die Componirende der Abstossung wächst langsamer, als die Anziehung der Massenkugel, und es giebt eine gewisse Entfernung, bei welcher ein Maximum der Massenkugel nothwendig ist, um das freie Aethertheilchen schwebend zu erhalten. Hat letzteres diese Grenze überschritten, so nähert es sich weiter bis zum vollständigen Contact. Ist dieses geschehen, so hat sich durch den neuen Ankömmling die Abstossung auf die nächstliegenden Aethertheilchen wesentlich vergrössert, letztere entfernen sich über die normale Distanz, und der Körper ist plötzlich und zwar sehr stark elektropositiv geworden.

Der Umstand, dass ein Maximum der trägen Substanz der Massenkugel existirt, bei der die Aufnahme eines weiteren Aethertheilchens stattfindet, giebt wieder ein Mittel an die Hand, die Genauigkeit der oben bestimmten Grössen $\frac{am}{b\mu}$ und r zu prüfen.

Ist $b\mu^2$ die Grösse des Aetherdruckes in der Entfernung 1, so ist sie in der Entfernung R gleich $b\mu^2 R$. Da ferner nach dem Vorstehenden $18{,}6\,am = b\mu$ ist, wird, wenn man die Quantität der Massenkugel gleich x setzt, das zweite Glied in 9) $\frac{b\mu^2 x}{18{,}6\,R^2}$. Es ergiebt sich sonach

$$14)\qquad R + \frac{x}{18{,}6\,R^2} = \frac{2R}{(R^2+r^2)^{3/2}}.$$

Der Werth von x erreicht ein Maximum, wenn $R = 0{,}679$ ist, und dieser grösste Werth beträgt 19,2, d. h. bei einer Quantität der trägen Substanz, welche 19,2 ist, wenn man diejenige des Wasserstoffatoms als Einheit setzt, nimmt die Massenkugel noch ein drittes Aethertheilchen auf, und die vorher elektronegative Verbindung wird elektropositiv. Die Tafel zeigt, dass dieser Uebergang stattfinden müsse zwischen Fluor (19) und Natrium, und das Resultat der Rechnung fällt also innerhalb der von der Beobachtung gesteckten Grenzen. Das chemische Verhalten des Fluors einer-, des Natriums andererseits legen den Gedanken nahe, dass der Uebergangspunkt dem ersteren Elemente merklich näher liege, als dem letzteren; doch hätte das Resultat der Rechnung wohl etwas grösser ausfallen dürfen.

Es kann der Gleichung 14) der Vorwurf gemacht werden, dass sie insofern ungenau sei, als es die Wirkung der beiden gebundenen Aethertheilchen auf das neu aufzunehmende darum ist, weil erstere bei Annäherung des letzteren einander nicht mehr diametral gegenüberstehen, sondern sich gegenseitig so nähern, dass nach vollendeter Aufnahme alle drei sich in gleichen Entfernungen von einander in einer durch den Mittelpunkt der Massenkugel gelegten Ebene befinden. Hiergegen ist zu bemerken, dass, so lange das noch freie Aethertheilchen sich jenseits der

Aufnahmegrenze befindet, seine Einwirkung wegen der verhältnissmässig bedeutenden Entfernung zu klein ist, um einen bemerkbaren Einfluss auszuüben. Hat das Theilchen die Grenze überschritten, so kommt die gegenseitige Stellung der incorporirten Aethertheilchen allerdings in Betracht, wenn es sich um die Art der Beschleunigung der Aufnahme des dritten handelt; allein das ist im Vorstehenden nicht der Fall. Handelt es sich darum, dass bei drei bereits vorhandenen Aethertheilchen noch ein viertes aufgenommen werde, so ist die Gleichung 10) zu benützen, welche sich in

$$15)\qquad R+\frac{x}{18,6\,R^2}=\frac{3\,R}{(R^2+r^2)^{3/2}}$$

umwandelt. Das Maximum von x findet statt, wenn $R=0,752$, und beträgt in diesem Falle 32,2. Dieser Werth ist zu klein, er sollte zwischen Chlor (35,5) und Kalium (39) fallen.

Wenn die Zahl der bereits aufgenommenen Aethertheilchen vier beträgt und ein fünftes hinzukommen soll, so ist nach Gleichung 11)

$$16)\qquad R+\frac{x}{18,6\,R^2}=\frac{3\left(R-\frac{r}{3}\right)}{(R^2-\frac{2}{3}Rr+r^2)^{3/2}}+\frac{1}{(R+r)^2}.$$

Das Maximum von x tritt ein, wenn $R=0,790$, und es erhält dann den Werth 53,7. Dieser fällt zwischen Chrom (52,4) und Mangan (54,8). Die Grenze zwischen elektronegativen und elektropositiven Elementen ist hier nicht so sicher, wie früher; jedoch fällt sie gewiss nicht weiter, als zwischen Mangan und Eisen (55,9).

Steigt die Zahl der bereits aufgenommenen Aethertheilchen auf 6 und soll noch ein weiteres hinzukommen, so ist nach 12)

$$17)\qquad R+\frac{x}{18,6\,R^2}=3\left[\frac{\left(R+\frac{r}{\sqrt{3}}\right)}{\left(R^2+\frac{2Rr}{\sqrt{3}}+r^2\right)^{3/2}}+\frac{\left(R-\frac{r}{\sqrt{3}}\right)}{\left(R^2-\frac{2Rr}{\sqrt{3}}-r^2\right)^{3/2}}\right].$$

Bei einem Werthe von $R=0,800$ wird $x=93,8$, es fällt also nahe an Niob (94), während die Grenze irgendwo zwischen Molybdän (95,8) und Ruthen (103,5) liegt.

Die so erhaltenen Werthe von x sind regelmässig zu klein, doch stimmen sie jedenfalls so nahe mit den Beobachtungsresultaten zusammen, als man bei der nur provisorischen Bestimmung von am und r erwarten kann. Aller Wahrscheinlichkeit nach ist $b\mu>18,6\,am$ und $r<0,37296$; doch will ich daran für jetzt nichts ändern. Vielleicht ist auch die Nichtberücksichtigung irgend einer Nebenwirkung Ursache, dass die berechneten Werthe von x etwas zu klein sind.

Es ergiebt sich aus dem Vorstehenden, dass von den Atomen die einen in ihrer unmittelbaren Umgebung den Aether innerhalb der normalen Distanz halten, während die anderen die entgegengesetzte Wirkung haben. Die ersteren sind elektronegativ, die letzteren elektropositiv. Je mehr die eine dieser Eigenschaften ausgeprägt ist, um so mehr bekommt das Element das, was die Chemiker „stark" nennen, während die chemisch mehr indifferenten Stoffe da zu suchen sind, wo der Abstand der dem Atome nächstliegenden Aethertheilchen der normalen Distanz sich nähert. Je grösser die Verdichtung des Aethers des einen Körpers, je verdünnter der Aether bei dem andern ist, um so bedeutender ist nach 6) die zwischen beiden bestehende Anziehung, d. i. das, was die Chemiker „Verwandtschaft" nennen.

Alle diese Wirkungen finden nur dann statt, wenn sich zwei Massentheilchen einander so weit nähern, dass die von ihnen bewirkte Aenderung in der Aethergruppirung noch merkbar ist. Diese Aenderung im Ganzen bewirkt stets eine Verminderung der Aetherdichtigkeit, und wenn also die nächste Nachbarschaft eines Massentheilchens sich diesem über die normale Distanz nähert, so muss dieses in den ferneren Schichten wieder compensirt werden. Es ist gar nicht unmöglich, dass ein Massentheilchen ein verschiedenes Verhalten beobachtet, je nachdem die Zahl der es umgebenden Aetherhüllen wechselt, und es könnte dasselbe dann dem einen Elemente gegenüber elektropositiv sich verhalten, dem andern gegenüber elektronegativ. Auf eine derartige Erscheinung deutet auch der Umstand, dass einzelne Elemente, wie Sauerstoff und Stickstoff, je nach der Art der Verbindung, in der sie sich befinden, ein verschiedenes Atomvolumen beanspruchen.

Die Grundlagen der chemischen Erscheinungen sind wohl sehr einfach, allein in der Anwendung giebt es doch der Haken allerlei. So einfach das Gravitationsgesetz ist, so haben doch viele Erscheinungen, die durch dasselbe hervorgerufen werden, wie z. B. die Störungen, den Astronomen schon viele Arbeit gemacht, und derartige Sachen, wie die Störungen, erwarten den rechnenden Chemiker in noch höherem Grade, als den rechnenden Astronomen. Man steht hier einem Gewirre von Erscheinungen und Wirkungen gegenüber, bei dem es oft sehr schwer fällt, den Weg zu finden, und es wird darum an Fehlschlüssen auch keinen Mangel geben. Ganz geringfügig erscheinende Umstände sind mitunter von höchster Bedeutung. Grosse Schwierigkeiten bietet die mathematische Behandlung des Gegenstandes, denn fort und fort hat man mit vielgliedrigen Reihen zu kämpfen, und dann macht es einen grossen Unterschied, ob man nur mit einer einzigen Kraft zu thun hat, wie in der Astronomie, oder, wie in der Molecularphysik, mit Anziehungen und Abstossungen, zu denen dann noch der stets zu berücksichtigende Aetherdruck sich *gesellt.* Ich verlasse mich jedoch hier auf das „Kommt Zeit, kommt

Rath". Hat sich einmal das Bedürfniss ordentlich eingestellt, so werden sich auch bei der mathematischen Behandlung Mittel und Wege finden lassen, von denen man zur Zeit keine Ahnung hat.

II. Specieller Theil.

Wasserstoff.

Atomgewicht: $H=\frac{1}{18,6}$. Moleculargewicht: $HH=\frac{1}{9,3}$.

Unter den verschiedenen Massenkugeln, welche in der Natur gegeben sind, sind wenigstens für die heutige Chemie die kleinsten diejenigen, deren Quantität der trägen Substanz hinreicht, um $\frac{1}{18,6}$ eines Aethertheilchens zu neutralisiren, d. h. nach Verbindung mit demselben den 18,6. Theil seiner Wirkung auf Entfernungen aufzuheben, welche so gross sind, dass die Summe der Halbmesser von Massen- und Aethertheilchen vernachlässigt werden kann.

Ist eine Anzahl solcher Massenkugeln gegeben und befinden sie sich im allgemeinen äthererfüllten Raume, so kann es nicht ausbleiben, dass infolge der gegenseitigen Anziehung je eine Massenkugel und eine Aetherkugel in unmittelbaren Contact treten und so das bilden, was man ein Wasserstoffatom nennt. Es ist eigentlich unrichtig, bei einer Combination von zwei Kugeln den Ausdruck Atom zu gebrauchen; doch will ich zur Zeit keinen andern nehmen, da das, was hier als Atom bezeichnet wird, in der Experimentalchemie allenthalben diesen Namen führt.

Nach 7) ist es unmöglich, dass ein Wasserstoffatom zwei Aethertheilchen führt; dagegen bleibt noch die Frage, ob es nicht vorkommen könne, dass ein Aethertheilchen zwei Massentheilchen aufnimmt, welche sich an sich diametral entgegengesetzten Stellen des ersteren anlegen. Möglich ist dieses allerdings, allein der Fall scheint in der Natur nicht vorzukommen, sei es darum, dass die Aethertheilchen an und für sich in Ueberzahl vorhanden sind, weil der ganze allgemeine Raum mit freiem Aether erfüllt ist und dass darum nicht ein Aethertheilchen im Ueberflusse schwelgen kann, während die anderen darben, sei es aus anderen Ursachen. Ich für meinen Theil kenne wenigstens zur Zeit keinen Grund, welcher zur Annahme solcher mit zwei Massenkugeln versehener Aethertheilchen berechtigte.

Befindet sich ein Wasserstoffatom im äthererfüllten Raume in der Nähe eines andern, so werden beide auf einander eine Wirkung ausüben, und es ist dabei sicher, dass sie sich so stellen, dass für die gegebene Entfernung die Abstossungen einen kleinsten, die Anziehungen einen grössten Werth erhalten. Diese Bedingungen sind erfüllt, wenn die Atome den Nadeln eines astatischen Systems analog stehen. Die in Rechnung zu ziehenden Wirkungen sind der Aetherdruck, zweimal die Anziehung von Massen- und Aetherheilchen, je einmal die Abstossung zweier Aether- und dann zweier Massentheilchen. Der Reihe nach sind diese Wirkungen:

$$b\mu^2 R,\quad \frac{2am\mu}{R^2},\quad -\frac{b\mu^2 R}{(R^2+r^2)^{3/2}},\quad -\frac{cm^2 R}{(R^2+r^2)^{3/2}}.$$

r bedeutet, wie früher, die Entfernung der Mittelpunkte von Aether- und Massentheilchen eines Atoms, während R die Entfernung der beiden Atomaxen darstellt, beide Grössen auf die normale Aetherdistanz als Einheit bezogen. Berücksichtigt man, dass $c=\frac{a^2}{b}$ und $am=\frac{b\mu}{18,6}$, und dass für den Ruhezustand Gleichgewicht sein muss, so wird

$$18)\qquad R+\frac{2}{18,6\,R^2}=\frac{R\left(1+\frac{1}{18,6^2}\right)}{(R^2+r^2)^{3/2}}.$$

Der Werth von R, welcher dieser Gleichung entspricht, ist 0,8767, ist also kleiner, als die normale Aetherdistanz. Denkt man sich, es werde dem einen Atom die Massenkugel genommen, so erhält man, wenn R_1 die neue gleichgewichtgebende Distanz bedeutet,

$$19)\qquad R_1+\frac{1}{18,6\,R_1^2}=\frac{R_1}{(R_1^2+r^2)^{3/2}},$$

und daraus ergiebt sich $R_1=0,9028$. Gesetzt nun, es sei in irgend einem Raume eine Anzahl von Wasserstoffatomen mit Aethertheilchen untermischt, so wird sich in demselben Alles gegenseitig abstossen, wird aber durch den äussern Aetherdruck zusammengehalten. Wären es lauter Aethertheilchen, so wäre der gegebene Raum ganz einfach ein Stück des allgemeinen und die Aethertheilchen wären im Gleichgewichte, weil ihre Abstossung durch den Aetherdruck aufgehoben wird. Ersetzt man nun zwei Aethertheilchen durch Wasserstoffatome in der Stellung der kleinsten Abstossung, so stossen sich diese weniger ab, als die Aethertheilchen, deren Stelle sie vertreten, es thaten, also ziehen sie sich an, wie sich auch daraus ergiebt, dass man, wenn man in der Gleichung 19) $R_1=R$ setzt und 19) von 18) abzieht, die Differenz

$$\frac{1}{18,6\,R^2}\left(1-\frac{1}{18,6\left(1+\frac{r^2}{R^2}\right)^{3/2}}\right)$$

bekommt, welche einen positiven Werth hat, also eine Anziehung bedeutet. Der Fall ist ganz analog demjenigen, bei welchem ein diamagnetischer Körper in einer stärker diamagnetischen Flüssigkeit sich zwischen den Polen eines Elektromagnets befindet und sich dann gerade so verhält, als sei er paramagnetisch. Eine Abstossung innerhalb des äthererfüllten Raumes wirkt, wenn sie kleiner ist, als die Aetherabstossung, wie eine Anziehung. Darum ziehen sich die beiden Wasserstoffatome an und die verschiedenen Bewegungen, die schon der Wärmeoscillationen wegen vor sich gehen, geben ihnen Gelegenheit, die zwischen ihnen befindlichen freien Aethertheilchen allmälig wegzudrängen. Haben sie dann die Distanz 0,8767 erreicht, so bleiben sie stehen, und es hat sich das gebildet, was die Chemiker ein Wasserstoffdoppelatom oder Wasserstoffmolecul zu nennen pflegen.

Haben sich die Doppelatome gebildet, so ergiebt sich die weitere Frage, wie sich diese gegen einander verhalten. Zwei solche Verbindungen suchen sich nun wieder so zu stellen, dass für gleiche Entfernung die Abstossung ein Minimum, die Anziehung ein Maximum wird. Denkt man sich das eine Molecul horizontal gestellt, so ist die gewünschte Stellung dann vorhanden, wenn das zweite in der Entfernung ϱ senkrecht über oder unter dem ersten und parallel mit demselben so gestellt ist, dass immer ein Aether- und ein Massentheilchen senkrecht übereinanderstehen. Mit Einrechnung des Aetherdruckes sind im Falle des Gleichgewichts die Wirkungen:

$$b\mu^2\varrho+\frac{4\,am\,\mu}{\varrho^2}+\frac{4\,am\,\mu\varrho}{(\varrho^2+R^2+r^2)^{3/2}}$$
$$-2\,(cm^2+b\mu^2)\left(\frac{\varrho}{(\varrho^2+R^2)^{3/2}}+\frac{\varrho}{(\varrho^2+r^2)^{3/2}}\right)=0$$

Werden am und cm^2 durch $b\mu$ ausgedrückt und für R und r die Werthe 0,7686 und 0,37296 eingesetzt, so geht 20) über in

$$\text{21)}\quad \varrho^3+\frac{4}{18{,}6}\left(1+\frac{1}{\left(1+\frac{0{,}9077}{\varrho^2}\right)^{3/2}}\right)$$
$$=2\left(1+\frac{1}{18{,}6^2}\right)\left(\frac{1}{\left(1+\frac{0{,}76860}{\varrho^2}\right)^{3/2}}+\frac{1}{\left(1+\frac{0{,}13910}{\varrho^2}\right)^{3/2}}\right).$$

Aus dieser Gleichung berechnet sich der Werth $\varrho=1{,}302$.

Würde man das eine der beiden Molecule entfernen und statt desselben in die auf die Mitte des andern errichtete Senkrechte ein Aethertheilchen bringen, so wäre für den Ruhezustand die gegenseitige Wirkung

$$\text{22)}\quad \varrho_1{}^3=2\left(1-\frac{1}{18{,}6}\right)\frac{1}{\left(1+\frac{0{,}9077}{4\varrho_1{}^2}\right)^{3/2}},$$

woraus sich für ϱ_1 der Werth 1,142 ergiebt.

Man findet so, dass, wenn ein Molecul in der Entfernung 1,302 von dem andern sich in der günstigsten Stellung angesiedelt haben sollte, es von dem benachbarten Aethertheilchen weggedrängt wird. Der Fall ist hier dem früheren entgegengesetzt. Daraus folgt, dass das zweite Molecul von dem ersten abgestossen wird und diese Abstossung ist gleich der Grösse, um welche ein an der Stelle des zweiten Moleculs befindliches

Werthe von $\frac{u}{a b^2}$ für:

	$\frac{y}{b}=0,0.$	$\frac{y}{b}=0,1.$	$\frac{y}{b}=0,2.$	$\frac{y}{b}=0,3.$	$\frac{y}{b}=0,4.$	$\frac{y}{b}=0,5.$	$\frac{y}{b}=0,6.$	$\frac{y}{b}=0,7.$	$\frac{y}{b}=0,8.$	$\frac{y}{b}=0,9.$	$\frac{y}{b}=1,0.$
$\frac{z}{b}=0,0$	0,58938	0,58437	0,56922	0,54363	0,50704	0,45877	0,39759	0,32259	0,23234	0,12535	0
$\frac{z}{b}=0,1$	0,58437	0,57941	0,56440	0,53911	0,50289	0,45512	0,39452	0,32020	0,23071	0,12451	0
$\frac{z}{b}=0,2$	0,56922	0,56440	0,54992	0,52541	0,49037	0,44409	0,38522	0,31295	0,22572	0,12198	0
$\frac{z}{b}=0,3$	0,54363	0,53911	0,52541	0,50214	0,46900	0,42528	0,36936	0,30056	0,21723	0,11765	0
$\frac{z}{b}=0,4$	0,50704	0,50289	0,49037	0,46900	0,43872	0,39859	0,34672	0,28284	0,20502	0,11143	0
$\frac{z}{b}=0,5$	0,45877	0,45512	0,44409	0,42528	0,39859	0,36281	0,31630	0,25894	0,18853	0,10298	0
$\frac{z}{b}=0,6$	0,39759	0,39452	0,38522	0,36936	0,34672	0,31630	0,27718	0,22802	0,16705	0,09198	0
$\frac{z}{b}=0,7$	0,32259	0,32020	0,31295	0,30056	0,28284	0,25894	0,22802	0,18881	0,13959	0,07779	0
$\frac{z}{b}=0,8$	0,23234	0,23071	0,22572	0,21723	0,20502	0,18853	0,16705	0,13959	0,10701	0,06085	0
$\frac{z}{b}=0,9$	0,12535	0,12451	0,12198	0,11765	0,11143	0,10298	0,09198	0,07779	0,06058	0,03996	0
$\frac{z}{b}=1,0$	0	0	0	0	0	0	0	0	0	0	0

XVIII.

Ueber die Bewegung von Flüssigkeiten in Röhren.

Von

Dr. L. Graetz

in Strassburg i. E.

(Schluss.)

---

§ 5. Röhren mit quadratischem Querschnitt.

Die erste Specialisirung soll sein, dass wir einen quadratischen Querschnitt nehmen. Wir setzen also $b = c$. Dann werden die Formeln 58) und 59)

$$69)\quad u = -az^2 + ab^2 + \frac{32ab^2}{\pi^3}\sum_1^\infty \frac{(-1)^n}{(2n-1)^3}\,\frac{coh\left(\frac{2n-1}{2b}\pi y\right)}{coh\left(\frac{2n-1}{2}\pi\right)}\cos\left(\frac{2n-1}{2b}\pi z\right),$$

$$70)\quad u = -ay^2 + ab^2 + \frac{32ab^2}{\pi^3}\sum_1^\infty \frac{(-1)^n}{(2n-1)^3}\,\frac{coh\left(\frac{2n-1}{2b}\pi z\right)}{coh\left(\frac{2n-1}{2}\pi\right)}\cos\left(\frac{2n-1}{2b}\pi y\right).$$

Die analytischen Beziehungen, die sich durch Gleichsetzung dieser Ausdrücke ergeben, wollen wir nicht verfolgen. Am Rande ist u natürlich gleich Null und in der Axe der Röhre ist die Geschwindigkeit

$$71)\qquad u = ab^2 + \frac{64ab^2}{\pi^3}\sum_1^\infty \frac{(-1)^n}{(2n-1)^3}\,\frac{1}{coh\left(\frac{2n-1}{2}\pi\right)}.$$

Um eine nähere Vorstellung von dem Verlauf der Function u zu gewinnen, habe ich für einen Quadranten die Werthe von $\frac{u}{ab^2}$ ausgerechnet, indem ich $\frac{y}{b}$ und $\frac{z}{b}$ von Zehnteln zu Zehnteln fortschreiten liess. Für fünfstellige Logarithmen genügt es, zuerst drei Glieder der Reihe 69) oder 70) zu nehmen, dann fortschreitend bis zu sieben Gliedern. Selbstverständlich sind die Werthe von u an entsprechenden Stellen auf beiden Seiten der Diagonale einander gleich. Die Werthe von $\frac{u}{ab^2}$ sind in umstehender Tabelle enthalten.

Werthe von $\frac{u}{ab^2}$ für:

	$\frac{y}{b}=0,0.$	$\frac{y}{b}=0,1.$	$\frac{y}{b}=0,2.$	$\frac{y}{b}=0,3.$	$\frac{y}{b}=0,4.$	$\frac{y}{b}=0,5.$	$\frac{y}{b}=0,6.$	$\frac{y}{b}=0,7.$	$\frac{y}{b}=0,8.$	$\frac{y}{b}=0,9.$	$\frac{y}{b}=1,0.$
$\frac{z}{b}=0,0$	0,58938	0,58437	0,56922	0,54363	0,50704	0,45877	0,39759	0,32259	0,23234	0,12535	0
$\frac{z}{b}=0,1$	0,58437	0,57941	0,56440	0,53911	0,50289	0,45512	0,39452	0,32020	0,23071	0,12451	0
$\frac{z}{b}=0,2$	0,56922	0,56440	0,54992	0,52541	0,49037	0,44409	0,38522	0,31295	0,22572	0,12198	0
$\frac{z}{b}=0,3$	0,54363	0,53911	0,52541	0,50214	0,46900	0,42528	0,36936	0,30056	0,21723	0,11765	0
$\frac{z}{b}=0,4$	0,50704	0,50289	0,49037	0,46900	0,43872	0,39859	0,34672	0,28284	0,20502	0,11143	0
$\frac{z}{b}=0,5$	0,45877	0,45512	0,44409	0,42528	0,39859	0,36281	0,31630	0,25894	0,18853	0,10298	0
$\frac{z}{b}=0,6$	0,39759	0,39452	0,38522	0,36936	0,34672	0,31630	0,27718	0,22802	0,16705	0,09198	0
$\frac{z}{b}=0,7$	0,32259	0,32020	0,31295	0,30056	0,28284	0,25894	0,22802	0,18881	0,13959	0,07779	0
$\frac{z}{b}=0,8$	0,23234	0,23071	0,22572	0,21723	0,20502	0,18853	0,16705	0,13959	0,10701	0,06085	0
$\frac{z}{b}=0,9$	0,12535	0,12451	0,12198	0,11765	0,11143	0,10298	0,09198	0,07779	0,06088	0,03996	0
$\frac{z}{b}=1,0$	0	0	0	0	0	0	0	0	0	0	0

Da sowohl $coh\left(\frac{2n-1}{2}\pi\frac{y}{b}\right)$ als $cos\left(\frac{2n-1}{2}\pi\frac{z}{b}\right)$ ihr Vorzeichen nicht ändern, wenn aus $\frac{y}{b}$ und $\frac{z}{b}$ wird $-\frac{y}{b}$ und $-\frac{z}{b}$, so kehren dieselben Werthe von $\frac{u}{ab^2}$ in allen vier Quadranten wieder, wie es sein muss.

Diejenigen Theilchen, welche in einem Zeitmoment in einem Querschnitte der Röhre liegen, liegen nach der Zeiteinheit auf der Fläche

72)
$$u = -\frac{a}{2}(y^2+z^2) + ab^2 + \frac{16ab^2}{\pi^3}\sum_1^\infty \frac{(-1)^n}{(2n-1)^3 coh\left(\frac{2n-1}{2}\pi\right)}$$
$$\times\left[coh\left(\frac{2n-1}{2}\pi\frac{y}{b}\right)cos\left(\frac{2n-1}{2}\pi\frac{z}{b}\right) + coh\left(\frac{2n-1}{2}\pi\frac{z}{b}\right)cos\left(\frac{2n-1}{2}\pi\frac{y}{b}\right)\right].$$

Der Charakter dieser Fläche ist ein parabolischer. Ihr Schnitt mit der uy-Ebene hat die Gleichung

$$u = -\frac{a}{2}y^2 + ab^2 + \frac{16ab^2}{\pi^3}\sum_1^\infty \frac{(-1)^n}{(2n-1)^3 coh\left(\frac{2n-1}{2}\pi\right)}$$
$$\times\left(coh\left(\frac{2n-1}{2}\pi\frac{y}{b}\right) + cos\left(\frac{2n-1}{2}\pi\frac{y}{b}\right)\right).$$

Andere Formen dieser Gleichung geben die Gleichungen 69), 70). Man kann hieraus die Grenzlinie des Schnittes leicht zeichnen.

Von grösserem Interesse sind die Drehungen der Theilchen. Es ist

$\xi = 0$,

73)
$$\eta = -az - \frac{8ab}{\pi^2}\sum_1^\infty \frac{(-1)^n}{(2n-1)^2}\frac{coh\left(\frac{2n-1}{2}\pi\frac{y}{b}\right)}{coh\left(\frac{2n-1}{2}\pi\right)} sin\left(\frac{2n-1}{2}\pi\frac{z}{b}\right)$$
$$= \frac{8ab}{\pi^2}\sum_1^\infty \frac{(-1)^n}{(2n-1)^2}\frac{sih\left(\frac{2n-1}{2}\pi\frac{z}{b}\right)}{coh\left(\frac{2n-1}{2}\pi\right)} cos\left(\frac{2n-1}{2}\pi\frac{y}{b}\right),$$

74)
$$\zeta = -\frac{8ab}{\pi^2}\sum_1^\infty \frac{(-1)^n}{(2n-1)^2}\frac{sih\left(\frac{2n-1}{2}\pi\frac{y}{b}\right)}{coh\left(\frac{2n-1}{2}\pi\right)} cos\left(\frac{2n-1}{2}\pi\frac{z}{b}\right)$$
$$= ay + \frac{8ab}{\pi^2}\sum_1^\infty \frac{(-1)^n}{(2n-1)^2}\frac{coh\left(\frac{2n-1}{2}\pi\frac{z}{b}\right)}{coh\left(\frac{2n-1}{2}\pi\right)} sin\left(\frac{2n-1}{2}\pi\frac{z}{b}\right).$$

Die Theilchen in der Axe haben also gar keine wirbelnde Bewegung.

Für die Theilchen auf der y-Axe, also für $z=0$, ist $\eta=0$, während

$$\zeta = -\frac{8ab}{\pi^2}\sum_1^\infty \frac{(-1)^n}{(2n-1)^2}\,\frac{sih\left(\frac{2n-1}{2}\pi\frac{y}{b}\right)}{coh\left(\frac{2n-1}{2}\pi\right)}$$

$$= ay + \frac{8ab}{\pi^2}\sum_1^\infty \frac{(-1)^n}{(2n-1)^2}\,\frac{sin\left(\frac{2n-1}{2}\pi\frac{z}{b}\right)}{coh\left(\frac{2n-1}{2}\pi\right)}$$

ist. Die Drehungsaxe ist also für diese Theilchen die z-Axe. Ebenso ist für die Theilchen auf der z-Axe $\zeta=0$ und die y-Axe die Drehungsaxe.

Für die Ränder des Quadrats, also z. B. für $z=b$, sind die Componenten der Drehungsgeschwindigkeit

75)
$$\eta = -ab + \frac{8ab}{\pi^2}\sum_1^\infty \frac{1}{(2n-1)^2}\,\frac{coh\frac{2n-1}{2}\pi\frac{y}{b}}{coh\left(\frac{2n-1}{2}\pi\right)}$$

$$= \frac{8ab}{\pi^2}\sum_1^\infty \frac{(-1)^n}{(2n-1)^2}\,tah\left(\frac{2n-1}{2}\pi\right)cos\left(\frac{2n-1}{2}\pi\frac{y}{b}\right),$$

$$\zeta = 0.$$

Entsprechende Ausdrücke gelten für die anderen Seiten der Röhre.

Für $\frac{y}{b}=1$, also am Endpunkte der Diagonale, in einer Ecke des Quadrats, welche einer Kante der Röhre entspricht, ist der zweite Ausdruck rechts gleich Null. Denselben Werth ergiebt aber auch der erste Ausdruck, da $\sum_1^\infty \frac{1}{(2n-1)^2} = \frac{\pi^2}{8}$ ist. Wir haben also das Resultat: In den Kanten der Röhre ist die Wirbelbewegung Null.

Dagegen wird für den Endpunkt der z-Axe, also für $\frac{y}{b}=0$, der Ausdruck 75)

$$\eta = -ab + \frac{8ab}{\pi^2}\sum_1^\infty \frac{1}{(2n-1)^2}\,\frac{1}{coh\left(\frac{2n-1}{2}\pi\right)}$$

$$= \frac{8ab}{\pi^2}\sum_1^\infty \frac{(-1)^n}{(2n-1)^2}\,tah\left(\frac{2n-1}{2}\pi\right).$$

Wir können aus der Gleichung 75) beweisen, dass dies der grösste Werth ist, den die Wirbelbewegung am Rande haben kann. Die Maximal- oder Minimalwerthe von η erhalten wir aus 75) durch

$$\frac{\partial\eta}{\partial y}=0, \quad \text{d. h.} \quad -\frac{4a}{\pi}\sum_1^\infty \frac{(-1)^n}{2n-1}\,tah\left(\frac{2n-1}{2}\pi\right)sin\left(\frac{2n-1}{2}\pi\frac{y}{b}\right)=0,$$

d. h. wenn $\frac{y}{b}=2m$ ist, wo m eine ganze Zahl ist. Da $\frac{y}{b}$ aber höchstens $=1$ ist, so ergiebt sich ein Maximum oder Minimum für $\frac{y}{b}=0$. Die Betrachtung der zweiten Differentialquotienten

$$\frac{\partial^2 \eta}{\partial y^2} = -2\sum_1^{\infty}(-1)^n \, tah\left(\frac{2n-1}{2}\pi\right) cos\left(\frac{2n-1}{2}\pi\frac{y}{b}\right)$$

zeigt, dass dieser für $\frac{y}{b}=0$ negativ wird, also an der Stelle $\frac{y}{b}=0$ die Wirbelbewegung am Rande ein Maximum hat.

Da der Verlauf der Werthe von η und ζ unübersichtlich ist, habe ich umstehend ihre Werthe für den ersten Quadranten berechnet, indem ich $\frac{y}{b}$ und $\frac{z}{b}$ nach Zehnteln fortschreiten liess.

S. 380 ist η in dem ganzen Quadranten negativ. Dem absoluten Werthe nach ist η am grössten im Punkte $\frac{y}{b}=0$, $\frac{z}{b}=1$. Für die Linie $\frac{z}{b}=0$, also für die y-Axe, sowie für den Rand $\frac{y}{b}=1$ ist es gleich Null.

Die Werthe von ζ S. 381 sind in diesem Quadranten alle positiv und es hat ζ seinen grössten Werth im Punkte $z=0$, $y=b$, während ζ für $y=0$, also für die z-Axe, und für $z=b$, also für den Rand, der parallel der y-Axe läuft, gleich Null ist. Man erkennt schon hier, dass an den Kanten der Röhre, also bei den Coordinaten $y=b$, $z=b$, die Drehungsgeschwindigkeit gleich Null ist, wie oben bewiesen wurde. Zur deutlicheren Einsicht in den Verlauf der Drehungsgeschwindigkeit selbst habe ich ihre Werthe für diesen Quadranten berechnet (S. 382). Es ist $\varphi = +\sqrt{\eta^2+\zeta^2}$. Der Verlauf dieser Werthe ist ziemlich eigenthümlich. Während in den ersten Horizontalreihen und ebenso in den ersten Verticalreihen die Werthe zunehmen, die Curve also eine steigende ist, ist der Verlauf der Function in den letzten Horizontal- und Verticalreihen gerade entgegengesetzt, in diesen ist die Function eine fallende. In den mittleren Reihen hat entsprechend die Function erst eine steigende, dann eine fallende Richtung. Die Fläche, welche die Werthe von $\frac{\varphi}{ab}$ darstellt, hat die Gestalt eines ringförmigen Wulstes. Ich habe in den Figuren 1—11 auf Taf. VI die Durchschnittscurven dieser Fläche mit den Ebenen gezeichnet, die den verschiedenen Werthen von $\frac{z}{b}$ entsprechen.

Werthe von $\frac{\eta}{a\,b}$ für:

	$\frac{y}{b}=0,0.$	$\frac{y}{b}=0,1.$	$\frac{y}{b}=0,2.$	$\frac{y}{b}=0,3.$	$\frac{y}{b}=0,4.$	$\frac{y}{b}=0,5.$	$\frac{y}{b}=0,6.$	$\frac{y}{b}=0,7.$	$\frac{y}{b}=0,8.$	$\frac{y}{b}=0,9.$	$\frac{y}{b}=1,0.$
$\frac{z}{b}=0,0$	0	0	0	0	0	0	0	0	0	0	0
$\frac{z}{b}=0,1$	−0,05018	−0,04964	−0,04784	−0,04524	−0,04142	−0,03657	−0,03069	−0,02349	−0,01306	−0,00381	0
$\frac{z}{b}=0,2$	−0,10147	−0,10037	0,09680	−0,09156	−0,08393	−0,07413	−0,06231	−0,04857	−0,02750	−0,00532	0
$\frac{z}{b}=0,3$	0,15493	−0,15316	−0,14802	−0,14007	−0,12896	−0,11377	−0,09580	−0,07491	−0,04442	−0,00883	0
$\frac{z}{b}=0,4$	−0,21165	−0,20932	−0,20263	−0,19190	−0,17657	−0,15660	−0,13224	−0,10871	−0,06440	−0,01497	0
$\frac{z}{b}=0,5$	0,27273	0,26985	−0,26170	−0,24821	−0,22863	−0,20391	−0,17293	−0,13617	−0,08897	−0,02264	0
$\frac{z}{b}=0,6$	−0,33919	0,33601	0,32634	−0,31011	−0,28664	−0,25713	−0,21941	−0,17401	−0,11905	−0,04051	0
$\frac{z}{b}=0,7$	−0,41191	0,40835	−0,39819	−0,38011	−0,35452	−0,32060	−0,27794	−0,22618	−0,16460	−0,09881	0
$\frac{z}{b}=0,8$	−0,49182	−0,48791	0,17624	−0,45580	−0,42690	−0,38803	−0,33800	−0,27518	−0,20185	−0,12353	0
$\frac{z}{b}=0,9$	0,57948	0,57537	0,56315	−0,54146	−0,51079	−0,46924	−0,41513	−0,34582	−0,26405	−0,15547	0
$\frac{z}{b}=1,0$	0,67531	−0,67114	−0,65872	−0,63661	−0,60533	−0,56280	−0,50721	−0,43546	−0,34952	−0,20189	0

Werthe von $\frac{\zeta}{a b}$ für:

	$\frac{y}{b}=0,0.$	$\frac{y}{b}=0,1.$	$\frac{y}{b}=0,2.$	$\frac{y}{b}=0,3.$	$\frac{y}{b}=0,4.$	$\frac{y}{b}=0,5.$	$\frac{y}{b}=0,6.$	$\frac{y}{b}=0,7.$	$\frac{y}{b}=0,8.$	$\frac{y}{b}=0,9.$	$\frac{y}{b}=1,0.$
$\frac{z}{b}=0,0$	0	0,05018	0,10147	0,15493	0,21165	0,27273	0,33919	0,41194	0,49182	0,57948	0,67531
$\frac{z}{b}=0,1$	0	0,04964	0,10037	0,15316	0,20932	0,26985	0,33601	0,40835	0,48791	0,57537	0,67144
$\frac{z}{b}=0,2$	0	0,04784	0,09680	0,14802	0,20263	0,26170	0,32634	0,39819	0,47624	0,56315	0,65872
$\frac{z}{b}=0,3$	0	0,04524	0,09165	0,14007	0,19190	0,24821	0,31011	0,38011	0,45580	0,54146	0,63661
$\frac{z}{b}=0,4$	0	0,04142	0,08393	0,12896	0,17657	0,22863	0,28664	0,35452	0,42690	0,51079	0,60533
$\frac{z}{b}=0,5$	0	0,03657	0,07413	0,11377	0,15660	0,20391	0,25713	0,32060	0,38803	0,46924	0,56280
$\frac{z}{b}=0,6$	0	0,03069	0,06231	0,09580	0,13224	0,17293	0,21941	0,27794	0,33800	0,41513	0,50721
$\frac{z}{b}=0,7$	0	0,02349	0,04857	0,07491	0,10371	0,13617	0,17401	0,22618	0,27518	0,34582	0,43546
$\frac{z}{b}=0,8$	0	0,01306	0,02750	0,04442	0,06440	0,08897	0,11905	0,16460	0,20185	0,26405	0,34952
$\frac{z}{b}=0,9$	0	0,00381	0,00532	0,00883	0,01497	0,02264	0,04051	0,09881	0,12353	0,15547	0,20180
$\frac{z}{b}=1,0$	0	0	0	0	0	0	0	0	0	0	0

Werthe von $\frac{\varphi}{ab}$ für:

	$\frac{y}{b}=0{,}0.$	$\frac{y}{b}=0{,}1.$	$\frac{y}{b}=0{,}2.$	$\frac{y}{b}=0{,}3.$	$\frac{y}{b}=0{,}4.$	$\frac{y}{b}=0{,}5.$	$\frac{y}{b}=0{,}6.$	$\frac{y}{b}=0{,}7.$	$\frac{y}{b}=0{,}8.$	$\frac{y}{b}=0{,}9.$	$\frac{y}{b}=1{,}0.$
$\frac{z}{b}=0{,}0$	0	0,05018	0,10147	0,15493	0,21165	0,27273	0,33919	0,41194	0,49182	0,57948	0,67531
$\frac{z}{b}=0{,}1$	0,05018	0,07014	0,11117	0,15972	0,21338	0,27232	0,33741	0,40903	0,48810	0,57539	0,67114
$\frac{z}{b}=0{,}2$	0,10147	0,11117	0,13472	0,17404	0,21932	0,27201	0,33301	0,40114	0,47703	0,56318	0,65872
$\frac{z}{b}=0{,}3$	0,15493	0,15972	0,17404	0,19809	0,23119	0,27304	0,32457	0,38743	0,45795	0,54154	0,63661
$\frac{z}{b}=0{,}4$	0,21165	0,21338	0,21932	0,23119	0,24972	0,27411	0,31568	0,36938	0,43174	0,51099	0,60533
$\frac{z}{b}=0{,}5$	0,27273	0,27232	0,27201	0,27304	0,27411	0,28838	0,30986	0,34831	0,39811	0,46978	0,56280
$\frac{z}{b}=0{,}6$	0,33919	0,33741	0,33301	0,32457	0,31568	0,30986	0,31026	0,32790	0,35836	0,41709	0,50721
$\frac{z}{b}=0{,}7$	0,41194	0,40903	0,40114	0,38743	0,36938	0,34831	0,32790	0,31988	0,32066	0,35965	0,43546
$\frac{z}{b}=0{,}8$	0,49182	0,48810	0,47703	0,45795	0,43174	0,39811	0,35836	0,32066	0,28544	0,29152	0,34952
$\frac{z}{b}=0{,}9$	0,57918	0,57539	0,56318	0,54154	0,51099	0,46978	0,41709	0,35965	0,29152	0,21987	0,20189
$\frac{z}{b}=1{,}0$	0,67531	0,67114	0,65872	0,63661	0,60533	0,56280	0,50721	0,43546	0,34952	0,20189	0

Wir haben nun noch die Ausflussmenge zu berechnen. Es ist

$$Q=\int\limits_{-b}^{+b}\int\limits_{-b}^{+b} dy\,dz\left[ab^2-\frac{a}{2}(y^2+z^2)+\frac{16ab^2}{\pi^3}\sum_1^\infty\frac{(-1)^n}{(2n-1)^3\,coh\left(\frac{2n-1}{2}\pi\right)}\right.$$

$$\left.\times\left(coh\left(\frac{2n-1}{2b}\pi y\right)cos\left(\frac{2n-1}{2b}\pi z\right)+coh\left(\frac{2n-1}{2b}\pi z\right)cos\left(\frac{2n-1}{2b}\pi y\right)\right)\right],$$

also

76) $$Q=\tfrac{8}{3}ab^4-\frac{512ab^4}{\pi^5}\sum_1^\infty\frac{1}{(2n-1)^5}\,tah\left(\frac{2n-1}{2}\pi\right).$$

Die unendliche Reihe convergirt ausserordentlich rasch, so dass es genügt, vier Glieder zu berechnen. Es findet sich dann

77) $$Q=1{,}124617\,ab^4.$$

Die Ausflussmenge ist also proportional der vierten Potenz der Quadratseite.

Um die Ausflussmenge bei einer quadratischen Röhre mit der bei einer kreisförmigen vergleichen zu können, müssen wir sie durch die Fläche ausdrücken. Es ist $F=4b^2$, also

78) $$Q=0{,}070288\,aF^2.$$

Bei einer kreisförmigen Röhre war [21)]

$$Q=\frac{1}{4\pi}aF^2=0{,}079577\,aF^2.$$

Der reducirte Ausflusscoefficient ist also bei einer quadratischen Röhre etwas kleiner, als bei einer kreisförmigen, was wohl auf den Einfluss der scharfen Kanten zurückzuführen ist.

§ 6. Rechteckige Röhren, deren Querschnitt lang gestreckt ist.

Wir nehmen als zweiten speciellen Fall, dass der Querschnitt sehr lang gestreckt ist, dass etwa $2b$ sehr gross gegen $2c$ ist. Wir hatten für u die beiden Werthe [Formel 58) S. 331]

79) $$u=-az^2+ac^2+\frac{32ac^2}{\pi^3}\sum_1^\infty\frac{(-1)^n}{(2n-1)^3}\,\frac{e^{\frac{2n-1}{2}\pi\frac{y}{c}}+e^{-\frac{2n-1}{2}\pi\frac{y}{c}}}{e^{\frac{2n-1}{2}\pi\frac{b}{c}}+e^{-\frac{2n-1}{2c}\pi\frac{b}{c}}}\,cos\left(\frac{2n-1}{2}\pi\frac{z}{c}\right),$$

80) $$u=-ay^2+ab^2+\frac{32ab^2}{\pi^3}\sum_1^\infty\frac{(-1)^n}{(2n-1)^3}\,\frac{e^{\frac{2n-1}{2}\pi\frac{z}{b}}+e^{-\frac{2n-1}{2}\pi\frac{z}{b}}}{e^{\frac{2n-1}{2}\pi\frac{c}{b}}+e^{-\frac{2n-1}{2}\pi\frac{c}{b}}}\,cos\left(\frac{2n-1}{2}\pi\frac{y}{b}\right),$$

Es ist nun

$$e^{\frac{2n-1}{2}\pi\frac{z}{b}} = 1 + \frac{2n-1}{2}\pi\frac{z}{b} + \frac{1}{1.2}(2n-1)^2\left(\frac{\pi}{2}\right)^2\frac{z^2}{b^2} + \cdots,$$

$$e^{-\frac{2n-1}{2}\pi\frac{z}{b}} = 1 - \frac{2n-1}{2}\pi\frac{z}{b} + \frac{1}{1.2}(2n-1)^2\left(\frac{\pi}{2}\right)^2\frac{z^2}{b^2} \mp \cdots$$

Da nun $\frac{z}{b}$ und ebenso $\frac{c}{b}$ sehr klein sind, so brauchen wir blos bis zu den quadratischen Gliedern zu gehen. Wir erhalten also

$$e^{\frac{2n-1}{2}\pi\frac{z}{b}} + e^{-\frac{2n-1}{2}\pi\frac{z}{b}} = 2 + (2n-1)^2\left(\frac{\pi}{2}\right)^2\frac{z^2}{b^2},$$

$$e^{\frac{2n-1}{2}\pi\frac{c}{b}} + e^{-\frac{2n-1}{2}\pi\frac{c}{b}} = 2 + (2n-1)^2\left(\frac{\pi}{2}\right)^2\frac{c^2}{b^2}.$$

Es wird also die Formel 80)

$$81)\quad u = -ay^2 + ab^2 + \frac{32ab^2}{\pi^3}\sum_1^\infty \frac{(-1)^n}{(2n-1)^3}\,\frac{1+\frac{1}{8}(2n-1)^2\pi^2\frac{z^2}{b^2}}{1+\frac{1}{8}(2n-1)^2\pi^2\frac{c^2}{b^2}}\cos\left(\frac{2n-1}{2}\pi\frac{y}{b}\right).$$

Da nun $\frac{1}{1+\alpha} = 1-\alpha$ ist, falls α sehr klein ist, so können wir dafür auch schreiben, wenn wir höhere als quadratische Glieder vernachlässigen,

$$82)\quad \begin{aligned} u = -ay^2 + ab^2 + \frac{32ab^2}{\pi^3}\sum_1^\infty \frac{(-1)^n}{(2n-1)^3}\cos\left(\frac{2n-1}{2}\pi\frac{y}{b}\right) \\ + \frac{4a(z^2-c^2)}{\pi}\sum_1^\infty \frac{(-1)^n}{2n-1}\cos\left(\frac{2n-1}{2}\pi\frac{y}{b}\right). \end{aligned}$$

Nun ist aber nach Formel 53) und 55) (S. 330)

$$83)\quad \frac{32ab^2}{\pi^3}\sum_1^\infty \frac{(-1)^n}{(2n-1)^3}\cos\left(\frac{2n-1}{2}\pi\frac{y}{b}\right) = ay^2 - ab^2.$$

Daraus folgt

$$84)\quad u = \frac{4a(c^2-z^2)}{\pi}\sum_1^\infty \frac{(-1)^{n+1}}{2n-1}\cos\left(\frac{2n-1}{2}\pi\frac{y}{b}\right).$$

Ferner ist, wie man leicht verificirt,

$$\sum_1^\infty \frac{(-1)^{n+1}}{2n-1}\cos\left(\frac{2n-1}{2}\pi\frac{y}{b}\right) = \frac{\pi}{4} \text{ für } 0<y<b,$$
$$= 0 \text{ für } y=b.$$

Mithin ist

$$85)\quad \begin{aligned} u &= a(c^2-z^2) \text{ in der ganzen Röhre,} \\ u &= 0 \text{ am Rande.} \end{aligned}$$

Es ist also u blos abhängig von c, ganz unabhängig von b.

Aus 85) folgt für die Componenten der Wirbelbewegung

$$\eta = az, \quad \zeta = 0.$$

Die Wirbelbewegung geht also in der ganzen Röhre um die y-Axe. In der Axe der Röhre ist sie gleich Null.

Für den Rand $y=b$ ist

86) $$\eta=0, \quad \zeta=0.$$

Für den Rand $z=c$ ist

87) $$\eta=ac, \quad \zeta=0.$$

Mithin ist die Wirbelbewegung auch am ganzen Rande $y=b$ gleich Null, während sie am ganzen Rande $z=c$ den Werth hat $\varphi=ac$. Da ac zugleich der grösste Werth ist, den φ in der ganzen Röhre annehmen kann, so ist also φ wieder am grössten an demjenigen Rande, welcher dem Mittelpunkte am nächsten liegt. [Formel 84) darf man hier nicht anwenden, da die Differenzirung nach y nicht erlaubt ist.]

Wir berechnen noch die Ausflussmenge aus Formel 84). Es ist

88) $$\begin{aligned} Q &= \frac{4a}{\pi}\int\limits_{-b}^{+b}\int\limits_{-c}^{+c} z^2 \sum_1^\infty \frac{(-1)^n}{2n-1}\cos\left(\frac{2n-1}{2}\pi\frac{y}{b}\right)dy\,dz \\ &- \frac{4ac^2}{\pi}\int\limits_{-b}^{+b}\int\limits_{-c}^{+c} \sum_1^\infty \frac{(-1)^n}{2n-1}\cos\left(\frac{2n-1}{2}\pi\frac{y}{b}\right)dy\,dz \end{aligned}$$

also $Q=\frac{64}{3\pi^2}abc^3\sum_1^\infty\frac{1}{(2n-1)^2}$ oder, da $\sum_1^\infty\frac{1}{(2n-1)^2}=\frac{\pi^2}{8}$ ist,

89) $$Q=\tfrac{8}{3}abc^3.$$

Die Ausflussmenge ist also proportional der grösseren Seite und der dritten Potenz der kleineren Seite.

Wir wollen den Ausdruck 89) mit dem bei einer langgestreckten Ellipse vergleichen.

Wenn wir in dem Ausdrucke 33) rechts Zähler und Nenner durch b^2 dividiren und $\left(\frac{c}{b}\right)^2$ gegen 1 vernachlässigen, so ist

90) $$Q_1=\frac{\pi}{2}abc^3.$$

Wenn wir beide Ausdrücke 89) und 90) durch die Quadrate der resp. Flächen, also durch $16b^2c^2$ und $\pi^2b^2c^2$ dividiren, so kommt

$$\frac{Q}{16b^2c^2}=\tfrac{1}{6}a\frac{c}{b}=0{,}16667\,a\frac{c}{b} \quad\text{und}\quad \frac{Q_1}{\pi^2b^2c^2}=\frac{1}{2\pi}a\frac{c}{b}=0{,}159155\,a\frac{c}{b}.$$

Die Ausflussmenge bei einer langgestreckten rechteckigen Röhre ist also, abgesehen von der Grösse der Oeffnung, etwas grösser, als bei einer langgestreckten elliptischen. Das Verhältniss ist also umgekehrt, wie bei einer quadratischen und kreisförmigen Röhre. Es muss mithin zwischen diesen beiden Verhältnissen der Seiten eines liegen, bei dem die reducirte Ausflussmenge oder der Ausflusscoefficient beim Rechteck und der Ellipse denselben Werth hat. Setzen wir $b = \lambda c$, so haben wir, wenn wir den Ausdruck 63) durch $16\lambda^2 c^4$ und den Ausdruck 33) durch $\pi^2\lambda^2 c^4$ dividiren, zur Bestimmung von λ die Gleichung

$$\frac{\lambda}{2\pi(1+\lambda^2)} = \frac{1}{6\lambda} - \frac{32}{\pi^5\lambda^2}\sum_1^\infty \frac{1}{(2n-1)^5}\, tah\left(\frac{2n-1}{2}\pi\lambda\right)$$

oder

91) $$\frac{\pi^4\lambda}{192}\cdot\frac{\pi+\lambda^2(\pi-3)}{(1+\lambda^2)} - \sum_1^\infty \frac{1}{(2n-1)^5}\, tah\left(\frac{2n-1}{2}\pi\lambda\right) = 0.$$

Es muss λ zwischen 1 und ∞ liegen. Durch eine Annäherungsrechnung ergiebt sich, dass die reelle Wurzel dieser Gleichung ungefähr ist

$$\lambda = 12{,}2.$$

Also bei einem Axenverhältnisse $\lambda = 12{,}2$ ist der Ausflusscoefficient bei einer rechteckigen und bei einer elliptischen Röhre derselbe.

§ 7. Anwendung der Differentialgleichung auf Röhren von anderen Querschnitten.

Die Differentialgleichung der Flüssigkeitsbewegung in Röhren mit ihrer Grenzbedingung für den Fall einer benetzenden Flüssigkeit erlaubt die vollständige Integration nicht nur in den bisher behandelten Fällen, in denen der Querschnitt ein Kreis, eine Ellipse oder ein Rechteck ist, sondern noch bei einer unendlichen Zahl von anderen Querschnitten. In der That waren ja die Differentialgleichungen für den Fall, dass $\lambda = \infty$ ist, folgende:

92) $$\frac{\partial^2\varphi}{\partial y^2} + \frac{\partial^2\varphi}{\partial z^2} = 0$$

und

93) $$\varphi - \frac{a}{2}(y^2+z^2) = 0 \text{ für die Grenze.}$$

Es lassen sich nun unendlich viele Formen, sowohl algebraische, als transcendente angeben, welche der Differentialgleichung 92) genügen. Alle diese Ausdrücke können selbstverständlich eine additive Constante enthalten. Es sei φ irgend eine Function, algebraisch oder transcendent, welche der Gleichung 92) genügt und welche eine willkürliche additive Constante enthalte. Ihr Werth ohne diese Constante sei ψ, so dass $\varphi = \psi + const$ ist. Tragen wir diesen Werth in 93) ein, so muss an der *Grenze sein*

$$\psi - \frac{a}{2}(y^2+z^2) = const.$$

Construiren wir also die Curven, für welche $\psi - \frac{a}{2}(y^2+z^2) = const$ ist, wobei wir der Constante noch beliebige Werthe beilegen können, so ist das Strömungsproblem für diese gelöst. Für diese Querschnitte ergiebt sich nämlich $u = \psi + const - \frac{a}{2}(y^2+z^2)$.

Es kommt also zuerst darauf an, solche Functionen von y und z zu bilden, welche der Gleichung 92) genügen. Die allgemeinste transcendente Form, welche φ annehmen kann, ist

95) $$\left\{\begin{array}{l} \varphi = \Sigma e^{my}(A_m \cos mz + A'_m \sin mz) \\ \text{oder} \\ \varphi = \Sigma e^{mz}(B_m \cos my + B'_m \sin mz). \end{array}\right.$$

Von dieser Form wird die Lösung des Problems sein, falls der Querschnitt die Gleichung hat

95) $$\left\{\begin{array}{l} -\frac{a}{2}(y^2+z^2) + \Sigma e^{my}(A_m \cos mz + A'_m \sin mz) = const \\ \text{oder} \\ -\frac{a}{2}(y^2+z^2) + \Sigma e^{mz}(B_m \cos my + B'_m \sin my) = const. \end{array}\right.$$

Algebraische Ausdrücke, welche der Gleichung 92) genügen, giebt es von jedem Grade. Die allgemeinste Form für φ ist folgende:

96) $$\begin{aligned} \varphi = a_0 &+ a_1 y + a'_1 z + a_2(y^2 - z^2) + a'_2 yz \\ &+ a_3(y^3 - 3yz^2) + a'_3(3y^2 z - z^3) \\ &+ a_4(y^4 - 6y^2z^2 + z^4) + a'_4(4y^3 z - 4yz^3) \\ &+ a_5(y^5 - 10y^3z^2 + 5yz^4) + a'_5(5y^4 z - 10y^2z^3 + z^5) \\ &+ a_6(y^6 - 15y^4z^2 + 15y^2z^4 - z^6) + a'_6(6y^5 z - 20y^3z^3 + 6yz^5) \\ &+ a_7(y^7 - 21y^5z^2 + 35y^3z^4 - 7yz^6) \\ &+ a'_7(7y^6 z - 35y^4z^3 + 21y^2z^5 - z^7) + \ldots \end{aligned}$$

Sowohl der ganze Ausdruck für φ, als jeder einzelne in Klammern stehende Term genügt der Differentialgleichung 92).

Endlich hat die Gleichung $\frac{\partial^2\varphi}{\partial y^2} + \frac{\partial^2\varphi}{\partial z^2} = 0$ bekanntlich die Lösung

97) $$\varphi = \psi(y+zi) + \chi(y-zi),$$

wo ψ und χ ganz beliebige Functionen sind. Die Ausdrücke 94) und 96) sind specielle Fälle des Ausdrucks 97).

Wenn man auf die oben angegebene Weise aus allen diesen Ausdrücken die Gleichungen der Grenzlinie eines Querschnitts bildet, so hat man für diesen Querschnitt das Strömungsproblem vollständig gelöst, da sich alle physikalisch wichtigen Grössen aus der Kenntniss des Werthes von u ergeben.

Es hat unsere Aufgabe, wie sie jetzt definirt ist, grosse Aehnlichkeit mit dem Problem der Torsion fester Prismen, wie es von St. Vénant* behandelt ist. Auch bei ihm tritt die Differentialgleichung $\frac{\partial^2 u}{\partial y^2}+\frac{\partial^2 u}{\partial z^2}=0$ auf und auch bei ihm ist an der Grenze die Bedingung $\varphi-\vartheta(y^2+z^2)=const$ zu erfüllen und das Torsionsproblem ist für alle Querschnitte lösbar, deren Gleichung $\varphi-\vartheta(y^2+z^2)=const$ ist. St. Vénant hat sich in seiner Arbeit nur auf algebraische Functionen beschränkt und aus den Ausdrücken 96) einige Werthe entnommen, durch welche er auf geschlossene Curven geführt wurde. Es sind diese: das gleichseitige Dreieck, krummlinige Vierecke von bestimmter Form und endlich ein Stern mit vier abgerundeten Ecken. Es lassen sich selbstverständlich noch viele solche geschlossene Querschnitte finden; wir wollen uns aber, da die Gleichungen dieser Grenzcurven einmal berechnet sind, auch auf sie beschränken und unser Problem für diese Fälle behandeln. Es werden sich interessante Resultate namentlich über die Wirbelbewegungen in solchen Röhren ergeben.

§ 8. Röhren mit dreieckigem Querschnitt.

Wir nehmen zuerst für φ einen Ausdruck dritten Grades mit einer additiven Constante an, nämlich

98) $$\varphi=\alpha(y^3-3yz^2)+\gamma.$$

Es wird dann die Gleichung des Querschnitts, für welche diese Form gilt,

$$y^2+z^2-\frac{2\alpha}{a}(y^3-3yz^2)=\frac{2\gamma}{a}.$$

Wir können γ einen solchen Werth geben, dass $\frac{2\gamma}{a}=1-\frac{2\alpha}{a}$, also

99) $$\gamma=\frac{a}{2}-\alpha$$

wird. Dann ist, wenn wir $\frac{2\alpha}{a}=\beta$ setzen,

100) $$y^2+z^2-\beta(y^3-3yz^2)=1-\beta$$

oder in Polarcoordinaten

$$r^2-\beta r^3\cos 3\alpha=1-\beta.$$

Die Curven, die durch die Gleichung 100) dargestellt werden, haben im Allgemeinen krummlinige Begrenzung, aber für $\beta=\frac{2}{3}$ wird die Gleichung 100)

101) $$y^2+z^2-\tfrac{2}{3}(y^3-3yz^2)-\tfrac{1}{3}=0$$

* *Mémoires des savants étrangers,* Bd. XIV, 1856.

und diese lässt sich in das Product dreier linearer Factoren zerlegen, nämlich

102) $$(y+\tfrac{1}{2})\left(z+\frac{1-y}{\sqrt{3}}\right)\left(z-\frac{1-y}{\sqrt{3}}\right)=0.$$

Diese Gleichung stellt ein gleichseitiges Dreieck dar, dessen Höhe $=\frac{3}{2}$, dessen Seite also $=\sqrt{3}$ ist. Das Dreieck liegt so gegen die Axen (Fig. 12), dass der Schwerpunkt in den Coordinatenanfangspunkt fällt und dass die y-Axe den einen Winkel halbirt. Die drei linearen Factoren in 102) entsprechen drei geraden Linien, deren eine parallel der z-Axe in der Entfernung $-\frac{1}{2}$ von dieser liegt, während die beiden anderen auf der y-Axe in der Entfernung 1 vom Anfangspunkte zusammentreffen.

Mit dem angenommenen Werthe von β wird aus 98)

$$\varphi=\frac{a}{3}(y^3-3yz^2)+\frac{a}{6}$$

und es wird $u=\dfrac{a}{3}(y^3-3yz^2+\tfrac{1}{2})-\dfrac{a}{2}(y^2+z^2)$.

Soll nun das Dreieck nicht die Höhe $\frac{3}{2}$, sondern die Höhe $3b$ erhalten, so müssen wir hier statt y und z einsetzen $\dfrac{y}{2b}$ und $\dfrac{z}{2b}$, aber zugleich dafür sorgen, dass in u der Term y^2+z^2 den Coefficienten $\dfrac{a}{2}$ behält. Es ist also

103) $$u=\frac{a}{2}\left[\frac{1}{3b}(y^3-3yz^2)+\tfrac{4}{3}b^2-(y^2+z^2)\right].$$

Dieser Ausdruck genügt der Gleichung $\dfrac{\partial^2 u}{\partial y^2}+\dfrac{\partial^2 u}{\partial z^2}+2a=0$ und giebt für die Grenze $u=0$. Die Seite des Dreiecks ist $s=2b\sqrt{3}$.

Aus der Gleichung 103) folgt, dass für die Axe der Röhre, also für $y=0$, $z=0$ die Geschwindigkeit ist

$$u=\tfrac{2}{3}ab^2.$$

Die Geschwindigkeit in der Axe nimmt also im quadratischen Verhältnisse mit der Höhe oder den Seiten zu. An den drei Seiten ist der Ausdruck 103) gleich Null, aber auch nur an diesen Seiten, so dass also die Geschwindigkeit von der Mitte aus gleichmässig abnimmt.

Wir bilden nun die Drehungscomponenten. Es ist

104) $$2\eta=\frac{\partial u}{\partial z}=-a\left(\frac{1}{b}yz+z\right),$$

105) $$2\zeta=-\frac{\partial u}{\partial y}=a\left[\frac{1}{2b}(z^2-y^2)+y\right].$$

In der Axe der Röhre ist also $\eta=0$, $\zeta=0$.

Aus dem Werthe von 2η erkennt man, dass η immer gleich Null ist 1. für $z=0$, also für die y-Axe. Die Rotationsaxe aller auf der y-Axe liegenden Theilchen ist also die z-Axe. Für diese ist $\zeta=\frac{a}{2}\left(y-\frac{1}{2b}y^2\right)$; 2. für die Linie $y=-b$, also für die der z-Axe parallele Seite des Dreiecks. Für diese ist also $\zeta=\frac{a}{4}\left(\frac{1}{b}z^2-3b\right)$. Dagegen ist für die z-Axe, also für $y=0$, ζ nicht gleich Null, wie es bei der Ellipse und beim Rechteck war. Vielmehr ist ζ gleich Null auf der Curve

$$z^2-y^2+2by=0,$$

die einer gleichseitigen Hyperbel mit dem Anfangspunkte $y=b$, $z=0$ entspricht.

Von hervorragenderem Interesse ist die Grösse der Rotationsbewegung an den drei Kanten der Röhre. Die Coordinaten der drei Spitzen sind:

Spitze A: $y=\ \ 2b$, $z=\ \ 0$,
„ B: $y=-b$, $z=\ \ b\sqrt{3}$,
„ C: $y=-b$, $z=-b\sqrt{3}$.

Trägt man diese Werthe in die Gleichungen 104) und 105) ein, so findet man, dass die Wirbelbewegung an allen drei Kanten Null ist. Wir haben also dasselbe Resultat, wie bei einer rechteckigen Röhre: In der Axe und ebenso in den Kanten der Röhre findet keine Wirbelbewegung statt.

Wir suchen nun die Werthe der Drehungscomponenten für die Seiten der Röhre selbst. Für die Seite CB $(y=-b)$ ist der absolute Werth der Drehungsgeschwindigkeit

$$\varphi=\frac{a}{4}\left(3b-\frac{z^2}{b}\right).$$

Da z in dieser Seite von $-\frac{s}{2}$ bis $+\frac{s}{2}$, d. h. von $-b\sqrt{3}$ bis $+b\sqrt{3}$ variirt, so wächst φ von 0 bis $\frac{3ab}{4}$ und nimmt dann wieder ab bis Null. Das Maximum liegt also bei $z=0$, d. h. am Punkte D.

Die Seite BA hat die Gleichung

$$z=\frac{2b-y}{\sqrt{3}} \quad \text{oder} \quad y=2b-z\sqrt{3},$$

Es ist also auf ihr

$$2\eta=-a\left(3z-\frac{z^2}{b}\sqrt{3}\right), \quad 2\zeta=a\left(z\sqrt{3}-\frac{z^2}{b^2}\right).$$

Mithin ist $\varphi=a\sqrt{\frac{z^4}{b^2}+3z^2-\frac{2z^3}{b^3}\sqrt{3}}$.

Die Werthe von z, welche diesen Ausdruck zu einem Maximum oder Minimum machen, ergeben sich aus der Gleichung

$$\frac{2z^3}{b^2}-\frac{3z^2}{b}\sqrt{3}+3z=0,$$

deren Wurzeln sind $z=0$, $z=b\sqrt{3}$, $z=\frac{b}{2}\sqrt{3}$.

Die ersten beiden Werthe entsprechen den Kanten A und B, an denen $\varphi=0$ ist. Der dritte Werth giebt den Punkt E, die Mitte der Seite AB. Auf dieselbe Weise ergiebt sich für die dritte Seite, dass dort im Punkte G das Maximum der Wirbelbewegung ist.

Wir haben also auch hier, wie bei der Ellipse und dem Rechteck, die grösste Drehungsgeschwindigkeit an den Linien der Wand, welche der Axe am nächsten liegen.

Wir gehen nun dazu über, die Ausflussmenge zu berechnen. Es ist

106) $$Q=\frac{a}{2}\iint dy\,dz\left[\frac{1}{3b}(y^3-3yz^2)+\tfrac{4}{3}b^2-(y^2+z^2)\right],$$

die Integrale ausgedehnt über die Fläche des Dreiecks. Nun entspricht einer beliebigen Abscisse $OP=y$ eine Ordinate $RP=\frac{1}{3}\sqrt{3}(2b-y)$. Es ist daher

$$\iint dy\,dz\,z^2=2\int_{-b}^{2b}dy\int_0^{\frac{1}{3}\sqrt{3}(2b-y)}z^2\,dz=\frac{2\sqrt{3}}{3}\int_{-b}^{2b}\frac{(2b-y)^3}{3}\,dy=\tfrac{3}{2}b^4\sqrt{3}.$$

Ebenso ist

$$\iint dy\,dz\,y^2=\tfrac{3}{2}b^4\sqrt{3}.$$

Ferner ist

$$\iint yz^2\,dy\,dz=-\tfrac{3}{5}b^5\sqrt{3}\quad\text{und}\quad\iint y^3\,dy\,dz=\tfrac{3}{5}b^5\sqrt{3}.$$

Endlich ist

$$\iint dy\,dz=3b^2\sqrt{3}.$$

Wenn wir diese Werthe in 106) eintragen, so erhalten wir

107) $$Q=\tfrac{9}{10}ab^4\sqrt{3}.$$

Die Ausflussmenge ist also wieder proportional der vierten Potenz der linearen Dimensionen des Dreiecks. Führen wir auch hier die Fläche des Dreiecks ein, so erhalten wir

108) $$Q=\frac{a\sqrt{3}}{30}F^2=0{,}057735\,a\,F^2.$$

Der reducirte Ausflusscoefficient ist also hier bei weitem kleiner, als bei einer kreisförmigen und bei einer quadratischen Röhre [Formel 21) und 78)].

§ 9. Röhren, deren Querschnitt ein krummliniges Quadrat ist.

Die nächsthöhere Function von φ, vom vierten Grade, führt uns auf eine Reihe krummliniger Vierecke, von denen wir zwei speciell ausarbeiten werden. Wir setzen also

109) $$\varphi = \alpha(y^4 - 6y^2z^2 + z^4) + \beta$$

und haben dann für die Grenze die Gleichung

$$y^2 + z^2 - \frac{2\alpha}{a}(y^4 - 6y^2z^2 + z^4) - \frac{2\beta}{a} = 0$$

oder wenn wir $\frac{2\alpha}{a} = A$, also $\alpha = \frac{a}{2}A$ setzen und β so bestimmen, dass $\frac{2\beta}{a} = 1 - A$, also $\beta = \frac{a}{2} - \alpha$ ist, so hat die Grenze die Gleichung

110) $$y^2 + z^2 - A(y^4 - 6y^2z^2 + z^4) = 1 - A$$

oder in Polarcoordinaten

$$r^2 - Ar^4 \cos 4\alpha = 1 - A.$$

Um aus dieser Gleichung die geschlossenen Curven herauszufinden, welche allein bei unserem Problem, ebenso wie bei dem St. Vénant'schen von Interesse sind, suchen wir, welche Werthe A haben darf, damit geschlossene Curven entstehen.

Bezeichnen wir den Werth des Radius vector, den er für $\alpha = \pm\frac{\pi}{4}$ hat, mit ϱ, so dass also

$$r = \varrho \text{ für } \alpha = \pm\frac{\pi}{4} \text{ oder für } y^2 = z^2$$

ist, so ist

$$\varrho^2 + A\varrho^4 = 1 - A,$$

also

$$\varrho = \sqrt{-\frac{1}{2A} + \sqrt{\left(\frac{1}{2A}\right)^2 + \frac{1-A}{A}}}.$$

Damit ϱ reell bleibe, muss $A < 1$ sein. Es genügt aber, wie St. Vénant* zeigt, A nur zwischen 0 und $\frac{1}{2}$ variiren zu lassen, um alle geschlossenen Curven zu erhalten. Für $A = 0$ erhält man aus der Gleichung 110) einen Kreis, für A zwischen 0,1 und 0,4 erhält man Vierecke mit convexen Seiten und abgerundeten Ecken, für $A = 0{,}4$ hat das Viereck concave Seiten und abgerundete Winkel, endlich für $A = 0{,}5$ hat das Viereck concave Seiten und spitze Winkel. Die Gleichung giebt natürlich nicht blos diese Vierecke, sondern noch andere von diesen getrennte Curven. Diese brauchen wir aber nicht zu berücksichtigen.

Wir fassen zuerst den Fall $A = \frac{1}{2}$ ins Auge (Fig. 13). Die Gleichung 110) wird dann

---

* S. Vénant a. a. O. S. 423.

111) $$y^2+z^2-\tfrac{1}{2}(y^4-6y^2z^2+z^4)=\tfrac{1}{2}$$

Die Gleichung 109) wird

112) $$\varphi=\frac{a}{4}[y^4-6y^2z^2+z^4]+\frac{a}{4}.$$

Es folgt daraus

113) $$u=\frac{a}{4}[y^4-6y^2z^2+z^4+1-2(y^2+z^2)].$$

Die Gleichung 111) giebt in Polarcoordinaten

$$r^2-\tfrac{1}{2}r^4\cos 4\alpha=\tfrac{1}{2},$$

also, wenn wir den Werth von r für $\alpha=0$ mit d bezeichnen,

$$d=1.$$

Wollen wir diese Linie nicht gleich 1, sondern gleich d setzen, so müssen wir statt y und z beziehlich schreiben $\frac{y}{d}$ und $\frac{z}{d}$.

Tragen wir das in u ein und berücksichtigen wir, dass (y^2+z^2) den Coefficienten $\frac{a}{2}$ behalten muss, so kommt

114) $$u=\frac{a}{2}\left[\frac{y^4-6y^2z^2+z^4}{2d^2}+\frac{d^2}{2}-(y^2+z^2)\right].$$

Dieser Ausdruck genügt der Gleichung $\frac{\partial^2 u}{\partial y^2}+\frac{\partial^2 u}{\partial z^2}+2a=0$ und giebt für die Grenze $u=0$.

Für die Axe der Röhre ist $u=\frac{a d^2}{2}$, die Geschwindigkeit in der Axe variirt also wieder im quadratischen Verhältnisse der linearen Dimensionen des Quadrats.

Die vier Kanten der Röhre haben die Coordinaten

$y=d,\ z=0;\quad y=-d,\ z=0;\quad y=0,\ z=d;\quad y=0,\ z=-d.$

Offenbar ist in ihnen $u=0$, wie es sein soll.

Wir gehen zur Bestimmung der Wirbelbewegungen über. Es ist

115) $$2\eta=\frac{a}{2}\left[\frac{2}{d^2}z^3-\frac{6}{d^2}y^2z-2z\right],$$

116) $$2\zeta=\frac{a}{2}\left[\frac{6}{d^2}yz^2+2y-\frac{2}{d^2}y^3\right].$$

In der Axe der Röhre ist die Drehungsgeschwindigkeit gleich Null.

Für die y-Axe ist $\eta=0$, während $2\zeta=ay-\frac{a}{d^2}.y^3$ ist.

Aber ausser für die y-Axe ist η noch gleich Null für die Curve $z^2-3y^2-d^2=0$, d. h. für die Hyperbel

117) $$\frac{z^2}{d^2}-\frac{y^2}{\frac{1}{3}d^2}=1.$$

In dieser Hyperbel ist $\zeta=a\left(\frac{4}{d^2}y^3+2y\right)$.

$$126)\quad Q = 2ad^4\left[\int_0^1 \tfrac{1}{2} y^4 Z\,dy - \int_0^1 y^2 Z^3\,dy + \tfrac{1}{10}\int_0^1 Z^5\,dy + \tfrac{1}{8}F - \int_0^1 y^2 Z\,dy - \tfrac{1}{3}\int_0^1 Z^3\,dy\right].$$

Die einzelnen Integrale habe ich nun annähernd mittelst der Formel berechnet:

$$127)\quad \int_0^1 y^n Z^m\,dy = \frac{0{,}1}{3}\left[(0)^n z_0^m + 4(0{,}1)^n z_{0,1}^m + 2(0{,}2)^n z_{0,2}^m + 4(0{,}3)^n z_{0,3}^m + 2(0{,}4)^n z_{0,4}^m + \ldots\right].$$

Es ergiebt sich auf diese Weise

$$\int_0^1 y^4 Z\,dy = 0{,}023399,\quad \int_0^1 y^2 Z^3\,dy = 0{,}010825,\quad \int_0^1 Z^5\,dy = 0{,}154403,$$

$$\int_0^1 y^2 Z\,dy = 0{,}068854,\quad \int_0^1 Z^3\,dy = 0{,}207341.$$

In dieser Annäherung ist also

$$128)\quad Q = 0{,}20554\,a d^4.$$

Wenn wir dies wieder auf die Fläche reduciren, so kommt

$$129)\quad Q = 0{,}063767\,a F^2.$$

Der reducirte Ausflusscoefficient ist also kleiner als beim Kreis und Quadrat, aber grösser als beim Dreieck.

§ 10. Röhren, deren Querschnitt ein krummliniges Viereck mit abgerundeten Ecken ist.

Ein anderer interessanter Querschnitt, der in der Gleichung 110) enthalten ist, wird erhalten, wenn man $\Delta = \frac{2}{5}$ setzt. Die Gleichung der Curve wird dann

$$130)\quad y^2 + z^2 - \tfrac{2}{5}(y^4 - 6y^2z^2 + z^4) = \tfrac{3}{5}.$$

Diese Gleichung stellt ein krummliniges Viereck dar mit concaven Seiten und abgerundeten Ecken* (Fig. 14). In Polarcoordinaten ist die Gleichung dieser Curve

$$r^2 - \tfrac{2}{5} r^4 \cos 4\alpha = \tfrac{3}{5}.$$

Wenn man wieder den Werth von r für $\alpha = 0$ mit d bezeichnet, so ist $d = 1$. Soll es $= d$ sein, so muss man wieder statt y und z schreiben $\frac{y}{d}$ und $\frac{z}{d}$.

---

* *St. Vénant* a. a. O. S. 424.

Da $\varphi = \alpha(y^4 - 6y^2z^2 + z^4) + \beta$ war, so ist $\alpha = \frac{a}{5}$, $\beta = \frac{3}{10}a$, also

$$\varphi = \frac{a}{5}(y^4 - 6y^2z^2 + z^4) + \frac{3}{10}a. \tag{131}$$

Daraus folgt

$$u = \frac{a}{5}(y^4 - 6y^2z^2 + z^4) - \frac{a}{2}(y^2 + z^2) + \frac{3}{10}a,$$

also, wenn man d einführt und den Coefficienten von (y^2+z^2) berücksichtigt,

$$u = \frac{a}{10}\left[\frac{2}{d^2}(y^4 - 6y^2z^2 + z^4) - 5(y^2+z^2) + 3d^2\right]. \tag{132}$$

Dieser Ausdruck genügt allen Bedingungen.

Der Flüssigkeitsfaden in der Axe der Röhre hat die Geschwindigkeit $u = \frac{3}{10}ad^2$, also eine etwas grössere, als in dem vorigen Falle. Dies ist zugleich der grösste Werth, den u überhaupt innerhalb der Röhre annehmen kann, wie man durch Aufsuchung der Maxima und Minima mittelst Polarcoordinaten leicht erkennt.

Die Werthe der Drehungscomponenten sind

$$\eta = \frac{a}{10}\left[\frac{4}{d^2}z^3 - \frac{12}{d^2}y^2z^4 - 5z\right], \tag{133}$$

$$\zeta = \frac{a}{10}\left[\frac{12}{d^2}yz^2 + 5y - \frac{4}{d^2}y^3\right]. \tag{134}$$

Es ist also $\eta = 0$ auf der y-Axe und für die Hyperbel $\frac{y^2}{\frac{5}{4}d^2} - \frac{y^2}{\frac{5}{12}d^2} = 1$, während ζ gleich Null ist für die z-Axe und für die Hyperbel $\frac{y^2}{\frac{5}{4}d^2} - \frac{z^2}{\frac{5}{12}d^2} = 1$. Diese Hyperbeln liegen aber nicht mehr in dem geschlossenen Theile der Curve.

Unsere Röhre hat keine scharfen Kanten, sondern abgerundete Ecken. Und wir finden hier, dass nicht, wie bei den Röhren mit scharfen Kanten, dem Rechteck, Dreieck u. s. w., die Wirbelbewegung an den äussersten Linien gleich Null ist; vielmehr hat sie hier an diesen Linien den Werth $\frac{ad}{10}$.

Die Drehungsgeschwindigkeit selbst ist

$$\varphi = \frac{a}{10}\sqrt{\frac{16}{d^4}(y^2+z^2)^3 - \frac{40}{d^2}(y^4 - 6y^2z^2 + z^4) + 25(y^2+z^2)}$$

oder

$$\varphi = \frac{a}{10}\sqrt{\frac{16r^6}{d^4} - \frac{40}{d^2}r^4\cos 4\alpha + 25r^2}. \tag{135}$$

Die Maxima und Minima von φ ergeben sich aus den beiden Gleichungen

$$\frac{48}{d^4}r^5-\frac{80}{d^2}r^3\cos 4\alpha+25r=0,\quad r^4\sin 4\alpha=0.$$

Diese haben ausser der Lösung $r=0$, welche der Axe der Röhre entspricht, noch folgende gemeinschaftliche Werthe:

$$136)\quad \alpha=0\begin{cases} r=\frac{d}{6}\sqrt{30+3\sqrt5},\\ r=-\frac{d}{6}\sqrt{30+3\sqrt5},\\ r=\frac{d}{6}\sqrt{30-3\sqrt5},\\ r=-\frac{d}{6}\sqrt{30-3\sqrt5},\end{cases}\qquad \alpha=\frac{\pi}{4}\begin{cases} r=\frac{di}{6}\sqrt{30+3\sqrt5},\\ r=-\frac{di}{6}\sqrt{30+3\sqrt5},\\ r=\frac{di}{6}\sqrt{30-3\sqrt5},\\ r=-\frac{di}{6}\sqrt{30-3\sqrt5},\end{cases}$$

$$\alpha=\frac{\pi}{2}\begin{cases} r=\frac{d}{6}\sqrt{30+3\sqrt5},\\ r=-\frac{d}{6}\sqrt{30+3\sqrt5},\\ r=\frac{d}{6}\sqrt{30-3\sqrt5},\\ r=-\frac{d}{6}\sqrt{30-3\sqrt5},\end{cases}\qquad \alpha=\frac{3\pi}{4}\begin{cases} r=\frac{di}{6}\sqrt{30+3\sqrt5},\\ r=-\frac{di}{6}\sqrt{30+3\sqrt5},\\ r=\frac{di}{6}\sqrt{30-3\sqrt5},\\ r=-\frac{di}{6}\sqrt{30-3\sqrt5}.\end{cases}$$

Die imaginären Lösungen sind von selbst ausgeschlossen. Aber auch von den beiden reellen Systemen sind nur die je zwei unteren Werthe brauchbar, da die durch die beiden oberen Werthe charakterisirten Punkte nicht mehr in den geschlossenen Theil der Curve fallen. Die Maxima der Wirbelbewegungen finden also an den vier Punkten $\alpha=0$, $r=\pm\frac{d}{6}\sqrt{30-3\sqrt5}$ und $\alpha=\frac{\pi}{2}$, $r=\pm\frac{d}{6}\sqrt{30-3\sqrt5}$ statt. Der absolute Werth von φ an diesen Punkten ist

$$\varphi=\frac{ad}{60}\sqrt{\tfrac{250}{3}+\tfrac{70}{3}\sqrt5}.$$

Also auch hier, bei dieser concaven Curve, ist die Wirbelbewegung nicht am Rande am grössten.

Die Ausflussmenge ist auch hier wieder nur numerisch zu berechnen. Ich habe sie wieder mittelst der Simpson'schen Regel bestimmt. Es ist hier

$z_0=1$, $z_{0,1}=0{,}93589$, $z_{0,2}=0{,}82497$, $z_{0,3}=0{,}71165$,
$z_{0,4}=0{,}60291$, $z_{0,5}=0{,}50000$, $z_{0,6}=0{,}40274$, $z_{0,7}=0{,}31049$,
$z_{0,8}=0{,}22181$, $z_{0,9}=0{,}13379$, $z_1=0$.

Daraus ergiebt sich die Fläche des Vierecks

137) $$F = 2{,}06308\, d^2.$$

Die Ausflussmenge ist

$$Q = \tfrac{2}{5} a d^4 \Big[2\int_0^1 y^4 Z\, dy - 4\int_0^1 y^2 Z^3\, dy + \tfrac{2}{5}\int_0^1 Z^5\, dy - 5\int_0^1 y^2 Z\, dy$$
$$- \tfrac{5}{3}\int_0^1 Z^3\, dy + \tfrac{3}{4} F \Big].$$

Es ist nun in angenäherter Berechnung

$$\int_0^1 y^4 Z\, dy = 0{,}037227, \quad \int_0^1 y^2 Z^3\, dy = 0{,}017667, \quad \int_0^1 Z^5\, dy = 0{,}189389,$$
$$\int_0^1 y^2 Z\, dy = 0{,}075745, \quad \int_0^1 Z^3\, dy = 0{,}268788.$$

Daraus folgt

138) $$Q = 0{,}320049\, a d^4.$$

Wenn wir Q wieder auf die Einheit der Fläche reduciren, so ist

139) $$Q = 0{,}0751936\, a F^2.$$

Der Ausflusscoefficient ist also hier grösser als beim krummlinigen Quadrat mit spitzen Winkeln, aber auch grösser als beim Dreieck und als beim geradlinigen Quadrat. Er ist nur kleiner als beim Kreise. Die Rundung der Ecken scheint diesen günstigen Erfolg hervorzubringen.

§ 11. Röhren, deren Querschnitt ein Stern mit vier Ecken ist.

Da die Flüssigkeitsbewegung in den beiden letzten Fällen, in denen concave Seiten waren, in mancher Beziehung eigenthümlich war, so behandeln wir zum Schlusse noch kurz das Problem für einen Querschnitt mit ebenfalls concaven Seiten, nämlich für einen Stern mit vier abgerundeten Ecken. Die Gleichung desselben ist vom achten Grade. In Bezug auf die Discussion der allgemeinen Gleichung achten Grades, welche der Gleichung $\frac{\partial^2 \varphi}{\partial y^2} + \frac{\partial^2 \varphi}{\partial z^2} = 0$ und der Grenzbedingung genügt, verweise ich auf die schon öfter angeführte Arbeit von St. **Vénant***, in der eine ausführliche Darstellung derselben gegeben ist. Als Resultat seiner Untersuchung hat St. **Vénant** zwei Curven dieses Grades gefunden, welche

* St. Vénant a. a. O. S. 427 flg.

Weise auf specielle Probleme angewendet. Einmal wurde eine bestimmte Querschnittsform als gegeben angenommen und diejenige Lösung der Differentialgleichung gesucht, welche an der Grenze der bestimmten Bedingung Genüge leistet. In dieser Weise behandelten wir das Problem für den Kreis, die Ellipse und das Rechteck. Die Lösung war beim Kreis und der Ellipse von algebraischer, beim Rechteck von transcendenter Form. Die zweite Methode, die wir anwendeten, bestand darin, dass wir Ausdrücke aufstellten, welche der Differentialgleichung genügten, und dass wir aus diesen Ausdrücken diejenigen Querschnitte ermittelten, für welche diese Lösung gilt. Es giebt so eine unendliche Zahl von Röhrenformen, für welche die Flüssigkeitsströmung vollständig zu ermitteln ist unter der Annahme, dass der Coefficient der äusseren Reibung unendlich gross ist, dass also die Flüssigkeit die Wand benetzt. Als Beispiel dieser zweiten Methode wurden vier Arten von Röhren betrachtet, nämlich solche, deren Querschnitt ein gleichseitiges Dreieck ist, und dann solche, deren Querschnitte concave Seiten haben. Für alle diese Arten von Röhren war es möglich, einen vollständigen Ausdruck für die Geschwindigkeit anzugeben, unter der Annahme, dass $\lambda = \infty$ ist, wie es die Poiseuille'schen Versuche bei benetzenden Flüssigkeiten ergeben. Natürlich nimmt in allen Fällen die translatorische Geschwindigkeit von der Mitte nach dem Rande ab. Am Rande selbst ist sie Null. Für diejenigen Querschnitte, die in Bezug auf beide Axen symmetrisch sind, Kreis, geradliniges Quadrat, krummliniges Quadrat, Viereck mit abgerundeten Ecken und vierseitiger Stern, ist die Geschwindigkeit in der Axe der Röhre proportional dem Quadrat der linearen Dimensionen. Auch beim Dreieck, das nur in Bezug auf eine Axe symmetrisch liegt, findet dasselbe statt. Anders ist es mit den Wirbelbewegungen, welche in allen Röhren den Helmholtz'schen Gesetzen folgen. Die Theilchen in der Axe der Röhre haben in allen betrachteten Fällen keine rotirende Bewegung. Auch sonst ergeben sich einige allgemeine Sätze aus der Betrachtung der speciellen Fälle. Vor Allem zeigt es sich überall, dass, wenn die Röhre scharfe Kanten besitzt, an diesen Kanten die Wirbelbewegung Null ist. Dies war sowohl beim Rechteck, als beim Dreieck, als beim Quadrat mit spitzen Winkeln der Fall. Sobald aber die Ecken abgerundet sind, wie in den Fällen der §§ 10 und 11, hat die Wirbelbewegung an ihnen einen von Null verschiedenen Werth. Ferner zeigte sich ein wesentlicher Unterschied zwischen den Röhren, deren Querschnitt convex oder geradlinig begrenzt ist, und denjenigen, deren Querschnitt concave Begrenzung hat. Bei den ersteren hat die Wirbelbewegung ihr Maximum am Rande und zwar an der Stelle des Randes, welche der Axe am nächsten liegt. So ist bei der Ellipse die Stelle der grössten Wirbelbewegung am Ende der kleinen Axe, beim Rechteck in der Mitte der *grössten* Seite und beim gleichseitigen Dreieck in der Mitte jeder Seite,

Die Rotationsgeschwindigkeit selbst ergiebt sich aus 143) und 144) in ausserordentlich unübersichtlicher Form, wenn man rechtwinklige Coordinaten anwendet. In Polarcoordinaten dagegen wird der Ausdruck einfacher. Es ist

$$145)\quad \varphi=\frac{8a}{17.49}\sqrt{\frac{144.16}{d^{12}}r^{14}-\frac{16.12.48}{d^{9}}r^{10}\cos 4\alpha+\frac{6.17.49}{d^{6}}r^{8}\cos 8\alpha+\frac{48.4}{d^{4}}r^{6}-\frac{12.17\ 49}{d^{2}}r^{4}\cos 4\alpha+\left(\frac{17.49}{16}\right)^{2}r^{2}}.$$

Aus diesem Ausdrucke ergeben sich die Bedingungen für die Maxima und Minima durch die Auflösung der beiden Gleichungen

$$146)\quad \left\{\begin{array}{l} \frac{14.16.144}{d^{12}}r^{13}-\frac{10.12.16.48}{d^{8}}r^{9}\cos 4\alpha+\frac{8\ 6.17.49}{d^{6}}r^{7}\cos 8\alpha \\ \quad +\frac{6.4.48}{d^{4}}r^{5}-\frac{4.12.17.49}{d^{2}}r^{3}\cos 4\alpha+2\left(\frac{17.49}{16}\right)^{2}r=0 \\ \text{und} \\ \frac{16.48}{d^{8}}r^{10}\sin 4\alpha-\frac{17.49}{d^{6}}r^{8}\sin 8\alpha+\frac{17.49}{d^{2}}r^{4}\sin 4\alpha=0. \end{array}\right.$$

Ausser dem Werthe $r=0$ ist es nicht möglich, hieraus die gemeinschaftlichen Lösungen der beiden Gleichungen zu finden. Wir können nur beweisen, dass auch hier, ebenso wie in den beiden vorigen Fällen, wo concave Seiten vorhanden waren, ein Maximum der Wirbelbewegung nicht an den der Axe am nächsten liegenden Stellen des Randes sich befindet. Um dies zu beweisen, haben wir nur zu zeigen, dass die beiden Gleichungen 146) nicht durch die Coordinaten dieser Stelle erfüllt werden. Die Coordinaten sind $\alpha=\frac{\pi}{4}$ und $r=\pm\frac{d}{2}$ oder $\alpha=\frac{3\pi}{4}$, $r=\pm\frac{d}{2}$. Durch diese Werthe wird nun zwar die zweite Gleichung erfüllt; in der ersten ist aber der Ausdruck links >0, diese Werthe geben also kein Maximum.

Was endlich die Berechnung der Fläche und Ausflussmenge betrifft, so giebt eine ziemlich rohe Annäherung

$$F=1{,}22\,d^{2},\quad Q=0{,}07\,d^{4}$$

und daraus

$$Q=0{,}047\,F^{2}.$$

Obwohl dieser Werth nicht ganz genau ist, zeigt er doch, dass der Ausflusscoefficient hier bedeutend kleiner ist, als in den früheren Fällen.

§ 12. Zusammenfassung der Resultate.

Wir haben die allgemeine Differentialgleichung für die Bewegung von Flüssigkeiten in Röhren mit ihrer Grenzbed[illegible] zweifacher

die Theilchen beim Austritt aus der Oeffnung bekommen. In diesem Falle würden diese Erscheinungen des Ausflusses sich ganz und gar durch die Methode von St. Vénant in seiner Arbeit *Sur la torsion des prismes* darstellen lassen und zwar wäre die Ausführung wörtlich dieselbe, Auch sind die Zeichnungen, die St. Vénant von tordirten Prismen giebt. annähernd ähnlich den Zeichnungen, die Magnus von ausfliessenden Wasserstrahlen giebt. Der Uebelstand ist nur der, dass die Uebereinstimmung der Gleichungen eben blos bei unendlich kleinen Geschwindigkeiten stattfindet. Will man endliche Geschwindigkeiten betrachten, so kommt man zu Schwierigkeiten, die ich zwar bis jetzt noch nicht beseitigen kann, die sich aber werden überwinden lassen, wenn es gelungen sein wird, auch für die Bewegung von Flüssigkeiten Gleichungen aufzustellen, in denen die Verrückungen der einzelnen Theilchen und nicht blos die Geschwindigkeiten vorkommen.

Kleinere Mittheilungen.

XXVII. Ueber die ellipsoidischen Gleichgewichtsfiguren und die Umdrehungsgeschwindigkeit einer homogenen flüssigen Masse bei gegebener Energie.

Denkt man sich ein homogenes, freies flüssiges System, dessen Theilchen einander nach dem Newton'schen Gesetze anziehen, durch irgend einen momentanen Stoss in eine freie rotirende Bewegung übergeführt, so wird die Masse sich nach und nach einer bestimmten Form des Gleichgewichts nähern und bei Voraussetzung einer, jeder Substanz eigenthümlichen Zähigkeit schliesslich im Zustande des Gleichgewichts beharren.

Die analytische Mechanik lehrt nun, dass die Axe, für welche die Summe der Momente der ursprünglichen Kräfte oder der relativen Flächen ein Maximum ist, die Umdrehungsaxe wird, um welche das System mit constanter Winkelgeschwindigkeit rotirt, ferner dass diese Axe durch den Schwerpunkt gehen muss und dass dieselbe diese Eigenschaften während der ganzen Bewegung vor und nach dem Eintreten des Gleichgewichts beibehält.

Nimmt man diese Axe zur x-Axe eines rechtwinkligen Coordinatensystems, so folgt sofort aus dem d'Alembert'schen Princip, wenn man beachtet, dass bei der Drehung des Systems um die x-Axe eine Aenderung der relativen Lage der Punkte des Systems nicht eintritt,

$$1)\qquad \sum m\left\{y\frac{d^2z}{dt^2}-z\frac{d^2y}{dt^2}\right\}=\Sigma\{yZ-zY\},$$

wo x, y, z die Coordinaten eines beliebigen Punktes des Systems, m die Masse desselben und Y und Z die Componenten der auf ihn wirkenden Kräfte nach den Axen der x und y bezeichnen, während die Summationen auszudehnen sind über alle Punkte des Systems. Da nun die wirkenden Kräfte in unserem Falle ein Potential haben, das nur von der relativen Lage der Punkte abhängt, so ändert sich dieses nicht bei einer Drehung des Systems um irgend eine der Coordinatenaxen. Das Drehungsmoment der Kräfte in Bezug auf jede der Coordinatenaxen ist also Null, d. h. da $\Sigma\{yZ-zY\}$ das Drehungsmoment der wirkenden Kräfte in Bezug auf die z-Axe ist,

$$2)\qquad \sum m\left\{y\frac{d^2z}{dt^2}-z\frac{d^2y}{dt^2}\right\}=0.$$

Beachtet man nun, dass

$$\left(y\frac{d^2z}{dt^2}-z\frac{d^2y}{dt^2}\right)=\frac{d}{dt}\left(y\frac{dz}{dt}-z\frac{dy}{dt}\right)$$

und dass, wenn man die Entfernung des Massentheilchens von der Drehungsaxe mit r, den Winkel zwischen der Projection des Radius vector auf die yz-Ebene und der Axe der positiven y mit ϑ bezeichnet,

$$y\frac{dz}{dt}-z\frac{dy}{dt}=r^2\frac{d\vartheta}{dt}$$

ist, so folgt aus 2)

$$\frac{d}{dt}\sum m\left(r^2\frac{d\vartheta}{dt}\right)=0$$

oder in anderer Schreibart und durch 2 dividirt

3) $$\frac{d}{dt}\int\int\int\frac{dm}{2}\cdot\left(r^2\frac{d\vartheta}{dt}\right)=0.$$

Durch Integration folgt

4) $$\int\int\int\frac{dm}{2}\cdot\frac{r^2\,d\vartheta}{dt}=Const.$$

$\frac{r^2\,d\vartheta}{2}$ ist die Fläche, welche der Radius vector r in dem Sinne, in welchem ϑ wächst, während des Zeitelements dt beschreibt. -- Die Gleichung 4) spricht den auf die yz-Ebene bezüglichen Satz von der Erhaltung der Flächen aus.

Bezeichnet man mit w die Winkelgeschwindigkeit, so dass

$$\frac{d\vartheta}{dt}=w$$

ist, so ist

5) $$\frac{w}{2}\int\int\int r^2\,dm=Const.$$

Nach dem Princip von Erhaltung der Flächen ist die Summe der Momente der ursprünglichen Kräfte oder der relativen Flächen ein constantes Maximum, also der Zeit proportional.

Man definirt nun die Energie als das Product der Flächensumme, multiplicirt in die Massenelemente, so dass sie also gleichbedeutend mit der halben Summe der Momente der Bewegungsquantität oder auch mit dem Product aus der halben Winkelgeschwindigkeit in das Trägheitsmoment ist, also

$$E=\frac{w}{2}\int\int\int r^2\,dm,$$

d. h. nach 5)

6) $$E=Const.$$

Die Bestimmung des Werthes der Constanten, des invariablen Maximums, ist somit auf die Berechnung des Trägheitsmoments des in Frage kommenden Körpers in Bezug auf die Rotationsaxe reducirt.

Wir beschränken uns auf die bei gegebener Energie etwa auftretenden ellipsoidischen Gleichgewichtsfiguren. Das Trägheitsmoment eines homogenen Ellipsoids von der Gleichung

$$\left(\frac{x}{a}\right)^2+\left(\frac{y}{b}\right)^2+\left(\frac{z}{c}\right)^2=1$$

und der Dichtigkeit ϱ in Bezug auf die x-Axe ist nun

$$\frac{b^2+c^2}{5}M,$$

wo M die Masse des Ellipsoids bezeichnet.

Hiernach ist das Trägheitsmoment der ursprünglichen Kugel von der Gleichung

$$x^2+y^2+z^2=R^2$$

der Dichte ϱ, die durch irgend eine Kraft in eine rotirende Bewegung, deren Axe die x-Axe ist, gesetzt ist

$$\tfrac{2}{5}R^2M,$$

und ihre Energie, wenn man die anfängliche Winkelgeschwindigkeit mit w_0 bezeichnet,

$$7)\qquad E_0=\frac{w_0}{5}R^2M.$$

Das Trägheitsmoment eines um die x-Axe rotirenden, im Gleichgewichtszustande befindlichen Rotationsellipsoids ist

$$\tfrac{2}{5}b^2M$$

und die Energie desselben, wenn man mit w die Winkelgeschwindigkeit bezeichnet,

$$8)\qquad E=\frac{w}{5}b^2M$$

oder, indem man $V=\frac{w^2}{2\pi\varrho f}$ und $\lambda=\frac{b^2-a^2}{a^2}$ einführt,

$$9)\qquad E=\frac{\sqrt{2\pi f\varrho V}}{5\left(\frac{4\pi\varrho}{3}\right)^{2/3}}\,.\,M^{5/3}\,.\,(1+\lambda^2)^{1/6}.$$

Das Trägheitsmoment des um die x-Axe rotirenden, im Gleichgewicht befindlichen dreiaxigen Ellipsoids ist

$$\frac{M}{5}(b^2+c^2)$$

und die Energie desselben, wenn man mit w_1 die Winkelgeschwindigkeit bezeichnet,

$$10)\qquad E_1=\frac{w_1}{10}\,.\,M(b^2+c^2)$$

oder, indem man wieder V und λ und ferner $\lambda_1=\frac{c^2-a^2}{a^2}$ einführt,

11) $$E_1 = \frac{\sqrt{2\pi f \varrho V}}{10\left(\frac{4\pi\varrho}{3}\right)^{2/3}} \cdot M^{5/3} \cdot \frac{(1+\lambda^2)+(1+\lambda_1^2)}{(1+\lambda^2)^{1/3} \cdot (1+\lambda_1^2)^{1/3}}.$$

Es gilt nun der Satz*:

Für jede Quantität der Bewegung, welche zwischen dem Werthe von $E=0$ bis
$$E = \frac{1{,}43338 \cdot \sqrt{0{,}18711 \cdot 2\pi f \varrho}}{5\left(\frac{4\pi\varrho}{3}\right)^{2/3}} M^{5/3}$$
liegt, kann die Flüssigkeit immer nur eine ellipsoidische Gleichgewichtsfigur annehmen, und zwar die eines Rotationsellipsoids (α); für jede Bewegungsquantität aber, die zwischen derselben Grenze und dem Werthe $E=\infty$ liegt, sind stets zwei ellipsoidische Gleichgewichtsfiguren möglich, entweder ein Rotationsellipsoid (α) zwischen den Grenzen $V_0 = 0{,}18711$ und $V_1 = 0{,}2246657$ und ein dreiaxiges Ellipsoid zwischen den Grenzen V_0 und $V=0$ oder ein Rotationsellipsoid (β) und ein dreiaxiges Ellipsoid.

Aus diesem Satze ersieht man, in welche ellipsoidische Gleichgewichtsfigur eine ruhende flüssige Kugel, welcher man auf irgend eine Art und Weise eine bestimmte Energie, also eine bestimmte anfängliche Rotationsgeschwindigkeit mitgetheilt hat, übergehen kann.

Wie wir gesehen haben, bleibt die Energie constant bei dem Uebergange der in eine freie rotirende Bewegung versetzten flüssigen Kugel in die Gleichgewichtsfigur.

Geht sie in ein Rotationsellipsoid über, so folgt 7) und 8)
$$w_0 R^2 = w b^2, \quad \text{d. h.} \quad w_0 : w = b^2 : R^2$$
und, da $b > R$ ist, $T_0 < T$, wo T_0 die Rotationsdauer der Kugel, T die des Rotationsellipsoids ist. Da ferner
$$R^2 = (a b^2)^{2/3}$$
ist, so wird
$$w_0 = \left(\frac{b}{a}\right)^{2/3} w$$
oder

12) $$w_0 = (1+\lambda^2)^{1/3} w.$$

Wie gross auch die Winkelgeschwindigkeit w_0 der ursprünglichen Kugel sei, stets wird ein Rotationsellipsoid die Gleichgewichtskugel bilden können, da aus dieser Gleichung stets ein reeller positiver Werth von λ folgt. Damit fällt also die Lehre von der „Abschleuderung".

Aus 12) folgt weiter
$$\frac{2\pi}{T_0} = \frac{2\pi}{T} \cdot \left(\frac{b}{a}\right)^{2/3}$$
oder

* Matthiessen, Neue Untersuchungen über frei rotirende Flüssigkeiten im Zustande des Gleichgewichts. Kiel 1859.

13) $$T_0^3 : T^3 = a^2 : b^2.$$

Hieraus lässt sich berechnen, wie gross die ursprüngliche Rotationsdauer der kugelförmig gedachten Erde gewesen ist, damit sie gerade die jetzige Gestalt und Rotationsdauer annehmen musste.

Den Einfluss des Umstandes, dass die Materie unseres Erdballes aus höheren Aggregatzuständen sich bis zu dem gegenwärtigen Grade ihrer Dichtigkeit condensirt haben könnte, auf die jetzige Tageslänge lassen wir dabei ausser Acht.*

Aus 13) folgt

$$T_0 = \frac{24.3600}{(1+\lambda^2)^{1/3}}.$$

Nun ist nach Kostka**

$$(1+\lambda^2)^{1/3} = 1{,}00433467, \text{ d. h. } T_0 = 23^h\, 55'\, 51{,}4''.$$

Hätte die Erde in die Laplace'sche Gleichgewichtsfigur übergehen sollen, so musste

$$T_0 = \frac{24.3600}{(1+\lambda^2)^{1/3}},$$

wo $(1+\lambda^2)^{1/3} = 680{,}4939$ zu setzen ist, d. h.

$$T_0 = 18'\, 34{,}2''$$

sein.

Nach 7) und 10) ergiebt sich weiter folgende Relation zwischen w_0, w_1, λ, λ_1:

14) $$w_0 = \frac{w_1}{2} \frac{(1+\lambda^2) + (1+\lambda_1^2)}{(1+\lambda^2)^{1/3} . (1+\lambda_1^2)^{1/3}}$$

gemäss dem Princip von der Erhaltung der Energie.

Nach 14) kann man berechnen, wie gross die ursprüngliche Rotationsdauer der im Urzustande kugelförmigen Erde gewesen sein müsste, damit sie in die Jacobi'sche Gleichgewichtsfigur hätte übergehen können mit der Rotationsdauer von 24^h.

Setzt man nach Matthiessen

$$(1+\lambda_1^2)^{1/3} = 52{,}4346, \quad (1+\lambda^2)^{1/3} = 1{,}0023,$$

so folgt aus 14)

$$T_0 = 14'\, 40{,}29''.$$

Hätte die Erde in die Laplace'sche oder in die Jacobi'sche Gleichgewichtsfigur übergehen sollen, so hätten also ungeheure kosmische Kräfte auf sie im Urzustande wirken müssen.

---

* Matthiessen, Ueber die Gesetze der Bewegung und Abplattung im Gleichgewicht befindlicher homogener Ellipsoide etc., Abschnitt V, Zeitschrift f. Math. u. Phys. 1869.

** Ueber die Auffindung der ellipsoidischen Gleichgewichtsfiguren etc., Monatsber. d. Berl. Akademie 1870.

Rostock. K. Stier, Stud. math.

XXVIII. Das Kreuzpendel und das Pendelkreuz, Apparate zur graphischen Darstellung der Schwingungscurven.

(Hierzu Taf. VIII.)

Das von mir zur graphischen Darstellung der Schwingungscurven construirte Kreuzpendel hat folgende Einrichtung*: Ein horizontales Brett *abcd* (Taf. VIII Fig. 1) ist an drei Drahtstiften *lmn* durch einen von jedem derselben sich nach zwei Richtungen erstreckenden Faden an den vier festen Drahtstiften $f_1 f_2 f_3 f_4$, um welche die Enden der Faden geschlungen werden, aufgehängt. In der Ruhelage liegen die Punkte $f_1 f_4 l m$ einerseits, die Punkte $f_2 f_3 n$ andererseits in senkrechten parallelen Ebenen, so dass das Brett nur in der durch den Pfeil angedeuteten Richtung seiner Länge schwingen kann und dabei stets horizontal bleibt. Die kleine stetige Senkung kommt bei den verhältnissmässig kleinen Ausschlägen nicht in Betracht. Ganz ebenso ist das zweite Brett *eigh* aufgehängt an den festen Punkten $f^1 f^2 f^3 f^4$, und zwar derartig, dass seine Schwingungsrichtung senkrecht zu derjenigen des ersten ist.

Die Faden hängen an je vier Nägeln an einem Statif, welches aus vier senkrechten Pfosten mit Querhölzern hergestellt ist, die einen 80 cm im Quadrat haltenden Zwischenraum einschliessen.

Zuerst werden die Bretter durch zwischengelegte Latten annähernd in ihre richtige Lage gebracht, und dann werden die an ihnen befestigten Fäden in richtiger Höhe um die am Gestell eingeschlagenen Nägel geschlungen.

Zur Einstellung eines bestimmten Schwingungsverhältnisses, z. B. 1:2, müssen sich die Schwingungsradien wie die Quadrate der Maasszahlen, also hier wie 1:4 verhalten. Man verfährt beim Aufhängen der Bretter am vortheilhaftesten auf folgende Weise. Man legt erst ein Paar gleichhoher Unterlagsleisten auf das Gestell, auf diese das unterste Brett und steckt von der Mitte desselben den Schwingungsradius, z. B. 1 m ab und schlägt an den betreffenden Stellen der Pfosten Nägel ein. Den Schwingungsradius des untersten Brettes lässt man am besten ein- für allemal unverändert. Darauf legt man auf das unterste Brett wiederum ein Paar Unterlagsleisten, auf diese dann das obere Brett, und steckt von der Mitte desselben nur ¼ m ab, und schlägt an den betreffenden Stellen in die Pfosten Nägel. Alsdann spannt man die Fäden für beide Bretter zwischen ihren Aufhängepunkten in der angegebenen Weise und beobachtet dabei, dass man behufs späterer Justirung die Nägel mehrmals umschlingt, um erforderlichen Falles das Brett einige Umwindungen niedriger stellen zu können. Sind alle Fäden gespannt, so entferne man

* Bereits im Jahre 1875 hatte ich in Giebel's Zeitschr. 46 auf die Anwendung schwingender Bretter hingewiesen.

beide Paar Unterlagsleisten, wodurch nun beide Bretter frei schwingen können.

Zur genauen Justirung zählt am besten von zwei Beobachtern der eine die des unteren, der andere die des oberen Schwungbrettes, welche gleichzeitig losgelassen sind. Nach etwa 60—80 Schwingungen giebt am Ende einer vorher ausgemachten Schwingungszahl der Beobachter des unteren Brettes ein Zeichen. Der Beobachter des oberen erkennt dann sofort, ob das obere Brett etwas zu langsam oder zu schnell schwingt, um im ersteren Falle die nöthige Verkürzung, im zweiten die erforderliche Verlängerung durch Auf- oder Abwickelung der um die Nägel geschlungenen Fadenwindungen eintreten zu lassen.

Durch Uebung gelangt schliesslich ein einziger Beobachter durch gleichzeitiges Beobachten beider Bretter bei einer bestimmten Schwingungszahl zur Fertigkeit des genauen Justirens.

Schneidet man drei Klötze, welche bei richtigem Abstande der Bretter an drei Stellen gerade zwischen sie passen, so kann man dadurch stets leicht wieder die Einstellung derselben herstellen.

An dem untern Brett ist eine Schreibvorrichtung (Fig. 2) angebracht.

Auf dem Brett *stuv* von 28 cm Länge und 11 cm Breite befinden sich hierzu zwei kleine Pfosten von 8 cm Höhe, welche ein Axenlager für einen um dasselbe drehbaren Hebel *wz* bilden. Der längere, nach vorn sich erstreckende Arm ist seitlich doppelt verstrebt und trägt bei *w* als schreibenden Stift einen zugespitzten Silberdraht, der in einer Glas- oder Thonröhre befestigt ist.

Unter den Stift wird auf das obere Brett eine berusste Glasplatte gelegt, auf der der Schreibstift beim Schwingen der Bretter Curven verzeichnet. Zur Regulirung des Aufliegens des Stiftes ist am andern Ende des Hebels ein verschiebbares Gewicht *z* angebracht. Durch Anziehen beider Bretter, was am besten mit beiden Händen zugleich geschieht, und gleichzeitiges oder verschiedenes Loslassen derselben erhält man die verschiedenen Phasen für eine Einstellung.

Durch einige Versuche lässt sich leicht die zur Herstellung guter Figuren erforderliche Stellung des Gegengewichts *z* ermitteln. Es ist vortheilhaft, das Gegengewicht *z* zunächst so zu stellen, dass der schreibende Stift vorläufig noch nicht aufliegt, sondern das betreffende Ende des Hebels in die Höhe gerichtet ist. Nach Verlauf einiger Schwingungen legt man alsdann ein dünnes Brettchen von Cigarrenholz auf die entgegengesetzte Seite des Gegengewichts, welches dann den Stift zum Niedersinken bringt.

Die Figur ist dann leicht durch vorsichtiges Uebergiessen mit dem Negativlack der Photographen zu fixiren und liefert ein schönes Transparentbild. Sie lässt sich ferner direct als Negativplatte für weitere photographische Abdrücke in beliebiger Zahl verwenden und ist auch mit Vortheil für das Skioptikon zu brauchen.

Auch auf berusstem Schreibpapier kann man die Figuren verzeichnen. Zur Fixirung derselben wird es nachher von der Unterseite mit Schelllackfirniss getränkt. Sehr feine Figuren werden auf einer berussten Glasplatte mittelst einer feinen Nähnadel gezogen.

Die vollkommene Richtigkeit der Einstellung des Apparates wird an den Figuren selbst erkannt, deren Axe entweder constant bleibt oder bei etwas abweichendem Schwingungsverhältniss beider Bretter sich allmälig dreht.

Anstatt die schwingenden Bretter oder Platten, welche mit dem Namen „Schwungplatten" bezeichnet werden mögen, in rechtwinklig sich kreuzender Richtung schwingen zu lassen, kann man erforderlichen Falles auch derartige Einrichtungen treffen, dass sich die Schwingungsrichtungen schiefwinklig kreuzen, und kann man so mittelst des Kreuzpendels Schwingungsfiguren von zwei beliebigen Schwingungsrichtungen erzielen.

Eine andere Combination von Schwungplatten zur Erzeugung der betreffenden Figuren ist folgende:

Fig. 3. Die Schwungplatte *abcd* sei in angegebener Weise an den festen Punkten $p_1 p_2 p_3 p_4$ aufgehängt, so dass die Richtung der Schwingung nach Pfeil *I* ermöglicht wird.

Mittelst der Schraube *S* kann das Brett oder die Platte *efgh* rechtwinklig zur Längsrichtung der ersten Schwungplatte befestigt werden. Die Punkte $p^1 p^2 p^3 p^4$ liefern die Aufhängepunkte für die zweite Schwungplatte *iklm*, welche, wenn die erste Schwungplatte in Ruhe bleibt, in der Richtung des Pfeiles *II* schwingt, genau senkrecht zur Richtung des Pfeiles *I*. Befindet sich auf der untern Schwungplatte der Hebel *H*, so wird, wenn beide Platten in Bewegung gesetzt sind, der Schreibstift auf ruhender Fläche *F* die Figur zeichnen, welche durch Combination beider auf einander senkrecht stehender Schwingungsrichtungen hervorgebracht wird.

Da diese Zusammenstellung den Anblick eines wirklichen pendelnden Kreuzes gewährt, so werde ich dieselbe in Folgendem zum Unterschied mit dem Namen „Pendelkreuz" benennen.

Auf experimentellem Wege wird die genaue rechtwinklige Einstellung der Schwingungsrichtungen ermittelt. An einem dünnen Faden wird, während das eigentliche Kreuz in Ruhe bleibt, die untere Schwungplatte zurückgezogen und dann, wenn Alles in Ruhe ist, wird der Faden durchgebrannt. Wenn das unterste Schwungbrett allein schwingt, so stehen die Schwingungsebenen genau senkrecht zu einander und ist diese Stellung durch Anziehen der Schraube *S* zu fixiren. Geräth dagegen das *Kreuz* durch die Schwingungen der unteren Schwungplatte auch in

Schwingungen, so sind die Richtungen nicht senkrecht auf einander und müssen noch genauer eingestellt werden.

Obwohl zur Herstellung von Schwingungsfiguren aus zwei Componenten das Kreuzpendel noch einfacher ist, wie das Pendelkreuz, so hat letzteres für instructive Zwecke doch auch seine Vorzüge. Das Auge sieht unmittelbar vor sich die Figur aus beiden Schwingungsrichtungen entstehen. Besonders ist z. B. das Pendelkreuz bei dem Verhältnisse 1:1 geeignet zur Anschauung zu bringen, wie durch die betreffenden Phasendifferenzen die entstehende Ellipse bald nach rechts, bald nach links umschrieben wird, was sich aus der Spirale unmittelbar entnehmen lässt.

Nun kann man ferner, statt die Fläche F ruhend anzunehmen, diese wiederum sich dargestellt denken 1. durch eine einfache Schwungplatte, 2. durch die unterste Schwungplatte eines zweiten Pendelkreuzes, dessen beide Schwingungsebenen einen beliebigen Winkel mit den Schwingungsebenen des ersten bilden. Im ersteren Falle erhält man die resultirende Schwingungscurve von drei Componenten, von denen zwei auf einander senkrecht stehen; im zweiten Falle ergiebt sich als resultirende Figur eine Schwingungscurve, hervorgegangen aus vier Componenten, von denen je zwei auf einander senkrecht stehen.

Diese Figuren finden sich behandelt in dem Werke „Die Lehre von den Schwingungscurven" von Melde, und sei hiermit auf den speciellen Fall ihrer praktischen Darstellung hingewiesen, dass zwei oder je zwei Componenten von vieren auf einander senkrecht stehen.

Nehmen wir den Fall an, dass die Schwingungsebenen des Pendelkreuzes nicht senkrecht auf einander stehen und der Stift auf ruhender Fläche eine Figur zeichne. Alsdann giebt diese Curve die Bahn eines schwingenden materiellen Punktes vom Gewicht der unteren Schwungplatte an, welcher um einen andern schwingenden materiellen Punkt vom Gewicht des Kreuzes pendelt. Der Winkel des Kreuzes ist gleich dem der Schwingungsebenen. Ist der Winkel ein rechter, so sind die Figuren identisch mit den bis jetzt besprochenen Schwingungscurven.

Nachdem im Vorigen die Combinationen von Schwungplatten zum Kreuzpendel und Pendelkreuz erörtert sind, möge schliesslich auf die Verwendbarkeit eines so einfachen Apparates, wie die einzelne Schwungplatte darstellt, als Horizontaldynamometer hingewiesen werden.

Fig. 4. Nehmen wir an, es soll z. B. der Druck des Windes auf eine Fläche von 1 qdcm ermittelt werden. Man stelle die durch ein Gestell an den Punkten $p_1 p_2$ hängende Schwungplatte ab derartig, dass ihre Schwingungsrichtung mit der Windrichtung zusammenfällt. Auf ab befestige man eine Platte cd von 1 qdcm, senkrecht auf ab und senkrecht zur Schwingungsrichtung. Nehmen wir den Luftstrom constant an, so wird die Schwungplatte ab in eine neue Lage $a_1 b_1$ übergehen, und da sie horizontal bleibt, so wird cd auch stets senkrecht zur Windrichtung stehen.

Bezeichnet man nun den Ausschlagswinkel mit α, das Gewicht der Schwungplatte ab und der Platte cd mit P, mit X den zu ermittelnden Druck des Windes, so ergiebt sich

$$X = P \, . \, tg\alpha.$$

Denn wenn in Fig. 5 s den Schwerpunkt des um p schwingenden Systems darstellt und s durch die horizontal wirkende Kraft X auf s_1 gehoben ist, so wirkt auf s_1 in der Richtung der Tangente nach unten ziehend die Kraft $P\cos(R-\alpha)$ oder $P\sin\alpha$. Nach oben wird s_1 in der Richtung der Tangente durch die Kraft $X\cos\alpha$ getrieben. Ruhelage tritt ein, wenn $X\cos\alpha = P\sin\alpha$, d. h.

$$X = P\,tg\alpha$$

ist. Unmittelbar lässt sich $tg\alpha$ leicht durch folgende Vorrichtung beobachten. Man befestige einen horizontalen Stab mn am Gestell. Wenn n senkrecht unter p_2 hängt, so nehme man np_2 gleich der Einheit an und theile von n aus als Anfangspunkt nm in Ganze und Bruchtheile durch Theilstriche, welche nach p_2 convergiren. Die Striche geben unmittelbar den Werth von $tg\alpha$ an. Bringt der Beobachter das Auge in die durch die gespannten Doppelfäden gebildete Visirebene, so kann sofort der Werth von $tg\alpha$ abgelesen werden.

Es ist ersichtlich, dass mittelst dieser Vorrichtung der Druck des Windes auf eine vorhandene beliebig gestaltete Fläche von convexer oder concaver Form auf experimentellem Wege ermittelt werden kann.

P. Schönemann.

XXIX. Ueber die gemeinsamen Tangenten zweier Flächen zweiten Grades, welche ein windschiefes Vierseit gemein haben.

Die folgenden Sätze sind zwar nur specielle Fälle allgemeiner Sätze über Strahlensysteme zweiten Grades*, sie scheinen mir aber interessant genug, um ihre besondere Ableitung aus der Theorie der Flächen zweiten Grades gerechtfertigt zu finden. Zudem fand ich Satz II nirgends besonders aufgeführt, obwohl er auf eine neue Gattung von Schliessungsproblemen hinweist, deren allgemeine Behandlung wünschenswerth erscheint.

Die beiden Flächen zweiten Grades $\mathfrak{F}$ und $\mathfrak{F}'$ mögen die vier Geraden a, b, c, d gemein haben derart, dass a und c, b und d resp. derselben Schaar angehören; es schneide also die Gerade a die b im Punkte $\mathfrak{a}$, b die c in $\mathfrak{b}$, c die d in $\mathfrak{c}$, d die a in $\mathfrak{d}$. Setzen wir ferner die Ebenen $(ab) = \alpha$, $(bc) = \beta$, $(cd) = \gamma$, $(da) = \delta$, so gilt zunächst folgender Satz:

---

* Vergl. meine Abhandlung: „Geometrische Untersuchungen etc." in den Math. *Ann., Bd. XV S. 449.*

Die Fläche zweiten Grades $\mathfrak{R}$, welche eine beliebige Gerade g enthält und die Ebenen α und γ in resp. $\mathfrak{a}$ und $\mathfrak{c}$ berührt, schneidet jede der Flächen $\mathfrak{F}$ und $\mathfrak{F}'$ in zwei Kegelschnitten, von denen jeder mit g einen Punkt gemein hat.

Schneidet g die Gerade $\overline{\mathfrak{a}\mathfrak{c}}$, so ist $\mathfrak{R}$ die doppelt zu zählende Ebene durch g und $\overline{\mathfrak{a}\mathfrak{c}}$. Berührt ferner g die Fläche $\mathfrak{F}$, so fallen die beiden Kegelschnitte, in denen $\mathfrak{F}$ von $\mathfrak{R}$ geschnitten wird, in einen zusammen; $\mathfrak{R}$ berührt also die Fläche $\mathfrak{F}$ längs eines Kegelschnittes. Ist also g eine gemeinsame Tangente von $\mathfrak{F}$ und $\mathfrak{F}'$, so berührt $\mathfrak{R}$ sowohl $\mathfrak{F}$, als $\mathfrak{F}'$ längs eines Kegelschnittes. Da nun infolge dessen jede in $\mathfrak{R}$ enthaltene Gerade $\mathfrak{F}$ und $\mathfrak{F}'$ berührt, so erhalten wir folgenden Satz:

I. **Jede in einer solchen Fläche zweiten Grades $\mathfrak{R}$ enthaltene Gerade, welche eine gemeinsame Tangente zweier Flächen zweiten Grades enthält, die ein windschiefes Vierseit gemein haben, und ferner die Flächen $\mathfrak{F}$ und $\mathfrak{F}'$ in zwei gegenüberliegenden Ecken dieses Vierseits berührt, ist eine gemeinsame Tangente von $\mathfrak{F}$ und $\mathfrak{F}'$.**

Die Gerade p möge nun $\mathfrak{F}$ und $\mathfrak{F}'$ in resp. $\mathfrak{p}$ und $\mathfrak{p}'$ berühren und mit den beiden gegenüberliegenden Ecken $\mathfrak{a}$ und $\mathfrak{c}$ die Fläche zweiten Grades $\mathfrak{R}$, mit $\mathfrak{b}$ und $\mathfrak{d}$ aber $\mathfrak{R}'$ bestimmen. Durch $\mathfrak{p}$ geht nun ausser p noch eine andere in $\mathfrak{R}$ enthaltene Gerade q, welche $\mathfrak{F}$ nach I in einem Punkte $\mathfrak{q}'$ berührt, durch $\mathfrak{q}'$ ferner ausser q eine andere in $\mathfrak{R}$ enthaltene Gerade r, welche $\mathfrak{F}$ in $\mathfrak{r}$ berührt. Ebenso geht durch $\mathfrak{p}'$ ausser p eine andere in $\mathfrak{R}$ enthaltene Gerade q', welche $\mathfrak{F}$ in $\mathfrak{q}$ berührt, und durch $\mathfrak{q}$ ausser q' eine andere in $\mathfrak{R}$ enthaltene Gerade r', welche $\mathfrak{F}'$ in $\mathfrak{r}'$ berührt. Da nun aber von jedem Punkte der einen Fläche immer nur zwei Tangenten an die zweite gehen, welche auch die erste berühren, so folgt, dass alle die Geraden p, q, r, q', r' auch in $\mathfrak{R}'$ enthalten sind. Nun können aber $\mathfrak{R}$ und $\mathfrak{R}'$ nicht identisch sein; also ist $r = r' = p'$, $\mathfrak{r} = \mathfrak{q}$, $\mathfrak{r}' = \mathfrak{q}'$. Da ferner die Geraden $\overline{\mathfrak{p}\mathfrak{q}}$ und $\overline{\mathfrak{p}'\mathfrak{q}'}$ in den Ebenen der Kegelschnitte liegen müssen, in welchen $\mathfrak{R}$ und $\mathfrak{R}'$ von $\mathfrak{F}$ und $\mathfrak{F}'$ resp. berührt werden, so folgt der Satz:

II. **Haben zwei Flächen zweiten Grades $\mathfrak{F}$ und $\mathfrak{F}'$ ein windschiefes Vierseit gemein, so ordnen sich die gemeinsamen Tangenten derselben zu zweifach unendlich vielen windschiefen Vierseiten, von denen je zwei gegenüberliegende Ecken mit den zugehörigen Seitenflächen Punkte mit den zugehörigen Tangentialebenen von $\mathfrak{F}$, resp. $\mathfrak{F}'$ sind. Die Diagonalen aller dieser Vierseite treffen diejenigen des $\mathfrak{F}$ und $\mathfrak{F}'$ gemeinsamen Vierseits.**

Offenbar verhalten sich die Flächen $\mathfrak{F}$ und $\mathfrak{F}'$ mit ihrem gemeinsamen Vierseit zu $\mathfrak{R}$ und $\mathfrak{R}'$ mit ihrem gemeinsamen Vierseit ebenso, wie diese zu jenen.

Dr. F. Schur.

XXX. Notiz über gewisse periodische Decimalbrüche.

Unter den Decimalbrüchen für die reciproken natürlichen Zahlen findet man mehrere, deren Periode eine gerade Zahl von Decimalstellen enthält, etwa $2k$ Stellen, von denen sich die 1te und die $(k+1)$te, die 2te und die $(k+2)$te u. s. w. zu 9 ergänzen, wie z. B. bei $\frac{1}{7}=0{,}142857\ldots$ Um alle Brüche von der Form $\frac{1}{N}$ zu entdecken, welche zu $2k$-stelligen Perioden dieser Art führen, kann man folgende Regel benutzen:

„Bezeichnet T einen Theiler von 10^k+1, so ist $N=\frac{10^k+1}{T}$, und die k Ziffern der ganzen Zahl $T-1$ sind die k ersten Stellen der Periode."

Beispielsweise hat man für sechsstellige Perioden $k=3$; $10^3+1=7.11.13$; $T=7, 11, 13, 77, 91, 143$, mithin bei umgekehrter Anordnung der Theiler

T	N	$T-1$	$\frac{1}{N}$
143	7	142	$\frac{1}{7}=0{,}142857\ldots$
91	11	090	$\frac{1}{11}=0{,}090909\ldots$
77	13	076	$\frac{1}{13}=0{,}076923\ldots$
13	77	012	$\frac{1}{77}=0{,}012987\ldots$
11	91	010	$\frac{1}{91}=0{,}010989\ldots$
7	143	006	$\frac{1}{143}=0{,}006993\ldots$

Der Beweis dieses Satzes beruht lediglich auf der Summenformel für die geometrische Progression und kann daher dem Leser überlassen bleiben.

Schlömilch.

Historisch-literarische Abtheilung

der

Zeitschrift für Mathematik und Physik

herausgegeben

unter der verantwortlichen Redaction

von

Dr. O. Schlömilch, Dr. E. Kahl

und

Dr. M. Cantor.

XXV. Jahrgang.

LEIPZIG,
Verlag von B. G. Teubner.
1880.

Druck von B. G. Teubner in Dresden.

Inhalt.

I. Abhandlungen.

II. Recensionen.

Geschichte der Mathematik und Physik.

Arithmetik, Algebra, Analysis.

Historisch-literarische Abtheilung.

Die Entdeckung der endlichen Lichtgeschwindigkeit durch Olaf Roemer.

Von

Dr. Alex. Wernicke.

I. Die Geschichte der Roemer'schen Entdeckung.

Ein dichter Schleier von ererbten und neu entstandenen Vorurtheilen hüllte die Welt des fünfzehnten Jahrhunderts ein. Es kostete gewaltige Anstrengungen, diesen Schleier zu zerreissen, und als endlich das freie Denken wieder zu Ehren gekommen war, boten die Vertreter mittelalterlicher Tendenzen alle Kräfte auf, um die neue Richtung zu unterdrücken. Es gelang ihnen auch auf dem Gebiete des Glaubens, die Entscheidung hinauszuschieben, und selbst in unseren Tagen ist hier noch kein Abschluss erreicht. Anders steht es auf dem Felde der Wissenschaft. Da ist der Sieg des kritischen Verstandes in dem Kampfe mit gläubigen Vorurtheilen schon längst entschieden. Der Streit begann mit der Geistesthat des Copernicus und endete mit der Entdeckung von Olaf Roemer. Nachher folgte jene ruhige und stetige Entwickelung der gesammten Naturwissenschaften, auf die wir heute so stolz sind; es war ein rüstiges Vorwärtsgehen ohne Zaudern und Schwanken, ein sicheres und glückliches Streben, das sich um seine Berechtigung nicht mehr zu kümmern brauchte.

Lange Zeit hatte man die Erde als Wohnsitz der Menschen für das wichtigste Glied des Alls gehalten — auf diese Stellung lehrte Copernicus verzichten. Langsam begann man die ganze Bedeutung der Naturgesetze zu verstehen; man fing an einzusehen, dass sie allein das Ruhende im Flusse der Dinge seien, und versuchte die Erscheinungen auf der Erde durch sie zu regeln. Noch scheute man sich, durch das Ansehen der Bibel und der Aristotelischen Werke bewogen, den Naturgesetzen auch Geltung im Reiche der himmlischen Erscheinungen, in der Welt „jenseit des Mondes" zuzusprechen. Namentlich stattete man das Licht als Boten des Himmels mit unmessbar grosser Geschwindigkeit aus. Darum war es von ungeheuerer Bedeutung, dass dem Dogma von der momentanen Fortpflanzung des Lichtes ein Ende gemacht wurde. Die Zeitgenossen Roemer's waren sich dieser Bedeutung wohl bewusst. Die Geschichte der Pariser Akademie, welche, auf die alten Register und die Historia von Du Hamel gestützt, im Jahre 1735 herausgegeben wurde, sagt über diesen Punkt: „*Il falut donc admettre le retardement de la Lumière, si vraisemblable selon la Physique, quand il ne seroit pas prouvé par l'Astronomie. Pourquoi la Lumière pourroit-elle traverser un espace en un instant, plûtôt que le son ou pour parler encore plus philosophiquement, plûtôt qu'un bloc de marbre: car le mouvement du corps le plus subtil ne peut être que plus prompt, mais il ne peut pas plus être instantané que celui du corps le plus pesant et le plus massif. Un préjugé trop favorable aux Cieux et aux Corps Célestes leur a fait donner bien des prérogatives qu'ils commencent à perdre. On avait cru les Cieux incapables de changement et d'altération: on est présentement desabusé par l'expérience: mais si on avoit bien raisonné c'auroit dû être de tout tems un grand préjugé contre eux que les changemens des corps sublunaires. Les mêmes loix de la Nature ont cours partout et les Cieux ne doivent nullement être priviligiés.*“

§ 1.

Während die alten Physiker und Philosophen dem Lichte eine unendlich grosse Geschwindigkeit beigelegt hatten, sprach Bacon in seinem *Novum organon* aus, dass das Licht möglicherweise eine endliche Zeit gebrauche, um eine endliche Strecke zu durchlaufen. Vergebens hatte Galilei Versuchsstationen errichten lassen, um über diese Frage zu entscheiden, vergebens hatte Descartes[1]) die Mondfinsternisse beobachtet, um einen endlichen Werth der Lichtgeschwindigkeit abzuleiten. Da gelang es Roemer, in dieser Frage eine endgiltige Entscheidung herbeizuführen. Seine Forschungen in der Jupiterwelt setzten ihn in den Stand, diese Resultate zu gewinnen, und so hängt seine Entdeckung eng zusammen mit den astronomischen Untersuchungen seines Zeitalters.

Copernicus hatte eine grosse Zahl von Anhängern hinterlassen, und diesen kam es zu, den Ideen ihres Meisters Geltung zu verschaffen. Neben den grossartigen Arbeiten Kepler's war es hauptsächlich die Entdeckung[2]) der Jupitertrabanten durch Galilei, welche viel zur Anerkennung des neuen Systems beitrug. Man sah dort eine Welt im Kleinen, die den Annahmen des Astronomen von Thorn vollkommen entsprach. Natürlich richteten die hervorragendsten Geister alle ihre Aufmerksamkeit auf die Erforschung dieser fernen Welt. Galilei's Arbeiten, welche eine angenäherte Bestimmung der Bewegungsverhältnisse der Trabanten geliefert hatten, trugen die Keime neuer Entdeckungen in sich; sie bezeichneten zunächst den Zeitgenossen und der Nachwelt *die ganz bestimmte* Aufgabe: eine vollständige Kenntniss des Trabantensystems anzustreben. Als Galilei seine Tafeln der neuen Gestirne herausgab, machte er die Astronomen darauf aufmerksam, dass man in ihren häufigen Verfinsterungen ein ausgezeichnetes Mittel besässe, die Ortslängen zu bestimmen. Man arbeitete viel an der Bestimmung der Bahnelemente der neuentdeckten Weltkörper und dennoch stand man im Jahre 1642 noch ganz auf dem Standpunkte der Jahre 1614 und 1615.

Erst Cassini, welcher der Erforschung der Jupiterwelt seit dem Jahre 1642 alle seine Aufmerksamkeit zuwandte, fand die geeignete Beobachtungsmethode. Er sagt: „*Il faut préférer à toutes les autres phases les éclipses que ces satellites souffrent en passant par l'ombre de Jupiter, dont on peut observer l'entrée et la sortie.*" Auf Grund solcher Beobachtungen entstanden die *Ephemerides Bononienses*, welche Cassini's Weltruf begründeten und ihm das Directorat des Pariser Observatoriums eintrugen. Diese Tafeln genügten weit besser, als Alles, was bisher über diesen Gegenstand vorhanden war. Damit war der Weg vorgeschrieben, der zur vollständigen Kenntniss der Jupiterwelt führte: „Es handelte sich zunächst darum, möglichst viele Verfinsterungen der Jupitermonde zu beobachten."

In Paris, wo Picard und Richer neben Cassini wirkten, wurde diese Forderung natürlich gewissenhaft erfüllt. Im Jahre 1671 reiste Picard im Auftrage der Pariser Akademie nach Dänemark, um die verfallene Sternwarte Tycho's zu besuchen und daselbst astronomische Fundamentalbestimmungen zu machen. In Kopenhagen lernte er den jungen (1644 zur Aarhus geborenen) Mathematiker Olaf Roemer kennen und bewog denselben, von seinen Kenntnissen überrascht, sein Vaterland mit Frankreich zu vertauschen[3]). Roemer wurde im folgenden Jahre Mitglied der Akademie und arbeitete zunächst unter Picard's Leitung mit Cassini und Richer an der Bestimmung der Sonnenparallaxe[4]). Bald wurde er auch in die Untersuchungen über die Jupiterwelt hineingezogen. Er beobachtete mit Picard die Verfinsterungen der Trabanten[5]) und sie, wie Cassini, bemerkten bald in den Bestimmungsreihen ihrer Umlaufszeiten periodisch wiederkehrende Unregelmässigkeiten. Sie erkannten, dass die Dauer der Umlaufszeiten, die aus den Beobachtungen folgte, in gewisser Weise von der scheinbaren Grösse des Jupiter zur Zeit der Beobachtungen abhing[6]). Roemer gewann nach und nach die Ueberzeugung, dass sich die beobachteten Unregelmässigkeiten erklären liessen, wenn man im Gegensatz zu der bestehenden Ansicht annähme, dass die Geschwindigkeit des Lichtes eine endliche sei.

§ 2.

Roemer theilte der Akademie der Wissenschaften im September des Jahres 1676 mit, dass die Verfinsterungen des ersten Jupitertrabanten, welche im November zu erwarten seien, etwa 10′ später eintreten würden, als es die Rechnung auf Grund der Augustbestimmungen ergäbe, dass man sich z. B. am 16. November von einer solchen Verzögerung überzeugen könne und dass sich dieselbe durch die Annahme einer endlichen Lichtgeschwindigkeit erklären lasse. Die in Aussicht gestellte Verzögerung der Novembereclipsen wurde in der That beobachtet und zwar am 9. November 1676. Die Erscheinung sollte nach dem Calcul um 5^h 25′ 45″ Abends eintreten und trat um 5^h 35′ 45″ ein. Darauf trug Roemer am 22. November 1676 in der Akademie seine neue Theorie ausführlicher vor und theilte mit, dass das Licht 22′ brauche, um den Durchmesser der Erdbahn zu durchlaufen, und dass die Geschwindigkeit desselben demnach $48203\frac{317}{1141}$ Meilensecunden betrage. Sein Mass war die *lieue commune de France.*

§ 3.

Roemer begründete sein Theorem auf folgende Weise: So lange die synodische Umlaufszeit (T) des Trabanten dieselbe ist, muss auch die Zeit, welche zwischen irgend zwei Immersionen (oder zwei Emersionen) desselben liegt, stets ein Vielfaches (nT) der synodischen Umlaufszeit (T) sein. Ein Beobachter, welcher irgendwo im Weltenraum stationirt ist, wird daher aus den Immersionen (oder Emersionen) einen constanten Werth für die synodische Umlaufszeit der Trabanten herleiten, so lange diese selbst ungeändert bleibt und so lange die Entfernung seines Standortes vom Jupiter dieselbe ist. Aendert sich aber diese Entfernung in der Zeit, welche zwischen der ersten und zweiten Beobachtung liegt, um eine endliche Grösse d, so wird der Beobachter durch seine Bestimmungen die Grösse nT nur dann erhalten, wenn die Geschwindigkeit des Lichtes unendlich gross ist. Ist dieselbe endlich (v), so wird er statt nT das Resultat $nT \pm \frac{d}{v}$ erhalten, je nachdem eine Verlängerung oder Verkürzung der ursprünglichen Entfernung stattgefunden hat. Nun zwingt uns einerseits die Analogie der Erfahrung, auch bei den Trabanten die Constanz der siderischen (und demnach auch innerhalb gewisser Grenzen die Unveränderlichkeit der synodischen) Umlaufszeit anzunehmen, andererseits finden wir aus unseren Beobachtungen, während sich die Erde vom Jupiter entfernt, $nT + \varkappa$ statt nT, und während wir uns dem Jupiter nähern, $mT - \lambda$ statt mT; folglich ist es sehr wahrscheinlich, dass das Licht eine endliche Zeit gebraucht, um eine endliche Strecke zu durchlaufen. Ist ausser $\varkappa$ oder λ noch das entsprechende $d_\varkappa$ (oder d_λ) gegeben, so findet man unmittelbar $v = \frac{d_\varkappa}{\varkappa}$ $\left(\text{oder} = \frac{d_\lambda}{\lambda}\right)$.

§ 4.

Die Zahlenresultate hat Roemer durch Bestimmung von Gruppen $\varkappa, d_\varkappa, \ldots \lambda, d_\lambda$ aus den Beobachtungen des ersten Trabanten erhalten.

Er wählte für die Rechnung[1]) die Beobachtungen der Jahre 1671, 1672, 1673, weil Jupiter im Jahre 1672 in seinem Aphel stand und deshalb „*sibi similis et in motu et in intervallis a sole*" war. Für die Zeit seiner Beobachtungen durfte also Roemer die synodische Umlaufszeit des ersten Trabanten als constant ansehen. Roemer berechnete wahrscheinlich aus einem Immersionscyclus eine Umlaufszeit T_1, aus einem Emersionscyclus eine Umlaufszeit T_2 und benutzte dann den Werth $T = \frac{T_1 + T_2}{2}$, um für je zwei Beobachtungen den Werth nT und also auch die Grösse x (oder λ) herzustellen. Wenn man die Beobachtungen Roemers, welche uns von Horrebow in seiner „*Basis Astronomiae*" mitgetheilt worden sind, auf diese Weise benützt, gelangt man in der That zu den Roemer'schen Zahlenwerthen. Er benutzte[2]) eine Sonnenparallaxe von 9,3″ und legte[3]) seinen Rechnungen die aus der Gradmessung zwischen Sourdon und Malvoisine hervorgegangene Reductionsgleichung

$$1^0 = 57064 \text{ } \textit{tois. 3 pieds}$$

zu Grunde. Die *lieue commune de France*, von denen 25 auf einen Grad gehen, umfasst 2282 *tois*.

So erhalten der Erdradius (r), der Halbmesser (ϱ) der Erdbahn und die Lichtgeschwindigkeit (v) folgende Werthe:

$$r = 1432.745 \text{ } \textit{lieues c. d. F.},$$
$$\varrho = 31814460 \text{ } \textit{lieues c. d. F.},$$
$$v = 48213.73 \text{ } \textit{lieues-sec.}$$

Rechnet man diese Werthe in geographische Meilen um, so findet man

$$r = 859.6476 \text{ geogr. Meil.},$$
$$\varrho = 19088680 \quad \text{„} \quad \text{„}$$
$$v = 28922.24 \text{ Meil.-Sec.}$$

Bekanntlich nimmt man jetzt für v einen Werth von etwa 42000 Meilensecunden an.

§ 5.

Die Akademie erkannte die Roemer'schen Schlüsse nicht unbedingt an.[1]) Picard stellte sich zwar auf die Seite seines Zöglings[2]), Cassini aber scheint[3]) der Meinung seines Rivalen nie beigetreten zu sein, wenn er auch dem Gedankengange desselben seine Achtung zollte. Roemer hatte seine Resultate aus den Beobachtungen des ersten Jupitertrabanten gewonnen und nicht verschwiegen, dass ähnliche Betrachtungen bei den drei anderen nicht zum Ziele geführt hatten[4]). Cassini hielt diesen Umstand für sehr bedenklich und that nicht Unrecht daran. Roemer selbst hatte nach Erklärungen dieser Unregelmässigkeiten gesucht[5]) und war eigentlich nur zu dem Resultate gekommen: „*in confesso est, ipsos habere irregularitates nondum determinatas*". Im Jahre 1680 gab

Cassini[6]) verbesserte Tafeln der Monde heraus, bei deren Berechnung er auf die Roemer'sche Hypothese keine Rücksicht genommen hatte[7]). Seine „*Tabula secundae aequationis conjunctionis*", welche sich auf „*certaines équations empiriques*" stützt, soll das Roemer'sche Calcul ersetzen[8]). Die grösste Correction[9]), welche dort angegeben ist, beträgt nicht 22', sondern 14' 10". (Der genauere Werth, der viel später von Delambre gefunden wurde, beträgt 16' 26".)

§ 6.

Roemer kehrte 1681 nach Kopenhagen zurück, um fortan in seinem Vaterlande zu wirken. In Paris scheint man nach seinem Fortgange das Vertrauen auf seine Entdeckungen nach und nach verloren zu haben. Du Hamel trat zwar in seiner „*Philosophia vetus et nova*", die 1681 erschien, den Ausführungen Roemer's bei, führte aber statt der von Jenem angegebenen 22' den Cassini'schen Werth von 14' 10" ein. Später[1]) griff Maraldi die Roemer'sche Entdeckung heftig an und wiederholte alle Einwände, die bereits Roemer selbst ausführlich erwogen hatte. Durch ihn wurde auch Fontenelle bestimmt[2]), die endliche Lichtgeschwindigkeit für unerwiesen zu halten, während Halley mit allen Kräften für dieselbe eintrat[3]). Später wurde Roemer's Verdienst auch in Paris wieder anerkannt. Der Secretär der Akademie de Mairan gab sich (1735) viele Mühe[4]), den Beweis zu liefern, dass Maraldi selbst schliesslich die Hinfälligkeit seiner Einwände anerkannt habe. Als Bradley's Arbeiten über die Aberration die Roemer'sche Entdeckung bestätigt hatten, wurde dem Gedankengange des grossen Dänen überall die schuldige Anerkennung.

§ 7.

Was Roemer selbst in dieser Frage noch gethan hat, ist schwer zu entscheiden. Obgleich er schon im Jahre 1677 die Absicht hatte, die Beobachtungen und Rechnungen, welche seine Entdeckung bestätigten, zu veröffentlichen[1]), so ist er doch weder während seines Pariser Aufenthalts, noch in seiner Heimath dazu gekommen. Man weiss auch nicht, ob Roemer weitere Versuche gemacht hat, die Unregelmässigkeiten der drei anderen Trabanten zu erklären, um sich dadurch gegen den einzigen stichhaltigen Einwand seiner Gegner zu schützen. Es ist auch keine Notiz darüber vorhanden, ob er aus späteren Beobachtungen den Schluss gezogen, dass die Zahl 22 durch 14 oder 15 zu ersetzen sei[2]). Nach dem Tode Roemer's, welcher 1710 erfolgte, blieben seine Papiere unbenutzt liegen, bis einer seiner Schüler, Peter Horrebow, Director der Sternwarte wurde[3]). Dieser fasste den Plan, die Werke seines Meisters zu ordnen und herauszugeben. Als er seine Arbeit fast halb beendet hatte, zerstörte ein Brand (1728) das Observatorium und beinahe alle Aufzeichnungen Roemer's. Horrebow gab die Ueberreste derselben in seiner *„Basis Astronomiae“* heraus (1735). So ist wenigstens Einiges von den Untersuchungen des grossen Astronomen auf uns gekommen, und zwar Manches, das für die Geschichte der Entdeckung der endlichen Lichtgeschwindigkeit von hohem Werthe ist.

II. Quellen und Belege für die Geschichte der Roemer'schen Entdeckung.

Neben den Registern der Pariser Akademie, welche im Allgemeinen unzugänglich sind, ist die *„Regiae scientiarum Academiae Historia“* die älteste Quelle für die Thätigkeit der ersten Akademiker. Einzelne Arbeiten derselben finden sich auch im *„Journal des Savants“*. Im Jahre 1731 erschien in Holland ein umfassendes Werk: *„Histoire de l'Académie Royale des Sciences contenant les ouvrages adoptez par cette Académie avant son renouvellement en* 1699“, während man in Paris an einem ähnlichen Unternehmen arbeitete. Der Secretär der Akademie Fontenelle und seine Nachfolger bereiteten ein zehnbändiges Werk vor, das 1735 erschien und welches in den ersten Bänden die Geschichte der Akademie *(Hist. Par.)*, in den anderen *(Anc. mém.)* die Arbeiten der Akademiker enthält. Ausserdem ist der im Jahre 1678 geschriebene, im Jahre 1690 herausgegebene *„Traité de la lumière par Huyghens“* und die im Jahre 1735 veröffentlichte *„Basis Astronomiae“* des Peter Horrebow wichtig für das Studium der Roemer'schen Entdeckung. Ein Gleiches gilt von der 1681 erschienenen *„Philosophia vetus et nova“* des Du Hamel und von einigen späteren Memoiren der französischen Akademie.

Entsprechend den Zahlen der vorangehenden Darstellung, folgen nun für die einzelnen Paragraphen die Nachweise.

§ 1.

1) Man findet eine Darstellung des Gedankenganges von Descartes im *„Traité de la lumière“* von Huyghens. Descartes war übrigens, da seine Beobachtungen keinen endlichen Werth für die Lichtgeschwindigkeit ergaben, ein Verfechter der alten Ansicht, dass das Licht keine Zeit brauche, um sich fortzupflanzen. 2) Vergl. Cassini's Abhandlungen: *De l'origine etc.* und *Hypotheses etc.* Sie finden sich *Anc. mém.* Bd. VIII. 3) *Hist. Par.* siehe Jahr 1671. Interessant ist der Zusatz: *„C'est ainsi que la France faisoit toujours des acquisitions du côté de l'esprit et s'enrichissoit de ce qui appartenoit aux Etrangers.“* 4) *ibid.* 1673. 5) Brief Roemer's an Huyghens, enthalten in der *„Basis Astronomiae“*. 6) *Historia* von Du Hamel. *Lib. II, sect. II, cap. I, art. IX.*

§ 2.

Es ist wohl zu beachten, dass in der *Historia* von du Hamel *lib. II, sect. II* die Ueberschrift des ersten Capitels zwar *„de rebus astronomicis anni 1675“* lautet, dass aber in denselben hinter einander die Jahre 1675 und 1676 behandelt werden. Mit den Worten: *„At minime omittenda mihi videtur quae die primo Januarii* *anni 1676 Lunae defectio visa est*“ beginnt die Darstellung der Ereignisse des Jahres 1676. Cassini richtete sein Sendschreiben über die bevorstehende Umkehrung des Trabantensystems am 22. August 1676 an die Astronomen, denn der „*annus proximus*“ ist das Jahr 1677, wie unzweifelhaft aus einer Stelle des *lib. II, sect. VI, cap. I, art. IV* hervorgeht. Dort heisst es: „*Jam anno 1676 Dr. Cassinus in quadam Eruditorum diario admonuerat Astronomos exeunte Mart. anni 1677 systema satellitum Jovis sic inversum iri, ut*“ etc. Die *Histoire* vom Jahre 1735, welche zum Theil nach Du Hamel, zum Theil nach den Registern gearbeitet ist, trägt diesen Ueberlegungen Rechnung und giebt an, dass die erste Mittheilung Roemer's, die endliche Lichtgeschwindigkeit betreffend, der Akademie im September 1676 zugegangen sei. Dass Roemer selbst schliesslich die entscheidende Verfinsterung am 9. November 1676 beobachtete und nicht am 16., geht aus seinen Aufzeichnungen *(Basis Astron.)* hervor. Dass das Jahr 1676 das Jahr der entscheidenden Beobachtungen ist, geht aber aus Folgendem hervor: *α*) Auf dem, aus dem Brande des Observatoriums geretteten, Blatte *(Bas. Astr.)* sind weder August- noch November-Beobachtungen des Jahres 1675 verzeichnet, während solche für das Jahr 1676 vorhanden sind. *β*) Der Aufsatz Roemer's steht im „*Journal des Savants*“ vom Jahre 1676. *γ*) Berechnet man die Verfinsterungen der Jupitertrabanten für die Jahre 1675 und 1676, so findet man, dass zwar am 9. und 16. November 1675 Verfinsterungen stattgefunden haben, dass sie aber in die späten Frühstunden gefallen sind und demnach für die Beobachtung verloren waren. Die Berechnungen stimmen dagegen für das Jahr 1676 mit Roemer's Angaben vollkommen überein. *δ*) Huyghens schrieb im September 1677 an Roemer, um über dessen neue (!) Entdeckung Aufschluss zu erhalten. Demnach spielt der 22. November 1675, der in so vielen Geschichten der Astronomie angegeben wird, in der Geschichte der Entdeckung der endlichen Lichtgeschwindigkeit durchaus keine Rolle. Die Angaben der Beobachtungszeit für den 9. November 1676 stimmen nicht genau überein. Roemer giebt an, dass die Verfinsterung $5^h 45' 35''$ eingetreten sei *(Bas. Astr.)*, während sich im „*Journal des Savants*“ die Bestimmung $5^h 35' 45''$ findet. Offenbar sind in einer der Quellen die Zahlen 45 und 35 vertauscht worden. Die Rechnung entscheidet für die Angabe $5^h 35' 45''$. Was die Angabe der 22' betrifft, so stimmen die *Hist.* von Du Hamel „*ut impendat decem vel undecim minuta per spatium aequale semidiametro orbis annui*“ und das „*Journal des Savants*“, „*22' pour l'intervalle, qui est le double de celuy qu'il y a d'icy jusqu'au soleil*“ und Roemer's Brief an Huyghens *(Bas. Astr.)*, „*pro determinatione illorum 22 minutorum*“ vollkommen überein. Später hat Du Hamel die Zahl 22 durch den Cassini'schen Werth 14' 10'' ersetzt. Dies geht aus der betreffenden Stelle der „*Philosophia*“ des Du Hamel und aus einer Bemerkung, die Horrebow in seiner „*Bas. Astr.*“ macht, unzweifelhaft hervor. Huyghens hat in seinem 1690 erschienenen „*Traité de la lumière*“ die Roemer'sche Zahl 22 beibehalten und wir haben durchaus keinen Grund, anzunehmen, dass Roemer seine ursprünglich gegebene Zahl (22) durch irgend eine andere ersetzt wissen wollte.

§ 3.

Vergl. die Darstellung im „*Journal des Savants*“ (1676), die auch in die „*Anc. Mém.*“ (Bd. X) übergegangen ist, ferner den Bericht der „*Hist. Par.*“ (Bd. I) vom Jahre 1676, ferner die Angaben Du Hamel's in seiner „*Historia*“ und seiner „*Philosophia*“ und endlich den Brief Roemer's an Huyghens *(Bas. Astr.)*.

§ 4.

1) Vergl. den Brief an Huyghens *(Bas. Astr.)*. 2) und 3) Wir haben keine Angaben über die Art und Weise, wie Roemer seine Rechnungen durchführte.

Die folgende Rechnung soll den in § 4 gegebenen Resultaten zur Stütze dienen. Bezeichnet man die Horizontalparallaxe der Sonne mit δ, den Erdradius mit r und den Halbmesser der Erdbahn mit ϱ, so ist $r = \varrho \sin \delta$. Nun soll ϱ nach den Angaben in 11' mit der Geschwindigkeit $48203\frac{371}{1141}$ durchlaufen werden. Man weiss also, dass Roemer $\varrho = 11.60.48203\frac{371}{1141}$ setzte und demnach hat man ein Werthepaar (r, δ) aus der Gleichung $r = 11.60.48203\frac{371}{1141}.\sin\delta$ zu bestimmen. Man weiss, dass 9'' und einige Zehntel für δ zu setzen sind (Best. der Par. *Hist.* Bd. I, 1671), und hat die Resultate der Gradmessung (*Hist.* Bd. I, 1673) $1^0 = 57064$ *tois.* 3 *pieds* für die Strecke Malvoisine-Sourdon und $1^0 = 57057$ *tois.* für die Strecke Sourdon-Amiens gegeben. Man findet leicht, dass nur $\delta = 9{,}3''$ und $1^0 = 57064$ *tois.* 3 *pieds* von Roemer benutzt worden sein kann.

§ 5.

1) *Hist.* von Du Hamel 1675 und 1676. 2) Brief Roemer's an Huyghens (*Basis*). 3) Man hat zu wiederholten Malen versucht, die Roemer'sche Entdeckung als eine Errungenschaft Cassini's hinzustellen. Namentlich hat Maraldi in einer Abhandlung (*Mém. Par. Acad. 1707*) versucht darzulegen, dass Roemer nur einen, von Cassini leider zu früh aufgegebenen Gedanken wieder aufgenommen habe. Auf diese Verhältnisse wirft die Darstellung Delambre's (*Histoire de l'Astronomie*) einiges Licht. Dass Cassini als Anhänger Descartes' gerade die Roemer'sche Ansicht stets bekämpft hat, geht aus verschiedenen Quellen hervor. Cassini selbst sagt in den „*Hypotheses*" (*Anc. Mém.* Bd. VIII): „*Mr. Roemer expliqua très ingenieusement une de ces inégalites, qu'il avoit observées pendant quelques années dans le premier satellite, par le mouvement successif de la lumière ... mais*" etc. Diese Anerkennung des Roemer'schen Verdienstes ist wesentlich. Man vergl. damit eine Stelle der Cassini'schen Abhandlung „*De l'origine*" (*Anc. Mém.* Bd. VIII) und den oft citirten Brief Roemer's, sowie Du Hamel's Angaben. Interessant ist auch eine Stelle, welche Bertrand jüngst aus den Registern (1678) der Akademie excerpirt hat: „*Mr. Roemer a confirmé ... Comme ce problème est un de plus beaux que l'on ait encore proposés sur ce sujet et que Mr. Cassini y a trouvé quelques difficultés, on l'a examiné souvent dans l'assemblée.*" 4) Brief Roemer's an Huyghens (*Basis*). 5) *ibid.* 6) „*Hist. Par.*" (Bd. I), 1680. Vergl. auch „*Hypotheses*" (*Anc. Mém.* Bd. VIII). 7) „*Hypotheses*" (435). Cassini sagt zwar nur, dass er bei seiner ersten Arbeit (1668) empirische Gleichungen benutzt habe, um die Unregelmässigkeiten der Beobachtungen zu erklären; da er aber das Roemer'sche Calcul verwarf, so muss man annehmen, dass er auch bei den späteren Tafeln (1680) dasselbe Verfahren anwandte. Vergl. auch Delambre's „*Hist. de l'Astr.*". 9) „*Hypotheses*" (475).

§ 6.

1) „*Mém. Par.*" 1707. 2) Vergl. Horrebow's Bemerkungen in der „*Basis*". 3) Brief De Mairan's an Horrebow (*Basis*). 4) *ibid.*

§ 7.

1) Brief an Huyghens (*Basis*). 2) In seiner 1681 erschienenen „*Philosophia*" sagt Du Hamel: „*adeo ut periodi emersionum in semicirculo* KBL *sint longiores periodis immersionum* LEK *simul sumptis pene dimidia parte unius horae*". Diese Stelle führt Horrebow in seiner „*Basis*" an und sagt dazu: „*Scripsit ergo in Physica sua Secretarius Academiae expressis verbis: „pene dimidia parte unius horae". Ponamus ergo pro „pene dimidia parte unius horae" 28' 20''. Tantum autem excedit semicirculus* KBL *quantum deficit semicirculus* LEK *adeoque habemus prô peragranda diametro 14' 10'' quantem quoque moram statuit in tabulis suis*

Cassini (475)." Später fügt Horrebow hinzu: „*Indicio est Roemerum ex ultimis et universis suis observationibus tandem et finaliter conclusisse lumini opus esse parum ultra minuta quatuordecim, ut diametrum orbis annui emetiatur.*" Diesen Schlüssen kann ich nicht beistimmen. Es folgt eben nur, dass Du Hamel den Cassini'schen Werth im Auge gehabt hat, als er seine „*Philosophia*" schrieb.
3) Vergl. Horrebow's Angaben in der „*Basis Astronomiae*".

Berlin, Ende Juli 1879.

Recensionen.

Beiträge zur Theorie der Kugelfunctionen. 1. und 2. Abtheilung. Von Dr. F. Neumann, Professor der Physik an der Universität zu Königsberg. Leipzig, B. G. Teubner. 1878.

Im Jahre 1878 hat die Literatur über Kugelfunctionen ausser durch die weiter unten zu besprechende zweite Auflage des Heine'schen Handbuches noch eine weitere Bereicherung erfahren durch Veröffentlichung der Untersuchungen von Herrn F. Neumann. Von den zwei Abtheilungen, in welche das Neumann'sche Buch zerfällt, beschäftigt sich die erste allein mit der Darstellung der Kugelfunctionen selbst mittelst unendlicher Reihen und bestimmter Integrale. Von den verschiedenen Gesichtspunkten, von denen man bei der Entwickelung der Theorie ausgehen kann, legt Herr Neumann nur den einen zu Grunde, der bei physikalischen Anwendungen der wesentliche ist. Er betrachtet die Kugelfunctionen als Integrale der bekannten Differentialgleichung. Seine Methode ist daher eine einheitliche. Aus der Differentialgleichung wird für jeden Fall eine Anzahl specieller Reihen abgeleitet, woran sich die Darstellung durch solche bestimmten Integrale anschliesst, die dem von Herrn Neumann im Crelle'schen Journal Bd. 37 für die einfache Kugelfunction zweiter Art aufgestellten Integrale

$$Q_n(x) = \int_{-1}^{+1} \frac{P^n(z)\,dz}{x-z}$$

analog sind. Von den Kugelfunctionen mit zwei Indices, die hier abgeleitete Kugelfunctionen genannt werden, während Herr Heine sie als zugeordnete Functionen bezeichnet, werden auch diejenigen genauer behandelt, bei denen der zweite Index grösser als der Hauptindex ist. Die Darstellung dieser Functionen ist eine wesentlich andere, als bei Heine.

Uebrigens weicht die Neumann'sche Bezeichnung von der Heine-schen insofern ab, dass die entsprechenden Functionen in beiden Bezeichnungen sich durch einen constanten Factor unterscheiden. Die einfache Kugelfunction der ersten Art, $P^n(x)$ nach Heine, $P_n(x)$ nach Neumann, ist in beiden Bezeichnungen genau dieselbe, während die Kugelfunction der zweiten Art, $Q^n(x)$ bei Heine, gleich der Hälfte des vorstehenden Integrals ist, bei Neumann dagegen gleich dem Integral, so dass

$$Q_n(x) = 2 . Q^n(x).$$

Die abgeleiteten Kugelfunctionen sind particuläre Integrale der Gleichung

$$\text{a)} \qquad \frac{d(1-x^2)\frac{dY}{dx}}{dx} + n(n+1) . Y - \frac{j^2}{1-x^2} Y = 0.$$

Man hat hier zwei Fälle zu unterscheiden:

I. Für $j \leqq n$ sind die Functionen der ersten Art für $x = \pm 1$ endlich, für $x = \pm \infty$ dagegen unendlich gross, während die Functionen der zweiten Art für $x = \pm \infty$ verschwinden, für $x = \pm 1$ unendlich gross werden. Die Functionen der ersten Art sind nach Heine

$$P_j^n(x) = (x^2-1)^{\frac{1}{2}j} \frac{(n-j)!}{1.3 \ldots (2n-1)} \frac{d^j P^n(x)}{dx^j},$$

nach Neumann

$$P_{nj}(x) = (1-x^2)^{\frac{1}{2}j} \frac{d^j P_n(x)}{dx^j}.$$

Die Functionen der zweiten Art sind nach Heine

$$Q_j^n(x) = (x^2-1)^{\frac{1}{2}j} (-1)^j \frac{1.3.5 \ldots (2n+1)}{(n+j)!} \frac{d^j Q^n(x)}{dx^j},$$

nach Neumann

$$Q_{nj}(x) = (1-x^2)^{\frac{1}{2}j} \frac{d^j Q_n(x)}{dx^j}.$$

Die Neumann'sche Bezeichnung hat den Vortheil, dass für $j = 0$ die abgeleiteten Functionen unmittelbar in die einfachen Kugelfunctionen übergehen, während bei Heine $P_0^n(x)$ sich von $P^n(x)$ durch einen constanten Factor unterscheidet. Andererseits ist bei Heine der Coefficient der höchsten Potenz $= 1$, was auch vielfach vortheilhaft ist.

II. Für $j > n$ bleibt die Definition der Kugelfunctionen zweiter Art, Q_{nj}, resp. Q_j^n, völlig ungeändert. Dagegen zeigt die Function P_{nj} in diesem Falle ein ganz anderes Verhalten, weshalb Herr Neumann die P_{nj} in zwei Classen theilt, deren erste die oben definirte Function P für $j \leqq n$ ist, während die zweite Classe der P_{nj} (für $j > n$) von Neuem in zwei Abtheilungen zerfällt, die resp. mit $S_{nj}(x)$ und $T_{nj}(x)$ bezeichnet werden. $S_{nj}(x)$ verschwindet für $x = -1$ und wird für $x = +1$ unendlich, $T_{nj}(x)$ verschwindet für $x = +1$ und wird für $x = -1$ unendlich; beide Functionen werden ausserdem für $x = \infty$ unendlich gross. Der constante Factor in beiden ist so bestimmt, dass

$$Q_{nj}(x) = S_{nj}(x) - T_{nj}(x)$$

wird. Diese Unterscheidung der S und T findet sich bei Heine, der für die P in diesem Falle eine ganz andere Darstellung hat, nicht.

Nach Aufstellung der Definitionen entwickelt Herr Neumann zunächst auf bekannte Weise zwei particuläre Integrale der Differentialgleichung der zugeordneten Functionen (s. oben) in Reihen, die nach fallenden Potenzen von $(x-1)$ fortschreiten, während diese Reihen ausserdem noch den Factor $\left(\frac{x+1}{x-1}\right)^{\frac{1}{2}j}$ haben. Die eine der Reihen, Y_1 genannt, hat als höchste Potenz $(x-1)^n$; sie ist mit P_{nj} gleichwerthig, d. h. sie unterscheidet sich von P_{nj} nur durch einen constanten Factor, wie sich aus dem Verhalten in den singulären Punkten ± 1, ∞ ergiebt. Die andere Reihe Z_1, die als höchste Potenz $(x-1)^{-(n+1)}$ hat, ist mit Q_{nj} gleichwerthig und wird durch einen passend gewählten Factor mit Q_{nj} identisch. Beachtet man nun, dass die Differentialgleichung sich nicht ändert 1) durch Vertauschung von x mit $-x$, 2) durch Vertauschung von j mit $-j$, 3) durch gleichzeitige Vertauschung von x mit $-x$ und j mit $-j$, 4) durch Vertauschung von n mit $-(n+1)$, 5) dadurch, dass man jede der Operationen 1), 2), 3) mit der Operation 4) combinirt, so folgt, dass man durch jede der genannten sieben Operationen aus einem particulären Integral der Gleichung a) ein anderes erhält. Es ist die Frage, ob die so auseinander hervorgehenden Integrale auch gleichwerthig sind. Um dies zu entscheiden, werden jene Operationen auf diejenigen (als bekannt vorausgesetzten) Reihen angewandt, durch die P_{nj} und Q_{nj} nach fallenden Potenzen von x entwickelt werden. Daraus ergiebt sich, dass die Operationen 1), 2), 3) jedes particuläre Integral in sich selbst oder in ein gleichwerthiges überführen. Jene drei Umformungen werden nun zunächst mit der Reihe Z_1 vorgenommen, wodurch sich die neuen Reihen Z_2, Z_3, Z_4 ergeben, so dass man nach Multiplication dieser Reihen mit passenden Constanten, welchen Werth auch n haben möge, für $Q_{nj}(x)$ vier Reihen hat, von denen zwei nach fallenden Potenzen von $(x-1)$, zwei nach fallenden Potenzen von $(x+1)$ fortschreiten. Diese Reihen sind unendlich und convergiren für $x^2>1$, sobald $j\leqq n$, wobei $j=0$ eingeschlossen ist; die Reihen sind dagegen endliche für $j>n$. Wendet man dieselben Umformungen auf Y_1 an, so erhält man ausser Y_1 die Reihen Y_2, Y_3, Y_4. Für $j<n$ sind alle vier Reihen, von denen wieder zwei nach Potenzen von $x-1$, zwei nach Potenzen von $x+1$ fortschreiten, gleichwerthig mit P_{nj}. Man hat daher für $j\leqq n$ vier verschiedene endliche Reihen für P_{nj}. Durch Umkehrung der Reihenfolge der Glieder nehmen diese Reihen noch eine andere Form an, die man auch direct aus dem Taylor'schen Satze ableiten kann; und in letzterer Form sind die Reihen analog den Dirichlet-schen Reihen, welche $P^n(\cos\vartheta)$ nach Potenzen von $\cos^2\frac{\vartheta}{2}$, resp. $\sin^2\frac{\vartheta}{2}$ entwickeln. Für $j>n$ sind von den vier Reihen Y nur Y_1 und Y_4 unter einander gleichwerthig, desgleichen Y_2 und Y_3; dagegen ist das erstere

Paar mit dem letzteren nicht mehr gleichwerthig, da für $x=1$ $Y_1=\infty$, $Y_2=0$ wird und umgekehrt für $x=-1$ $Y_1=0$, $Y_2=\infty$. Daher sind in diesem Falle zwei Functionen zu unterscheiden: $Y_1=Y_4=S_{nj}$, $Y_2=Y_3=T_{nj}$. Die in diesen Functionen enthaltenen constanten Factoren werden so bestimmt, dass

$$S_{nj}(x)-T_{nj}(x)=Q_{nj}(x).$$

Zur Bestimmung dieser constanten Factoren wird für S und T noch eine andere Form abgeleitet; es wird nämlich gezeigt, dass die durch Umkehrung der Reihenfolge der obigen (endlichen) Reihen Y entstehenden neuen Reihen sich durch ein bestimmtes Integral summiren lassen, und zwar ist

$$\text{A)}\quad S_{nj}=h_j(1-x^2)^{\frac{1}{2}j}\int_{\infty}^{1}\frac{P_n(z)\,dz}{(x-z)^{j+1}},\qquad T_{nj}=h'_j(1-x^2)^{\frac{1}{2}j}\int_{\infty}^{-1}\frac{P_n(z)\,dz}{(x-z)^{j+1}},$$

wobei der Integrationsweg nur so zu wählen ist, dass die Stelle $z=x$ vermieden wird. Damit der oben geforderte Zusammenhang zwischen S, T, Q wirklich stattfinde, muss

$$h_j=h'_j=(-1)^j.1.2.3\ldots j$$

sein. Dann folgt weiter aus A):

$$\text{A}')\qquad Q_{nj}=h_j(1-x^2)^{\frac{1}{2}j}\int_{-1}^{+1}\frac{P_n(z)\,dz}{(x-z)^{j+1}}\qquad (j>n).$$

Uebrigens wird von den Integralen A) auch direct gezeigt, dass sie der Differentialgleichung genügen; ferner folgt aus denselben

$$S_{nj}(x)=(-1)^{j+n}\,T_{nj}(-x).$$

Weiter kann man mit Hilfe der Reihen für S und T für jedes der beiden Integrale auf den rechten Seiten der Gleichungen A) vier verschiedene Reihen aufstellen, und von diesen Reihen lässt sich zeigen, dass sie sich noch durch Integrale von anderer Form darstellen lassen, welche Herr Neumann als Integrale der zweiten Gattung bezeichnet. Hierdurch ergeben sich für die Functionen von S, T, Q die folgenden neuen Darstellungen:

$$\text{B)}\quad\left\{\begin{aligned} S_{nj}(x)&=-C.\left(\frac{1}{1-x^2}\right)^{\frac{1}{2}j}\int_x^{-1}(x-z)^{j-1}P_n(z)\,dz,\\ T_{nj}(x)&=-C.\left(\frac{1}{1-x^2}\right)^{\frac{1}{2}j}\int_x^{+1}(x-z)^{j-1}P_n(z)\,dz,\\ Q_{nj}(x)&=C.\left(\frac{1}{1-x^2}\right)^{\frac{1}{2}j}\int_{-1}^{+1}(x-z)^{j-1}P_n(z)\,dz,\end{aligned}\right.$$

wobei

$Q_n(0)$ und $Q'_n(0)$. Von den letzteren beiden Grössen folgt (je nachdem n gerade oder ungerade ist) die eine oder die andere unmittelbar aus dem obigen Ausdruck für $Q_n(x)$, während die noch übrig bleibende Grösse dadurch bestimmt wird, dass die Reihe für $Q_n(x)$ durch j-maliges Differentiiren ($j > n$) mit der vorher entwickelten Reihe für $Q_{nj}(x)$ übereinstimmen muss. Aus der Reihe für $Q_n(x)$ ergiebt sich leicht die für $Q_{nj}(x)$ ($j \leqq n$), während die Entwickelung von $P_{nj}(x)$ nach steigenden x bekannt ist. So sind also schliesslich dieselben Functionen auch nach steigenden Potenzen von x in Reihen entwickelt, welche Reihen, soweit sie nicht endlich sind, für $x^2 < 1$ convergiren. Die ebengenannten Reihen kann man sämmtlich auf die Form bringen

$$(1-x^2)^{\frac{1}{2}j}\{C\mathfrak{R}_{nj}(x) + C_1\mathfrak{S}_{nj}(x)\},$$

wo C und C_1 Constante sind, die entweder reell oder gleich einer reellen Zahl mal $lg(-1)$ sind, während $\mathfrak{R}_{nj}$ und $\mathfrak{S}_{nj}$ die Potenzreihen bedeuten

$$\mathfrak{R}_{nj} = 1 + \frac{(j-n)(j+n+1)}{1.2}x^2 + \frac{(j-n)(j-n+2)(j+n+1)(j+n+3)}{1.2.3.4}x^4 + \ldots,$$

$$\mathfrak{S}_{nj} = x + \frac{(j-n+1)(j+n+2)}{1.2.3}x^3 + \frac{(j-n+1)(j-n+3)(j+n+2)(j+n+4)}{1.2.3.4.5}x^5 + \ldots,$$

eine Darstellung, die sich übrigens für $j=0$ auch bei Heine findet.

In einem Anhange zur ersten Abtheilung stellt Herr Neumann eine grosse Zahl recurrenter Relationen zwischen den Kugelfunctionen mit verschiedenem Index zusammen. Für die einfachen Kugelfunctionen werden diese Relationen aus dem Laplace'schen Integral abgeleitet, woraus dann eine Entwickelung beliebig hoher Differentialquotienten von $P_n(x)$ in eine nach Kugelfunctionen fortschreitende Reihe folgt. Entsprechende Formeln für die Q_n ergeben sich aus dem Neumann'schen Integral (vergl. oben). Daran knüpfen sich analoge Relationen für die R, die in der obigen Darstellung von Q_n mit Hilfe des Logarithmus eine Rolle spielen, endlich sehr merkwürdige Beziehungen zwischen den P und Q, die zum Theil neu sind. Als Beispiele mögen hier folgende angeführt werden:

$$P_{n+1}.Q_n - P_n.Q_{n+1} = \frac{2}{2n+1},$$

$$P_{n+1}.Q_{n-1} - P_{n-1}.Q_{n+1} = \frac{2(2n+1)x}{n(n+1)},$$

$$P'_n.Q_n - P_n.Q'_n = \frac{2}{x^2-1},$$

wobei $P'_n = \frac{dP_n}{dx}$ ist. Nachdem noch für die Functionen P_{nj}, Q_{nj}, S_{nj}, T_{nj} einige recurrente Relationen abgeleitet sind, schliesst der Anhang mit Tafeln, welche die Werthe der sämmtlichen Functionen (resp. ihrer Differentialquotienten) für die speciellen Werthe des Arguments 0, ± 1, ∞ angeben.

Diese Entwickelungen bilden den ersten Theil der Neumann'schen Arbeit. Sind die Resultate auch nicht durchweg neu, so ist doch überall die Art, wie der Zusammenhang der verschiedenen Formeln ermittelt wird, eine eigenthümliche; und die sämmtlichen abgeleiteten Resultate werden für Anwendungen der Kugelfunctionen auf physikalische Probleme von grossem Werthe sein.

Der zweite Theil der Neumann'schen Arbeit beschäftigt sich mit der Entwickelung des Productes zweier Kugelfunctionen in eine nach Kugelfunctionen fortschreitende Reihe. Zunächst ergiebt sich aus der Differentialgleichung der Kugelfunctionen, dass das Product zweier Kugelfunctionen einer linearen Differentialgleichung vierter Ordnung genügt. Es seien U, V Kugelfunctionen resp. mit dem Index p, q, gleichgiltig, ob von der ersten oder zweiten Art, so genügt das Product $Y = U.V$ der folgenden Differentialgleichung:

$$\frac{d^2}{d\sigma^2}\left\{(1-\sigma^2)\frac{d(1-\sigma^2)\frac{dY}{d\sigma}}{d\sigma}\right\} + 2[p(p+1)+q(q+1)]\frac{d\left[(1-\sigma^2)\frac{dY}{d\sigma} - \sigma . Y\right]}{d\sigma}$$
$$+ [p(p+1) - q(q+1)]^2 . Y = 0.$$

Von dieser Gleichung kennt man sofort vier particuläre Integrale, da die Grössen U, V sowohl Kugelfunctionen der ersten, als der zweiten Art sein können, nämlich die vier Producte

$$P_p . P_q,\quad Q_p . Q_q,\quad P_p . Q_q,\quad P_q . Q_p.$$

Nebenbei ergiebt sich, dass die Producte der abgeleiteten Kugelfunctionen $P_{p1} . P_{q1}$, $Q_{p1} . Q_{q1}$ etc. mit den vorigen durch eine einfache Relation zusammenhängen und dass diese letzteren Producte ihrerseits ebenfalls die particulären Integrale einer andern Differentialgleichung vierter Ordnung sind. Für $p = q$ geht ferner die obige Differentialgleichung in eine der dritten Ordnung über, so dass das Quadrat einer Kugelfunction einer Differentialgleichung der dritten Ordnung genügt; für die dritte und vierte Potenz einer Kugelfunction wird ebenso eine Gleichung der vierten, resp. fünften Ordnung aufgestellt, ein Verfahren, das sich leicht verallgemeinern lässt.

Zu der oben angeführten Hauptgleichung zurückkehrend, zeigt nun Herr Neumann, dass man jene Gleichung durch eine Reihe integriren kann, die nach einfachen Kugelfunctionen fortschreitet. Ordnet man die Reihe nach fallenden Indices und ist r_0 der Index des ersten Gliedes, so sind die übrigen r_0-2, r_0-4, r_0-6 etc. Für r_0 ergiebt sich eine Gleichung vierten Grades, deren Wurzeln sind

$$r_0=p+q=s,\quad r_0=-(p+q+2)=-(s+2),\quad r_0=q-p-1=-(d+1)$$
$$r_0=p-q-1=d-1,\ \text{wobei}\ p>q,\ p+q=s,\ p-q=d.$$

Somit erhält man aus der einen Reihe, den vier Werthen von r_0 entsprechend, vier particuläre Integrale, wobei zu beachten ist, dass die Kugelfunction $P_{-(n+1)}$ mit der Kugelfunction zweiter Art mit positivem Index $Q_n(x)$ gleichwerthig ist. Das erste dieser particulären Integrale, J_s, ist eine endliche Reihe von Kugelfunctionen der ersten Art, mit $P_s(\sigma)$ beginnend, mit $P_d(\sigma)$ aufhörend. Das zweite particuläre Integral, $J_{-(s+2)}$, ist eine unendliche Reihe von Kugelfunctionen zweiter Art, mit Q_{s+1} beginnend, und zwar ist der Index der Q steigend. Das dritte Integral, $J_{-(d+1)}$, ist eine endliche Reihe der Q, mit Q_d anfangend und mit Q_s aufhörend. Die Coefficienten dieser Reihe stimmen mit denen der ersten Reihe überein. Das vierte particuläre Integral endlich, J_{d-1}, ist eine endliche Reihe der P, mit P_d anfangend und mit P_0 oder P_1 aufhörend. Die Coefficienten jeder der Reihen werden durch Recursionsformeln vollständig bestimmt. Durch Betrachtung der singulären Punkte ± 1, ∞ und durch das Verhalten der Functionen bei Aenderung des Vorzeichens des Arguments ergiebt sich leicht der Zusammenhang der vier Reihen mit denjenigen particulären Integralen, die in Form der Producte $P_p.P_q$ u. s. w. dargestellt waren, und zwar ist

$$P_p.P_q=A.J_s,\qquad Q_p.Q_q=B.J_{-(s+2)},$$
$$Q_p.P_q=\Gamma.J_{-(d+1)},\quad P_p.Q_q=\Delta.J_{-(d+1)}+E.J_{d-1}.$$

Die Coefficienten A, B, Γ, Δ, E lassen sich leicht durch das Verhalten der Reihen im Unendlichen bestimmen, resp. dadurch, dass man die Kugelfunction der zweiten Art mit Hilfe des Logarithmus ausdrückt. Hierbei ergiebt sich noch $\Gamma=\Delta$, so dass

$$P_p.Q_q-Q_p.P_q=E.J_{d-1},$$

womit die links stehende Differenz in eine Reihe von Kugelfunctionen entwickelt ist. Unter den verschiedenen Anwendungen auf specielle Fälle, u. A. auf den Fall $p=q$, heben wir besonders hervor die Entwickelung von $log\left(\frac{1-\sigma}{1+\sigma}\right)$ in eine nach den Kugelfunctionen $P_n(\sigma)$ fortschreitende unendliche Reihe.

An die Entwickelung des Productes zweier Kugelfunctionen schliesst sich nach dem Obigen leicht die des Productes zweier abgeleiteten Kugelfunctionen ersten Grades, z. B. $P_{p1}P_{q1}$ etc., sowie einer Kugelfunction mit einer abgeleiteten Kugelfunction ersten Grades an. Auch die hierfür geltenden Formeln werden sämmtlich mitgetheilt. Die abgeleiteten Reihen sind übersichtlich in Tabellen zusammengestellt, und zwar die endlichen Reihen in doppelter Anordnung, nach steigenden und fallenden Indices.

Den Schluss der Neumann'schen Arbeit bildet die Ermittelung von Integralen der Form

$$\int_{-1}^{+1} \frac{F(z)\,dz}{\sigma - z},$$

in denen die Function $F(z)$ entweder das Product $P_p(z)\,P_q(z)$ oder $(1-z)^2 \frac{d\,P_p(z)}{dz}\,\frac{d\,P_q(z)}{dz}$ oder $P_p(z)\frac{d\,P_q(z)}{dz}$ vertritt. Da man im dritten Falle ein verschiedenes Resultat erhält, je nachdem $p>q$, $p<q$ oder $p=q$ ist, so sind fünf Integrale zu betrachten. Von den Resultaten, die sich aus den obigen Reihenentwickelungen ergeben, sei hier das eine angeführt:

$$\int_{-1}^{+1} \frac{P_p(z)\,P_q(z)\,dz}{\sigma - z} = Q_p(\sigma).P_q(\sigma).$$

Nachdem ich über den Inhalt der Neumann'schen Schrift eine Uebersicht gegeben, bleibt mir noch übrig, darauf hinzuweisen, dass die Darstellung des Herrn Neumann von musterhafter Klarheit, der Druck der Formeln sehr correct und übersichtlich ist. Dass Herr Neumann die Arbeiten anderer Autoren auch da, wo sich seine Entwickelungen mit denen jener berühren, nicht citirt, ist wohl dadurch zu erklären, dass, wie ich vermuthe, die hier entwickelten Resultate schon vor Jahren gefunden und erst jetzt veröffentlicht sind. Auch war bei der einheitlichen, in sich abgeschlossenen Entwickelung ein solches Citiren zum Verständniss nicht nothwendig. Ich kann nicht schliessen, ohne den Wunsch auszusprechen, dass Herr Neumann in einer Fortsetzung seiner Beiträge auch Anwendungen der abgeleiteten Formeln auf physikalische Probleme mittheilen möge.

Berlin, 7. April 1879. A. Wangerin.

Handbuch der Kugelfunctionen, Theorie und Anwendungen, von Dr. E. Heine, ord. Professor der Mathematik an der Universität Halle. 1. Band. 2., umgearbeitete u. vermehrte Auflage. Berlin, G. Reimer. 1878.

Schon der äussere Vergleich der zweiten Auflage des Heine'schen Handbuchs mit der ersten, 1861 erschienenen, zeigt, dass es sich hier um eine völlige Umarbeitung handelt. Ist doch der Umfang des bisher erschienenen ersten Theiles (die Theorie der Kugelfunctionen umfassend) *auf fast 500* Seiten engen Druckes angewachsen. Der Zweck, den die erste Auflage mit verfolgte, den Anfänger in die Theorie der Kugelfunctionen einzuführen, ist bei der neuen Auflage in den Hintergrund getreten; bei dieser ging der Herr Verfasser hauptsächlich darauf aus, eine systematische Darstellung aller hierher gehörigen Untersuchungen bis auf die neueste Zeit zu liefern. Alle Vorzüge, die schon die erste Auflage auszeichneten, besitzt die neue Auflage in erhöhtem Maasse. Die verschiedenen Gesichtspunkte, aus denen die Kugelfunctionen Interesse darbieten und welche für die Entwickelung der Theorie massgebend gewesen sind, sind sämmtlich hervorgehoben. Die Definitionen zeichnen sich durch Exactheit, die Beweise durch Strenge aus. Die in dem Buche abgeleiteten Formeln sind bei dem jetzigen Stande der Lehre als die wesentlichsten anzusehen. Ueberhaupt ist das vorhandene Material so erschöpfend benutzt, dass wohl in keinem andern Gebiete der Analysis zusammenfassende Darstellungen von gleicher Vollständigkeit existiren. Die Originalarbeiten, aus denen der Verfasser geschöpft, sind überall mit der grössten Sorgfalt angegeben.

Aus dem reichen Inhalte des Buches werde ich mir im Folgenden erlauben, einzelne Punkte hervorzuheben, die mir von besonderem Interesse erscheinen. Dabei werde ich mich auf solche Gegenstände beschränken, bei denen die neue Auflage von der ersten abweicht, da die letztere Allen, die sich mit der Theorie der Kugelfunctionen beschäftigt haben, hinreichend bekannt sein dürfte.

Zunächst ist hervorzuheben eine ausführlichere und strengere Begründung überall da, wo es sich um Ausdehnung von Formeln, die zunächst für reelle Grössen gelten, auf complexe Grössen handelt; so gleich im Anfang bei der Definition der Kugelfunctionen aus der Entwickelung von $(1-2\alpha x+\alpha^2)^{-\frac{1}{2}}$ nach Potenzen von α, so ferner bei der Auswerthung des Integrals

$$\int_0^{2\pi} \frac{d\varphi}{A-B\cos\varphi-C\sin\varphi}$$

und an vielen anderen Stellen.

Die Darstellung der Kugelfunctionen in Form von höheren Differentialquotienten, die früher den Namen von Ivory und Jacobi trug, ist, wie Herr Heine durch literarische Citate zeigt, Rodrigues zuzuschreiben.

Bei der Entwickelung einer Function nach Kugelfunctionen ist der Begriff der Convergenz in gleichem Grade ausführlich erläutert.

Bemerkenswerth ist das Verfahren bei der Definition der Kugelfunctionen zweiter Art, $Q^n(x)$. Nachdem $Q^n(x)$ durch Entwickelung von $\frac{1}{x-y}$ nach $P^n(y)$, den Kugelfunctionen erster Art von y, eingeführt und dadurch für solche x, deren Modul >1, definirt ist, wird zunächst gezeigt, dass diese Function der Differentialgleichung der Kugelfunctionen genügt. Es bleibt $Q^n(x)$ auszudehnen auf Werthe von x, deren Modul $\leqq 1$ ist. Man verbinde zu dem Zwecke die beiden Punkte ± 1 durch einen Querschnitt und suche eine **eindeutige** Function, die 1) bis an den Querschnitt der Differentialgleichung der Kugelfunctionen genügt, die 2) bis an den Querschnitt continuirlich bleibt, nur in den Punkten ± 1 unendlich werden darf, die 3), mit x^{n+1} multiplicirt, für $x = \infty$ gleich wird

$$\frac{1.2\ldots n}{3.5\ldots(2n+1)}.$$

Diese Function heisst $Q^n(x)$ ausserhalb des Querschnittes. Im Querschnitt selbst ist dagegen $Q^n(x)$ das arithmetische Mittel aus den beiden Werthen an den Uferrändern. Die Existenz dieser Function wird dadurch bewiesen, dass das Integral der Differentialgleichung der Kugelfunctionen nach steigenden Potenzen von $\xi = x - \sqrt{x^2-1}$ entwickelt wird. Von den sich ergebenden particulären Integralen, die hypergeometrische Reihen sind, stimmt das eine bis auf einen constanten Factor mit $P^n(x)$ überein, das andere hat, ebenfalls mit einem constanten Factor multiplicirt, die verlangten Eigenschaften. Das so gefundene $Q^n(x)$ wird für $x = \pm 1$ unendlich, während es für alle übrigen reellen und complexen Werthe von x endlich ist. Bildet man nun den Werth von $Q^n(x)$ für zwei Punkte, die auf beiden Seiten des Querschnittes einander sehr nahe liegen, also für die beiden Werthe $x = \cos(\vartheta + i\varepsilon)$ und $x = \cos(\vartheta - i\varepsilon)$, geht dann zur Grenze für $\varepsilon = 0$ über, so hat $Q^n(x)$ für einen dieser Werthe die Form $A + Bi$, für den andern $A - Bi$; die Werthe von Q^n zu beiden Seiten eines Querschnittes unterscheiden sich daher um $2iB = i\pi P^n(x)$. Der Werth von $Q^n(x)$ im Querschnitt selbst ist A. Nachdem so die charakteristischen Eigenschaften der Function Q ermittelt sind, ohne auf die allgemeinen Sätze über lineare Differentialgleichungen zu verweisen, ergiebt sich durch Darstellung der hypergeometrischen Reihe als bestimmtes Integral, dass für alle Punkte **ausserhalb** des Querschnittes

$$19)\qquad Q^n(x) = \int_0^\infty \frac{du}{(x + \cos(iu).\sqrt{x^2-1})^{n+1}},$$

während für Punkte des Querschnittes selbst

$$19a)\quad 2\,Q^n(x) = \int_0^\infty \frac{du}{(x + \cos(iu).\sqrt{x^2-1})^{n+1}} + \int_0^\infty \frac{du}{(x - \cos(iu).\sqrt{x^2-1})^{n+1}}$$

ist; und aus der letzten Gleichung folgt, dass $Q^n(x)$ auch für Punkte im Querschnitt der Differentialgleichung genügt

Will man auf die Eindeutigkeit verzichten, so kann man statt *des obigen* Verfahrens auch das folgende einschlagen. Man suche für die Function $Q^n(x)$, die für $mod\, x > 1$ bekannt ist, eine solche Fortsetzung, die der Differentialgleichung genügt und überall continuirlich ist, ausser in den Punkten $x = \pm 1$. Man erhält dann eine mehrdeutige Function $q^n(x)$, die beim Umkreisen der Punkte ± 1, und dieser allein, sich jedesmal um $\pm i\pi P^n(x)$ ändert. Diese Function lässt sich so darstellen:

20) $$q^n(x) = \tfrac{1}{2} P^n(x) \log\left(\frac{x+1}{x-1}\right) - Z^n(x),$$

wo $Z^n(x)$ eine ganze Function von x vom Grade $(n-1)$ ist. Will man für die oben definirte Function $Q^n(x)$ dieselbe Darstellung haben, so ist

20c) $$Q^n(x) = \tfrac{1}{2} P^n(x) \log\left(\frac{x+1}{x-1}\right) - Z^n(x)$$

für alle Punkte ausserhalb des Querschnittes, während für die Punkte des Querschnittes

20d) $$Q^n(x) = \tfrac{1}{2} P^n(x) \log\left(\frac{1+x}{1-x}\right) - Z^n(x)$$

ist. In den beiden Ausdrücken für $Q^n(x)$ ist der Logarithmus so zu nehmen, dass der Modulus seines imaginären Theiles möglichst klein wird, während in der Function q der Werth des Logarithmus von dem Wege abhängt, auf dem man zum Punkte x gelangt.

Aus dem Abschnitte, der die Kugelfunctionen der zweiten Art behandelt und der eine völlige Umgestaltung in der zweiten Auflage erfahren hat, hebe ich noch folgende Punkte hervor. Bei Gelegenheit der Darstellung von $Q^n(x)$ in Form eines vielfachen Differentialquotienten behandelt Herr Heine auch die beiden folgenden Differentialgleichungen, die im folgenden Abschnitte, bei der Theorie der zugeordneten Functionen, eine wesentliche Rolle spielen und deren erste durch r-maliges Differentiiren aus der Differentialgleichung der Kugelfunctionen entsteht, die zweite durch r-malige Integration:

23) $$(1-x^2)\frac{d^2y}{dx^2} - 2(r+1)x\frac{dy}{dx} + (n-r)(n+r+1)y = 0,$$

23a) $$(1-x^2)\frac{d^2y}{dx^2} + 2(r-1)x\frac{dy}{dx} + (n-r+1)(n+r)y = 0.$$

Dabei wird nicht nur der Fall $r \leq n$, der gewöhnlich allein in Betracht gezogen wird, sondern auch der Fall $r > n$ behandelt. Für die Gleichung 23) ergeben sich hier folgende Sätze:

1. Ein particuläres Integral der Gleichung 23) ist für jede Grösse der ganzen positiven Zahl r gleich der Function
$$\mathfrak{Q}^{(n)}_{-r}(x) = (-1)^r \frac{1.3.5\ldots(n+1)}{\Pi(n+r)} \frac{d^r Q^n(x)}{dx^r}.$$
2. Ein zweites particuläres Integral derselben Gleichung ist, so lange $r \leq n$, die ganze Function

$$\frac{\Pi(n-r)}{1.3\ldots(2n-1)}\frac{d^r P^n(x)}{dx^r}.$$

Wenn aber $r>n$, so findet man ein solches gleich

$$\frac{2n+1}{\Pi(r-n-1)}\frac{d^{r-n-1}}{dx^{r-n-1}}\left[(1-x^2)^{-n-1}\int_1^x (x^2-1)^n\,dx\right].$$

Diese Function, welche, mit x^{r-n} multiplicirt, für $x=\infty$ in 1 übergeht, wird $\mathfrak{P}^{(x)}_{-r}(x)$ genannt.

Nachdem noch für $Q^n(x)$ ein zweites, dem Integral 19) analoges Integral abgeleitet ist, das aus diesem durch die imaginäre Substitution

$$\cos(iv)=\frac{x\cos(iu)+\sqrt{x^2-1}}{x+\cos(iu)\sqrt{x^2-1}}$$

hervorgeht, folgt die Ableitung der Grenze, der sich die Functionen $P^n(x)$ und $Q^n(x)$ mit wachsenden n nähern. Hierbei tritt das folgende neue Resultat auf, das von besonderer Wichtigkeit ist für den Convergenzbeweis einer nach Kugelfunctionen fortschreitenden Reihe: Ist x eine Grösse, die sich mit wachsendem n der Grenze 1 nähert, $x=\cos\left(\frac{\vartheta_1}{n^\alpha}\right)$, ($\vartheta_1$ endlich), so ist

$$\lim_{n=\infty} P^n(x)=0,$$

sobald $0<\alpha<\frac{1}{2}$; und zwar muss man für α einen Werth nehmen, der angebbar unter $\frac{1}{2}$ liegt. Die Annäherung von $P^n(x)$ an Null ist dann von der Ordnung $\frac{1}{2}(1-\alpha)$.

Aus dem Abschnitte über die zugeordneten Functionen, der sich vorzugsweise auf die aus den obigen Gleichungen 23) und 23a) gewonnenen Resultate stützt, hebe ich die Berücksichtigung derjenigen Functionen $P^n_r(x)$, $Q^n_r(x)$ hervor, für die der untere Index $r>n$ ist. Es ist in allen Fällen

$$P^n_r(x)=(x^2-1)^{\frac{1}{2}r}\,\mathfrak{P}^{(n)}_{-r}(x),\quad Q^n_r(x)=(x^2-1)^{\frac{1}{2}r}\,\mathfrak{Q}^{(n)}_{-r}(x),$$

wo die Bedeutung der Functionen $\mathfrak{P}$, $\mathfrak{Q}$ oben angegeben ist. Uebrigens lassen die zugeordneten Functionen noch mehrfache andere Darstellungen zu.

Eine wesentliche Erweiterung hat der Abschnitt über Kettenbrüche erfahren. Es würde mich jedoch zu weit führen, hier auf das Einzelne einzugehen.

Bei der Entwickelung der Kugelfunctionen mit mehreren Veränderlichen werden die Methoden zur Transformation des Ausdrucks

$$\frac{\partial^2 V}{\partial x^2}+\frac{\partial^2 V}{\partial y^2}+\frac{\partial^2 V}{\partial z^2}$$

auf beliebige orthogonale krummlinige Coordinaten besprochen, speciell die von Jacobi und Dirichlet, welch' letztere auf einer Anwendung des Green'schen Satzes auf ein Volumenelement beruht. Dann ist diesem Abschnitte ein Zusatz über die geometrische Bedeutung der Kugelfunctionen hinzugefügt, dem eine Bemerkung aus dem Nachlass von Gauss zu Grunde liegt. Auch das Gauss'sche Verfahren, eine ganze homogene Function $\varphi(xyz)$ vom Grade n in eine Reihe von Kugelfunctionen zu verwandeln, wird hier mitgetheilt.

Eine völlige Umgestaltung hat das Capitel erfahren, das die Entwickelung von Functionen zweier Veränderlichen nach Kugelfunctionen behandelt. Durch Herrn Kronecker war Herr Heine darauf aufmerksam gemacht, dass bei unserer heutigen Kenntniss von Eigenthümlichkeiten der Functionen Dirichlet's berühmter Beweis nicht mehr völlig genügt, da er die Voraussetzung enthält, dass das Aggregat

$$\theta(\psi) = -\sin(\tfrac{1}{2}\psi)\int_{\psi}^{\pi}\frac{F(\eta)\sin\eta\,d\eta}{\sqrt{2(\cos\psi-\cos\eta)}} + \cos(\tfrac{1}{2}\psi)\int_{0}^{\psi}\frac{F(\eta)\sin\eta\,d\eta}{\sqrt{2(\cos\eta-\cos\psi)}}$$

nach ψ differentiirt werden könne, wo $F(\eta)$ den Mittelwerth

$$\text{c)}\qquad F(\eta) = \frac{1}{2\pi}\int_{0}^{2\pi} f(\eta,\varphi)\,d\varphi,$$

f die zu entwickelnde Function darstellt. Da man nicht im Stande ist, anzugeben, welche Eigenschaften f besitzen muss, damit obige Bedingung erfüllt wird, wurde der Dirichlet'sche Beweis durch einen völlig anderen ersetzt, bei dem eine Arbeit von Dini benutzt wurde, der aber in wesentlichen Punkten Herrn Heine eigenthümlich ist. Der Wichtigkeit der Sache wegen sei es gestattet, den Gedankengang des neuen Beweises darzulegen. Es ist die Summe der Reihe zu ermitteln

$$\text{a)}\qquad S = \sum_{n=0}^{\infty} X_n,$$

wo

$$X_n = \frac{2n+1}{4\pi}\int_{0}^{\pi}\sin\vartheta_1\,d\vartheta_1\int_{0}^{2\pi} f(\vartheta_1,\psi_1)\,P^n(\cos\gamma)\,d\psi_1,$$

$$\cos\gamma = \cos\vartheta\cos\vartheta_1 + \sin\vartheta\sin\vartheta_1\cos(\psi-\psi_1),$$

$$0 \leqq \vartheta \leqq \pi,\quad 0 \leqq \psi \leqq 2\pi$$

ist. Man betrachte zuerst die endliche Reihe von n Gliedern, deren Summe S_n sei, für den Fall $\vartheta = 0$, beachte, dass

$$P^n(\cos\vartheta).\sin\vartheta = \frac{dP^{n-1}}{d\vartheta} - \frac{dP^{n+1}}{d\vartheta},$$

so wird

$$\text{d)}\qquad -2S_n = \int_{0}^{\pi} F(\vartheta)\frac{dP^n}{d\vartheta}\,d\vartheta + \int_{0}^{\pi} F(\vartheta)\frac{dP^{n+1}}{d\vartheta}\,d\vartheta,$$

wo F dieselbe Bedeutung hat, wie vorher [Gl. c)], während zugleich ϑ_1 durch ϑ ersetzt ist. Um die Grenze zu finden, der sich jedes der auf der rechten Seite der Gleichung d) stehenden Integrale mit wachsendem n nähert, bestimme man die reellen und zwischen $\cos\vartheta = +1$ und $\cos\vartheta = -1$ liegenden Wurzeln der Gleichung $P^n(\cos\vartheta) = 0$; sie seien $\vartheta = \alpha_1, \alpha_2, \dots \alpha_n$, und zwar sollen diese Grössen sämmtlich zwischen 0 und π liegen. Man zerlege jedes dieser Integrale in Theilintegrale zwischen den Grenzen 0 bis α_1, α_1 bis α_2 etc., α_n bis π. Zwischen je zwei Werthen α liegt eine und nur eine Wurzel β der Gleichung $\frac{dP^n}{d\vartheta} = 0$. Zerlegt man nun jedes der vorigen Theilintegrale auf's Neue in zwei Integrale von α_m bis β_m und von β_m bis α_{m+1} und wendet auf jedes der letzteren Integrale den Mittelwerthsatz an, so erhält man für das ganze Theilintegral von α_m bis α_{m+1} einen Werth, der $P^n(\cos\beta_m)$ als Factor hat; und es ist $\lim_{n=\infty} P^n(\cos\beta_m) = 0$; demgemäss verschwinden alle Theilintegrale. Dieser Schluss ist jedoch nicht anzuwenden auf die Theilintegrale, die 0 und π zur untern, resp. obern Grenze haben, weil $P^n(\cos\vartheta)$ sich mit wachsendem n nur dann der Grenze 0 nähert, wenn ϑ von 0 oder π verschieden ist. Da jedoch $\lim P^n(\cos\vartheta) = 0$, selbst wenn $\vartheta = \frac{\vartheta_1}{n^\alpha}$, falls nur $\alpha < \frac{1}{2}$, so bleiben für $n = \infty$ von dem ersten der Integrale auf der rechten Seite von d) nur die Theilintegrale übrig

$$\int_0^\eta F(\vartheta)\frac{dP^n}{d\vartheta}d\vartheta + \int_{\pi-\eta_1}^{\pi} F(\vartheta)\frac{dP^n}{d\vartheta}d\vartheta,$$

wobei η und η_1 Grössen sind, die sich mit wachsendem n der Null nähern, so jedoch, dass $\sqrt{n}.\eta$ noch mit n ins Unendliche wächst. Die Werthe dieser Theilintegrale ergeben sich mit Hilfe des von den Herren Du Bois-Reymond und Weierstrass gefundenen Mittelwerthsatzes; dieselben sind für $n = \infty$

$$-F(0) + (-1)^{n-1} F(\pi - 0).$$

Behandelt man ebenso das zweite Integral der rechten Seite von d), so findet man schliesslich

$$\lim S_n = F(0).$$

Hieraus ergiebt sich weiter ebenso, wie bei Dirichlet, die Summe der Reihe a) für den Fall, dass ϑ von Null verschieden ist. Damit die Reihe $f(\vartheta, \varphi)$ zur Summe hat, muss f eine endliche, einwerthige Function vorstellen, die nur eine endliche Anzahl von Maxima und Minima besitzt, und es muss $f(\vartheta, 0) = f(\vartheta, 2\pi)$ und $f(0, \psi)$, sowie $f(\pi, \psi)$ von ψ unabhängig sein.

Die bisherigen Bemerkungen bezogen sich auf die eigentlichen Kugelfunctionen. Meine Absicht war es nicht, alle Verbesserungen, welche die zweite Auflage erfahren, einzeln anzuführen, sondern nur durch Hervorheben einiger mir besonders wichtig erscheinender Punkte eine Idee davon zu geben, „mit welcher Sorgsamkeit Herr Heine das neu hinzugekommene Material benutzt, resp. selbst neues Material beigebracht hat.

Neben den Kugelfunctionen hat Herr Heine sodann die mit ihnen verwandten Cylinderfunctionen berücksichtigt. Bei Besprechung der Grenze von $P^n(\cos\vartheta)$ für $n=\infty$ ergiebt sich die Cylinderfunction erster Art, $J(\vartheta)$, als Grenze von $P^n\left[\cos\frac{\vartheta}{n}\right]$ für $n=\infty$. Ebenso erhält man aus Q^n die Cylinderfunction zweiter Art K_n, und aus den zugeordneten Functionen P^n und Q_r^n die Cylinderfunctionen J_r und K_r. Von diesen Cylinderfunctionen sind die wichtigsten Eigenschaften abgeleitet; auf eine Vollständigkeit musste bei dem grossen Reichthum an Formeln, die für diese Functionen aufgestellt sind, verzichtet werden. Auch in den späteren Capiteln sind die Cylinderfunctionen neben den Kugelfunctionen berücksichtigt. So findet man zu der Entwickelung von P^n mit dem zusammengesetzten Argument

$$\cos\gamma=\cos\vartheta\cos\vartheta_1+\sin\vartheta\sin\vartheta_1\cos(\varphi-\varphi_1)$$

(Herr Heine nennt diese Entwickelung das Additionstheorem der Kugelfunctionen) ein Analogon, das zuerst von Herrn C. Neumann aufgestellt ist, nämlich die Entwickelung von $J(\vartheta_2)$, wo

$$\vartheta_2=\sqrt{\vartheta^2-2\vartheta\vartheta_1\cos\varphi+\vartheta_1^2}.$$

Endlich ist auch die Entwickelung einer beliebigen Function von zwei Veränderlichen nach Cylinderfunctionen abgeleitet.

Von Functionen, die den Kugelfunctionen analog sind, werden ferner die Kegelfunctionen kurz erwähnt, die man als Kugelfunctionen mit dem imaginären Index $-\frac{1}{2}+\mu i$ betrachten kann.

Den Lamé'schen Functionen, die für das dreiaxige Ellipsoid dieselbe Rolle spielen, wie die Kugelfunctionen für die Kugel und das Rotationsellipsoid, waren bereits in der ersten Auflage zwei Capitel gewidmet. In der zweiten Auflage fügt der Verfasser den bisherigen einige neue Entwickelungen hinzu und betrachtet dann auch die Functionen des elliptischen Cylinders, die mit den Cylinderfunctionen ebenso zusammenhängen, wie die Lamé'schen mit den Kugelfunctionen. Diese Functionen des elliptischen Cylinders, welche der Differentialgleichung genügen

$$\frac{d^2\mathfrak{E}(\varphi)}{d\varphi^2}+(8\beta^2\cos2\varphi+4z)\mathfrak{E}(\varphi)=0,$$

werden nach den Cosinus der Vielfachen der reellen oder imaginären Grösse φ in eine convergente Reihe entwickelt, deren Coefficienten Näherungsnenner eines gewissen Kettenbruches sind. Dieselben Coefficienten treten auch auf bei der Entwickelung der 𝔈 nach Cylinderfunctionen J mit dem Argument $i\beta\sqrt{8}\cos\varphi$. Die Grösse Z ist, wie bei den Lamé-schen Functionen, die Wurzel einer gewissen Gleichung. Von den Coefficienten bei der obigen Entwickelung von 𝔈 in eine trigonometrische Reihe wird ferner gezeigt, dass sie sich zu einander verhalten wie die Coefficienten einer orthogonalen Substitution, durch welche eine gewisse Form zweiten Grades mit unendlich vielen Veränderlichen in eine andere Form transformirt wird, die nur die Quadrate der Variabeln enthält. Aehnliches gilt übrigens auch für die Entwickelung der Lamé-schen Functionen nach den Functionen P_m^n oder in trigonometrische Reihen.

Ausser den genannten Zusätzen hat die Behandlung der Lamé-schen Functionen noch eine Erweiterung erfahren durch Hinzufügung eines neuen Abschnittes, welcher die Lamé'schen Functionen verschiedener Ordnung behandelt. Herr Heine giebt hier wesentlich eine Bearbeitung seiner eigenen Aufsätze aus Borchardt's Journal Bd. 60, 61, 62, sowie aus den Monatsberichten der Berliner Akademie vom Jahre 1864. Die allgemeine Definition der Lamé'schen Functionen ist folgende. Es sei

$$\psi(x) = x(x-a_1)\ldots(x-a_p);$$

$\vartheta(x)$ sei eine ganze Function von x von der Beschaffenheit, dass die Differentialgleichung

$$4\psi(x)\frac{d^2W}{dx^2} + 2\psi'(x)\frac{dW}{dx} + \vartheta(x).W = 0$$

eine Lösung zulässt, welche eine ganze Function von x ist. Dann heisst jede ganze Function n^{ten} Grades der Grössen $\sqrt{x}, \sqrt{x-a_1}, \ldots \sqrt{x-a_p}$, welche der obigen Differentialgleichung genügt, eine Lamé'sche Function erster Art, p^{ter} Ordnung und n^{ten} Grades. Ein zweites particuläres Integral jener Differentialgleichung, das im Unendlichen verschwindet, wird Lamé'sche Function zweiter Art und p^{ter} Ordnung genannt. Die von Lamé selbst eingeführten Functionen sind hiernach von der zweiten Ordnung. Was die Existenz der Function $\vartheta(x)$ betrifft, so lässt sich zeigen, dass sich

$$\frac{(n+1)(n+2)\ldots(n+p-2)}{1.2\ldots(p-1)}(2n+p-1)$$

Functionen ϑ von der geforderten Eigenschaft bestimmen lassen, so dass man für ein gegebenes n und p ebensoviel verschiedene Functionen jeder Art erhält. Daraus folgt weiter: Die Anzahl der Lamé'schen Functionen p^{ter} Ordnung und erster Art, welche zu n gehören, ist genau so gross, wie die Anzahl der willkürlichen Constanten in der allgemeinsten homogenen Functionen n^{ten} Grades W von Grössen $\xi_1, \xi_2, \ldots \xi_{p+1}$, welche der Differentialgleichung

genügt.
$$\frac{\partial^2 W}{\partial \xi_1^2}+\frac{\partial^2 W}{\partial \xi_2^2}+\cdots+\frac{\partial^2 W}{\partial \xi^2_{p+1}}=0$$

Die speciellen Lamé'schen Functionen ergeben sich aus den vorhergehenden dadurch, dass einige der Constanten $a_1, \ldots a_p$ einander gleich sind. Unter den speciellen Lamé'schen Functionen treten besonders hervor diejenigen, für die alle Constanten $a_1, \ldots a_p$ einander gleich sind; sie heissen Kugelfunctionen p^{ter} Ordnung, und zwar wird der Einfachheit wegen $a_1=a_2=\ldots=a_p=1$ genommen. Diese, namentlich von Cayley untersuchten Kugelfunctionen höherer Ordnung kann man auch, ohne auf ihren Zusammenhang mit den allgemeinen Lamé-schen Functionen einzugehen, durch Entwickelung von $(1-2\alpha x+\alpha^2)^{-\frac{p-1}{2}}$ nach Potenzen von α erhalten; der Coefficient von α^n bei dieser Entwickelung ist die Kugelfunction p^{ter} Ordnung, n^{ten} Grades und erster Art. Auf diese Functionen lassen sich viele Sätze, die von den einfachen Kugelfunctionen $(p=2)$ gelten, übertragen, namentlich auch das Additionstheorem.

Aus den Kugelfunctionen höherer Ordnung folgen als Grenze für $n=\infty$, falls $n\sqrt{x-1}$ dabei noch endlich bleibt, die Cylinderfunctionen höherer Ordnung, ebenso folgen aus den Lamé'schen Functionen analoge, die als Verallgemeinerungen der Functionen des elliptischen Cylinders anzusehen sind.

Bisher habe ich aus der zweiten Auflage des Heine'schen Buches nur solche Punkte hervorgehoben, die sich auf die eigentlichen Kugelfunctionen oder auf verwandte Functionen beziehen. Es bleibt noch übrig, von einigen grösseren Zusätzen zu sprechen, die einzelnen Abschnitten angehängt sind. In diesen Zusätzen wird die Behandlung einzelner Gegenstände weiter geführt, als es ihre Beziehung zu den Kugelfunctionen nöthig macht. Geht der Inhalt der Zusätze somit auch über den eigentlichen Zweck des Buches hinaus, so ist das dort gebotene Material doch an sich von grossem Interesse. Als solche Zusätze sind vor Allem zu nennen die über Kettenbrüche, über trigonometrische und hypergeometrische Reihen. Ueber die beiden letzteren seien mir zum Schluss noch einige Bemerkungen gestattet. Bei den Fourier'schen Reihen handelt es sich vor Allem darum, nachzuweisen, dass die Reihe immer in gleichem Grade convergirt; und dieser Punkt ist durch den Dirichlet'schen Beweis nicht erledigt. Herr Heine giebt daher, nach Besprechung einiger der wichtigsten neueren Arbeiten über trigonometrische Reihen, einen neuen, verhältnissmässig kurzen Beweis dafür, dass die Summe der trigonometrischen Reihe $=\frac{1}{2}\{f(x+0)+f(x-0)\}$ ist, falls $f(x)$ eine endliche integrable Function ist, die zwischen $-\pi$ und $+\pi$ nicht unendlich oft vom Wachsen ins Abnehmen übergeht und nicht unendlich viel Unstetigkeiten besitzt; und aus diesem Beweise ergiebt sich leicht die Convergenz in gleichem Grade. Der sehr bemerkenswer· Beweis beruht wesentlich auf folgendem Satze: „Ueberschreitet die ⸢ $\alpha=0$ bis $\alpha=h$ für jeden Werth des Parameters x endliche Funct· $\varphi(\alpha)$ nicht einen angebbaren Werth γ und hat sie zwischen $\alpha=0$ ⸢ $\alpha=h$ nur eine endliche Anzahl Maxima und Minima; ist ferner $0<r$ so kann man n so gross nehmen, dass

$$n^{1-r}\int_0^h \varphi(\alpha)\frac{\sin(n\alpha)}{\alpha^r}\,d\alpha-\frac{\pi}{2\,\Gamma(r)\sin(\frac{1}{2}r\pi)}\varphi(+0),$$

und zwar für alle x in gleichem Grade, unter jeden Grad der Kl· herabsinkt." Im Uebrigen ist der Beweis analog dem über die C· genz der Kugelfunctionenreihe.

In dem Abschnitte über die hypergeometrische Reihe wird der **Gauss**'schen hypergeometrischen Reihe $F(\alpha,\beta,\gamma,z)$ die ver meinerte hypergeometrische Reihe

$$\varphi(\alpha,\beta,\gamma,q,\xi)$$
$$=1+\frac{(1-q^\alpha)(1-q^\beta)}{(1-q)(1-q^\gamma)}q^\xi+\frac{(1-q^\alpha)(1-q^{\alpha+1})(1-q^\beta)(1-q^{\beta+1})}{(1-q)(1-q^2)(1-q^\gamma)(1-q^{\gamma+1})}q$$

betrachtet. Dieselbe geht, wenn man $q=1+\frac{1}{\xi}\log z$ setzt und z· für $\xi=\infty$ übergeht, in die **Gauss**'sche Reihe $F(\alpha,\beta,\gamma,z)$ ü wesentlicher Unterschied zwischen beiden Reihen besteht dari in der allgemeinen Reihe φ eine ähnliche Rolle spielt, wi· während diese Eigenschaft dem z der **Gauss**'schen Reihe nich· Die doppelte Periodicität der elliptischen Functionen, die sich solcher Reihen φ darstellen lassen, beruht auf dem erwähnte· Während nun F einer (bekannten) Differentialgleichung gen· φ einer Differenzengleichung. Wie sich ferner die hyper Reihe F für $z=1$ summiren und durch die **Gauss**'sche darstellen lässt, so lässt sich φ summiren mit Hilfe einer al· Product dargestellten Function

$$\Theta(\xi)=(1-q^{\xi+1})(1-q^{\xi+2})\ldots,$$

resp. durch das endliche Product

$$\Omega(\xi)=\frac{\Theta(0)}{\Theta(\xi)}=(1-q)(1-q^2)\ldots(1-q^\xi).$$

Von den zahlreichen Formeln, die sich durch weitere I Functionen Π, Θ, Ω ergeben, sei hier nur die folgende die analog der Darstellung von $\log\frac{\theta(z-a)}{\theta(z+a)}$ durch das I· ten Gattung ist:

$$\log\frac{\cos(z\pi)}{\cos(x\pi)}=i.\int_0^\infty\frac{\cos(iux)-\cos(iuz)}{\sin(\frac{1}{2}iu)}\cdot\frac{d\cdot}{u}$$

Endlich ist aus den Anwendungen der Function φ auf die elliptischen Functionen noch eine sehr allgemeine Partialbruchzerlegung erwähnenswerth, welche die Zerlegung der elliptischen Functionen in Partialbrüche als specielle Fälle in sich enthält.

Die äussere Ausstattung des Heine'schen Buches ist eine gute. Die fortlaufende Nummerirung der Formeln, die Angabe der Formelnummer und des Paragraphen in der Ueberschrift jeder Seite, endlich ein ausführliches Inhaltsverzeichniss erleichtern die Uebersicht. Alles nicht streng zur Theorie Gehörige, namentlich die obengenannten Zusätze, sind mit kleinerer, aber sehr deutlicher Schrift gedruckt. Dass einzelne Druckfehler und Incorrectheiten stehen geblieben sind, ist bei einer so umfangreichen und mühevollen Arbeit erklärlich; übrigens sind dieselben grösstentheils leicht zu verbessern und fallen den Vorzügen des Buches gegenüber nicht ins Gewicht.

Berlin, 6. April 1879. A. Wangerin.

Notizie storico-critiche sulla costruzione delle equazioni per Antonio Favaro, Professore nella r. università di Padova. Modena, società tipografica. 1878. IV, 206 S. 2 Figurentafeln.

Wer da weiss, welch' ungemein wichtige Rolle die graphische Auflösung der Gleichungen Jahrhunderte hindurch gespielt hat, einmal deshalb, weil überhaupt die geometrische Einkleidung arithmetischer Verhältnisse als etwas Selbstverständliches galt, und dann noch aus dem weiteren Grunde, weil die Geometrie in einem unvergleichlich höheren Grade ausgebildet war, als die Algebra, der wird in der vorstehend bezeichneten Arbeit des bekannten Verfassers nur die Ausfüllung einer bedeutenden Lücke unserer geschichtlichen Literatur erkennen können. Nicht als ob diese interessante Partie von anderen Schriftstellern vernachlässigt worden wäre, allein während die Einen mehr den Griechen, die Anderen mehr den Arabern ihre Aufmerksamkeit zuwandten, konnte sich keine einheitliche Gesammtdarstellung bilden, wie sie uns eben Herr Favaro geben will. Auf 158 Gross-Quartseiten behandelt er sein Thema bis zum Beginn des XVI. Jahrhunderts in aller Ausführlichkeit, und er hatte Recht, sich dasselbe gerade so abzugrenzen, denn eben um jene Zeit war es der Algebra durch die Bestrebungen eines Pacioli, dal Ferro, Stifel u. A. gelungen, das nunmehr lästig werdende geometrische Gewand abzustreifen und sich völlig auf die eigenen Füsse zu stellen. Gleichwohl bricht der Verfasser an jener Stelle noch nicht ab, vielmehr liefert er uns noch eine chronologisch geordnete Uebersicht über alle hierher zu rechnenden Leistungen bis in die allerneueste Zeit herein, die freilich nur durch die staunenswerthe Literaturkenntniss, wie sie dem Verfasser eignet, zu wirklicher Vollständigkeit gebracht werden konnte.

Mit Euklid beginnend, dessen Behandlung der quadratischen Gleichungen er im Detail wiedergiebt — die „Data" geben Gelegenheit, auch auf Gleichungen von der Form $x^4 + ax^2 = b$ einzugehen —, wendet sich der Verfasser zum delischen Problem, welches so recht den Mittelpunkt für alle hierher gehörigen Tendenzen bildete. Insbesondere knüpft sich hieran gleich am besten die Erwähnung dieser und jener Methode, eine unreine kubische Gleichung graphisch aufzulösen, wie sie beispielsweise durch die Archimedische Aufgabe, eine Kugel durch eine Ebene in gegebenem Verhältnisse zu theilen, gefordert wurden. Es reihen sich an die Regeln von Pythagoras und Plato zur Verzeichnung rationaler rechtwinkliger Dreiecke, und da man somit bereits zur unbestimmten Analytik gelangt ist, so wird gleich noch die 13. Aufgabe des 5. Buches von Diophant's „Ἀριθμητικά" angereiht, als die einzige, bei deren Lösung sich der geniale Arithmetiker einer geometrischen Hilfsconstruction bediente. Damit endet der von den Griechen handelnde erste Abschnitt, zu welchem vielleicht aus des Pappus „Collectio" noch ein oder der andere Punkt hätte zugezogen werden dürfen, und es kommen die Inder an die Reihe. Bei diesen sind es in erster Linie die von Thibaut und Cantor erschlossenen Culvasutras, auf welche hingewiesen wird; doch geben auch die zuerst von Chasles in ihrer wahren Bedeutung erkannten Regeln Brahmegupta's zur Construction rationaler Kreisvierecke willkommene Gelegenheit, die Diophantische Analysis der Inder, die später sogenannte Pell'sche Gleichung mit inbegriffen, zu studiren. Aus Bhascara Acharya werden einerseits dessen Beweise für gewisse identische Fundamentalgleichungen der Algebra, andererseits dessen reizendes Verfahren zur Lösung der Gleichung $xy + ax + by = c$ herausgehoben, welch' letzteres in seiner geschickten Vereinigung rechnerischer und constructiver Hilfsmittel nicht leicht von irgend einem andern übertroffen wird. Unter den Arabern beginnt Mohammed ben Musa den Reigen mit seiner geometrischen Einkleidung der Lösung quadratischer Gleichungen; es folgen Abul Wafa und Abul Djud, welcher zuerst den Versuch macht, dem geometrisch unangreifbaren regelmässigen Neuneck auf algebraischem Wege beizukommen. Wenig bekannt und deshalb vom Verfasser mit Recht besonders eingehend discutirt ist Abu Abdallah Almahani's Methode, die Lösung der kubischen Gleichung stereometrisch zu erbringen; Beachtung verdient diese Methode besonders deshalb, weil ihrem Urheber eine deutliche Vorstellung von dem innewohnt, was wir gegenwärtig den Sinus einer körperlichen Ecke nennen. Dass des verdienstvollsten Theoretikers im Fache der Gleichungen dritten Grades, des Omar Alkhayyami mit besonderer Ausführlichkeit gedacht werden würde, war bei dessen hervorragender Stellung zu erwarten. Alhassan Ben Alhaitham, eine erst spät mit dem Optiker Alhazen *identificirte* Persönlichkeit, beschäftigte sich mit der Gleichung $x^5 = a$.

Schliesslich gelangt auch die eigenthümliche „Methode der Waage" zu ihrem Rechte, welche zuerst bei Abraham Ben Esra (?) sich erwähnt findet, mit grösserer Ausführlichkeit aber von Ibn Albanna behandelt wurde. Der vierte Abschnitt ist den Abendländern gewidmet, d. h. besonders dem Leonardo Pisano und Luca Pacioli. Doch greift Herr Favaro noch in das XVI. Jahrhundert hinüber, um uns mit der geometrischen Verification, welche den Cardan von der Richtigkeit der nach ihm benannten Regel überzeugte, sowie mit Benedetti's hübscher Construction des simultanen Systems $x+y=a$, $y+z=b$, $z+x=c$ bekannt zu machen. Ueber den Anhang als eine höchst verdienstliche Leistung haben wir uns bereits ausgesprochen; wir wüssten den so zahlreich darin aufgeführten Beiträgen zur constructiven Lösung der Gleichungen nur einen einzigen noch zur Seite zu stellen: Buteon's geistreiche Idee, durch successive Construction von rechtwinkligen Parellelepipeden sich der $\sqrt[3]{2}$ bis zu jeder willkürlichen Genauigkeitsgrenze zu nähern (*Bull. de bibliogr., d'histoire et de biogr. mathém., Tome II, Paris* 1856. S. 35). — In Fig. 2 ist KP verzeichnet, S. 11 Z. 10 v. u. statt *differenza l. somma*, umgekehrt S. 12 Z. 3 v. o.; S. 41 Z. 7 v. u. ergänze zur Rechten $+a^2$.

Ansbach. Dr. S. Günther.

Jul. Caesar, **Christian Wolff in Marburg.** Rede bei der Marburger Universitätsfeier des Geburtstages Sr. Maj. des Kaisers am 22. März 1879. N. G. Elwert'sche Verlagsbuchh. Marburg, 1879.

Die Bedeutung Christian Wolff's liegt in der Geschichte der Philosophie. Dort ist es am Platze, ihn den Nachfolger Leibnitzens zu nennen, den Ausbilder dessen, was jener geniale, schöpferische Geist nur angedeutet hatte. Für die Mathematik hat dagegen Wolff nur wenig geleistet. Sein umfangreiches Werk über alle damals vorhandenen Theile unserer Wissenschaft darf zwar auf das Lob der Vollständigkeit, auch auf das der Klarheit einigen Anspruch erheben, auf das zweite noch mehr, als auf das erstere; allein auch Tadel darf ihm nicht erspart werden. Es bildet zwar nicht den Anfang zu jener Genügsamkeit, die, mit den Elementen und deren Anwendung auf Technik zufrieden, die Lehrstühle der Mathematik in Deutschland traurig genug kennzeichnete, aber es gab diesem Unwesen eine neue, durch den Ruhm des Verfassers verhängnissvolle Weihe, es war so Mitschuld an der Verflachung in unserem Vaterlande, die später einem Gauss das Lehramt verleidete, die erst gegen die vierziger Jahre dieses Jahrhunderts hin ein glückliches Ende nahm. Ist Wolff demnach keiner der Geisteshelden, mit deren Namen die Geschichte der Mathematik ihre Blätter zu schmücken liebt, so darf sein Name ebenso wenig auf denselben fehlen, und es hat ein immerhin eigenthümliches Interesse, zu erkennen, wie dieser Mann zu seinem Ruhme gekommen ist, wie Feindschaft ihn verfolgte, Bewunderung ihn vertheidigte. Eine inhaltsreiche Frist seines Lebens bilden die Jahre, welche er als Professor der Mathematik und Physik in Marburg zubrachte von 1723 an, wo er fast als Flüchtling und unter Widerstreben der in Marburg angestellten 21 Professoren hinkam, bis 1740, wo er nach Halle zurückkehrte, aus welchem Neid und Unduldsamkeit ihn 17 Jahre früher vertrieben hatten. Prof. Caesar hat von dieser Zeit ein lebensfrisches, wohlangeordnetes Bild in der verhältnissmässig kurzen Rede entworfen, auf deren Abdruck wir alle unsere Leser, welche für solche Schilderungen Interesse haben, recht sehr aufmerksam machen.

Cantor.

F. G. Gauss, **Fünfstellige vollständige logarithmische und trigonometrische Tafeln** zum Gebrauche für Schule und Praxis. 11. Stereotyp-Auflage. Verlag von Eugen Strien. Zeitz und Leipzig, 1879.

Die erste Auflage dieser Tafeln erschien 1870, die zweite 1871; heute, keine vollen neun Jahre nach dem Erscheinen der ersten Auflage, liegt die elfte vor uns. Das war bisher der äussere Erfolg. Einen innern Erfolg kann man die Urtheile von Fachmännern nennen, wie sie über die Gauss'schen Tafeln vielfach gefällt worden sind. Wenn ein Lehrer der Feldmesskunst, wie Prof. Jordan in Carlsruhe, ein Praktiker derselben Kunst, wie General von Morozowicz in Berlin, Directoren von Sternwarten, wie Foerster in Berlin, Peters in Altona, Weyer in Kiel, ein Lehrer des Eisenbahn- und Brückenbaues, wie Winckler in Wien, in ihren Lobsprüchen über den saubern Druck, die übersichtliche Anordnung, die vortreffliche Brauchbarkeit von solchen Tafeln wetteifern, dann kann ein relativer Laie, der in seinem ganzen Leben vermuthlich nicht soviel mit Logarithmen zu rechnen hatte, als einer der genannten Männer in einem Jahre, nicht besser verfahren, als dass er auf das Urtheil dieser Männer sich beruft und seine Leser auf eben dasselbe als sicherlich genügende Empfehlung vorliegenden Buches verweist.

Cantor.

Lehrbuch der Physik für höhere Lehranstalten, von Dr. Budde. Berlin, Verlag von Wiegandt, Hempel & Parey. 1879.

Das vorliegende Lehrbuch enthält ein für seinen Zweck sehr gut durchdachtes und von tüchtiger praktischer Erfahrung getragenes Lehrgebäude. Die Vorzüge des vorliegenden Lehrbuches beruhen in der Art, wie die einzelnen Capitel dargestellt sind und wie der Verfasser sie dem Lehrer zurecht gelegt, um je nach dem Fassungsvermögen seiner Schüler darüber zu disponiren.

Der Stoff selbst ist der Reihe nach in folgender Weise angeordnet. Einer Einleitung, 11 Seiten umfassend, in der vom Messen, von allgemeinen Eigenschaften der Materie und von der Eintheilung der Physik die Rede ist, folgt allgemeine Mechanik von S. 18—37 und sich gliedernd in die Mechanik des materiellen Punktes, die Mechanik starrer Körper und die Betrachtung von Deformation, Stoss und Bewegungshindernissen. Die nun folgende Mechanik der Aggregatzustände, von Seite 138—215, enthält im Besondern die Krystallerscheinungen, Betrachtung flüssiger Körper einschliesslich der Capillarität und Lösung, die Mechanik der Gase, einschliesslich des Verhaltens von Gasen und Flüssigkeiten, Gasen und festen Körpern. Weiter behandeln die Seiten 216—225 die Akustik, 256—332 die Optik, 333—342 die Magnetik, 343—402 die Elektrik und 403—464 die Calorik. Ein Schlusscapitel von S. 465—470 betrachtet noch einmal das Gesammtgebiet der Physik als die „Lehre von der Mittheilung und Umwandlung der Energie".

Wenn auch hiernach die Anordnung des Stoffes im Ganzen in der althergebrachten Weise geschehen ist, so betont doch der Verfasser im Vorwort ganz richtig, dass der Lehrer mit dem Einfacheren und Leichteren zu beginnen habe und demgemäss den Stoff etwa in folgender Weise anordnen werde: Lehre vom Magnetismus, der Elektricität, Akustik und Optik, Mechanik, Theorie der Aggregatzustände und Wärmelehre. Ganz dieser gedachten Anordnung entsprechend ist auch die Behandlung der einzelnen Abschnitte geschehen, indem die ersten in dieser Reihenfolge genannten Stoffe mehr elementar und möglichst ohne mathematische Hilfsmittel behandelt sind, die letzteren aber mehr und mehr höhere Forderungen an das heranreifende Denkvermögen des Schülers stellen. Dabei ist ganz der vernünftigen Maxime Raum gegeben, dass der Lehrer seinen Stoff dem jeweiligen Standpunkte seiner Schüler und dem parallel laufenden mathematischen Unterrichte anpassen kann.

Im Einzelnen ist noch anzuführen, dass für die Krafteinheit der Ausdruck *Dyn* (nach Maxwell u. Gen.) angenommen ist, um die Begriffsverwirrung zu vermeiden, die durch das in mehrfacher Bedeutung verwendete Wort Gewicht herbeigeführt ist. Gase sind nicht auf 0° und 760 mm Druck, sondern auf 0° und 273 mm Druck reducirt. Sonst sind dem Buche noch eine grosse Anzahl einfacher Illustrationen und eine kleine farbige Spectraltafel beigegeben.

Freiberg. Dr. Th. Kötteritzsch.

Die Telegraphentechnik der Praxis im ganzen Umfange. Zum Gebrauch für den Unterricht, für Bau- und Maschineningenieure etc. bearbeitet von A. Merling, kaiserl. Provinzial-Telegraphendirector z. D., ordentl. Lehrer der Telegraphie am königl. Polytechnikum zu Hannover. Gr. 8°. 764 S. mit 1 Karte, 2 lithogr. Tafeln und 530 Holzschnitten im Text. Hannover, Verlag von Carl Meyer. 1879. Preis 20 Mk.

Der Inhalt des vorstehend genannten Werkes ist für den Praktiker ein sehr werthvoller. Es umfasst derselbe einen Abriss der Lehre von der Elektricität und dem Magnetismus, eine vollständige Anleitung zum Bau und Unterhalt der ober- und unterirdischen Linien, die Beschreibung der am häufigsten vorkommenden Apparate und zum Schlusse einige specielle Anwendungen der Elektricität (Eisenbahnsignale, Telephon etc.).

In der Lehre vom Galvanismus begegnen wir einer sehr gründlichen Besprechung der galvanischen Säulen; die Constanten sind überall genau angegeben. Gut ausgeführte Curven erläutern das Verhalten der elektromotorischen Kraft während des Betriebes.

Dem Linienbau ist ein längerer Raum gewidmet; dagegen wurde die Bestimmung der Constanten der Kabel etwas stiefmütterlich behandelt. Gern hätten wir an dieser Stelle genaue Beschreibung und Abbildung des Thomson'schen oder des Siemens'schen Reflexgalvanometers gesehen. Die Anwendung der höheren Mathematik ist durchweg vermieden worden.

In der Lehre von den Apparaten sind meist nur die allgemeinen Constructionsprincipien behandelt; es hat sich hier Manches eingeschlichen, was längst aus der Praxis entschwunden ist. Ziemlich ausführlich wurde der Typendrucktelegraph von Hughes besprochen; doch vermissen wir die neueren Verbesserungen desselben (mechanische Einrückung der Druckaxe etc.), welche doch schon seit mehreren Jahren definitiv adoptirt worden sind. Die Einschaltung der Morse-Stationen für Arbeits- und Ruhestrom wird durch zahlreiche, mit wenigen Ausnahmen sehr übersichtlich angeordnete Stromschemata erläutert.

Ueber die Doppeltelegraphie spricht sich der Herr Verfasser nicht eben günstig aus; sein Urtheil bezieht sich freilich hauptsächlich auf die ökonomische Leistung der genannten Einrichtungen. Es scheint uns indessen, dass man allerorts dem Gegensprechen grosse Bedeutung zumisst; wir hatten auf den Centralstationen zu Berlin, Paris und London Gelegenheit, dasselbe in seiner Anwendung auf Morse- und Hughes-Apparate, sowie auf Wheatstone's Automaten zu sehen, und hörten nur günstige Urtheile über die Leistungen. Seit einiger Zeit functionirt auf dem 1874 gelegten Kabel der *Direct United States Cable Company* die Duplexmethode von Dr. A. Muirhead, während im gegenwärtigen Momente J. B. Stearns bemüht ist, das Gegensprechen auf einem der Kabel der *Anglo-American Telegraph Company* zu ermöglichen.

Unter den Signalapparaten für Eisenbahnen hat auch die elektrische *Wendescheibe* von M. Hipp (der Herr Verfasser schreibt deren Construction irrthümlicherweise Prof. Schneebeli zu), die seit mehr als zwölf Jahren auf allen Hauptstationen der schweiz. Nordostbahn in erprobter Anwendung ist, ein Plätzchen gefunden.

Ein alphabetisches Sachregister, das wir leider in den meisten Werken ähnlichen Inhalts vermissen, bildet den Schluss des Bandes.

Zürich, den 20. Juli 1879. Dr. A. Tobler.

Geschichte der Vermessungen in der Schweiz als historische Einleitung zu den Arbeiten der schweiz. geodätischen Commission bearbeitet von Rudolf Wolf. Mit einem Titelbilde in Lichtdruck und mehreren Holzschnitten. VI, 320 S. gr. 4°. Zürich 1879, Commission von S. Höhr.

Wer von unseren Lesern die Schweiz zu längerem oder auch nur zu kürzerem Aufenthalte jemals besucht hat, dem ist gewiss eine dankbare Erinnerung an die vortreffliche sogenannte Dufour'sche Karte geblieben, deren einzelne Blätter den Wanderer zu begleiten pflegen und ihn selten oder nie rathlos lassen. Ein solches musterhaft gelungenes Kartenwerk entsteht nicht plötzlich. Es bedarf Jahre dauernder Vorbereitungen, um das nöthige Material an Ortsbestimmungen zu sammeln. Es bedarf vorher aber- und abermals wiederholter, ganz oder zum Theil misslungener Versuche auf ähnlichem Gebiete, um nur die zu vermeidenden Fehler kennen zu lernen. Eine Geschichte aller dieser Vorgänge hat ein doppeltes Interesse. Sie kommt der pietätvollen Wissbegierde der Nachkommen zu Gute, welche sich um die Vergangenheit ihrer Heimath kümmern. Sie erscheint als ein Stück Geschichte der Kartographie lehrreich, da mit blosser Aenderung der Namen und der Einzelverhältnisse wohl in allen Ländern sich Aehnliches im Laufe der letzten vierthalbhundert Jahre ereignet hat und ein Beispiel statt aller gewählt werden kann. Beiden Interessen zu genügen, war kaum ein Schriftsteller so berufen, wie Rudolf Wolf. Der Verfasser der Schweizer Biographien und der Geschichte der Astronomie hat bei seinen Landsleuten, wie bei den Freunden der Geschichte der Wissenschaften sich gerechte Anerkennung erworben, eine Anerkennung, welche sich dem uns vorliegenden umfang- und inhaltreichen Bande gegenüber nur steigern kann.

Egidius Tschudi, der berühmte Geschichtsforscher, war es, der im ersten Drittel des XVI. Jahrhunderts die erste Schweizerkarte anfertigte. Sie war so orientirt, dass Süden oben war. Von einer Gradeintheilung war keine Rede. Zeichnungen nach der Natur, Distanzabschätzungen, mit unbewaffnetem Auge vollzogen, lagen ihr zu Grunde. Das waren die Anfänge! Noch bei Lebzeiten Tschudi's sehen wir einen Fortschritt in der Karte, welche Sebastian Münster 1540 herausgab,

Bibliographie

vom 1. October bis 30. November 1879.

Periodische Schriften.

Sitzungsberichte der kaiserl. Akademie der Wissenschaften in Wien, mathematisch-naturwissenschaftl. Classe. 2. Abth. 79. Bd., 2.—4. Heft. Wien, Gerold. 6 Mk.

Jahrbuch über die Fortschritte der Mathematik, herausgegeben v. Ohrtmann, Müller u. Wangerin. 9. Bd. Jahrg. 1877, 2. Heft. Berlin, G. Reimer. 4 Mk.

Meteorologische Beobachtungen, angestellt im J. 1877 an 17 deutschen Stationen zweiter Ordnung. Leipzig, Teubner. 8 Mk.

Reine Mathematik.

Schreibner, W., Zur Reduction elliptischer Integrale in reeller Form. (Sächs. Ges.) Leipzig, Hirzel. 5 Mk.

Köhler, C., Ueber die Integration derjenigen homogenen linearen Differentialgleichungen, deren Integrale nur für unendlich grosse Werthe der Variabelen unstetig werden. Leipzig, Teubner. 1 Mk.

Spitzer, S, Integration partieller Differentialgleichungen. Wien, Gerold. 3 Mk. 60 Pf.

Ohlert, B., Lehrbuch der Mathematik. 2. Abth.: Arithmetik. 2. Curs. (Schluss.) Elbing, Neumann-Hartmann. 3 Mk.

Hauck, F. und H., Lehrbuch der Arithmetik und Algebra. 3. Theil, 1. Abth. Nürnberg, Korn. 2 Mk.

Hertzer, H., Fünfstellige Logarithmentafeln. 2. Aufl. Berlin, Gärtner. 1 Mk.

Reye, Th., Die Geometrie der Lage. 2. Abth. 2. Aufl. Hannover, Rümpler. 7 Mk.

Schlegel, V., Lehrbuch der elementaren Mathematik. 2. Thl.: Geometrie. Wolfenbüttel, Zwissler. 2 Mk. 80 Pf.

Lieber, H. und v. Lühmann, Leitfaden der Elementarmathematik. 2. u. 3. Thl. 2. Aufl. (Arithmetik, Stereometrie und Trigonometrie.) Berlin, Simion. à 1 Mk. 25 Pf.

Schüller, F., Lehrbuch der analytischen Geometrie. München, Ackermann. 4 Mk. 80 Pf.

[illegible] H., Calcul der abzählenden Geometrie. Leipzig, Teubner. 9 Mk. 60 Pf.

chelis, de Luc, Saussure bis etwa zum Jahre 1800 anzusehen hat. Einen weiteren Fortschritt bildeten um die gleiche Zeit die ersten Gebirgspanoramen und Reliefkarten, wie sie von Studer und von Pfyffer angefertigt wurden, wie sie insbesondere unter der geschickten Hand Joachim Eugen Müller's einen wahrhaft wissenschaftlichen Werth annahmen, der Meyer'schen Schweizerkarte zu Grunde liegend, während man heutigen Tages umgekehrt Reliefkarten auf der Grundlage gezeichneter Karten und mit Benutzung von deren Höhecurven zu modelliren pflegt. Eigentliche geodätische Vermessungen in dem modernen Sinne des Wortes begannen seit dem Ende der achtziger und dem Anfang der neunziger Jahre, vollzogen durch Tralles und Hassler. Sie wurden bald unterbrochen. Die staatlichen Umwälzungen, von Frankreich aus sich fortsetzend, zogen auch die Schweiz in ihr Erschütterungsgebiet. Französische Ingenieure setzten auf französische Kosten die begonnene Triangulation allein fort, nachdem Tralles seine fernere Mitwirkung versagt hatte, und die Verdienste, welche Henry und Delcros sich erworben haben, sind keineswegs geringfügig. Aber wieder änderte sich die Gestaltung der Reiche in Europa, bevor die französisch-schweizerischen Arbeiten beendigt waren, und nun begann die eidgenössische Triangulation, die in dem Dufour-Atlas den Beweis ihrer vollendeten Durchführung geliefert hat. Eines war noch übrig. Der Anschluss an die Nachbarländer und deren Dreiecksnetze musste vollzogen werden. Diese Aufgabe bewältigte die geodätische Commission, an deren Spitze Rudolf Wolf stand, und der uns vorliegende Band liefert die geschichtliche Einleitung zu ihrem glücklich vollendeten Werke.

Wir haben nur wenige Hauptpunkte hervorheben dürfen, welche von selbst der Aufmerksamkeit unserer Leser sich empfehlen. Der überreiche Stoff zwang uns eben zur knappsten Beschränkung. Aber auch so hoffen wir erreicht zu haben, was wir beabsichtigten: das allgemeinere Interesse für ein Werk angeregt zu haben, welches in jeder Beziehung verdient, dass man sich genau und eingehend damit beschäftige.

Cantor.

Pscheidl, W., Ueber eine neue Art, die Inclination aus den Schwingungen eines Magnetstabes zu bestimmen. (Akad.) Wien, Gerold. 20 Pf.

Puschl, C., Ueber die latente Wärme der Dämpfe. (Akad.) Ebendas. 1 Mk. 40 Pf.

Rodenbeck, H., Ueber Capillaritätsbestimmungen von Flüssigkeitsgemischen. Minden, Hufeland. 1 Mk. 50 Pf.

Müller-Pouillet, Lehrbuch der Physik und Meteorologie. 8. Aufl., bearbeitet v. Pfaundler. 2. Bd., 2. Abth., 1. Lief. Braunschweig, Vieweg. 4 Mk.

Wallentin, G., Lehrbuch der Physik f. d. Obercl. der Mittelschulen. Wien, Pichler. 3 Mk. 40 Pf.

Sattler, A., Leitfaden der Physik und Chemie. Für d. Oberclassen v. Bürgerschulen. 2. Aufl. Braunschweig, Vieweg. 80 Pf.

Beetz, W. v., Leitfaden der Physik. 6. Aufl. Leipzig, Fernau. 3 Mk. 60 Pf.

Reis, P., Elemente der Physik, Meteorologie und mathematischen Geographie. Leipzig, Quandt & Händel. 4 Mk. 50 Pf.

Peschel, O., Physische Erdkunde, herausgeg. v. G. Leipoldt. 5. u. 6. Lief. Leipzig, Duncker & Humblot. 4 Mk.

Geistbeck, M., Leitfaden der mathematisch-physikalischen Geographie. Freiburg i. B., Herder. 1 Mk. 20 Pf.

Puluj, J., Ueber das Radiometer. (Akad.) Wien, Gerold. 40 Pf.

Hann, J., Einführung in die Meteorologie der Alpen. München, Lindauer. 1 Mk.

Historisch-literarische Abtheilung.

Die Kenntnisse des Archimedes über die Kegelschnitte.

Von
Dr. phil. J. L. Heiberg
in Kopenhagen.

Hierzu Taf. I Fig. 5 – 28.

I.

Bei der jetzt allgemein anerkannten Unzulänglichkeit der älteren Forschungen über die Geschichte der Mathematik der Griechen, die, nur auf das Phänomenale und Aeussere gerichtet, meistens darum bemüht waren, Notizen über die Verfasser und deren Werke zusammenzustellen, ohne den Entwickelungsgang der Wissenschaft als Hauptziel ins Auge zu fassen, kann es nicht befremden, dass bis vor nicht langer Zeit die unhistorische Ansicht allgemein verbreitet war, dass die Elemente Euklid's wesentlich seine eigene Arbeit, sämmtliche Sätze von ihm selbst erfunden wären. Jetzt ist es, namentlich durch Bretschneider's vorzügliche Arbeit „Die Geometrie und die Geometer vor Euklid", nachgewiesen worden, dass Vieles aus älteren Lehrbüchern herübergenommen ist und dass wir den Verdienst Euklid's auf diesem Gebiete namentlich in die Anordnung des Ganzen und die sorgfältige systematische Form setzen dürfen.

Dass ein ähnliches Verhältniss für die *κωνικά* des Apollonios gelte, war schwerer zu verkennen, weil Apollonios selbst es unumwunden ausspricht in der Vorrede zum I. Buch (p. 8 *ed.* Halley), wo er im Gegensatz zu Buch III und IV, die meistens Neues enthalten, von Buch I sagt, dass es nur eine vollständige und verallgemeinerte Darstellung des schon bekannten Stoffes enthalte (*ἐπὶ πλέον καὶ καθόλου μᾶλλον ἐξειργασμένα παρὰ τὰ ὑπὸ τῶν ἄλλων γεγραμμένα*). Doch ist bis jetzt, soviel mir bekannt ist, noch nicht versucht worden, eine Darstellung dessen zu geben, was über die Kegelschnitte vor Apollonios bekannt war.* Weil die älteren Werke des Menaichmos, Aristaios, Eukleides bis auf wenige Trümmer verloren sind, sind wir darauf angewiesen, aus der späteren, aufbewahrten Literatur Rückschlüsse zu machen, und hier kann wesentlich nur Archimedes in Betracht kommen, der sehr oft von den Kegelschnitten Gebrauch macht. Ich will daher hier die in meinen „*Quaestiones Archimedeae*" p. 31 angedeutete Aufgabe aufnehmen: Alles, was bei Archimedes auf die Kegelschnitte Bezug hat, zusammenzustellen, in der Hoffnung, dass eine solche Sammlung weiteren Forschungen über die Entwickelung der Lehre von den Kegelschnitten einen Anhalt bieten werde. Ich habe sodann zunächst über die von Archimedes als bekannt vorausgesetzten Sätze zu reden, dann seine eigenen Entdeckungen auf diesem Gebiete zu sammeln und endlich einige Aufgaben hinzuzufügen, deren Lösung Archimedes bekannt war und nur durch Kegelschnitte bewerkstelligt werden konnte. Aber zuerst einige allgemeine Bemerkungen.

II.

Ob Archimedes ein selbstständiges Werk über Kegelschnitte geschrieben habe, ist sehr zweifelhaft. In meinen *Quaest. Archim.* p. 31 not. 2 habe ich es geleugnet, und ich will hier meine Meinung etwas ausführlicher begründen.

Diejenigen Worte des Archimedes, auf die man die Annahme einer Archimedischen Schrift *κωνικά στοιχεῖα* stützt: *ἀποδέδεικται δὲ ταῦτα ἐν τοῖς κωνικοῖς στοιχείοις* p. 19, 10; 264, 29 (und nichts Anderes bedeutet p. 265, 20: *ἐν τοῖς κωνικοῖς*), werden erst in das rechte Licht gestellt durch Vergleichung mit p. 75, 21: *ταῦτα γὰρ ἐν τῇ στοιχειώσει παραδέδωται*, was sich ohne Zweifel auf Euklid (Elem. XII, 2; X, 1) bezieht. Ebenso bedeuten die angeführten Worte nur: dieses ist in den Lehrbüchern über die Anfangsgründe der Kegelschnittlehre, im System der elementaren Kegelschnittlehre bewiesen. Einen positiven Beweis finde ich in der Stelle des Eutokios: Comm. zu Apollon. p. 8—9: ὅς (*Ἡρακλείδης*) *καί φησι τὰ κωνικὰ θεωρήματα ἐπινοῆσαι μὲν πρῶτον τὸν Ἀρχιμήδην, τὸν δὲ Ἀπολλώνιον αὐτὰ εὑρόντα ὑπὸ Ἀρχιμήδους μὴ ἐκδοθέντα ἰδιοποιήσασθαι, οὐκ ἀληθεύων κατά γε τὴν ἐμήν· ὅ τε γὰρ Ἀρχιμήδης ἐν πολλοῖς φαίνεται ὡς παλαιωτέρας* [*τῆς*] *στοιχειώσεως τῶν κωνικῶν μεμνημένος, καὶ ὁ Ἀπολλώνιος οὐχ ὡς ἰδίας ἐπινοίας γράφει.* Hieraus erhellt deutlich, dass Eutokios die angeführten Worte des Archimedes in der angegebenen Weise aufgefasst hat, als auf ältere Untersuchungen von Anderen über die elementaren Sätze der Kegelschnittlehre hinweisend. Wenn er sie auf ein früheres Werk des Archimedes selbst bezogen

* Sehr Dankenswerthes über Menaichmos giebt Bretschneider a. a. O. *S. 155 flgg.*, über Aristaios S. 171 flgg.

hätte, würde er statt *στοιχειώσεως* gewiss *στοιχείων*, wie *πρότερον ἐκδιδομένων* statt *παλαιοτέρας* gesagt haben. Also hat er, ebenso wenig wie Herakleides, die geringste Kunde über ein solches Werk des Archimedes vernommen.

Uebrigens bin ich überzeugt, dass Bretschneider a. a. O. S. 156 dem Herakleides Unrecht thut. Dieser wollte gewiss nicht die Erfindung der Kegelschnitte seinem Archimedes vindiciren; er meinte nur, das Lehrgebäude der elementaren Kegelschnittlehre, wie es in den *κωνικά* des Apollonios aufgestellt ist (nur dieses bedeuten die Worte: *τὰ κωνικὰ θεωρήματα*) gehöre eigentlich dem Archimedes und sei nach seinem Nachlass von Apollonios herausgegeben; wenn Eutokios seine Worte auf die von Bretschneider angenommene Weise aufgefasst hätte, würde die Widerlegung gewiss anders lauten; der verständige und besonnene Eutokios, dem die Arbeiten des Menaichmos aus seinen eigenen Studien bekannt waren (Comment. zu Archimedes p. 141 figg.), würde es nicht versäumt haben, auf die allgemein bekannte Thatsache hinzuweisen, dass Menaichmos der Erfinder der Kegelschnitte war, während er jetzt sich damit begnügt, aus Eudemos zu beweisen, dass dasjenige elementare Lehrbuch über die Kegelschnitte, worauf Archimedes hinweise, nicht sein eigenes, nach Herakleides von Apollonios unter eigenem Namen herausgegebenes, sei, sondern ein älteres. Es ist leicht erklärlich, dass Herakleides, der bei Archimedes viele von den Sätzen des Apollonios als bekannt vorfand, darauf verfallen konnte, diesen des Plagiats zu beschuldigen. Vielleicht kann hieraus geschlossen werden, dass Herakleides nicht der Zeit um Archimedes und Apollonios (vergl. *Quaest. Arch.* p. 5) angehöre, sondern einer viel späteren, wo die Kunde von dem Lehrbuch des Aristaios verschollen war. So wird wenigstens sein Irrthum erklärlicher. Dass er geirrt, zeigt Eutokios p. 9 mit völlig genügenden Gründen.

Bei dieser Gelegenheit theilt er aus Geminos mit, dass die älteren (sowie auch Euklid, Elem. XI def. 18) nur den rechtstehenden Kegel behandelten und, um die drei Kegelschnitte zu bekommen, stets die schneidende Ebene senkrecht auf eine Seitenlinie des Kegels legten (Bretschneider p. 156), so dass die Ellipse in dem spitzwinkligen Kegel, die Parabel in dem rechtwinkligen, die Hyperbel in dem stumpfwinkligen entstand, wovon sie die Namen *ἡ τοῦ ὀξυγωνίου κώνου τομή*, *ἡ τοῦ ὀρθογωνίου κώνου τομή* und *ἡ τοῦ ἀμβλυγωνίου κώνου τομή* bekamen. Dasselbe besagt Eutokios zu Archim. p. 163, 41 figg. und Pappos VII, 30 p. 672, aus welcher Stelle wir zugleich erfahren, dass diese Namen von Aristaios herrühren. Sie finden sich auch durchgehends bei Archimedes; nur an drei Stellen steht in den Handschriften *ἔλλειψις*, was aber überall zu entfernen ist, wie schon Nizze Uebersetzung S. 285, ohne das Richtige ganz zu treffen, ausgesprochen hat. P. 270

extr. sind die Worte: *κύκλος ἢ ἔλλειψις*, die dem Folgenden vorgreifen und die Satzverbindung stören, zu streichen; ebenso p. 272, 3 von unten das ganz sinnlose *τᾶς ἐλλείψεως*, wodurch der Abschreiber hervorheben wollte, dass *ΑΔ* in der Ellipse liege, während *ΖΓ* in dem über *ΖΗ* beschriebenen Halbzirkel gezogen ist; p. 273, 10 erkenne ich in den Worten: *ὁ περιλαμβάνων τὰν ἔλλειψιν* einen erklärenden Zusatz des Abschreibers, auch weil Archimedes sonst durchweg nur von *ὁ κύλινδρος* redet. Dass die jetzt gebräuchlichen Namen von Apollonios erfunden sind, bezeugen ausdrücklich Eutokios zu Apollon. p. 9, 25. und Pappos VII, 30 p. 674. Uebrigens kennt Archimedes auch schiefe Kegel (z. B. *περὶ κωνοειδ.* 8 p. 269, 10) und er weiss, dass die Ellipse aus jedem beliebigen Kegel oder gar Cylinder entstehen kann, aber für die Parabel und sicher ebenso für die Hyperbel war er auf die ältere Weise des Hervorbringens beschränkt (s. unten; vergl. Nizze, Vorrede p. XI).

Hier nur noch Einiges über seine von Apollonios bedeutend abweichende Terminologie. Die Kunstwörter, welche ohne Erklärung bei ihm gebraucht werden, gehören ohne Zweifel, wie wir es von den Namen der Schnitte selbst mit Sicherheit wissen, der von Aristaios und Euklid für die Kegelschnitte ausgebildeten Sprache an. Man vergl. hierzu: Müller, Beiträge zur Terminologie der griechischen Mathematiker, p. 28 flgg.

Die Axe der Parabel heisst *ἁ διάμετρος* (*τετραγ. παραβ.* 1; 2; 3; 4 etc.; *περὶ κων.* 13 p. 275), nur p. 55, 29: *ἁ ἀρχικά* (*sc. διάμετρος*) in Gegensatz zu den mit der Axe parallelen Linien (die nach Apollonios Durchmesser heissen): *αἱ παρὰ τὰν διάμετρον* (*τετραγ. παραβ.* 1; 2; 3; 5; 14; 15), die selbst Durchmesser in Parabelsegmeten werden können. Ein solcher Durchmesser heisst *διάμετρος τοῦ τμάματος* im Gegensatz zu *διάμετρος τᾶς τομᾶς* (d. h. die Axe), z. B. *ἐπιπ. ἰσορρ.* II, 5; 8; 10, und wird *περὶ κων.* 4 p. 264 so definirt: *διάμετρον δὲ καλέω παντὸς τμάματος τὰν δίχα τέμνουσαν τὰς εὐθείας πάσας τὰς παρὰ τὰν βάσιν αὐτοῦ ἀγομένας*. Man vergleiche *διάμετρος τοῦ τόμου* (eines abgestumpften Parabelsegments) *ἐπιπ. ἰσορρ.* II, 10 p. 55, 3 mit Eutokios p. 57. Die Bezeichnung *τεταγμένως* von den Ordinaten der Parabel kommt nur *ἐπιπ. ἰσορρ.* II, 10 p. 55, 30 vor: *αἱ δὲ ΑΖ, ΔΗ εἰς αὐτὰν τεταγμένως εἰσὶ καταγμέναι, ἐπειδὴ παράλληλοί εἰσι τᾷ ἀπὸ τοῦ Β τᾶς τομᾶς ἐφαπτομένᾳ*; vgl. Apollonios I def. 16. Ueber *ἁ παρ' ἃν δύνανται* s. unten III Nr. 13. Für die Ellipse wird als bekannte Bezeichnung ohne Erläuterung *τὸ κέντρον* benutzt *περὶ κων.* 8 p. 268; 9 p. 270; 15 p. 278; 20 p. 282; 32 p. 309. Es halbirt alle durch dasselbe gezogenen Linien; *περὶ κων.* 15 p. 278, 38; 20 p. 382; 32 p. 309, 31. Die beiden Axen heissen *ἁ μείζων διάμετρος* und *ἁ ἐλάσσων διάμετρος* (p. 259, 11, 14; *περὶ κων.* 5; 8; 13; 14; 15; 29 u. s. w.); dass die anderen Linien durch das Centrum, die Apollonios Durchmesser nennt, bei Archimedes nicht so hiessen, geht schon aus der Anwendung der *Comparative μείζων* und *ἐλάσσων* hervor (vergl. den Ausdruck *αἱ διά-*

μετροι περὶ κων. 6; 7 u. s. w.). Jene anderen Linien hiessen wohl nur *αἱ διὰ τοῦ κέντρου*, wenn auch dieser Name nie vorkommt; aber vergl. περὶ κων. 19 p. 282, 7: *πεπτίκαι δὴ αὐτὰ διὰ τοῦ κέντρου;* p. 282, 11, 16; 20 p. 283, 1. Die beiden Durchmesser (Axen) sind *συζυγεῖς*; περὶ κων. 9 p. 270, 5 von unten: *τᾷ ἡμισείᾳ τᾶς ἑτέρας διαμέτρου, ἅ ἐστι συζυγὴς τᾷ AB.* Daraus, dass diese Bestimmung hinzugefügt ist, ungeachtet, dass nach dem Vorhergehenden von conjugirten Durchmessern im Gegensatz zu nicht conjugirten nicht die Rede sein kann, zeigt sich, dass das Wort auch für andere Linien in der Ellipse gebraucht wurde; es hatte wohl schon damals denselben Umfang, als bei Apollonios I def. 17 und 19. Die kleine Axe ist die kürzeste von allen durch das Centrum gezogenen Linien (περὶ κων. 15 p. 278, 38). Von der Hyperbel ist nur zu bemerken, dass die Asymptoten (die schon Menaichmos kannte, Eutok. zu Archim. p. 142) von Archimedes *αἱ ἔγγιστα εὐθεῖαι τᾶς τοῦ ἀμβλυγωνίου κώνου τομᾶς* genannt werden (περὶ κων. p. 258, 14, 18, 20, 27). Wenn eine Hyperbel mit ihren Asymptoten sich um die Axe dreht, entsteht das hyperbolische Konoid mit seinem umschliessenden Kegel; die Linie vom Scheitelpunkte der Hyperbel zum Centrum derselben heisst *ἁ ποτεοῦσα τῷ ἄξονι* (der Axe des Konoids), worüber s. unten III, Nr. 24 Ueber *κορυφή* u. s. w. vergl. IV, Einl.

III.

Wir werden jetzt diejenigen Sätze zusammenstellen, die theils ausdrücklich von Archimedes als von Früheren bewiesen bezeichnet, theils stillschweigend als bekannt vorausgesetzt und benutzt werden, zuerst einige allgemeine, alle Kegelschnitte betreffende Sätze, dann einzeln für Ellipse, Parabel und Hyperbel.

Allgemeines.

1. Eine Linie, die zwei Punkte eines Kegelschnittes verbindet, fällt innerhalb derselben; περὶ κωνοειδ. 16 p. 279, 3 v. u.; 17 p. 280, 8 v. u.

2. Wenn von einem Punkte aus zwei Tangenten zu einem beliebigen Kegelschnitte, und im Kegelschnitte Linien mit den Tangenten parallel gezogen werden, so dass sie sich schneiden, werden die aus den Stücken der Parallele zusammengesetzten Rectangel sich gegen einander wie die Quadrate der Tangenten verhalten, so dass der Rectangel aus den Stücken der einen Linie dem Quadrate der mit ihr parallelen Tangente entspricht. Dieser Satz wird als früher bewiesen vollständig aufgeführt περὶ κωνοειδ. 3 p. 264, 21 flgg.* Er findet sich bei Apollonios κων. III, 17.

* Angewandt περὶ κων. 14 p. 277, 22 und 15 p. 278, 26 und 33 (wo ausdrücklich darauf hingewiesen wird: *ἐπεὶ παρὰ τὰς ἐπιψαυούσας ἐντὶ αἱ ΠΡ, ΜΔ* lin. 36). Auch 13 p. 276, 18.

3. Von Aehnlichkeit der Kegelschnitte und der Abschnitte derselben spricht Archimedes häufig ohne weitere Erläuterungen; sie war also vor ihm untersucht und in die älteren Lehrbücher aufgenommen. Apollonios behandelt die Aehnlichkeit im 6. Buche, das wir nur arabisch besitzen. Nach der lateinischen Uebersetzung bei Halley gab er VI def. 2 folgende Definition: *similes vero dicantur sectiones, in quibus, ductis ad utriusque axem ordinatim applicatis, ipsae ordinatim applicatae ad portiones axis ab iisdem abscissas verticique conterminas fuerint respective proportionales, diviso scilicet utroque axe in partes numero aequales vel eandem inter se rationem servantes.* Eben diese Definition scheint bei Archimedes zu Grunde zu liegen.* Wenn es z. B. *περὶ κων.* 15 p. 278, 48 flgg. heisst: *ἐξ αὐτῶν δὲ φανερὸν ἐν πᾶσι τοῖς σχημάτεσσι* (d. h. in allen Sphäroiden), *ὅτι, αἴ κα παραλλάλοις ἐπιπέδοις τμαθῇ, αἱ αὐτῶν τομαὶ ὅμοιαι ἐσσοῦνται· τὰ γὰρ τετράγωνα τὰ ἀπὸ τᾶν καθετῶν ποτὶ τὰ περιεχόμενα ὑπὸ τῶν τμαμάτων τοὺς αὐτοὺς λόγους ἑξοῦντι*, ist die Sache so zu erklären. Es ist bewiesen (p. 278, 26), dass $\frac{\Theta K^2}{\Lambda\Theta . \Theta\Gamma}=\frac{BT^2}{NT^2}$ (Fig. 5), also auch $\frac{a^2}{b^2}=\frac{BT^2}{NT^2}$, wenn a und b die Halbaxen der Ellipse um $A\Gamma$ bezeichnen; wenn ferner a_1 und b_1 die Halbaxen der Ellipse um $M\Lambda$ bezeichnen, wird auch hier das Verhältniss gelten $\frac{a_1^2}{b_1^2}=\frac{BT^2}{NT^2}$ ɔ: $\frac{a}{b}=\frac{a_1}{b_1}$, was eben die angegebene Aehnlichkeitsbedingung ist (angewandt *περὶ κωνοειδ.* 22 p. 286, 2; vergl. Apollonios VI, 27). Dasselbe ist angedeutet *περὶ κων.* 7 p. 268, 21, wenn aus der Proportion $\frac{e}{E}=\frac{ab}{AB}$ für ähnliche Ellipsen unmittelbar geschlossen wird $\frac{e}{E}=\frac{a^2}{A^2}=\frac{b^2}{B^2}$ (s. unten IV Nr. 15). Dass alle Parabeln ähnlich sind (Apollon. VI, 11), wusste Archimedes ohne Zweifel; wenigstens scheinen die Proportionen $\frac{OG}{GX}=\frac{JL}{LA}\times\frac{AD}{DJ}$ (*περὶ ὀχουμ.* II, 10 p. 348, 9) und $\frac{AD}{DJ}=\frac{5}{4}$ (ebend. p. 348, 13) nur aus den nach diesem Satze und der angegebenen Definition der Aehnlichkeit geltenden Proportionen $\frac{BD}{EZ}=\frac{AD}{AZ}$ und $\frac{EZ}{HT}=\frac{AJ}{AD}$ abgeleitet werden zu können (Nizze p. 246 not. ζ und ι) (Fig. 6). Auch liegt dieser Satz zu Grunde, wenn es p. 258, 43 heisst: *τὰ μὲν οὖν ὀρθογώνια κωνοειδέα πάντα ὅμοιά ἐντι.* Wenn Archimedes dessenungeachtet von ähnlichen Parabelsegmenten im Gegensatz zu unähnlichen spricht (*ἐπιπ. ἰσορρ.* II, 3 p. 39; 7 p. 44), so hat

* Man vergl. noch, was von ähnlichen Sphäroiden, gewiss in Uebereinstimmung mit der Definition von ähnlichen Kegelschnitten, gesagt wird *περὶ κων.* p. 259, 37: *ὅμοια δὲ καλεῖσθαι τῶν σφαιροειδέων σχημάτων, ὧν κα οἱ ἄξονες ποτὶ τὰς διαμέτρους τὸν αὐτὸν λόγον ἔχοντι.*

dies seinen Grund darin, dass er auch hier dieselbe Definition ähnlicher Segmente vorfand und zu Grunde legte, die Apollonios VI def. 7 giebt: *segmenta vero similia dicantur, quorum bases cum diametris aequales continent angulos, et in quorum singulis, ductis rectis basi parallelis numeroque aequalibus, ipsae parallelae, ut et bases, ad abscissas diametrorum portiones verticibus conterminas, sunt in iisdem rationibus respective, divisa scilicet ab ipsis parallelis utriusque diametro in partes invicem proportionales*, welche Definition Eutokios zu Archim. p. 40 so mittheilt: τὰ ὅμοια τμήματα τῶν τοῦ κώνου τομῶν Ἀπολλώνιος ὡρίσατο ἐν τῷ ἕκτῳ βιβλίῳ τῶν κωνικῶν, ἐν οἷς ἀχθεισῶν ἐν ἑκάστῳ παραλλήλων τῇ βάσει ἴσων τὸ πλῆθος, αἱ παράλληλοι καὶ αἱ βάσεις πρὸς τὰς ἀποτεμνομένας ἀπὸ τῶν διαμέτρων πρὸς ταῖς κορυφαῖς ἐν τοῖς αὐτοῖς λόγοις εἰσί, καὶ αἱ ἀποτεμνόμεναι πρὸς τὰς ἀποτεμνομένας.* Neue Sätze über ähnliche Ellipsen s. IV.

4. In jedem beliebigen Kegelschnitte wird die Tangente zum Endpunkte des Durchmessers senkrecht auf diesem stehen; ausdrücklich angeführt περὶ κων. 16 p. 280, 10 (*Quaest. Archim.* p. 164): αἱ δὲ εὐθεῖαι αἱ ἐπιψαύουσαι τᾶν τῶν κώνων τομᾶν κατὰ τὸ πέρας τᾶς διαμέτρου ὀρθὰς ποιοῦντι γωνίας ποτὶ τὰν διάμετρον; auch angewandt περὶ ὀχουμ. II, 4 p. 341, 44, um zu beweisen, dass die Senkrechte auf *NO* vom Punkte *H* aus die Linie *BB* zwischen *B* und *B* treffen wird (s. Nizze p. 236 not. *s*); dieselbe Schlussreihe περὶ ὀχουμ. II, 5 p. 342, 36. Der Satz ist nur ein specieller Fall von Apollonios I, 17; man vergl. die Bemerkung des Eutokios dazu p. 44: τούτῳ γὰρ διαφέρει ὁ κύκλος τῶν τοῦ κώνου τομῶν, ὅτι ἐπ' ἐκείνου μὲν αἱ τεταγμέναι πρὸς ὀρθὰς ἄγονται τῇ διαμέτρῳ ... ἐπὶ δὲ τῶν τριῶν τομῶν οὐ πάντως πρὸς ὀρθὰς ἄγονται, εἰ μὴ ἐπὶ μόνους τοὺς ἄξονας. Vergl. Nr. 10.

Ellipse.

5. Das Verhältniss zwischen den Quadraten der auf eine Axe vom Umkreise senkrecht gezogenen Linien und den aus den Abschnitten der Axe gebildeten Rechtecken ist überall dasselbe, d. h. (Fig. 7) $\frac{HG^2}{CH.HD} = \frac{EF^2}{CE.ED} = \frac{AO^2}{CO.OD} = \frac{b^2}{a^2}$, wenn *a* und *b* die beiden Halbaxen bezeichnen. Dieses Verhältniss tritt als Haupteigenschaft der Ellipse dadurch auf, dass es überall angewandt wird, um nachzuweisen, dass ein gegebener Schnitt wirklich eine Ellipse sei; auch sind die entsprechenden Sätze für Para-

* Vergl. περὶ κων. p. 259, 20: τμάματα δὲ σφαιροειδέων σχημάτων ἢ κωνοειδέων ὅμοια καλεῖσθαι, αἴ κα ἀφ' ὁμοίων σχημάτων ἀφαιρημένα ἔωντι καὶ τάς τε βάσεις ὁμοίας ἔχωντι, καὶ οἱ ἄξονες αὐτῶν ἤτοι ὀρθοὶ ἐόντες ποτὶ τὰ ἐπίπεδα τῶν βάσεων ἢ γωνίας ἴσας ποιοῦντες ποτὶ τὰς ὁμολόγους διαμέτρους τῶν βάσεων τὸν αὐτὸν ἔχωντι λόγον ποτ' ἀλλάλους ταῖς ὁμολόγοις διαμέτροις τῶν βάσεων.

bel und Hyperbel Archimedes bekannt und treten als früher bewiesene Haupteigenschaften auf (s. unten Nr. 12 und 24). Daher gewinnt die Vermuthung Bretschneider's (p. 157) an Wahrscheinlichkeit, dass eben diese Eigenschaften der Kegelschnitte diejenigen waren, welche von Menaichmos zuerst entdeckt und als charakteristische Merkmale aufgestellt wurden. Für Ellipse, Hyperbel und Kreis ist der Satz Apollon. κων. I, 21 bewiesen. Bei Archimedes ist er direct ausgesprochen περὶ κωνοειδ. 9 p. 271, 30: *ἔχει δὲ ὡς τὸ ἀπὸ τᾶς N τετράγωνον ποτὶ τὸ ὑπὸ τᾶν AΔ, ΔB, οὕτως τὸ ἀπὸ τᾶς ΘK τετράγωνον ποτὶ τὸ ὑπὸ τᾶν AK, KB, ἐπεὶ ἐν τᾷ αὐτᾷ ὀξυγωνίου κώνου τομᾷ κάθετοι ἐντὶ ἀγμέναι ἐπὶ διάμετρον τὰν AB*; denn $2N$ ist die mit AB conjugirte Axe (p. 270, 43) und Δ das Centrum der Ellipse (p. 270, 26). Ebenso heisst es περὶ κων. 13 p. 276, 34, nachdem es bewiesen ist, dass $\frac{\Theta K^2}{A\Theta . \Theta\Gamma} = \frac{\Delta A^2}{\Delta\Gamma^2}$: *ὁμοίως δειχθήσονται καὶ τὰ ἀπὸ τᾶν ἄλλαν καθέτων τετράγωνα τᾶν ἀγομέναν ἀπὸ τᾶς τομᾶς ἐπὶ τὰν AΓ ποτὶ τὰ περιεχόμενα ὑπὸ τῶν τᾶς AΓ τμαμάτων τὸν αὐτὸν ἔχοντα λόγον, ὃν τὸ ἀπὸ τᾶς ΔA τετράγωνον ποτὶ τὸ ἀπὸ τᾶς ΔΓ. δῆλον οὖν, ὅτι ἁ τομά ἐστιν ὀξυγωνίου κώνου τομά· διάμετροι δὲ αὐτᾶς ἐντί, ἁ μὲν μείζων ἁ AΓ, ἁ δὲ ἐλάσσων ἴσα τᾷ ΔA.* Vergl. περὶ κων. 14 p. 277, 28 flgg.; 15 p. 278, 31. Vorausgesetzt wird der Satz περὶ κων. 33 p. 311, 2 flgg., mit ausdrücklicher Hinweisung angewandt περὶ κων. 10 p. 272, 44 flgg. (*τὸν αὐτὸν δὴ ἔχει λόγον τὸ τετράγωνον τὸ ἀπὸ τᾶς ΘK καθέτου ποτὶ τὸ ὑπὸ τᾶν AK, KB περιεχόμενον, καὶ τὸ ἀπὸ ZΓ ποτὶ τὸ ὑπὸ τᾶν AΔ, ΔB περιεχόμενον, ἐπεὶ ἴσα ἐστὶν ἁ ZH τᾷ ἑτέρᾳ διαμέτρῳ*); vergl. περὶ κων. 8 p. 269, 40; 11 p. 274, 12. Ganz dieselbe Form, wie bei Apollonios $\left(\frac{HC^2}{EF^2} = \frac{CH.HD}{CE.ED}\right.$ Fig. $\left.7\right)$ hat der Satz περὶ κων. 29 p. 301, 25. In allen diesen Fällen war die eine Senkrechte die Axe; dass aber Archimedes den Satz in seiner Allgemeinheit kannte, geht aus περὶ κων. 31 p. 306, 28 hervor. Uebrigens stützt auch die Proportion $\frac{N^2}{Z\Delta . \Delta H} = \frac{AM^2}{EA . AB}$ περὶ κων. 9 p. 271, 22 sich auf diesen Satz; denn es sei $2b$ die mit EB conjugirte Axe; man hat dann (p. 271, 2 flgg.) $\frac{N^2}{Z\Delta . \Delta H} = \frac{4b^2}{EB^2}$, aber nach unserem Satze ist $\frac{AM^2}{EA . AB} = \frac{b^2}{(\frac{1}{2}EB)^2} = \frac{4b^2}{EB^2}$.

6. Wenn um die grosse Axe einer Ellipse ein Kreis beschrieben wird und Linien, die auf die grosse Axe senkrecht gezogen sind, über die Ellipse hinaus bis zur Kreisperipherie verlängert werden, werden sie von dem Umkreise der Ellipse in demselben Verhältnisse geschnitten, d. h. (Fig. 8) $\frac{KM}{MA} = \frac{EB}{B\Theta}$; περὶ κων. 5 p. 266, 33: *ἐπεὶ γάρ αἱ EΘ, KA*

κάθετοι εἰς τὸν αὐτὸν λόγον τέτμηνται κατὰ τὰ M, B. Dieser Satz folgt einfach aus dem vorhergehenden; denn es ist $\frac{MA^2}{B\Theta^2} = \frac{AA . A\Gamma}{A\Theta . \Theta\Gamma}$; aber nach dem bekannten Satze, den ich früher in dieser Zeitschrift bei Archimedes nachgewiesen habe*, ist $KA^2 = AA . A\Gamma$ und $E\Theta^2 = A\Theta . \Theta\Gamma$; daraus $\frac{MA^2}{B\Theta^2} = \frac{KA^2}{E\Theta^2}$ ∽; $\frac{KA}{MA} = \frac{E\Theta}{B\Theta}$; daraus *διελόντι* (Eukl. V, 17) $\frac{KM}{MA} = \frac{EB}{B\Theta}$.

7. In einer Ellipse wird die vom Centrum zum Berührungspunkte einer Tangente gezogene Linie alle in der Ellipse mit der Tangente parallel gezogenen Linien halbtheilen; *περὶ κων.* 22 p. 285, 15 flgg. Vergl. für die Hyperbel unten Nr. 26. Eine solche Linie ist ja nach dem Sprachgebrauch des Apollonios Durchmesser der Ellipse (nicht so bei Archimedes, s. oben); dann folgt der Satz aus Apollon. *κων.* I def. 10.

8. Die Linie, welche die Berührungspunkte zweier parallelen Tangenten verbindet, wird durch das Centrum der Ellipse gehen; ausdrücklich ausgesprochen *περὶ κων.* 18 p. 281, 30: *αἱ δέ κα δύο εὐθεῖαι ὀξυγωνίου κώνου τομᾶς ἐπιψάυωντι παράλλαλοι ἐοῦσαι, τό τε κέντρον τᾶς τοῦ ὀξυγωνίου κώνου τομᾶς καὶ αἱ ἁφαὶ ἐπ' εὐθείας ἐσσοῦνται.* Vergl. Apollon. *κων.* II, 27.

9. Wenn durch das Centrum eine mit zwei parallelen Tangenten parallele Linie gezogen wird, werden die Linien, die von ihren Endpunkten mit der die Berührungspunkte verbindenden Linie parallel gezogen werden, Tangenten zur Ellipse sein; ausgesprochen *περὶ κων.* 19 p. 282, 13 flgg.: *ἐπεὶ οὖν ἐστιν ἁ ΑΒΓΔ ἤτοι κύκλος*** *ἢ ὀξυγωνίου κώνου τομά, καὶ ἐπιψαύοντι αὐτᾶς δύο εὐθεῖαι αἱ ΕΖ, ΗΘ, διὰ δὲ τοῦ κέντρου ἆκται παράλληλος αὐταῖς ἁ ΑΓ, δῆλον ὡς αἱ ἀπὸ τῶν Α, Γ ἀγόμεναι σαμείων παρὰ τὰν ΒΔ ἐπιψαύοντι τᾶς τομᾶς* (Fig. 9). Der Satz folgt aus Apollon. *κων.* I, 17 (nicht II, 6, wie Nizze angiebt); denn nach *κων.* I, def. 11 ist *Γ κορυφή*. Vergl. Nr. 4.

10. Hieran schliesse sich, dass Archimedes *περὶ κων.* 9 p. 271, 2 flgg. die Construction einer mit einer andern ähnlichen Ellipse als bekannt voraussetzt. Denn hier verlangt Archimedes, man solle, wenn $N^2 \lesseqgtr Z\varDelta . \varDelta H$, um EB eine Ellipse construiren, so dass (es sei $2b$ die mit EB conjugirte Axe) $\frac{4b^2}{EB^2} = \frac{N^2}{Z\varDelta . \varDelta H}$; wenn man N als Ordinate einer Ellipse, deren Axen ZH und $2b'$ sind, betrachtet, hat man nach Nr. 5 $\frac{N^2}{Z\varDelta . \varDelta H} = \frac{4b'^2}{ZH^2}$; also soll sich verhalten $\frac{4b^2}{EB^2} = \frac{4b'^2}{ZH^2}$ ∽; $\frac{b}{\frac{1}{2}EB} = \frac{b'}{\frac{1}{2}ZH}$.

---

* Bd. XXIV p. 181 Nr. 16. Der umgekehrte Satz findet sich bei Serenos *de sect. cyl.* 4 und wird von Apollonios angewandt (*κων.* I, 5 p. 22; II, 48 p. 138), daher auch bei Eutokios zu Apollon. p. 23 und Pappos VII, 237 p. 924.

** Für den Zirkel ergiebt sich der Satz aus Eukl. Elem. III, 16 *πόρισμα*; vgl. Eutokios zu Apollon. p. 44.

was eben die Bedingung der Aehnlichkeit der Ellipsen um ZH und EB ist (Nr. 3).

11. Hier ist nur noch daran zu erinnern, dass Archimedes *περὶ κων.* p. 260, 50 ausspricht, dass, wenn ein Kegel durch eine mit allen Seitenlinien zusammenfallende Ebene geschnitten wird, der Schnitt entweder ein Kreis ist oder eine Ellipse (*αἴ κα κῶνος ἐπιπέδῳ τμαθῇ συμπίπτοντι πάσαις ταῖς τοῦ κώνου πλευραῖς, ἁ τομὰ ἐσσεῖται ἤτοι κύκλος ἢ ὀξυγωνίου κώνου τομά*). Ebenso heisst es p. 261, 8 flgg., dass dasselbe von Cylindern gelte: *καὶ αἴ κα κύλινδρος δυοῖς ἐπιπέδοις παραλλάλοις τμαθῇ συμπιπτόντεσσι πάσαις ταῖς τοῦ κυλίνδρου πλευραῖς, αἱ τομαὶ ἐσσοῦνται ἤτοι κύκλοι ἢ ὀξυγωνίων κώνων τομαὶ ἴσαι καὶ ὅμοιαι ἀλλάλαις.* Der letzte Satz scheint gar nicht von den späteren Mathematikern beachtet worden zu sein, wie überhaupt die schwierigeren Werke des Archimedes fast in Vergessenheit gerathen zu sein scheinen; wenigstens fand der gewiss viel spätere Geometer Serenos es nothwendig, ein ganzes Buch *περὶ κυλίνδρου τομῆς* zu schreiben, nur um zu beweisen, dass der schiefe Schnitt des Cylinders nichts Anderes, als die gewöhnliche Ellipse ist; das Buch beginnt (p. 1 Halley) mit folgenden Worten: *πολλοὺς ὁρῶν, ὦ φίλε Κῦρε, τῶν περὶ γεωμετρίαν ἀναστρεφομένων οἰομένους τὴν τοῦ κυλίνδρου πλαγίαν τομὴν ἑτέραν εἶναι τῆς τοῦ κώνου τομῆς τῆς καλουμένης ἐλλείψεως, ἐδικαίωσα μὴ χρῆναι περιορᾶν ἀγνοοῦντας αὐτοὺς κτλ.* Ueberhaupt ist das glänzende Genie des Archimedes auf diesem Punkte über das Ueberlieferte hinausgelangt und hat die ersten Schritte auf dem Wege gemacht, der später Apollonios zur Verallgemeinerung der konischen Sätze führte.

Parabel.

12. Nach Nr. 5 ist die Haupteigenschaft der Parabel, dass die Quadrate der Ordinaten sich wie die von ihnen bis zum Scheitelpunkt der Parabel abgeschnittenen Stücke des Diameters verhalten. Dieser Satz wird *τετραγ. παραβ.* 3 p. 19 aufgeführt und als in den älteren Lehrbüchern der *κωνικά* bewiesen bezeichnet: *αἴ κα ᾖ ὀρθογωνίου κώνου τομὰ ἁ ΑΒΓ* (Fig. 10), *ἁ δὲ ΒΔ παρὰ τὰν διάμετρον ἢ αὐτὰ ἁ διάμετρος, καὶ ἀχθῶντί τινες αἱ ΑΔ, ΕΖ παρὰ τὰν κατὰ τὸ Β ἐπιψαύουσαν τᾶς τοῦ κώνου τομᾶς, ἐσσεῖται ὡς ἁ ΒΔ μάκει ποτὶ τὰν ΒΖ, οὕτως δυνάμει ἁ ΑΔ ποτὶ τὰν ΕΖ* $\rangle$: $\frac{B\Delta}{BZ}=\frac{A\Delta^2}{EZ^2}$. Angewandt wird dieser Satz *ἐπιπ. ἰσορρ.* II, 10 p. 55, 32; *τετρ. παραβ.* 4 p. 19, 24; 19 p. 30, 44; *περὶ κωνοειδ.* 23 p. 287, 28; 24 p. 290, 19; 26 p. 293, 10. Apollonios hat ihn *κων.* I, 20.

13. Mit diesem Satze steht in genauestem Zusammenhang, was bei Apollonios I, 11 die Grundeigenschaft der Parabel ist und zum Beweise des obigen Satzes von ihm benutzt wird: dass die Quadrate der Ordinaten dem Rechtangel gleich sind, der aus einer gegebenen Linie

und den von den Ordinaten bis zum Scheitelpunkte abgeschnittenen Stücken des Durchmessers zusammengesetzt sind; wird angewandt Fragm.* p. 166, 21 (*τῷ δὲ ὑπὸ ΣΖΝ ἴσον τὸ ἀπὸ ΣΞ διὰ τὴν παραβολήν*); p. 167, 34; 168, 1; *περὶ κων.* 4 p. 265, 21, 22. Ebenso liegt dieser Satz zu Grunde, wenn aus $MH.HZ = ZK^2$ geschlossen wird, dass eine durch H mit der Axe HZ und dem Parameter MH beschriebene Parabel durch K gehen werde; p. 164, 29; 165 extr.; 166, 38. Ferner wird der Satz angewandt, um die Proportion $\frac{PI^2}{IY^2} = \frac{KR}{IY}$ *περὶ ὀχουμ.* II, 8 p. 345, 25 zu erhalten; denn nach diesem Satze hat man $PI^2 = 2KR.OI$, weil KR die Linie zum Scheitelpunkte oder der halbe Parameter (s. unten) ist (p. 344, 8 von unten); aber $IY = 2OI$ (Nr. 16); also $PI^2 = KR.IY$. Vergl. *περὶ ὀχουμ.* II, 9 p. 347, 9. Endlich weist die Bezeichnung des Parameters als *ἁ παρ' ἃν δύνανται αἱ ἀπὸ τᾶς τομᾶς* auf diesen Satz hin (p. 264, 49). Der Parameter wird a. O. als *ἁ διπλασία τᾶς μέχρι τοῦ ἄξονος* (d. h. die Axe des die Parabel enthaltenden Kegels) genauer bestimmt. Hierin liegt ein handgreiflicher Beweis dafür, dass Archimedes die Parabel nur als in dem rechtwinkligen Kegel entstehend betrachtete; denn nur für diesen gilt dieses Verhältniss. Es bezeichne p den Parameter; dann ist nach der Definition des Parameters bei Apollonios I, 11: $\frac{p}{AB} = \frac{CD^2}{BC.BD}$ (Fig. 11) $= \frac{CD^2}{BC^2}$ (denn der Kegel ist rechtsstehend); aber $CD^2 = BC^2 + BD^2 = 2BC^2$, also auch $p = 2AB$. Dasselbe findet sich mehrmals in *περὶ ὀχουμ.* II, 2; 3; 4; 5; 6; 7; 8; 9; 10.

14. Eine Linie, die vom Mittelpunkte der Grundlinie eines Parabelsegments dem Diameter der Parabel (d. h. der Axe) parallel gezogen wird, halbtheilt alle in der Parabel der Grundlinie parallel gezogenen Linien (d. h. ist Diameter des Segments); ausgesprochen *περὶ κων.* 4 p. 265, 1 flgg.: *ἐπεὶ οὖν διάμετρός ἐστι ἁ ΔΖ τοῦ τμάματος, ἅ τε ΑΕ δίχα τέμνεται κατὰ τὸ Ζ καὶ ἁ ΔΖ παρὰ τὰν διάμετρόν ἐστι τᾶς τοῦ ὀρθογωνίου κώνου τομᾶς· οὕτω γαρ δίχα τέμνει πάσας τὰς παρα ταν ΑΕ ἀγομένας.* Ebenso wird der Satz angewandt *ἐπιπ. ἰσορρ.* II, 5 p. 41, 28: *τετμάσθω δὴ δίχα ἑκατέρα τᾶν ΑΒ, ΒΓ κατὰ τὰ Ζ, Η, καὶ διὰ τὰ Ζ, Η παρὰ τὰν ΒΔ ἄχθωσαν αἱ ΖΚ, ΑΗ· ἔσται ἄρα τοῦ μὲν ΑΚΒ τμάματος κέντρον τοῦ βάρεος ἐπὶ τᾶς ΖΚ, τοῦ δὲ ΒΓΔ τμάματος τὸ κέντρον τοῦ*

* Hierunter ist diejenige Lösung der Aufgabe *περὶ σφαιρ.* II, 5 p. 158 zu verstehen, die Eutokios zu Archim. p. 163—169 mittheilt (*Quaest. Archim.* p. 31). Ich halte es nämlich für ganz unzweifelhaft, dass Eutokios dieses von ihm aufgefundene Fragment mit Recht dem Archimedes zuschreibt. Denn welcher Geometer vor Apollonios könnte sonst eine solche Lösung dorisch herausgegeben haben? (Eutok. p. 163.) Dann hat Eutokios selbst die spätere Terminologie substituirt und die Citate aus Apollonios hinzugefügt.

βάρεος ἐπὶ τᾶς *HΔ* nach II, 4, wo aber nur bewiesen ward, dass der Schwerpunkt eines Parabelsegments auf dessen Durchmesser liegt; dass *ZK* und *HΔ* Durchmesser sind, ist mittelst unseres Satzes geschlossen worden. Eine andere Form hat derselbe Satz ἐπιπ. ἰσορρ. II, 10 p. 55, 27: καὶ ἐπεὶ ἐν ὀρθογωνίου κώνου τομᾷ διάμετρός ἐστι τοῦ τμάματος ἁ *ZB*, ἁ *BZ* ἤτοι ἀρχικά ἐστι τᾶς τομᾶς ἢ παρὰ τὰν διάμετρον ἄκται; vergl. Eutokios p. 43, 3: παράλληλοι γάρ εἰσι πᾶσαι αἱ διάμετροι τῆς παραβολῆς; Apollon. I, 51 πόρισμα. Eine andere, allgemeinere Gestalt hat dieser Satz τετραγ. παραβ. 1: *a*) αἴ κα ᾖ ὀρθογωνίου κώνου τομὰ ἁ *ABΓ*, ᾖ δὲ ἁ μὲν *BΔ* παρὰ τὰν διάμετρον ἢ αὐτὰ ἁ διάμετρος, ἁ δὲ *AΓ* παρὰ τὰν κατὰ τὸ *B* ἐπιψαύουσαν, ἴσα ἔσται ἁ *AΔ* τᾷ *ΔΓ*. *b*) κἂν ἴσα ἁ *AΔ* [τᾷ *ΔΓ*] παράλλαλοι ἐσσοῦνται ἅ τε *AΓ* καὶ ἁ κατὰ τὸ *B* ἐπιψαύουσα τᾶς τοῦ κώνου τομᾶς.* Diese Form wird angewandt περὶ κων. 22 p. 285, 11; 24 p. 289, 10(*a*); περὶ ὀχουμ. II, 10, 2 p. 349, 23; τετραγ. παραβ. 5 p. 20, 6; 17 p. 29, 30; 18 p. 30, 21; 19 p. 30, 43; ἐπιπ. ἰσορρ. II, 10 p. 55, 4(*b*). Ganz ähnlich Apollonios I, 46.

15. Wenn in einem Parabelsegment von dem Schnittpunkte der Grundlinie mit der Parabel eine Senkrechte auf den verlängerten Durchmesser des Segments gezogen wird und das Quadrat der halben Grundlinie zum Quadrat der Senkrechten sich wie eine gegebene Linie zum Parameter der Parabel verhält, wird die gegebene Linie Parameter des Parabelsegments sein. Den Beweis dieses Satzes, der περὶ κων. 4 p. 265, 9 flgg. angewandt und als „in den konischen Elementen" bewiesen bezeichnet wird, giebt Nizze p. 159 so (Fig. 12): es sei *TD* eine Tangente, *BL*, *JD*, *AG* senkrecht auf die Axe *BG*, und *DF* Durchmesser des Segments *AED*; ferner verhalte sich, wenn *M* der Parameter zu *BG* ist, $\frac{AF^2}{AK^2}=\frac{N}{M}$. Man mache $\frac{DQ}{DL}=\frac{S}{2DT}$; dann ist nach Apollonios I, 49 *S* Parameter für *DF* (ↄ: $AF^2=S.DF$). Es ist aber (Nr. 13) $DJ^2=M.BJ$ ↄ: $M=\frac{DJ^2}{BJ}=\frac{DJ^2}{\frac{1}{2}TJ}$ (s. unten Nr. 16) $=\frac{2DJ^2}{TJ}$. Weil nun $S=\frac{2DT.DQ}{DL}=\frac{2DT^2}{TJ}$, ist $\frac{M}{S}=\frac{DJ^2}{DT^2}=\frac{AK^2}{AF^2}$ (weil $DJT \sim AFK$); also $N=S$ oder Parameter zu *DF*. Wahrscheinlich war also Apollonios I, 49: ἐὰν παραβολῆς εὐθεῖα ἐπιψαύουσα συμπίπτῃ τῇ διαμέτρῳ, καὶ διὰ μὲν τῆς ἁφῆς ἀχθῇ παράλληλος τῇ διαμέτρῳ, ἀπὸ δὲ τῆς κορυφῆς ἀχθῇ παρὰ τεταγμένως κατηγμένην, καὶ ποιηθῇ ὡς τὸ τμῆμα τῆς ἐφαπτομένης τὸ μεταξὺ τῆς ἀνηγμένης καὶ τῆς ἁφῆς πρὸς τὸ τμῆμα τῆς παραλλήλου τὸ μεταξὺ τῆς ἁφῆς καὶ τῆς ἀνηγμένης, οὕτως εὐθεῖά τις πρὸς τὴν διπλασίαν τῆς ἐφαπτομένης, ἥτις ἂν ἀπὸ τῆς τομῆς ἀχθῇ παράλληλος

* Der Wortlaut des Satzes ist mit wenigen evidenten Berichtigungen nach *cod. Florent.* gegeben.

τῇ ἐφαπτομένῃ ἐπὶ τὴν διὰ τῆς ἁφῆς ἠγμένην εὐθεῖαν παράλληλον τῇ διαμέτρῳ, δυνήσεται τὸ περιεχόμενον ὀρθογώνιον ὑπὸ [τῆς] πεπορισμένης εὐθείας καὶ τῆς ἀπολαμβανομένης ὑπ' αὐτῆς* πρὸς τῇ ἁφῇ — schon vor Archimedes bekannt.

16. Wenn eine Tangente und eine dem Diameter der Parabel (d. h. der Axe) parallel gezogene Linie (die also nach späterem Sprachgebrauch ein Diameter sein wird) sich schneiden, wird das Stück der Parallele vom Schnittpunkte der beiden Linien zum Schnittpunkte der Parallele und der Parabel demjenigen Stück der Parallele gleich sein, das zwischen dem Schnittpunkte mit der Parabel und einer vom Berührungspunkte der Tangente zu diesem Schnittpunkte parallel gezogenen Ordinate liegt, d. h. (Fig. 13) $BE = BD$. Der Satz wird als früher bewiesen aufgeführt τετραγ. παραβ. 2 p. 18: αἴ κα ᾖ ὀρθογωνίου κώνου τομὰ ἁ $AB\Gamma$ (Fig. 13), ᾖ δὲ ἁ $B\Delta$ παρὰ τὰν διάμετρον ἢ αὐτὰ ἁ διάμετρος, ἁ δὲ $A\Gamma$ παρὰ τὰν κατὰ τὸ B ἐπιψαύουσαν τᾶς τοῦ κώνου τομᾶς, καὶ ἁ ΓE τᾶς τοῦ κώνου τομᾶς ἐπιψαύουσα κατὰ τὸ Γ, ἰσσοῦνται αἱ ΔB, BE ἴσαι — und öfters angewandt, wie τετραγ. παραβ. 5 p. 20, 12; περὶ κων. 13 p. 276, 23; περὶ ὀχουμ. II, 8 p. 345 (s. oben Nr. 13); vgl. περὶ κων. 4 p. 265 (s. oben Nr. 15). Ebenso Apollonios I, 35. Denselben Satz benutzt Archimedes Fragm. p. 166, 49. Der umgekehrte Satz (Apollonios I, 33) ist nöthig zur Auffindung der Proportion $\frac{OG}{GX} = \frac{\Delta L}{LA} \times \frac{AD}{D\Delta}$ περὶ ὀχουμ. II, 10 p. 348, 9 (Nizze p. 246 not. ζ; vergl. Nr. 3).

17. Eine mit dem Parabeldurchmesser parallele Linie wird die Parabel in einem Punkte treffen; Fragm. p. 166, 42: καὶ συμπεσεῖται (ἡ παραβολή) ἐκβαλλομένη τῇ $\Theta\Gamma$ παραλλήλῳ οὔσῃ τῇ διαμέτρῳ τῆς τομῆς; auch p. 168, 24. Apollonios I, 26 beweist den Satz für Parabel und Hyperbel, und es unterliegt wohl keinem Zweifel, dass Archimedes wusste, dass er auch von dieser gilt, wenn auch directe Zeugnisse fehlen.

18. Tangenten zu einer Parabel zu ziehen. Eine Tangente zu einem gegebenen Punkte der Parabel zu ziehen (περὶ ὀχουμ. II, 10 p. 384, 5; 10, 2 p. 349, 18; 10, 5 p. 352, 56) ist nach Nr. 16 leicht möglich. Vgl. Apollonios II, 49 p. 139, wo es eben durch diesen Satz bewerkstelligt wird. Auch kann man leicht nach Nr. 14 eine Tangente mit einer in der Parabel gegebenen Linie parallel ziehen (περὶ ὀχουμ. II, 3 p. 340, 41; 4 p. 341, 17; 5 p. 342, 12; 6 p. 343, 15; 7 p. 344, 15; 8 p. 345, 13; 9 p. 347, 3; 10, 2 p. 349, 34; 10, 3 p. 350, 17; 10, 4 p. 351, 48; 10, 5 p. 353, 10); man halbirt nur die gegebene Linie und zieht durch den Mittelpunkt eine mit dem Parabeldurchmesser parallele Linie.

19. Eine von einem Punkte der Parabel dem Durchmesser parallel gezogene Linie wird ausserhalb des Schnittes fallen, wenn sie nach

* d. h. die παράλληλος τῇ ἐφαπτομένῃ.

der Richtung der Convexität gezogen ist, wenn nach der entgegengesetzten Richtung, innerhalb; ausdrücklich ausgesprochen περὶ κων. 16 p. 279, 12: *ἐν δὲ τᾷ ὀρθογωνίου κώνου τομᾷ ἀπὸ παντὸς σαμείου τῶν ἐπὶ τᾶς τομᾶς ἀγομέναν παρὰ τὰν διάμετρον εὐθειᾶν, αἱ μὲν ἐπὶ τὰ αὐτὰ ἀγόμεναι, ἐφ' ἅ ἐντι τὰ κυρτὰ αὐτᾶς, ἐκτὸς πίπτοντι, αἱ δὲ ἐπὶ θάτερα ἐντός.* Ebenso τετραγ. παραβ. 20 p. 31, 17: *καὶ ἀπὸ τῶν A, Γ αἱ AΔ, ΓE παρὰ τὰν διάμετρον· πεσοῦνται δὴ αὗται ἐκτὸς τοῦ τμάματος.* Vergl. Nr. 30.

20. Zwischen zwei Parabeln ABL (mit dem Durchmesser BD) und AFD eine gegebene Linie (Ψ) mit BD parallel zu legen, wie MN (Fig. 14); benutzt περὶ ὀχουμ. II, 10, 4 p. 351, 30: *apletur ergo quaedam recta linea JV inter portiones AVQL, AXD interjecta, quae sit aequalis Ψ et ipsi BD aequidistans.* Vergl. II, 10, 5 p. 352, 49. II, 10, 2 p. 349, 11 fehlt ungenau die Bestimmung *ipsi BD aequidistans.*

21. Wenn (Fig. 15) $PF \ddagger$ dem Durchmesser NO, und $HT \perp NO$ und RH dem halben Parameter gleich, wird die Linie RT verlängert die Tangente $K\Omega$ senkrecht treffen; περὶ ὀχουμ. II, 4 p. 341, 45; 5 p. 342, 37; 6 p. 343, 27; 7 p. 344, 21; 8 p. 345, 45; 9 p. 347, 21. Wenn man nämlich $PL \perp K\Omega$ und $PS \perp NO$ macht, wird man haben $SP^2 = 2RH.SO$ (Nr. 13); weil aber $LPS \sim SPM$, ist $\frac{LS}{SP} = \frac{SP}{SM} = \frac{SP}{2SO}$ (Nr. 16) ɔ: $SP^2 = 2LS.SO = 2RH.SO$; also $RH = LS$ ɔ: $RTH \cong LPS$, also $\angle PLM = TRH$ und $RY \ddagger LP$, die auf $K\Omega$ senkrecht steht.

22. Wenn (Fig. 16) $K\Omega \ddagger AL$, $PJ \ddagger NO$, $AS \ddagger$ der Tangente zu P, wird folgende Proportion gelten: $\frac{PJ}{PH} \gtreqless \frac{N\Omega}{O\Omega}$; angewandt περὶ ὀχουμ. II, 6 p. 343, 19 mit dem Zusatze (lin. 23): *hoc enim iam demonstratum est.* Den etwas weitläufigen Beweis, wozu aber aus der Kegelschnittlehre nur Nr. 14 und 16 nöthig sind, giebt Robertson (s. p. II) bei Torelli p. 375, Nizze p. 238 flgg.

23. Wenn (Fig. 17) in zwei ähnlichen Parabelsegmenten,* $AMQL$ und AXD, von den Grundlinien zu den Parabeln unter gleichen Winkeln mit den Grundlinien zwei Linien, AQ und AN gezogen sind, wird folgende Proportion gelten: $\frac{AQ}{AN} = \frac{LA}{AD}$; περὶ ὀχουμ. II, 10, 2 p. 349, 20. Den Beweis giebt Nizze p. 248 so: nach IV Nr. 3 hat man (Fig. 13) $\frac{HL}{HA} = \frac{HM}{MG}$ ɔ: $\frac{LA}{HA} = \frac{HG}{MG}$ und $\frac{DH}{HA} = \frac{HN}{NG}$ ɔ: $\frac{AD}{HA} = \frac{HG}{NG}$; daraus $\frac{LA}{AD} = \frac{NG}{MG}$; ferner ist, wie oben, $\frac{QN}{AN} = \frac{NM}{MG}$ ɔ: $\frac{AQ}{AN} = \frac{NG}{MG} = \frac{LA}{AD}$.

* Man muss mit Nizze p. 292 statt *portionibus* und *portiones* p. 349, 21 *sectionibus* und *sectiones* lesen.

Hyperbel.

24. Die Quadrate der Ordinaten (d. h. der mit der Tangente zum Scheitelpunkte parallel gezogenen Linien in dem Schnitte) verhalten sich wie die Rechtecke, die aus den von den Ordinaten bis zum Scheitelpunkt abgeschnittenen Stücken des Durchmessers und den Summen dieser Stücke und des zweifachen Abstands des Scheitelpunktes der Hyperbel vom Schnittpunkte der Asymptoten gebildet sind, d. h. wenn (Fig. 18) B der Schnittpunkt der Asymptoten ist und $AB = BC$, wird sich verhalten $\frac{FG^2}{DE^2} = \frac{FA.FC}{DA.DE}$; angewandt *περὶ κων.* 27 p. 295, 19 mit dem Zusatze: *ἐν πάσᾳ γὰρ τᾷ τοῦ ἀμβλυγωνίου κώνου τομᾷ τοῦτο συμβαίνει*; 28 p. 298, 29. Haupteigenschaft der Hyperbel; vergl. Nr. 5. Apollonios I, 21. Der Abstand des Scheitelpunktes der Hyperbel vom Schnittpunkte der Asymptoten nennt Archimedes (aber eigentlich nur für das hyperbolische Konoid, s. oben) *ἁ ποττοῦσα* (*τῷ ἄξονι*, nämlich des Konoids) nach der Definition *περὶ κων.* p. 258, 29: *τὰν δὲ μεταξὺ εὐθεῖαν τᾶς τε κορυφᾶς τοῦ κωνοειδέος καὶ τᾶς κορυφᾶς τοῦ κώνου τοῦ περιέχοντος τὸ κωνοειδὲς ποττοῦσαν* (ɔ: *προσοῦσαν*) *τῷ ἄξονι καλεῖσθαι*; vergl. p. 258, 42. Diese Linie ist also nach dem Sprachgebrauch des Apollonios der halbe Durchmesser, aber diese Auffassung ist dem Archimedes fremd. Er kennt augenscheinlich nicht den Schnittpunkt der Asymptoten als Centrum der Hyperbel; denn er nennt ihn stets nur *τὸ σαμεῖον, καθ' ὃ αἱ ἔγγιστα συμπίπτοντι* (*περὶ κων.* p. 258, 20; 298, 32).* Die einzige Stelle, wo diese spätere Auffassung auftritt, ist *περὶ κων.* 27 p. 295, 13: *ἐν πάσᾳ γὰρ τᾷ τοῦ ἀμβλυγωνίου κώνου τομᾷ τοῦτο συμβαίνει. ἁ γὰρ διπλασία τᾶς ποττούσας, τουτέστι τᾶς ἐκ τοῦ κέντρου, πλαγία ἐστὶ τοῦ εἴδους πλευρά.* Hier sind aber die letzten Worte: *ἁ γὰρ διπλασία ... πλαγία ἐστὶ τοῦ εἴδους πλευρά* entschieden unecht und von einem des späteren Sprachgebrauchs kundigen Abschreiber als Erläuterung hinzugefügt. Denn erstens weckt die zweifache Begründung mit *γὰρ* Anstoss als unnöthig weitläufig; dann erregt auch die Bezeichnung *ἁ πλαγία τοῦ εἴδους πλευρά*, die sonst niemals bei Archimedes vorkommt, Bedenken. Der Name *ἡ ὀρθία* für den Parameter rührt nämlich, wie Bretschneider bemerkt hat, ohne Zweifel erst von Apollonios her; denn er erklärt sich nur aus der Weise, in welcher

---

* Ein weiterer Beweis hierfür liegt in dem Gebrauche des Wortes *διάμετρος* bei der Hyperbel. Archimedes kennt, wie bei der Parabel, nur einen (*ἁ διάμετρος* p. 258, 14, 21, 24), und diesen denkt er sich ganz innerhalb des Schnittes. Dies geht daraus hervor, dass er die Axe des hyperbolischen Konoids und den Durchmesser der Hyperbel identificirt (p. 258 a. O. vergl. p. 277, 9); die Axe geht aber nicht über das Konoid hinaus, wie das Wort *ἅπτεται* p. 258, 23 und der Name *ἁ ποττοῦσα τῷ ἄξονι* zeigen; vergl. auch p. 279, 20, 25, wo sonst statt *τινα γραμμάν* u. s. w. *διάμετρον* stehen würde.

Apollonios I, 11; 12; 13 sich den Parameter vorstellt (senkrecht auf dem Durchmesser); aber ἡ πλαγία als Name für den Durchmesser hat keinen Sinn, wenn er nicht in Gegensatz zu ἡ ὀρθία gedacht wird. Auch konnte der Ausdruck πλευρά schwerlich aufkommen, ehe man gewohnt war, die Haupteigenschaften der drei Schnitte durch die der Rechtecke aus dem Parameter und Durchmesser zu bezeichnen, und das geschah, wie wir bestimmt wissen, erst von Apollonios an. Die Unechtheit wird auch durch die Parallelstelle περὶ κων. 28 p. 298, 31 erwiesen, wo es zur Begründung der angeführten Proportion einfach heisst: ἐπεὶ ἐστιν ἁ μὲν ZΔ ἀγμένα διὰ τοῦ Θ, καθ' ὃ αἱ ἔγγιστα συμπίπτοντι, αἱ δὲ AΔ, KE παρὰ τὰν κατὰ τὸ B ἐπιψαύουσαν. Dass ΘB die ποτεοῦσα und ΘZ = ΘB ist, war nach der ausdrücklichen Angabe p. 297, 18 nicht nothwendig zu bemerken. Der Ausdruck ἁ ποτεοῦσα kommt nur noch περὶ κων. 27 p. 293, 36, 39, 46; 28 p. 297, 2, 4, 17 vor.

25. Wenn von einem Punkte der Hyperbel zwei Linien zu den Asymptoten gezogen werden und von einem andern Punkte derselben zwei mit diesen Linien parallele ebenso zu den Asymptoten, werden die Rechtecke aus den beiden Linienpaaren gleich sein; angewandt Fragm. p. 166, 10 flgg.; 167, 27, 52. Bei Apollonios findet sich der Satz II, 12. Der umgekehrte Satz wird angewandt Fragm. p. 164, 36, wenn aus $\Theta K . K\Delta = AB . BH$ geschlossen wird, dass eine Hyperbel durch B mit $\Theta\Gamma$, ΓH als Asymptoten durch K gehen wird; vergl. Fragm. p. 166, 3 flgg., 46 flgg.

26. In einer Hyperbel wird eine Linie vom Schnittpunkte der Asymptoten durch den Berührungspunkt alle in der Hyperbel mit der Tangente parallel gezogenen Linien halbiren; angewandt περὶ κων. 22 p. 285, 13; 28 p. 297, 14. Eine solche Linie ist nach Apollonios Durchmesser; dann s. Apollon. I, def. 10. Vergl. Nr. 7.

27. Wenn in einer Hyperbel von dem Berührungspunkte einer Tangente eine Linie der Tangente zum Scheitelpunkte parallel gezogen wird, ist das von dieser Linie bis zum Scheitelpunkte abgeschnittene Stück des Durchmessers grösser, als das Stück zwischen dem Scheitelpunkte und dem Schnittpunkte der Tangente und des Durchmessers; angewandt περὶ κων. 14 p. 277, 34 mit dem Zusatz: τοῦτο γάρ ἐστιν ἐν ταῖς τοῦ ἀμβλυγωνίου κώνου τομαῖς σύμπτωμα; vergl. Nr. 16. Der Beweis wird nach Apollon. I, 36 ganz einfach geführt; denn nach diesem Satze ist (Fig. 19) $\frac{BE}{E\Delta} = \frac{BD}{D\Delta}$, also $\frac{E\Delta}{D\Delta} = \frac{BE}{BD}$, aber BE ist nothwendig grösser als BD, also auch $E\Delta > D\Delta$. Hieraus darf geschlossen werden, dass Apollon. I, 36 schon vor Archimedes bewiesen war, wenigstens für die Hyperbel; er lautet: ἐὰν ὑπερβολῆς ἢ ἐλλείψεως ἢ κύκλου περιφερείας ἐφάπτηταί τις εὐθεῖα συμπίπτουσα τῇ πλαγίᾳ τοῦ εἴδους πλευρᾷ καὶ ἀπὸ τῆς ἁφῆς καταχθῇ εὐθεῖα τεταγμένως ἐπὶ τὴν διάμετρον, ἔσται ὡς ἡ ἀπολαμβανομένη ὑπὸ τῆς ἐφαπτομένης πρὸς τῷ πέρατι τῆς πλαγίας πλευρᾶς πρὸς τὴν ἀπολαμβανομένην

ὑπὸ τῆς ἐφαπτομένης πρὸς τῷ ἑτέρῳ πέρατι τῆς πλευρᾶς, οὕτως ἡ ἀπολαμβανομένη ὑπὸ τῆς κατηγμένης πρὸς τῷ πέρατι τῆς πλευρᾶς πρὸς τὴν ἀπολαμβανομένην ὑπὸ τῆς κατηγμένης πρὸς τῷ ἑτέρῳ πέρατι τᾶς πλευρᾶς, ὥστε τὰς ὁμολόγους συνεχεῖς εἶναι.

28. Wenn eine Linie zwischen den Asymptoten mit der Hyperbel zusammenfällt und dadurch halbirt wird, ist sie eine Tangente; benutzt Fragm. p. 167, 10; folgt als Umkehrung aus Apollon. II, 3.

29. Eine Linie, die in dem von den Asymptoten und der Hyperbel begrenzten Raume einer Asymptote parallel gezogen wird, trifft mit der Hyperbel (nur in einem Punkte) zusammen; ausdrücklich angedeutet Fragm. p. 167, 40: *συμβαλεῖ γὰρ αὐτῇ (τῇ ὑπερβολῇ) διὰ τὸ παράλληλος εἶναι τῇ ἀσυμπτώτῳ.* Apollon. II, 13.

30. Eine von einem Punkte der Hyperbel dem Durchmesser parallel gezogene Linie wird ausserhalb des Schnittes fallen, wenn sie nach der Convexität hin gezogen ist, bei entgegengesetzter Richtung innerhalb; ausgesprochen *περὶ κων.* 16 p. 279, 30: *ἐν δὲ τᾷ τοῦ ἀμβλυγωνίου κώνου τομᾷ ἀπὸ παντὸς σαμείου τοῦ ἐπὶ τᾶς τομᾶς τᾶν ἀγομέναν εὐθειᾶν παρὰ τὰν οὕτως* (d. h. vom Schnittpunkt der Asymptoten durch den Scheitelpunkt der Hyperbel) *ἀγμέναν γραμμὰν αἱ μὲν ἐπὶ τὰ αὐτὰ ἀγόμεναι, ἐφ' ἃ ἐστιν αὐτᾶς τὰ κυρτά, ἐκτὸς πίπτοντι, αἱ δὲ ἐπὶ θάτερα ἐντός.* Vergl. für die Parabel Nr. 19.

31. Vergl. Parabel Nr. 17.

Wenn auch von allen diesen Sätzen einige, namentlich der in den *ὀχουμένοις* vorkommenden, nicht von der Zeit vor Archimedes herrühren sollten, sondern von ihm selbst erfunden sind, und nur darum so ohne Beweis dahingestellt, weil er es dem kundigen Leser überlassen zu können glaubte, selbst den Beweis aus den allgemein bekannten Sätzen der Lehrbücher der Konika zusammenzustellen — soviel ist jedenfalls gewiss, dass die hier aufgeführten Hauptsätze schon vor ihm bekannt und in die *στοιχεῖα κωνικά* des Aristaios und Eukleides aufgenommen waren. Ausser einigen Sätzen der übrigen Bücher des Apollonios und einigen anderen, die er nicht aufnahm, weil sie in das System nicht passten, enthielten also diese älteren Lehrbücher das Wesentliche der beiden ersten Bücher des Apollonios (ausgenommen sind jedoch alle Sätze über die *ἀντικείμεναι*, die gewiss von Apollonios selbst erst in die Untersuchung hineingezogen wurden). Denn um die hier aufgeführten Sätze beweisen zu können, waren natürlich viele andere von den Sätzen des Apollonios nöthig; aber aus den Beweisen des Apollonios kann nichts Directes für die ältere Gestalt der Beweise geschlossen werden, weil eben die Beweise, um in die allgemeinere Fassung passen zu können, von Apollonios umgearbeitet sein müssen; daraus, dass Apollonios bei dem Beweise eines auch bei Archimedes vorkommenden Satzes einen Satz benutzt, kann also gar nicht geschlossen werden, dass

μετρον, κορυφὰ ἐσσεῖται τοῦ τμάματος τὸ σαμεῖον, καθ᾽ ὃ ἁ παρὰ διάμετρον ἀχθεῖσα τέμνει τὰν τοῦ κώνου τομάν. Der Satz ist nur eine Umsetzung von *τετραγ. παραβ.* 1, *b* (III Nr. 14) in die von **Archimedes** neu aufgestellten Begriffe *κορυφά* u. s. w. (s. oben). Angewandt *τετρ. παραβ.* 21 p. 31, 44; p. 32, 1.

5. In einem Parabelsegment ist die Linie vom Mittelpunkte der Grundlinie (dem Durchmesser parallel) $\frac{4}{3}$ der vom Mittelpunkte der halben Grundlinie ebenso gezogenen Linie; *τετραγ. παραβ.* 19 p. 30: *ἐν τμάματι* περιεχομένῳ ὑπὸ εὐθείας καὶ ὀρθογωνίου κώνου τομᾶς ἁ ἀπὸ μέσας τᾶς βάσιος ἀχθεῖσα τᾶς ἀπὸ μέσας τᾶς ἡμισείας ἀγομένας ἐπίτριτος ἐσσεῖται μάκει.* Denn (Fig. 22) $\frac{B\Delta}{B\Theta}=\frac{A\Delta^2}{Z\Theta^2}$ (III Nr. 14 und 12) $=4$ ɔ: $\frac{\Theta\Delta}{B\Delta}=\frac{3}{4}$ ɔ: $B\Delta=\frac{4}{3}ZE$. Angewandt *τετραγ. παραβ.* 21 p. 32, 6.

6. Das in einem Parabelsegment eingeschriebene Dreieck mit gleicher Höhe und Grundlinie ist grösser, als die Hälfte des Segments; *τετραγ. παραβ.* 20 p. 31: *αἴ κα εἰς τμᾶμα περιεχόμενον ὑπό τε εὐθείας καὶ ὀρθογωνίου κώνου τομᾶς τρίγωνον ἐγγραφῇ τὰν αὐτὰν βάσιν ἔχον τῷ τμάματι καὶ ὕψος τὸ αὐτό, μεῖζον ἐσσεῖται τὸ ἐγγραφὲν τρίγωνον ἢ ἥμισυ τοῦ τμάματος* (denn $AB\Gamma$ ist die Hälfte des Parallelogramms $A\Delta E\Gamma$, das nach III Nr. 19 grösser ist, als das Segment).

7. Wenn in einem Parabelsegment ein Dreieck mit gleicher Höhe und Grundlinie eingeschrieben wird und dasselbe in den zurückbleibenden kleinen Segmenten geschieht, ist das grössere Dreieck das Achtfache von jedem der beiden kleineren; *τετραγ. παραβ.* 21 p. 31: *αἴ κα εἰς τμᾶμα περιεχόμενον ὑπὸ εὐθείας καὶ ὀρθογωνίου κώνου τομᾶς τρίγωνον ἐγγραφῇ τὰν αὐτὰν βάσιν ἔχον τῷ τμάματι καὶ ὕψος τὸ αὐτό, ἐγγραφέωντι δὲ καὶ ἄλλα τρίγωνα εἰς τὰ λειπόμενα τμάματα τὰν αὐτὰν βάσιν ἔχοντα τοῖς τμαμάτεσσι καὶ ὕψος τὸ αὐτό, ἑκατέρου τῶν τριγώνων τῶν εἰς τὰ περιλειπόμενα τμάματα ἐγγραφέντων ὀκταπλάσιον ἐσσεῖται τὸ τρίγωνον τὸ εἰς τὸ ὅλον τμᾶμα ἐγγραφέν.* Denn weil (Fig. 24) $A\Delta=\Delta\Gamma$, $A\Theta=\Theta B$, $BI=I\Gamma$, sind B, Z, H *κορυφαί* (Nr. 4); man hat nun (Nr. 5) $B\Delta=\frac{4}{3}EZ=2E\Theta$ ɔ: $\Theta E=2\Theta Z$; $AEB=2ZBA$, weil $AE\Theta=2A\Theta Z$ und $\Theta BE=2Z\Theta B$; aber $AEB=\frac{1}{2}AB\Delta=\frac{1}{4}AB\Gamma$ ɔ: $AB\Gamma=8ZBA$. Angewandt *τετραγ. παραβ.* 22 p. 32, 33; 24 p. 34, 11.

8. Wenn man eine Anzahl Grössen hat, die eine Quotientenreihe mit dem Quotienten 4 bilden, und die grösste einem Dreieck, das dieselbe Höhe und Grundlinie mit einem Parabelsegment hat, gleich ist, wird die Summe der Grössen kleiner als das Segment sein; *τετραγ. παραβ.* 22 p. 32: *αἴ κα ᾖ τμᾶμα περιεχόμενον ὑπὸ εὐθείας καὶ ὀρθογωνίου κώνου τομᾶς, καὶ χωρία τεθέωντι ἑξῆς ὁποσαοῦν ἐν τετραπλασίονι λόγῳ, ᾖ δὲ τὸ μέγιστον τῶν χωρίων ἴσον τῷ τριγώνῳ τῷ βάσιν ἔχοντι τὰν αὐτὰν τῷ τμά-*

* Ueber die Gestaltung dieses Satzes s. *Quaest. Archim.* p. 153.

parallel die Linie ΘZ gezogen wird, dann wird sich verhalten $\frac{Z\Theta}{\Theta H}=\frac{\Delta A}{Z\Delta}$; τετραγ. παραβ. 4 p. 19: ἔστω τμᾶμα περιεχόμενον ὑπὸ εὐθείας καὶ ὀρθογωνίου κώνου τομᾶς τὸ $AB\Gamma$, ἁ δὲ $B\Delta$ ἀπὸ μέσας τᾶς $A\Gamma$ παρὰ τὰν διάμετρον ἄχθω, ἢ αὐτὰ διάμετρος ἔστω, καὶ ἁ $B\Gamma$ εὐθεῖα ἐπιζευχθεῖσα ἐκβεβλήσθω. Εἰ δὴ καταχθείη τις ἄλλα ἁ $Z\Theta$ παρὰ τὰν $B\Delta$ τέμνουσα ἑκατέραν τᾶν $A\Gamma$ καὶ ΓB εὐθειᾶν, τὸν αὐτὸν ἕξει λόγον ἁ $Z\Theta$ ποτὶ τὰν ΘH, ὃν ἁ ΔA ποτὶ τὰν ΔZ. Der Beweis wird so geführt: $\frac{B\Delta}{BK}=\frac{\Delta\Gamma^2}{HK^2}$ (III Nr. 12) $\therefore \frac{B\Gamma}{BI}=\frac{\Delta\Gamma^2}{\Delta Z^2}=\frac{B\Gamma^2}{B\Theta^2}$, also $\frac{B\Gamma}{B\Theta}=\frac{B\Theta}{BI}=\frac{\Gamma\Theta}{\Theta I}=\frac{\Theta Z}{\Theta H}=\frac{\Delta\Gamma}{\Delta Z}$; aber $\Delta\Gamma=A\Delta$, also $\frac{Z\Theta}{\Theta H}=\frac{\Delta A}{\Delta Z}$. Angewandt περὶ ὀχουμ. II, 10 p. 348, 3 (der umgekehrte Satz), wenn aus $\frac{DZ}{ZA}=\frac{BK}{DB}$ (Nizze p. 245 not. δ) geschlossen wird, dass K auf der Parabel liegt. Vergl. Nr. 3.

3. Es sei wiederum $AB\Gamma$ (Fig. 21) ein Parabelsegment. Aus A ziehe man dem Durchmesser parallel ZA, und ΓZ sei eine Tangente in Γ. Wenn dann im Dreieck $ZA\Gamma$ der Linie AZ parallel eine Linie gezogen wird, wird diese Linie von der Parabel, und $A\Gamma$ von der gezogenen Linie in demselben Verhältnisse getheilt, so dass die beiden Stücke bei A und $A\Gamma$ sich entsprechen; τετραγ. παραβ. 5 p. 19—20: ἔστιν τμᾶμα περιεχόμενον ὑπὸ εὐθείας καὶ ὀρθογωνίου κώνου τομᾶς τὸ $AB\Gamma$, καὶ ἄχθω ἀπὸ τοῦ A παρὰ τὰν διάμετρον ἁ ZA, ἀπὸ δὲ τοῦ Γ ἐπιψαύουσα τᾶς τοῦ κώνου τομᾶς κατὰ τὸ Γ ἁ ΓZ. εἰ δή τις ἀχθείη ἐν τῷ $ZA\Gamma$ τριγώνῳ παρὰ τὰν AZ, [εἰς] τὸν αὐτὸν λόγον ἁ ἀχθεῖσα τετμήσεται ὑπὸ τᾶς τοῦ ὀρθογωνίου κώνου τομᾶς καὶ ἁ $A\Gamma$ ὑπὸ τᾶς ἀχθείσας· ὁμόλογον δὲ ἐσσεῖται τὸ τμᾶμα τᾶς $A\Gamma$ τὸ ποτὶ τῷ A τῷ τμάματι τᾶς ἀχθείσας τῷ ποτὶ τᾷ $A\Gamma$. Der Beweis wird erst für $A\Delta=\Delta\Gamma$ geführt; dann ist nach III Nr. 14 $A\Gamma$ parallel mit der Tangente zu B, und nach III Nr. 16 $BE=B\Delta$, also $\frac{A\Delta}{\Delta\Gamma}=\frac{\Delta B}{BE}=1$. Wenn aber $A\Gamma$ nicht halbirt wird, ist $I\Lambda=KI$, weil $BE=B\Delta$, daher $\frac{K\Lambda}{KI}=\frac{A\Gamma}{\Delta A}$, aber (nach Nr. 2) $\frac{KI}{\Theta K}=\frac{\Delta A}{AK}\therefore\frac{K\Lambda}{\Theta K}=\frac{A\Gamma}{AK}$; daraus $\frac{\Theta K}{\Theta\Lambda}=\frac{AK}{K\Gamma}$. Angewandt τετραγ. παραβ. 14 p. 26, 1, 27 und περὶ ὀχουμ. II, 10 p. 348, 9 (Nizze p. 246); II, 10, 2 p. 349, 22 (Nizze p. 248).

4. Wenn in einem Parabelsegment vom Mittelpunkte der Grundlinie eine Linie dem Durchmesser parallel gezogen wird, ist der Punkt, in welchem diese die Parabel schneidet, der Scheitelpunkt des Segments; τετραγ. παραβ. 18 p. 30: αἴ κα ἐν τμάματι, ὃ περιέχεται ὑπὸ εὐθείας καὶ ὀρθογωνίου κώνου τομᾶς ἀπὸ μέσας τᾶς βάσιος ἀχθῇ εὐθεῖα παρὰ τὰν διά-

lung τετραγωνισμὸς παραβολῆς nicht gesehen (*Quaest. Archim.* p. 29). Sonst würde er eingesehen haben, dass Archimedes selbst in dieser Schrift Hinlängliches giebt, um diese Beweise zu Stande zu bringen. Ich gebe hier nach Nizze p. 27 einen solchen Beweis, der nur Sätze aus τετραγ. παραβ. benutzt und dem Archimedischen ähnlich sein möchte. Es sei $HJKABCDEF$ γνωρίμως eingeschrieben. Man halbire HK, KB, BD, DF, HB, BF (Fig. 25) und ziehe durch die Mittelpunkte JL, KM, AN, CO, DP, EQ dem Durchmesser BG parallel; sie werden dann die κορυφαί der Segmente treffen (τετραγ. παραβ. 18, Nr. 4), d. h. die Winkelspitzen (weil die Höhen der Abschnitte und Dreiecke gleich sind); zugleich wird $HL = LM = MN = NG$ und $GO = OP = PQ = QF$, und weil $HG = GF$, alle Stücke der Grundlinie unter sich gleich. Ferner ist $\frac{HL}{LR} = \frac{HG}{GB} = \frac{GF}{GB} = \frac{QF}{QS}$ ɔ: $LR = QS$. Dann ist nach τετρ. παραβ. 4 (die zweite Figur, s. oben Nr. 2 not.) $\frac{LR}{RJ} = \frac{GF}{GL} = \frac{HG}{GQ} = \frac{QS}{SE}$ ɔ: $RJ = SE$, und $LJ = QE$; sie sind aber auch parallel, also $JEQL$ ein Parallelogramm, und $JE \ddagger HF$; ebenso kann bewiesen werden, dass $AC \ddagger KD \ddagger HF$. Ferner weil LE, TD und VC Parallelogramme sind, $LG = GQ$, $TY = YU$, $VZ = ZX$, sind auch $JY = YE$, $KZ = ZD$, $A\Phi = \Phi C$. Endlich verhält sich $B\Phi : BZ : BY : BG = A\Phi^2 : KZ^2 : JY^2 : HG^2$ (τετραγ. παρ. 3, III Nr. 12) $= 1:4:9:16$ ɔ: $B\Phi : \Phi Z : ZY : YG = 1:3:5:7$ w. z. b. w. Angewandt ἐπιπ. ἰσορρ. II, 3 p. 39, 34 (*c*); 5 p. 41, 28 (*b*).

10. Wenn in einem Parabelsegment ein Dreieck mit gleicher Grundlinie und Höhe eingeschrieben wird, ist der Durchmesser das Vierfache von jedem der beiden Durchmesser der übrig geblichenen kleinen Segmente; ἐπιπ. ἰσορρ. II, 8 p. 46, 10: ἁ δὲ ΒΔ (Fig. 26) τετραπλασίων τᾶς ΚΖ· τοῦτο γὰρ ἐπὶ τέλει δείκνυται, οὗ σαμεῖον τὸ Θ. Also hatte Archimedes in einem Anhange diesen Beweis gegeben, der aber verloren gegangen und schon dem Eutokios fehlte; denn er sagt p. 46: τετραπλασία δὲ ἡ ΒΔ τᾶς ΚΖ· τοῦτο γὰρ ἐπὶ τέλει δείκνυται, οὗ σαμεῖον Θ] ἑξῆς δὲ αὐτὸ ἡμεῖς δείξομεν. Er giebt dann folgenden Beweis: es sei BD Durchmesser des Segments ABG, KZ des AKB, und $KE \ddagger ZH \ddagger AG$; dann ist $\frac{BZ}{ZA} = 1 = \frac{BH}{HD} = \frac{AF}{FD}$ ɔ: $AD = 2KE$; aber $\frac{BE}{BD} = \frac{KE^2}{AD^2} = \frac{1}{4}$ oder $BD = 4BE = 2BH$, $BH = 2BE$, $BE = EH = KZ$, also $BD = 4KZ$. Ebend. p. 46, 22: καὶ ἐπεὶ τετραπλασίων ἁ ΒΔ τᾶς ΒΣ· καὶ γὰρ τοῦτο δείκνυται wird angewandt $BD = 4BE$ (Fig. 26); vergl. Eutokios p. 47, 18 flgg.

11. Wenn von einer Parabel zwei Segmente abgeschnitten werden, deren Durchmesser gleich sind, werden sowohl die Segmente, als die in ihnen eingeschriebenen Dreiecke mit gleichen Höhen und Grundlinien gleich sein; περὶ κων. 4 p. 264: αἴ κα ἀπὸ τᾶς αὐτᾶς ὀρθογωνίου κώνου τομᾶς δύο τμάματα ἀποτμαθέωντι ὁπωσοῦν ἴσας ἔχοντα τὰς διαμέτρους

*αὐτά τε τὰ τμάματα ἴσα ἐσσοῦνται καὶ τὰ τρίγωνα τὰ ἐγγραφόμενα εἰς αὐτὰ τὰν αὐτὰν βάσιν ἔχοντα τοῖς τμαμάτεσσι καὶ ὕψος τὸ αὐτό.** * Angewandt 25 p. 291, 12.

12. Eine Ellipse verhält sich zu dem mit der grossen Axe als Diameter beschriebenen Kreise wie die kleine Axe zum grossen; *περὶ κων.* 5 p. 265: *πᾶν χωρίον τὸ περιεχόμενον ὑπὸ ὀξυγωνίου κώνου τομᾶς ποτὶ τὸν κύκλον τὸν ἔχοντα διάμετρον ἴσαν τᾷ μείζονι διαμέτρῳ τᾶς τοῦ ὀξυγωνίου κώνου τομᾶς τὸν αὐτὸν ἔχει λόγον, ὃν ἁ ἐλάσσων διάμετρος αὐτᾶς ποτὶ τὰν μείζω, τουτέστι ποτὶ τὰν τοῦ κύκλου διάμετρον*; angewandt *περὶ κων.* 6 p. 267, 36.

13. Eine Ellipse (E) verhält sich zu einem Kreise (C) wie das aus den Axen (A, B) der Ellipse gebildete Rechteck zum Quadrat des Durchmessers (D) des Kreises; *περὶ κων.* 6 p. 267: *πᾶν χωρίον περιεχόμενον ὑπὸ ὀξυγωνίου κώνου τομᾶς ποτὶ πάντα κύκλον τὸν αὐτὸν ἔχει λόγον, ὃν τὸ περιεχόμενον ὑπὸ τᾶν διαμέτρων τᾶς τοῦ ὀξυγωνίου κώνου τομᾶς ποτὶ τὸ ἀπὸ τᾶς τοῦ κύκλου διαμέτρου τετράγωνον.* Denn es sei c ein Kreis um die grosse Axe A als Durchmesser; dann ist (Nr. 12) $\frac{E}{c}=\frac{B}{A}=\frac{B\times A}{A^2}$; aber $\frac{c}{C}=\frac{A^2}{D^2}$ (Eukl. XII, 2) ∍: $\frac{E}{C}=\frac{B\times A}{D^2}$. Angewandt 7 p. 268, 12; 25 p. 291, 43.

14. Ellipsen verhalten sich wie die Rechtecke der beiden Axen; *περὶ κων.* 7 p. 267: *τὰ περιεχόμενα χωρία ὑπὸ ὀξυγωνίου κώνου τομᾶν τὸν αὐτὸν ἔχοντι λόγον ποτ' ἄλλαλα, ὃν τὰ περιεχόμενα ὑπὸ τᾶν διαμέτρων τᾶν τοῦ ὀξυγωνίου κώνου τομᾶν ποτ' ἄλλαλα.* Es seien die Ellipsen e, E mit den Axen a, b und A, B; ferner C ein Kreis mit dem Durchmesser D. Dann ist nach Nr. 13 $\frac{e}{C}=\frac{a\times b}{D^2}$ und $\frac{C}{E}=\frac{D^2}{A\times B}$ ∍: $\frac{e}{E}=\frac{a\times b}{A\times B}$.

15. Hieraus folgt, dass ähnliche Ellipsen sich wie die Quadrate der entsprechenden Axen verhalten; 7 p. 268, 21: *ἐκ τούτου δὲ φανερόν, ὅτι τὰ περιεχόμενα χωρία ὑπὸ ὁμοιᾶν ὀξυγωνίων κώνων τομᾶν τὸν αὐτὸν λόγον ἔχοντι ποτ' ἄλλαλα, ὃν ἔχοντι δυνάμει ποτ' ἀλλάλας αἱ ὁμόλογοι διάμετροι τᾶν τομᾶν.* Wenn e und E (s. Nr. 14) ähnlich sind, ist $\frac{\frac{1}{2}a}{\frac{1}{2}b}=\frac{\frac{1}{2}A}{\frac{1}{2}B}$ (III Nr. 3) ∍: $\frac{a}{b}=\frac{A}{B}$; also $\frac{e}{E}=\frac{a^2}{A^2}=\frac{b^2}{B^2}$ (Nr. 14). Angewandt *περὶ κων.* 24 p. 290, 16; 28 p. 298, 26.

16. Wenn eine Ellipse und eine im Centrum aufgerichtete Perpendiculäre auf der Ebene der Ellipse gegeben sind, ist es möglich, einen die Ellipse enthaltenden Kegel mit dem Endpunkte der gegebenen Linie als Scheitelpunkt zu finden; *περὶ κων.* 8 p. 268—270: *ὀξυγωνίου κώνου*

* Hier, wie bei einigen der folgenden Sätze habe ich den etwas weitläufigen Beweis des Raumes wegen weggelassen.

τομᾶς δοθείσας καὶ γραμμᾶς ἀπὸ τοῦ κέντρου τᾶς τοῦ ὀξυγωνίου κώνου τομᾶς ἀνεστακούσας ὀρθᾶς ποτὶ τὸ ἐπίπεδον, ἐν ᾧ ἔστιν ἁ τοῦ ὀξυγωνίου κώνου τομά, δυνατόν ἐστι κῶνον εὑρεῖν κορυφὰν ἔχοντα τὸ πέρας τᾶς ἀνεστακούκας εὐθείας, οὗ ἐν τᾷ ἐπιφανείᾳ ἐσσεῖται ἁ δοθεῖσα τοῦ ὀξυγωνίου κώνου τομά. Angewandt 9 p. 271, 9; 24 p. 289, 30.

17. Auch wenn die gegebene Linie nicht senkrecht auf die Ebene der Ellipse ist, aber in einer Ebene liegt, die durch die eine Axe senkrecht auf der Ebene der Ellipse steht, ist dasselbe möglich; *περὶ κων.* 9 p. 270—271: *ὀξυγωνίου κώνου τομᾶς δοθείσας καὶ γραμμᾶς μὴ ὀρθᾶς ἀνεστακούσας ἀπὸ τοῦ κέντρου τᾶς τοῦ ὀξυγωνίου κώνου τομᾶς ἐν ἐπιπέδῳ, ὅ ἐστιν ὀρθὸν ἀνεστακὸς διὰ τᾶς ἑτέρας διαμέτρου ποτὶ τὸ ἐπίπεδον, ἐν ᾧ ἐστιν ἁ τοῦ ὀξυγωνίου κώνου τομά, δυνατόν ἐστι κῶνον εὑρεῖν κορυφὰν ἔχοντα τὸ πέρας τᾶς ἀνεστακούσας εὐθείας, οὗ ἐν τᾷ ἐπιφανείᾳ ἐσσεῖται ἁ δοθεῖσα τοῦ ὀξυγωνίου κώνου τομά.* Angewandt 28 p. 297, 45; 30 p. 303, 41; 32 p. 309, 14.

18. Wenn Alles, wie oben (Nr. 17) gegeben ist, kann auch ein Cylinder gefunden werden mit der Axe auf der Verlängerung der gegebenen Linie, der die gegebene Ellipse enthält; *περὶ κων.* 10 p. 272 bis 274: *ὀξυγωνίου κώνου τομᾶς δοθείσας καὶ γραμμᾶς ἀπὸ τοῦ κέντρου τᾶς τοῦ ὀξυγωνίου κώνου τομᾶς μὴ ὀρθᾶς ἀνεστακούσας ἐν ἐπιπέδῳ, ὅ ἐστιν ἀπὸ τᾶς ἑτέρας διαμέτρου ὀρθὸν ἀνεστακὸς ποτὶ τὸ ἐπίπεδον, ἐν ᾧ ἐστιν ἁ τοῦ ὀξυγωνίου κώνου τομά, δυνατόν ἐστι κύλινδρον εὑρεῖν τὸν ἄξονα ἔχοντα ἐπ' εὐθείας τᾷ ἀνεστακούσᾳ γραμμᾷ, οὗ ἐν τᾷ ἐπιφανείᾳ ἐσσεῖται ἁ δοθεῖσα τοῦ ὀξυγωνίου κώνου τομά.* Angewandt 22 p. 285, 25; 24 p. 289, 25; 28 p. 297, 31; 30 p. 303, 38; 32 p. 309, 9. Die drei letzten Sätze (Nr. 16, 17, 18) haben einen gewissen Anklang an Apollonios *κων.* VI, 31—33.

19. Schliesslich mag noch erwähnt werden, dass Archimedes *περὶ κων.* 12 p. 274—275 einige Sätze (ohne Beweis) über die Schneidung der Konoiden und Sphäroiden giebt mit dem Zusatze p. 275, 26: *τούτων δὲ πάντων ἐν φανερῷ ἐντι αἱ ἀποδείξιες.*

a) Wenn ein rechtwinkliges Konoid von einer durch die Axe oder derselben parallel gelegten Ebene geschnitten wird, ist der Schnitt die hervorbringende Parabel; angewandt 16 p. 279, 11; 24 p. 289, 6; vergl. 16 p. 279, 46; 280, 8. Den Beweis giebt Torelli p. 315; Nizze p. 168.

b) Wenn dagegen der Schnitt senkrecht auf die Axe gelegt wird, entsteht ein Kreis mit dem Centrum auf der Axe; angewandt 13 p. 276, 5; 25 p. 291, 41.

c) Wenn ein stumpfwinkliges Konoid durch die Axe geschnitten wird, entsteht die hervorbringende Hyperbel, wenn der Axe parallel, eine damit ähnliche, wenn durch den Scheitelpunkt des umschliessenden Kegels, eine nicht ähnliche; Torelli p. 316—317; Nizze p. 169—170. Angewandt 16 p. 279, 28; vergl. p. 279, 46; 280, 8.

d) Wenn der Schnitt senkrecht auf die Axe gelegt wird, entsteht ein Kreis mit dem Centrum auf der Axe; angewandt 14 p. 277, 17.

e) Wenn ein Sphäroid durch die Axe geschnitten wird, ist der Schnitt die hervorbringende Ellipse selbst, wenn der Axe parallel, eine derselben ähnliche; Torelli p. 317—318; Nizze p. 171. Angewandt 17 p. 280, 44; 18 p. 281, 32; 19 p. 282, 1; 29 p. 299, 39.

f) Wenn der Schnitt senkrecht auf die Axe gelegt wird, entsteht auch hier ein Kreis; 19 p. 282, 13.

Für *a*, *c* und *e* wird der Durchmesser des Schnittes die Schneidungslinie der schneidenden Ebene mit einer durch die Axe auf diese Ebene senkrecht gelegten sein.

Es könnte auffallen, dass Apollonios keinen einzigen der von Archimedes entdeckten Sätze in seinen Elementen aufgenommen hat. Aber es ist zu bedenken, dass sie wesentlich Segmente und Raumberechnungen betreffen, die beide von jeher in der elementaren Behandlung der Kegelschnitte keinen Platz fanden.

V.

Eine vollständige Uebersicht der Kenntnisse des Archimedes über die Kegelschnitte muss auch diejenigen, nur durch Hilfe der Kegelschnitte zu lösenden Aufgaben umfassen, von denen wir wissen, dass Archimedes eine Lösung besessen hat, wenn wir auch nicht angeben können, wie er sie bewerkstelligte.

1. Die Auffindung zweier mittleren Proportionalen wird vorausgesetzt *περὶ σφ. καὶ κυλ.* II, 2 p. 133, 3: *καὶ εἰλήφθω τῶν ΓΔ, ΕΖ δύο μέσαι ἀνάλογον αἱ ΗΘ, ΜΝ.* Vielleicht begnügte er sich mit den älteren Lösungen des Platon, Archytas, Menaichmos.

2. Eine gegebene Linie $\varDelta Z$ so zu theilen (in X), dass $\frac{XZ}{Z\Theta} = \frac{B\varDelta^2}{\varDelta X^2}$, wenn $Z\Theta$ und $B\varDelta^2$ gegeben sind; wird vorausgesetzt *περὶ σφ. καὶ κυλ.* II, 5 p. 158, 20: *καὶ δὴ δοθεῖσαν τὴν ΔΖ τεμεῖν δεῖ κατὰ τὸ Χ καὶ ποιεῖν ὡς τὴν ΧΖ πρὸς δοθεῖσαν τὴν ΖΘ, οὕτως τὸ δοθὲν τὸ ἀπὸ ΒΔ πρὸς τὸ ἀπὸ ΔΧ.* Hierzu bemerkt Archimedes p. 158, 23: *τοῦτο οὕτως ἁπλῶς μὲν λεγόμενον ἔχει διορισμόν, προστιθεμένων δὲ τῶν προβλημάτων τῶν ἐνθάδε ὑπαρχόντων, τουτέστι τοῦ τε διπλασίαν εἶναι τὴν ΔΒ τῆς ΒΖ, καὶ τοῦ μείζονα τὴν ΒΖ τῆς ΖΘ, ὡς κατὰ τὴν ἀνάλυσιν, οὐκ ἔχει διορισμόν· καὶ ἔσται τὸ πρόβλημα τοιοῦτον. δύο δοθεισῶν εὐθειῶν τῶν ΔΒ, ΒΖ, καὶ διπλασίας οὔσης τῆς ΔΒ τῆς ΒΖ, καὶ σημείου ἐπὶ τῆς ΒΖ τοῦ Θ, τεμεῖν τὴν ΔΒ κατὰ τὸ Χ καὶ ποιεῖν, ὡς τὸ ἀπὸ ΒΔ πρὸς τὸ ἀπὸ ΔΧ, τὴν ΧΖ πρὸς ΖΘ;* wie die Schlussworte p. 158, 33: *ἑκάτερα δὲ ταῦτα ἐπὶ τέλει ἀναλυθήσεταί τε καὶ συντεθήσεται* zeigen, hatte Archimedes sowohl das allgemeine, als das specielle Problem in einem besondern Anhang gelöst. Dass dieser

Anhang schon zu Eutokios' Zeiten verloren war und dass er nur „nach vielem Suchen" ein Fragment fand, das ihm (und wohl mit Recht) die Archimedische Lösung zu enthalten schien, habe ich oben schon berührt. Wir haben also bei Eutokios p. 163 flgg. die echten Archimedischen Lösungen dieser Probleme, wenn auch von Eutokios überarbeitet und modernisirt; die darin zur Anwendung kommenden Sätze habe ich oben an ihren Stellen angegeben.

3. Es sei ein Kreis gegeben und *KH* (Fig. 27) durch das Centrum der Tangente in *B* parallel. Man soll eine Linie *BH* so legen, dass *ΘH* eine gegebene Grösse hat und verlängert *B* trifft; vorausgesetzt περὶ ἑλίκ. 5 p. 222, 1 von unten: *καὶ κείσθω ἁ ΗΘ ἴσα τᾷ Ε νεύουσα ἐπὶ τὸ Β*; ebenso περὶ ἑλίκ. 7 p. 224, 15: *ἐχέτω ποτὶ ΙΝ νεύουσαν ἐπὶ τὸ Γ*. Dieselbe Aufgabe tritt περὶ ἑλίκ. 6 p. 223, 35 in anderer Gestalt auf: *κείσθω δὲ ἁ ΒΝ μεταξὺ τᾶς περιφερείας καὶ τᾶς εὐθείας διὰ τοῦ Γ**. Es wird also verlangt, man solle eine Linie durch Θ (Fig. 28) nach *B* legen, so dass *BH* eine gegebene Grösse hat; weil aber *BΘ* durch ihre Endpunkte *B*, Θ gegeben ist, fällt diese Aufgabe mit der oben angeführten zusammen. Durch die Analysis dieser Aufgabe hat Archimedes auch den διορισμόν gefunden: *εἴ κα ὁ δοθεὶς λόγος ἐλάσσων ᾖ τοῦ, ὃν ἔχει ἁ ἡμίσεια τᾶς ἐν τῷ κύκλῳ διδομένας ποτὶ τὰν ἀπὸ τοῦ κέντρου κάθετον ἐπ' αὐτὰν ἀγομέναν.*

4. In einem gegebenen Kreise zu einer gegebenen Linie *ΞΛ* eine Linie *ΙΝ* von einer gegebenen Grösse so zu legen, dass sie verlängert einen gegebenen Punkt *K* trifft; postulirt περὶ ἑλίκ. 8 p. 224, 2 von unten: *δυνατόν ἐστι τᾷ ΜΓ ἴσαν ἄλλαν θέμεν τὰν ΙΝ νεύουσαν ἐπὶ τὸ Κ*. Zwei Hilfssätze zu dieser Aufgabe giebt Pappos I p. 298 Hultsch (vergl. p. 272). Eine Restitution der lückenhaften Stelle I p. 302, worin die Anwendung dieser Sätze auf die Lösung unserer Aufgabe enthalten ist, gab ich in dieser Zeitschrift Histor.-literar. Abth. XXIII p. 117 flgg.; zu ganz demselben Resultate kam Baltzer (Hultsch: Pappos III p. 1231 flgg.) Archimedes fand durch seine Analysis auch hier einen διορισμός: *αἴ κα ὁ δοθεὶς λόγος ἐλάσσων ᾖ τοῦ, ὃν ἔχει ἁ ἡμίσεια τᾶς ἐν τῷ κύκλῳ διδομένας ποτὶ τὰν ἀπὸ τοῦ κέντρου τοῦ κύκλου κάθετον ἐπ' αὐτὰν ἀγμέναν*; denn hierauf beruht die p. 224, 5 v. u. aufgestellte Möglichkeitsbedingung: *ἐπεὶ οὖν ἐστι μείζων ἁ ΞΓ τᾶς ΓΛ καὶ ποτ' ὀρθὰς ἐντι ἀλλάλοις αἱ ΚΓ, ΞΛ.* Ganz dieselbe Aufgabe ist angewandt περὶ ἑλίκ. 9 p. 225, 42 (den διορισμός s. p. 225, 22; vergl. lin. 38).

5. Auch der διορισμός περὶ κων. 8 p. 269, 1: *δυνατὸν δέ ἐστιν, ἐπεὶ μείζων ἐστὶν ὁ λόγος*** *τοῦ, ὃν ἔχει τὸ ὑπὸ τᾶν ΑΔ, ΔΒ περιεχόμενον ποτὶ*

---

* Schon die Wortstellung lehrt, dass διὰ τοῦ Γ nicht zu τᾶς εὐθείας (wie Nizze will), sondern zu κείσθω gehört; τᾶς εὐθείας ist *KN*.

** D. h. das Verhältniss $\frac{\Delta E \times EZ}{EG^2}$

τὸ ἀπὸ τᾶς ΔΓ τετράγωνον konnte nur durch Hilfe der Kegelschnittlehre gefunden werden; s. Nizze p. 162—163.

6. Endlich mögen noch diejenigen Sätze, welche Archimedes περὶ κων. p. 260, 3 flgg. als mittelst der Sätze dieser Abhandlung beweisbar aufführt, hier angedeutet werden: *a)* dass ähnliche Sphäroiden und ähnliche Konoid- und Sphäroidsegmente sich wie die Kuben der Axen verhalten; *b)* dass in gleichen Sphäroiden die Quadrate der Durchmesser sich umgekehrt wie die Axen verhalten; *c)* dass umgekehrt, wenn dieses Verhältniss stattfindet, die Sphäroiden gleich sind; *d)* von einem gegebenen Sphäroid oder Konoid durch eine einer gegebenen parallel gelegte Ebene ein Segment abzuschneiden, das einem gegebenen Kegel, Cylinder oder Kugel gleich ist. Die drei Theoreme *a)*, *b)*, *c)* setzen nicht weitere Kenntnisse über die Kegelschnitte voraus, als was oben als dem Archimedes bekannt nachgewiesen ward (s. Nizze p. 203—205). Das Problem *d)*, das an περὶ σφ. καὶ κυλ. II, 5 erinnert, ist für das Sphäroid und das parabolische Konoid ohne Schwierigkeit und ohne Anwendung weiterer konischer Sätze ausführbar (Nizze p. 205—207). Beim hyperbolischen Konoid aber führt es auf die Lösung einer Gleichung dritten Grades (Nizze p. 207—208); dass Archimedes diese, wie so manche andere über das Gebiet der griechischen Mathematik scheinbar weit hinausreichende Aufgabe* wirklich gelöst hat, ist unzweifelhaft; wie es aber geschehen ist, können wir nicht angeben.

Ehe ich diese Abhandlung schliesse, kann ich nicht umhin, meine Dankbarkeit gegen Ernst Nizze auszusprechen, dessen treffliche Uebersetzung und Erläuterungen ich bei jedem Schritte zu Rathe gezogen habe; wieviel ich ihm zu verdanken habe, auch da, wo er nicht genannt ist, wird keinem Kundigen entgehen. Diese Uebersetzung war die einzige Vorarbeit von Bedeutung; denn die von Sturm, Uebers., p. 195—226 gegebene „Sammlung der nothwendigen Vorbetrachtungen von denen sogenannten Kegellinien" war für meinen Zweck wenig brauchbar, so nützlich sie auch in anderen Beziehungen sein mag.

* V Nr. 1 führt auf die Ausziehung einer Kubikwurzel, Nr. 2 auf eine Gleichung dritten Grades, Nr. 3 auf eine quadratische Gleichung, Nr. 4 auf eine Gleichung vierten Grades (nicht eine quadratische, wie ich in dieser Zeitschr., Hist.-lit. Abth. XXIII p. 118 ungenau angab).

Recensionen.

Brachy-Teleskop betreffend. Zu meiner vergleichenden Besprechung verschiedener Spiegelteleskope (d. Zeitschr. Bd. 24 hist.-lit. Abth. S. 43—52) hat Herr Lippich Bemerkungen gemacht (ebenda S. 123—126), welche mit den Worten schliessen: „Wie schon erwähnt, geben die Brachy-Teleskope in der That ganz vorzügliche Bilder.“ Dem Zusammenhange nach muss man annehmen, es solle hierdurch auf dem Erfahrungswege meinen theoretisch begründeten Behauptungen, das Brachy-Teleskop besitze die vom Verfertiger ihm zugeschriebenen Vorzüge gegen andere Spiegelfernrohre nicht, entgegengetreten werden. Dazu wäre nun vor Allem eine messende Vergleichung der optischen Leistungen verschiedenartiger Spiegelteleskope erforderlich; diese fehlt jedoch. Ergäbe aber eine künftige Vergleichung einmal optische Vorzüge eines bestimmten Brachy-Teleskops gegen ein bestimmtes Newton'sches, Cassegrain'sches oder Herschel'sches Teleskop, so würden meine Ausführungen nicht widerlegt, denn einzig der vollendetere Schliff der Spiegel (und des Oculars) könnte ein solches Ergebniss erklären.

Hierzu möge erinnert werden an das Ergebniss von Versuchen im grössten Maassstab des Lord Oxmantown. Dieser benutzte seine sorgfältigst hergestellten grossen Spiegel in der Zusammenstellung eines Newton'schen Teleskopes, „denn ich finde, dass bei den Spiegeln mit grosser Oeffnung und kurzer Brennweite der Gewinn an Lichtstärke durch die Herschel'sche Einrichtung durchaus kein Ersatz ist für die Einbusse an definirender Kraft. Dies ist wenigstens das Ergebniss meiner gegenwärtigen Erfahrung. Uebrigens erscheint mir die aus der Schiefstellung des Spiegels hervorgehende Undeutlichkeit nicht so gross, als ich glaubte erwarten zu sollen.“ (*Phil. Transact.* 1840 p. 524.)

Eine einzige der von mir untersuchten Fragen wird in die „Bemerkungen“ aufgenommen. Es wird nämlich der von mir geführte Nachweis, dass, wenn der Hohlspiegel völlig ausgenutzt werden und das Instrument die kleinstmögliche Länge behalten soll, der Winkel der Absehrichtung des Suchers mit der Ocularaxe geändert werden muss, sobald Gegenstände in anderer Entfernung, oder mit anderem Ocular, oder von einem Beobachter mit anderer deutlicher Sehweite gesehen werden sollen, — dadurch zu entkräften und zurückzuweisen versucht, dass erstens ein unendlich entfernter strahlender Punkt vorausgesetzt wird (wozu dann aber die Beigabe von Erdocularen und die Bemerkung auf S. 4 Zeile 12, 13 oben der angezeigten Schrift?), und zweitens die gewöhnliche Einrichtung der Ocularröhre, „wie sie jedes Fernrohr zeigt", verlangt wird.

Eine Angabe über das Ocular ist, wie in meiner Recension bemerkt, weder im Texte, noch in der Abbildung in der Schrift des Herrn Fritsch zu finden. Nach allen mir bekannten Zeichnungen und Beschreibungen von Spiegelteleskopen und bei allen (wenigen), die ich zu sehen Gelegenheit hatte, erfolgt die Einstellung durch Verschieben des zweiten, kleineren Spiegels. Bei manchen (dioptrischen) Fernrohren, namentlich jenen englischer Theodolithe, wird die Einstellung vorgenommen durch Verschiebung des Objectives, nicht des Oculares; ferner kenne ich Fernrohre, bei denen Objectiv und Ocular unverrückt gegen einander bleiben, obgleich sie zum Betrachten von Gegenständen sehr wechselnder Entfernung dienen sollen; die Einstellung erfolgt durch Verschiebung einer zwischen Objectiv und Ocular gelegenen (Collectiv-)Linse. Diese von Steinheil bei Kathetometern angewendeten Fernrohre machen Herrn Lippich's Versuch (S. 125, Z. 10, 11 der Bemerkungen) einer *demonstratio ad absurdum* hinfällig.

Die Einstellungsvorrichtung ist also durchaus nicht bei jedem Fernrohre dieselbe und die Oculareinrichtung so vorauszusetzen, wie sie nun (zuerst) in den Bemerkungen beschrieben wird, ist nicht zwingend gewesen, ja sie war nach Analogie des Gebrauchs bei andern Spiegelteleskopen, da die Aenderung nicht angeführt war, nicht zu vermuthen. Aber selbst die beiden mir zugemutheten Voraussetzungen genügen noch nicht, die Lage des Suchers unverändert zu machen, es muss noch der Verzicht auf die möglichste Verkürzung des Fernrohres hinzukommen. Wäre mir entgegnet worden, Brachy-Teleskop heisse Kurzrohr und nicht kürzestes, und die Einrichtung strebe gar nicht die stärkste Verkürzung an, so hätte ich mich allenfalls beruhigen können; das, was wirklich angeführt wurde, lässt aber, so scheint mir, meine Darlegung als berechtigt und in voller Kraft bestehen.

Ein von mir nebenbei gemachter Vorschlag, lichtstarke Spiegelteleskope ohne übergrosses Gewicht herzustellen, wird ebenso wirksam als bequem mit einem ! abgethan. Mein Vorschlag erhebt keinen Anspruch auf Neuheit, denn in ganz ähnlicher Weise hat Foucault in Paris Fernrohre ausführen lassen, bald nachdem die neue Versilberungsmethode den Spiegelinstrumenten erneute Daseinsberechtigung verlieh.

In der Fussnote zu S. 124 der Bemerkungen wird das Brachy-Teleskop ein Präcisionsinstrument genannt, was ich nur dahin verstehen kann, dass es zu messenden Beobachtungen dienen soll, also mit Fadenkreuz versehen sei. Ich schlage vor, den Vergleich des Brachy-Teleskops mit den centrirten Spiegelfernrohren (Cassegrain, Newton, Gregory) dadurch zu vervollständigen, dass man sich Rechenschaft gebe von der Lagenbeziehung der durch das Fadenkreuz bedingten Absehrichtung zu dem mit dem Fernrohr verbundenen Theilkreise, und dass man erwäge, welcher Mechanismus nöthig sei, das Durchschlagen (behufs Elimination von Excentricitätsfehlern) bei beiden Arten von Spiegelteleskopen mit genügender Sicherheit und Bequemlichkeit zu ermöglichen. BOHN.

Neue Theorie des Imaginären in der Functionenrechnung aus der analytischen Geometrie, von WILHELM FRIEDRICH SCHÜLER. (Programm zu dem Jahresberichte der k. bayrischen Realschule Freising pro 1877/78.)

Nur der erste Theil des Programms soll hier besprochen werden. Jede geometrische Darstellung des Imaginären wird in der Analysis das Bürgerrecht erwerben, wenn sie entweder bekannte Sätze einfacher ableiten lehrt oder gar zu neuen Wahrheiten den Weg bahnt. Wo aber weder das Eine, noch das Andere geleistet wird, da hat man das Recht, einer solchen „neuen Theorie" vorläufig keine Wichtigkeit beizulegen.

Die in dem vorliegenden Programm gegebene Darstellung kommt, in den Beispielen wenigstens, darauf hinaus, in der Gleichung

$$y+\eta i=f(x+\xi i),$$

wo f eine Function ist, die in einen reellen und einen imaginären Theil zerfällt, x und y als cartesische Punktcoordinaten anzusehen und in jedem Punkte (x, y) senkrecht zur Coordinatenebene eine Strecke $\sqrt{\xi^2+\eta^2}$ aufzutragen. Die freien Endpunkte constituiren eine Fläche, welche den Verlauf der Function durch Darstellung der Werthpaare $y+\eta i$, $x+\xi i$ sinnbilden soll.

Wie diese unnatürliche Verquickung des Arguments mit dem Functionalwerthe zum Punkte x, y und zur „Potenz" $\sqrt{\xi^2+\eta^2}$ uns über den Gang der Variablen zu belehren besonders geeignet sein soll, ist von vornherein schwer zu begreifen. Der Verfasser glaubt jedoch seiner Sache sehr sicher zu sein, wie der kecke Ton, mit welchem er die Leistungen seiner neuen Theorie auseinandersetzt, beweist.

So bescheert er uns Seite 6 mit einer neuen Definition der Ableitung, „welche von infinitesimalen Betrachtungen ganz frei ist". Dieselbe lautet:

„Jede Function, welche Giltigkeit besitzt für complexe Werthe, so dass sie in einen reellen und einen imaginären Theil zerfällt, hat eine abgeleitete Function. Man versteht darunter das Verhältniss des imaginären Theils der Function zum imaginären Theil des Arguments."

Demnach wäre also $\cos u.\frac{\sin vi}{vi}$ die Ableitung des Sinus. Doch wohl nur für $v=0$! Verfasser lässt wirklich S. 22 diesen Uebergang durch Einklammerung, welche vermuthlich die Infinitesimalbetrachtungen ersetzen soll, sich vollziehen.

Die nächste Frucht der neuen Definition ist eine Entdeckung ersten Ranges. Der Verfasser schreibt:

„Nach unserer Definition der abgeleiteten Function ist nun auch klar, dass die Existenz stetiger Functionen ohne Ableitung keine ergreifende Thatsache mehr ist."

Seite 15 zieht der Verfasser die Exponentialfunction $y=e^x$ oder vielmehr $y=e^x(\cos 2m\pi x + i.\sin 2m\pi x)$ in den Kreis seiner Betrachtungen. Hier ergiebt sich das Resultat: „Längs des Theils der Curve $y=e^x$, der auf der negativen Seite der x-Axe liegt, existiren reelle Punkte nur für solche Werthe von x, die durch einen Bruch mit geradzahligem Nenner und ungeradem Zähler dargestellt sind. Folglich existiren für irrationale Werthe des Arguments x auf der negativen Seite der x-Axe keine reellen Punkte."

Die Freude des Verfassers über diese neue Entdeckung ist mit Recht gross. Er schreibt:

„Man sieht, der bisherige Begriff der Stetigkeit, auf dem doch die ganze Infinitesimalrechnung aufgebaut ist, bekommt hier ein ganz gewaltiges Loch."

Da wird also Euler seine *Introductio in analysin infinitorum* wohl zum zweiten Male schreiben müssen.

Seite 25 nimmt unser Verfasser den Taylor'schen Lehrsatz vor. Gegen den Schluss seiner Untersuchungen begegnen wir der folgenden Bemerkung:

„Der erschöpfenden Behandlung des wichtigen Taylor'schen Theorems hat vom Standpunkte unserer Imaginärtheorie eine Theorie der singulären Punkte vorauszugehen. Diese Theorie soll in einem zweiten Programm geliefert werden. Nach derselben scheint es, als ob die Taylor'sche Reihe vorzugsweise nur für solche Functionen Giltigkeit habe, welche auch für complexe Werthe des Argumentes bestehen."

Wir möchten dem Verfasser den dringenden Rath ertheilen, mit diesem zweiten Programm so lange zurückzuhalten, bis ihm der in den letzten Zeilen ausgesprochene Zweifel vollständig behoben ist.

Coesfeld, den 18. October 1879. Dr. K. Schwering.

Cours de Calcul infinitésimal par J. Hoüel, *professeur de mathématiques pures à la faculté de Bordeaux. Tom II.* 475. *Paris, Gauthier-Villars*. 1879.

Wir haben den I. Band dieses Lehrbuchs auf S. 140—143 der hist.-lit. Abth. des vorigen Jahrgangs dieser Zeitschrift besprochen. Heute berichten wir über den II. Band, welcher in 2 Büchern mit den geometrischen Anwendungen des Infinitesimalcalculs und mit der Integration der Differentialgleichungen sich beschäftigt. Beiden Büchern fehlt es nicht an Eigenthümlichkeiten, welche sie der Beachtung gar sehr würdig machen.

So heben wir aus dem ersten Buche (dem III. Buche in der Gesammtzählung) die Sätze infinitesimaler Geometrie der Ebene, sowie des Raumes hervor, welche auf S. 33—37 und auf S. 134—139 ausführlicher abgehandelt sind, als es sonst in Lehrbüchern zu geschehen pflegt. So ist es gewiss für den Leser erwünscht, hier die Grundzüge des sogenannten Equipollenzencalculs auf S. 93—112 anzutreffen, wenn auch ohne die demselben eigenthümlichen Bezeichnungen, welche wir gern in einer Anmerkung wenigstens angegeben gesehen hätten, weil gerade in den letzten Jahren in den in französischer Sprache erscheinenden Zeitschriften mehrfach von der Methode und ihren Zeichen Gebrauch gemacht worden ist. Eine kleine Bemerkung möchten wir zu der Lehre von den Berührungen höherer Ordnung machen. Es ist Nr. 568 gezeigt, dass eine Curve, in deren Gleichung $n+1$ Parameter vorkommen, zu einer vollkommen bestimmten gemacht werden kann, indem man von der Bedingung ausgeht, sie solle zu einer anderen gegebenen Curve eine Berührung n^{ter} Ordnung besitzen. Es ist auch Nr. 574 der Fall besprochen, dass der Krümmungskreis in solchen Punkten einer Curve C, in welchen der Krümmungshalbmesser zu einem Maximum oder Minimum wird, mindestens eine Berührung 3. Ordnung mit der Curve besitze. Das ist schon ein Fall, welcher in den meisten Lehrbüchern unberücksichtigt bleibt. Allein auch mit ihm sind die Bedenken, welche Schülern aufzutreten pflegen, nicht erledigt. Es scheint uns wünschenswerth, in einem besonderen Paragraphen zu erörtern, dass bei der Berührung zweier Curven C und C', deren erstere $n+1$, die zweite $n'+1$ Parameter besitzt, es wesentlich darauf ankomme, ob man die C so bestimmen will, dass sie die C' berühre, oder ob man die C' bestimmen will, so dass sie die C berühre, dass unter der einen Voraussetzung eine Berührung n^{ter}, unter der anderen eine Berührung n'^{ter} Ordnung zwischen beiden Curven hervorgebracht werden kann, die deshalb ihre geometrische Natur keineswegs verändern. Das ist gewiss jedem Mathematiker sofort einleuchtend, aber dem Schüler — und für solche in erster Linie ist ein Lehrbuch geschrieben — kommen, wie die Erfahrung uns gezeigt hat, nicht gar selten Zweifel in dieser Beziehung.

Dieselbe Auffassung, dass man ein Lehrbuch und nicht ein Buch für Gelehrte vor sich habe, darf man bei der Beurtheilung des vierten, von der Integration der Differentialgleichungen handelnden Buches nicht vergessen, wenn man sich nicht zu ungerechten Anforderungen an den Verfasser will verleiten lassen. Die letzten Jahrzehnte haben die Lehre von den Differentialgleichungen wesentlich umgestaltet. Früher der Hauptsache nach ein Theil der Integralrechnung und damit abgeschlossen, wenn die Differentialgleichung getrennte Veränderliche besass, also auf Quadraturen zurückgeführt war, ist sie zu einem Theile der Functionenlehre geworden. Wohl bestehen die alten Anforderungen noch fort, aber selbst erfüllt befriedigen sie nicht das neue Verlangen, über das Wesen und den Verlauf der der Gleichung genügenden Gebilde Auskunft zu erhalten, und umgekehrt ist solche Auskunft mitunter aus der Differentialgleichung selbst ohne weitergehende Integration zu gewinnen. Diese modernen Untersuchungen, welche wesentlich deutschen Mathematikern eigenthümlich sind, aber auch durch Franzosen, wie H. Jules Tannery im IV. Bande der *Annales de l'école normale* (1875), mit der ihnen eigenen Eleganz zur Darstellung gebracht worden sind, würden wir — wir leugnen es nicht — sehr gern in einem Lehrbuche des Infinitesimalcalculs wiederfinden, und unser erstes Gefühl war ein Gefühl des Unmuths über diese Lücke. Aber der Unmuth schwand, sobald wir uns die Frage vorlegten, ob jene Untersuchungen einem Leser des II. Bandes eines Lehrbuches der Infinitesimalrechnung geboten werden können? — eine Frage, deren Verneinung nothwendig ist. Die Feinheit der neueren Untersuchungen über Differentialgleichungen hat die Benutzung von Hilfssätzen aus dem Gebiete der allgemeinen Functionenlehre und der Zahlentheorie sich gestattet, deren Kenntniss H. Hoüel unmöglich bei seinen Lesern voraussetzen durfte und deren Ableitung so nebenbei geradezu als unthunlich erscheint. Höchstens im III. Bande, welcher der Ankündigung gemäss die functionentheoretischen Capitel enthalten soll, wird man vielleicht Andeutungen über die Verwerthung dieser Lehren im Gebiete der Differentialgleichungen erwarten dürfen; wir sagen: vielleicht, da wir keineswegs sicher sind, ob sogar dort das Material der im Buche selbst enthaltenen Vorkenntnisse ausreichen wird. Im II. Bande kann der Hauptsache nach nichts Anderes stehen, als was in sonstigen Lehrbüchern ähnlicher Art gleichfalls angegeben ist, und das finden wir auch mit Geschicklichkeit bearbeitet, mit dem Streben, möglich grösste Strenge der Beweisführung mit Klarheit zu verbinden, welche wir in unserm ersten Referate anerkennen durften. Wir machen z. B. auf den, wie es uns scheint, sehr glücklich formulirten Beweis dafür, dass jede Differentialgleichung ein Integral besitzt (S. 316 flgg.), aufmerksam, auf den allgemeinen Lehrsatz, dass jede Gleichung $f(x,y)=0$, in welcher eine willkürliche Constante nicht enthalten ist, welche aber ihren Ursprung in einer eine solche Constante in sich schliessenden Gleichung $F(x,y,C)=0$ hat, nothwendig eine Identität sein mus (S. 351) u. s. w. Auch die Menge des innerhalb des gewöhnlichen Rahmens zur Behandlung gebrachten Stoffes ist eine erfreuliche. Fagnano's Theorem (S. 234), mehrfachen Fällen des allgemeinen Additionstheorems (S. 340 flgg.) wird man mit

Vergnügen begegnen, und auch die Lehre vom integrirenden Multiplicator unterscheidet sich in manchen Punkten vortheilhaft von der Art, wie sie in anderen Lehrbüchern dargestellt ist.

Somit ist der Eindruck, unter welchem wir von dem II. Bande uns trennen, dem III. Bande entgegensehen, ein angenehmer. Eine Anforderung stellen wir an diesen III. Band, die wir jetzt schon auszusprechen nicht unterlassen. H. Hoüel hat seinem I. wie seinem II. Bande zahlreiche Uebungsbeispiele einverleibt. Eine Auflösung ist nirgends beigefügt. Ob dieses Verfahren zweckmässig, ob nicht, darüber lässt sich streiten, und diesen Streit vermeiden wir lieber. Aber unter allen Umständen scheint uns ein Anhang geboten, in welchem der Studirende wie der Lehrer, welcher sich des Werkes bedient, sich über die Ergebnisse aller vorgelegten Aufgaben vergewissern könne. Nur dann wird jener mit der Beruhigung, die Lehren richtig angewandt zu haben, weitergehen, oder des Irrthums überführt zu wiederholten Anstrengungen sich bewogen fühlen können; nur dann wird dieser wissen, welche Aufgaben er seinem Unterrichte einfügen soll, ohne genöthigt zu sein, eine kostbare Zeit mit langwierigen Rechnungen, die vielleicht schliesslich zu keinem ihm lohnend erscheinenden Ergebnisse führen, zu vertrödeln.

Cantor.

Lezioni di statica grafica per Antonio Favaro. Padova. Premida Tipografia Edit. F. Sacchetto. 1877. 8°. 650 Seiten mit 32 Tafeln.

Das Werk ist zwar seinem Werthe nach bereits genügend durch eine Recension der Herren G. Jung (Mailand), E. Bertini (Pisa) und C. Saviotti (Rom) im „*Politecnico*", *Giorn. dell' Ing. Arch. Civ. ed Industr.*" *Vol. XXVI*, gewürdigt worden. Der Inhalt dieser Recension bezieht sich aber der Hauptsache nach nur auf den dritten Theil des Buches, die graphische Statik. Da ferner der Inhalt derselben in Deutschland nur in engeren Kreisen bekannt geworden zu sein scheint, und inzwischen auch eine französische Uebersetzung des ersten Theiles durch Herrn Paul Terrier bei Gauthier-Villars erschienen ist, glaubt der Unterzeichnete noch einmal auf dasselbe zurückkommen zu müssen.

Das Werk ist nämlich mit allen Zeichen und Ansprüchen eines selbständigen Werkes in die Welt getreten. In der Vorrede (S. VIII) sagt Herr Favaro sogar ausdrücklich: „Ich habe schon bemerkt, dass das vorliegende Buch eine Zusammenfassung von Originalarbeiten enthält, welche mir als Leitfaden bei den Vorlesungen dienen, und ich bemerke hier nochmals, dass ich die in ihm enthaltenen Sachen nicht für eine Originalarbeit von mir im strengen Sinne des Worts auszugeben beabsichtige. Zu Anfang jedes Abschnittes habe ich gewissenhaft die Quellen citirt, aus denen ich geschöpft habe und auf welche zurückzugreifen ich Jeden bitte, der sich in derartige Studien vertiefen will. Ich will hier noch hinzufügen, dass ich mich für die Geometrie der Lage des Werkes von v. Staudt und ganz besonders desjenigen von Reye und für das graphische Rechnen und die graphische Statik desjenigen von Culmann bedient habe. Ich würde mich sogar auf eine einfache Uebersetzung beschränkt haben, wenn einerseits sich dem nicht die Schwierigkeit entgegengestellt hätte, einen Verleger für ein Werk zu finden, das wie das Culmann'sche so grosse Verlagskosten fordert, und mir andererseits beim Unterricht nicht die Angemessenheit einiger Abänderungen und Zusätze klar geworden wäre, welche von dem Wunsche hervorgerufen wurden, auch die Veröffentlichungen zu benutzen, welche von anderen Autoren über diesen Gegenstand gemacht worden waren." *(Ho già avvertito che il presente volume contiene un riassunto di alcuni scritti originali che mi servono di guida per le lezioni e qui noto nuovamente che io non pretendo di far passare le cose in esso contenute per un mio lavoro originale nello stretto senso della parola: in capo ad ogni paragrafo ho citato scrupulosamente le fonti alle quali ho attinto ed a cui invito a ricorrere chiunque voglia approfondirsi in simili studi: aggiungerò qui che per la Geometria di posizione mi sono valso dell'opera di v. Staudt ed in particolar modo di quella del Reye e per il Calcolo grafico e la Statica grafica di quella del Culmann, mi sarei anzi limitato a dare e ad annunciare una semplice traduzione di esse se da un lato non vi si fosse opposta la difficoltà di trovare un editore per un'opera, che, come quella del Culmann, imparta così gravi spesi di pubblicazione e se dell'altro nell'insegnamento non mi si fosse manifestata l'opportunità di talune modificazioni e di talune aggiunte rese necessarie dal desiderio di approfittare anche delle pubblicazioni che da altri autori erano state fatte intorno ai medesimi argomenti.)*

Nach diesen Worten wird der Leser schwerlich noch den Gedanken haben, dass er es mit einer einfachen Uebersetzung zu thun habe. Er wird darnach das feste Vertrauen haben, dass er in dem Werke, wenn auch nicht originelle Untersuchungen, so doch eine selbständige Bearbeitung des Gegenstandes auf Grund der neueren Arbeiten vorfinden werde. Dies Vertrauen wird noch durch die Anlage des Buches selbst erhöht. Denn am Beginne jedes Capitels findet sich eine Reihe von Literaturnachweisen für den speciellen Inhalt des Capitels. Zehn, ja mehr Arbeiten werden citirt genau bis auf die Seitenanzahlen, resp. Nummern der Paragraphen. Als Beispiel möge § 6 dienen. Der Paragraph trägt den Titel: „*Projettività delle forme geometriche semplice.*" Die angegebenen Quellen sind: Möbius, Der barycentrische Calcul. Leipzig 1827. S. 246 flg. — Steiner, Systematische Entwickelungen etc. Berlin 1832. S. 4, 35—47, 91. — Staudt, Geometrie der Lage. Nürnberg 1847. S. 49—60. — *Chasles, Traité de géométrie supérieure. Paris* 1852. S. 7—25. — Blumberger, Grundzüge einiger Theorien aus der neueren Geometrie. Halle 1858. S. 1—35. — *Cremona, Introduzione ad una teoria geometrica delle curve piane. Bologna* 1862. S. 3—10. — Reye, Die Geometrie der Lage. Hannover 1866. S. 41—52. — Staudigl, Lehrbuch der neueren Geometrie. Wien 1870. 1. Abschn. – Hankel, Die Elemente der projectivischen Geometrie. Leipzig 1875. Abschn. I, III So geht es fort durch das ganze Werk. Paragraph für Paragraph finden sich in dieser Weise bald mehr, bald weniger Citate. Wer sollte da nicht an eine scrupulöse Gewissenhaftigkeit in der Benutzung anderer Autoren glauben! Trotzdem ist das ganze Werk nur eine Aneinanderreihung wörtlich ausgezogener und übersetzter Stellen. In dem ganzen Werke findet sich fast Nichts, was der Verfasser einer eigenen, selbständigen Bearbeitung unterzogen hätte. Alles ist Uebersetzung und Abschrift. Der oben bereits herangezogene § 6 ist beispielsweise eine wörtliche Uebersetzung von Reye's Geometrie der Lage 1. Aufl. I. S. 42—55. Die Abänderungen, die der Verfasser vorgenommen hat, bestehen theils in einer Vertauschung der Reihenfolge der Sätze, d. h. bei horizontal neben einander gestellten Sätzen ist die rechte und linke Seite vertauscht, theils in Einschaltungen einzelner Stellen, die zum Theil wieder anderen Werken wörtlich entnommen sind, wie beispielsweise in § 1 S. 3—8 nicht aus Reye, sondern aus Staudigl S. 1—3 abgeschrieben sind. Dass in dieser sogenannten Bearbeitung auch böse Sachen vorkommen, die mindestens Zweifel an der Sorgfalt der Uebersetzung erwecken, ist bereits in der Recension von Jung genügend hervorgehoben. Hier möge nur § 6 in dieser Beziehung erwähnt werden, ferner § 4, wo ein Satz mit Beweis wörtlich und mit den von Reye gebrauchten Buchstaben sich findet, während in der Figur (denn auch diese sind zum grossen Theil genau den fremden Werken entnommen) die Buchstaben zum Theil vertauscht sind, so dass Beides nicht mehr übereinstimmt. Auch mit den Citaten hat es stellenweise eine eigenthümliche Bewandtniss. So erwähnt er im Cap. III (*Loi de réciprocité*) der französischen Uebersetzung, wie mir Herr Reye die Güte hatte mitzutheilen, die mathematische Correspondenz von Legendre und Jacobi und Kronecker's: „Bemerkungen zur Geschichte des Reciprocitätsgesetzes." (Im italienischen Urtext findet sich dieses Citat nicht.) So stellt sich, trotz jener Worte der Vorrede, der wahre Sachverhalt dahin, dass das Buch eine einfache Uebersetzung mit einzelnen eingeschobenen, anderen Werken entlehnten Stellen ist, so dass der ganze Apparat von Citaten etc. nur darauf berechnet scheint, den Leser zu täuschen und zu dem Glauben zu bringen, er habe es mit einer wirklichen, selbständigen Bearbeitung zu thun. Für den dritten Theil, die graphische Statik, ist bereits in der obenerwähnten Recension der genaue Nachweis über die Arbeiten, die in dieser Weise benutzt worden sind, gegeben. Der Unterzeichnete glaubt sich daher hier mit einem genauen Nachweis für den ersten Theil, die Geometrie der Lage, begnügen zu können. Im Grossen und Ganzen ist derselbe eine zum Theil mangelhafte Uebersetzung des Reye'schen Buches (siehe auch die Vorrede zur zweiten Abtheilung der zweiten Auflage). Für den zweiten Theil hatte der Verfasser dieser Zeilen die Literatur nicht so zur Hand. Auch glaubte derselbe, dass durch den genauen Nachweis des im ersten und dritten Theile geübten Verfahrens die Art, wie der Verfasser zu Werke gegangen, hinreichend gekennzeichnet sei. Denn mit kurzen Worten muss das Urtheil dahin formulirt werden, dass der Verfasser mit Bewusstsein eine Uebersetzung geliefert und versucht hat, diese Uebersetzung für eine selbständige Bearbeitung auszugeben. Um indessen dies bis in die Einzelheiten nachzuweisen und so sein Urtheil zu rechtfertigen, giebt der Unterzeichnete eine Uebersicht über den ersten Theil, welche wohl ohne Weiteres verständlich sein wird.

Favaro's § 1 S. 3—8, siehe Staudigl S. 1—3; § 2 S. 9—13, siehe Reye I S. 14—19 auszugsweise; § 3 S. 14—20, Reye S. 21—25 wörtlich mit kleinen Auslassungen und Umstellung einiger Sätze; § 4 S. 21—27 Reye S. 26—32 ebenso; § 5 S. 28—36, Reye S. 32—41 fast wörtlich; § 6 S. 37—51, Reye S. 42—55 ebenso; Nr. 54 auf S. 51, Reye S. 94; § 7 S. 55—64, Reye S. 55—65 ebenso; S. 65—67, Cremona S. 70—73 fast wörtlich; § 8 S. 68—78, Reye S. 65—74 wörtlich bis auf Nr. 82; § 9 S. 79—84, Reye S. 74—76 wörtlich bis auf S. 81, wo Nr. 97 eingeschoben, 98 und 99 unwesentlich verändert sind; § 10 S. 85—103, Reye S. 77—96, auf S. 87 ist ein Einschub von 10 Zeilen, Nr. 106 und 107 auszugsweise aus Reye S. 78, 80, ebenso S. 90, 91—96; § 11 S. 104—112, Reye S. 96—102, nur Anfang und Ende etwas verändert; § 12 S. 113—126, Reye S. 102—115, anfangs Auszug, dann wörtlich; § 13 S. 127—146, Reye S. 115—136, einiges hinzugesetzt und ausgelassen; § 14 S. 147—156, Reye S. 136—146 mit einer kleinen Einschiebung; § 15 S. 157—174, Reye II. Abth. S. 1—18 mit einigen Auslassungen und kleinen Einschiebungen, S. 175—183, Reye II, S. 43—51 ebenso; § 16 S. 184—189, Reye II, S. 26—33 ebenso; § 17 S. 190—201, Reye II, S. 33—43 wörtlich; § 18 S. 202—209, Reye II, S. 18—26; S. 209—215, Reye II, S. 51—57, Nr. 306 eingeschaltet; § 19 S. 216—227, Reye II, S. 57—66, Nr. 321 eingeschaltet; § 20 S. 228—233, Staudigl S. 352 etc.; S. 233—246, Reye II, S. 73 und weiter S. 76—88.

Berlin, December 1879. OHRTMANN.

Bibliographie

vom 1. December 1879 bis 31. Januar 1880.

Periodische Schriften.

Abhandlungen der königl. Gesellschaft der Wissenschaften zu Göttingen. 25. Bd. (1879). Göttingen, Dieterich. 36 Mk.

Sitzungsberichte der königl. bayer. Akademie der Wissenschaften, mathematisch-physikalische Classe. 1879, 3. Heft. München, Franz. 1 Mk. 20 Pf.

Sitzungsberichte der kaiserl. Akademie der Wissenschaften in Wien, mathematisch-naturwissenschaftl. Classe. 79. Bd., 2. Abth., 5. Heft und 80. Bd., 2. Abth., 1. Heft. Wien, Gerold. 5 Mk. 10 Pf.

Mémoires de l'Académie des sciences de St. Pétersbourg. 7. série, Tome XXVI No. 14 et Tome XXVII No. 1. Petersburg und Leipzig, Voss. 2 Mk.

Astronomische Nachrichten, herausgegeben von C. Peters. 96. Bd., Nr. 1. Hamburg, Mauke Söhne. pro compl. 15. Mk.

Annalen der Physik und Chemie, begründet von Poggendorff, herausgegeben von G. Wiedemann. Jahrgang 1880. 1. Heft. Leipzig, Barth. pro compl. 31 Mk.

——, Beiblätter. Jahrgang 1880, 1. Heft. Ebendas. pro compl. 16 Mk.

Nautisches Jahrbuch für das Jahr 1882. Herausgegeben vom Reichskanzleramte, redigirt von Tietjen. Berlin, Heymann. 1 Mk. 50 Pf.

Repertorium der Meteorologie, redigirt von H. Wild. 6 Bd., 2. Heft. Petersburg und Leipzig, Voss. 18 Mk. 60 Pf.

Jahresbericht über die Beobachtungsergebnisse der preussischen forstlichmeteorologischen Stationen. 4. Jahrgang. Das Jahr 1878. Herausgegeben von Müttrich. Berlin, Springer. 2 Mk.

Bibliotheca historico-naturalis, physico-chemica et mathematica. ed. A. Metzger. 29. Jahrgang, 1. Heft, Januar—Juni 1879. Göttingen, Vandenhoeck & Ruprecht. 1 Mk. 20 Pf.

Geschichte der Mathematik.

Königsberger, L., Zur Geschichte der Theorie der elliptischen Transcendenten i. d. Jahren 1826—1829. Leipzig, Teubner. 2 Mk. 40 Pf.

Reine Mathematik.

Lindemann, F., Untersuchungen über den Riemann-Roch'schen Satz. Leipzig, Teubner. 1 Mk.

Heilermann und Diekmann, Lehr- und Uebungsbuch für den Unterricht in der Algebra. 3. Theil. Essen, Bädeker. 1 Mk. 20 Pf.

Sachse, J., Mathematik für Lehrerbildungsanstalten und Lehrer. 2. Thl. Arithmetik und Algebra. Leipzig, Siegismund & Volkening. 4 Mk.

Bobek, B., Ueber ebene rationale Curven 4. Ordnung. (Akad.) Wien, Gerold. 1 Mk. 60 Pf.

Ameseder, A., Ueber vierfach berührende Kegelschnitte der Curven 4. Ordnung mit 3 Doppelpunkten. (Akad.) Wien, Gerold. 40 Pf.

Hutt, E., Die Mascheroni'schen Constructionen. Halle, Schmidt. 1 Mk.

Ruth, F., Ueber eine besondere Erzeugungsweise des orthogonalen Hyperboloides und über Büschel orthogonaler Kegel und Hyperboloide. (Akad.) Wien, Gerold. 1 Mk.

Wiecke, P., Vier Curse in der Geometrie. Cassel, Fischer. 5 Mk.

Glinzer, E., Lehrbuch der Elementargeometrie. 1. Thl.: Planimetrie. Hamburg, Nestler & Melle. 2 Mk.

Hermes, O., Sammlung von Aufgaben aus der Goniometrie und ebenen Trigonometrie. Berlin, Winckelmann & Sohn. 3 Mk. 60 Pf.

Schulze, C., Hilfsbuch zum Lösen von Aufgaben aus der Geometrie, Stereometrie und Geodäsie. Leipzig, O. Wigand. 1 Mk. 50 Pf.

Angewandte Mathematik.

Bauernfeind, C. v., Das bayer. Präcisionsnivellement. 5. Mittheilung. München, Franz. 2 Mk. 80 Pf.

Jordan, W., Hilfstafeln für Tachymetrie. Stuttgart, Metzler. 8 Mk.

Normalhöhenpunkt für das Königreich Preussen, festgestellt von der trigonometr. Abtheilung der Landesaufnahme. Berlin, Mittler. 4 Mk.

Kersten, O., Astronomische, geodätische und Höhenmessungen im mittleren Ost-Afrika. Leipzig, Winter. 4 Mk. 80 Pf.

Albrecht, Th., Formeln und Hilfstafeln für geographische Ortsbestimmungen. 2. Aufl. Leipzig, Engelmann. 12 Mk.

Oppolzer, Th. v., Lehrbuch der Bahnbestimmung der Kometen und Planeten. 2. Bd. Ebendas. 32 Mk.

Klein, H., Anleitung zur Durchmusterung des Himmels. Braunschweig, Vieweg. 24 Mk.

Martus, E., Astronomische Geographie. Leipzig, Koch. 7 Mk.

Seeberger, G., Grundzüge der perspectivischen Schattenlehre. 2. Aufl. Regensburg, Coppenrath. 2 Mk.

Riemann, B., Schwere, Elektricität und Magnetismus. Herausg. von K. Hattendorff. 2. Ausg. Hannover, Rümpler

Plantamour et v. Orff, Détermination télégraphique de la différence de longitude entre Genève et Bogenhausen. Basel, Georg. 8 Mk.

Plantamour et Loew, Détermination télégr. de la différence de longitude entre Genève et Strassburg. Ebendas. 8 Mk.

Struve, O., Mésures micrométriques des étoiles doubles. (Akad.) Petersburg und Leipzig, Voss. 8 Mk.

—, *Tabulae quantitatum Besselianarum pro annis* 1880 *ad* 1884 *computatae.* (Akad.) Ebendas. 2 Mk.

Physik und Meteorologie.

Crookes, W., Strahlende Materie oder der vierte Aggregatzustand. Deutsch von H. Gretschel. Leipzig, Quandt & Händel. 1 Mk. 50 Pf.

Chwolson, O., Ueber die Dämpfung von Schwingungen bei grösseren Amplituden. (Akad.) Petersburg und Leipzig, Voss. 1 Mk. 20 Pf.

Zöllner, F., Das Scalenphotometer; ein neues Instrument zur mechanischen Messung des Lichts. Leipzig, Staackmann. 4 Mk.

Bunkofer, W., Analytische Untersuchung der durch eine kleine dreieckige Oeffnung erzeugten Beugungserscheinungen. Freiburg i. B., Herder. 1 Mk.

Exner, F., Ueber die Ursache der Elektricitätserregung beim Contact heterogener Metalle. (Akad.) Wien, Gerold. 40 Pf.

Hasselberg, B., Ueber das durch elektrische Erregung erzeugte Leuchten der Gase bei niedriger Temperatur. (Akad.) Petersburg und Leipzig, Voss. 80 Pf.

Reye, Th., Die Wirbelstürme, Tornados und Wettersäulen. 2. Ausg. Hannover, Rümpler. 6 Mk.

Kersten, O., Magnetische Beobachtungen im mittleren Ostafrika. Leipzig, Winter. 2 Mk. 40 Pf.

Kersten, O., Meteorologie von Sansibar. Leipzig, Winter. 6 Mk. 40 Pf.

Ankündigung.

Wir erhielten soeben (23. März) eine etwa einen halben Druckbogen starke Erklärung und Abwehr von Herrn Dr. Emil Wohlwill in Hamburg gegen einen Artikel von Herrn Gilbert in Löwen vom Januar 1880, welcher selbst gegen die Abhandlung des Ersteren, Zeitschr. Math. Phys. XXIV, Hist.-lit. Abth. 1–26, gerichtet ist. Da wir wegen Raummangels Herrn Wohlwill's Erklärung nicht früher, als im VI. Heft dieses Jahrganges zum Abdruck bringen können, so glauben wir ihm wenigstens schuldig zu sein, unsere Leser einstweilen von dem Eintreffen seiner Aeusserung in Kenntniss zu setzen.

Heidelberg, 23. März 1880. M. Cantor.

Historisch-literarische Abtheilung.

Recensionen.

Gottlob Frege, **Begriffsschrift**, eine der arithmetischen nachgebildete Formelsprache des reinen Denkens. Halle a. S., Verlag von Louis Nebert. 1879. 88 S. 3 Mk.

Diese ganz eigenartige Schrift — offenbar das originelle Werk eines strebsamen Denkers von rein wissenschaftlicher Geistesrichtung — verfolgt eine Tendenz, welche dem Recensenten, der sich selbst auch in verwandten Richtungen versuchte, natürlich höchst sympathisch ist. Verspricht dieselbe doch, dem von Leibniz aufgestellten Ideale einer Pasigraphie näher zu treten, das von seiner Verwirklichung, so grosses Gewicht auch von diesem genialen Philosophen auf sie gelegt wurde, doch immerhin noch so weit entfernt geblieben ist!

Der Umstand, dass eine vollendete Pasigraphie, Charakteristik oder allgemeine Begriffsschrift auch heute noch nicht existirt, dürfte es rechtfertigen, dass ich vorweg zu sagen versuche, was darunter zu verstehen ist. Fast möchte ich sagen: „dass ich es auszusprechen riskire". Denn in dem weiteren Verfolg von dergleichen Idealen, namentlich, wenn es einmal glückt, denselben wesentlich näher zu treten, findet man, wie die Geschichte lehrt, sich häufig veranlasst, die ursprünglichen sehr bedeutend zu modificiren. Man beginnt vielleicht, auf anfänglich als nebensächlich Erachtetes oder Uebersehenes gerade das Hauptgewicht zu legen; genöthigt sieht man sich, von als unmöglich Erkanntem abzustehen, mit der Wirklichkeit Compromisse zu schliessen, nicht zu reden auch von neuen Zielen, die sich unterwegs als begehrenswerth und in vielleicht ungeahnter Weise erreichbar darstellen mögen.

Ich glaube mich von der historischen Auffassung nicht zu entfernen, wenn ich das Problem dahin formulire — nöthigenfalls gesondert auf den verschiedenen elementaren Wissensgebieten —: mittelst weniger, einfacher, völlig bestimmter und übersichtlich classificirter Operationen alle zusammengesetzteren Begriffe aus möglichst wenigen (ihrem Umfange nach unzweifelhaft begrenzten) Grundbegriffen (Kategorien) auch äusserlich aufzubauen.

Bei einem Ideale ist der Hinweis auf ein schon wirkliches Vorbild nicht unpassend; ich möchte also einen, wenn ich mich recht erinnere, schon von Leibniz gebrauchten Vergleich benutzend hinzufügen: analog, wie etwa die zusammengesetzten Zahlen durch Multiplication aus den Primzahlen hervorgehen — oder auch, wenn man will: auf ähnliche Weise, wie die natürlichen Zahlen überhaupt durch multiplicative und additive Verknüpfung aus den elf ersten derselben im dekadischen System zusammengesetzt werden. — Beiläufig sind in neuerer Zeit allerdings wieder mehrere Werke erschienen, welche sich mit der Aufstellung der Kategorien beschäftigen. Es dürfte jedoch dergleichen Schematisirungen nur ein untergeordneter Werth zuzuerkennen sein, so lange — was ich bei denselben vermisse — der Nachweis unterlassen ist, dass in der That durch die Verknüpfung der ebendaselbst aufgestellten Grundbegriffe die übrigen Begriffe sich alle ergeben, so lange also auch die Untersuchung darüber fehlt, welche verknüpfenden Operationen dabei in Betracht kommen und welchen Gesetzen die Verknüpfungen unterliegen.

Wenn nun aller früheren und auch des vorliegenden jüngsten Versuches ungeachtet der Gedanke der Pasigraphie noch immer nicht in einem annähernd befriedigenden Sinne realisirt worden, so ist doch andererseits auch noch nicht die Unmöglichkeit des Unterfangens zu Tage getreten, vielmehr immer noch einer, wenn auch entfernten Hoffnung Raum gegeben, durch Präcisirung der vorhandenen oder auch Ausbildung einer besonderen wissenschaftlichen Kunstsprache ein festes Fundament zu gewinnen, in der Anlehnung an welches es einst möglich würde, aus dem Wirrsal der philosophischen Controversen, Terminologien und Systeme herauszukommen, deren Widerstreit oder Discrepanz doch (wie wohl allgemein anerkannt sein dürfte) vor Allem der mangelnden Bestimmtheit der Grundbegriffe zuzuschreiben, fast ganz den Unvollkommenheiten der Sprache zur Last zu legen ist, in welcher man von vornherein genöthigt ist, zu argumentiren.

In dem Sinne, den ich durch vorstehende Bemerkungen anzudeuten versuchte, muss nun allerdings gesagt werden, dass die „Begriffsschrift" von Frege in ihrem Titel zu viel verspricht — genauer: dass letzterem der Inhalt überhaupt nicht entspricht. Statt nach der Seite der „allgemeinen Charakteristik" neigt sich dieser — dem Verfasser vielleicht selbst unbewusst — vielmehr entschieden nach der Seite des „*calculus ratiocinator*" von Leibniz hin und nimmt das Werkchen in dieser letzteren Richtung einen Anlauf, den ich sehr verdienstlich nennen würde, wenn nicht ein grosser Theil dessen, was dasselbe erstrebt, bereits von anderer Seite und zwar in — wie ich nachweisen werde — unzweifelhaft angemessenerer Weise geleistet wäre.

Die Schrift ist klar und frisch geschrieben, auch reich an scharfsinnigen Bemerkungen. Die Beispiele sind treffend und ich habe fast alles Beiwerk der Frege'schen Theorie, wie z. B. die vorzüglich geschriebene Einleitung, mit wirklichem Vergnügen gelesen, wogegen ich über den Hauptinhalt — die Formelschrift selbst — kein so bedingungsloses Urtheil fällen kann. Der an der Methodik des Denkens Interessenehmende wird jedoch aus dem Durchgehen der Schrift mannigfache Anregung schöpfen und ich bemerke ausdrücklich, dass mir dieselbe werth scheint, zum näheren Studium empfohlen zu werden, ungeachtet der mehrfachen und zum Theil schwerwiegenden Ausstellungen, welche ich nun in objectiver Hinsicht auch mit vorzubringen habe.

In erster Linie finde ich an der Schrift auszusetzen, dass dieselbe sich zu isolirt hinstellt und an Leistungen, welche in sachlich ganz verwandten Richtungen — namentlich von Boole — gemacht sind, nicht nur keinen ernstlichen Anschluss sucht, sondern dieselben gänzlich unberücksichtigt lässt. Die einzige auf dergleichen entfernt abzielende Bemerkung des Verfassers ist der Ausspruch auf S. IV der Einleitung, lautend: „Jene Bestrebungen, durch Auffassung des Begriffs als Summe seiner Merkmale eine künstliche Aehnlichkeit" (*sc.* zwischen der arithmetischen und der logischen Formelsprache) „herzustellen, haben mir dabei durchaus fern gelegen." Dieser Ausspruch giebt schon allein der Vermuthung eine gewisse Wahrscheinlichkeit, welche noch anderweitige Bestätigung gewinnt, dass Verfasser von „jenen Bestrebungen" eine irrige, lediglich wegen mangelnder Kenntniss derselben geringe Meinung habe.

Es sei hier erwähnt, dass die Schrift bereits von anderer Seite recensirt worden ist — Kurt Lasswitz, Jenaer Literaturzeitung, Jahrg. 1879 Nr. 18, S. 245 flg. Mit dieser sehr wohlwollend gehaltenen Recension kann ich zwar in manchen Punkten übereinstimmen; indem ich mir jedoch gestatte, auch auf sie hier einen Seitenblick zu werfen, muss ich rügen, dass dieselbe bei ihrer, Boole's Richtung speciell betreffenden Auslassung in der angedeuteten irrigen Auffassung noch viel weiter geht, als der Verfasser.

„Einseitig" ist die Boole'sche Theorie freilich, wie es überhaupt jede auf specialwissenschaftlichem Gebiet sich bewegende Untersuchung naturgemäss ist; sie leistet lange nicht Alles, was man wünschen könnte, und wird noch vielseitiger Weiterentwickelung bedürfen. Dagegen „beruht" dieselbe, so lange der Beweis des Gegentheils nicht speciell erbracht ist, weder auf einer „unzulässigen Auffassung des Begriffs", noch überhaupt auf „bedenklichen" Voraussetzungen (vgl. meine unten folgende Auseinandersetzung).

Am wirksamsten möchte aber zur Richtigstellung der Ansichten die weiterhin begründete Bemerkung beitragen, dass die Frege'sche „Begriffsschrift" gar nicht so wesentlich von Boole's Formelsprache sich unterscheidet, wie die Jenaer Recension (vielleicht auch der Verfasser) für ausgemacht annimmt.

Mit Ausnahme des auf S. 15—22 über „die Function" und „die Allgemeinheit" Gesagten und bis zu dem auf S. 55 beginnenden Anhange

von welchen nur die drei ersten auch in der Arithmetik zutreffen*, sodann von den die Negation betreffenden Sätzen

$$a.a_1=0,\quad a+a_1=1,\quad (a_1)_1=a,\quad (a.b)_1=a_1+b_1,\quad (a+b)_1=a_1.b_1,$$

deren beide letzten theilweise schon von Boole und Jevons[1]), vollständig erst von Rob. Grassmann ausgesprochen sind, — so hat man alles zum Verständniss des Nachfolgenden und schon zahlreicher schöner Anwendungen des Logikcalculs — wie 8) — Erforderliche gewonnen.

In den eigentlichen Logikcalcul, genauer den ersten Theil desselben, oder die Rechnung mit (hinsichtlich ihres Umfanges ins Auge gefassten) Begriffen geht nun die vorstehende propädeutische Disciplin über, wenn man unter a, b, ... bezüglich die „Classen" derjenigen Individuen versteht, welche zu der Kategorie der zu untersuchenden Begriffe gehören, mithin deren Umfang ausmachen, wobei dann 1 die Mannigfaltigkeit aller der Objecte des Denkens bedeuten wird, welche in die Sphäre eines dem Untersuchungsgebiet angehörigen Begriffes hineinfallen (eventuell Boole's ganzer *„universe of discourse"* oder *„of thought"*). Der logischen Multiplication entspricht dann die sogenannte „Determination" eines Begriffes durch einen anderen**, der Addition entspricht die collective Zusammenfassung.

In dem gänzlichen Absehen vom „Inhalte" der Begriffe liegt nun allerdings eine Einseitigkeit. Es soll auch nicht behauptet werden, dass obiger Calcul die ganze Logik sammt ihrer etwaigen künftigen Weiterentwickelung zu ersetzen habe. Indessen lässt er doch den grössten Theil der bisherigen formalen Logik in einem neuen und wunderbar klaren Lichte erscheinen.

Jene Einseitigkeit ist aber dadurch motivirt, ja für die nächsten Ziele gerechtfertigt, dass viele Begriffe von unzweifelhaft begrenztem Umfange dem Inhalte nach gar nicht existiren. So die meisten ursprünglich durch Verneinung entstandenen, indem es z. B., wie H. Lotze*** witzig bemerkt, für den menschlichen Geist eine ewig unerfüllbare Aufgabe bleibt, von Allem, was nicht ein Mensch ist, also von Dreieck, Wehmuth und Schwefelsäure, die gemeinsamen Merkmale zu abstrahiren und in dem Begriffe „Nichtmensch" zu vereinigen.

---

* Die Wahl des Symbols ∞ statt 1, welchem Wundt[2]) den Vorzug geben möchte, würde uns auch der ersten von den drei erwähnten Formeln berauben, wofür allerdings die vierte, minder geläufige dann der Arithmetik conform würde. Jenes Symbol wäre zudem für alle endlichen Mannigfaltigkeiten ebenso unpassend, als für die unendlichen das von ihm beanstandete Symbol 1. Auf Beibehaltung des letzteren drängen ausserdem die Anwendungen der Disciplin auf Wahrscheinlichkeitsrechnung ganz unzweifelhaft hin.

** Mit dieser Behauptung stellt sich neuerdings Wundt[2]) in Widerspruch — ein Punkt, auf den ich bei einer anderen Gelegenheit einzugehen beabsichtige.

*** Logik, Leipzig, 1874.

Mit dem eben charakterisirten Theil des Logikcalculs, d. i. der Boole'schen Rechnung mit Begriffen, hat nun Frege's „Begriffsschrift" in der That fast Nichts gemein*. Wohl aber mit dem zweiten Theile, der Boole'schen Rechnung mit Urtheilen. Zu dieser führt folgende einfache Ueberlegung hinüber. Der Calcul mit Gebieten ist auch anwendbar auf Streckengebiete einer Geraden. Ebenso ist er anwendbar auf Zeiträume, wenn diese wieder nicht gemessen gedacht werden sondern einfach aufgefasst werden als die Mannigfaltigkeiten (Classen) der in ihnen enthaltenen (individuellen) Augenblicke oder auch beliebigen Zeittheile.

Jede Untersuchung geht wohl von gewissen Voraussetzungen aus, welche im ganzen Verlauf derselben beständig als erfüllt angenommen werden. Die 1 bedeute jetzt — um die Ewigkeit thunlichst hier aus dem Spiele zu lassen — den Zeitraum, während dessen die Voraussetzungen einer zu führenden Untersuchung verwirklicht sind. Unter $a, b, c, \ldots$ denke man sich nunmehr Urtheile [Aussagen, Behauptungen — englisch passend „*statements*" vgl. 8)] und zugleich, sobald man Formeln bildet oder rechnet (unter Vollziehung eines kleinen Bedeutungswechsels), die Zeiträume, während deren diese Aussagen bezüglich wahr sind. Alsdann ist von vornherein einleuchtend, dass man im Stande sein wird, die gleichzeitige Geltung und gegenseitige Ausschliessung, auch das einseitige Zurfolgehaben (Bedingen) der verschiedensten Aussagen durch Formeln oder Gleichungen darzustellen, in welchen die Gesetze des Logikcalculs massgebend sind. Die nachfolgenden Anwendungen werden dies zur Genüge veranschaulichen, und können wir jetzt dazu schreiten, den Haupttheil der Frege'schen Schrift zu betrachten, welche in dem Abschnitt „Darstellung und Ableitung einiger Urtheile des reinen Denkens" gipfelt.

Zu dem Ende muss ich zuerst einige der einfachsten Schemata des Verfassers vorführen und erläutern.

Mit $\vdash a$ bezeichnet Frege, dass a gilt, was nach Obigem mit Boole durch $a = 1$ oder $a_1 = 0$ darzustellen ist. Mit $\vdash\!\!\top b$ bezeichnet Jener, dass b nicht gilt, d. h. dass $b_1 = 1$ oder $b = 0$ ist. (Es versteht sich, dass man die letzteren Schreibweisen auch rein conventionell einführen könnte, um die Wahrheit, resp. Unwahrheit einer Aussage darzustellen — ganz ohne die oben nach Boole vermittelungsweise eingeführten Zeiträume mit in Betracht zu ziehen, wie dies u. a. Mc Coll[9]) thut.) Mit dem ersten der Schemata:

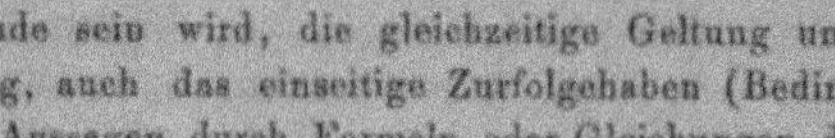

* Auch in dieser Hinsicht ist der Titel nicht correct und wäre eigentlich durch „Urtheilsschrift" zu ersetzen.

stellt Frege die Aussage dar: Wann b gilt, dann gilt (wenn auch nicht gerade nothwendig, so doch wenigstens factisch) auch a, d. h. in der Schreibweise des Logikcalculs $a_1 b = 0$ oder auch $a + b_1 = 1$ — zwei Gleichungen, von denen die erste aussagt, dass der Fall, wo b gilt, zugleich aber a nicht gilt, nicht vorkomme; die zweite hebt hervor, dass die Fälle, wo a gilt oder b nicht gilt, die allein möglichen sind. Die eine Gleichung würde sich auch durch Negation (genauer Opposition) aus der andern ableiten lassen, da $(a_1 b)_1 = a + b_1$ und $0_1 = 1$ ist.

Mit dem zweiten Schema stellt der Verfasser die Aussage dar: Wann b und c zugleich gelten, dann gilt auch a, d. h. $a_1 bc = 0$ oder $a + b_1 + c_1 = 1$.

Bei dem dritten Schema, welches für die Schrift von fundamentaler Bedeutung ist, macht der Verfasser leider einen Fehler (S. 7 — übrigens der einzige, der mir im ganzen Buche aufgefallen): er giebt zwei Erklärungen, die einander nicht decken und von denen nur die zweite die richtige, im Einklang mit allen fernerhin gemachten und beabsichtigten Anwendungen befindliche ist. Die Einkleidung in Worte ist bei der durch dieses Schema darzustellenden Behauptung zudem verfänglich wegen der Synonymität der Conjunctionen „wenn“ und „wann“ (*sive* „sobald“, „falls“, „immer dann, wenn“ etc.), die, häufig für einander setzbar, hier einen wesentlich verschiedenen Sinn geben. Aus diesem Grunde ist es aber auch lehrreich, einen Augenblick hierbei zu verweilen. Das Schema soll die Behauptung $\vdash a$, d. h. dass a gilt, knüpfen an die nach dem ersten Schema dargestellt gedachte Voraussetzung 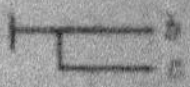 oder $b_1 c = 0$; es sagt also: Es gilt a, sobald b gilt, wann c gilt. Noch genauer: Nehmen wir die Voraussetzung des Satzes als erfüllt an, so ist die Möglichkeit von $b_1 c$ (d. h. Geltung von c ohne die von b) ausgeschlossen; es bleiben dann nur die Möglichkeiten übrig, die wir in $(b_1 c)_1 = b + c_1 = bc_1 + bc + b_1 c_1 = bc + c_1$ verschiedentlich zusammenfassen können. Für alle diese noch übrigen Möglichkeiten solle nun a gelten. Dieses spricht mithin die Gleichung aus

$$a_1 (b_1 c)_1 = 0, \text{ m. a. W. } a_1 (b + c_1) = 0 \text{ oder auch } a + b_1 c = 1.$$

(Erwähnter Fehler des Verfassers besteht im Grunde nur darin, dass er die Negation von $b_1 c$ in der ersten Gleichung weglässt, also $a_1 b_1 c = 0$ als erste Interpretation seines Schemas angiebt, indem nach dem Wortlaut dasselbe „den Fall leugnet, wo c* bejaht wird, b und a aber verneint werden“.)

* Ich bediene mich hier anderer Buchstaben, da mir die häufig von dem Verfasser ganz unnöthigerweise beliebte Abwechselung in der Wahl der Buchstaben (vgl. z. B. S. 23 und 24) nur die Uebersicht zu erschweren und einigermaassen gegen den guten Geschmack zu verstossen scheint.

Würden wir jetzt als Bedeutung des Schemas die Aussage hinstellen: „wenn b von c bedingt wird, so gilt a", was sich der zweiten (richtig verstanden immerhin correcten) Interpretation des Verfassers ziemlich genau anschliesst, so würde es dem gemeinen Verstande unfassbar erscheinen, dass dieser Satz völlig gleichbedeutend ist mit diesen beiden zusammengenommen: „wenn b gilt, gilt a", sowie auch: „wenn c nicht gilt, so gilt a". Und doch verhält sich dies so, da in der That die Gleichung $a_1(b+c_1)=0$ zerfällt in die beiden $a_1b=0$ und $a_1c_1=0$. Die Schwierigkeit rührt daher, dass durch die Fassung des Satzes — sowohl durch den Gebrauch der Partikel „wenn" statt „so oft", als auch durch die Bezeichnung der Beziehung als ein Bedingtsein (bei Fr. eine „nothwendige Folge") — der Leser disponirt wird zu folgender Auffassung: Entweder wird b von c stets (gewissermassen ursächlich) bedingt, und dann gilt gewiss a, oder Jenes ist nicht durchaus der Fall, und dann ist die Aussage inhaltlos, giebt uns keinerlei Information über die Geltung oder Nichtgeltung von a. Letzteres sollte eben nicht gemeint sein — im Gegentheil: auch wenn das Bedingtsein des b durch c zeitweise nicht zutrifft, soll doch für die anderen Fälle das Schema noch Etwas aussagen, behaupten, dass a gelte. Die conditionale Fassung* verleitet also zu einer Auffassung der Prämisse als einer allgemein giltigen, die hier nicht beabsichtigt sein sollte, zu einer Unterstellung von „Allgemeinheit" — über welche letztere der Verfasser übrigens später (S. 19) noch sehr berechtigte Betrachtungen anstellt.

Um nun z. B. das disjunctive „oder" darzustellen, nämlich auszudrücken, dass a oder aber b gelte, bedarf Verfasser des Schemas:

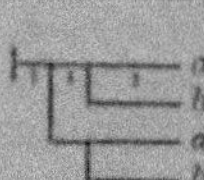

was gegenüber der Boole'schen Schreibweise: $ab_1+a_1b=1$ oder auch $ab+a_1b_1=0$ entschieden schwerfällig erscheint.

Von der „Darstellung ... einiger Urtheile des reinen Denkens" führe ich zur Veranschaulichung ein Beispiel an. Soll heissen: wenn a von b und c, sowie b von c bedingt wird und c gilt, so gilt a. Nach Boole wäre dies so darzustellen: wenn $a_1bc=0$ und $b_1c=0$, so ist auch $a_1c=0$. Beweis:

Nr. 2.

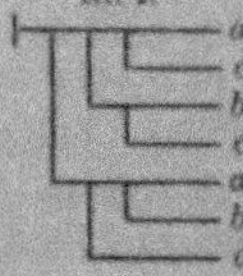

$$a_1c=a_1(b+b_1)c=a_1bc+a_1.b_1c=0+a_1.0=0.$$

Doch können wir das Ganze auch in einer Formel schreiben, nämlich nach Belieben:

$$a+c_1+b_1c+a_1bc=1 \text{ oder auch } a_1c(b+c_1)(a+b_1+c_1)=0.$$

Die letzte Form ist am bequemsten (durch Ausmultipliciren) als Identität zu verificiren, da hierbei immer Factoren zusammenkommen, die als Negationen von einander sich gegenseitig ausschliessen und das Product 0 geben. Aus der letzten Form liest man auch (von rechts nach

* Kürzehalber muss ich mich dieser Fassung nachher doch noch bedienen.

links gehend) bequem die vom Verfasser gewünschte Interpretation heraus, indem man nur zur Richtschnur nimmt, dass, wenn in einem der Null gleichgesetzten Producte $ABC\ldots = 0$ einige Factoren $\ldots C, B$ gleich 1 gesetzt, d. h. als wahr angenommen werden, (das Product) der übrige(n) A verschwinden, d. h. A_1 wahr sein muss.

Wenn Jemand einen Vorzug der Frege'schen Schreibweise darin erblicken wollte, dass derselbe sich nur einer einheitlichen Verknüpfungsweise seiner Urtheils- (oder besser Schluss-)Glieder bediene, während Boole's Calcul ausser der (ja auch vom Verfasser vollauf verwendeten) Negation zweierlei verknüpfender Operationen (+ und ×) bedürfe, so kann damit gedient werden, dass der letztere Jenes ebenfalls zu leisten vermag, und zwar auf vier Arten. Rein multiplicativ geschrieben lautet z. B. die letztere Formel: $a_1 c(b_1 c)_1 (a_1 bc)_1 = 0$ und die Opposition würde hierzu auch eine rein additive Formel liefern. Andererseits hindert Nichts, da eine Gleichung doch selbst eine Behauptung ist, auch eine solche als logischen Factor etc. auftreten zu lassen, also zu schreiben: $a_1 c(b_1 c = 0)(a_1 bc = 0) = 0$, wozu es wiederum ein duales Gegenstück giebt.

Auch Verfasser wendet Identitäten als Schlussglieder an. Formeln sind als Operationsglieder zuerst vielleicht von Rob. Grassmann angesetzt worden, jedoch, scheint mir, in einer unstatthaften, nämlich den Principien seines eigenen Calculs nicht conformen Weise, indem er sie dabei stets durch das Plus- anstatt des Malzeichens verknüpft.

Uebrigens hat es keinen so grossen Werth, es streift an Pedanterie, die vorkommenden Sätze jeweils wirklich in einer einzigen Formel auszusprechen. Man kann sich füglich begnügen, ein- für allemal die Möglichkeit davon theoretisch erkannt zu haben.

Wir stellen hier noch einige von den „Urtheilen des reinen Denkens" mit den Nummern des Verfassers in der Schreibweise zusammen, welche sich an Leibniz-Boole's Calcul anlehnt:

1) $a_1 ba = 0$, 5) $a_1 c(b + c_1)(a + b_1) = 0$, 7) $a_1 cd(b + c_1 + d_1)(a + b_1) = 0$,
11) $a_1 b(a + b_1 c) = 0$, 12) $a_1 cbd(a + b_1 + c_1 + d_1) = 0$,
21) $a_1(b + c_1)(c + d_1)(a + b_1 d) = 0$, 24) $a_1 bc(a + c_1) = 0$, 27) $a_1 a = 0$,
28) $ba_1(a + b_1) = 0$, 33) $b_1 a_1(a + b) = 0$, 46) $a_1(a + c_1)(a + c) = 0$,
51) $a_1(b + c)d(a + b_1)(a + c_1 + d_1) = 0$, etc.

Die sämmtlichen auf S. 25 bis 50 von dem Verfasser zusammengestellten und abgeleiteten „Urtheile etc." würden in vorstehender Weise bequem auf dem Raum einer halben Druckseite wiederzugeben sein und würden zugleich (durch mentales Ausmultipliciren) sofort als evidente, nämlich auf die Identität 27) hinauslaufende sich zu erkennen geben. Verfassers Formelsprache huldigt in der That nicht allein der japanischen Sitte einer Verticalschrift, sondern bedingt auch, dass die Seite bei ihm nur eine Zeile hat oder allenfalls, wenn wir die zur Erläuterung bei gegebene Columne mitrechnen, zwei Zeilen! Diese ungeheure Raumverschwendung, welche, wie hiernach ersichtlich, der Frege'schen „Begriffsschrift“ in typographischer Hinsicht eigen ist, dürfte aber — wenn anders noch von einer Wahl die Rede — definitiv den Ausschlag zu Gunsten der Boole'schen Schule geben. — Im Uebrigen erscheinen diese zahlreichen vom Verfasser dargestellten „Urtheile etc.“, von welchen ich oben noch die interessantesten herauszugreifen suchte, als logische Identitäten, die grösstentheils kein sonderliches Interesse darbieten. Zu rügen ist auch der denn doch übergrosse Mangel an Systematik in Hinsicht auf Anordnung und Auswahl der Sätze, auf welche ja allerdings der Titel des Abschnittes Verzicht leistet. Dazu finden auch zahlreiche Wiederholungen statt, welche sich nur durch die Reihenfolge der Factoren unterscheiden oder dadurch, dass für ein Element seine zweimalige Negation gesetzt ist. Nachdem jene Commutativität oder diese Ersetzbarkeit einmal erkannt und an möglichst einfachem Schema sichtbar gemacht ist, erscheint es müssig, sie auch bei complicirteren Exempeln immer wieder zum Ausdruck zu bringen. Endlich wären überzählige (d. h. in den übrigen mitenthaltene, entbehrliche) Prämissen der Urtheile resp. Schlüsse und damit einige von diesen selbst zu unterdrücken, vergl. Nr. 3), 4), 32), 45).

Verfassers Methode des Schliessens besteht im Wesentlichen, direct oder mittelbar, darin, aufzuzählen und zu resumiren, welche Fälle übrig bleiben, wenn man die durch die Prämissen ausgeschlossenen aus der Gesammtheit der überhaupt denkbaren Fälle weglässt.

Die vorangegangenen Ausstellungen berühren nicht die Klarheit und Lesbarkeit des Buches, welches in anderen Partien wieder Werthvolleres darbietet, und nach den oben gegebenen Vorbildern wird Jeder, der es wünscht, sich die Formeln leicht in die bessere Darstellungsweise umschreiben können.

Es ist ein von Vielen gefühlter und neuerdings gegenüber Jevons von Wundt[9]) sehr treffend illustrirter Mangel von Boole's Theorie, dass particulare Urtheile nur einen unzulänglichen, streng genommen gar keinen Ausdruck in ihr finden. Der unbestimmte Factor v, dessen sich Boole bedient, um z. B. im ersten Theil des Logikcalculs in Gestalt von $va = vb$ den Satz auszudrücken: „einige a sind b“, entspricht seinem Zwecke darum nicht, weil diese Gleichung durch die Annahme $v = ab$ stets identisch erfüllt wird — auch dann sogar, wenn kein a ein b ist. In dem „die Allgemeinheit“ behandelnden Abschnitte trifft nun Frege mit Recht solche Festsetzungen, welche ihm gestatten, auch solche Urtheile unzweifelhaft auszusprechen. Ich will ihm hierin nicht sclavisch folgen, vielmehr zeigen, wie darin nicht etwa eine Rechtfertigung seiner sonstigen Abweichungen von Boole's Schreibweise zu finden ist, sondern auch bei der letzteren die analoge Modification oder Erweiterung mit

Leichtigkeit sich anbringen lässt. Verfasser erreicht Jenes im Wesentlichen dadurch, dass er gothische Buchstaben in der Bedeutung von allgemeinen Zeichen einführt und eine Schreibweise verabredet, diese Allgemeinheit zu negiren — wozu ich jetzt einen darüber gesetzten Strich verwenden will. Sagt die Gleichung $f(\mathfrak{a}) = 1$ aus: alle $\mathfrak{a}$ haben die Eigenschaft f, so wird $|f(\mathfrak{a})|_1$ oder kürzer $f_1(\mathfrak{a}) = 1$ aussagen: alle $\mathfrak{a}$ haben die Eigenschaft Nicht-f, d. h. allen $\mathfrak{a}$ fehlt die Eigenschaft f; dagegen $f(\bar{\mathfrak{a}}) = 1$ wird aussagen: nicht alle $\mathfrak{a}$ haben die Eigenschaft f, oder: einige $\mathfrak{a}$ haben nicht die Eigenschaft f. Sagt (ebenfalls an Frege anschliessend) die Gleichung $P(\mathfrak{a})M(\mathfrak{a}) = 0$ aus: kein M ist ein P, so wird die Gleichung $P(\bar{\mathfrak{a}})M(\bar{\mathfrak{a}}) = 0$ verneinen, dass die vorhergehende für jede Bedeutung von $\mathfrak{a}$ wahr sei, mithin ausdrücken, dass es mindestens ein $\mathfrak{a}$ gebe, für welches jene falsch wird, oder dass einige M auch P seien etc.

Man kann sich hier übrigens auf verschiedene Weise helfen, z. B. (Grundgedanke von Cayley) durch ein Zeichen, wie $\neq$ für „nicht gleich", wo dann $va = vb$ zusammen mit $va \neq 0$ oder noch kürzer $ab \neq 0$ ausdrücken wird, dass einige a auch b seien. In anderer Weise füllte Peirce[41]) die erwähnte Lücke aus.

Ganz eigenthümlich und sehr umfassend ist die Deutung, welche Verfasser dem Begriffe der (logischen) „Function" giebt. Diese geht viel weiter, als alle früheren Erklärungen und scheint mir nicht ohne Berechtigung zu sein. Der Raumbeschränkung wegen will ich jedoch in Bezug hierauf auf die Schrift selbst verweisen und blos noch anführen, dass mir durch die Güte des Verlegers ein Separatabzug aus den Sitzungsberichten der Jenaischen Gesellschaft für Med. u. Naturw. (Jahrgang 1879, Sitzung vom 10. Januar) zugestellt worden ist, nach welchem Verfasser dort zwei Anwendungen seiner „Begriffsschrift" vorgetragen hat, die eine zur Darstellung einer geometrischen Beziehung (dass drei Punkte in gerader Linie liegen), die andere einen zahlentheoretischen Satz betreffend, welche in der That geeignet sind, die von ihm beabsichtigte Verwendungsweise seiner „Schrift" — weniger allerdings deren Nutzen — zu verdeutlichen.

Der „Anhang" der „Begriffsschrift" behandelt „Einiges aus einer allgemeinen Reihenlehre" und sieht sehr abstrus aus, die Schemata sind mit Zeichen überladen. Hier wäre zu wünschen, dass, wenn doch einmal neue Zeichen für gewisse im bisherigen System darstellbare complicirtere Beziehungen eingeführt werden sollen, diese einfacher gewählt würden (sei es selbst vorübergehend auf Kosten der Ausdrucksfülle). Solcher Beziehungen kommen drei vor, welche das Folgen eines Elementes auf ein anderes in einer gewissen, sehr unbestimmt gelassenen Art von „Reihe", die „Vererbung" einer Eigenschaft in derselben von einem Element auf die folgenden und die „Eindeutigkeit eines (nicht näher *charakterisirten)* Verfahrens" betreffen. Die „Reihe" ist nur dadurch gekennzeichnet, dass eine gewisse, übrigens allgemein gelassene Art des Fortschreitens von einem Element zum anderen möglich ist — ich will etwa sagen, dass ein gewisses Schlussverfahren von einem Element zum anderen hinführt. Hier können natürlich die Schlusswege sich eventuell auch selbst durchschneiden, gabeln und wieder zusammenlaufen, und thut sich Verfasser auf die grosse Verallgemeinerung etwas zu Gute, die dadurch dem Begriff der **Reihe** gegeben wird. Mir scheint indess eine solche Verallgemeinerung keineswegs wünschenswerth; vielmehr halte ich dafür, dass, wenn die anschauliche Anordnung der Elemente längs gerader Linien nebensächlich, unmotivirbar oder unzulässig wird, statt „Reihe" dann einfach die Bezeichnung als „Menge" resp. „System" oder „Mannigfaltigkeit" zu gebrauchen wäre.

Nach seiner Angabe hat Verfasser die ganze Arbeit in der Absicht unternommen, um über die logische Natur der **arithmetischen** Urtheile zu völliger Klarheit zu kommen und zunächst zu versuchen, „wie weit man in der Arithmetik durch Schlüsse allein gelangen könne". Habe ich, was Verfasser sucht, recht verstanden, so möchte auch dieser Punkt — namentlich durch **Hermann Grassmann's** scharfsinnige Untersuchungen — schon grossentheils erledigt sein. Bei dem ungleich grösseren Umfange aber, welchen die Literatur der einschlägigen Bestrebungen auf diesem Felde besitzt, erscheint jedenfalls der Wunsch nicht ungerechtfertigt, dass es dem Verfasser hier besser gelingen möchte, das schon Vorhandene zu berücksichtigen. Mögen indess meine Bemerkungen überhaupt die Wirkung haben, denselben im weiteren Verfolg seiner Forschungen zu fördern, nicht aber zu entmuthigen.

Ich glaube mir schliesslich den Dank aller für die neuere analytische Entwickelung der Logik sich Interessirenden zu verdienen, zugleich bezüglich der mir bei Abfassung meiner Schrift[8]) noch unbekannt gewesenen vorgängigen Arbeiten einer Pflicht nachzukommen, wenn ich nachstehend eine Zusammenstellung der einschlägigen Schriften gebe, soweit sie zu meiner Kenntniss gekommen und sich nicht bereits in dem Literaturverzeichniss von 6) finden.

1) *William Stanley Jevons: Pure logic, or the logic of quality apart from quantity with remarks on Boole's system and on the relation of logic and mathematics. London & New-York 1864.* 87 S.

2) Ders.: *The substitution of similars, the true principle of reasoning, derived from a modification of Aristotle's dictum. London 1869.* 86 S.

3) Ders.: *The principles of science, a treatise on logic and scientific method* — ein sehr bedeutsames Werk, dessen 3. Aufl., London 1879, 786 S., mir vorliegt.

4) *Charles S. Peirce (Three papers on logic, read before the American academy of arts and sciences 1867).* I. *On an improvement in Boole's calculus of logic.* S. 250—261. II. *On the natural classification of arguments.* S. 261—287. III. *On a new list of categories.* S. 287—298 der *Proceedings of the American academy* a. a. a. s.

1867. Schrift I anticipirt verschiedene Ergebnisse, zu welchen auch Recensent in 6) gelangt ist.

5) Ders.: *Description of a notation for the logic of relatives resulting from an amplification of the conceptions of Boole's calculus of logic, extracted from the memoirs of the American academy, vol. IX. Cambridge 1870, IV.* 62 S.

6) Ernst Schröder: Der Operationskreis des Logikkalkuls. Leipzig, Teubner 1877. 37 S.

7) *J. Delboeuf: Logique algorithmique. Liège et Bruxelles 1877*, 99 S.

8) *Hugh McColl: The calculus of equivalent statements and integration limits, Proceedings of the London mathematical society, vol. IX, 1877/78.* S. 9—29, 177—186. Der erste Theil giebt eine interessante Anwendung des Logikcalculs zur (rein mechanischen) Lösung des Problems: wenn bei mehrfachen Integralen zwischen variablen Grenzen die Integrationsfolge beliebig abgeändert wird, die neuen Grenzen zu bestimmen. Den zweiten Theil verdirbt der Umstand, dass der Autor zur Darstellung der unsymmetrischen Beziehung der Unterordnung und Nichtunterordnung symmetrische Zeichen einführt (: und ÷), infolge dessen er richtig selbst in Confusion geräth.

9) Wilhelm Wundt: Logik, eine Untersuchung der Principien der Erkenntniss und der Methoden wissenschaftlicher Forschung. I. Bd.: Erkenntnisslehre. Stuttgart 1880. 585 S. — Dem Logikcalcul widmet das Werk 52 Seiten. Dürfte darin auch Einzelnes zu beanstanden sein, so ist doch zu begrüssen, dass Philosophen von Fach beginnen, die mathematische Reform der Logik, wie sie es verdient, zu berücksichtigen.

Karlsruhe. ERNST SCHROEDER.

Zur Geschichte der Theorie der elliptischen Transcendenten in den Jahren 1826—1829. Von LEO KÖNIGSBERGER. Leipzig 1879. Verlag von B. G. Teubner. 104 S.

Die sehr dankenswerthe Schrift des Herrn Königsberger enthält eine detaillirte Schilderung der ersten Arbeiten über die Theorie der elliptischen Functionen von Abel und Jacobi, und zwar für den Zeitraum 1826—1829, also von der Begründung des „Journal für Mathematik" durch Crelle bis zu Abel's Tode. Eine äussere Veranlassung zu dieser Darstellung bot dem Herrn Verfasser das fünfzigjährige Jubiläum von Jacobi's „*Fundamenta nova functionum ellipticarum*", deren Publication um wenige Monate dem Tode Abel's vorausging. Es ist selbstverständlich, dass eine Darlegung der Verdienste von Abel und Jacobi einen kurzen Rückblick auf die Arbeiten ihrer Vorgänger erforderte, von denen indessen nur Legendre in Betracht kommen konnte in Beziehung auf directen Einfluss durch gedruckte Arbeiten. Die grossartigen hinterlassenen Untersuchungen von Gauss sind am Ende der Schrift übersichtlich zusammengestellt zu einem interessanten Vergleich mit den von Abel und Jacobi gefundenen Resultaten. Mit Hilfe der „*Exercices de calcul intégral*" und des „*Traité des fonctions elliptiques*" von Legendre, der Aufsätze von Abel und Jacobi in Band 1—6 des Crelle'schen Journals, der *„Oeuvres complètes“* von Abel, der *„Fundamenta“* von Jacobi, des III. Bandes von „Carl Friedrich Gauss' Werke“, der durch Herrn Borchardt im 80. Bande des „Journal für Mathematik“ veröffentlichten Correspondenz zwischen Legendre und Jacobi, endlich einiger Bemerkungen im Bande II aus dem „Briefwechsel zwischen C. F. Gauss und H. G. Schumacher“ hat Herr Königsberger ein ebenso anziehendes wie instructives Bild aus der Entwickelungsgeschichte der elliptischen Functionen entworfen. Ueberall werden die eigenen Worte citirt, so dass der Leser in Stand gesetzt ist, die Meinungen der Betheiligten direct kennen zu lernen, ein Verfahren, welches der Schrift zum grossen Vortheil gereicht.

Nach einer gedrängten Darlegung der Arbeiten von Legendre, gefolgt von einigen interessanten Notizen über Jacobi und Gauss, beginnen auf S. 21 die Untersuchungen, welchen die Schrift besonders gewidmet ist. Zunächst werden die hinterlassenen Arbeiten Abel's besprochen, an welche sich eine Darstellung des berühmten Theorems von Abel anschliesst. Hiermit in Verbindung sind die einschlägigen Arbeiten von Jacobi und Legendre gebracht, sowie ein Bericht über das Schicksal einer von Abel 1826 der Pariser Akademie vorgelegten Abhandlung, welche erst 15 Jahre später durch Fürsorge Libri's in den *„Mémoires présentés par divers savans“* veröffentlicht worden ist. Auf S. 35 flg. werden die Aufsätze von Abel und Jacobi näher besprochen, welche eine Art von Wettkampf zwischen den beiden grossen Mathematikern bezeichnen, von denen die ersten Spuren in den „Astronomischen Nachrichten“ vorkommen. Jacobi war Abel mit dem Transformationsproblem zuvorgekommen, wobei es bezeichnend ist, dass er bei der ersten Anzeige noch nicht im Besitz eines strengen Beweises war, wie aus dem Briefwechsel mit Legendre hervorgeht. Auf S. 43—61 werden die *„Recherches sur les fonctions elliptiques“* von Abel einer eingehenden Analyse unterworfen mit Berücksichtigung der gleichzeitigen Arbeiten Jacobi's. Hierbei wird auf S. 43 eine von Jacobi niemals contestirte Priorität vieler Entdeckungen Abel's hervorgehoben unter besonderer Betonung des Verdienstes von Jacobi einer neuen und selbstständigen Construction der Theorie der elliptischen Functionen. Der Leser lernt hier Jacobi als Interpreten der Arbeiten Abel's bei Legendre kennen, welchem merkwürdiger Weise die Lecture Abel'scher Arbeiten nicht besonders zugesagt zu haben scheint. Auf die von Abel betrachtete Theilung der elliptischen Functionen, welche den zweiten Theil der *„Recherches“* ausmachen, werden Abel's meisterhafte Untersuchungen über Transformation in Nr. 138 der „Astron. Nachr.“ erwähnt. Nachdem Abel und Jacobi in ihren ersten Arbeiten eine Art Parallelismus gezeigt haben, tritt später eine Trennung ihrer Wege ein; Abel wendet sich der Untersuchung der Integrale zu, wie dieses namentlich aus seinem *„Précis d'une théorie* *des fonctions elliptiques*" hervorgeht, der letzten Arbeit des grossen Geometers in Crelle's Journal. Jacobi macht die elliptischen Functionen zum Gegenstand eingehender Untersuchungen, die ihn auf die Thetafunctionen führen, in Verbindung mit einer Reihe von wichtigen und glänzenden Entdeckungen, die über das Jahr 1829 hinausgehen und damit auch über die Grenzen des Buches hinaus. Auf S. 81—86 wird der „*Précis*" von Abel besprochen, dann folgt S. 86—93 eine präcise Angabe des Inhalts der „*Fundamenta*", von welchem Inhalte schon ein ziemlicher Theil im Briefwechsel mit Legendre enthalten ist. Dieser Briefwechsel, welcher von Herrn Königsberger fortwährend citirt wird, gehört zu den interessantesten wissenschaftlichen Correspondenzen, durch dessen sorgsame Herausgabe Herr Borchardt der Geschichte der elliptischen Functionen einen sehr grossen Dienst erwiesen hat. Die letzten zehn Seiten seiner Schrift hat Herr Königsberger den hinterlassenen Arbeiten von Gauss zugewandt. Der Herr Verfasser gelangt dabei zu dem Resultate, dass Gauss in den wesentlichen Grundzügen die Theorie der elliptischen Functionen 30 Jahre früher wie Abel und Jacobi gekannt habe, mit folgenden Ausnahmen: Eigenthümlich bleiben Abel seine Untersuchungen über das nach ihm benannte Theorem, die Theorie der allgemeinen Transformation und die Reduction der Integrale algebraischer Differentiale. Aus dem kurzen Zeitraume von 1826—1829 kann Jacobi für sich die algebraischen Untersuchungen aus der Theorie der elliptischen Functionen und die Einführung der Thetafunctionen in die Integrale zweiter und dritter Gattung als besonderes Eigenthum den Resultaten von Gauss gegenüber in Anspruch nehmen.

Zu der sehr lebendig gehaltenen Schrift des Herrn Königsberger, welche gewiss Vielen, die sich mit der Theorie der elliptischen Functionen beschäftigt haben, sehr willkommen sein wird, erlaubt sich der Referent, einige Bemerkungen beizufügen. Dieselben sind aus dem früher erwähnten Briefwechsel zwischen Gauss und Schumacher entnommen und beziehen sich auf Aeusserungen von Gauss über Jacobi, deren etwas schroffer Ton wohl durch das Missvergnügen hervorgerufen werden konnte, die Priorität einer Reihe grossartiger und tiefsinniger Untersuchungen eingebüsst zu haben.

Schumacher an Gauss. 1827, Juli 24.*

„Von Jacobi ist beifolgender Brief gekommen, den ich Ihnen nur schicke, weil Sie es nachdrücklich verlangten und mir noch auf dem Erinnerungszettel notirt haben. Seinem Verlangen gemäss will ich hinzusetzen, „dass er Legendre's neues Werk damals noch nicht gesehen

* Aus den angezogenen Briefen sind nur die Sätze mitgetheilt, welche sich auf Arbeiten über elliptische Functionen beziehen.

habe"; ich bitte Sie aber sehr, wenn Sie sonst mögen und können, senden Sie mir ein paar Worte Anmerkung."

Als Nachschrift zu diesem Briefe findet sich:

„Bei dem Versiegeln sehe ich, dass Jacobi sich gewöhnlich solcher Pettschafte zu bedienen scheint, die ihm nicht angehören. Erst K f f, dann W. B. D."

Gauss an Schumacher. 4. August 1827.

„Anbei, mein theuerster Freund, schicke ich Ihnen die beiden Jacobi'schen Briefe zurück. Es scheint mir nun auch, nach Erwägung aller Umstände, am schicklichsten, wenn ich dabei ganz aus dem Spiele bleibe."

Schumacher an Gauss. 1827, August 14.

„Ich sende Ihnen, mein theuerster Freund, noch folgenden Brief von Jacobi (diesmal mit seinem eigenen Pettschafte gesiegelt). Ich werde ihn einrücken und damit denke ich, ist diese Communication geschlossen. Einen Schreibfehler oben auf der zweiten Seite habe ich verbessert und lasse φ''' für φ' drucken."

Gauss an Schumacher. 19. August 1827.

„Hieneben erhalten Sie, mein theuerster Freund, zuvörderst den Jacobi'schen Brief zurück. Auch das darin enthaltene Theorem wird ganz leicht aus meinen Untersuchungen über die Transcendenten abgeleitet. Aus einer Andeutung Ihres Briefes scheint es mir fast, als ob Sie abgeneigt sind, ähnliche nackte Aufstellungen von Sätzen ohne Begründung in Ihr Blatt aufzunehmen. Ich enthalte mich ganz, ein eigenes Urtheil über diese Manier, die wenigstens nicht die meinige ist, zu fällen; aber auf den Fall, dass ich Ihre Andeutung recht verstanden haben sollte, bitte ich Sie, wenn künftig solche Briefe eingehen sollten, die Sie nicht publiciren wollen, sie mir nicht zu schicken."

Die „Communication", welche Schumacher für geschlossen erklärte, war noch nicht ganz beendet, wie folgender Brief an Gauss beweist, der die Verlegenheit von Schumacher darthut, als Mittelperson in Dingen gedient zu haben, die ihm absolut fremd waren.

Schumacher an Gauss.

„Ich habe hier, mein theuerster Freund, einen Brief von Jacobi erhalten, von dessen Inhalt ich Sie doch in Kenntniss setzen muss, um zu erfahren, ob das, was ich ihm zu antworten denke, Ihren Beifall hat. Er schreibt, dass mein Brief aus Altona, der während Ihrer Anwesenheit und, wie ich glaube, mit Ihrer Approbation geschrieben ward, folgende Stelle enthalte:

„Gauss hat schon im Jahre 1808 die Dreitheilung, Fünftheilung und Siebentheilung entwickelt und dabei die neuen sich darauf beziehenden Modalscalen gefunden."

Nun verlangt er zu wissen, was ich mit dem Worte **entwickeln** verstanden habe? Ob es heissen solle, dass Sie die Gleichungen vom 9., 25. und 49. Grade, wovon dieses abhängt, wirklich aufgelöst und die Wurzeln algebraisch dargestellt hätten? In diesem Falle, setzt er hinzu, müssten Sie im Besitz von Hülfsmitteln und Methoden seyn und Schwierigkeiten überwunden haben, wogegen alles, was er gethan habe, Kinderspiel sey, indem die ganze allgemeine analytische Theorie, wie glänzend sie auch seyn möge, nicht soviel Schwierigkeiten darbiete, als die **Entwicklung** (er hat es unterstrichen) selbst des einfachsten Falles, der Dreitheilung u. s. w.

Ich denke nun, sobald ich Ihre Billigung weiss, ihm zu antworten: „ich habe damals ihm Ihre Aeusserungen, so wie ich sie von Ihnen verstanden zu haben glaubte, mitgetheilt, könne aber, da ich in diesen Sachen fremd sey, nicht verbürgen, ob ich sie wörtlich oder nach dem diesen Aeusserungen von mir untergelegten Sinne übersandt habe. Soviel erinnere ich mich bestimmt, dass Sie mir gesagt hätten, diese Untersuchungen seyen nur specielle Fälle einer weit allgemeineren Theorie. Er würde also in jeder Hinsicht am besten thun, bei Ihnen selbst Auflösung seiner Zweifel zu suchen."

Es ist, wie es mir scheint, ganz unnatürlich, dass ich in einer mir gänzlich fremden Sache ihm als Mittelperson dienen soll, wo es weit sicherer ist und vor allen Missverständnissen schützt, wenn er geradezu an Sie schreibt und um Belehrung bittet.

Haben Sie die Güte, mir Ihre Antwort nach Altona zu senden, wohin ich bald zurückzukehren denke.

Von Herzen Ihr

Copenhagen, 1828, Mai 7. H. C. Schumacher."

Gauss an Schumacher.

„Beigehend übersende ich Ihnen, mein theuerster Freund, ein Exemplar meiner Bestimmung des Breitenunterschiedes zwischen Göttingen und Altona, und bitte, solches mit Ihrer gewohnten freundschaftlichen Güte aufzunehmen.

Ich kann Ihnen nicht widersprechen, wenn Sie es unnatürlich finden, dass Hr. J. Sie mit Fragen, wie die mir von Ihnen aus Copenhagen gemeldete, behelligt, noch weniger es missbilligen, wenn Sie ihm das Angezeigte antworten. Die ausdrückliche Aufforderung, sich deshalb an mich zu wenden, könnte vielleicht auch weg- und dies ihm selbst überlassen bleiben, falls Sie es nicht dazu nothwendig finden, für die Zukunft aehnliches bei Ihnen zu coupiren. Schreibt er deshalb an mich, so werde ich ihm Rede stehen, obwohl seine Frage unklar und, meines Erachtens, nach dem Erscheinen von Abel's Arbeit (die, Ihnen gesagt, mir von meinen eigenen Untersuchungen wol $\frac{1}{3}$ weggenommen hat, und mit diesem zum Theil selbst bis auf die gewählten bezeichnenden Buchstaben übereinstimmt) sehr müssig ist.

Stets von Herzen der Ihrige

Göttingen, d. 30. Mai 1828. C. F. Gauss.

P. S. Sollte Ihnen vielleicht zufällig die gegenwärtige Adresse von Dlle. Sophie Germain bekannt oder ohne Belästigung für Sie zu erfahren seyn, so würde ich die Mittheilung dankbar erkennen."

Gegenwärtig erscheint die vornehme, kalte Ablehnung von Gauss gegen die Arbeiten Jacobi's, nach Publication der nachgelassenen Arbeiten, vielleicht gerechtfertigt, wenn auch von wenig Sympathie für ein junges, feurig aufstrebendes Talent zeugend. Jacobi hatte sich schon damals durch einige Aufsätze in Crelle's Journal bekannt gemacht, deren erster, merkwürdiger Weise, eine Vereinfachung der Untersuchungen von Gauss über näherungsweise Berechnung von Integralen betrifft. (Journal f. Math. I, S. 301.) In directem Gegensatz zu der etwas untergeordneten Rolle Jacobi's in dem oben citirten Briefwechsel steht die Aeusserung von Legendre in einem vom 9. Februar 1828 an Jacobi gerichteten Schreiben: *„Vous vous placez par ces travaux au rang des meilleurs analystes de nôtres epoque"* (Borchardt, Journal LXXX, S. 226), welche Worte etwas mehr wie ein Jahr später durch das Erscheinen der *„Fundamenta"* glänzend bestätigt wurden.

Enneper.

Nicolaus Coppernicus aus Thorn, Ueber die Kreisbewegungen der Weltkörper. Uebersetzt und mit Anmerkungen von Dr. C. L. Menzzer, durchgesehen und mit einem Vorwort von Dr. Moritz Cantor, herausgegeben von dem Coppernicus-Verein für Wissenschaft und Kunst zu Thorn. Thorn 1879. Druck und Verlag von Ernst Lambeck.

Der ausführliche Titel des hier genannten Werkes genügt gewiss vollständig, unsere Leser von dessen Wichtigkeit in Kenntniss zu setzen. Es genügt aber auch aus anderem Grunde dazu, uns einer besonderen Besprechung zu überheben. Der Coppernicusverein hat, wie aus dem Titel hervorgeht, dem Unterzeichneten den ehrenvollen Auftrag ertheilt, die Menzzer'sche Uebersetzung durch ein Vorwort einzuleiten. Was wir über Nutzen und Nothwendigkeit einer Uebersetzung der „Revolutionen" sagen zu sollen glaubten, haben wir dort gesagt und wir würden uns nur vollständig wiederholen können. Wir verweisen deshalb auf jenes Vorwort selbst, einzig und allein den Wunsch zu erneutem Abdruck bringend, mit welchem wir auch dort schlossen: Möge die Uebersetzung das zu Wege bringen, was mit ihr beabsichtigt wurde, eine immer weitere Verbreitung der Kenntniss von der ganzen Bedeutsamkeit des Verfassers.

Cantor.

Lehr- und Uebungsbuch für den Unterricht in der Algebra an Gymnasien, Real- und Gewerbeschulen von Dr. H. Heilermann, Director der Realschule in Essen, und Dr. J. Diekmann, Oberlehrer am königl. Gymnasium in Essen. Essen bei G. D. Bädeker, 1878—1879. I. Theil: Die vier Grundrechnungen. — Die linearen Gleichungen. VII, 117. II. Theil: Die Erweiterung der vier Grundrechnungen. — Die Gleichungen zweiten, dritten und vierten Grades. III, 121. III. Theil: Die Progressionen, die Kettenbrüche und die diophantischen Gleichungen. — Niedere Analysis. 110.

Es ist ein eigenartiges Buch, welches die Verfasser hier veröffentlicht haben, eigenartig in Form und Inhalt. Lehr- und Uebungsbuch haben sie es betitelt. Die Anordnung würde vielleicht besser durch eine Umkehrung der beiden Wörter bezeichnet. Es ist ein Uebungs- und Lehrbuch, welches den Schülern geboten wird, eine ungemein grosse Anzahl von Uebungen, aus welchen jeder Lehrer wählen mag, verbunden durch einen in äusserster Knappheit gehaltenen Text, zu welchem jeder Lehrer seine erklärenden Zusätze zu machen nicht unterlassen wird, noch darf. Diese Form, für Rechenbücher auch sonst wohl schon angewandt, ist für die Algebra in diesem Umfange wohl ziemlich neu, aber durch die Schulzwecke geradezu geboten. Auch für die Schule ist die Buchdruckerkunst erfunden! Man soll nicht durch Dictiren eine edle Zeit verlieren, deren man zu anderen Zwecken dringend bedarf, und darum ist es wünschenswerth, gedruckte Uebungsbeispiele zu besitzen in grösserer Anzahl, als sie durchgenommen werden können. Aber umgekehrt beruht nach der neueren Methode die Hauptsache auf dem mündlichen Unterricht. Während der Schulstunde und aus dem Munde des Lehrers soll der Schüler das Meiste sich aneignen, und darum ist es geradezu nothwendig, dass vermieden werde, dass der Lehrer „Nichts sagt, als was im Buche steht". Das Buch darf daher nur das zur häuslichen Wiederholung Unentbehrlichste enthalten, Anlehnungspunkte, an welchen der Schüler das in seinem Gedächtniss unstät sich Umherbewegende zu stützen vermag. So will es uns wenigstens scheinen, die wir freilich im Schulunterrichte uns nie versucht haben; aber wenn so gewiegte Schulmänner, wie die Herren Heilermann und Diekmann, ähnliche Gesinnungen durch ihr von uns besprochenes Werk an den Tag legen, so muss unseren Ansichten doch wohl mehr als nur persönliche Berechtigung inne wohnen.

Eigenartig, wie in der Form, sagten wir, sei das neue Buch auch im Inhalte. Die Verfasser gehen etwa von folgendem Gedanken aus. Die Mathematik hat in den letzten Jahrzehnten eine Ausdehnung gewonnen, die es nicht mehr statthaft erscheinen lässt, den mathematischen Unterricht auf den Mittelschulen so zu beschränken, wie es noch in der ersten Hälfte unseres Jahrhunderts erlaubt war. Dieses unheimliche Gefühl, Schüler entlassen zu sollen, denen es an der nothwendigen Vorbereitung zur Weiterführung ihrer mathematischen Studien fehlt, verursacht jedem sein Fach liebenden Lehrer Unbehagen. Es muss, so sagen Alle, in der Schule mehr geleistet werden! Aber alsbald gehen die Meinungen wieder auseinander. Während die Einen unverzagt mit ihren Schülern an das Gebiet des Unendlichen sich heranwagen und Differential- und Integralrechnung, ja sogar theoretische Mechanik dem Lehrplane ihrer höchsten Gymnasialclasse einverleiben und ihre Schüler mit diesen Theilen der Mathematik wohl vertraut machen, wie Prüfungsarbeiten bezeugen, welche uns vorgelegen haben, sind andere Gymnasialmathematiker — und sie bilden wohl die grosse Mehrzahl — der entschiedenen Meinung, jene Gegenstände seien von der Schule fern zu halten. Unsere Verfasser gehören zu dieser Gruppe, ohne jedoch mit dem althergebrachten Stoffe sich begnügen zu wollen. Sie suchen nicht einzig in den geometrischen Theilen nach Ergänzung, wenngleich anzunehmen sein wird, dass sie auch dort dem Fortschritt huldigen; aber gegenwärtig geben sie uns das, was sie als moderne Schulalgebra sich denken. Sie bemerken ausdrücklich in der Vorrede, dass für jede Neuerung, welche sie sich erlaubt haben, eine günstige Erfahrung vorliege, welche gezeigt habe, „dass der Gegenstand in einer Classe von mittlerer Begabung ohne zu grossen Aufwand an Zeit mit gutem Erfolg behandelt werden kann". Sehen wir zu, was von den weniger gewöhnlichen Gegenständen in den drei Heften sich vorfindet, deren erstes für Quarta und Tertia, d. h. für ein Durchschnittsalter unter 15 Jahren, das zweite für Secunda, das dritte für Prima berechnet ist.

Das erste Heft enthält Kettenreihen, d. h. Summen von Brüchen, deren Nenner nach Potenzen derselben Zahl steigen, und dabei Aufgaben, wie folgende: Welche Nenner haben die gemeinen Brüche, die in Kettenreihen nach der Basis 13 verwandelt eine einstellige Periode geben? Auflösung: 3, 4, 6, 12. In demselben Hefte ist die Lehre von den Determinanten bis zur Benutzung derselben zur Auflösung linearer Gleichungen mit mehreren Unbekannten durchgeführt. Auch die homogenen linearen Gleichungen sind besprochen und geben Anlass zur Einführung des Namens der Resultante.

Im zweiten Hefte ist dem Rechnen mit complexen Zahlen besondere Aufmerksamkeit gewidmet. Die quadratische Gleichung mit einer Unbekannten führt durch das Gleichwerden der beiden Wurzelwerthe zum Begriff der Discriminante, und diese selbst wird angewandt, um den grössten oder kleinsten Werth zu finden, welchen die quadratische Form $F = ax^2 + 2bx + c$ anzunehmen im Stande ist, wodurch also wieder neue wichtige Begriffe dem Schüler bekannt werden. Aber damit ist noch nicht das Capitel erreicht, auf welches, wie in der Vorrede zum zweiten Hefte betont wird, die Verfasser das meiste Gewicht legen. Dieses hat es mit quadratischen Gleichungen mit mehreren Un-

ciplinen so kennen lerne, wie sie gegenseitig sich stützen, wie die eine zur Grundlage für die anderen dient. Die Mathematik dieser Encyklopädie zerfällt in eine elementare und eine höhere. Jene lehrt die Arithmetik und Algebra, die Planimetrie, Stereometrie, Projectionslehre und Trigonometrie; diese die analytische Geometrie der Ebene und des Raumes, Differentialrechnung, Integralrechnung und einen Abriss der Wahrscheinlichkeitsrechnung.

Wir berichten heute über die erste Hälfte des elementaren Theiles, über Arithmetik und Algebra, welche in Dr. Reidt in Hamm einen durchaus geschickten Bearbeiter gefunden haben. Von den einfachsten Voraussetzungen ausgehend, hat er den Gegenstand so weit fortgeführt, dass der Leser mit den einfachen Rechnungsverfahren an Zahlen und Buchstaben mit Einschluss der einfachsten Reihen, mit den Grundzügen der Syntaktik, die Wahrscheinlichkeitsrechnung und die Lehre von den Determinanten bis zur Multiplication der Determinanten einschliesslich inbegriffen, mit der Auflösung von Gleichungen der vier ersten Grade bekannt wird. Leichtigkeit des Verständnisses ist überall ein Ziel der Darstellung gewesen, ohne dass ihr die Strenge zum Opfer gebracht wäre. Es ist begreiflich, dass ein Hervorheben von Einzelheiten da am leichtesten fällt, wo man Ausstellungen zu machen hat. Man möge daher unsere nun folgenden wenigen Bemängelungen von diesem Standpunkte aus betrachten und keineswegs als Summe Dessen, was wir in dem Reidt-schen Buche als bemerkenswerth gefunden hätten. Wir vermissen ungern S. 14 das Einmaleins, während S. 3 des Einundeins gedacht ist. Wir vermissen diejenige Multiplication, welche die Inder die blitzartige nennen und welche mit ihrem Seitenstück, der Fourier'schen Division, wenn vielleicht auch dem Unterrichte in der gemeinen Rechenkunst, jedenfalls dem wissenschaftlichen Rechenunterrichte nicht fernbleiben darf. Wir halten es ferner keineswegs für genügend, wenn S. 25 nur gesagt ist, „es empfehle sich für den Anfänger zunächst", bei der Division den Dividendus und den Divisor nach dem gleichen Buchstaben zu ordnen. Das ist überhaupt nothwendig bei jeder Division, und wir halten es für einen fast allgemeinen Mangel der Lehrbücher, dass diese Nothwendigkeit nicht genügend betont wird. Endlich möchten wir für das Zeichen $\binom{n}{p}$ des p^{ten} Binomialcoefficienten zur n^{ten} Potenz, wo es S. 118 zuerst auftritt, auch ein aussprechbares Wort dafür angegeben sehen. Das häufig benutzte n über p scheint uns dazu sehr geeignet.

CANTOR.

Die Physik auf Grundlage der Erfahrung von Dr. Alb. Mousson, Professor an der schweizerischen polyt. Schule. 3. Aufl. Zürich 1879.

Von der dritten Auflage dieses bekannten Werkes ist bis jetzt der erste Band erschienen, die allgemeine und die Molecularphysik umfassend.

Arithmetik und Algebra von Dr. F. Reidt. 166 S. gr. 8°. Breslau 1879. Verlag von Eduard Trewendt.

Das Schriftchen, über welches wir berichten, bildet eine Abtheilung eines Sammelwerkes, über welches wir wenige Worte allgemeinerer Natur vorauszuschicken für nöthig halten. Die oben genannte Verlagsbuchhandlung hat den Plan einer Encyklopädie der Naturwissenschaften erfasst, welcher, wie der Prospect sagt, „die Aufgabe gestellt ist, das Studium und die Forschung zu erleichtern und zu befördern, und einen Boden zu bilden, auf welchem die Wissenschaft fortgepflanzt und weiter ausgebaut werden kann". Die Encyklopädie ist auf acht Abtheilungen berechnet, für deren jede ein besonderer Fachredacteur angestellt ist. Die Abtheilungen sind der Reihe nach: 1. Zoologie und Anthropologie, 2. Botanik, 3. Mathematik, 4. Mineralogie und Geologie nebst Paläontologie, 5. Physik, 6. Chemie, 7. Astronomie, 8. Pharmakognosie. Wir haben natürlich nicht die Aufgabe, diese Eintheilung selbst einer Kritik zu unterwerfen, sonst würden wir wohl die Frage stellen, ob die achte Abtheilung wirklich als selbstständige aufzutreten die Berechtigung hat, ob sie nicht, wir möchten nicht gern sagen, nur eine Verlegenheitsabtheilung ist, um die sechste Abtheilung zu entlasten? Für's Erste sind von diesem grossen, auf viele Bände angelegten Sammelwerke nur die erste, zweite und dritte Abtheilung in Angriff genommen, als deren Herausgeber 1. Prof. Dr. Gustav Jaeger in Stuttgart, 2. Prof. Dr. Schenk in Leipzig, 3. Geh. Rath Dr. Schlömilch in Dresden genannt sind. Diese drei Abtheilungen sollen mit etwa 30 Lieferungen von je 9 Druckbogen abgeschlossen sein. Der Preis jeder Lieferung stellt sich auf drei Mark. Während wir diese Zeilen zum Drucke geben, sind neun Lieferungen in unseren Händen. Die Art der Behandlung der einzelnen Abtheilungen ist eine durchaus verschiedene. Die Zoologie und Anthropologie erscheint in Form eines alphabetisch geordneten Handwörterbuches. Für die Botanik ist „eine Anzahl getrennter kleinerer oder grösserer Abhandlungen, welche ein entsprechend umgrenztes Gebiet der Wissenschaft umfassen," in Aussicht genommen. Die Mathematik endlich soll nach der Absicht des Herausgebers dieser Abtheilung in Gestalt eines Handbuches zur Erörterung kommen. Dem Mathematiker die Richtigkeit dieser Behandlungsweise noch auseinanderzusetzen, dürfte unnöthig sein. Der Mathematiker von Fach holt sich vielleicht über einzelne Dinge, die seinem Gedächtniss entschwunden sind, mit deren Ableitung er aber nicht erst Zeit versäumen will, am liebsten in einem Wörterbuche Rath, eignet sich andere Dinge, mit denen er sich nie beschäftigt hatte, am liebsten durch besondere Abhandlungen an. Allein die Encyklopädie der Naturwissenschaften ist nicht für die Hand des Fachmannes nur bestimmt. Sie soll vorzugsweise dem allgemein Gebildeten sich nützlich erweisen. Für diesen aber ist erste Bedingung, dass er die mathematischen Di-

buch der Astronomie, in dem jeder zweite oder dritte Satz mit „nun" beginnt; hat man das einmal gemerkt, so wird das Lesen ganz unleidlich. Ein ähnlicher Fehler begegnet dem Leser bei dem vorliegenden Werke manchmal, beispielsweise Band I S. 62 oder 69, wo fünf Sätze hinter einander mit „nun" angereiht sind; an anderen Stellen, z. B. S. 119, tritt „dann" an die Stelle von „nun". Als Beispiel für mangelhafte Satzbildung diene S. 140, wo der dritte Satz der Seite sich dreimal durch „dass die" fortspinnt. Es sind das Kleinigkeiten, aber besser wären sie weg.

Ferner lassen sich einzelne Wünsche grösserer Correctheit der Darstellung nicht unterdrücken. Ich habe schon früher (XXII. Band dieser Zeitschrift) bei Recension eines anderen Lehrbuches der Physik das Bedauern ausgesprochen, dass die Lehrbücher der Physik im Allgemeinen so schwer Althergebrachtes, Unbrauchbares abschütteln. Ich habe dort von der unzulänglichen Behandlung der Waage, der zweifelhaften Begriffsbestimmung der Schwere, der mangelhaften Behandlung der elementaren Optik gesprochen. Auch dem vorliegenden Werke gelten diese Ausstellungen: in § 15 z. B. ist verlangt, nicht blos, dass die beiden Hälften des Waagbalkens genau gleiche Länge, sondern auch, dass sie genau das gleiche Gewicht haben, was beides mechanisch unausführbar ist. Die Ueberschrift des § 26 lautet: Identität der Schwere und der allgemeinen Anziehung, und in § 25 wird die anziehende Kraft der Erde von der Schwerkraft unterschieden. In der elementaren Optik werden die einfachen Auseinandersetzungen von Reusch ignorirt, daher die Brechung im Prisma (§ 136) einseitig behandelt, ebenso die Brechung an kugelförmigen Flächen (§ 145). Wie in einer Reihe von Lehrbüchern der Physik, wird auch hier (S. 79) von Kepler behauptet, er habe aus seinen eigenen Beobachtungen seine Gesetze abgeleitet.

Bei der Wärmetheorie würde wohl die Uebersichtlichkeit gefördert, wenn die drei Fälle, die zugeführte Wärmemenge als Function der Pressung und des Volumens, oder des Volumens und der Temperatur, oder der Temperatur und der Pressung zu betrachten, neben einander gestellt und die Consequenzen angereiht würden, in der Art, wie es Briot zuerst gethan hat.

Der Lehre vom Magnetismus und der Elektricität sind die einfachsten Sätze über die Potentialfunction, Niveaufläche und Kraftlinien vorangestellt, was bei der vielfachen Verwendung dieser Ausdrücke in der Elektricitätslehre nur zu billigen ist.

Abgesehen von den kleinen gerügten Mängeln, wird das Werk jedem Studirenden der Physik sehr zu empfehlen sein.

P. Zech.

Bibliographie

vom 1. Februar bis 30. April 1880.

Periodische Schriften.

Sitzungsberichte der königl. bayer. Akademie der Wissenschaften, mathematisch-physikal. Classe. 1879, 4. Heft. München, Franz. 1 Mk. 20 Pf.

—, Jahrg. 1880, 1. Heft. Ebendas. 1 Mk. 20 Pf.

Berichte über die Verhandlungen der königl. sächs. Gesellschaft der Wissenschaften, mathem.-physikal. Classe. 1879. Leipzig, Hirzel. 1 Mk.

Denkschriften der kaiserl. Akademie der Wissenschaften, mathem.-naturwissenschaftl. Classe. 41. Bd. Wien, Gerold. 40 Mk.

Sitzungsberichte der kaiserl. Akademie der Wissenschaften in Wien, mathematisch-naturwissenschaftl. Classe. Abth. II, 80. Bd., 2., 3. und 4. Heft. Ebendas. 12 Mk.

Sitzungsanzeiger der kaiserl. Akademie der Wissenschaften in Wien. Mathem.-naturwissenschaftl. Classe. Jahrg. 1880. Nr. 1—3. Ebendas. pro compl. 3 Mk.

Journal für reine und angewandte Mathematik, herausgeg. von W. Borchardt. 89. Bd., 1. Heft. Berlin, G. Reimer. pro compl. 12 Mk.

Mathematische Annalen, herausgegeben von F. Klein und A. Mayer. 16. Bd., 1. Heft. Leipzig, Teubner. pro compl. 20 Mk.

Zeitschrift für mathemat. u. naturwissenschaftl. Unterricht, herausgegeben von V. Hoffmann. 11. Jahrg., 1. Heft. Leipzig, Teubner. pro compl. 10 Mk. 80 Pf.

Jahrbuch über die Fortschritte der Mathematik, herausgeg. v. Ohrtmann, Müller u. Wangerin. 9. Bd., 3. Heft. Berlin, G. Reimer. 5 Mk. 40 Pf.

Zeitschrift für Vermessungswesen, herausgeg. von W. Jordan. 9. Jahrg., 1. Heft. Stuttgart, Wittwer. pro compl. 9 Mk.

Repertorium für Experimentalphysik, physikalische Technik u. s. w. von Ph. Carl. 16. Bd., 1. Heft. München, Oldenbourg. pro compl. 24 Mk.

Annalen der Hydrographie u. maritimen Meteorologie. 8. Jahrg., 1. Heft. Berlin, Mittler. halbjährlich 1 Mk. 50 Pf.

Berliner astronomisches Jahrbuch für 1882, redigirt v. W. Förster u. F. Tietjen. Berlin, Dümmler. 12 Mk.

Gezeitentafeln für das Jahr 1881. Kaiserl. Admiralität, hydrogr. Amt. Berlin, Mittler. 1 Mk. 50 Pf.

Annalen der k. k. Sternwarte in Wien. 3. Folge, 28. Bd. Jahrg. 1878. Wien, Wallishauser. 11 Mk.

Observations de Poulkova. Vol. IX. Mésures microm. des étoiles doubles. Leipzig, Voss. 48 Mk.

Annalen des russ. physikal. Centralobservatoriums. Jahrg. 1878. Leipzig, Voss. 32 Mk.

Meteorologische und magnetische Beobachtungen der königl. Sternwarte bei München. Jahrg. 1879. München, Franz. 1 Mk.

Resultate aus den meteorologischen Beobachtungen an 25 königl. sächs. Stationen. Jahrg. 11 u. 12. Herausgeg. v. C. Bruhns. Leipzig, Teubner. 10 Mk.

Bericht über das meteorol. Bureau für Wetterprophezeiungen im Königreich Sachsen. Jahrg. 1879. Herausgeg. v. C. Bruhns. Leipzig, Engelmann. 60 Pf.

Reine Mathematik.

Schering, E., Bestimmung des quadratischen Restcharakters. (Gött. Ges.) Göttingen, Dieterich. 2 Mk. 40 Pf.

Gegenbauer, L., Ueber Kettenbrüche. (Akad.) Wien, Gerold. 25 Pf.

Winckler, A., Ueber den letzten Multiplicator der Differentialgleichungen höherer Ordnung. (Akad.) Ebendas. 40 Pf.

Steinhauser, A., Hilfstafeln zur gehörigen Berechnung zwanzigstelliger Logarithmen und der zugehörigen Zahlen. Ebendas. 12 Mk.

Kübl, H., Grundriss der Arithmetik und Algebra. 1. Theil. Hamburg, Kriebel. 1 Mk. 20 Pf.

Ameseder, A., Ueber rationale Plancurven dritter und vierter Ordnung. (Akad.) Wien, Gerold. 60 Pf.

Migotti, A., Ueber die Strictionslinie des Hyperboloides als rationale Raumcurve vierter Ordnung. (Akad.) Ebendas. 30 Pf.

Trebitscher, M., Ueber die Reduction eines Büschels von Curven zweiter Ordnung auf einen Strahlenbüschel. (Akad.) Ebendas. 50 Pf.

Weyr, E., Ueber dreifach berührende Kegelschnitte einer ebenen Curve dritter Ordnung und vierter Classe. (Akad.) Ebendas. 20 Pf.

——, Ueber vollständige eingeschriebene Vielseite. (Akad.) Ebendas. 20 Pf.

Wallentin, F., Grundlehren d. räuml. Geometrie. Ebendas. 1 Mk. 60 Pf.

Nissen, H., Lehrbuch der Elementarmathematik. 4. Thl.: Stereometrie und sphärische Trigonometrie. Schleswig, Bergas. 1 Mk. 50 Pf.

Wittstein, Th., Anfangsgründe der Analysis und der analyt. Geometrie. 2. Abth.: Analyt. Geometrie. Hannover, Hahn. 2 Mk. 10 Pf.

Brennert, E., Geometrische Constructionsaufgaben mit vollst. Aufl. Berlin, Nicolai. 1 Mk. 50 Pf.

Weinmeister, J., Die Flächen zweiten Grades nach elementar-synthetischer Methode bearbeitet. Leipzig, Hinrichs. 1 Mk.

Angewandte Mathematik.

Frangenheim, M., Methodischer Leitfaden zur Linearperspective. Braunschweig, Schwetschke. 1 Mk. 60 Pf.

Bauschinger, J., Elemente der graphischen Statik. 2. Aufl. München, Oldenbourg. 12 Mk.

Schunke, H., Beitrag zur Theorie der Stabilität schwimmender Körper. Kiel, Univ.-Buchhdlg. 2 Mk.

Oppolzer, Th. v., Ueber die Berechnung der wahren Anomalie in nahezu parabolischen Bahnen. München, Franz. 1 Mk.

Bruhns, C., Neue Bestimmung der Längendifferenz zwischen den Sternwarten von Leipzig und Wien, telegraphisch ausgeführt von Weinek und v. Steeb. (Sächs. Ges.) Leipzig, Hirzel. 2 Mk. 40 Pf.

Anton, F., Bestimmung der Bahn des Planeten Bertha (154). (Akad.) Wien, Gerold. 50 Pf.

Physik und Meteorologie.

Lockyer, N., Die Beobachtung der Sterne sonst und jetzt. Uebersetzt von G. Siebert. Braunschweig, Vieweg. 18 Mk.

Reitlinger, E. & v. Urbanitzky, Ueber die Erscheinungen in Geissler-schen Röhren unter äusserer Einwirkung. 1. Abth. (Akad.) Wien, Gerold. 40 Pf.

Bauernfeind, M. v., Die physikalische Constitution der Atmosphäre nach der Theorie des Hauptm. Schlemüller in Prag. München, Franz. 60 Pf.

Boltzmann, L., Ueber die auf Diamagnete wirksamen Kräfte. (Akad.) Wien, Gerold. 45 Pf.

Liznar, J., Magnetische Messungen in Kremsmünster. (Akad.) Ebendas. 25 Pf.

Stefan, J., Ueber die Tragkraft der Magnete. (Akad.) Ebendas. 50 Pf.

Exner, F., Zur Theorie der inconstanten galvanischen Elemente. (Akad.) Ebendas. 40 Pf.

Mathematisches Abhandlungsregister.

1879.

Erste Hälfte: 1. Januar bis 30. Juni.

A.

Akustik.

1. On acoustic repulsion. Rayleigh. Phil Mag. LVI, 270.
2. The theory of binaural audition. Steinhauser. Phil. Mag. LVII, 181, 261.
3. Telephon und Klangfarbe. Helmholtz. Berl Akad.-Ber. 1878, 488.
4. Contribution to the theory of the microphone. Aron. Phil. Mag. LVII, 377.

Analytische Geometrie der Ebene.

5. Sur les cubiques unicursales. De Longchamps. N. corresp. math. V, 403.
6. Propriété d'une courbe du troisième degré. Jamet. N. corresp. math. V, 242.
7. Trouver la courbe dans laquelle la partie de la perpendiculaire à l'extrémité du rayon vecteur comprise entre les axes coordonnés est de longueur constante. Catalan. N. corresp. math. V, 290.
8. Courbe théorique des cisailles de tôle. Bombled. N. corresp. math. V, 54.
9. Le sommet A d'un angle droit rigide se déplace sur l'axe OX. Un côté AC passe toujours par un point C de l'axe OY, et l'autre côté AB est de longueur constante. On demande le lieu des points d'intersection M de AC avec OB. Laisant. N. corresp. math. V, 23.

Vergl. Cycloide. Ellipse. Hyperbel. Kegelschnitte. Kreis. Krümmung. Lemniscate. Spirale. Trajectorie.

Analytische Geometrie des Raumes.

10. Zusatz zu der Abhandlung über ein specielles Hyperboloid. Schoenflies. Zeitschr. Math. Phys. XXIV, 62. [Vergl. Bd. XXIV, Nr. 19.]
11. On the measurement of the curves formed by cephalopods and other mollusks. Blake. Phil. Mag. LVI, 241.

Vergl. Crystallographie. Ellipsoid. Oberflächen. Oberflächen zweiter Ordnung.

Astronomie.

12. Die Bewegung des Punktes, welcher von einem abgeplatteten Sphäroid angezogen wird. Aug. Weiler. Astr. Nachr. XCII, 289, 305, 321.
13. Einige Bemerkungen über die Bahnbestimmung aus drei Orten. v. Oppolzer. Astr. Nachr. XCII, 97.
14. Ueber die Gleichung, von deren Wurzeln die säcularen Veränderungen der Planetenbahnelemente abhängen. Seeliger. Astr. Nachr. XCIII, 353.
15. Inégalités des rayons vecteurs et des longitudes des satellites de Jupiter dépendantes du carré de la force perturbatrice. Souillart. Astr. Nachr. XCIII, 81.
16. Ueber die tägliche Variation der Sternschnuppen. v. Niessl. Astr. Nachr. XCIII, 209, 225.
17. Ueber die Bestimmung der Collimationsfehler eines Meridianinstrumentes ohne Benutzung von Collimatoren und ohne Umlegung der horizontalen Axe. Åstrand. Astr. Nachr. XCII, 177.

Vergl. Parabel 155. Refraction.

B.

Bernoulli'sche Zahlen.

18. Sur les manières contradictoires de définir les nombres de Bernoulli. Catalan. N. corresp. math. V, 196.

19. Zur Theorie der Bernoulli'schen Zahlen Küttner. Zeitschr. Math. Phys. XXIV, 250.
20. Formule symbolique ayant lieu pour les nombres de Bernoulli. Radicke. N. corresp. math. V, 196, 333.
21. Sur les dénominateurs des nombres de Bernoulli. Brocard. N. corresp. math. V, 282.
22. Forme linéaire des diviseurs premiers des numérateurs des nombres de Bernoulli. Brocard. N. corresp. math. V, 284.

Bestimmte Integrale.

23. Valeurs de certaines sommes d'intégrales définies. Catalan. N. corresp. math. V, 287.
Vergl. Reihen 183.

Binomialcoefficienten.

24. Von der expliciten Darstellung der regulären Determinanten aus Binomialcoefficienten. S. Günther. Zeitschr. Math. Phys. XXIV, 96.
Vergl. Zahlentheorie 232.

C.

Combinatorik.

25. Ueber die Anzahl der Theile, in welche ein Gebiet k^{ter} Stufe durch n Gebiete $(k-1)^{ter}$ Stufe getheilt werden kann. Pilgrim. Zeitschr. Math. Phys. XXIV, 188.

Crystallographie.

26. On the analysis of the rhombohedral system. Lewis. Phil. Mag. LVII, 176.

Cycloide.

27. Sur le cycloide. Neuberg. N. corresp. math. V, 351.

D.

Determinanten.

28. Sur la multiplication des déterminants. Le Paige. N. corresp. math. V, 76. [Vergl. Bd. XXIII, Nr. 56.]
29. Sur la multiplication des déterminants. Jamet. N. corresp. math. V, 79.
30. Eine Relation zwischen Potenzen und Determinanten. Brocard & Günther. Zeitschr. Math. Phys. XXIV, 244.
Vergl. Astronomie 14. Binomialcoefficient.

Determinanten in geometrischer Anwendung.

31. Sur une tangente à une conique on prend un point tel qu'à chaque position de la tangente corresponde un point, et un seul: trouver le lieu de ce point. Jamet. N. corresp. math. V, 130.

Differentialgleichungen.

32. Sur l'intégration des équations linéaires. Starkof. N. corresp. math. V, 225.
33. Ueber eine den linearen Differentialgleichungen zweiter Ordnung entsprechende Relation. Winckler. Wien. Akad.-Ber. LXXVI, 173.
34. Intégration de l'équation
$$f(x)y^{(n)} - f'(x)y^{(n-1)} + f''(x)y^{(n-2)} + \ldots + (-1)^n f^{(n)}(x)\,y = 0,$$
$f(x)$ désignant une fonction algébrique entière de degré n. Mangon. N. corresp. math. V, 250 — Jamet ibid. 251.
35. Zur Differentialgleichung $x.\varphi(y') + y.\psi(y') + \chi(y') = 0$. Heymann. Zeitschr. Math. Phys. XXIV, 252.
36. Intégration et discussion de l'équation
$$(x^2-a^2)^2 y'' + 2x(x^2-a^2)y' - [n(n+1)(x^2-a^2) + n^2]\,y = 0.$$
Radicke. N. corresp. math. V, 174. — Jamet ibid. 328. — Catalan ibid. 331.
37. Ueber eine partielle Differentialgleichung erster Ordnung. Hočevar. Wien. Akad.-Ber. LXXVI, 740.
38. Ueber die Reduction der Gleichung $\frac{\partial^2 V}{\partial x^2} + \frac{\partial^2 V}{\partial y^2} + \frac{\partial^2 V}{\partial z^2} = 0$ auf gewöhnliche Differentialgleichungen. Wangerin. Berl. Akad.-Ber. 1878, 152.

89. Der Traktat des Jordanus Nemorarius: *De numeris datis*. Treutlein. Zeitschr. Math. Phys. XXIV, hist.-lit. Abth. Supplem. 125.
90. Die deutsche Coss. Treutlein. Zeitschr. Math. Phys. XXIV, hist.-lit. Abth. Supplem. 1.
91. Une page de Kepler. N. corresp. math. V, 239.
92. Der Originalwortlaut des päpstlichen Urtheils gegen Galilei. Wohlwill. Zeitschr. Math. Phys. XXIV, hist.-lit. Abth 1.
93. Matériaux pour l'histoire des mathématiques en Hollande. Bierens de Haan (extrait par Neuberg). N. corresp. math. V, 14. [Vergl. Bd. XXIV, Nr. 102.]
94. Drei Briefe von Lagrange. M. Cantor. Zeitschr. Math. Phys. XXIV, hist.-lit. Abth. 182.
95. On multiplication by a table of single entry. J. W. L. Glaisher. Phil. Mag. LVI, 331.
96. Ueber den Foucault'schen Pendelversuch. Roethig. Zeitschr. Math. Phys. XXIV, hist.-lit. Abth. 153.
97. Biographie de J. Booth † 15. April 1878. J. W. L. Glaisher. N. corresp. math. V, 375.
98. Carl Anton Bretschneider. Bretschneider. Zeitschr. Math. Phys. XXIV, hist.-lit. Abth. 73.

Vergl. Zahlentheorie 229.

Gleichungen.

99. Einige Sätze und Beweise zur Theorie der Resultante. Igel. Wien. Akad.-Ber. LXXVI, 145.
100. Sur le nombre des racines réelles d'une équation numerique comprises entre deux nombres donnés *a* et *b*. Laisant. N. corresp. math. V, 23.
101. Die allgemeinen Wurzelformen der Quadrics, Cubics und Quartics von Clebsch und Aronhold. Matthiessen. Zeitschr. Math. Phys. XXIV, 32.

Vergl. Maxima und Minima 133. Sturm'sche Functionen.

H.

Hydrodynamik.

102. Zur Theorie der drei ellipsoidischen Gleichgewichtsfiguren frei rotirender homogener Flüssigkeiten. Hagen. Zeitschr. Math. Phys. XXIV, 104. [Vergl. Bd. XXII, Nr. 118.]
103. Oscillationen einer homogenen Flüssigkeitsmasse infolge ihrer Oberflächenspannung. Giesen. Zeitschr. Math. Phys. XXIV, 230. [Vergl. Bd. XXII, Nr. 118.]
104. Einige Sätze über Wirbelbewegungen in reibenden Flüssigkeiten. Graetz. Zeitschr. Math. Phys. XXIV, 239.
105. Hydrodynamic problems in reference to the theory of ocean currents. Zoeppritz. Phil. Mag. LVI, 192.

Vergl. Variationsrechnung.

Hyperbel.

106. Propriété des parallèles aux asymptotes d'une hyperbole. Jamet. N. corresp. math. V, 298.

Hyperboloid.

Vergl. Analytische Geometrie des Raumes 10.

I.

Imaginäres.

107. Expression différente du théorème de l'égalité de l'argument d'un produit avec la somme des arguments des facteurs. Laisant. N. corresp. math. V, 29.

Vergl. Functionen 61. Geometrie (höhere) 97.

Invarianten.

108. Proof of the hitherto undemonstrated fundamental theorem of invariants. Sylvester. Phil. Mag. LV, 178.

K.

Kegelschnitte.

109. Lieu du centre des circonférences passants par un point donné d'une conique *et les extrémités* d'un diamètre. Brocard. N. corresp. math. V, 302, 364.

62. Sur quelques identités. Cesaro. N. corresp. math. V, 171. — Laisant ibid. 172.

Vergl. Bernoulli'sche Zahlen. Bestimmte Integrale. Binomialcoefficienten. Differentialquotient. Elliptische Transcendenten. Kugelfunctionen. Productenfolge. Sturm'sche Functionen.

G.

Geodäsie.

63. On the figure of the earth. Clarke. Phil. Mag. LVI, 81.

Geometrie (descriptive).

64. Ueber einen neuen Beweis des Fundamentalsatzes von Pohlke. Pelz. Wien. Akad.-Ber. LXXVI, 123.
65. Si l'on coupe par un plan un cône de révolution, et que l'on projette la figure sur un plan perpendiculaire à l'axe du cône, l'un des foyers de la projection est le pied de cette droite. Catalan. N. corresp. math. V, 435.

Geometrie (höhere).

66. Ueber Gleichstimmigkeit und Ungleichstimmigkeit der räumlichen Collineation. Hauck. Zeitschr. Math. Phys. XXIV, 381. [Vergl. Bd. XXII, Nr. 200.]
67. Ueber neuere geometrische Methoden und ihre Verwandtschaft mit der Grassmann'schen Ausdehnungslehre. V. Schlegel. Zeitschr. Math. Phys. XXIV, 83.
68. Sur l'origine du principe arguesien. Saltel. N. corresp. math. V, 206, 238.
69. Untersuchung der Bewegung ähnlich-veränderlicher Systeme. Geisenheimer. Zeitschr. Math. Phys. XXIV, 129. [Vergl. Bd. XXIV, Nr. 143.]
70. Die Bildung affiner Figuren durch ähnlich-veränderliche Systeme. Geisenheimer. Zeitschr. Math. Phys. XXIV, 345.
71. Die Definition der geometrischen Gebilde durch Construction ihrer Polarsysteme. Thieme. Zeitschr. Math. Phys. XXIV, 221, 276.
72. Questions de géométrie élémentaire. Ed. Lucas. N. corresp. math. V, 12.
73. Sur les triangles homologiques. Neuberg. N. corresp. math. V, 270. — Catalan ibid. 274.
74. Sur les polygones conjugués. Neuberg. N. corresp. math. V, 18. — Dewulf ibid. 21. [Vergl. Bd. XXIV, Nr. 95.]
75. Einfacher Beweis des Satzes von Desargues. Weiler. Zeitschr. Math. Phys. XXIV, 248.
76. Ueber den Zusammenhang von n beliebigen Geraden in der Ebene. S. Kantor. Wien. Akad.-Ber. LXXVI, 753.
77. Ueber das Kreisviereck und Kreisvierseit insbesondere und das vollständige Viereck im Allgemeinen. S. Kantor. Wien. Akad.-Ber. LXXVI, 774.
78. Neues elementares Schliessungsproblem. Schwering. Zeitschr. Math. Phys. XXIV, 344.
79. Principes de la théorie des développoides des courbes planes. Mansion. N. corresp. math. V, 356, 398.
80. Synthetischer Beweis der Identität einer Tripelcurve mit dem Erzeugniss eines Kegelschnittbüschels und eines ihm projectivischen Strahlenbüschels. Schur. Zeitschr. Math. Phys. XXIV, 119. [Vergl. Bd. XXIV, Nr. 137.]
81. Die Involution auf einer Raumcurve dritter Ordnung und der daraus entstehende Complex. Weiler. Zeitschr. Math. Phys. XXIV, 159.
82. Sur les courbes du troisième degré. Van Aubel. N. corresp. math. V, 81.
83. Sur les conchoïdales. De Longchamp. N. corresp. math. V, 145.

Vergl. Combinatorik. Oberflächen. Oberflächen zweiter Ordnung 150.

Geschichte der Mathematik.

84. Zur Terminologie der griechischen Mathematiker. Hultsch. Zeitschr. Math. Phys. XXIV, hist.-lit. Abth. 41.
85. Das Trapez bei Euklid, Heron und Brahmegupta. Weissenborn. Zeitschr. Math. Phys. XXIV, hist.-lit. Abth. Supplem. 167.
86. Einige von Archimedes vorausgesetzte elementare Sätze. Heiberg. Zeitschr. Math. Phys. XXIV, hist.-lit. Abth. 177.
87. Die Boetius-Frage. Weissenborn. Zeitschr. Math. Phys. XXIV, hist.-lit. Abth. Supplem. 185.
88. Zur Geschichte Abû'l Wefâ's. Eilh. Wiedemann. Zeitschr. Math. Phys. XXIV, hist.-lit. Abth. 121.

Mannichfaltigkeiten.

132. Ueber das Riemann'sche Krümmungsmass höherer Mannichfaltigkeiten. Beez. Zeitschr. Math. Phys. XXIV, 1, 65.

Maxima und Minima.

133. Ueber ein den Gleichungen der orthogonalen Substitution verwandtes Gleichungssystem. Börsch. Zeitschr. Math. Phys. XXIV, 391.
134. Ueber ein Maximumproblem. Rodenberg. Zeitschr. Math. Phys. XXIV, 63.
135. Faire une boite de volume maximum d'une feuille de carton ayant la forme d'un polygone régulier. Laisant. N. corresp. math. V, 25.

Mechanik.

136. Das Princip der kleinsten Arbeit der verlorenen Kräfte als ein allgemeines Princip der Mechanik. Rachmaninoff. Zeitschr. Math. Phys. XXIV, 206.
137. Elementarer Beweis eines Satzes der Mechanik auf geometrischem Wege. Holzmüller. Zeitschr. Math. Phys. XXIV, 255.
138. On the principal screws of inertia of a free or constrained rigid body. Ball. Phil. Mag. LVI, 274.
139. Ueber die Rotation eines festen Körpers, dessen Oberfläche mit einer Flüssigkeit bedeckt ist. Gyldén. Astr. Nachr. XCIII, 273.
140. Ueber den Einfluss der Erdrotation auf die parallel zur sphäroidalen Erdoberfläche in beliebigen Bahnen vor sich gehenden Bewegungen, insbesondere auf die Strömungen der Flüsse und Winde. Finger. Wien. Akad.-Ber. LXXVI, 67.

Vergl. Akustik. Astronomie. Elasticität. Elektrodynamik. Geometrie (höhere) 69. Hydrodynamik. Magnetismus. Optik. Pendel. Trägheitsmoment. Wärmelehre.

O.

Oberflächen.

141. Ueber diejenigen Flächen, welche mit ihren reciprok polaren Flächen von derselben Ordnung sind und die gleichen Singularitäten besitzen. Kummer. Berl. Akad.-Ber. 1878, 25.
142. On a sibi-reciprocal surface. Cayley. Berl. Akad.-Ber. 1878, 309.
143. Ueber die Krümmungslinien einer algebraischen Fläche. Enneper. Zeitschr. Math. Phys. XXIV, 180.
144. Bestimmung der Fläche, deren beliebige Theile aus zwei festen Punkten durch Kegel projicirt werden, deren Oeffnungen in gegebenem Verhältnisse stehen. Eduard Weyr. Wien. Akad.-Ber. LXXVI, 859.
145. Points de contact des surfaces $\frac{x^2}{a^2}+\frac{y^2}{b^2}+\frac{z^2}{c^2}=1$, $\frac{\alpha^2}{x^2}+\frac{\beta^2}{y^2}+\frac{\gamma^2}{z^2}=1$. Bombled. N. corresp. math. V, 53.
146. Ueber die Polarflächen der windschiefen Flächen dritter Ordnung. Hochheim. Zeitschr. Math. Phys. XXIV, 19. (Vergl. Bd. XXIV, Nr. 156.)
147. Die Wellenfläche eines nicht homogenen isotropen Mittels. A. Schmidt. Zeitschr. Math. Phys. XXIV, 400.
148. Ueber die Wellenfläche zweiaxiger Krystalle. Boeklen. Zeitschr. Math. Phys. XXIV, 400.

Oberflächen zweiter Ordnung.

149. Exposition des premières propriétés des surfaces du second degré. L. Lévy. N. corresp. math. V, 276, 321, 348.
150. Flächen zweiter Ordnung als Erzeugnisse projectivischer Büschel von Kugeln. Röllner. Zeitschr. Math. Phys. XXIV, 116.

Vergl. Ellipsoid. Hyperboloid. Kugel.

Optik.

151. Die Differentialgleichungen der Dioptrik continuirlich geschichteter Linsen und ihre Anwendung auf die Dioptrik der Krystalllinse. Matthiessen. Zeitschr. Math. Phys. XXIV, 304.
152. Durchgang eines dünnen Strahlenbündels durch ein Prisma. Zech. Zeitschr. Math. Phys. XXIV, 168.
153. A new proposition in the theory of diffraction and its application. Froehlich. Phil. Mag. LVII, 51.
154. Ueber die Fraunhofer'schen Ringe, die Quetelet'schen Streifen und verwandte Erscheinungen. K. Exner. Wien. Akad.-Ber. LXXVI, 523.

Vergl. Elektrodynamik 44. Refraction.

P.

Parabel.

155. Entwickelung der Differentialquotienten der wahren Anomalie und des Radius vector nach Excentricität in nahezu parabolischen Bahnen. v. Oppolzer. Berl. Akad.-Ber. 1878, 852.
156. Parabole lieu du point de concours des tangentes à une série de coniques normales à la même droite dans leurs points d'intersection avec cette droite. Brocard. N. corresp. math. V, 59.
157. Sur trois paraboles de même axe et de même sommet. Cauret. N. corresp. math. V, 169, 247. — Cesaro ibid. 224.

Pendel.

158. Ueber die Verwendung des Pendels zur graphischen Darstellung der Stimmgabelcurven. Hagen. Zeitschr. Math. Phys. XXIV, 285.

Planimetrie.

159. Propriété du triangle. Brocard. N. corresp. math. V, 323, 343, 393, 425. — Neuberg ibid. 446.
160. Théorèmes sur le triangle. Neuberg. N. corresp. math. V, 444.
161. Construire un triangle connaissant la base, la hauteur, la somme ou la différence soit des deux autres côtés, soit de leurs carrés. Cauret. N. corresp. math. V, 141.
162. Propriété de deux bissectrices d'un triangle. Cauret. N corresp. math. V, 334.
163. La somme des inverses des côtés des six carrés que l'on peut inscrire et exinscrire à un triangle quelconque est égale au double de l'inverse du rayon du cercle inscrit. Fauquembergue. N. corresp. math. V, 380.
164. Un triangle étant donné, on propose de construire sur ses côtés six autres triangles tels que l'aire du triangle proposé soit une moyenne harmonique entre les aires des six triangles inconnus. Lannes. N. corresp. math. V, 139.
165. Des distances du centre du cercle circonscrit aux milieux des côtés d'un triangle. Catalan. N. corresp. math. V, 376.
166. Théorème sur les distances des centres des cercles inscrits, exinscrits, circonscrit dans tout triangle. Haerens. N. corresp. math. V, 412.
167. Théorème dans lequel on identifie des rapports d'angles et des rapports de longueur. De Coatpont. N. corresp. math. V, 438. — De Tilly ibid. 442.
168. De la géométrie de la règle et du compas. De Tilly. N. corresp. math. V, 438.
169. Verallgemeinerung eines geometrischen Paradoxons. V. Schlegel. Zeitschr. Math. Phys. XXIV, 123.

Productenfolge.

170. Die Darstellung der eindeutigen analytischen Functionen durch unendliche Product- und Partialbruchreihen. Frenzel. Zeitschr. Math. Phys. XXIV, 316.
171. Démonstration élémentaire de la formule de Stirling, d'après J. W. L. Glaisher. Mansion. N. corresp. math. V, 44.

Q.

Quadratur.

172. Sur le planimètre polaire de M. Amsler. Laisant. N. corresp. math. V, 3 71, 117.
173. Sur la methode de Poncelet-Parmentier. Parmentier. N. corresp. math. V, 166.

Vergl. Krümmung 122.

R.

Rectification.

Vergl. Elliptische Transcendenten. Kreis 119.

Refraction.

174. Die astronomische Refraction bei Annahme einer constanten Temperaturabnahme. Fabritius. Astr. Nachr. XCIII, 17.

Reihen.

175. Ueber Potenzreihen. Kronecker. Berl. Akad.-Ber 1878, 53.
176. Multiplication de deux séries convergentes. Jensen. N. corresp. math. V, 430.
177. Si les nombres $u_1, u_2, u_3, \ldots, u_n$ continuellement croissants, tendent vers une limite finie la série $u_1 - u_2 + u_3 - \ldots \pm u_n \mp \ldots$ est indéterminée. Bombled. N. corresp. math. V, 55.
178. Si l'on pose $s_n = 1^n + 2^n + \ldots + x^n$, $n_p = \frac{n(n-1)\ldots(n-p+1)}{1.2\ldots p}$ on a $2^{n-1}s_1^n = n_1 s_{2n-1} + n_3 s_{2n-3} + \ldots$ Radicke. N. corresp. math. V, 378.
179. Sur la série $1 + 2^p x + 3^p x^2 + \ldots$ Bombled. N. corresp. math. V, 95.
180. Sur la série de Lamé. Catalan. N. ann. math V, 199.
181. Sur une suite de nombres impairs. Catalan. N. corresp. math. V, 128.
182. Sommation d'une série finie à l'aide de la formule de Moivre. Catalan. N. corresp. math. V, 281.
183. Identité entre deux séries finies. Mangon. N. corresp. math. V, 253.
184. Dans le développement de $(1 \pm z)^{-\frac{q}{p}}$, p étant premier, tous les coefficients sont réductibles à la forme $\frac{N}{p^k}$. Catalan. N. corresp. math. V, 292.

S.

Schwerpunkt.

185. Centres de gravités de points donnés, les masses appliquées changantes d'après une loi simple. Van Aubel. N. corresp. math. V, 105. — Cesaro ibid. 136.
186. Du centre de gravité mobile de n points dont la situation dépend de n autres points mobiles animés de vitesses données. Laisant. N. corresp. math. V, 211.
187. Le centre de gravité d'un nombre quelconque de points matériels qui décrivent des circonférences dans l'espace avec une même vitesse angulaire se meut sur une ellipse. Laisant. N corresp. math. V, 27. [Vergl. Bd. XXIV, Nr. 581.]
188. Centre de gravité du périmètre d'un quadrilatère quelconque. Dostor. N. corresp. math. V, 187.

Vergl. Kegelschnitte 113.

Spirale.

189. Ueber die Theilung des Winkels in beliebig viel gleiche Theile. Horst. Zeitschr. Math. Phys. XXIV, 407.
190. De la spirale équiangle. N. corresp. math. V, 202. — Brocard ibid. 235.

Sturm'sche Functionen.

191. Ueber Sturm'sche Functionen. Kronecker. Berl. Akad.-Ber. 1878, 95.

T.

Tetraeder.

192. Sur les tétraèdres homologiques. Neuberg. N. corresp. math. V, 315.
193. Un tétraèdre étant donné, on propose de construire sur ses faces 24 tétraèdres tels que le volume du tétraèdre proposé soit une moyenne harmonique entre les volumes des 24 tétraèdres inconnus. Lannes. N. corresp. corresp. math. V, 140.
194. Propriété du tétraèdre inscrit à une sphère. Cauret. N. corresp. math. V, 106.

Trägheitsmoment.

195. Moment d'inertie d'un triangle. Jamet. N. corresp. math. V, 29.

Trajectorie.

196. Trajectoire orthogonale des demi-cercles du rayon R, dont le diamètre glisse sur l'axe des abscisses. Jamet. N. corresp. math. V, 414.

Trigonometrie.

197. Identités de quantités formées par des fonctions trigonométriques. Cauret. N. corresp. math. V, 216.

Vergl. Functionen 61.

V.

Variationsrechnung.

198. On the applicability of Lagrange's equations in certain cases of fluid-motion. Purser. Phil. Mag. LVI, 354.

W.

Wärmelehre.

199. On a universal law respecting the dilatation of bodies. Lévy. Phil. Mag. LVI, 397, 466.
200. Ueber den Zustand des Wärmegleichgewichts eines Systems von Körpern mit Rücksicht auf die Schwerkraft. Loschmidt. Wien. Akad.-Ber. LXXVI, 209. [Vergl. Bd. XXIII, Nr. 624.]
201. On the thermoelastic, thermomagnetic and pyroelectric properties of matter. W. Thomson. Phil. Mag. LV, 4.
202. Problems relating to underground temperature. W. Thomson. Phil. Mag. LV, 370.
203. On thermodynamic motivity. W. Thomson. Phil. Mag. LVII, 348.
204. Ueber die Beziehung zwischen dem zweiten Hauptsatze der mechanischen Wärmetheorie und der Wahrscheinlichkeitsrechnung, respective den Sätzen über das Wärmegleichgewicht. Boltzmann. Wien. Akad.-Ber. LXXVI, 373.
205. On the relation of the work performed by diffusion to the second proposition of the mechanical theory of heat. Clausius. Phil. Mag. LVI, 237. — Preston ibid. 400.
206. Deformation einer unendlich dünnen kreisförmigen ebenen Platte durch die Wärme, wenn die Temperatur der einzelnen Punkte der Platte blos stetige Function der Entfernung vom Mittelpunkte der Platte ist. Niemöller. Zeitschr. Math Phys. XXIV, 270.
207. Ueber die Anwendung des Doppler'schen Princips auf die fortschreitende Bewegung leuchtender Gasmoleküle. Pfaundler. Wien. Akad.-Ber. LXXVI, 852.
208. Ueber die Abhängigkeit der specifischen Wärme der Körper von der Temperatur. Wittwer. Zeitschr. Math. Phys. XXIV, 193.
209. Notice of researches in Thermometry. E. J. Mills. Phil. Mag. LVI, 62.
210. On a method of measuring the absolute thermal conductivity of crystals and other rare substances. Lodge. Phil. Mag. LV, 110.
211. On the determination of variation of the thermal conductivity of metals. Lodge. Phil. Mag. LVII, 198, 251, 380.
212. On the dissipation of energy. Tait. Phil. Mag. LVII, 344. — W. Thomson ibid. 346
213. Contributions to the study of states of aggregation. A. Ritter. Phil. Mag. LV, 202
214. On the mechanical theory of Crookes's (or Polarization) stress in gases. Stoney. Phil. Mag. LVI, 401.
215. On the mechanical theory of Crookes's force. Fitzgerald. Phil. Mag. LVII, 15. — Reynolds ibid. 179.
216. The electric light. Preece. Phil. Mag. LVII, 29.

Vergl. Elektrodynamik 43.

Wahrscheinlichkeitsrechnung.

217. Neue Methode zur Bestimmung der Bahnelemente gleicher Wahrscheinlichkeit für einen kleinen Planeten aus den Beobachtungen einer Erscheinung. v. Oppolzer. Berl. Akad.-Ber. 1878, 583.
218. La loterie de l'exposition. Catalan N. corresp. math. V, 101.
219. Objections contre un nouveau système de loterie. L. N. corresp. math. V, 195. — Catalan ibid. 195.
220. Probabilité que l'équation $x^2 + px + q = 0$ ait des racines réelles. Radicke. N. corresp. math. V, 212.

Z.

Zahlentheorie.

221. On unitation. Walenn. Phil. Mag. LV, 214. [Vergl. Bd. XXIII, Nr. 641.]
222. Neuer elementarer Beweis des Satzes, dass die Anzahl aller Primzahlen eine unendliche ist. Kummer. Berl. Akad.-Ber. 1878, 777.

223. Sur la fréquence et la totalité des nombres premiers. Brocard. N. corresp. math. V, 1, 33, 65, 113, 263, 370, 437.

224. Sur la fréquence et la totalité des nombres premiers. Le Lasseur. N. corresp. math. V, 370.

225. Le nombre 2^k+1 quand est-il premier? Ed. Lucas. N. corresp. math. V, 137.

226. Transformation des formes linéaires des nombres premiers en formes quadratiques. Oltramare. N. corresp. math. V, 188.

227. Temps nécessaire pour la vérification d'un résultat arithmologique. Le Lasseur. N. corresp. math. V, 22.

228. Le nombre $2^{4p}-2^{2p}+1$ est toujours composé, p étant un nombre impair non divisible par 3. Jamet. N. corresp. math. V, 108. — Catalan ibid. 109. — Ed. Lucas ibid. 138.

229. Tout nombre pair est la somme de deux nombres premiers. Waring. N. corresp. math. V, 304.

230. Des nombres dont les puissances se terminent par leurs propres chiffres. Laisant. N. corresp. math. V, 217.

231. Le chiffre des dizaines de mille d'une puissance quelconque de 5 ne peut être ni un 3, ni un 8. Cesaro N. corresp. math. V, 379.

232. Propriété des nombres $S_0=\Sigma n_{3q}$, $S_1=\Sigma n_{3q+1}$, $S_2=\Sigma n_{3q+2}$ la valeur des indices ne surpassans pas le nombre n. N. corresp. math. V, 204. — Brocard ibid. 236. — Catalan ibid. 237.

233. De la décomposition $n=a+2b+3c+\ldots$ Catalan. N. corresp. math. V, 326.

234. On a property of vulgar fractions. J. W. L. Glaisher. Phil. Mag. LVII, 321.

235. La somme des diviseurs des nombres 1, 2, 3, ... n égale la somme des plus grands multiples de ces nombres non supérieurs à n. Cesaro. N. corresp. math. V, 22. — Catalan ibid. 296.

236. Quelques conséquences des théorèmes de Fermat et de Wilson. Laisant & Baujeux. N. corresp. math. V, 156, 177.

237. Remarques sur les théorèmes arithmétiques de Fermat. Mansion. N. corresp. math. V, 88, 122, 144.

238. La somme des produits $\varphi(N)-1$ à $\varphi(N)-1$ des $\varphi(N)$ nombres premiers à N et non superieurs à N est divisible par N. Césaro. N. corresp. math. V, 56.

239. De l'équation $2^k+1=mp$. Jamet. N. corresp. math. V, 107.

240. Sur quelques équations indéterminées. Realis. N. corresp. math. V, 8. [Vergl. Bd. XXIV, Nr. 212.]

241. Quelques identités. Césaro. N. corresp. math. V, 91. — Catalan ibid. 94.

242. Loi de formation des nombres à la fois triangulaires et carrés. Catalan. N. corresp. math. V, 285.

243. Le quotient $\frac{1^5-3^5+5^5-7^5+\ldots-(4x-1)^5}{1-3+5-7+\ldots-(4x-1)}$ est toujours un carré parfait mais n'est jamais un bicarré. Radicke. N. corresp. math. V, 213. — Brocard ibid. 214. — Jamet ibid. 215.

244. Questions d'analyse numérique. Realis. N. corresp. math. V, 433.

245. Propriété du nombre 365. De Tilly. N. corresp math. V, 442.

246. Sur la décomposition du cube en quatre cubes. Catalan. N. corresp. math. V, 409.

247. Sur l'équation $z_1^3+z_2^3+\ldots+z^3_n=(5n+3)z^3$. Realis. N. corresp. math. V, 126.

248. Sur l'analyse indéterminée biquadratique. Ed. Lucas. N. corresp. math. V, 183.

249. Solutions de l'équation $x^4+y^4=z^4+u^4$. Desboves. N. corresp. math. V, 279. — Realis ibid. 373.

250. La sixième puissance d'un nombre entier quelconque est égale à la différence des sixièmes puissances de deux autres nombres entiers, diminuée du triple carré du produit des trois nombres. Desboves. N. corresp. math. V, 279. — Neuberg ibid. 374.

251. Résolution de certaines équations indéterminées d'ordre supérieur au second. Desboves. N. corresp. math. V, 97.

Vergl. Planimetrie 169. Reihen 180.

Für die Jahre 1880 bis 1883 sind von der **fürstlich Jablonowsky'schen Gesellschaft in Leipzig** folgende Preisaufgaben gestellt worden:

Mathematisch-naturwissenschaftliche Section.

1. Für das Jahr 1880.

Nachdem durch die embryologischen Untersuchungen der letzten Jahre der Nachweis erbracht ist, dass der Körper sämmtlicher Thiere — mit Ausschluss der sog. Protozoen — in ähnlicher Weise aus einigen wenigen Keimblättern sich aufbaut, entsteht die Frage, ob der Antheil, welchen diese Blätter an der Entwickelung der einzelnen Organe und Gewebe nehmen, überall genau der gleiche ist oder nicht; eine Frage, die dann naturgemäss weiter zu der Untersuchung führt, ob dieser Antheil durch die specifischen Eigenschaften der Keimblätter oder durch gewisse secundäre Momente (etwa die Lagenverhältnisse der späteren Organe) bedingt sei. In Anbetracht der grossen Bedeutung, welche die Entscheidung dieser Fragen für die Auffassung der thierischen Organisation hat, wünscht die Gesellschaft

eine auf eigene Untersuchungen gegründete Kritik der Lehre von der Homologie der Keimblätter.

Preis 700 Mark.

2. Für das Jahr 1881

wird die, ursprünglich für 1877 gestellte, in diesem Jahr aber nicht beantwortete Preisfrage wiederholt.

Der nach *Encke* benannte und von diesem Astronomen während des Zeitraumes von 1819—1848 sorgfältig untersuchte Comet I, 1819, hat in seiner Bewegung Anomalien gezeigt, welche zu ihrer Erklärung auf die Hypothese eines widerstehenden Mittels geführt haben. Da indessen eine genauere Untersuchung der Bahn nur über einen beschränkten Theil des Zeitraums vorliegt, über welchen die Beobachtungen (seit 1786) sich erstrecken, und die von Asten'schen Untersuchungen, wenigstens so weit dieselben bekannt geworden sind, noch zu keinem definitiven Resultate geführt haben, so ist eine *vollständige* Neubearbeitung der Bahn des Encke'schen Cometen um so mehr wünschenswerth, als die bisher untersuchten Bewegungen anderer periodischer Cometen keinen analogen widerstehenden Einfluss verrathen haben. Die Gesellschaft wünscht eine solche vollständige Neubearbeitung herbeizuführen, und stellt desshalb die Aufgabe:

> *die Bewegung des Encke'schen Cometen mit Berücksichtigung aller störenden Kräfte, welche von Einfluss sein können, vorläufig wenigstens innerhalb des seit dem Jahre 1848 verflossenen Zeitraums zu untersuchen.*

Die ergänzende Bearbeitung für die frühere Zeit behält sich die Gesellschaft vor eventuell zum Gegenstand einer spätern Preisbewerbung zu machen. Preis 700 Mark.

3. Für das Jahr 1882.

Für manche weniger erforschte Gebiete der Krystallographie hat sich das Studium der durch Einwirkung von Lösungs- und Corrosionsmitteln auf den Krystallflächen erzeugten sog. Aetzfiguren in hohem Grade erspriesslich erwiesen. Einerseits ist es wünschenswerth, die zahlreichen, in dieser Hinsicht an Mineralien und künstlichen Krystallen gemachten, und in sehr verschiedenen Zeitschriften seit einer langen Reihe von Jahren mitgetheilten, nur lose unter einander zusammenhängenden Untersuchungen kritisch zu sammeln und von einem bestimmten wissenschaftlichen Gesichtspunkt aus zur einheitlichen Darstellung zu bringen, insbesondere aber auch die bisherigen Ermittelungen durch weitere neue zu vermehren und zu ergänzen, wobei noch die früher weniger erörterten Fragen Berücksichtigung verdienen, in welcher Weise die Form der Aetzeindrücke von der Natur des Aetzmittels und von der Verschiedenartigkeit der Krystallflächen abhängig ist, ferner, wie sich die Aetzeindrücke bei isomorphen Substanzen verhalten. Andererseits ist es aber von noch höherer Bedeutung, wenn solche ältere und selbständige neue Untersuchungen dazu verwerthet werden, durch Entwickelung neuer allgemein gültiger und berechtigter Sätze unsere Kenntnisse von den Cohäsions- und Structurverhältnissen der Krystalle zu erweitern und die Frage zu lösen, ob die Aetzfiguren die Form der den Krystall aufbauenden Molecüle wiedergeben.

Die Gesellschaft wünscht daher

eine Zusammenstellung unserer bisherigen Kenntnisse und der durch selbständige Untersuchungen nach den angegebenen Richtungen hin neugewonnenen Erfahrungen über die Aetzfiguren der Krystalle, ferner eine daraus sich ergebende Ableitung allgemeiner Sätze, welche für die Auffassung der Cohäsions- und Structurverhältnisse, so wie der Molecularbeschaffenheit der Krystalle von Wichtigkeit sind.

Preis 700 Mark.

4. Für das Jahr 1883.

Unser Mitglied, Herr W. Hankel, hat in seiner Abhandlung »über die photo- und thermoelektrischen Eigenschaften des Flussspathes« (im 20. Bd. der Abh. der Königl. Sächs. Ges. d. Wiss., 12. Bd. d. Abh. der math.-phys. Classe) den Nachweis geführt, dass auf farbigen Flussspathkrystallen durch die Einwirkung des Lichtes elektrische Spannungen erregt werden. Diese photoelektrische Erregung der bezeichneten Krystalle ist eine Folge der Einwirkung des Lichtes auf den in ihnen enthaltenen Farbstoff; die hierdurch eingeleiteten Vorgänge werden durch die Structur der Substanz in bestimmter Weise beeinflusst, so dass die elektrischen Vertheilungen in strenger Abhängigkeit von der Gestalt und dem Wachsthum der Krystalle erscheinen. Dieselben stehen ferner bei dem Flussspath in engster Beziehung zu den durch Temperaturänderungen erzeugten thermoelektrischen Spannungen, dergestalt, dass beim Belichten dieselben Polaritäten, wenn auch in grösserer oder geringerer Intensität, auftreten, wie bei steigender Temperatur. Ob bei anderen Krystallformen und namentlich bei anderen Farbstoffen die eben erwähnte Beziehung fortbesteht, lässt sich im Voraus nicht entscheiden. Für eine weitere Verfolgung der elektrischen Wirkungen des Lichtes werden wahrscheinlich nur sehr wenige Mineralien ausser dem Flussspathe tauglich sein; dagegen steht zu erwarten, dass es gelingen werde, auf künstlich dargestellten, mit geeigneten Farbstoffen imprägnirten Krystallen die photoelektrischen Erscheinungen hervorzurufen.

Die Gesellschaft stellt daher als Preisaufgabe:

Die Nachweisung und nähere Bestimmung der durch Einwirkung des Lichtes auf künstlich dargestellten und mit geeigneten Stoffen gefärbten Krystallen hervorgerufenen photoelektrischen Spannungen, so wie ihrer Beziehung zu den durch Temperaturänderungen erzeugten thermoelektrischen Erregungen.

Preis 700 Mark.

Die anonym einzureichenden Bewerbungsschriften sind, wo nicht die Gesellschaft im besonderen Falle ausdrücklich den Gebrauch einer anderen Sprache gestattet, in *deutscher*, *lateinischer* oder *französischer* Sprache zu verfassen, müssen deutlich geschrieben und *paginirt*, ferner mit einem *Motto* versehen und von einem versiegelten Couvert begleitet sein, das auf der Aussenseite das Motto der Arbeit trägt, inwendig den Namen und Wohnort des Verfassers angiebt. Die Zeit der Einsendung endet mit dem *30. November des angegebenen Jahres*, und die Zusendung ist an den Secretär der Gesellschaft (für das Jahr 1880 Geh. Hofrath Prof. Dr. *G. Curtius*) zu richten. Die Resultate der Prüfung der eingegangenen Schriften werden durch die „Leipziger Zeitung" im März oder April des folgenden Jahres bekannt gemacht.

Die gekrönten Bewerbungsschriften werden Eigenthum der Gesellschaft.

W. Roscher, Präses.

G. Curtius. W. Hankel. A. Leskien. R. Leuckart.
W. Scheibner. G. Voigt. F. Zarncke. F. Zirkel.

Historisch-literarische Abtheilung.

Das Problema bovinum des Archimedes.

Bearbeitet von

Dr. B. Krumbiegel

und

Dr. A. Amthor.

Die vorliegende Behandlung der unter dem Namen „*Problema bovinum* des Archimedes“ bekannten Aufgabe zerfällt in einen philologischen und einen mathematischen Theil.

Der philologische Theil (§§ 1—3) ist von Dr. Krumbiegel, der mathematische Theil (§§ 4—8) von Dr. Amthor.

§ 1. Geschichte des Problema bovinum.

Im Jahre 1773 veröffentlichte Lessing[1]) aus einem Codex der Bibliothek zu Wolfenbüttel (77 *Gud. Graec.*) vier noch ungedruckte Stücke zur griechischen Anthologie, die auch von Brunck-Jacobs in die *Anthologia graeca* nicht aufgenommen worden sind. Dieselben stehen im 9. Bande der Lachmann-Maltzahn'schen Ausgabe, S. 285 flgg. Das erste jener Stücke trägt die Aufschrift: „πρόβλημα, ὅπερ Ἀρχιμήδης ἐν ἐπιγράμμασιν εὑρὼν τοῖς ἐν Ἀλεξανδρείᾳ περὶ ταῦτα πραγματουμένοις ζητεῖν ἀπέστειλεν, ἐν τῇ πρὸς Ἐρατοσθένην τὸν Κυρηναῖον ἐπιστολῇ“. Es enthält eine versificirte arithmetische Aufgabe in 22 Distichen[2]). Zugleich damit

1) Zur Geschichte der Literatur. Aus den Schätzen der herzogl. Bibliothek zu Wolfenbüttel. Zweiter Beitrag von Gotth. Ephr. Lessing. Braunschweig 1773.

2) Merkwürdigerweise scheint Lessing diese Abfassung in Distichen nicht bemerkt zu haben; festgestellt ist diese Verkennung bezüglich des vierten der von L. veröffentlichten Stücke, und zwar durch seine ausdrückliche Bemerkung, dass diese Stücke (er spricht von den drei letzten) „in lauter Hexametern“ abgefasst seien, während doch das letzte aus Distichen besteht. Dass er auch im ersten Stücke, dem *probl. bov.*, den metrischen Bau, so seltsam dies erscheint, verkannt

veröffentlichte Lessing ein in demselben Codex befindliches Scholion, worin eine allerdings ungenügende Lösung der Aufgabe ohne Angabe des Weges, auf welchem dieselbe gefunden, gegeben wird, und einen Lösungsversuch des Wolfenbüttler Rectors Chr. Leiste. Lessing lässt es dahingestellt, ob das Gedicht wirklich von Archimedes, dessen Namen es „an der Stirne führet“, abgefasst sei. Diese Abstammung von Archimedes wird verworfen von den nächsten Herausgebern und Bearbeitern des Epigramms, J. Struve und K. L. Struve[3]). Der Erstere schreibt es einem ungenannten alten Mathematiker zu, von dem er in ziemlich herabwürdigender Weise spricht; derselbe habe durch die Lecture von Hom. Od. 12, 260 flgg. sich veranlasst gesehen, über die Zahl der Sonnenrinder „ohne Berechnung eine nicht wenig verwickelte Aufgabe zu entwerfen und sie in griechische Hexameter und Pentameter hineinzudrechseln. Unter dem Namen Epigramm schickte er also seine Aufgabe in die Welt, spiegelte dieser vor, sie sei von Archimedes oder gar noch älter und mag, so lange er lebte, heimlich ins Fäustchen gelacht haben, dass Keiner dies vorgebliche Archimedische Räthsel lösen konnte, sich bewusst, dass es von ihm sei und er selbst es nicht vollständig zu lösen vermöge“. Die Schwierigkeiten der Aufgabe, die durch die Bedingungen der zweiten Hälfte des Epigramms verursacht werden, beseitigte Struve durch ein einfaches Auskunftsmittel: er erklärte v. 31 bis 44 für spätere „Flicken“. Des in solcher Weise verunglimpften Verfassers und seines Epigramms nahm sich an Gottfr. Hermann in einem Leipziger Universitätsprogramm vom Jahre 1828[4]). Hermann tadelt zunächst ziemlich streng das Verfahren und die Sprache der beiden Struve: „*horum tanta fuit lascivia, ut non solum contemptim de eo (scil. epigrammate) sentirent abiudicarentque ab Archimede, sed etiam alteram eius partem ab obscuro quodam homine ad ludificandos mathematicos compositum existimarent. Nimirum illi more multorum, qui antiquitatis monimenta tractant, vituperare et ut inepta reicere quae ipsis molestiam crearent quam accurate*

---

habe, ist deshalb höchst wahrscheinlich, weil er die Pentameter nicht, wie er sonst thut, eingerückt hat. Auch seine Verbesserung in v. 14, wodurch der Pentameter zerstört wird, bestätigt diese Verkennung. Henning (Zeitschr. f. Math. u. Phys. XX, histor.-literar. Abth. S. 91) lässt das Epigramm in alexandrinischen Versen (!) abgefasst sein.

3) Altes griechisches Epigramm mathematischen Inhalts, von Lessing erst einmal zum Druck befördert, jetzt neu abgedruckt und mathematisch und kritisch behandelt von Dr. J. Struve, Dir. d. königl. Gymnas. in Altona, und Dr. K. L. Struve, Dir. d. städt. Gymnas. in Königsberg, Vater u. Sohn, Altona 1821.

4) Wieder abgedruckt in *Opusc. Vol. IV*, S. 288 flgg. Vincent (s. unten S. 124) ist das komische Versehen begegnet, dass er Hermann's Programm einem Mr. Thieme zuschreibt, weil das H'sche Programm die Einladungsschrift zu einem Festactus (*ad memoriam Kregelio-Sternbachianam celebrandam*) ist, bei welchem ein Student Namens Thieme die *gratiarum actio* zu halten hatte.

pervestigare maluerunt". Hermann selbst zweifelt nicht an der Abfassung durch Archimedes und gerade der zweite Theil, der die eigentlichen Schwierigkeiten der Aufgabe enthält, ist ihm dafür beweisend: „*nam prior pars eius modi est, ut solutio eius aliquid operae, nihil autem artis requirat; altera vero et digna est ingenio Archimedis et talis, ut recte provocari ad eam explicandam potuerint nobilissimi mathematici*". Auch die Sprache des Gedichts bietet ihm keinen Anstoss: „*nec mirum si Archimedes in re communi non est patria dialecto usus*". Er weist ferner nach, dass jenes Epigramm als das πρόβλημα βοεικὸν des Archimedes „*nobile apud veteres fuisse*" und beruft sich auf das Zeugniss des Scholiasten zu Plat. Charmid. p. 324 (91 *ed.* Ruhnk.), in welchem τὸ κληθὲν ὑπ' Ἀρχιμήδους βοεικὸν πρόβλημα erwähnt wird. Hierauf giebt Hermann den berichtigten Text des Epigramms sammt dem Scholion und schliesst hieran eine Besprechung der Lesarten, durch welche die Bedingungen des Problems theils abgeändert, theils vermehrt werden. Von Interesse ist noch die Bemerkung H.'s, er habe in Erfahrung gebracht, dass Gauss eine vollständige Lösung des Problems erreicht habe; leider hat H. nach dieser Lösung sich nicht erkundigt, von anderer Seite aber ist über eine Bearbeitung des Problems durch Gauss Nichts bekannt geworden. Eine Recension der H.'schen Arbeit erschien in der Jenaer Literaturzeitung Jahrg 1829, Monat März, eine andere in Jahn's Jahrb. XIV, S. 194 ff.; letztere von Jul. Fr. Wurm. Die Frage der Urheberschaft bleibt in beiden Recensionen unberührt.

Die nächste ausführliche Besprechung des Problems findet sich bei G. H. F. Nesselmann (Die Algebra d. Griechen, Berlin 1842, S. 481 flgg.). Leider weiss Nesselmann von der Hermann'schen Bearbeitung, sowie den beiden Recensionen derselben Nichts, er knüpft demnach an Struve an und ist auch bezüglich des Urtheils über die Zusammensetzung des Gedichts aus Stücken verschiedener Urheber und Zeiten von der Struveschen Darstellung allzu abhängig. Bezüglich des Verfassers kommt er zu dem Resultat, dass kein Theil des Gedichts, auch der erste nicht, aus dem Zeitalter des Archimedes herrühre; er schliesst dies insbesondere daraus, dass in jener Zeit an eine Betrachtung der „dreieckigen" Zahlen noch nicht zu denken sei[5]), folglich sei der zweite Theil nicht von Archimedes. Der erste Theil aber ohne den zweiten würde von Arch. wohl kaum für werth gehalten worden sein, als besonders schwieriges Problem den alexandrinischen Mathematikern übersandt zu werden.

---

5) Aehnlich schon Klügel im mathem. Wörterbuch Th. I S. 184: derselbe spricht das Gedicht dem Arch., wie jedem älteren Mathematiker dieser Periode ab, weil die Aufgabe und ihre Lösung bereits die Bekanntschaft mit der dekadischen Arithmetik, d. i. unserem Zahlensystem voraussetze.

10*

In neuerer Zeit ist das Epigramm von Vincent, Mitgl. d. franz. Akad., behandelt worden[6]; er verfährt noch willkürlicher, als die Struve, insofern er nicht blos in dem mit v. 31 beginnenden zweiten Theile, sondern schon von v. 17 an einen späteren, von der ursprünglichen Aufgabe (v. 1—16) zu trennenden Zusatz erkennt. Dann würde die ganze Aufgabe auf die vv. 1—16, d. i. auf die bezüglich der Stiere gegebenen Bestimmungen, oder die drei Gleichungen

$$W = \tfrac{5}{6}X + Z, \quad X = \tfrac{9}{20}Y + Z, \quad Y = \tfrac{13}{42}W + Z$$

beschränkt. Aus dem Texte ist ein Grund für diese Ausscheidungen ebenso wenig, wie für die von Struve vorgenommenen zu erkennen.

In entschiedenen Gegensatz zu den besprochenen Bearbeitungen und Beurtheilungen des Epigramms stellt sich J. L. Heiberg in seinen *Quaestiones Archimedeae* (*Hauniae* 1879). Er tritt für die Abfassung durch Archim., wie G. Hermann, dessen Auffassung im Einzelnen er jedoch vielfach bestreitet, auf's Bestimmteste ein und beruft sich

1. darauf, dass das *πρόβλημα βοεικόν* schon im Alterthum berühmt gewesen sei. Hierfür führt er ausser der schon von Hermann benutzten Stelle des Scholions zu *Plat. Charm.* (s. o.) die beiden Stellen *Cic. ad Att. XII,* 4 und *XIII,* 28 an: er versteht an beiden Stellen das „*πρόβλημα Ἀρχιμήδειον*“, welches dort als sprüchwörtlicher Ausdruck für etwas besonders Schwieriges gebraucht wird, von dem *πρόβλημα βοεικόν*;

2. auf den Gebrauch der alten Mathematiker, ihren Aufgaben die Form des Gedichtes zu geben (Epigramm des Eratosthenes bei *Eutok. comment. in libr. II de sphaera et cyl. p.* 146; Epigramm des Diophantus in *Arithm. V,* 33, *p.* 345; Sammlungen solcher Epigramme bei Heilbronner, *Hist. math. univ. p.* 483, und Bacher, zu *Dioph. Arithm. l. l.*).

3. Dass Arch. das Epigramm in ionischer, nicht dorischer Sprache abgefasst, erklärt Heiberg aus dem constanten Gebrauch des ionischen Dialects in epischen und elegischen Gedichten.

4. Der Verkehr des Archim. mit alexandrinischen Mathematikern ist auch sonst nachgewiesen (Heiberg p. 7 not. 4).

5. Dass Archim. im Stande gewesen, derartige Probleme zu lösen, begründet Heiberg durch Hinweis auf das von Archim. erfundene Zahlensystem, vermöge dessen er im Stande war, auch die grössten Zahlen auszudrücken.

6. Den Einwand Nesselmann's bezüglich der Trigonalzahlen entkräftet H. (*l. l. p.* 68) durch Hinweis auf die *Arithmetica* des Nicomachus und seine eingehende Behandlung der Polygonalzahlen: hieraus gehe hervor, dass die Untersuchung der Eigenschaften dieser Zahlen schon in ziemlich alter Zeit begonnen habe.

---

6) Im *Bulletin de bibliographie etc., Vol. I, p. 113—165, Vol. II p. 39* (Anhang zu den *Nouvelles annales de mathématiques par Terquem et Gerono, Vol. XIV, XV*).

§ 2. Die Frage der Urheberschaft.

Waren die Gründe, welche die Struve-Nesselmann-Vincent gegen die Abstammung des Epigramms von Archimedes geltend machten, ebenso willkürlich, wie die ganze Behandlung, die das Epigramm von den Genannten erfuhr, so lässt sich andererseits auch nicht leugnen, dass die Gründe Hermann's und Heiberg's für den Archimedischen Ursprung nicht zwingend sind. Da die Gründe Hermann's (1. *nobile apud veteres fuisse problema bovinum.* 2. *dignum esse alteram partem problematis ingenio Archimedis*) auch bei Heiberg direct oder indirect wiederkehren, so beschränke ich mich auf eine kurze Besprechung der von Heiberg geltend gemachten Gründe.

Ad 1. Was zunächst das Scholion zu *Plat. Charm.* anbetrifft[7]), so beweisen die Worte doch nur, dass man schon früh anfing, das *πρόβλημα βοεικόν* mit dem Namen des Archimedes in Verbindung zu bringen; es konnte dies aber geschehen, ohne dass man deshalb den Archimedes als Verfasser anzunehmen berechtigt wäre: die Bezeichnung mit seinem Namen war möglicherweise der Schlusssatz eines Syllogismus, zu welchem die Schwierigkeit des vorliegenden Problems, sowie das Ansehen und der Ruhm des Archimedes die Prämissen bildeten.

Noch weniger beweisend sind die Anführungen des *πρόβλημα Ἀρχιμήδειον* bei *Cicero* (s. o.): weder aus den Worten, noch aus dem Zusammenhang ergiebt sich irgendwelche Nöthigung, den Ausdruck *πρόβλ. Ἀρχ.* gerade vom *problema bovinum* zu verstehen; der Ausdruck steht ganz allgemein als sprüchwörtliche Bezeichnung einer sehr schweren Sache und ist daher nur ein Beweis für die Würdigung, die man den Leistungen des Archimedes zu Theil werden liess. Es ist nicht einzusehen, weshalb man an jenen Stellen bei Cicero gerade an das *probl. bov.* denken müsse und weshalb man nicht an den Psammites oder ähnliche Probleme denken dürfe.

Ad 2. Die Gewohnheit der alten Mathematiker, ihren Aufgaben epigrammatische Form zu geben, gehört doch wesentlich erst einer spätern Zeit an. Es scheint mir dies durchaus im Wesen der Sache zu liegen: Männer, wie Archimedes, die durch die Kühnheit und Fülle ihrer Combination die mathematische Wissenschaft aus der elementaren Gestalt heraus, in der sie dieselbe vorfanden, zu so glänzender Höhe emporhoben und mit schärfstem Blicke die Anwendbarkeit mathematischer Theoreme auf weite Gebiete der Praxis ermassen, können kaum Sinn und Neigung für poetische Spielereien gehabt haben, zu denen doch

---

7) Dieselben Worte finden sich auch bei Hultsch, Heron. 9, S. 248; s. Heiberg S. 27.

ebenso unser *probl. bov.* (wenigstens der Form nach), wie die bei Heilbronner aufgeführten mathematischen Epigramme gezählt werden müssen. Dazu kommt, dass wir ja im Psammites ein Beispiel für die Art haben, wie Archimedes derartige Probleme behandelte: auch die Berechnung des Sandes scheint zunächst ein müssiges Spiel der Phantasie zu sein, aber er knüpft daran die Darlegung eines neuen, bewunderungswürdigen Zahlensystems, welches ihn in den Stand setzt, auch die ungeheuersten Zahlen auszudrücken, Zahlen, die alle in der uns zugänglichen Welt vorliegenden Verhältnisse übersteigen. Möglich, dass in Alexandrien, am Hofe der Ptolemäer Veranlassung zur Entstehung solcher metrisch gefasster mathematischer Räthsel (denn auf den Namen von Problemen machen doch wohl die wenigsten der bei Heilbronner aufgeführten Epigramme dieser Art Anspruch) sich fand: hierher mag das an Ptolemaeus III. Euergetes gerichtete Epigramm gehören, welches Eutokios in seinen *Comment. in Archim. lb. II de sphaera et cylindro p.* 146 (*ed.* Torelli) als Epigramm des Eratosthenes anführt; das nächste sicher zu bestimmende mathematische Epigramm führt, da es dem Diophantus angehört, bereits in die Mitte des 4. Jahrh. n. Chr. hinab und so gehört wohl die Hauptmasse solcher mathematischen Epigramme, deren genauere chronologische Bestimmung in Ermangelung aller positiven Anhaltepunkte geradezu unmöglich ist, sicher erst der nachchristlichen, insbesondere der byzantinischen Periode an. Dass aber in der Ueberschrift unseres *probl. bov.*, wo noch dazu der Sinn der Worte sehr zweifelhaft ist, sowie im Eingange des Scholion das Epigramm dem Archimedes beigelegt wird, dürfte zunächst, wenn nicht anderweite Gründe hinzukommen, nicht mehr Anspruch auf Glaubwürdigkeit haben, als wenn beispielsweise das letzte der bei Bachet und Heilbronner zusammengestellten mathematischen Epigramme dem Euklides beigelegt wird.

Ad 3. Was Heiberg (in Uebereinstimmung mit Hermann) über die Sprache des Gedichts sagt, räumt doch nur einen Einwand, den man gegen die Abfassung durch Arch. machen könnte, hinweg, kann aber nicht als ein Argument für diese Urheberschaft des Arch. geltend gemacht werden. Allerdings findet die Abfassung des Gedichts in ionischer oder richtiger episch-homerischer Sprache im vorliegenden Falle ihre Erklärung nicht blos in der Erwägung „*Graecos semper hac dialecto in carminibus epicis et elegiacis usos esse*“ (Heiberg) oder, wie Hermann es ausdrückt: „*nec mirum, si Archimedes in re communi non est patria dialecto usus*“, sondern es liegt hier zu dieser Sprechweise eine noch speciellere Veranlassung vor, insofern das *probl. bov.* auf der Grundlage des homerischen Mythus von den Sonnenrindern beruht (*Od.* λ 108 *sqq.*, μ 127—136, 395 *sqq.*): allein auch hierdurch wird doch nur die Möglichkeit Archimedischer Auffassung offen gehalten, nicht die Wirklichkeit derselben erwiesen.

Ad 4. Erwiesen ist der Verkehr des Arch. mit Conon in Alexandrien (s. Heiberg p. 7 adn. 4, p. 11) und mit Dositheus *(ibid.)*, den Verkehr mit Eratosthenes schliesst Heiberg nur aus dem *problema bovinum*. Ist nun auch ein solcher Verkehr mit Eratosthenes recht wahrscheinlich, so lässt sich doch hierauf ein Beweis für den Archim. als Verfasser des Gedichtes nicht gründen.

Wichtiger ist das unter 5 und 6 Geltendgemachte, womit wir zugleich zu dem unter 2 Besprochenen zurückkehren.

Weist nämlich die ausführliche Behandlung der Polygonalzahlen, wie sie bei Nicomachus (*ἀριθμ. εἰσαγωγή ll. II*) vorliegt, entschieden darauf hin, dass man sich mit der Theorie dieser Zahlen schon lange vor Nicomachus beschäftigt haben müsse, darf man voraussetzen, dass zum mindesten die Eigenschaften der Trigonal- und Tetragonalzahlen schon den Mathematikern des 3. Jahrh. v. Chr. bekannt waren, so wird auch hierdurch die Möglichkeit der Abstammung unseres *probl. bov.* vom Arch. offen gehalten. Es scheint jedoch, als ob man auf diesem Wege noch weiter von der Möglichkeit zur Wahrscheinlichkeit gelangen könne. Führen nämlich die im *probl. bov.* gegebenen Bedingungen mit Nothwendigkeit zu den ungeheuersten Zahlen (als Gesammtzahl der Heerde ergiebt sich eine Zahl, die mit 206545 Ziffern geschrieben wird, s. Abth. II § 8), so wird die Möglichkeit Archimedischer Aufstellung des Problems zur Wahrscheinlichkeit, da nur das Zahlensystem des Archimedes eine solche Zahl zum Ausdruck bringen konnte (sie würde im System des Archim. bezeichnet werden als eine Zahl der *δεκάδες* der 25819. Ordnung der ersten Zahlenperioden).

Als Resultat würde sich demnach Folgendes herausstellen:

1. Es ist nicht zu erweisen und wohl eher zu bezweifeln, dass das Epigramm in der vorliegenden Form von Archimedes herrühre;

2. es ist aber wohl möglich, ja wahrscheinlich, dass die Aufgabe selbst in der That den Archimedes zum Urheber hat. Derselbe stellte die Aufgabe, um zu zeigen, dass man von den einfachsten Zahlengrössen aus durch Combination sehr leicht zu den ungeheuersten Zahlengrössen gelangen könne, und um einen weiteren Beweis und ein weiteres Beispiel für die Ausdrückbarkeit auch der grössten, die Raumverhältnisse unseres Weltsystems überschreitenden Zahlen zu geben. Er benutzte dazu den allbekannten Homerischen Mythus von den Sonnenrindern, gab aber den Rindern eine andere Deutung; denn während bei Homer nach gewöhnlicher Deutung, wenn auch dem Dichter selbst vielleicht unbewusst, die Wochen, Tage und Nächte des Mondjahres unter den Heerden verstanden werden, ist im *probl. bov.* vielleicht an die unzählbaren Gestirne zu denken, wenn man es nicht vorzieht, anzunehmen, dass der Verfasser überhaupt von jeder Deutung seiner Sonnenrinder abgesehen und den Homerischen Mythus nur für seine mathematischen Zwecke ausgenutzt

habe. Demnach entbehren auch „die Fluren Thrinakiens", obgleich das Gedicht in vorliegender Form noch die nähere Bestimmung *Σικελῆς νήσου* hinzufügt, jeder räumlichen Begrenzung und es ist um so weniger gerechtfertigt, aus der Gestalt Siciliens (*Θρινακίη* nicht einmal bei Homer = *Σικελία*) einen Schluss auf die Grösse der im Problem geforderten Zahlen zu ziehen (Struve, Nesselmann). Die Theilung in Heerden verschiedener Farbe, sowie die nach Stieren und Kühen ist dem Homerischen Mythus nachgebildet, ohne dass dies für die darunter vorgestellten Körper von irgendwelcher Bedeutung wäre.

Was nun endlich die Fähigkeit des Archimedes anlangt, derartige Berechnungen, wie sie zur Lösung des *probl. bov.* erfordert werden, anzustellen, so gestatte ich mir, auf die Ausführungen Heiberg's hinzuweisen, welcher zu folgendem Resultate gelangt: „*quamquam nondum constat, qua ratione usus sit Archimedes, hoc tamen colligi potest, eum a nostra arithmetica alienum minime fuisse et rationes habuisse, quibus idem fere efficere posset, quod nos aliis methodis ad mathematicam subtiliorem et quasi altiorem pertinentibus adipiscimur*" (p. 66); ferner am Schlusse von Cap. 4 (p. 68): „*Huius igitur disputationis summa haec est Archimedem praeter minora quaedam supplementa arithmeticae, qualis ab Euclide tradita erat, proportionibus maxime usum ad novas difficilesque quaestiones progressum esse, quibus in demonstrandis propositionibus geometricis suis niteretur, eumque hac via ad methodos nobis ignotas pervenisse, quibus aliqua ex parte nostram arithmeticam aequaret.*"

§ 3. Text und Uebersetzung des Problems, sowie Uebersetzung des Scholions, nebst Anmerkungen.

Im Folgenden geben wir den Text des Problems und zwar im Allgemeinen in der von Hermann festgestellten Fassung, in welcher vor Allem eine den Regeln der Grammatik und dem Sinne genau entsprechende Interpunktion hergestellt ist. Von dieser Fassung sind wir nur da abgegangen, wo wir den Hermann'schen Aenderungen nicht beistimmen konnten (v. 24, 35, 38, 39). Nur an diesen Stellen, sowie an denen, wo schon Struve (im Verzeichniss Str.) das Richtige gesehen, ist daher Hermann's Lesung unter dem Texte ausdrücklich verzeichnet. Da ferner der Lessing'sche Text mit dem Manuscripte ausser den Stellen, die er selbst angiebt (v. 12, 19, 20 *τετράτῳ* für *τετάρτῳ*, v. 14 *ποικιλόχροας* für *ποικιλόχρωτας* und v. 22 *πάσης — ἐρχομένης* für *πάσαις — ἐρχομέναις*), genau übereinstimmt, so bedurfte es bei Angabe der Varianten einer Scheidung zwischen Lessing und dem Manuscripte nur an diesen Stellen, an allen anderen ist L. = Manuscript und Lessing.

Πρόβλημα,

ὅπερ Ἀρχιμήδης ἐν ἐπιγράμμασιν εὑρὼν τοῖς ἐν Ἀλεξανδρείᾳ περὶ ταῦτα πραγματευομένοις* ζητεῖν ἀπέστειλεν ἐν τῇ πρὸς Ἐρατοσθένην τὸν Κυρηναῖον ἐπιστολῇ.

Πληθὺν Ἠελίοιο βοῶν, ὦ ξεῖνε, μέτρησον,
    φροντίδ' ἐπιστήσας, εἰ μετέχεις σοφίης,
πόσση ἄρ' ἐν πεδίοις Σικελῆς ποτ' ἐβόσκετο νήσου
    Θρινακίης, τετραχῆ στίφεα δασσαμένη
χροιὴν ἀλλάσσοντα, τὸ μὲν λευκοῖο γάλακτος,
    κυανέῳ δ' ἕτερον χρώματι λαμπόμενον·
ἄλλο γε μὲν ξανθόν, τὸ δὲ ποικίλον· ἐν δὲ ἑκάστῳ
    στίφει ἔσαν ταῦροι πλήθεσι βριθόμενοι,
συμμετρίης τοιῆσδε τετευχότες· ἀργότριχας μὲν
    κυανέων ταύρων ἡμίσει ἠδὲ τρίτῳ
καὶ ξανθοῖς σύμπασιν ἴσους, ὦ ξεῖνε, νόησον·
    αὐτὰρ κυανέους τῷ τετράτῳ τε μέρει
μικτοχρόων καὶ πέμπτῳ, ἔτι ξανθοῖσί τε πᾶσιν.
    τοὺς δ' ὑπολειπομένους ποικιλόχρωτας ἄθρει
ἀργεννῶν ταύρων ἕκτῳ μέρει ἑβδομάτῳ τε
    καὶ ξανθοῖς αὖτις πᾶσιν ἰσαζομένους.
θηλείαισι δὲ βουσὶ τάδ' ἔπλετο· λευκότριχες μὲν
    ἦσαν συμπάσης κυανέης ἀγέλης
τῷ τριτάτῳ τε μέρει καὶ τετράτῳ ἀτρεκὲς ἶσαι.
    αὐτὰρ κυάνεαι τῷ τετράτῳ τε πάλιν
μικτοχρόων καὶ πέμπτῳ ὁμοῦ μέρει ἰσάζοντο
    σὺν ταύροις· πάσης δ' εἰς νομὸν ἐρχομένης
ξανθοτρίχων ἀγέλης πέμπτῳ μέρει ἠδὲ καὶ ἕκτῳ
    ποικίλαι ἰσάριθμον πλῆθος ἔχον. Τετραχῆ
ξανθαὶ δ' ἠριθμεῦντο μέρους τρίτου ἡμίσει ἶσαι
    ἀργεννῆς ἀγέλης ἑβδομάτῳ τε μέρει.
ξεῖνε, σὺ δ' Ἠελίοιο βοῶν πόσαι ἀτρεκὲς εἰπών,
    χωρὶς μὲν ταύρων ζατρεφέων ἀριθμόν,
χωρὶς δ' αὖ θήλειαι ὅσαι κατὰ χρῶμα ἕκασται,
    οὐκ ἄϊδρίς κε λέγοι' οὐδ' ἀριθμῶν ἀδαής·

---

* L. **πραγματουμένοις**, Str. Herm. **πραγματευομένοις**. — v. 4 L. **τετραχῇ**. — v. 12 L. **τῷ τετράτῳ μέρεϊ**. — v. 14 L. **ποικιλόχροας**, MS. **ποικιλόχρωτας**, dies wiederhergestellt von Str. Herm. — v. 16 L. **αὐτούς**, Str. Herm. **αὖτις**. — v. 22 MS. **σὺν ταύροις πάσαις εἰς νομὸν ἐρχομέναις**. L. **σὺν τ. πάσης εἰς νομὸν ἐρχομένης**. Str. **σὺν τ. πασῶν ἐρχομένων**. — v. 24 L. **πλῆθος ἔχον. Τετραχῇ ξανθαί**. Herm. **πλῆθος ἔχον τετραχῇ. Ξανθαί**. — v. 27 L. **βόες**. — v. 29 L. **χροιάν**. — v. 31 L.

οὐ μήν πώ γε σοφοῖς ἐναρίθμιος· ἀλλ' ἴθι φράζευ
καὶ τάδ' ἔτ' ἄλλα βοῶν Ἠελίοιο πάθη.
ἀργότριχες ταῦροι μὲν ἐπεὶ μιξαίατο πληθὺν
κυανέοις, ἵσταντ' ἔμπεδον ἰσόμετροι
εἰς βάθος εἰς εὖρός τε· τὰ δ' αὖ περιμήκεα πάντη
πίμπλαντο πλίνθου Θρινακίης πεδία.
ξανθοὶ δ' αὖτ' εἰς ἓν καὶ ποικίλοι ἀθροισθέντες
ἵσταντ' ἀμβολάδην ἐξ ἑνὸς ἀρχόμενοι
σχῆμα τελειοῦντες τὸ τρικράσπεδον οὔτε προσόντων
ἀλλοχρόων ταύρων οὔτ' ἐπιλειπομένων.
ταῦτα συνεξευρὼν καὶ ἐνὶ πραπίδεσσιν ἀθροίσας
καὶ πληθέων ἀποδοὺς, ὦ ξένε, πάντα μέτρα
ἔρχεο κυδιόων νικηφόρος ἴσθι τε πάντως
κεκριμένος ταύτῃ γ' ὄμπνιος ἐν σοφίῃ.

Aufgabe,

welche Archimedes unter (den) Epigrammen fand und den in Alexandrien mit der Untersuchung derartiger Dinge Beschäftigten übersandte, in dem an Eratosthenes den Kyrenäer gerichteten Briefe.

Berechne, o Freund, die Menge der Sonnenrinder,
Sorgfalt dabei anwendend, wenn du an Weisheit Theil hast:
(berechne) in welcher Zahl sie einst weidete auf den Fluren
der sicilischen Insel Thrinakien, vierfach in Heerden getheilt
wechselnd an Farbe, die eine von milchweissem Ausseh'n,
von schwarzer Farbe die zweite erglänzend,
braungelb sodann die dritte, die vierte scheckig; in jeder
Heerde waren die Stiere überwiegend an Menge,
in folgendem Verhältnisse stehend: die weisshaarigen (1. Gleichung.)
nimm, o Freund, als gleich der Hälfte und dem dritten
Theile der schwarzen und sämmtlichen braunen;
die schwarzen aber gleich dem vierten Theil (2. Gleichung.)
und dem fünften der scheckigen und dazu den sämmtlichen braunen:
die noch übrigen scheckigen aber betrachte (3. Gleichung.)
als gleichkommend dem sechsten und siebenten Theile
der weissen Stiere und wiederum sämmtlichen braunen.
Bei den weiblichen Rindern aber waren die Verhältnisse folgende:
die weisshaarigen waren genau gleich dem dritten (4. Gleichung.)
und dem vierten Theile der gesammten schwarzen Heerde;
die schwarzen aber wiederum waren gleich (5. Gleichung.)

σοφοῖς ἐν ἀριθμοῖς. — v. 32 L. καὶ τά δε πάντα. — v. 35 Herm. τὰ δ' αὖ πέρι μήκεα, πάντῃ. ib. L. πάντη. — v. 38 Herm. ἵσταντ', ἀμβολάδην. — v. 39 sq. Herm. εἴτε προσόντων — εἴτ' ἐπιλειπομένων — v. 44 L. ταύτῃ ὄμπνιος.

dem vierten Theile zusammen mit dem fünften der scheckigen,
eingerechnet die Stiere: die **scheckigen** aber (6. Gleichung.)
hatten ganz gleiche Zahl mit dem fünften und sechsten Theile
der braunhaarigen Heerde, wenn sie in voller Zahl zur Weide ging.
braune aber wurden gezählt gleich der Hälfte des dritten (7. Gleich.)
und dem siebenten Theile der weissen Heerde.
Hast du aber genau angegeben, o Freund, wieviel der Sonnenrinder es waren,
Für sich gesondert die Zahl der wohlgenährten Stiere
und gesondert auch, wieviel jedesmal nach der Farbe Kühe es waren,
nicht unwissend nennt man dich dann, noch unkundig der Zahlen:
doch noch zählt man dich nicht zu den Weisen: aber wohlauf nun,
melde noch weiter folgende Verhältnisse der Sonnenrinder.
Wenn die weisshaarigen Stiere an Zahl den schwarzen
sich mischten, standen sie genau gleichseitig (8. Gleichung.)
nach Tiefe und Breite: die weitgedehnten Fluren Thrinakiens
füllten sich dann vollständig mit der Menge (der Stiere).
Die braunen dagegen und scheckigen zu einem Ganzen vereinigt,
standen in aufsteigender Form, von einem anfangend
die Dreiecksfigur hervorbringend, indem weder andersfarbige (9. Glch.)
Stiere dabei waren (hinzukamen), noch (von den braunen und scheckigen welche) übrig blieben.
Hast du dies Alles ausfindig gemacht und im Verstande geeinigt,
hast du auch sämmtliche Maasse der Heerden, o Freund, ausgeführt,
dann gehe stolz als Sieger davon und wisse sicher,
dass du als ein Reicher in dieser Wissenschaft erfunden bist.

Anmerkungen.

πρόβλ. ὅπερ Ἀρχ. ἐν ἐπιγρ. εὑρὼν τοῖς πραγματ. ζητεῖν ἀπέστειλεν.] Der Sinn dieser Worte, insbesondere des Ausdruckes *ἐν ἐπιγράμμασιν εὑρών* ist dunkel: fasst man die Worte in der Weise, wie es oben in der Uebersetzung geschehen, so wird die Abfassung durch Archimedes wenigstens in der Ueberschrift nicht direct behauptet. Lessing sagt daher: „das Problem soll, wenn es nicht von dem Archimedes selbst abgefasst worden, doch von ihm für werth erkannt sein" u. s. w. Heiberg *(l. l. p. 26 sq.)* verbindet deshalb *ἐν ἐπιγράμμασιν* mit *ἀπέστειλεν*: Problem, welches Arch. in einem Epigramm an die alexandrin. Mathematiker übersandte. Gewiss ist diese Deutung höchst entsprechend, allein Heiberg setzt selbst hinzu: *quamquam offendit verborum ordo, offendit etiam pluralis numerus.* Man kann hierzu noch weiter hinzufügen: auffällig ist auch das Partic. *εὑρών*, welches dann als ganz isolirter und müssiger Zusatz noch dazu an höchst befremdender Stelle steht. Kurz ich glaube, wie die Worte der Ueberschrift lauten, lässt sich die Verbindung und Deutung Heiberg's nicht rechtfertigen. Eine Entstellung der Ueberschrift (etwa so, dass *ἐν ἐπιγρ. εὑρών* irrthümlich hereingekommen) lässt sich kaum irgendwie begründen und so meine ich hier mit einem *Non liquet* mich begnügen zu müssen. Der in der Uebersetzung ausgedrückte Sinn, den der Wortlaut der Ueberschrift wiedergiebt, erscheint jedenfalls unbefriedigend. Auf die durch die Worte: ἐν ἐπιγρ. εὑρών veranlasste Unklarheit des Sinnes der Ueberschrift deutet auch J. Struve hin, wenn er sagt: „spiegelte vor, sie sei von Archimedes oder gar noch älter". Hermann hat sich über die Ueberschrift überhaupt nicht ausgesprochen.

v. 8. ταῦροι πληθ. βριθ. Struve Nesselmann: schwerwiegend an Menge, dann ziemlich müssiger Zusatz (K. L. Struve: schwülstiger Ausdruck für παμπληθεῖς). Durch die in der Uebersetzung gegebene Deutung gewinnt der Zusatz an Selbstständigkeit. Zugleich ergiebt sich daraus, dass die Bedingungen bezüglich der Kühe schon zum ursprünglichen Epigramm gehörten (gegen Vincent). Der Plural πλήθεσι wie v. 42.

v. 14. τοὺς δ' ὑπολειπομένους ποικιλόχρωτας] entweder: die ausser den weissen und schwarzen v. 9—13 bestimmten Stieren noch übrigen scheckigen, wobei dann die braunen durch die Zahlenverhältnisse der weissen und schwarzen als schon bestimmt vorausgesetzt werden;

oder: die nach Hinwegnahme des 4. und 5. Theiles (v. 12 u. 13) noch übrig bleibenden scheckigen — also $\frac{11}{20}$, eine Auffassung, deren Möglichkeit von Jul. Fr. Wurm (Jahn's Jahrb. XIV, 194. 1830) hervorgehoben worden ist. Die Möglichkeit dieser Auffassung muss zugegeben werden, doch hat dieselbe nur geringe Wahrscheinlichkeit, worüber s. Anm. zu v. 24.

v. 22. Die Verbindung des σὺν ταύροις mit dem Vorausgehenden (Herm.) empfiehlt sich, insofern dadurch dieser Zusatz einen geeigneteren, selbstständigeren Sinn erhält, während bei der Verbindung mit dem Folgenden derselbe als müssiges Füllwort erscheint. Die Angabe σὺν ταυρ. zu v. 20 u. 21 bezogen ist parallel dem συμπάσης κυανέης ἀγέλης in v. 18 und dem πάσης ξανθοτρίχων ἀγέλης in v. 22 u. 23.

Das letzte Wort in v. 24 τετραχῇ hat L. zu v. 25 gezogen und wohl in der Bedeutung „viertens" gefasst. Ebenso muss es der Scholiast aufgefasst haben, wenn er nicht eine andere dem ἀτρεκὲς (ἴσαι) in v. 19 entsprechende, unten zu erwähnende Bestimmung darin gefunden hat. Ganz anders G. Hermann, der vielmehr τετραχῇ zum Vorausgehenden zieht und mit diesem Worte wie den Pentameter, so auch den Satz schliesst. Insofern er nun τετραχῇ = τετράκις fasst, entsteht hieraus eine ganz andere, von der Fassung des Scholiasten abweichende Gleichung:

$$\pi = \tfrac{22}{15}\,(\Xi + \xi).$$

Zuzugeben ist hierbei, dass das Enjambement zwischen dem Pentameter v. 24 und dem Hexameter v. 25 sehr hart und auffällig, und ferner, dass die Bedeutung „viertens" für τετραχῇ nicht nachweisbar ist. Allein dieser letztere Einwand gilt ebenso gegen die Deutung Hermann's, da auch τετραχῇ = τετράκις sonst nirgends erweislich ist. Es lässt sich aber gegen diese Auffassung H.'s noch weiter Folgendes einwenden:

1. Die Stellung des τετραχῇ ist höchst sonderbar und auffällig, wenn dadurch das vierfache Product der vorausgehenden arithmetischen Bestimmung ausgedrückt werden soll. Zudem enthält streng genommen τετραχῇ = τετράκις einen Widerspruch gegen die vorausgehende Angabe ἰσάριθμον πλῆθος.

2. Die Zahlenbestimmungen der ganzen Aufgabe bis v. 26 zeigen eine durchgehende Regelmässigkeit des Ausdrucks und der Aufeinanderfolge, und zwar bewegen sich dieselben in einer höchst einfachen und regelmässigen Steigerung (bei den Stieren $\frac{1}{2}+\frac{1}{3}$, $\frac{1}{4}+\frac{1}{5}$, $\frac{1}{6}+\frac{1}{7}$, bei den Kühen $\frac{1}{3}+\frac{1}{4}$, $\frac{1}{4}+\frac{1}{5}$, $\frac{1}{5}+\frac{1}{6}$, $\frac{1}{6}+\frac{1}{7}$). Diese, wie mir scheint, unbedingt beabsichtigte Regelmässigkeit wird durch die Deutung τετραχῇ = τετράκις in auffälligster Weise gestört. Dieses Moment der Regelmässigkeit (des Aufbaues der Aufgabe) ist ebenso auch gegen die zu v. 14 erwähnte Wurm'sche Auffassung des τοὺς ὑπολειπομένους geltend zu machen.

3. Wollte der Verfasser des Problems wirklich den regelmässigen Aufbau seiner Aufgabe in der von Hermann angenommenen Weise stören und in der That das vierfache Product der vorausgehenden Bestimmung verstanden wissen, so ist nicht einzusehen, warum er nicht das in solchem Falle gebräuchliche Zahladv. τετράκις gebrauchte, das ja an den Schluss des Pentameters genau ebenso gut oder so schlecht passt, als τετραχῇ.

Was freilich mit dem τετραχῇ anzufangen, ist nicht leicht zu sagen. Abzuweisen ist mit Hermann jedenfalls die Conjectur Struve's ἀτρεκές, was v. 19 u. 27 dem constanten Homerischen Gebrauche gemäss (ἀτρεκές stets Dactylus, ἀτρεκέως stets Choriambus) als Dactylus steht, während es hier Anapäst sein würde. Hiergegen liesse sich einwenden (Struve), dass der Verf. auch ἀριθμός und ἴσος in doppelter Messung gebraucht (vergl. ἴσους, ἰσαζομένους v. 11 u. 16 mit ἴσοι, ἰσάζοντο, ἰσάριθμον, ἰσόμετροι v. 19, 25, 21, 24, 34 und ἰσάριθμον, ἀριθμόν, ἀριθμῶν v. 24, 28, 30 mit ἠριθμεῦντο, ἐναρίθμιος v. 25, 31, wozu Struve noch hätte hinzufügen können ἀθροισθέντες v. 37 mit ᾰ und ἀθρόας v. 41 mit ᾱ), allein einmal steht ἀτρεκές als bloss Homerisches und dazu nur formelhaft gebrauchtes Wort, bei dem die Länge des anlautenden α constant geworden war, mit ἀριθμός und ἀθροίζω nicht ganz auf gleicher Stufe, während bei ἴσος neben der homerischen Messung mit ῑ die attische mit ῐ sprachlich gegeben war, und sodann erscheint es doch ungerechtfertigt, eine sonst im Epigramm nicht vorkommende Messung wie πλῆθος ἔχον ἀτρεκές als zweiten Theil eines Pentameters durch Conjectur dem Verf. aufzubürden.

Fassen wir den Sinn der Stelle, jedoch unter Festhaltung des oben unter 2 Gesagten, ins Auge, so erscheint es nicht unwahrscheinlich, dass in dem fraglichen Worte doch eine Bestimmung wie „viertens" enthalten ist, da in der That im folgenden v. 25 die letzte, vierte Heerde bestimmt wird; man erhält dann einen parallelen Ausdruck zu τοὺς ὑπολειπομένους ταύρους v. 14, so dass jedesmal die letzte Gleichung, die dritte der Stiere und die vierte der Kühe, in besonderer Weise als solche hervorgehoben sein würde. Kann man nun nicht annehmen, dass τετραχῇ statt: „in vier Reihen" auch einmal bedeuten könne: „in vierter Reihe", so wird Nichts übrig bleiben, als die Stelle zu ändern. Fasst man nun ins Auge, dass das Enjambement des Pentameters v. 24 mit dem Hexameter v. 25 sehr störend ist, dass ferner die Regelmässigkeit des Aufbaues der Aufgabe nicht beeinträchtigt werden darf, zieht man endlich die parallelen Worte in v. 19 ἀτρεκὲς ἴσαι in Betracht, so empfiehlt es sich vielleicht, in τετραχῇ eine genauere Bestimmung zu ἰσάριθμον πλῆθος zu finden und zu lesen τελέως: „sie hatten vollständig gleiche Zahl mit" u. s. w. Heiberg (S. 67) schlägt vor, zu lesen: ποικίλη ἰσάριθμον πλῆθος ἔχουσ' ἐφάνη: eine dem Sinne nach sehr ansprechende, wenn auch in den Text ziemlich stark eingreifende Aenderung.

v. 33. μιξαίατο.] Der mediale Aorist von μίγνυμι in der Bedeutung des *Aor. Pass.* dürfte sonst ohne Beispiel sein; μίξασθαι so ziemlich = μῖξαι ein paarmal bei Nicander und in der Anthol.

v. 35 *sq.* Ueber diese Verse, wohl die schwierigsten des ganzen Gedichts, sagt Hermann: *mirum, ne dicam ineptum epitheton est arvorum* περιμήκεα, *multoque magis friget additum* πάντη. *Non ego credam sic ista scripsisse Archimedem. Quare posui* τὰ δ' αὖ πέρι μήκεα, πάντη μίμπλαντο πλίνθων Θρινακίης πεδία· *quorum verborum hic sensus est: latera autem circumcirca ab omni parte quod attinet*[8]), *latereulis implebantur campi Thrinaciae.* Μήκεα *constat latera dici quadratorum.*

---

8) Herm. vernachlässigt hierbei übrigens seine eigene Interpunktion, wonach πάντη zu πίμπλαντο gehört.

Πλίνθος recte explicata a Struviis. Πλινθίδας communi sermone vocant numeros ἰσάκις ἴσους ἐλαττονάκις. Hinc patet, non de toto quadrato, sed de singulis eius lateribus sermonem esse: invenirique debere numerum quadratum, cuius singula latera hanc rationem habeant: $a^2.(a-b)$. Hermann glaubt hiernach, dass die Seiten des von den weissen und schwarzen Stieren gebildeten Quadrats, welche er durch μήκεα ausgedrückt sein lässt, durch das im Pentameter hinzugefügte πλίνθου arithmetisch dergestalt bestimmt würden, dass die Zahl der die Seiten des Quadrats bildenden Stiere das Product dreier Factoren sei, von denen zwei einander gleich, der dritte aber kleiner als jeder der beiden anderen ist.

Was den Ausdruck πλίνθου anlangt, so ist zuzugeben, dass es in der von Hermann angenommenen Bedeutung anstatt πλινθίς wohl gesagt sein könne; andererseits aber muss behauptet werden, dass der Verf., wenn er die von Herm. darin gefundene Anforderung damit ausdrücken wollte, sich schwerlich einer dunkleren und unverständlicheren Bezeichnung bedienen konnte; auch darf man dies keineswegs damit rechtfertigen wollen, dass man dem Verf. die Absicht beimisst, sein Problem auch in räthselhafte, dunkle Worte zu kleiden: vielmehr sind die Bedingungen, die der Verf. seiner Aufgabe zu Grunde legt, so einfach und durchsichtig, dass damit der Ausdruck πλίνθου, wenn wirklich dadurch eine so wesentliche, die ganze Aufgabe verändernde Bedingung ausgedrückt sein soll, in unvereinbarem Widerspruche steht. Auch Herm. ist es nicht gelungen, den von ihm darin gefundenen Sinn zu klarem Ausdruck zu bringen — oder soll man wirklich glauben, dass Jemand, der eine arithmetische Aufgabe stellt, um die oben angegebene Bedingung (die Seiten des Quadrats sind Plinthiszahlen) auszudrücken, sich folgender Worte bedient: was die Seiten des Quadrats ringsum auf allen Seiten anlangt, so wurden die Fluren Thrinakiens von Plinthiszahlen angefüllt?

Ich vermag daher auch bezüglich dieser Verse der Deutung und Textconstituirung Hermann's nicht beizustimmen.

Vergleicht man nun die Worte, die zu der in v. 33—36 ausgesprochenen Bedingung gehören, mit den Worten der parallelen Bedingung in v. 37—40, so sieht man, dass dort zu der eigentlichen Bedingung noch zwei Satztheile hinzutreten, die nur die Aufgabe haben, die Bedingung auszuführen und Missverständnisse abzuwehren, die aber zur eigentlichen Bedingung nicht nothwendig gehören und allenfalls auch wegbleiben könnten. Je mehr ich die beiden Bedingungen mit einander vergleiche, um so wahrscheinlicher wird es mir, dass auch der Aufbau im Einzelnen bei beiden derselbe ist und dass daher auch bei der ersten Bedingung die Worte τὰ δ' αὖ περιμήκεα sqq. nur die Bedeutung einer ausführenden, einen Nebenumstand hinzufügenden Bemerkung haben. Hält man nun an der Lesart πλίνθου fest, so kann damit nach dem oben Gesagten nur gemeint sein, dass die weissen und schwarzen Stiere, in der v. 34 u. 35 verlangten Weise aufgestellt, die Gestalt einer πλίνθος geben und um diese Vergleichung zu begreifen, braucht man nur sich ein grösseres Rechteck oder Quadrat von Rindern vorzustellen. Darnach würde der Ausdruck πλίνθος auf die durch die Rinder selbst gebildete Figur, nicht bloss auf die Grundfläche des von den Stieren eingenommenen Raumes zu beziehen sein, wie dies bei der Hermann'schen Deutung nöthig wäre.

Immerhin freilich behalten die Worte, auch wenn wir πλίνθου mehr in eigentlicher Bedeutung fassen, etwas Auffälliges, Gezwungenes, und die Vergleichung der zusammengestellten weissen und schwarzen Rinder mit einem Backstein ist gerade in der vorliegenden Form sonderbar: man erwartet zu hören: die in solcher Weise aufgestellten Rinder bildeten die Form einer πλίνθος oder glichen einer πλίνθος; statt dessen heisst es: die Fluren Thrinakiens wurden angefüllt mit einer πλίνθος. Ich kann mich daher nicht überzeugen, dass πλίνθον die ursprüngliche Lesart sei und möchte glauben, dass πλίνθον nur irrthümlich für πλήθους in den Text gerathen sei. Dann enthält der ganze Satz nur eine Ausmalung der Menge der weissen und schwarzen Rinder: die Fluren Thrinakiens füllten sich ganz mit der Menge (der Stiere).

Auch was Hermann über περιμήκεα sagt, kann mich nicht bestimmen, seiner Trennung in πέρι μήκεα beizupflichten. Wurm (*l. l.*) sagt mit Recht, dass wohl der Sing. μῆκος die Seite eines Quadrats, insofern hier die Breite gleich der Länge, dass aber der Plur. μήκεα nicht gut die nach verschiedenen Richtungen sich ausdehnenden Seiten des Quadrats bedeuten könne. Ich halte περιμήκεα in der That für Attribut zu πεδία: allerdings gebraucht Homer das Adj. nur als Attribut solcher Gegenstände, die sich nach der Höhe erstrecken (Fels, Berg, Stange, Stab, Speer, Hals), aber im Worte selbst ist kein Grund vorhanden, weshalb es nicht auch als Attribut von Gegenständen anderer räumlicher Ausdehnung gebraucht werden könnte und die Begriffsveränderung von „sehr lang“ in „lang sich hinziehend, weit ausgedehnt“ hat gewiss nichts Auffälliges. Ist dies aber gerechtfertigt, so ist die Hinzufügung des Epithetons περιμήκεα zu πεδία sicher nicht auffälliger, als die von ζατρεφέων zu ταύρων in v. 28.

Schliesslich bemerke ich, dass ich im Texte zwar die Lesart πλίνθον beibehalten, in der Uebersetzung aber das von mir substituirte πλήθους zum Ausdruck gebracht habe.

v. 38. Hermann interpungirt hinter ἵσταντ' und zieht ἀμβολάδην zu ἐξ ἑνὸς ἀρχόμενοι· es ist wohl ἀμβ. eher mit ἵσταντο zu verbinden.

v. 39, 40. οὔτε προσεόντων *sqq.*] Hermann hält οὔτε — οὔτε für falsch und schreibt εἴτε — εἴτε. Auch hier entsteht durch diese Aenderung eine ganz neue, die Aufgabe noch bedeutend erschwerende Forderung; H hielt diese Aenderung für nothwendig, weil er ἀλλοχρόων ταύρων auch zu ἐπιλειπομένων als Subject nahm und diese Worte dann allerdings einen Nonsens enthielten. Die Auffassung Struve's, die dem Verfasser des Problems geradezu eine Albernheit aufbürdet, weist H. mit Recht zurück und es scheint unnöthig, dieselbe überhaupt noch in Erwägung zu ziehen. Die oben in der Uebersetzung gegebene Deutung billigt auch Wurm: es ist nur ταύρων als Subject zu ἐπιλειπομένων zu wiederholen und dabei an die scheckigen und braunen Rinder zu denken. Diese Deutung erkennt auch Hermann selbst, die seine zurücknehmend, in der *Praefatio* zu *Opusc. Vol. IV* als die richtige an, indem er über diese Construction οὔτε — ἐπιλειπ. sagt: *durior quidem haec constructio* (wobei nämlich ἐπιλειπομένων nicht auf die Stiere anderer Farbe, sondern nur auf die beiden Heerden der braunen und scheckigen Stiere bezogen wird) *est, sed tamen et ferri potest et commendatur tum eo, quod sic non opus est scripturae mutatione, tum interpretatione scholiastae, tum quod eo modo non desideratur ullius partis accurata descriptio.*

v. 44. Das der alexandrinischen Poesie angehörige Wort ὄμπνιος erscheint an dieser Stelle besonders gesucht, um mit einem seltenen und gleichsam prunkhaften Worte abzuschliessen.

Scholion

(im Cod. gleich hinter dem Epigramm befindlich).

Die Aufgabe hat somit Archimedes im Gedichte deutlich dargelegt: man muss aber die Forderung verstehen, dass es vier Rinderheerden sein sollen: eine von weissen Stieren und Küben, die Zahl derselben beträgt zusammen 1405827360; eine zweite von schwarzen Stieren und Kühen zusammen, deren Zahl beträgt 988300800; eine dritte von scheckigen Stieren und Kühen, deren Zahl beträgt 869910400; die Zahl der noch übrigen Heerde von braunen beträgt 767088000; die Gesammtzahl aller vier Heerden beläuft sich daher auf 4031126560*. Ferner beträgt

die Heerde der weissen Stiere .	829318560,
der Kühe	576508800,
die Heerde der schwarzen Stiere	596841120,
der Kühe	391459680,
die Heerde der scheckigen Stiere	588644800,
der Kühe	281265600**,
die Heerde der braunen Stiere .	331950960,
der Kühe	435137040.

Und es ist die Summe der weissen Stiere $= \frac{1}{2} + \frac{1}{3}$ der Zahl der schwarzen Stiere und dazu der gesammten Heerde der braunen (Stiere), die Zahl der schwarzen (Stiere) $= \frac{1}{4} + \frac{1}{5}$ der scheckigen und der Gesammtzahl der braunen, die Zahl der scheckigen Stiere $= \frac{1}{6} + \frac{1}{7}$ der weissen Stiere und dazu der Gesammtzahl der braunen Stiere, ferner die Zahl der weissen Kühe $= \frac{1}{3} + \frac{1}{4}$ der ganzen Heerde der schwarzen, die der schwarzen $= \frac{1}{4} + \frac{1}{5}$ der ganzen Heerde der scheckigen, die der scheckigen $= \frac{1}{5} + \frac{1}{6}$ der ganzen Heerde der braunen Rinder, ferner die Zahl der braunen Kühe $= \frac{1}{6} + \frac{1}{7}$ der ganzen Heerde der weissen Rinder.

Und die Heerde der weissen Stiere und der schwarzen zusammengestellt, ergiebt eine Tetragonalzahl, die Heerde der braunen Stiere mit der Heerde der scheckigen zusammengestellt ergiebt eine Trigonalzahl entsprechend den gegebenen Bestimmungen in jeder Farbe.

* Diese Summe richtig vom Scholiasten angegeben, bei Lessing (Lachm.-Maltzahn u. übrige Ausg.) steht irrig als Gesammtsumme 1405827560, aus Verwechselung mit der Zahl der weissen Heerde.

** Im. Schol. steht 281269600, nämlich ͵ϑχ statt ͵εχ, der Fehler von Lessing notirt und corrigirt. Die Summe 869910400 vom Schol. richtig angegeben.

Dresden. Dr. B. Krumbiegel.

(Schluss folgt.)

Recensionen.

Der Mond und die Beschaffenheit und Gestaltung seiner Oberfläche, von Edm. Neison. Autorisirte deutsche Originalausgabe. Nebst einem Anhange: „Ueber einige neuere Veränderungen auf der Mondoberfläche." Von Dr. Hermann J. Klein. Mit Atlas von 26 Karten und 5 Tafeln in Farbendruck. Braunschweig, 1878.

Die letzten Jahre haben in rascher Aufeinanderfolge mehrere Werke ersten Ranges über den Mond, speciell die Topographie desselben, gezeitigt; gewiss ein deutlicher Beweis, dass das grosse Werk von Beer und Mädler aus dem Jahre 1837 als sehr der Revision bedürftig allgemein angesehen wurde. Das Resultat mehr als dreissigjähriger Thätigkeit liegt in der grossen Mondkarte von J. Schmidt in Athen vor, welcher nur kurze Zeit die endliche, oft durch fast unüberwindlich erscheinende Schwierigkeiten aufgehaltene Publication der Lohrmann-schen Karte voraufging. In England erschienen zu derselben Zeit das Prachtwerk von Carpenter und Nasmyth und zuletzt das in jeder Beziehung sehr vollständige Buch nebst Atlas von Neison, „*The Moon*", von welchem der eifrige Freund der Astronomie Dr. Herm. J. Klein in Cöln sofort eine Uebersetzung geliefert hat und von dem wir hier eine Besprechung geben wollen. Es ist jedenfalls ein sehr dankenswerthes Unternehmen, das Neison'sche Werk dem grösseren deutschen Publicum durch die Uebersetzung zugänglich zu machen. Gerade zur Erforschung der Mondoberfläche können schon die Besitzer nur mässiger Fernröhre sehr wichtige Beiträge liefern, aber auch anderen Freunden der Astronomie wird durch das vorliegende Werk eine klare und eingehende Belehrung verschafft. Da der Zweck des Buches ausschliesslich auf die Förderung des Studiums der physischen Beschaffenheit des Mondes gerichtet ist, so ist die populäre Form desselben selbstverständlich.

Im 1. Capitel werden Bewegungen und Dimensionen des Mondes kurz besprochen. Das 2. Capitel trägt die Ueberschrift: „Physische Beschaffenheit der Mondoberfläche." Neison vertritt hier die Ansicht, dass die Beschaffenheit der Erde und des Mondes im Anfang übereinstimmte und dass auch die Veränderungen auf der Oberfläche beider Körper in analoger Weise vor sich gingen. Es ist nun meistens mit Rücksicht auf verschiedene astronomische Beobachtungen, Sternbedeckun

skopie u. s. w. angenommen worden, dass der Mond keine Atmosphäre besitzen könne, welche der der Erde gleich oder nur annähernd gleich wäre. Dieser Meinung tritt Neison entgegen. Er geht davon aus, dass auf dem Monde die Atmosphäre an sich schon viel weniger dicht sein müsse, wie auf der Erde, weil die Oberfläche des Mondes im Vergleich zu seiner Masse nicht nur weit grösser, sondern die Schwere dort auch weit geringer sei, als auf der Erde. Diese an sich weit weniger dichte Mondatmosphäre ist aber dem Einfluss einer sechsmal grösseren Oberfläche ausgesetzt und sie muss daher durch deren Einfluss in höherem Grade vermindert werden, als bei uns. Früher hatte Bessel aus theoretischen Untersuchungen geschlossen, dass die Dichtigkeit der Mondatmosphäre sicher nicht grösser, als $\frac{1}{1000}$ der Erdatmosphäre sein könne; Neison hat nun nachgewiesen, dass infolge einer Unvollkommenheit in der Bessel'schen Ableitung dieser geringe Werth erhalten wurde, dass er in Wahrheit auf $\frac{1}{300}$ zu vergrössern sei. Im weiteren Verlauf des Capitels untersucht nun Neison die verschiedenen Beobachtungen am Monde auf den möglichen Nachweis einer Atmosphäre und kommt dabei überall zu einem der Gegenwart einer sehr wohl merkbaren Atmosphäre günstigen Resultat. Bei der ausserordentlichen Schwierigkeit hierher gehöriger Beobachtungen, speciell bei der grossen Unsicherheit, in welcher wir noch in der Kenntniss des Monddurchmessers schweben, dessen Grösse bei den Untersuchungen der Sternbedeckungen in Betracht kommt, muss Referent bekennen, noch nicht durch die Neison'schen Ausführungen überzeugt zu sein, dass eine Atmosphäre von $\frac{1}{300}$ der Dichtigkeit der irdischen auf dem Monde vorhanden sei.

Im 3. Capitel wird eine Classification der Formationen der Mondoberfläche gegeben. Neison unterscheidet hier die Ebenen, Krater und Berge, wobei die Bezeichnung Krater nur in ihrem gewöhnlichen conventionellen Sinne gebraucht ist. Jede der Classen hat ihre grössere oder geringere Anzahl Unterabtheilungen, zum Theil in Anschluss an Beer und Mädler's Eintheilung. Als 4. Hauptclasse erscheinen hier die Rillen oder Klüfte, welche zuerst von Schröter entdeckt wurden und deren Anzahl nach den heutigen Kenntnissen circa 1000 beträgt. Da bisher nur wenige Beobachter auf diesem Gebiete thätig waren, so fügte fast jedes der letzten Jahre den bereits bekannten neue Rillen hinzu. Es folgt noch die Angabe einer Helligkeitsscala für die verschiedenen Formationen; Schröter führte zehn verschiedene Grade ein und Lohrmann, Beer und Mädler folgten diesem Princip, wenngleich die Eintheilung bei Letzteren etwas anders war. Neison hat durchweg die Beer und Mädler'sche Scala adoptirt.

In eingehender Weise giebt dann Neison im 4. Capitel eine geschichtliche Uebersicht über die Mondbeobachtungen von den frühesten Zeiten an.

Das 5. Capitel ist der in jüngster Zeit fast brennend gewordenen Frage der Veränderungen auf der Oberfläche des Mondes gewidmet. Wenn man Atmosphäre und, wenigstens in den tiefer gelegenen Gegenden, auch Wasser annimmt, so ist es natürlich, dass auch Veränderungen auf der Mondoberfläche fortwährend vor sich gehen müssen, und es ist nur fraglich, ob diese für uns wahrnehmbar sein werden. Immerhin brauchen aber doch noch nicht vollständige Umänderungen der Formationen, Neubildungen von Kratern, Verschwinden von bestehenden Kratern stattzufinden — wenn sich diese wirklich in der Weise zeigen, wie in neuerer Zeit behauptet worden, so wird die volle Analogie zwischen den Vorgängen auf dem Monde mit denen auf der Erde, welche als Ausgangspunkte für die Erklärung der Vorgänge gedient hat, sicher nicht ferner angenommen werden können. Neison verhält sich im vorliegenden Werke denn auch sehr vorsichtich und meint, dass selbst bei den am meisten beglaubigten Fällen anscheinend physischer Veränderungen, dem Krater Linné im *Mare Serenitatis* und dem kleinen Doppelringgebirge Messier im *Mare Foecunditatis* Irrungen nicht ausgeschlossen wären, so dass ganz zweifellose Umgestaltungen nicht vorhanden seien. In neuester Zeit ist Neison, wie aus anderweitigen Publicationen hervorgeht, in diesem Punkte anderer Ansicht geworden. Der in der deutschen Ausgabe von dem Uebersetzer hinzugefügte Anhang: „Ueber einige neuere Veränderungen auf der Mondoberfläche", welchen Herr Dr. Klein von seinem Standpunkte aus gewiss zu geben berechtigt war, hat die volle Zustimmung Neison's gefunden. Referent bedauert diesen Zusatz, da das Werk hierdurch in den Händen nicht streng durchgebildeter Astronomen gefährlich werden wird. Man ist gar zu rasch mit „Veränderungen" bei der Hand und die kurze Zeit seit der vermeintlichen Entdeckung Dr. Klein's am Krater in der Nähe des Hyginus hat schon Auswüchse in übergenügender Zahl zu Tage gefördert. Was die Frage der Veränderungen überhaupt betrifft, so bestreitet Referent keineswegs die Möglichkeit derselben, aber er glaubt nach wie vor noch nicht an wirklich beobachtete Veränderungen in dem behaupteten grossartigen Umfange. Die vielfachen Beobachtungen anderer Astronomen am Krater Hyginus, welche dasselbe negative Resultat hatten, hält freilich Dr. Klein für ungenügend, da sie zum Theil den von ihm gemeinten Gegenstand gar nicht betreffen, zum Theil auch von weniger auf dem Gebiete der Selenographie geübten und bewanderten Beobachtern angestellt seien. Ref. bekennt sich offen zu Letzteren und will daher auch eine Widerlegung durch eigene Beobachtung nicht versuchen, dieselbe vielmehr durch Dr. Klein's eigene Mittheilungen geben; er würde zu derselben an diesem, vielleicht nicht ganz geeigneten Ort nicht schreiten, wenn er über die englische Originalausgabe zu referiren hätte und nicht über die deutsche Uebersetzung mit dem Anhange des Uebersetze

wird und auch im Folgenden zunächst nur verstanden werden soll, besteht in der messbaren continuirlichen Ortsänderung seiner Massenelemente. Die Richtungen und Grössen der Geschwindigkeiten dieser Elemente in einem gewissen Augenblicke bestimmen den augenblicklichen Bewegungszustand des Körpers; ... Der Zustand der Ruhe oder der Bewegung eines Körpers soll in der Folge sein äusserer Zustand genannt werden."

Diesem „äusseren Zustande" wird wohl unter entscheidender Betonung des Begriffes messbar ein „innerer Zustand" (§ 3 S. 7) entgegengestellt, „der, soweit er im Folgenden (unter Abstraction von elektrischen, magnetischen und Lichterscheinungen) in Betracht kommt, bestimmt ist durch die chemische Beschaffenheit, die Aggregatform, das specifische Volumen und den Spannungszustand in den verschiedenen Punkten oder Elementen des Körpers."

Durch diese Unterscheidungen wird die in § 7 S. 33 erfolgende Einführung des Begriffes der Wärme vorbereitet.

Nachdem eine Untersuchung über diejenigen Aenderungen des innern Zustandes, welche durch Aenderungen des äussern Zustandes hervorgebracht werden, zu dem Resultate geführt hat, dass im Allgemeinen gegenseitige Abhängigkeit zwischen den Aenderungen beider Zustände besteht, indem die Aenderung des äussern Zustandes mit einer Deformation des Körpers verbunden ist, wodurch das specifische Volumen und der Spannungszustand geändert werden, ja möglicherweise selbst die Aggregatform wechselt, fährt der Verfasser in folgendem Gedankengange fort: Es können indessen Aenderungen des innern Zustandes — auch ohne Aenderung des äussern (ohne Arbeit äusserer Kräfte) — stattfinden. Es kann z. B. die Pressung eines luftförmigen Körpers bei constantem Volumen in hohem Grade veränderlich sein; eine Mischung von Eis und Wasser kann ganz in die Form von Wasser übergehen, so dass das Volumen, während der Schmelzung des Eises abnehmend und später zunehmend, schliesslich dem Anfangsvolumen wieder gleich ist. Ja, es kann vorkommen, dass die Arbeit der äusseren Kräfte negativ ist (wenn sich ihre Angriffspunkte entgegengesetzt den Richtungen der Kräfte bewegen), die Deformationsarbeit aber positiv (Ausdehnung).

Solche Beobachtungen legen die Frage nach einer weiteren Ursache der Aenderung des inneren Zustandes nahe. Diese Ursache heisst Wärme.

„Es ist also Wärme die Ursache solcher Aenderungen des innern Zustandes eines Körpers, welche in Aenderungen der Aggregatform, des specifischen Volumens oder des Spannungszustandes bestehen. Insoweit der innere Zustand durch diese drei Kriterien in den verschiedenen Punkten eines Körpers charakterisirt, also durch die Wärme bedingt ist, *soll er der* Wärmezustand heissen."

von Lohrmann, Mädler, Bouvard, Nicollet, Wichmann und Neison dem Werke angehängt sind.

VALENTINER.

Theoretische Maschinenlehre von Dr. F. GRASHOF, Geh. Hofrath, Professor am Polytechnikum zu Carlsruhe. Leipzig, Leopold Voss. 1875. I. Band: Hydraulik, mechanische Wärmetheorie, Heizung. XXIV u. 972 S. gr. 8^0.

Nicht ganz im Einklang mit dem Titel, wohl aber logischen Anforderungen entsprechend ist in diesem reichhaltigen Buche nach Feststellung allgemeiner Grundbegriffe der Mechanik der erste Abschnitt der mechanischen Wärmetheorie gewidmet. Mit Hilfe der gewonnenen Resultate wird dann im zweiten, Hydraulik überschriebenen Abschnitte vom Gleichgewicht und der Bewegung der Flüssigkeiten in dem allgemeinen Sinne des Wortes gehandelt, in welchem auch die gasförmigen Körper dazu gerechnet werden. Endlich giebt ein dritter, ungleich kleinerer Abschnitt theoretische Elemente der Heizung.

Der Verfasser spricht am Schluss des Vorwortes, nachdem er uns eine Uebersicht über die beabsichtigte Eintheilung des ganzen (dermalen bis zur 2. Lieferung des II. Bandes vorgeschrittenen) Werkes gegeben, den Wunsch aus, man möge das Buch weder als Leitfaden zu Vorträgen, noch überhaupt als Lehrbuch zur ersten Einführung in die betreffende Wissenschaft auffassen, vielmehr als einen Versuch, den behandelten Stoff in einer den Anforderungen möglichst wissenschaftlicher Gliederung entsprechenden Weise darzustellen. Und diesen Anforderungen glaubt der Verfasser dadurch nachzukommen, dass er vom Allgemeinen zum Besondern fortschreitet. „Ein zunächst möglichst allgemein charakterisirtes Problem wurde erst nach und nach durch Einführung beschränkender Annahmen specialisirt und vereinfacht, sobald die Entwickelung zu einem Punkte gediehen war, an welchem dazu sich das Bedürfniss herausstellte."

Damit ist in der That auch der Charakter des hier besprochenen ersten Bandes bezeichnet. Wer der mathematischen Sprache kundig ist und die Mühe nicht scheut, welche auf diesem Gebiete mit jedem Schritte zu tieferer Erkenntniss nothwendig verbunden ist, wird es nicht zu bereuen haben, den Ausführungen des Verfassers mit der Feder in der Hand gefolgt zu sein.

Referent glaubt dieses Urtheil insbesondere auch bezüglich des ersten Abschnittes aussprechen zu dürfen, obwohl er hier mit der Behandlungsweise nicht immer sympathisirt.

In der Absicht, sich zunächst ein gewisses Material festgestellter Begriffe zu verschaffen, beginnt der Verfasser den § 2 mit der Erklärung: „Die Bewegung eines Körpers, wie sie in der Mechanik untersucht

kraft, inneres Werk) aus dem Begriff der Wärme. Denn wenn die Wärme ein Arbeitsproduct sein soll, so kann sie nur actuelle oder potenzielle Energie (lebendige Kraft oder Spannkraft) sein. Letztere entsteht in den Körpern dadurch, dass Molekularkräfte auf gewisse Strecken hin überwunden werden, sie ist das Product einer Arbeit, welche auf Kosten von Wärme geleistet werden kann und häufig geleistet wird. Sie hat demnach ein Wärmeäquivalent; dass sie aber selbst Wärme sei, ist meines Wissens bisher nicht gedacht worden.

Der Verfasser nennt in seiner sehr lesenswerthen, S. 220 beginnenden, Molekulartheorie der Wärme überschriebenen Abtheilung (E) diese potenzielle Energie den Arbeitsinhalt des Körpers und die Summe aus der innern lebendigen Kraft und dem Arbeitsinhalt das innere Arbeitsvermögen. Den Wärmewerth desselben nennt er die Körperwärme, welche demnach aus dem Wärmewerthe der inneren lebendigen Kraft — der freien Körperwärme — und dem Wärmewerthe des Arbeitsinhalts — der gebundenen Körperwärme — bestehe.

Diese letzte an den Begriff Körperwärme sich anschliessende, überdies ganz überflüssige Nomenclatur muss Referent für sehr unglücklich halten, weil sie confundirt, was getrennt zu sehen für die Deutlichkeit der Begriffe von entscheidender Wichtigkeit ist; weil sie Körperwärme nennt, was nicht als Wärme im Körper vorhanden ist, und endlich weil sie uns die gebundene Wärme, dieses ehrwürdige Sinnbild, welches wir bereits der Antiquitätensammlung einverleibt glaubten, wieder zurückbringt. Clausius leistet derartigen Ausdrücken wenig Vorschub, wenn er im Zusatz A zu seiner 6. Abth. (1864) sagt: „Ferner hat Zeuner ... dieselbe Grösse U" (die vom Verf. sogenannte Körperwärme) „die innere Wärme des Körpers genannt. Der letzte Name scheint mir der Bedeutung der Grösse U nicht ganz zu entsprechen, da nur ein Theil dieser Grösse wirklich im Körper vorhandene Wärme, d. h. lebendige Kraft seiner Molekularbewegungen darstellt, während der übrige Theil sich auf Wärme bezieht, welche zu innerer Arbeit verbraucht ist und folglich nicht mehr als Wärme existirt. Ich glaube nun zwar nicht, dass Zeuner die Absicht gehabt hat, mit jenem Namen auszudrücken, dass die ganze durch U dargestellte Wärmemenge wirklich als Wärme in dem Körper vorhanden sei; indessen könnte der Name doch leicht in diesem Sinne verstanden werden."

Ein ähnliches Missverständniss, wie es von Clausius hier als möglich erwähnt wird, scheint in der That irgendwo vorgekommen zu sein und den Verfasser zu folgender Aeusserung veranlasst zu haben (S. 245):

„Auch kann es bei unveränderter Aggregatform und bei unverändertem Volumen der Fall sein, dass mit einer Aenderung des innern Zustandes durch Mittheilung von Wärme nicht nur ein Zuwachs von freier,

Nachdem dann ausgeführt ist, unter welcher Bedingung man von zwei Körpern sagt, dass sie gleiche Temperatur haben, folgt, als ein Gegenstand des Uebereinkommens eingeführt, die Aufstellung des Temperaturmasses, welcher gemäss als Masszahl der Temperatur gilt, was sich für t aus der Gleichung

$$V_t = V_o + \frac{V_n - V_o}{n}(t - t_o)$$

berechnet, wobei V_t, V_o, V_n specifische Volumina der Luft sind, welche unter Atmosphärendruck beziehungsweise bei den Temperaturen t, bei dem Gefrierpunkte (t_o) und bei dem normalen Siedepunkte des Wassers bestehen, t_o und n aber beliebige Zahlen sind, durch deren Bestimmung man zu den verschiedenen Scalen (Celsius, Réaumur, Fahrenheit) gelangen kann.

Es ist also hier das Luftthermometer als massgebend angenommen und zwar die Ausdehnung der Luft bei dem constanten Druck einer Atmosphäre (760^{mm} Quecksilber).

Referent kann diesen unvermittelten Uebergang, welcher das Temperaturmass als etwas ganz Willkürliches erscheinen lässt, unserem gegenwärtigen Wissen nicht für angemessen halten. Abgesehen davon, dass Gründe vorliegen, der bei constantem Volumen eintretenden Spannungszunahme der Luft vor der Ausdehnung den Vorzug zu geben, — wie wollte der Verfasser mit den bisher gegebenen Mitteln sein Temperaturmass vertheidigen gegen den bekannten, aus Missverständniss der Sachlage immer wieder producirten Vorschlag, dasselbe mittelst der Differentialgleichung

$$dv = \alpha v \, dt$$

zu gewinnen, welche, da sie die mit einem Wärmegrade verbundene Ausdehnung als einen aliquoten Theil des jeweiligen Volumens annimmt, sehr Vielen weit natürlicher erscheint, als die Annahme, dass diese Ausdehnung stets das gleiche Vielfache eines fixirten Volumens (V_o) sein soll?

In der That dürfte es ohne jede Hypothese über die Natur der Wärme schwer sein, über die Temperatur und ihr Maass etwas Deutliches auszusagen, was den Charakter des Willkürlichen, blos Conventionellen vermeidet; und wenn sich der Verfasser die Aufgabe gesetzt hat, mit dem Begriff der Wärme auch den der Temperatur hypothesenfrei zu entwickeln, so wird ihm schliesslich wohl selbst die Unüberwindlichkeit der Schwierigkeiten, die er sich aufgebürdet hat, nicht entgangen sein.

Die Hypothese nun, welche der Verfasser umgehen möchte, ist die, dass Wärme lebendige Kraft einer Molekularbewegung ist. Wenn man einmal das Princip von der Erhaltung der Kraft und die Aequivalenz vorhandener Wärme und geschehener Arbeit angenommen hat, dann liegt das Hypothetische jener Ansicht über die Natur der Wärme nur noch in der Ausschliessung der potentiellen Energie (Spann-

zurückzuführen suchen, sind vom Verfasser als Stützen dieses Satzes nicht angeführt.

S. 103 ist zu berichtigen, dass 0,003661, der von Regnault für Wasserstoff gefundene Ausdehnungscoefficient, nicht der kleinste Werth ist, welcher für den Ausdehnungs- (und Spannungs-) Coefficienten eines Gases gefunden wurde, da Regnault für (verdünnte) Luft kleinere Werthe constatirt hat und andere Physiker kleinere Werthe für den Spannungscoefficienten des Wasserstoffs gefunden haben. Ebenso ist es nicht ganz genau, dass Regnault, bei dem Anfangsdruck (p_0) einer Atmosphäre, 0,003665 für den Spannungscoefficienten der Luft fand. Er fand vielmehr in Uebereinstimmung mit Magnus 0,003668. Regnault's kleinere Werthe beziehen sich auf geringeren Anfangsdruck (p_0 des Verf.).

S. 72 Z. 10 v. o. hat sich ein sinnstörender Druckfehler behauptet, indem das „Unendlich klein" mit dem „Endlich" der folgenden Zeile verwechselt ist.

Im folgenden Abschnitt (der eigentlichen Hydraulik) findet sich S. 322 flgg. eine sehr dankenswerthe Arbeit über „Gleichgewicht des Wassers mit Rücksicht auf Molekularkräfte", welche wohl auch zur ersten Einführung in diesen Gegenstand dienen kann. Das Gleiche gilt von §§ 66 und 67, wo im Anschluss an die Entwickelung der Formel für barometrische Höhenmessung mit Bezug auf die Arbeiten Bauernfeind's und Rühlmann's die Schwierigkeiten und Unsicherheiten erörtert werden, welche diesen Messungen aus unserer Unkenntniss der Temperatur der zwischenliegenden Luftschichten erwachsen.

In der Lehre von der Bewegung der Flüssigkeiten (im weiteren Sinne) tritt die Methode des Verfassers — die allmälige Specialisirung — besonders einflussreich hervor. Sie scheint wohlgeeignet, den Leserkreis des Buches zu erweitern, da die allgemeiner gehaltenen Einleitungen das Interesse des Theoretikers fesseln und die Praktiker aus der grossen Sorgfalt, welche auf die (rechnerische) Ausmittelung der Erfahrungscoefficienten verwendet ist, erheblichen Nutzen ziehen werden.

Recknagel.

Entwickelung einer Theorie der Krystallstructur von Dr. Leonhard Sohncke. Leipzig, B. G. Teubner. 1879.

Das dem Volumen nach kleine, nur 247 Seiten gr. 8° umfassende Werkchen enthält die Resultate langjähriger mühsamer, aber auch innerhalb des vorgesteckten Bereiches erschöpfender Untersuchungen des auf seinem Gebiet wohl jetzt als einzige Autorität dastehenden Verfassers. Schon früher legte der Verfasser in publicirten Abhandlungen („Die *Gruppirung* der Moleküle in den Krystallen", Pogg. Ann. d. Phys., 132

S. 75, 1867, und „Die unbegrenzten regelmässigen Punktsysteme als Grundlage einer Theorie der Krystallstructur", Carlsruhe 1876) rühmliches Zeugniss seiner Thätigkeit ab; die vorliegende Schrift bringt diese Thätigkeit zu einem gewissen Abschlusse.

Das Hauptthema der ganzen Arbeit ist die rein geometrisch gehaltene Untersuchung darüber, welche verschiedenen Arten regelmässiger und allseitig als unbegrenzt angenommener Punktsysteme überhaupt möglich sind, wenn noch die Regelmässigkeit eines Punktsystems dahin erklärt wird, dass um jeden Massenpunkt herum die Anordnung der übrigen Massenpunkte dieselbe ist, wie um jeden andern Massenpunkt, oder auch, dass die Bündel gerader Linien, die man erhält, wenn man von jedem einzelnen Massenpunkte als Ausgangspunkt nach allen anderen vorhandenen Massenpunkten gerade Linien zieht, unter einander congruent sind.

Wie aus der Stellung dieser Aufgabe erklärlich, ist der wesentliche Inhalt des Werkes ein rein geometrischer, der sich auf eine Reihe kinematischer Hilfsbetrachtungen stützt, die ausführlich in § 4 Abschn. I Cap. II S. 29—36 angegeben werden und die Lehrsätze der Mechanik enthalten, die sich auf gegenseitige Ersetzung von Parallelverschiebung, Drehung und Schraubenbewegung beziehen.

Im folgenden Cap. III des ersten Abschnittes werden nun die verschiedenen möglichen Arten und Richtungen von Axen in regelmässigen, unendlichen Punktsystemen ermittelt, indem unter Axe die Axe einer Drehung oder Schraubung verstanden wird, um welche das Punktsystem sich von einer gewissen Anfangslage aus drehen kann, um wieder mit dem ursprünglichen Punktsystem zusammenzufallen. Nennt man überhaupt eine Axe n-zählig, wenn der kleinste Winkel α, um welchen diese Drehung behufs der Deckung geschehen muss, so beschaffen ist, dass $n\alpha = 2\pi$, so kommt der Verfasser auf S. 60 zu folgender Eintheilung der regelmässigen und unendlichen Punktsysteme:

I. Systeme ohne Axen;

II. Systeme mit einer einzigen Axenrichtung:
1. die Hauptaxen sind 6zählig,
2. „ „ „ 4 „
3. „ „ „ 3 „
4. „ „ „ 2 „

III. Systeme mit gleichen Hauptaxen nach nur zwei (und zwar entgegengesetzten) Richtungen:
1. die Hauptaxen sind 6zählig,
2. „ „ „ 4 „
3. „ „ „ 3 „
4. „ „ „ 2 „

IV. Systeme mit gleichen Hauptaxen nach mehr als zwei Richtungen:
1. die Hauptaxen sind 3zählig,
2. „ „ „ 4 „

In einem nun folgenden grössern Abschnitte II, S. 63—180, wird die Construction der regelmässigen, allseitig unendlichen Punktsysteme angegeben. Die Resultate dieses Abschnittes werden erläutert durch eine grössere Anzahl Holzschnitte im Text und durch fünf lithographische Tafeln, ausserdem noch durch die Angabe (S. 179) von Modellen, welche die Punktsysteme darstellen. Die Resultate dieses Abschnittes sind übersichtlich zusammengestellt auf S. 173—177 und es werden im Ganzen 66 verschiedene regelmässige, allseitig unbegrenzte Punktsysteme erhalten.

Damit ist die Hauptaufgabe gelöst; dem Schriftchen sind aber noch andere höchst wichtige Zugaben beigegeben, so im Abschn. I S. 3—62 namentlich noch eine sehr interessante historische Einleitung und vor Allem der Abschn. III S. 183—247, welcher letztere die Prüfung der gegebenen Theorie an der Erfahrung enthält. Es versteht sich bei der Liebe und umfassenden Ausdauer und Energie, mit der der Verfasser an seine Arbeit gegangen ist, von selbst, dass diesen beiden Abschnitten sorgfältige Literaturangaben beigegeben sind. Dieser letzte Abschnitt erhebt die Ermittelung der physikalischen Eigenschaften der Krystalle auf eine sichere Basis, indem von hier aus nun diese Untersuchung durch bestimmte Principien geleitet werden kann. Noch besonders mag hier hervorgehoben werden, dass die Halbflächen und Viertelflächen eine selbstständigere Stellung erlangen, als die ist, die ihnen die Krystallographie anweist. Diese selbstständigere Stellung steht aber im Einklange mit dem natürlichen Vorkommen, insofern gewisse Substanzen entweder nur oder doch hauptsächlich in diesen Halb- oder Viertelflächenformen krystallisiren. Auch die Erscheinung der Drehung der Polarisationsebene, wie sie so schön am Bergkrystall auftritt, erhält eine durchsichtige und durch experimentelle Begründung verificirte Erklärung.

Ein Vorwort, ausführliches Inhaltsverzeichniss, eine Tafel über die angewandten Benennungen und eine Erklärung der fünf beigegebenen lithographischen Tafeln vervollständigen das Werk. Die deutsche Literatur kann sich Glück wünschen, dieses zwar kleine, aber vieljährige gründliche und erfolgreiche Arbeit resummirende Werk hervorgebracht zu haben.

Freiberg, 7. Januar 1880. Th. Kötteritzsch.

Lehrbuch der Physik für die oberen Classen der Mittelschulen, von Dr. Ignaz Wallentin. Wien, 1879. 343 S.

Das Buch bringt nach einer Einleitung über die allgemeinen *Eigenschaften der Körper* einen kurzen Abriss der Chemie, dann werden die

Lehren der Physik dargestellt und schliesslich ein ganz kurzer Abriss der mathematischen Geographie gegeben. Es geht den Weg der gewöhnlichen Lehrbücher, es gilt auch von ihm, was in einer früheren Recension (S. 105 dieses Jahrgangs) über Althergebrachtes gesagt ist. In § 34 wird eine ideale und eine wirklich vorhandene Schwerkraft unterschieden; in § 36 wird Kepler wieder als beobachtender Astronom aufgeführt, die elementare Optik wird wie gewöhnlich behandelt, insbesondere der Regenbogen ungenügend. Im Allgemeinen werden ziemlich hohe mathematische Anforderungen gestellt. Zu bedauern ist, dass, wohl um Raum zu sparen, die Gleichungen unschön gedruckt sind, z. B. bei der Berechnung der Schwingungsdauer des physischen Pendels. Das Buch wird dem Unterricht an Mittelschulen sicher mit Nutzen zu Grunde gelegt werden, es ist im Einzelnen sorgfältig ausgearbeitet.

P. Zech.

Wetterkarten und Wetterprognose. Von Dr. Krebs. 16 S.

Eine kurze Erläuterung Dessen, was auf den Wetterkarten der deutschen Seewarte zu sehen ist, und eine Aufzählung der vom physikalischen Verein in Frankfurt benützten meteorologischen Instrumente.

P. Zech.

Elektricität und Magnetismus. Von Dr. Oekonomides. 40 S.

Der Verfasser fühlt sich unzufrieden mit der heutigen Anschauung der Elektricität und behauptet, sie beruhe auf einer Molekularbewegung des Sauerstoffs: was damit nicht stimmt, dessen Richtigkeit bezweifelt er; auf Einzelnes kann er sich nicht einlassen, da er nicht Specialist sei.

P. Zech.

Leitfaden der Physik von Dr. W. v. Beetz. 6. Aufl. Leipzig, 1880. 300 S.

Die neue Auflage dieses kurzen Leitfadens hat erhebliche Erweiterungen erfahren, besonders in Bezug auf Beschreibung von Apparaten, zu deren Darstellung auch hier wieder die schematische Form gewählt ist. Der Leitfaden giebt eine kurze, aber Alles umfassende exacte Darstellung des Inhalts der Physik; die wiederholten Auflagen bezeugen seinen Werth.

P. Zech.

Bibliographie

vom 1. Mai bis 15. Juni 1880.

Periodische Schriften.

Sitzungsberichte der königl. bayer. Akademie der Wissenschaften, mathematisch-physikal. Classe. 1880, 2. u. 3. Heft. München, Franz. 2 Mk. 40 Pf.

Sitzungsberichte der kaiserl. Akademie der Wissenschaften in Wien, mathematisch-naturwissenschaftl. Classe. II. Abth. 80. Bd., 5. Heft und 81. Bd., 1. Heft. Wien, Gerold. 4 Mk. 80 Pf.

Vierteljahrsschrift der astronomischen Gesellschaft, herausgegeben von E. Schönfeld und A. Winnecke. 14. Jahrg., 4. Heft. Leipzig, Engelmann. 2 Mk.

Archiv der Mathematik u. Physik, gegr. v. Grunert, fortges. v. Hoppe. 65. Th., 1. Heft. Leipzig, Koch. pro compl. 10 Mk. 50 Pf.

Die veränderlichen Tafeln des astronomischen und chronologischen Theils des königl. preussischen Normalkalenders für 1881, herausgeg. von W. Förster und P. Lehmann. Berlin, statist. Bureau. 5 Mk.

Geschichte der Mathematik.

Du Bois-Reymond, P., Zur Geschichte der trigonometrischen Reihen. Eine Entgegnung. Tübingen, Laupp. 1 Mk. 50 Pf.

Reine Mathematik.

Thomae, J., Elementare Theorie der analytischen Functionen einer complexen Veränderlichen. Halle, Nebert. 7 Mk. 50 Pf.

Götting, R., Einleitung in die Analysis. Berlin, Wohlgemuth. 3 Mk.

Schottky, F., Abriss einer Theorie der Abel'schen Functionen von drei Variabelen. Leipzig, Teubner. 4 Mk.

Encyclopädie der Naturwissenschaften. Handbuch der Mathematik. 5. Lief. Breslau, Trewendt. 3 Mk.

Fick, A., Das Grössengebiet der vier Rechnungsarten. Leipzig, Vogel. 1 Mk.

Claussen, A., Die trigonometrische Auflösung der quadratischen und cubischen Gleichungen. Schleswig, Bergas. 1 Mk. 20 Pf.

Bremiker, C., Logarithmisch-trigonometrische Tafeln mit fünf Decimalstellen. 3. Aufl., besorgt v. A. Kallius. Berlin, Weidmann. 1 Mk. 20 Pf.

Farkas, J., *Généralisation du logarithme et de l'exponentielle.* Budapest, Kilian. 3 Mk. 50 Pf.

Salmon, G., Analytische Geometrie des Raumes, deutsch bearbeitet von W. Fiedler. 2. Thl. 3. Aufl. Leipzig, Teubner. 16 Mk.

Mautner, E., Charakter, Axen, conjugirte Durchmesser und conjugirte Punkte der Kegelschnitte einer Schaar. (Akad.) Wien, Gerold. 90 Pf.

Weyer, E., Beiträge zur Curvenlehre. Wien, Hölder. 2 Mk. 20 Pf.

——, Ueber Projectivitäten und Involutionen auf ebenen rationalen Curven dritter Ordnung. (Akad.) Wien, Gerold. 40 Pf.

Rüefli, J., Lehrbuch der ebenen Geometrie. Bern, Dalp. 3 Mk.

Bergold, E., Ebene Trigonometrie. Leipzig, Winter. 1 Mk. 20 Pf.

Schumann, H., Lehrbuch der Stereometrie. 2. Aufl. Berlin, Weidmann. 1 Mk.

Holfert, F., Geometrische Aufgaben. I. Planimetrie. 3. Aufl. Dresden, Huhle. 1 Mk.

Bartl, E., Uebungsaufgaben aus der ebenen und sphärischen Trigonometrie und der analytischen Geometrie der Ebene. Prag, Calve. 4 Mk.

Angewandte Mathematik.

Bauernfeind, C. v., Das bayerische Präcisionsnivellement und seine Beziehung zur europäischen Gradmessung. München, Franz. 5 Mk.

Schell, A., Die Tachymetrie mit besonderer Berücksichtigung des Tachymeters von Tichy und Starke. Wien, Braumüller. 3 Mk.

Hüttl, E., Elemente der mathematischen Geographie. Wien, Hölzel. 1 Mk. 40 Pf.

Simony, O., Ueber eine Erweiterung der Giltigkeitsgrenzen einiger allgemeinen Sätze der Mechanik. (Akad.) Wien, Gerold. 30 Pf.

Eddy, T., Neue Constructionen der graphischen Statik. Leipzig, Teubner. 4 Mk.

Iben, O., Druckhöhen-Verlust in geschlossenen Rohrleitungen. Hamburg, Meissner. 5 Mk.

Dellinghausen, v., Das Räthsel der Gravitation. Heidelberg, Winter. 6 Mk.

Wiesemann, Th., Die Ursachen der Haupt-Naturerscheinungen (Schwere, Elasticität, Licht, Wärme etc.) aus einem Princip logisch-mathematisch entwickelt. Berlin, Friedländer & S. 4 Mk.

Decher, O., Das Prismenkreuz in neuer Form und Anwendung. München, Ackermann. 80 Pf.

Liagre, J., *Calcul des probabilités et théorie des erreurs.* 2. *ed.* Brüssel, Muquardt. 10 Mk.

Physik und Meteorologie.

Schop, P., Die Aenderung der Dampfdichten bei variabelem Druck und variabeler Temperatur. Zürich, Orell, Füssli & Comp. 2 Mk.

Boltzmann, L., Zur Theorie der Gasreibung. (Akad.) Wien, Gerold. 80 Pf.

Barczynski, F., Ueber die elliptische Polarisation des Lichts durch Reflexion am Fuchsin. Breslau, Barschak. 80 Pf.

Goldstein, E., Eine neue Form elektrischer Abstossung. Berlin, Springer. 4 Mk.

Hess, E., Ueber die Entwickelung der elektrischen Influenzmaschinen und Theorie derselben. Frauenfeld, Huber. 2 Mk.

Schellen, H., Die neuesten Fortschritte auf dem Gebiete der elektrischen Beleuchtung und der Kraftübertragung. Cöln, Du Mont-Schauberg. 3 Mk.

Krause, Ein Vorschlag, Witterungsnachrichten rasch in Deutschland zu verbreiten. Annaberg, Graser. 25 Pf.

Historisch-literarische Abtheilung.

Das Problema bovinum des Archimedes.

Bearbeitet von

Dr. B. Krumbiegel

und

Dr. A. Amthor.

(Schluss.)

§ 4. Ueber die bisherigen mathematischen Bearbeitungen des Problems.

Die Auffassung des Problems durch den Scholiasten, durch Lessing, Leiste und die beiden Struve führte auf so enorme Zahlen, dass factische Verhältnisse (Grösse der Insel Sicilien etc.) denselben nicht entsprechen konnten; daher lag der Gedanke eines Missverständnisses, resp. einer Ungenauigkeit des Textes nahe.

In der That sind in dem Problem drei undeutliche Stellen vorhanden, nämlich:

1. v. 14 bei dem Worte *ὑπολειπομένους*, welches, wie bereits Wurm (Jahn's Jahrbücher für Philologie und Pädagogik, XIV. Bd. 1830 S. 194) bemerkt hat, doppelt gedeutet werden kann. Die zweite, in § 3 bereits besprochene Auffassung führt aber nicht zu einfacheren Resultaten.
2. v. 24 das Wort *τετραχῇ*, welches ebenfalls zwei verschiedene Auffassungen zulässt, deren zweite zuerst von Hermann (*Opusc. Vol. IV p.* 228) aufgefunden wurde, die zwar die Resultate etwas vereinfacht, aber die offenbar beabsichtigte Symmetrie der Bedingungen zerstört.
3. v. 34—36. Diese Stelle bleibt überhaupt dunkel, mag man sie deuten, wie man will; es wird durch dieselbe aber jedenfalls dargethan,
   a) dass die Lösung der Aufgabe auf gewaltige Zahlen führen soll,
   b) dass die sich ergebenden Resultate factischen Verhältnissen nicht entsprechen sollen (es geht dies daraus hervor, dass

„die Heerde der weissen und schwarzen Stiere die weitgedehnten Fluren Thrinakiens vollständig füllte", so dass es also fraglich bleibt, wo die übrigen Rinder noch Platz haben konnten).

Eine besondere Schwierigkeit bereitet an dieser Stelle noch das Wort πλινθίον, welches von Lessing, Leiste und Struve (Vater) als Quadrat gedeutet worden ist, wohl wegen ἰσόμετροι v. 34.

Dieses letztere Wort rechtfertigt aber auch die andere zulässige Bedeutung „Rechteck" (nämlich Rechteckszahl = Product von zwei ungleichen Factoren), weil, wenn die Stiere in der Quadratfigur aufgestellt waren, nothwendig neben einander mehr Stiere stehen mussten als hinter einander, da ja ein Stier nicht so breit als lang ist.

Hermann hat dieses Wort in der Bedeutung „Ziegelsteinzahl" = Product von zwei gleichen und einem dritten kleineren Factor gefasst und auf die Seite der Figur bezogen, wozu kein Grund vorhanden ist, da das Problem nicht sagt, dass die Seiten der Figur eine πλινθίς, sondern dass die aufgestellten Stiere, d. i. die Fläche, auf der sie standen, eine solche bildeten.

Die vorhandenen Undeutlichkeiten an den genannten drei Stellen lassen die von Hermann und Wurm vorgeschlagenen Conjecturen, wenn auch nicht als unbedingt richtig, so doch als zulässig erscheinen; was aber die sonst noch vorgenommenen Conjecturen, welche einen Einfluss auf die mathematischen Bedingungen der Aufgabe haben, betrifft, so sind dieselben als gänzlich willkürlich zu bezeichnen. Es sind die folgenden:

1. Hermann's Conj. zu v. 39, durch welche zu den neun Gleichungen der Aufgabe noch eine zehnte tritt, die dieselbe so complicirt, dass sie nun wohl als unlösbar bezeichnet werden kann.

   (Vincent, *Bulletin de bibliographie*, Bd. I S. 120, behauptet geradezu, dass diese zehnte Gleichung mit den früheren im Widerspruch stehe und somit das Problem zu einem unmöglichen mache.)

   Uebrigens ist diese Conjectur später von Hermann selbst wieder zurückgenommen worden (s. oben zu v. 39, 40).
2. Wurm's (*l. c.* S. 200) Abänderungen, die ganz willkürlich und grundlos sind und von ihm selbst nicht gehalten werden.
3. Die Behauptungen der beiden Struve und Vincent's, durch welche einfach die Theile der Aufgabe, welche die Lösung erschweren, als unecht gestrichen werden.

   Struve (der Vater) hält die Aufgabe mit v. 30 für abgeschlossen, vermuthlich weil er die Lösung nicht weiter zu Stande brachte.

Vincent (Bulletin, Bd. I S. 165) behält von den neun Bedingungen der Aufgabe nur drei bei, d. h. er hält von den 44 Versen des Problems nur die ersten 16 für echt (vergl. hierüber auch: Jenaische allgemeine Literaturzeitung, März 1829, Nr. 49); hierdurch gelangt man zwar zu kleinen Zahlen, hat dann aber auch ein Problem von so einfacher Beschaffenheit, dass die Lösung desselben auch zu Archimedes' Zeiten keines besondern mathematischen Genies bedurft hätte; ein so einfaches Problem hätte man gewiss nicht dem Archimedes zugeschrieben. Was aber Vincent's Betrachtungen über die v. 34—36 betrifft, wo er sich bemüht, „den in Quadratstadien ausgedrückten Flächeninhalt Siciliens der Zahl nach mit der Anzahl der weissen und schwarzen Stiere in Uebereinstimmung zu bringen", wodurch er dann die achte Bedingung für gelöst erachtet, so ist absolut nicht einzusehen, wie dadurch der Forderung: „die Heerde der weissen und schwarzen Stiere füllte die weitgedehnten Fluren Thrinakiens" genügt sein soll, wenn man nicht annehmen will, dass je ein Stier ein Quadratstadion ausfüllte.

Sieht man nun also ab von diesen willkürlichen Veränderungen und Streichungen des Textes und zieht von den auf die drei obenerwähnten undeutlichen Stellen des Problems sich beziehenden Conjecturen die ersten beiden (von Wurm und Hermann) nicht in Betracht, da sie, wie bereits erwähnt, die offenbar beabsichtigte Symmetrie des Problems stören, so kann man wegen der zweifachen Auffassung, die das an der dritten dunkeln Stelle vorkommende Wort πλίνθος gestattet, zwei verschiedene Probleme statuiren: ein einfacheres und weniger symmetrisches, wenn man πλίνθος = Rechteck — ein sehr schwieriges, aber vollkommen symmetrisches, wenn man πλίνθος = Quadrat nimmt.

Das einfachere Problem hat Wurm (*l. c.*) jedenfalls gelöst, obwohl er die vollständigen Resultate nicht anführt; ich will dieses Problem das Wurm'sche nennen.

Das schwierigere Problem, welches ich als Hauptproblem bezeichnen will, soll nach einer Mittheilung Mollweide's (Hermann *l. c.*, vergl. § 1) zwar von Gauss vollständig gelöst worden sein; doch hat Gauss nie die Lösung publicirt.

§ 5. Das Wurm'sche Problem.

Bezeichnet man mit

λ die Zahl der weissen Stiere,	λ' die Zahl der weissen Kühe,
$\varkappa$ „ „ „ schwarzen „	$\varkappa'$ „ „ „ schwarzen „
μ „ „ „ scheckigen „	μ' „ „ „ scheckigen „
ξ „ „ „ braunen „	ξ' „ „ „ braunen „

und mit g die Zahl der Stiere, welche in einer Seite des gemäss der neunten Bedingung von den scheckigen und braunen Stieren zu bildenden Dreiecks stehen, so führt das Problem auf folgende Gleichungen:

1) $\lambda = (\frac{1}{2}+\frac{1}{3})\varkappa + \xi$,

2) $\varkappa = (\frac{1}{4}+\frac{1}{5})\mu + \xi$,

3) $\mu = (\frac{1}{6}+\frac{1}{7})\lambda + \xi$,

4) $\lambda' = (\frac{1}{3}+\frac{1}{4})(\varkappa+\varkappa')$,

5) $\varkappa' = (\frac{1}{4}+\frac{1}{5})(\mu+\mu')$,

6) $\mu' = (\frac{1}{5}+\frac{1}{6})(\xi+\xi')$,

7) $\xi' = (\frac{1}{6}+\frac{1}{7})(\lambda+\lambda')$,

8) $\lambda + \varkappa = \text{Rechteck}$,

9) $\mu + \xi = \frac{g(g+1)}{2}$.

Multiplicirt man 1) mit 336, 2) mit 280, 3) mit 126 und addirt, so folgt

a) $297\lambda = 742\xi$ oder $3^3.11\lambda = 2\ 7.53\xi$

und damit successive aus 3) und 2)

b) $891\mu = 1580\xi$ oder $3^4.11\mu = 2^2.5.79\xi$,

c) $99\varkappa = 178\xi$ oder $3^2.11\varkappa = 2.89\xi$.

Multiplicirt man ferner 4) mit 4800, 5) mit 2800, 6) mit 1260, 7) mit 462 und addirt, so folgt

$$4657\lambda' = 2800\varkappa + 1260\mu + 462\xi + 143\lambda.$$

Setzt man hier die aus a), b), c) folgenden Werthe von λ, μ, $\varkappa$ ein und entfernt den Nenner durch Multiplication mit 297, so folgt weiter

d) $297.4657\lambda' = 2402120\xi$ oder $3^3.11.4657\lambda' = 2^3.5.7.23.373\xi$

und damit weiter aus 7), 6), 5)

e) $3^2.11.4657\xi' = 13.46489\xi$,

f) $3^3.4657\mu' = 2^2.5.7.761\xi$,

g) $3^2.11.4657\varkappa' = 2.17.15991\xi$.

Da sämmtliche Unbekannte ganze Zahlen sein müssen, so ergiebt sich aus den Gleichungen a) bis g), dass ξ durch $3^4.11.4657 = 4149387$ theilbar sein muss; setzt man daher

$$\xi = 3^4.11.4657x = 4149387x,$$

so liefern die Gleichungen a) bis g) folgende Werthe der Unbekannten:

$$\text{A)}\quad \left\{\begin{aligned}
\lambda &= 2.3.7.53.4657x = 10366482x,\\
\xi &= 3^4.11.4657x = 4149387x,\\
\mu &= 2^2.5.79.4657x = 7358060x,\\
\varkappa &= 2.3^2.89.4657x = 7460514x,\\
\lambda' &= 2^3.3.5.7.23.373x = 7206360x,\\
\xi' &= 3^2.13.46489x = 5439213x,\\
\mu' &= 2^2.3.5.7.11.761x = 3515820x,\\
\varkappa' &= 2.3^2.17.15991x = 4893246x.
\end{aligned}\right.$$

Für $x=1$ sind die vorstehenden Zahlen die kleinsten, welche den Gleichungen 1) bis 7) genügen; es ist nun weiter noch x als ganze Zahl so zu bestimmen, dass auch die Gleichung 9) erfüllt wird. [Die Gleichung 8) wird dabei von selbst befriedigt.]

Setzt man die Werthe von μ und ξ in 9), so folgt

$$\frac{q(q+1)}{2} = 4657x.(3^4.11+2^2.5.79) = 4657.2471x = 7.353.4657x.$$

Nun ist q entweder gerade oder ungerade, hat also eine der Formen

$$q=2s \text{ oder } q=2s-1,$$

womit die letzte Gleichung übergeht in

$$s(2s\pm 1) = 7.353.4657x.$$

Da x nicht Primzahl zu sein braucht, so setze man $x=u.v$, wo u den Factor von x bezeichnen soll, der in s, und v den Factor, der in $2s\pm 1$ aufgeht; alsdann zerfällt die letzte Gleichung in 16 Systeme von je zwei linearen diophantischen Gleichungen, nämlich

1a) und 1b)	$s = u$,	$2s\pm 1 = 7.353.4657v$,
2a) und 2b)	$s = 7u$,	$2s\pm 1 = 353.4657v$,
3a) und 3b)	$s = 353u$,	$2s\pm 1 = 7.4657v$,
4a) und 4b)	$s = 4657u$,	$2s\pm 1 = 7.353v$,
5a) und 5b)	$s = 7.353u$,	$2s\pm 1 = 4657v$,
6a) und 6b)	$s = 7.4657u$,	$2s\pm 1 = 353v$,
7a) und 7b)	$s = 353.4657u$,	$2s\pm 1 = 7v$,
8a) und 8b)	$s = 7.353.4657u$,	$2s\pm 1 = v$.

Um den kleinsten Werth x zu finden, der dem gestellten Problem genügt, hat man aus den Lösungen der vorstehenden 16 diophantischen Systeme diejenige zu wählen, welche das kleinste Product $uv=x$ liefert.

Löst man alle 16 Systeme auf und vergleicht die Resultate, so ergiebt sich, dass das System 2b), nämlich

$$s=7u,\quad 2s-1=353.4657v,$$

das in Betracht kommende ist; dasselbe liefert die Werthe

$$u=117423,\quad v=1,\quad \text{also}\quad x=u.v=117423=3^3.4349,$$

woraus weiter folgt

$$s=7.u=821961,\quad q=2s-1=1643921,$$

mithin wird dann

$$\mu+\xi = 4657.2471x = 4657.2471.117423 = 1351238949081$$
$$= \frac{1643921.1643922}{2},$$

eine Triangularzahl, wie es gefordert ist.

Mit dem erhaltenen Werthe von x folgt ferner für die nach Bedingung 8) geforderte πλινθίς

$$\lambda+\varkappa = \square = 2^2.3.11.29.4657x = 2^2.3.11.29.4657.117423$$
$$= 2^2.3^4.11.29.4657.4349 = (2^2.3^4.4349).(11.29.4657)$$
$$= 1485583.1409076,$$

also eine Rechteckszahl mit nahezu gleichen Factoren.

Die Werthe der einzelnen Unbekannten, welche sich ergeben, wenn man den gefundenen Werth x in das System A) einsetzt, sind

$$\lambda = 1217263415886,$$
$$\varkappa = 876035935442,$$
$$\mu = 864005479380,$$
$$\xi = 487233469701,$$
$$\lambda' = 846192410280,$$
$$\varkappa' = 574579625058,$$
$$\mu' = 412838131860,$$
$$\xi' = 638688708099,$$

und die Gesammtzahl aller Rinder beträgt daher

5916837175686.

Die Gesammtoberfläche des festen Landes der Erde beträgt nun circa 136 Billionen Quadratmeter; wollte man also die Rinder gleichmässig auf das Festland vertheilen, so würden auf jedes Rind etwa 23 Quadratmeter Platz kommen.

§ 6. Das Hauptproblem.

Für das Hauptproblem gelten die Gleichungen 1) bis 7) und 9) des Wurm'schen Problems, an Stelle der Gleichung 8) tritt aber jetzt die folgende:

$$\lambda + \varkappa = p^2,$$

wenn man mit p die Anzahl der Stiere bezeichnet, die in einer Seite des von den Heerden der weissen und schwarzen Stiere gebildeten Quadrats stehen.

Die Gleichungen 1) bis 7) werden durch das Werthsystem A) in § 5 befriedigt und es handelt sich nun noch darum, den Factor x so zu bestimmen, dass die beiden Gleichungen

$$\lambda + \varkappa = p^2, \quad \mu + \xi = \frac{q(q+1)}{2}$$

erfüllt werden.

Die erste dieser Gleichungen geht mit Benutzung der Werthe A) über in

$$p^2 = 2.3.4657x\,(7.53 + 3.89) = 2^2.3.11.29.4657x$$

und wird daher erfüllt, wenn man setzt

$$x = 3.11.29.4657.y^2 = 4456749.y^2,$$

wo y eine beliebige ganze Zahl bedeutet.

Damit ergeben sich folgende, den ersten acht Gleichungen genügende Werthe der Unbekannten:

$$
\text{B)}\ \begin{cases}
\lambda = 2.3^2.7.11.29.53.4657^2.y^2 = 46200808287018.y^2, \\
\varkappa = 2.3^3.11.29.89.4657^2.y^2 = 33249638308986.y^2, \\
\mu = 2^2.3.5.11.29.79.4657^2.y^2 = 32793026546940.y^2, \\
\xi = 3^5.11^2.29.4657^2.y^2 = 18492776362863.y^2, \\
\lambda' = 2^3.3^2.5.7.11.23.29.373.4657.y^2 = 32116937723640.y^2, \\
\varkappa' = 2.3^3.11.17.29.15991.4657.y^2 = 21807969217254.y^2, \\
\mu' = 2^2.3^2.5.7.11^2.29.761.4657.y^2 = 15669127269180\ y^2, \\
\xi' = 3^3.11.13.29.46489.4657.y^2 = 24241207098537.y^2.
\end{cases}
$$

Es bleibt nun noch übrig, die Grösse y so zu bestimmen, dass auch die neunte Gleichung

$$\mu + \xi = \frac{q(q+1)}{2}$$

erfüllt wird; dieselbe nimmt mit den gefundenen Werthen die Form an

$$\frac{q(q+1)}{2} = 51285802909803.y^2 = 3.7.11.29.353.4657^2.y^2.$$

Multiplicirt man mit 8 und setzt

$$2q + 1 = t, \quad 2.4657.y = u,$$

so erhält man die Pell'sche Gleichung

$$t^2 - 2.3.7.11.29.353.u^2 = 1 \text{ oder } t^2 - 4729494.u^2 = 1,$$

aus deren Lösungen man die kleinste zu suchen hat, für welche u durch 2.4657 theilbar ist; aus dieser folgt dann

$$y = \frac{u}{2.4657}$$

als ganze Zahl und die Substitution dieses Werthes in das System B) liefert nun die kleinsten Werthe der Unbekannten λ, $\varkappa$ etc., welche allen neun Gleichungen genügen.

Setzt man zur Abkürzung

$$4729494 = D,$$

so dass die zu lösende Pell'sche Gleichung die Form annimmt

$$t^2 - D.u^2 = 1,$$

so ist nun zunächst $\sqrt{D}$ in einen Kettenbruch zu entwickeln.

Man findet

$$\sqrt{D} = \sqrt{4729494} = 2174 + \frac{1}{\alpha}, \text{ also } \alpha = \frac{1}{\sqrt{D} - 2174},$$

$$\alpha = \frac{\sqrt{D} + 2174}{3218} = 1 + \frac{1}{\beta}, \quad \frac{1}{\beta} = \frac{\sqrt{D} - 1044}{3218}, \quad \beta = \frac{3218(\sqrt{D} + 1044)}{D - 1044^2},$$

$$\beta = \frac{\sqrt{D} + 1044}{1131} = 2 + \frac{1}{\gamma}, \quad \frac{1}{\gamma} = \frac{\sqrt{D} - 1218}{1131}, \quad \gamma = \frac{1131(\sqrt{D} + 1218)}{D - 1218^2},$$

$$\gamma = \frac{\sqrt{D} + 1218}{2870} = 1 + \frac{1}{\gamma}, \quad \frac{1}{\delta} = \frac{\sqrt{D} - 1652}{2870}, \quad \delta = \frac{2870(\sqrt{D} + 1652)}{D - 1652^2},$$

$$\chi'=\frac{\sqrt{D}+1520}{1978}=1+\frac{1}{\psi'},\quad \frac{1}{\psi'}=\frac{\sqrt{D}-458}{1978},\quad \psi'=\frac{1978(\sqrt{D}+458)}{D-458^2},$$

$$\psi'=\frac{\sqrt{D}+458}{2285}=1+\frac{1}{\omega'},\quad \frac{1}{\omega'}=\frac{\sqrt{D}-1827}{2285},\quad \omega'=\frac{2285(\sqrt{D}+1827)}{D-1827^2},$$

$$\omega'=\frac{\sqrt{D}+1827}{609}=6+\frac{1}{\alpha''}.$$

Setzt man die Entwickelung weiter fort, so folgen dieselben Glieder in umgekehrter Ordnung, so dass also ω' das (einfach vorhandene) Mittelglied der Periode ist.

Die Entwickelung von $\sqrt{D}$ in einen Kettenbruch bis zur Periode wird daher

$$\sqrt{D}=\sqrt{4729494}=2174+\frac{1}{1}+\frac{1}{2}+\frac{1}{1}+\frac{1}{5}+\frac{1}{2}+\frac{1}{25}+\frac{1}{3}+\frac{1}{1}+\frac{1}{1}+\frac{1}{1}+\frac{1}{1}$$
$$+\frac{1}{1}+\frac{1}{1}+\frac{1}{15}+\frac{1}{1}+\frac{1}{2}+\frac{1}{16}+\frac{1}{1}+\frac{1}{2}+\frac{1}{1}+\frac{1}{1}$$
$$+\frac{1}{8}+\frac{1}{6}+\frac{1}{1}+\frac{1}{21}+\frac{1}{1}+\frac{1}{1}+\frac{1}{3}+\frac{1}{1}+\frac{1}{1}+\frac{1}{1}+\frac{1}{2}$$
$$+\frac{1}{2}+\frac{1}{6}+\frac{1}{1}+\frac{1}{1}+\frac{1}{5}+\frac{1}{1}+\frac{1}{17}+\frac{1}{1}+\frac{1}{1}+\frac{1}{47}$$
$$+\frac{1}{3}+\frac{1}{1}+\frac{1}{1}+\left(\frac{1}{6}\right)+\frac{1}{1}+\frac{1}{1}+\frac{1}{3}+\frac{1}{47}+\frac{1}{1}+\frac{1}{1}$$
$$+\frac{1}{17}+\frac{1}{1}+\frac{1}{5}+\frac{1}{1}+\frac{1}{1}+\frac{1}{6}+\frac{1}{2}+\frac{1}{2}+\frac{1}{1}+\frac{1}{1}+\frac{1}{1}$$
$$+\frac{1}{3}+\frac{1}{1}+\frac{1}{1}+\frac{1}{21}+\frac{1}{1}+\frac{1}{6}+\frac{1}{8}+\frac{1}{1}+\frac{1}{1}+\frac{1}{2}+\frac{1}{1}$$
$$+\frac{1}{16}+\frac{1}{2}+\frac{1}{1}+\frac{1}{15}+\frac{1}{1}+\frac{1}{1}+\frac{1}{1}+\frac{1}{1}+\frac{1}{1}+\frac{1}{1}$$
$$+\frac{1}{3}+\frac{1}{25}+\frac{1}{2}+\frac{1}{5}+\frac{1}{1}+\frac{1}{2}+\frac{1}{1}+\frac{1}{2174+\sqrt{D}},$$

wobei das Mittelglied der Periode durch Klammereinschluss hervorgehoben ist.

Bei der Summation dieses Kettenbruches habe ich zunächst die ganze Zahl weggelassen; ich gebe einige Zwischenwerthe der Rechnung.

Summe der ersten 30 Glieder:

$$\frac{5712601844568}{7719898416091}$$

Summe der ersten 45 Glieder:

$$\frac{62254528433446496393}{84129507677858393258}.$$

Summe aller 91 Glieder bis zur Periode:

$$\frac{37405833428853075951452716368694764784889}{50549485234315033074477819735540408986340}.$$

Nimmt man nun noch die ganze Zahl 2174 hinzu und richtet die entstehende gemischte Zahl ein, so findet man die kleinsten Werthe von t und u, welche der Pell'schen Gleichung

$$t^2-D.u^2=+1$$

genügen (dass diese Werthe nicht etwa zur Gleichung $t^2-D.u^2=-1$ gehören, ergiebt sich leicht), folgendermassen:

$$T=109931986732829734979866232821433543901088049,$$
$$U=50549485234315033074477819735540408986340.$$

$$\alpha' = \frac{\sqrt{D}+1587}{3595} = 1 + \frac{1}{\beta'}, \quad \frac{1}{\beta'} = \frac{\sqrt{D}-2008}{3595}, \quad \beta' = \frac{3595\,(\sqrt{D}+2008)}{D-2008^2},$$

$$\beta' = \frac{\sqrt{D}+2008}{194} = 21 + \frac{1}{\gamma'}, \quad \frac{1}{\gamma'} = \frac{\sqrt{D}-2066}{194}, \quad \gamma' = \frac{194\,(\sqrt{D}+2066)}{D-2066^2},$$

$$\gamma' = \frac{\sqrt{D}+2066}{2377} = 1 + \frac{1}{\delta'}, \quad \frac{1}{\delta'} = \frac{\sqrt{D}-311}{2377}, \quad \delta' = \frac{2377\,(\sqrt{D}+311)}{D-311^2},$$

$$\delta' = \frac{\sqrt{D}+311}{1949} = 1 + \frac{1}{\varepsilon'}, \quad \frac{1}{\varepsilon'} = \frac{\sqrt{D}-1638}{1949}, \quad \varepsilon' = \frac{1949\,(\sqrt{D}+1638)}{D-1638^2},$$

$$\varepsilon' = \frac{\sqrt{D}+1638}{1050} = 3 + \frac{1}{\zeta'}, \quad \frac{1}{\zeta'} = \frac{\sqrt{D}-1512}{1050}, \quad \zeta' = \frac{1050\,(\sqrt{D}+1512)}{D-1512^2},$$

$$\zeta' = \frac{\sqrt{D}+1512}{2327} = 1 + \frac{1}{\eta'}, \quad \frac{1}{\eta'} = \frac{\sqrt{D}-815}{2327}, \quad \eta' = \frac{2327\,(\sqrt{D}+815)}{D-815^2},$$

$$\eta' = \frac{\sqrt{D}+815}{1747} = 1 + \frac{1}{\vartheta'}, \quad \frac{1}{\vartheta'} = \frac{\sqrt{D}-932}{1747}, \quad \vartheta' = \frac{1747\,(\sqrt{D}+932)}{D-932^2},$$

$$\vartheta' = \frac{\sqrt{D}+932}{2210} = 1 + \frac{1}{\varkappa'}, \quad \frac{1}{\varkappa'} = \frac{\sqrt{D}-1278}{2210}, \quad \varkappa' = \frac{2210\,(\sqrt{D}+1278)}{D-1278^2},$$

$$\varkappa' = \frac{\sqrt{D}+1278}{1401} = 2 + \frac{1}{\lambda'}, \quad \frac{1}{\lambda'} = \frac{\sqrt{D}-1524}{1401}, \quad \lambda' = \frac{1401\,(\sqrt{D}+1524)}{D-1524^2},$$

$$\lambda' = \frac{\sqrt{D}+1524}{1718} = 2 + \frac{1}{\mu'}, \quad \frac{1}{\mu'} = \frac{\sqrt{D}-1912}{1718}, \quad \mu' = \frac{1718\,(\sqrt{D}+1912)}{D-1912^2},$$

$$\mu' = \frac{\sqrt{D}+1912}{625} = 6 + \frac{1}{\nu'}, \quad \frac{1}{\nu'} = \frac{\sqrt{D}-1838}{625}, \quad \nu' = \frac{625\,(\sqrt{D}+1838)}{D-1838^2},$$

$$\nu' = \frac{\sqrt{D}+1838}{2162} = 1 + \frac{1}{\xi'}, \quad \frac{1}{\xi'} = \frac{\sqrt{D}-324}{2162}, \quad \xi' = \frac{2162\,(\sqrt{D}+324)}{D-324^2},$$

$$\xi' = \frac{\sqrt{D}+324}{2139} = 1 + \frac{1}{o'}, \quad \frac{1}{o'} = \frac{\sqrt{D}-1815}{2139}, \quad o' = \frac{2139\,(\sqrt{D}+1815)}{D-1815^2},$$

$$o' = \frac{\sqrt{D}+1815}{671} = 5 + \frac{1}{\pi'}, \quad \frac{1}{\pi'} = \frac{\sqrt{D}-1540}{671}, \quad \pi' = \frac{671\,(\sqrt{D}+1540)}{D-1540^2},$$

$$\pi' = \frac{\sqrt{D}+1540}{3514} = 1 + \frac{1}{\varrho'}, \quad \frac{1}{\varrho'} = \frac{\sqrt{D}-1974}{3514}, \quad \varrho' = \frac{3514\,(\sqrt{D}+1974)}{D-1974^2},$$

$$\varrho' = \frac{\sqrt{D}+1974}{237} = 17 + \frac{1}{\sigma'}, \quad \frac{1}{\sigma'} = \frac{\sqrt{D}-2055}{237}, \quad \sigma' = \frac{237\,(\sqrt{D}+2055)}{D-2055^2},$$

$$\sigma' = \frac{\sqrt{D}+2055}{2137} = 1 + \frac{1}{\tau'}, \quad \frac{1}{\tau'} = \frac{\sqrt{D}-82}{2137}, \quad \tau' = \frac{2137\,(\sqrt{D}+82)}{D-82^2},$$

$$\tau' = \frac{\sqrt{D}+82}{2210} = 1 + \frac{1}{\upsilon'}, \quad \frac{1}{\upsilon'} = \frac{\sqrt{D}-2128}{2210}, \quad \upsilon' = \frac{2210\,(\sqrt{D}+2128)}{D-2128^2},$$

$$\upsilon' = \frac{\sqrt{D}+2128}{91} = 47 + \frac{1}{\varphi'}, \quad \frac{1}{\varphi'} = \frac{\sqrt{D}-2149}{91}, \quad \varphi' = \frac{91\,(\sqrt{D}+2149)}{D-2149^2},$$

$$\varphi' = \frac{\sqrt{D}+2149}{1223} = 3 + \frac{1}{\chi'}, \quad \frac{1}{\chi'} = \frac{\sqrt{D}-1520}{1223}, \quad \chi' = \frac{1223\,(\sqrt{D}+1520)}{D-1520^2},$$

$$\chi' = \frac{\sqrt{D}+1520}{1978} = 1 + \frac{1}{\psi'}, \quad \frac{1}{\psi'} = \frac{\sqrt{D}-458}{1978}, \quad \psi' = \frac{1978(\sqrt{D}+458)}{D-458^2},$$
$$\psi' = \frac{\sqrt{D}+458}{2285} = 1 + \frac{1}{\omega'}, \quad \frac{1}{\omega'} = \frac{\sqrt{D}-1827}{2285}, \quad \omega' = \frac{2285(\sqrt{D}+1827)}{D-1827^2},$$
$$\omega' = \frac{\sqrt{D}+1827}{609} = 6 + \frac{1}{\alpha''}.$$

Setzt man die Entwickelung weiter fort, so folgen dieselben Glieder in umgekehrter Ordnung, so dass also ω' das (einfach vorhandene) Mittelglied der Periode ist.

Die Entwickelung von $\sqrt{D}$ in einen Kettenbruch bis zur Periode wird daher

$$\sqrt{D} = \sqrt{4729494} = 2174 + \frac{1}{1} + \frac{1}{2} + \frac{1}{1} + \frac{1}{5} + \frac{1}{2} + \frac{1}{25} + \frac{1}{3} + \frac{1}{1} + \frac{1}{1} + \frac{1}{1} + \frac{1}{1}$$
$$+ \frac{1}{1} + \frac{1}{1} + \frac{1}{15} + \frac{1}{1} + \frac{1}{2} + \frac{1}{16} + \frac{1}{1} + \frac{1}{2} + \frac{1}{1} + \frac{1}{1}$$
$$+ \frac{1}{8} + \frac{1}{6} + \frac{1}{1} + \frac{1}{21} + \frac{1}{1} + \frac{1}{1} + \frac{1}{3} + \frac{1}{1} + \frac{1}{1} + \frac{1}{1} + \frac{1}{2}$$
$$+ \frac{1}{2} + \frac{1}{6} + \frac{1}{1} + \frac{1}{1} + \frac{1}{5} + \frac{1}{1} + \frac{1}{17} + \frac{1}{1} + \frac{1}{1} + \frac{1}{47}$$
$$+ \frac{1}{3} + \frac{1}{1} + \frac{1}{1} + \left(\frac{1}{6}\right) + \frac{1}{1} + \frac{1}{1} + \frac{1}{3} + \frac{1}{47} + \frac{1}{1} + \frac{1}{1}$$
$$+ \frac{1}{17} + \frac{1}{1} + \frac{1}{5} + \frac{1}{1} + \frac{1}{1} + \frac{1}{6} + \frac{1}{2} + \frac{1}{2} + \frac{1}{1} + \frac{1}{1} + \frac{1}{1}$$
$$+ \frac{1}{3} + \frac{1}{1} + \frac{1}{1} + \frac{1}{21} + \frac{1}{1} + \frac{1}{6} + \frac{1}{8} + \frac{1}{1} + \frac{1}{1} + \frac{1}{2} + \frac{1}{1}$$
$$+ \frac{1}{16} + \frac{1}{2} + \frac{1}{1} + \frac{1}{15} + \frac{1}{1} + \frac{1}{1} + \frac{1}{1} + \frac{1}{1} + \frac{1}{1} + \frac{1}{1}$$
$$+ \frac{1}{3} + \frac{1}{25} + \frac{1}{2} + \frac{1}{5} + \frac{1}{1} + \frac{1}{2} + \frac{1}{1} + \frac{1}{2174+\sqrt{D}},$$

wobei das Mittelglied der Periode durch Klammereinschluss hervorgehoben ist.

Bei der Summation dieses Kettenbruches habe ich zunächst die ganze Zahl weggelassen; ich gebe einige Zwischenwerthe der Rechnung.

Summe der ersten 30 Glieder:

$$\frac{5712691814598}{7719898416091}.$$

Summe der ersten 45 Glieder:

$$\frac{62251528133416196393}{84129567677858393258}.$$

Summe aller 91 Glieder bis zur Periode:

$$\frac{37405833128843075951452716368691764781889}{505494852343150330744778197355540408986340}.$$

Nimmt man nun noch die ganze Zahl 2174 hinzu und richtet die entstehende gemischte Zahl ein, so findet man die kleinsten Werthe von t und u, welche der Pell'schen Gleichung

$$t^2 - D.u^2 = +1$$

genügen (dass diese Werthe nicht etwa zur Gleichung $t^2 - D.u^2 = -1$ gehören, ergiebt sich leicht), folgendermassen:

$$T = 109931986732829734979866232821433543901088049,$$
$$U = 505494852343150330744778197355540408986340.$$

§ 7. Hilfssätze zur Bestimmung derjenigen kleinsten Lösung der Pell'schen Gleichung, für welche u theilbar ist durch 2.4657.

Ist T, U die kleinste Lösung der Pell'schen Gleichung $t^2 - Du^2 = 1$, so sind alle übrigen Lösungen derselben in der Form enthalten

$$t + u\sqrt{D} = (T + U\sqrt{D})^n,$$

wo n jede beliebige ganze Zahl, welche Gleichung so zu verstehen ist, dass t gleich dem rationalen Theile, u gleich dem durch $\sqrt{D}$ dividirten irrationalen Theile der entwickelten rechten Seite ist.

Um nun unter diesen Lösungen zunächst die kleinste zu finden, für welche u theilbar ist durch 4657, suche man die Reste von T und U für den Modul 4657.

Man findet

$$T \equiv 4406 \equiv -\ 251 \quad mod\, 4657,$$
$$U \equiv 3051 \equiv -1606 \quad mod\, 4657,$$

und ich bemerke weiter noch, dass

$$D \equiv 2639 \equiv -2018 \quad mod\, 4657.$$

Da also U nicht selbst $\equiv 0$ *mod* 4657, so hätte man nun der Reihe nach alle übrigen Lösungen $(T + U\sqrt{D})^n$ zu prüfen, bis man zu einer gelangt, für welche $u \equiv 0$ *mod* 4657.

Diese Arbeit wird wesentlich abgekürzt durch folgende Sätze.

Lehrsatz 1. Bezeichnet man mit $t_1 = T$, $u_1 = U$ die kleinste Lösung, ferner mit t_m, u_m diejenige Lösung der Pell'schen Gleichung $t^2 - Du^2 = 1$, welche aus der Entwickelung der m^{ten} Potenz von $t_1 + u_1\sqrt{D}$ folgt, so dass also

$$t_m + u_m\sqrt{D} = (t_1 + u_1\sqrt{D})^m,$$

so ist

$$t_{m+n} = t_m t_n + u_m u_n . D, \quad u_{m+n} = t_n u_m + t_m u_n,$$

also insbesondere

$$t_{2m} = t^2_m + u^2_m . D, \quad u_{2m} = 2\, t_m u_m .$$

Beweis. Durch Multiplication der Gleichungen

$$t_m + u_m\sqrt{D} = (t_1 + u_1\sqrt{D})^m, \quad t_n + u_n\sqrt{D} = (t_1 + u_1\sqrt{D})^n$$

folgt

$$t_m t_n + u_m u_n D + (t_n u_m + t_m u_n)\sqrt{D} = (t_1 + u_1\sqrt{D})^{m+n} = t_{m+n} + u_{m+n}\sqrt{D}.$$

Durch Trennung des rationalen und irrationalen Theiles dieser Gleichung folgt unmittelbar der aufgestellte Satz.

Zusatz. Es ist auch

$$t_{m-n} = t_m t_n - u_m u_n D, \quad u_{m-n} = t_n u_m - t_m u_n .$$

Beweis.
$$t_{m-n}+u_{m-n}\sqrt{D}=(t_1+u_1\sqrt{D})^{m-n}$$
$$=\frac{(t_1+u_1\sqrt{D})^m}{(t_1+u_1\sqrt{D})^n}=\frac{(t_1+u_1\sqrt{D})^m\,(t_1-u_1\sqrt{D})^n}{(t_1^2-Du_1^2)^n}$$
und da $t_1^2-Du_1^2=1$, so folgt weiter
$$t_{m-n}+u_{m-n}\sqrt{D}=(t_m+u_m\sqrt{D})\,(t_n-u_n\sqrt{D}),$$
da die Gleichung
$$t_n+u_n\sqrt{D}=(t_1+u_1\sqrt{D})^n$$
durch Vertauschung von $\sqrt{D}$ mit $-\sqrt{D}$ übergeht in
$$t_n-u_n\sqrt{D}=(t_1-u_1\sqrt{D})^n.$$
Aus der Gleichung
$$t_{m-n}+u_{m-n}\sqrt{D}=(t_m+u_m\sqrt{D})(t_n-u_n\sqrt{D})$$
folgt aber wieder durch Trennung des rationalen und irrationalen Theiles der aufgestellte Satz.

Lehrsatz 2. Unter den Lösungen t, u der Pell'schen Gleichung $t^2-Du^2=1$ sei t_ϱ, u_ϱ die kleinste, für welche $u_\varrho\equiv 0 \mod M$; die nächstgrössere, für welche wiederum $u\equiv 0 \mod M$, sei $t_{\varrho+\varkappa}$, $u_{\varrho+\varkappa}$, so ist $\varkappa\geqq\varrho$, falls M Primzahl.

Beweis. Es ist nach Lehrsatz 1
$$u_{\varrho+\varkappa}=t_\varkappa u_\varrho+t_\varrho u_\varkappa$$
und wegen $u_\varrho\equiv 0 \mod M$, $u_{\varrho+\varkappa}\equiv 0 \mod M$ auch
$$t_\varrho u_\varkappa\equiv 0 \mod M.$$
Da nun M Primzahl, so ist entweder
$$t_\varrho\equiv 0 \mod M \quad\text{oder}\quad u_\varkappa\equiv 0 \mod M.$$
Weil aber $t^2_\varrho-Du^2_\varrho=1$, so kann nicht zugleich $t_\varrho\equiv 0$, $u_\varrho\equiv 0 \mod M$ sein, folglich muss sein
$$u_\varkappa\equiv 0 \mod M.$$
Für $\varkappa<\varrho$ wäre dann aber nicht u_ϱ der kleinste Werth für den $u\equiv 0 \mod M$, folglich muss $\varkappa\geqq\varrho$ sein.

Lehrsatz 3. Ist u_ϱ der kleinste Werth, $u_{\varrho+\varkappa}$ der nächste Werth von u, der $\equiv 0 \mod M$ (M Primzahl), so sind die übrigen Werthe von u, welche ebenfalls $\equiv 0 \mod M$ enthalten, in der Form
$$u_{\alpha\varrho+\beta\varkappa},$$
wo α, β beliebige ganze positive oder negative Zahlen sind.

Beweis. Im Beweise des Lehrsatzes 2 wurde gezeigt, dass aus den Bedingungen $u_\varrho\equiv 0$, $u_{\varrho+\varkappa}\equiv 0 \mod M$ folgt, dass auch $u_\varkappa\equiv 0 \mod M$.

Nun ist nach Lehrsatz 1
$$u_{\varrho+2\varkappa}=t_\varkappa u_{\varrho+\varkappa}+t_{\varrho+\varkappa}u_\varkappa,$$
also
$$u_{\varrho+2\varkappa}\equiv 0 \mod M \text{ wegen } u_{\varrho+\varkappa}\equiv 0 \text{ und } u_\varkappa\equiv 0 \mod M.$$
Ferner

$$u_{\varrho+3\varkappa} = t_\varkappa u_{\varrho+2\varkappa} + t_{\varrho+2\varkappa} u_\varkappa,$$

also

$$u_{\varrho+2\varkappa} \equiv 0 \ mod M \text{ wegen } u_{\varrho+2\varkappa} \equiv 0 \text{ und } u_\varkappa \equiv 0 \ mod M.$$

In dieser Weise weiter schliessend, folgt

$$u_{\varrho+\beta\varkappa} \equiv 0 \ mod M.$$

Ferner ist

$$u_{2\varrho+\beta\varkappa} \equiv t_{\varrho+\beta\varkappa} u_\varrho + t_\varrho u_{\varrho+\beta\varkappa},$$

also

$$u_{2\varrho+\beta\varkappa} \equiv 0 \ mod M \text{ wegen } u_\varrho \equiv 0 \text{ und } u_{\varrho+\beta\varkappa} \equiv 0 \ mod M$$

u. s. w.

Der Beweis ist leicht auf den Fall auszudehnen, dass α und β negativ sind.

Lehrsatz 4. Sind wieder u_ϱ und $u_{\varrho+\varkappa}$ die zwei kleinsten Werthe von u, die $\equiv 0 \ mod M$ (M Primzahl), so ist $\varkappa = \varrho$.

Beweis. Sei g der grösste gemeinsame Theiler von ϱ und $\varkappa$, und sei

$$\varrho = g\varrho_1, \quad \varkappa = g\varkappa_1,$$

wo also ϱ_1 und $\varkappa_1$ theilerfremd, so lassen sich stets zwei ganze Zahlen α, β finden, so dass

$$\alpha\varrho_1 + \beta\varkappa_1 = 1, \text{ mithin } \alpha\varrho + \beta\varkappa = g.$$

Dann wäre also $u_g \equiv 0 \ mod M$, mithin nicht u_ϱ das kleinste u, welches $\equiv 0 \ mod M$, also muss $g = \varrho$, mithin $\varrho_1 = 1$, und $\varkappa = g\varkappa_1 = \varrho\varkappa_1$, also ein Vielfaches von ϱ sein; da aber $u_{2\varrho} \equiv 0$ und $u_{\varrho+\varkappa}$ der nächste Werth nach u_ϱ, welcher $\equiv 0$, so ist $\varrho + \varkappa = 2\varrho$, also $\varkappa = \varrho$.

Damit folgt ferner aus Lehrsatz 3:

Lehrsatz 5. Ist u_ϱ das kleinste u, welches $\equiv 0 \ mod M$ (M Primzahl), so sind alle übrigen u, welche ebenfalls $\equiv 0 \ mod M$, enthalten in der Form

$$u_{\alpha\varrho},$$

wo α jede ganze Zahl.

Lehrsatz 6. Ist M Primzahl, D zu M theilerfremd, ist t_1, u_1 die kleinste Lösung der Gleichung $t^2 - Du^2 = 1$, und ist nicht schon eine der Grössen t_1, $u_1 \equiv 0 \ mod M$, so ist

$$t_{M-1} \equiv 1, \quad u_{M-1} \equiv 0 \ mod M$$

oder

$$t_{M+1} \equiv 1, \quad u_{M+1} \equiv 0 \ mod M,$$

je nachdem D quadratischer Rest oder quadratischer Nichtrest von M.

Beweis. Es ist

$$\begin{aligned} t_M + u_M\sqrt{D} = (t_1 + u_1\sqrt{D})^M \\ = t_1^M + \binom{M}{2} t_1^{M-2} u_1^2 D + \binom{M}{4} t_1^{M-4} u_1^4 D^2 + \ldots \\ \ldots + \binom{M}{M-1} t_1 u_1^{M-1} . D^{\frac{M-1}{2}} \\ + \sqrt{D}\Big[\binom{M}{1} t_1^{M-1} u_1 + \binom{M}{3} t_1^{M-3} u_1^3 D \\ + \binom{M}{5} t_1^{M-5} u_1^5 D^2 + \ldots + \binom{M}{M} u_1^M D^{\frac{M-1}{2}}\Big], \end{aligned}$$

also

$$t_M = t_1^M + \binom{M}{2} t_1^{M-2} u_1^2 D + \binom{M}{4} t_1^{M-4} u_1^4 D^2 + \ldots + \binom{M}{M-1} t_1 u_1^{M-1} D^{\frac{M-1}{2}},$$
$$u_M = \binom{M}{1} t_1^{M-1} u_1 + \binom{M}{3} t_1^{M-3} u_1^3 D + \binom{M}{5} t_1^{M-5} u_1^5 D^2 + \ldots + \binom{M}{M} u_1^M D^{\frac{M-1}{2}}.$$

Nun ist M Primzahl und in den Binomialcoefficienten, die bekanntlich für ganze positive Exponenten auch ganze Zahlen sind, erreicht im Nenner keiner der Factoren den Werth M ausser in $\binom{M}{M}$, mithin sind dieselben, da sie alle im Zähler den Factor M haben, sämmtlich durch M theilbar, ausser $\binom{M}{M} = 1$, folglich ist

$$t_M \equiv t_1^M \mod M, \quad u_M \equiv u_1^M D^{\frac{M-1}{2}} \mod M.$$

Da nun nach Voraussetzung weder t_1, noch $u_1 \equiv 0 \mod M$, so ist nach **Fermat's** Satz

$$t_1^{M-1} \equiv 1, \quad u_1^{M-1} \equiv 1 \qquad \mod M,$$

folglich

$$t_M \equiv t_1, \quad u_M \equiv u_1 D^{\frac{M-1}{2}} \mod M.$$

Ist nun D quadratischer Rest von M, so ist

$$D^{\frac{M-1}{2}} \equiv 1 \mod M,$$

also ist dann

$$t_M \equiv t_1, \quad u_M \equiv u_1 \mod M.$$

Da nun nach Lehrsatz 1

$$t_M = t_{M-1} t_1 + u_{M-1} u_1 D, \quad u_M = t_{M-1} u_1 + u_{M-1} t_1,$$

so folgt weiter

$$t_1 \equiv t_{M-1} t_1 + u_{M-1} u_1 D \mod M, \quad u_1 \equiv t_{M-1} u_1 + u_{M-1} t_1 \mod M.$$

Multiplicirt man diese Congruenzen mit $-u_1$ und t_1 und addirt, so folgt

$$0 \equiv u_{M-1} (t_1^2 - u_1^2 D) \mod M,$$

und da $t_1^2 - u_1^2 D = 1$, so folgt also

$$u_{M-1} \equiv 0 \mod M.$$

Multiplicirt man aber diese Congruenzen mit t_1 und $-u_1 D$ und addirt, so folgt

$$t_1^2 - u_1^2 D \equiv t_{M-1} (t_1^2 - u_1^2 D) \mod M$$

oder

$$(t_1^2 - u_1^2 D)(t_{M-1} - 1) \equiv 0 \mod M,$$

also, da $t_1^2 - u_1^2 D = 1$,

$$t_{M-1} \equiv 1 \mod M,$$

womit der erste Theil des Satzes bewiesen ist.

Ist aber D quadratischer Nichtrest von M, so ist

$$D^{\frac{M-1}{2}} \equiv -1 \mod M,$$

folglich ist dann

$$t_M \equiv t_1, \quad u_M \equiv -u_1 \quad mod\, M.$$

Da nun nach Lehrsatz 1

$$t_{M+1} = t_M t_1 + u_M u_1 D, \quad u_{M+1} = t_M u_1 + u_M t_1,$$

so folgt also

$$t_{M+1} \equiv t_1^2 - u_1^2 D, \quad \text{also} \quad t_{M+1} \equiv 1 \quad mod\, M,$$
$$u_{M+1} \equiv t_1 u_1 - u_1 t_1 \equiv 0 \quad mod\, M,$$

womit auch der zweite Theil des Satzes nachgewiesen ist.

Lehrsatz 7. Um die kleinste Lösung t_ϱ, u_ϱ der Gleichung $t^2 - Du^2 = 1$ zu finden, für welche $u_\varrho \equiv 0 \; mod\, M$ (M Primzahl und zu D theilerfremd), zerlege man, je nachdem D quadratischer Rest oder Nichtrest von M ist, $M-1$ oder $M+1$ in Primfactoren, also

$$M - 1 = p.q.r\ldots \quad \text{oder} \quad M+1 = p.q.r\ldots,$$

alsdann kann u_ϱ nur in einer der Formen

$$u_p, \; u_q, \; u_r, \ldots, \; u_{pq}, \; u_{pr}, \ldots$$

enthalten sein.

Beweis. Alle u, die $\equiv 0 \; mod\, M$, sind nach Lehrsatz 5 in der Form $u_{\alpha\varrho}$ enthalten, wo u_ϱ das kleinste u, welches $\equiv 0 \; mod\, M$.

Ist nun D quadratischer Rest von M, so ist nach Lehrsatz 6) $u_{M-1} \equiv 0 \; mod\, M$, also $M - 1 = \alpha\varrho$, d. h. ϱ ist dann Factor von $M-1$.

Ist aber D quadratischer Nichtrest von M, so ist $u_{M+1} \equiv 0 \; mod\, M$, also $M+1 = \alpha\varrho$, d. h. ϱ ist dann Factor von $M+1$.

Beispiele zu Lehrsatz 7.

I. Es ist die kleinste Lösung der Gleichung $t^2 - 13u^2 = 1$ zu suchen, für welche $u \equiv 0 \; mod\, 23$.

Die Entwickelung von $\sqrt{13}$ in einen Kettenbruch bis zur Periode giebt

$$\sqrt{13} = 3 + \frac{1}{1} + \frac{1}{1} + \frac{1}{1} + \frac{1}{1} + \frac{1}{6} + \cdots$$

Da bis zum Schlussgliede der Periode eine ungerade Zahl von Gliedern vorhanden ist, so giebt der Näherungsbruch

$$3 + \frac{1}{1} + \frac{1}{1} + \frac{1}{1} + \frac{1}{1} = \frac{18}{5}$$

die Lösung $t = 18$, $u = 5$ für die Gleichung $t^2 - 13u^2 = -1$.

Summirt man aber bis zum Schlussgliede der zweiten Periode, so giebt der Näherungsbruch

$$3 + \frac{1}{1} + \frac{1}{1} + \frac{1}{1} + \frac{1}{1} + \frac{1}{6} + \frac{1}{1} + \frac{1}{1} + \frac{1}{1} + \frac{1}{1} = \frac{649}{180}$$

die kleinste Lösung $t_1 = 649$, $u_1 = 180$ der Gleichung $t^2 - 13u^2 = 1$.

Um nun die kleinste Lösung t_ϱ, u_ϱ zu finden, für welche $u_\varrho \equiv 0 \; mod\, 23$, beachte man, dass 13 quadratischer Rest von 23 ($6^2 \equiv 13 \; mod\, 23$), dass also ϱ Factor von $23 - 1 = 22$ sein muss; es kann also ϱ nur die Werthe 2 oder 11 oder 22 haben.

Nun ist
$$t_1 = 649 \equiv 5 \ mod\,23, \quad u_1 = 180 \equiv -4 \ mod\,23,$$
woraus nach Lehrsatz 1 folgt
$$\left.\begin{array}{ll} t_2 \equiv 3, & u_2 \equiv 6 \\ t_3 \equiv 2, & u_3 \equiv -5 \\ t_4 \equiv -6, & u_4 \equiv -10 \\ t_8 \equiv 2, & u_8 \equiv 5 \\ t_{11} \equiv 1, & u_{11} \equiv 0 \end{array}\right\} mod\,23,$$
also ist $\varrho = 11$, wie es Lehrsatz 7 fordert.

II. Es soll die kleinste Lösung t_ϱ, u_ϱ derselben Gleichung $t^2 - 13u^2 = 1$ gefunden werden, für welche $u_\varrho \equiv 0 \ mod\,19$.

Da 13 quadratischer Nichtrest von 19, so muss ϱ ein Factor von $19+1=20$ sein, also kann ϱ nur die Werthe 2, 4, 5, 10, 20 haben.

Nun ist
$$\left.\begin{array}{l} t_1 = 649 \equiv 3 \\ u_1 = 180 \equiv 9 \end{array}\right\} mod\,19,$$
$$\left.\begin{array}{ll} t_2 \equiv -2, & u_2 \equiv -3 \\ t_4 \equiv 7, & u_4 \equiv -7 \\ t_5 \equiv 0, & u_5 \equiv 4 \\ t_{10} \equiv -1, & u_{10} \equiv 0 \\ t_{20} \equiv 1, & u_{20} \equiv 0 \end{array}\right\} mod\,19,$$
also ist 10 der kleinste Werth von ϱ, für welchen $u_\varrho \equiv 0 \ mod\,19$, und 20 der kleinste Werth von ϱ, für welchen zugleich
$$t_\varrho \equiv 1, \quad u_\varrho \equiv 0 \quad mod\,19.$$

§ 8. Anwendung der vorstehenden Hilfssätze zur Bestimmung der kleinsten Lösung der Gleichung des Hauptproblems $t^2 - 4729494\,u^2 = 1$, für welche $u \equiv 0 \ mod\,4657$.

Es ist zufolge der Lehrsätze 6 und 7 zunächst zu entscheiden, ob $D = 4729494$ quadratischer Rest oder Nichtrest von $D = 4657$ ist oder ob
$$D^{\frac{M-1}{2}} = D^{2328} \equiv +1 \text{ oder } \equiv -1 \ mod\,M.$$
Man findet für den Modul $M = 4657$
$$\begin{array}{lll} D \equiv -2018, & D^2 \equiv 2106, & D^4 \equiv 1772, \\ D^8 \equiv 1166, & D^{16} \equiv -288, & D^{32} \equiv -882, \\ D^{64} \equiv 205, & D^{128} \equiv 112, & D^{256} \equiv -1427, \\ D^{512} \equiv 1220, & D^{1024} \equiv -1840, & D^{2048} \equiv -39, \\ D^{2304} \equiv -231, & D^{2320} \equiv 1330, & D^{2328} \equiv -1, \end{array}$$
also ist D quadratischer Nichtrest von $M = 4657$, folglich muss für die kleinste Lösung $u_\varrho \equiv 0 \ mod\ 4657$ ϱ ein Factor von $M+1$, d. h. von 4658 sein. Nun ist
$$4658 = 2.17.137,$$
also können für ϱ nur die Werthe

$$2,\ 17,\ 34,\ 137,\ 274,\ 2329,\ 4658$$

in Betracht kommen.

Die in § 5 gefundene kleinste Lösung der Gleichung $t^2 - Du^2 = 1$, $T = t_1$, $U = u_1$ giebt nun

$$t_1 \equiv -251,\quad u_1 \equiv -1606 \quad mod\, 4657,$$

ferner ist

$$D \equiv -2018 \quad mod\, 4657,$$

und damit folgt nach Lehrsatz 1 successive

$$\left.\begin{array}{llll}
t_2 & \equiv 262, & u_2 & \equiv 551 \\
t_4 & \equiv 2234, & u_4 & \equiv -10 \\
t_8 & \equiv 1560, & u_8 & \equiv 1890 \\
t_{16} & \equiv 634, & u_{16} & \equiv 1038 \\
t_{17} & \equiv -1411, & u_{17} & \equiv 1933 \\
t_{34} & \equiv 106, & u_{34} & \equiv -1579 \\
t_{68} & \equiv -814, & u_{68} & \equiv 556 \\
t_{136} & \equiv -2054, & u_{136} & \equiv -1710 \\
t_{137} & \equiv 1686, & u_{137} & \equiv -2323 \\
t_{274} & \equiv -1006, & u_{274} & \equiv -82 \\
t_{548} & \equiv -1724, & u_{548} & \equiv 1989 \\
t_{1096} & \equiv 2019, & u_{1096} & \equiv 1689 \\
t_{2192} & \equiv -1686, & u_{2192} & \equiv -2323 \\
t_{2329} & \equiv -1, & u_{2329} & \equiv 0
\end{array}\right\} mod\, 4657,$$

also ist t_{2329}, u_{2329} die kleinste Lösung, für welche $u \equiv 0$ $mod\, 4657$.

Da ferner $u_1 \equiv 0$ $mod\, 2$ und $u_2 = 2t_1u_1$ ebenfalls $\equiv 0$ $mod\, 2$, so folgt leicht aus Lehrsatz 1, dass überhaupt alle $u \equiv 0$ $mod\, 2$, folglich ist auch

$$u_{2329} \equiv 0 \quad mod\, 2.4657,$$

mithin ist überhaupt u_{2329} der kleinste Werth von u, der den in § 6 gestellten Forderungen genügt, und es folgt damit

$$y = \frac{u_{2329}}{2.4657}.$$

Weil $t^2 - Du^2 = 1$, so müssen bei grossen Werthen von t und u die Grössen t und $u\sqrt{D}$ nahezu einander gleich sein; so ist z. B.

$$t_1 = T = 109932\textcircled{39},\quad u_1\sqrt{D} = U\sqrt{D} = 109932\textcircled{39},$$

also

$$t_1 + u_1\sqrt{D} = T + U\sqrt{D} = 219864\textcircled{39},$$

wo die in ◯ eingeschlossene Zahl andeutet, wieviel Stellen noch folgen.

Damit lassen sich nun die vordersten Stellen und die Anzahl der Stellen der Grössen t_{2329}, u_{2329}, y finden. Es ist

$$\log T = 44{,}0411240$$
$$\log U = 40{,}7037168$$
$$\log D = 6{,}6748146$$
$$\log \sqrt{D} = 3{,}3374073$$
$$\log U\sqrt{D} = 44{,}0411241$$
$$\log (T + U\sqrt{D}) = 44{,}3421541$$
$$\log (t_{2329} + u_{2329}\sqrt{D}) = \log (T + U\sqrt{D})^{2329} = 103272{,}8769$$

und da t_{2329} nahezu gleich $u_{2329}\sqrt{D}$, so findet man durch Subtraction von $\log 2$

$$\log t_{2329} = \log u_{2329}\sqrt{D} = 103272{,}5759$$
$$\log \sqrt{D} = 3{,}3374$$
$$\log u_{2329} = 103269{,}2385$$
$$\log 2.4657 = 3{,}9691$$
$$\log y = 103265{,}2694.$$

Berechnet man damit aus dem System B) des § 6 die Grösse λ, so findet man

$$\log \text{Factor von } y^2 = 13{,}6646$$
$$\log y^2 = 206530{,}5388$$
$$\log \lambda = 206544{,}2034$$
$$\lambda = 1598\,(206541),$$

also eine Zahl, die mit 206545 Ziffern geschrieben wird.

Für die Gesammtsumme aller Rinder findet man

$$7766\,(206541).$$

Es ist unmöglich, sich von einer solchen Zahl auch nur annähernd eine Vorstellung zu schaffen; einige Bemerkungen seien hierüber gestattet.

Die grossen siebenstelligen Logarithmentafeln enthalten auf einer Seite je 50 Zeilen mit circa je 50 Ziffern, also 2500 Ziffern; demnach würde eine einzige der acht Grössen λ, μ etc. den Raum von $82\frac{1}{2}$ solchen Druckseiten einnehmen und die vollständigen Werthe aller acht zu bestimmenden Grössen einen Band von 660 Seiten füllen.

Setzt man statt der Rinder die kleinsten uns bekannten Thierchen, so würde der für uns sichtbare Weltraum nur einen, noch nicht auszusprechenden Bruchtheil der gefundenen Zahl aufnehmen können.

Der für uns sichtbare Weltraum kann als eine Kugel angesehen werden, deren Durchmesser gleich dem des Milchstrassenringes ist; dieser beträgt nun 7700 Jahre Lichtzeit à $1\frac{1}{3}$ Billion Meilen = 10267 Billionen Meilen = 76181 Trillionen Millimeter, mithin das Volum der für uns sichtbaren Weltkugel in Kubikmillimetern

$$= \tfrac{1}{6}\pi [76181\,(18)]^3 = 2315\,(65),$$

also eine Zahl, die mit nur 69 Stellen geschrieben wird, geradezu verschwindend gegen eine Zahl mit mehr als 200000 Stellen.

Gehen nun zwar auf den gewiss kleinen Raum eines Kubikmillimeters etwa 50000 Millionen der kleinsten uns bekannten Thierchen, der *monas prodigiosa E.*, so würde der ganze Weltraum selbst von dieser Thiersorte nur etwa 10^{79} Stück, eine Zahl, die mit 1 und 79 Nullen geschrieben wird, aufzunehmen vermögen.

Man müsste den Durchmesser der für uns sichtbaren Weltkugel 11470 mal nacheinander millionenfach nehmen, bis der so entstehende Raum genügte, um die gefundene Zahl von diesen Thierchen zu fassen.

Liegt nun zwar in einer grossen Zahl zunächst noch kein grosser Gedanke und erfordert es bei unserem Zahlensystem auch nicht zu bedeutende Mühe, mit solch' grossen Zahlen zu rechnen, so muss man doch immerhin bewundern, dass es möglich war, in die unendliche Zahlenmasse ein System zu bringen, welches eine so leichte Orientirung gestattet; die Idee des Zahlensystems ist gewiss eine geniale und des Geistes eines Archimedes würdig.

Mag es daher auch sein, dass die betrachtete Aufgabe nicht von Archimedes herrührt; jedenfalls machen aber doch die Schwierigkeiten, welche sie ihrer Lösung entgegensetzt einerseits, und die enormen Zahlen, auf welche sie führt andererseits, insofern nämlich die Möglichkeit ihrer Darstellung eine vorzügliche Illustration zu der genialen Idee „eines Zahlensystems" liefert, dieselbe würdig, den Namen eines Archimedes zu tragen.

Dresden. Dr. A. Amthor.

Recensionen.

Das Räthsel von der Schwerkraft. Kritik der bisherigen Lösungen des Gravitationsproblems und Versuch einer neuen auf rein mechanischer Grundlage von Dr. C. Isenkrahe. Braunschweig, Friedrich Vieweg & Sohn. 1879.

Das mit vielen Holzschnitten ausgestattete, 214 S. gr. 8⁰ umfassende Werk nebst ausführlichem Inhaltsverzeichniss und Vorwort giebt zuerst eine Uebersicht über die bisher aufgestellten Hypothesen zur Erklärung des Newton'schen Gravitationsgesetzes. Nachdem der Standpunkt Newton's selbst zu seinem Gesetze näher dargethan ist, werden kurz besprochen und kritisirt die Theorien von Zöllner, Weber, Spiller, Dellingshausen, Lesage-Thomson, Schramm, Huyghens, Fritsch und Secchi. Hierauf giebt der Verfasser von S. 128—214 seine eigene Theorie, die er darauf gründet: Der ganze Weltenraum ist erfüllt von Aetheratomen und Molekülen der gewöhnlich als ponderabel bezeichneten Substanzen. Die Aetheratome und Moleküle sind unelastisch, undurchdringlich und im Beharrungszustande, so dass ein immerwährendes Durcheinanderfliegen und Zusammenstossen dieser Aetheratome stattfindet, jedoch so, dass, wenn nicht die Zwischenwirkung der Moleküle hinzukommt, durch ein gegebenes ebenes Flächenstück in jeder Zeiteinheit gleichviel Aetheratome nach allen möglichen Richtungen hindurchfliegen. Die Massen dieser Aetheratome sind für alle Aetheratome gleich, verschieden sind aber die Geschwindigkeiten derselben. Die Gestalt der Atome und Moleküle wird als kugelförmig vorausgesetzt. Von der etwa noch vorhandenen Rotationsbewegung dieser Massen wird Umgang genommen. Es wird nun der Reihe nach untersucht die Wirkung des Aethers auf ein ruhendes Molekül, die Wirkung des Moleküls auf das umgebende Medium, der Einfluss des Aethers auf ein bewegliches Molekül, der Einfluss zweier ruhender Körper auf einander und die Gravitationswirkung bewegter Massen.

Der Angelpunkt der ganzen Untersuchung ist der Umstand, dass die bei seitlichem Stoss von einem Molekül abprallenden Aetheratome einen Geschwindigkeitsverlust erleiden, und damit kann wohl das, was wir Schwerkraft nennen, erklärt und mehr oder weniger mit der Beobachtung in Uebereinstimmung gebracht werden. Einen Umstand möchten wir aber hier noch besonders hervorheben, der gar nicht weiter berücksichtigt ist, aber bei unelastischem Stosse doch schwer ins Gewicht fällt; es ist dies, dass alle diejenigen Aetheratome, die central stossen, mit dem Moleküle verbunden bleiben müssen, dass also die Masse der ponderablen Moleküle sich mit der Zeit vermehren, die Anzahl der frei herumfliegenden Aetheratome aber mit der Zeit abnehmen muss. Gegen diesen Umstand mit seinen mannigfachen Folgerungen erheben sich aber sehr wichtige Bedenken.

Freiberg, den 10. Januar 1880. Dr. Th. Kötteritzsch.

Die Frage der Veränderlichkeit des Sonnendurchmessers, von Dr. K. Remeis. Leipzig 1880, K. Scholtze.

Die vorliegende kleine Schrift ist ursprünglich in der populären astronomischen Zeitschrift „Sirius" erschienen und daher vorzugsweise an das grosse Publicum gerichtet. Wir beschränken uns daher auf einige allgemeinere Bemerkungen über dieselbe.

Bei der ausgesprochenen Neigung des Herausgebers jener Zeitschrift für Veränderungen und Umwälzungen am gestirnten Himmel darf es nicht Wunder nehmen, wenn auch der Verfasser der in Rede stehenden Abhandlung, trotz seiner Absicht, eine möglichst objective Darstellung aller einschlägigen Arbeiten zu geben, der Veränderlichkeit des Sonnendurchmessers zuneigt. Wenn nun auch von den Fachastronomen die Möglichkeit vor sich gehender Veränderungen gar nicht in Abrede gestellt wird, so ist doch die Zahl Derer, welche behaupten, dass solche Veränderungen wirklich für uns wahrnehmbar sind, unter jenen sehr gering, während die Liebhaber der Astronomie wohl zum überwiegenden Theil zu den Anhängern dieser Ansicht gehören. Es ist dies nicht wunderbar, der Fachastronom legt natürlich nach seiner eigenen Erfahrung andere Kritik an die Beobachtungen, als es der Laie zu thun vermag. Das beweisen in vorliegender Frage genugsam die Arbeiten von Auwers, Wagner, Becker, die von dem Verfasser nur vorübergehend oder gar nicht erwähnt sind, sowie die Entgegnungen Respighi's auf die unzuverlässigen Beobachtungen Secchi's. Der Astronom weiss, wieviel er über Veränderungen aus seinen Beobachtungen ableiten kann, der Laie wird oft durch falsche Auffassung des Begriffes des wahrscheinlichen Fehlers und durch die für den Astronomen freilich schmeichelhafte Ueberschätzung der Genauigkeit der Beobachtungen zur Annahme stattgehabter Veränderungen getrieben. Es ist bei der sehr erfreulichen und gewiss anzuerkennenden Beschäftigung der Laien mit der Astronomie nur eine etwas grössere Bescheidenheit bei der Aufstellung und Begründung solcher Hypothesen zu wünschen. So sollte man sich doch, bevor man als Laie dem Fachmanne die Berücksichtigung gewisser Beobachtungsmethoden (Heliometer) anempfiehlt, vergewissern, ob wirklich von astronomischer Seite diese Methoden ausser Acht gelassen werden, bejahendenfalls untersuchen, aus welchem Grunde dies geschieht; das Heliometer wird z. B. an der Strassburger Sternwarte seit mehreren Jahren in ausgedehntester Weise zur Ausmessung von Sonnendurchmessern benutzt. Weshalb andere Sternwarten, welche im Besitz von Heliometern sind, nicht dasselbe leisten, ist jedem Astronomen, welcher die örtlichen Verhältnisse kennt, hinreichend klar. Heliometerbeobachtungen von Werth sind nicht *en passant* und an jedem beliebigen Orte anzustellen; leider sind auch die modernen Sternwarten nicht alle so situirt, dass sie über hinreichendes Personal gebieten, um in allen Zweigen der Astronomie gleichzeitig thätig sein zu können. Welche Fragen aber bei beschränkteren Mitteln die zunächst wichtigen für die Astronomie sind, wird wohl der Laie dem Fachmanne zu entscheiden überlassen müssen. Ebenso weisen wir des Verfassers Mahnung zur rascheren Publication zurück; gerade die voreilige Publication, deren sich die deutsche Astronomie zum Glück nicht schuldig macht, hat oft zu den das gebildete Publicum verwirrenden und den Fachastronomen lästigen Mittheilungen vermeintlicher „epochemachender Entdeckungen" geführt, die vor strenger Kritik nicht Stand halten konnten.

VALENTINER.

Ueber eine specielle Classe Abel'scher Functionen vom Geschlecht 3, von Dr. J. THOMAE. Halle a. S. 1879.

Der Verfasser behandelt in der vorliegenden Abhandlung einen besondern Fall derjenigen Functionen, denen seine im Jahre 1877 erschienene, in diesen Blättern bereits besprochene Schrift gewidmet war. Den Gegenstand vorliegender Arbeit nämlich bilden sechsfach periodische Functionen, welche aus algebraischen Integralen entspringen, welche als einzige Irrationalität eine Kubikwurzel aus einem Ausdrucke vierten Grades enthalten und die dementsprechend in einer dreiblättrigen Riemann'schen Fläche darstellbar sind, deren Blätter in fünf Punkten alle drei zusammenhängen. Im Ganzen sind die Methoden der Untersuchung dieselben, wie die, welche bei der allgemeineren Frage, die den Gegenstand jener Arbeit bildete, angewandt wurden, nur dass bei der einfacheren Aufgabe die Resultate weiter geführt sind, als bei jener allgemeineren, und dass manche Fragen, die dort kaum berührt sind, hier eine eingehendere Besprechung finden. Hierhin gehört die Untersuchung der Abel'schen Functionen im engern Sinne, welche zwar in dem vorliegenden besondern Falle nicht die wichtige Rolle spielen, wie im all*gemeinen Falle* der Functionen vom Geschlecht „drei", hier aber eine besonders einfache und elegante Behandlung gestatten. Die Anzahl dieser Functionen ist, wie bekannt, 28, und ihre Bestimmung hängt sonach von der Lösung einer algebraischen Gleichung 28. Grades ab. Aber da eine von diesen Functionen die Constante ist und die 27 übrigen sich zu je dreien in Gruppen anordnen, in denen sich die einzelnen Functionen nur durch die Bedeutung der in ihnen auftretenden dritten Wurzel unterscheiden, so reducirt sich die Gleichung, von welcher diese Functionen abhängen, auf den 9. Grad. Es hätte hier noch bemerkt zu werden verdient, dass diese Gleichung neunten Grades aufgefasst werden kann als eine solche, welche die Wendepunkte einer Curve dritter Ordnung bestimmt, und dass sie also, nach einem Satze von Hesse, zu den algebraisch lösbaren gehört. Setzt man nämlich die Kubikwurzel, von welcher die betrachtete Functionenclasse abhängt, in die Form $s=\sqrt[3]{z^4+\psi(z)}$, worin $\psi(z)$ eine Function dritten Grades von z ist, so kommt das Problem der Abel'schen Functionen darauf hinaus, die beiden linearen Functionen ξ, η von z so zu bestimmen, dass

$$s^3-\xi^3=(z^2+\eta)^2 \quad \text{oder} \quad \psi(z)-2\eta z^2-\eta^2=\xi^3$$

wird. Fasst man also

$$\psi(z)-2yz^2-y^2=0$$

als Gleichung einer ebenen Curve dritter Ordnung auf, so sind die geraden Linien $y=\eta$ die Wendetangenten dieser Curve. (Vergl. Clebsch, Theorie der binären Formen, S. 234.)

Die Classe algebraischer Functionen, welche der Untersuchung zu Grunde liegt, hängt nur von zwei algebraischen Moduln ab, da von den vier im Endlichen liegenden Verzweigungspunkten zwei in beliebige Punkte, z. B. die Punkte 0, 1 verlegt werden können; sie bilden also nur einen sehr speciellen Fall der Functionen vom Geschlecht 3, welche im Allgemeinen von sechs Moduln abhängen. Demgemäss müssen auch die sechs Moduln der entsprechenden Thetafunctionen sich auf zwei von einander unabhängige reduciren, und es ist sehr bemerkenswerth, dass sich dieselben wirklich in einfachster Weise explicite durch zwei unabhängige unter ihnen darstellen lassen.

Auf die Verwendung der Thetafunctionen zur Darstellung algebraischer Functionen, zur Lösung des Jacobi'schen Umkehrproblems, zur Darstellung der Integrale zweiter und dritter Gattung, ferner auf die Darstellung der constanten Thetawerthe kann hier im Einzelnen nicht näher eingegangen werden. Alle diese Probleme gestatten hier eine ziemlich vollständige Durchführung, bezüglich welcher wir den Leser auf die Schrift selbst verweisen müssen.

Königsberg, im Februar 1880. H. Weber.

Methoden und Theorien zur Auflösung geometrischer Constructionsaufgaben, von Dr. J. Petersen, unter Mitwirkung des Verf. nach der 2. Auflage des Originals ins Deutsche übertragen von Dr. R. v. Fischer-Benzon. Kopenhagen, Andr. Fred. Høst & Sohn. 106 S.

Mit Recht bemerkt der Herr Verfasser, Docent an der polytechnischen Schule in Kopenhagen und Mitglied der königl. dänischen Gesellschaft der Wissenschaften, in der Vorrede, dass die Mathematiker zwar bis in die neueste Zeit ein grosses Interesse für die Lösung geometrischer Constructionsaufgaben sich bewahrt haben, dass aber die Entwickelung der Mittel, welche man für die Behandlung der Aufgaben hat, eine sehr geringe ist. „Apollonius hätte ebenso gut wie Steiner das Malfatti'sche Problem lösen können, wenn er es gekannt hätte."

Wenn wir nun auch an den deutschen Lehranstalten, wenigstens an den preussischen, nicht in die Klage des Verfassers einzustimmen brauchen, dass die geometrischen Constructionsaufgaben nur wenig Eingang in die Schulen gefunden haben, so ist es leider auch bei uns wahr, dass die Auflösung solcher Aufgaben von Vielen als eine Art Räthselrathen betrachtet wird, welches nur Einzelnen, von der Natur besonders Begünstigten gelingt. Der Grund dieses Uebelstandes liegt unzweifelhaft darin, dass der Unterricht in der Mathematik oft nicht im Geiste dieser Wissenschaft ertheilt wird, dass man nicht an die Erinnerungen des Universitätsstudiums, sondern an gymnasiale Reminiscenzen anknüpft, dass man daher gleich manchem talentlosen Schüler durch banausische Fertigkeit zu ersetzen sucht, was an klarer Gründlichkeit und theoretischer Durchbildung verloren gegangen ist. Daher kann es denn nicht Wunder nehmen, dass die Fälle noch immer nicht aus der Welt geschafft sind, wo Abiturienten in allen übrigen Fächern Tüchtiges, ja Hervorragendes leisten, in der Mathematik aber den Anforderungen nicht genügen. Erfreulicherweise darf ich beifügen, dass in solchen Fällen seiten der obersten Schulleitung Westfalens allemal den Lehrer die Verantwortung trifft.

Wenn ich mich bei der obigen Besprechung etwas länger aufgehalten habe, so mögen meine Leser mich deswegen entschuldigen, weil das vorliegende Werk mir besonders geeignet scheint, in dieser Richtung erfolgreich zu wirken.

Dasselbe richtet sein Absehen durchaus auf die Methoden und ordnet daher die Aufgaben nicht in Dreiecks-, Vierecks-, Kreisaufgaben, auch nicht in Punktconstructionen, Linienconstructionen u. s. w., sondern nach den Methoden, die zu ihrer Auflösung führen. Es werden zunächst 10 geometrische Oerter aufgezählt und daran 55 Aufgaben geschlossen, welche durch dieselben unmittelbar gelöst werden können. Hieran schliessen sich zweckmässig die 4 Berührungskreise, und so kommen weitere 61 Aufgaben hinzu, bei denen zum Theil die Anwendung der geometrischen Oerter nicht direct vorliegt. Es folgen dann 3 Methoden, welche vom Verfasser als:

Multiplication von Curven,
Aehnlichkeitsmethode,
inverse Figuren

bezeichnet werden. Um dem Leser zu zeigen, was der Verfasser unter den genannten Ueberschriften ausführt, mag bei der letzten der Inhalt kurz angedeutet werden.

Eine Gerade drehe sich um einen Punkt P, das Inversionscentrum, während zugleich ein beweglicher Punkt A der Geraden einer gegebenen Curve K folgt. Auf der Geraden bestimme man einen Punkt A' derartig, dass

$$PA.PA' = \pm J^2 = const.$$

Dann beschreibt der Punkt A' eine Curve K', und nun heisst von den beiden Curven K, K' die eine die inverse der andern. Nun kann man folgende allgemeine Aufgabe lösen:

Durch einen gegebenen Punkt P eine Gerade so zu ziehen, dass zwei Curven K und L auf ihr Punkte X, Y bestimmen, so dass

$$PX.PY = \pm J^2.$$

Man suche die Schnittpunkte von L mit K' auf. Die Aufgabe lässt sich mit Zirkel und Lineal lösen, sobald die gegebenen Curven gerade Linien und Kreise sind.

Als einfachstes Beispiel ergiebt sich die Aufgabe, durch einen gegebenen Punkt P eine Gerade zu ziehen, welche zwei gegebene Gerade in A und B so schneiden, dass das Rechteck $PA.PB$ einen gegebenen Inhalt erhält. Ferner führt man die Aufgabe, einen Kreis zu construiren, der durch einen gegebenen Punkt P geht und zwei gegebene Kreise berührt, durch Inversion um P darauf zurück, an zwei gegebene Kreise die gemeinsamen Tangenten zu ziehen. Sehr einfach gestaltet sich auch die Lösung der bekannten Aufgabe, in einen Kreis ein Dreieck ABC zu beschreiben, so dass jede Seite durch einen gegebenen Punkt geht. Die Methode wird auf jedes Polygon mit ungerader, und in leichter Modification auf jedes mit gerader Seitenzahl ausgedehnt.

Die beiden anderen Methoden zeigen denselben Geist hoher Eleganz und bedeutender Tragweite.

Das erste Capitel schliesst mit einigen geometrischen Oertern für gerade Linien; es enthält im Ganzen 245 Aufgaben.

Im zweiten Capitel werden die Aufgaben dadurch gelöst, dass man sie durch Umformung der Figur in einfachere zu verwandeln sucht. Hier werden drei Methoden unterschieden: Parallelverschiebung, Umlegung, Drehung. Greifen wir bei der erstgenannten das Viereck mit den Gegenseiten AB, CD heraus, so werden AB und AD in die Lagen CB_1 und

CD_1 verschoben. Es entsteht das Parallelogramm AB_1D_1D und überhaupt eine Figur, an der man eine Menge wichtiger und einfacher Beziehungen erkennt. Wir wollen die drei vom Verfasser an erster Stelle genannten aufschreiben:

Die von C ausgehenden begrenzten Linien sind Seiten des Vierecks.
Die um C herumliegenden Winkel sind die Winkel des Vierecks.
Die Seiten des Parallelogramms sind die Diagonalen des Vierecks.

Wie brillant und einfach!

Als Erläuterung der zweiten Methode, der Umlegung, nehme ich zunächst die Tertianeraufgabe, ein Dreieck aus a, b und $\angle A - B$ zu construiren. Man lege das Dreieck so um, dass Punkt A auf B und B auf A fällt.

Ferner: In einen Kreis ein Dreieck zu beschreiben, wenn die Mitten der drei zugehörigen Bogen gegeben sind.

Das gesuchte Dreieck sei ABC, γ die Mitte des Bogens AB, β von AC, α von BC. Dreht man den Punkt A um γ und dann um α und β, so kehrt er in seine frühere Lage zurück, während ein beliebiger Punkt der Kreisperipherie, welcher in einer gewissen Entfernung von A liegt, durch die gleiche Operation wieder in die gleiche Entfernung von A kommen wird, aber nach der entgegengesetzten Seite. A lässt sich also bestimmen, indem man von einem beliebigen Punkte ausgeht, da A in der Mitte zwischen der Anfangs- und Endlage jenes Punktes liegt.

Beiläufig hätte hier der Satz bemerkt werden können, von dem ich nicht weiss, ob er neu ist, dass die drei Kreise, deren Mittelpunkte α, β, γ sind und welche durch die Punkte B und C, C und A, A und B gehen, ausserdem durch einen gemeinsamen Punkt laufen.

Durch das Vorstehende glaube ich insbesondere den Lehrern an den höheren Lehranstalten den Beweis geliefert zu haben, dass wir es hier mit einem für die Unterrichtszwecke trefflichen Werke, ja mit einer geradezu classischen Arbeit zu thun haben.

Ich kann mich daher für das dritte Capitel auf die einfache Bemerkung beschränken, dass sein Inhalt ebenso reich und werthvoll ist, wie der der beiden ersten. Den Schluss der Aufgaben bilden das Tactionsproblem und die Malfatti'sche Aufgabe, welche durch ganz elementare Methoden, ohne Zuhilfenahme der neueren Geometrie, eine glänzende Behandlung finden.

Sollte der Herr Verfasser oder sein geschickter Uebersetzer auf einige Wünsche, die mir bei Durcharbeitung des Büchleins entstanden sind, und ein kleines Druckfehlerverzeichniss Gewicht legen, so steht ihnen für eine neue Auflage, welche hoffentlich bald nothwendig sein wird, Beides gern privatim zur Verfügung.

Coesfeld, im Januar 1880. Dr. K. Schwering.

Die Kegelschnitte, behandelt für die oberen Classen höherer Lehranstalten, von M. Simon und A. Milinowski. 2. Abtheilung: Ellipse und Hyperbel, von A. Milinowski.

Das vorliegende Werkchen beginnt mit der Darlegung der harmonischen Eigenschaften. Dieselbe gelingt in klarer, knapper Form auf sechs Seiten und schliesst mit der Aufstellung des Begriffes der harmonischen Verwandtschaft. Derselbe wird, wie folgt, definirt: „In der Ebene nehmen wir einen Punkt O und eine Gerade l fest an und nennen zwei Punkte P und Q, die auf einer Geraden durch O liegen und durch O und l harmonisch getrennt sind, harmonisch verwandte Punkte. Ebenso sollen zwei Gerade P und Q, die sich auf l schneiden und durch O und l harmonisch getrennt werden, harmonisch verwandte Gerade heissen." Die Anwendung dieses Begriffes ist durch das ganze Werkchen hin eine sehr häufige und, um dies gleich vorweg zu sagen, eine im Ganzen sehr geschickte. Zum ersten Theile hat der Verfasser ausserdem den Pascal'schen und Brianchon'schen Lehrsatz, bewiesen für den Kreis, gestellt. Der Gang des Beweises ist im Wesentlichen der, dass aus zwei Specialfällen: Parallelismus zweier Gegenseiten, bez. Schnitt derselben im Mittelpunkt, durch Benutzung der harmonischen Verwandtschaft der allgemeine Beweis hergeleitet wird. (Letzte Zeile S. 8 und 1., 2., 3. S. 9 consequenter Druckfehler CD für DE.)

Der zweite Theil beginnt mit der Definition des Kegelschnitts als geometrischer Ort eines Punktes, dessen Abstände von einem festen Punkte und einer festen Geraden ein constantes Verhältniss haben. Aus derselben ergeben sich leicht die Brennpunktseigenschaften. S. 15 wird nun der Satz bewiesen: „Einem Kegelschnitte ist jeder seiner Parameterkreise harmonisch verwandt." (Parameter: die in einer grossen Axe zum Brennpunkte senkrechte Sehne; Parameterkreis: der über ihr als Durchmesser beschriebene.) Für diesen Satz werden zwei Beweise gegeben, von denen nur der letztere dem Schülerverständniss erreichbar sein dürfte. S. 18 wird die Form der Kegelschnitte besprochen. Die dort stehende Behauptung: „Ein Kegelschnitt ist eine krumme, in sich selbst zurücklaufende Linie" muss dem Anfänger sehr paradox klingen und wäre füglich durch „kann als zurücklaufend gedacht werden" zu ersetzen. Der Beweis S. 24 und 25 für den Satz, dass in jeder harmonischen Verwandtschaft einem Kreise ein Kegelschnitt entspricht, überlässt stillschweigend dem Leser die Ausführung eines Papptheiles und liegt für den Schüler gewiss zu hoch. (Vorl. Zeile S. 24 ungenau $\triangle ABM \sim AB_1O$ und Zeile 11 v. o. S. 25 steht durch Druckfehler AD^2 für $\mathfrak{A}D^2$.) Gleiches gilt im Ganzen von dem folgenden Beweise (Nr. 32), wobei die Fig. 16 Manches zu wünschen übrig lässt.

Den dritten Theil des Büchleins bilden in 228 Nummern Aufgaben, die theils als weitere Ausführungen der in den ersten beiden Theilen gegebenen Theorie erscheinen.

Referent kann sein Urtheil dahin zusammenfassen, dass die ersten 18 Nummern in Verbindung mit den 61 zugehörigen Aufgaben ihm als eine wesentliche Bereicherung des gewöhnlichen Aufgabenrepertoriums für die höheren Classen des Gymnasiums und der Realschule erscheinen. Mit einiger Einschränkung mag diese Anerkennung auf die Lehre von den Brennpunktseigenschaften ausgedehnt werden. Allem Uebrigen — auch den Beweisen für die Theoreme von Pascal und Brianchon — steht Referent für den Schulgebrauch sehr skeptisch gegenüber; und möchte hier eine Warnung vor Ueberstürzungen um so nachdrücklicher ausgesprochen werden, als es sich nicht um ein *experimentum in corpore vili* handelt.

Coesfeld, im October 1879. Dr. K. Schwering.

Die Hypothesen der Physik von Dr. H. Frerichs. Bremen, 1879. 142 S.

Der Verfasser beschäftigt sich mit den verschiedenen Hypothesen, welche zur Erklärung einer Reihe physikalischer Erscheinungen aufgestellt sind, und sucht diejenigen auszusondern, welche allein als nothwendige beizubehalten sind. Im ersten Abschnitte „Die Materie" wird besonders das Bedürfniss, die Gravitation und die Molekularkräfte auf ein Princip zurückzuführen, besprochen und die Hoffnung ausgedrückt, dass es mit Hilfe des Aethers möglich sein werde. (Trotz der neueren Untersuchungen ist der Encke'sche Komet noch als Beweis des Widerstandes des Aethers aufgeführt.) Im zweiten Abschnitt „Licht und Wärme" wird ihr gemeinsamer Ursprung aus Aetherschwingungen dargestellt. Eine Verschiedenheit findet nur statt, soweit die Organe oder Körper, welche die Schwingungen aufnehmen, verschieden sind. Der dritte Abschnitt handelt von der „Elektricität" und von den Versuchen, auch sie auf den Aether zurückzuführen, da nur so die gegenseitige Umwandlung von Elektricität, Licht und Wärme begreiflich werde. Die Schrift enthält für den Physiker nichts Neues, sie will nur die vorhandenen Hypothesen in der Physik sichten und giebt Jedermann ein leicht übersichtliches, verständliches Bild der Fortschritte und Aufgaben der Physik in Beziehung auf Erklärung der Naturerscheinungen.

P. Zech.

Ueber die latente Wärme der Dämpfe von C. Puschl. Wien, 1879. 52 S.

Der Verfasser geht von den Grundgleichungen der mechanischen Wärmetheorie aus und sucht die Annahme, dass für gesättigte Dämpfe die innere Wärme und ihre ausdehnende Kraft, vermöge der sie den äussern Druck überwinden und innere Arbeit leisten kann, der absoluten Temperatur proportional und ausserdem Functionen des Volumens seien,

Die daraus sich ergebenden Differentialformeln werden dann aufgestellt und Consequenzen gezogen, welche mit den bisherigen Anschauungen über das Verhalten der Dämpfe nicht übereinstimmen. Der letzte Schluss besteht darin, dass ein Gas nicht blos durch Abkühlung, sondern auch durch Erwärmung flüssig gemacht werden könne: es hat ein Maximum seines Volumens und zieht sich bei stets wachsender Temperatur immer rascher zusammen bis zum flüssigen Zustande. Die Ausdehnung ist dann mit Erhitzung, die Zusammenziehung mit Erkaltung verbunden. Bemerkenswerth ist die Uebereinstimmung dieser Resultate mit den Ausführungen Ritter's über die Constitution gasförmiger Weltkörper in Wiedemann's Annalen.

P. Zech.

Bibliographie

vom 16. Juni bis 31. Juli 1880.

Periodische Schriften.

Berichte über die Verhandlungen der königl. sächs. Gesellschaft der Wissenschaften, mathematisch-physikalische Classe. 1880, I. Leipzig, Hirzel. 1 Mk.

Denkschriften der kaiserl. Akademie der Wissenschaften zu Wien, mathematisch-naturwissenschaftl. Classe. 40. Bd. Wien, Gerold. 36 Mk.

Register zu den Bänden XXVI—XL der Denkschr. d. math.-naturw. Cl. d. kaiserl. Akademie d. Wissensch. Ebendas. 1 Mk. 20 Pf.

Sitzungsberichte der kaiserl. Akademie der Wissenschaften in Wien, mathematisch-naturwissenschaftl. Classe. II. Abth. 81. Bd., 2. u. 3. Heft. Ebendas. 6 Mk.

Publicationen des astrophysikalischen Observatoriums zu Potsdam. 1. Bd., 2.—4. Stück. Leipzig, Engelmann. 19 Mk.

Vierteljahrsschrift der astronomischen Gesellschaft, herausgegeben von E. Schönfeld und A. Winnecke. 15. Jahrg., 1. Heft. Leipzig, Engelmann. 2 Mk.

Jahrbücher der k. k. Centralanstalt für Meteorologie und Erdmagnetismus. Neue Folge, 14. Bd. Jahrg. 1877. Wien, Braumüller. 6 Mk.

Beobachtungen der meteorologischen Stationen im Königreich Bayern, herausgeg. von W. v. Bezold und C. Lang. 2. Jahrg. 1880, Nr. 1. München, Ackermann. pro compl. 18 Mk.

Fortschritte der Physik. 31. Jah[illegible] 1875, redigirt von Neesen. Berlin, G. R[illegible] Mk. 50 Pf.

Jahrbuch über die Fortschritte der Mathematik. 10. Bd. Jahr 1878, 1. Heft, herausgeg. v. C. Ohrtmann, F. Müller u. A. Wangerin. Berlin, G. Reimer. 6 Mk.

Bibliotheca historico naturalis, physico-chemica et mathematica, ed. F. Frenkel. 29. Jahrg., 2. Heft, Juli—December 1879. Göttingen, Vandenhoeck & Ruprecht. 1 Mk. 60 Pf.

Reine Mathematik.

Thomae, J., Elementare Theorie der analytischen Functionen einer complexen Veränderlichen. Halle, Nebert. 7 Mk. 50 Pf.

Schendel, L., Beiträge zur Theorie der Functionen. Halle, Schmidt. 1 Mk. 60 Pf.

Scheffler, H., Die polydimensionalen Grössen und die vollkommenen Primzahlen. Braunschweig, Vieweg. 5 Mk. 60 Pf.

Miller-Hauenfels, R. v., Die Dualfunctionen und die Integration der elliptischen und hyperelliptischen Differentiale. Graz, Leuschner & Lubensky. 3 Mk. 20 Pf.

Gegenbauer, L., Ueber Sturm'sche Reihen. (Akad.) Wien, Gerold. 40 Pf.

Mertens, F., Ueber die Bedingungen der algebraischen Theilbarkeit eines ganzen Ausdrucks von n^2 Elementen durch die Determinante der letzteren. (Akad.) Ebendas. 25 Pf.

—, Zur Theorie der symmetrischen Functionen. Ebendas. 30 Pf.

Schier, O., Ueber die Auflösung der unbestimmten Gleichung $x^n + y^n = z^n$. Ebendas. 20 Pf.

Stern, M., Beiträge zur Theorie der Bernoulli'schen und Euler'schen Zahlen. Nr. 2. Göttingen, Dieterich. 2 Mk. 40 Pf.

Lipschitz, R., Lehrbuch der Analysis. 2. Bd.: Differential- und Integralrechnung. Breslau, Cohen. 18 Mk.

Knirr, J., Lehrbuch der Arithmetik für die oberen Classen der Realschule. Wien, Hölder. 2 Mk.

Holzmüller, G., Die conforme Abbildung mittelst ganzer und gebrochener rationaler Functionen complexen Arguments etc. Berlin, Mayer & Müller. 1 Mk.

Meyer, F., Anwendungen der Topologie auf die Gestalten algebraischer Curven, speciell der Curven vierter und fünfter Ordnung. (Dissert.) Berlin, H. W. Müller. 2 Mk.

Rudio, F., Ueber diejenigen Flächen, deren Krümmungsmittelpunktsflächen confocale Flächen zweiten Grades sind. (Dissert.) Berlin, Mayer & Müller. 1 Mk. 50 Pf.

Runge, C., Ueber die Krümmung, Torsion und geodätische Krümmung der auf einer Fläche gezogenen Curven. (Dissert.) Berlin, Mayer & Müller. 1 Mk. 50 Pf.

SEEGER, H., Die Fundamentaltheorien der neueren Geometrie und die Kegelschnitte. Braunschweig, Vieweg. 2 Mk. 80 Pf.

BINDER, W., Ueber Projectivconstructionen der Curven zweiter Ordnung. (Akad.) Wien, Gerold. 50 Pf.

AMESEDER, A., Zur Theorie der Regelflächen vierten Grades mit einem Doppelkegelschnitt. (Akad.) Ebendas. 40 Pf.

——, Ueber Regelflächen vierten Grades, deren Erzeugende sich zu Quadrupeln gruppiren. Ebendas. 50 Pf.

DRASCH, H., Ueber die Durchdringungscurve zweier Flächen zweiter Ordnung. Ebendas. 50 Pf.

TREBITSCHER, M., Beziehungen zwischen Kegelschnittbüscheln und rationalen Curven dritter Classe. Ebendas. 30 Pf.

WEYR, E., Ueber biquadratische Involutionen zweiter Stufe. Ebendas. 40 Pf.

RÜEFLI, J., Lehrbuch der Stereometrie. Bern, Dalp. 3 Mk. 40 Pf.

BRAET, B., *Exposé de quelques théories préliminaires à l'étude de la géométrie supérieure.* Luxemburg, Brück. 2 Mk.

Angewandte Mathematik.

PELZ, C., Zur orthogonalen Axonometrie. (Akad.) Wien, Gerold. 1 Mk. 40 Pf.

TESAŘ, J., Der orthogonal-axonometrische Verkürzungskreis. Ebendas. 80 Pf.

ORFF, C. v., Astronomisch-geodätische Ortsbestimmungen in Bayern. (Akad.) München, Franz. 10 Mk.

TINTER, W., Bestimmung der Polhöhe auf dem Observatorium der technischen Hochschule in Wien. (Akad.) Wien, Gerold. 3 Mk. 20 Pf.

BEČKA, G., Ueber die Bahn des Planeten Ino (173). Ebendas. 20 Pf.

PALISA, A., Bestimmung der Bahn des Kometen 1879, *d.* Ebendas. 25 Pf.

LERSCH, M., Die harmonischen Verhältnisse in den Bahnelementen des Planetensystems. Leipzig, Mayer. 1 Mk. 20 Pf.

WITTENBAUER, F., Theorie der Bewegung auf developpablen Flächen. (Akad.) Wien, Gerold. 90 Pf.

GROSSMANN, L., Theorie der numerischen Berechnung der Constanten der inneren und äusseren Reibung von Gasen und Flüssigkeiten etc. (Inaug.-Dissert.) Breslau, Köbner. 1 Mk.

HERRMANN, E., Ueber das Ausströmen von Gasen durch Oeffnungen in dünner Wand. (Inaug.-Dissert.) Ebendas. 1 Mk.

Physik und Meteorologie.

HERWIG, H., Physikalische Begriffe und absolute Maasse. Leipzig, Teubner. 2 Mk. 40 Pf.

RAYLEIGH, v., Die Theorie des Schalles; übers. v. F. NEESEN. 2. (Schluss-) Band. Braunschweig, Vieweg. pro compl. 15 Mk.

LANG, V. v., Bemerkungen zu Cauchy's Theorie der Doppelbrechung. (Akad.) Wien, Gerold. 20 Pf.

DOMALIP, K., Ueber die magnetische Einwirkung auf das durch negative Entladung im evacuirten Raume erzeugte Fluorescenzlicht. Ebendas. 25 Pf.

ETTINGSHAUSEN, A. v., Bestimmung der absoluten Geschwindigkeit fliessender Elektricität aus dem Hall'schen Phänomen. Ebendas. 30 Pf.

EXNER, F., Zur Theorie des Volta'schen Fundamentalversuchs. Ebendas. 40 Pf.

PULUJ, J., Strahlende Elektrodenmaterie. Ebendas. 1 Mk. 40 Pf.

KLEMENČIČ, J., Ueber die Dämpfung der Torsionsschwingungen durch innere Reibung. Ebendas. 40 Pf.

OBERMAYER, A. v., Ueber die Abhängigkeit des Diffusionscoefficienten der Gase von der Temperatur. Ebendas. 1 Mk. 60 Pf.

BAENITZ, C., Leitfaden für den Unterricht in der Physik. Berlin, Stubenrauch. 1 Mk.

Historisch-literarische Abtheilung.

Erklärung und Abwehr.

In einem Auszug aus der *Revue des questions scientifiques* (*Janvier* 1880), die mir soeben unter dem Poststempel Louvain zugeht, finde ich folgende Aeusserung des Herrn Ph. Gilbert:

„On sait que, dans cette même Revue, nous avons accusé et convaincu M. Wohlwill d'avoir cité et traduit un passage du Sacro Arsenale, *relatif au „rigoureux examen", de manière à faire dire au texte tout autre chose que ce qu'il signifiait. Les pièces ont été mises loyalement sous les yeux de nos lecteurs. M. Wohlwill appelle nos remarques „une curiosité": mais il se garde bien de reproduire ces remarques: comptant sur la confiance de son public, il indique un autre passage que celui que nous lui avons reproché, et engage les gens à recourir au* Sacro Arsenale, *livre fort rare et que nous avons eu nous-même quelque peine à trouver. Cela est cavalier. Notre réponse sera courte: nous défions M. Wohlwill de placer sous les yeux des lecteurs du* Zeitschrift für Mathematik *le texte italien du* Sacro Arsenale *avec la traduction allemande qu'il en avait donnée, et les réflexions dont nous l'avons accompagnée."*

Herr Gilbert sagt in dürren Worten, dass ich meine Leser hintergangen habe. Gegen solche Beschuldigungen macht mich ein gutes Gewissen und die genaue Bekanntschaft mit der kritischen Methode des Herrn G. unempfindlich; aber die Achtung vor der verehrlichen Redaction und den Lesern dieser Zeitschrift legt mir die Verpflichtung auf, dem ausgesprochenen Verdacht auch nicht den Schein einer Berechtigung zu lassen. Ich überwinde deshalb das Widerstreben, den Raum dieser Blätter nochmals für Erörterungen aus dem unmathematischen Bereiche der Inquisitionsliteratur in Anspruch zu nehmen und bitte die verehrliche Redaction um Erlaubniss, der Herausforderung durch eine Darlegung des Thatbestands entsprechen zu dürfen, die mein letztes Wort in dieser Angelegenheit enthalten wird.

Die in Rede stehende Stelle des *Sacro Arsenale della Santa Inquisitione* findet sich auf S. 187 der Ausgabe von 1665 und lautet wörtlich folgendermassen:

Modo di dar la corda al Reo, che ricusa di rispondere ò non vuol precisamente rispondere in giudicio.

Suole anche talvolta intervenire che il Reo contumacemente ricusi di rispondere a gl' interrogatori fattigli dal Giudice, ò non voglia rispondere precisamente, ma con parole dubbiose, dicendo, non sò, non mi ricordo, può essere etc. etc., dovendo rispondere con parole chiare e precise, cioè, hò detto, non hò detto, hò fatto, non hò fatto etc. Il perchè fa di bisogno venir contro di lui à rigorosa esamina per haverne risposta assolutamente ò risposta precisa, sodisfattoria e sufficiente, ma convien prima fargli le debite ammonitioni et appresso minacciargli la corda: registrando il Notaro cotal sua contumacia con le dette ammonitioni e minaccie.

Diesen Worten folgt das Formular eines Protokolls über die einleitende Ermahnung und Bedrohung, das Decret, das die Abführung in die Folterkammer ausspricht, und das Schema des Verhörs auf der Folter.

Die durch den Druck hervorgehobenen Worte habe ich in einer Erörterung über den Sinn des Ausdrucks *Examen rigorosum* in deutscher Uebersetzung citirt*, um zu constatiren (was zugleich für Galilei's Process von unmittelbarer Bedeutung war), dass die Befragung eines Angeklagten unter Androhung der Tortur nach dem Sprachgebrauch der Inquisition nicht als ein Theil des *Examen rigorosum* angesehen wird. Meine Uebersetzung lautet: „Wenn ein Angeklagter unbestimmt und ausweichend antwortet, so ist es nothwendig, gegen ihn zur *esamina rigorosa* zu schreiten, um überhaupt eine Antwort oder eine genaue, genügende und ausreichende Antwort zu erlangen, aber zuvor muss man ihn in gebührender Weise ermahnen und ihn mit dem Seil bedrohen." Diesen deutschen Worten ist in Klammern der italienische Text *ma convien prima fargli le debite ammonitioni et appresso minacciargli la corda* hinzugefügt; dann folgt die Erläuterung: „Der Richter soll also mit der Tortur bedrohen, ehe er zum *Examen rigorosum* schreitet: es kann demnach ein Verhör unter Androhung der Tortur und fern vom Ort der Marterwerkzeuge nicht als *Examen rigorosum* bezeichnet werden."

Ueber Citat und Auffassung hat sich Herr Gilbert in der *Revue des questions scientifiques* 1878** in folgender Weise geäussert:

---

* „Ist Galilei gefoltert worden?" Leipzig 1877, S. 24. Im Citat steht irrthümlich S. 189 statt 187 des *S. A.*

** Nicht, wie ich irrthümlich angegeben, in der *Revue catholique*. Der Auszug war mir ohne jede Bezeichnung zugesandt, ich war daher auf Combination angewiesen und habe falsch combinirt. Herr G. rügt mit Recht, dass ich auch seine grössere Abhandlung *La condamnation de Galilée et les publications récentes* 1877 unrichtig als Separatabdruck aus der *Revue des questions historiques* bezeichne; dieselbe ist gleichfalls der *Revue des questions scientifiques* entnommen.

„Malheureusement, cette conclusion n'est obtenue que par une altération du texte, qui, pour tout lecteur sincère, dit précisement le contraire de ce qu'en tire M. W.: „Il est nécessaire de procéder contre lui à l'examen rigoreux, dit le Sacro Arsenale, *pour avoir une réponse précise et satisfaisante: mais il convient* **premièrement** *de lui adresser les remontrances de droit, et* **après cela** *de le menacer de la corde." La suppression d'une virgule et du mot* „appresso", *évidemment placé là par opposition avec* „prima", *a changé entièrement le sens. On comprend qu'ensuite l'on accuse les Congrégations romaines de „falsifications".*

Auf eine so schmähliche Verdächtigung durch eine rechtfertigende Erklärung zu antworten, habe ich kein Bedürfniss empfunden; ich habe mich darauf beschränkt, bei Gelegenheit meiner Abhandlung „Ueber den Original-Wortlaut des päpstlichen Urtheils gegen Galilei"* mehr für Herrn G., als für die Leser dieser Zeitschrift anzudeuten, dass ein Blick auf die Ueberschrift „*Modo di dar la corda*" genüge, um seine Argumentation als „Curiosum" erscheinen zu lassen. Daraus entnimmt nun Herr G. den Stoff für seine neue Anklage. Sollte es wirklich nothwendig sein, ihm zu demonstriren, dass der Hinweis auf die Worte, die er nicht abgedruckt und nicht berührt hat, die Antwort auf seinen „loyal" formulirten Vorwurf enthält? Aber er verlangt, dass ich deutlicher rede; ich darf ihm die Ausführung nicht schuldig bleiben.

Wer lesen kann, entnimmt der Ueberschrift „*Modo di dar la corda* ...", dass nach dem Gebrauch der Inquisition

> dem Angeklagten, „der im Verhör eine Antwort verweigert oder nicht in bestimmter Weise antworten will",

der Strick gegeben werden soll. Wenn es dann unmittelbar darauf im Texte heisst:

> „Es kommt vor, dass ein Angeklagter im Verhör eine Antwort verweigert oder nicht in bestimmter Weise antworten will; deswegen muss man

gegen ihn zum *Examen rigorosum* schreiten; so ist für jeden Leser des *S. A.* klar, dass hier „zum *Examen rigorosum* schreiten" nichts Anderes bedeutet, als „den Strick geben". Man soll also „den Strick geben", aber zuerst in gebührender Weise ermahnen und darauf mit der Tortur bedrohen. Enthält dieser Satz in seinem zweiten Theile, wie Herr Gilbert will, eine Aufzählung von Theilen des *Examen rigorosum*, so ergiebt sich, dass das „Strickgeben" aus zwei Theilen besteht: einer Ermahnung, die Wahrheit zu reden, und einer Androhung der Tortur. War ich im Unrecht, wenn ich sagte, dass demnach Herr Gilbert einen Abschnitt, der die Ausdrücke „*dar la corda*" und „*venir a rigorosa esamina*" völlig synonym gebraucht, verwerthet, um zu beweisen, dass das *Ex. rig.* ein Verhör

* Hist.-lit. Abtheilung der Zeitschr. f. Math. u. Phys. XXIV, 1.

unter Androhung der Tortur bedeuten kann? im Unrecht, wenn ich solche Kunst der Interpretation als Curiosum gekennzeichnet habe?

Allerdings habe ich nicht behauptet und nicht behaupten wollen, dass auch in der Ausführung des Herrn G. der völlig widersinnige Schluss als Widersinn erscheint; aber der bessere Sinn, den seine Leser mit den Worten verbinden müssen, beruht auf Täuschung. In der Kritik des Herrn G. gehen nämlich dem Angriff gegen meine Uebersetzung Erörterungen über den Begriff des *Ex. rig.* unmittelbar voraus. Ich hatte nachgewiesen, dass im *Sacro Arsenale* dieser Ausdruck immer und ohne Ausnahme mit dem des Verhörs auf der Folter synonym gebraucht wird. Diesen Ausführungen spricht Herr G. jede Beweiskraft ab; auf den Werth seiner Gründe kommt es hier nicht an; es genügt, zu erwähnen, dass seine Studien ihn zu dem Ergebniss geführt haben: kein einziger der von mir und Anderen angeführten Sätze des *S. A.* widerspreche der Annahme: es könne unter dem *Ex. rig.* auch ein Verhör verstanden werden, in dem die Tortur nur angedroht wird. Während also aus dem Zusammenhange meiner Untersuchung hervorging, dass auch in der streitigen Stelle mit dem *Ex. rig.* nur ein Verhör auf der Folter gemeint sein könne, blieb dies für alle Diejenigen, die der G.'schen Auseinandersetzung gläubig gefolgt waren, mehr als zweifelhaft. Dass Herr G., wie die von ihm getadelte Uebersetzung nur die Anfangsworte eines Capitels reproducirt, dass eben dies Capitel seine alleinige Aufgabe darin sieht, eine bestimmte Art des Verhörs auf der Folter zu erörtern, dass es mit dem Schema eines Verhörs auf der Folter schliesst — von alledem erfährt der Leser der Kritik kein Wort; „unbefangen", wie er ist, muss er daher auch in dem vorliegenden Satze bei dem Ausdruck *Examen rigorosum* zunächst dieselbe Zweideutigkeit und Unbestimmtheit voraussetzen, von der man ihm so viel geredet hat; mit Hilfe der G.'schen Construction ist dann dem Wortlaut leicht entnommen, dass man mit einem jener Fälle zu thun hat, in dem die Folterung vom Begriff des *Ex. rig.* auf's Bestimmteste ausgeschlossen ist; denn ersichtlich endet dieses peinliche Verhör mit der Androhung der Tortur.

Hat Herr G. ein so vollständiges Missverständniss nicht hervorrufen wollen, so hat er doch Nichts gethan, um die falsche Auffassung zu verhüten. Dazu genügte ein kurzes Wort, die einfache Erklärung, dass unter dem *Ex. rig.* — es möge im Uebrigen bedeuten, was es wolle — hier nur Tortur im vollen Sinne des Wortes verstanden werde. Freilich wäre durch solche Erklärung zugleich die bessere Uebersetzung, die gesammte Kritik und Verdächtigung in ein luftiges Nichts verflüchtigt. „Zur Folter schreiten, aber zuerst ermahnen und darauf mit der Tortur bedrohen" — das hat nur Sinn, wenn man, bewusst oder unbewusst, das „zuerst" — „zuvor" bedeuten lässt und das „darauf" nicht *dem „zuvor"* gegenüberstellt, sondern nur ein Zweierlei verbinden lässt, das zwar auf einander folgt, aber in dieser Folge — der Folterung, dem *Examen rigorosum* vorhergeht (sowie man sagen dürfte: Herr G. mag immerhin eine falsche Uebersetzung als Fälschung denunciren, aber erst muss er selbst den Sinn der Worte begreifen und dann eine bessere Uebersetzung geben — ohne dem Verdacht zu verfallen, dass man die bessere Uebersetzung als Bestandtheil der Denunciation betrachten könnte).

Das aber war meine Auffassung und Construction des Satzes; sie erscheint mir auch heute als die einzig mögliche. Sie lässt das *Examen rigorosum* bedeuten, was es, auch abgesehen von der Ueberschrift, in sämmtlichen Stellen des *Sacro Arsenale* bedeutet; sie lässt dem „*ma*", das Herr Gilbert zwar genau durch „*mais*" übersetzt, aber dadurch nicht verständlicher macht, sein gutes logisches Recht werden; sie nimmt das „*prima*", wie es der Sprachgebrauch nimmt, und trennt nicht, was zusammengehört; denn die Androhung der Tortur und die Ermahnung zur wahrheitsgemässen Aussage, die bei Herrn G. widersinnig wie selbstständige Theile eines gerichtlichen Verfahrens einander gegenüberstehen, entsprechen genau dem Wortlaut zweier Sätze, die vorschriftsmässig in jedem Verhör, das zum *decreto di tortura* führt, unmittelbar auf einander folgen.

Neben diesen Erwägungen habe ich der Unterschlagung eines Komma vor *et appresso* nicht bedurft; denn wie dies Komma, es mag stehen oder fehlen, wider oder für mich entscheiden soll, ist mir auch jetzt noch unverständlich. Das Komma fehlt in meiner Reproduction aus keinem andern Grunde, als weil es in der Abschrift fehlt, der ich schliesslich mein Citat entnehmen musste. Ich bezweifle darum keinen Augenblick, dass es sich wie in der des Herrn G., so auch in sämmtlichen Ausgaben des *Sacro Arsenale* finden wird, weil ich sehr wohl den übermässigen Gebrauch des Komma und Semikolon in den Schriftstücken der Inquisition beobachtet habe; der Regel nach fehlen diese Zeichen vor dem *et* nur dann, wenn dasselbe zwei Substantiva oder Adjectiva verbindet, und auch dabei keineswegs immer.

Ich habe aber auch das *appresso* unübersetzt gelassen! Mich gegen diesen Vorwurf zu vertheidigen, wird mir nicht gelingen, wenn ich an dieser Stelle noch einer Vertheidigung bedarf. Habe ich den Sinn meines Citats richtig begriffen und erklärt, so ist durch die Auslassung des „darauf" in der Uebersetzung dieser Sinn nicht verändert, sondern nur noch besser zur Geltung gekommen; denn dass für Denjenigen, der die Stelle liest, ohne ihren Zusammenhang zu berücksichtigen, gerade durch das *appresso* der Schein einer Zweideutigkeit entstehen kann, ist mir nicht entgangen; dass man jedoch auch bei mehr als oberflächlichster Prüfung und gar beim Zurückgehen auf die Quelle eine andere Deutung, als die meinige möglich finden werde, habe ich nicht glauben können. Ich habe daher auf eine Begründung hier, wie an nicht wenigen anderen

Stellen meiner Schrift verzichtet, aber die Abweichung meiner Uebersetzung vom Original nicht verheimlicht, sondern durch Hinzufügung des italienischen Textes, nicht in einer Anmerkung, wo man dergleichen übersieht, sondern unmittelbar hinter den deutschen Worten Jedem, der prüfen will, deutlich dargelegt. Und was hätte ich erreicht, wenn ich den Umfang meiner allzu umfangreichen Untersuchungen noch um den der hier gegebenen Rechtfertigung vergrössert hätte? Wäre ich der Beschimpfung und Verdächtigung vor den Lesern des Herrn G. entgangen? Wenn es ihm darauf angekommen wäre, ihnen zu unbefangenem Urtheil über mich die Acten vorzulegen, wenn er wirklich loyal referiren wollte — wie hätte er von den italienischen Worten, die der verdächtigen Uebersetzung folgen, so vollständig schweigen mögen?

Und wird Herr Gilbert etwa diese Erklärung unentstellt und unverdächtigt da zur Mittheilung bringen, wo er mich der Fälschung geziehen hat? Das ist so wahrscheinlich, wie eine Lossagung von schlimmen literarischen Gewohnheiten zu allen Zeiten gewesen ist. Vorläufig kennzeichnet den Artikel im Januarheft der *Revue des questions scientifiques* von 1880, durch den Herr G. auf meine Ausführungen in dieser Zeitschrift (Hist.-lit. Abthlg. XXIV, 1) geantwortet hat, eine gesteigerte Entwickelung der Eigenthümlichkeiten seines Vorgängers vom Jahre 1878. Von den Behauptungen, die er näherer Prüfung würdigt, ist dieses Mal kaum eine einzige wahrheitsgemäss wiedergegeben; der grössere Theil meiner Bedenken gegen Bestandtheile des Vaticanmanuscripts wird durch die scherzende Bezugnahme auf meine hinlänglich bekannte „Specialkrankheit", überall Fälschung zu sehen, in der Kürze abgethan; den Enthüllungen Silvestro Gherardi's gegenüber findet Herr G. noch einmal in plumper Verdächtigung besten Schutz. Prof. Gherardi ist inzwischen am 28. Juli 1879 77jährig zu Florenz verstorben; ich werde das Andenken des verehrten Mannes durch eine Vertheidigung seiner Integrität nicht beleidigen.

Hamburg, im März 1880. Dr. Emil Wohlwill.

Recensionen.

Die subjective Perspective und die horizontalen Curvaturen des dorischen Styls. Eine perspectivisch-ästhetische Studie von Dr. GUIDO HAUCK, Prof. d descr. Geom. u. Graphostatik an der königl. techn. Hochschule zu Berlin. Mit 2 Figurentafeln. (147 S.) Eine Festschrift zur 50jährigen Jubelfeier der techn. Hochschule zu Stuttgart. Stuttgart 1879.

Der Verfasser, wesentlich veranlasst durch den Mangel der gewöhnlichen Perspective, nur bei einer einzigen Augenstellung einen richtigen Eindruck hervorzubringen, fasst die Aufgabe der Perspective in einem weiteren Sinne auf, indem er (S. 38) sagt: „Wir verstehen unter einer Abbildung nicht einen schablonenmässigen Abklatsch, sondern eine freie Wiedergabe des Eindrucks, den das Auge und die Seele von dem Naturobject empfängt.“ Diesen Eindruck nennt er das subjective Anschauungsbild.

Er unterscheidet zwei Systeme der Perspective: 1. Das collinearperspectivische System oder die gewöhnliche Centralperspective, welche das Bild als Schnitt der ebenen Bildfläche mit dem Sehstrahlenbündel liefert. In ihm wird jede gerade Linie als gerade Linie dargestellt. 2. Das conform-perspectivische System, bei welchem jede Strecke durch eine Linie abgebildet wird, welche mit dem Sehwinkel derselben für eine gewisse Stellung des Auges proportional ist. Diese Bedingung wird unmittelbar durch die Schnittfigur einer aus dem Auge als Mittelpunkt beschriebenen Kugel mit dem Sehstrahlenbündel erfüllt. Durch eine ebene Abbildung ist sie unerfüllbar. Der Verfasser beschränkt daher bei der Abbildung auf einer verticalen Ebene jene Bedingung auf die Horizontlinie und auf alle verticalen Geraden, die — ausserdem, dem Princip der Collinearität entsprechend — wieder als horizontale, bezw. verticale Gerade abgebildet werden sollen. Dadurch bekommt er eine Abbildung der Kugel in der Ebene (die mit der Soldner'schen Abbildung der Erdoberfläche zusammenfällt), in welcher andere, als die genannten Geraden krumm und nicht unter dem wahren Sehwinkel erscheinen. Insbesondere sind die Abbildungen von Geraden, die parallel zur Horizontlinie verlaufen, krumm und hohl gegen den Horizont. Dieses ebene System nennt der Verfasser das conforme.

Bei Vergleichung beider Systeme sieht man, dass die collineare Abbildung nur für eine einzige Augenstellung einen richtigen, für jede andere einen unrichtigen Eindruck hervorbringt, und dass dasselbe für die Abbildung auf der Kugel gilt. Die nochmalige Abbildung des Kugelbildes auf der Ebene kann als eine Abwickelung unter Dehnungen angesehen werden, wobei, wenn man sich das Auge durch horizontale Radien der Kugel fest mit der Bildfläche verbunden denkt, der Punkt des Auges in eine Parallele zur Horizontlinie verwandelt wird. Von jedem Punkte dieser Geraden aus erscheint die senkrecht gegenüberstehende Stelle des Bildes richtig; einen Punkt aber, von dem aus das ganze Bild richtig erschiene, giebt es nicht. — Man bemerkt, dass die Unerfüllbarkeit der Grundbedingung des conformen Systems durch eine ebene Abbildung, sowie sein Widerspruch gegen das collineare System, das für alle geraden Linien auch geradlinige Abbildungen verlangt, zu Compromissen nöthigt; und es ist die Aufgabe, unter den unvermeidlichen Verzerrungen die unerträglichsten zu beseitigen.

Die hauptsächlichsten Mittel sind nun zunächst die bekannten: 1. die Annahme einer grösseren Augdistanz, etwa gleich der anderthalb- bis zweifachen Bildbreite oder Höhe; 2. einzelne Freiheiten, wie z. B. Abbildung einer am Rande des Bildes erscheinenden Kugel durch einen Kreis, einer menschlichen Figur am Rande des Bildes ohne die nach der Centralperspective sich ergebende Verbreiterung; es wäre dies offenbar die allerunerträglichste Verzerrung. Aber für kleinere Augdistanzen, wie sie z. B. für Interieurs manchmal gewählt werden, verlangt der Verfasser die Anwendung des conform-perspectivischen Systems und führt ein Bild des Architekturmalers Karl Gräb: „Die Gräber der Familie Mansfeld in der Andreaskirche zu Eisleben" (Nr. 90 der Berliner Nationalgalerie) an, auf welchem die Linien der Fussbodenplatten in leicht nach oben concaven Bogenlinien und die Denkmäler auf beiden Seiten nicht in Frontansicht, sondern in leicht sich neigender Schrägansicht, das rechte nach links, das linke nach rechts, abgebildet sind. Der Verfasser bemerkt, dass ihm erst beim Suchen nach Curvaturen diese leichten Krümmungen bemerklich geworden seien und dass sie ungemein wohlthätig wirken. Der unterzeichnete Recensent hatte vor Kurzem Gelegenheit, das fragliche Bild zu sehen und muss bekennen, dass er den Eindruck jener Curvaturen nicht als wohlthätig bezeichnen kann, indem ihm die Bodentäfelungslinien von jedem Standpunkte aus als in Wirklichkeit krumm erschienen, wozu man einen architektonischen Grund vergebens sucht, und dass die Grabdenkmale auf beiden Seiten wie verzeichnet aussehen, indem die unteren Theile in Schrägansicht, die oberen in Frontansicht dargestellt sind. Letzterer Umstand hätte nun von dem Künstler vermieden werden können, und die Bodentäfelungslinien hätten vielleicht in schwächerer Krümmung günstiger gewirkt, so dass ich dem Vorgange des Künstlers in diesem Bilde und der Aufforderung des Verfassers in dem entsprechenden Sinne die Berechtigung nicht absprechen will, vielmehr vergleichende Versuche für erwünscht halte, durch welche entschieden würde, ob bei einem zu künstlerischem Zwecke gewählten sehr nahen Standpunkte solche Curvaturen zur Erreichung eines wohlthätigen Eindruckes nützlich wirken. Es erscheint mir die Bejahung dieser Frage nicht ganz unmöglich, zumal da in dem verwandten Felde der Reliefperspective nach meiner Ueberzeugung bedeutende Abweichungen von der collinearen Abbildung unerlässlich sind. Eine solche Abweichung halte ich für runde Körper, insbesondere für menschliche Figuren für nothwendig, indem diese im Vordergrunde gar nicht oder nur sehr schwach abgeplattet werden dürfen, 1. weil sie sonst von einem andern, als dem Constructionsstandpunkte unerträglich erscheinen würden, und 2. weil selbst von diesem Standpunkte aus nur der Umriss richtig, die Rundung aber falsch erscheint, da die Abstufung der wirklichen Beleuchtung durch eine, wie auch aufgestellte Lichtquelle nicht nachgeahmt werden kann. Die Künstler, so Lorenzo Ghiberti, haben auch die Figuren des Vordergrundes voll gerundet. Auf die Frage, wie den dadurch entstehenden Widersprüchen möglichst zu begegnen sei, einzugehen, ist aber hier nicht der Ort.

Das Angeführte scheint mir das Wichtigste in der vorliegenden Schrift. Der Verfasser legt ausserdem noch ein grosses Gewicht auf die sehr interessanten physiologischen Vorgänge im Auge bei dem Sehen, welche dadurch hervorgebracht werden, dass beim Betrachten das Auge nicht ruht, dass vielmehr der Blick über den Gegenstand hinschweift, meist den bedeutsameren Linien folgend. Wird er von einer geraden Linie geleitet und geht die Bewegung des Augapfels von der Primärstellung aus, d. i. von derjenigen, welche mit der geringsten Muskelanstrengung eingenommen wird, so verschiebt sich das Netzhautbild in sich selbst und die gerade Linie erscheint auch gerade; geht aber die Bewegung von einer andern, einer Secundärstellung, aus, so ändert vermöge der Raddrehung des Augapfels (um eine Blickrichtung) das Netzhautbild seine Lage und die Linie erscheint gekrümmt, und zwar concav gegen den Hauptblickpunkt. Der Verfasser scheint in dieser unter Umständen eintretenden scheinbaren Krümmung von geraden Linien wenn auch nicht einen entscheidenden, doch einen unterstützenden Grund für die Curvaturen der Abbildungen horizontaler Geraden zu finden, wobei jedoch zu beachten ist, dass auch die geraden Linien der Abbildung, ebenso wie die des Gegenstandes, die subjective Erscheinung der Krummlinigkeit hervorbringen können.

Was noch die horizontalen Curvaturen des dorischen Styls anlangt, so will ich dem Verfasser auf das schwankende Brett ihrer Erklärung nicht folgen. Nur ein Bedenken möchte ich in Bezug auf die

Verjüngung und die Schwellung des Säulenschaftes aussprechen, welche einerseits statisch, andererseits als Imitirung der scheinbaren Verjüngung einer cylindrischen Säule nach oben und der erwähnten scheinbaren Krümmung durch die Raddrehung des Auges erklärt wird. Zunächst hörte ich diese scheinbare Verjüngung von Architekten leugnen; und wirklich bedingt eine Verkleinerung des Sehwinkels noch keine Verjüngung des vorgestellten Gegenstandes. Sodann aber, wollte man eine scheinbare Verjüngung nach oben auch zugeben, so könnte man daraus gerade umgekehrt einen Grund für eine Verstärkung nach oben geltend machen, um zu bewirken, dass die Säule nicht schwächer zu werden scheint, während durch die objective Verjüngung die subjective Erscheinung der Verjüngung verdoppelt würde.

Anzuerkennen ist noch die gegebene schöne Uebersicht über die Stufen der Vollendung der Perspective bei den pompejanischen Wandmalereien, denen noch die weit vollendeteren der römischen Ausgrabungen, veröffentlicht von Buti, hätten zugefügt werden können.

In dem Anhange wird die physische und psychische Formenfreude erörtert und die sinnliche Formenlust gegründet auf die möglichste Vermeidung 1. von Unbequemlichkeiten und 2. von Unstetigkeiten beim An- und Abspannen der Muskeln, die das an den Formen hinschweifende Auge bewegen. Wenn hierin gewiss eine Ursache der Formenfreude gefunden werden muss, so ist sie doch nicht die einzige; und man darf nicht vergessen, dass zum Erkennen der Stetigkeit, besonders bei kleinen Figuren, nicht das Umfahren der ganzen Linie mit der Sehaxe nothwendig ist, dass man vielmehr bei einer Reihe kleiner Ellipsen (Nullen) die Unstetigkeit einzelner erkennt, indem der Blick nur der Reihe entlang gleitet; und dass ferner die Sehaxe gar nicht so genau durch den Fleck der Netzhautgrube festgelegt ist und gar nicht so scharf eine Linie umfährt, dass — wie dort angeführt — die Abweichung eines aus Kreisbogen zusammengesetzten sogenannten Korbbogens von einer Ellipse durch Unstetigkeit der Muskelbewegung fühlbar gemacht werden könnte.

Wenn ich auch mit der vorliegenden Schrift in vielen Punkten nicht einverstanden bin, so kann ich sie doch zum Studium nur empfehlen, da sie viel Interessantes, zum Nachdenken und zu Versuchen Anregendes enthält.

Chr. Wiener.

Planimetrie, Stereometrie und Trigonometrie. Von Dr. F. Reidt. 378 S. gr. 8°. Breslau, 1879—1880. Verlag von Eduard Trewendt.

Wir haben (S. 103—104) den Anfang der mathematischen Abtheilung der Encyklopädie der Naturwissenschaften angezeigt. Heute erfüllen wir die gleiche angenehme Pflicht gegenüber der Fortsetzung.

Dasselbe Geschick, welches wir Dr. Reidt als Verfasser der Arithmetik und Algebra nachrühmen durften, hat er auch in den geometrischen Abtheilungen, über welche wir heute uns äussern, an den Tag gelegt. Neben den Dingen, welche auch die älteren Schriften ähnlichen Inhalts zu lehren pflegten, hat der Verfasser neueren Untersuchungen ihr Recht angedeihen lassen, so weit die gebotene Kürze es ihm gestattete, und es an eigenthümlichen Darstellungen nicht fehlen lassen. Wir wollen nur eines Capitels der Planimetrie: „Die planimetrischen Constructionsaufgaben" gedenken, in welchem in systematischer Weise entwickelt ist, welcherlei wesentlich von einander verschiedene Methoden zu Gebote stehen, um Aufgaben einigermassen verwickelterer Art zu bewältigen. Einige kleine Ausstellungen sollen dem Herrn Verfasser, sowie unseren Lesern mehr ein Zeugniss der Aufmerksamkeit liefern, mit welcher wir diese Abtheilung durchlesen haben, als dass wir ihnen grosses Gewicht beilegten. Die Zahl π ist viel weiter, als auf 500 Stellen bekannt. William Schank hat am 15. Mai 1873 der *Royal Society* deren 707 vorgelegt (*Proceedings of the Royal Society of London*, *Vol. XXI*, Nr. 144, S. 318). Wir vermissen ungern die Erwähnung der halbregelmässigen oder Archimedischen Körper, der Sternvielecke und der Sternvielflächner. In der sphärischen Trigonometrie sollte die Formulirung der beiden Sätze vom rechtwinkligen Dreieck nicht fehlen, welche von Neper herrührt und besagt, der Cosinus eines mittleren Stückes sei gleich dem Producte der Cotangenten der anliegenden Stücke, beziehungsweise der Sinusse der getrennten Stücke, vorausgesetzt, dass man die Katheten je durch ihre Complemente ersetze und den rechten Winkel überhaupt nicht als Stück gelten lasse. Insbesondere durch Christ. v. Wolff ist diese Formulirung seiner Zeit allgemein bekannt geworden und empfiehlt sich ausser durch ihren Urheber wesentlich durch ihre leichte Behaltbarkeit.

Cantor.

Ueber den zweiten Hauptsatz der mechanischen Wärmetheorie von Max Planck. 61 S.

Clausius hat den zweiten Hauptsatz der mechanischen Wärmetheorie aus dem Princip abgeleitet, das gewöhnlich kurz so ausgedrückt wird: Wärme kann nicht von selbst aus einem kältern in einen wärmern Körper übergehen. Der Verfasser vorliegenden Schriftchens will einen allgemeinern und directern Weg einschlagen. Wenn eine Reihe von Körpern bei einem bestimmten Processe aus einem bestimmten Anfangszustande in einen bestimmten Endzustand übergeführt werden, so lässt sich aus dem letzten der Anfangszustand entweder wieder durch einen neuen Process herstellen oder nicht. Im letzten Falle hat die Natur mehr Vorliebe für den Endzustand: das Maass dieser Vorliebe soll für jeden gegebenen

Zustand des Systems durch eine Function der Bestimmungsstücke des Zustands gegeben sein. Diese Function ist für Wärmeerscheinungen die Entropie, wie sie Clausius genannt hat. Es wird zunächst an Gasen gezeigt, dass der Entropiewerth eines jeden Processes mit vollkommenen Gasen positiv oder Null ist; im ersten Falle ist der Process natürlich, die Natur hat eine Vorliebe für ihn, im zweiten neutral, er lässt sich umkehren. Dann wird auf beliebige Körper übergegangen und der zweite Hauptsatz unter der Voraussetzung bewiesen, dass sämmtliche Wärmereservoire aus Behältern vollkommener Gase bestehen, deren Volumina constant gehalten werden. Diese Beschränkung werde der Tragweite des Beweises keinen Eintrag thun; der den verschiedenen Veränderungen unterliegende Körper befinde sich beidemal in genau gleichen Verhältnissen, könne also bei der Vergleichung beider Zustände ganz ausser Acht gelassen werden. Damit ist dann sogleich das für die Gase Gesagte auf jeden Körper anwendbar. In einem zweiten Abschnitte werden die von Clausius eingeführten Aequivalenzwerthe besprochen, deren Bedeutung sich dem Verfasser nicht auf Verwandlungen von endlicher Grösse zu erstrecken scheint.

P. Zech.

Einleitung in die praktische Physik. Von W. Pscheidl. Braunschweig, Friedrich Vieweg & Sohn. 1879.

Das Werkchen von 91 S. gr. 8° soll ein Rathgeber sein für die, welche sich mit dem physikalischen Messen vertraut machen wollen. Es enthält neben der reinen Theorie, die durchaus mit niederer Mathematik und in einfacher Weise dargestellt ist, eine Anzahl Beispiele praktisch ausgeführter Versuche. Im Besondern sind behandelt die Waage und das Wägen nebst Prüfung des Gewichtssatzes, die Beobachtung von Schwingungen nebst Bestimmung des Trägheitsmoments, Foucault's Pendelversuch, Bestimmung der Dichte fester, flüssiger und gasförmiger Körper, die barometrische Höhenmessung, die Bestimmung des Compressionscoefficienten des Wassers, des Ausdehnungscoefficienten des Quecksilbers, die Bestimmung der specifischen Wärme nach der Mischungsmethode, die Bestimmung der Spannkraft des Wasserdampfes. Aus der Optik sind aufgenommen die Entwickelung der Bedingungen für das Minimum der Ablenkung eines Prismas, die Bestimmung des Brechungsexponenten mit Hilfe des Spectrometers, der Vergrösserungszahl eines Mikroskopes, der Wellenlänge des Lichtes. Aus der Lehre vom Magnetismus ist aufgenommen die horizontale Schwingung eines Magneten und die Bestimmung der Horizontalcomponente des Erdmagnetismus und des magnetischen Momentes eines Magnetstabes. Aus der Lehre vom Galvanismus ist mitgetheilt die Strommessung mit dem Voltameter, mit der Tangentenboussole von Gaugin, die Reduction des elektrochemischen Maasses auf absolutes und die Widerstandsmessung constanter Ketten.

Tabellen über die specifischen Gewichte, Ausdehnungscoefficienten, Spannkraft des Wasserdampfes, Wellenlänge des Lichtes und Brechungsexponenten erleichtern die Anwendung des Werkchens.

Pappendorf, den 27. December 1879. Th. Kötteritzsch.

Die Physik in elementar-mathematischer Behandlung. Ein Leitfaden zum Gebrauche an höheren Lehranstalten, zugleich eine Ergänzung zu jedem Schullehrbuche der Physik von Dr. E. Wrobel. Rostock, Wilh. Werther's Verlag. 1879.

Das nur 174 S. 8°. umfassende Werkchen behandelt den Theil der Physik, der sonst unter dem Namen Mechanik begriffen wird; die alte Eintheilung in Statik, umfassend 78 Seiten, und Dynamik, umfassend 96 Seiten, ist beibehalten. Nachdem im ersten Theile die Lehre von der Zusammensetzung und Zerlegung der Kräfte behandelt ist, werden noch Anwendungen gemacht und zwar im Besondern auf Schraube, Keil, Hebel, Rolle, Flaschenzüge, Wellrad, Räderwerke, die Lehre vom Schwerpunkt und auch verschiedene Waagen. Ein Anhang von 3 Seiten behandelt noch einige Aufgaben der Statik.

Der zweite Theil, die Dynamik, giebt die Lehre vom Stosse, die Lehre vom freien Falle und der Wurfbewegung im leeren Raume, die Centralbewegung, die Pendelbewegung, die freien Axen, die Widerstände der Bewegung und die Lehre von der mechanischen Arbeit und der lebendigen Kraft. Auch dieser Theil schliesst mit einem 4 Seiten umfassenden Anhang, der eine Reihe von Aufgaben aus der Dynamik behandelt.

Wie man hieraus sieht, ist der Inhalt des kurzen Werkchens sehr reich und verlangt von Seiten eines Schülers, der zum ersten Male an diese nicht eben einfache Materie herantritt, viel Aufwand von Zeit und Arbeit. Wir tragen nach unseren Erfahrungen Bedenken, dass der Stoff bei zweistündigem wöchentlichem Unterrichte vom Schüler beherrscht werden kann, und meinen, es sei besser, dem alten erprobten Worte zu folgen: *Non multa sed multum.*

Pappendorf, den 24. December 1879. Th. Kötteritzsch.

Lehrbuch der descriptiven Geometrie von Dr. Bernhard Gugler, Professor an der technischen Hochschule zu Stuttgart. Mit 12 Kupfertafeln in Mappe und 23 in den Text gedruckten Holzschnitten. 4. Aufl. Stuttgart, Metzler. 1880.

Noch kurz vor seinem Tode konnte der Verfasser die vierte Auflage seines verdienstvollen Werkes, über welches das Urtheil durch sein wiederholtes Erscheinen schon gesprochen ist, hinausgehen sehen. Ich kann mich deswegen, und weil ich bei Gelegenheit der dritten Auflage das Buch schon würdigte*, darauf beschränken, hier zu wiederholen, dass es ausgezeichnet ist durch eine glückliche Verbindung der Constructionsaufgaben mit den theoretischen Erörterungen und Beweisen, so dass theils durch synthetische, theils durch analytische Entwickelungen ein Lehrgebäude eines Gebietes der ebenen und räumlichen Geometrie aufgeführt erscheint, das in den Aufgaben der descriptiven Geometrie gipfelt, deren Lösung das Raumanschauungsvermögen in kräftigster Weise ausbildet, und dass die Darstellung in einer bündigen, zutreffenden und plastischen Weise gegeben ist. Auch von der neueren Geometrie ist einiger Gebrauch gemacht; doch wird, wie Recensent überzeugt ist, dies in Zukunft in noch höherem Grade geschehen müssen, besonders wenn die Schwierigkeiten, die sich dem Gebrauche entgegenstellen, durch den Unterricht dieses Faches in den Mittelschulen beseitigt sein werden.

In der vierten Auflage sind hier und da Erweiterungen zugefügt und Verbesserungen in der Fassung angebracht, welche von der Sorgfalt des Verfassers in dieser Beziehung Zeugniss ablegen.

Es ist hier am Platze, zum Andenken an den um die Wissenschaft wohlverdienten Mann einen Abriss seines Lebens und seiner Leistungen zu geben. Derselbe stützt sich wesentlich auf einen von befreundeter Hand geschriebenen Nekrolog**, auf einige Mittheilungen der Familie des Dahingeschiedenen und auf die persönliche Bekanntschaft des Berichterstatters.

Bernhard Gugler wurde am 5. März 1812 in Nürnberg geboren als Sohn wenig bemittelter Eltern, die aber durch ein späteres Erbe eines Verwandten in Stand gesetzt waren, den Sohn ausgedehnte Studien machen zu lassen. Ursprünglich zum Volksschullehrer bestimmt, war er schon in die Präparandenschule eingetreten, als der nachmalige Akademiker in München, F. B. W. Hermann, seine ausserordentliche Begabung bemerkte und seinen Uebertritt als ausserordentlicher Schüler in die oberste Classe des Gymnasiums bewirkte, dessen Maturitätszeugniss er sich mit angestrengtem Fleisse errang. Im Jahre 1832 bezog er die Universität Erlangen, wo er den Mathematiker und Astronomen Pfaff hörte, von wo er aber auch mit einigen Studiengenossen Freitags nach Nürnberg wanderte, um dort an der polytechnischen Schule die Vorträge v. Staudt's, deren zauberhaft anziehende Klarheit er später nicht genug rühmen konnte, zu hören. 1833—1834 besuchte er die Universität

* Zeitschrift für Vermessungswesen, 3. Bd. 1874, S. 420.

** Schwäbischer Merkur, Nr. 80, 4. April 1880.

Wien, wo er den Unterricht des von ihm bewunderten Astronomen v. Littrow genoss, den derselbe in Form der Unterredung mit seinen um einen Tisch herumsitzenden Schülern und in Form von Aufgabenstellung ertheilte. Ausserdem hörte er Mohs, v. Ettingshausen und Arzberger. 1834—1835 besuchte er Vorlesungen an der Universität und der polytechnischen Schule in München, wie die von Schelling, Wagner, Schubert, und genoss auch den Unterricht v. Desberger's in descriptiver Geometrie, der dieses damals noch neue Fach aus Paris, wo er studirt hatte, nach Deutschland übertragen half.

Nachdem G. 1835 in München die Prüfung des Lehrfaches für Kreisgewerbeschulen mit bestem Erfolg bestanden hatte, wurde ihm der Unterricht in Mathematik, Physik, Mechanik und Gewerbeencyklopädie an der Kreisgewerbeschule in Nürnberg übertragen, wenn auch nicht jedes Fach zu seiner inneren Befriedigung diente. Im Jahre 1836 bestand G. in Erlangen die Prüfung für das Gymnasiallehramt in Mathematik mit sehr gutem Erfolge, worauf er noch mit einem Theile des Unterrichts in der descriptiven Geometrie an der polytechnischen Schule in Nürnberg betraut und für die damit verbundenen zehn Wochenstunden mit einem Extrabezuge von 100 Fl. belohnt wurde. Erst kurz vor seinem Abgange trat er in die erledigte Professur für descriptive Geometrie und Maschinenzeichnen ein. In jene Zeit fallen Gugler's erste literarische Veröffentlichungen: das „Lehrbuch der descriptiven Geometrie, Nürnberg 1841, Schrag" mit den von ihm selbst gezeichneten Kupfertafeln und die „Grundzüge einer elementar-geometrischen Theorie der Kreisprojectionen (Kegelschnitte), Nürnberg 1842, Schrag", welche beide Arbeiten er in der folgenden Auflage der descriptiven Geometrie vereinigte. — Im Februar 1843 erging durch Vermittelung von Reusch, der G. in Nürnberg kennen gelernt hatte, an ihn ein Ruf an die polytechnische Schule in Stuttgart, an welcher man für die descriptive Geometrie einen Lehrer suchte, der strenge Wissenschaftlichkeit mit feiner Ausführung am Zeichenbrette verband; und obgleich der Director der polytechnischen Schule in Nürnberg, der Physiker Simon Ohm, Alles aufwandte, um G. für Nürnberg zu erhalten, fand man im Ministerium in München zu Gunsten der technischen Bildungsanstalt nicht die Mittel von 1200 Fl., durch welche er hätte gehalten werden können. So gewann ihn Stuttgart und konnte sich seiner hervorragenden Leistungen durch viele Jahre erfreuen. Während dieser Zeit erschien von ihm die zweite Ausgabe der „Descriptiven Geometrie, Metzler, 1857", die dritte 1874, die vierte 1880, eine Abhandlung „Ueber Anwendung der allgemeinen Gleichung der Kegelschnittstangente" zum Schulprogramm 1852, zahlreiche Arbeiten wissenschaftlichen, pädagogischen und musikalischen Inhalts in verschiedenen Zeitschriften und umfangreiche Beiträge zu Schmidt's Encyklopädie.

Neben seinem Hauptberufe hatte G. den Unterricht in der Naturlehre an der Töchterschule des Katherinenstiftes übernommen und gerne bis 1860 beibehalten. 26 Jahre lang war er als Lehrer und Vorstand der Stuttgarter Abendfortbildungsschule thätig und nahm Visitationen der Fortbildungsschulen des Landes vor. 1854—1873 gehörte er der Feldmesserprüfungscommission an und übernahm noch mancherlei amtliche Aufträge.

Im Jahre 1858 wurde G. zum Rector der polytechnischen Schule ernannt und leitete die vielfachen, langdauernden Berathungen, welche dahin zielten, die Anstalt zu einer technischen Hochschule zu erheben, wobei er, entsprechend seinem entschiedenen Wesen, mehr für die ältere Handhabung der strengen Zucht eintrat. Die freieren Einrichtungen gelangten aber zur Geltung und es trat nun hier eine Schwierigkeit ein, die sich auch an anderen polytechnischen Schulen geltend machte und an einigen noch nicht überwunden ist, nämlich die folgerichtige Nothwendigkeit des Uebergangs zum wechselnden Wahldirectorat. Die Ergebnisse der Verhandlungen in Stuttgart waren die, dass G. das Rectorat über die mathematischen Classen beibehielt und dass seine Verdienste durch Verleihung des Kronenordens öffentlich anerkannt wurden.

Nicht nur auf dem mathematischen, sondern auch auf dem musikalischen Felde zeigte G. eine grosse Begabung und Thätigkeit, von der erwähnt sein mag, dass er sich grosse Verdienste um Mozart's Opern „Cosi fan tutte“ und „Don Juan“ erwarb, indem er den wahrhaft abgeschmackten Text der ersteren deutsch umdichtete, unter Umänderung des Anstoss erregenden Theiles der Handlung, indem er den Text zu „Don Juan“ in poetischer und der Musik besser angepasster Weise verdeutschte und besonders indem er eine Partiturausgabe desselben ausführte, worin er unter Benutzung des Autographs Mozart's und mit seiner Musikkenntniss die grosse Menge von Fehlern beseitigte, welche die früheren Ausgaben zeigen. Sein grosses Interesse für Musik bekundete sich auch dadurch, dass er 1847 mit Anderen den Verein für klassische Kirchenmusik gründete, zu dessen stellvertretendem Vorstande er von 1861 an jährlich gewählt wurde.

G. verband eine grosse Schärfe des Geistes, die sich in treffender, knapper und anschaulicher Darstellung in seiner Schreibweise kundgab, mit einer Erfindungsgabe, die überall die einfachsten Hilfsmittel in Beweisen und Constructionen auffand, und mit einem im Umgang erfrischend wirkenden Humor. So war er denn auch durch seinen reichen Geist und seine geselligen Tugenden ein werthvolles Mitglied des aus Professoren gebildeten „Mathematischen Kranzes“.

G. war bald nach dem Eintritt in sein Amt in Nürnberg in den Bund einer glücklichen Ehe mit Marie Leuchs, einer Landsmännin, getreten, aus welcher vier Söhne und fünf Töchter entsprossten, von welch' letzteren ihm zwei vorangingen.

Seine amtliche Thätigkeit setzte G. bis zum Beginn des Wintersemesters 1879 fort, nachdem er noch lebhaften Antheil an der Feier des 50jährigen Bestehens der polytechnischen Schule genommen hatte. Bald nach der Wiederaufnahme seiner Thätigkeit ergriff ihn aber ein Leiden, das tiefer war, als die Gichtanfälle, die ihn früher öfter erschüttert hatten; und er erlag demselben am 12. März 1880. Am 15. begleiteten ihn seine Fachgenossen, seine Schüler und seine Freunde zur letzten Ruhestätte. Seine Werke aber werden sein Gedächtniss wach erhalten.

Karlsruhe, 28. Mai 1880. CHR. WIENER.

A treatise on the theory of determinants and their applications in analysis and geometry by Robert Forsyth Scott, *M. A. of Lincoln's inn; Fellow of St. John's College, Cambridge. Cambridge: at the university press.* 1880. 8°. *XI*, 251.

Die Lehre von den Determinanten ist der Hauptsache nach durch Cauchy und Jacobi geschaffen worden. Nicht als ob die Lehre sofort lückenlos vollendet, zu allen Anwendungen geschickt gewesen wäre, nicht als ob die Möglichkeit dieser Anwendungen in ihrer Gesammtheit den Erfindern klar gewesen wäre, dazu bedurfte es mehrjährige Arbeit tüchtiger, mitunter hervorragender Gelehrten. Unter ihnen war ein englischer Rechtsanwalt, welcher aus Liebhaberei sich nebenher mit Mathematik beschäftigte, bis er den glücklichen Entschluss fasste, das Fach seiner Neigung zum Hauptfach zu wählen. Er war es, Arthur Cayley, aus dessen Feder 1843 die erste systematische Bearbeitung des Gegenstandes unserer Besprechung erschien. Ein eigentliches Lehrbuch bildete freilich die Abhandlung „*On the theory of determinants*" in den *Transactions of the Cambridge philos. Society, T. VIII p.* 75 *sqq.* nicht. Ein Italiener, Francesco Brioschi, war es, der 1854 erkannte, dass die Mathematik künftighin ohne Determinanten nicht auskommen könne, dass es nothwendig sei, die wichtige Lehre nicht nebenbei, sondern in einem ihr eigens gewidmeten Werke studiren zu können, und so entstand seine „*Teorica dei determinanti*". Brioschi's Buch fand Uebersetzungen, sein Beispiel Nachahmung in fast allen Ländern wissenschaftlicher Bildung. Wohl ein Dutzend grösserer und kleinerer Lehrbücher der Determinanten in deutscher, nicht viel weniger in italienischer Sprache, daneben französisch, holländisch, schwedisch, dänisch, russisch, polnisch, böhmisch geschriebene Lehrbücher stehen dem zu Gebote, der in die Theorie und Anwendung der Determinanten eingeführt zu werden wünscht. Englische Leser fanden das Nöthige in Salmon's, durch Fiedler's Bearbeitung auch in Deutschland wohlbekannter „Algebra der linearen Transformationen". Bei dieser kommen Determinanten auf Schritt und Tritt vor; der Verfasser sah sich mithin genöthigt, deren Theorie einzuflechten; aber immerhin bilden ihm die Determinanten nur Mittel zum Zwecke.

Ein eigentliches englisches Lehrbuch der Determinanten stand also noch aus, und ein solches begrüssen wir in dem vor uns liegenden Bande. Es ist leicht und schwer, über einen binnen einem Vierteljahrhundert in zahlreichen Abhandlungen, in mehreren Dutzend Werken erörterten Gegenstand zu schreiben. Es ist leicht, den Stoff zu sammeln und aus sechs Büchern ein siebentes zu compiliren, es ist schwer, diesem Stoffe eine neue Seite abzugewinnen, so dass neben der nicht zu vermeidenden compilirenden auch eine componirende Thätigkeit zu Tage tritt, welche es versteht, dem jüngsten Buche eine eigene Physiognomie zu geben, die ihm eigentlich erst Berechtigung verleiht. Herr Scott hat dieses zu erreichen gewusst, indem er unmittelbar nach der Definition der Determinanten in gewöhnlicher Weise, und bevor er Eigenschaften derselben ableitet, auf S. 11 die Grassmann'schen alternirenden Einheiten einführt, welche ihm eine zweite Definition liefern. Es sollen nämlich $e_1, e_2, \ldots, e_n$ alternirende Einheiten eines Systems bedeuten, d. h. Grössen, welche die beiden Grundeigenschaften besitzen, dass $e_1 \times e_2 \times \ldots \times e_n = 1$ und zugleich $e_i \times e_j = -e_j \times e_i$. Aus dieser zweiten Eigenschaft des Aufhörens der Commutativität bei der Multiplication, während sie bei der Addition stattfinden soll, folgt eine dritte Eigenschaft durch Gleichsetzung von i mit j, nämlich $e_i \times e_i = -e_i \times e_i$ oder, was dasselbe heissen will, $e_i^2 = 0$. Geht man nun von den alternirenden Einheiten zu alternirenden Zahlen n^{ter} Ordnung über, als deren Definitionsgleichung $A = a_1 e_1 + a_2 e_2 + \ldots + a_n e_n$ auftritt, wo die $a_1, a_2, \ldots, a_n$ gewöhnliche Zahlencoefficienten sind, die also der alternirenden Eigenschaften ermangeln, so ist leicht ersichtlich, weshalb A eine alternirende Zahl genannt wird. Ist eine zweite alternirende Zahl $B = b_1 e_1 + b_2 e_2 + \ldots \ldots + b_n e_n$ und man bildet das Product $A \times B$, so entsteht $(a_1 b_2 - a_2 b_1) e_1 e_2 + (a_1 b_3 - a_3 b_1) e_1 e_3 + \ldots + (a_{n-1} b_n - a_n b_{n-1}) e_{n-1} e_n$. Bildet man dagegen $B \times A$, so nimmt jedes Glied des Products das entgegengesetzte Zeichen an, es ist mithin auch $A \times B = -B \times A$ und $A^2 = B^2 = 0$. Naturgemäss ist daher bei Wahl eines beliebigen Zahlencoefficienten $\varkappa$ auch $(A + \varkappa . B) B = AB + \varkappa . B^2 = AB$, und durch Division durch B folgt $\frac{AB}{B} = A + \varkappa . B$ mit willkürlichem Zahlencoefficienten $\varkappa$, oder die Division alternirender Zahlen ist eine vieldeutige Operation. Nun bilde man n alternirende Zahlen n^{ter} Ordnung: $a_{11} e_1 + a_{12} e_2 + \ldots + a_{1n} e_n = A_1$, $a_{21} e_1 + a_{22} e_2 + \ldots \ldots + a_{2n} e_n = A_2$, $\ldots$, $a_{n1} e_1 + a_{n2} e_2 + \ldots + a_{nn} e_n = A_n$, deren Product P man sich verschafft. In demselben fallen alle Glieder weg, in welchen *irgend* zwei identische Einheiten e vorkommen, und es bleiben nur solche

Glieder, die nach der Form $a_{1p}e_p \times a_{2q}e_q \times \ldots \times a_{ns}e_s$ gebildet sind, wo $p, q, \ldots, s$ die Werthe $1, 2, \ldots, n$ durcheinander gewürfelt bedeuten. Das Vorzeichen jedes Gliedes entscheidet sich, vermöge $e_i e_j = -e_j e_i$, darnach, durch wieviele Vertauschung von je zwei Elementen $p, q, \ldots, s$ aus $1, 2, \ldots, n$ entstanden ist, und so erhellt unter weiterer Berücksichtigung von $e_1 e_2 \ldots e_n = 1$, dass $P = \begin{vmatrix} a_{11} & a_{12} & \ldots & a_{1n} \\ a_{21} & a_{22} & \ldots & a_{2n} \\ \cdot & \cdot & \cdot & \cdot \\ a_{n1} & a_{n2} & \ldots & a_{nn} \end{vmatrix}$. Nennt man die betreffende Determinante Δ, so ist auch umgekehrt statthaft, $\Delta = P$ zu benutzen, d. h. eine Determinante n^{ter} Ordnung zu ersetzen durch ein Product von n alternirenden Zahlen n^{ter} Ordnung. Die Beweise der meisten Eigenschaften der Determinanten werden dadurch ungemein viel einfacher, als nach dem gewöhnlichen Verfahren, wovon eine Durchsicht des Scott'schen Buches überzeugen wird. Wir haben in didaktischer Beziehung nur einen leisen Zweifel, dem wir Ausdruck geben möchten. Giebt es, denken wir den Schüler uns fragend, solche alternirende Einheiten e? Wir können ihm keine andere Antwort ertheilen, als dass wir nicht im Stande sind, ihm durch die sonst in der Analysis geläufigen Grössenarten solche zu bilden, dass er sich mit der gegebenen Definition begnügen müsse, ähnlich wie es mit dem mehr als dreidimensionalen Raume der Fall sei, für dessen mehr als nur formelle mathematische Existenz auch nur ganz Vereinzelte eine Lanze zu brechen gewillt sind. Wird der Schüler mit dieser Antwort sich begnügen? wird er sich mit ihr begnügen dürfen? Wir wissen wohl, dass zu seiner Beruhigung das Princip der Permanenz formaler Gesetze vorhanden ist, aber darf man es anwenden, wo der Zweifel noch bestehen kann, ob die Grössen, auf welche man es anwenden will, nicht an sich widerspruchsvolle sind? Wir fürchten, es werde am Ende kaum ein Anderes übrig bleiben, als dass man die mittels alternirender Einheiten erwiesenen Sätze noch anders, d. h. ohne dieselben erweise. Wem freilich solche Skrupel unerheblich erscheinen, den wird das neue Werk in jeder wesentlichen Beziehung befriedigen, wie auch wir trotz unserer Ausstellung es als in hohem Grade interessant anerkennen.

Cantor.

Analytische Geometrie von Professor Dr. Theodor Wittstein. Hannover, Hahn'sche Buchhandlung. 1880. VII, 200.

Der Verfasser konnte selbstverständlich bei dem unverbrüchlichen Gesetze, welches er sich auferlegt hatte, Strenge der Darstellung mit Klarheit zu verbinden, auf $12\frac{1}{2}$ Druckbogen unmöglich eine vollständige analytische Geometrie liefern. Er hat es auch nicht beabsichtigt. Er wollte auf eine elementare Darstellung der Kegelschnitte sich beschränken und damit das mathematische Unterrichtspensum zum Abschlusse bringen, welches er für unsere Gymnasien in Anspruch nimmt. Nur von diesem Standpunkte aus darf daher das kleine Buch beurtheilt werden, und wir zweifeln nicht, dass das Urtheil ein ausnahmslos lobendes sein wird. Der Verfasser hat namentlich bei Aufsuchung der Berührungslinien ein gewisses berechtigtes Gewicht darauf gelegt, dass die nöthigen Grenzübergänge dem Schüler deutlich zum Bewusstsein gelangen, während man vielfach im schroffen Gegensatze hierzu die kleine Schwierigkeit zu verheimlichen sucht, den Schüler Infinitesimalbetrachtungen anstellen lässt, ohne dass er es selbst bemerkt. Wir ziehen Herrn Wittstein's Verfahrungsweise entschieden vor und stimmen, auch ohne dass uns eine bestimmte Erfahrung in dieser Beziehung zur Seite stünde, seiner Behauptung zu, dass, wer unter solcher Behandlung die Kegelschnitte durchgearbeitet und in sich aufgenommen habe, unmittelbar reif sei zum Eintritt in die Differential- und Integralrechnung.

Cantor.

Bibliographie

vom 1. August bis 30. September 1880.

Periodische Schriften.

Denkschriften der kaiserl. Akademie der Wissenschaften zu Wien, mathematisch-naturwissenschaftl. Classe. 42. Bd. Wien, Gerold. 46 Mk.

Sitzungsberichte der kaiserl. Akademie der Wissenschaften in Wien. II. Abth. (Mathematik, Physik etc.) 81. Bd., 4. Heft. Ebendas. 6 Mk. 40 Pf.

Mémoires de l'académie imp. des sciences de St. Petersbourg. 7. série, tome 27, *No.* 7—9. Leipzig, Voss. 9 Mk. 90 Pf.

Vierteljahrsschrift der astronomischen Gesellschaft, herausgegeben von E. Schönfeld und A. Winnecke. 15. Jahrg., 2. u. 3. Heft. Leipzig, Engelmann. 4 Mk.

Astronomische Nachrichten, herausgeg. v. C. A. F. Peters. 98. Bd., Nr. 1. Hamburg, Mauke Söhne. pro compl. 15 Mk.

Journal für reine und angewandte Mathematik, begr. v. Crelle, fortges. v. Borchardt. 90. Bd., 1. Heft. Berlin, G. Reimer. pro compl. 12 Mk.

Mathematische Annalen, herausgeg. v. F. Klein und A. Mayer. 17. Bd., 1. Heft. Leipzig, Teubner. pro compl. 20 Mk.

Fortschritte der Physik. 32. Jahrg. (1876), redigirt von Schwalbe. 1. Abth.: Allgem. Physik, Optik, Akustik. Berlin, G. Reimer. 11 Mk.

Reine Mathematik.

Worpitzky, J., Lehrbuch der Differential- und Integralrechnung. Berlin, Weidmann. 24 Mk.

Hattendorff, K., Höhere Analysis. 1. Bd. Hannover, Rümpler. 15 Mk.

Klempt, A., Lehrbuch zur Einführung in die moderne Algebra. Leipzig, Teubner. 4 Mk.

Wittstein, Th., Lehrbuch der Elementarmathematik. 3. Bd. 1. Abth.: Analysis. 2. Aufl. Hannover, Hahn. 2 Mk. 40 Pf.

Radicke, A., Die Recursionsformeln zur Berechnung der Bernoulli'schen und Euler'schen Zahlen. Halle, Nebert. 1 Mk. 20 Pf.

Schlegel, V., Tafeln vierstelliger Logarithmen. Leipzig, Teubner. 60 Pf.

Lagrange's Elementarvorlesungen. Deutsch v. H. Niedermüller. Leipzig, Teubner. 2 Mk. 40 Pf.

Kantor, S., Ueber lineare Transformation. (Akad.) Wien, Gerold. 20 Pf.

—, Ueber successive lineare Transformation. Ebendas. 80 Pf.

Claussen, L., Die trigonometrische Auflösung der quadratischen und cubischen Gleichungen. Schleswig, Bergas. 1 Mk. 20 Pf.

Geigenmüller, R., Analytische Geometrie. Mittweida, polytechn. Buchhandlung. 3 Mk. 50 Pf.

Hoppe, R., Lehrbuch der analytischen Geometrie. 1. Thl. Leipzig, Koch's Verl. 1 Mk. 80 Pf.

Frischauf, J., Einleitung in die analytische Geometrie. 2. Aufl. Graz, Leuschner & Lubensky. 1 Mk. 20 Pf.

Maschke, H., Ueber ein dreifach orthogonales System von Flächen dritter Ordnung. (Dissert.) Göttingen, Vandenhoeck & Ruprecht. 1 Mk.

Durège, H., Ueber die Hoppe'sche Knotencurve. (Akad.) Wien, Gerold. 30 Pf.

—, Ueber die von Möbius gegebenen Kriterien für die Art eines durch fünf Punkte oder fünf Tangenten bestimmten Kegelschnitts. Ebendas. 25 Pf.

Praschka, V., Beitrag zur Theorie der Normalenflächen. (Akad.) Ebendas. 80 Pf.

—, Normalenflächen längs ebener Flächenschnitte. Ebendas. 2 Mk. 50 Pf.

Weyr, E., Construction der Osculationshyperboloide windschiefer Flächen. Ebendas. 20 Pf.

Mahler, E., Die Fundamentalsätze der allgemeinen Flächentheorie. Wien, Seidel & S. 1 Mk.

Schlegel, V., Lehrbuch der elementaren Mathematik. 3. u. 4. Theil: Stereometrie u. sphär. Trigonometrie. Wolfenbüttel, Zwissler. 3 Mk. 90 Pf.

Zehme, W., Lehrbuch der ebenen Geometrie nebst Repetitionstafeln. 6. Aufl. Leipzig, Teubner. 2 Mk. 40 Pf.

Sachse, J., Mathematik für Lehrerbildungsanstalten und Lehrer. 4. Thl.: Planimetrie u. Stereometrie. Leipzig, Sigismund & Volkening. 3 Mk.

Brennert, E., Geometrische Constructionsaufgaben mit Auflösungen. Berlin, Nicolai. 1 Mk. 50 Pf.

Angewandte Mathematik.

Verhandlungen der europäischen Gradmessungscommission v. J. 1879 in Genf, redig. v. Bruhns & Hirsch. Berlin, G. Reimer. 7 Mk.

Jordan, W. u. K. Steppes, Das deutsche Vermessungswesen; histor.-krit. Darstellung. 1. Lief. Stuttgart, Wittwer. pro compl. 16 Mk.

Vogler, A., Graphische Barometertafeln zur Bestimmung von Höhenunterschieden durch eine blosse Subtraction. Entworfen v. H. Feld. Braunschweig, Vieweg. 4 Mk.

Husmann, A., Ueber äcquipotentiale Massenvertheilungen. (Dissert.) Göttingen, Vandenhoeck & Ruprecht. 1 Mk. 20 Pf.

Knopf, O., Die Methoden zur Bestimmung der mittleren Dichtigkeit der Erde. (Dissert.) Jena, Neuenhahn. 1 Mk. 35 Pf.

Saenger, Th., Eine Verallgemeinerung des zusammengesetzten Pendels. (Dissert.) Göttingen, Vandenhoeck & Ruprecht. 1 Mk. 20 Pf.

Finger, J., Ueber den Einfluss der Rotation des Erdsphäroids auf terrestrische Bewegungen. 2. Thl. (Akad.) Wien, Gerold. 50 Pf.

Grossmann, L., Theorie der numerischen Berechnung der Constanten der innern und äussern Reibung von Gasen und Flüssigkeiten mittelst schwingender Scheiben. (Dissert.) Breslau, Köhler. 1 Mk.

Vodušek, M., Beiträge zur praktischen Astronomie. Laibach, Kleinmayr & Bamberg. 1 Mk. 60 Pf.

Rüling, H., Bestimmung der Bahn des Planeten Belisana (178). (Akad.) Wien, Gerold. 30 Pf.

Weiss, E., Ueber die Bahnen der Kometen 1843 *I* und 1880 *a*. Ebendas. 40 Pf.

Kreutz, H., Untersuchungen über die Bahn des grossen Kometen 1861 *II*. Bonn, Behrendt. 8 Mk.

Rühlmann, R., Handbuch der mechanischen Wärmetheorie. 2. Bd. 2. Lief. Braunschweig, Vieweg. 7 Mk. 20 Pf.

Physik und Meteorologie.

Lang, V. v., Optische Notizen. (Akad.) Wien, Gerold. 25 Pf.

Lippich, F., Untersuchungen über die Spectra gasförmiger Körper. Ebendas. 40 Pf.

Puluj, J., Zur Erklärung des Zöllner'schen Radiometers. Ebendas. 30 Pf.

Wassmuth, A., Ueber die Magnetisirbarkeit des Eisens bei höheren Temperaturen. Ebendas. 40 Pf.

Zetzsche, K., Handbuch der elektrischen Telegraphie. 3. Bd. 1. Lief. Berlin, Springer. 5 Mk.

Ballauff, L., Die Grundlehren der Physik. 7. Lief. Langensalza, Beyer & S. 1 Mk.

Mathematisches Abhandlungsregister.

1879.
Zweite Hälfte: 1. Juli bis 31. December.

A.

Abbildung.

252. Mémoire sur la représentation des surfaces et les projections des cartes géographiques. Tissot. N. ann. math. XXXVIII, 337, 385, 532. [Vergl. Bd. XXIV, Nr. 237.]
253. Zur Theorie der conformen Abbildung einer ebenen Fläche auf einer Kreisfläche. C. Neumann. Mathem. Annal. XIII, 573.
254. Die Abbildung von Kegelschnitten auf Kreisen. Milinowski Crelle LXXXVI, 108.

Abzählende Geometrie.

255. Die fundamentalen Anzahlen und Ausartungen der cubischen Plancurven nullten Geschlechts. H. Schubert. Mathem. Annal. XIII, 429. [Vergl. Bd. XXIII, Nr. 111.]
256. Beschreibung der Ausartungen der Raumcurve dritter Ordnung. H. Schubert. Mathem. Annal. XV, 529.
257. Ueber die ein-zweideutige Beziehung zwischen den Elementen einstufiger Grundgebilde. H. Schubert. Crelle LXXXVIII, 311.
258. Ueber unendlich-vieldeutige geometrische Aufgaben, insbesondere über die Schliessungsprobleme. Hurwitz. Mathem. Annal. XV, 8.
259. Ueber singuläre Tangenten algebraischer Flächen. Krey. Mathem. Annal. XV, 211.

Vergl. Stereometrie 595.

Aerodynamik.

260. On the law connecting the velocity and direction of the wind with the barometric gradient. Ferrel. Wash. Bull.* I, 106.

Analytische Geometrie der Ebene.

261. Die Multiplicität der Schnittpunkte zweier algebraischer Curven. O. Stolz. Mathem. Annal. XV, 122.
262. Ueber die Hesse'sche Curve. Brill. Mathem. Annal. XIII, 175.
263. Zur Theilung des Winkels. Radicke. Grun. Archiv LXIII, 328.
264. On the classification of plane curves of the third order. Jeffery. Quart. Journ. math. XVI, 98.
265. Recherches sur les courbes planes du troisième degré. Halphen. Mathem. Annal. XV, 359.
266. On plane cubics of the third class with three single foci. Jeffery. Quart. Journ. math. XVI, 65, 348. [Vergl. Bd. XXIII, Nr. 12.]
267. On cubic curves. Sharp. Quart. Journ. math. XVI, 186, 298.
268. Beitrag zur Theorie der Kardioide. Zahradnik. Grun. Archiv LXIII, 94. [Vergl. Bd. XXIII, Nr. 8.]
269. Enveloppe de la droite de Simpson. Badoureau. N. ann. math. XXXVIII, 33.
270. Lieu du point de la tangente à l'hypocycloïde $x^{2/3}+y^{2/3}=r^{2/3}$ qui est conjugué harmonique du point de contact par rapport aux axes de coordonnées. Lez. N. ann. math. XXXVIII, 322.

Vergl. Cycloide. Ellipse. Hyperbel. Invariantentheorie 449. Kegelschnitte. Kreis. Krümmung 482. Parabel. Trajectorie.

---

* Unter Washingt. Bull. verstehen wir von jetzt an das „Bulletin of the Philosophical Society of Washington".

Analytische Geometrie des Raumes.

271. Ueber Raumcurven und Developpable. Voss. Mathem. Annal. XIII, 232.
272. Ueber ein Gebilde der analytischen Geometrie des Raumes, welches dem Connexe zweiter Ordnung und erster Classe entspricht. R. Krause. Math. Annal. XIV, 294.
273. Die dreiaxigen Coordinaten in den Gleichungen ersten und zweiten Grades. Veltmann. Grun. Archiv LXIV, 113.
274. Ueber die Bedingung, unter welcher eine variable Gerade Hauptnormale einer Curve sein kann, und verwandte Fragen. Hoppe. Grun. Archiv LXIII, 369.
275. Ueber vier Tangenten einer Raumcurve dritter Ordnung. Voss. Mathem. Annal. XIII, 168.
276. Ueber das simultane System zweier quaternärer Formen zweiten Grades und eine allgemeine algebraische Parameterdarstellung der Raumcurve vierter Ordnung $p=1$. Westphal. Mathem. Annal. XIII, 1.
277. Plan décrit par une droite tournant sous certaines conditions autour de son milieu. Cottereau. N. ann. math. XXXVIII, 172.
278. Sur une propriété caractéristique des hélices. Appell. Grun. Archiv LXIV, 19.
279. Propriété de la droite qui mène du sommet d'une pyramide au centre de gravité de sa base. Leinchugel. N. ann. math. XXXVIII, 419.

Vergl. Ellipsoid. Formen 364. Hyperboloid. Krümmung 483, 484, 485. Krümmungslinien. Kugel. Mannichfaltigkeiten. Oberflächen. Oberflächen zweiter Ordnung.

Astronomie.

280. Mémoire sur la théorie des perturbations des mouvements des comètes. E. Mathieu. Journ. mathém. Sér. 3, V, 379.
281. Observations et orbites des satellites de Mars avec les éphémerides pour 1879. A. Hall. Journ. mathém. Sér. 3, V, 143.

Vergl. Chronologie. Determinanten 307, 308, 309. Geschichte der Mathematik 407. Graphische Auflösungen.

Attraction.

282. Elementare Ableitung des Newton'schen Gravitationsgesetzes aus den drei Kepler'schen Gesetzen. Helm. Grun. Archiv LXIII, 326.
283. Freier Fall auf einem Punkte der Erdoberfläche. Hoppe. Grun. Archiv LXIV, 96.
284. Zur Theorie der Attraction einiger Rotationskörper, deren Gestalt sich nur wenig von der einer Kugel oder einer Kugelschale unterscheidet. v. Hoepflingen-Bergendorf. Grun. Archiv LXIII, 310.

Vergl. Potential 562.

B.

Bernoulli'sche Zahlen.

285. Zur Theorie der Bernoulli'schen Zahlen. Stern. Crelle LXXXVIII, 85.
286. Table of the values of the first sixty two numbers of Bernoulli. Adams. Crelle LXXXV, 269.

Bestimmte Integrale.

287. Ueber Convergenz von Integralen mit nicht verschwindendem Argument. Du Bois-Reymond. Mathem. Annal. XIII, 251.
288. Entwickelung aller Eigenschaften der Logarithmen und Kreisfunctionen aus dem bestimmten Integral. Entleutner. Grun. Archiv LXIII, 225.
289. Ueber einige bestimmte Integrale. Bachmann. Mathem. Annal. XV, 424.
290. Discussion eines mehrfachen Integrals. Sersawy. Grun. Archiv LXIV, 30.

C.

Capillarität.

291. Beitrag zur Theorie der Capillarität. Reinhold. Grun. Archiv LXIII, 110.

Chronologie.

292. Calendar formulae. E. B. Elliott. Washingt. Bull. II, 37.
293. A calendar proposed by a Persian astronomer in 1079. W. B. Taylor. Washingt. Bull. II, 38.
294. A calendar of the Dakota Indians. Mallery. Washingt. Bull. II, 90. — Powell ibid. 93. — Abbe ibid. 93. — Parker ibid. 94. — Gill ibid. 94.

Combinatorik.

295. Einige Aufgaben aus der Combinationsrechnung. Sinram. Grun. Archiv LXIII, 445.
296. Ueber einige Relationen zwischen den Combinationssummen der Quadrate der geraden und ungeraden Zahlen. v. Oppolzer. Mathem. Annal. XIII, 405.
297. On magic squares. Frisby. Washingt. Bull. III, 143.
298. Triangle magique. Lionnet. N. ann. math. XXXVIII, 525.

Convergenz.

Vergl. Bestimmte Integrale 287. Reihen 571, 576, 577, 578.

Cubatur.

299. Rapport du volume d'un cône à celui d'une sphère la surface latérale du cône étant équivalente à la surface d'une zone sphérique. Lannes. N. ann. math. XXXVIII, 310.
300. Neue Berechnung des Volumens eines Prismatoids. Sinram. Grun. Archiv LXIII, 440.

Vergl. Kugel 489.

Cubikwurzel.

301. Méthodes expéditives pour l'extraction de la racine cubique des nombres entiers ou décimaux. Dostor. Grun. Archiv LXIV, 321.

Cubische Reste.

Vergl. Quadratische Reste.

Cycloide.

302. On prend sur la tangente à une cycloïde fixe, à partir du point de contact, une longueur proportionelle au rayon de courbure en ce point; l'extrémité de cette longueur décrit une autre cycloïde. Lez. N. ann. math. XXXVIII, 475.

Cylinderfunctionen.

303 Zur Theorie der Bessel'schen Functionen. Lommel. Mathem. Annal. XIV, 510.

D.

Determinanten.

304. Ein Beweis des Multiplicationstheorems für die Determinanten. Koenig. Mathem. Annal. XIV, 507.
305. Sur les déterminants composés. Sylvester. Crelle LXXXVIII, 49.
306. On certain functions allied to Pfaffians. Tanner. Quart. Journ. math. XVI, 34.
307. Sur un déterminant symétrique qui comprend comme cas particulier la première partie de l'équation séculaire. Sylvester. Crelle LXXXVIII, 6.
308. Preuve instantanée d'après la méthode de Fourier, de la réalité des racines de l'équation séculaire. Sylvester. Crelle LXXXVIII, 4.
309. Sur l'équation dont dépendent les inégalités séculaires des planètes. Sourander. Journ. mathém. Sér. 3, V, 195.
310. On a special form of determinants and on certain functions of n variables analogous to the sine and cosine. Glaisher. Quart. Journ. math. XVI, 15.
311. Ueber gewisse Determinanten. Voss. Mathem. Annal. XIII, 161.
312. Évaluation d'un certain déterminant. Dostor. Grun. Archiv LXIV, 57.
313. Calcul d'un déterminant. Lemonnier. N. ann. math. XXXVIII, 518.

Vergl. Analytische Geometrie der Ebene 262. Kegelschnitte 453. Maxima und Minima 499.

Differentialausdruck.

314. Ueber adjungirte lineare Differentialausdrücke. Frobenius. Crelle LXXXV, 185.
315. Ueber die Transformation von Differentialausdrücken vermittelst elliptischer Coordinaten. Gundelfinger. Crelle LXXXV, 80.
316. Ueber die Transformation einer gewissen Gattung von Differentialgleichungen in krummlinige Coordinaten. Gundelfinger. Crelle LXXXV, 295.
317. On the transformation of a linear differential expression. Tanner. Quart. Journ. math. XVI, 45, 58.

Differentialgleichungen.

318. Ueber homogene totale Differentialgleichungen. Frobenius. Crelle LXXXVI, 1.
319. Zur Theorie der linearen Differentialgleichungen. Thomé. Crelle LXXXVII, 222. [Vergl. Bd. XXIII, Nr. 408.]

320. Ueber die linearen Differentialgleichungen zweiter Ordnung, welche algebraische Integrale besitzen. Fuchs. Crelle LXXXV, 1. [Vergl. Bd. XXIII, Nr. 409.]
321. Ueber die zweite Speciallösung einer linearen Differentialgleichung zweiter Ordnung. Hoppe. Grun. Archiv LXIV, 379.
322. Integration einiger linearen Differentialgleichungen. S. Spitzer. Crelle LXXXVIII, 343.
323. Sur l'équation du second ordre $Myy'+Ny'^2=f(x)$. Worms de Romilly. N. ann. math. XXXVIII, 77.
324. On Riccati's equation and Bessel's equation. Greenhill. Quart. Journ. math. XVI, 294.
325. Integration zweier Differentialgleichungen. S. Spitzer. Grun. Archiv LXIV, 393.
326. Ueber partielle Differentialgleichungen höherer Ordnung, die intermediare erste Integrale besitzen. Baecklund. Mathem. Annal. XIII, 69. [Vergl. Bd. XXIV, Nr. 51.]
327. Zur Theorie der Charakteristiken der partiellen Differentialgleichungen zweiter Ordnung. Baecklund. Mathem. Annal. XIII, 411.
328. Mémoire sur les équations simultanées aux dérivées partielles du premier ordre à une seule fonction inconnue. H. Laurent. Journ. mathém. Sér. 3, V, 249.
329. Étude des solutions simples des équations aux différences partielles de la physique mathématique. E. Mathieu. Journ. mathém. Sér. 3, V, 5.
Vergl. Differentialausdruck 316.

E.

Elasticität.

330. Résumé d'une conférence sur la théorie mathématique de l'élasticité faite aux élèves de l'école polytechnique (promotion de 1877—1879). Resal. Journ. mathém. Sér. 3, V, 227.
331. Ueber die elastischen Schwingungen einer isotropen Kugel. Jaerisch. Crelle LXXXVIII, 131.
332. On the distortion of a solid elastic sphere. Pearson. Quart. Journ. math. XVI, 375.

Elektrodynamik.

333. Zur Theorie der stationären elektrischen Strömung. Herwegen. Grun. Archiv LXIII, 62.
334. The steady motion of electricity in spherical current sheets. Hill. Quart. Journ. math. XVI, 306.
335. Ueber die Vertheilung der Elektricität auf Leitern, welche aus heterogenen Theilen bestehen. Bobylew. Mathem. Annal. XIII, 183.

Elimination.

336. Sur la méthode d'élimination Bezout-Cauchy. Hioux. N. ann. math. XXXVIII, 289. [Vergl. Bd. XXIV, Nr. 312.]
337. Die Factorenzerlegung ganzer Functionen und damit zusammenhängende Eliminationsprobleme. Koenig. Mathem. Annal. XV, 161.
Vergl. Analytische Geometrie der Ebene 261. Trigonometrie 621.

Ellipse.

338. Propriété de la tangente à l'ellipse; construction du point commun à deux normales infiniment voisines; directrice relative à un foyer. Maleyx. N. ann. math. XXXVIII, 85.
339. Beitrag zur Ellipse. Sinram. Grun. Archiv LXIII, 443.
Vergl. Mechanik 512. Planimetrie 556.

Ellipsoid.

340. On donne un ellipsoïde et un point A, trouver un point B tel que, en menant par ce point un plan quelconque P, la droite AB soit toujours l'un des axes du cône qui a pour sommet le point A et pour base la section de l'ellipsoïde par le plan P. Bourguet. N. ann. math. XXXVIII, 170.
341. Problème sur l'ellipsoïde. Ed. Lucas. N. ann. math. XXXVIII, 304.
342. On a space-locus connected with the ellipsoid. Glaisher. Quart. Journ. math. XVI, 283.
Vergl. Hydrodynamik 432.

Elliptische Transcendenten.

343. Théorie élémentaire des fonctions elliptiques. H. Laurent. N. ann. math. XXXVIII, 126, 145. [Vergl. Bd. XXIV, Nr. 320.]
344. Leçons sur les fonctions doublement périodiques faites en 1847 par M. J. Liouville. Crelle LXXXVIII, 277.
345. Sur les fonctions doublement périodiques considérées comme des limites des fonctions algébriques. Biehler. Crelle LXXXVIII, 185.
346 Ueber die Addition und Multiplication der elliptischen Functionen. Frobenius & Stickelberger. Crelle LXXXVIII, 146.
347. Geometrische Anwendung der Addition elliptischer Integrale. Hoppe. Grun. Archiv LXIV, 274
348. Ueber die Erweiterung des Jacobi'schen Transformationsprincips. Koenigsberger. Crelle LXXXVII, 173.
349. Ueber Modulargleichungen bei zusammengesetztem Transformationsgrade. Gierster. Mathem. Annal. XIV, 537.
350. Zur Transformationstheorie der elliptischen Functionen. Kiepert. Crelle LXXXVII, 199; LXXXVIII, 205.
351. Ueber die Erniedrigung der Modulargleichungen. F. Klein. Mathem. Annal. XIV, 417.
352. Ueber die Transformation der elliptischen Functionen und die Auflösung der Gleichungen fünften Grades. F. Klein. Mathem. Annal. XIV, 111.
353 Ueber die Transformation siebenter Ordnung der elliptischen Functionen. F. Klein. Mathem. Annal. XIV, 428.
354. Ueber die Jacobi'sche Modulargleichung vom achten Grade. Brioschi. Mathem. Annal. XV, 241.
355. Ueber die Transformation elfter Ordnung der elliptischen Functionen. F. Klein. Mathem. Annal. XV, 533.
356. Ueber Multiplicatorgleichungen. F. Klein. Mathem. Annal. XV, 86.
357. On a formula in elliptic functions. Glaisher. Quart. Journ. math. XVI, 38[illegible]
358. On certain algebraical identities. Cayley. Quart. Journ. math. XVI, 281.
Vergl. Ultraelliptische Transcendenten.

F.

Formen.

359. Theorie der linearen Formen mit ganzen Coefficienten. Frobenius. Crelle LXXXVI, 146; LXXXVIII, 96.
360. Ueber linear-abhängige Punktsysteme. Rosanes. Crelle LXXXVIII, 241.
361. Sur une propriété des formes algébriques préparées. Le Paige. Mathem. Annal. XV, 206.
362. Sur les formes quadratiques binaires indéfinies. Markoff. Mathem. Annal. XV, 381.
363. Ueber Schaaren von bilinearen und quadratischen Formen. Stickelberger. Crelle LXXXVI, 20.
364. Darstellung binärer Formen auf der cubischen Raumcurve. R. Sturm. Crelle LXXXVI, 116.
Vergl. Analytische Geometrie des Raumes 276. Invariantentheorie.

Functionen.

365. Sur le développement des fonctions de M. Weierstrass suivant les puissances croissantes de la variable. D. André. Journ. mathém. Sér. 3, V, 31.
366. Développements des trois fonctions $Al(x)$, $Al_1(x)$, $Al_2(x)$ suivant les puissances croissantes du module. D. André. Journ. mathém. Sér 3, V, 131.
367. Ueber die Functionen, welche durch Reihen von der Form dargestellt werden $1+\frac{p}{1}\frac{p'}{q'}\frac{p''}{q''}+\frac{p}{1}\frac{p+1}{2}\frac{p'}{q'}\frac{p'+1}{q'+1}\frac{p''}{q''}\frac{p''+1}{q''+1}+\ldots$ Thomae. Crelle LXXXVII, 26.
368. Sur le développement d'une fonction suivant les puissances croissantes d'un polynome. Laguerre. Crelle LXXXVIII, 35.
369. Ueber Gruppen von vertauschbaren Elementen. Frobenius & Stickelberger. Crelle LXXXVI, 217.
370 Ueber diejenigen algebraischen Gleichungen zwischen zwei veränderlichen Grössen, welche eine Schaar rationaler eindeutig umkehrbarer Transformationen in sich selbst zulässt. H. A. Schwarz. Crelle LXXXVII, 139.
371. On the octahedron function. Cayley. Quart. Journ. math. XVI, 280.

372. Neuer Beweis des Satzes, dass nicht jeder Curve vierter Ordnung ein Fünfseit eingeschrieben werden kann. Lüroth. Mathem. Annal. XIII, 548.
373. On Cauchy's theorem relating to the factors of $(x+y)^n-x^n-y^n$. Muir. Quart. Journ. math. XVI, 9. — Glaisher ibid. 89. [Vergl. Bd. XXIV, Nr. 340.]
374. Sur l'entreplacement d'une fonction par rapport à une autre. Sylvester. Crelle LXXXVIII, 1.
375. Généralisation des fonctions X_n de Legendre au cas de deux entiers, ou des fonctions qui naissent du développement des expressions $[1-2\alpha x+\alpha^2]^{-+\frac{2l+1}{2}}$. Escary. Journ. mathém. Sér. 3, V, 47.
376. Zur Theorie des Borchardt'schen arithmetisch-geometrischen Mittels aus vier Elementen. Schering. Crelle LXXXV, 115. [Vergl. Bd. XXIV, Nr 76.]
Vergl. Bernoulli'sche Zahlen. Bestimmte Integrale. Cylinderfunctionen. Determinanten. Differentialausdruck. Differentialgleichungen. Elliptische Transcendenten. Formen. Kettenbrüche. Kugelfunctionen. Logarithmen. Operationscalcul. Substitutionen. Thetafunctionen. Ultraelliptische Transcendenten. Unendlich.

G.

Geodäsie.

377. Fragen aus der mathematischen Geographie zur Uebung. Hoppe. Grun. Archiv LXIII, 331.
378. Beiträge zur mathematischen Geographie. Klinger. Grun. Archiv LXIII, 337.

Geometrie (höhere).

379. Vereinfachung des Problems der räumlichen Projectivität. R. Sturm. Mathem. Annal. XV, 407.
380. Zur Theorie der linearen Connexe. Voss. Mathem. Annal. XV, 355.
381. Geometrische Untersuchungen über Strahlencomplexe ersten und zweiten Grades. Schur. Mathem. Annal. XV, 432.
382. Ueber cyklisch-projectivische Punktgruppen in der Ebene und im Raume. Lüroth. Mathem. Annal. XIII, 305.
383. Zur allgemeinen Theorie der Curven und Flächen. Beck. Mathem. Annal. XIV, 207.
384. Recherches sur les systèmes polaires. Jung. N. ann. math. XXXVIII, 444.
385. Zur Geometrie von Punktgruppen auf dem Kreise. S. Kantor. Mathem. Annal. XIV, 323.
386. Verallgemeinerung eines Poncelet'schen Satzes. S. Kantor. Crelle LXXXVI, 269.
387. Ueber die Schnittpunktsysteme einer algebraischen Curve mit nicht-adjungirten Curven. Noether. Mathem. Annal. XV, 507.
388. Ueber die Festlegung projectiv veränderlicher ebener Systeme. Burmester. Mathem. Annal. XIV, 472.
389. On the correspondence of homographies and rotation. Cayley. Mathem. Annal. XV, 238.
390. Sur quelques propriétés des foyers des courbes algébriques et des focales des cones algébriques. Laguerre. N. ann. math. XXXVIII, 57.
391. Beweis eines Satzes über Projectionen. Sucharda. Grun. Archiv LXIV, 105.
392. Bemerkungen über das Erzeugniss eines eindeutigen Strahlenbüschels und eines zweideutigen Strahlensystems zweiter Classe. Ameseder. Grun. Archiv LXIV, 109.
393. Ueber Fusspunktcurven der Kegelschnitte. Ameseder. Grun. Archiv LXIV, 143, 145.
394. Ueber die negativen Fusspunktcurven. Ameseder. Grun. Archiv LXIV, 164.
395. Negative Fusspunktcurven der Kegelschnitte. Ameseder. Grun. Archiv LXIV, 170.
396. Astroiden. Ameseder. Grun. Archiv LXIV, 177.
397. Zur Geometrie der Geraden. Hain. Grun. Archiv LXIV, 267.
398. Zur Construction symmetrischer Punktsysteme. Hain. Grun. Archiv LXIV, 398.
399. Ueber die Kummer'sche Configuration von 16 Punkten und 16 Ebenen. Reye. Crelle LXXXVI, 209.

400. Sur deux modes de transformation de figures solides. Amigues. N. ann. math. XXXVIII, 548.
Vergl. Formen 360. Hyperboloid 440. Substitutionen 604.

Geschichte der Mathematik.

401. Trois règles de multiplication abrégée extraites du Talkhys amali al hissab. A. Marre. N. ann. math. XXXVIII, 260.
402. Ueber die Rechtschreibung Witulo. Curtze. Grun. Archiv LXIV, 432.
403. Zu dem Satze Fermat's Baltzer. Crelle LXXXVII, 172.
404. Ueber Newton's erste Methode zur Beschreibung eines Kegelschnittes durch fünf gegebene Punkte. Grunert. Grun. Archiv LXIV, 337.
405. Zur Geschichte des Potentials. Baltzer. Crelle LXXXVI, 213.
406. The history of Malfatti's Problem. Baker. Washingt. Bull. II, 113.
407. On reference catalogues of astronomical papers and memoirs. E. S. Holden. Washingt Bull. II, 95.
408. Hermann Günther Grassmann's Leben und Arbeiten. Sturm, Schroeder & Sohncke. Mathem. Annal. XIV, 1.
409. Necrology for Joseph Henry † 13. May 1878. Welling & Taylor. Washingt. Bull. II, 203. — Parker ibid. 368. — Alvord ibid. 370.
Vergl. Chronologie 293. Elliptische Transcendenten 344.

Gleichungen.

410. Sur la règle des signes de Descartes. Laguerre. N. ann. math. XXXVIII, 5.
411. Comparaison de la méthode d'approximation de Newton à celle dite des parties proportionelles Maleyx. N. ann. math. XXXVIII, 218.
412. Application of the Newton-Fourier method to an imaginary root of an equation. Cayley. Quart. Journ. math. XVI, 179.
413. Sur les équations résolubles algébriquement. Boldt. Crelle LXXXVII, 1.
414. Sur la limite des racines réelles d'une équation de degré quelconque. G. de Longchamps. N. ann. math. XXXVIII, 49.
415. Note sur une propriété des équations dont toutes les racines sont réelles. Sylvester. Crelle LXXXVII, 217.
416. Sur une classe d'équations algébriques dont toutes les racines sont réelles Biehler. Crelle LXXXVII, 350.
417. Sur les racines de $x^3-(a^2-b+c)x+ab=0$. S. Realis. N. ann. math. XXXVIII, 468.
418. Solution du cas irreductible. Weichold. Journ. mathém. Sér. 3, V, 293.
419. Beitrag zu den Auflösungen der Gleichungen vom zweiten, dritten und vierten Grade. Sinram. Grun. Archiv LXIV, 296.
420. Sur les équations du troisième et du quatrième degré dont les racines s'expriment sans l'emploi des radicaux cubiques. S. Realis. N. ann. math. XXXVIII, 296.
421. Divisibilité de $x^{2n}-n^2x^{n+1}+2(n^2-1)x^n-n^2x^{n-1}+1$ par $(x-1)^4$. Pisani. N ann. math. XXXVIII, 430.
422. Somme des puissances t des racines de $x^{2n}+px^n+q=0$, lorsque t est multiple de n. Fauquembergue. N. ann. math. XXXVIII, 376.
423 Auflösung der dreigliedrigen algebraischen Gleichung. Farkas. Grun. Archiv LXIV, 24.
424. Sur les coefficients égalés à zéro des différentes puissances de α dans le développement de $(1-2x\alpha+\alpha^2)^n$. Moret-Blanc. N. ann. math. XXXVIII, 321.
425. Ueber die Auflösung der Gleichungen vom fünften Grade. Brioschi. Mathem. Annal. XIII, 109.
426. Ueber die Auflösung der Gleichungen vom fünften Grade. Gordan. Mathem. Annal. XIII, 375.
427. Auflösung der Gleichungen fünften Grades. Kiepert. Crelle LXXXVII, 114.
428. Ueber die Auflösung gewisser Gleichungen vom siebenten und achten Grade F. Klein Mathem. Annal. XV, 251.
Vergl. Analytische Geometrie der Ebene 261. Determinanten 307, 308, 309. Elimination. Elliptische Transcendenten 351—356. Stereometrie 597. Substitutionen 602, 603, 604.

Graphische Auflösungen.

429. Sur la résolution, au moyen de tableaux graphiques, de certains p[...] de cosmographie et de trigonométrie sphérique. Collignon, [...] math. XXXVIII, 179. — Tissot ibid. 287.

H.

Hydrodynamik.

430. Cinématique et dynamique des ondes courantes sur un sphéroïde liquide. Application à l'évolution de la protubérance autour d'un sphéroïde liquide déformé par l'attraction d'un astre éloigné. Guyon. Journ. mathém. Sér. 3, V, 69.
431. Vortex motion in and about elliptic cylinders. Coates. Quart. Journ. math. XVI, 81. [Vergl. Bd. XXIV, Nr. 386.]
432. Fluid motion between confocal elliptic cylinders and confocal ellipsoids. Greenhill. Quart. Journ math. XVI, 227.
433. On circular vortex rings. Coates. Quart. Journ. math. XVI, 170.
434. Vortex sheets. Stearn. Quart. Journ. math. XVI, 271.
435. On the images of vortices in a spherical vessel. Lewis. Quart Journ. math. XVI, 338.
436. On the motion of two cylinders in a fluid. Hicks. Quart. Journ. math. XVI, 113, 193.

Vergl. Thetafunctionen 606.

Hyperbel.

437. Propriété de l'hyperbole équilatère. Lacazette. N. ann. math. XXXVIII, 324. — Charvet ibid. 325.
438. Hyperboles dont le foyer et une asymptote sont donnés. Leinchugel. N. ann. math. XXXVIII, 365.
439. Einen Rotationskegel, dessen Axe auf der horizontalen Projectionsebene senkrecht steht, nach einer Hyperbel so zu schneiden, dass sowohl die horizontale, als auch die verticale Projection gleichseitige Hyperbeln werden. Herzog. Grun. Archiv LXIII, 429.

Hyperboloid.

440. Ueber ein einfaches Hyperboloid von besonderer Art. H. Schröter. Crelle LXXXV, 26.
441. Ueber ein besonderes Hyperboloid. Vogt. Crelle LXXXVI, 297.
442. Théorème sur les hyperboloides de révolution ayant pour axe une génératrice rectiligne d'une surface donnée du second degré. Bouglé. N. ann. math. XXXVIII, 13.

I.

Integration (unbestimmte).

443. Zur Integration irrationaler Ausdrücke. H. Gebhard. Grun. Archiv LXIII, 334.

Invariantentheorie.

444. Ueber die schiefe Invariante einer bilinearen oder quadratischen Form. Frobenius. Crelle LXXXVI, 44.
445. Sur les covariants des formes binaires. C. Jordan. Journ. mathém. Sér. 3, V, 345. [Vergl. Bd. XXIII, Nr. 183.]
446. On a theorem relating to covariants. Cayley. Crelle LXXXVII, 82.
447. On a covariant formula. Cayley. Quart. Journ. math. XVI, 224.
448. Sur les actions mutuelles des formes invariantives derivées. Sylvester. Crelle LXXXV, 89.
449. Ueber die Zerlegbarkeit einer ebenen Linie dritter Ordnung in drei gerade Linien. Theer. Mathem. Annal. XIV, 545.

K.

Kegelschnitte.

450. Sur la théorie des caractéristiques pour les coniques. Halphen. Mathem. Annal. XV, 16.
451. Das Sechseck im Raume. Hesse. Crelle LXXXV, 304.
452. Sur une démonstration due à Mr. Catalan des théorèmes de Pascal et de Brianchon. Folie. N. ann. math. XXXVIII, 238.
453. Untersuchung der Kegelschnittnetze, deren Jacobi'sche oder Hermite'sche Form identisch verschwindet. Hahn. Mathem. Annal. XV, 111.
454. Sur les familles de courbes orthogonales uniquement composées de coniques. Appell. Grun Archiv LXIII, 50.

455. Ergänzende Berichtigung zum Aufsatze „Neue Eigenschaft der Kegelschnitte". Zahradnik. Grun. Archiv LXIII, 93. [Vergl. Bd. XXIV, Nr. 428.]
456. Zur Theorie der Kegelschnitte. Milinowski. Crelle LXXXVI, 290.
457. Sur une courbe du troisième degré et ses rapports avec une conique donnée. Guillet. N. ann. math. XXXVIII, 283.
458. Nouvelle détermination analytique des foyers et directrices dans les sections coniques représentées par leurs équations générales; précédée des expressions générales des divers éléments que l'on distingue dans les courbes du second degré; et suivie de la détermination des coniques à centre par leur centre et les extrémités de deux démi-diamètres conjugués. Dostor. Grun. Archiv LXIII, 113.
459. Coniques ayant au foyer et la directrice correspondante en commun. Robaglia. N. ann. math. XXXVIII, 363.
460. Sur une conique et ses cercles simplement tangents en un point. Fauquembergue. N. ann. math. XXXVIII, 325.
461. Ueber die Theilung der Seiten eines Dreiecks. Hain. Grun. Archiv LXIII, 403.
462. Zur Involution. Hain. Grun. Archiv LXIII, 407.
463. Sur une propriété du cercle jouissant de la propriété que de chacun de ses points on voit sous un angle droit une conique donnée. Laguerre. N. ann. math. XXXVIII, 204.
464. Sur la relation que existe entre un cercle circonscrit à un triangle et les éléments d'une conique inscrite dans ce triangle. Laguerre. N. ann. math. XXXVIII, 241.
465. Sur la relation qui existe entre un cercle circonscrit à un quadrilatère et les éléments d'une conique inscrite dans ce quadrilatère. Laguerre. N. ann. math. XXXVIII, 246.
466. Conique engendrée au moyen d'un triangle, de deux points de la circonférence circonscrite et de l'angle variable sous lequel on mène des transversales des deux points aux trois côtés. Moret-Blanc. N. ann. math. XXXVIII, 374.
467. Sur la propriété de la tangente aux sections coniques demonstrée en considérant cette tangente comme intersection du plan de la courbe avec le plan tangent au cône droit sur lequel elle se trouve. Maleyx. N. ann. math. XXXVIII, 95.

Vergl. Abbildung 254. Ellipse. Geometrie (höhere) 393, 395, 396. Geschichte der Mathematik 404. Hyperbel. Kreis. Maxima und Minima 500, 501. Oberflächen 524, 531. Parabel.

Kettenbrüche.

468. Sur une extension donnée à la théorie des fractions continues par M. Tchebychef. Hermite. Crelle LXXXVIII, 10.
469. Ueber die Kettenbruchentwickelung für die Irrationale zweiten Grades. K. E. Hoffmann. Grun. Archiv LXIV, 1.
470. Die Verwandlung der Irrationalen n^{ten} Grades in einen Kettenbruch. K. E. Hoffmann. Grun. Archiv LXIV, 9.

Kreis.

471. Sätze über reguläre Polygone. Meutzner. Mathem. Annal. XIII, 566.
472. Sur certaines propriétés métriques relatives aux polygones de Poncelet. Halphen. Journ. mathém. Sér. 3, V, 285. [Vergl. Bd. XXIV, Nr. 443.]
473. Die Radicalaxen der wichtigsten Symmetriekreise des Dreiecks. Hain. Grun. Archiv LXIII, 401.
474. Théorèmes sur le cercle. Robaglia. N. ann. math. XXXVIII, 420.
475. Propriété du cercle circonscrit à un triangle. Boell. N. ann. math. XXXVIII, 334.
476. Propriété du cercle circonscrit à un triangle dont le sommet se meut sur cette circonférence. Terrier. N. ann. math. XXXVIII. 361.
477. Von zwei gegebenen Punkten ausserhalb eines gegebenen Kreises zwei gleiche Secanten zu ziehen, deren Endpunkte einen gegebenen Bogen begrenzen. Hoppe. Grun. Archiv LXIV, 440.
478. Propriété de deux points d'une droite fixe donnée qui rencontre une circonférence donnée également ainsi que deux de ses points. Robaglia. N. ann. math. XXXVIII, 108.
479. Étant donnés dans un plan [illegible] O, un point A sur la circonférence de ce cercle et une droite quelconque D, trouver sur cette droite un point

tel que, en menant de ce point les deux tangentes au cercle O et joignant les points de contact au point A, les lignes de jonction fassent entre elles un angle donné V. Robaglia. N. ann. math. XXXVIII, 421.

480. Un point et une droite étant donnés, un cercle de rayon variable est tangent à la droite et passe par le point. Trouver le lieu des points du cercle pour lesquels la tangente est perpendiculaire à la droite donnée. Guillet. N. ann. math. XXXVIII, 31.

481. Ueber gewisse Quadrate, die an zwei gegebene Kreise geknüpft sind. Mack. Grun. Archiv LXIV, 225.

Vergl. Geschichte der Mathematik 406. Oberflächen zweiter Ordnung 534. Rectification. Zahlentheorie 644.

Krümmung.

482. Untersuchung einer beliebigen Curve und eines ihr zugehörigen Krümmungskreises in Betreff des gegenseitigen Verhaltens an der Stelle der Osculation. Mack. Grun. Archiv LXIV, 182.

483. An improved form of writing the formula of C. F. Gauss for the measure of curvature. Warren. Quart. Journ. math. XVI, 219.

484. Ueber einige Eigenschaften der Flächen mit constantem Krümmungsmaass. Hazzidakis. Crelle LXXXVIII, 68.

485. Ueber zwei Raumformen mit constanter positiver Krümmung. Killing. Crelle LXXXVI, 76. [Vergl. Bd. XXIII, Nr. 538.]

Krümmungslinien.

486. Lignes de courbure de la surface $z = L\cos y - L\cos x$. De Saint-Germain. N. ann. math. XXXVIII, 201.

Vergl. Oberflächen 518.

Kugel.

487. Zur Theorie der reciproken Radien. Grassmann. Mathem. Ann. XIII, 559.

488. A pile of balls. Doolittle. Washingt. Bull. III, 76.

489. Construire sur un grand cercle d'une sphère comme base un cône équivalent à la moitié du volume de la sphère. Lez. N. ann. math. XXXVIII, 111.

Vergl. Cubatur 299. Trigonometrie 623, 624, 625.

Kugelfunctionen.

490. Ueber eine neue Eigenschaft der Laplace'schen Function $Y^{(n)}$ und ihre Anwendung zur analytischen Darstellung derjenigen Phänomene, welche Functionen der geographischen Länge und Breite sind. F. Neumann. Mathem. Annal. XIV, 567.

L.

Logarithmen.

491. On the use of logarithms for the discussion of musical intervals. E. B. Elliott. Washingt. Bull. II, 199.

Vergl. Bestimmte Integrale 288.

M.

Mannichfaltigkeiten.

492. Ueber unendliche, lineare Punktmannichfaltigkeiten. G. Cantor. Mathem. Annal. XV, 1. [Vergl. Bd. XXIV, Nr. 455.]

493. Applications of geometry of four dimensions to determine moments of inertia of bodies whithout integration. Lewis. Quart. Journ. math. XVI, 152.

494. Beitrag zur Mannichfaltigkeitslehre. Netto. Crelle LXXXVI, 263.

495. Einfachste Sätze aus der Theorie der mehrfachen Ausdehnungen. Hoppe. Grun. Archiv LXIV, 189.

496. Gleichung der Curve eines Bandes mit unauflösbarem Knoten nebst Auflösung in vierter Dimension. Hoppe. Grun. Archiv LXIV, 224.

Vergl. Krümmung 485.

Maxima und Minima.

497. Die Kriterien des Maximums und Minimums der einfachen Integrale in den isoperimetrischen Problemen. A. Mayer. Mathem. Annal. XIII, 53.

498. Zur Theorie der Curven kürzesten Umringes bei gegebenem Flächeninhalte, auf krummen Flächen. Minding. Crelle LXXXVI, 279.

499. Sur une question de minimum Le Cointe. N. ann. math. XXXVIII, 23.

500. Dans un segment d'une conique quelconque inscrire un trapèze maximum, la corde qui limite le segment étant une des bases du trapèze. Lez. N. ann. math. XXXVIII, 379.
501. Dans une conique à centre inscrire le quadrilatère maximum ayant pour un de ses côtés un diamètre donné et pour côté opposé une corde parallèle à une droite donnée. Moret-Blanc. N. ann. math. XXXVIII, 425.

Mechanik.

502. Sur le principe de la moindre action. Sloudsky. N. ann. math. XXXVIII, 193.
503. Ueber die freie Bewegung eines Körpers ohne Einwirkung eines Kräftepaares. Hoppe. Grun. Archiv LXIV, 363.
504. Complement à une étude de 1871 sur la théorie de l'équilibre et du mouvement des solides élastiques dont certaines dimensions sont très-petites par rapport à d'autres. Boussinesq. Journ. mathém. Sér. 3, V, 163, 329. [Vergl. Bd. XVIII, Nr. 110.]
505. On the kinematics of a plane. Cayley. Quart. Journ. math. XVI. 1.
506. Ueber die Zusammensetzung der nach dem Weber'schen Gesetze sich ergebenden Beschleunigungen. C. Neumann. Mathem. Annal. XIII, 571.
507. Equilibre d'un certain système. Moret-Blanc. N. ann. math. XXXVIII, 115.
508. Mouvement d'un point matériel assujetti à rester sur une sphère donnée. Tourrettes. N. ann math. XXXVIII, 97.
509. Mouvement d'un point matériel sur un cercle horizontal qui se meut d'un mouvement uniforme autour d'un axe vertical passant par un point O de la circonférence. Tourrettes. N. ann. math. XXXIII, 118.
510. Mouvement de deux points qui s'attirent proportionellement à leur masse et à leur distance, un point restant sur une verticale et l'autre sur un plan horizontal qui tourne uniformément autour de la verticale. Tourrettes. N. ann. math. XXXVIII, 175.
511. Position d'équilibre de deux poids s'attirants proportionellement à leur masses et à une puissance connue de leur distance mutuelle et assujettis à se mouvoir sur deux plans donnés. Tourrettes. N. ann. math. XXXVIII, 173.
512. Mouvement de trois points matériels sur une ellipse. Ptaszycki. N. ann. math. XXXVIII, 279.
513. Erweiterung der bekannten Speciallösung des Dreikörperproblems. Hoppe. Grun. Archiv LXIV, 218.
514. Sur les conditions de résistance d'un tube elliptique, dont l'épaisseur est faible, soumis à l'action d'une pression uniforme intérieure. Resal. Journ. mathém. Ser. 3, V, 319.

Vergl. Aerodynamik. Astronomie. Attraction. Capillarität. Differentialgleichungen 329. Elasticität. Elektrodynamik. Hydrodynamik. Pendel. Potential. Schwerpunkt. Trägheitsmoment.

Methode der kleinsten Quadrate.

Vergl. Maxima und Minima 499. Reihen 570.

O.

Oberflächen.

515. Zur Theorie der Flächen. Röthig. Crelle LXXXV, 250. [Vergl. Bd. XXIV, Nr. 523.]
516. Ueber Enveloppen geodätischer Linien. v. Braunmühl. Mathem. Annal. XIV, 557.
517. Untersuchungen über kürzeste Linien. Hoppe. Grun. Archiv LXIV, 60.
518. Ueber die kürzesten Linien auf den Mittelpunktsflächen. Hoppe. Grun. Archiv LXIII, 81.
519. Abwickelbare Mittelpunktsflächen. Hoppe. Grun. Archiv LXIII, 205.
520. Ueber die Bedingung, welcher eine Flächenschaar genügen muss, um einem dreifach orthogonalen Flächensystem anzugehören. Hoppe. Grun. Archiv LXIII, 285.
521. Beiträge zur Theorie der Minimalflächen. I. Projectivische Untersuchungen über algebraische Minimalflächen; II Metrische Untersuchungen über algebraische Minimalflächen. S. Lie. Mathem. Annal. XIV, 331; XV, 465.
522. Ueber Minimalflächen. Kiepert. Crelle LXXXV, 171. [Vergl. Bd. XXIII, Nr. 562.]

595. Die Constantenzahl eines Polyeders und der Euler'sche Satz. H. Schubert. Grun. Archiv LXIII, 97.
596. Section d'un cube par un plan mené perpendiculairement à la diagonale. Lez. N. ann. math. XXXVIII, 109.
597. Problème se rapportant à un tronc de cône. L. de Launay. N. ann. math. XXXVIII, 410.

Substitutionen.

598. Zur Theorie der orthogonalen Substitutionen. Voss. Mathem. Annal. XIII, 320.
599. Neuer Beweis eines Fundamentaltheorems aus der Theorie der Substitutionslehre. Netto. Mathem. Annal. XIII, 249.
600. A theorem in groups. Cayley. Mathem. Annal. XIII, 561.
601. Ueber die Anzahl der Werthe einer ganzen Function von n Elementen. Netto. Crelle LXXXV, 327.
602. Beweis der Wurzelexistenz algebraischer Gleichungen. Netto. Crelle LXXXVIII, 16.
603. Ueber rationale Functionen von n Elementen und die allgemeine Theorie der algebraischen Gleichungen. Koenig. Mathem. Annal. XIV, 212.
604. Ueber die Gleichungen achten Grades und ihr Auftreten in der Theorie der Curven vierter Ordnung. Noether. Mathem. Annal. XV, 89.

Vergl. Functionen 369, 370.

T.

Taylor's Reihe.

Vergl. Reihen 570.

Thetafunctionen.

605. Beweis eines Satzes von Riemann über Thetacharakteristiken. Stahl. Crelle LXXXVIII, 273.
606. Anwendung der Thetafunctionen zweier Veränderlicher auf die Theorie der Bewegung eines festen Körpers in einer Flüssigkeit. H. Weber. Mathem. Annal. XIV, 173.
607. A memoir on the double ϑ-functions. Cayley. Crelle LXXXV, 214.
608. On the addition of the double ϑ-functions. Cayley. Crelle LXXXVIII, 74.
609. On the double ϑ-functions. Cayley. Crelle LXXXVII, 74.
610. On the triple ϑ-functions. Cayley. Crelle LXXVII, 134, 190.
611. Algorithm for the characteristics of the triple ϑ-functions. Cayley. Crelle LXXXVII, 165. — Borchardt ibid. 169.
612. Zur Theorie der Thetafunctionen von vier Argumenten. Noether. Mathem. Annal. XIV, 248.
613. Das Additionstheorem der Thetafunctionen mit p Argumenten. Stahl. Crelle LXXXVIII, 117.

Trägheitsmoment.

614. Moments d'inertie des surfaces et solides de révolution appartenant à la sphère. Dostor. Grun. Archiv LXIV, 46.
615. On the moments of inertia of solid circular rings generated by the revolution of closed central curves. Townsend. Quart. Journ. math. XVI, 278.

Vergl. Mannichfaltigkeiten 493.

Trajectorie.

616. Trajectoires orthogonales des courbes $\varrho^2 = a^2 . \log \frac{tang\, \omega}{c}$, dans lesquelles c est le paramètre variable. Courbe. N. ann. math. XXXVIII, 123.

Trigonometrie.

617. Addition to a paper „a theorem in trigonometry". Glaisher. Quart. Journ. math. XVI, 329. [Vergl. Bd. XXIV, Nr. 600.]
618. On donne une droite dont le coefficient d'inclinaison est $tang\, \alpha$; indiquer une construction graphique qui donne directement $tang\, \alpha^2$. Habbé. N. ann. math. XXXVIII, 375.
619. In a righd-angled triangle there are given the bisectors of the acute angles: required to determine the triangle. Baker. Washingt. Bull. III, 55.
620. Ueber einige Sätze aus dem Gebiete der Dreieckslehre. v. Lorenz. Grun. Archiv LXIII, 294; LXIV, 253.
621. Ueber ein Elimin[illegible] der metrischen Geometrie. Diekmann. Grun. Archi[illegible]
622. *Die Kegelflä*[illegible] Grun. Archiv LXIII, 215.

623. Surface d'un polygone sphérique étoilé quelconque. Dostor. Grun. Archiv LXIII, 433.
624. Beitrag zur Sphärik. Meissel. Grun. Archiv LXIV, 447.
625. Beitrag zur Sphärik. Meissel. Mathem. Annal. XV, 380.
Vergl. Bestimmte Integrale 288. Determinanten 310. Zahlentheorie 652.

U.

Ultraelliptische Transcendenten.

626. Reduction des Transformationsproblems der hyperelliptischen Integrale. Koenigsberger. Mathem. Annal. XIII, 540.
627. Ueber die Reduction hyperelliptischer Integrale auf elliptische. Koenigsberger. Crelle LXXXV, 273.
628. Ueber eine Beziehung der complexen Multiplication der elliptischen Integrale zur Reduction gewisser Classen Abel'scher Integrale auf elliptische. Koenigsberger. Crelle LXXXVI, 317.
629. Ueber die Reduction Abel'scher Integrale auf elliptische und hyperelliptische. Koenigsberger. Mathem. Annal. XV, 174.
630. Transformation der hyperelliptischen Functionen $p=2$ und ihre Bedeutung für die Kummer'sche Fläche. Rohn. Mathem. Annal. XV, 315.
631. Bemerkungen zu der Schrift „Ueber die Abel'schen Functionen vom Geschlecht 3". H. Weber. Crelle LXXXVIII, 82.
632. Ueber gewisse in der Theorie der Abel'schen Functionen auftretende Ausnahmefälle. H Weber. Mathem. Annal. XIII, 35.

Unendlich.

633. Ueber einige principielle Punkte der Infinitesimaltheorie. Hoppe. Grun. Archiv LXIV, 444. [Vergl. Bd XIX, Nr. 266.]
634. Ueber die Grenzwerthe von Quotienten. O. Stolz. Mathem. Annal. XIV, 231; XV, 556.
635. Ueber Integration und Differentiation infinitärer Relationen. Du Bois-Reymond. Mathem. Annal. XIV, 498.

V.

Variationsrechnung.

636. Erläuterungen zu den Anfangsgründen der Variationsrechnung. Du Bois-Reymond. Mathem. Annal. XV, 283, 564.

W.

Wahrscheinlichkeitsrechnung.

637. Lösung einiger Aufgaben aus der Wahrscheinlichkeitsrechnung. S. Spitzer. Grun. Archiv LXIV, 74.
638. De l'emploi de la géometrie pour résoudre certaines questions de moyennes et de probabilités. Lalanne. Journ. mathém. Sér. 3, V, 107.
639. The frequency of the occurence of the zero and the nine digits in the tenths of seconds as obtained from the chronographic record of transit observations. Eastmann. Washingt. Bull. I, 85.

Z.

Zahlentheorie.

640. Ueber die Anzahl der unter einer gegebenen Grenze liegenden Primzahlen. K. E. Hoffmann. Grun. Archiv LXIV, 333.
641. Sur les nombres parfaits. Lionnet. N. ann. math. XXXVIII, 306.
642. Sur la partition des nombres. Faà de Bruno. Crelle LXXXV, 317.
643. Sur la partition des nombres. Faà de Bruno. Mathem. Annal. XIV, 241.
644. Zurückführung des Problems der Kreistheilung auf lineare Gleichungen (für Primzahlen von der Form 2^m+1). Hermes. Crelle LXXXVII, 84.
645. Toute nombre pair est-il la somme de deux impairs premiers? Lionnet. N. ann. math. XXXVIII, 356.
646. Propriétés élémentaires des nombres. Dostor. Grun. Archiv LXIII, 221.
647. Développements sur quelques théorèmes d'arithmétique. S. Realis. N. ann. math. XXXVIII, 500.
648. Sur les propriétés caractéristiques des nombres 5 et 7. Ed. Lucas. N. ann. math. XXXVIII, 74.

649. Divisibilité par 19. Badoureau. N. ann. math. XXXVIII, 35.
650. Zur Theorie der Theilbarkeit. Broda. Grun. Archiv LXIII, 413.
651. La somme des x premiers nombres triangulaires n'est jamais égale au double, au triple, au sextuple d'un carré. Moret-Blanc. N. ann. math. XXXVIII. 474.
652. Rationales Dreieck, dessen Seiten aufeinanderfolgende ganze Zahlen sind. Hoppe. Grun. Archiv LXIV, 441.
653. Si c est premier ou double d'un nombre premier, deux formes trinaires différentes de c ne pourront répondre à un même diviseur trinaire de la formule t^2+cu^2. P. Pepin. Journ. mathém Sér. 3, V, 21.
654. Décomposition en facteurs d'une somme de quatre carrés. Rocchetti. N. ann. math. XXXVIII, 426.
655. On the impossibility of the general extension of Euler's theorem on the product of two sums of four squares to the product of two sums of 2^m squares where $m>3$. S. Roberts. Quart. Journ. math. XVI. 159.
656. La somme des carrés des x premiers nombres entiers n'est jamais égale au double, au triple, au sextuple d'un carré. Moret-Blanc. N. ann. math. XXXVIII, 470.
657. Vérification de l'équation $u^2x+x^2y+y^2z+z^2u=0$ au moyen de différents systèmes de valeurs. S. Realis. N. ann math. XXXVIII, 301.
658. Trouver un nombre qui soit égal à la somme des chiffres de son cube. Moret-Blanc. N. ann. math. XXXVIII, 329. — L. Hugo ibid. 466.
659. Une solution de $u^3+v^3+x^3+y^3=0$ étant donnée en trouver d'autres. Sondat. N. ann. math. XXXVIII, 378.
660. Solutions entières de $x^2+7x=2y(y+3)(y^2+3y+5)$. Meyl. N. ann. mat[illegible] XXXVIII, 332. — De Jonquières ibid. 464.
661. Sur l'équation biquadratique indéterminée. Desboves. N. ann. mat[illegible] XXXVIII, 143.
662. L'équation $x^4+x^3+x^2+x-1=y^2$ est impossible en nombres entiers et posit[illegible] Romero. N. ann. math. XXXVIII, 328.
663. Sur l'équation indéterminée biquadratique $Ax^4+By^4=Cz^2$. Ed. Luc[illegible] N. ann. math. XXXVIII, 67.
664. Sur l'équation $7x^4-5y^4=2z^2$. P. Pepin. Journ. mathém. S[illegible]
665. Sur la résolution en nombres entiers de l'équation aX^m+bY[illegible] boves. N. ann. math. XXXVIII, 265, 398, 433, 481.

Vergl. Combinatorik 297, 298. Formen. Geschichte der [illegible] Quadratische Reste.

Zinseszinsrechnung.

666. The construction of the government sinking fund in the Un[illegible] Elliott. Washingt. Bull. III, 113.

Zeitschrift

für

Mathematik und Physik.

Supplement

zur

historisch-literarischen Abtheilung

des XXV. Jahrgangs.

Leipzig,
Druck und Verlag von B. G. Teubner.
1880.

Abhandlungen

zur

Geschichte der Mathematik.

Drittes Heft.

Leipzig,

Druck und Verlag von B. G. Teubner.

1880.

משנת המדות

MISCHNATH HA-MMIDDOTH

(LEHRE VON DEN MAASSEN)

AUS EINEM MANUSCRIPTE DER MÜNCHENER BIBLIOTHEK, BEZEICHNET
COD. HEBR. 36,

ALS ERSTE GEOMETRISCHE SCHRIFT

IN HEBRÄISCHER SPRACHE HERAUSGEGEBEN UND MIT EINIGEN BEMERKUNGEN
VERSEHEN VON

DR. M. STEINSCHNEIDER
(BERLIN 1864);

INS DEUTSCHE ÜBERSETZT, ERLÄUTERT UND MIT EINEM VORWORT VERSEHEN

VON

HERMANN SCHAPIRA
AUS ODESSA, STUD. MATH. IN HEIDELBERG.

Abkürzungen.

St. = Steinschneider.
M. b. M. = Mohamed ben Musa.

Vorwort.

I.

Eine hebräische Schrift betitelt „מִדּוֹת, Maasse“, wird von mehreren Autoren, besonders von רש"י (Salomon ben Isak, vulgo Raschi, gest. 1105), dem berühmten Comentator des Talmuds, der Bibel, etc. unter verschiedener Specialbenennung citirt. Zuweilen wird nämlich diese Schrift „משנת המדות“, die Mischna der Maasse genannt, zuweilen aber „מס' מדות“ Traktat der Maasse, מס' Abkürzung von מסכת Traktat, oder auch nach anderer Leseart מ"ט מדות 49 Maasse, ja zuweilen kommt diese letztere Leseart anstatt in Ziffern, in Worten deutlich ausgesprochen „ארבעים ותשע מדות“ vor, und endlich findet man noch den Namen „ברייתא“ Boraitha (externa, im Gegensatz zu der kanonischen Mischna) der Maasse. Man hielt allgemein diese Schrift für verloren, wie manche andere Schriften, die im Talmud citirt sind. Der Vernachlässigung war allerdings eine Schrift dem Namen nach, etwas Geometrisches oder Geodätisches enthaltend und nicht direct religiöse Fragen behandelnd, viel eher ausgesetzt, als andere direct religiöse Abhandlungen, da der Talmud und seine Schriftsteller diesen religiösen Zweck in erste Linie stellten, alles andere nur insofern behandelnd, als dasselbe in dieses Gebiet eingreift. Was im Uebrigen den Inhalt betrifft, so war die Zahl der verschiedenen Meinungen darüber nicht geringer, als die der verschiedenen Benennungen.

Herr Dr. Steinschneider gab zum siebenzigsten Geburtstage des Meisters Zunz (10. August 1864) eine Schrift genannt Mischnath Hammiddot, als erste geometrische Schrift in hebräischer Sprache mit einer kurzen Einleitung (auf die ich verweisen muss), heraus aus einem Funde, den er zwei Jahre früher in einem Cod. Hebr. 36 bezeichneten Manuscripte der Münchener Bibliothek gemacht hatte.

Nach der Meinung des Herausgebers sei diese Schrift identisch mit jener von Raschi und anderen citirten, und für den Fall, dass die Leseart מ"ט, 49, richtig wäre, so müsste, wenn diese Ziffer die Zahl der Sätze angeben sollte, angenommen werden, dass, da in der vorliegenden Schrift sich nur 42 Sätze vorfinden, entweder 7 Sätze verloren gegangen seien, oder, dass manche Sätze zu theilen wären.

Anmerkung. Auf die Einzelheiten der Citate, und wie von ihnen diejenigen, die sich auf den gleichnamigen Traktat im Talmud (Beschreibung der Stiftshütte) beziehen, zu sondern sind, näher hier einzugehen ist mir leider nicht möglich, weil ich nicht weitläufig werden darf. Indess kann ich nicht unterlassen, mindestens so viel zu bemerken, dass die verschiedenen Citate in zwei Kategorien zu theilen sind: die einen haben einen halachischen, die andern einen aggadischen Charakter; die ersteren gehören eher der Mischna, die andern dagegen der Boraitha, ja sogar der Gemara an. Fasst man dieses ins Auge und bemerkt noch dabei, dass nicht alle citirten Stellen in unserer gegenwärtigen Schrift sich vorfinden, und dass gerade diejenigen sich nicht vorfinden, die eher den Charakter der Boraitha oder Gemara haben, während unsere Schrift, wenn überhaupt echt (ich meine nicht nachgeahmt), doch gewiss den Stempel der Mischna an sich trägt, sowohl der Sprache und des Styles wegen, als auch dem Charakter des Inhaltes nach; bemerkt man dieses, sage ich, so gehört gar nicht zu viel Phantasie dazu (jedenfalls nicht mehr, als bereits für manche Vermuthungen über diese Schrift in Anspruch genommen wurde), um folgende Frage sich zu stellen: War nicht vielleicht zu dieser Mischna auch eine Gemara, wie zu den andern Theilen der Mischna, vorhanden und führen somit die verschiedenen Benennungen nicht etwa zu einem Widerspruche, sondern haben alle vielleicht ihren richtigen Grund? Dieses um so mehr, da einerseits diese verschiedenen Benennungen mit den angeführten zwei Charakterzügen sich gut vertragen, und andrerseits die sich nicht vorfindenden citirten Stellen direct auf eine ähnliche Vermuthung hindeuten. Dass der Stoff nicht ungeeignet ist talmudisch behandelt zu werden, zeigt hinreichend das Factum, dass mancher Satz daraus im Talmud wirklich citirt und behandelt wird. Man könnte nur zweifeln ob man es wagen darf ein so hohes Alter für diese Schrift zu vermuthen; dieses ist und bleibt, wie wir weiter sehen werden, vorläufig unentschieden. Jedenfalls ist die Sprache und der ganze Charakter so täuschend ähnlich einerseits, und ist es andrerseits in der Literatur eine solche Seltenheit einen so genauen und reinen Mischna-Styl anzutreffen, dass ich hier von Echtheit und Unechtheit zu sprechen berechtigt zu sein glaubte, wiewohl kein Verfasser genannt ist. Der Einzige, der einen der Mischna verwandten Styl besässe, wäre, so weit mir bekannt ist, vielleicht Maimonides; aber auch er schreibt bei Weitem nicht so täuschend genau. Mit einem Worte: diese täuschende Genauigkeit der Aehnlichkeit geht meines Erachtens so weit, dass wenn die Schrift nicht zur wirklichen Mischna gehört, so muss der Verfasser unbedingt die Absicht gehabt haben, täuschend ähnlich jenem wohlbekannten Style der autorisirten Mischna zu schreiben, und daher der Ausdruck echt. (S. Schlussbemerkung.) Was die Midraschische Spielerei mit den Bibelversen betrifft, die Herr Dr. Steinschneider darin findet, so glaube ich zur Genüge gezeigt zu haben, dass solche angeführte Stellen durchaus nicht etwa müssig, sondern meistentheils nothwendig sind, um jedesmal irgend etwas zu begründen, sei es die Richtigkeit des behaupteten Satzes selbst, sei es in Betreff der Definition, sei es in Betreff der Terminologie; und das ist durchaus im Charakter der Mischna. Der aufmerksame Leser findet diese Bemerkungen an den betreffenden Stellen.

II.

Auf Veranlassung meines hochverehrten Lehrers, Herrn Professor M. Cantor, habe ich die Uebersetzung dieser Schrift ins Deutsche und eine Erörterung derselben vorgenommen. Es lag mir durch die Freundlichkeit der Bibliotheksverwaltungen von München und Heidelberg das Münchener Manuscript zur Einsicht und genauerem Studium vor, wofür ich den genannten Verwaltungen, und insbesondere Herrn Oberbibliothekar Professor Zangemeister, meinen innigsten Dank hiermit ausspreche.

Bei der Gelegenheit möchte ich etwas Näheres über das Manuscript selbst mittheilen. (Ich bin allerdings nachträglich von Herrn Dr. Steinschneider auf seine Beschreibung im Catalog der Münchener H.-S. S. 12 aufmerksam gemacht worden; da es mir aber leider noch nicht möglich war Vergleiche anzustellen, so glaubte ich die folgende Beschreibung dem Leser nicht vorenthalten zu dürfen, weil es einerseits behufs der Beurtheilung der Zeit, des Ortes und Charakters vielleicht dienlich sein könnte, diese Beschreibung im Zusammenhange mit der Schrift vor Augen zu haben, und weil andrerseits hier sich vielleicht noch manches beachtenswerthe Wort für den weitern Forscher vorfinden könnte.)

Das Ganze ist eine Sammlung mehrerer Handschriften, die ihrem mehr oder weniger mathematischen Inhalte nach einander sehr verwandt sind. Die Hauptwerke darin sind eigentlich von einer Hand geschrieben und zwar in Quadratschrift; dagegen sind einige kleinere Abhandlungen in sogenannter Raschi-Schrift, eigentlich Spanisch-Hebräische-Cursivschrift. In letzterer Schrift sind auch mehrere Bemerkungen, Zusätze, Erläuterungen und Anhänge zwischen jene grössern Werke eingeschoben. Der Anfang fehlt, trotzdem dass der Einband wie der Inhalt verhältnissmässig sehr gut erhalten ist. Die Ränder derjenigen Abhandlungen, die in der zweiten Schrift geschrieben sind, tragen vom Buchbinder zur Hälfte weggeschnittene Aufschriften. Eine Art von Titelblatt findet sich nicht am Anfang des Ganzen, aber am Ende desselben. Vielleicht ist dieses Titelblatt nachträglich vom Bibliothekar bestellt und so behandelt worden, als hätte man es mit einer Schrift zu thun, die von links nach rechts gelesen wird. Eher aber möchte ich annehmen, dass man es hier mit zwei Büchern zu thun hat, die später zusammen gebunden wurden. Zu einem derselben dürfte vielleicht alles in Quadratschrift Geschriebene gehören, welches grössere Ränder hatte und deshalb verschont blieb, während die andern Abhandlungen im Texte von grösserem Formate waren und beim Zusammenbinden mehr leiden mussten. Dadurch wird auch erklärlich, dass unter den auf dem nachträglichen Titelblatte aufgezählten Werken manche fehlen. Der Inhalt des in Quadratschrift ausgeführten Titelblattes ist folgender:

ספר הפלוסופיא אשר בו נכתב הספירה:
וגם התכונה: ומעשה מרכבה: וחמשה עשר
ספרים האקלידה מדת הארץ: גדר ארסטוטלוס
השם בספר פארי ארמניאס הועתק מלשון
הגרי אל לשון עברי אני משה בר שמואל
בר יהודה בן תבון זל מרמון ספרד
ונשלמה העתקתו בי״ז אלול שנת חמשת אלפים
ושלשים

Wörtlich:

Das Buch der Philosophie. Darin geschrieben: das Zählen (Arithmetik, gemeint wahrscheinlich die von Nikomachus, vgl. weiter unten), auch Astronomie, und Maasse Merkabah (kabbalistische Gottheitslehre), und fünfzehn Bücher des Euklid von Erdmessung (wörtlich Geometrie; in eigentlichen hebräischen Schriften nie so genannt, sondern Messkunst); Aristotelische Definition der Nomina im Buche *Περι ἑρμηνειας*; übersetzt aus dem Arabischen ins Hebräische von mir Moses ben Samuel ben Tibbon aus Granata in Spanien; und die Uebersetzung war beendigt am 17ten Elül 5030 (1270).

Bemerkenswerth sind dabei zwei Hauptpunkte: a) Das ganze Manuscript wird zusammen mit einem Namen „das Buch der Philosophie" genannt. b) Es ist aus dem Arabischen ins Hebräische übersetzt von Moses ben Tibon im Jahre 1270 n. Chr.[1])

1) Die freundliche Bemerkung des Herrn Dr. Steinschneider, mit der er nach gefälliger Durchsicht dieser Zeilen mich brieflich beehrte, dass nämlich die Schlüsse aus den Ueberschriften in den Manuscripten vollkommen verfehlt wären, da dieselben von unwissender Hand gemacht seien, diese Meinung kann ich leider nicht theilen. Nach meiner unmassgebenden Ansicht muss in dem vorliegenden Falle der Schreiber des Titelblattes eine Quelle gehabt haben, aus der er sagen konnte: übersetzt durch mich (in erster Person) Moses u. s. w., und dabei Tag, Monat, Jahr und Ort der Beendigung der Uebersetzung angeben? Ich sage ausdrücklich Beendigung der ganzen Uebersetzung (wie es hier ausdrücklich heisst), da einzelne dieser Uebersetzungen Angaben von anderem Datum und Ort enthalten, wie es z. B. beim Euklid heisst (in dritter Person), Uebersetzung des grossen Weisen Moses, Sohn des Philosophen der Gottesgelahrtheit, Samuel ben Juda ben Saul ben Tibbon; er übersetzte es in Montpellier. Beim Schlusse des Euklid findet sich aber wörtlich jene letzte Phrase des Titelblattes vom Uebersetzer in der ersten Person; dann unterschreibt noch der Schreiber wörtlich: und habe es geschrieben ich Moses, Jonah Sohn des David des Griechen (?) in Konstantinopel 5240 (1480). Dieses ist ebenfalls in Quadratschrift. Alles macht auf mich mindestens den Eindruck, als wären die andern Schriften später mit dem Hauptwerke zusammengebunden worden. Jedenfalls finde ich, dass dem historischen Forscher, für den diese Arbeit überhaupt als Material zu betrachten sein sollte, jenes Titelblatt nicht ganz verschwiegen werden dürfte. Dem Forscher dient manchmal eine geringfügige treue Wiedergabe der Thatsache zur Entdeckung wichtiger Merkmale.

Daraus würde man im ersten Augenblick zu entnehmen geneigt sein, dass auch unsere Schrift aus dem Arabischen übersetzt sei; aber ein solcher Schluss stellt sich bei näherer Betrachtung als etwas übereilt heraus. Zunächst fehlt unsere Schrift in der angeführten Detaillirung des Inhaltes der Uebersetzung. Auch fehlt nicht sie allein, so dass die Möglichkeit der Annahme, dass sie etwa ihres unbedeutenden Rauminhaltes wegen es nicht verdient hätte in Reihe der viel voluminösern Werke gezählt zu werden ausgeschlossen ist. Es fehlen noch manche andere Schriften, die in demselben Manuscript enthalten sind. Ich will hier den wirklichen Inhalt des Manuscriptes kurz angeben:

1) מעשה חושב, Maasse Choscheb, Rechenkunst (und nicht etwa: Kunstwerk, wie jemand in einer Notiz dort glaubte), enthaltend eine ziemliche Zahlentheorie, von Rabbi Levi ben Gersom. Dieses Werk ist ein selbständiges und hat insofern etwas besonders Interessantes in sich, als der Verfasser bestrebt ist den Rang der Ziffern auch ins Hebräische einzuführen durch Einführung der Null unter Beibehaltung der sonst üblichen Bezeichnung der Ziffern durch Buchstaben.

2) Uebersetzung des Euklid aus dem Arabischen, wobei Vergleiche mit einem griechischen und einem lateinischen Texte am Rande sich finden. Darin finden sich Commentare zu einigen Capiteln derselben von Abunassar Alpharabi, von Mohamed ben Mohamed Alpharabi, worin die Ansicht des Jacob ben Mochir angeführt wird, auch dessen Beweise, und Erläuterungen zu manchen Figuren; von Abu Ali Alhassan ben Alhassan, von Joseph (wahrscheinlich Joseph ben Isaak Hajisraeli, der sehr oft in dem Manuscripte vorkommt).

Letzterer citirt aus türkischen Werken (ספרי ישמעאל, und nicht ערבי wie es heissen würde wenn arabische Schriften gemeint wären) den Satz, dass die Höhe im rechtwinkligen Dreieck, auf die Hypotenuse gefällt, die mittlere Proportionale sei zwischen beiden Abschnitten der Hypotenuse. (Es sei beiläufig bemerkt, dass dieser Satz bei Mohamed ben Musa sich nicht findet, ebenso nicht bei Alkarkhi und Beha-Eddin, wie auch in unserer Schrift; in letzterer findet sich dagegen allerdings die Aehnlichkeit beider durch die Höhe entstandenen rechtwinkligen Dreiecke zu einander und zum ganzen Dreiecke Art. IV, b). Vor dem 14. Cap. heisst es: hier folgen zwei Capitel, welche zum Euklid passen und sind von Hypsikles. Und schliesst dieses mit der Bemerkung, es sei übersetzt von dem grossen Weisen Moses ben Samuel ben Juda ben Saul ben Tibon, die Uebersetzung geschah in Montpellier.

3) Zurath hooretz, צורת הארץ von Abraham ben Chija Hanassie, (mathematische Geographie).

4) Hakadur, ספר הכדור (Himmelglobus).

5) Hoëchod, ספר האחד von Ibn Esra. (Eigenschaften der ersten zehn Zahlen.)

6) Unsere Schrift, ohne Ueberschrift. Am Ende heisst es: hiermit schliesst das Capitel und mit ihm die Mischnath Hammiddoth.

7) Darauf folgen mehrere Proportionen und Verhältnisse des ein- und umgeschriebenen Quadrates und Dreieckes zu den Kreisen u. s. w., ohne Angabe des Verfassers; dann ebenso einige algebraische Aufgaben.

8) Cheschbon Hamahalachoth ספר חשבון המהלכות von Abraham ben Chija Hanassie. (Berechnung der Planeten-Bewegungen.)

9) Commentar und Bemerkungen zu der Arithmetik von Nikomachus von einem Schüler des Jacob ben Ischak ben Alzabah Alcanari und Säuberung des genannten Buches von der fehlerhaften Auffassung des Chabib ben Bacharir Al-nestor, der es aus dem Syrischen ins Arabische übersetzt hatte für den berühmten Himiam Takad ben Alhassan. (Hier wird wiederum Abu Joseph oft citirt.)

10) Herstellung einer astronomischen Tafel, genannt Zapichah, von Abu Ischak ben Alsarkalah. Vollendet durch mich Moses ben Jonah, Donnerstag 3. Iior, 17. nach dem Paschah Feste 5245 (1485). Bemerkungen von Comtina über die Einrichtung des Instrumentes (17. Tebet 5223, 1462).

11) Aufsatz über Astronomie von Abraham ben Chija Hanassie.

12) Einrichtung der Kupferinstrumente. ספר תקון כלי הנחשת Astronomische oder astrologische Instrumente. (Comtina in dritter Person.)

13) Ein Werk (die Ueberschrift scheint oben abgeschnitten zu sein),[1]) in drei Abtheilungen: Arithmetik, Geometrie und Musik, worin die ersten zwei Theile etwas eingehend behandelt sind, dagegen ist die Musik nur erwähnt. Uebrigens sind auch die ersten mehr beschrieben, als eigentlich behandelt. (In der Geometrie wäre vielleicht der Satz hervorzuheben, dass die Summe der Winkel eines n-Ecks, $2(n-2)$ R beträgt, was übrigens nicht als Formel angegeben, sondern, wie natürlich zu erwarten ist, an einigen Beispielen nur gezeigt ist. Dieser Satz findet sich weder in unserer Schrift, noch bei Mohamed ben Musa, noch bei Alkarkhi oder Beha-Eddin. Bei allen diesen wird mit Winkeln nicht operirt, höchstens wird bestimmt, ob sie recht, spitz oder stumpf sind, und zwar auch dieses nicht direct, sondern durch Anwendung des Pythagoräischen Satzes auf die Seiten, und also als Kennzeichen $a^2 + b^2 \gtreqless c^2$. Im Uebrigen scheint der Verfasser sich auf

1) Nach Herrn Steinschneider sei dieses von Abraham ben Chija. Was die Nummer 13 anstatt 16 betrifft, so kommt das daher, dass ich kleine, eingeschobene Anhänge nicht gezählt habe.

das Werk von Nikomachus zu beziehen, wie das die Eintheilung verräth; allerdings ist der Verfasser bemüht, die Quelle aller dieser Weisheiten in Bezalel, dem Baumeister der Stiftshütte in der Wüste, (Exodus XXXI, 1—6; s. d.) zu finden[1]). Das Werk hat insofern Interesse, als man durch dasselbe einen ungefähren Ueberblick über den verloren gegangenen geometrischen Theil des Werkes von Nikomachus bekommen könnte.

14) Einige Artikel über manche Aristotelische Definitionen von Abu Alkass ben Aderes. Darin sind citirt Abu Akr Alchaman ben Takr Ibn Sina, Abu Alchananah ben Tolmeus, Alraschid, Abu Alchananah Joseph ben Jechija Hajisraeli aus dem Abendlande. Abuchmed Algasali Hamabo. המבא von Ibn Esra (?).

15) Erläuterung der Himmelserscheinungen, Auszug aus Ben Raschid, von Levi ben Gersom.

16) Wechsel der Blicke חלוף המבטים, (optisches Werk), von Euklid. Anfang: Der Verfasser sagt, da ich das Buch, das meinen Namen trägt, 13 Artikel als Vorbereitung zum Almagest, vollendet habe, so u. s. w.

17) Das Buch der Spiegel ספר המראים, von Euklid.

18) Erläuterung von Rabbi Simon Mutut über Linien die sich niemals treffen (Asymptoten). Ausführliche Beweisführungen über die Möglichkeit von Asymptoten überhaupt, und als Beispiel die Asymptoten der Hyperbel.

19) Die Messkunst, חבור חכמת התשבורת von Levi ben Gersom.

Hierauf folgt die oben erwähnte Aufschrift. Es bleibt also in Betreff unserer Schrift nicht ganz entschieden, ob sie den Uebersetzungen, oder der selbständigen Verfassung, wenn auch nach vorliegenden Modellen, angehört, da mehrere Werke und Abhandlungen von beiderlei Arten in demselben Manuscripte zusammengeschrieben sind, und zwar alles so durcheinander, dass dieselben nach dieser Eintheilung schwer zu trennen sind. Allerdings ist es bei den Uebersetzungen ausdrücklich gesagt, das sie solche seien, während bei den selbständigen Werken ein Stillschweigen die Selbständigkeit verstehen lässt. Da unsere Schrift nun unter den Uebersetzungen nicht gezählt ist, so bleibt jedenfalls die Möglichkeit, vielleicht auch die Wahrscheinlichkeit, sie als eine selbständige Abhandlung gelten zu lassen.

III.

Wenden wir uns nun zu der Sprache unserer Schrift. In I. erwähnte ich, dass die Sprache unserer Schrift auf ein früheres Alter derselben verweise. Dieses muss von zwei Standpunkten betrachtet werden: nämlich

---

1) Dass man beim Bau der Stiftshütte wirklich geometrische Kenntnisse anwandte, wie z. B. Kenntniss des Pythagoräischen Dreiecks, siehe weiter unten Art. IV. a, 'a.

von Seiten des Styles und von Seiten der Terminologie, ich meine der mathematischen Terminologie.

Was erstere betrifft, so ist derselbe unverkennbar der leibhaftige Styl der Mischna: Schon der Anfang:

בארבעה דרכים (Art. I, a): In vier Wegen, Arten.
ואלו הן (Art. I, a): und zwar
זה הכלל (Art. I, a): die Regel ist.

Und so geht es fort:

איזו היא? זה הד־! (Art. I, b): was ist —? das was —!
שנאמר (Art. I, b); es heisst; und nicht das später gebräuchlichere Aramäische דכתיב, von derselben Bedeutung. והגג עצמו היא המשיחה als Refrain zum Schlusse von b, c, d, h. Ich lege auf diese Stellen um so mehr Gewicht, da alle diese Paragraphen sich bei Mohamed ben Musa nicht finden.
כיצד Wie so?
כבר אמרו es ist schon gesagt, (in der 3. Person Pluralis; sie (die Weisen) haben schon gesagt).
חסר ועולה חסר ועולה (Art. II, k); nimmt immer mehr und mehr ab.
מה תלמוד (Art. V, c); warum heisst es nun? eigentlich, was lernst du aus —
לפי שאמרו (Art. V, c); weil man sagte.
זה הכלל כל ש־ (Art. V, d); die Regel ist, alles was —
ג׳ דברים נאמרו (Art. V, d); drei Dinge sagt man; eigentlich: drei Fälle sind zu unterscheiden.
יחשב כדרכו (Art. IV, b); der rechne nur fort nach seiner Art.
ובלבד ש־ (Art. V, b); mit der Bedingung, dass —
הנתונה על הארץ (Art. V, c); welche liegt auf dem Boden;
הרי הוא אומר (Art. V, c); heisst es ja;
הא למדת (Art. V, c); so hast du gelernt u. s. w.[1]).

Was die wissenschaftliche Terminologie betrifft, so ist bemerkbar, dass die technischen Ausdrücke älter sind, als die in der arabisch-hebräischen wissenschaftlichen Literatur geläufigen, z. B. bei Abraham ben Chija Hanassie, Maimonides, Ibn Esra, Ben Gersom, ben Tibon u. s. w. So zum Beispiel findet man in unserer Schrift nicht die wörtlich aus dem Arabischen genommenen Ausdrücke קֹטֶר, Durchmesser, תשבורת im Sinne von Flächeninhalt (تكسيب) auch Körperinhalt תושבת für Basis, מעוין (معينة) für

1) Herr Steinschneider macht noch auf „מכאן ואילך צא וחשוב“ aufmerksam; eine Phrase, die in Jezira auch vorkommt.

Rhombus, vergl. III, 1 mit Mb.M; sondern die später in diesem Sinne nicht vorkommenden חוט, Faden, משיחה Ausmessung, arab. مساحة und تكسير was wohl zu beachten [Marre's Bemerkung über das erstere (S. 6 Anmmerkung) und Zeile 2 „superficie" sind ungenau und widersprechend, St.]; קבע, סוף Grund-Endfläche für Basis.

Ebenso ist auffallend die weibliche Form für Viereck, Dreieck, Kreis und Bogen, was die Ergänzung von צורה Figur voraussetzt[1]). Ebenso findet sich hier nicht das später sehr geläufige גשם für Körper, und ist dafür das später in diesem Sinne sehr seltene גוף. Für Multipliciren finden wir hier צרם, während später כפל (dupliciren) gebräuchlich ist; (wegen des ב siehe NB. zum Schlusse des Vorwortes).[2])

Dieses würde, wenn unsere Schrift überhaupt echt ist, dafür sprechen, dass sie mindestens älter als die arabisch-hebräische Periode ist. (Unter einer solchen Periode verstehe ich die Zeit von etwa 740—1200.)

IV.

Die Aehnlichkeit unserer Schrift mit der ältesten arabischen Geometrie ist ungeheuer gross. Es lagen mir bei dieser Arbeit drei Werke von dieser Art vor. Erstens Mohamed ben Musa (Alkharizmy) in zwei Uebersetzungen, einer englischen, umfassend die Algebra und die Geometrie, von Frederic Rosen, London 1831, und einer französischen, nur die Geometrie enthaltend, von Aristide Marre, Rome 1866. Die Ausgabe von Rosen enthält auch den arabischen Text, der mir leider unzugänglich ist; wohl aber machte mir die gütige Gefälligkeit des berühmten Orientalisten Herrn Prof. Merx, dem ich hiermit meinen innigsten Dank ausspreche, es möglich, einen Blick

---

1) In Verbindung mit צורה findet man allerdings diese Form bei Jehuda ibn Tibbon in der Uebersetzung von Saadia, worauf Herr Steinschneider auch verweist.

2) Besonders fällt ins Auge, dass hier zwei Termini gänzlich fehlen: 1) Parallelität, was hier sowohl wie bei M. b. M. durch Worte ausgedrückt ist, die nicht ganz deutlich sind, und etwa „gleich, gerade, passend" heissen, so dass die Uebersetzer von M. b. M. es verschieden auffassen (vgl. Art. II, f, Nota 18), während später das Wort „מקביל" für „parallel" sehr geläufig ist, ja sogar in den andern Werken desselben Manuscriptes sehr oft vorkommt. 2) „Diagonale" ist hier durch umständliche Beschreibung erklärt, z. B. der Faden, der durchschneidet von Winkel zu Winkel, von Ecke zu Ecke und der der allerlängste ist im Gag" (Art. I, b). Es wäre ein Irrthum, wenn man glauben wollte, der Terminus sei hier חוט Faden und das Uebrige nur eine in der Einleitung gegebene Definition desselben: da dasselbe Wort auch anderweitig gebraucht ist (Art. I, g. u. a. m.), und muss jedesmal erklärt werden: „Faden von Ecke zu Ecke". Später ist aber „אלכסון" von λοξόν = לוכסן dafür gebräuchlich. Das Wort kommt im Talmud oft vor, ist in der Mischna aber, soviel ich mich erinnern kann, noch nicht gebraucht. (Dasselbe kommt auch in Jezira vor und heisst auch oft Hypotenuse.)

über manche kritische Stellen zu bekommen. Zweitens lag mir das Werkchen von Mohamed ben Alhusein Alkarkhi vor, herausgegeben von Prof. Hochheim, Halle 1877/80, deutsch; und drittens, ebenfalls deutsch, Essenz der Rechenkunst von Beha-Eddin, herausgegeben von Nesselmann, Berlin 1843.

Auf die Verwandtschaft dieser drei arabischen Schriften in Betreff der Geometrie unter einander will ich hier nicht eingehen, da dieses bereits zur Genüge klar gelegt ist. Was die Verwandtschaft unserer Schrift mit diesen arabischen dagegen betrifft, so glaube ich zwar an den betreffenden Stellen hinreichend aufmerksam gemacht zu haben, indess möchte ich hier noch hervorheben, dass es auf mich den allgemeinen Eindruck macht, als hätten, erstens sowohl Mohamed ben Musa, wie der Verfasser unserer Schrift eine und dieselbe Vorlage, die jeder von ihnen nach seiner Art behandelte. Dass zweitens diese gemeinschaftliche Vorlage keinen theoretischen, sondern rein praktischen Charakter gehabt zu haben scheint; es mag eine Art Sammlung von Resultaten geometrischer Sätze, die dem Praktiker, vielleicht dem Beamten oder Richter, zum Handbuch wenn nicht zum Codex dienen sollte, gewesen sein. Drittens scheint dieses Handbuch sehr alten Ursprungs und wahrscheinlich bei verschiedenen Nationen, in verschiedenen Ländern, in verschiedenen Abschriften, zuweilen auch in verschiedenen, mehr oder minder selbständigen Bearbeitungen vorhanden gewesen zu sein. Viertens scheint die Abschrift, die Mohamed ben Musa vor sich hatte, mehr Indisches angenommen zu haben, wie z. B. die Bestimmung des Fusspunktes durch reine Algebra (Mohamed ben Musa schrieb ja auch eine Algebra). Unsere Schrift enthält auch nicht eine Spur von Algebra, dagegen hat sie manches Griechische hinzugefügt, wie z. B. die Heronische Formel für den Flächeninhalt des Dreiecks ausgedrückt durch die Seiten desselben, die bei M. b. M. nicht vorhanden ist, obwohl er dieselben Zahlen 13, 14, 15 für die Seiten des Dreiecks, die dort zu jener Formel gebraucht sind, ebenfalls benutzt. Alkarkhi und Beha-Eddin, die offenbar nach M. b. M. gearbeitet haben, geben auch die Heronische Formel zum Besten. Uebrigens haben diese beiden Araber schon viel mehr aus dem Griechischen, worunter am wichtigsten die Beweise der geometrischen Sätze sind, die sowohl bei M. b. M. wie auch in unserer Schrift nicht gegeben werden. Fünftens scheinen in unserer Schrift Commentarien und Zusätze späterer Zeit sich vorzufinden, wie z. B. die Winke der Verwandlung der Brüche in Decimalbrüche, was bei M. b. M. sich nicht findet und worauf ich seines Ortes aufmerksam gemacht habe.

Endlich sei noch erwähnt, dass unsere Schrift eine Einleitung an ihrem Anfange und ein paar Sätze über die Kugel im letzten Kapitel hat, was bei M. b. M. nicht vorhanden ist.

Zum Schlusse möchte ich noch zur Entschuldigung etwa nicht genügender Berücksichtigung mancher Seite der berührten Frage erwähnen, dass die Beschäftigung mit dogmatischer Mathematik, die zur Zeit meine Hauptaufgabe bildet, mir es leider unmöglich macht, dem gegenwärtigen Gebiete, auf das ich von meinem hochverehrten Lehrer Herrn Prof. M. Cantor erst neu eingeführt bin, vorläufig die nöthige ernste Hingebung nach meinem Wunsche zu widmen; vielleicht wird es mir noch vergönnt sein, darauf später einmal zurückzukommen, wogegen ich vorläufig mich begnügen muss, gütigen Zurechtweisungen der Meister vom Fache mit Dank und Ergebenheit entgegenzusehen.

Heidelberg, im November 1879.

Der Uebersetzer.

NB. Dass ich bestrebt war, die Uebersetzung möglichst wörtlich zu halten und zwar auch da, wo die deutschen Termini abweichend sind, wird mir der Leser gütigst verzeihen. Wenn ich oft mit dem Inhalte etwas freier umging, wo es der richtige Sinn unbedingt verlangte, so habe ich dagegen die Form der Worttreue geopfert. Ich glaubte nämlich, dass gerade solche Momente dem Historiker dienlich sein können. Wenn ich z. B. hier durchgängig multipliciren in (anstatt mit) wörtlich wiedergebe, so sei das ein Wink, dass dieses auf eine Verwandtschaft mit dem Arabischen hinweist. Wenn ich nicht irre, schwankt ursprünglich auch im Deutschen beim Multipliciren und Dividiren der feste Ausdruck dafür; es heisst bald mal, bald durch, und bald in. Dies wird auch im Deutschen von der Verschiedenheit der Quellen der ersten deutschen Mathematiker herrühren. Weist doch Drobisch nach, dass Johannes Widmann von Eger 1489 arabische und römische Quellen benutzte, ersteres beweist der Gebrauch von Helmŭaym = Elmeŭian („מעוין" in der arabisch-hebräischen Literatur) für Rhombus.

Art.[1]) I.

a) Aus vier Formen (דרכים sonst Wege, Arten) besteht die gesammte Messkunst, und zwar: dem Vierecke, dem Dreiecke, dem Kreise, dem Bogenartigen (hier Halbkreis). Die Regel ist: Das Zweite (das Dreieck) ist die Hälfte des Ersten (des Vierecks), und das Vierte (Bogenartige) ist die Hälfte des Dritten (des Kreises). Alle übrigen (Formen) sind mit einander verflochten wie der Gürtel (סינר, für סונר ζωναρ) mit dem Schenkelband (בבריות, nach St. für בבריזה im Cod.).[2])

b) Das Viereck ist aus drei Gesichtspunkten (zu betrachten): Seite, Faden (Diagonale) und Gag, גג, sonst: Dach; hier: Ebene, Oberfläche, Flächeninhalt).[3])

Seite heisst, was die Seiten des Gag hält (ausmacht); es heisst: „viereckig sei der Altar (Opferstätte)".[4])

Faden, der durchschneidet[5]) von Winkel zu Winkel, von Ecke zur Ecke, und ist der allergrösste in der Länge des Gag; und der

Gag selbst ist die M'schicha, (משיחה, Spannung, Ausdehnung, Messung, Ausmessung; hier Flächeninhalt; es wird wohl nicht entgehen, dass dieses fast identisch mit dem arabischen Messâhat, bei Mohamed ben Musa.[6])

---

1) פרק gebräuchlich in der Mischna, wörtlich articulus.

2) Ueber dieses Wort s. Levy's Neuhebr. u. chald. Wörterbuch בִּירִיזָה I, 267, 288. Eine Erläuterung dieses orientalischen Bildes gehört nicht hierher, jedoch ist es wegen des Vaterlandes der Schrift beachtenswerth.

3) Herr Prof. Cantor macht hier aufmerksam auf das griechische στέγη Dach, und bei der Pyramide στέγη τῆς πυραμίδος, bei Heron, liber Geeponicus, Cap. 72 (ed. Hultsch S. 217).

4) Exodus 27, 1. Dort heisst es: fünf Ellen seine Länge, fünf seine Breite; viereckig soll der Altar sein, und drei Ellen seine Höhe. Die betreffenden Seitenflächen sind also Quadrate resp. Rechtecke und werden dennoch schlechtweg רבוע viereckig genannt; und deshalb ist wahrscheinlich diese Stelle hier citirt worden.

5) המפסיק wörtlich: „trennt", vielleicht zu ergänzen: „die Fläche", d. h. er theilt sie (St.). Dieser Ausdruck für das Durchschneiden der Diagonale ist nicht vereinzelt; vgl. diesen Art., Satz g; Art. III, d, e. Die Correctur המחריק, המחרק scheint unnöthig.

6) s. St. S. IV. A. 4.

c) Das Dreieck — aus vier Gesichtspunkten: dem Schenkelpaare[1]), der Basis, der Höhe, des Gag.

Das Schenkelpaar, das sind die zwei Fäden (משוכים wörtlich Gedehnten). Rechts und [Links][2]); es heisst: „denn nach Rechts und Links wirst du dich erstrecken".[3])

Die Basis, das, worauf das Schenkelpaar (basirt) befestigt ist; es heisst: (die Säulen), auf denen das Haus feststeht".[4])

Die Höhe[5]) ist der Faden, der im Allgemeinen[6]) aus dem Schenkelpaardurchschnitt auf die Basis fällt und (da) einen Winkel bildet, „zu den Winkeln des Stiftszeltes";[7]) und der Gag selbst ist die M'schicha.

d) Der Kreis — aus drei Gesichtspunkten: Umfang, Faden (Durchmesser) und Gag.

Umfang ist die Schnur (קו, Linie) die den Kreis umringt; denn es heisst: „und eine Schnur von 30 Ellen umringt es ringsherum".[8])

Faden ist, der vom Rande zum Rande gezogene; es heisst: „von seinem Rande zu seinem [anderen] Rande";[9]) und der Gag selbst ist die M'schicha.

e) Das Bogenartige, — aus vier Gesichtspunkten: Bogen, Sehne, Pfeil und Gag.

---

1) In der Handschrift: בשני חצלע, also ganz einfach; in der gedruckten Ausgabe (Berlin 1864) hat sich ein Schreib- oder Druckfehler eingeschlichen (בשני בצלע) und gab Veranlassung zu einem (sic). (Correcter wäre [wie gleich darauf] בשני חצלעות; doch ist der Singular vielleicht nach Analogie von Maassbezeichnungen zu erklären, wie zwei Fuss u. dgl. Bemerkung des Herrn Dr. Steinschneider). Dem gegenüber muss ich hinzufügen, dass hier שְׁנֵי־הַצֶּלַע „Schenkelpaar", in der Analogie von שְׁלֹשׁ־הַקִּלְּשׁוֹן aufzufassen sei und von ־ות, שני צלעים „zwei Schenkeln" wohl zu unterscheiden. Der Ausdruck שני צלע kommt hier öfter vor: I, c. „שני צלע "וזח; III, c. בשני צלע.

2) ימין ויכין, also eine Anspielung auf I. Kön. 7, 21. Dort ist allerdings יכין nicht die zweite, linke Säule; sondern die rechte Säule selbst wurde יכין genannt!

3) (Jesaia LIV, 3). Im vorhergehenden Verse ist dort von der Verlängerung der Seile bei der Spannung des Zeltes die Rede.

4) Richter XVI, 26, 29.

5) Bald: עמוד, Säule; bald עומד aufrechtstehender, Senkrechte; bald auch קומה, Höhe, s. unten Anm. 17.

6) חוט חכולל, hier vielleicht, um auszudrücken, dass es Fälle gibt, wo die Senkrechte ausserhalb der Schenkel, oder auch in einen der Schenkel selbst fällt.

7) Exodus XXVI, 23. Dort soll der Winkel ein rechter sein, obwohl es schlechtweg Winkel (oder Ecke) heisst; und deshalb wird wohl jene Stelle hier angeführt.

8) I. Kön. VII, 23.

9) Ibid.

i) Das ist die Regel: Ein Halb auf ein Halb gibt die Hälfte des Halben, und ein Drittel auf ein Drittel den dritten[1]) Theil des Drittels, und so ein Halb auf ein Drittel die Hälfte des Drittels; und so ein Viertel auf ein Drittel den vierten Theil des Drittels. Ebenso in allen ähnlichen Fällen, bei gleichen und ungleichen.

Art. II.[2])

a) Wer viereckige Felder[3]) messen will, so gleiche (an Länge und

---

wird es möglich, alle Rechnungen mit Brüchen wie mit ganzen Zahlen auszuführen; nur dass man (in moderner Sprache) die Bestimmung der Dezimalstellen zu beachten hat.

1) Herr Steinschneider corrigirt mit Recht שליש anstatt חצי, welches sich wahrscheinlich aus dem nächsten Satze beim Abschreiben irrthümlich eingeschlichen, wie es in diesem Manuscript oft der Fall ist. Auffallend ist, dass gerade an dieser Stelle auch die Schrift des Mohamed ben Musa den Uebersetzern Anlass zu verschiedener Auffassung gegeben hat: in der englischen Uebersetzung heisst es „two thirds by a half", während in der französischen „un demi tiers par un demi tiers". Siehe die betreffende Anmerkung in der französischen Ausgabe Seite 4. Das System von $\frac{1}{2}$, $\frac{1}{3}$, $\frac{1}{3}$, $\frac{1}{6}$, welches auf diese Weise bei Mohamed ben Musa sich herausstellt, trifft in der vorliegenden hebräischen Schrift nicht zu. Hier wird dieser Gegenstand in drei §§ getheilt: in g) bei der geometrischen Zerlegung der Fläche durch Linien sind die Ziffern $\frac{1}{2}$, $\frac{1}{3}$, $\frac{1}{4}$ genommen; in h) vor dem Zahlenbeispiel (das bei Mohamed ben Musa nicht vorkommt und das dazu angethan ist, die Verwandlung von Brüchen in Dezimalbrüche zu lehren) kommt $\frac{1}{2}$ und $\frac{1}{3}$ vor; und in i) werden $\frac{1}{2}$, $\frac{1}{3}$, $\frac{1}{4}$ bei der Behandlung einer ganz neuen Frage (die bei Mohamed ben Musa für Brüche unberührt geblieben), nämlich das Product ungleicher Factoren oder Rechtecke $\frac{1}{2} \cdot \frac{1}{3}$ oder $\frac{1}{3} \cdot \frac{1}{4}$ . . . gebraucht.

2) Nachdem in Art. I. die vier Grundfiguren: Viereck, Dreieck, Kreis und Bogen und die Hauptbestandtheile derselben der Reihe nach in den §§ a bis e definirt sind, und in den folgenden f bis i der Flächeninhalt eine Einheit bekommt für ganze und gebrochene Zahlen, und die Multiplication der Flächenbestimmung für gleiche und ungleiche Factoren durchgeführt wird, fängt mit Art. II. die eigentliche Behandlung jener Figuren an, der obigen Reihe nach in den §§ a bis d. Von e bis m handelt es sich um Stereometrie, und zwar wird der Körperinhalt bestimmt für das Prisma, den Cylinder, die Pyramide und den Kegel; für die Halbkugel (was sich bei Mohamed ben Musa nicht findet), dann für die abgestumpfte Pyramide und den abgestumpften Kegel.

3) השדות die Felder, so ist es in der Handschrift, und nicht המדות die Maasse, wie in der Ausgabe. [Felder ist offenbar falsch conjicirt, es ist fast nirgends von concreten Dingen die Rede! Steinschneider.] Leider kann ich dieses nicht zugeben. Zunächst conjicire ich hier nicht, sondern befürworte im Gegentheil die Lesart השדות, wie sie sich im Manuscripte vorfindet. Im Uebrigen bin ich der Ansicht, dass hier sehr häufig, ja in diesem Kapitel sogar vorwiegend von concreten Dingen die Rede ist; vgl. התל או דבר מקובב „Hügel" oder „gewölbter Gegenstand"; דופנותיו, seine „Wände"; כדור, „Ball"; i. עמוד, „Säule" etc. Besonders kommt auch V, c. ausser בריכות, מקואות, ימים „Meere", „Bäder", „Brunnen" noch auch das Wort „שדה" Feld selbst vor. Bei der Gelegenheit ist zu bemerken,

auf ein Drittel und ein Fünftel in ein Fünftel; wie bei gleicher [Länge und Breite], so auch bei ungleicher. Von da ab und weiter rechne so fort nach demselben Maasse abwärts.

h) Man hat schon gesagt (in der vorigen Mischna): ein Halb auf ein Halb ist ein Viertel, und so ein Drittel auf ein Drittel ist ein Neuntel[1]); wie in diesen, so in allen ähnlichen Fällen: man zählt (rechnet) es bei gleichen und bei ungleichen: אבאאחוא(?)[2])

So zählst du: zehn auf zehn[3]) sind hundert, die Hälfte von zehn ist fünf, fünf mal fünf gibt 25 und das ist ein Viertel von hundert[4]), und die Zehn steht als Eins, und die Hundert als Zehn, und die Tausend als Hundert. Von da ab rechne so fort mit Brüchen nach Maass der Einheiten; aber bei den Einheiten nimmt es zu und bei den kleinern (als die Einheit) nimmt es ab.[5])

---

zu lesen, dann wäre nämlich jene Mischna in drei Theile zu theilen: 1. חריצה לגוד את גד המריבע, Ausmessung einer Seitenfläche des Parallelepipedons durch Multiplication von Länge und Breite. 2. חוג במנין שש פנים, Oberflächenbestimmung durch Addition (Zusammenzählen) der sechs Grundflächen. 3. מצרף ארך בתוך רחב בתוך העבי, Bestimmung des Körperinhalts.

1) Das Wort מְתֻשָּׁע allein heisst hier: ein Neuntel, wie das Wort מְרֻבָּע ein Viertel heisst; und das בהן ובריבוען להן ist offenbar zusammengehörend aufzufassen, wie oben übersetzt. Diese Construction wiederholt sich hier und im Talmud überhaupt sehr oft. Herr Steinschneider S. IV. fasst מתשע בהן zusammen, er las es also wahrscheinlich מִתְשַׁע. An dieser Stelle wäre es gelegentlich zu bemerken, dass im Hebräischen für Stammbrüche (und nur für solche) nur bis Zehntel die weibliche Form עשירית, תשיעית, שמינית, שביעית, ששית, חמישית, רביע, שליש, מחצה 1/2, 1/3, 1/4, 1/5, 1/6, 1/7, 1/8, 1/9, 1/10 sich vorfindet, auch im plur. עשירות תְּשִׁיעִיּוֹת, etc. Sonst heisst es אחד בששים, eins von sechzig, anstatt ein Sechzigstel etc.

2) Wenn kein noch zu errathender Schreibfehler vorliegt, so scheint dieses Wort nicht hebräischen Ursprungs zu sein. Herr Prof. Cantor macht auf das indische Wort अभ्यास für Multiplication aus dem भू „sein" aufmerksam. Der Sinn ist jedenfalls offenbar der, dass man immer die beiden Dimensionen (Länge und Breite) als Zahlen-Factoren zu behandeln hat, gleichviel ob dieselben als Vielfache einer ganzen Einheit oder als Theile einer solchen auftreten; im ersten Falle kommt als Flächeninhalt das Product dividirt durch die Einheit und im zweiten Falle der reciproke Werth. [Das Wort אלא „jedoch" habe ich schon beanstandet, es scheint überflüssig; vielleicht מכאן ואילך „und so weiter" wie im vorhergehenden §? אב אחוא ist sicher kein Fremdwort; vielleicht אבגדהזו d. h. 1—7, ursprünglich 1—9. Dann schliesst sich sehr gut daran die Berechnung von 10. Steinschneider] (?).

3) Man beachte die Ausdrücke על und בתוך, auf und in beim Multipliciren, und den Ausdruck פעמים oder פעם, mal; man pflegt sonst erstere Ausdrücke bei Flächen und Kubikinhalt und letztere bei Zahlen zu gebrauchen. [NB. ערך על oder בתוך s. meine Einleitung S. IV. Steinschneider.]

4) Modern gesprochen $1/2 = 5/10 = 0{,}5$; $1/4 = 25/100 = 0{,}25$; also Verwandlung der Brüche in Dezimalbrüche!! S. pag. 29, 4.

5) D. h. sobald die Verwandlung der Brüche in Dezimalbrüche ermöglicht ist,

(Durchmesser) in sich selbst, und werfe (subtrahire משליך) davon ein Siebentel und ein halbes Siebentel ab, der Rest[1]) ist die M'schichah.[2]) Z. B. ein Faden dehne sich aus zu Sieben, sein Product (Quadrat)[3]) ist 49; und ein Siebentel und ein halbes Siebentel ist, (zehn und einhalb)[4]), so dass die M'schichah 38 und ein halb ist.

d) Wie das Bogenförmige[5])? Man setze den Pfeil an die Sehne, beides allzumal, (addire sie zusammen), multiplicire dieselbe (Summe)[6]) in die Hälfte des Pfeils, und stelle es (das Product) bei Seite; man nehme dann wiederum die halbe Sehne, multiplicire sie in sich selbst und theile durch 14, das Ergebniss addire zum Hingestellten,[7]) was herauskommt ist die M'schichah. Es gibt dabei auch andere Arten.[8])

Art III, d sich findet, eingeschaltet, aber ohne das Zahlenbeispiel. Derselbe Satz findet sich aber bei M. b. M. nebst Zahlenbeispielen und Figur noch einmal an seinem richtigen Orte unter den Vierecken.

1) ויותר H. S., in der Ausgabe והיותר ist Druckfehler und die Correctur והנותר ist überflüssig, s. IV, g.

2) Bei M. b. M. wird an dieser Stelle auch der Umfang des Kreises nach verschiedenen Methoden bestimmt, und dann durch Umfang und Diameter der Flächeninhalt. Das geschieht in unserer Schrift in Art. V. bei der nähern Behandlung des Kreises. Die Bestimmung des Flächeninhalts, wie sie hier gegeben ist, gibt auch M. b. M. an dieser Stelle, nur ohne Zahlenbeispiel; dasselbe kommt aber später ganz wörtlich bei der nochmaligen Behandlung, nachdem dort gesagt wird: Nous avons terminé l'exposé de leurs (de les cercles) propriétés et de leur mesure dans la première partie du livre. Bei Alkarkhi cap. XLVI. findet sich für den Inhalt des Kreises unter andern Methoden auch diese hier. Ebenso bei Beha-Eddin; bei allen der Ausdruck $\frac{1}{7}$ und $\frac{1}{2} \cdot \frac{1}{7}$.

[3) צרופו ist Product, aber hier ist das vorhergehende בתוך עצמו (vgl. auch d) zu ergänzen also Quadrat. St.]

4) Die zwei Worte י׳ וחצי $10\frac{1}{2}$ fehlen in der H. S. und sind in der Ausg. mit Recht hinzugefügt. Bei M. b. M. sind sie vorhanden.

5) הקשתית. Es wird bei dieser Benennung nur der Bogen hervorgehoben, obwohl die Rede nicht von Bogenlänge, sondern vom Inhalt des Kreisabschnittes ist. Ebenso heisst es bei Alkarkhi, s. d. Cap. XLVII. Bei M. b. M. heisst es: „Tout segment de cercle est assimilé à un arc" oder „every part of a circle may be compared to a bow."

[6) oder lies אותם dieselben (Summanden). St.]

7) Dieses ist hier für jeden beliebigen Bogen aufgestellt, ohne Unterschied, ob er grösser, gleich oder kleiner als der Halbkreis ist. Was die Genauigkeit betrifft, so stimmt sie für den Halbkreis vollkommen $\frac{r^2\pi}{2}$ und für andere Bogen bis auf zwei Dezimalen genau. Dieselbe Formel findet sich übrigens bei Heron von Alexandrien $A = (s + h)\frac{h}{2} + \frac{\left(\frac{s}{2}\right)^2}{14}$, wenn A den Kreisabschnitt, s die Sehne, h den Pfeil bezeichnet. Siehe M. Cantor, Römische Agrimensoren. Leipzig 1875. S. 48.

8) Vergleiche weiter unten Art. V f, g, und M. b. M. französ. und die Bemerkungen daselbst.

e) Wer beim Cubus[1]) den Gag aus Länge und Breite[2]) messen will, sei es bei gleichen [Seiten, Cubus] oder ungleichen [rechtw. Parallelepipedon][3]), der hat an diesem Gag die Zusammenzählung der sechs Ansichten (Oberflächen) auszuführen. (Sechs Flügel einem jeden)![4]); multiplicirt man Länge in Breite und Tiefe[5]), so ist das, was aus allen drei herauskommt, die M'schichah des Gag, die den Körper ausmacht.

f) Wenn er (der Körper) kreisförmig, (Cylinder), oder dreieckig, (Prisma), oder von irgend beliebiger Seitenförmigkeit ist, (obere und untere Grenzflächen — beliebige Polygone), wenn nur sein Boden eben und passend[6]) (gleich und parallel) ist, wonach misst man den Gag?

---

1) Das Wort המרובעים, Rechteck, Quadrat, bezieht sich hier auf die Grenzflächen des Parallelepipedons, von dem, wie die Ausführung zeigt, die Rede ist. Die muthmassliche Vertauschung dieses הגג hier vor dem Worte המרובעים mit dem Worte בר in l, g, siehe dort Nota 9.

2) Das Wort ועומק, Tiefe, welches in der Ausg. mit Fragezeichen eingeschaltet wurde, ist nach obiger Auffassung überflüssig. In diesem Theile der Mischna ist demnach von der Oberfläche, und erst im zweiten Theile vom Körperinhalt die Rede. Allerdings ist bei M. b. M. die Oberfläche nicht berücksichtigt, er beginnt: „Jeder viereckige Körper".

3) In der franz. Ausg. des M. b. M. ist die Bemerkung gemacht, dass eine Uebereinstimmung mit dem Indischen hier insofern stattfindet, als die Figuren in zwei Kategorien getheilt sind, die eine Parallelepipedon, Prisma und Cylinder unter einem Namen: sama-chata, und die zweite, Pyramide und Kegel enthaltend, unter dem Namen: souchi-chata etc. Dasselbe passt auch für unsere Schrift vollkommen.

4) Jesaia VI, 2. Offenbar ist כנפים hier wie כנפות gedeutet!

5) Der französische Uebersetzer des M. b. M. bemerkt (Seite 6): Nous remarquerons encore que la hauteur des solides de la première catégorie (les parallélipipèdes, les prismes et les cylindres) a le nom spécial de profondeur, tandis que la hauteur des solides de la seconde catégorie (les pyramides et les cônes) s'appelle colonne (aamoud), comme la hauteur d'un triangle. Ganz dasselbe bemerkt man auch in unserer Schrift: in e) und f) beim Parallelepipedon, Prisma und Cylinder ist עֹמֶק (wie arab. عمق) Tiefe als Höhe gebraucht, während bei Pyramide und Kegel in g) das Wort קומה die Höhe ausdrückt. Dass hier ein neues Wort קומה genommen werden muss und nicht dasselbe Wort עמוד, amud (Säule), das beim Dreieck (sowohl in b) als auch in Art IV, b) u. c)) gebraucht wird, beruht offenbar darauf, dass das Wort עמוד, Säule, schon für den Stumpf der Pyramide und des Cylinders in i), k), l) und m) vorweggenommen und ohne Anlass zu Missverständnissen nicht in einem andern Sinne zu verwenden ist.

6) Ausgedrückt durch ישר ונאה gerade, oder eben und passend; wahrscheinlich hier der Parallelismus gemeint. Bei M. b. M., wo das Ganze wörtlich sich findet, heisst es in der franz. Uebersetzung S. 5 ausdrücklich: egal und parallel, im Arab. S. 53, Zeile 6, in gegenwärtiger Ausgabe على لا متساوية والموازاة, engl. S. 74 perpendicular [M. b. M. hat ebenfalls zwei Ausdrücke, den ersten fasst Rosen als perpendiculär, Marre als égal استوا ist שוה St.]. Siehe Vorwort III.

[Miss] den Gag in seinem Maasse (Maasseinheit)[1]) in besagter Art, so erfährst du die M'schichah, (Flächeninhalt der Basis), und wer dieses weiss (oder misst?)[2]), mulitiplicire es in die Tiefe[3]) und das ist die M'schichah des Körpers, (Körperinhalt in Körpereinheiten).

g) Bei der Pyramide (oder Kegel) (משוך gedehnt, verjüngt), deren Spitze (ראש, Haupt, Spitze, Anfang, oberes Ende) scharf und deren Basis, (סוף, Ende, unteres Ende) flach (ausgebreitet (?)[4]) sei sie viereckig, quadratförmig), oder kreisförmig, oder dreieckig, messe die M'schichah des Körpers, indem du zwei Drittel der M'schichah (Basisinhalt) wegwirfst, ergreifst das eine Drittel und multiplicirst es in die Höhe[5]), was herauskommt ist die M'schichah des Körpers[6]), von der Spitze bis zur Basis.[7])

h) Wer einen Hügel oder gewölbten[8]) Gegenstand zu messen braucht, wenn nur die Wandungen gleichförmig nach allen Seiten, wie z. B. eine Halbkugel oder etwas ähnliches, der multiplicire einen der Fäden von Ecke zu Ecke (Durchmesser) in die Hälfte des anderen[9]) Fadens, (des

1) Das Wort במדד ist nach St. corrumpirt und soll vielleicht במדה heissen (s. St. S. III); es ist aber auch möglich, dass diese eigenthümliche Construction hier ein Terminus für Maasseinheit sein soll.

[2) ותמודע lies ותודיע? oder ותמודד (St. S. III). Im arab. M. b. M. S. 53 steht wörtlich: „Du kennst die M'schicha (تكسير) und was du mit der Tiefe multiplicirt hast, das ist die M'schicha" (تكسير). Die engl. und franz. Uebersetzungen geben nur den Sinn, nicht die Worte. Das Wort חבוק hat der arab. Text nicht, und Marre setzt du solide mit Recht in Klammern. Aber M. b. M. braucht es nicht ausdrücklich zu sagen, da bei ihm der Satz mit dem vorigen verbunden ist. St.]

3) העומק plene, H. S., nicht העמק.

[4) מצובב ist von צבב, יצב abzuleiten; vgl. St. Vorw. St.]

5) Hier für Höhe קומה, vielleicht um den Fall, wenn die Höhe ausserhalb der Basis fällt, auszudrücken. Siehe oben pag. 21 Anmerkung (5).

6) Bei M. b. M. ist hier die Sprache viel einfacher und kürzer, obwohl der Gedankengang genau derselbe ist.

7) Bei M. b. M. findet sich dieser letzte Satz nicht; dieser hat vielleicht die Gültigkeit des obern Satzes für die schiefe Pyramide ausdrücken wollen, bei der die Höhe eine andere Linie ist, als die, welche von der Spitze zur Basis geht. Bei Beha-Eddin ist übrigens ausdrücklich als Bedingung für die Gültigkeit hinzugefügt, dass Cylinder und Kegel senkrecht resp. gerade seien.

8) מקובה. In den spätern arabisch-hebräischen Werken der Mathematik ist für Cubus das Wort מעוקב gebraucht; selbst z. B. in anderen Werken desselben Codex unzähligemal. Dagegen ist in denselben das hier gebrauchte Wort מקובה nirgends anzutreffen.

9) Unter den Worten: „In die Hälfte des andern" ist hier die Hälfte des Umfangsfadens zu verstehen (und nicht etwa des andern Durchmessers, was keinen Sinn gäbe). Dieser ungewöhnliche Ausdruck hat Anlass

Umfanges), was aus beiden herauskommt, ist die M'schichah, (Oberfläche).[1])

i) Säule. (Pyramide, oder abgestumpfte Pyramide.) Bei der Säule, die sich entweder bis oben verjüngt und ihre Spitze ist scharf, oder sich bis zur Hälfte oder zu irgend welchem Theil verjüngt, vollziehe man die Ausmessung durch die Basis und den Schnitt (קטוע, Schnitt, Abschnitt, Abstumpfung), welcher den oberen Abschnitt der Spitze bildet und wodurch beide, (die obere abgeschnittene Pyramide, und die Ganze), von einander getrennt[2]) sind, welche man als Endfläche (untere Basis) behandele, und messe es nach letzterer Berechnung, werfe dann die kleinere, (abgeschnittene, fehlende Pyramide), von der Ganzen ab; was übrig bleibt ist die M'schichah der Säule.[3])

---

zu falschen Correcturen עצמי anstatt האחר (in Art. V, a) und zu einem Zusatz או בתוך חבי עצמי in Art. V, b gegeben, was den richtigen Sinn verkrüppelt hat. Vielleicht sind auch die dadurch sinnlos gewordenen Sätze deshalb von M. b. M. weggelassen. Merkwürdig ist, dass Beha-Eddin, sowie Alkarkhi, diese Correctur gelassen, aber noch zwei Sätze eingeschoben haben, wodurch zwei Methoden aus der einen geworden sind.

1) Die Oberfläche der Kugel in Art. V, a, sowie die der Halbkugel, hier und in Art. V, b, kommt bei M. b. M. gar nicht vor. Sollte die Vermuthung richtig sein, dass letzterem dieselbe Quelle wie dem Verfasser unserer Schrift vorgelegen habe, so ist auch diese Erscheinung erklärlich, indem M. b. M. diese fehlerhafte Stelle, deren richtigen Sinn er vielleicht nicht errathen konnte, gänzlich weggelassen hätte. Bei Beha-Eddin sowie bei Alkarkhi finden sich die Bestimmungen dieser Oberfläche; bei letzterem aber nur die der Kugel; für die Halbkugel aber sagt er: Verfahre man wie bei der Kugel und nehme dann die Hälfte jenes Resultates. Dass dieses für unseren Verfasser nicht genügte, kann vielleicht daher rühren, dass die Halbkugel, als Hügel, bei der Feldmessung, die die Hauptaufgabe dieser Schrift ausmachen soll, öfter als die ganze Kugel vorkommt.

2) In der Handschrift heisst es hier ganz deutlich: מוחלק, abgetheilt, getrennt, und nicht מחלק, welches in der Ausgabe durch die Auffassung, als bezöge es sich auf den Messenden, der etwa abzuziehen hätte (was aber noch später folgt), zu einer Bemerkung Steinschneider's Veranlassung gegeben, dass חלק על dividiren hiesse (was allerdings in Ordnung ist), und חלק מן subtrahiren (!) bedeuten sollte, was sonst niemals gebräuchlich ist.

3) Auch dieser ganze Paragraph ist bei M. b. M. weggelassen. Dieser fängt gleich mit dem dazu gehörigen Beispiele an, wobei dieselben Ziffern wie bei unserem Verfasser und derselbe Gedankengang, an mancher Stelle sogar wörtlich, zu finden sind. Bemerkt man, mit welchen Schwierigkeiten unser Verfasser in diesem Paragraph sichtlich zu ringen hat in Betreff der Sprachausdrücke, so wird man wiederum an obige Vermuthung (Anmerkung 1) erinnert. Was den Sinn des ganzen Paragraphen betrifft, so bemerkt man, dass der Verfasser in Unklarheiten verfällt, während er sich besondere Mühe giebt klar zu machen, dass man bei der abgestumpften Pyramide mit zwei idealen Pyramiden es zu thun hat, von

k) Wie calculirt man (dabei)? Es sei z. B. die Säule viereckig (quadratisch), ihre Basis sei 4 Ellen auf 4 Ellen, sie steige immer mehr und mehr abnehmend auf, und das Haupt, (obere Basis), sei zwei Ellen auf zwei Ellen, viereckig, (quadratförmig), und du musst wissen, wie viel (beträgt) die M'schichah und wie viel die Höhe der Säule. Es ist das eigentlich schon oben bei der ganzen Pyramide (in g) gesagt worden, nur ist diese in unserem Falle abgestumpft und du wüsstest noch immer nicht, wie viel diese Säule betrüge, so lange nicht die Eine[1]) nach oben bis zu Ende (zu einem Punkte) aufginge.

l) Du berechnest in Zahlen: wie zwei das Maass von vier, (die Hälfte) ist, so ist auch die Länge der Säule (Stumpf) die Hälfte der aufsteigenden (Pyramide); folglich die ganze Säule, die bis zur Spitze verlaufen sollte, zwanzig Ellen, und bis zum Abschnitt[2]) 10 Ellen. Du lernst da, dass zwei ein Maass von vier, wie zehn ein Maass von zwanzig ist.

m) Wer messen muss, der greife nach dem dritten Theile der Basiskante[3]), $\left(\frac{4 \times 4}{3} = \frac{16}{3} = 5\frac{1}{3}\right)$, es beträgt fünf und ein Drittel; multiplicire dieses in 20, so beträgt es 106 und zwei Drittel Ellen; das stelle bei Seite; greife dann wiederum nach dem dritten Theile des ausmultiplicirten Abschnittes 2 auf 2, $\left(\frac{2 \times 2}{3} = 1\frac{1}{3}\right)$, das beträgt eine Elle und ein Drittel; multiplicire dieses in die zehn obern Ellen, das beträgt 13 Ellen und ein Drittel, werfe dieses ab von 106 und zwei Drittel, so bleiben 93[4]) und ein Drittel und du kommst zum Körperinhalt der abgestumpften Säule. Ist dieselbe rund (Kegel), so ist (der Körperinhalt) der Rest, (was bleibt), nachdem du vom Obigen ein Siebentel und ein halbes Siebentel weggeworfen hast.[5])

denen die eine gar nicht existirt (bis auf die Basis derselben, als welche das obere Ende aufzufassen ist), während von der andern Pyramide nur ein Theil existirt, und dass die obere Basis dieselbe Rolle spielt für die obere Pyramide, wie die untere Basis für die ganze Pyramide. Auffallend ist, dass es hier den Schein hat, als sollte der Fall der ganzen Pyramide in dem der abgestumpften enthalten sein; dass dieses in der That der Fall ist, da im speciellen Fall der Subtrahend Null wird, ist klar; es wäre doch aber zu viel gewagt, unserem Verfasser das zuzuschreiben.

1) Die eine der beiden idealen Pyramiden. St. emendirt חד, also „bis sie spitz endet".

2) חקשוטה H. S. und Ausg., nach St. wahrscheinlich חקשוט zu lesen.

3) Die Correctur בט״ז ist überflüssig, da die mit sich selbst multiplicirte Basiskante ohnehin sechszehn beträgt, und das auffallende ראשו חד bleibt nach der Correctur eben so auffallend wie ohne dieselbe.

4) Also צ״ג und nicht ע״ג muss es offenbar heissen; ein Fehler, der in einer Handschrift gar leicht entstehen konnte.

5) Zu Mischna m) ist zu bemerken, dass der Abschreiber hier eine ganze

Art. III.[1])

a) Fünf Arten sind es bei den Vierecken, und zwar: *α*) gerade, (recht, gleich), in Seiten und Winkeln, *β*) ungleich in den Seiten und recht in den Winkeln, *γ*) gleich in den Seiten und ungleich in den Winkeln, *δ*) gleich und ungleich in Seiten und Winkeln, wobei zwei Längen besonders für sich und zwei Breiten für sich, (unter einander gleich sind), (Parallelogramm), *ε*) ganz und gar ungleich in Seiten und Winkeln.

b) Wie was gleich ist an Seiten und Winkeln? z. B. zehn von [jeder] Seite; man multiplicire Länge auf Breite, das Ergebniss ist die M'schichah, d. h. 100. Die eine Seite ist die eine Wurzel, (עקר, erste Potenz), und beide Seiten sind die zwei[2]) Wurzeln (die zwei Factoren), *und so 3 und so 4.*[3])

c) Ungleich an Seiten und recht an Winkeln, z. B. acht in einem Seitenpaare und im andern Seitenpaare sechs; multiplicire Länge auf Breite, das gibt 48, und das ist die M'schichah. Gleich an Seiten [ist] recht an Fäden.[4])

Zeile von dem zweiten ושלשים bis zum dritten irrthümlich zweimal geschrieben hatte, was in dem betreffenden Manuscript gar nicht selten ist. Uebrigens hatte er das erstemal כ״ו anstatt ק״ו geschrieben und bemerkte es erst, nachdem er schon das Wort ויהא geschrieben hatte, da wollte er es verbessern und fing aus Ueberstürzung anstatt vom zweiten ושלשים vom ersten an, und als er מצ vom Worte מצרת geschrieben hatte, bemerkte er es, dann liess er diese zwei Buchstaben stehen, fing von neuem an und schrieb dann alles in Ordnung weiter, nur vergass er das Ueberflüssige zu streichen.

1) Dieser Art. handelt wiederum von dem Viereck mit näherer Specialisirung, wobei die obige Reihenfolge der Figuren wiederum innegehalten wird, wie das auch bei M. b. M. geschieht. Dabei handelt Art. III vom Viereck, IV vom Dreieck, V vom Kreis und Bogen. Alle diese Unterabtheilungen kommen genau ebenso bei M. b. M. mit denselben Zahlenbeispielen und Figuren vor, mit Ausnahme von der Oberfläche der Kugel, wie ich schon oben bemerkt habe.

2) עקרת, wohl zu lesen עקרית.

3) Dieser letzte Satz lautet bei M. b. M. (bald am Anfang, Seite 4 oben): Dans tout carré, si l'un des côtés (est multiplié) par un, c'est la racine de ce carré; si par deux, deux racines; *que ce carré soit petit ou grand.* Ebenso in der engl. Uebers.: One side of an equilateral quadrangular figure, taken once, is its root; or if the same be multiplied by two, then it is like two of its roots, *whether it be small or great.* Es scheint hier wiederum eine abweichende Auffassung der gemeinsamen Quelle vorzuliegen. Während nämlich in unserer Schrift die Verallgemeinerung des Satzes auf mehrere Factoren ausgedehnt wird, und zwar auf drei, (Cubus), und auf vier, was keine geometrische Bedeutung mehr hat, bezieht M. b. M. die Verallgemeinerung auf die Unabhängigkeit von der Grösse des Quadrates; während er bei den zwei Dimensionen stehen bleibt. Ist es nicht augenscheinlich, dass der Verfasser unserer Schrift und M. b. M. einen Satz aus gemeinsamer Quelle verschieden deuteten? —

4) קו (קוי in der Ausg. Druckf.) Schnur, Linie, Diagonale. Es soll aus-

d) Wie (ist) gleich an den Seiten und verschieden an den Winkeln (Rhombus)? z. B. fünf von jeder Seite, zwei Winkel spitz (צר eng) und zwei Winkel stumpf (רחב breit), und zwei Fäden (Diagonalen) durchschneiden sich gegenseitig in der Mitte, eine von acht und die zweite von sechs. Wer messen will, der multiplicire einen der Fäden in die Hälfte seines Genossen, (Conjugirten), was sich ergibt ist die M'schichah. Wie dieses da! (deutet auf die Figur hin).

e) Wie berechnet man, was ungleich an Seiten und Winkeln, aber zwei Längen für sich und zwei Breiten für sich (einander gleich sind) und die Winkel schief?[1]) Man durchschneide (das Parallelogramm) in zwei, von Ecke zur Ecke, und bringe (es) auf zwei, (Figuren), und berechne jede für sich nach Maass eines Dreiecks, und so ist die M'schichah (erhalten). Und so misst du auch was ganz und gar verschieden ist: so dass du alle[2]) ungleichseitigen Vierecke (betrachtest als bestehend) aus seinen Dreiecken.

Art. IV.

a) Drei Arten (sind es) beim Dreiecke und zwar: α) das rechtwinklige (נצבת) aufrechtstehende[3]), β) das spitz- (חדה scharfe), γ) das stumpfwinklige (פתוחה) offene. Wie ist das rechtwinklige?[4])

---

drücken, dass im Rhombus die Diagonalen einander senkrecht halbiren. Dieser Satz soll als Lemma zum folgenden dienen. Die in der Ausgabe vorgeschlagene Correctur זוית, Winkel, anstatt קו führt zu keinem Verständniss des Satzes, der wohl von dem vorigen Satze zu trennen ist, da jener vom Rechteck handelt, und hier von gleichen Seiten die Rede ist. Vielleicht trägt dieser Satz zur Ergänzung der Zahl von 49 Sätzen bei, die man hier zu suchen bemüht ist. S. Einleit.

1) מחשבת אמה emendirt St. מחשב אותה, und so ist es hier übersetzt.

2) Die zwei Worte פְּסָקָהּ לִשְׁנַיִם die hier sowohl, wie auch am Ende des Artikels sich vorfinden, gehören wohl zu den nebenstehenden Figuren, ebenso die Worte חמשית בכל עיקר. Uebrigens könnten sich letztere auf die Dreiecke beziehen, in welche die Vierecke zu zerlegen sind. Die Dreiecke werden in der That im Allgemeinen ungleichseitig sein. Bei M. b. M. ist das Parallelogramm direct und nicht durch Zerlegung in zwei Dreiecke bestimmt.

3) Zum erstenmal der Ausdruck, der für einen rechten Winkel später sehr geläufig geworden „זוית נצבת". Hier aber eigentlich nur zur Benennung des rechtwinkligen Dreiecks gebraucht, dann in b) allerdings auch für den Winkel des rechtwinkligen Dreiecks, sonst aber nicht. Vielleicht ist hier das Bild von einem massiven Dreieck genommen, welches aufrecht stehen kann?!

4) Bemerkenswerth ist, dass diese Eigenschaft $a^2 + b^2 \gtreqless c^2$ nicht als Lehrsatz, sondern als Charakteristik, ja als Definition des recht-, spitz- und stumpfwinkligen Dreiecks hier aufgestellt wird. Ganz ebenso geschieht es bei M. b. M. (S. die engl. Uebers. S. S. 77, 78, 79; franz. S. S. 8, 9.) In der englischen Uebersetzung ist sogar das Wort definition ausdrücklich gebraucht, was sich allerdings im arabischen Texte nicht findet. Aber dass diese Eigenschaft der Seiten als

Seine zwei kürzeren Seiten, jede für sich quadrirt, sind (in Summe) gleich dem ersten [dem Quadrat der längeren]; z. B. sechs von einer Seite und acht von der andern Seite; was herauskommt aus diesen für sich, [wenn man sie quadrirt und addirt], ist hundert, und von jenem für sich, (Quadrat der längeren Seite), ist ebenfalls hundert.

Wer messen muss [multiplicire eine] der kürzeren in die Hälfte der andern, entweder 8 in 3 oder 6 in 4, und was sich ergibt ist die M'schichah.

b) Der Winkel, welcher zwischen den Katheten eingeschlossen ist, ist der rechte (נצבת aufrechtstehende); und [das Dreieck] ist die Hälfte des Rechtecks, das ungleiche Seiten und gleiche Winkel hat.

Wer dieses (Dreieck) durch die Höhe berechnen will, der rechne es so (immerzu) nach seiner Weise, wenn seine (des Dreiecks) zwei Katheten seine zwei Säulen[1]) (Höhen) sind. Sie (vielleicht durch die Höhe entstandenen Dreiecke?) sind ähnlich, anliegend und rechtwinklig (gerade).

c) Die Säule (Senkrechte), welche aus ihnen [den kürzeren d. h. von ihrem Durchschnittspunkte] gezogen wird, fällt auf die lange Seite, das ist die Basis.[2])

---

charakteristisches Kennzeichen für das Maass des Winkels gebraucht wird, was schon die Idee der Goniometrie berührt, ist hier deutlich ausgesprochen. Ebenso findet es sich bei Alkarkhi und Beha-Eddin. Ich werde hier unwillkürlich erinnert an den Ausspruch meines hochverehrten Lehrers, Herrn Prof. M. Cantor, dass Seilspannung schon bei den Aegyptern unter anderm dazu benutzt wurde, um den rechten Winkel zu bestimmen, indem ein Seil vielleicht von 12 Einheiten Länge in Dreieckform so gespannt wurde, dass die Seiten 3, 4 und 5 Einheiten bildeten. Diese Zahlen finden sich beim Bau der Stiftshütte sowohl, wie beim Tempelbau Salomonis. Ja es scheint sogar der von den Bauhandwerkern benutzte Maasstab die Form eines solchen massiven rechtwinkligen Dreiecks besessen zu haben, wobei jede der Seiten möglicherweise eine Marke in ihrer Mitte trug und auf diese Weise auch die Maasse $1\frac{1}{2}$, 2, $2\frac{1}{2}$ direct angab. Dadurch ist erklärlich, dass (Exodus XXV, 10 und XXXVII, 1) die heilige Lade die Grösse hat $2\frac{1}{2} \times 1\frac{1}{2} \times 1\frac{1}{2}$ und so natürlich auch der Deckel; dass (XXV, 23 und XXXVII, 10) der Tisch $2 \times 1\frac{1}{2}$ ist; dass beim Stiftszelt nur die Vielfachen von 3, 4, 5 vorkommen (XXVI, 2 und XXXVIII); dass (XXVII und XXXVIII) der Altar von der Grösse $5 \times 5 \times 3$ war; dass in dem Brustschilde 12 Edelsteine in vier Zeilen zu je drei sassen u. s. w.; dass I. Regum VI und VII beim Bau des Salomonischen Hauses und Tempels fast ausschliesslich Vielfache von 3, 4, 5, ebenso beim Bau der Arche (Genesis VI, 15) vorkommen. Dass die Reihenfolge, die Beispiele und Ziffern genau dieselben bei M. b. M. sind, habe ich schon mehrmals erwähnt, und wo nicht ausdrücklich das Gegentheil bemerkt wird, ist das stillschweigend vorausgesetzt.

1) In der Ausgabe צלעותיה הקצרים בן הם שני צלעותיה מצורית. Ich habe die zwei Worte בן צלעותיה in der Uebersetzung unberücksichtigt gelassen, weil sie den Sinn erschweren und in der Handschrift mit Punkten, wahrscheinlich als Tilgungszeichen, überzeichnet sind; St. S. III bemerkt das nur von dem בן. Der Satz stimmt auch so ziemlich mit M. b. M.

[2) המשך lies המשיך? Für אל lies על? ניצל steht an ungeeigneter Stelle?

Wer messen will, multiplicire die Höhe in die halbe Basis, und was aus der Rechnung sich ergibt, das ist die M'schichah.

d) Wie das spitzwinklige? (Die) zwei kürzeren (welche auch gleich sein können) jede für sich quadrirt und zu einander addirt geben mehr als das Quadrat der dritten Seite, welche die Basis ist. Es gibt unter den spitzwinkligen auch gleichseitige; wer messen will berechne es mit Hülfe der Basis (und Höhe); somit finden wir die Winkel spitz. Wie das Maass des ersteren, so das des letzteren מן החדים צלעי (?)[1])

e) Wer das Maas der Höhe wissen will, bei gleichen Seiten, (gleichseit. Dreieck), multiplicire eine der Seiten in sich selbst [und die Hälfte der andern Seite in sich selbst][2]), ziehe das Kleinere vom Grösseren ab, was bleibt ist das Fundament (יסוד Quadrat, wovon die Wurzel gezogen werden muss), was dann gefunden wird (beim Ausz. d. W.) das ist die Höhe.

f) Wie zählt (berechnet) man? Zehn auf zehn sind hundert, und die Hälfte der andern Seite welche 5 beträgt, in sich selbst multiplicirt (gibt) 25, werfe das Kleinere vom Grösseren ab, so bleibt dort 75, das ist das Fundament (Quadrat) und seine Wurzel ist 8 und ein Rest.

Wer den Flächeninhalt messen muss, der multiplicire die Wurzel in die Hälfte der unteren Seite, und was sich (aus der Rechnung?)[3]) ergibt, das ist die M'schichah, welches 43 und etwas beträgt.[4])

---

vergl. unten § g. Anstatt מקבע lies הקבע, also: die von ihnen gezogene Säule (Höhe) fällt auf die lange Seite, das ist die Basis (קבע). St.]

[1) Dieser erste Satz muss im Text stark emendirt werden, um der kürzeren Fassung des M. b. M. (franz. S. 8 unten) zu entsprechen. אי חשוים „oder gleichen", steht dort nicht. „קבועים" für addirt ist mir sonst nicht bekannt. Lies מחוברים? Für חבלע חשני muss השלישי, für יותר muss הוא יותר emendirt werden. Der Schlussatz . . . נמצא bedürfte noch einer Erklärung. מן החדים gehört vielleicht noch zu מדת האחרין und צלעי allein wäre zu tilgen. Ich verstehe noch nicht, was die spitzen Winkel (des gleichschenkligen Dreiecks) hier zu thun haben, und in Analogie mit unten § k möchte ich es nur als Vordersatz auffassen: Folglich ist (in Bezug auf) Spitzwinkel wie das Maass des ersteren etc. St.] Was die spitzen Winkel betrifft, so glaube ich, dass der Verfasser hier beweisen will, dass die Winkel eines gleichseitigen Dreiecks alle spitz sein müssen, weil die Summe der Quadrate zweier Seiten hierbei entschieden grösser sein muss, als das Quadrat der dritten Seite. Siehe Art. IV, a (4). — Und was ferner den ungewöhnlichen Ausdruck קבועים für Addition betrifft, so könnte vielleicht der Verfasser damit das Ansetzen der geometrischen Quadrate an einander ausdrücken wollen.

2) Hier sind offenbar vom Abschreiber die eingeklammerten Worte „ותצי הצלע השני בתוך עצמו" irrthümlich wegen des homoteleuton weggelassen.

[3) Für מן liest St. הוא; man könnte auch החשבון ergänzen, ist aber nicht nöthig.] S. V, c.

4) Beachtenswerth ist es, dass M. b. M. an dieser Stelle den Fusspunkt der Höhe unter dem Namen Masquèt al hadjar ganz ausführlich algebraisch, mit

g) Sieben[1]) andere Arten (Methoden) bei den Dreiecken. Bei einem gleichseitigen Dreieck [betrachte] jede[2]) Seite für sich; was von dieser Seite gesagt wird, das gilt auch von jener, und was von jener gesagt wird, das gilt auch von dieser.

Wer versteht בתפוח[3]), der multiplicire (quadrire) eine der Seiten für sich, was hundert beträgt; werfe den vierten Theil davon, 25, weg; es bleibt 75.

Wer (den Inhalt) messen muss, multiplicire 75 in 25, d. h. drei Viertel in ein Viertel 25[4]); das beträgt 1875, ergreife dann die Wurzel, und das ist die M'schichah, welche 43 und einen Rest beträgt. Daraus findest du, dass die Senkrechte (Säule) aus der halben Basis[5]) immer in die Spitze einfällt.

h) So hast du gefunden (herausgebracht) die Ausrechnung beim Gleichseitigen, und so bei einem ihm ähnlichen (wahrscheinlich gleichschenkligen Dreieck), aber zur Berechnung des ungleichseitigen hast du daraus kein

---

Benutzung einer Gleichung zweiten Grades, bestimmt, während unsere Schrift kein Wort davon erwähnt. Dass M. b. M. trotzdem, dass er die algebraische Lösung hat, dennoch gleich unserer Schrift dem Fall auszuweichen sucht, wo die Höhe ausserhalb des Dreiecks fällt, kommt wohl daher, dass er die negative Wurzel sichtlich vermeiden will.

1) Was diese sieben Arten bedeuten sollen, ist mir unverständlich, wenn man nicht einen Sinn hineinzwingen wollte. Vielleicht soll es auch יש בה, etwa il-y-a, anstatt שבעה heissen.

2) Ueber ראיה steht „, vielleicht ein Zeichen, dass das Wort unrichtig sei und am Rande emendirt werden sollte.

3) Apfel (?). Soll es vielleicht den Ort, wohin der Apfel fällt, d. h. den Fusspunkt bedeuten, wie „msaquèt al hadjar"? der Ort, wohin der Stein fällt, bei M. b. M. (Vgl. Deutsch. Sprw. „der Apfel fällt nicht weit vom Stamme").

4) Diese Worte: drei Viertel und ein Viertel für 75 und 25, kommen bei M. b. M. nicht vor. Die Bemerkung, dass 25 und 75, wenn die Seite 100 ist, dieselbe Rolle spielen, welche $\frac{1}{4}$ und $\frac{3}{4}$, wenn die Seite als Einheit genommen wird, und der Umstand, dass hier der Dezimalbruch schon bis auf 4 Dezimalen geht (modern gesprochen $\frac{3}{4} \cdot \frac{1}{4} = 0{,}25 \times 0{,}75 = 0{,}1875$), erinnert wiederum an meine Bemerkung in Art. 1, h, dass unser Verfasser (oder vielleicht Jemand, der diesen Zusatz eingeschoben hätte) auf die Verwandlung der Brüche in Dezimalbrüche aufmerksam zu machen sucht, während M. b. M. dieses übergeht.

5) An dieser Stelle heisst es im Texte ס״א d. h. in der sehr gebräuchlichen Abkürzung ספר אחר: in einem andern Buche. Ist das eine Bemerkung des Abschreibers oder des Verfassers selbst, der übrigens seinerseits ebenfalls ein Abschreiber ist? Jedenfalls ist es wichtig, zu wissen, dass mehr als ein Buch hier vorlag. Vielleicht erklärt schon dieses den Umstand, dass, trotzdem diese Schrift Hand in Hand mit Mohamed ben Musa geht, dieselbe doch Manches enthält, was sich bei Jenem nicht findet, und umgekehrt.

Mittel zur[1]) Berechnung der M'schichah. Wer dieselben genau untersucht, der wird es herausfinden, entweder durch die[2]) Seiten, oder durch Höhe und Basis.

i) Wie berechnet man z. B.[3]) ein ungleichseitiges Dreieck, welches spitze Winkel hat (und) 15 an einer Seite, 14 an der zweiten und 13 an der dritten beträgt?

Wer messen muss, nehme alle drei Seiten zusammen, das beträgt 42; nehme die Hälfte und siehe um wie viel dieselbe grösser als die erste Seite ist, multiplicire die Hälfte mit dem Ueberschuss, was 21 × 6 ausmacht und 126 beträgt; dieses stelle bei Seite. Nehme wieder jene Hälfte, und siehe nun um wie viel sie grösser ist als die zweite Seite, multiplicire den Ueberschuss, d. h. 7 mit den ersten 126, es beträgt 882; stelle dieses bei Seite. Nehme zum dritten Mal die Hälfte, und siehe, um wie viel sie grösser ist als die dritte Seite, multiplicire den Ueberschuss 8 in 882, es beträgt 7056; die Wurzel daraus ist 84, und das ist eben das Maass der M'schichah.

k) Wie das offene (stumpfwinklige?)

Wenn jede der kürzeren Seiten für sich quadrirt[4]) und zusammen addirt, und die dritte Seite d. h. die Basis für sich quadrirt wird, so ist das Quadrat der letztern grösser, als die (Summe der Quadrate der) erstern. Ist z. B. 5 an einer Seite, 6 an einer andern Seite und 9 an einer andern (dritten) Seite, so findet sich, dass einer der Winkel offen, (stumpf), und breit ist. [Weil] das Erste (die Summe der Quadrate der kleinern) 61 ist, und das Letztere (Quadrat der Basis) 81 (und somit nach obiger Definition bewiesen).

Wer messen soll, der rechne (klar) durch Höhe und Basis; wenn er aber die Rechnung der Seiten und ihrer Hälfte (Heronische Formel) vorzieht, so rechne er nach einer Art immer.

---

1) Das hier sich findende Wort קשה giebt keinen Sinn. Dagegen fehlt dieses Wort augenscheinlich in V, f. Vielleicht stand dasselbe früher am Rande und kam dann an unrichtiger Stelle in den Text herein?

2) ישכיל H. S., ישפיל in der Ausgabe, ist Schreibfehler. Anstatt ב׳ צלעים möchte ich בין בצלעים lesen.

3) Dieselben Zahlen für die Seiten nimmt auch M. b. M., aber an die Heronische Formel erinnert er mit keinem Worte, wohl aber Alkarkhi Seite 23. Vgl. auch die Citate bei St. S. V., Anm. 12, und Zeitschrift für Mathematik und Physik X, 487.

4) מציירין H. S. und so übersetzt; nicht מצרים wie in der Ausgabe.

[5) מְחַשְּׁבָה (nicht מַחֲשָׁבָה), wie am Ende der Mischna; בריירה würde noch מְחֻשָּׁבָה (ist aber nicht Calcul) erfordern. St.]

Art. V.

a) Drei Arten giebt es bei dem Runden, und zwar: das Hängende, das Hügelartige und das Flache. Welches ist das Hängende? Das ist das[1]) runde nach allen Seiten, wie ein Ball, oder ist die M'schicha (Oberfläche) wie bei einem Kürbis[2]) (כאבטיח), welcher rings umher rund ist, wenn nur die Rundung gleichförmig ist nach Länge, Breite und Tiefe. Wie (bestimmt man) durch Messen? Man multiplicire einen der Fäden (Durchmesser) in die Hälfte des andern[3]), (Umfangs), was herauskommt ist die M'schichah (Oberfläche) der Kugel, wenn das verdoppelt wird. Denn sie (die Wölbungen) sind als ihre (cylindrischen) Wände zu betrachten.[4])

b) Welches ist das Hügelartige? Das als Hälfte des Hängenden dasteht, wie ein Hügel, oder wie (eine Höhlung), wie ein Zelt[5]), wenn (die Rundung) nur gleichförmig ist. Wer messen soll, der multiplicire einen der Fäden von Ecke zur Ecke, (Durchmesser), in die Hälfte des andern[6]) Fadens (Umfanges), was herauskommt ist die M'schichah, (Oberfläche der Halbkugel).

c) Wie das Flache? Das was auf dem Boden liegt, wie ein rundes Feld, oder eine runde Figur. Wer messen soll, multiplicire den Faden (Durchmesser) in sich selbst, werfe davon ein Siebentel und ein halbes Siebentel weg; der Rest ist die M'schichah, das ist ihr Gag.[7])

---

1) צומדת בקר ד vermag ich nicht zu erklären. S. hebr. Text.

2) Bei Beha-Eddin kommt ebenfalls der Ausdruck Gurke und Rübe vor, S. 29 und 32. Siehe zu S. 29 die Anmerkung 17 des Uebersetzers auf S. 66.

3) Das Wort עצמו kann sich hier durch den Abschreiber irrthümlich anstatt האחר eingeschlichen haben.

4) Siehe Alkarkhi Cap. 11. Es ist also der Satz ausgesprochen, dass die Oberfläche der Kugel gleich ist dem Cylindermantel von derselben Höhe.

5) H. S. כקיבה; in der Ausgabe כמו נקיבה ist unrichtig. כ als נ zu nehmen war sehr leicht, und anstatt כמו findet man in der H. S. einen üblichen Zickzack zur Ergänzung der Zeile.

6) Die Worte או בחוך חצי עצמו werden wohl wie oben irrthümlich eingeschoben sein, und zwar von einem, welcher unter האחר einen andern Durchmesser verstand; und daher hielt er sich berechtigt und verpflichtet, die Bemerkung zu machen, dass man ebensogut den Durchmesser selbst noch einmal nehmen kann. Indess ist aber hier unter dem (andern) Faden nicht der Durchmesser, sondern der Umfang gemeint. Uebrigens siehe hier M. b. M. Er hat da nämlich zwei Methoden: in der einen kommt der Umfang, in der andern aber kommt wirklich der Durchmesser selbst. Ob nicht hier wiederum so eine zweideutige Stelle beide Verfasser auf verschiedene Wege führte? oder ob nicht vielleicht in unserer hebräischen Schrift durch Auslassung von ein Paar Zeilen beide Methoden in einander sich verschmolzen haben? — ich wage es nicht zu entscheiden.

7) Hier findet sich הוא anstatt כן und oben IV, f, umgekehrt כן anstatt הוא:, Verwechselung des Schreibers, wozu das gleiche Wort המשיחה Veranlassung gegeben hat.

Wenn du den Umfang ringsherum wissen willst, so multiplicire den Faden (Durchmesser) in $3\frac{1}{7}$, das beträgt 22 [wenn der Durchmesser 7 ist].

Willst du die M'schichah (durch den Umfang) bestimmen, so nimm den halben Umfang, das ist 11, multiplicire es in den halben Faden (Durchmesser), was $3\frac{1}{2}$ beträgt, und es kommen $38\frac{1}{2}$ heraus. So im ersten Falle, so auch im letzten. Heisst es ja[1]): „Er machte das Meer gegossen zehn Ellen von seinem Rande zu seinem Rande, rund ringsum, und fünf Ellen seine Höhe", da es heisst: „Und eine Schnur von 30 Ellen umringt es ringsherum." Was lernst du (aus den Worten) „und eine Schnur von 30 Ellen" u. s. w.? Da die Erdenkinder (Profanen) von einem Kreise behaupten, der Umfang enthalte drei und ein Siebentel in den Faden; davon aber ein Siebentel an die Dicke des Meeres an seinen beiden Rändern aufgeht, so bleiben dreissig Ellen, welche es umringen. In diesem Maasse sind gleich die Meere, die Bäder und die Brunnen in Länge, Breite und Tiefe. Somit hast du das Maass des Runden gelernt.

e[2]) Drei Dinge sind beim Bogenartigen gesagt worden und zwar: (Es gibt) eine gleiche (Figur), eine mangelhafte und eine überschüssige.

Welches ist die gleiche? — Die als Halbkreis dasteht, nicht weniger und nicht mehr. Die mangelhafte — die weniger als ein Halbkreis, und die Ueberschüssige, welche den Halbkreis übertrifft. Die Regel ist: Die, deren Pfeil[3]) kleiner ist, als die halbe Sehne, ist die mangelhafte, und die, deren Pfeil grösser ist, als die halbe Sehne, ist die Ueberschüssige.

f) Wer die gerade[4]) (gleiche) messen will, multiplicire die ganze[5]) Sehne in sich selbst, werfe davon ein Siebentel (und ein halbes Siebentel)[6]) weg; von dem Rest werfe man die Hälfte weg; was gefunden wird, ist die M'schichah.

g) Bei den andern musst du wissen, wie viel die Rundung (der Bogen) beträgt. Wie (macht man das)? Man multiplicire die halbe Sehne in sich selbst, das Ergebniss theile durch den Pfeil, was aus der Theilung gefunden wird addire zum Pfeil, das Ergebniss ist der [halbe] Faden des

---

1) I. Regum VII, 23; II. Chron. IV, 2.

2) § d fehlt; es ist aber im Manuscripte kein leerer Raum dafür gelassen.

3) Es muss heissen שְׁחִצָּה, anstatt שחצייה. Hier hat wohl auch Jemand verbessern wollen und hat dadurch das Errathen nur erschwert.

4) Das Wort חיחר hat wohl der Abschreiber aus dem Nachfolgenden genommen. Vielleicht hat ihn das sich wiederholende Wort את dazu verleitet.

5) Auf בחוך finden sich im Manuscript zwei Punkte und auf כולו ein Punkt, um anzuzeigen, dass man כולו בחוך עצמו zu lesen hat.

6) Dass וחצי שביעי hier einzuschalten sei, ist klar.

Kreises. $\left(\frac{d}{2} = r\right)$; ergreife die Hälfte dieses Fadens, multiplicire ihn in den halben Bogen[1]), das Ergebniss stelle man bei Seite, und sehe zu, ob der Bogen ein mangelhafter ist, dann werfe (ziehe) seinen Pfeil von dem halben Kreisfaden ab und multiplicire den Rest in die halbe Sehne, und ziehe das ab von dem Hingestellten, der Rest ist die M'schichah.[2]) Ist aber der Bogen ein überschüssiger, so werfe den halben Kreisfaden[3]) von dem Pfeile selbst ab, multiplicire den Rest in die halbe Sehne und addire das zum Hingestellten. Was herauskommt ist die M'schichah. Wie das Maass des erstern, so auch das Maass des letztern.[4])

Der Art. ist zu Ende und mit ihm auch die Mischnath (so!)
Hamiddoth, mit Hilfe denjenigen, der die Räthsel kennt (versteht).

---

1) Vielleicht gehört hierher das Wort קשת von Art. IV, h, welches dort den Sinn nur erschwert. Das kann vielleicht am Rande als Correctur für חוץ gestanden haben, und ist dann an unrichtiger Stelle in den Text hineingekommen.

2) Die zwei Worte ר״ח ומשליך geben hier keinen Sinn. Auch מן für היא s. oben.

3) Lies משליך חצי חוט העגולה מֵחִצָּה:

4) D. h. das Resultat beider Methoden ist dasselbe.

Schlussbemerkung.

Nachdem gegenwärtige Arbeit fertig war, sandte ich sie dem Herrn Dr. Steinschneider, dem wir überhaupt die erste Auffindung unserer Schrift in dem genannten Cod. der Münchener Bibliothek verdanken, zur gefälligen Durchsicht.

Ich spreche hiermit demselben meinen innigsten Dank aus für freundliche Bemerkungen, von denen ich mehrere in eckigen Klammern unter Bezeichnung St. zuzufügen mir erlaubt habe. Sollte ich manche Fragen nicht genügend beantwortet, resp. manche Einwendung nicht hinreichend widerlegt haben, so dürfte mir vielleicht der ungeheure Mangel an Zeit einigermassen zur Entschuldigung dienen.

Wer vor mir versucht hätte diese Aufgabe zu lösen, wird es mir hoffentlich nicht übel nehmen, wenn noch vielleicht etwas zu wünschen übrig geblieben, falls die Aufgabe mindestens der Hauptsache nach als gelöst betrachtet werden könnte.

Vielleicht ist es mir später einmal vergönnt, auf den Gegenstand noch zurückzukommen. Vorläufig erwartet wohlwollende Zurechtweisungen in aller Ergebenheit der

Uebersetzer.

فان قيل ارض مثلثة من جانبيه عشرة اذرع عشرة اذرع والقاعدة اثنا عشر ذراعا في خوفها ارض مربعة كم كل جانب من المربعة فقياس ذلك ان تعرف عمود المثلثة وهو ان تضرب نصف القاعدة وهو ستة في مثله فيكون ستة وثلثين فانقصها من احد الجانبين الاقصرين مضروبا في مثله وهو مائة يبقي اربعة وستون فخذ جذرها ثمانية وهو العمود وتكسيرها ثمانية واربعون ذراعا وهو ضربك العمود في نصف القاعدة وهو ستة فجعلنا احد جوانب المربعة شيئا فضربناه في مثله فصار مالا فحفظناه ثم علمنا انه قد بقي لنا مثلثتان عن جنبتي المربعة ومثلثة فوقها فاما المثلثتان اللتان علي جنبتي المربعة فهما متساويتان وعموداهما واحد وهما علي زاوية قائمة فتكسيرها ان تضرب شيئا في ستة الا نصف شيء فيكون ستة اشياء الا نصف مال وهو تكسير المثلثتين جميعا اللتان هما علي جنبتي المربعة فاما تكسير المثلثة العليا فهو ان تضرب ثمانية غير شيء وهو العمود في نصف شي فيكون اربعة اشياء الا نصف مال فجميع ذلك هو تكسير المربعة وتكسير الثلث المثلثات وهو عشرة اشياء تعدل ثمانية واربعين هو تكسير المثلثة العظمي فالشيء الواحد من ذلك اربعة اذرع واربعة اخماس ذراع وهو كل جانب من المربعة * وهذه صورتها *

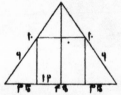

يحيط بها وهو احد عشر فيكون ثمانية وثلثين ونصفا وهو تكسيرها فان احببت فاضرب القطر وهو سبعة في مثله فيكون تسعة واربعين فانقص منها سبعها ونصف سبعها وهو عشرة ونصف فيبقي ثمانية وثلثون ونصف وهو التكبير وهذه صورتها ❋

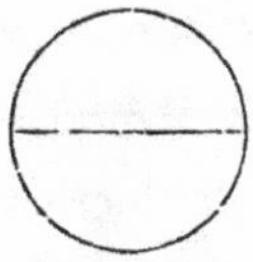

فان قال عمود مخروط اسفله اربعة اذرع في اربعة اذرع وارتفاعه عشرة اذرع وراسه ذراعان في ذراعين وقد كنا بيّنا ان كل مخروط محدد الراس فان ثلث تكسير اسفله مضروبا في عموده هو تكسيره فلما صار هذا غير محدد اردنا ان نعلم كم يرتفع حتي يكمل رأسه فيكون لا رأس له فعلمنا ان هذه العشرة من الطول كله كعد الاثنين من الاربعة فالاثنان نصف الاربعة فاذا كان ذلك كذلك فالعشرة نصف الطول والطول كله عشرون ذراعا فلما عرفنا الطول اخذنا ثلث تكسير الاسفل وهو خمسة وثلث فضربناه في الطول وهو عشرون ذراعا فبلغ ذلك مابة وستة اذرع وثلثي ذراع فاردنا ان نلقي منه ما زدنا عليه حتي يخرط وهو واحد وثلث الذي هو ثلث تكسير اثنين في اثنين في عشرة وهو ثلثة عشر وثلث و ذلك تكسير ما زدنا عليه حتي انخرط فاذا رفعنا ذلك من مابة وستة اذرع وثلثي ذراع بقي ثلثة وتسعون ذراعا وثلث وذلك تكسير العمود المخروط وهذه صورته ❋

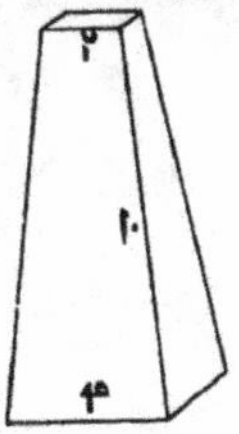

وان كان المخروط مدورا فالق من ضرب قطره في نفسه سبعه ونصف سبعه فما بقي فهو تكسيره ❋

ماية وتسعة وستين الا مالا هو العمود ايضا علمنا انهما متساويان فقابل بهما وهو ان تلقي مالا بمال لان المالين ناقصان فيبقي تسعة وعشرون وثمانية وعشرون شيئا يعدل ماية وتسعة وستين فالق تسعة وعشرين من ماية وتسعة وستين فيبقي ماية واربعون يعدل ثمانية وعشرين شيئا فالشيء الواحد خمسة وهو مسقط الحجر مما يلي الثلثة عشر وتمام القاعدة مما يلي الضلع الاخر فهو تسعة فاذا اردت ان تعرف العمود فاضرب هذه الخمسة في مثلها وانقصها من الضلع الذي يليها مضروبا في مثله وهو ثلثة عشر فيبقي ماية واربعة واربعون فجذر ذلك هو العمود وهو اثني عشر والعمود ابدا يقع علي القاعدة علي زاويتين قائمتين ولذلك سمي عمودا لانه مستو فاضرب العمود في نصف القاعدة وهو سبعة فيكون اربعة وثمانين وذلك تكسيرها وذلك صورتها ●

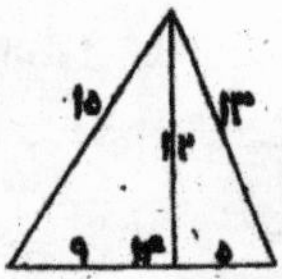

والجنس الثالث منفرجة وهي التي لها زاوية منفرجة وهي مثلث من كل جانب عدد مختلف وهي من جانب ستة ومن جانب خمسة ومن جانب تسعة فمعرفة تكسير هذه من قبل عمودها ومسقط حجرها ولا يقع مسقط حجر هذه المثلثة في خوفها الا علي الضلع الاطول فاجعله قاعدة ولو جعلت احد الضلعين الاقصرين قاعدة لوقع مسقط حجرها خارجها وعلم مسقط حجرها وعمودها علي مثال ما علمتك في الحادة وعلي ذلك القياس وهذه صورتها ●

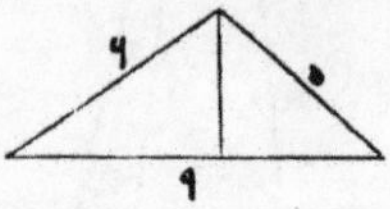

واما المدورات التي فرغنا من صفتها وتكسيرها في صدر الكتاب فمنها مدورة قطرها سبعة اذرع ويحيط بها اثنان وعشرون ذراعا فان تكسيرها ان تضرب نصف القطر وهو ثلثة ونصف في نصف الدور الذي

سوا اذا استوا الضلعان فان اختلفا خالف مسقط الحجر عن نصف القاعدة ولكن قد علمنا ان مسقط حجر هذه المثلثة علي اي اضلاعها جعلته لا يقع الا علي نصفه فذلك خمسة اذرع فمعرفة العمود ان تضرب الخمسة في مثلها وتضرب احد الضلعين في مثله وهو عشر فيكون ماية فتنقص منها مبلغ الخمسة في مثلها وهو خمسة وعشرون فيبقي خمسة وسبعون فتاخذ جذر ذلك فهو العمود وقد صار ضلعا علي مثلثتين قائمتين فان اردت التكسير فاضرب جذر الخمسة والسبعين في نصف القاعدة وهو خمسة وذلك ان تضرب الخمسة في مثلها حتي تكون جذر خمسة وسبعين في جذر خمسة وعشرين فاضرب خمسة وسبعين في خمسة وعشرين فيكون الفا وثماني ماية وخمسة وسبعين فتاخذ جذر ذلك وهو تكسيرها وهو ثلثة واربعون وشيء قليل وهذه صورتها *

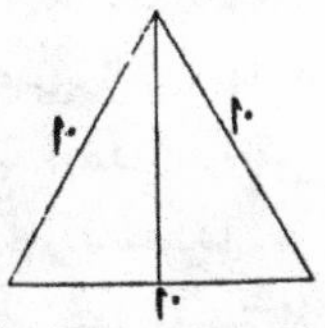

وقد تكون من هذه الحادة الزوايا مختلفة الاضلاع فاعلم ان تكسيرها يعلم من قبل مسقط حجرها و عمودها وهي ان تكون مثلثة من جانب خمسة عشر ذراعا و من جانب اربعة عشر ذراعا ومن جانب ثلثة عشر ذراعا فاذا اردت علم مسقط حجرها فاجعل القاعدة اي الجوانب شئت فجعلناها اربعة عشر وهو مسقط الحجر فمسقط حجرها يقع منها علي شيء مما يلي اي الضلعين شئت فجعلنا الشيء مما يلي الثلثة عشر فضربناه في مثله فصار مالا ونقصناه من ثلثة عشر في مثلها وهو ماية وتسعة وستون فصار ذلك ماية وتسعة وستين الا مالا فعلمنا ان جذرها هو العمود وقد بقي لنا من القاعدة اربعة عشر الا شيئا فضربناه في مثله فصار ماية وستة وتسعين ومالا الا ثمانية وعشرين شيئا فنقصناه من الخمسة عشر في مثلها فبقي تسعة وعشرون درهما وثمانية وعشرون شيئا الا مالا وجذرها هو العمود فلما صار جذرها هذا هو العمود وجذر

واما سائر المربعات فانما تعرف تكسيرها من قبل القطر فيخرج الي حساب المثلثات فاعلم ذلك وهذه صورة المشبهة بالمعينة ❋

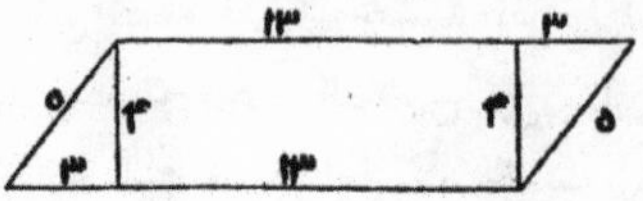

واما المثلثات فهي ثلثة اجناس القائمة والحادة والمنفرجة ❋ واما القائمة فهي مثلثة اذا ضربت ضلعيها الاقصرين كل واحد منهما في نفسه ثم جمعتهما [كان مجموع ذلك مثل الذي يكون من ضرب الضلع الاطول في نفسه ❋ واما الحادة فهي مثلثة اذا ضربت ضلعيها الاقصرين كل واحد منهما في نفسه ثم جمعتهما] كانا اكثر من الضلع الاطول مضروبا في نفسه ❋ واما المنفرجة فهي كل مثلثة اذا ضربت ضلعيها الاقصرين كل واحد منهما في نفسه وجمعتهما كانا اقل من الضلع الاطول مضروبا في نفسه ❋

فاما القائمة الزوايا فهي التي لها عمودان وقطر وهي نصف مربعة فمعرفة تكسيرها ان تضرب احد الضلعين المحيطين بالزاوية القائمة في نصف الاخر فما بلغ ذلك فهو تكسيرها ❋ ومثل ذلك مثلثة قائمة الزاوية ضلع منها ستة اذرع وضلع منها ثمانية اذرع والقطر عشر فحساب ذلك ان تضرب ستة في اربعة فيكون اربعة وعشرين ذراعا وهو تكسيرها ❋ وان احببت ان تحسبها بالعمود فان عمودها لا يقع الا علي الضلع الاطول لان الضلعين القصيرين عمودان فان اردت ذلك فاضرب عمودها في نصف القاعدة فما كان فهو تكسيرها وهذه صورتها ❋

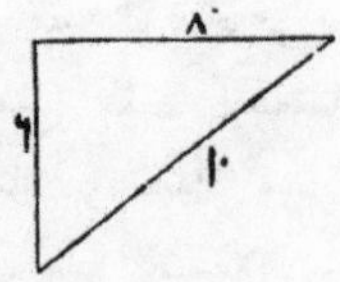

واما الجنس الثاني فالمثلثة المتساوية الاضلاع حادة الزوايا من كل جانب عشرة اذرع فان تكسيرها تعرف من قبل عمودها ومسقط حجرها واعلم ان كل ضلعين متساويين من مثلثة تخرج منهما عمود علي قاعدة فان مسقط حجر العمود يقع علي زاوية قائمة ويقع علي نصف القاعدة

قائمة الزوايا فان تكسيرها ان تضرب الطول في العرض فما بلغ فهو التكسير ❋
ومثال ذلك ارض مربعة من كل جانب خمسة اذرع تكسيرها خمسة
وعشرون ذراعا وهذه صورتها ❋

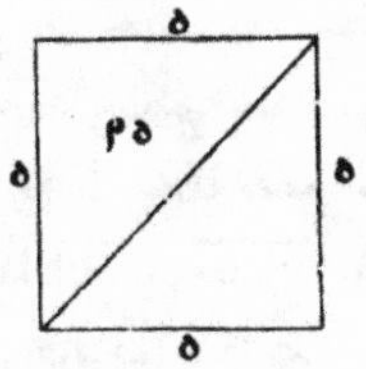

والثانية ارض مربعة طولها ثمانية اذرع ثمانية اذرع والعرضان ستة
ستة فتكسيرها ان تضرب ستة في ثمانية فيكون ثمانية واربعين ذراعا وذلك
تكسيرها وهذه صورتها ❋

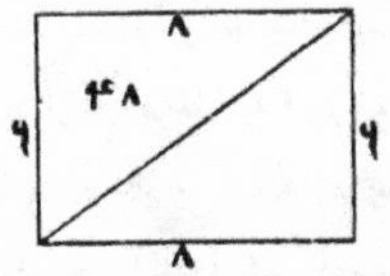

واما المعينة المستوية الاضلاع التي كل جانب منها خمسة اذرع
فاحد قطريها ثمانية والاخر ستة اذرع فاعلم ان تكسيرها ان تعرف القطرين
او احدهما فان عرفت القطرين جميعا فان الذي يكون من ضرب احدهما
في نصف الاخر هو تكسيرها وذلك ان تضرب ثمانية في ثلثة او اربعة
في ستة فيكون اربعة وعشرين ذراعا وهو تكسيرها فان عرفت قطرا واحدا
فقد علمت انهما مثلثان كل واحد منهما ضلعاها خمسة اذرع خمسة اذرع
والضلع الثالث هو قطرهما فاحسبهما علي حساب المثلثات وهذه صورتها ❋

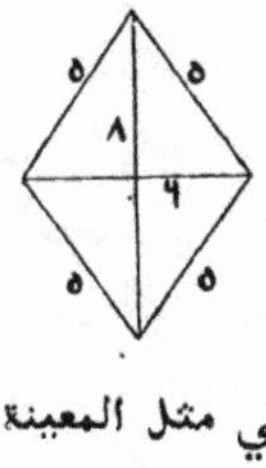

واما المشبهة بالمعينة فعلي مثل المعينة ❋

الضلع الاطول في نفسه ❋ وبرهان ذلك انا نجعل سطحا مربعا متساوي الاضلاع والزوايا اب جد ثم نقطع ضلع اج بنصفين علي نقطة ه ثم نخرجه الي ز ثم نقطع ضلع اب بنصفين علي نقطة ط و نخرجه الي نقطة ح فصار سطح اب جد اربعة سطوح متساوية الاضلاع والزوايا والمساحة وهي سطح اك وسطح جك وسطح بك وسطح دك ثم نخرج من نقطة ه الي نقطة ط خطا يقطع سطح اك بنصفين فحدث من السطح مثلثين وهما مثلثا اطه وهكط فقد تبين لنا ان اط نصف اب و اه مثله وهو نصف اج و توترهما خط طه علي زاوية قائمة وكذلك نخرج خطوطا من ط الي ز ومن ز الي ح ومن ح الي ه فحدث من جميع المربعة ثماني مثلثات متساويات وقد تبين لنا ان اربع منها نصف السطح الاعظم الذي هو اد وقد تبين لنا ان خط اط في نفسه تكسير مثلثين و اه تكسير مثلثين بمثلهما فيكون جميع ذلك تكسير اربع مثلثات وضلع طه في نفسه ايضا تكسير اربع مثلثات اخر وقد تبين لنا ان الذي يكون من ضرب اط في نفسه و اه في نفسه مجموعين مثل الذي يكون من ضرب طه في نفسه وذلك ما اردنا ان نبين وهذه صورته ❋

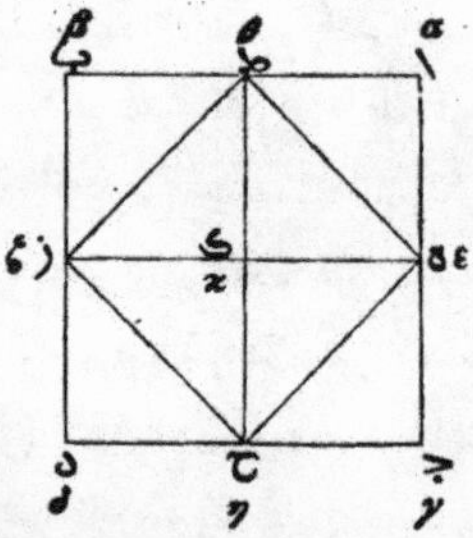

اعلم ان المربعات خمسة اجناس فمنها مستوية الاضلاع قائمة الزوايا والثانية قائمة الزوايا مختلفة الاضلاع طولها اكثر من عرضها والثالثة تسمي المعينة وهي التي استوت اضلاعها واختلفت زواياه والرابعة المشبهة بالمعينة وهي التي طولها وعرضها مختلفان وزواياها مختلفة غير ان الطولين مستويان والعرضين مستويان ايضا والخامسة المختلفة الاضلاع والزوايا ❋

فما كان من المربعات مستوية الاضلاع قائمة الزوايا او مختلفة الاضلاع

بعض ٭ والدرور اذا قسمته علي ثلثة وسبع ويخرج القطر ٭ وكل مدورة
فان نصف القطر في نصف الدرور هو التكسير لان كل ذات اضلاع وزوايا
متساوية من المثلثات والمربعات والمخمسات وما فوق ذلك فان ضربك نصف
ما يحيط بها في نصف قطر اوسع دائرة يقع فيها تكسيرها ٭ وكل مدورة
فان قطرها مضروبا في نفسه منقوصا منه سبعه ونصف سبعه هو تكسيرها
وهو موافق للباب الاول ٭

وكل قطعة من مدورة مشبهة بقوس فلا بد ان يكون مثل نصف
مدورة او اقل من نصف مدورة او اكثر من نصف مدورة و الدليل علي
ذلك ان سهم القوس اذا كان مثل نصف الوتر فهي نصف مدورة سوا
واذا كان اقل من نصف الوتر فهي اقل من نصف مدورة واذا كان السهم
اكثر من نصف الوتر فهي اكثر من نصف مدورة ٭ واذا اردت ان تعرف
من اي دائرة هي فاضرب نصف الوتر في مثله واقسمه علي السهم وزد
ما خرج علي السهم فما بلغ فهو قطر المدورة التي تلك القوس منها ٭
فان اردت ان تعرف تكسير القوس فاضرب نصف قطر المدورة في نصف
القوس واحفظ ما خرج ثم انقص سهم القوس من نصف قطر المدورة ان
كانت القوس اقل من نصف مدورة وان كانت اكثر من نصف مدورة
فانقص نصف قطر المدورة من سهم القوس ثم اضرب ما بقي في نصف
وتر القوس وانقصه مما حفظت ان كانت القوس اقل من نصف مدورة او
زده عليه ان كانت القوس اكثر من نصف مدورة فما بلغ بعد الزيادة او
النقصان فهو تكسير القوس ٭

وكل مجسم مربع فان ضربك الطول في العرض ثم في العمق هو
التكسير ٭ فان كان علي غير تربيع وكان مدورا او مثلثا او غير ذلك
الا ان عمقه علي الاستواء والموازاة فان مساحة ذلك ان تمسح سطحه
فتعرف تكسيره فما كان ضربته في العمق وهو التكسير ٭

واما المخروط من المثلث والمربع والمدور فان الذي يكون من
ضرب ثلث مساحة اسفله في عموده هو تكسيره ٭

واعلم ان كل مثلث قائم الزاوية فان الذي يكون من ضرب الضلعين
الاقصرين ما في نفسه مجموعين مثل الذي يكون من ضرب

باب المساحة *

ليعلم ان معني واحد في واحد انما هي مساحة ومعناه ذراع في ذراع * وكل سطح متساوي الاضلاع والزوايا يكون من كل جانب واحد فان السطح كله واحد * فان كان من كل جانب اثنان وهو متساوي الاضلاع والزوايا فالسطح كله اربعة امثال السطح الذي هو ذراع في ذراع * وكذلك ثلثة في ثلثة وما زاد علي ذلك او نقص وكذلك نصف في نصف بربع وغير ذلك من الكسور فعلي هذا * وكل سطح مربع يكون من كل جانب نصف ذراع فهو مثل ربع السطح الذي هو من كل جانب ذراع وكذلك ثلث في ثلث وربع في ربع وخمس في خمس وثلثان في نصف او اقل من ذلك او اكثر فعلي حسابه * وكل سطح مربع متساوي الاضلاع فان احد اضلاعه في واحد جذره وفي اثنين جذراه صغر ذلك السطح او كثر *

وكل مثلث متساوي الاضلاع فان ضربك العمود في نصف القاعدة التي يقع عليها العمود هو تكسير ذلك المثلث *

وكل معيّنة متساوية الاضلاع فان ضربك احد القطرين في نصف الاخر هو تكسيرها *

وكل مدورة فان ضربك القطر في ثلثة وسبع هو الدور الذي يحيط بها وهو اصطلاح بين الناس من غير اضطرار * ولاهل الهندسة فيه قولان اخران احدهما ان تضرب القطر في مثله ثم في عشرة ثم تاخذ جذر ما اجتمع فما كان فهو الدور * فالقول الثاني لاهل النجوم منهم وهو ان تضرب القطر في اثنين وستين الفا وثماني ماية واثنين وثلثين ثم تقسم ذلك علي عشرين الفا فما خرج فهو الدور وكل ذلك قريب بعضه من

Zur Vergleichung über die besprochene Analogie zwischen unsrer Schrift und der ersten arabischen **Geometrie** von **Mohamed ben Musa Alkharezmy** mag hier der arabische Text des letztern nach der Ausgabe von Rosen, London 1831, von Seite ٥٠ = 50 bis Seite ٦٤ = 64 folgen.

מצרף אחד מהם בפני עצמו שהם ק׳ ומשליך את הרבע שהוא כ״ה ונשאר ע״ה והצריך למוד מצרף ע״ה בתוך כ״ה שהם ג׳ רבעים ברבע (כ״ה) אחד והם עולים אלף ות״ת וע״ת ותופש את העיקר והוא המשיחה והוא מ״ג ושירים. מכאן אתה מוצא שהעמוד של חצי חקבע (ס״א) נופל לעולם.

הרי שהוצאת השוה ומן הדומה לו, אבל חשבון חלופים אין לך מהם (h) ח׳
בחשבון המשיחה, והמדקדק בהם ישכיל בין בצלעים בין בעמוד עם חקבע.

כיצד משער, כגון משלשת חלופים שהיא חדה בזוית ט״ו מצד ראשון (i) ב׳
י״ד מצד שני י״ג מצד שלישי, והצריך למוד מחזיק שלשתן בבת אחת עולים מ״ב, ולוקח את המחצה ורואהו כמה הוא יתר על צד ראשון ומצרף המחצה על היותר שהוא כ״א בתוך ו׳ והם נעשים קכ״ו ומעמידו לצד, וחוזר שנית ולוקח את המחצה ורואה כמה הוא יתר על צד שני ומצרף את היותר שהוא ז׳ בתוך קכ״ו הראשונים והם עולים ת״ת ופ״ב ומעמידו לצד. וחוזר שלישית ולוקח המחצה ורואה כמה הוא יתר על צד שלישי ומצרף את היותר שהוא ח׳ בתוך ת״ת ופ״ב האחרים והם עולים ז׳ אלפים ונ״ו ועקרם פ״ד והם הם שיעור המשיחה.

הפתוחה כיצד, צלעותיה הקצרים כל אחד מהם "מצורף„ בפני עצמו, (k) ה׳
ומוסיפין זה על זה והצלע הג׳ שהוא הקבע מצורף בפני עצמו, הצירוף האחרון יתר מן הראשון כמו ה׳ מצד [זה] ו׳ מצד זה ט׳ מצד זה נמצאת א׳ מן הזויות פתוחה ורחבת נמצא הראשון ס״א והאחרון פ״א. והצריך למוד מחשבה ברור בעמוד עם הקבע. ואם חפץ הוא בחשבון הצלעים והמחצה מחשבה מדה אחת לעולם.

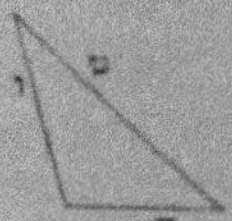

פרק ה׳. V.

שלש מדות בעגולה, ואלו הן התלויה, התלולה, והשפלת. אי זו היא (a) א׳
התלויה זו העומדת עקר העגולה מכל צד כדור או שהיתה המשיחה כאבטיח שהיא עגולה לסביבותיה ובלבד [שתהא] עגולתה בשוה ארך ורחב

---

welchem die drei Punkte wahrscheinlich als Tilgungszeichen anzusehen sind. — [זה] nach St. — בחפוה s. Uebers. — (ס״א) s. Uebers.

(h) Zwischen לך und מהם das Wort קשה in Hs. und Ausg. S. Uebers. — ישכיל בין בצלעים wird sich Rath schaffen, entweder mittels der Seiten, oder etc. anst. ישכיל ב׳ צלעים in Hs. und Ausg.

(i) Das Wort הם vor הראשונים in der Ausg. findet sich im Manuscripte nicht; dagegen steht an dessen Stelle ein Zickzack zur Ergänzung der Zeile.

(k) „מצורף" Hs. anstatt מצרף in der Ausg. — [זה] St. — ברור anstatt ברורה welches wahrscheinlich durch die irrthümliche Auffassung von מְחַשְּׁבָה anstatt מַחֲשָׁבָה entstanden ist.

V. (a) העומדת anstat היא עומדת. — התגולת oder vielleicht ועגולה anstatt ר׳ עגולה. — עגולה anstatt העגולה. — [שתהא] fehlt in Hs. und Ausgabe.

ועמק. במדה. כיצד מודד מצרף את החוטין הא׳ בתוך חצי „האחד“ והעולה היא המשיחה והכפל אותה שהן קירותיה.

(b) ב׳ התלולה איזו היא, זו שעומדת בחצי התלויה, כתל או כקובה ובלבד שתהא שוה. והצריך למוד מצרף אחד מן החוטין מן הקצה אל הקצה בתוך חצי האחד והעולה היא המשיחה.

תלולה

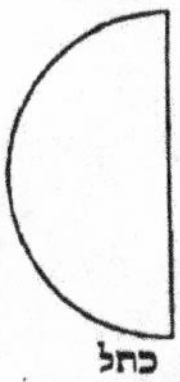

כתל

(c) ג׳ השפלה איזו היא, זו הנתונה על הארץ כשדה עגולה או צורה עגולה. הצריך למוד מצרף החוט בתוך עצמו ומשליך ממנו שביע וחצי שביע והנשאר הוא המשיחה הוא גגה. ואם אתה חפץ לידע את הסיבוב חלילה הֱוֵא מצרף את החוט בתוך ג׳ ושביע ועולה כ״ב. ואם אתה חפץ לשער את המשיחה אחוז חצי הסביבה שהיא י״א וצרף אותה בחצי החוט שהוא ג׳ וחצי ועולין ל״ח ומחצה, כן בראשונה כן באחרונה. הרי הוא אומר ויעש את הים מוצק עשר באמה משפתו אל שפתו עגל סביב ושלשים אמה סביבתו שנ׳ וקו שלשים באמה יסב אותו סביב, מה תלמוד וקו שלשים באמה וגומ׳ לפי שאמרו בני ארץ בעגולה שהסביבה מחזקת שלש פעמים ושביע בחוט יצא מהם שביע אחד בעביו של ים לשתי שפתות ונותר שם ל׳ אמה יסוב אותו סביב ובשעור הזה שוים אחד הימים והמקואות והבורות בארך וברחב ועמק הא למדת מדת העגולה.

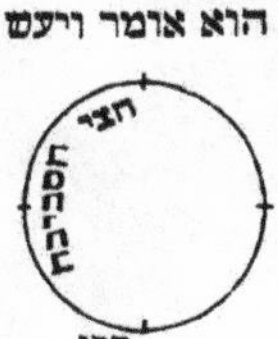

קרן

(e) ח׳ ג׳ דברים נאמרו בקשותה ואלו הן, הישרה, החסרה והיתרה איזו היא ישרה כל שהיא עומדת בחצי העגולה לא חסר ולא יתר, החסרה כל שהיא פחותה מחצי העגולה, והיתרה כל שהיא עודפת על חצי העגולה, זה הכלל כל שֶׁחְצָהּ עומד פחות מֵחֲצִי היתר [בידוע] שהיא חסרה, וכל שֶׁחְצָהּ יותר מֵחֲצִי היתר בידוע שהיא יתרה.

(a) האחד anstatt עצמו.

(b) כקובה nach der Hs. anst. כמו נקובה in Ausg. — Die vier Worte או בתוך חצי עצמו, die sich nach dem Worte האחד in Hs. und Ausg. vorfinden, sind offenbar einem Verbesserungsversuche, von einem, der das Original nicht verstanden hat, zuzuschreiben. S. Uebers.

(c) הֱוֵא so! — ועולין nach der Hs. anstatt ועולה in d. Ausg. — ל״ח anst. ל״ח — Zu der Figur V (c). קרן wahrscheinlich *Pol*. In der Hs. ist diese Figur viereckig anst. kreisförmig zu sein; die Figuren tragen überhaupt den Charakter einer flüchtigen Nachzeichnung an sich. An der Figur zu (a) habe ich ein Wort תלויה, welches dort keinen Sinn giebt, weggelassen; es soll vielleicht חצי התלויה heissen.

(d) סביבתו so!! wollte man die Lesart קומתו, wie in Hs. und Ausgabe auf Grund der betr. Bibelstelle beibehalten, so müsste man וחמש באמה anstatt ושלשים אמה setzen, und dann noch das folgende שנ׳ streichen. — בני ארץ Prophanen; nach einer Seite verwandt mit עמי הארץ. — אחד שוים anstatt שוים אחד in Hs. und Ausg.

(e) שֶׁחְצָהּ anst. שחצייה in Hs. und Ausg. — [בידוע] nach St.

מצרף אחד מהם בפני עצמו שהם ק' ומשליך את הרבע שהוא כ"ה ונשאר ע"ה והצריך למוד מצרף ע"ה בתוך כ"ה שהם ג' רבעים ברבע (כ"ה) אחד והם עולים אלף ות"ת וע"ת ותופש את העיקר והוא המשיחה והוא מ"ג ישירים. מכאן אתה מוצא שהעמוד של חצי הקבע (ס"א) נופל לעולם.

ח' (h) הרי שהוצאת חשוה וכן הדלמה לו, אבל חשבון חלופים אין לך מהם בחשבון המשיחה, והמדקדק בהם ישכיל בין בצלעים בין בעמוד עם הקבע.

ט' (i) כיצד משער, כגון משלשת חלופים שהיא חדה בזוית ט"ו מצד ראשון י"ד מצד שני י"ג מצד שלישי, והצריך למוד מחזיק שלשתן בבת אחת עולים מ"ב, ולוקח את המחצה ורואהו כמה הוא יתר על צד ראשון ומצרף המחצה על היתר שהוא כ"א בתוך ו' והם נעשים קכ"ו ומעמידו לצד, וחוזר שנית ולוקח את המחצה ורואה במה הוא יתר על צד שני ומצרף את היתר שהוא ז' בתוך קכ"ו הראשונים והם עולים ת"ת ופ"ב ומעמידו לצד. וחוזר שלישית ולוקח המחצה ורואה כמה הוא יתר על צד שלישי ומצרף את היתר שהוא ח' בתוך ת"ת ופ"ב האחרים והם עולים ז' אלפים ונ"ו ועקרם פ"ד והם הם שיעור המשיחה.

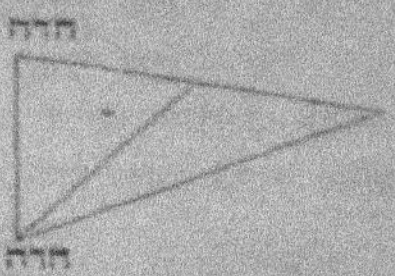

י' (k) המתוחה כיצד, צלעותיה הקצרים כל אחד מהם "מצורף„ בפני עצמו, ומוסיפין זה על זה והצלע הג' שהוא הקבע מצורף בפני עצמו, הצירוף האחרון יתר מן הראשון כמו ה' מצד [זה] ו' מצד זה ט' מצד זה נמצאת א' מן הזויות פתוחה ורחבה נמצא הראשון ס"א והאחרון פ"א והצריך למוד מחשבה ברור בעמוד עם הקבע. ואם חפץ הוא בחשבון הצלעים והמחצה מחשבה מדה אחת לעולם.

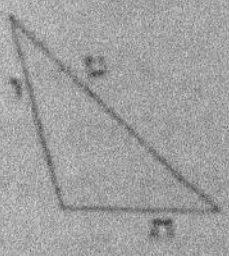

פרק ה'. V.

א' (a) שלש מדות בעגולה, ואלו הן התלויה, התלולה, והשפלה. אי זו היא התלויה זו העומדת עקר העגולה מכל צד כדור או שהיתה המשיחה כאבטיח שהיא עגולה לסביבותיה ובלבד [שתהא] עגולתה בשוה ארך ורחב

---

welchem die drei Punkte wahrscheinlich als Tilgungszeichen anzusehen sind. — [זה] nach St. — בחציה s. Uebers. — (ס"א) s. Uebers.

(h) Zwischen לך und מהם das Wort קשה in Hs. und Ausg. S. Uebers. — ישכיל בין בצלעים wird sich Rath schaffen, entweder mittels der Seiten, oder etc. anst. ישפיל ב' צלעים in Hs. und Ausg.

(i) Das Wort הם vor הראשונים in der Ausg. findet sich im Manuscripte nicht; dagegen steht an dessen Stelle ein Zickzack zur Ergänzung der Zeile.

(k) „מצורף" Hs. anstatt מצרף in der Ausg. — [זה] St. — ברור anstatt ברורה welches wahrscheinlich durch die irrthümliche Auffassung von מַחֲשָׁבָה anstatt מְחַשְּׁבָה entstanden ist.

V. (a) העומדת anstat היא עומדת. — העגולה oder vielleicht יעגולה anstatt ר' עגולה. — עגולה anstatt העגולה. — [שתהא] fehlt in Hs. und Ausgabe.

(b) ב' והזוית שהיא עומדת בין הקצורים היא הנצבה והיא חצייה של מרובעת שהיא משונה בצלעים וישרה בזויות. המבקש לחשבה בעמוד יחשב כדרכו

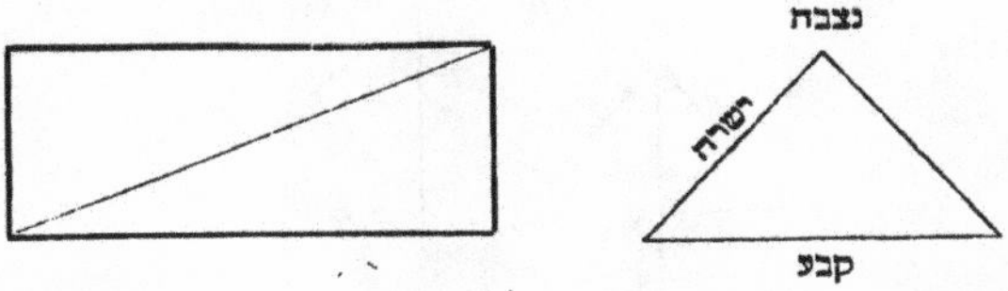

והוא ששני צלעותיה הקצורים הם שני עמודיה והם דומים סמוכים ישרים.

(c) ג' והעמוד המשך מהם אל צד הארוך נופל והוא מקבע. והרוצה למוד מצרף העמוד בתוך החצי הקבע והעולה מן החשבון היא המשיחה.

(d) ד' החדה כיצד, שני צלעותיה קצורים או השוים כל אחד ואחד מצורף בפני עצמו קבועים זה עם זה והצלע השני שהוא הקבוע מצורף בפני עצמו הצרוף הראשון יותר מן האחרון. ויש מן החדה שצלעותיה ישרות והרוצה למוד מחשב אותה כנגד הקבע נמצא הזויות חדות כמדת הראשון כן מדת האחרון.

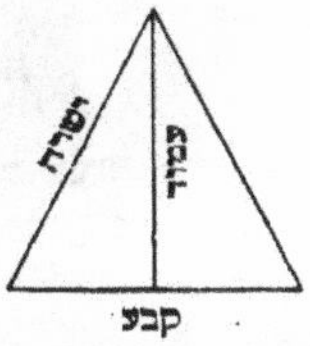

(e) ה' הרוצה לדעת במדת העמוד בצלעות השוות מצרף את האחד מן הצלעות בתוך עצמו [וחצי הצלע השני בתוך עצמו] ומשליך המיעוט מן המרובה והנשאר הוא היסוד והנמצא הוא העמוד.

(f) ו' כיצד מונים, עשרה על עשרה ק' וחצי הצלע השני שהוא ח' מצורף בפני עצמו כ"ה ומשליך הקטן מן הרב נשאר שם ע"ה והוא היסוד ועקרו [ח'] ושירים. והצריך למוד מצרף העקר בתוך החצי הצלע התחתון והעולה מן החשבון [היא] המשיחה שהיא מ"ג ושירים.

(g) ז' שבעה פנים אחרות במשולשות השוה בצלעותיה כל צלע וצלע. בפני עצמו את האמור של [זה] בזה ואת האמור של זה בזה והמבין בתפוח [?]

(b) הקצורים הם שני עמודי' anstatt הקצורים לן הם שני צלעותיה עמודיה in der Handschrift, wo die Doppelpunkte über לן und צלעותיה sicherlich Tilgungszeichen sind. In der Ausg. sind die Punkte weggelassen, und dafür nach כן ein Fragezeichen gesetzt.

(d) יותר anst. ויותר. — Nach מדת האחרון finden sich im Text noch die Worte: „מן החדים צלעי", die von St. mit (sic) begleitet wurden; vielleicht gehören sie auch den Figuren an.

(e) Die Worte von עצמו bis עצמו fehlen in Hs und Ausg.

(f) [ח'] nach St. anst. ה' in d. Hs. — [היא] nach St. anst. כן einzusetzen; ich habe כן gelassen und habe analog dem Obigen (IV, (c)) noch החשבון hinzugefügt.

(g) שבעה s. Uebers. nach St. könnte es vielleicht ursprünglich ז' פנים אחרות geheissen haben, wobei ז' den Paragraphen bezeichnen sollte, und ist aus Missverständniss שבעה anstatt ז' geschrieben worden und dann noch ein ז' zur Bezeichnung des § obendrein (?). — Nach וצלע findet sich noch ein Wort ראיה, über

המשונה בצלעות ובזויות ושני ארכן לבד ושני רחבן לבד והזויות (e) ח'
עקומדת כיצד מחשב אותה פוסקה שנים מזוית לזוית ומעמיד בשנים ומחשב

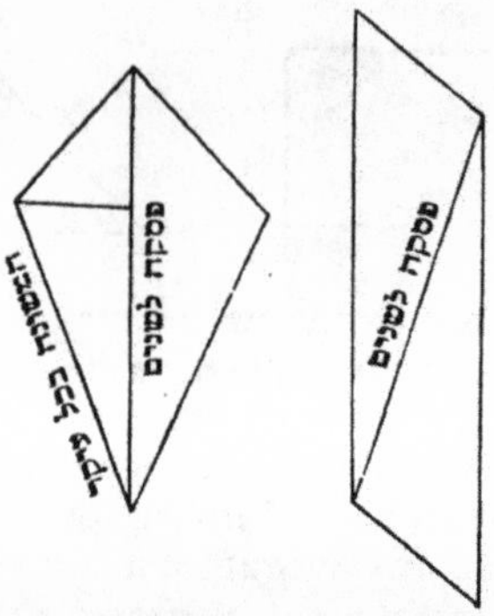

כל אחד בפני עצמה כמדת המשולשת וכן היא המשיחה. וכן אתה מודד חשבון המשנה בכל עקר וכל המרבעות המשונות עשה אותם ממשלשותיהן כזה.

פרק ד'. IV.

א' (a) שלש מדות במשלשות ואלו הן הנצבה, החדה, הפתוחה. איזו היא נצבה שני צדיה הקצורים מצורפים כל אחד בפני עצמו והוא שוה לראשון כגון ששה מצד זה ושמנה מצד זה והעולה מאלו בפני עצמן מאה ומזה בפני עצמו מאה. והצריך למוד [מצרף אחד] מן הקצורים בתוך חצי חברו או ח' בתוך ג' או ו' בתוך ד' והעולה היא המשיחה.

(e) מחשב איתה nach Steinschneider, anstatt ממחשבה אמה im Cod. — Nach וכל finden sich zwei Worte פסקה לשנים, welche offenbar zur Figur gehören; ebenso die Worte המשונה בכל עיקר und פסקה לשנים am Ende dieses Kapitels; ich habe diese Worte auch in die betreffenden Figuren, wo sie hingehören, hineingeschrieben. Hier der Text in der Ausg.: וכל [?] פסקה לשנים. המרבעות המשונות עשה [?] איתם משלשותיה המשונ' בכל עיקר כזה פסקה לשנים.

Was die Figuren überhaupt betrifft, so sind sie zwar als Freihandzeichnungen nicht ganz genau, indess konnte ich die Meinung des Herrn St. nicht theilen: „sie könnten etwa weggelassen werden, weil sie das Verständniss nicht förderten“(?). Ich habe sie hier wiedergegeben; nur genauer und in etwas grösserem Massstabe. Die Berechtigung dazu verschafft der augenscheinliche Sinn einerseits und die Vergleichung mit M. b. M. andererseits. — ממשלשותיהן anstatt משלשותיה.

IV. (a) [מצרף אחד] nach St.

אמות עליונות והם עולים ר״ג אמה ושליש, ומשליך אותם מן ק״ו ושלישים נשתיירו שם צ״ג ושליש והוא באת [?] העמוד גיו הקטוע, ואם הי׳ עגול השלך ממנו השביע וחצי השביע והנשאר בו הוא .[המשיחה].

פרק ג׳. III.

(a) א׳ חמשה פנים יש במרובעות ואלו הן יש ישרה בצלעותיה ובזויותיה. ב׳. ויש מי שהיא משונ׳ בצלעותיה וישרה בזויותיה. ג׳. ויש שהיא ישרה בצלעותיה ומשונ׳ בזויותיה. ד׳. ויש שהיא ישרה משונ׳ בצלעותיה ובזויותיה ושני ארכן שוין לבד ושני רחבן לבד. ה׳. ויש מי שהיא משונה בצלעותיה ובזויותיה כל עיקר.

(b) ב׳ השוה בצלעות ובזויות איזו היא כגון עשרה מן [כל] צד מצרף ארך על הרחב והעולה היא המשיחה והם ק׳ והצלע האחד הוא עקדה האחד ושני צלעותיה הם שני עקריה וכן ג׳ וכן ד׳.

(c) ג׳ והמשונה בצלעותיה וישרה בזויותיה, כגון ח׳ בשני צלע וששה בשני צלע, מצרף ארך על רחב שהן מ״ח והיא המשיחה, ישרה בצלע וישרה בקו.

(d) ד׳ הישרה בצלעותיה ומשונה בזויותיה איזו היא, כגון ה׳ מכל צד ושני זויות צרים וב׳ זויות רחבים וב׳ חוטין מפסיקין זה את זה באמצע הא׳ משמנה והב׳ משה. והרוצה למוד מצרף הא׳ מן החוטין בתוך חצי חברו והעולה משניהם היא המשיחה כ״ד אמה כזה.

Schreiber selbst verbesserter, und später aus Irrthum stehen gelassener Satz: ושליש, והשלך מן כ״ו ושלישים נשתיירו שם ע״ט ושליש והוא מ׳צ׳ ומשליך אותם מן ק״ו ושלישים נשתיירו שם ש״ט ושליש והוא וכו׳ St. will באת — .ש״ט anstatt צ״ג — .ק״ו ושלישים נשתיירו שם ש״ט ושליש והוא וכו׳ מדת einsetzen; dafür würde auch der Umstand sprechen, dass der Schreiber das erste mal nach והוא ein מ׳ angefangen hatte; das צ gehört vielleicht dem צ״ג an anstatt dessen ש״ט irrthümlich geschrieben ist. S. Uebers. — [המשיחה] nach St.

• III. (b) [כל] nach St. — עקריה anst. עקרה in d. Ausg.

(c) בקו wie in der Hs. anstatt [?בזוי׳] in der Ausg.

(d) כזה zeigt auf die nebenstehende Figur, 

welche offenbar von dem Schreiber missverstanden wurde; die Figur ist so gemeint:

Man beachte, dass zur Herstellung des rechten Diagonalwinkels hier wiederum die sogenannten Pythagoräischen Zahlen 3, 4, 5 gewählt sind. Dieselbe Figur findet sich bei M. b. M.

4*

הריצה למוד את הגג המרובע אפ׳ שהוא שוה אפ׳ הוא מחלף שהוא (e) ה׳
ארך ורחב הגג במנין שש פנים, שש כנפים לאחד, מצרף ארך בתוך רחב
בתוך העמק והעולה משלשתן היא משיחת הגג והוא הגוף.

ואם היה עגול או משולש או לכל מיני צדדין מלבר שיהיה עמקו ישר (f) ו׳
ונאת ממה מודד הגג במודד שלו במדה שאמרו ותדע המשיחה ותוידע
אותה מצרפו בתוך העומק הוא משיחת הגוף.

והמשוך ראשו חד וסופו ממוצע ואפ׳ מרובע או שיהי׳ עגול או משולש, (g) ז׳
אתה מודד משיחת הגוף ותשלך שני שלישי המשיחה ואחוז השליש [ה]אחר
ואתה מצרפו בתוך הקומה והעולה הוא משיחת הגוף מראש ועד סוף.

הצריך למוד התל או דבר מקובה ובלבד שיהיו דופניתיו שוות מכל (h) ח׳
צד כחצי כדור או כדומה לו, מצרף א׳ מן החוטין מן הקצה אל הקצה
בתוך חצי האחד והעולה משניהם הוא המשיחה.

עמוד. ובעמוד אם היה משוך לראשו וראשו חד או משוך לחצי הקובה (i) ט׳
או לכל שהוא מכין בסופו ובקטועו שהוא הקטוע הראש מוחלק זה מזה
כשיעור הסוף ומודדו (כמו) בחשבון האחרון ומשליך הקטן מן החבל והנשאר
הוא משיחת העמוד.

כיצד משער כגון עמוד מרבע וסופו ד׳ אמות בתוך ד׳ אמות חסר ועולה (k) י׳
חסר ועולה וראשו שתי אמות על שתי אמות רבוע, וצריך אתה לידע כמה
משיחתו וכמה קומתו, וכבר נאמ׳ באחרון אלא שזו קטוע ועדין אי אתה
יודע כמה הוא העמוד עד שיכלה אחד מלמעלה.

במנין אתה משער, כמדת שתים מארבע׳ כן ארך העמוד שהוא חצי (l) יא׳
המעלה, נמצא כל העמוד עד שיכלה הראש עשרים אמה ועד הקטופה י״
אמות הא למדת שמדת שנים מן הארבעה כמדת הי׳ מן העשרים.

הצריך למוד אוחז שליש ראשו חד צורת בסוס והם ה׳ ושליש ומצרפו (m) יב׳
בתוך כ׳ אז הם עולים ק״ו אמות ושני שלישי אמה ומעמידן לצד אחד, וחוזר
ואוחז שליש צורת הקטופה ב׳ על ב׳ והוא אמה ושליש ומצרפו בתוך עשר

(e) שהוא ארך ורחב, so! St. ergänzt auch hier העומק; s. Uebers. — כנפים, hier in dem Sinne von כנפות, Ecken, Kanten gedeutet!

(f) במדד vielleicht eine eigene Form für Massstab. — ותוידע anst. ותמודע, s. M. b. M. — העומק, anstatt העמק.

(g) [ה]אחר, St. — מראש nach St. anst. וראש.

(h) תאחד; in d. Ausg. האחד.

(i) הקובה; St. emendirt המקובה. — מוחלק Hs. anst. מחלק in der Ausg., welches Veranlassung zu einer andern Auffassung gegeben hat. — (כמו) in der Ausg. weggelassen; sieht in der Hs. auch aus wie ein Zickzack zur Ergänzung der Zeile. — החבל von St. mit Fragezeichen begleitet; vielleicht: Messschnur.

(k) אחר eine der im gegenwärtigen Falle zu betrachtenden zwei Pyramiden; einfacher jedoch die Emendation חד von St.

(m) בסוס Basis, die in unsrem Falle 16 beträgt; die Correctur בט״ז ist also unnöthig. — ושליש, תשליך, so!! In der Hs., wie in der Ausg. findet sich zwischen diesen beiden Worten noch ein ganzer, falsch geschrieben gewesener, dann vom

(g) ז׳ והפחותין מן הא׳ כך אתה מחלקן, אמה אחת לשני חוטין זה מפסיק את זה באמצע מצלע ימין לצלע שמאל וכן מרום לתחת, נמצא הגג חלוק בד׳ פסקאות ואתה מוצא חצי אמה על חצי אמה ומשיחה עצמה חלק מאמה שהוא רבע מכל הגג, וכן שליש על שליש וחומש בתוך חומש בשוים ובחלופים. מכאן ואילך צא וחשוב בשבורים במדה הזאת ולמטה.

(h) ח׳ כבר אמרו מחצה על מחצה הוא מרובע וכן שליש על שליש הוא מתשע, בהן ובדומין להן. אלא בשוין ובחלופים מנים להם אב אהוא[?] כך אתה מונה עשרה על עשרה הרי הן עולין ק׳ וחצי העשר הוא ה׳. ה׳ פעמים ה׳ הם כ״ה והוא רבע ק׳. ומעמד הי׳ בא׳ ומעמד הק׳ בי׳ ואלף בק׳. מכאן ואילך צא וחשוב בשבורים כמדת האחדים אבל באחדים הוא מוסיף ובפחותים הוא גורע.

(i) ט׳ זה הכלל מחצה על מחצה, חצי המחצה. ושליש על שליש שליש השליש. וכן מחצה על השליש חצי השליש. וכן רביע על השליש רביע השליש. בהן ובדומין להן בשוים ובחלופים.

פרק שני. .II

(a) א׳ הרוצה למוד השדות המרבעות בשוים ובחלופים מצרף הארך על הרחב והעולה משניהם הוא המשיחה.

(b) ב׳ ובמשלשת בין בשוים בין בחלופים מצרף העומד בחצי הקבע והעולה משניהם היא המשיחה, והרבה מבואותה בה.

(c) ג׳ העגולה כיצד מצרף החוט בתוך עצמו ומשליך ממנו שביע וחצי שביע והיתר היא המשיחה. כמו חוט שהוא משוך לז׳ וצרופו מ״ט ושביע וחצי שביע הוא [י׳ וחצי] נמצאת המשיחה ל״ח ומחצה.

(d) ד׳ הקשותה כיצד נותן החץ על היתר שניהם בבת אחת ומצרף אותה בתוך חצי החץ ומעמידן לצד, וחוזר ולוקח חצי היתר וצורפו בתוך עצמו ומחלק על י״ד והעולה מוסיפו על העומד והעולה היא המשיחה. ויש בה פנים אחרים.

(g) מחלקן so! — זה מפסיק nach St. anst. והמספיק im Cod. ebenso שמאל anstatt ימין. — מאמה so; Ausgabe אמה [?]מ׳; auch מכל הגג anstatt מכל צד Manuscr. u. Ausg.

(h) lies מְתֻשָּׁע; von אלא bis אבאהוא s. Uebersetzung.

(i) שליש השליש nach St. anst. חצי השליש; s. Uebers.

II. (a) השדות nach Manuscr. anstatt המדות Ausg. — הוא המשיחה so! das zwischen diesen beiden Worten eingeschlichene Wort הרחב ist sicherlich eine irrthümliche Wiederholung von oben.

(b) העומד nach der Handschr. anst. העמוד in der Ausg. — מבואותה Hs. Ausg. מבואתה.

(c) שביע; im Mscr. wie in d. Ausg. heisst es bald so und bald שביעי; ich habe überall das erstere in Analogie mit שליש gesetzt. — והיתר; St. corrigirt והנותר. — [י׳ וחצי] von St. mit Recht ergänzt.

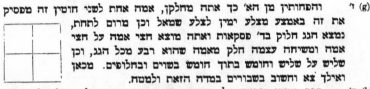

I. פרק א׳

א׳ (a) בארבעה דרכים המדידה נקבצת ואלו הן המרבעת, והמשלשת, והעגלה, והקשותה, זה הכלל השניה חצי הראשון, והרביעית חצי השלישית, ושאר האחרות משלבות זו בזו כסינר בברית.

ב׳ (b) המרבעת בג׳ פנים, בצלע, בחוט, ובגג. אי זו היא הצלע זה המחזיק דפנותיו של גג, שנאמר רבוע יהיה המזבח, והחוט זה המפסיק מזוית לזוית מן הקצה אל הקצה והוא היתר בארכו של גג. והגג עצמו היא המשיחה.

ג׳ (c) והמשלשת בד׳ פנים, בשני־הַצֵּלָע, בקבע, בעמוד, בגג. אלו הן שני צלע זה השני משוכים ימין ויכין שנ׳ כי ימין ושמאל תפרוצי. והקבע זה ששני צלעים קבועים עליו שנ׳ אשר הבית נכון עליהם. והעמוד זה חוט הכולל היורד מבין שני הצלעים לקבע והוא בזוית למקצעות המשכן. והגג עצמו היא המשיחה.

ד׳ (d) העגול בג׳ פנים, בסביבה, בחוט, ובגג. איזו היא סביבה הוא הקו המקיף את העגול שנ׳ וקו שלשים באמה יסב אותו סביב. והחוט זה המשוך משפה אל שפה שנ׳ משפתו אל שפתו. והגג עצמו היא המשיחה.

ה׳ (e) והקשותה בד׳ פנים, בקשת, וביתר, ובחץ ובגג. איזו היא קשת [זה] החלק מן העגול שנ׳ כמראה הקשת אשר יהיה בענן. היתר זה המחזיק בפי הקשת שנ׳ קשת דרוכה. והחץ הוא המשוך מאמצע הקשת לאמצע היתר שנ׳ כוננו חצם על יתר. והגג עצמו היא המשיחה.

ו׳ (f) כיצד מודדין את המשיחה במנין אתה מחשב אחד על אחד זהו המשיחה והיא אמה על אמה. נמצא הגג השוה בצלעים ובזויותיו הרי אתה מונה אותם מכל צד. והטבלא העומדת שנים מכל צד והזויות שוים. והמדידה מחזקת ד׳ מונים בִּמדת הא׳ שהיא אמה בתוך אמה, וכשהיא ג׳ מכל צד הרי הוא ט׳ מונים במדת הא׳, וכן ד׳ על ד׳ וה׳ על ה׳. מכאן ואילך צא וחשוב במדה זאת ולמעלה.

I. (a) האחרות St. ergänzt hier הצורות, man muss aber bedenken, dass dieses Wort überhaupt schon für die obigen bestimmten Figuren wie המרבעת etc. hier zugedacht werden muss. — בברית nach St. anstatt בבריות im Cod.

(b) המפסיק so! die Correctur המחדק, המחזיק halte ich für überflüssig; wiederholt sich ja hier der Ausdruck פִסְקָה, פיסקה, מפסיק im Sinne des Durchschneidens.

(c) בשני הצלע Manuscript; בשני בצלע Ausg. fehlerhaft.

(d) בזוית unter rechtem Winkel, anst. später gebräuchl. בזוית נצבת; s. Uebers.

(f) יהזויות שוים Manuscript; Ausg. שנים unrichtig.

Uebersicht.

ABRAHAM IBN ESRA

(ABRAHAM JUDAEUS, AVENARE).

ZUR GESCHICHTE

DER

MATHEMATISCHEN WISSENSCHAFTEN IM XII. JAHRHUNDERT.

VON

MORITZ STEINSCHNEIDER.

Suppl. z. hist.-lit. Abth. d. Ztschr. f. Mat

deren Beleuchtung ich von vornherein verzichte, angesichts der schwereren Aufgabe, das Material zu einer gerechten Würdigung zu liefern, und der lockenden Versuchung, auf Gebiete zu gerathen, auf welche die gewöhnlichen Leser dieser Blätter kaum folgen würden, oder auch könnten, ohne dass ich ihnen alle und jede Berührung damit ersparen kann. Hingegen hielt ich es für angemessen, der hebräischen mathematischen Terminologie, für welche noch sehr wenig im Zusammenhange geleistet ist, eine grössere Beachtung zuzuwenden.

Dass die beiden Abraham, ungeachtet gleicher Studien, unter ehrenvoller Erwähnung vielleicht auch Bearbeitung des älteren Seitens des jüngern, nicht in einem persönlichen Verhältniss von Lehrer und Schüler gestanden, ist schon im Artikel Abraham Judäus (S. 11 A. 20) nachgewiesen, die irrige Behauptung aus einem Missverständniss erklärt und beleuchtet. Es wird sich die an Unmöglichkeit grenzende Unwahrscheinlich-einer solchen Annahme ergeben, wenn wir uns erinnern, dass der ältere Abraham um 1136 in Barcellona lebte, gelegentlich nach Südfrankreich kam[2]) und für die Bewohner dieses Landes hebräisch schrieb, während ibn Esra jene Gegend erst als gereifter Mann berührte. Dies führt uns auf die ersten Momente, welche als Grundlage weiterer Darstellung zu erörtern wären.

§ 2.

Wenn auf anderen Gebieten nicht selten die bekannten Lebensverhältnisse eines Schriftstellers einen festen Boden für die Aneinanderreihung, einen Schlüssel für die Würdigung seiner Schriften darbieten: so gehört das in der jüdischen Literatur des Mittelalters zu den höchst seltenen Ausnahmen; vielmehr ist man meistens darauf angewiesen, aus Titeln,

2) Das Wort צרפת (Frankreich), welches bei Geiger (Mose ben Maimon S. 76, vgl. Abr. Jud. S. 7 A. 10) fehlt, und durch andere Conjectur ersetzt wird, fand ich später in der von ihm benutzten Hs. München 10 f. 207b deutlich! Vgl. auch Abr. Jud. S. 42 und S. 6 Anm. 6. Bei Henricus Bates im *lib. de mundo* (s. unten § 21) f. 77a liest man: „*Insuper Abraham princeps, quem Avenare magistrum suum profitetur in quinto redemptionis israel.*“ Das ס׳ חקץ in der Hs. Oppenh. 254 fol. f. 6, an dessen Ende ibn Esra als Verfasser vermuthet wird, ist in der That (wie Dukes, Litbl. der Orient XI, 341 andeutet) der Schluss des *Megillat* etc. von Abraham bar Chijja (Hs. Bodl. 160 f. 113 ff.); ibn Esra zu Daniel 10, 31 nennt es הקצים von „Abraham ha-Nasi“. Die polemische Tendenz habe ich richtig errathen. S. mein Polemische und apologetische Literatur, Leipzig 1877, S. 350. Eine Confusion mit dem Nasi ist die Bezeichnung *Abraham Ducis seu Principis*, in der Leipziger astrologischen Hs. bei Feller, p. 327. — Ob der von ibn Esra angeführte „Spanier“ (*Sefaradi*) — Abr. Jud. XII, 7 A. 10, S. 15 A. 24; Zeitschrift D. M. Gesellschaft XVIII, 177 — der Nasi sei, werde ich anderswo erörtern.

Nachschriften von zweifelhafter Geltung, einzelnen Stellen, Vor- und Rückverweisungen, die auch nachträglich eingeschoben sein können, u. dgl., die Linien zu einem dürftigen Lebensabriss zusammenzuholen. Bei unserem Autor kommt noch hinzu, dass er heimathslos unter welchselndem Aufenthalt, seine Schriften für verschiedene Personen abfassend — wenn die ausdrücklichen Widmungen nicht bloss als Complimente gelten sollten[3]) — dieselben grossentheils zweimal herausgab, das zweitemal wahrscheinlich oft ohne im Besitz derersten Recension zu sein[4]). Einiges trägt die deutlichen Spuren fremder Hand, wie man frühzeitig bemerkte; man kennt sogar Namen von Hand anlegenden Schülern[5]). Aber ganze Schriften sind offenbar untergeschoben oder irrthümlich beigelegt; es werden Titel citirt, die entweder zu anderweitig bekannten Schriften gemacht, oder aus der Luft gegriffen sind[6]). Die Neigung, das unbekannte Leben bedeutender

---

3) Der um 1216—18 alle drei Welttheile durchziehende berühmte Dichter Al-Charisi (der hebräische 'Hariri) widmete seine Makamen nicht weniger als vier verschiedenen Personen; die vierte hebräische Widmung, an einen Schemarja b. David in Jemen, findet sich in einer Hs., welche Herr Shapira aus Jerusalem kürzlich aus Jemen brachte; dafür ist die Widmungsstelle der arabischen Vorrede gekürzt, welche nächstens im *Bollettino Italiano degli Studj orient.* erscheint. — Von solchen Doppelwidmungen ist bei ibn Esra allerdings nichts bekannt; auch sind die Personen, denen er widmet, nicht als vornehme Mäcene bezeichnet; vgl. weiter unten.

4) Vgl. die Stelle aus *Safa Berura* (f. 15 ed. Fürth 1839) bei Grätz, Geschichte VI, 449.

5) Joseph ben Jakob ממדרי"ל mit abweichender Orthographie und Auslegung (Catal. libr. hebr. in Bibl. Bodl. p. 1477; *Osar Nechmad*, her. von Ign. Blumenfeld II, 223, III, 152); Grätz, Geschichte der Juden VI, 1861, S. 447 Nr. XI erklärt *Mondeville* (?); in *Hamwasser* her. von J. Kohn 1862, S. 49: „*Monteville* in der Normandie"; bei Berliner, Magazin für die Wissenschaft der Juden I, 108: „*Corbeil*" sicher falsch; daselbst S. 111: „*Morvil* oder *Marvil*" in England; Friedländer *Essays* etc. p. 209: „*Maudeville*". In zwei Hss. des *Jesod More* (unten § 13), nämlich Bodl. bei Uri Nr. 318, Luzzatto 114, jetzt Berlin 244, Oct., ist der Endvers ergänzt: אורח בחשלימו לאל לידידו יוסף בנו יעקב על מחנת ידו, also wäre das Buch für denselben Joseph ben Jakob verfasst. — Ein Anderer, Isak ben Jehuda, beruht theilweise auf sehr verdächtiger Autorität, s. meinen Artikel Mosconi, Magazin für die Wissenschaft des Judenthums, her. von A. Berliner und D. Hoffmann, III, 1876, S. 149 unter Mose ibn Esra, der fälschlich zum Bruder unseres Abraham gemacht und mit ihm nach Palästina (oder Aegypten) geschickt wird; s. weiter unten. Vgl. Magazin III, 49; Grätz, Geschichte VI, 446 identificirt einen jüngeren Homonynus, s. unten § 13, Anm. 132. — Ueber Zusätze vgl. Comtino in *Catal. Codd. hebr. Lugd. Bat.* 1858 p. 207. Vgl. auch unten Anm. 9.

6) Z. B. כחות שנות האדם „Kräfte der Jahre des Menschen", über den astrologischen Einfluss auf die Kräfte des Menschen je nach dem Lebensalter, worin der Verfasser seine eigenen Schicksale (als Beleg?) angeführt und woraus nach

Männer durch Legenden zu ergänzen, hat sich auch unseres fahrenden Autors bemächtigt, um ihn mit einem anderen, nicht minder berühmten Dichter und Theologen durch einen kurzen Roman in Verwandtschaft zu bringen. Nimmt man noch hinzu die knappe, sich gerne in Anspielungen ergehende Ausdrucksweise unseres Autors: so wird man eine annähernde Vorstellung gewinnen von den kritischen Misslichkeiten einer für Nichthebraisten berechneten Darstellung des Mannes und seiner Leistungen. Glücklicherweise kommt es uns, da wir ibn Esra nur als mathematischen Schriftsteller (im weitesten Sinne) vorzuführen beabsichtigen, auf die Genauigkeit einiger Daten (Zeit und Ort) weniger an, und es sollen hier nur die Hauptmomente des äusseren Lebens fixirt werden, so weit sie spruchreif erörtert vorliegen, oder in kurzer Erörterung zu gewinnen sind.

§ 3.

Die Unsicherheit der Daten in älteren Quellen[7]) und die anscheinenden Widersprüche in den Epigraphen und Verweisungen des Autors selbst hat man in neuerer Zeit auszugleichen gesucht. S. L. Rapoport[8]) hat

---

der Vermuthung des höchst verdächtigen Mosconi, ein angeblich im Jahre 1170 (?) in der Bulgarei lebender Supercommentator Abischai seine — wiederum verdächtigen — Daten geschöpft habe. Meine Abweisung dieses Materials (Hebr. Bibliogr. XV, 90) hat Berliner (Magazin III, 48) der Erwähnung werth gehalten. Friedländer (*Ess.* p. 214, Anm. 3) lässt ein Wort des Titels weg und sagt nicht deutlich, dass er im Namen Mosconi's berichte.

7) Aeltere Quellen verzeichnet Wolf, Biblioth. hebr. I, S. 86, jüngere bis ungefähr 1850 mein *Catalogus libr. hebr. in Bibliotheca Bodleiana* (Berlin 1852—60) p. 689, und Addenda, wo nachzutragen eine (von Depping citirte, mir nicht näher bekannte und schwerlich bedeutende) Abhandlung von Boissi in dessen *Dissert.* *Tom.* II. Ferner erwähne ich, wegen des mit der jüdischen Literatur vertrauten Verfassers, einen Artikel von J. Derenbourg (früher Dernburg) in der *Biographie Universelle*, und die populär gehaltene Charakteristik bei A. Geiger, Das Judenthum und seine Geschichte, Bd. II. Breslau 1865, S. 130—137, vgl. S. 183. Der Lebensabriss bei M. Friedländer (*The Commentary of ibn Ezra on Isaiah, vol. I. translation, London* 1873, *Introd.* p. XI ff.) folgt meist Grätz (Geschichte der Juden VI, 198 ff.); s. Hebr. Bibliogr. XIII, 27.

8) „Kritischer Apparat zu den Werken A. Ebn Esra's", in A. Geiger's Wissenschaftliche Zeitschrift für jüdische Theologie, IV. Band, Stuttgart 1839, S. 261—282. Geiger (daselbst S. 282) schliesst sich der grundlegenden Abhandlung des „gelehrten, gründlichen und scharfsinnigen Verfassers" [gestorben als Rabbiner zu Prag 16. Oct. 1867] in den allgemeinen Resultaten an und erhebt nur Bedenken gegen die Abfassung des Commentars zu Exodus (der uns näher angeht) durch Schüler; Friedländer, *Essays*, p. 152, betrachtet denselben als besonderes Werk. — Einen Ueberblick der Zeitfrage gibt De Rossi, Historisches Wörterbuch der jüdischen Schriftsteller, deutsch von Hamberger, Leipzig 1839 (2. Aufl., d. h. neues Titelblatt ohne Jahr) S. 3 (vgl. dazu Geiger, wissenschaftliche Zeitschrift IV, 446).

nach den vor 40 Jahren und in Lemberg zu Gebote stehenden Mitteln den Grund gelegt, auf welchem seitdem fleissig, wenn auch nicht immer richtig, weiter gebaut wird[9]).

Da bestimmte Nachrichten über das Geburtsjahr fehlen, so musste man, allerdings nicht ohne alle Berichtigung, die Notizen über seinen Tod zu Grunde legen. Es wird erzählt, dass er Montag, Neumond des ersten Adar 4927 (Februar 1167) gestorben, im Tode die Worte Abrahams (Genesis 12, 4) auf sich angewendet, also 75 Jahre alt geworden sei[10]). Das jüngste Datum in seinen Schriften ist ebenfalls 4927 (1166/7)[11]) und zwar

---

9) Die chronologischen Fragen behandelt im Zusammenhange, nicht ohne gewaltsame Hypothesen, Grätz, Geschichte der Juden, VI, 440—454, Note 8 „Ibn Esra, die Reihenfolge seiner Schriften und die Daten seiner Reise"; eine Uebersicht der Resultate S. 451. Theilweise andere Resultate gewinnt S. H. Halberstamm im Vorwort zum Buch *Ibbur* (unten § 21) S. 14—16 (vgl. dazu Hebr. Bibliogr. XIV, 90). M. Friedländer, *Essays on the writings of Abraham ibn Ezra*, London 1877 (vgl. dazu Hebr. Bibliogr. XVII, 217) giebt die Epigraphe einzelner Bibel-Commentare zerstreut (der Index S. IX ist zwischen S. 166 und 183 uncorrect) und ordnet S. 195 die Commentare in Italien (meist ohne Jahrzahlen) und Frankreich. Seine englische Uebersetzung ist nicht überall genau; so z. B. S. 147 in der Anmerkung: „*till he reached his sixty fourth year*", im Originale: „Die Zahl seiner Lebensjahre ist acht [multiplicirt] mit acht", also im 65. Jahre (wie im Text: *in the age of 64*), der Ausdruck zugleich bezeichnend für den Mathematiker und Zahlsymboliker. Ueber die für die Abfassungszeit wichtige Stelle p. 146 s. unter Anm. 91. — Unbequem ist bei Friedländer die nachträgliche Behandlung der Handschriften (195 ff.); z. B. S. 184, 188 (Hiob) und 210 über angebliche Bearbeitung eines Schülers (vgl. oben Anm. 5). Die Kreuzverweisungen bespricht Mathews in einer Note zur 1. Recension des Comm. Daniel (*Miscellany of Hebrew Literature, ed. by A. Löwy*, London 1877, p. 272).

10) In dem hebräischen Epigraph des Cod. Vatican. 39, bei Assemani S. 29, steht so wenig als in andern bekannten, etwas vom Monat Ab; letzteres ist in der lateinischen Uebersetzung vielleicht aus dem Worte אבן־עזרא, wenn der Anfang dieses Wortes am Ende der Zeile zur Ausfüllung steht, zu erklären (vgl. Grätz S. 451, dem wohl Assem. selbst nicht zugänglich war). Damit erledigt sich die Bemerkung De Rossi's, die in der deutschen Uebersetzung S. 4 kaum verständlich ist. S. folgende Anm.

11) Vom Schlussgedicht zum Pentateuchcommentar haben wir eigentlich zwei Recensionen von 7 oder 10 Zeilen mit geringen Varianten (Friedländer, *Ess.* 158—160 und Anhang S. 69, spricht von vier Recensionen); die letzten drei, welche das Datum enthalten, nennen einen „6. Tag" als Freudentag für Israel, und hier bietet nur die HS. in Cambridge eine wesentliche Variante, indem sie den Monat Adar nennt; aber die Worte „*the month*" bei Friedl. 160 stehen nicht im Texte, und das Ganze klingt sehr hart. Friedl. (158) verdächtigt allerdings auch die 3 Verse des Datums. Der 6. Tag kann nicht Freitag bedeuten, da Purim im Jahre 4927 nicht auf diesen Tag fiel; Grätz VI, 449 denkt an Chanukka, welches Halbfest allerdings 8 Tage dauert, der 1. war ebenfalls nicht Freitag;

in **Rom**[12]). Dafs ibn Esra in dieser Stadt gestorben und begraben sei, besagt weder die oben besprochene Notiz von der Todeszeit ausdrücklich, noch indirect durch ihren Platz hinter dem Abfassungsdatum. Aber auch anderweitige, nach Jahrhunderten auftauchende Nachrichten über das Grab des weithin berühmt gewordenen Mannes verdienen nicht mehr Glauben, als Gräberlegenden überhaupt[13]). Ist das Todesdatum **1167** wegen der

---

der Monat Adar fehlt aber in der HS. Cambridge in der darauffolgenden Notiz über den **Tod**, welcher dort in das J. 928 (1168) verlegt wird, wie bei älteren Autoren (vgl. Grätz, S. 450). Aber auch zur Grammatik *Safa Berura* giebt Cod. De Rossi 314 „*feria sexta A. 4927*" ohne Monat; die Punkte bei Grätz S. 449 gehören letzterem, der wohl die Lücke bemerkte, aber nicht verwerthete; offenbar liegt ein **Doppelgänger** vor. Die von Dr. Berliner mir mitgetheilten Textworte des Cod. 314 bestätigen diese Vermuthung. Es frägt sich also, welchem Buche der Prioritätsanspruch gehöre. Dazu kommt eine anderweitige Schwierigkeit, die auch Friedländer entging. Die Worte: שנת הפקיד אסורים sind durch Punkte bezeichnet in einem Supercommentar (Letterbode, Amst. 1876/7 II, 87, zu Friedländer S. 245 s. Hebr. Bibliogr. XVII, 119), dessen Verfasser Elieser oder **Elasar ben Mattatja**, in Aegypten, wahrscheinlich mathematische Kenntnisse besass (s. Berliner, Magazin IV, 147). Die Ziffernsumme des angeblichen Chronostichons ist aber nur 907 = **1147**! — Das angeblich „mystisch-philosophische Büchlein" סודות התורה bei Grätz 450 (nach Bartolocci [I, 38], Wolf I, 75, III, 47, De Rossi, Wörterb. S. 6 n. 3) ist wiederum nur der Pentateuchcommentar oder ein Supercommentar über die Geheimnisse, d. h. über die Stellen, in welchen ibn Esra auf ein **Geheimniss** (meist Astrologie) hinweist, wie sich ergibt, wenn man die angeführten HSS. weiter verfolgt; so z. B. Biscioni S. 311, Plut. II. Cod. 42[14] ist Joseph Caspi.

12) Die Gründe, welche Grätz für seine, gegen **alle** Handschr. und Zeugnisse vorgehende vermeintliche Emendation (**Rhodez**) anführt, sind nicht stichhaltig. So z. B. gibt er an, der Jünger **Salomo** habe die vier älteren Grammatiken „nicht auftreiben können", ohne hinzuzufügen, dass die Besitzer sie nicht hergeben wollten, was am besten für **Rom** passt, welche Stadt ibn Esra den anderen Städten gegenüber einfach nennen konnte. Ein **Wortspiel** mit Zahlbuchstaben, zwischen dem 260. Cyclus und der Stadt, ist schwerlich beabsichtigt; das entstand erst durch die Corruptel (oder durch die in einem überflüssigen Bedürfniss nach Alliteration vorgenommene vermeintliche Emendation) 240; am allerwenigsten befriedigt **Rhodez** (רודים, ר״ם), was Grätz nicht nur vorschlägt, sondern (S. 452) für beide Schriften mit dem J. 1166 (obwohl der Monat ganz unsicher ist) festhält.

13) Man fand seine Grabstätte in **Kabul** in Palästina, neben Jehuda ha-Levi und Salomo b. Gabirol (s. Carmoly, *Itineraires de la terre sainte*, Bruxelles 1847, p. 453 n. 166 und p. 483). Abraham Sacut (schrieb in Tunis um 1502, vielleicht später im Orient, s. Hebr. Bibliogr. XIX, 100) weiss (217 ed. London, aber nicht 130 b ed. Cracau, was Kaufmann [unten A. 16] S. 48 nicht beachtet) von dem gemeinschaftlichen Grabe der **Töchtersöhne** ibn Esra und Jehuda ha-Levi; bald darauf (131 Crac., 218 Lond.) lässt er ihn in קלאהורא (**Calahorra** in Spanien, nach Zunz, Zeitschr. f. d. Wiss. d. Jud. 150) gestorben sein, und diese

Uebereinstimmung mit dem Kalender festzuhalten (wie schon Sacut bemerkt), das Alter von 75 wegen der Anspielung weniger sicher, so ist er jedenfalls zwischen 1093—6 geboren, und zwar zu Toledo, wie schon ältere Quellen angeben[14]; höchst wahrscheinlich bestätigt dies ein Zeitgenosse und Verwandter, wie sich zeigen wird.

§ 4.

Der berühmte Dichter Moses ibn Esra aus Granada, der um 1138 bereits ein Greis war, verfasste in späten Lebensjahren ein arabisches

Angabe hält Grätz (S. 451, Friedländer, *Comm.* I, p. XXVI) für „sicher"; sie passt zu seiner Verwandlung von Rom in Rhodez; Sacut fügt auch hier hinzu, dass er von dem Begräbniss in Palästina gehört; so haben Augenzeugen (ed. London, wo vielleicht בי שראה בעיני zu lesen) berichtet dem Salomo ben Simon — offenbar Sal. Duran in Algier (gest. 1467, s. Catal. Bodl. S. 304). — Wolf, Bibl. Hebr. I. p. 71 setzt zu *Kalahora* (so): *„quam Rhodum alii vocant"*, ohne Parenthese, als ob das bei Abr. Sacut vorkomme! Assemani, zu Cod. 78, theilt zwei Epitaphe mit, welche das Grab Abrahams auf Rhodus enthalten soll; De Rossi (S. 5) bemerkt, dass darin weder Namen noch Jahr vorkomme. Das erste: חרדני [ת]מבעתני ist in der That für den Grabstein eines Abraham gedichtet von Jehuda ha-Levi, nach dem Appendix des Divans (Cod. Pocock 74 f. 5) und daraus mitgetheilt von E. Carmoly, Litbl. d. Orient 1850, S. 476, von Edelmann und Dukes in Treasures of Oxford (Oxford 1850, S. 27), neuerdings von Carmoly (*Chikeke Eben*, S. 24, hinter *ha-Orebim*, Rödelheim „1861", aber später beendet), welcher verschweigt, dass Assemani die Epitaphe auf ibn Esra beziehe — der jedenfalls den Dichter überlebte. Geiger, Blüthen (1853) S. 42, conjicirt einen von Jehuda ha-Levi gefeierten Abraham; doch ist hier nicht der Ort, dergleichen weiter zu verfolgen. — Das zweite Epitaph, anfangend ארם ולא ארם ist wahrscheinlich auf Maimonides (רמב"ם wurde vielleicht zu ראב"ע) verfasst; es ist als solches, aber incorrect, gedruckt bei El. Aschkenasi, *Dibre Cachamim*, Metz 1849, S. 86, und bei Carmoly, *Chikeke*, S. 24; correcter in HS. München 224 f. 137ᵇ (im Catalog S. 87 nicht besonders erwähnt), wie bei S. Sachs (Vorwort zu *Maase Nissim* her. v. Goldberg, Paris 1867, S. XVII), welcher, nach der Randnote einer HS., Bedarschi (um 1300) als Verf. annimmt (?). — Von Rhodus kann überhaupt nicht mehr die Rede sein, nachdem man dahinter gekommen, dass רודום nicht Rhodus, sondern Rhodez in Frankreich (Languedoc) bedeute (s. das Citat bei Grätz S. 445; in Bezug auf die Quelle, Cod. Paris 188³, vgl. Hebr. Bibliogr. XVII, 119; hingegen scheint „הרדום in der Nähe von England" bei Elasar b. Mattatja (Magazin etc. IV, 149, Letterbode II, 87) Rouen (s. Histor. Jahresberichte für 1878, Berlin 1879, I, 46). — Mose ben Chisdai aus Tachau (s. unten § 9) will von Leuten aus England (s. Hebr. Bibliogr. III, 62) gehört haben, dass Abraham dort, durch böse Geister in Gestalt von schwarzen Hunden erschreckt, in eine Krankheit verfiel, an der er starb.

14) Die Angabe „aus Granada", bei Sacut ed. London S. 218, steht ganz isolirt und ist verdächtig, wie Manches in jener Ausgabe. Sie beruht offenbar auf Verwechslung mit Moses ibn Esra, s. § 5.

Werkchen über hebräische Poesie, welches die kostbarsten Nachrichten über jüdische Schriftsteller in Spanien darbietet, auch anderen Autoren als Quelle gedient zu haben scheint.[15]) Daselbst (Bl. 42b) heisst es: „Abu'l-'Hasan ben el-Levi, der Taucher nach den Perlen . . . und Abu Is'hak ben [el-Mudschid, am Rande] Esra von den Theologen, den eleganten und beredeten, beide Toledaner dann Cordovaner.“ Ich habe bereits im Bodl. Catalog (S. 1801) bemerkt, dass ersterer offenbar der — namentlich durch Heine allgemein bekannte — Dichter abu'l-Hasan Jehuda ha-Levi (geb. um 1080)[16]), der andere unser Abraham sei, der also nach Cordova gewandert war. Als Cordovaner bezeichnet er sich in der Uebersetzung der grammatischen Schriften des Jehuda 'Hajjudsch[17]), welche wohl zu seinen ersten literarischen Producten in Rom (also um 1140) gehört, wenn auch darin die Uebersetzung des Mose Gikatilia (Chiquitilla) angeführt wird[18]).

Dass Abraham und Jehuda eine Zeit lang in persönlichem Verkehr lebten, ist nicht zu bezweifeln, da ersterer Erklärungen des letzteren anführt[19]) und ein Gedichtchen verfasst zu haben scheint, worin der verstorbene Jehuda ihn auffordert, an der himmlischen Seligkeit theilzunehmen, er aber antwortet: „Mein Bruder Jehuda! geh wieder zur Ruh! Gott will nicht, dass ich mit dir gehe, bis ich Kinder erzeuge“ u. s. w.[20]). Der Ausdruck „Bruder“ bedeutet hier weder den leiblichen, noch den Vetter[21]); die leibliche Verwandschaft, mit welcher die Legende Jehuda und Abraham entweder schon

15) Ich besitze eine genaue Durchzeichnung der bis kürzlich einzigen Bodleian. HS.; ein defectes Exemplar erwarb neulich die Petersburger Bibliothek. — Ueber ein corruptes hebräisches Excerpt (bei Sacut, ed. London S. 229[a], vgl. S. 203, bei Grätz VI, 392 mit falschen Conjecturen), dessen unvollständigen Schluss die eben zu besprechende Stelle bildet, s. Hebr. Bibliogr. XIII, 107.

16) Vgl. auch Dav. Kaufmann, Jehuda Halevi, Versuch einer Charakteristik, Breslau 1877, S. 41.

17) Herausg. von L. Dukes, Stuttg. 1844.

18) Herausg. von John W. Nutt, London 1870.

19) Zu den Stellen bei Geiger (Divan des ... Abu'l-Hassan Juda ha-Levi, Breslau 1851, S. 150) kommt noch Exod. 13, 14 nach HS. Benzian. Ueber Benutzung des Buches *Kusari* von Jehuda ha-Levi (verf. um 1140) s. Kaufmann Gesch. d. Attributenlehre etc. Gotha 1877, S. 517.

20) In der Bodl. HS. hinter dem Divan f. 76[b] und im Nachtrag f. 4; gegen die Auffassung Edelmann's (Ginse Oxford, S. 20 u. XVIII) s. Geiger, Divan l. c., welchem Friedländer (*Comm.* p. XX) folgt, ohne ihn zu nennen. In einer Wiener HS. (Catalog S. 126 und Litbl. des Orient 1846, S. 565) wird der oben (A. 8) erwähnte al-Charisi als Verf. angegeben.

21) Im Neuhebräischen wird „Bruder“ mitunter für Vetter gebraucht, insbesondere „zweiter Bruder“. — Als Geschwisterkinder fanden wir die beiden Männer bei Sacut, oben Anm. 13. Vgl. auch die unter § 6. A. 32 citirte Stelle aus Parchon.

bei der Geburt, oder durch Heirat mit der Tochter Jehuda's, bis zur Grabstätte verbindet, hat um so weniger historischen Boden, als die Charaktere, Anschauungen, und selbst die Wege ihrer Wanderungen sie frühzeitig von einander, fast nach entgegengesetzten Richtungen, für immer trennten[22]).

22) Der höchst unzuverlässige Gedalja ibn Ja'hja (Traditionskette f. 41 ed. Ven. 1587, f. 31 ed. Amst.) will allerlei Geschichten von ibn Esra gehört und der Kürze wegen übergangen haben; aber die Legende von der Heirat konnte er doch nicht unterdrücken. Gedalja scheint dafür die älteste bisher bekannte Quelle, wahrscheinlich auch für die Erzählungen von ibn Esra und Maimonides in der jungen, aus Kairo stammenden HS. Paris 583. Jüdisch-deutsch bearbeitete die Erzählung Simon (Akiba Baer) b. Josef in seinem *Maase Adonai* (1691 etc.), und daraus floss sie in die Ausgaben des sogenannten „*Maase-Buch*" seit 1703 (s. meine Erörterung und Nachweisung in der Zeitschrift *Serapeum*, herausgegeben von Naumann, Leipzig 1866, S. 5, vgl. 1869 S. 138). Deutsch erzählt sie (ohne Quallenangabe) A. Geiger, Jüdische Dichtungen, Leipzig 1856, S. 29; englisch (ebenso) M. Friedländer, *Commentary* etc. p. XII. — In deutschen Versen erzählt und erweitert dieselbe Abr. M. Tendlau, Das Buch der Sagen und Legenden jüdischer Vorzeit, Frankfurt 1842, 1845, 3. verm. Aufl. 1873, S. 150 n. 32 (vgl. S. 367); zuletzt (S. 157) erkennt Jehuda den „Vetter" (wovon nichts bei Gedalja) in dem genialen Ergänzer seines Hymnus, und an diesen scheint die Legende zu knüpfen, wie sonst z. B. bei Salomo b. Gabirol, der nach Indien geschickt wird, Meir ben Isak, der zu den „rothen Juden" kömmt. In neuester Zeit ist die „Geschichte des Jehuda ha-Levi" sogar arabisch bearbeitet in der Sammlung von Erzählungen: *Maase Scha'aschuim*, Livorno 1868 f. 64, wo die Tochter Jehuda's דילא (Dilla?? woher?) heisst (über diese angebliche Dichterin, welcher Carmoly noch den Namen Esther angedichtet hat, — vielleicht weil bei Gedalja der ergänzte Vers diesen Namen der Königin Esther enthält? — s. Hebr. Bibliogr. 1879 S. 11). Die am Schlusse der arabischen Erzählung f. 65 befindliche Nachricht über die vom Arzte Chijja redigirte Sammlung, in Tunis noch vorhanden im Jahre 1805 (vgl. Catal. Bodl. 1341), hat mit der vorangehenden Legende nichts zu schaffen. — Die vermeintliche Anspielung Abraham's auf seine Frau bei Friedländer (*Comment.* p. XVI) hat Schiller-Szinessi (*Catal. of the Hebrew manuscr. . . . Cambridge*, P. I. 1876 p. 120) mit Recht auf die Armuth bezogen; s. Magazin etc. III, 141. Einen Versuch Reichersohn's, die Verwandschaft durch ein Gedicht zu begründen, weist Kaufmann S. 13 zurück, der auch die Vetterschaft durch Missverständniss eines Gedichtes für erklärlich hält. — Ich besitze ein Druckschriftchen, betitelt שבחי פון אבן עזרא, „Rühmliches von Ibn Esra" in jüdisch-deutschem Jargon gedr. in Lemberg ohne Jahrzahl (XIX. Jahrh.) in Oct. 8 Bl. Die darin erzählten Wunderthaten und Erlebnisse, welche zum Theil an Sindbad's Reisen u. dgl. erinnern, sollen nach dem Titel die Wunderwirkungen des Gebets beweisen; „es ist ganz gewiss war, was drinnen steht" — eine ältere Quelle dieser Volksschrift ist mir nicht bekannt. — Ueber eine angebliche Himmelfahrt eines Enkels ibn Esra's s. Hebr. Bibliogr. IV, 23, IX, 115.

§ 5.

Wann und in **welcher Richtung** sich Abraham aus Cordova entfernte, kann wiederum nicht mit Bestimmtheit, kaum nach combinatorischen Erörterungen entschieden werden. Dass er „wegen der Wuth des Bedrückers" sein Vaterland verlassen, sagt er selbst unter Anwendung einer Bibelphrase[23]), doch darf seine Auswanderung nicht mit den durch die fanatischen Almohaden hereinbrechenden Calamitäten combinirt werden[24]). Letztere eroberten Marocco 1146, Cordova 1148; wir wissen aber, dass Abraham bereits 1140 in Rom den Commentar zu Kohelet verfasste[25]), vielleicht schon 1136 in Beziers, wenn er Verfasser der Nativität, die ich im Art. Abr. Jud. (S. 41) besprochen habe. Er hatte zu dieser Zeit jedenfalls das 40. Lebensjahr lange überschritten, und wenige Jahre darauf (1143) finden wir bereits in Bagdad seinen Sohn **Isak**[26]), der später zum Islam überging, wie uns der Dichter Charisi berichtet[27]). Andererseits wissen wir, dass Abraham um 1139, oder **kurz** vorher, einige mathematische Fragen des David b. Josef aus **Narbonne** beantwortete (s. unten § 7), woraus man schliessen möchte, dass er zunächst nach Nordspanien oder der Provence wanderte[28]). Im Zusammenhange damit steht die Feststellung der Orte,

---

23) Jesaias 51, 13; Friedländer, *Essays* 183; vgl. Grätz S. 440.

24) A. **Geiger**, Moses ben Maimon. Studien, 1. Heft, Breslau (1850) S. 7, dem ich in „Polemische und apologetische Literatur etc." Leipz. 1877, S. 352 folgte, ohne näher zu untersuchen.

25) Grätz S. 440, 449; Friedländer S. 187 vermuthet eine Umstellung im Epigraph, welche bei einer wörtlichen Uebersetzung unnöthig ist. Ibn Esra spielt wahrscheinlich auf die am Ende des Jahrtausends zu erwartende Erlösung an.

26) Isak verfasste ein Lobgedicht auf den bekannten jüdischen Arzt abu'l-Berekat **Hibet Allah**, den Verfasser eines arabischen Commentars zu Kohelet, der später zum Islam übertrat und vielleicht auch Isak dazu verleitete. Das richtige Verhältniss und die Identität Isak's habe ich zuerst in der Hebr. Bibliogr. I (1858) S. 91 festgestellt, vgl. II, 109 und die nachfolgende Anm. 27. Dass Isak den Vater auf Reisen begleitete (Grätz), ist möglich, aber unerwiesen; die Trennung in Damask (Friedländer *Comment.* p. XIV) hat gar keinen Boden, da der Vater schwerlich bis dahin gekommen ist, s. weiter unten S. 69.

27) Ueber die richtige Lesart s. Hebr. Bibliogr. XII, 20; S. 19 lies: bei Benedetti S. 193 (für 139). Eine weitere Combination mit einem ابن عزرا s. Zeitschrift d. D. Morg. Gesellschaft Bd. XX, S. 427—30.

28) Dass David sich eine Zeitlang in Spanien aufgehalten, kann ich aus dem Briefe bei Geiger, Divan S. 129, nicht ersehen. Ein zweifelhaftes Zeugniss, dass Abraham 1138 noch in Spanien war, s. Hebr. Bibliogr. XIII, 27 über einen Hymnus (vgl. HS. Carmoly 83?); vgl. XIV, 90 und unten § 7 A. 36. Ueber ein Gedicht Jehuda ha-Levi's an denselben David s. Hebr. Bibliogr. III, 32 A. 2. — In **Narbonne** nahm man schon 1143 auf ibn Esra's Theorie der **Horoscope** (vgl. unten § 18 A. 230) Rücksicht; s. HS. des Rabbiners Wallerstein in Rzeszow, beschrieben

welche Abraham überhaupt auf seinen Reisen berührte, wie weit sich letztere ausdehnten.

§ 6.

Eine gelegentliche und vereinzelte Notiz aus dem Ende des XIII. Jahrh. berichtet im Namen Abraham's, dass er in seiner Gefangenschaft in Indien ungesäuertes Brod zur Nahrung erhalten habe. Für die Würdigung der Mittheilungen Abraham's, welche Indien und indische Gelehrte betreffen, unterzog ich die Frage: „Ist ibn Esra in Indien gewesen?"[29]) einer genaueren Prüfung und gewann ein verneinendes Resultat; auch bis Palästina ist er schwerlich gekommen[30]). Hingegen war er jedenfalls in Aegypten[31]), vielleicht auch in einem angrenzenden Theile Africa's[32]). Von anderen Gegenden und Orten[33]) sind sicher: Rom (1140, wahrscheinlich auch 1167),

---

in Benzian's Catalog 1869 S. 2 n. 5 f, wo die Tabellen für Cyclus 257 (1105—23) vielleicht die des Abr. bar Chijja sind. *

29) Zeitschr. d. D. Morgenl. Gesellsch. XX, 427—30.

30) Das angebliche Gespräch mit 15 alten (!) Masoreten in Tiberias, bei Grätz (und daher Friedländer, *Comm.* I, p. XIX), habe ich auf Einschiebung des Wörtchens „ihm" bei Carmoly zurückgeführt (Z. D. M. G. XX, 427); ich finde nachträglich diese so wesentliche Einschaltung schon bei Gedalja ibn Ja'hja f. 41. — Irrige Angaben über Palästina und Längenentfernungen sind schon im XIV. Jahrhundert gerügt worden (von Josef b. Elieser, vgl. Zunz, Geogr. Lit. n. 36, Grätz S. 444, daher Friedländer, l. c.). Beachtenswerth sind folgende Angaben: im Brief des Sabbat (Pforte II, Kerem Chemed IV, 168) wird die Entfernung von Jerusalem und Bagdad auf zwei Drittel (mit Worten) Stunde (also 10° Länge) angegeben. Nach dem Buche *Ibbur* (f. 8b) sind zwischen Verona und Jerusalem mehr als 2 Stunden (30°), zwischen Bagdad und Jerusalem mehr als $1\frac{1}{2}$ Stunde, also gerade das Doppelte der obigen Angabe! Vgl. Friedländer, *Ess.* 152 A. 3.

31) Dort fand er die Kritik des Dunasch (ben Labrat oder Librat ha-Levi), die er in dem Buche *Sefat jeter* (Frankfurt am Main, 1843) widerlegte; letzteres verfasste er in Lucca, nach Halberstamm S. 12 im Jahre 1245.

32) Der, Ende des J. 1160 in Salerno schreibende Salomo Parchon (f. 4 Col. 3 ed. Pressburg 1844) bemerkt, dass der verstorbene Jehuda ha-Levi und ibn Esra „den Gott erhalte" (lies ש״ץ) nach „Afrika" (אפריקי) kamen u. s. w., nachdem eben von Palästina, Aegypten, Westen (Magreb) die Rede gewesen. Parchon war aber nicht ein „Jünger" derselben (Grätz S. 452); sie werden in der Vorrede (S. XXII) nicht als persönliche Lehrer bezeichnet, wie Rapoport richtig annimmt (wonach Kaufmann, Jehuda ha-Levi S. 36 und 32 zu berichtigen ist). Dass ibn Esra überhaupt in Salerno gewesen und dort ein Spottgedicht verfasst habe, ist eine in der Luft schwebende Hypothese Grätz's, s. meine Bemerkung in Virchow's Archiv für pathol. Anatomie u. s. w. Bd. 38 S. 74 und dazu Gross in Berliner's Magazin II, 34. — Einen „Gelehrten aus Afrika" citirt Abraham in dem von Zedner herausgegebenen Commentar zu Esther, S. 15, 22.

33) Vgl. den Artikel von Zunz in seiner Abhandlung: Geograph. Literatur der Juden; Gesammelte Schriften, I, Berlin 1875, S. 162 n. 36 (zuerst in engl.

Lucca 1145[34]), Mantua 1145, Verona 1146/7, Beziers 1155/6, Rodez 1156/7[35]), London 1158/9, Narbonne 1160; zweifelhaft Beziers 1136.

Wann war er in Aegypten? Grätz (S. 452) meint, es habe sich Niemand die Frage klar gemacht, wann er in „Africa, Aegypten, Palästina und noch anderen Ländern [d. h. des Orients] war“, und gibt als etwas ganz Neues aus, dass „seine weiten Reisen“ vor 1140 fallen, indem er ausserdem die Frage des David Narboni, welche sich auf das Jahr 1139 bezieht, so emendirt, dass sie „lange vorher“ geschehen sein könne! Wir dürfen jedoch kaum über 1138 hinaufgehen[36]); es bleiben uns dann zwei Jahre. Schon im Jahre 1851 lässt Geiger[37]) unseren Abraham von Spanien nach Nordafrica und von dort nach Asien oder Aegypten entkommen[38]). Diese Annahme hat etwas von vorneherein Bestechendes, bedarf aber darum noch weiterer Bestätigung. Man ist stets von den weiten Reisen ausgegangen, welche eine längere Zeit erfordern; handelt es sich aber nur um den Osten

---

Uebersetzung im II. Bd. von Benjamin of Tudela 1840 p. 250, bei Friedländer, *Comm.* I. S. XVII) und Grätz S. 452 (mit Hypothesen, die ich weglasse, wie z. B. Salerno, s. die vorangehende Anm.), Halberstamm l. c. S. 14.

34) Gegen Grätz's willkürliche Aenderung 1155 s. Halberstamm l. c. S. 12, welchem stillschweigend Friedländer, *Essays*, p. 164, folgt; s. jedoch N. Brüll, Jahrbücher für jüdische Geschichte III. Jahrg. Frankfurt a. M. 1877, S. 164.

35) Nicht Rhodus, s. oben S. 65 A. 13. Hier müsste der Weg durch Nordfrankreich eingeschaltet werden, auf welchem Abraham mit Jakob Tam aus Rameru zusammengekommen wäre (Halberstamm S. 15); über die nicht ganz gesicherten Wechselverse, bei Friedländer, *Comment.* I, p. XXVI, s. verschiedene Nachweisungen in meinem Katalog der hebr. Handschr. in Hamburg (1878) S. 6 n. 32, Verzeichniss der hebr. Handschr. der k. Bibliothek in Berlin S. 126 n. 119. -- Abzuweisen ist die Stadt „Mora“ (מורה), über welche Abraham, mit Anspielung auf „Amora“ (Gomorrha), ein Epigramm verfasst haben soll, welches aus ungeordneten Notizen einer Bodleianischen HS. mit der hier nöthigen Reservation mitgetheilt wurde von Dukes im Litbl. des Orient, her. von Fürst, 1850, S. 686 (vgl. S. 343), anfangend חקנקן חריקן. Die gehäuften, theilweise gesuchten Alliterationen sind nicht im Geschmack Abrahams's, und man muss sich wundern, dass A. Geiger jenes Epigramm ohne Weiteres unter den Namen des ibn Esra dem grösseren Publikum in deutscher Uebersetzung zugeführt hat („Blüthen“ im deutsch-israel. Volkskalender, Johannisberg 1853, S. 27, und Jüd. Dichtungen 1856, S. 37).

36) Ein sehr zweifelhaftes Zeugniss, dass Abraham im Jahre 1138 noch in Spanien war, s. oben § 6, A. 29.

37) Moses b. Maimon, S. 7.

38) Geiger, Judenthum u. s. w. II. (1865) S. 131: „Wie es scheint, ist er über Nordafrica und Egypten nach den christlichen Landen, zunächst nach Italien gegangen, wo wir ihn in Rom, Lucca, Mantua sehen, dann nach der Provence, . . . dann nach Nordfrankreich . . . Von dort geht er nach England . . . Dann tritt er die Rückreise wohl in derselben Weise (?!) an, bis er in Rom im 75. Jahre die irdische Lebensbahn verlässt.“

Africa's, welchen Abraham durch ein Schiff erreichen konnte[39]), so haben wir bis 1155 Lücken genug, in welche die Reise fallen konnte, insbesondere zwischen 1140 und 1145[40]).

§ 7.

Neben Raum und Zeit, ja im Zusammenhang mit denselben, tritt uns die Frage nach der Sprache entgegen: Hat ibn Esra arabisch geschrieben? Alle bekannten unverdächtigen Schriften sind hebräisch verfasst, alle Nachrichten von arabischen erweisen sich nicht als stichhaltig. Sie sollen hier zuerst kurz besprochen werden.

1. Ein „Buch von den Wesen" (העצמים *ha-Azamim*) hat sich in einer unedirten hebräischen Uebersetzung erhalten, deren Handschriften den Uebersetzer nicht nennen, nämlich in Parma, Cod. De Rossi 1055[3], ausführlich beschrieben von P. Perreau (*Bollettino Italiano degli studii orientali*, 1877, S. 229—232), in Florenz (Plut. II, Cod. 25, 2, S. 25 bei Biscioni ed. in Oct. — unvollständig), Bodleiana (Michael 316)[41]), jüd. Gemeindebibliothek in Mantua (ein Expl. beschrieben von M. Mortara in Hebr. Bibliogr. II, 93 — vgl. XV, 16, XVI, 109 — wurde vom Wasser ruinirt, ein zweites s. in Mortara's *Catalogo dei manoscritti ebraici della biblioteca della comunità israel. di Mantova*, Livorno 1878, S. 61 n. 78 f), HS. Ghirondi-Schönblum 81 (S. 28 meines Catalogs 1872, wo jetzt, ist mir unbekannt), Luzzatto 114, jetzt der k. Bibliothek in Berlin 244 in Oct. (S. 56 meines Verzeichnisses).[42]) Das kleine philosophisch-theologische Schriftchen handelt 1) von Gott, 2) von den Emanationen der intellectualen Kräfte

39) Friedländer, *Comm.* I, S. XXI, erzählt als Schiffsanekdote das „Stratagem", worüber unten § 20.

40) Grätz, S. 441, schaltet hier als Ort zwischen Rom und Mantua (!) Salerno ein (Friedländer, Comm. I, p. XXII, A. 41 versprach eine Erörterung darüber im III. Bde., wo er sich jedoch auf die Commentare beschränkte); s. dagegen oben S. 69 A. 32. — 1145 erscheint als Grenze durch die Widerlegung des Dunasch (oben S. 69 A. 31). Derselbe ist zwar schon in der ersten Grammatik (*Mosnajim* in Rom um 1140?) erwähnt, jedoch, wie es scheint, nicht das in Africa gefundene Werk; ausserdem wird Dunasch nur noch citirt in der Grammatik *Zachot* (1145) f. 146[b] ed. Ven. (dieses Citat fehlt bei Dukes, Literaturhist. Mittheil. über die ältesten hebr. Exegeten u. s. w., Stuttg. 1844, S. 153) und f. 160, Comm. zu Psalm 9, Vers 1, 7, 10 und Psalm 42, Vers 5.

41) Daraus stammt wohl die Copie Edelmann's (*Chemda Genusa*, Königsberg 1856, Bl. 43).

42) Die in H. B. II, 93 angeführte HS. Paris hat irrthümlich den Titel *ha-Azamim;* der Catalog S. 23 n. 189[4] verbessert mit Recht *ha-Teamim*, da es eine der astrologischen Abhandlungen ist (s. § 21), was Geiger (jüd. Zeitschr. IV, 187) übersehen hat, wie ihm auch alle älteren Nachweisungen wirklich vorhandener HSS. entgangen sind!

auf die seelischen, 3) von den Sabiern, Nabatäern und Chaldäern, 4) von der Seele (beginnend mit einer Verweisung auf einen Abschnitt über die Elemente), 5) von Thieren, 6) von den Sphären; 4 und 5 werden in einigen HSS. zusammengezählt, so dass nur 5 Abschnitte herauskommen; fehlt ein 3. über Elemente? Samuel Zarza berichtet, dass dieses Schriftchen für ihn (um 1367) aus dem Arabischen von Jakob ibn Alfandari übersetzt worden; sein Zeitgenosse Samuel Motot übersetzt kurz aus dem arabischen Original[43]). Auch ein dritter Supercommentator derselben Zeit in Berbiesca (Briviesca), Schemtob ibn Major, citirt das Buch Azamim als echt. Aber ein vierter, um wenige Jahre jüngerer, Schemtob Schaprut, bezeichnet es schon vorsichtig als „dem ibn Esra beigelegt". Letzterer ist sicherlich nicht Verfasser des Schriftchens, das erst um 1360 auftaucht, im Original wieder verschwindet, vielleicht in der Literatur der Muslimen zu suchen ist.

2. נסיונות (*Nisjonot*, Erfahrungen — entsprechend dem arabischen häufig vorkommenden *Mudscharrabât*), Zusammenstellung von leicht zu bereitenden Heilmitteln, theils sympathetisch und superstitiös, in 10 Tractaten oder Abschnitten, welche in Kapitel zerfallen; HS. Michael 205 der Bodleiana, Paris 1134 und 1170. Nach Carmoly[44]) scheint diese Schrift aus dem Arabischen übersetzt. Ich habe die Michael'sche HS., in welcher der X. Abschnitt fehlt, vor ungefähr 25 Jahren oberflächlich angesehen. Der I. Abschnitt handelt im Allgemeinen von den specifischen Mitteln oder Kräften, der X. von Fiebern. Es sind fast nur Excerpte aus der griechisch-arabischen Medicin; citirt werden Aristoteles (Physik und Thiergeschichte), Dioscorides, Galen, vielleicht Alexander (el-Iskenderi? VII, 2 ff.), der weise Salomo (VI, 10), auch das „Siegel Salomo's" (VII, 11)[45]), von Arabern ibn Maseweih, at-Thaberi[46]), al-Razi (Rhazes), manchmal heisst es: „Ich der

43) Supercomm. zu Mischpatim, Exod. 23, 21 f. 24c ed. 1553: „Dies ist der wesentliche Inhalt seiner Worte in arabischer Sprache." Das Citat bildet einen Theil der Erklärung von Exod 23, 21, welche man als besonderes Stück findet in Cod. München 285b und Paris 825⁶, wo der Catalog S. 140: „Geheimniss des Gottesnamens und der Engel nach Abr. ibn Esra" angiebt! Eine Abschrift dieses Stückes besitzt Rabbiner Dr. Gross. Andere Stellen bei Motot zu Beschallach 21b, Jitro 22c. Ueber die abweichende Recension Motot's s. Hebr. Bibliogr. XV, 16.

44) *Histoire des médecins juifs*, p. 46.

45) Ich weiss nicht, ob die Pflanze gemeint ist; vgl. meine Mittheilung bei S. Günther, Ziele und Resultate der neuern mathem.-hist. Forsch., Erlangen 1876, S. 118.

46) Wahrscheinlich der von Razi angeführte, nicht ibn Haitham, s. Zeitschr. D. Morg. Gesellsch. IX, 842; meine Toxolog. Schriften der Araber, in Virchow's Archiv f. pathol. Anat., Bd. 52, S. 476 und Hebr. Bibliogr. XIV, 40.

Schreiber", oder der Experimentator (המנסה), und wird die bekannte Formel „erprobt und bewährt" (בחון ומנוסה) angewendet. III, 3 handelt von den „Namen" (d. h. Anwendung von magischen Wörtern und Zeichen), VI, 9 von sympathetischer Anwendung des „das Eisen anziehenden Steines, genannt *Calamita*" קלמיטה).[47]) Von einer solchen Schrift Abraham's weiss, so viel mir bekannt, das Mittelalter nichts, welches gerade nach derartiger Literatur besonderes Verlangen trug; erst aus dem Ende des 17. Jahrh. ist mir ein directes Citat bekannt[48]). Auch wird Abraham nirgends als Mediciner gerühmt.

3. מדות *(Middot)*, ein arabisches Werk über Ethik, HS. in der ehemaligen Sorbonne n. 9, erwähnt Wolf (Bibl. hebr. III p. 1138 n. 332), der jedoch vermuthet, ibn Esra sei darin nur angeführt und das Werk identisch mit dem eines viel später lebenden Anonymus. Die HS. scheint jetzt Sorbonne 54, aber der neue Pariser Catalog unter 830 meldet nichts von diesem und einigen andern bei Wolf genannten Bestandtheilen dieser HS[49]).

4. Ein arabisches Buch der Nativitäten *(Mawalid)* im Escural Cod. 935, geschrieben 1395, nach Casiri's Catalog p. 376, von *ben Azari* (? die Vocalisation des arab. Textes ist unsicher) *al-Kha'sibi*, dem jüd. Astronomen (oder Astrologen) aus Toledo. Der Schreiber, der die spanische und christliche Aera angibt, war ohne Zweifel Christ oder getaufter Jude und will unseren ibn Esra als Verfasser bezeichnen, wenn die lateinischen Worte

47) Vgl. Abr. Judäus S. 3, Anm. 1 und meine Abhandl. *Intorno ad alcuni passi . . . relativi alla calamita*, Roma 1871 (aus Boncompagni's *Bullettino* abgedr.), S. 25 die Stelle aus dem kurzen Comm. zu Exod. 7, 11, woraus vielleicht im grösseren (interpolirten) zu Exod. 28, 9; über תולדות s. weiter unten Anm. 94, wonach dort *nella generazione* zu lesen wäre.

48) In einer anonymen (von ם''ררי?) zu Busseti in Italien gegen Ende 1688 verfassten Abhandlung über das Gedächtniss (HS. Reggio 24 in der Bodl. 4 f. 9ᵇ) werden „*Segullot*" aus ibn Esra's Buch Nisjonot Tr. III, 2, 5 citirt. — Um 1600 bemerkt Abraham Jagel aus Monselice (HS. Reggio 10 Kap. 47) bei Gelegenheit des Cerastes (Plin. IV, 23), er habe gehört, dass ibn Esra ein Schlangenhorn im Griff seines Messers zum Schutz gegen Vergiftung angebracht, da es von nahendem Gifte schwitze. Aus einem dem Abraham beigelegten Buche „Anordnungen der Speisen" (תיקוני מאכלים) citirt Elasar ben Mattatja; vgl. Verzeichniss der hebr. HSS. in Berlin, S. 48². — In Benjacob's grossem bibliogr. Werke, welches nächstens in Wilna erscheint (S. 399) fehlt unsere Schrift. Von der Medicin spricht Abraham zu Exod. 23, 26, s. unten § 12 n. 3.

49) Vgl. Hebr. Bibliogr. 1869, S. 22, A. 5. — Eine dem ibn Esra beigelegte hebräische Schrift מדות oder בית מדות scheint aus verschiedenen Confusionen entstanden, namentlich mit der so betitelten ersten Ausgabe der Sittenschrift des Römers Jechiel b. Jekutiel (1287) — s. Catalog Bodl. S. 1279 u. Add., Hebr. Bibliogr. XIX, 5 — und einer anonymen aus dem XV. Jahrh., s. Reifmann in der Zeitschrift *ha-Karmel* 1862, II, 278, Hebr. Bibliogr. XV, 1.

„genere Judaeus" nicht Casiri's Zusatz sind. Zu jener Zeit waren ibn Esra's astrologische Schriften längst bekannt (§ 21); es wäre also nicht unmöglich, dass sein Buch der Nativitäten (s. unten § 21) ins Arabische übersetzt worden sei. Gerade in Toledo, der Geburtsstadt Abraham's, erhielt sich der Gebrauch des Arabischen noch im 16. Jahrhundert. Man weiss nur nicht, was dann *al-Kha'sibi* bedeuten soll. So heisst nämlich ein Verfasser von Nativitäten bei Hagi Khalfa, welchen ich identificirte mit *„Albubater,"* dessen Buch der Canonicus Salio aus Padua entweder 1218 oder 1228 oder 1244 (er erscheint mit Guido Bonatti 1259 in Brescia) mit Hilfe eines Juden David übersetzte. Enthält die arabische HS. das Original dieses Werkes, und ist der Zusatz von ibn Azari, Astronomen in Toledo, falsche Conjectur eines Abschreibers?

Ich habe hier in Kürze das Resultat meiner zuerst hierauf gelenkten Forschungen mitgetheilt[50]), welche von Wüstenfeld nur theilweise benutzt und eher verdunkelt, als in helleres Licht gesetzt sind[51]).

5. Ueber Sonnen- und Mondesfinsternisse in Cod. Vatic. 44[4] soll, nach Assemani, aus dem Arabischen von Kalonymos übersetzt sein. Ich vermuthe, dass hier die Uebersetzung des Maschalla durch ibn Esra confundirt sei; s. unten § 21.

6. Auf einem Schreibfehler scheint eine Stelle im *liber de mundo* zu beruhen *(Opera Avenaris* Bl. 78 Col. 2): *Inquit translator*[52]) *hec* (so) *est itaque sermo avenare secundum quod jacet in arabico, sed visum est nobis*

50) Zeitschr. d. D. Morg. Gesellsch. Bd. 24 (1870) S. 336, 337, Bd. 25, S. 419. *Letteratura Ital. dei Giudei* im Buonarroti, her. v. Narducci 1873, Art. I, S. 192 Anm. 9. Vgl. Abr. Jud. S. 26.

51) F. Wüstenfeld, die Uebersetzungen arabischer Werke in das Lateinische seit dem XI. Jahrhundert. Aus dem 22. Bd. der Abhandl. der k. Gesellsch. d. Wissensch. 4. Göttingen 1877, S. 83, § XVI, schon in der Ueberschrift: „Salomon (falsche Conjectur einer Münch. HS.) Canonicus Pad." verfehlt. Wie so die arab. HS. „näher auf den Verf. führt" sieht man im Verfolg nicht ein, da sich kein Resultat ergibt. Den Beinamen „Abu Bekr" hat niemals ein Jude geführt, unser Abraham hiess — wie fast alle Juden dieses Namens — abu Ishak (s. oben S. 66); auch sind nicht zwei Juden Abraham als Verfasser von Nativitäten zu unterscheiden, sondern zwei Recensionen und zwei lateinische Bearbeitungen (s. unten § 21). Den Gehilfen David mit dem J. 1244 sowie eine zweite Uebersetzung des Salio *(Hermes, de stellis fixis)* hat Wüstenfeld übersehen. Er hat (S. 4) unter den benutzten Quellen meine verschiedenen Abhandlungen so allgemein angegeben, dass an mehreren Stellen, wie die obige, nur ein genaueres Citat den Forscher in den Stand gesetzt hätte, die Sache weiter zu verfolgen. — Ich mache noch auf den (Zeitschr. 24, S. 336) herbeigezogenen Kasim b. Kasit (auch bei Wüstenf. S. 42 ohne weitere Nachweisung) aufmerksam wegen des bei ihm vorkommenden Sind-Hind.

52) Ob hier der Uebersetzer ins Französische Hagins spricht? (s. unten § 21).

aut truncatam fuisse literam in exemplari aut salvis bñ [bene?] dictis eius doctrinam nimis confusam tradidisse et minus artificiosam.

7. Cod. Vat. 384 [13] enthält unter den astronomischen Tabellen eine arabische; es scheint aber das Ganze nicht von Abraham, sondern von Levi b. Abraham (s. § 21).

8. Eine angebliche Logik (הגיון) in Codd. Michael 82 und bei Uri 365 [53]) ist von Kaufmann als eine andere Recension der gedruckten ethischen Schrift von Abraham bar-Chijja (Abr. Jud. S. 5 Anm. 5) erkannt, und möchte Kaufmann zwei Uebersetzungen aus dem Arabischen vermuthen. Ich glaube noch weniger, dass dieser in Barcellona und der Provence lebende Gelehrte etwas arabisch verfasst habe.

§ 8.

Von ibn Esra meint Geiger [54]): „Er hatte die arabische Bildung und die jüdische Gelehrsamkeit der damaligen Zeit, nach allen Richtungen hin, vollkommen in sich aufgenommen, und dennoch scheint seine Geburtsstätte[!!] insofern einen gewissen nachtheiligen Einfluss auf ihn geübt zu haben, als er, wie mich bedünken will, wenn auch der arabischen Sprache kundig und in der arabischen Literatur vollkommen heimisch[?], sich des Arabischen nicht so vollkommen bemächtigt hat, dass er auch schriftstellerisch darin auftreten konnte. Er lebte unter den Romanen[!], so war seine vaterländische Sprache nicht arabisch, und die Annahme liegt nicht fern, dass er diese erlernt, aber nicht schriftstellerisch zu handhaben vermochte. Es wäre sonst im höchsten Grade auffallend, dass von Aben Esra in der Zeit, innerhalb welcher er in Spanien lebte, d. h. in seinem Jünglings- und kräftigen Mannesalter, keine Schrift — die kleineren, die aus jener Zeit herrühren sollen [?], sind zweifelhaft — und dass überhaupt keine Schrift von ihm in arabischer Sprache erschienen ist.“ — Es ist uns jedoch von jener Periode überhaupt nichts bekannt, und ist es sehr wohl denkbar, dass Abraham erst in christlichen Ländern Veranlassung fand, seine arabische Bildung schriftstellerisch zu verwerthen. Die von Geiger versuchte Erklärung wird widerlegt durch Abraham's Zeit- und Landesgenossen, welche arabisch schrieben. In Bezug auf arabische Sprache und Literatur seien hier die, im Plane von Geiger's Vorlesungen nicht beabsichtigten Belege mit wenigen Worten erbracht.

---

53) Vgl. Litbl. des Orient XI, 342. — D. Kaufmann in Zeitschr. d. Deutschen Morgenl. Gesellsch. Bd. 30, S. 363, A. 5. — Immanuel b. Salomo, Divan f. 152^b nennt הגיון hinter כלי חנחשת und חזיון wohl nur des Reimes halber. *

54) Das Judenth. u. s. Gesch. II, 131.

Ibn Esra behandelte die hebräische Grammatik nach Muster der arabischen[55]), brachte wohl zuerst ein berühmtes arabisches Lexicon (Buch *Ain)* zur Kenntniss der Juden[56]), erklärt nicht selten Wörter aus dem Arabischen, vielleicht theilweise nach Quellen, die wir nicht kennen. Wie weit er in der sonstigen Literatur der Araber sich umgesehen, hat meines Wissens noch Niemand untersucht, und Geiger's Behauptung ist eine rednerische Hyperbel. Die in mathematischen und astrologischen Schriften erwähnten Autoren habe ich theilweise in Bd. 24, 25 der Zeitschr. d. D. Morg. Gesellschaft behandelt und folgt später ein vollständiges Verzeichniss. Andere sind kaum irgendwo namentlich erwähnt. Das „Buch der ägyptischen Landwirthschaft" ist ohne Zweifel aus einem Lesefehler im Arabischen für „nabatäische" entstanden, und kein anderes, als das in neuester Zeit vielbesprochene Werk des Betrügers ibn Wa'hschijja[57]). Einiges hat er selbst übersetzt (Maschalla schon 1148), und ist kein Werk eines Muslim bekannt, welches vor ihm hebräisch übersetzt wäre.

Arabischen Ursprungs ist die Einleitung in ein eigenthümliches öfter gedrucktes Schriftchen, dessen Echtheit allerdings nicht unzweifelhaft ist. Es führt den Titel: חי בן מקיץ „Lebender, Sohn des Erweckers", wie der bekannte philosophische arabische Roman des ibn Tofeil (*'Hai ben Jokzan),* welchen Renan als „psychologischen Robinson" bezeichnet, mit welchem auch die Bibliographen das hebräische Schriftchen irrthümlich in Zusammenhang brachten. Ibn Tofeil erwähnt ein eben so betiteltes Buch von dem berühmten Arzte Avicenna, welches verloren scheint; aber eine ebenso betitelte kleine Abhandlung von 6 Blättern in Leyden hat ohne Zweifel dem Verfasser des hebräischen vorgelegen[58]), da er die (im Leydener Catalog abgedruckte) Einleitung in eleganter Reimprosa wiedergegeben hat. Darin trifft der Erzähler einen Greis, welcher spricht: „Hai . . ist mein Namen und die heilige Stadt (Jerusalem) mein Wohnort"[59]). Mit diesem Greis unterhält sich der Erzähler über alle Wissenschaften bis zur Physiognomik. Dann folgt im Text eine fabelhafte Erzählung von entfernten

55) *Mosnajim* f. 212, 234 ed. Ven.

56) *Zachot* Anfang, s. Zeitschr. D. M. Gesellsch. VI, 414; vgl. Hebr. Bibliogr. XI, 136. — Das Werk des Sibeweih erwähnt schon Jona ibn Dschanna'h im XI. Jahrhundert.

57) S. Virchow's Archiv Bd. 52 S. 350, 499; Bd. 77 S. 507; Magazin f. d. Wiss. d. Jud. III, 205 A. 30, Hebr. Bibliogr. XVII, 119 zu Friedländer, *Ess.* 243, vgl. p. 74.

58) Hebr. Bibliogr. 1870 S. 21, wo bemerkt ist, dass in der Bodl. HS. nur der Titel im Index vorkomme. Ueber eine Turiner HS. s. Nachtrag.

59) Hat vielleicht auch diese Stelle dazu beigetragen, ibn Esra in Palästina sterben zu lassen?

Gegenden (Klimaten) bis zum göttlichen Wohnort. Der Hebräer geht von der Einleitung sofort auf eine psychologische Allegorie über[60]), anschliessend eine Wanderung durch ebenfalls allegorisch geschilderte „Reiche", d. h. Himmelssphären (Mond, Sonne, Mars etc., Fixsterne), worauf das Gebiet der Engel und Gottes folgt. Nun wünscht der Erzähler den Weg zur Erkenntniss und Anschauung Gottes zu erfahren und wird auf Selbstkenntniss hingewiesen[61]). Mose Frankfurt, der das Schriftchen zuerst in Amsterdam 1733 aus einer HS. herausgab, suchte — im Geschmacke der Deutschen — den Namen Abraham im Zahlwerth der Buchstaben ח—מקיץ (248) des Titels. Ibn Esra, wenn er Verfasser ist, würde solche Abgeschmacktheit mit seinem Humor gegeisselt haben.

Ob seine vereinzelte Polemik und Abwehr gegen den Islam[62]) auf Kenntniss von Schriften beruhe, lässt sich nicht ohne Weiteres bestimmen, da es auch mündliche Disputationen und Mittheilungen gab. Der „griechische Arzt", den er (zu Genesis 3, 6) für die Lebensbegrenzung des Menschen anführt, ist ohne Zweifel Galen[63]).

§ 9.

Wenn wir in Anschluss an die Lebensverhältnisse Abraham's den Kreis seiner echten Schriften durch die Sprache enger zu begrenzen vermochten, so werden wir mit weniger Sicherheit ein inneres Kriterium

---

60) Die fünf äusseren und inneren Sinne (S. 47 bei Goldberg, *Chofes Matmonim*, Berlin 1843) hat Avicenna, in seiner Psychologie, deutsch v. Landauer, Zeitschr. D. M. Gesellsch. Bd. 29 S. 390, wo die Benutzung bei Jehuda ha-Levi nachgewiesen ist. Die Vergleichung der Seelenkräfte mit gewissen Beamten ist auf die Glieder des Körpers übertragen von Gazzali und verarbeitet in einem Hymnus des ibn Esra, s. meine Nachweisung im Magazin f. d. Wiss. d. Jud. III, 190.

61) Diese Pointe ist im Berliner Abdruck S. 50 oder in der benutzten HS. ausgefallen! Das griechische „Kenne Dich selbst" als Mittel zur Erkenntniss Gottes wird dem Khalifen Ali in negativer Form beigelegt (Hebr. Bibliogr. XV, 43), der Name ist also in der latein. Uebersetzung des Avicenna nicht eine Einschiebung, wie Landauer l. c. 374 annimmt; Gazzali citirt den Spruch in verschiedenen Schriften und behandelt ihn in seiner „esoterischen Schrift"; auf weitere Nachweisongen muss hier verzichtet werden. Bei den Juden wird Hiob 29, 26 darauf bezogen, s. H. B. XV, 44, Magazin f. d. Wiss. d. Jud. III, 191 unt. and. in einem Hymnus unseres ibn Esra; vgl. dessen Comm. Exod. 31, 18 bei Friedländer, *Ess.* p. 34, der die Mittelglieder nicht kennt, und das Vorgedicht zu *Jesod Mora*. D. Kaufmann, Gesch. d. Attributenlehre u. s. w. Gotha 1877, S. 296 u. 445 kennt noch nicht den Ursprung des Schriftchens 'Hai ben Mekiz.

62) Mein: Polemische u. apologet. Lit. 1877, S. 352.

63) Friedländer, *Ess.* 74 Anm. zu ergänzen. Eine betreffende Anfrage des Josef ben Jehuda an Maimonides (s. Hebr. Bibliogr. XIX, 131) nennt Galen ausdrücklich. Die „Weisen Griechenlands" citirt ibn E. Exod. 12, 1.

„Sefirot", wie es der einfache Sinn erfordert, die 10 Zahlen. Erst die Kabbala des 13. Jahrhunderts verwandelt die Zahlen in Aeonen, und seitdem wird das „Buch der Schöpfung" in diesem Sinne gedeutet und für ein kabbalistisches ausgegeben.

Wie verhält sich ibn Esra zu diesem Buche? Der Schwärmer und Pseudo-Prophet Abraham Abulafia aus Toledo (geb. 1240), der in der Buchstaben-Kabbala den Mittelpunkt aller Weisheit gefunden, will einen Commentar ibn Esra's zum Buche Jezira kennen, der „grösstentheils Philosophie, theilweise kurze Kabbala" enthalte[69b]). Aber Niemand aus jener Zeit kennt diesen Commentar, bis um 1360—1370 die Supercommentatoren ibn Esra's aus einem solchen, oder aus der Erklärung „eines Theils" des Schöpfungsbuches unbedeutende Stellen anführen[70]). Dann verliert sich wieder jede Spur dieses angeblichen Buches, welches in mancher Beziehung interessant gewesen wäre. Bei ibn Esra's Vorliebe für Zahlensymbolik ist es kein Wunder, wenn er in echten Schriften jenes Buch heranzieht, ja sogar in der grammatischen Schrift *Zachot* und sonst die hebräischen Buchstaben danach ordnet, auch die Redensarten desselben als typisch anwendet[71]). Vielleicht hat man seine Excurse (unten § 11) für einen Commentar ausgegeben? Aber die „Sefirot" sind auch ihm die Zahlen[72]); in seinen echten Schriften ist nichts, was mit dem Namen Kabbala im oben begrenzten

---

jenen Autor selbst und die Pariser HS. hat Munk (*Notice sur Aboulwalid* p. 51 des Sonderabdr. aus dem *Journal asiat.*, deutsch im Litbl. des Orient 1850 S. 807) wenig befriedigend gehandelt und die wesentliche Identität zweier Uebersetzungen oder Bearbeitungen nicht erkannt; s. meinen Catal. Bodl. S. 1117 u. Add., 1335, 2762; Schorr, *he-Chalus* VI, 63; mein Alfarabi 248, vgl. Hebr. Bibliogr. XII, 57; wonach D. Kaufmann, Geschichte der Attributenlehre u. s. w., Gotha 1877, S. 173, zu ergänzen ist.

69b) Jellinek, Bet hamidrasch III, S. XLIII, vgl. unten Anm. 75.

70) Der, wenig zuverlässige Moscono in der Bulgarei (Magazin f. d. Wiss. d. Jud. III, 98 A. 12), Zarza, Motot (Hebr. Bibliogr. XV, 16), Schemtob ibn Major (bei Schiller-Szinessi, *Catal. of the Hebr. MS. etc.* P. 1 Cambridge 1876, p. 153); vgl. *Jewish Lit.* 302 n. 29, p. 357 zu 111; Catal. Codd. hebr. Lugd. Bat. p. 96; Hebr. Bibliogr. XIX, 122.

71) Zu Genes. 1, 2; Exod. 3, 15; Psalm 15, 9; Kohelet 21, 6 (Friedländer, *Ess.* 27 A. beachtet die Quelle nicht), *Moznajim* f. 232 ed. 1545, *ha-Schem*, Kap. 1 u. 3, *Jesod Mora* Kap. 12, Buch vom Einen unter 4 u. 7 (S. 40, 57); Zahlwörter unter 10 S. 166; Arithmetik, Anfang. Gelegentlich bemerke ich, dass die Redensart מכאן ואילך צא וחשוב dem B. Jezira Kap. IV in der sog. Mischna der Masse I, 6, 8 entlehnt scheint.

72) חכמי המספרות und חכמות sind die Zahlkundigen und die Zahlwissenschaft; s. W. Bacher, Abr. ibn Esra's Einleitung zu seinem Pentateuchcomm. (aus dem Decemberheft 1875 der Sitzungsberichte der phil.-histor. Classe der k. Akademie) Wien 1876, S. 17, 19 und Anfang der Arithmetik. Abulafia (bei Jellinek, Philosophie und Kabbala, Leipz. 1854, S. 37) verwirrt Alles.

in Anspruch nahm — eine Emanationstheorie, welche für jene Sphären eine Art von Aeonen mit verschiedener Anordnung (nach Art der sog. Porphyrbaums) setzte und diese, mit allen älteren mystischen Elementen, auch manchem, den Philosophen entlehnten Material, ausgeführte Lehre für die echte Tradition *(Kabbala)* ausgab, die selbst über dem Gesetze stehe, als „praktische“ Kabbala alle Arten von Wunder wirke. Ein Product dieser Kabbala, verbunden mit Geldspeculation, ist das berühmte — vielmehr berüchtigte — Buch Sohar, das in seiner Wirkung alle anderen Fälschungen weit hinter sich zurücklässt, da noch in unserer Zeit achtbare christliche Theologen die Trinitätslehre der alten Juden aus diesem Buche schöpfen, ohne die Angriffe auf das Christenthum zu beachten[67]). — Man sollte das Wort Kabbala nur auf diese jüngere Theosophie anwenden.

Ein eigenthümliches Büchelchen, an welches sich schon im 9. Jahrh. Interpolationen und Erklärungen knüpften, das sog. Buch der Schöpfung *(Sefer Jezira)*, harrt noch immer der kritischen Bearbeitung[68]). Es stellt in etwas phantastischer Weise die 10 Zahlen (ספירות *Sefirot)* und 22 Buchstaben als Vermittler der Schöpfung auf. Die echten, theilweise arabischen Erklärer des Büchelchens im 10. Jahrh. bringen mathematisches, physikalisches und philosophisches Material heran[69]). Ihnen Allen sind die 10

---

so viel als Astronomen], der viele Bücher der Wissenschaften verfasste. [Ueber die bekannte Vermengung des Astronomen und Königs, auch in echten Schriften Abraham's, z. B. in der Arithmetik bei Terquem, Not. p. 15, s. Zeitschr. d. D. M. Gesellsch. Bd. 25 S. 397 und Halberstamm zu Ibbur S. 8.] Sie [die Inder] erfinden, wie die Welt steht, und er [Ptolem.?] meint, wegen der Schnelligkeit der Sphären steht die Erde in der Mitte in der Luft, wie z. B. wenn Jemand ein Senfkorn in eine leere [l. רקיקה?] Eierschale oder ein Glasgefäss thut, und dieses so stark dreht, dass das Korn in der Mitte bleibt.“ Als Beleg dient eine ähnliche Stelle bei Saadia (Religiousphilos. II, S. 57 ed. Leipzig 1859); aber das Gleichniss steht nur in der von Mose benutzten hebr. Paraphrase eines Anonymus, der nicht vor dem XII. Jahrh. gelebt hat (s. Hebr. Bibliogr. XIII, 82).

67) S. Polem. u. apologet. Lit. S. 362.

68) Die Ausg. Neu-York 1877 mit englischer Uebersetzung von Isidor Kalisch bietet einen willkürlich gemachten Text und ungenaue Uebersetzung, s. Hebr. Bibliogr. XIX, 122. Ueber die an das Buch Jezira sich knüpfenden culturhistorischen Fragen s. meine Anzeige von Günther's Studien zur Gesch. d. mathem. u. phys. Geographie, in Hebr. Bibliogr. XVII, 93, 94.

69) Ich erinnere an die von Munk mitgetheilte Stelle über die „Staubschrift“ *(Gobar)*, bei Reinaud, Mém. sur l'Inde p. 399, zu gleicher Zeit hervorgehoben in meinem Art. Jüdische Lit. § 21 A. 93 *(Jew. Lit.* p. 363, 378), wo ich bemerkte, dass der betr. Autor kein Zero erwähne, von der Rechentafel (אבקס, eigentlich ἄβαξ) spreche und die sog. Knöchelrechnung kenne (vgl. Abr. Jud. S. 29 A. 50). In der HS. Fischl 25 D. f. 127 hinter dem Buch *Mispar* des ibn Esra findet sich ein Stück überschrieben: „Fingerrechn [illegible] rabisch *Gobar* heisst.“ — Ueber

dass man durch heilige Namen Visionen und Offenbarungen bewirken könne u. s. w., während Abraham (zu Exod. 3, 13 kürz. Rec.) mit einem seiner schlagenden Wortwitze bemerkt: „Diejenigen, welche vermeinen mit dem Namen grosse Werke zu verrichten, kennen den Namen (d. h. Gott) nicht." Allein das „Buch des Lebens" (ספר החיים), welchem Mose Tachau's sehr ungenaue Citate angehören, und das in einigen HSS. den Namen ibn Esra's trägt[81]), ist ein Zerrbild Abrahams, allerdings ein Zeugniss seines frühzeitigen Einflusses auf die Juden in Deutschland, das er selbst gewiss nicht berührt hat. In meiner ursprünglichen Beschreibung der Münchener HS. — welche nebst so vielen anderen wegen Mangels an Raum wegbleiben musste, — hiess es: Der anonyme Verfasser kennt die Commentare zum Buch Jezira von Sabbatai Donnolo[82]), vielleicht auch von Saadia Gaon (gest. 941), oder des letzteren Religionsphilosophie in der Paraphrase. Er verbindet Zahlen- und astrologische Mystik, wie sie zum Theil mit derselben Terminologie bei ibn Esra vorkommt (jedoch ohne letzteren zu nennen) mit der bunten phantastischen Mystik, die wir bei Elasar aus Worms finden und steht im Ganzen letzterem sehr nahe. Er gebraucht französische Wörter und Sprüche (z. B. am Ende). — Kürzlich hat Jellinek[83]) geradezu erklärt, dass die in Wien befindliche HS. Pinsker's von diesem Elasar verfasst sei, unter dessen Namen allerdings ein so betiteltes unedirtes Buch bekannt ist. Ich unterschied im Münchener Catalog diese beiden, mit Zunz[84]). Anderseits finde ich jetzt in meinen Excerpten aus dem anonymen Buche die von Zunz[85]) aus Elasar angeführte Stelle,

---

81) Unter Anderen in HS. München 207 und einer HS. des Antiquars Schönblum, die ich 1869 excerpirte; s. auch Benjacob's Thesaurus libr. (1880) S. 178 n. 559, 560.

82) Dieser Comm. des um 941 in Italien schreibenden Astrologen und Arztes (Virchow's Archiv Bd. 39–42) wird von Prof. Castelli in Florenz zur Ausgabe vorbereitet.

83) Hebr. Bibliogr. XVIII, 4.

84) Literaturgesch. d. synagog. Poesie, Berlin 1865, S. 324, vgl. S. 317: Elasar kannte Saadia, Donnolo, Abenesra und verflocht deren Lehrsätze nebst Stellen aus dem ס' החיים eines Ungenannten ... in seine eigenen Werke, wo Hechalot [Schilderungen der Himmelsregionen] und Midrasch, Philosophie und Zahlenweisheit, Aberglauben und Sittenlehre friedlich nebeneinander lagern. Vgl. Hebr. Bibliogr. XVII, 10 unten, vgl. XIV, 32. Neubauer, bei Renan, *Hist. lit. de la France*, tome XXVII p. 466, ist der Ansicht, dass Elasar in Folge der Ermordung von Frau und Kindern (1214) tiefsinnig geworden sei. Derselbe hebt p. 465 ein französisches Sprüchwort hervor, das noch zu erklären ist; aber das „*livre de Gloire*" ist eigentlich von Elasar's Lehrer, Jehuda (gest. 1216).

85) Zur Gesch. u. Lit. Berlin 1845, S. 377 — HS. Schönblum 6 Col. 4, München 207 f. 4b. — Beachtenswerth ist auch, dass nach Zunz, Litgesch. 316, Mose Tachau im Lebensb. Elasar's citirt ist, sowie dass Mose (nach der Vorbemerkung Kirch-

dass die unschuldigen Kinder der Nichtjuden keine Strafe im Jenseits erleiden, da ihre Anlage zum Bösen nicht zur That geworden, die aber zu den Citaten aus dem anonymen Buche gehören kann. Es muss also eine Prüfung der von Zunz benutzten HS. abgewartet werden[86]. Die Schriften des Elasar Worms haben auf den Schwärmer Abulafia eingewirkt, der selbst ein prophetisches „Buch des Lebens" um 1282 verfasst hat[87]. So ist denn des Toledaners ibn Esra Zahlenweisheit, mit fremdartigen Elementen verbunden, über Frankreich und Deutschland nach einem Jahrhundert wieder nach Toledo zurückgekehrt, wo auch christliche Kreise unter Mitwirkung von Juden sich dem Studium der Astronomie und Astrologie hingaben, und gelegentlich manches pseudepigraphische Werk erzeugten[88]. Es kann hier nicht die Absicht sein, ibn Esra's Spuren in der kabbalistischen Literatur zu verfolgen; das gegebene instructive Beispiel sollte zugleich zeigen, wie schwer der Weg zur Ausscheidung untergeschobener Schriften ist.

Zweifelhaften Ursprunges scheint mir ein geomantisches „Loosbuch" (גורלות החול), welches in verhältnissmässig alten Handschriften dem ibn Esra beigelegt wird[89], da letzterer, wenigstens an Einer Stelle, auf das „Punktwerfen" hinzuweisen scheint[90].

---

heim's S. 55) unter dem Namen Maimonides den Comm. zu Hiob des Nachmanides erwähnt, der allerdings schon 1223 Talmudisches verfasste (Zunz *l. c.* 316). Dass der im J. 1234 schreibende Verf. des *Arugat ha-Bosem* (Perles S. 7, vgl. Hebr. Bibliogr. XVII, 84) Mose als Verstorbenen bezeichne, ist unsicher, da die Eulogie sich auf den Vater beziehen kann.

86) Wahrscheinlich Oppenh. 891 Fol. oder Mich. 187. Neubauer, bei Renan *l. c.* S. 467, bezeichnet das Buch als *„prière et élévation vers Dieu"*.

87) HS. München 285, mein Catalog S. 113, V.

88) V. Rose, Ptolemäus und die Schule von Toledo, im „Hermes" Bd. VIII, 327 ff., vgl. Zeitschr. d. Deutsch. Morgenl. Gesellsch. Bd. 28, S. 454, und weiter unten.

89) Eine HS. des Buchhändlers Coronel, die ich 1871 sah, ist 1411 geschrieben. Die Geomantie ibn Esra's ist öfter mit der des Charisi verbunden und das Verhältniss nicht überall klar; z. B. HS. Oppenheimer 1175 Qu.; Michael 128, 355 (שער חעצות im Register S. 317 ist nur eine Fortsetzung), München 228[8], Paris 1059[1] unvollst., Schönblum-Ghirondi 58, Barberina in Rom (Berliner, Magazin I, 45). Hingegen scheint Cod. De Rossi 103[2] nicht die Geomantie, sondern eine andere Art von Loosbuch, wie das dem ibn Esra sicher untergeschobene, unter dem Titel פוקח עברים Florenz 1755, Amsterdam 1781, Fürth 1783 gedruckte (Zedner S. 23, ungenau Benjacob S. 456 n. 27, 28); s. Hebr. Bibliogr. VI, 122. Dasselbe oder ähnlich ist wohl das *Seder Goralot* Ven. 1657 bei Zedner l. c., vgl. Catal. Bodl. 527 n. 3436.

90) Zeitschr. der D. M. Gesellsch. Bd. 18 S. 176, vgl. Bd. 25 S. 410, Bd. 31 S. 762. — Auch ein Theil der Astrologie wird durch גורלות *„sortes"* bezeichnet.

§ 10.

Begeben wir uns nun auf das Gebiet der echten, oder wenigstens von Schülern verfassten Schriften, so werden wir hier wiederum uns in einem weiten Kreise umzusehen haben. Zahl und Maass beherrschen Abraham derart, dass er sie wenigstens als Bilder anbringen muss, wo sie nicht etwa eine symbolische Bedeutung haben, über deren Geltung er sich vielleicht selbst niemals klar geworden. So führt er in seiner Grammatik *Zachot* die 3 Grundvocale auf die 3 Arten der Bewegung zurück — wobei zu beachten ist, dass der Vocal in der arabischen und der ihr nachahmenden hebräischen Grammatik „Bewegung" heisst. — In der Einleitung zum Pentateuchcommentar schildert er die 4 Arten der Erklärer nach dem Bilde des Centrums und der Peripherie[91]). Selbst seine Verse sind nicht frei von dieser Geistesrichtung. „Dichten war nicht seine eigentliche Thätigkeit: Zahl- und Maass lauern in seinen Versen, und aus den Worten springt des Gedankens Blitz, nicht das Bild der Phantasie hervor."[92]) In einer für den Versöhnungstag bestimmten poetischen Darstellung des einstigen Gottesdienstes sucht er ein „pikantes ungebrauchtes Motiv" und findet es in dem Zahlenverhältniss der einzelnen Acte zu den noch stattfindenden religiösen Uebungen[93]). Ein anderer Hymnus von 14 Zeilen (Akrostichon) zählt Dinge auf, deren Zahl 1 (Gott) bis 10, aus dem Gebiete der Physik, Metaphysik, sogar Grammatik, in änigmatischer Weise, so dass man es mit Commentaren versah[93b]). In ähnlicher Weise giebt ihm auch die Er-

91) Friedländer, *Ess.* 145. Bacher l. c. S. 13, 16 und 56 hat die, wahrscheinlich ältere Recension vernachlässigt (vgl. Friedländer 120, 143), worin die erste, vom Centrum am meisten entfernte Methode die Allegorie der Christen, die 3. die weitschweifige der Gaonim, welche profane Wissenschaften (חיצונות oder נכריות) abhandeln, die man in besondern Lehrbüchern zu behandeln habe (vgl. unten A. 96). Nur Gottesnamen (vgl. Friedländer 137 Anm. und 146) und Gründe der Gesetze gehören in Bibelcommentare. Ueber Gesetze (ungenau „*these subjects*" bei Friedländer 146) verspricht ibn Esra ein Buch, offenbar *Jesod Mora* (unten § 13, 8), also ist diese Recension ungefähr 1157 verfasst, wie Rapaport ohnes dieses, bisher übersehene, Argument annahm. Friedländer's Unterscheidung der in Italien oder Provence verfassten Bücher (p. 143, 158) kann hier nicht weiter verfolgt werden.

92) Zunz, Literaturgesch. der synagog. Poesie, S. 207.

93) M. Sachs, Die religiöse Poesie der Juden in Spanien, Berlin 1845, S. 314.

93b) Das Gedicht ist mitgetheilt von Dukes, Litbl. VII, 486, mit Commentar des Prophiat Duran (s. unten § 12, 5) in den von El. Aschkenasi herausg. Miscellen: *Taam Sekenim*, Frankfurt a. M. 1854, S. 78 (Handschr. Medic. Plut. II Cod. 42[11], Bisc. 310 in 8°); vgl. Hebr. Bibliogr. X, 109. — Einen handschr. Commentar von Michael Kohen (XV. Jahrh. in Griechenland?) besitzt Os. H. Schorr in Brody. — Dukes, Mose b. Esra (1839) S. 89, nennt ältere Gedichte, welche Muster sein sollen?

klärung der heil. Schrift Veranlassung zu allerlei Zahlerörterungen, vorzugsweise zur Erläuterung des Tetragrammaton. Ein beliebtes Thema ist die Vergleichung Gottes mit der Eins, die selbst keine Zahl und doch das Element aller Zahlen ist.[94]) Arabische und jüdische Religionsphilo-

94) Stellen bei N. Krochmal, *More Neboche ha-seman*, Lemberg 1851 (ed. II. 1863 besitze ich nicht) S. 258 ff. in einer angefangenen Darstellung der philosophischen Ansichten (ein strenges System ist wohl nicht vorauszusetzen) des ibn Esra; vgl. Kaufmann, Attributenlehre S. 507 zu 288; Friedländer, *Ess.* S. 18, 21. — Verschiedene, leicht zu vermehrende Parallelen habe ich zu einer Stelle bei Abraham bar Chijja angegeben, Hebr. Bibliogr. IV, 88. Hier sollen nur einige (meist dort unerwähnte) Vorgänger ibn Esra's erwähnt werden, welche diese pythagoräische „Sonderstellung der Eins" kennen, ohne zu den „Anhängern der jüdischen Kabbala" (Cantor, Mathemat. Beiträge S. 270, vgl. S. 336 und weiter unten) zu gehören: a) *Algorithmus* (Khowarezmi, Uebersetzung ed. Boncompagni 1857 p. 2, s. unten Anm. 95; vgl. auch Cantor, Ein Codex des Klosters Salem, S. 11). Die „lauteren Brüder" (Encyklopädiker des X. Jahrhunderts) bei Kaufmann, l. c. p. 288 (Weltseele S. 1 ist Pythagoras ausdrücklich genannt, vgl. Hebr. Bibliogr. XIII, 10 und 11); Bathalajusi (aus Badajoz) und dessen Plagiator Gazzali (Waage der Speculationen Kap. 1, Verzeichniss der hebr. HSS. der k. Bibliothek in Berlin 1878 S. 104); Isfaraini (gest. 1078/9) bei Haarbrücker zu Schahrastani, Religionsparteien u. s. w. Halle 1850, II, 283; vgl. daselbst II, 99 die Darstellung der Lehre des Pythagoras. b) Juden: ein alter Scholastiker, bei Dukes, *Schire Schelomo*, Hannover 1858, I. Anhang S. IV (wo Z. 1 nicht mehr zum Jeziracommentar gehört, s. meine Bemerkung zu HS. München 92); Bechai (s. Kaufmann, die Theologie des Bachja S. 63). Hingegen ist „Nissim, Anhänger der Gnosis (!)" bei Jellinek, Beiträge zur Geschichte der Kabbala, I. Leipzig 1852, S. 20, kein anderer als ibn Esra selbst, wie aus Geiger's deutscher Abhandlung zur Quelle, S. 48 zu ersehen war, nämlich das Buch *Jesod Mora*, in kürzerer Fassung. Dagegen wird bei älteren Scholastikern die Vergleichung der Einheit Gottes mit der Zahl abgewiesen (Kaufmann, Attribut. 24, vgl. das Gebet Elia's Anfang der *Tikkunim* zum Sohar: „Du bist Eins, nicht der Zahl nach" in Verbindung mit den zehn Sefirot, und gleich darauf „du bist die *causa causarum*"!). Mit den Elementen vergleicht das Dekadensystem Isak Israeli b. Salomo (gest. um 940—50; *Opera Isaaci*, *lib. elementorum* latein. von Constantius Afer, zu Ende, besser in der handschr. erhaltenen hebr. Uebersetzung). Nach Gazzali (bei Schmölders, *Essai sur les écoles philosophiques chez les Arabes*, Paris 1842, p. 116) bestreiten die Mathematiker eine Erkenntniss Gottes überhaupt. — Beachtenswerth ist der Ausdruck תושיה (Einsicht, vgl. Sprüche Sal. 2, 7; 3, 21; 8, 14), welchen ibn Esra für die wahre Philosophie oder Metaphysik (gewissermassen Heilslehre) zu gebrauchen scheint, z. B. mit אנשי (Männer), Antwort an David Narboni S. 2 (*Jew. Lit.* 296), mit חכמי (Weise) *Jesod Mora* Cap. 12, zu Psalm 104, 30 (Bacher Einleitung 68), im astrolog. *lib. rationum* Auf., in der latein. Uebersetzung f. 32 Col. 2 nur „*sapientes*", im Buch vom Einen unter 3 und 7 (S. 30, 36); mit דרך (Methode) zu Gen. 1, 1 (Friedländer *Ess.* 20 A. 2), *plur.* zu Anfang des *Arugat ha-Chochma*; technisch scheint das Wort nicht früher gebraucht, beim Karäer Nissi (Pinsker, *Lickute*, Wien 1860, S. 38, 40, Anh. S. 9, interpolirt nach Schorr, *he-Chaluz* VI, ... ganz ver-

Methode[100]). Die stofflichen Beziehungen sind aber derart, dass eine systematische Bibliographie sehr erschwert wird. Am zweckmässigsten scheint es, die die Mathematik berührenden Bestandtheile anderweitiger Schriften mit den dazu gehörenden Commentaren zuerst zu erledigen, und zwar nur inhaltlich, denn eine Aufzählung der Ausgaben würde einen unverhältnissmässigen Raum einnehmen. Wer sich näher interessirt, findet alle bekannten Drucke bis ungefähr 1730 in meinem Catal. Bodl. S. 680—89, die jüngeren in Zedner's *Catalogue of the Hebrew books in the library of the British Museum*, London 1867 p. 21—23, und in Benjacob's *Thesaurus libror.* (1880) unter den Schlagwörtern.

§ 11.

A. Stellen in den exegetischen und theologischen Schriften, in welchen ibn Esra auf mathematische und kosmographisch-astrologische Theorien hinzudeuten Gelegenheit hat, sollen hier nicht vollständig gesammelt, sondern nur einige zum Theil excursartige hervorgehoben werden[101]), welche mitunter als gesonderte Stücke in Handschriften vorkommen, den Supercommentatoren Veranlassung gaben zu Heranziehung der Parellelen und zu selbstständigen oder von Mathematikern erbetenen Ausführungen[102]).

1. Obenan steht hier der lange Excurs zu Exod. 3, 15. Das Tetragrammaton יהוה, und ebenso אהיה, ist nach ibn Esra ein *nomen proprium*, welches sich durch viererlei von anderen Substantiven unterscheidet. Nun beginnt die mathematische Stelle, welche ich der Bequemlichkeit halber in zwei Abschnitte zerlege. Das Ganze, oder einzelne Stücke, mit Citaten einer anderen Recension, deren Ursprung noch unbekannt, da die kürzere edirte zur Stelle nichts derart bietet, ist seit Anfang des 14. Jahrh. erläutert von verschiedenen Autoren, deren Verhältniss, trotz mehrfacher Behandlung in neuester Zeit, noch immer nicht klar gestellt ist, so dass

---

100) Der tendenziöse Verurtheiler Luzzatto geht über eine solche Unterscheidung hinweg; der Vertheidiger (Friedländer, *Ess.* p. 105) sieht in ibn Esra's Schriften „*textbooks for the lectures or the viva voce instruction he gave to his pupils*"; sie sind wohl eher das niedergeschriebene Resultat mündlicher Bibelunterweisung. — Eine Charakteristik der Schriften Abraham's gibt Del Medigo, deutsch bei Geiger, Melo Chofnajim, Breslau 1840, S. 25, 26. Die angeführte Empfehlung des Maimonides ist kritisch verdächtig, s. Magazin etc. III, 149; Hebr. Bibliogr. XIX, 32.

101) Ein Verzeichniss von Digressionen jeder Art gibt Friedländer, *Ess.* 108 ff., worunter einige über die Kalenderfrage.

102) Eine anonyme Erklärung aller Stellen zum Pentateuch, welche auf astronomische oder astrologische Geheimnisse hinweisen, bis Levit. Kap. 24, in der Bodleiana und im Vatic., s. Geiger's jüd. Zeitschr. VI, 128.

ohne Gefahr verrathen mochte, so dass erst gegen Anfang des 14. Jahrh., als die herrschende Philosophie des Maimonides der Orthodoxie und Kabbala zum Opfer gefallen war, in der Provence, Nordspanien, Italien und selbst bis nach Griechenland und der Bulgarei hin, jene Geheimnisse von Supercommentatoren[97]) grossentheils aus den anderweitigen Schriften verrathen wurden und die astrologische Bibeldeutung überhaupt zur Geltung kam[98]). Wie weit jedoch Abraham selbst, trotz aller Zurückhaltung, in seinen Aeusserungen ging, dafür mag das eine Beispiel genügen, dass er das Orakel des Hohenpriesters, die *„Urim we-Tummim"*, für ein Astrolab oder etwas ähnliches erklärte![98b]) In der hier angedeuteten Grundanschauung und halblauten Darstellung ist Abraham, bei manchen Widersprüchen in Einzelheiten, consequent geblieben; er citirt seine (um 1546 bis 1548 verfassten) astrologischen Schriften auch in jügeren Commentaren nirgends direct, auch nicht in den Excursen zum Exodus, dessen grössere Recension vielleicht nicht ganz aus seiner Hand geflossen[99]), und verweist in jenen nirgends auf diese; sie sind für verschiedene Leserkreise bestimmt. Einige kleinere Schriften stehen zwischen beiden, sowohl an Inhalt wie an

---

wonach 3 = 7 (auch in der Astrologie), סוד הגלגל Geh. der Sphäre, d. h. des Globus, der Kugelgestalt der Erde, s. Comm. zu Daniel (ed. Mathews S. 12), סוד האחד Geh. des Einen (B. des Einen S. 57); Geh. des Himmelswagens (מרכבה, Gottesthrones, *Jesod Mora* Kap. 10 S. 41 Z. 7), des Engels *Metatron* (daselbst Ende, identisch mit dem „activen Intellect", s. zu Exod. 33, 21, Hebr. Bibliogr. XIV, 35; N. Brüll, Jahrbücher III, 1877 S. 175); Geh. der Himmelskunst (מלאכת השמים zu Exod. 32, 1 der kürzeren Recension, = Astrologie, nach Josef b. Elieser); die Weisheit Bezalel's (Exod. 31, 3) bestand in Kenntniss von „Rechnung, Maassen, Verhältnissen, Himmelskunst, Naturwissenschaft und Geheimniss der Seele: בחשבון ומדות וערכים ומלאכת שמים וחכמת התולדת וסוד הנשמה (vgl. die Parallele bei Abr. bar Chijja, Hebr. Bibliogr. VII, 94). Längst war סוד העבור Geh. der Intercalation technisch geworden. — Man sieht, dass hier Geheimniss so viel als gründliche Kenntniss, wissenschaftliche Erfassung bedeute, daher das Wortspiel mit יסוד Grundlage, s. unten Anm. 152. Vgl. auch Friedländer, *Ess.* S. 128. Zur Sache s. unten § 12 Excurs 3 zu Exod. 23, 26. Bei Menachem ben Saruk (X. Jahrh.), Wörterb. S. 5, scheint חכמי הסוד „Weise des Geheimnisses", sich auf das Buch *Jezira* zu beziehen; vgl. Hebr. Bibliogr. XIX, 89 A. 1.

97) S. meinen Artikel: „Supercommentare zu ibn Esra's Pentateuchcommentar", in A. Berliner's *Pletath Soferim*, Breslau 1872, S. 42—45, 51—54; Magazin f. d. W. d. Jud. III, 41, 94, 140, 190, IV, 145; Neubauer im Letterbode (Amst. 1876/7) II, 84—90; Friedländer, *Ess.* 215 ff. und dazu Hebr. Bibliogr. XVII, 117.

98) Vgl. Zunz, Gesammelte Schriften III, Berlin 1876 (verf. 1840), S. 93, 94.

98b) Magazin, etc. III, 100.

99) Diese streitige Frage kann hier nicht einmal auseinandergesetzt werden; Friedländer, *Ess.* S. 152, hält dieses Buch für ein eigenes Werk; vgl. oben S. 62.

4) **Samuel Motot** (um 1370 in Guadalaxara), gibt eine eigene Erklärung (פירוש המספר) in seinem Supercommentar (ed. Ven. 1554 f. 17 Col. 4 bis f. 20), aber in der geometrischen Partie scheint er Josef Schalom zu benutzen[108]).

5) **Schemtob ibn Major** aus Briviesca (1384?) gibt die Erklärung seines verstorbenen Lehrers **Baruch**[109]).

6) Zu Abschn. ∂. enthält die Bodl. HS. Uri 106 eine Erklärung des ältern **Salomo ibn Ja'ïsch** (gest. in Sevilla 1345), wahrscheinlich aus dem arabischen Supercommentar desselben excerpirt und übersetzt[110]).

7) Ueber denselben Abschnitt findet sich ein Briefwechsel zwischen einem Rabbaniten und einem Karaiten in der Bodl. (Uri 106) und im Vatican 36[3].[111])

§ 12.

Kehren wir nun zum Texte ibn Esra's zurück.

a) (**arithmetisch**) beginnt wörtlich: „Wisse, dass das **Eins** Geheimniss und Element (סוד, יסוד) aller Zahl ist, 2 Anfang der Paarzahlen, 3 der ungeraden; es sind danach die Zahlen 9 in einer Weise, aber 10 in anderer Weise. Schreibst du 9 in einem **Kreise** und multiplicirst (תכפל) das Ende [9] mit jeder Zahl, so findest du die Einheiten links, die ähnlichen Zehner rechts bis 5, wo sich das Verhältniss umkehrt[112]). Anderer-

108) Von Fol. 19 Col. 3 („Ziehen wir einen Kreis") bis Col. 4 Z. 15 v. u. ist als פירוש התמונות (Erklärung der Figuren) dem Buche vom Namen angefügt von **Elieser Norzi**, und sonst anonym, daher nicht erkannt vom Biscioni (Pl. II, Cod. 42[4]) p. 308, im Pariser Catalog No. 1092[8], Cod. Parma (Stern 21), s. Hebr. Bibliogr. VIII, 29, nachträglich von Luzzatto zu 114[9] (jetzt Berlin, s. Verz. S. 57). Ueber eine **unedirte abweichende Recension** Motot's, jetzt in Cambridge No. 49, s. Hebr. Bibliogr. XV, 16; Schiller-Szinessi, Catal. S. 136, 248. Den gedruckten Auszug (Amst. 1722) berücksichtige ich nicht.

109) Handschr. Cambridge 52, Catalog S. 148 und 155.

110) Magazin etc. III, 141; Hebr. Bibliogr. XIX, 93.

111) Geiger's jüd. Zeitschr. VI, 128; Hebr. Bibliogr. XVII, 119.

112) Der **Kreis** (vgl. oben S. 84 Anm. 91) wird schon von **Israeli** und dem **An.** gegeben und erklärt: $9 \times 9 = 81$, $9 \times 8 = 72$, $9 \times 7 = 63$, $9 \times 6 = 54$, dann $9 \times 5 = 45$ u. s. w.; aber in der Ausg. von Zarza sind die gleichen Zahlen irrig zusammengestellt, es muss so verbessert werden, wie zu Anfang der Arithmetik in Cod. Luzatto 114:

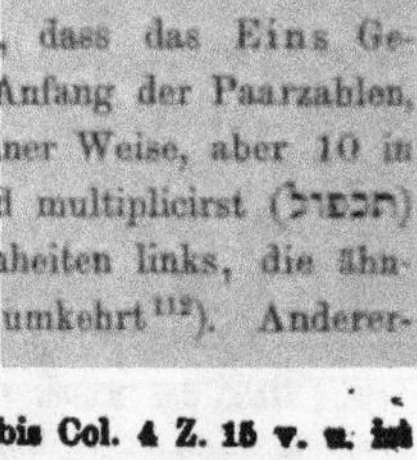

seits sind es zehn Zahlen[113]), nach der Ansicht der Arithmetiker (חכמי המספר), da jede Einheit ein Theil der entsprechenden Decade ist, oder entsteht aus Multiplication, oder Addition, oder beiden zugleich[114]). Die 10 *Sefirot* (Zahlen) entsprechen der Anzahl der Finger, 5 gegen 5, ebenso 9 Sphären, welche erhabene selbstständige Körper; die 10., welche „heilig“ ist, wird so genannt, weil ihre Kraft sich über den ganzen Thron der Herrlichkeit (כסא הכבוד) erstreckt“ u. s. w. — Ich verfolge hier nicht die kosmologische Anwendung und gebe im Folgenden den Inhalt in Kürze mit Benutzung der Commentare. — Die Buchstaben אהוי, also 1, 5, 6, 10, wovon 5, 6 die mittleren, haben das Eigenthümliche, dass ihre Quadrate sie selbst enthalten ($1^2 = 1$, $5^2 = 25$, $6^2 = 36$, $10^2 = 100$, d. h. 10 Zehner, ebenso $11 \times 11 = 121$, $15 \times 15 = 225$).[115]) Die Einheit hat nur Ein Ende, die andern Zahlen haben zwei[116]). 5 ist $= 1^2 + 2^2$, d. i. die „gleiche Rechnung“ (חשבון השוה) der Quadrate, denn $5^2 + 2 \times 5$ $(=10)^2$ ist $= 5^3$ (125)[117]); bei allen Zahlen vor 5 ist das Verhältniss des Cubus zur Summe des Quadrats und des Quadrats der doppelten wie das der betreffenden Zahl zu 5. [Z. B. 4^2 (16) + 8^2 (64) = 80 — 4^3 (64) : 80 = 4 : 5]. Bei den Zahlen hinter 5 kehrt sich das Verhältniss um. Die Zahl 6 ist „gleiche Rechnung“ in ihren Theilen (d. h. Factoren). [$^6/_2 + ^6/_3 + ^6/_6 = 6$.][118]) Solcher Zahlen giebts in jeder Reihe (מערכת) nur Eine. Ferner $1^2 + 3^2$ (nämlich der ersten ungeraden Zahl) = 10, d. i. 1 Zehner.

---

113) Der Text hat hier בלי מה „ohne Etwas“, wie es wohl ursprünglich im Buch Jezira hiess, um die abstracte Zahl zu bezeichnen. An. S. 74 Zeile 3.

114) Israeli bezieht das noch auf die Einheiten, An. und Motot auf die Zahlen nach 10.

115) Motot nennt „jede dieser Zahlen“ runde (kreisende עגול) Rechnung, aber ibn Esra nur die 5 (Buch vom Namen Kap. 3 und 6 f. 16; *Jesod Mora* Kap. 11 f. 45, 47; Zahlwörter unter 5 S. 158; zu Kohelet 7, 27, unten n. 6); hier nennt er 5 die „gleiche“ d. h. unveränderliche.

116) Ibn Esra kennt (wie die Araber) keine negative Grösse, also steht 1 nicht zwischen 2 Zahlen; vgl. Pinsker zu B. des Einen S. 7.

117) An. S. 76 erklärt bei Gelegenheit das hebr. מעוקב für Cubus (arab. كعب, vgl. unten A. 190 קעב) von עקב Ferse, weil diese rund sei; ein allseitig rundes sei eine Kugel mit gleichen Dimensionen! Es scheint vielmehr: das „Entsprechende“, die Folge, indem jede Dimension den anderen entspricht. Ibn Esra gebraucht für Quadratwurzel יסוד (Pinsker zu B. d. Einen S. 2).

118) An. S. 77 hat anstatt $^6/_6$ 6 getheilt durch 2×3, also durch das Product beider Nenner. Er führt weiter aus, dass in der Reihe von 10 bis 100 nur 28 eine „gleiche Zahl“ gebe, dann $\frac{28}{2} + \frac{28}{4} + \frac{28}{7} + \frac{28}{7 \times 2} + \frac{28}{7 \times 2 \times 2} = 28$; auch hier drückt er sich aus „halbes Siebentel und dessen Hälfte“, vielleicht weil das Hebräische keinen Ausdruck für zweistellige Nenner hat. Hiers [illegible] ine

b) (geometrisch). Ziehe die Diagonale, deren Länge 10 [irgend eines Maasses] in einem Kreise, füge Sehnen an den Drittheilen, so ruht darauf ein Dreieck, dessen drei gleiche Seiten so lang sind als die Diagonale und als das (durch Verbindung beider Sehnen gebildete) Viereck[119]). Vor dieser Zahl wird sich das Dreieck zur Peripherie verhalten, wie zu 10, hinter derselben umgekehrt. — Hierauf führt die Ziffernsumme 22 der 4 Buchstaben אהוי auf die Klassificirung der 22 hebr. Buchstaben. Man könnte dies als: *c)* philologische Begründung des Gottesnamens, das Ganze aber als Erläuterung des ersten und grundlegenden Satzes im Buch *Jesira* betrachten, wonach Gott die Welt durch Zahlen und Buchstaben erschuf. Zuletzt ist noch von den 120 Planeten-Conjunctionen die Rede, s. unten zum 5. Excurs.

2. Zu Exodus 23, 21: Gott war in der „Mitte" wie das Centrum. Die Maasskundigen (חכמי המדידה Geometer) haben bewiesen, dass der Mond sein Licht von der Sonne erhalte u. s. w. — Der Commentar Motot's ist anonym in Cod. München 285[3] und nicht erkannt in Catalog Paris 825[4].

3. Zu Exod. 23, 26[120]). Ibn Esra bemerkt, dass es grosse Gesetzgelehrte gebe, welche sich mit der Wissenschaft der Naturerscheinungen[121]) nicht beschäftigt haben, denen er also zur Texterklärung Einiges aus den Wissenschaften erwähnen müsse. Zuerst kommen Bemerkungen, die man psychologische und physiologische (Temperamente und daraus folgende Krankheiten) nennen kann; er bezeichnet sie zuletzt als „Medizin"[122]);

---

allgemeine Regel, die einzige solche Zahl in jeder Reihe aus einer Art „Primzahl" zu finden, und damit endet seine Erklärung. Motot gibt noch 496 unter den Hunderten an, erklärt auch den Unterschied von vollkommener, überschüssiger und mangelhafter Zahl (in Bezug auf Summe der Factoren) und verweist auf Euclid Ende B. IV. Die griechische Benennung ist ὑπερτελεῖς, ἐλλιπεῖς, τέλειοι; die hebräischen Ausdrücke dafür bei Abraham bar Chijja s. Hebr. Bibliogr. VII, 88; vgl. Lippmann zum B. des Namens S. 32. Den Ausdruck חשבון שלם (perfect) hat ibn Esra, Zahlwörter S. 161. Vgl. Josef ibn Aknin bei Güdemann, das jüd. Unterrichtswesen, S. 84; als Quelle habe ich in Hebr. Bibliogr. XIV, 16 die Encyklopädie des al-Farabi nachgewiesen, wo sich die „befreundeten" Zahlen anschliessen; über letztere s. meine Nachweisungen H. B. XIV, 38.

119) Die Figur bei Josef Schalom (der bemerkt, dass die Differenz von π nach Ptolemäus und den indischen Weisen hier nichts verschlage) ist folgende:

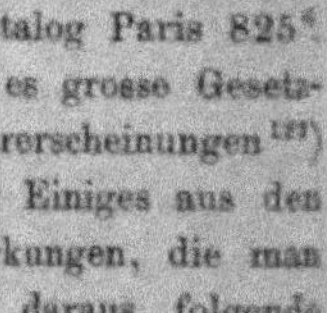

120) Vgl. Friedländer, *Ess.* 116.

121) S. oben S. 86 A. 96.

122) S. oben §. 7, 2 S. 72.

nach der Combination von Stärke und Schwäche in den drei Hauptkräften zählt er 27 Arten von Menschen (s. unten S. 100 Anm. 154). Dann kommt er auf die Sternkunde (חכמת המזלות, hier Astrologie), d. h. die Anordnung der Planeten (מערכת המשרתים, d. h. Constellation) zur Zeit der Geburt, welche ebenfalls massgebend ist und mit dem Schriftwort nicht in Widerspruch stehe, wie zu 33, 16 [gemeint ist 33, 21] erörtert werden soll.

4. Zu Exod. 32, 1 vom goldenen Kalb[123]), welches kein Götze war. Die Sternkundigen behaupten, dass die grosse Conjunction der beiden obersten [Planeten] im Sternbilde des Stieres stattfand; das ist falsch, denn sie fand nur im Wassermann statt, und nach der Astrologie ist [der Stier] das Sternbild Israels. „Viele haben dieses Geheimniss erprobt, Gesclecht nach Geschlecht, auch ich sah es so[124]); sie setzten es (das Kalb) also in die Mitte des Himmels."

5. Zu Exod. 33, 21 über den Gottesnamen. Die Summen der vier Buchstaben יהוה ergeben 72[125]), $1^2 + 5^2 = 26$, auch die Conjunctionen der 5 Planeten [26 nach Motot, 21 nach Zarza = אהיה]. Die Namen der ersten 2 Buchstaben יו"ד ה"א zählen 26. Die Quadrate der Paarzahlen [$2^2 = 4 + 4^2 = 16 + 6^2 = 36 + 8^2 = 64$, Summe 120] ergeben die Summe aller Zahlen bis zum halben Namen [$1 + 2 + 3$ u. s. w. bis $15 = 120$]. Das Product beider Hälften [$15 \times 11 = 165$] ist gleich den Quadraten der ungeraden Zahlen [$1^2 + 3^2 + 5^2 + 7^2 + 9^2 = 165$]. Das Quadrat des 1. Buchst., vom Quadrat der 2 folgenden abgezogen, gibt den Cubus des zweiten [$15^2 = 225$ *minus* $10^2 = 100$ gibt $125 = 5^3$]. Das Quadrat von zweien subtrahirt vom Quadrat dreier, ergiebt den Cubus des dritten. [$21^2 - 15^2 = 6^3$.] Das Nachfolgende interessirt uns hier nicht. Jedoch bezieht sich darauf, wie auf einige andere Stellen Abraham's, betreffend die Siebenzahl, die auch in den hebräischen Festtagen erscheint,

---

123) Fehlt bei Friedländer, *Ess.* 117.

124) Die Stelle ist corrumpirt bei Motot f. 26 Col. 2, der sich auf ein altes Buch von Ptolemäus beruft, wohl Tetrabiblon oder Centiloquium. Auf seine eigene Erfahrung in der Astrologie beruft sich Abr. auch sonst, z. B. zu Exod. 2, 2: „Fünfmal habe ich erprobt, dass der Ort des Sternbildes des Mondes und dessen Aufsteigen (oder Grad) zur Zeit der Conception (des Kindes) der Grad des aufsteigenden Sternbilds zur Zeit der Geburt" etc.

125) $10 + 15 + 21 + 26 = 72$; Zarza und Motot, letzterer citirt *Jesod Mora;* s. unten § 13, 7, *ha-Schem* Kap. 5. Den Comm. in Cod. Uri 106^b (in Geiger's j. Ztschr. VI, 128 ist חכא Druckf. für חשא) habe ich nicht vergleichen können. Ueber den Gottesnamen von 72 (Buchstaben) s. Zeitschr. d. Deutsch. Mg. Gesellsch. IV, 160, vgl. Hebr. Bibliogr. XIV, 6 u. 35 Anm. 7. Friedländer *Ess.* 117 giebt den Inhalt dieses Excurses sehr kurz und ungenau.

eine Abhandlung des Mathematikers Prophiat Duran (vor 1391?)[126]), welche nach Cod. de Rossi 835 abgedruckt ist hinter der Grammatik ed. Wien 1865 S. 181—84[127]). Der Verfasser citirt Plato's *Timaeus* — welcher unter den Schriften Plato's am meisten bei Arabern und Juden gekannt war — die „Elemente" (Euclid's), verschiedene Schriften der Araber[128]). Nachdem er auch das Buch Jezira erwähnt, bemerkt er, dass Aristoteles, Physik III, und Metaphysik VII, von Vorgängern spreche, welche die Zahlen als Prinzipien der Wesen ansahen (vgl. oben § 9). Er bemerkt ferner (S. 183): „In Bezug auf ibn Esra's Deutung der Midraschim (alten Auslegungen) haben wir nicht leitende Grundsätze, wie wir sie wohl besitzen in Bezug auf die meisten seiner Geheimnisse und Andeutungen"[129]), womit ohne Zweifel die Zahlsymbolik und Astrologie gemeint ist, über welche man aus seinen betreffenden Schriften die Grundsätze ziehen konnte.

Kehren wir zum Schluss des 5. Excurses zurück, worin die Siebenzahl vorkommt.

Es gebe bekanntlich 120 Conjunctionen der 7 Planeten[130]), die grosse (grösste) sei eine, die 2. und 5. Art (Combination von 2 und 5) zähle 21, die 3. und 4. zähle 35, die 6. zähle 7; 21 und 35 seien Producte von 7. — Motot giebt die Combinationen im Einzelnen an (welche natürlich Producte von 7 sein müssen, da 7 Planeten in Betracht kommen). Auch die Perioden von 20 und 240 Jahren (welche schon alte Astrologen kennen) werden erwähnt.

6. Zu Kohelet 7, 27 heisst es: „Wenn man 1 mit 1 verbindet (addirt) entsteht das Haupt [Anfang] der Zahl [2], verbindet man 2 mit dem Haupt, wird es wie ein Ende [3], verbindet man 1 mit dem Ende, wird es [4] quadrirt (נגדר s. S. 110), dazu 1 [5], wird es rund (vgl. oben Anm. 115), dazu 1 [6] ist geradegemacht (מיושר), das Geradegemachte vollkommen, das Vollkommene ein Körper." Auch diese symbolisirende Bezeichnung der

126) Vgl. S. Gronemann, *De Profiatii Durani (Ephodaei) vita ac studiis etc. Diss inaug. Vratislav. 1869*, p. 18: *De Prof. Durani studiis ad res calendarias spectantibus*, nach einem Werke, wovon nur Vorrede und Kap. 27 gedruckt sind. Zu S. 23 über Hermes s. Wolf, Bibl. Hebr. II, 1442 u. 738. — Vgl. auch oben S. 84 A. 93 b.

127) In der deutschen Einleitung S. 47 ist irrthümlich Cod. 800 angegeben.

128) S. darüber Hebr. Bibliogr. X, 109.

129) Gronemann, l. c. p. 119, hat nicht genau gelesen und verdreht Duran's Bemerkung.

130) S. unten § 13 zum B. vom Namen Kap. 5. Abr. erwähnt sie auch zu Exod. 3, 15 und Daniel 10, 21, im astrolog. *de mundo*; andere Nachweisungen s. Hebr. Bibliogr. XVI, 131.

Zahlen 1 bis 6 hat einen Erklärer gefunden, Namens Immanuel, den ich für Immanuel ben Jakob halte, den bekannten Verfasser der Kalender-Tabellen („Sechsflügel," oder Adlersflügel, verf. in Tarascon 1365).[131])

§ 13.

Ausser den Bibelcommentaren gehören noch zur obigen Rubrik *A.* zwei Schriften, die ich mit fortlaufender Ziffer bezeichne.

7. ספר השם *(ha-Schem)* Buch vom Namen, d. h. Gottesnamen, in 8 Kapiteln, verfasst in Beziers und gewidmet, nach einigen HSS., dem „Abraham ben Chajjim und Isak ben Jehuda"[132]), ist herausgegeben mit deutschem Vorwort, enthaltend eine Inhaltsübersicht, von Lippmann, Fürth 1834, nebst einer Erklärung des 6. Kapitels von Alexander Behr in München. Einen unedirten Commentar von Salomo ben Elia Scharbit-ha-Sahab *(Chrysococca?)*, verfasst 1386 in Ephesus, enthält Cod. de Rossi 314[133]). Ein anderer von dem Kandioten Sabbatai ben Malkiel Kohen (1447 bis 1493?) HS. in Petersburg Firkowitz 536 und (Copie?) früher HS. Pinsker 11, jetzt im „Bet ha-Midrasch" in Wien[134]). Auch der Gegner des letzteren, Mordechai Comtino (um 1460 in Constantinopel und Adrianopel), als Lehrer der Mathematik nicht bloss unter den Juden bekannt[134b]), commentirte das Büchlein. Ein anonymer Commentar findet sich in HS. München 36⁷ unmittelbar vor Mischnat ha-Middot. Der Commentar des J. S. del Medigo scheint noch nicht aufgefunden.

Das Schriftchen ist eine weitere Ausführung der Excurse zu Exod. 3, 15 und 33, 21 (oben 1 u. 5); auch hier behandelt Kap. 2 die Kenn-

---

131) Handschr. sind nachgewiesen im Magazin etc. III, 142. Ueber Immanuel's in Sitomir 1872 gedrucktes und von Slonimski corrigirtes, schon 1406 lateinisch übersetztes Werk und den griechischen Commentar von *Ge. Chrysococca* s. die Citate in Hebr. Bibliogr. XV, 26, 39. Vgl. auch mein *Intorno a Joh. de Lineriis etc.* p. 9 des Sonderabdrucks (Roma 1879).

132) Nach einer handschr. Notiz B. Goldberg's hätte die HS. Orat. 180: Abraham „ben Samuel"; der Pariser Catalog gibt unter 1085⁸ nichts Näheres an. Graetz (Gesch. VI, 446) combinirt zwei gleichnamige Gelehrte, welche aber dem XIII. Jahrh. anzugehören scheinen; vgl. Geiger bei Schorr, he-Chaluz II, 31; Zunz Litgesch. 481, *Hist. lit. de la France* XXVII, 620. Ueber Isak s. oben Anm. 5.

133) Ueber den Verfasser s. Hebr. Bibliogr. VIII, 28, XIX, 63.

134) Ueber den Verfasser s. Hebr. Bibliogr. XIX, 63. Den Titel ארון חבריה geben ältere Quellen an. Stellen daraus über Mischnat ha-Middot bespricht Geiger wiss. Zeitschr. V, 417, VI, 26; vgl. auch *Kerem Chemed* VIII, 6; Schorr, he-Chaluz V, 45. — Was die Erklärung von Rechnungen des Gottesnamens in HS. Almanzi 238⁹ (jetzt im Brit. Mus.) enthalte, und zu welchem Text Abraham's sie gehöre, ist noch unbekannt.

134b) Hebr. Bibliogr. XVII, 135; einen Artikel über ihn bringt die H. B. 1880.

zeichen des *nom. propr.*; im 3. geht Abraham wieder von der Einheit und Decade aus, mit Berufung auf das Buch Jezira (vergleiche die Inhaltsangabe bei Lippmann S. 20 ff.). In Kap. 4 heisst es unt. And.: Der Körper hat 3 Dimensionen, also 6 Ecken, wie es im Buch Jezira heisst; so hat das Tetragrammaton 3 Buchstaben; der 4. ist ו = 6, und da 3 Buchstaben 6 Combinationen geben[135]), 4 aber 24, so sind nur die 3 Buchstaben verschiedene, der 4. = 2., so dass nur 12 Combinationen entstehen. 4 ist auch Quadratzahl wie 1 — hier bezieht er sich auf das Buch vom Einen (unten § 14) — 3 ist aber die Grundlage der Rechnung, da sie die erste Zahl ist, deren Quadrat grösser als die Summe $[3 \times 3 > 3 + 3]$, während $1 \times 1 < 1 + 1$, $2 \times 2 = 2 + 2$.

Kap. 5. Die Summe der Primzahlen = 18, verhält sich zu der zusammengesetzten, = 27, wie 2 zu 3, welche Anfang der Zahl ist (je nach dem Bedürfniss ist 2 oder 3 Anfang der Zahl!), ebenso der erste Buchstabe (10) zum 1. und 2. (15); [Nennen wir die 4 Buchstaben *a b c d*, so gibt $a + a + b + a + b + c + a + b + c + d$ 72][136]). Ferner 15 multiplicirt mit seiner Hälfte und $\frac{1}{2}$ — nach Art aller Progressionen (?)[137]) — also 15×8 gibt 120, dessen Theile [d. h. Factoren summirt] das Doppelte ergeben, wie keine andere Zahl. Nun folgen Sätze, die wir schon aus Excurs 5 kennen, jedoch für den dortigen letzten Satz (wie unten Nr. 8) heisst es hier: 15^2 (225) + 21^2 (441), abgezogen von 26^2 (676) gibt 10 (den 1. Buchst.) zum Rest. 10×5[138]) = $50 \times$ mit 6×30, giebt 1500, ähnlich 15 (d. h. 15 Hunderte). Ferner 15×26 (= 390) hat den Zahlwerth des Wortes Himmel (שמים = 390). $10 \times 10 + 10 \times 5 + 10 \times 6 + 10 \times 5$ (260) und dazu $5 \times 5 + 5 \times 6 + 5 \times 5$ (80) gibt den Zahlwerth des Wortes „Namen" (שם 340). Hier ist Abraham in künstliche Spielerei verfallen, während früher die Stellung der Zahlen 1, 5, 6, 10 im Decadensystem in consequenter Weise ausgeführt ist.

Kap. 6 beginnt mit Anführung von drei Ansichten über den Werth von π. 1. nach Ptolemäus: $3\frac{8}{60}$, 2. nach den Geometern (חכמי המדות)

135) Hebr. בתים „Häuser", so im B. Jezira.

136) In Bezug auf den Gottesnamen von 72 Buchstaben (woran Abraham selbst vielleicht nicht glaubte) citirt er zu Exod. 14, 19 ein Buch רזיאל Rasiel (vgl. Zeitschr. für Mathem. XVI, 386, 396), in der kurzen Rec. zu 3, 13 heisst das Buch הרזים „Buch der Geheimnisse". Zarza zu 14, 19 fand bereits so verschiedene Angaben dieses Gottesnamens, dass er lieber gar keine aufnahm.

137) מחברים scheint hier diese Bedeutung zu haben (vgl. unten § 16, 2 K. 5 במחובר מהחבאה). Lippmann scheint es geradezu für מחב״ית Conjunctionen zu nehmen, vgl. oben S. 93 A. 125.

138) נערך für multipliciren, מערכת für Product.

$^{22}/_{7}$,[139]), nach den **Weisen Indiens** 3, 8′, 44″, 12‴ (nach Sexagesimaltheilung). Das wahre Maass sei weniger als $3^{1}/_{7}$ und mehr als $3^{10}/_{71}$.[140]) — Arjabhatta (bei Lassen, Ind. Alterth. II, 1138) hat $\frac{20000}{62832}$, oder (bei Lassen IV, 851) $\frac{62822}{252000}$. Abraham's Zahl gibt nach Luzzatto $\frac{216000}{895452}$, oder durch 12 reducirt $\frac{18000}{56621}$, in Decimalen 3,1622777; die jetzt angenommene Zahl bei Lassen wäre 3,14163. In der Arithmetik (§ 17) werden wir $\frac{62888}{20000}$ finden[141]); Immanuel ben Jakob (1365, s. Cod. Paris 1026[5]) hat $\frac{67861}{21600}$; Comtino (um 1450) hat $3^{8}/_{61}$. — Hierauf folgt das geometrische Beispiel vom Kreise, dessen Diagonale 10 (vgl. oben § 12 S. 92), indem hier die Anwendung nach den oben erwähnten Ansichten gemacht wird[142]). Dann kommt die **arithmetische** Deduction mit dem Kreise, welche im 1. Excurs der geometrischen vorangeht. Endlich kommt hier hinzu „der Weg des **Gewichts**" (משקל). Da 9 das Ende der Zahl ist, so ist sein Gewicht ihm gleich und sein Product (? מערכתו) mit jeder Zahl ihm gleich[143]). Daher ist das Gewicht vou 8 nach der Probe von 9 eins, weil es um 1 absteht, 1^2 aber = 1 ist; das Gewicht für 7 ist 4, weil der Abstand 2, also 2^2, für 4 und 5 also gleich[144]).

———————

139) Abweichende Angaben und den Namen des **Archimedes** in der Arithmetik unten § 17 Anm. 218. — $^{22}/_{7}$ hat schon die **Mischna der Middot**.

140) Nach Luzzatto's Emendation, *Kerem Chemed* II, 77, vgl. IV, 112, wo auch weitere Stellen rectificirt sind.

141) Vgl. Zeitschr. D. M. Gesellsch. Bd. 24 S. 345.

142) Abr. gebraucht hier den Ausdruck חץ (Pfeil, arab. سهم), ferner שברים für Flächeninhalt (später gewöhnlich חשבורת, chaldäisch תבריאתא*), das arab. تكسير, ebenfalls von كسر brechen; auch שִׁבּוּר s. unten Anm. 180, 217.

143) Hier kommen zwei eigenthümliche Ausdrücke vor, welche Lippmann nicht erklärt, und die ich nicht zu belegen weiss: 1) משקל „Gewicht" wird in der Grammatik für Wortform gebraucht. Hier drückt es das Quadrat der Differenz zwischen einer Zahl und dem Quadrat von 9 aus. — 2) מערכת, welches sonst bei Abraham die Zahlreihen (Einer, Zehner) bedeutet, heisst hier, wie Ende Kap. 4 (neben מחברת Summe) das Product (nicht „Multiplication" wie Lippmann f. 9b angibt). — Der Ausdruck für **Probe**, מאזנים, eigentlich **Waage**, erscheint auch wiederholt in der Arithmetik, besonders im 7. Kap., wo die beste Probe als מאזני צדק (Levit. 19, 36) bezeichnet wird, und im Kalenderwerk f. 4. Bei unserem Abraham ist es die Probe durch 9, wie bei Leonardo Pisani „*per pensam probare*" (s. mein *Intorno ad alcuni matematici etc. Lettera IV*, Roma 1865, p. 52). Vgl. das 12. Kapitel der Rechenkunst von **Kuschjar** b. Lebban (s. unten Anm. 191). Das Bild der Waage ist besprochen in der deutschen Abtheilung des *Jeschurun* her. von J. Kobak Jahrg. IX, 1879.

144) In Lippmann's angeblicher Erklärung findr m. Abr. meint,

Machen wir ein Quadrat von je 3 Ziffern, dessen Reihen gleich seien, so kann es nur aus 9 Ziffern bestehen; die Reihensumme muss 15 sein und 5 in der Mitte stehen.

Das Quadrat ist das bekannte magische,

6	7	2
1	5	9
8	3	4

oder beliebig umgestellt

4	9	2
3	5	7
8	1	6

wie es z. B. Creizenach zu Jesod Mora (s. folg. Nr.) S. 123 gibt. Liharžik[145]) holt das Quadrat aus letzterem Buche, bemerkt aber dazu: „das hebräische Werk selbst ist im J. 1834 als eine ausführliche Abhandlung über das Tetragrammaton unter den Titel *„Sefer ha-Schem“* erschienen (!). Der mathematische Theil bildet die Basis seiner Religionsphilosophie. Herr Dr. Jellinek, durch welchen ich auf dieses [welches?] Werk aufmerksam gemacht wurde, ist im Besitz eines handschriftlichen Commentars, welcher in gemeinschaftlicher Bearbeitung nächstens erscheinen soll und verspricht noch weitere, sehr interessante Aufklärung über diesen Gegenstand. Die Abhandlung ist in 12 Abschnitte getheilt u. s. w.“ Das letztere bezieht sich auf Jesod Mora; Günther[146]) citirt „ha-Schem,“ jedenfalls nicht falsch, da es auch hier zu finden ist. Liharžik hat wahrscheinlich Jellinek's Angaben missverstanden; das versprochene Werk ist bis heute nicht erschienen. Das Quadrat erwähnt schon der berühmte arabische Philosoph Gazzali (1111)[147]) und es hat sich bei den Juden lange erhalten. Am Ende des Algorithmus von Johannes Hispalensis ist es von Boncompagni (S. 136) aus der HS. mit abgedruckt, doch ohne Zusammenhang mit der Schrift selbst. Wilhelm Raimund Moncada (um 1480), ein getaufter Jude, fand es als Amulet seines Vaters Nissim Abu'l-Faradsch[148]); es findet sich in den Hamburger hebräischen HSS. 148 und 248 meines Katalogs.

$8^2 = 64$ hat die Ziffernsumme 10, also 1 mehr als 9. $7 \times 7 = 49 : 9$, Rest 4, $6 \times 6 = 36$ Rest 0, $5 \times 5 = 25$ Rest 7 und $4 \times 4 = 16$ ebenfalls Rest 7. Vgl. Josef b. Elieser zu Schemot Bl. 44, Col. 4.

145) Franz Liharžik, das Quadrat die Grundlage aller Proportionalität in der Natur etc. 4°. Wien 1865, S. 5.

146) S. Günther, Ziele und Resultate der neueren mathematisch-historischen Forschung, Erlangen 1876, S. 122; durch ihn bin ich auf Liharžik gekommen.

147) Gazzali bei Schmölders, *Essay sur les écoles philos. chez les Arabes*, Paris 1842, p. 81. — Andere in Zeitschr. D. M. Ges. Bd. 31 S. 339.

148) Bei Bartolocci, Bibliotheca Rabb. IV, 255 und bei R. Starrabba, *Guglielmo Raimondo Moncada ebreo convertito siciliano*, Palermo 1878, im *Archivio storico*

8. Im Sommer 1158[149]) verfasste Abraham zu London in vier Wochen für einen Schüler[150]) ein Büchelchen in 12 Capiteln über die Gebote[151]). Der Titel lautet gewöhnlich יסוד מורא *Jesod Mora*, vollständiger mit Hinzufügung von וסוד תורה, also „Grundlage der [Gottes-] Furcht und Geheimniss der Thora" (des Gesetzes). Dieser Titel bietet die bei Abraham beliebte Anspielung von יסוד und סוד[152]), einen Reim (wie schon in einer

---

siciliano, p. 87, im Sonderabdruck p. 76. Wäre Herr Starrabba in der Lage gewesen, die Citate in meinem Buche, Polem. und apologet. Lit. etc. 1877 S. 315 (von ihm p. 44, resp. 33, angeführt nach einer Mittheilung Amari's) weiter zu verfolgen, so würde er gefunden haben, dass bereits E. Narducci auf meine Veranlassung Mittheilungen gemacht hat über die von Moncada aus dem Arabischen des ibn Haitham [= *Alhazen*, die Identität beweist neuerdings G. Wiedemann in Poggendorff's Annalen der Physik etc. 1876, S. 656; vgl. V. Rosen, *Les Manuscrits arabes de l'Institut des langues orientales*, Petersburg 1877 S. 124 — der ebenfalls meine Nachweisungen zu Baldi nicht kennt] übersetzte Schrift: *de imaginibus coelestibus* (sie handelt von den Figuren, welche angeblich aufsteigen in den 28 Mondstationen); ferner würde er (p. 27, resp. 16) wegen der Herkunft Wilhelm's mehr als unbegründete Vermuthungen gegeben haben, da ich den Vater Nissim mit grosser Wahrscheinlichkeit in dem Besitzer von Cod. Hebr. München 246 entdeckt habe. — In der Widmung Wilhelm's (bei St. p. 86, resp. 75) liest man: „*Quis inquam est qui Ali ibn roghla* [d. i. der bekannte Astrolog vulgo *Aben Ragel*, = ibn al-Ridschal] *arabico comparari possit* .... *et si ab Hebreis petimus, an Isac* [d. i. der Arzt Isak b. Salomo Israeli, gest. 940—50] *an Abanhazra* [d. i. unser Abr. ibn Esra] ... *Quid enim fructuosius et utilius operibus Abunasar* [lies *Abumasar*], *qui de imaginibus tam bonum opusculum reliquit*. Hier ist der bekannte Astrolog Abu Ma'aschar gemeint, dessen Namen mit dem des Abu Nasar [Alfarabi], wegen des Striches, der *m* und *n* in den latein. HSS. vertritt, leicht verwechselt wird. Eine besondere Schrift über diese Figuren ist mir nicht bekannt; doch behandelt Abu Ma'aschar dieselben in seiner grossen Einleitung (vgl. Zeitschr. für Mathematik XVI, 360, Zeitschr. d. D. M. Gesellsch. XXIV, 379, XXV, 396, 397, XXV, 420); zur Sache vgl. meine Notiz: *Intorno a Jo. de Lineriis etc.* in Boncompagni's *Bullettino* T. XII 1879, p. 352, Sonderabdr. S. 8. Auch ibn Esra spricht von diesen Figuren in seinen astrologischen Schriften.

149) Die Ungenauigkeiten bei Grätz VI, 447, XI, sind theilweise berichtigt im Magazin etc. I, 111.

150) Nach HS. bei Uri 318, und Luzzatto 114 (Berlin 244 Oct.) Josef ben Jakob, s. oben Anm. 5.

151) So im Buche selbst S. 13, daher der Titel in Cod. bei Uri 308 und in dem grossen Excerpt des Elasar Worms, im Buch von der Seele (anonym edirt Lemberg 1877), welcher Abraham החוזה („den Seher" d. h. Astronomen oder Astrologen) nennt, s. Hebr. Bibliogr. XVII, 53, XVIII, 3.

152) S. oben § 12 Excurs 1, Anm. 96, wo Zarza סוד mit „Versammlung" erklärt, wegen סוד העבור, wie auch die Schrift Abraham's über den Kalender, neben יסוד (wohl ohne Rücksicht auf die beiden Recensionen) heisst; ebenso יסוד המספר die Arithmetik (unten § 15), auch eine grammatische Schrift heisst היסוד (Hebr. Bibliogr. VIII, 29, XIII, 68, Geiger, j. Zeitschr. IV, 183); in unserem Buche Kap. 10

Schrift Abraham bar Chijja's) aber auch schon Metrum, vielleicht zum ersten Mal in hebräischen Titeln[153]). Das Büchelchen erschien zuletzt mit ziemlich treuer deutcher Uebersetzung von dem Mathematiker Dr. M. Creizenach (Vater Theodor's, — gest. 5. Aug. 1842) in Frankfurt a. M. 1840 (51 S. Text, 140 S. Uebersetzung in 16°), ich werde mich daher hier kürzer fassen dürfen.

Einen Commentar über das ganze Buch schrieb gleichfalls der bereits unter 7 (S. 95) erwähnte Mordechai Comtino in Adrianopel. Die geometrische Stelle in Cap. 11 erläuterte Josef ben Mose Kilti, oder Kelti (?), in Griechenland, wahrscheinlich im XIV. Jahrhundert[154]).

Das Schriftchen beginnt fast wörtlich wie der Excurs zu Exod. 3, 15 in beiden Recensionen. Uns interessirt nur der Schluss des 11. Cap. („vom Geheimniss des Namens"), welches hier wiederum mit den Buchstaben beginnt. An den Buchstaben Jod knüpft sich (S. 46, deutsch S. 120) die arithmetische Behandlung, die meist uns schon Bekanntes enthält. Da 1 keine Zahl ist, so gibt es eigentlich nur 8, wovon 4 Primzahlen (ראשונים): 2, 3, 5, 7. $1 + 2^2 = 5$. $1 + 3^2 = 10$. $1 + 5^2 = 26$ etc. $1 + 7^2 = 50$ (Jubeljahr). 5 ist die Summe aller vorangehenden Primzahlen; 15 gibt das (magische) Quadrat (siehe oben unter 7). Die Quadrate der geraden Zahlen geben 120 u. s. w. Der Schlussatz dieser arithmetischen Parthie ist der in Excurs 5.

Es folgt nun die geometrische Erörterung (S. 47, deutsch S. 125) vom Durchmesser 10 einer Peripherie, worin ein gleichseitiges Dreieck und an den Drittheilen ein Oblongum gezeichnet wird. Das Ganze lässt sich (nach Luzzatto) in acht Sätze zerlegen, von denen der erste namentlich eine verschiedene Auffassung erhalten hat, andere verschieden begründet sind

---

S. 41 Z. 1 חסוד כי הוא יסוד, in der Version zu Anfang סודי ויסודי. Vgl. S. Sachs, *ha-Techijja*, Berlin 1850 S. 59; Dukes, *Ginse Oxford* S. 64 zu 39; Bacher, Einleit. 62 und schon bei Abraham bar Chijja in der Einleitung zur Arithmetik, s. Hebr. Bibliogr. VIII, 88, auch in der Berliner HS. חסוד, und für חכם סודי daselbst, סודי.

153) *Jewish Literature* § 18, A. 42. Reifmann's vermeintliche Emendationen (Litbl. des Orient 1843, S. 606) sind nicht alle begründet. S. 8 hat er den Context nicht beachtet; שמים ist richtig, für ועפר lies ורוח. — Das Metrum des Titels ist das älteste und einfachste, dem arab. Redschez entsprechend. Ein anderes Metrum ergäbe die Stelle im Vorwort S. 6, wo der Artikel hinzutritt und die Wörter umgestellt sind, daher der Titel auch so angegeben wird: יסוד התורה וסוד המורא.

154) S. den Nachweis in Hebr. Bibliogr. XIX, 62. Die Pariser Hs. 707[4] enthält hinter dieser Erklärung noch andere zu verschiedenen Stellen der Commentare ibn Esra's, welche im Catalog nicht genau genug angegeben sind; die 3. gehört ohne Zweifel zu einem der Excurse zu Exodus (etwa 3, 15?), die 4. von 27 Arten der Menschen (der Catalog zweifelt, ob etwa 24!) sicher zu Ex. 23, 26, s. oben § 12 n. 3 S. 93.

von dem berühmten Professor am rabbinischen Seminar in Padua S. D. Luzzatto (gest. 29. Sept. 1865)[155]) und von dem Mathematiker Jakob Eichenbaum[156]). Letzterem folgt Creizenach in der Uebersetzung[157]) und in den eingeschalteten Deductionen, wie er ausdrücklich (S. 6) angibt. Auch Terquem[158]) entscheidet sich dafür. — Abraham berechnet für den Durchmesser 15 das Quadrat der Seite des gleichseitigen Dreiecks genau 15000, für den Durchmesser von 10 aber $987\frac{5}{9}$ und $\frac{5}{81}$,[159]) die Wurzel 31° 25′ 36″ 50‴. Die Zahl des Gottesnamens beträgt 72 (wie oben).

Erwähnung verdient noch der Terminus עמוד (Säule) für die abstracte Höhe (S. 47, deutsch S. 125), ohne Rücksicht auf die physische Lage, wie im Arabischen und in der „Mischna der Middot", später גובה[159b]). Für die physische Höhe, z. B. Culmination, gebraucht man רום.

§ 14.

Wir kommen nun mehr zu

B. den selbstständigen Schriften oder Monographien mathematischen Inhalts, zu welchen von vorneherein bemerkt werden muss, dass es auch in ihnen nicht an Ueberstreifen in die theologische Anwendung auf den Gottesnamen fehlt, was wohl nicht ausschliesslich auf eine individuelle Vorliebe des Verfassers zurückzuführen ist, sondern auch auf den Charakter der Zeit überhaupt und der Personen, für welche er schrieb.

Es haben sich nur zwei hebräische Schriften dieser Art erhalten. Wenn der Dichter Immanuel ben Salomo aus Rom (um 1320) in einer

---

155) Hebräisch in der Zeitschrift *Kerem Chemed*, II (1836) S. 75 ff.; vgl. seine Remonstration daselbst VII, 75 und früher in *Zion*, her. von Jost I, 116, auch deutsch (aus dem Ital. übersetzt) in den Israel. Annalen, her. von Jost 1840 S. 75, wo er die Bedeutung des conventionellen Decadensystems für die vermeintliche Eigenthümlichkeit der Zahlen hervorhebt. Danach erscheinen die weitläufigen Nachweisungen bei H. Filipowski (Jahrbuch *Assiph*, Leipzig 1859 S. 99—106) überflüssig.

156) *Kerem Chemed* IV, 113, vgl. den vorangehenden Brief von J. S. Reggio.

157) S. 131: „Die Proportion kann umgekehrt gestellt werden, wenn" u. s. w. ist falsch, wie aus den Parallelen hervorgeht; es muss heissen: „das Gegentheil findet statt, wenn" u. s. w. Creiz. schaltet ein: „damit das kleinere Glied vorangehe (!)", ohne Zweifel, weil Eichenbaum, l. c., bemerkt, dass ibn Esra das Wort ערך nur von einem Verhältniss des Kleineren zum Grösseren anwende, womit er aber nur seine eigene Vorstellung begründen will; vgl. Motot f. 19c bei Luzzatto, *Zion* I, 117.

158) In der unten (§ 15) zu erwähnenden Abhandl. p. 294 (20 des Sonderabdr.).

159) Die bekannte Formel für zusammengesetzte Nenner aus sprachlichen Rücksichten.

159b) Z. B. bei ibn Esra selbst, Zahlwörter S. 163: „Der Körper, dessen Wesen die Höhe".

Aufzählung klassischer Schriften auch der „Bücher ibn Esra's über die Methoden des Rechnens" erwähnt[160]), so ist aus dieser Angabe des ganz überschwenglichen Satyrikers nicht auf die Bekanntschaft mit einer grösseren Zahl zu schliessen.

1. ספר האחד (*Sefer ha-Echad*) Buch des Einen, oder vom Einen, oder der Eins, unter diesem Titel citirt im Buch vom Namen (§ 13, 7—f. 9), unter beirrendem Doppeltitel zuerst gedruckt in der hebr. Zeitschrift *Jeschurun*, herausg. von Jos. Kobak, Jahrgang I. Heft 1, Bamberg 1856, mit einer Erläuterung. Der Text ist dort sehr incorrect und lückenhaft, wie ich aus der Münchener HS. 36 ersah, aus welcher ich die Varianten sammelte, die ich einem neuen Herausgeber zur Verfügung stellen wollte, da Handschriften nicht sehr selten sind[161]); auch ein Commentar des (§ 13, n. 7 und 8) erwähnten Comtino existirt; der des Josef S. del Medigo ist schwerlich vollendet[162]). Inzwischen erschien eine neue correctere Aufgabe mit sachlichen Erläuterungen 1867[163]).

Das Schriftchen, dessen Text nur einige Seiten umfasst, handelt von den Eigenthümlichkeiten der Zahlen von 1 bis 9 in 9 entsprechenden kleinen Absätzen, indem auch auf Geometrie und Astrologie (unter 3, 4, 7) Rücksicht genommen ist, wie auf die Zahl gewisser Gegenstände oder Begriffe. Wir begegnen auch in diesem systematisch geordneten Schriftchen grossentheils denselben sogar wörtlich identischen Sätzen, die wir bereits

160) Makamen, ed. Berlin f. 152b בדרכי חושבון.

161) Hebr. Bibliogr. 1859 S. 94 (Vat. ist 429[17]), auch Paris 770[6], 1085[4].

162) Comtino's Commentar ist in Cod. De Rossi 556[2], Paris 681[3], diese Schrift fehlt bei Gurland, *Ginse Jisrael*, Petersburg 1867, in der Aufzählung von Comtino's Schriften. — Der bekannte Arzt und Mathematiker Josef Sal. del Medigo verfasste einen wahrscheinlich verlorenen oder nicht ausgeführten Commentar (angeführt in seinen mathemat. Problemen n. 14 über das Verhältniss der Algebra zur Geometrie, nicht n. 12, wie Geiger, Melo Chofnajim S. XLVI n. 16 angiebt, noch weniger genau Benjacob, Thesaur. libr. S. 460 n. 130). Vielleicht ist er der Verf. des anon. mathemat. Fragments in Cod. Hebr. Hamburg 329[5] (S. 158 meines Katalogs), der von seinem Comm. zu unserem Buch als zu verfassendem spricht.

163) Mit lat. Titel: *Abrahami Ibn Esra Sepher ha-Echad, liber de novem numeris cardinalibus cum Simchae Pinsker interpretatione primorum quatuor numerorum. Reliquorum numerorum interpretationem et prooemium addidit M. A. Goldhardt.* 8. Odessae 1867 (III u. 70 S.). Da Pinsker vor der Beendigung des Commentars starb, so fehlt eine Angabe seiner Hilfsmittel. Er benutzt eine HS. Schorr's und eine Pariser, worin Abraham „der Babylonier" genannt wird (wohl Confusion mit dem von ibn Esra anderswo citirten Abr.); der Pariser Catalog gibt das unter beiden HSS. nicht an. — Gleich in der ersten Zeile fehlt das Wort וספור der Lemberger Ausg.; s. *Zion* I, 115. — S. 2 hat HS. München והוא מספר בכח.

aus den Excursen etc. kennen. Unter 4 (S. 45) wird eine allgemeine Regel gegeben für Berechnung der Differenz der Quadrate der Seiten eines Dreiecks, deren Maass drei aufeinander folgende Zahlen (die jedoch grösser als 4 sein müssen) ausdrücken; man subtrahirt 4 von der Mittelzahl und multiplicirt den Rest mit der Mittelzahl — z. B. 10, 11, 12 seien die Zahlen, $11 - 4 = 7 \times 11 = 77$; nämlich $12^2 + 77 = 11^2 + 10^2$.[164])

§ 15.

Wir kommen nunmehr zu einer grösseren Schrift, in welcher die Zahlkunde selbstständig behandelt, wenn auch nicht ohne alle Beimischung der Symbolik geblieben ist.

2. ספר המספר oder יסוד המספר (*ha-Mispar*, oder *Jesod ha-Mispar*) Buch (oder Grundlage) der Zahl; ich nenne es der Bequemlichkeit halber Arithmetik nach dem vorwiegenden Inhalt. Dieses Buch wurde oft verwechselt mit einem grammatischen Schriftchen, welches gewöhnlich den zweiten Titel führt, bis Luzzatto, nach seiner HS., die Verschiedenheit lehrte. Das grammatische Schriftchen, einige Blätter umfassend, behandelt die Zahlwörter in 5 Klassen oder Stufen (מעלות), nämlich Einheiten, Zehner u. s. w., ebenfalls nicht ohne alle Beziehung auf Zahlsymbolik. Es ist von S. Pinsker am Ende seiner Einleitung in das babylonisch-hebräische Punktations-System, Wien 1863, mit Commentar herausgegeben[165]). Trotz der nunmehr gebotenen Hilfsmittel ist man nicht immer in der Lage, die unvollständigen und uncorrecten Angaben der Kataloge zu ergänzen und zu berichtigen[166]).

Von dieser Arithmetik habe ich beinahe 20 HSS. in öffentlichen Bibliotheken ermittelt, nämlich:

Berlin 244 Oct. (mein Verzeichniss S. 57[13])[167]), früher Luzzatto 114, woraus letzterer einige Mittheilungen gemacht hat. Diese HS. enthält einen anonymen Commentar, wahrscheinlich von einem jüngeren Zeitgenossen

---

164) In positiver Weise ausgedrückt: $n^2 + (n+1)^2 = (n+2)^2 + (n+1) \times (n-3)$. Pinsker führt den Satz auf eine allgemeinere Form zurück, indem er die Mittelzahl n, die anderen $n - 1$ und $n + 1$ nennt.

165) Handschriften sind verzeichnet in Hebr. Bibliogr. 1865 S. 29; vgl. auch Geiger in *Kerem Chemed* IX, 63; Berliner, Magazin I, 95. — Ich bezeichne dieses Schriftchen als Buch der Zahlwörter und habe es mit der Abkürzung „Zahlw." citirt.

166) So z. B. wird in Catalog Aguilar bei Wolf, Bibl. Hebr. III S. 51, unser Titel mit „*Chronologia*" übersetzt, was nur für das Buch עבור passt; s. § 21.

167) Daselbst lies: *Kerem Chemed* II, 76, für VI, 46. Eine andere HS. Luzzatto's finde ich im Catalog seiner Bücher (1868) nicht.

des Mose ibn Tibbon, also in der 2. Hälfte des 13. Jahrhunderts[168]); auch einen „Zusatz" desselben Ende Cap. 2 f. 73 b.

Bodleiana, 5 HSS.: Uri 449, Pocock 280 B.[169]), Michael 201, 202, 203 (deren eine vielleicht HS. Sal. Dubno 18 in Qu.).

Florenz, Medicea Plut. 88 Cod. 28 (bei Biscioni S. 482 Ausg. in 8° als anonymes ספר המספרים (sic!); die Anfänge der Kapitel, welche mir Prof. F. Lasinio im Februar 1863 auf meine Anfrage mittheilte, stimmen) und daselbst Cod. 46 (bei Biscioni S. 525 von „fil Meir"; mit theils hebr., theils arab. Ziffern am Rande; nach Mittheilung Lasinio's vom Mai 1864; vgl. auch Berliner, Magazin I, 95). Eine von beiden meint de Rossi (Wörterb. S. 8).

Leeuwarden, früher Franecker (Catalog. S. 87 Cod. XVIII חכמת המספר, auch Neubauer im Letterbode herausg. v. M. Roest, II. Amst. 1876/7 S. 84, gibt nur den nackten Titel המספר).

München 43 mit Zusätzen eines Moses שואבי (Schwabe, oder *Soave*?) und eines Anonymus (vgl. unten Paris)[170]), und Nr. 150 (erworben 1865).

Paris, 5 HSS.: 1029^3 (Orat. 153), — 1049^1 (anç. f. 450, defect), — 1050^1 (a. f. 449), — 1051^1 (Orat. 157), — 1052^1 (a. f. 436) mit Zusätzen eines Deutschen, Elasar, wie die HS. Fischl 25 B.[171]). Aus Nr. 1050 allein gab der im J. 1862 verstorbene Mathematiker O. Terquem eine Analyse[172]), die manches Beachtenswerthe unberührt lässt[173]).

Rom, Vatican 386^3 (vom Widmungsgedichtchen zu Anfang die Hälfte); — 397^1, bei Assemani mit dem (vielleicht aus der Schlussstelle fabricirten) Titel חשבונות[174]), — 398^1 Fragment. Aber auch 171^{14} (f. 98—106) ent-

---

168) Ob etwa von Levi b. Abraham, dem Epitomator der astrologischen Schriften? Die Schrift ist klein und blass, in trüben Tagen die Augen anstrengend, weshalb ich eine nochmalige Prüfung jetzt nicht vornehmen mag.

169) S. meinen *Conspectus Codicum Mss. hebr.* in *Bibl. Bodl.* 1857 p. 21.

170) Diese HS. ist in Geiger's wiss. Zeitschr. IV, 283 gemeint.

171) Hebr. Bibliogr. XI, 41 und dazu Hebr. B. XIX, 119, Zeitschr. d. Deutsch. Morg. Gesellsch. Bd. 25 S. 383.

172) *Notice sur un MS. hebreu etc.* 1841 (*Extrait du Journal des Mathématiques pures etc.* T. VI p. 275—96), und ungenau auszüglich im Litbl. des Orient 1845 S. 415, 492; z. B. S. 275 „hebräische" (!) Schule für *arabe*! vgl. Hebr. Biliographie 1862 S. 95).* — Vgl. *Notice sur la vie et les traxaux de O. Terquem par* **Prouchet**, in den *Nouv. Annales de Mathém.* 1862, Nov.—Dec.

173) Vgl. Zeitschr. d. D. Morg. Gesellsch. Bd. 24 S. 340, 382.

174) Ich verdanke dem Fürsten Boncompagni in Rom eine im J. 1866 für mich angefertigte Durchzeichnung des Anfanges (f. 3) und der letzten Seite (f. 49), auf welcher nach dem Schlusswort das Widmungsgedichtchen (s. unten), dann eine arabische Nachschrift in hebräischer Cursivschrift, wonach David ben Salomo die Schrift zum eigenen Gebrauche, לנפסה [daraus macht Assemani einen Namen אבן עקיש!] copirte und in Murcia [מרסיה, nicht Marseille, wie Assemani liest,

hält nach dem bei Assemani corrumpirten Anfang ein Fragment, wozu ein Titel „Erklärung des unausprechlichen Namens" (פירוש שם המפורש) fabricirt ist.

Rom, Casanat. Dominicanerkloster Cod. in Qu. I, V, 11, 3, nach Auszügen aus dem handschriftl. Katalog, die ich Herrn Narducci verdanke.

Von Privaten besass Hirz Scheyer eine HS., welche Carmoly (Biogr. der Gelehrten, hebr. 1828 S. 35 n. 25 vgl. S. 38 n. 5) erwähnt, ob dieselbe, die im Katalog der Bücher und HSS. Carmoly's n. 217 mit blossem Titel *ha-Mispar*? Die HS. J. S. Reggio's (erwähnt in *Bikkure ha-Ittim* 1846 S. 48) besitzt jetzt Os. H. Schorr in Brody, eine andere S. J. Halberstamm in Bielitz (s. dessen Vorwort zu *ha-Ibbur* S. 11). Eine HS. des Buchhändlers Fischl-Hirsch in Halberstadt im J. 1870 ist in der Hebr. Bibliographie XI, 41 Nr. 25 B beschrieben.

Die Pariser HS. 1052² enthält eine Aufgabe über Wurzelziehen aus dem „zweiten Buch der Zahl" von ibn Esra, was der Katalog als zweite Recension auffasst; die Bezeichnung dafür ist aber gewöhnlich eine andere. Im Einzelnen finden sich Varianten genug, doch weiss Niemand von zwei Redactionen.

De Rossi (im Catalog zu seiner HS. 314) vermengt die Zahlwörter mit dem Buch vom Einen, später (Wörterb. S. 8) letzteres mit unserer Arithmetik; Grätz (VI, 454) vermengt alle drei und macht falsche Schlüsse über die Abfassungszeit, weil im Register des Michael'schen Katalogs ein Wort fehlt, welches durch das Metrum und andere HSS. gesichert ist[175]). Im Widmungsvers nämlich, der am Anfang oder Ende des Buches steht, muss es heissen: „verfasst von dem Sohne Meïr's für Meïr, jung an Jahren und weise ... (?)[176]); letzteres bezieht sich natürlich auf Meïr. Die Abfassungszeit der Arithmetik hat auch Halberstamm nicht näher untersucht. Ich habe bereits anderswo bemerkt, dass im Cap. 3 und 7 auf das Buch „Gründe der Tafeln" hingewiesen sei[177]), welches ibn Esra 1160/1 in Narbonne übersetzte (s. unten § 21), so dass die Arithmetik kurz vorher verfasst scheint. Nun wird zwar letztere (ס' המספר, das B. der Zahlw. kann nicht gemeint sein) in dem Kalenderwerk (f. 4) citirt, dessen Abfassung

und daher Zunz, zur Gesch. 315 Anm. a, wo der Ort auffällig erscheint] beendete Dienstag 7. Kislew 5145 (Herbst 1384). Ueber die Confusion bei De Rossi und Grätz s. weiter unten.

175) HS. Medicea (Berliner, Magazin I, 94), Halberstamm's (l. c.), Berlin (l. c.), München 150, Vat. 397.

176) בתכונה (d. h. in Astronomie??) oder בתבונה in Einsicht (vgl. von Bezalel Exod. 36, 31); so, und in Zeile 1 תכונה, hat Vat. 397.

177) HS. Berlin hat in K. 7 sogar דברתי „habe ich gesprochen", darüber steht allerdings הדבר „ist die Rede."

das J. 1146/7 fällt. Aber so früh ist die Arithmetik — auf welche sich der Verf. in keiner anderen Schrift beruft, obwohl er öfter dazu Veranlassung hatte — sicher nicht verfasst; vielmehr ist diese Verweisung ein Nachtrag, wie andere Verweisungen, die Halberstamm (S. 11), gegen Grätz, mit Recht als derartige Nachträge ansieht, wenn auch Einzelnes sich anders erklären lässt (z. B. bei Brüll, Jahrbücher III, 164). Diese Ansicht erhält durch unser Schriftchen eine bedeutende Stütze.

§ 16.

Gehen wir nunmehr auf die Anlage der Arithmetik über[178]). Sie behandelt in 7 Pforten oder Kapiteln folgende Themata mit praktischer Anwendung auf die Astronomie und auf gewöhnliche Aufgaben:

1. **הכפל, wörtlich *Duplatio*, Multiplication[179]), 2. חלוק Division, 3. חבור Addition, 4. חִסּוּר Subtraction, 5. שברים Brüche[180]), 6. ערכים Proportionen,**

---

178) **Dieser § ist vor 12 Jahren nach Luzzatto's und Terquem's Mittheilungen abgefasst und jetzt, nachdem ich drei Handschriften des Originals zu vergleichen Gelegenheit gehabt, nicht ganz umgearbeitet, aber ergänzt.**

179) Auch bei **Khowarezmi** (*Algoritmi de num. indorum, Trattati d'Aritmetica pubbl. da B. Boncompagni* I, 1857, p. 10): ***Etiam patefeci in libro*** **[welchem?]** ***quod necesse est omni numero qui multiplicatur in aliquo*** **[lies *alio*?]** ***quolibet numero, ut duplicetur unus ex eis secundum unitates alterius.*** **Hat der Uebersetzer hier dasselbe Wort verschieden übersetzt? Es sind also nicht „ungenaue Schriftsteller"** (wie Nesselmann, Versuch e. krit. Gesch. d. Algebra I, 426 meint), welche כפל für multipliciren gebrauchen, wie schon Abraham bar Chijja (Hebr. Bibliogr. 1864 S. 89 A. 11) und dazu הנכפל בעצמו in *Cheschbon ha-Mahalchot* Abschn. I; המספר הנכפל פעמים die zweimal duplicirte Zahl (desselben Geometrie, HS. München 299 f. 50). Der später übliche Ausdruck für multipliciren (jedenfalls schon 1270 in der hebr. Uebersetzung des Euclid) הכה ב („in Etwas schlagen") ist ohne Zweifel dem arab. ضرب فى (*multiplicare in*) nachgeahmt — letzteres nach Wöpcke (*Mém. sur la propag. des chiffres etc.* p. 68 n. 1) vom Indischen „*frapper*, *detruire*" (?) — auch הכה על, während im Talmud הכה מן (von Etwas hauen) subtrahiren heisst, was später durch חִסֵּר (Pielform) *minuere* ersetzt wird. Von כפל im Sinne von multipliciren ist abzuleiten כמה כפלים „wie viel mal" in der Uebersetzung der Religionsphilosophie des Abr. ben David (gest. 1170) aus ungewisser Zeit, S. 4, Z. 12, und משולש בכפל — מרובע, d. h. Dreifaches, Vierfaches, bei Elia Misrachi (f. 3b), den Nesselmann von jenen angeblich „ungenauen Schriftstellern" unterscheidet, allerdings nur aus dem ins Latein übersetzten Compendium kennt; s. meine Briefe an B. Boncompagni (*Intorno ad alcuni matematici etc.* p. 54 nota 1, 65 nota 3); hiernach ist auch Güdemann, das jüd. Unterrichtswesen etc. S. 84 A. 3, zu berichtigen. Vgl. auch unten zu Ende des Buches.

180) Singular שֶׁבֶר (*Scheber*); Luzzatto (*Zion* I, 116, vgl. *Kerem Chemed* II 70, 76, VII, 75) glaubt, dass ibn Esra dasselbe Wort auch für Flächeninhalt (*area*) gebrauche; es wäre jedoch vielleicht für letzteres stets שִׁבּוּר (*Schibbur*) zu lesen,

7. השרשים המרובעים וכל מאזנים שלהם, Wurzeln, Quadrate und — nach der oben (Anm. 143) gegebenen Erklärung — von der Probe durch die Ziffernsumme derselben im Verhältniss zu 9. Terquem (p. 6) übersetzt diese Ueberschrift: *„Racines carrées et caractères des carrées parfaits"*, jedenfalls sehr ungenau; — im Litbl. des Orients VI, 477 gar nur „von Quadratwurzeln und Quadraten". In der Analyse dieses Kapitels (p. 18) wird eine Stelle hervorgehoben, nach welcher das Quadrat von 1 und 9 dieselbe Initialziffer hat, ebenso 2 und 8, 3 und 7, aber 5 ist eine runde (kreisende) Zahl, s. oben S. 91.

Was zunächst die Anordnung der Kapitel betrifft, so hat Luzzatto *(Zion* I, 116) in Parenthese sein Befremden geäussert, dass die Multiplication und Division der einfachern Addition und Division vorangehe; man findet aber dieselbe Anordnung nicht bloss bei dem im Jahre 1202 verfassten (1228 revidirten) *Abacus* des Leonardo da Pisa (genannt Fibonacci)[181]), der lange Zeit als der erste europäische Algebrist nach der Methode der Araber gegolten hat, sondern auch Aehnliches in der Rechenkunst des Abraham bar Chijja, in einem Abschnitte seiner Encyklopädie (Abr. Jud. S. 10), welche nach einer offenbaren Interpolation der Ueberschrift in zwei HSS. der bekannte Zarkali aus einem arabischen [d. h. ins Arabische übersetzten] Werke des Archimedes ins Hebräische(!) übersetzt,

---

ein *nomen actionis* der II. Form, welche dem arab. *Teksir* eben so entspräche, wie חשבורת oben Anm. 142, 174. — Richtig ist jedenfalls die Bemerkung Luzzatto's, dass מרובע *(Merubba)* bei Abraham sowohl *quadratum* als *quadruplum* bedeute, in der Mischna der Middot I, 8: ein Viertel.

181) P. 19 ed. Boncompagni, wo jedoch die Ueberschrift des III. Kap. über Addition fehlt; vgl. die Inhaltsübersicht bei Wöpcke, *Sur l'introd. de l'arithmétique Indienne*, Rome 1859 p. 60. Fibonacci (welchen Terquem nach Florenz versetzt in einem Artikel über *Vincent's Mémoire sur l'origine de nos chiffres etc.*, aus den *Archives Isr.* December 1840, deutsch im Litbl. des Orient 1841, S. 87) hat, nach dem Prolog, in seiner Jugend in der Dogana zu „Bugna" in Africa das Rechnen mit „indischen" [d. h. unseren arabischen] Ziffern gelernt, dann Aegypten, Syrien, Griechenland, Sicilien und die Provence bereist. Wenn Terquem *(Notice*, p. 22) behauptet, dass Fibonacci diese Methode zu Oran von jüdischen Kaufleuten gelernt habe, so ist mir die Quelle dafür unbekannt. Boncompagni, der Fibonacci zum Mittelpunkt seiner Studien gemacht, hat in seiner Schrift *Della vita e delle opere di Leonardo Pisano (Roma* 1852) nichts davon. Vielleicht ist jene Behauptung nur eine Conjectur Terquem's, im Zusammenhange mit einer bei ihm vorangehenden, dass jüdische Kaufleute um das XI. Jahrh. die indische Methode nach den Küsten der Berberei und von da nach Spanien und Italien eingeführt haben. Wenn Terquem andrerseits bemerkt, dass Fibonacci im XV. Kapitel „beinahe" denselben Weg einschlage wie Ibn Esra in seiner Arithmetik, so sind solche Parallelen aus gemeinschaftlichen Quellen erklärlich.

oder in Auszug gebracht hätte[182]). Diese Arithmetik zerfällt zuerst in die (allgemeine) Zahlenlehre, oder Arithmetik im klassischen Sinne des Wortes (חכמת המספר) und in die praktische Rechenkunst (חכמת החשבון = علم الحساب, die Logistik der Alten)[183]). Letztere wird auf 6 Operationen zurückgeführt: 1. חשבון מנין במנין Multiplication, 2. חלוק מנין על מנין Division (des Grösseren durch ein Kleineres), 3. לדעת קצב מנין ממנין[184]) das Verhältniss einer (kleineren) Zahl zu einer (grössern) Zahl zu wissen (indem die kleinere durch die grössere dividirt wird, also = Resolviren), 4. לפחות מנין ממנין Subtraction, 5. להשלים מנין במנין (oder תוספת חלק על חלק) Addition, 6. להשיב מנין על מנין (oder חזרת החלקים אחד אל אחד) Reduction (von Brüchen oder Theilen).

Vergleicht man hiermit einige andere alte Arithmetiken, so findet man die jetzt gewöhnliche Anordnung der sog. vier Species, und die Unterschiede beschränken sich nur auf untergeordnete Theile, nemlich die Mediation und Duplication, Verbindung der Brüche mit ganzen Zahlen; auf das Verhältniss der Elemente der **Algebra** zur Arithmetik wird anderswo Gelegenheit sein einzugehen. Ich beschränke mich hier auf einige für die Geschichte der indischen Rechenkunst wichtige Beispiele.

1) **Muhammed** b. **Musa** el-*Khowarezmi*, von welchem der Name „Algorismus" herkommt[185]), behandelt in dem von Boncompagni herausgegebenen Schriftchen *de numero Indorum* folgende, freilich in der Uebersetzung nicht äusserlich geschiedene oder gezählte Themata[186]): Numeration, Addition, Subtraction, **Mediation**, **Duplication** („*Duplatio*"), Multiplication, Division — Multiplication u. s. w. der Sexagesimalbrüche[187]) und Multipli-

---

182) Siehe die Nachweisungen in der Hebr. Bibliogr. V, 109 A. 4, VII, 87, Verzeichniss der hebr. Handschr. der k. Bibliothek in Berlin S. 58.

183) Vgl. darüber **Nesselmann**, Geschichte der Algebra I, 40. — Daher wohl zu Anfang des praktischen Schriftchens des Khowarezmi (s. oben Anm. 25) p. 2: *in alio libro* ***arithmetice***.

184) Eine Randglosse der Münchener HS. erklärt קצב durch ערך, welches in der Geometrie des Abraham bar Chijja (s. Abr. Jud. S. 19, 26) in der ersten Definition für „Grösse" überhaupt genommen, sonst der gewöhnliche Ausdruck für **Verhältniss** ist. — Bei **Ibn Esra** ist ערך das Verhältniss des Kleineren zum Grösseren (s. oben Anm. 157). Motot (Bl. 18 a b) nennt die Verhältnisse der Zahlen zu ihren Theilen, nach den Arithmetikern (חכמי המספר), in folgender Weise: 1. ערך החלק והחלקים. 2. ערך הרבות והחלק. 3. ערך הכפל (Duplication und Multiplication, vgl. oben Anm. 179). 4. ערך הכפל והחלק (או והחלקים).

185) S. die Citate bei **Narducci**, *Saggio di voci ital. etc.* Roma 1858, p. 16 ff.

186) Vgl. das speciellere Summarium bei **Wöpcke**, *Sur l'introduction de l'arithm. Indienne etc.* p. 49.

187) Diese, für die **Astronomie** besonders wichtige Eintheilung behandelt

cation der gewöhnlichen Brüche, womit die HS. (oder Uebersetzung?) abbricht.

2) Von *Kuschjar* b. Lebban etc.[188]) hat sich ein Werk erhalten, welches meines Wissens bisher ganz unbeachtet geblieben ist; es existirt freilich nur in hebräischer Sprache, und zwar übersetzt und commentirt von Schalom b. Josef ענבי[189]) in der bodleianischen HS. *Oppenh.* 272 A. Qu., unter dem Titel עיון העקרים לחשבון ההנדיים „Betrachtung der Grundlehren der Rechnung der Inder". Hier interessiren uns bloss die Ueberschriften der 12 Pforten oder Kapitel; dieselben sind: 1. צורת האותיות Form der Zeichen (Numeration), 2. תוספת מספר על מספר Addition, 3. חסרון Subtraction, 4. הכאה Multiplication, 5. במחובר מההכאה Producte, 6. חלוקה Division, 7. בעולה מהחלוק Reste, 8. בשרש Wurzel, 9. ביוצא מהשרש was aus der Wurzel hervorgeht, 10. בקעב[190]) Cubus, 11. בעולה מהקעב was aus dem Cubus hervorgeht, 12. במאזנים oder מאזני המדרגות (Probe) Rest der Ziffersumme dividirt durch 9.[191])

3) Abu Bekr Muhammed ben Abd Allah, genannt al-'Ha'ssar (der Rechner), aus unbekannter Zeit, den ich erst kürzlich ans Licht gezogen und als den von ibn Khaldun genannten Autor nachgewiesen habe[192]), verfasste ein Lehrbuch der Rechenkunst, welches im Westen in Ansehen stand. Es hat sich in der hebräischen Uebersetzung des Mose ibn Tibbon (1271) erhalten (HS. des Vatican 396, Christ Church Coll. 189 in Oxford). Ich verdanke der Freundlichkeit Boncompagni's und des Prof. Ign. Guidi in Rom das Vorwort (worin die Bedeutung der Zahl für die Erkenntniss

---

auch ibn Esra in der Arithmetik, K. 3 ff., vgl. Terquem Notice p. 10, welcher die Einführung in Europa für sehr jung (?) hält. Khowarezmi (*Algoritmus* p. 17 und daher Jo. Hisp. p. 49) führt sie als die der Inder ein, s. unten A. 202. Ueber den babylonischen Ursprung und den frühzeitigen Einfluss auf die dortigen Juden s. meine Anzeige von Günther's Studien etc. Hebr. Bibliogr. XVII, 92 A. 3.

188) Ueber diesen Autor werde ich in einer besondern kleinen Notiz handeln und will hier nur bemerken, dass bei *Hagi Khalfa* V, 475 n. 11695 das J. 357 aber III, 570 das J. 457 der Flucht angegeben ist. Mir ist keine speciellere Nachweisung über die Anlage einer sicher zwischen Khowarezmi und Kuschjar fallenden arabischen Arithmetik nach indischer Methode bekannt.

189) Vielleicht Uebersetzung von *Dactylos*. Er lebte um 1450—60, s. Hebr. Bibliogr. XVI, 103.

190) Für كعب, sonst gewöhnlich מעוקב, s. oben Anm. 117.

191) S. oben Anm. 143.

192) Hebr. Bibliogr. XIV, 41, XVII, 123; *Rectification de quelques erreurs relatives au mathématicien arabe ibn al-Banna*, in Boncompagni's *Bullettino* Juni 1877 und Sonderabdruck. — Leider ist auch das Zeitalter des Jehuda Abbas, der den 'Ha'ssar empfiehlt, nicht bekannt, s. unten § 18, A. 224.

„verborgener" Dinge erwähnt ist) und eine Anzahl von Ueberschriften. Das Werk zerfällt in II Hauptstücke: Ganze Zahlen und Brüche; I enthält 10 Kapitel (Pforten): 1. Stufen (מדרגות, Reihen) und Namen der Zahlen, 2. über die Staubfiguren (צורות האבק)[193]) und „dessen" [deren?] Anwendung nach den Stufen der Zahl, 3. Addition (קבוץ), 4. Subtraction (השליך), 5. Multiplication (הכאה), 6. Verhältniss (יחס?)[194]), 7. Division (חלוק), 8. ألفلج (arabisch) Mediation, 9. Duplatio (כפילה), 10. Wurzelziehen (בהגדרה בלקיחת השורש).[195]) Dieses Hauptstück beginnt mit den Namen der 12 Zahlen, 1 ist die Wurzel u. s. w., aber 2 die erste Zahl; die Staubzeichen sind 9 (der Abschreiber oder Uebersetzer hat unsere arabischen Ziffern substituirt). Das II. Hauptstück von den Brüchen zählt 72 Kapitel (deren Ueberschriften mir Hr. Guidi mittheilte)[196]) und beginnt f. 13b fast wie al-Banna (französ. von Marre p. 20), aber zuletzt (f. 41—69) folgen noch einige ungezählte. Inwieweit etwa ibn al-Banna dieses Buch benutzt habe, bedürfte einer in die Einzelheiten dringenden Untersuchung.

4) Ich reihe hieran einen der ältesten Autoren des Abendlandes, welcher die indisch-arabische Arithmetik den Christen zuführte. Johannes Sohn des David (*Abendehut* etc.), gewöhnlich Johann Hispalensis oder Hispanus genannt[197]), wahrscheinlich auch Johannes Toletanus (um 1135—

193) Also Gobarschrift, vgl. oben S. 79 Anm. 69 und unter II. Kap. 1 desselben Werkes.

194) Am Rand בלקיחת השם „Entnehmung des Namens". Ob die Multiplication durch „*Denomination*" bei ibn al-Banna, franz. von Marre p. 14?

195) Das erste Wort bedeutet „Begränzung"; damit hängt der Ausdruck נגדר für die 4 als Quadratzahl zusammen; גדר Grenze (arab. جذر) ist die Quadratwurzel, schon bei ibn Esra, s. Rosin im Magazin u. s. w. V. S. 47, 48, wo einige missverstandene Stellen danach berichtigt werden. Eine anonyme, zu Anfang defecte Arithmetik in der Bibliothek der „Talmud Thora" in Rom, worüber mich Hr. Di Capua im Juli 1876 befragte, handelt im 2. Abschnitt von den Zahlstufen (מדרגות) im 7. von der approximativen Wurzel in ganzen Zahlen und beginnt: ודע כי כל כפל הכאה חשבון על עצמו הוא הנקרא מספר נגדר או נשרש, „Wisse, dass das Product der Multiplication einer Zahl mit sich selbst genannt wird begrenzte oder radicirte Zahl." Vgl. oben S. 94.

196) Diese Zahl ist vielleicht keine zufällige, vgl. Rohlf's Deutsch. Archiv für Gesch. der Medicin I (1878) S. 443.

197) Die von mir in der Zeitschr. für Mathem. XVI, 373 (wo für „Joh. algebr." zu lesen ist „Gebrum hispalensem") angeführten Quellen sind theilweise unbenutzt von Leclerc, *Hist. de la médecine arabe* Paris 1877 II, 370 ff.; dazu Zeitschr. d. D. Morg. Gesellsch. Bd. 25, S. 391, 393, 413, Bd. 29 S. 163, 164, Noten zu Baldi, S. 17 und 75, 30 und 94, theilweise nicht benutzt von Wüstenfeld, Uebersetz. aus dem Arab. S. 25 ff. Vgl. auch Otto Bardenhewer, Ueber den Ursprung des . . . Buches *de causis* (mir 1879 ohne Titelblatt zugeschickt) S. 4 ff. und s. folg. Anm.

1153)[198]) liegt zur Vergleichung mit ibn Esra sehr nahe, sie waren Zeit- und Landesgenossen, ursprünglich auch Religionsgenossen — schwerlich (allerdings möglich) auch Namensvettern[199]).

Der *Liber Algorismi de practica arismetricae* des Johannes Hispalensis, wahrscheinlich eine der ersten Nachahmungen der Arithmetik des Khowarezmi im Abendlande[200]), hat in der uns vorliegenden Ausgabe Boncompagni's ebenfalls keine eigentliche Eintheilung und Kapitelzahl, und vermisst man ein Summarium der Ueberschriften, welches ich hier, so weit es zu unserem Zwecke nöthig ist, zusammenstelle[201]):

Regulae de scientia aggregandi (p. 30)
" " " *diminuendi (p. 32)*
" " " *duplandi (p. 35)*
" " " *mediandi (p. 36)*
" " " *multiplicandi (p. 38)*
" " " *dividendi (p. 41)*

198) V. Rose im Hermes VIII, 335, 337, 340, 343. — Ich werde eine kritische Revision des neuen, oder scheinbar neuen Materials anderswo vornehmen. Hier mag nur Ein Punkt kurz erledigt werden. Der Verf. des Commentars zu Ptolemäus' Centiloquium, Abu Dscha'fer Ahmed ist der Sohn des Jusuf ben Ibrahim ibn ed Dâje, und Verf. von Erzählungen von Aerzten und desgleichen von Astronomen; das Jahr 309 H. (bei Rose S. 340) könnte das Datum der Abfassung sein. Danach ist Wüstenfeld l. c. S. 28 und S. 60 n. 7 zu berichtigen. Die Belege und die Berichtigungen zu Zeitschr. für Math. X, 18 ff. anderswo.

199) Leclerc, l. c. II, 374 n. 6 fand in einer einzigen Handschrift des Centiloquiums (Par. 7307) „*Abraamus ben Deut*" und vermuthet darin den jüdischen Namen Johann's; Wüstenfeld, Uebers. S. 38, nimmt das auf und meint die Uebersetzung sei wohl von Johannes noch als Juden verfertigt. Für das Jahr 530 (1136) weiss Leclerc keinen andern Uebersetzer; an Plato aus Tivoli (und den Juden Abraham) dachte er nicht mehr; aber die HS. bei Rose hat Johannes Toletanus; hingegen ist „*Bermi*" bei Wüst. nicht Ptol., sondern *Battani!* — Abraham b. David aus Toledo starb als jüdischer Märtyrer 1170. Wie viele mögen so geheissen haben! Ich lege auf die einzige HS. keinen Werth. Bemerkenswerth sind die Citate eines „Johann aus Toledo" und David aus Toledo, neben Hermannus, in einer anonymen hebr. Abhandlung über das Astrolab, HS. Oppenh. 1666 Qu. der Bodleiana. Sie stammen wohl, wie vielleicht die ganze Schrift, aus lateinischen oder sonst christlichen Quellen.

200) S. 68: *Hoc idem est illud etiam quod . . . alcorismus dicere videtur.* Wöpcke, *Mém. sur la propag. des chiffres etc.* p. 155, 186, hält die Schrift Johann's für eine Paraphrase des Khowarezmi; vgl. auch Cantor, mathemat. Beitr. 275 und unten Anm. 203 und 243.

201) Schon *Chasles, Aperçu etc.* — deutsch u. d. T. Geschichte der Geometrie u. s. w. aus dem Franz. übertr. von L. A. Sohncke; Halle 1839, S. 595 — hebt die 7 Operationen hervor: Addition, Subtraction, Duplation, Mediation, Multiplication, Division und Wurzelausziehung.

de fractionibus numerorum (p. 49)[202])
de multiplicatione fractionum (p. 51)
de divisione numerorum cum fract. etc. (p. 53)
de dispositione integrorum in aggreg. etc. (p. 54)
de fractionibus alterius denominationis (p. 56) (Brüche aller Benennungen, *alterius* ist hier im Sinne von *alius* gebraucht)
de multiplicatione fract. (p. 60)
de divisione fract. (p. 69)
de invenienda radice numerorum (p. 72), mit ähnlichen Unterabtheilungen
Excerptiones de libro qui dicitur gleba mutabilia [gebr uamucabala] (p. 112).[203])

Die indische Arithmetik, welche Sacrobosco in Versen unter dem Titel „*de Algorismo*" hinterliess, deren 9 Kapitel die Numeration, Addition, Subtraction, Mediation, Duplation, Multiplication, Division, Progression und Extraction der Wurzeln behandeln, ist nicht bloss für Christen bis ins 16. Jahrhundert massgebend gewesen, wo man anfing die Duplation und Mediation unter Multiplication und Division zu subsummiren — wie das schon ibn Esra gethan — und daher die 9 Kapitel in 7 zusammenzuziehen[204]). Duplation und Mediation hat z. B. noch Isak ben Mose aus Oriola in Aragon, vielleicht in Constantinopel, zu Anfang 16. Jahrh.[205]). Hingegen theilt Mord. Comtino (um 1450), der vorzugsweise die Schriften ibn Esra's studirte[206]), den arithmetischen Abschnitt seines handschriftlichen Werkes in 1. Addition und Subtraction, 2. Multiplication, 3. Division und

---

202) Anfang: *Licet cuius libet numeri partium denominatio possit fieri infinitis modis secundum infinitos numeros, placuit tamen Indis, denominationem suarum fractionum facere a sexaginta.* Vgl. oben Anm. 187.

203) Diese Excerpte vindicirt Chasles (*Comptes rendus* XIII, 1841, p. 502) dem Joh. Hispalensis, ohne die theilweise Entlehnung aus Khowarezmi in Abrede zu stellen; ja er beweist daraus, dass die Algebra des letzteren schon übersetzt vorlag.

204) Chasles-Sohncke S. 602.

205) HS. Paris 1095; vgl. meinen Catalog der Leydener HSS. p. 283, die Zeitschrift *il Vesillo*, Casal Monferrato 1879 S. 17, wozu eine Berichtigung folgen wird, da nach Zunz (in Geiger's Zeitschrift VI, 195) עלי weder Ali noch Eli, sondern eine abbrevirte Eulogie ist.

206) Vgl. oben §§ 13 und 14, Verz. der hebr. HSS. der k. Bibiothek in Berlin S. 27. Sein Werk findet sich auch in der Bibliothek des Herrn Lehren in Amsterdam, worüber ich Mittheilungen des Herrn van Biema in der Hebr. Bibliogr. geben werde.

Progression, 4. Verhältnisse mit einem besonderen Theil über Brüche. Sein Schüler, der bekanntere Elia Misrachi (um 1500 in Constantinopel) bemerkt in der Einleitung zu seiner gründlichen und ausführlichen Arithmetik[207]), dass „einige der Alten“ (קצת מהראשונים) die Duplation und Mediation (כפול וחלוק באמצע) abgesondert behandelten, jedoch mit Unrecht, da beides „Multiplication“(!) mit 1 und $^1/_2$ sei.

An ibn Esra enger schliessen sich zwei unedirte anonyme Schriften, deren eine allerdings fast nur als ein Auszug angesehen werden dürfte. Die erste findet sich in der Bodleiana, alte deutsche HS. Oppenh. 1666 Qu. f. 46b—52b (abgebrochen). Nach den Notizen, welche ich vor mehr als 25 Jahren in Oxford gemacht, hat der Verfasser eigentlich das Buch grösstentheils zum mündlichen Gebrauch bestimmt. Seine 7 „Pforten“ sind die ibn Esra's mit derselben Bezeichnung und in der 3. f. 48 heisst es sogar: „Es spricht Abraham ibn Esra der Verfasser(!). Ich fand einen Weg u. s. w.“, wie HS. München 43 f. 112b. Fol. 47b gibt der Verfasser zweimal an, was sein ungenannter Lehrer von Rabbi Samuel ben R. Jehuda vernommen, der es von einem „thörichten Geistlichen“ (גלח טפש) vernommen[208]).

Ein titelloses Compendium in der bereits erwähnten HS. Oppenh. 272 A. Qu. f. 59—103, von zweiter Hand ergänzt, vielleicht unvollständig, beginnt:

בשם המאיר לעולם
והוא מכל נעלם
ואין עמו העלם(!) אחל לבאר קצת דרכי החשבון בחכמת המספר והקצת [l. ומקצת] התשבורת וכוונתי להקל בביאור תכלית האפשר אצלי למען יקל על המעיין אשר לא הורגל.

Der Verfasser behandelt den Stoff nach den „alten“ 7 Pforten (ganz so wie ibn Esra): 1. חבור, 2. חסור, 3. כפל, 4. חלוק, 5. שבר, 6. ערך, 7. שרשים; die Beispiele sind durch שאלה „Frage“ bezeichnet und sehr zahlreich. Sonderbarer Weise befindet sich in demselben Codex Bl. 117—119 von derselben Hand ein Fragment einer Ergänzung oder abweichenden Recension der letzten 3 Abschnitte desselben Werkes, anfangend mit denselben 3 Reimen (jedoch 2 hinter 3) dann fortfahrend: אבאר דרכי חשבונות

207) Fol. 4b der vollständigen Ausg. 1534, geschildert in meinem vierten Briefe an Boncompagni (Rom 1866), vgl. auch dessen *Bulletino*, 1879 S. 350 (*Intorno a Jo. de Lineriis etc.* p. 8).

208) Hier ist sicher nicht an den provençalischen Uebersetzer aus dem Arabischen, Samuel ben Jehuda ben Meschullam (geb. 1294, vgl Catal. der hebr. HSS. in München S. 192) zu denken. Einen deutschen Copisten Samuel ben Jehuda im Jahre 1298 erwähnt Zunz, Zur Gesch. und Lit. S. 208.

הסברים והערכים והשרשים עם ביאור תוצאות מקצת הכללים בדרכי חשבונותיהם וגם אזכיר קצת כללים מן התשבורת יען אשר תוצאותיהם מן השרשים und so weiter fast dieselbe Vorrede wie oben. — Zwischen beiden befindet sich ein Commentar des **Meir Spira** (aus Speier) über die astronomischen Tabellen (Sechsflügel) des Immanuel ben Jakob (1365, vgl. oben S. 95), weshalb die Cataloge auch unser Compendium jenem Meir beilegen[209]).

§ 17.

Betrachten wir nunmehr den **Charakter** der Arithmetik des ibn Esra. Sie ist auf die „indische" Arithmetik basirt, obwohl er die „indischen" (arabischen) Ziffern durch **hebräische** ersetzt; nur das (im Hebr. nicht vorhandene) Zeichen der Null, „das Rad" (גלגל, *circulus* bei Joh. Hispalensis) behält er bei[210]); er schlägt sogar vor, es als Zeichen für die Unbekannte (x) zu setzen[211]).

---

209) Dem **Meir Spira** wird auch ein anonymes, in verschiedenen Recensionen handschr. erhaltenes (vielleicht übersetztes?) Compendium der Himmelskunde *(forma globi)* beigelegt; Abr. Jud. S. 11 Anm. 19; s. hebr. Bibligr. IX, 163; Catalog der hebr. HSS. in München S. 13 n. 36[14], Verz. hebr. HSS. der k. Bibl. Berlin S. 92.

210) על כן עשו חכמי הודו כל מספרם על תשעה ועשו צורות לט' מספרים והם
1 2 3 4 5 6 7 8 9 [ובני ישראל די להם באותיות התורה] א ב ג ד ה ו ז ח ט . . . ואם
אין לו מספר באחדים ויש לו מספר במעלה השנית שהם העשרות, ישים כדמות גלגל 0
ראשונה, להורות כי אין במעלה הראשונה מספר; so in HS. Luzz. (Berlin); anstatt der eingeklammerten Worte in HS. München 43 f. 104 . . . . ואני כתבתי במקומם א'ב' ט' צורת אנשי הודו (!). In der von Terquem benutzten HS. stehen die 9 Ziffern **am Rande**, auf welchen durch ein Zeichen im Texte verwiesen wird. Terquem (p. 4) zweifelt nicht, dass die Figuren der Ziffern ursprünglich die **arabischen** gewesen und von den Abschreibern durch unsere gewöhnlichen ersetzt worden; er weist auf die Vergleichung von HSS. hin, welche aber nur dann zu einem Resultate führen würde, wenn man einen **Autograph** auffände; denn jeder Abschreiber hat wohl die ihm geläufigen Formen substituirt. Eine sehr alte HS. wäre jedenfalls für die in neuerer Zeit vielfach behandelte Frage **über den Ursprung unserer gewöhnlichen Ziffern und die Geschichte der arabischen** von Interesse. In der HS. Luzzatto's sind Operationen am Rande mit **arabischen** Ziffern, vielleicht vom Verf. herrührend.* In der Anweisung zum Numeriren, Hs. München 150 f. 83, sehen die Ziffern 4—9 so aus: 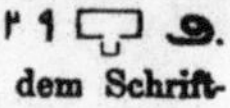.

211) Kap. 7, bei **Terquem**, p. 16. — Die Null wird auch in dem Schriftchen des Khowarezmi (p. 3 ed. Boncompagni) bezeichnet als *circulus parvulus in similitudine o litterae.* Der Strich über der Null, den Terquem bemerkt hat, findet sich in vielen alten hebräischen HSS., und ist vielleicht hinzugefügt, um Null von o zu unterscheiden?* Ueber die **Namen** der Null s. **Chasles**, *Comptes rendus* XVI (1843) p. 143 und **Nesselmann**, Gesch. der Algebra I, 102, 495. Ibn Esra gibt den Namen *Sifra* (ספרא) als den der Landessprache (לעז), bei Terquem p. 5 ungenau „*lange étrangère*".* Allein die ganze Schlussstelle der Ein-

Er kennt die Rechnungsprobe durch Ziffernsumme dividirt durch 9,[212]) die schon bei Khowarezmi (p. 12) und auch bei Joh. Hispalensis (p. 32, 41) vorkommt, aber nicht die Division durch Differenzen von 9, welche in den Algorithmen vorkommt, die zu seiner Zeit entstanden[213]).

Vergleicht man die Methode seiner Multiplication (bei Terq. p. 7, vgl. weiter unten) mit den vier von Woepcke zusammengestellten[214]), so ist sie etwas kürzer als die des Khowarezmi und des Abacus (bei Chasles) und steht der jetzt gewöhnlichen am nächsten, nur dass die Theilfacite gleich hinaufgetragen werden; während Fibonacci und Planudes noch weniger aufschreiben. Dies sind freilich ganz untergeordnete Vortheile des Praktikers, (und ibn Esra berührt auch die pädagogische Seite), die aber in der alten Logistik und Calculation für wichtiger gehalten wurden und daher als Anhaltspunkte für die geschichtliche Fortentwicklung zu beachten sind. Männer von Fach dürften in den Einzelheiten des Textes unter Benutzung mehrerer HSS. noch Manches finden, was Terquem nach dem damaligen Standpunkt der Geschichte der Mathematik nicht für beachtenswerth hielt; ich beschränke mich auf ein einziges, in mehrfacher Beziehung instructives Beispiel. Das Ende des 1. Kapitels bietet eine bedeutende Abweichung in den HSS. Die oben erwähnte Multiplication (Terquem p. 7) fehlt vollständig in Cod. München 43 f. 107 b, sie bildet in HS. Münch. 150 f. 87 b, 88, das Ende des Kapitels, indem nach den Worten „45 Tausende und 25" nur folgt: „Die Probe mache, wie du weisst." In Cod. Berlin f. 65 folgt noch eine kurze Anweisung für die Probe; eine ausführlichere geht in beiden Münchener HSS. voran; am Rande stehen beigegebene zwei Figuren (ich setze arab. Ziffern für die hebr. Buchstaben und Null ohne Oberlinie).

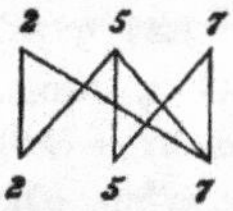

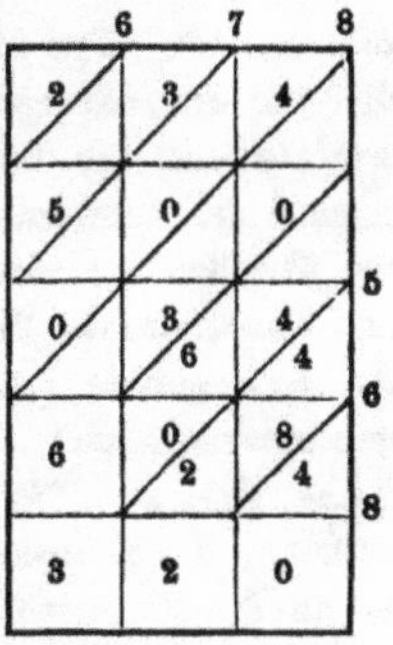

Hier ist die Form des „*Casello*"[215]).

Ueber die letzte Parthie des Buches konnte Terquem (p. 20) wegen der Beschaffenheit der einzigen benutzten HS. nicht genau berichten. Es

leitung ist in der HS. Luzzatto von der Hand eingeklammert, welche die Variante notirte, die Terquem ebenfalls am Rande fand. Für ibn Esra hat auch das „Rad" seine symbolische Bedeutung.

212) Vgl. oben Anm. 143.

213) S. Chasles, *Comptes rendus l. c.* p. 173, 235.

214) Wöpcke, *Sur l'introduction des chiffres etc.* p. 20 ff., 47.

215) Boncompagni, in *Atti dell' Accad. dei nuovi lincei* VI, 320.

mag hier das Wichtigste in Kürze ergänzt werden. Der Verfasser geht vom Wurzelzeichen zum Kreise über, weil derselbe von der Wurzel abhänge (תלוי בשורש). In demselben gebe es viele Dinge: 1. Kreis (Peripherie), 2. Diagonale, 3. Quadrat[216]), 4. Sehne, 5. Pfeil, 6. Flächeninhalt[217]); aus zweien derselben lasse sich stets das dritte Unbekannte finden; einige könne man aus einem einzigen Anderen finden (eine Variante der Berliner HS. wiederholt hier: aus zwei Anderen!). Das 1. Beispiel ist ein Diameter von 10. Zur Berechnung der Peripherie aus dem Diameter bemerkt er: Die Geometer (חכמי המדות) nehmen das Verhältniss $^{22}/_{7}$ an, Archimedes[218]) bewies, dass es weniger als $3\,^{1}/_{7}$, mehr als 3 und 10 Theile von $70\,^{1}/_{2}$ („d. h. 8′ 24″ 35‴“); Ptolemäus nahm eine Mittelzahl, also 8′ 30″; die Inder $\frac{62838}{20000}$;[219]) zwischen letzteren beiden sei nur eine Differenz von 6‴. Nun folgt die Anwendung auf die Eintragung eines Dreiecks, die wir aus den anderen Schriften kennen, aber ohne irgend eine Hinweisung auf den Gottesnamen. In Bezug auf Bogen und Sehnen nach Ansicht der Astronomen wird, wie ich schon oben erwähnt, auf die „Gründe der Tabellen“ verwiesen und bemerkt, dass die Geometer (חכמי המדות) das Verhältniss der Peripherie genauer nehmen. Endlich erklärt er, warum die Arithmetiker (חכמי החשבון) „um Eins weniger zur Radix (יסוד) genommen haben“, — d. h. warum sie bei der Multiplication eine Reihe abziehen. Die wirklichen Zahlen 1—9 entsprechen den 9 Kreisen (גלגלים, Himmelssphären — wenn er von 10 Zahlen spricht, so erinnert er an die Fingerzahl, wie das Buch Jezira), alle anderen sind ähnliche (כמשלים) und sollten erst die „Stufen“ bezeichnen, also die Zehner die 1. Stufe etc., 1000000 die 6. [die letzte, die sich mit Worten geben lässt?] bis ins Unendliche. Da man die Einheiten aber als 1. Stufe annahm, so musste man zuletzt eine abziehen, z. B. 200×300 ist $2 \times 3 = 6$, die Stufe gibt 6, davon ab eine, gibt die 5., deren Anfang 10000, also ist das Product 60000; nach eigentlicher Berechnung wäre Anfang der 4. Stufe 10000. Das Resultat ist dasselbe, „sie thaten es bloss, um es den Schülern zu erleichtern.“ Mit diesen Worten enden die vollständigen HSS.

---

216) הכפל d. h. die Multiplication mit sich selbst, Terquem liest falsch *Kafal*, und weiss es nicht zu deuten; s. oben Anm. 179.

217) השברים, s. oben Anm. 142 und 180.

218) Der Namen ist in den HSS. verstümmelt; ibn Esra acceptirte wahrscheinlich die arabische Form ארשימידאס, welche dann von den Abschreibern modificirt wurde; s. oben Anm. 139.

219) Dies ist die richtige Zahl, nicht 62438, welche Variante nur aus Weglassung eines ח entstanden ist; vgl. oben S. 97 § 13.

In Bezug auf Terminologie ist noch hervorzuheben, dass nach Kap. 5 der Nenner מורה (Lehrer, Zeiger u. dgl.) heisst, und zwar deshalb, weil er „den geraden Weg zeige"; man könne ihn auch anders nennen.* Mehrstellige Nenner werden, wie bei den Arabern, zerlegt; die Veranlassung war zunächst eine sprachliche, es fehlt das Ordinale für zusammengesetzte Zahlen.

Diese Arithmetik ist offenbar als eine praktische Anleitung verfasst; aber der Verfasser kann sich von der Symbolik nicht ganz frei halten. Die (von Terquem übersetzte) Einleitung knüpft an das Buch *Jezira* (vgl. § 9). Zu Anfang des 2. Kap. hebt er die Bedeutung der Einheit hervor — jedoch ohne auf die Beschaffenheit des Gottesnamens einzugehen, also mit Ueberwindung seines Lieblingsthemas, wie auch gegen Ende bei der Kreisberechnung. Wenn er für seine Glaubensgenossen in christlichen Ländern auf die Einheit ein Gewicht legte, so wird das um so begreiflicher, als der abgefallene Johannes Hispalensis kurz vorher in seinem *Algorismus* Veranlassung genommen, die Trinität zu symbolisiren[220]).

§ 18.

Dass die Arithmetik Abraham's viel und lange studirt wurde, geht schon aus der grossen Zahl der erhaltenen Handschriften hervor. Die Theologen bedurften allerdings derselben nicht, da ihnen die Anwendung in den oben erwähnten Schriften und Excursen näher gelegt war. Auch seine Supercommentatoren erwähnen das Buch kaum, z. B. Leon Moscono, der bei Abraham selbst zu Levit. 26, 6 eine Verweisung darauf finden wollte, mit Unrecht[221]). Josef ben Elieser zu Gen. 4, 21 (n. 226) citirt aus Kap. 6 die Hochstellung der musikalischen Verhältnisse[222]). Desto mehr galt das Buch bei den philosophischen Pädagogen und Encyklopädikern. In der Studienordnung des Jehuda ben Samuel ben Abbas[223]),

220) *Liber Algorismi*, Rom 1857 pag. 127 seq., vgl. p. 128: *Numerum, cum ad instar nouenarii, tam celestia quam terrestria, tam corpora, quam spiritus, formata et ordinata esse videantur. Novem enim sunt spere etc. Sicut creature a simlitudine sui creatoris qualicumque modo non recederet, dum intra illum numerum se continent, quia primo impari in se multiplicato generant, qui post unitatem Deo solus consecratus est, quia numero Deus impare gaudet.* Vgl. Hebr. Bibliogr. VII, 88 und die Berichtigung daselbst VIII, 152.

221) Magazin etc. III, 99.

222) In Verbindung mit der vielverbreiteten Ansicht von der „Harmonie der Sphären" (Hebr. Bibliogr. XIII, 35), der auch die astrologischen Zahlverhältnisse dienen mussten.

223) Seine Worte sind ungenau übersetzt von M. Güdemann, das jüdische Unterrichtswesen u. s. w., Wien 1873, S. 251.

ibn Esra's auseinandersetze, mögen zuerst die Bemerkungen eines Mannes von Fach Platz finden.

Chasles[233]), welcher das Schriftchen für eine Uebersetzung aus dem Arabischen hält, äussert sich darüber: „Dieses Werk ist in mehrer Hinsicht von Werth. Zuerst ist es wesentlich verschieden von dem des Muhammed ben Musa [el-Khowarezmi]; denn es bezieht sich einzig nur auf die einfache und doppelte *Regula falsi.* Zweitens zeigt es uns, dass diese Regeln von den Indern herkommen. Man hat sie bisher den Arabern zugeschrieben, auf die Autorität des Lucas de Burgo gestützt, der sie die Regeln des *Helcatagm* [l. *Helcataym*] „*e vocabulo Arabo* nennt" u. s. w. — Ich komme hierauf weiter unten zurück. — Später äusserte sich Chasles[234]) über dieses Schriftchen folgendermassen: „Es dreht sich hauptsächlich um die sog. *regula falsi*, aber auf jede Lösung nach dieser Methode folgt eine andre nach gewöhnlicher Regel; alle Fragen sind 1. Grades mit 1 oder 2 Unbekannten, also das Ganze nicht von Bedeutung in der Geschichte der Algebra; aber es verdient erwähnt zu werden, und zeigt auch, dass die Uebersetzer des 12. Jahrh. sich vorzugsweise mit dieser Parthie der Mathematik beschäftigten. Es gehört dem 12. Jahrh. an, ob es von Ibn Esra oder *Savasorda* herrühre u. s. w."

In der That waren beide Abraham, die man sogar fälschlich zu Lehrer und Schüler gemacht[235]), Vermittler arabischer Wissenschaft für Juden in christlichen Ländern, und direct oder indirect auch für Christen. Doch scheint mir ein charakteristischer Unterschied darin zu liegen, dass b. Chijja bei seinen hebr. Arbeiten auf die specielle Erwähnung der arabischen Autoritäten weniger Werth legte und sie auch im Einzelnen weniger citirte. Abgesehen von den ganz allgemeinen Angaben griechischer Autoren über Geometrie[236]), welche vielleicht vollständig einem arabischen Autor entnommen sind, habe ich in seinen Schriften bisher fast nirgends einen arabischen Autor citirt gefunden. In seinem *Forma terrae*, welches al-Fergani benutzt zu haben scheint, wird letzterer, oder el-Battani genannt. Ibn Esra nennt in seinen grammatischen und exegetischen Schriften recht fleissig seine Vorgänger[237]); aus den mathematischen und astrologischen Schriften, wie aus der Vorrede zur Uebersetzung des Matani,

233) Chasles, deutsch von Sohncke, S. 567; vgl. Wöpcke, *Mém. sur la propag.* p. 180.

234) *Comptes rendus* XIII, 1841, p. 508.

235) Abr. Jud. S. 11.

236) Hebr. Bibliogr. VIII, 94; Verz. der h. HSS. Berlin S. 58.

237) Magazin u.s.w. III, 143, wo nachzutragen: Josef der Babylonier (Exod. 25, 8 kürz. Rec.), wenn nicht ein Irrthum.

folgendes Schriftchen beigelegt: *Liber augmenti et diminutionis vocatus numeratio divinationis, ex eo quod sapientes Indi posuerunt, quem Abraham compilavit et secundum librum qui Indorum dictus est composuit.* Libri hat dieses Schriftchen aus 3 HSS. edirt, aber dabei Zweifel über die Autorschaft geäussert, ohne die Gründe für oder gegen anzudeuten[231]). Es hat aber ein allgemeineres Interesse, den Verfasser und sein Zeitalter näher zu kennen, wie sich aus dem Nachfolgenden ergeben wird.

Das lateinische Schriftchen ist in jedem Falle eine mehr oder minder treue Uebersetzung oder Bearbeitung fremden Stoffes. Wenn Abraham etwa nur eine Substitution des lateinischen Uebersetzers für Ibrahim wäre, dann könnte an einen arabischen Verfasser dieses Namens gedacht werden; ist es ein Jude, so bleibt nur die Wahl zwischen Abraham bar Chijja und unserem ibn Esra, welche beide hebräisch, nicht arabisch schrieben (oben § 7). Ersterer war nur als Dolmetscher, z. B. bei der Uebersetzung des Buches *Electiones* von 'Ali b. A'hmed al-Imrani („Enbrani") thätig (Barzellona 1134)[232]), wahrscheinlich auch bei einem Werke des Maslema (§ 21, 5).

Ehe ich die innern und äussern Gründe für oder gegen die Autorschaft

---

nach Basnage (*Hist. des Juifs* p. 259), nach welchem ibn Esra in der Astronomie glückliche Entdeckungen gemacht, welche die geschicktesten Mathematiker (!) gewissenlos sich aneigneten, u. dgl. sonst. Das ist Alles wissenschaftliche — Legende, zu gebrauchen für oberflächliche Apologeten.

231) Libri, *Histoire des sciences mathém. etc.* I. p. 304 (cf. p. 124). — Das Citat aus der *Jenaer Lit.-Zeit.* 1843 n. 301 bei M. Sachs (die relig. Poesie der Juden in Spanien S. 310) ist ungenau. — Sedillot, *Matériaux pour servir à l'hist. comparée des sciences mathém. etc.* I. p. 454: *„cet Abraham qui n'est autre probablement que le rabbin Abraham-aben Esra, mort en* 1174". Was Sedillot über die Sache selbst vorbringt, werde ich nicht weiter berücksichtigen, da es sich von selbst erledigt.

232) Zeitschr. für Mathem. XII, 22, XVI, 370; Zeitschr. d. D. Morg. Gesellsch. XXV, 393. Wüstenfeld, Uebersetz. S. 43, hat diesen Autor unter Plato aus Tivoli nicht aufgenommen. — In Bezug auf *Almansor* (Abr. Jud. S. 26, Noten zu Baldi S. 32, vgl. auch Hebr. Bibliogr. XI, 125 über eine Confusion bei Möhsen) nimmt Wüstenfeld *l. c.* S. 41 einen jüdischen, arabisch schreibenden Astrologen Mançur ben Abraham unter Hakam II (961—76) an, indem er bemerkt, ich habe die „Lesart al-Hakam kaum erwähnt"; s. jedoch Abr. Jud. S. 30, 9, wo auch die Lesart „filio Abenezrae". Von einem solchen Mançur habe ich in der jüdischen und arabischen Literaturgeschichte, die ich seit 35 Jahren insbesondere für arabische Literatur der Juden verfolge, keine Spur gefunden. Ich halte *Almansor* für ein noch ungelöstes Problem, welches hier nicht weiter verfolgt werden kann. — Was endlich das Centiloquium des Ptolemaeus mit dem Comm. des abu Dscha'âfer betrifft (Abr. Jud. S. 37), so nennen Handschr. den Joh. Hispalensis oder Toletanus, s. oben S. 111 Anm. 198.

Beachtung[240]). Die Araber nennen die *regula falsi* حساب الخطئين oder عمل بالكفات „die Operation mit der Wage", wegen der Figur , welche dabei in Anwendung kommt. In den mir bekannten orientalischen Quellen[241]) findet sich nur eine von diesen beiden Bezeichnungen. Welchen Ausdruck die hebräischen Arithmetiker des Mittelalters dafür gewählt haben, ist mir nicht bekannt, da es überhaupt sehr wenige elementare hebr. Rechenbücher gegeben zu haben scheint, und ich auch früher keine Veranlassung hatte, von diesem Ausdruck besonders Notiz zu nehmen. Chasles (l. c. bei Sohncke S. 567) bemerkt, dass man „in andern Werken aus derselben Zeit" jene Methode *Regula falsi*, oder *augmenti et decrementi*, „ebenso wie der Compilator Abraham" nenne, indem er das Schriftchen *Algorithmus de integris ... cum annexis de tri, falsi aliisque regulis*, Leipzig 1507, anführt. Ich weiss nicht, ob der Ausdruck *augmenti et decrementi* in diesem Buche selbst vorkommt, und welcher Zeit dasselbe angehört — vielleicht hat Chasles anderswo, etwa in der Abhandlung über Abacus und Algorismus (*Comptes rendus* XVI, 156, 281, 1383, XVII, 143) dieselbe näher bestimmt. Im Abacus des *Leonardo Pisano*[242]) beginnt das XIII. Kap. (*de regulis elchataym* p. 318): *Elchataieym quidem arabice, latine duarum falsarum posicionum regula interpretatur etc.*, später (p. 319) heisst es: *Est enim alius modus elchataym; qui (sic) regula augmenti, et diminucionis appelatur etc.*

Vollkommen entscheidende Kriterien über den sprachlichen Ursprung und die Autorschaft des Schriftchens habe ich leider nicht auffinden können.

Was zunächst die oben mitgetheilte Ueberschrift betrifft, so ist sie weder präcise und klar, noch, wie ich glaube, überhaupt von kritischem Werthe. „*Compilavit*" bezeichnet die Arbeit des Autors im Gegensatz zu der des blossen Uebersetzers[243]). Was soll aber heissen: *secundum librum*

---

240) Der Ausdruck kehrt auch im Werkchen selbst (p. 332, 357, 359, 367 etc.) wieder; es ist auch von den beiden „*lances*" die Rede, so z. B. gleich zu Anfang S. 305.

241) *Hagi Khalfa* III, 62 (VII, 707), III, 142 n. 4724, V, 80 n. 10089; *Nicoll*, *Catal.* p. 287, 545; Cureton, *Catal.* p. 199; Wöpcke, *Recherches etc.* II. p. 49. — Dass die *regula falsi* von den Indern stamme, belegt schon *Nicoll*, p. 287; vgl. auch Wöpcke, *Mém. sur la propag.* p. 177, wonach *art „géométrique"* (!) bei Marre, *Talkhis* p. 16 zu berichtigen; هندسى wird in HSS. leicht aus هندى.

242) Ed. Boncompagni; vgl. auch Libri, *Hist.* II, 31.

243) Ich erinnere mich „*compilator*" für מחבר (= مؤلف) gefunden zu haben; so nennt ein zweifelhafter Autor eines im Original nicht vorhandenen

lässt sich eine Reihe arabischer Autoren zusammenstellen und für die arabische Literatur selbst verwerthen. Die in der lateinischsn Uebersetzung verstümmelten Namen muss man allerdings aus den HSS. der hebr. Originale restituiren[238]).

In dem *lib. augm. etc. p. 312* wird eine *„regula infusa"* eines Job *filii* Salomonis *divisoris* erwähnt[239]). Noch mehr spräche für ibn Esra die Erwähnung der Inder, wenn das Schriftchen nicht eine stricte Uebersetzung des Werkes eines ungenannten Arabers ist. Zwar ist Abraham nie in Indien gewesen (oben § 6), aber die Anführung von Indern gehört zu den Kennzeichen seiner Schriften, insbesondere dem Nasi gegenüber; und grade zur Zeit ibn Esra's werden die auf indischem Einfluss beruhenden Schriften der Araber in Spanien beliebt; in dieser Beziehung ist auch das *lib. augm.* ein interessantes Document. Selbst der Titel verdient besondere

238) Die genannte Vorrede habe ich in der Zeitschr. d. D. Morg. Gesellsch. Bd. 24 übersetzt mit Nachrichten über die darin, zum Theil auch über die in astrolog. Schriften erwähnten Autoren. Letztere werde ich anderswo erledigen.

239) Ibn, oder abu, Suleiman ist wohl ein stehender Beinamen für Hiob, أيوب (*Steinschneider,* Fremdsprachl. Elemente S. 13), und dieser vielleicht identisch mit Ejjub al-Ba'sri bei H. Kh. IV, 398 n. 8974 (ohne Bestimmung des Zeitalters, und nur hier erwähnt, nach Index VII, 1067 n. 1538) als Verfasser von فرائض, oder Erbschaftstheilungen, welche die Araber als eine Disciplin der Mathematik betrachten (H. Kh. I, 24, II, 62 u. 63, vgl. die Schriften IV, 393 n. 8967 ff. und Ibn Khallikan bei Wöpcke, *Recherches sur plus. ouvr. etc. I, Rome* 1856 p. 8). Daher die Benennung *divisor*, welche eine Randbemerkung der lat. HS. (bei Libri I, 312) erklärt: *„qui res a defuncto relicta [sic] partitur, et hoc apud Arabes."* Offenbar ist es die, auch sonst bei Mathematikern vorkommende Bezeichnung الفرضي, z. B. H. Kh. III, 528 (VII, 751), unrichtig übersetzt: *statutorum divinorum perito* (was auch Cureton, Catal. p. 199 nota a, nicht berichtigt; ebenso in Flügel's *Diss. de arab. scriptor. graecor. interpr.* Missenae 1841, p. 38 n. 73) besser IV, 408 n. 8991 (wofür VII, 822 العرضي) u. IV, 410 Z. 3, ferner V, 21 lin. 9: *juris hereditarii gnaro;* unübersetzt bei *Pusey, Catal.* p. 607 zu MXLII[1], (vgl. p. 286 nota i). — Zu dieser Gattung von Schriften gehört das von mir in der Bodleiana wieder aufgefundene כתאב אלמואריה des Saadia Gaon (*Catal.* p. 2160), welches auf den ersten Anblick für ein mathematisches Werk anzusehen wäre. Die Regeln der Erbschaftstheilung boten bei verwickelten Bestimmungen Gelegenheit zu differirenden Ansichten. Auch Ibn Esra hat im 6. Kap. seiner besprochenen Arithmetik solche Fälle und erwähnt dabei die Methode der „fremden" und der „israelitischen Weisen" — in letzterer glaubt Terquem (l. c. p. 17) die *„logique tortueuse du Talmudiste"* zu erkennen. Dass aber dergleichen mehr die Rechtslehre als die Mathematik angehe, bemerkt schon Rosen zu den von Muhammed b. Musa el-Khowarezmi in seiner Algebra behandelten Beispielen dieser Art (p. 91, vgl. p. 133).

4 Schüler 5 T., 2 S. 1 T., 3 S. 1 T., 1 S. 2 T., 2 S. 3 T., 1 S. 2 T., 2 S. 1 T.; dazu kommt ein Vers, dessen Anfangsbuchstaben die Zahlen angeben, wie ihn Abraham gewiss nicht geschrieben hat. Als Quelle wird ein „Memoriale der Thaten" ibn Esra's angegeben[247]). Das Kunststück, welches man als „algebraisch" zu bezeichnen pflegt, ist zuerst 1546 gedruckt, auch in Schwenter's Sammlung (1651) deutsch zu finden, von Pfeiffer lateinisch übersetzt (1665)[248]). Mit einem prosaischen Memorialsatz, der die Heiden ins Meer stürzen lässt, aber als Aufgabe die Wahl von Florinen und Groschen stellt, findet sich das Kunststück im Namen ibn Esra's in der HS. München 341^5, anonym als Vorfall zwischen Juden und Christen arabisch mit hebräischer Schrift in der Bodl. HS. bei Uri 212. Die 15 Juden werden ins Wasser geworfen in einer latein. HS. der Bodl. aus dem XVII. Jahrh.; Cod. Bern 704 enthält: *Sors cujusdam* (so) *de XX. christianis totidemque iudaeis,* anfangend: *bis duo nam niuei* (so) *praesunt et V nigelli;* ähnlich in Riese, *Anthol. latina II,* 185 *nota.* Vgl. auch „Historische und gute Schwänke des Meister Hans Sachs, herausg. von Conrad Spät", Pesth 1818 S. 40: „15 Türken und Christen". Wer möchte wohl den Ursprung solcher populär gewordener Spielereien mit Sicherheit nachweisen?

5. Da man das Schachspiel zur Mathematik zu ziehen pflegt, so bemerke ich, dass die dem Abraham beigelegten versificirten Regeln darüber höchst wahrscheinlich einer späteren Zeit angehören, s. meine Abhandlung „Schach bei den Juden" in A. van der Linde's Geschichte und Bibliographie des Schachspiels, Berlin 1873 S. 159 u. S. 195, wo ein correcter Abdruck mit genauer Uebersetzung beigegeben ist.

§ 21.

Die gegenwärtige Abhandlung hat eine solche Ausdehnung erreicht, dass es nicht mehr angeht, auch die astronomischen und astrologischen Schriften Abraham's in gleicher Weise zu behandeln; das muss einem besonderen Artikel vorbehalten bleiben. Da jedoch auf dieselben theilweise Bezug genommen ist, so mag hier eine äusserst kurz gehaltene Aufzählung mit sehr beschränkten Nachweisungen folgen, und zwar so gut es geht, in

---

247) זכרון המעשים. Ich möchte daraus nicht schliessen, dass man im Mittelalter eine besondere Schrift solchen Inhalts gekannt habe.

248) Warum Friedländer, *Comm. on Isaiah,* p. XXI, den Plan des Schiffscapitains und den Kunstgriff „ungenügend bekannt" nennt, ist mir unerfindlich; auch ist dieses Stück 1546 wahrscheinlich nur *in fugam vacui* hinter Mose b. Chabib's Schrift gedruckt und hat mit derselben nichts zu thun. Das Weitere s. in meinem Catalog. Bodl. p. 687.

chronologischer Reihenfolge, jedoch so, dass jüngere Ueberarbeitungen stets der ersten Recension angefügt sind.

1. Nativität in Beziers 1136, zweifelhaft (Abr. Jud. S. 42, u. oben S. 68).

2. Antwort auf drei chronologische Fragen an David Narboni, kurz vor 1139, von mir edirt 1847. Vgl. oben S. 68.

3. לוחות, astronomische Tabellen, vielleicht ursprünglich eine Redaction der Tabellen des Abraham bar Chijja (Abr. Jud. S. 16, 43, 44, Verz. der hebr. HSS.... Berlin S. 103), oder selbstständig, und zwar zuerst in Lucca (um 1145?), revidirt in Narbonne (ob etwa zur Uebersetzung des Matani?). Jehuda ha-Jisraeli, in seinen neuen Tafeln (um 1339??), in der Bodl. HS. Oppenh. 1666 Qu., geht über die toletanischen um 1^{0} vor, wie Maimonides, Abr. ibn Esra, Abraham [*Sa'hib*] *esch-Schorta*, auch die „Tabellen der Geistlichen". Der „*tractatus Abrahae de tabulis planetarum*" in Cod. Arundel 377 (Brit. Mus.) ist von Abraham Sacut? Vgl. auch die Tabulae revolutionum etc. von Samuel (?), worin „dicit Abraham", Cod. Cambridge III, 302 n. 1684 (Hebr. Bibliogr. XI, 78).

4. ספר העבור *ha-Ibbur*, vom Kalender, 2. Recension Verona 1146/7, unvollständig erhalten; mit Vorwort von S. H. Halberstamm in Bielitz ed. Lyck 1874. Berichtigungen und Erläuterungen bei N. Brüll, Jahrb. III, 164 ff. —. Wahrscheinlich dahin gehörende Gedächtnissreime habe ich in n. 12 einer Handschriften-Sammlung des Antiquars Schönblum in Lemberg im J. 1869 gefunden und werde sie demnächst drucken lassen.

5. כלי הנחשת über das Astrolab (bei de Rossi, Wörterb. S. 9 n. 23 und 24!) zuerst um 1145/6, in 2. Recension 1148, miserabel herausgegeben von Edelmann (Königsberg 1845), dessen vollständige Unkenntniss nachweist H. Filippowski (*Assiph*, Almanach, II, für 1850, S. 106—9). Es gibt ausserdem eine Nebenrecension.

Rodolfus Brugensis übersetzte ein Werk über das Astrolab von Maslama al-Medschriti (Commentator des Planisphärium von Ptolemäus, s. Zeitschr. d. D. Morg. Gesellsch. XVIII, 169, XXV, 402, Zeitschr. f. Mathem. XVI, 382, Noten zu Baldi S. 6 und 28, den Artikel aus Oseibia bringt Wüstenfeld, Uebersetz. S. 50), und zwar unter dem Dictat seines Lehrers Abraham (HS. Cotton, Vespas. II, *ms.* XIII f. 40b, bei Heilbronner, *Hist. mathes.* p. 295 § 214b, s. auch Rose, im Hermes VIII, 335), was Leclerc (*Hist. de la médicine arabe*, II, 433) und Wüstenfeld *l. c.* unbeachtet lassen, obwohl es nicht unwichtig ist. Ich vermuthe, dass hier Abraham bar Chijja gemeint sei, den wir als Dolmetscher des Plato aus Tivoli kennen (oben Anm. 232). Dasselbe Werk übersetzte auch Joh. Hispalensis nach Cod. Merton 259^{3}, s. Zeitschr. f. Mathem. XVI, 374. Wüstenfeld, Uebers. S. 33, fügt ohne weiteres Cod. Paris 7292 hinzu, über welchen ich *l. c.* Aufschluss gewünscht habe.

6. Eine Reihe **astrologischer** Schriften, grossentheils in 2 Recensionen 1146 und 1148. Eine Compilation von wörtlichen Auszügen — die man daher für Schriften des Abraham hielt — machte Levi ben Abraham gegen Ende des XIII. Jahrh. (vgl. Abr. Jud. S. 44); Commentare des **Messer Leon** (Jehuda ben Jechiel in Italien, um 1450—90) besitzt Petersburg. — Chajjim aus Briviesca studirte sie gegen Ende des XIV. Jahrh. in Salamanka (Letterbode II, 87, 88, vgl. Hebr. Bibliogr. XVII, 62). Ein Jude Hagins (d. h. **Chajjim**)[249]) übersetzte sie im Hause des **Henricus Bates** in Mecheln 1273 ins Französische, auch den Namen „ibn Esra" in *maistre de aide*, daraus wurde lateinisch *magister adjutorii* (Opera f. 31 c) und *adjutor*, daraus ohne Zweifel wieder *additor* in einer Wiener HS. (Tabulae IV, 125 n. 5442[9,12]), während in Spanien ibn Esra in den bekannten Namen ibn **Zohar** verwandelt wurde. Henricus **Bates** übersetzte daraus das Buch *de mundo* in Liège und beendete es 1281 in Mecheln (nach der Ausgabe); eine Leipziger HS. (bei Feller S. 327) versetzt Bates nach **Fez** (!) und substituirt 1292 (wegen Petrus? s. unten); ersteres möchte Wolf (B. H. III p. 51) auf die benutzte hebräische HS. beziehen — die vermittelnde französische war ihm unbekannt. — Sollte etwa für „*Leodio*" **Paris** gelesen sein? etwa wegen der Identität mit dem pariser Kanzler?[250]) Im J. 1293 redigirte **Petrus d'Abano** (*Aponensis*) aus Padua die meisten übrigen Bücher (Opera ed. 1507 f. 31 c) nach der Recension v. J. 1148, und so verbreitete sich in unzähligen Abschriften die Kenntniss und das Ansehen des Verf., dessen Name bis zu *Avenare* verstümmelt wurde, auch durch Uebersetzungen in alle Sprachen, ja es ist vielleicht sogar eine **arabische** gemacht worden (s. oben § 7, 4). Eine, wie es scheint, theilweise abweichende **spanische** Uebersetzung einiger Bücher (Rodriguez de Castro, Bibl. Españ. I. p. 25, 26) ist wiederum lateinisch von dem Spanier **Ludovicus de Angulo** übersetzt (Wolf, Bibl. Hebr. I, p. 83, jetzt Cod. Paris 734[2]). Vgl. auch unten zu IV. — Die latein. Uebersetzung des Petrus mit Einschiebung der des Bates ist in Venedig 1507 gedruckt als *Abrahe Avenaris* ... *in re judiciali opera*; vgl. Catal. Bodl. 687 u. Add.

Ein genaueres Studium der hebr. Handschriften allein vermag zur Be-

---

249) S. Hebr. Bibliogr. XVIII, 130 und die in H. B. XVII, 104 angeführten Quellen, insbesondere den Artikel „*Hagins le Juif*" von P. **Paris** in der *Hist. Lit. de la France* XI, 499 ff., der nicht von Irrthümern frei ist. Die von ihm besprochene HS. ist das angebl. Buch „*de la sphere par maitre Deiade*" (sic), welches ich im Art. Abr. Jud. S. 12 erwähnt habe.

250) S. über **Bates** meine Nachweisungen in Catal. Bodl. p. 1038 und Add., berichtigt in Zeitschr. D. M. Gesellsch. XVIII, 190, XXIV, 371 u. XXV, 417 über die im J. 1274 verfasste *magistralis compositio* **astrolabii**, welche mit ibn Esra zu vergleichen wäre. Vgl. auch **Baldi**, *Cronica* p. 81.

seitigung unzähliger Missverständnisse und Irrthümer bei den Bibliographen und Catalogisten zu führen. Hier genüge eine Aufzählung der hebr. und latein. Titel ohne Rücksicht auf die verschiedenen Recensionen, die von den meisten noch vorhanden sind.

Der allgemeine Titel חקות השמים ist wahrscheinlich unecht, noch sicherer אוצרות חכמה (Catalog der HSS. Carmoly S. 57 N. 104 B, wohl Confusion mit אוצר oben S. 118 A. 227).

I. ראשית חכמה *Initium Sapientiae*, oder *Introductio.*

II. משפטי המזלות, auch als ס' המזלות (Buch der Gestirne), unübersetzt, scheint eine Nebenrecension von III. Einen Theil bilden נירהוגים (Leitungen, was als Titel eines Buches vorkommt; vgl. Handschr. des Rabbiners Wallerstein in Rzeszow, aufgenommen in meinem Verzeichniss der Handschr. des Buchhändlers Benzian 1859 N. 5. F).

III. הטעמים *Lib. Rationum.*

IV. מולדות *Nativitatum;* in der abweichenden Recension, welche lateinisch 1485 etc. erschienen ist (s. Boncompagni, *Della vita ecc. di Guido Bonatti* 1851, p. 135, 136) liest man (fol. c. 2 verso): *In tempore autem hoc 1154 ab incarnatione etc.* Mehr in Zeitschr. D. M. Gesellsch. XXIV, 341, übersehen von Wüstenfeld, Uebers. S. 83; vgl. oben S. 74 A. 51 über eine etwaige arab. Uebersetzung.

V. מבחרים *Electiones.*

VI. שאלות *Interrogationes.*

VII. מאורות *Luminaria.*

VIII. מחברות המשרתים... העולם *de Mundo et conjunctionibus planetarum.*

7. Uebersetzung von Maschallah's Schriften שאלות *Interrogationes* und בקדרות *de eclipsibus,* welche man meist mit den astrologischen VIII Büchern verbunden findet.

8. אגרת השבת Brief des Sabbat an den Verfasser, verf. 1158 in London, gedruckt; vgl. oben S. 69 Anm. 30.

9. Uebersetzung des Buches: „Gründe der Tabellen des *Khowaresmi* von al-Matani" (? ein noch unbekannter Araber), Narbonne 1160, mit einer interessanten Einleitung, welche ich in Zeitschr. D. M. Gesellsch. Bd. XXIV mit deutscher Uebersetzung meiner Abhandl. „Zur Geschichte der Uebersetzungen aus dem Indischen ins Arabische" einverleibt habe; Nachträge dazu finden sich in Bd. XXV.

10. Horoscop eines Kindes, Narbonne 1160, gewöhnlich zwischen den astrolog. Schriften zu finden. Excerpte daraus gab ich 1847 nach einer Dresdener HS., Einiges habe ich später berichtigt.

Der Vollständigkeit halber erwähne ich noch der „*Introductio in Al-*

chorismum a magistro A. composita", welche Chasles dem Abraham Savasorda beilegt (Zeitschr. D. M. Gesellsch. XXV, 393 zu 124 A. 11), ohne ausreichende Begründung.

Ein grosses und kleines Buch סולם המזלות „Leiter der Gestirne", wird in verdächtiger Quelle (oben S. 62 Anm. 6) dem Abraham beigelegt. In der Turiner falsch gebundenen HS. (Peyron l. citando S. 108) geht es anonym dem Astrolab (oben Nr. 5) voran.

Nachtrag.

(Juni 1880.)

S. 64 Anm. 11 und S. 81 A. 73. Benjacob, Thesaurus S. 417 N. 276: סוד (ungenau), denkt an Jesod Mora.

S. 69 A. 28. Für die Verbindung Narbonne's mit Spanien um dieselbe Zeit ist anzuführen, dass Jehuda ibn Gajjath aus Granada wahrscheinlich um 1130—40 dort war (Katalog der hebr. HSS. in Hamburg S. 66).

S. 75 A. 53, s. Benjacob S. 133 n. 216.

S. 76 A. 58. Dass die Turiner HS. (bei Bern. Peyron, *Codices hebr. . . Biblioth. . . Turin.* — Turin 1880 S. 227 n. 213) einen Commentar des Avicenna zu *Hai b. Mekis* enthalte, ist trotz der so lautenden Nachschrift unglaublich. Die HS. bedarf näherer Untersuchung.

S. 77 A. 63. Die Weisen Griechenlands nennt Abraham zu Exod. 12, 1.

S. 81 A. 73. תמונת האותיות nach Sabbatai, bei Benjacob S. 655 N. 629 (vgl. N. 625) ist dieselbe HS. Vatic. 405⁷ bei Wolf I S. 89 mit hinzugesetztem סוד, nämlich das (edirte) kabbal. *Temuna*.

S. 86 A. 94 בעלי התולדות zu Psalm 46 (Zunz, Ges. Schr. III, 61 A. 33).

S. 90 A. 112. Ueber הן (Num. 23⁹) wird im Midrasch Exod. Kap. 15 (f. 106 Col. 2 ed. Frankf.) bemerkt, dass 8 Ziffern paarweise 10 geben (1 + 9 etc.), nur 5 sei isolirt. — S. 92 Z. 1 Diagonale lies Diameter.

S. 97 A. 142 חבוריתא hat Chananel (in Kairowan, Anf. XI. Jahrh., bei Berliner, *Migdol Chananel* S. XXV), dafür תשבורת (das. S. 38).

S. 104 A. 172. Nachdem diese Abhandlung im Satz vollendet war, gelangte ich zur Ansicht des 1. Artikels von Leon Rodet: *Sur les notations numériques et algébriques antérieurement au XVIe siècle. À propos d'un manuscrit de l'Arithmetique d'Aben-Ezra*, in den *Actes de la Société philologique*, T. VIII, fasc. 1. année 1878 (Paris 1879) S. 1—25 (ein zweiter scheint noch nicht gedruckt). Der Verf. kennt Terquem's Notiz nicht und legt die HS. Paris 1052 zu Grunde, aus der er ein Facsimile und Proben giebt. Er sucht zu beweisen, dass Abraham zuerst die hebr. Buchstaben mit Positionswerth anwende und Autor der Operationstabellen sei (S. 13). Das Zeichen ō leitet Wöpcke (bei Rodet S. 9) von οὐδεν ab, also ist die Linie wohl ein Abkürzungszeichen? Die Probe durch 9 scheinen die Araber von den Indern abzuleiten; sie findet sich aber in den bekannten Quellen nicht (S. 15). Eine Analogie eines viertheiligen Quadrats für die Verhältnisse mit unseren Determinanten wird hervorgehoben (S. 22). מורה (oben S. 117) wird (S. 26) ungenau „*norme*" wiedergegeben; es ist nicht eine Abstractform, sondern ein *partic. activi.* — Man sieht, dass das Büchlein wirklich noch nicht ausgebeutet ist.

S. 114 Ende § 16. Eine anonyme Arithmetik in Turin (bei Peyron l. c. S. 123 N. 181) in 2 Theilen, Th. 2 in 6 Pforten, beginnt mit einem Vorwort: „Wisse, die Weisen verglichen Gott in der Welt der separaten Intellecte mit der Eins in der Zahl."

Daselbst A. 211. „סיפירא das ist ein Rad", bei Elia Baschiatschi, *Adderet Eliahu* f. 11^d unten ed. Gosloff.

S. 122 Z. 1. Bei Gurland, Beschreib. der mathemat. . . hebr. Handschr. der Firkowitz'schen Sammlung, Petersb. 1866 S. 34: „Regel de Tri" (!) hebr. דרך המתנגדים, d. h. „Weg der Entgegengesetzten".

PROLOGUS

N. OCREATI IN HELCEPH AD ADELARDUM

BATENSEM MAGISTRUM SUUM.

FRAGMENT SUR LA MULTIPLICATION ET LA DIVISION

PUBLIÉ POUR LA PREMIÈRE FOIS

PAR

M. CHARLES HENRY.

Le manuscrit auquel est emprunté le morceau que nous éditons est signalé ainsi dans le Catalogue des manuscrits de la Bibliothèque royale: „VI M DCXXVI. Codex membranaceus olim Baluzianus. Ibi continentur 1. L. Annaei Senecae libri duo de Clementia ad Neronem Caesarem; 2. Ejusdem libri septem de beneficiis ad Ebutium Liberalem, amicum suum; 3. N. OCreati liber de multiplicatione et divisione numerorum ad Adelardum Bathoniensem magistrum suum. Is codex decimo tertio saeculo videtur exaratus"[1]).

Il est composé de 87 feuillets numérotés 1—87, précédés et suivis d'un feuillet de garde. Le Prologus occupe les folios 84—87.

Ce manuscrit est encore signalé par Jourdain dans les lignes suivantes de ses Recherches sur les traductions d'Aristote au moyen-âge: „Il existe en effet à la Bibliothèque royale un abrégé d'un ouvrage arabe sur les nombres entrepris à sa prière et que l'auteur, un certain O'Creat, écrivain inconnu à tous les biographes anglais que nous avons consultés lui a dédiés comme à son ami et à son maître"[2]). Jourdain a même publié dans une note les premières lignes de ce document[3]).

Augurant de ces passages l'importance du traité d'O'Creat, M. Maurice Cantor adressa le 22 Août 1879 à M. Léon Rodet, qui voulut bien nous transmettre la demande, une lettre dans laquelle il le priait de vouloir bien examiner ce fragment.

Les prévisions de M. Cantor furent parfaitement justifiées; non seulement cet écrit avait le prix d'être le seul extrait qu'on possède d'un traité arabe sur la multiplication et la division; en considérant une sorte de multiplication complémentaire comme une application d'une règle de Nicomaque (évidente sous la forme algébrique) „$a^2 = (a-b)(a+b) + b^2$" l'auteur faisait un rapprochement du plus haut intérêt historique.

Malheureusement les renseignements sur O'Creat sont nuls.

En s'en tenant aux données les plus positives, on doit placer l'existence d'Adélard de Bath dans le trente premières années du XIIe siècle. Il voyagea beaucoup en Allemagne, en Italie, en Espagne, même en Egypte et en Arabie. On cite parmi ses travaux un traité de l'Astrolabe, une doctrine de l'Abaque, une traduction des tables Kharizmiennes et la célèbre version

1) Catalogus codicum manuscriptorum Bibliothecae regiae pars tertia tomus quartus Parisiis MDCCXLIV p. 263.

2) p. 99.

3) p. 99, note 1.

limitis ducto. [I]gitur cujuslibet termini infra X supra sub duplum ejus constituti quere differentiam quam habet ad X et eandem subtrahe ab eo quem ducis in se, intra reliquum et X medius erit arithmetica medietate. Itaque secundum regulam Nichomachi quod ex duobus extremis in alterutram et ex duabus differentiis invicem ductis provenit hoc ex ipso medio ducto in se; verbi gratia novies novem quot sint interrogatus respondeo octies X et semel unum sumo enim differentiam quam habet IX ad XI[1]) et eam demo de IX et relinquuntur VIII, ecce arithmetica medietas VIII, IX, X. Ergo duo extrema sunt VIII et X tanto minus continentur quia medium ex se provocat quantum duae differentiae sunt unum et unum. Simili ratione interroganti quantum est octies VIII respondeo sexies, X cum bis binis at
f° 86 v. vero septies VII est quater X cum ter ternis per eamdem | regulam Nichomachi quod septem est medius inter IIII et X, sunt differentiae tres et tres. Eadem quoque ratione sexies VI sunt bis X cum quater quaternis. Jamvero ex solo usu VIes V sunt XXX, quater quatuor sunt XVI; ter terni sunt IX; bis bini sunt IV; semel unum I est. Hunc (sic) descendamus ad secundum ordinem ubi per geometricam medietatem perpenditur quod in primo limite per arimeticam scilicet unius saltus. Non enim solum per centum ab ultimo usque ad subduplum perpenditur quantum quisque ex se producat scilicet I[2]) usque X vel unum decies qui est secundi ordinis principium ex arte quia X proportionnaliter est inter unum et centum.

Ergo semel C tantumdem est quantum decies X similiter investigandum est quantum producat ex se quilibet terminus secundi ordinis, considero enim quomodo terminus de quo quaeritur se habet ad C. et quisnam ad eum similiter se habeat. Qui autem sub eodem et centum continetur contra interrogationem respondeo: Verbi gratia Interrogatus quantum est vigies viginti dico quadringinti qui numerus continetur sub IIII et C inter quos XX proportionnaliter continetur. Scilicet etiam triginta inter IX et C; at vero inter quadraginta XVI et C. Sed quinquaginta inter XXV et C; LX vero cum sunt tres quintae centenarii proportionaliter continetur inter suas partes quintas quae sunt XXXVI et centum. Septuaginta cum sint septem decimae partes centenarii proportionaliter continetur inter suas VII decimas partes quae sunt XLIX et centum. At vero LXXX cum sunt quatuor quintae[3]) quae sunt centenarii proportionaliter continetur inter suas quatuor et quintas quae sunt quintas XVI.I.LXIV et centum; nonaginta vero cum sit IX decimae in numero C proportionaliter continetur inter novies IX.I.LXXXI et C. Pariter ergo quantum ex se producat quilibet terminus secundi limitis ex decimo nono theoremate septimi libri

---

1) Entre la ligne on lit unum. 2) 3. 3) quatuor $\overset{e}{V}$.

VIII; primus novenarius IX. Ecce assignavi primum ordinem numerorum; secunda autem unitas, quae est secundi limitis principium, est X et in eodem limite sunt caeteri numeri qui sunt primorum decupli scilicet XX, XXX, XL, L, LX, LXX, LXXX, XC tertia unitas C, quarta unitas mille, Quinta unitas X idem [1]), sexta unitas C idem, [2])septima unitas $\overline{\text{m m}}$, [3])octava unitas decies mille millia, [4])nona unitas millies mille millia.[5]) Sed et reliquos numeros quota fuerint, ipsa unitas totos assignabit, ipsos praecedentis quidem limitis decuplos. Placuit igitur ad evidentiam ordinis praedictos cum suis novenis terminis sub notare | ut quotus sit unusquisque numerus locus designet, f° 84 verso
ut in secundo loco scriptus secundus binarius I. X X accipiatur et sic de ceteris deorsum dispositi deduplicatione. Sinistrorsum vero naturali multiplicatione a prima specie multiplicitatis quae est decupla usque ad octavam.

IX	VIII	VII	VI	V	IIII	III	II	I	
Nonaginta	Octoginta	Septuaginta	Sexaginta	Quinquaginta	Quadraginta	Triginta	Viginti	Decem	
IX	VIII	VII	VI	V	IIII	III	II	I	decem
IX	VIII	VII	VI	V	IIII	III	II	I	centum
IX	VIII	VII	VI	V	IIII	III	II	I	mille
IX	VIII	VII	VI	V	IIII	III	II	I	X milia
IX	VIII	VII	VI	V	IIII	III	II	I	C milia
IX	VIII	VII	VI	V	IIII	III	II	I	M. milia
IX	VIII	VII	VI	V	IIII	III	II	I	Xes M. milia
IX	VIII	VII	VI	V	IIII	III	II	I	Ces M. milia
IX	VIII	VII	VI	V	IIII	III	II	I	Mes M. milia

[N]unc dicendum est qui proveniat exductu cujuslibet terminorum primi ordinis ducti in semetipsum aut ex quolibet uno in quemlibet alium ejusdem

1) x. z. c. a. d. les dizaines de milles. 2) c. z. 3) $\overline{\text{m. m.}}$ 4) cz. le. ia. x. m. m.
5) m. m. m. il faut lire centies.

hanc regulam in omni multiplicatione minimus sub maximo ponendus est scilicet et caeteri quotquot fuerint multiplicantes sinistrorsum disponuntur, in totis locis singuli quotorum ordinum fuerint. Ita videlicet ut quemadmodum supra dictum est, cyfre si opus fuit vacuum locum designet. Ducendus est ergo se finistimus superioris ordinis in finistimum inferioris quisque in quosque scilicet nonnisi nominibus digitorum licet ipsi sint articuli ut terterni. Si ergo digitus inde excreverit supra illum inferioris ordinis unum oritur in superiori ordine ponetur. Quod si articulus ultimus non supra illum, scilicet nec ibi remanebit si articuli nascuntur ex invento et apposito. Juxta hanc regulam digitus de quo nascitur supra eum ponitur vel in qua superiori nascitur ibidem remanet. Si nasceretur articulus, scriberetur ulterius est ita hic[1])

	III		
III	III	III	
IX	IX		
III	VII		III

id est igitur quomodo disposui XXXIII quos cum vellem ducere sinaphi posui minorem sub majori I ita sub XXX dein a sinistris ipsius ternarii inferioris scripsi XXX XIXXX[1]) in XXX sub nominibus digitorum fatiendo terterna I IX ducerem IX scripsi sub secundum ternarium inferioris ordinis, Dein secundum ternarium superioris ordininis (sic) in primum ternarium inferioris sub nominibus digitorum ut secundum quod exigit ars Helcep; scripsi IX rursus supra primum ternarium inferioris ordinis ut patet in secunda formula. In tertia formula scripsi tria sub tribus scilicet minimum sub maximo in quo non est maior ducendus cum ipse solus restet scripsi in qua et (a) sinistris ejus ita ut tertia formula monstrat. Cum ergo ter tria facient novem et

		III	III
III		III	
IX		IX	III
III		III	
IX		IX	III
		III	III
c.	c.	VIII	IX
		III	III

IX vel cum IX et IX facient XVIII reliqui digitum I VIII insunt ejus unus ortus fuerat tulique cogitatione XX articulum ad IX ultimus uti regula exigit ad tertium locum et tertiae formulae invenique ibi IX natoque est articulus ex invento et addito. Scripta ergo i unitate ulterius in quarto loco ibi idem in tertio loco scripsi cyfre. Rursus ter tria multiplicans produxi IX quod scripsi in primo loco quartae formulae.

Habes igitur quod provenit ex XXXIII ductis in se Ī . 0 VIII . IX quod ita esse divisione probetur. Si enim cum divisero mille LXXX . IX . per XXXIII exierit mi in denviationibus (sic) XXXIII recte multiplicatum cognoscam fuisse; age ergo scribantur M . 0 . VIII . IX ponaturque sic in

1) Hic au dessus du la ligne.

omni divisione faciendum est maximus sub maximo si inde detrahi possit nominibus digitorum alioquin ponatur dexterius scilicet ceteri sub caeteris dextrorsum disponantur hoc modo:

Nunc ergo quibus ternarius nonpoterat ab unitate prima detrahi positus est f° 86 v°
sub cyfre ut a secunda unitate detrahatur subtrahatur ergo ternarius a x quotiens potest ita tamen ut reliqui a reliquis totiens detrahi possint . quod determinatio si non hic alibi erit necessaria, post autem detrahi et remanebit unum, quod unum quibus diminutum est non ibi remanebit tunc enim nulli esse determinatio tantumdem remaneret quantum ibi erat; diminutum vero voco quodcumque unitas relicta prius detractionem sub decuplae cujusque erat in eo loco una detractio facta est. Itaque secunda bis reliqua unitate in loco cyfrae scribes autem cyfre in ipso primo loco jam vacuo scilicet

denominationem cujusque minimi divisoris affiges hoc modo τ. I. $\overset{\text{III}}{\text{VIII}}$. $\overset{\text{IX}}{\text{III}}$

deinde reliquos a reliquis eamdem $\overset{\text{III III}}{\text{denominationem}}$ detrahes ut terpnarius de X et reliquam unitatem quae diminuta est secunda bis ad VIII ut sunt IX et rursus scribes cyfre scilicet prius cyfre quibus et ultimus penultimus vacui sunt hoc modo.

τ.	Ī.	III.		IX
		III	VIII	
			III	

Dein promovebis ipsos divisores quotquot sunt et pones maximum sub maximo et reliquos sub reliquis quemadmodum supradictum est hoc modo.

		III	
τ.	τ.	VIII.	IX
		III	III

(D)etrahes ergo secundum ternarium a secundo novenario: $\overset{\text{III}}{\tau}$ et a $\overset{\text{III}}{\text{prima}}$ eamdem denominationem et prout novenis scribes ττ ad signanda loca vacua, ponesque denominationem supra minimum divisorem ut artis hujus postulat ratio hoc modo:

		III	
τ.	τ.	VIII.	IX
		III	III

τ.	τ.	τ.	τ.

(V)ere ergo respondit divisio multiplicationi quoniam in denominationibus sunt XXXIII qui ducti fuerant in se ipsos ut inde producentur Ī. O. VIII. IX.

Sint nobis propositi rursus Ī CC per se multiplicandi, cum ergo duo cyfre primum locum obtineant quaecumque tertium unitas locum tenens centum est scilicet quaternum locum quarta tenet unitas scilicet mille. Scribo ergo

I	II	ττ
I	II	ττ

quasi minimum sub maximo Ī primum cyfre sub M̄ prius habetur sinistrorsum dispono o . II . I hoc modo. (D)uco ergo primum I ultimum superioris ordinis in primum inferioris ordinis et secundi. Quum autem semel unum et semel duos digitos procreant, pone eos qui procreati sunt quasi ingerimus eos ex

I	II		τ. τ.
I.	II.		τ. τ.
II.	τ.	III.	τ. τ.
I	II		τ. τ.

quibus producti sunt hoc modo scilicet quum inferiori ordine inter duo
f° 87 r. et unum locus erat vacuus jam ipse ego rite ō cyfre po|sui ad locum designandum pro quarta unitate in eodem ordine posui o . I . II . oo.

Promoveo ergo terminos omnes inferioris ordinis ut meos ducam tertium binarium et pono ō sub ipso tertio binario ceteros sinistrorsum dispono sic. Inde ergo ex binario ducto in unitatem producitur binarius. Pono unum supra unum quibus digitus unus ponitur. Cum autem fuerint ibi plus duo scribe alia dua. Rursus duo duco in duo, digitum scilicet quatuor, qui nascitur, pono supra eum ex quo nascitur sublato cyfre quibus vacuus est locus ut monstrat subjecta descriptio Et haec multiplicatio divisione examinanda inde ergo in omni divisione maximus supponendus est maximo si inde detrahi possit. Ego sic facio. Ceteros dextrorsum dispono videlicet quartam unitatem sub septima unitate tertium binarium sub sexto quaternario dein duo cyfre; qui si deerint nec tertium posuissem binarium, imo primum nec quartam unitatem imo secundam. Sic ergo dispositis dividendis et divisoribus detraho a maximo maximum. quotiens possum videlicet semel mihi remanet nisi quod ponitur ob signandum ponitur cifre scilicet reliquos a reliquis eadem denominatione id est semel detraho videlicet duo de quatuor; relinquuntur II dein denominant I unum supra minimi divisoribus; inde illius cyfre quod obtinet locum primum in ordine divisorum hoc modo

I	II	ττ.	II.	ττ.
τ.	I.	II.	τ	τ.
I.	II.	τ τ τ.	II.	ττ.
I.	II.			ττ.

I.	IIII.	IIII.	ττττ.
I.	II.	τ.	τ.
I.	IIII.	IIII.	ττττ.
I.	II.	τ.	τ.

Dein omnes divisores uno gradu dextrorsum promoveo . pono hoc modo. Detrahatur ergo idem ab II quotiens potest scilicet bis, scilicet duo de IIII similiter nihil remanet nisi ōō qui pro locis designandis vacuis scribuntur notandis scilicet denominato I II supra minimum divisorem scilicet supra primum ō, ordinis divisionum ponatur videlicet juxta praedictam denominationem quae erat I. dein compleatur II ō in ordine denominationum hoc modo.

τ.	II.	IIII.	I.	ττττ.
I.	II.			ττ.
τ.	II.	IIII.		ττττ.
I.	II.			ττ.

(D)atur ergo ex denominationibus recte multiplicatum fuisse. Breviter ergo colligendae fuerunt regule hujus artis: In omni multiplicatione minimus sub maximo, ceteri sinistrorsum disponendi sunt, digitus unum nascitur per multiplicationem supra eum ponitur articulus ulterius ut si ducantur isti duo in unum fient IIII . ut patet in formula suppositi. Vel Ubi nascitur [per coacervationem] ibi remanet scilicet nascitur articulus transferatur ulterius, locum vacuum designet ō. In omni divisione maximus sub maximo ponendus est ceterique ponantur dextrorsum. Maximus a maximo detrahatur quoties poterit, ita ¦ tamen ut reliqui a reliquis totiens detrahi possint. Si quid in dividendo diminutum fuerit secedentur dextrorsum in locum anteriorem transferatur. Denominato supra minimum divisorem scribatur in tertio ordine. Collige autem pro minimo divisore mt toties cyfre ō. hoc ergo quidem dictum est ad multiplicandum dividendum per integros patet posse sufficere. Nunc de proportionandis minutiis dicendum est. Si ergo complecta detractione ad modum supra dictum est adhuc relinquitur et fuit aliquid denuo dividendorum fuitque illud reliquum minus toto minus divisore proportionandum hoc illi est. Quum enim duobus numeris in aequalibus ad invicem paratis necesse est ut minor majoris sit aut pars aut partes si ad eum fuerit comparatus videndum est reliquum illud quota pars est, quote partes si totius numeri divisorum dico itaque quod quantum fuerit hoc reliquum illius numeri contigit singulos divisores de illo reliquo praeter jam acceptam summam denominationum. Verbi gratia Sic C. XLVIII dividere voluerimus, scribemus sup^a dicto modo numerum divisorum si ergo ut ars postulat dividendi maximum sub maximo ponamus hunc ab illo ut quotiēs detrahamus est unum ab uno quod quidem ni poterimus semel facere; non poterimus producere quum maius a minore non potest detrahi jam ponemus majorem divisorem I. X sub IIII minorem I. VI sub VIII ita tamen ut reliqui I. VI toties detrahi a reliquis possent. Detraho igitur unum a decem novies unum quoties potest, relinquitur unum. Quod quibus diminutum est transferetur a IIII ut sit in secundo loco V nihil in tertio ni cyfre. f° 87 v.

Quo pono (sic) denominationem I. X. supra minimum divisorem I supra VI sub eamdem denominationem, aufer quinquies sex de LXVIII .I. novies. Negliguntur autem IIII qui numerus est IIII cum minor minimo divisorum proportionandus est illi. Invenitur autem esse quarta pars dico ergo quod unusquisque divisor accipiat de numera dividendorum IX quatrantem. Omnisnumerus tantumdem producit ex se quantum eius utraque pars altera in alteram bis ducta. Verbi gratia si quaeretur quot sunt trigies quinquies XXX CC respondeatur ptrigies triginta et quinquies V et quinquies trigenta bis vel trigies quinquies quinque bis.

DIE

ÜBERSETZUNG DES EUKLID

AUS DEM

ARABISCHEN IN DAS LATEINISCHE

DURCH

ADELHARD VON BATH

NACH ZWEI HANDSCHRIFTEN DER KGL. BIBLIOTHEK IN ERFURT.

VON

PROF. DR. H. **WEISSENBORN**

IN EISENACH.

In seiner Geschichte der Geometrie S. 593 (der deutschen Uebersetzung) sagt Chasles von der nach Cantor (Math. Beitr. z. Culturl. d. Völker S. 268) etwa in das Jahr 1120 fallenden Uebersetzung des Euklid aus dem Arabischen in das Lateinische durch Adelhard von Bath: „Diese ist die erste Uebersetzung, welche man in Europa von diesem Werk gehabt hat ..... Adhelard hatte mit seiner Uebersetzung noch Commentare über die Sätze des Euklid verbunden. Dieses Werk ist Manuscript geblieben," und fügt in einer Anmerkung hinzu: „Es findet sich in der Bibliothek der Dominikaner von St. Marcus zu Florenz unter dem Titel: *Euclidis Geometria cum Commento Adelardi;* und in der *Bibl. Bodleiana* unter diesem: *Euclidis elementa cum scholiis et diagrammatis latine reddita per Adelardum Bathoniensem.* Die königliche Bibliothek zu Paris besitzt auch eine Copie (Nr. 7213 der lateinischen Manuscripte). Ein anderes, das dem Regiomontanus gehört hat, befindet sich in der Bibliothek zu Nürnberg." Zugleich aber auch spricht Chasles, ibid. S. 468, von Campano aus Novara: „Campanus, ein Schriftsteller aus derselben Zeit (dem 13. Jahrhundert), welchem man in Europa die erste Uebersetzung des Euklid, und zwar aus einem arabischen Texte, verdankt," und, bei Erwähnung der Theorie der Stern-Polygone, ibid. S. 548: „Die ersten Keime dazu finden wir in dem Commentar, welchen Campanus, ein Geometer des 13. Jahrhunderts, zu seiner Uebersetzung der Elemente des Euklid aus dem Arabischen (der ersten, die in Europa erschien) hinzugefügt hat." Legen wir nun auch kein Gewicht auf die Inconvenienz, dass nach Chasles nicht nur Adelhard von Bath, sondern auch der um 100 Jahre später lebende Campano die erste Uebersetzung des Euklid aus dem Arabischen in das Lateinische geliefert haben soll, so müssen doch einige Aeusserungen Libri's in seiner „Histoire des sciences mathématiques en Italie. Deuxième Édition. Halle a/S. 1865" auffallen, welche derselbe in Tom. II. des genannten Werkes über Adelhard (S. 62 „Adelard de Bath, auteur qui vivait au commencement du douzième siècle") und Campano ausspricht, nämlich l. c. S. 48: „On a classé Campanus de Novare parmi les plus illustres traducteurs du treizième siècle; mais l'examen des manuscrits prouve que la traduction d'Euclide qu'on lui avait attribuée est d'Adelard de Bath, appelé communément Adelard le

DIE

ÜBERSETZUNG DES EUKLID

AUS DEM

ARABISCHEN IN DAS LATEINISCHE

DURCH

ADELHARD VON BATH

NACH ZWEI HANDSCHRIFTEN DER KGL. BIBLIOTHEK IN ERFURT.

VON

PROF. DR. **H. WEISSENBORN**

IN EISENACH.

In seiner Geschichte der Geometrie S. 593 (der deutschen Uebersetzung) sagt Chasles von der nach Cantor (Math. Beitr. z. Culturl. d. Völker S. 268) etwa in das Jahr 1120 fallenden Uebersetzung des Euklid aus dem Arabischen in das Lateinische durch Adelhard von Bath: „Diese ist die erste Uebersetzung, welche man in Europa von diesem Werk gehabt hat..... Adhelard hatte mit seiner Uebersetzung noch Commentare über die Sätze des Euklid verbunden. Dieses Werk ist Manuscript geblieben," und fügt in einer Anmerkung hinzu: „Es findet sich in der Bibliothek der Dominikaner von St. Marcus zu Florenz unter dem Titel: *Euclidis Geometria cum Commento Adelardi;* und in der *Bibl. Bodleiana* unter diesem: *Euclidis elementa cum scholiis et diagrammatis latine reddita per Adelardum Bathoniensem.* Die königliche Bibliothek zu Paris besitzt auch eine Copie (Nr. 7213 der lateinischen Manuscripte). Ein anderes, das dem Regiomontanus gehört hat, befindet sich in der Bibliothek zu Nürnberg." Zugleich aber auch spricht Chasles, ibid. S. 468, von Campano aus Novara: „Campanus, ein Schriftsteller aus derselben Zeit (dem 13. Jahrhundert), welchem man in Europa die erste Uebersetzung des Euklid, und zwar aus einem arabischen Texte, verdankt," und, bei Erwähnung der Theorie der Stern-Polygone, ibid. S. 548: „Die ersten Keime dazu finden wir in dem Commentar, welchen Campanus, ein Geometer des 13. Jahrhunderts, zu seiner Uebersetzung der Elemente des Euklid aus dem Arabischen (der ersten, die in Europa erschien) hinzugefügt hat." Legen wir nun auch kein Gewicht auf die Inconvenienz, dass nach Chasles nicht nur Adelhard von Bath, sondern auch der um 100 Jahre später lebende Campano die erste Uebersetzung des Euklid aus dem Arabischen in das Lateinische geliefert haben soll, so müssen doch einige Aeusserungen Libri's in seiner „Histoire des sciences mathématiques en Italie. Deuxième Édition. Halle a/S. 1865" auffallen, welche derselbe in Tom. II. des genannten Werkes über Adelhard (S. 62 „Adelard de Bath, auteur qui vivait au commencement du douzième siècle") und Campano ausspricht, nämlich l. c. S. 48: „On a classé Campanus de Novare parmi les plus illustres traducteurs du treizième siècle; mais l'examen des manuscrits prouve que la traduction d'Euclide qu'on lui avait attribuée est d'Adelard de Bath, appelé communément Adelard le

Goth, et que Campanus n'a fait que le commentaire" nebst der Bemerkung „MSS. latins de la bibliothèque du roi, n. 7213, 7214 et 7216 A. — Cela avait déjà été remarqué par Tiraboschi. Cependant M. Chasles a continué à attribuer cette traduction à Campanus." Letzteren Vorwurf nimmt Libri sodann wieder zurück l. c. S. 291 Anmerk. 2: „Je dois dire que dans son ouvrage, M. Chasles a corrigé l'inadvertance que j'ai signalée précédemment sur la traduction d'Euclide, qu'il avait d'abord attribuée à Campanus." Und in der That lesen wir bei Chasles ausser den oben angeführten Worten auch l. c. S. 596: „Campanus übersetzte die 13 Bücher der Elemente Euklid's.... aus einem arabischen Text, und fügte einen Commentar hinzu", mit der Bemerkung: „Einige Historiker glauben, dass dieses Werk des Campanus kein andres ist als die Uebersetzung des Adhelard, zu welcher Campanus den Commentar hinzufügte.... Der folgende Titel eines handschriftlichen Exemplars vom Euklid des Campanus, welches sich in der königlichen Bibliothek zu Paris, unter Nr. 7213 befindet, bestätigt diese Meinung: *„Euclidis philosophi socratici incipit liber Elementorum artis geometricae translatus ab Arabico per Adelardum Gothum Bathoniensem sub commento Magistri Campani Novariensis.* (MS. aus dem 14. Jahrhundert.)" Hankel endlich, in seiner „Geschichte der Mathematik", gedenkt S. 336 „der nochmaligen (nach Adelhard) Uebersetzung der Elemente Euklid's" aus dem Arabischen durch Gherardo von Cremona (1114—1187), und derjenigen Campano's, über welchen er sich ibid. S. 339 dahin äussert: „Nur Giovanni Campano aus Novara (um 1260) mag noch erwähnt werden, weil dessen Uebersetzung des Euklid in der Folge die älteren des Athelard und Gherardo verdrängte und den ersten gedruckten Ausgaben zu Grunde lag." Curtze hinwiederum sagt in seinem Aufsatze: „Reliquiae Copernicanae" Bd. XIX dieser Zeitschrift, S. 80, 449—450, die Campano's Namen tragende „Ausgabe des Euklides" sei „aus dem Arabischen übersetzt", „sei es nun von Campanus, sei es von Atelhard von Bath", und fügt hinzu, Anm. 40: „Ich hoffe in Kurzem zeigen zu können, dass Atelhard der Uebersetzer, Campanus nur der Commentator des aus dem Arabischen geflossenen lateinischen Euklides ist." Etwas Weiteres ist mir jedoch nicht bekannt geworden.

Fassen wir nun das Bisherige zusammen, so sehen wir Folgendes: Kästner in seiner Geschichte der Mathematik II. S. 318, Chasles l. c. S. 594, Libri l. c. I. S. 168, II. 283, 298 erwähnen zwar Gerhard von Cremona als Uebersetzer arabischer Werke, allein ausser Hankel a. a. O. keiner, und besonders auffällig bei Gerhard's Landsmann Libri, als Uebersetzer der Elemente Euklid's. Ferner: Kästner kennt die Uebersetzung des Adelhard und des Campano, l. c. I. 255, 289—302, 306—310, und beschreibt letztere ausführlich, weiss aber nichts von einer Identität beider; Chasles stellt an den zwei zuerst angeführten Stellen beide als verschieden hin, nach ihm hat Adelhard die seinige mit einem Commentar begleitet, wir erfahren jedoch nicht, worin derselbe bestehe und was er enthalte, an der dritten Stelle aber findet er die Meinung bestätigt, dass Campano's Uebersetzung keine andere sei als diejenige Adelhard's, zu welcher Campano nur einen Commentar geliefert habe; letzteres behauptet Libri von seinem zweiten Landsmann Campano bestimmt, und gleicher Meinung ist Curtze; ebenso bestimmt aber spricht Hankel wieder von Adelhard's und Campano's Uebersetzungen als verschiedenen, und einen Commentar erwähnt derselbe gar nicht. Wenn es nun auch unzweifelhaft ist, dass Campano an verschiedenen Stellen Zusätze durch *Campani additio*, und — von Buch VII an durch *Campani annotatio* bezeichnet — zum Euklid gemacht (insbesondere zu I, 32 die Theorie des Stern-Fünfecks, und am Ende des 4. Buches die Trisection des Winkels) und mithin denselben commentirt hat, so stehen sich doch hinsichtlich der Frage, ob seine Uebersetzung dieselbe sei wie diejenige Adelhard's, die Ansichten Libri's und Curtze's, z. Th. auch Chasles' auf der einen, Hankel's auf der andern Seite gegenüber und etwas Genaueres über die Uebersetzung Adelhard's und Gerhard's von Cremona erfahren wir nirgends. Und doch dürfte es meines Erachtens nicht ohne Interesse sein, die Leistungen derjenigen Männer eingehender kennen zu lernen, die, nachdem man sich Jahrhunderte hindurch mit dem dürftigen Auszuge bei Cassiodor und vielleicht in der sog. Geometrie des Boetius begnügt hatte, zuerst den ganzen Euklid[1]), wenn auch auf dem Umwege durch Vermittelung der Araber, dem christlichen Abendlande bekannt machten und eine wissenschaftliche Behandlung der Geometrie anbahnten; die Gerechtigkeit aber auch dürfte es erfordern, die Verdienste eines jeden derselben genau darzulegen und gebührend zu würdigen.

Unter solchen Umständen erregte es meine Aufmerksamkeit, als ich durch eine gütige Mittheilung meines früheren Collegen am hiesigen Realgymnasium, Herrn Dr. E. Ludwig, gegenwärtig in Bremen, vernahm, dass sich auf der königlichen Bibliothek zu Erfurt mehrere handschriftliche lateinische Uebersetzungen des Euklid befänden. In der Hoffnung, hier Aufschluss über die oben berührten Zweifel zu erhalten, begab ich mich daher nach Erfurt, und Herr Ober-Bibliothekar Professor Dr. H. Weissenborn, welchem ebenso wie Herrn Dr. E. Ludwig ich mich zum

1) Freilich scheint es heut zu Tage kaum als ein Mangel empfunden zu werden, dass, nachdem die auf dem ältesten Codex beruhende Peyrard'sche Ausgabe gänzlich vergriffen ist, der Mathematiker sich nur mit Mühe den Text des Euklid in gesicherter Form und in der Ursprache zu verschaffen vermag.

herzlichsten und wärmsten Danke verpflichtet fühle, gestattete mir mit der grössten Freundlichkeit und Zuvorkommenheit Einblick in alle Handschriften, in welchen der Inhalts-Angabe nach sich etwas meinen Zwecken Dienendes erwarten liess, und unterstützte mich in meinen Forschungen auf das Wirksamste. Längere Zeit jedoch suchte ich vergebens, die Manuscripte waren astronomischen Inhalts, einige auch enthielten die Uebersetzung Campano's ganz oder zum Theil. Endlich ergriff ich einen mehrere Handschriften enthaltenden Quartband, bezeichnet: „*Bibliotheca Amploniana. Libri manu scripti in 4°. Nr. 23.*" Auf der Innenseite des Einband-Deckels fand ich unter der von Amplonius aus dem Jahre 1430 herrührenden Ueberschrift: „In hoc volumine continentur" die Titel mehrerer Schriften, und unter ihnen: „*Euclides cum commento Alani Adelardi*", das *Alani* durchstrichen. Der Anfang des Textes selbst lautet: „*Institutio artis geometricae secundum euclidem philosophum*", und der in mehreren Randbemerkungen vorkommende Name *adelardus* machte es unzweifelhaft, dass ich hier die Uebersetzung der Elemente Euklid's, und zwar aller 13 Bücher, nebst dem 14. und 15., durch Adelhard vor mir hatte. Der Schluss des Ganzen lautet: „*Explicit lib. euclidis phi. de arte geometrica continens CCCCLXV proposita et propositiones et XI porismata praeterea anxiomata (!) singulis libris premissa proposita quidem infinitivis propositiones indicativis explicans. Deo gratia.*" Da mir zugleich die gedruckte Ausgabe Campano's, mit Zamberti's Uebersetzung aus dem Griechischen zusammen herausgegeben von Hervagen 1546 (der Erfurter Bibliothek gehörig) vorlag, so würde eine Vergleichung der Adelhard'schen und Campano'schen Uebersetzung sehr leicht gewesen sein, wenn nicht die Entzifferung der nach dem Urtheile des Herrn Ober-Bibliothekars dem 14., frühestens dem Ende des 13. Jahrhunderts angehörigen Schrift sehr viele Mühe und Zeit gekostet hätte. Eine geraume Weile hatte mich diese Beschäftigung in Anspruch genommen, dann wandte ich mich zu einem anderen, ebenfalls mehrere Manuscripte enthaltenden, Quartband, bezeichnet „*Bibliotheca Amploniana. Libri manu scripti in 4°. Nr. 352.*" Ich hatte denselben bisher nicht beachtet, denn das ebenfalls von Amplonius aus dem Jahre 1430 herrührende Inhaltsverzeichniss auf der Innenseite des Einbanddeckels wies u. a. nur: „*Pauca de Euclide*" auf und verhiess daher nur geringe Ausbeute. Um so freudiger aber auch war ich überrascht, hier als Anfang des Textes zu lesen: „*Primus liber ecludis* (!) *institutionis artis geometricae incipit habens XLVII propositiones per adhelardum batoiensem ex arabico in latinum translatus*", und es war offenbar, dass ich hier ein zweites Exemplar der Adelhard'schen Uebersetzung vor mir hatte, allerdings kein vollständiges, denn dasselbe reicht nur bis Buch VIII, Propos. 16, das Uebrige fehlt; der Herr Ober-Bibliothekar erklärte diese Handschrift für älter als die erstgenannte und dem 13. Jahrhundert angehörig. Beide Codices sind auf Pergament geschrieben; der ältere, Nr. 352, zeigt auf dem ersten Blatte, gewissermassen als Titel-Vignette, einen Mönch, der ein Winkelmess-Instrument nach dem Himmel richtet. In beiden Handschriften sind die Buchstaben in den Lehrsätzen und Aufgaben grösser als in den Beweisen und Constructionen, und zwar ist dieser Unterschied vielfach sehr auffallend in Nr. 23, weniger hervortretend in Nr. 352; gegen das Ende (des Vorhandenen) enthält letztere Handschrift mehrere Randbemerkungen. Die Schrift in Nr. 352 ist nicht allein ungleich schöner als in Nr. 23, mit rothen und blauen oder mehrfarbigen Initialen (in Nr. 23 sind nur die Anfangs- und Schlussworte roth), sondern auch leichter zu lesen. Bei beiden Manuscripten, dem älteren Nr. 352 und dem jüngeren Nr. 23, fallen, auch bei nur oberflächlicher Betrachtung, zwei Dinge besonders auf: einmal nämlich ist der Raum, den die Beweise und Constructionen einnehmen, auch wenn man die kleinere Schrift in Betracht zieht, ein auffallend geringer, sodann enthalten die in beiden Handschriften an den Rand gezeichneten Figuren in Nr. 23 grösstentheils keine Buchstaben, häufiger noch gegen das Ende, in Nr. 352 aber, wo die Linien der Figuren noch mit gelber Farbe überzogen sind, fehlen die Buchstaben an denselben gänzlich. Beide Umstände lassen eine Uebereinstimmung der Beweise und Constructionen mit den von Campano gegebenen im Voraus als wenig wahrscheinlich erscheinen. Ich komme auf diesen Punkt weiter unten zurück.

Um nun die Uebersetzung Campano's mit derjenigen Adelhard's zu vergleichen, setze ich mehrere Stellen neben einander, und zwar zunächst einige Definitionen. Der Anfang lautet bei

Adelhard.	*Campano.*
Punctus est, cui pars non est. Linea est longitudo sine latitudine cujus extremitates quidem duo puncta sunt. Linea recta est ab uno puncto ad alium extensio in extremitates suas utrumque eorum recipiens.	1. Punctus est, cujus pars non est. 2. Linea est longitudo sine latitudine. 3. Cujus quidem extremitates, sunt duo puncta. 4. Linea recta, est ab uno puncto ad alium brevissima extensio, in extremitates suas eos recipiens.

Schon hier also, bei der 4. Definition, macht sich ein anscheinend geringer, in Wahrheit aber erheblicher, Unterschied geltend, indem Adelhard die gerade Linie als die extensio schlechthin, Campano aber, abweichend auch vom griechischen Texte, als die *brevissima* extensio definirt und somit das Axiom: Die gerade Linie ist der kürzeste Weg zwischen zwei Punkten, vorwegnimmt. Die Definitionen 30—34 lauten ferner bei

Adelhard.	*Campano.*
Figurarum autem quadrilaterarum	30. Figurarum autem quadrilate-

alia est quadratum aequilaterum atqu. rectiangulum. Alia est tetragonus longus, estque figura rectiangula sed aequilatera non est. Alia est elmuain estque aequilaterum, sed rectiangulum non est. Alia simile elmuain quae opposita latera atque angulos habet aequales idem nec rectis angulis nec lateribus continetur aequalibus. Praeter has autem omnes quadrilaterae figurae helmunharifa nominantur.

rarum alia est quadratum, quod aequilaterum atqu. rectangulum. 31. Alia est tetragonus longus, quae est figura rectangula, sed aequilatera non est. 32. Alia est helmuayn, quae est aequilatera, sed rectangula non est. 33. Alia est similis helmuayn, quae opposita latera habet aequalia atque oppositos angulos aequales, idem tamen nec rectis angulis nec aequis lateribus continetur. 34. Praeter has autem omnes quadriliterae figurae helmuariphe nominantur.

Nr. 23 hat statt *elmuain* und *helmunharifa* bezüglich *elmuhahin* und *elmuharifa*. In Nr. 352 ist von einer anderen Hand und mit anderer Tinte über *tetragonus longus*, *elmuain*, *simile elmuain*, *helmunharifa* geschrieben bezüglich *parte altera longior forma*, *rombus*, *rombo simile*, *trapezia*. Bekanntlich blieben die arabischen Benennungen helmuayn, similis helmuayn, helmuariphe so lange im allgemeinen Gebrauche, bis sich nach Bekanntwerden des griechischen Textes und nach der ersten Uebersetzung desselben in das Lateinische durch Zamberti um 1516 die Benennungen Rhombus, Rhomboid, Trapez einbürgerten.

Die fünf Postulate, oder Petitiones, welch letztere Bezeichnung Adelhard und Campano in gleicher Weise gebrauchen (die *αἰτήματα* des Euklid) stimmen bei beiden überein. Die Axiome aber (*κοιναὶ ἔννοιαι* des Euklid) oder *communes animi conceptiones*, *communes scientiae*, von beiden genannt, lauten bei

Adelhard.	*Campano.*
Quae eisdem aequalia sunt et sibi invicem sunt aequalia.	Quae uni & eidem sunt aequalia, & sibi invicem sunt aequalia.
Et si aequalibus aequalia addantur, tota quoque fient aequalia.	Et si aequalibus aequalia addantur, tota quoque fient aequalia.
Et si ab aequalibus aequalia auferantur quae relinquuntur aequalia sunt.	Et si ab aequalibus aequalia auferantur quae relinquuntur erunt aequalia.
	Et si ab inaequalibus aequalia demas, quae relinquuntur erunt inaequalia.
Et si inaequalibus aequalia addas, ipsa quoque tota fient inaequalia.	Et si inaequalibus aequalia addas, ipsa quoque fient inaequalia.

Si fuerint duae res uni aequales utraque earum aequalis erit alteri.	Si fuerint duae res uni duplices, ipsae sibi invicem erunt aequales.
Si fuerint duae res quarum utraque uni eidemque dimidium erit, utraqu. erit aequalis alteri.	Si fuerint duae res quarum utraqu. unius ejusdem fuerit dimidium, utraque erit aequalis alteri.
Si aliqua res alicui rei superponatur, appliceturque ei nec excedat altera alteram ille sibi invicem erunt aequales.	Si aliqua res alicui superponatur, appliceturqu. ei, nec excedat altera alteram, ille sibi invicem erunt aequales.
Omne totum sua parte majus.	Omne totum, est majus sua parte.

Man sieht, Campano's 4. Axiom fehlt in beiden Handschriften Nr. 352 und Nr. 23 der Adelhard'schen Uebersetzung, und ebenso beruht bei beiden die Fassung des Axioms, welches bei Campano das 6. ist, offenbar auf einer Verderbniss des Textes (*aequales* statt *duplices*), denn es würde nichts Anderes besagen, als das 1.; das 7. Axiom bei Adelhard endlich ist in der Handschrift Nr. 23 ausgefallen, was allerdings bei nicht gehöriger Achtsamkeit des Schreibers leicht geschehen konnte, da sich dieses Axiom ebenso wie das vorhergehende auf *alteri* endigt. Das Vorkommen desselben Fehlers an derselben Stelle, bei Axiom 4 und 6, in beiden Handschriften kann auf die Vermuthung führen, dass entweder beide Manuscripte Abschriften einer und derselben an dieser Stelle corrumpirten dritten seien, oder dass Nr. 23 eine Abschrift der an diesen Stellen bereits verderbten Handschrift Nr. 352 sei, jedoch spricht Anderes wieder dagegen, wie z. B. die verschiedene Schreibweise der arabischen Namen für Rhombus, Rhomboid, Trapez, und einige andere Abweichungen. Einer solchen begegnen wir sogleich im Folgenden. Bei Adelhard nämlich findet sich ein Zusatz zu den Axiomen, welcher in der Handschrift Nr. 352 wie wir nicht anders erwarten, hinter denselben, in Nr. 23 aber vor den *communes animi conceptiones* steht. Man könnte nun wohl meinen, es liege hier ein durch Unkenntniss und Unaufmerksamkeit des Schreibers von Nr. 23 bedingter Irrthum vor, jedoch bleibt, wie sich zeigen wird, auch die Möglichkeit nicht ausgeschlossen, dass derselbe dieser Bemerkung absichtlich den genannten Platz angewiesen habe. Ein ganz ähnliches Scholium finden wir auch bei Campano hinter den Axiomen, und zwar lautet dasselbe bei

Adelhard.	*Campano.*
Notaque multas communes scientias praetermisit euclides quae infinitae sunt et innumerabiles. Quarum haec est una. Si duae quantitates aequales ad quamlibet tertiam com-	*Campanus.* Sciendum est autem, quod praeter has communes animi conceptiones sive communes sententias, multas alias quae numero sunt incomprehensibiles, praetermisit

parentur ambae sunt illa aut aeque majores aut aequ. minores aut eidem ambae aequales. Item alia. Quanta est aliqua quantitas ad aliam tantam esse quamlibet tertiam ad aliquam quartam. In quantitatibus quidem continuis hoc observandum est sive antecedentes majores sint suis consequentibus sive aequales. Magnitudo namqu. decrescit in infinitum. In numeris autem si fuerit primus submultiplex secundi quilibet tertius alius quarti erit submultiplex. Multitudo quippe crescit in infinitum.

clides: quarum haec est una. Si duae quantitates aequales, ad quamlibet tertiam ejusdem generis comparentur: simul erunt ambae illa tertia, aut aeque majores, aut aeque minores, aut simul aequales. Item alia. Quanta est aliqua quantitas ad quamlibet aliam ejusdem generis, tantam esse quamlibet tertiam ad aliquam quartam ejusdem generis. In quantitatibus continuis hoc universaliter verum est, sive antecedentes majores fuerint consequentibus, sive minores: magnitudo enim decrescit in infinitum: in numeris autem, non sic. Sed si fuerint primus submultiplex secundi, erit quilibet tertius aeque submultiplex alicujus quarti: quoniam numerus crescit in infinitum, sicut magnitudo in infinitum minuitur.

Gehen wir nunmehr zu den Lehrsätzen und Aufgaben selbst über, so stossen wir zunächst auf ein unvorhergesehenes Hinderniss. In beiden Handschriften Nr. 352 und Nr. 23 nämlich gehen der Propos. 1 des Buches I Euklid's einige Zeilen vorher, die weder bei diesem noch bei Campano ein Analogon haben; sie schliessen sich in Nr. 352 unmittelbar an den zuletzt erwähnten Zusatz, in Nr. 23, welches denselben vor die *communes animi conceptiones* setzt, an letztere an. Zugleich passt der auf I, 1 folgende Beweis nicht zu dieser Aufgabe; der auf I, 2 folgende nicht zu dieser, u. s. w.; und eine genauere Betrachtung lehrt, dass wir nicht etwa hier eine durch Unkunde der Schreiber verderbte Stelle vor uns haben, sondern dass durchgehends die Beweise den Sätzen, nicht, wie wir es gewohnt sind, nachfolgen, sondern denselben vorangehen, so dass für unsere Betrachtungsweise anscheinend zu jedem Satze der Beweis des folgenden gehört. Der Grund dieser auffallenden Sonderbarkeit mag im Folgenden zu suchen sein: Im Griechischen und Lateinischen laufen die Zeilen von links nach rechts, werden die Bücher von vorn nach hinten gelesen; im Arabischen laufen die Zeilen von rechts nach links, werden die Bücher (nach unserer Anschauungsweise) von hinten nach vorn gelesen. Es ist daher keineswegs unglaublich, dass entweder der arabische Schriftsteller, der den Euklid aus dem Griechischen in das Arabische übertrug, oder auch Adelhard, der den arabischen Euklid in das Lateinische übersetzte, diese Verschiedenheit der betreffenden Sprachen in Bezug auf links und rechts, hinten und vorn auch durch Umkehrung des vor und nach, oder oben und unten bezeichnen zu müssen glaubte, und somit die Beweise den Sätzen voranstellte. Aus demselben Grunde auch kann möglicherweise der Schreiber von Nr. 23 das zu den *communes animi conceptiones* gehörige Scholium demselben vorangestellt haben. Im Folgenden nun soll durchgehends die im Abendlande übliche Anordnung, nach welcher die Beweise und Constructionen erst auf die Lehrsätze und Aufgaben folgen, welches Verfahren auch Campano einhält, beobachtet werden. Wenden wir uns nunmehr zum Anfange des eigentlichen Inhalts, so lauten die drei ersten Aufgaben Euklid's bei

Adelhard.

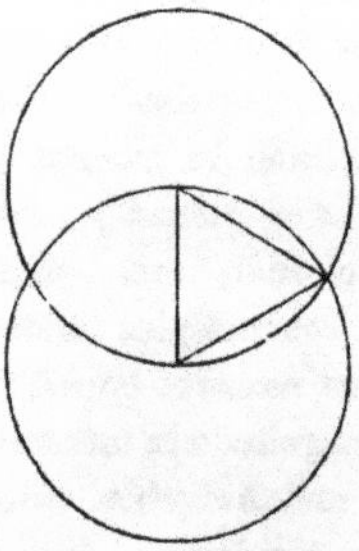

I. Triangulum aequilaterum super datam lineam collocare. A duobus terminis datae lineae ipsam lineam occupando cum circino duos circulos sese invicem secantes describe et ab ipsa communi sectione circulorum ad duos terminos lineae propositae duos lineas rectas dirige. Dein ex circuli descriptione argumentum elice.

(Die Worte „cum circino" fehlen in Nr. 23.)

Campano.

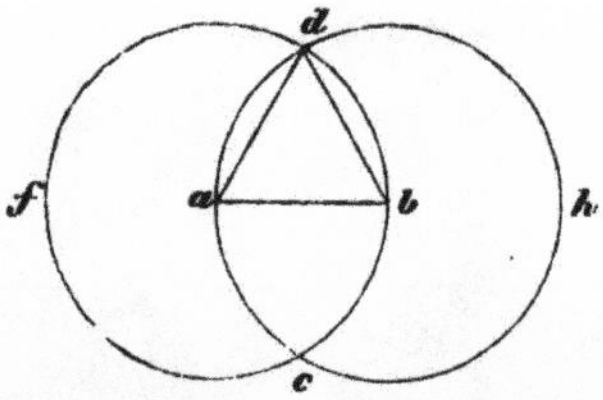

I. Triangulum aequilaterum: supra datam lineam rectam collocare.

Esto data linea recta *ab*; volo: super ipsam, triangulum aequilaterum constituere. Super alteram ejus extremitatem, scilicet in puncto *a*, ponam pedem circini immobilem, & alterum pedem mobilem extendam usqu. ad *b*, & describam secundum quantitatem ipsius lineae datae, per secundam petitionem circulum *cbdf*. Rursus alteram ejus extremitatem, scilicet, punctum *b* faciam centrum: & per eandem petitionem & secundum ejusdem quantitatem, lineabo circulum *cadh*; qui circuli intersecabunt se in duobus punctis quae sint *c*, *d*. Et alteram duarum sectionum sicut sec-

sunt aequales: erunt residua, quae sunt *af* & *ce*, aequalia. Quia ergo utraqu. duarum linearum *af* & *cb* est aequalis *ce*: ipsae per 1. communem animi conceptionem adinvicem sunt aequales. Quare a puncto *a* protraximus lineam *af* aequalem *bc*; quod est propositum.

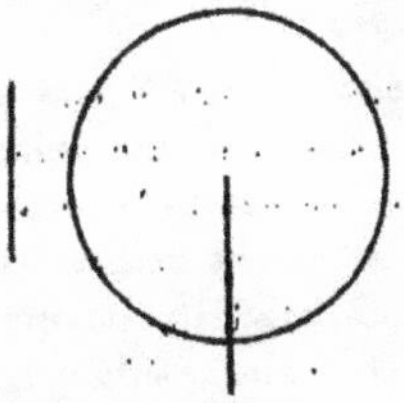

III. Propositis duabus lineis inaequalibus de longiore earum aequalem breviori abscindere. A termino longioris aequam breviori lineam rectam sicuti praemissa proponebat ducito et ab eodem secundum spacium brevioris circulum describito, deinde ex circuli descriptione argumentum elicito.

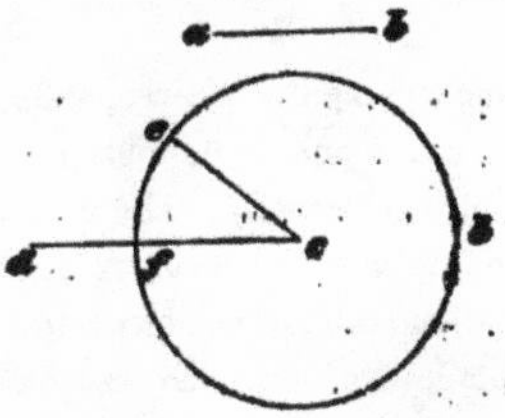

III. *Euclides ex Campano.* Propositis duabus lineis inaequalibus, de longiori earum, breviori aequalem abscindere.

Campanus.* Sint duae lineae *ab* & *cd*, & sit *ab* minor: volo ex *cd abscindere unam, quae sit aequalis *ab*. Duco primo a puncto *c*, unam lineam aequalem *ab*, secundum quod docuit praecedens, quae sit *ce*: posito ergo centro in puncto *c*, describam circulum secundum quantitatem *ce*, qui secabit lineam *cd*; sit ergo ut secet eam in puncto *f*, eritque linea *cf*, aequalis lineae *ce*, quia ambae exeunt a centro ejusdem circuli ad circumferentiam, & quia utraque duarum linearum *ab* & *cf* est aequalis *ce*, ipsae per 1. communem animi conceptionem sunt inter se aequales, quod est propositum.

Es lautet endlich der Pythagoreische Lehrsatz, der s. Z. berühmte Magister matheseos, bei

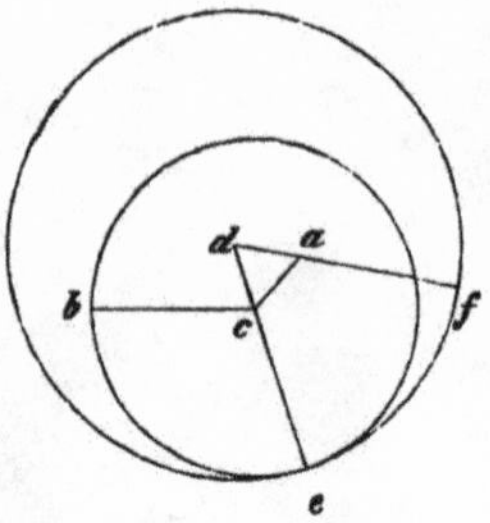

trianguli aequilateri occupando punctum ubi incidit latus ejus productum in circumferentiam alium majorem circulum describe, dein ex circuli descriptione atque ex tertia et prima communi conceptione argumentum elice.

extremitate *c*, per lineam *ac*: super quam constituam triangulum aequilaterum secundum doctrinam praecedentis, qui sit *acd*; & in illa extremitate lineae datae cum qua conjunxi punctum datum *a*, scilicet in extremitate *c* ponam pedem circini immobilem, describamqu. super ipsum (per 3 petitionem) circulum secundum quantitatem ipsius datae lineae; qui sit circulus *eb*; & latus trianguli aequilateri quod opponitur puncto dato, scilicet latus *dc* protraham per centrum circuli descripti usqu. ad ejus circumferentiam: & sit tota linea sic protracta *dce*. Secundum cujus quantitatem lineabo circulum, posito centro in *d*: qui sit circulus *ef*. Postea protraham latus *da* usque ad circumferentiam hujus ultimi circuli: & occurrat circumferentiae ipsius in puncto *f*. Dico igitur quod *af* est aequalis *bc*. Nam *bc* & *ce* sunt aequales: quia exeunt a centro circuli *eb* ad ejus circumferentiam; Similiter quoqu. *df* & *de* sunt aequales: quia exeunt a centro circuli *ef* ad circumferentiam; sed *da* & *dc* sunt aequales: quia sunt latera trianguli aequilateri. Ergo si *da* & [illegible]tur de *de* & *df* quae

lorum *cab* & *cah* est rectus. Quia ergo super basin *bf*, & inter duas lineas aequidistantes quae sunt *cg* & *bf*, constituta sunt parallelogrammum *bfga* & triangulo *bfc*, erit per 41. parallelogrammum *bfga* duplum triangulus *bfc*, sed triangulus *bfc* est aequalis triangulo *bad* per 4, quia *fb* & *bc* latera primi sunt aequalia *ab* & *bd* lateribus postremi, & angulus *b* primi est aequalis angulo *b* postremi, eo quod utesque constat ex angulo recto & angulo *abc* communi: ergo parallelogrammum *bfga* est duplum ad triangulum *abd*. Sed parallelogrammum *bdlm* est duplum ad eundem triangulum per 41, quia constituti sunt super eandem basin, scilicet *bd*, & inter lineas aequidistantes quae sunt *bd* & *al*, ergo per communem scientiam quadratum *abfg*, & parallelogrammum *bdlm* sunt aequalia, quia eorum dimidia, videlicet praedicti trianguli sunt aequalia Eodem modo & per easdem propositiones mediantibus triangulis *kbc* & *aec* probabimus quadratum *achk* esse aequale parallelogrammo *celm*. Quare patet propositum.

Ich setze endlich noch die Definitionen vom Anfange des II. Buches des Euklid, nebst den zu diesen von Adelhard und Campano gemachten Bemerkungen her. Diejenigen des ersteren gehen in Nr. 352 den Definitionen voran, in Nr. 23 stehen sie auf einem eingebundenen Zettel. Sie lauten bei

Adelhard.

Omne paralellogramum (!) rectiangulum sub duabus lineis angulum rectum ambientibus dicitur contineri. etc.

Nota paralellogramum idem esse quam superficiem equidistantium laterum.

Campano.

Omne parallelogrammum rectangulum, sub duabus lineis angulum rectum ambientibus dicitur contineri. etc.

Campanus. Parallelogrammum, est superficies aequidistantium laterum. Parallelogrammum rectangulum, est

Nota quoque quod nos gnomonem id elaale dicunt arabes.

superficies aequidistantium laterum habens omnes angulos rectos, & producitur ex uno duorum laterum ejus ambientium unum ex suis angulis, ducto in reliquum, & adeo sub illis dicitur contineri.

Ich führe diese Stelle an aus zwei Gründen: einmal nämlich ist die letzte Bemerkung Adelhard's eine solche, welche im arabischen Texte offenbar nicht gestanden haben kann, die einzige derartige, welche ich bemerkt habe; und allerdings ist sie eine rein äusserliche. Zweitens aber drängt sich uns die Frage auf: woher hatte sich Adelhard die geometrischen Kenntnisse erworben, die ihn befähigten, den Euklid zu übersetzen? Denn *Rhombus*, *Rhomboid*, *Trapez* sind ihm offenbar ganz fremde Begriffe und Vorstellungen, für welche er gar keine Namen hat, so dass er sich genöthigt sieht, die arabischen beizubehalten, der Begriff und die Vorstellung der *Gnomon* aber ist ihm augenscheinlich geläufig. Nach der, meines Wissens, allgemeinen Annahme soll, insbesondere seit Gerbert, die sog. Geometrie des Boetius bis zum Bekanntwerden mit den Arabern die hauptsächlichste Quelle des geometrischen Wissens gewesen sein, etwa nebst Schriften Heron's. In beiden aber kommt der Gnomon nur einmal, Rhombus, Rhomboid, Trapez aber, wenn auch nicht oft, so doch mehrere Male vor. Hätte ferner Adelhard diese Boetius-Geometrie gekannt, hätte er sich da nicht erinnern müssen, dass er ja hier ganz Aehnliches gelesen habe, hätte er nicht statt *tetragonus longus* das daselbst gebrauchte, und, sollte man meinen, bekannte *parte altera longior*, statt *elmuain rhombus*, statt *simile elmuain rhomboides*, statt *helmuariphe trapezium* oder *mensula* gebraucht? Keins von Allen aber findet statt; erst ein Späterer schreibt diese Worte in den Codex ein, während doch die Boetius-Schrift durch die Bekanntschaft mit dem arabischen Euklid in den Hintergrund gedrängt sein soll. Hier stehe ich vor einer Frage, welche die Richtigkeit jener Ansicht wohl zweifelhaft erscheinen lassen könnte, auf die näher einzugehen aber hier nicht der Ort ist.

Dem bisher Mitgetheilten, welches für das Ziel, das ich mir hier gesteckt, völlig hinreicht, entnehmen wir Folgendes: Zunächst die dem Freunde historischer Forschung auf dem Gebiete der Mathematik vielleicht nicht uninteressante Thatsache, dass sich die Uebersetzung des Euklid durch Adelhard von Bath nicht nur an den von Libri und Chasles angeführten Orten Florenz, Oxford, Paris und Nürnberg befindet, sondern auch in Erfurt, und zwar in zwei Handschriften: einer älteren, schöner und deutlicher geschriebenen, leider aber unvollständigen, Nr. 352, und einer jüngeren, minder schön und deutlich geschriebenen, auch, wie es scheint, etwas weniger correcten, dagegen vollständigen, Nr. 23. Bemerkenswerth in beiden erscheint die Bezeichnung: Euclidis *institutio artis geometricae*, die einerseits die sonst allgemein übliche Benennung *Elemente* nicht kennt, andrerseits an die Titel der Schriften des Boetius (nach der Friedlein'schen Ausgabe): *de institutione* arithmetica, *de institutione* musica, *ars geometrica* erinnert. Der Umstand endlich, dass in Nr. 352 z. B. am Ende von Buch IV, und Nr. 23 Euklid als *philosophus* bezeichnet wird, in Verbindung mit dem Titel der ungefähr derselben Zeit angehörigen von Libri und Chasles citirten Pariser Handschrift Nr. 7213, in welchem derselbe noch specieller philosophus *socraticus* heisst, lässt erkennen, dass bereits im 13. und 14. Jahrhundert (wenn nicht schon bei den Arabern) Euklid *von Megara*, der Schüler des Sokrates, als der Verfasser der Elemente galt.

Betrachten wir nunmehr die Uebersetzung Adelhard's genauer, so werden wir, glaube ich, doch Manches anders finden, als wir nach Chasles' und Libri's Angaben erwarten zu dürfen meinten. Denn vergleichen wir sie mit derjenigen Campano's, um die Frage zu entscheiden, ob letztere mit ersterer identisch sei, so sehen wir, dass beide in den Definitionen, Postulaten, Axiomen, dem Wortlaute der Lehrsätze und Aufgaben, sowie in der Reihenfolge derselben im Ganzen übereinstimmen, obschon, wie sich zeigte, auch hier nicht unwesentliche Verschiedenheiten vorkommen; zugleich wird man anerkennen müssen, dass fast allenthalben, wo solche auftreten, Campano's Fassung die klarere und präcisere ist. In den Beweisen jedoch weichen Adelhard und Campano völlig von einander ab; ersterer nämlich enthält dieselben nicht vollständig, sondern deutet sie nur an, und zwar in der knappesten Form, nicht selten auf originelle Weise (so besteht z. B. der Beweis zu I, 4, dass zwei Dreiecke congruent sind, wenn sie zwei Seiten und den Zwischenwinkel gleich haben, aus den Worten: „Suppositione scilicet ex penultima omnium conceptionum. Quodsi protervus perseveret adversarius ex quinta petitione indirecta raciocinatione eum argue", vgl. Campano's Beweise zu I, 8; I, 14; III 4; IV, 10; u. a.); letzterer giebt sie eben so ausführlich als der griechische Text und die Uebersetzung desselben durch Zamberti. Nur dann also, wenn man unter dem *Euklid* blos die Definitionen, Postulate, Axiome, und Lehrsätze und Aufgaben ohne die Beweise versteht, wird man etwa sagen können, Campano's Uebersetzung sei identisch mit derjenigen Adelhard's; man müsste denn annehmen, die von mir verglichenen Handschriften Nr. 352 und Nr. 23 enthielten nicht die ursprüngliche Fassung Adelhard's, dieser hätte eben so ausführlich übersetzt als Campano, und ein Späterer die Beweise zusammengezogen. Ich brauche jedoch nicht auseinanderzusetzen, wie wenig wahrscheinlich dies wäre. Einmal nämlich müsste diese Umgestaltung schon in sehr früher Zeit vor sich gegangen sein, denn wir hätten in dem Codex Nr. 352, ungefähr 100 Jahre nach Adelhard's Uebersetzung, bereits ein und zwar schon hie und da durch Abschreiber verderbtes Exemplar dieser veränderten Uebersetzung vor uns. Sodann aber auch: wer war der Gelehrte jener Zeit, der eine so umfassende und eindringende Sachkenntniss besass, dass er in den Beweisen die Haupt-Momente aufzufassen, hervorzuheben und zu ordnen verstand? Und vor Allem: welchen Zweck hätten solche Abkürzungen haben sollen, da bei dem damaligen niedrigen Stande des geometrischen Wissens blosse Andeutungen, die nur den weiter Vorgeschrittenen zu fördern vermögen, keinen Nutzen haben konnten? Zugleich dürfte die Thatsache, dass Campano's Euklid denjenigen Adelhard's verdrängte, dass gerade sein Text beim Drucke zu Grunde gelegt ward und geraume Zeit hindurch massgebend blieb, als Beweis dafür gelten, dass man Adelhard's Fassung als die kürzere, folglich schwerer zu verstehende, diejenige Campano's aber als die ausführlichere, und daher zweckmässigere, kannte.

Ich wende mich nunmehr zu der Frage: Hat Adelhard, oder Campano, oder beide einen *Commentar* zum *Euklid* geliefert? Und zwar verstehe ich, wie wohl zugegeben werden wird, unter einem *Commentar* zu einem Schriftsteller erläuternde Zusätze, durch welche der Text desselben nach der einen oder anderen Richtung erklärt wird. Freilich muss daher zuvor festgestellt sein, welches denn der zu commentirende Text sei, und diese Frage hinsichtlich der Elemente des Euklid ist, worauf ich bereits an einem anderen Orte aufmerksam gemacht habe, zu verschiedenen Zeiten verschieden beantwortet worden. Denn nach Kästner, l. c. p. 249, berichtet Savilius in seinen „Praelectiones tresdecim in principium Elementorum Euclidis Oxonii habitae. Oxf. 1620,“ Einige schrieben dem Euklid nur die Lehrsätze und Aufgaben, die Beweise aber dem Theon zu, weil sich in manchen Manuscripten der Elemente Euklid's der Beisatz ἐκ τῶν Θέωνος συνουσιῶν befunden habe, und Theon eine Ausgabe des Euklid veranstaltet hatte, und u. a. Holtzmann oder Xylander hält es, ibid. p. 353, für nöthig, seiner deutschen Uebersetzung der sechs ersten Bücher vom Jahre 1562 die „Warnung an den Leser“ hinzuzufügen: „Die Demonstrationen sind nicht vom Euclide selbst, sondern von anderen hochgelehrten kunstreichen Männern, als Theone, Hypsicle, Campano etc. hinzugesetzt worden,“ und in der Campano-Zamberti'schen Doppel-Ausgabe (die meinige ist die vom Jahre 1537) sind dieselben offenbar aus gleichem Grunde durch den Zusatz bezüglich *Campanus* und *Theon ex Zamberto* charakterisirt. Wenn nun auch nicht geleugnet werden soll, dass der Zusatz ἐκ τῶν Θέωνος συνουσιῶν zur Begründung dieser damals weit verbreiteten Ansicht[1]) beigetragen habe, so erscheint es doch wenig wahrscheinlich, dass er der einzige Grund gewesen sei, denn er setzte ja Bekanntschaft mit griechischen Handschriften voraus; die Kenntniss des Griechischen aber war im Occidente geraume Zeit hindurch eine sehr seltene. Weit wahrscheinlicher finde ich es, dass, als griechische Manuscripte wieder mehr beachtet wurden, diese Ansicht bereits vorhanden war und durch dieselben nur neue Bestätigung erhielt; dass aber der wahre Grund in den früher bekannt gewordenen Uebersetzungen des Euklid aus dem Arabischen, welche ja die Kenntniss mit demselben vermittelten, und insbesondere in der Uebersetzung Campano's als der am meisten gebrauchten, zu suchen ist. Hier nämlich wird in den Beweisen häufig von *Euclides* in der dritten Person gesprochen, z. B. im Beweise von I, 41; V, 11, 20; VII, 5, 7, 12, 13, 14, 15, 20, u. a., oder vom *auctor*, ebenfalls Euklid, z. B. II, 4; III, 24; IV, 5; V, 9, etc.; oder wir begegnen einem *proponit*, IV, 16; einem *definit*, V, 7—13, 16; einem *vult* V, 14, 15, einem *demonstrat*, V, 12, 17, 18, 22, 23; VI, 17 etc. also einem: *Er* stellt die Aufgabe (nämlich Euklid), *er* definirt, *er* will, *er* zeigt, etc. und der Leser wird somit verleitet, auch das nicht seltene *dico quod* dem Schreiber der Beweise und nicht dem Euklid beizulegen, und somit dieselben als den Commentar eines Anderen zu betrachten. Nehmen wir noch hinzu, dass jene frühere naive Zeit zum Glauben weit geneigter war, als die Gegenwart, dass endlich damals die Geometrie nicht für eine Wissenschaft, sondern für eine Kunst (*ars* geometrica) galt; kann es unter solchen Umständen Wunder nehmen, wenn die Ansicht Wurzel schlug, Euklid habe nur die Definitionen, Postulate, Axiome, Lehrsätze und Aufgaben geliefert, und ein Anderer die Beweise als Commentar hinzugefügt? Dies war wohl auch die Ansicht des guten Amplonius, der ja die Handschriften der Adelhard-

1) Vor mir liegt eine Ausgabe des Euklid von Stephan Gracilis (vergl. Kästner I, p. 261), unter dem Titel: „Euclidis elementorum libri XV. Quibus cum ad omnem mathematicae scientiae partem, tum ad quamlibet Geometriae tractationem facilis comparatur aditus. Coloniae. Apud Gosuinum Cholinum 1612.“ Sie enthält auf 203 Seiten klein 8° den ganzen Euklid, freilich nur die Lehrsätze und Aufgaben, mit den Figuren (ohne letztere würde sie etwa den halben Raum ausfüllen), aber nur wenige *non poenitenda Theonis scholia, sive mavis lemmata*, und nicht *Theonis apodixin.* ' Das 1., 2. etc. Buch führt die ergötzliche Ueberschrift: Euclidis *elementum* primum, secundum etc. Die Unterschrift der Vorrede „Lutetiae 1557“ zeigt, dass diese Ausgabe ursprünglich in Paris, vermuthlich zum Gebrauche an der dortigen Universität, erschienen war; sie muss für so brauchbar befunden worden sein, dass zu demselben Zwecke eine neue Ausgabe in der damaligen Universitätsstadt Cöln veranstaltet ward. Wie viel und was die Studenten aus diesem wunderbaren, 15 wohlgezählte *Elementa*, aber nicht *Theonis apodixin* enthaltenden Euklid gelernt haben mögen, kann man sich vorstellen.

schen wie der Campano'schen Uebersetzung vor sich hatte; dies mochte ihn bestimmen, den Codex Nr. 352 durch „*Pauca* de Euclide," Nr. 23 durch „Euclides *cum commento* Adelardi" zu bezeichnen, indem in seinen Augen die Beweise das *commentum* waren, und auf derselben Meinung mag auch die Bezeichnung der von Chasles und Libri angeführten Florentiner, Oxforder und Pariser Handschriften beruhen. In der Gegenwart jedoch, welche die Geometrie nicht mehr als eine Kunst, sondern als eine Wissenschaft betrachtet, hat sich, und mit Recht, die Auffassung Bahn gebrochen, dass auch die Beweise, obschon sie wohl nicht gerade alle von Euklid selbst gefunden worden sind — *Ante Euclidem permulti floruerunt Geometrae. Primus omnium Graecorum, Euclides eorum opera collegit, collecta digessit, et quae fuerant incondite demonstrata, ea demonstrationibus inconcussis exornavit* sagt Peyrard in der Vorrede zu Band I seiner Ausgabe — doch zum *Euklid* gehören, dass sie nicht willkürliche Erklärungen der Sätze, sondern die nothwendige Begründung derselben sind, ohne welche die Ueberzeugung von ihrer Richtigkeit nicht Sache des Wissens, sondern des Glaubens sein würde, und ich kann daher Chasles nicht beistimmen, wenn er auch von einem *Commentar* des Zamberti spricht, l. c. p. 549 und ibid. Anm. 176 da letzterer doch nur den griechischen Text (mit den Beweisen) übersetzt hat, und ebensowenig, wenn nach ihm Adelhard einen Commentar zum Euklid gegeben haben soll, da sich doch bei diesem selbst die Beweise nur angedeutet und nicht vollständig durchgeführt, geschweige denn durch Zusätze erläutert finden; solchen begegnen wir, wie wir sahen, mit Ausnahme einer einzigen, unten noch zu erwähnenden Stelle, nur hier und da bei den Definitionen. Allein selbst im günstigsten Falle könnte nicht Adelhard als der Commentator betrachtet werden. Denn es wäre schwer zu glauben, dass derselbe im arabischen Texte nur den Wortlaut der Lehrsätze und Aufgaben vorgefunden und die Beweise sämmtlich proprio Marte aufgestellt hätte; er würde ja dann mehr geleistet haben, als Euklid selbst. Ebensowenig wird man annehmen dürfen, er habe im Arabischen die Beweise vor sich gehabt, und dieselben abgekürzt und excerpirt; denn wozu hätte dieses dienen sollen? Wir müssen vielmehr, zumal sein Euklid in der Ueberschrift als eine Uebersetzung bezeichnet wird, glauben, dass er den arabischen Text, wie derselbe ihm vorlag, getreu wiedergab, höchstens solche Bemerkungen hinzufügend wie die, der Gnomon heisse im Arabischen elaale, dass mithin der Name eines Commentators, wenn überhaupt, dem arabischen Schriftsteller gebühre. Anders verhält es sich mit Campano, dessen Ausgabe an verschiedenen Stellen — z. B. die Theorie des Stern-Fünfecks bei I, 32, die Lehre von der Trisection des Winkels am Ende des IV. Buches, in der Ausgabe von 1537 am Ende des ganzen Werkes stehend — erläuternde Zusätze zum Euklid enthält; davon, ob Campano diese selbst gefunden, wird weiter unten die Rede sein. Auffällig bleibt es allerdings, dass nach Band XIX dieser Zeitschr. Literaturzeit. p. 47—48, auf welche Stelle Herr Professor Cantor mich aufmerksam zu machen die Güte gehabt hat, Herr Professor Günther in der von Regiomontanus geschriebenen, in Nürnberg befindlichen Adelhard'schen *Euklidbearbeitung* die Theorie der Sternvielecke noch ausführlicher als bei Campano gefunden hat, während die beiden Erfurter Handschriften dieselbe nicht allein nicht vollständiger, sondern gar nichts von derselben enthalten, und sich nur auf den Beweis des (nachfolgenden) Satzes I, 32 von der Winkelsumme bes Dreiecks beschränken. Ebensowenig enthalten sie, wie ich hier bemerken will, die Lehre von der Dreitheilung des Winkels. Denn nachdem am Ende des IV. Buches die Beweise vorangegangen, welche in keiner Weise auf die Trisection Bezug nehmen, folgen die zugehörigen Sätze: „Intra datum circulum quindecagonum aequilaterum atqu. aequiangulum designare. Dein circa quemlibet circulum assignatum quindecagonum aequilaterum atqu. aequiangulum, atqu. intra datum quindecagonum circulum describere.“ Und unmittelbar hieran schliessen sich die Worte: „Explicit liber IIII ecludis (!) philosophi dei gratia ejusque auxilio. Incipit liber V. XXV propositiones habens.“ Da mir die hier in Frage kommende Abhandlung des Herrn Günther unbekannt geblieben ist, kann ich meine Ansicht natürlich nur mit Vorbehalt aussprechen. Dieselbe geht dahin, dass entweder eine Verwechselung der Adelhard'schen Uebersetzung mit einer anderen (etwa des Gerhard von Cremona) vorliege, oder aber, dass Regiomontanus, der Adelhard's Euklid gewiss nicht, wie ein unkundiger Schreiber den *ecludes*, Wort für Wort copirte, nicht eine Abschrift, sondern eine Bearbeitung desselben geliefert hat, indem er die Resultate der seit Campano insbesondere durch Bradwardin (Chasles l. c. p. 549—551, 597, 611) weiter geförderten Theorie der Stern-Polygone nach vielleicht inzwischen verloren gegangenen Quellen mit einflocht, wie ja nach Curtze „Reliquiae Copernicanae,“ Zeitschr. XIX. p. 81—82, auch Copernicus zu Campano's Scholium über die Trisection des Winkels Bemerkungen hinzufügte, dass also Regiomontanus zu der Adelhard'schen Uebersetzung Zusätze machte, von denen weder die um 200 Jahre ältere Erfurter Handschrift Nr. 352, noch Nr. 23 etwas weiss.

Ich wende mich nunmehr zu der oben erwähnten, von Chasles l. c. p. 596, Libri II, p. 48, und Curtze l. c. p. 80, 449—450 ausgesprochenen Meinung, welche Campano das Verdienst eines *Uebersetzers* abspricht, und demselben blos das, wie aus dem *nur* hervorgeht, geringere eines *Commentators*, und zwar nicht des Euklid, sondern des Adelhard, zugesteht. Allerdings kennt auch der Titel der 1482 bei Ratdolt zum ersten Male gedruckten Campano'schen Euklid-Ausgabe nach Curtze l. c. p. 80 Campano nur als Commentator („*cum commentis Campani*"), hingegen lautet derjenige der von Paciolo (Lucas de Burgo sancti sepulcri) castigirten und commentirten Ausgabe 1509 nach Kästner I, p. 299: „Euclidis megarensis philosophi .... opera a *Campano interprete fidissimo tralata*", der Titel der Doppel-Ausgabe 1537: „Euclidis Megarensis .... elementorum lib. XV. Cum expositione Theonis in priores XIII a Bartholomeo Veneto Latinitate donata, Campani in omnes, & Hypsiclis Alexandrini in duos postremos" spricht von Campano blos als Erklärer, und nur von Bartholemeus (Zamberti) als Uebersetzer, ebenso die Ueberschrift des ersten Buches: „Euclidis ... primum ex Campano, deinde ex Theone graeco commentatore, interprete Bartholomeo Zamberto Veneto ... liber primus"; die Ueberschriften der übrigen Bücher lassen nichts Bestimmtes erkennen, nur in derjenigen des XIV. erscheint Campano als Commentator, in der des XV. aber wieder als Uebersetzer (ex *traditione Campani*"). Jedoch begegne ich sonst allenthalben (auch bei Peyrard, Vorrede zu Band I, p. XXIV) der Ueberzeugung, Campano habe seinen Euklid aus dem Arabischen übersetzt, nur Chasles, Libri und Curtze, von der oben besprochenen Ansicht, dass Campano's und Adelhard's Euklid identisch seien, ausgehend, sind anderer Meinung; und wenn letzterer, l. c. p. 446 sagt: „Ich will ferner zeigen, dass das Scholion (von der Trisection des Winkels) in der Ausgabe von 1482 vielleicht schon in der arabischen Bearbeitung vorhanden war, und also nicht den Campanus zum Verfasser hat", so müsste man schliessen, dasselbe sei von Adelhard übersetzt worden. Einestheils aber findet sich, wie ich bereits erwähnte, dieses Scholium bei Adelhard gar nicht, anderntheils aber auch erscheint es mir, wie ich gestehe, unklar, wie man sich eine etwaige Commentirung der Uebersetzung Adelhard's durch Campano vorzustellen habe, wenn derselbe keinen arabischen Text vor sich gehabt hätte. Hätte Campano in der That ohne eine solche Beihülfe den Figuren Buchstaben beigefügt und die von Adelhard doch nur ganz kurz angedeuteten Beweise nicht nur so vervollständigt, eine Arbeit, deren Grösse man nach dem Mitgetheilten ermessen kann, sondern auch mit so vielen und, neben allerdings manchem Irrigen, scharfsinnigen und tiefgreifenden Zusätzen bereichert, wie wir es bei ihm finden, so wäre, meines Erachtens, sein Verdienst, wenn auch nicht als Uebersetzer, sicherlich nicht geringer anzuschlagen als dasjenige Adelhard's; sein Genie wäre ein hervorragendes, und namentlich die bei aller Verschiedenheit unleugbar vorhandene Aehnlichkeit mit der lateinischen Uebersetzung des griechischen Euklid wahrhaft erstaunlich und unbegreiflich. Weit glaublicher erscheint es daher, dass auch Campano seinen Euklid aus dem Arabischen übersetzt hat, jedoch nach einem Texte, der von demjenigen abwich, welcher Adel-

oder vom Herausgeber Hervagen, oder von wem sonst, noch wie sie sich unterscheiden sollen, denn z. B. bei VII, 39 finden wir 1) den Lehrsatz, mit *Euclides ex Campano*, 2) ein *Correlarium*, 3) den Beweis, mit *Campanus*, 4) Erläuternde Zusätze, mit *Campani additiones*, und 5) nochmals erklärende Anmerkungen, mit *Campani annotatio* versehen. Unter solchen Umständen bleibt nichts Andres übrig, als Vermuthungen aufzustellen, und es erscheint mir als das Richtigste, anzunehmen, Campano habe ausser dem arabischen Euklid-Text, der die Sätze und die Beweise enthielt, noch andere Schriften, arabische und lateinische, benutzt, und so unter Hinzufügung von manchem Eigenen sein Werk compilirt. Dafür wenigstens spricht Verschiedenes. Von dem die Trisection des Winkels behandelnden Scholium hat Curtze, l. c. p. 446—452, den arabischen Ursprung wahrscheinlich gemacht; auf eine gleichfalls arabische Quelle deutet es hin, wenn Campano in seinem mit *Campanus* bezeichneten Zusatze zur Definition V, 16 einen „*Ametus filius Joseph ben Tavit*" erwähnt; dagegen finden wir in einer zur Definition V, 3 gehörigen Bemerkung die *Musik des Boetius* citirt, die meines Wissens den Arabern nicht bekannt war, und in seiner *Additio* zu II, 14 gebraucht Campano für das Rechteck, welches er in der Definition I, 31 *tetragonus longus* genannt hatte, den Ausdruck *altera parte longior figura*, vielleicht in Erinnerung an die in der Arithmetik oder der sog. Geometrie des Boetius gebrauchte Bezeichnung, obschon er auffallender Weise dieselben neben der Musik nicht erwähnt. Sei dem aber wie ihm wolle, so viel ist gewiss: Wenn auch Adelhard der Ruhm gebührt, den Euklid zuerst aus dem Arabischen übersetzt, und ihn wenigstens ausführlicher, als man ihn bisher besass, dem christlichen Abendlande bekannt gemacht zu haben, so hiesse es doch diesem seinem Verdienste gegenüber dasjenige Campano's schmälern, der, wie es scheint, zuerst (über Gerhard von Cremona bin ich leider nicht genauer unterrichtet) den vollständigen Euklid wiedergab, denselben erst geniessbar machte und einbürgerte, wenn man mit Libri, Chasles und Curtze sagen wollte, seine Uebersetzung sei dieselbe wie diejenige Adelhard's und er habe nur einen Commentar hinzugefügt. Und selbst wenn, wie es ja wohl möglich ist, Campano beim Anfertigen seiner Uebersetzung diejenige des Adelhard zu Rathe zog, obwohl er sie nicht nennt, und den einmal feststehenden Wortlaut der Aufgaben und Lehrsätze thunlichst beibehielt, wer möchte ihm dies verargen?

Adelhard's Uebersetzung aber, in welcher die Beweise nicht ausgeführt sind, und in welcher ich, wie ich oben bemerkte, nur einen einzigen nennenswerthen erläuternden Zusatz zum Euklid gefunden habe, nämlich das oben mitgetheilte Scholium zu den *communes animi conceptiones*, dem wir in präciserer Fassung auch bei Campano begegnen, macht entschieden

den Eindruck eines Leitfadens, wie ihn gegenwärtig ein Lehrer an einer Akademie oder Universität seinen Zuhörern in die Hand giebt, eines Leitfadens, welcher nur das Wesentlichste enthält, die Einzelnheiten aber übergeht, um den Vortrag nicht zu einer blossen Paraphrase herabsinken zu lassen und zugleich durch gegebene Fingerzeige und Andeutung der hauptsächlichsten Momente zur Selbstthätigkeit anzuregen. Den gleichen Charakter muss natürlich auch der von Adelhard, wahrscheinlich in der Meinung, er habe den vollständigen Euklid vor sich, übersetzte arabische Text getragen haben. Es erscheint daher wohl die Annahme gerechtfertigt, Adelhard habe einen solchen Text vor sich gehabt, wie er an einer der maurischen gelehrten Schulen zu Cordova, Sevilla u. a. den Vorlesungen über Euklid zu Grunde gelegt ward. Jenes Scholium aber (es wäre von Interesse zu wissen, wie dasselbe in der Bearbeitung des Regiomontanus lautet) gleicht einer den Abschnitt über die Axiome erläuternden beim mündlichen Unterrichte gemachten Bemerkung, welche, an den Rand geschrieben, durch Zufall oder mit Absicht in den Text aufgenommen ward. Doch es würde nutzlos sein, weitere Vermuthungen über diesen möglicher Weise auf eine schon bei den Vorträgen an der Akademie von Alexandria benutzte griechische Bearbeitung des Euklid zurückweisenden Zusatz auszusprechen. Vielleicht würde die Uebersetzung der Elemente Euklid's durch Gerhard von Cremona hierüber genaueren Aufschluss verschaffen; Näheres über dieselbe in Erfahrung zu bringen, ist mir jedoch bis jetzt nicht gelungen.

FORTOLFI

RYTHMIMACHIA

VON

R. PEIPER.

[f^{0} 86^{r}, 1] **Prologus in Rithmimachiam.**

Quoniam quidem huius artis scientia ab ignorantibus contempnitur et magis leuitati quam utilitati asscribitur, eo quod instar aleae formari uideantur et camporum distinctio et diuersa tabellularum protractio: gratum non nullis arbitror ostendere, quam procul a leuitate distet et quantum utilitatis conferat eius integra cognitio. Est quidem in hac arte quod dupliciter admireris, scilicet et iocunda utilitas et utilis iocunditas, quae non modo tedium non inferant, sed potius adimant, et inutiliter exoccupatum utiliter occupent et rursum inutiliter occupatum utiliter exoccupent, dum plerumque talis occupatio, quia utilis et iocunda, curis grauatam alleuiare possit mentem post decisa negotia, et rancori submissam huius pulchri theorematis maiestas erigere possit. Laudabilior quippe est in omni arte eiusmodi exercitatio, quae animum et instruit et oblectat, iuxta illud Flacci: omne tulit punctum qui miscuit utile dulci. Dicant ergo qui eiusmodi scientiam uanitati deputant et irreligiositati, quidnam uanitatis habeat uel quid religioni deroget ea inuestigare, quae ratio natura duce propalauit. Siquidem numerum natura dedit, quo et ipse naturae conditor deus in rerum creatione usus est; de quo dicitur quia omnia in mensura et numero et pondere constituisti. Hoc enim, ut ait Boetius, principale in animo conditoris exemplar fuit. Hinc enim IIII^{or} elementorum multitudo mutuata est, hinc temporum uices, hinc motus astrorum caelique conuersio. Qui ergo naturalium rerum scientiam nugas appellant, ipsarum conditori iniuriam faciunt non attendentes, quod ipsi magis sunt nugigeruli, qui uel ocio torpent, uel iocis aliisue mundi uanitatibus occupantur, quibus magis offenditur deus. Sed quia nichil est ab omni parte beatum, relinquamus eos sibi, qui ea maxime reprehendunt, quae nesciunt, quia ad hoc eos impellit [2] inuidia qua torquentur; inuidia enim Siculi non inuenere tyranni maius tormentum, uocesque Sirenarum surda pertranseamus aure. Hanc autem nostram rusticam operam nobis nostrique similibus permittant; nam nullas uerborum pompas hic promittimus, sed simpliciter quod in hac arte potue-

14. Horat. A P 343. 19. Lib. Sapientiae XI 21. 20. Boet. Arithm. I 2 p. 12. 26. Horat. C. II 16, 27. 28. 28. Horat. Ep. I 2, 58. 59.

rimus indagare, parati sumus beniuolentiae gratia beniuolis communicare. Sciendum praeterea, quod haec ars ab arithmetico fonte quasi quidam riuulus profluxit ideoque arithmeticae disciplinae expertibus facillimam celeremque ad se uiam praebet, inexpertibus uero tardiorem et non absque labore concedit ingressum.

Capitula libri I.

I Quae sit operis insequentis inscriptio.

II Quae sit materia. III Quae sit intentio. IIII Quae sit utilitas. V Cui parti philosophiae supponatur. VI Qualiter paranda sit tabula. VII De dispositione numerorum. VIII Qualiter uel unde ipsi numeri procreentur. IX Que sint tria praecepta, per quae ipse numerus disponitur. X Qualiter ipsi numeri in tabula locentur. XI De tabellulis et earum formis et coloribus. XII De cribro componendo. XIII Qualiter tractus tabellarum fiant. XIIII De regula capiendorum numerorum. XV Quotis campis numeri a numeris capiantur. XVI Qui sint piramides et unde dicantur uel unde nascantur. XVII Qualiter et per quos numeros ipsae piramides capiantur.

Quae sit operis insequentis inscriptio. § I.

Primo igitur dicendum, quod sit huius operis ΕΠΥΓΡΑΦΗΝ .i. inscriptio quia, ut ait Priscianus, nisi nomen scieris, cognitio rerum perit. Ex duabus grecis dictionibus composito nomine artem istam Rithmimachiae titulo inscribi placuit. Rithmos enim grece, latine numerus; Machia pugna dicitur. Inde rithmimachia .i. numerorum pugna. Hic namque considerare licet numerorum ante et retro, dextrorsum, sinistrorsum et angulariter sibi oppositorum seque inuicem regulariter deicientium, ueluti militum in campo palantium, iocundum quoddam spectaculum, postremo alterutrae partis tam subtilem uictoriae stationem, ut ip- [f. 86v] sam in laudem uictoriae non componendum, sed quasi iam compositum per musicas consonantias repraesentare uideas cantum. De qua, quia suo loco latiorem postulat rationem, hic dicere supersedemus.

Quae sit materia. § II.

*Tria autem in hac arte consideranda sunt, scilicet materia, intentio, utilitas. Materia huiusce artis numerus est, qui neque passim in incertum

19. *Die Stelle des Priscianus vermag ich nicht nachzuweisen. Ich finde nur Inst. II 22 (Gramm. lat. ed. Keil II p. 57, 3):* Nomen quasi notamen, quod hoc notamus unius cuiusque substantiae qualitatem.

---

3. in expertibus R. expers *und* inexpers *sind im Sinne von* expertus *und* inexpertus *angewendet; der Verfasser hat Boetius Consol. II 4 (p. 33, 49) vor Augen:* inest enim singulis, quod inexpertus ignoret, expertus exhorreat. 9. Cui] Qui R.

diffunditur, neque naturali tantum ordine contexitur, sed sicut ex materia lignorum siue lapidum parietes, laquearia, trabes, tecta ceteraque huiusmodi necessaria diuersitate disposita unam constituunt domum, ita hic ex materia numerorum species multiplicis, superparticularis, superpartientis rationabili uarietate distinctae unam perficiunt artem.

Que sit intencio. § III.

Intentio huius artis componendae ut reor haec fuit, ut quia omnes latitudinem arithmetici campi percurrere non possunt, huius se artis breuitate exerceant et exercendo oblectent et, quod ibi longa lectionis serie assecuti sunt, hic quasi compendiose depingendo recolligant, ita rationabiliter ipsa arte disposita, ut et instruat et tamen tedium non inferat.

Quae sit utilitas. § IIII.

Utilitas huiuscae scientiae non parua, quia honesta et necessaria. Nam confert scientiam multiplicandi et habitudines ipsorum numerorum cognoscendi. Progressiones quoque piramidum et differentias trium medietatum multaque alia spectabilia hic exarare poterit quilibet cautus et curiosus inspector, ut ea quasi oculis breuiter depingat, de quibus Boetius in arithmetica latissime disputat.

Cui parti phylosophie subponatur. § V.

Supponitur autem haec ars physicae .i. naturali scientiae. Substantia enim numeri naturalis est et ab ipso mundi exordio naturaliter existens, omnisque eius uarietas naturali ratione distinguitur. Si quidem arithmeticae disciplinae scien- [2] tia, ex cuius fonte haec, quam prae manibus habemus, diriuata est, cunctis artibus, ut ait Boetius, prior est, non modo quod hanc ille huius mundanae molis conditor deus primum suae habuit ratiocinationis exemplar et ad hanc cuncta constituit, quecumque fabricante ratione per numeros assignati ordinis inuenere concordiam; sed hoc quoque prior arithmetica declaratur, quod, quaecumque natura priora sunt, his sublatis simul posteriora tolluntur; si uero posteriora pereant, nichil de statu prioris substantiae permutatur. Quem admodum si arithmeticam auferas, ceterae quoque artes, ut sunt Geometria, Musica, Astronomia, quae numerorum ratione constant, auferentur; his autem sublatis non simul numerorum auferetur substantia. Si enim numeros tollas, iam non

24. Boet. de arithm. I 1 p. 10 F.

25. primam *Boetius.* 30. quod si *Boetius.*

erit triangulum uel quadratum uel quicquid in geometria uersatur, quae omnia numerorum denominatiua sunt. At si quadratum triangulumque sustuleris omnisque Geometria consumpta sit, tres et quatuor aliorumque numerorum non peribunt uocabula. Similiter in musica diatessaron, diapente, diapason, quae a numeris denominantur, sublatis numerorum tamen substantia permanebit. Idem et de reliquis artibus quae numeris constant sentiendum.

Qualiter paranda sit tabula. § VI.

Ad opus igitur huiuscae scientiae construenda est tabula quadrata, eminentem in circuitu habens umbonem ita exaratum, ut pendens ex altera parte tenuior tabula equabiliter ei imponi possit in modum arculae intrinsecus adeo capabilis, ut tabellulas numeris inscriptas includere possit. Haec in longitudine et latitudine distinctos habeat campos: in longitudine quidem deorsum campos XVI, in latitudine VIII°. Quorum unum per alterum multiplicans inuenies per totum campos C XX VIII°. Octies enim XVI^{ies}, uel sedecies VIII°, C XX^{ti} VIII° sunt. Ipsam uero tabulam per medium in lati- [f° 87^{r}] tudine una linearis intersecet paginula, altrinsecus se octonos aequali dimensione distantes habens campos in longitudine et latitudine. Hanc autem paginulam diremptoriam uocitare placuit, uel quod campos ita dirimat, ut utrique parti aequale spacium attribuat, uel quod circa eam numerus numerum oppositus oppositum capiendo dirimat.

De dispositione numerorum. § VII.

Composita eo modo quo diximus tabula, disponantur super eam alterutra parte in ultimis locis omnes species Multiplicis, Superparticularis, Superpartientis usque ad decuplam proportionem, ita ut in una parte ex pari habeant denominationes, in altera uero parte ex impari. Ex pari quidem generis multiplicis sint species: Dupli, Quadrupli, Sescupli, Octupli; ex impari uero eiusdem generis: Tripli, Quincupli, Septupli, Nonupli. Item ex pari generis superparticularis species sint: Sesqualteri, Sesquiquarti, Sesquisexti, Sesquioctaui, et ex impari e contra eiusdem generis: Sesquitertii, Sesquiquinti, Sesquiseptimi, Sesquinoni. Item ex parte parium generis superpartientis species ponantur .i. Superbipartientes, Superquadripartientes, Supersexipartientes, Superoctipartientes, et e contra ex parte imparium: Supertripartientes, Superquinquepartientes, Superseptipartientes, Supernonipartientes.

---

27. multiplices R.

Qualiter uel unde ipsi numeri procreentur. § VIII.

Quodam loco in arithmetica Boetius, ubi de aequalitate et inaequalitute disputans dicit omnem inaequalitatem ex aequalitate nasci, similitudinem ponit bonitatis et maliciae ad aequalitatem et inaequalitatem, dicens magnum fructum esse, si quis non nesciat, quod bonitas diffinita est et sub scientiam cadens animoque semper imitabilis et perceptibilis prima natura est et suae substantiae decore perpetua. Infinitum uero maliciae dedecus est, nullis propriis principiis nixum, sed natura semper errans a boni diffinitione principii tamquam aliquo [2] signo optimae figurae impressa componitur et ex illo erroris fluctu retinetur. Nam nimiam cupiditatem iraeque immodicam effrenationem quasi quidam rector animus pura intelligentia roboratus astringit, et has quodammodo inaequalitatis formas temperata bonitate constituit. Ad hanc ergo similitudinem omnis inaequalitas quasi instabilis et fluctuans ab aequalitate componitur, et ipsa quodammodo aequalitas matris et radicis optinens uim omnis inaequalitatis species ordinesque profundit. Si enim tres terminos aequales posueris et in his tria praecepta Boetii, que paulo post demonstrabimus, obseruaueris, uidebis, quomodo tibi ex eis multiplices, ex multiplicibus superparticulares, ex superparticularibus superpartientes procreentur. Et prima quidem species multiplicis .i. dupla generabit tibi primam speciem superparticularis .i. sesqualteram, et haec primam speciem superpartientis .i. superbipartientem. Secunda uero species multiplicis .i. tripla secundam speciem superparticularis .i. sesquiterciam; haec quoque secundam speciem superpartientis .i. supertripartientem, eodemque modo caeteras per ordinem uidebis alteram ab altera procreari. Dupli namque recto ordine positi generabunt triplos; Tripli quadruplos, Quadrupli quincuplos, Quincupli sescuplos, Sescupli septuplos, Septupli octuplos, Octupli nonuplos. Dupli uero conuerso ordine positi procreabunt sesqualteros, Tripli sesquitercios, Quadrupli sesquiquartos, Quincupli sesquiquintos, Sescupli sesquisextos, Septupli sesquiseptimos, Octupli sesquioctauos, Nonupli sesquinonos. Sesqualteri uero conuersi generabunt superbipartientes, Sesquitercii supertripartientes, Sesquiquarti superquadripartientes, Sesquiquinti superquinquepartientes, Sesquiseptimi superseptipartientes, Sesquioctaui superoctipartientes, Sesquinoni supernonipartientes.

2. Boet. de arithm. I 32, p. 66 F.

6. est *om.* *Friedlein.*

Quae sint tria praecepta, per quae ipse numerus disponitur. § VIIII.

Tria igitur praecepta quae memorauimus haec sunt. Tribus terminis aequalibus positis hoc modo ita facies: Pone [f. 87v] primum primo parem .i. unitatem unitati; secundum primo et secundo .i. duabus unitatibus; tercium primo, duobus secundis et tercio .i. unitati, duabus unitatibus et unitati, continuoque uidebis duplam speciem hoc modo:

I	I	I
I	II	IIII

Rursus dupli recto ordine positi procreabunt triplos hoc modo: Pone primum primo parem, secundum primo et secundo, tercium primo, duobus secundis et tercio, et haec tibi formula apparebit:

I	II	IIII
I	III	VIIII

Eodem modo fac de reliquis speciebus multiplicis, et unaqueque tibi alteram repraesentabit. quarum omnium formulas annotauimus hoc modo:

D	u	pli	Tr	ip	li
I	I	I	I	II	IIII
I	II	IIII	I	III	VIIII
Qua	dru	pli	Quin	cu	pli
I	III	VIIII	I	IIII	XVI
I	IIII	XVI	I	V	XXV
Ses	cu	pli	Sep	tu	pli
I	V	XXV	I	VI	XXXVI
I	VI	XXXVI	I	VII	XLVIIII
Oc	tu	pli	No	nu	pli
I	VII	XLVIIII	I	VIII	LXIIII
I	VIII	LXIIII	I	VIIII	LXXXI

2. Boet. de arithm. I 32, p. 67 sqq.

Superparticulares autem inuenturus hoc modo facies: Pone duplos conuerso ordine et fac secundum tria praecepta superius data, statimque uidebis primam speciem superparticularis .i. sesqualteram hoc modo:

IIII	II	I
IIII	VI	VIIII

Item de triplis conuersis fac eodem modo et inuenies secundam speciem .i. sesquiterciam.

VIIII	III	I
VIIII	XII	XVI

Rursum quadruplis eodem modo conuersis nascentur sesquiquarti. ita:

XVI	IIII	I
XVI	XX	XXV

Eodem etiam modo per sequentes multiplicis species omnes alias superparticularis species equiuoce denominatas habebis. Horum quoque omnium descriptionem subiecimus. [87ᵘ, 2]

Ses	qual	teri	Ses	qui	tercii
IIII	II	I	VIIII	III	I
IIII	VI	VIIII	VIIII	XII	XVI
Ses	qui	quarti	Ses	qui	quinti
XVI	IIII	I	XXV	V	I
XVI	XX	XXV	XXV	XXX	XXXVI
Ses	qui	sexti	Sesqui	sep	timi
XXXVI	VI	I	XLVIIII	VII	I
XXXVI	XLII	XLVIIII	XLVIIII	LVI	LXIIII
Sesqui	octa	vi	Sesqui	no	ni
LXIIII	VIII	I	LXXXI	VIIII	I
LXIIII	LXXII	LXXXI	LXXXI	XC	C

Superpartientes uero inuenies, si eodem modo quo supra superparticulares conuerso ordine secundum tria praecepta posueris. Nam prima species superparticularis .i. sesqualtera generabit primam speciem superpartientis .i. superbipartientem, secunda species superparticularis .i. sesquitercia secundum speciem superpartientis .i. supertripartientem, similiterque per reliquas ordinatim species superparticularis conuerso ordine positas omnes superpartientis species nasci uidebis, ut subiecta descriptio docet:

14. posuerunt R.

Super	bipar	tiens	Super	tri	partiens
VIIII	VI	IIII	XVI	XII	VIIII
VIIII	XV	XXV	XVI	XXVIII	XLVIIII
Super	quadri	partiens	Super	quinque	partiens
XXV	XX	XVI	XXXVI	XXX	XXV
XXV	XLV	LXXXI	XXXVI	LXVI	CXXI
Super	sexi	partiens	Super	septi	partiens
XLVIIII	XLII	XXXVI	LXIIII	LVI	XLVIIII
XLVIIII	XCI	CLXVIIII	LXIIII	CXX	CCXXV
Super	octi	partiens	Super	noni	partiens
LXXXI	LXXII	LXIIII	C	XC	LXXXI
LXXXI	CLIII	CCLXXXVIIII	C	CXC	CCCLXI

Qualiter ipsi numeri in tabula locentur. § X.

Horum autem numerorum in tabula ultimis in locis alterutra parte locandorum haec est demonstratio. Nota in primis diligenter omnes species multiplicis, et in his excipe omnes pares .i. duplos, quadruplos, [f. 88ʳ] sescuplos, octuplos, et ab his quae per primum praeceptum posita sunt, reiectis quae per secundum et tercium posita sunt, tantum assume primamque speciem .i. duplam in una parte tabulae pone, ita ut binarius sit in quarto campo longitudinis et tercio latitudinis, quaternarius uero retro eum in sequenti campo, eodemque modo ceteros pares iuxta illos per ordinem uersus sinistram tuam locabis. Tum uersa tabula in altera parte pari loco et ordine paribus impares e regione oppones .i. Duplis triplos, Quadruplis quincuplos, Sescuplis septuplos, Octuplis nonuplos. Alias autem species ex genere superparticulari primi tantum praecepti numero reiecto ita alterutra parte dispones, ut Sesqualteri iuncti sint duplis, Sequitercii triplis, Sesquiquarti quadruplis, Sesquiquinti quincuplis, Sesquisexti sescuplis, Sesquiseptimi septuplis, Sesquioctaui octuplis, Sesquinoni nonuplis. Item ex genere superpartienti Superbipartientes iuncti sint sesqualteris, Supertripartientes sesquiterciis, Superquadripartientes sesquiquartis, Superquinquepartientes sesquiquintis, Supersexipartientes sesquisextis, Superseptipartientes sesquiseptimis, Superoctipartientes sesquioctauis, Supernonipartientes sesquinonis.

---

19. se/q (i above) sextis R.

De tabellulis et earum formis et coloribus. § XI.

Inuentis et dispositis hoc modo numeris parandae sunt siue ex ligno siue, si accuratius uolueris, ex osse tabellulae admodum spissae, quaedam rotundae, quaedam quadratae in modum tesserae. Sed rotundae XVI^{cim} tantum numero, in quibus duae solummodo, quae piramides ostendant, parumper eminentes in modum turbonis erunt. Caeterae uero quadratae numero XXXII, ex quibus XVI^{cim} aequaliter maiores, XVI^{cim} aequaliter minores erunt. Hae omnes tabellulae tricolores erunt, albe, nigrae, rubeae; quae inscribende erunt omnibus supradictorum generum speciebus et super campos eisdem numeris inscriptos ponende. Octo minores albi habeant omnes species multiplicis pares .i. Duplos, Quadruplos, [2] Sescuplos, Octuplos. Quibus e regione in altera parte opponantur VIII° minores nigrae, habentes impares eiusdem generis .i. Triplos, Quincuplos, Septuplos, Nonuplos. At VIII° maiores rubeae inscriptas habeant species superparticularis pares .i. Sesqualteros, Sesquiquartos, Sesquisextos, Sesquioctauos. Quibus opponantur in altera parte VIII° maiores albae habentes impares .i. Sequitercios, Sesquiquintos, Sesquiseptimos, Sesquinonos. Octo uero rotundae nigrae habeant species superpartientis ex paribus .i. Superbipartientes, Superquadripartientes, Supersexipartientes, Superoctipartientes. Hisque opponantur VIII rubeae rotundae eiusdem generis .i. Supertripartientes, Superquinquepartientes, Superseptipartientes, Supernonipartientes.

De cribro componendo. § XII.

Ad inueniendas autem numerorum multiplicationes alternas huic arti uecessarias perutile est nosse paginam illam, quam cribrum nominant; quam hoc modo compones. In tabula huius quam descripsimus tabulae appendice fac figuram IIII^{or} lineis quadratam. Deinde infra ipsam figuram duc VIIII^{em} lineas in longitudine et latitudine, et habebis per totam figuram .C. intersticia, in quibus calculos hoc modo locabis. Pone naturalem numeri ordinem usque ad X in prima linea longitudinis et eundem in prima linea latitudinis, multiplicabisque per ordinem unius uersus ordinem alterius, ut puta per binarium unius alterius binarium ternarium quaternarium et deinceps usque ad X, et ex his habebis in secundo uersu omnes duplos. Idem per sequentem ternarium, et habebis in III° uersu triplos, per quaternarium in quarto quadruplos, per quinarium in V^{o} quincuplos, per senarium in VI° sescuplos, per septenarium in VII septuplos, per octonarium in VIII octuplos, per nouenarium in VIIII nonuplos, per denarium in X decuplos. In hac quoque descriptione superparticularis species tali modo inuenies. Nota secundum

XXV	LXXXI					CLXVIII	CCLXXXVIIII
XV	LXV	XXV	XX	XLII	XLVIIII	XCI	CLIII
VIIII	V	IIII	XVII	XXXVI	LX	LXXII	LXXXI
		II	IIII	VI	VIII		
D I R E M P T O R I A							
		III	V	VII	VIIII		
XVI	XII	VIIII	XXV	XLVIIII	LXXXI	XC	C
XXVIII	LXVI	XXXVI	XXX	LVI	LXIIII	CXX	CXC
XLVIIII	CXXI					CCXXV	CCCLXI

angulum, cuius inicium est quaternarius, et ad ipsum quaternarium compara senarium [f. 89 v] qui est in III° uersu, et habebis sesqualteram proportionem, totusque ille uersus tercius secundi sesqualter est, quartus uero tercii sesquitercius, quintus quarti sesquiquartus, eodemque modo reliquas superparticularis species inuenies. In hac etiam inuenies numeros tetragonos et longilateros et alia quaedam inspicies, ut Boetius dicit, ad subtilitatem tenuissima et ad scientiam utilissima et ad exercita-

9. Boet. I 26, p. 53 F.

tionem iocundissima. Figuram autem tabulae, quam supra descripsimus, et colorum in tabellulis ponendorum differentias oculis subiecimus, cribrumque apposuimus, ut, quod discernit uisu, facilius quilibet lector capiat intellectu.

I	II	III	IIII	V	VI	VII	VIII	VIIII	X
II	IIII	VI	VIII	X	XII	XIIII	XVI	XVIII	XX
III	VI	VIIII	XII	XV	XVIII	XXI	XXIIII	XXVII	XXX
IIII	VIII	XII	XVI	XX	XXIIII	XXVIII	XXXII	XXXVI	XL
V	X	XV	XX	XXV	XXX	XXXV	XL	XLV	L
VI	XII	XVIII	XXIIII	XXX	XXXVI	XLII	XLVIII	LIIII	LX
VII	XIIII	XXI	XXVIII	XXXV	XLII	XLVIIII	LVI	LXIII	LXX
VIII	XVI	XXIIII	XXXII	XL	XLVIII	LVI	LXIIII	LXXII	LXXX
VIIII	XVIII	XXVII	XXXVI	XLV	LIIII	LXIII	LXXII	LXXXI	XC
X	XX	XXX	XL	L	LX	LXX	LXXX	XC	C

[2] **Qualiter tractus tabellularum fiant. § XIII.**

Duobus igitur huic tabulae assidentibus legitimi ex alterutra parte alternatim fiant tractus, ita ut multiplices trahantur in secundum campum, in ante, retro, dextrorsum, sinistrorsum, angulariter; superparticulares eodem modo in tercium, superpartientes in quartum.

6. Oddo p. 285, 2 v. 7 *von unten.*

De regula capiendorum numerorum. § XIIII.

Duobus ut diximus ad tabulam sedentibus duplici intentione uigilandum est, uidelicet ut uterque et suae parti cautam et bene consideratam adhibeat custodiam et contrariae parti callide insidietur ut capiat. Quicumque ergo numerus contrariae partis numerum suo legitimo tractu offenderit, auferat eum, ut uerbi gratia si nouenarius rubeus, qui in tercium currit campum, nouenarium nigrum, qui in secundum currit campum, in tercio a se campo offenderit ante uel retro siue dextrorsum siue sinistrorsum uel angulariter, aufert eum; et e conuerso niger rubeum, si in secundo a se campo offenderit eum. Et in hac captura tali regula uteris: Numerus numerum par parem in suo legitimo cursu inueniens aufert eum. Obseruandum tamen in hac regula par parem non dici secundum substantiam numeri, sed secundum quantitatem eandem et idem uocabulum, vt VIIII VIIII XVI XVI $\overset{a}{\text{XLVIII}}$ $\overset{a}{\text{XLVIII}}$ $\overset{a}{\text{LXIIII}}$ $\overset{a}{\text{LXIIII}}$. Si numerus altrinsecus circumponatur contrariae partis numeris, qui multiplicati aut iuncti medium afficiant, auferatur. Quia diuersum est quod diximus multiplicati aut iuncti, de duobus diuersis duas diuersas dabimus regulas. De multiplicandis hanc dices regulam: Numeri altrinsecus positi multiplicati medium efficientes auferunt eum. De iungendis hoc modo: Numeri altrinsecus positi iuncti medium efficientes auferunt eum. Exemplum utriusque [f. 89ʳ] regulae: Si ex parte parium II et VI XII de parte imparium altrinsecus interceperint, dices: bis sex XII, et auferes XII. Eodem modo si ex parte imparium III et V de parte parium XV altrinsecus offenderint, dices: ter V $\overset{cim}{\text{XV}}$, et auferes $\overset{cim}{\text{XV}}$. Item si ex parte parium VIII et $\overset{or}{\text{IIII}}$ XII altrinsecus offenderint, auferunt eum; VIII enim et $\overset{or}{\text{IIII}}$ iuncti XII faciunt. Simili modo ex parte imparium V et III, si VIII altrinsecus interceperint, auferunt eum; V enim et III $\overset{o}{\text{VIII}}$ faciunt. Sic et de aliis sicubi inueneris facies. Quicumque autem numerus contrariae partis numerum sic offenderit, ut quantitas interiacentium camporum in se multiplicata contrarii numeri reddat summam, auferatur. Cuius praecepti haec est regula: Numerus numerum oppositus oppositum interiacentes campos multiplicando efficiens aufert eum. Exempli causa: Si binarius in $\overset{o}{\text{VI}}$ campo a XII distat per oppositum dices: bis VI XII. Si autem in $\overset{o}{\text{VIII}}$ a XVI dices: bis VIII XVI. Hoc modo facies in

5. Oddo p. 285, 2 v. 2 *von unten.* 11. Numerus] *Hier beginnt der Schreiber mit schwärzerer Tinte und diese bleibt bis f° 89ᵃ Col. 2 Z. 1.*

omnibus numeris, qui per hanc regulam capiuntur, illud solummodo non segniter obseruans, ut omnis oppositio fiat in ante, retro, dextrorsum, sinistrorsum, angulariter.

Quotis campis numeri a numeris capiantur. § XV.

Quoniam quidem hoc opusculum non doctis, quibus uno exemplo dixisse sufficit, sed indoctis et simplicibus cudimus, ad captandam eorum erga nos beniuolentiam aliquantulum latius de hoc modo capiendi dicere suscepimus, ut demonstremus, qui numeri et a quibus et quoto campo singuli a singulis capiantur. Ac primo a parte parium qualiter impares capiantur. XII auferuntur per binarium in VI° ab eo campo, per quaternarium in III°, per senarium in secundo. Sexies enim duo uel bis sex uel ter IIII^{or} XII faciunt. XVI^{cim} capiuntur per binarium in VIII° campo, per quaternarium in IIII°, per octonarium in secundo. Bis enim VIII° uel octies II° uel quater IIII^{or} XVI^{cim} sunt. XXVIII$^{ti\,o}$ auferuntur per binarium in XIIII$^{o\,o}$ campo et per quaternarium in VII°. Nam bis XIIII uel quater VII XXVIII$^{ti\,o}$ faciunt. LXVI^{a} capiuntur a senario in XI° campo, quia [2] sexies XI^{cim} LXVI^{a} complent. XXXVI^{a} per senarium tolluntur in VI° campo, XXX^{a} per eundem in V^{o} campo. Nam sexies VI XXXVI^{a} et quinquies VI XXX^{a} conficiunt. L VI per octonarium cadunt in VII° campo, LXIIII^{a} per eundem in VIII° campo, quia octies VII LVI et octies VIII° LXIIII^{a} componunt. XC per VIIII auferuntur in X^{o} campo. Nouies enim X^{cem} XC comportant. C per XX in V^{o} campo rapiuntur; nam quinquies XX C conficiunt. Haec de parte parium. A parte uero imparium pares hoc modo capiuntur. Sex per ternarium in II° campo submouentur, VIIII per eundem in III°. Bis enim tres sunt VI et ter tria VIIII. XXV auferuntur per quinarium in V^{o} campo, XX per eundem in IIII°. Quinquies enim V XXV et quater V sunt XX. XXXVI^{a} per ternarium in XII° campo cedunt loco, XLII per septenarium in VI° campo et XLVIIII per eundem in VII° campo submouentur. LXXII$^{a\,o}$ per nouenarium in VIII° campo cadunt et LXXXI^{a} per eundem in VIIII. Nouies enim VIII° LXXII$^{a\,o}$ et nouies VIIII LXXXI^{a} sunt. XV capiuntur per quinarium in III° campo uel per ternarium in V^{o}. Nam ter V uel quinquies ter XV sunt. $\overset{*}{\mathrm{XLV}}$ auferuntur per quinarium in $\overset{o}{\mathrm{VIIII}}$ campo uel per nouenarium in $\overset{o}{\mathrm{V}}$ uel per ternarium in $\overset{o}{\mathrm{XV}}$ campo. Quinquies enim VIIII uel nouies V uel ter XV $\overset{a}{\mathrm{LXV}}$ sunt. Tali praedae subiaceant omnes pariter pares uel pariter impares, impariter pares, secundi et compositi. Soli primi et incompositi uagentur tuti, nisi ita sunt aduersariis septi, ut per legitimos tractus euadere non possint. Hanc foueam arithmeticam incidentes auferantur. Qui autem sint uel quare dicantur pariter pares uel pariter impares uel impariter pares siue primi et incompositi, secundi et compositi, si quis nosse desiderat, quia nimis longum esset hic persequi, mittimus eum ad arithmeticam Boetii, qui de his copiosissime disputat.

Que sint piramides et unde dicantur uel unde nascantur. § XVI.

Iam nunc rationem piramidum ostendere intendimus, quam idcirco singulari distinximus capitulo, quia in huius artis scientia singulari habundat materia. Dicendum itaque in primis, quid sit pira- [f. 89^v] mis. Quae ex diffinitione secundum Boetium sic colligitur. Piramis est alias a triangula basi in altitudinem sese erigens, alias a tetragona, alias a pentagona, et secundum sequentium multitudines angulorum ad unum cacuminis uerticem subleuata. Dicitur autem piramis a greco πυρ quod latine ignem sonat, eo quod in modum exurgentis flammae inferius dilatata superius in acumen porrigatur. Omnis enim piramis a latitudine basis proficiens per laterales lineas in unum uerticem dirigitur, ita tamen ut haec linearis porrectio a basi triangula uel tetragona uel pentagona ceteraque multiangula ducatur. Et haec quidem speculatio circa geometricas uersatur figuras, sed eam quoque numerorum rationi applicandam docet auctoritas. Nam sicut in geometricis figuris de puncto, quod est principium lineae et interualli .i. longitudinis, linea producitur, quae est principium superficiei .i. duplicis interualli, longitudinis scilicet et latitudinis, ipsamque superficiem efficit; ex superficie uero, quae est inicium solidi corporis triplex interuallum continentis, .i. longitudinem, latitudinem, altitudinem, ipsa soliditas procreatur: ita et in numeris. Siquidem unitas puncti optinens uicem et numeri in longitudinem distenti principium existens linearem numerum longitudinis capacem et latitudinis caput creat, qui a binario inchoans unitatis semper adiectione in unum eundemque quantitatis ductum explicatur; linearis uero numerus superficiem longitudinis la-

3. Oddo p. 286, I v. 9—15. 10. Boet. de arithm. I 9. 10. 11. 14. 15. 16. Boet. de arithm. II 21, p. 105 F.

12. Qui sint R.

titudinisque capacem et altitudinis principium generat, qui a tribus inchoans addita descriptionis latitudine in sequentium se naturalium numerorum multiangulos dilatatur, ut primus sit triangulus, secundus quadratus, tercius pentagonus numerus et deinceps secundum naturalem numerum a greco denominatis angulis procedens, superficies autem duo interualla .i. longitudinem et latitudinem continens soliditatem trina interualli dimensione hoc [2] est longitudine, latitudine et altitudine distantem procreat, cuius soliditatis principium est is numerus, qui uocatur piramis, alias a triangula basi, alias a tetragona, alias a pentagona et secundum sequentium multitudines angulorum exurgens, quemadmodum superficiei primus est triangulus, secundus tetragonus, tercius pentagonus numerus. In quorum consideratione quia non huius loci est diutius immorari, cum in Boetii commento de his habundanter possit quilibet instrui, de his piramidibus que uocantur perfecta et curta, quia ad praesens opus spectat, aliquid dicere causa postulat. Et primi quidem diffinitio talis est: Perfecta piramis est, quae a qualibet basi profecta usque ad primam ui et potestate piramidem peruenit unitatem. Sequentis diffinitio: Curta piramis est, quae a qualibet basi profecta usque ad unitatem altitudine sua non peruenit. Quod si ad primum opere et actu multiangulum eius generis, cuius fuerit basis, non peruenerit, biscurta uocabitur; si uero nec ad secundum opere et actu multiangulum peruenerit, uocabitur tercurta; ac deinceps quot multianguli defuerunt, tociens curta pronunciabitur. Ex his duae solummodo in hac arte constitutae sunt, perfecta scilicet ex parte parium et tercurta ex parte imparium. Perfecta piramis summam numeri habet XCI, tercurta CXC. Et hae utreque a tetragono eadem tetragonorum super se compositione nascuntur. Denique pone tetragonos per ordinem usque ad XXXVI hoc modo .i. IIII VIIII XVI XXV XXXVI, et considera quomodo inferius crescendo dilatantur, superius decrescendo usque ad unitatem acuuntur. Ultimus uero in his numerus, qui et maximus, basis appellatur, quod super eum ceteri quasi super basim construendo collocati sursum porrigantur. Hos ergo numeros unum alteri superaddendo collige, et uidebis inde perfectam piramidem XCI procedere. Sed de his tetragonis tribus, id est I IIII VIIII, praecisis, habebis [f. 90r] tercurtam piramidem, cuius basis est LXIIII, hoc modo: XVI XXV XXXVI XLVIIII LXIIII. Hi etiam in unam summam redacti tercurtam piramidem CXC producunt. At si forsitan ignoras, qui sint tetragoni, eosque inuenire desideras, primum noueris, quod omnes tetragoni latera sua secundum ordinem naturalis nu-

12. Boet. II 21, sqq. p. 104 sqq. 16. Boet. II 25, p. 110.

7. longitudine] *Hinter* lon *wieder gelbere Tinte.* 19. si *m. pr. s. l. add.* 25. XCI *ist aus* XLI *verbessert* R. 32. procededere, *das zweite* de *unterstrichen* R.

meri habent descripta, utpote primus ui et potestate tetragonus est unitas, qui unum solum gerit in latere; secundus II, tercius III, quartus IIII, quintus V, et ad eandem sequentiam cuncti procedunt, sicuti uidere potes in his formulis quas exempli gratia posuimus:

I	II	III	IIII	V	VI
I	IIII	VIIII	XVI	XXV	XXXVI
I	IIII	V	VI	VII	VIII
I	XVI	XXV	XXXVI	XLVIIII	LXIIII

Si ergo cuiusque tetragoni latera in se ipsa multiplicaueris, eundem tetragonum cuius sunt latera habebis hoc modo: Semel unus unus, bis II IIII, ter tria VIIII, quater IIII XVI, et ita in infinitum progredi potes.

Qualiter et per quos numeros ipse piramides capiantur. § XVII.

Superius digestis capiendorum numerorum modis de piramidibus tantum intermiseramus propter ostendendam prius de earum qualitate necessariam rationem. Iam uero nunc expediendum, qualiter et ipse insidiantibus sibi aduersariis loci sui dignitate deponantur. Nam maior eis cautela utrobique seruatur et custodia, quia et maiori auiditate utrimque appetuntur. Et non sine causa; ubi enim maius lucrum, ibi et maior cupido. In casu namque piramidis maius sequitur dampnum, quia unius casus multorum est ruina. Cadente enim piramide cadunt simul omnes numeri illi, quorum compositione piramis efficitur. Capitur autem utraque hoc modo: Si perfectam piramidem .i. XCI sua basis .i. XXXVI legitimo tractu ab opposito offenderit, aufert eum. Ubi regulam superius scriptam dices: Numerus numerum. Quare autem hoc fiat, aduertere debes. Utraque piramis per summam suae basis capitur, quia omnis ille numerus, quo conficitur piramis, [2] ita ordinatim locatur, ut ab ultima maiorique summa quasi a basi sustentetur, ideoque necesse est, ut cadente piramide, que continet ceteros, cadant etiam hij, qui ab ea continentur, et hoc est tota piramis. Hoc tamen obseruare debes, quod si sola basis ab opposito sibi numero capitur, non ideo piramis cadit; sed tunc tantummodo, cum his numerus, per quem basis capitur, opponitur ei a contraria parte. Per nouenarium quoque in IIII° campo et per ternarium in XII° campo eadem piramis dei-

26. his *bedeutet* is!

citur. Quater enim VIIII et ter XII sunt XXXVI. At tercurta piramis .i. CXC praedicto modo capitur .i. si eam sua basis LXIIII a contraria parte legitimo tractu offenderit. Deponitur etiam per octonarium in $\overset{o}{\mathrm{VIII}}$ campo uel per XVI in $\overset{o}{\mathrm{IIII}}$ campo. Octies enim $\overset{o}{\mathrm{VIII}}$ uel quater XVI LXIIII sunt. Hanc autem cautelam semper memoriae admittere debes in custodienda piramide tua, ut semper loca illa, in quibus ab aduersariis superari potest, tuis quandiu potes protuicione praeoccupes, uel talem ei locum in $\overset{o}{\mathrm{IIII}}$ campo siue ante siue retro siue dextrorsum siue sinistrorsum siue angulariter praepares, ut si in tali articulo fuerit, ut non nisi fuga se liberare possit, tute et sine timore consistat. Caeteri quoque cum capiendi sunt, fugae se praesidio liberare habebunt. At si locus fugiendi defuerit, in muscipulam cadere habebunt.

Prologus secundi libri.

De uictoria Rithmimachiae.

Non nullos offendere uidentur hi, qui alieno operi iam publicato et quasi in auctoritatem recepto audent aliquid adicere, quod etiam suo elaborauerint studio, quasi hoc nulla ueritatis assertione stipuletur, quod iuuante ratione probare possunt. Nempe bonus artifex uel pictor seu cuiuslibet artis doctus inspector quod ratio offert uel ornatus operis exigit, non ideo neglegit, quia hoc a magistro non didicit, sed potius gaudens amplectitur, quod se ratione magistra inuenisse miratur. Nam hoc non est artem destruere, sed prouehere et gratiorem reddere et ad maioris exercitium speculationis animum [f. 90^{u}] inducere. Denique Pithagoras musicam ex $\overset{or}{\mathrm{IIII}}$ malleolis commentatus est, de qua postea alii latissime disputantes plures impleuerunt libros, multique alii diuersa phylosophorum commenta subtiliter uestigata et inuenta suis etiam subtilioribus uel auxerunt uel dilucidauerunt scriptis. Igitur non ero ut reor culpandus, si aliqua de ratione rithmicae uictoriae in hoc nostro, quod fraterna karitas extorsit, opusculo non ante perspecta posuero, cum hec non ex meo ingenio, sed ex maiorum potius magna ex parte collegerim scripto. Quod quidem non iactanciae uitio, sed communis utilitatis et huiusmodi artis exornandae gratia facio et ut studiosis eo gratior in ea fiat exercitacio, quo fuerit iocundior occupatio. Denique positis terminis tribus aut $\overset{or}{\mathrm{IIII}}$ pulcherrime uictoriae practica perficitur, quando et arithmeticis et geometricis armonicisque proprietatibus perspectis theoricae rationis subtilitate nobilitatur.

4 $\overset{r}{\mathrm{IIII}}$ *ist in* quar *verbessert* R. 17. elaborauerit R. 25. phylosorum R.

Capitula secundi libri.

De duobus modis uictoriae. § I.

Descripto numeralis palestrae praeludio expedienda iam est spectabilis huiusce concursus uictòria, que est operosae maxima pars materiae. Sed ad huius speculationem uictoriae duos constituimus modos, ad quos perfecte cognoscendos perutile est nosse trium medietatum hoc est arithmeticae, geometricae, armonicae proprietates atque differentias. Primus quippe modus est, cum tribus tantum terminis, maximo, medio, minimo, positis per singulas medietates, hoc est uel arithmeticam uel geometricam siue armonicam,
or
uictoria perficitur. Alter uero modus est, cum IIII modis dispositis per tres insimul medietates, arithmeticam, geometricam et armonicam, maximam et perfectam armoniam symphonizans uictoria concelebrat. Et iste quidem modus maxime querendus et tenendus est propter sui perfectionem et integram musicae proportionis cognitionem. Qui si haberi non potuerit, sufficiat superior modus et ipse musicarum haut expers symphoniarum.

De diffinitionibus trium medietatum. § II.

Opere precium est supra dictarum trium medietatum proprietates breuiter hic, quantum ad praesens negocium attinet, subscribere. De quibus si quis amplius et perfectius scire desiderat, Boecii de arithmetica commento sedulus scrutator adhereat. Harum autem proprietatum differentias demonstrant subiectae huiuscemodi diffinitiones. Arithmetica medietas est,

34. Boet. de arithm. II 43, p. 140 F.

---

21. terminis *aus* termisus *verbessert* R.   33. adereat R.

ubi inter tres uel quotlibet terminos equalis atque eadem differentia, sed non equalis proportio inuenitur. Geometrica medietas est, ubi equa proportio et in terminis et in differentiis inuenitur. Armonica medietas est, quae neque eisdem differentiis nec equis proportionibus constituitur, sed quemadmodum maximus terminus ad paruissimum, sic differentia maximi et medii ad differentiam medii atque paruissimi comparatur.

Quomodo per tria praecepta ipse medietates inueniantur. § III.

Est autem quaedam disciplina, per quam has medietates reperire poteris, si trium praeceptorum regulas, quas daturi sumus, obseruaueris. Ipsis uero tribus praeceptis non uno modo in omnibus medietatibus inueniendis uteris, sed singulae medietates suum quendam singularem modum trium praeceptorum habebunt. Primo igitur tres terminos equales pones, hoc est uel tres binarios uel tres ternarios uel tres quaternarios uel alios quoscumque uolueris. His ita positis si [f. 91ʳ] arithmeticam medietatem inuenire uolueris, haec tria praecepta obseruabis: Pone primum primo equum, secundum primo et secundo, tercium primo, secundo ac tercio, et arithmeticam medietatem habebis hoc modo: [A] Est etiam alia arithmeticam medietatem procreandi uia huiuscemodi: Pone primum equalem primo et secundo, secundum primo et duobus secundis, tercium primo et duobus secundis ac tercio, et erit huiusmodi figura: [B] Geometricam autem medietatem hoc modo inuenies: Pone primum primo equalem, secundum primo et secundo, tercium primo duobus secundis et tercio, et erit hac forma: [C] Armonicam quoque medietatem inueniendi hec uia est: Pone primum primo ac duobus secundis parem, secundum duobus primis et duobus secundis, tercium primo, duobus secundis et tribus terciis, et hanc figuram armonicam habebis: [D] Possunt et per alios numeros he medietates secundum

A

II	II	II
II	IIII	VI
III	III	III
III	VI	VIIII

B

II	II	II
IIII	VI	VIII
III	III	III
VI	VIIII	XII

C

IIII	IIII	IIII
IIII	VIII	XVI
V	V	V
V	X	XX

D

II	II	II
VI	VIII	XII
III	III	III
VIII	XII	XVIII

3. Boet. de arithm. II 44, p. 144 F. 4. Boet. de arithm. II 47, p. 152 F.

33. secundo *ex* secundum *corr.* R.

hec praecepta inuenire, sed hos tantum maluimus ponere, ex quibus illi procreantur termini, qui in rithmimachiae tabula uidentur dispositi.

Quomodo etiam alio modo inueniantur. § IIII.

Est etiam alius modus praedictas medietates inueniendi, sed in hoc quoque modo his numeris utemur, qui in huius disciplinae instrumento reperiuntur. Ponantur duo termini et inter eos unus terminus per regulam quam dabimus collocetur, eo uidelicet modo, ut duobus terminis altrinsecus positis immutabiliter permanentibus medius, qui per regulam dandam ponendus est, ita mutetur, ut nunc arithmeticam, nunc geometricam, nunc armonicam medietatem componat. Sint ergo duo termini tales V XLV. Hos itaque terminos coniun- [2] ge et habebis L, quem diuides eiusque medietatem .i. XXV inter utrasque extremitates locabis, et arithmeticam medietatem habebis. Vel si illum numerum, quo maior minorem superat, diuides eiusque medietatem minori termino adicias et qui inde concrescit medium ponas, arithmetica medietas formatur. Nam XLV quinarium quadragenarie superat. Quem si diuidas, XX fiunt. Hunc si quinario supposueris, XXV nascentur, quem medium constituens arithmeticam medietatem efficies hoc modo: V XXV XLV. Si autem geometricam medietatem facere uis, praescriptos terminos propria numerositate multiplica sic: Quinquies quadraginta V uel quadragies quinquies V sunt CCXXV. Horum tetragonale latus assume .i. XV. Quindecies enim quindecim faciunt CCXXV. Hos igitur XV medios inter V et XLV si posueris, geometricam medietatem formabis hoc modo: V XV XLV, uel si terciam partem maioris termini accipias et illam mediam ponas, idem erit. Ter enim XV XLV sunt. Armonicam uero medietatem tali modo reperies. Prefatos terminos sibi met ipsis copula .i. V et XLV, et fient L. Deinde differentiam eorum .i. XL per minorem .i. V multiplica, et erunt CC; hos per numerum, quem ex duobus iunctis confeceras, diuide .i. per L, et inuenies latitudinem eorum IIII[or] esse. Quinquagies enim IIII[or] faciunt CC. Hanc ergo latitudinem .i. IIII[or] appone minori termino .i. V: erunt VIIII; hos cum inter V et XLV posueris, armonicam medietatem explebis.

De differentiis et proprietatibus earum. § V.

Vigilanter quoque notandae et memoriae commendandae sunt ipsarum trium medietatum proprietates et differentiae, quarum consideratione possis singulas indubitanter discernere. Est autem proprium arithmeticae medie-

23. si etiā terciam, etiā *unterstrichen als ungültig*, R. 25. ipsis *aus* ipsos *corrigirt* R. 26. multip[l]ca R. *hier und öfters.*

tatis equalem differentiam inter dispositos habere terminos et, quod extremitates copulatae efficiunt, duplum esse medii, maioremque proportionem esse minorum terminorum quam maiorum, minoremque numerum esse, qui fit ex multiplicatis extremitatibus, eo, qui fit ex multiplicata medietate, tantum quantum eorum differentiae multiplicatae resti- [f. 91ᵘ] tuunt. Itaque ubicunque inter dispositos terminos tales .IIII proprietates inueneris, arithmeticam medietatem procul dubio pronuntiabis. Quod ut magis luceat, exemplificandum est in ea quam supra posuimus dispositione V XXV XLV. Nempe in hac dispositione equales sunt differentiae; eadem enim est inter V et XXV, que inter XXV et XLV .i. XX. Quinque autem et XLV simul iuncti faciunt L, cuius medietas est XXV, maior que proportio est inter V et XXV, quam inter XXV et XLV. Nam XXV ad V quincuplus est, XLV ad XXV superquadripartiens quintas est, quae minor est quincuplo. Si uero extremos alterum per alterum multiplices et dicas: quinquies XLV uel quadragies quinquies V fiunt CCXXV, que summa maior est ea que ex medio .i. XXV in se multiplicato conficitur, quia uigies quinquies XXV sexcentos XXV faciunt, que summa priorem superat CCCC, qui fiunt ex differentiis in se ductis; differentiae autem terminorum sunt XX. Vigies ergo XX sunt CCCC. Porro geometricae medietatis proprium est differentias eiusdem proportionis esse, cuius sunt termini, et quemadmodum est maior terminus ad medium, sic medium esse ad extremum, et quod ab extremitatibus inuicem se multiplicantibus conficitur equum esse ei, quod a medio in se ducto completur, ut in V XV XLV. Inter quinque enim et XV denarius est differentia, et inter XV et XLV XXX, qui triplus est denarii, sicut XLV triplus est XV et XV triplus quinarii. Et quinquies XLV uel e conuerso faciunt idem quod XVes XV .i. CCXXV. Armonicae uero medietatis talis est proprietas, ut eadem proportione differentiae ad se inuicem comparentur, qua maximus terminus ad paruissimum comparatur, et quibus partibus maioris a maiore medius uincitur, eisdem partibus minoris minorem superet, maiorque proportio sit in maioribus quam in minoribus; et si extremitates iungantur et per medium multiplicentur, duplum sint ad eam summam, que ex inuicem multiplicatis extremitatibus colligitur; ut V VIIII XLV: differentia inter XLV et VIIII XXXVI sunt, qui numerus ad differentiam, que est inter VIIII et V, nonuplus est, sicut maximus terminus [2] .i. XLV ad minimum .i. V nonuplus est et IIII^{or} partibus maioris .i. XXXVI, que sunt IIII^{or} nouenarii, quater enim VIIII XXXVI sunt, medius a maiore uincitur, qui eisdem partibus minoris .i. IIII^{or} minorem

15. in ea, *aber* in *unterstrichen*, R. 32. extremitatis

superat. maiorque proportio est inter XLV et VIIII, que est quincupla, quam inter VIIII et V, que est superquadriparciensquintas. et si XLV et V copulentur, qui faciunt $\overset{a}{\text{L}}$, et per medium .i. nouenarium multiplicentur, sic nouies $\overset{a}{\text{L}}$ faciunt $\overset{a}{\text{CCCC}}$ $\overset{a}{\text{L}}$, duplum uidelicet illius quod extremitates inuicem se multiplicantes comportant .i. CCXXV.

Geometricalis speculatio uictoriae per has medietates dispositae. § VI.

Si cui uero placet recipere, non arbitror rationi obsistere, si per has medietates nouam uictoriae speciem disponimus, in qua dispositione omnis harum medietatum proprietates insimul possis oculo mentis inspicere, insuper aliquas geometricales figuras et nonnullas musicas consonantias. Quo enim utilior, tanto delectabilior erit in aliqua dispositione uictoriae occupatio. Si ergo ex parte parium talis uictoria componenda est, V de parte imparium per praedam acquirendi sunt, ceteri $\overset{or}{\text{IIII}}$ .i. VIIII XV XXV $\overset{a}{\text{XLV}}$ in dispositione parium inueniuntur, si tamen a contraria parte ablati non fuerint. quorum V ut dixi et etiam XXV de parte imparium per praedam adquiruntur. Porro si a parte imparium uictoria statuenda est, XV et XLV per praedam adquirendi sunt; nam caeteri imparium reperiuntur, si tamen et ipsi a contraria parte ablati non fuerint. Cum igitur omnes hos terminos quacumque parte sedens habueris, uictoriam facturus pone primo V, deinde in sequenti campo XV, post hunc $\overset{a}{\text{XLV}}$ siue in ante siue retro siue dextrorsum siue sinistrorsum,

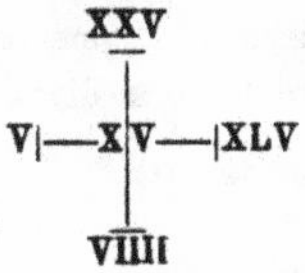

altrinsecus uero XXV et VIIII, ut instar uictoriosae crucis hec figura exeat. Iam nunc adibito mentis oculo si curiose intendas, uidebis trigonum ortogonium quadrifidum exurgere, cuius basi et catheto equali proportione extante hypotenusa consequenter superbipar- [f. 92r] tiens quintas ad basim uel cathetum erit. Duorum igitur superiorum trigonorum hypotenusa arithmeticam medietatem comprehendit, basis uero quadrifidi trigoni geometricam medietatem subportat, inferiorum uero trigonorum hypotenusa armonicam medietatem demonstrat, numeros uero, qui sui mutacione tres istas medietates efficiunt, cathetus ipsius quadrifidi trigoni equaliter assurgens representat hoc modo: [A]

Alia speculatio. §. VII.

Alia quoque in huiusmodi dispositione speculatio suboritur. Dispositis enim terminis eodem modo quo supra, XV pro centro uel puncto estimabis.

---

20. retr. von gleichzeit. $\overset{dex}{\text{hd}}$ corr. R. 22. adibito d. i. adhibito. 23. ortogenium, ge in go corrigirt? R. 34. certro R.

A

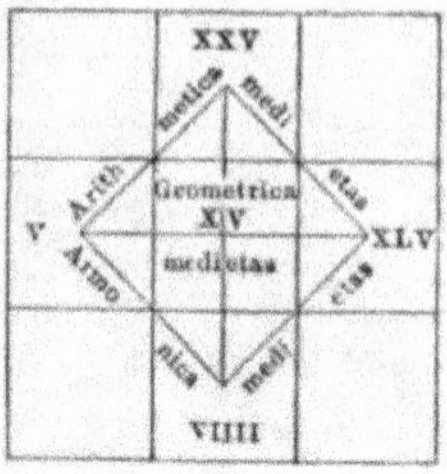

In quo quasi circino posito numeros circumpositos circumferentia excipiat, quam si in duas equas partes a sinistra ad dextram per diametrum diuidas, superius hemisperium arithmeticam tibi medietatem consignat, diametrum geometricam, inferius hemisperium armonicam hoc modo: [B]

B

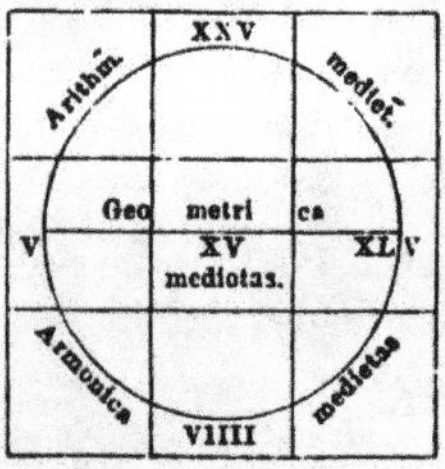

Item alia. § VIII.

At si aliud diametrum a XXV per XV ad VIIII^{or} recta linea feceris, totum circulum in IIII quadrantes diuides, in quibus singulis triangulum ortogonium estimare potes, ita ut duo triangula medietatem diametri sursum et duo deorsum pro catheto habeant et alterius medietatem diametri duo dextrorsum et duo sinistrorsum pro basi accipiant, ypotenusa uero rectam lineam a fine basis, ubi circumferentiam tangit, usque ad summitatem catheti, ubi etiam circumferentiam tangit, per singulos quadrantes deductam ipsius quadrantis VI^{a} parte minorem. Superior ergo pars circumferentiae duos triangulos complectens arithmeticam pandit medietatem, cui altera pars inferior et ipsa duos continens triangulos [2] ab opposito armonica medietate respondet, mediana uero linea ipsorum IIII^{or} triangulorum basim denotans geometricam medietatem insinuat; numeros uero, in quibus ipsarum medietatum constat effectus, altera linea mediana, que pro cathetis IIII^{or} trigonorum estimatur, assignat hoc modo: [C]

C

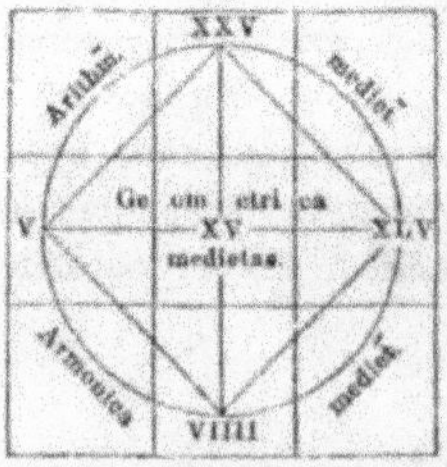

Item alia. § VIIII.

Quod si praefati termini ita fuerint dispositi, ut quasi duae lineae secundum rationem diametri deductae in quamlibet partem ad se inclinatae fuerint, duos sibimet exaduerso oxigonios .i. acutos angulos et duos ampligonios .i. hebetes angulos formabunt; unusque oxigonius et ampligonius arithmeticam capient medietatem, alter uero oxigonius et ampligonius ab opposito armonicam comprehendent medietatem, medio autem inter utrosque loco geometrica apparebit medietas sic: [D]

3. ad *aus* in *oder* an *al. m.* R. 30. anglilos R. 31. ampligonios *d. h.* amblygonios.

D

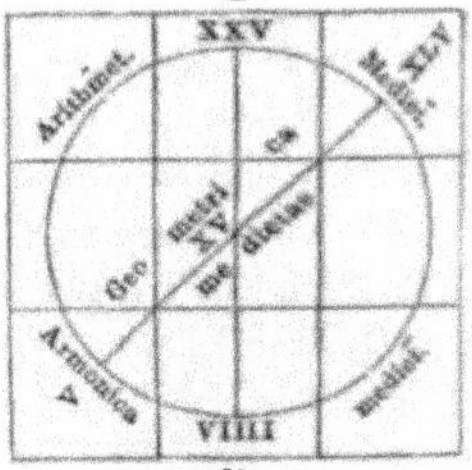

E

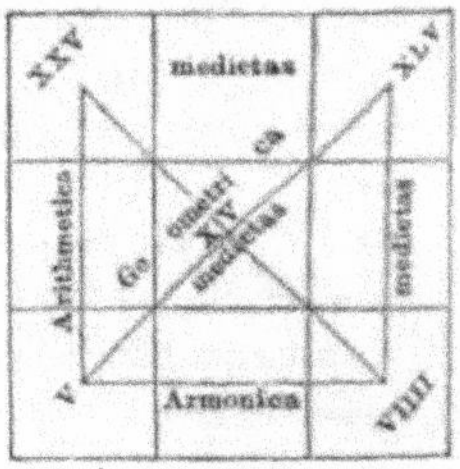

Si autem ipsos terminos trium medietatum angulariter constituas, uidebis quod quasi duae diagonales lineae medio se intersecant, ita ut duos triangulos altrinsecus ad unam basim constituant, quorum cathetos equales esse necesse erit hoc modo: [E]

Hec non ante inspecta in rithmimachiae uictoria ponere praesumpsi, non pertinaciter ea astruendo, sed beniuole beniuolis offerendo. Que si placent recipiant, sin autem, mihi soli relinquant. Nam quod ipsa natura offert, ratio non repellit, cum et hoc accedat, quo maxime animus capitur, scilicet quia instruit et oblectat, cui parum aut nichil confert huius disciplinae practica, [f. 92[u]] si nulla in ea exerceatur theorica.

Qualiter uictoria fieri debeat. § Capit. X.

Igitur facturus uictoriam in campis aduersarii eam statuere debes, primumque numerum quem ponis ex nomine aduersario indicabis, hoc summopere praecauens, ut ipsum primum quem ponis et adhuc ponendos nullus aduersariorum interrumpere possit. Nam si semel interrupti fuerint, uictoria cassa erit et iterum cautius eam te reparare oportebit. In statuenda uero uictoria hanc obseruabis regulam, ut si tres ponere uis terminos, tum duos, si IIII[or], tum tres de tuis statuas, tercio uel quarto de parte aduersarii per praedam acquisito.

Qui numeri sint armonici. § XI.

In ea parte ubi perfecta piramis est, scilicet XCI, XV et XX armonici sunt, XXX[a] per praedam acquirendus est. Statutis ergo XV XX XXX. si recte consideres, uidebis secundum regulam superius dictam hanc esse armonicam medietatem. Eadem enim proportione differentiae ad se inuicem comparantur, qua maximus terminus ad paruissimum comparatur. Si quidem inter XXX[a] et XX differentia est X, inter XX autem et XV V. Eadem ergo proportio est inter X et V, quae inter XXX[a] et XV .i. dupla. Consonantias uero musicas in his terminis perspicies, si eorum proportiones consideres. Nam XXX[a] ad XX hemiolia .i. sesqualtera proportione iungitur.

19. ponendos R.

quae est in musica diapente consonantia. Habet enim minorem totum et eius alteram partem. Ad XV uero dupla, que est diapason. Porro XX ad XV sesquitercia proportio est, quae est diatesseron. Habet enim minorem totum et eius terciam partem. Item IIII et VI armonici sunt, XII per praedam adquirendus est. XII ad VI dupla proportio est diapason, ad IIII tripla .i. diapason diapente, VI ad IIII sesqualtera .i. diapente. Item II et VI armonici sunt, III per praedam acquirendus est, VI ad III duplus .i. diapason, ad II triplus .i. diapason diapente, III ad II sesqualtera .i. diapente. Item XXV et XLV armonici sunt, CCXXV per praedam acquirendus est. In his tamen terminis consonantiae non inueniuntur, nisi tantum proprie- [2] tas armonice medietatis. In ea uero parte, ubi tercurta piramis est CXC, armonici sunt III et V, XV per praedam adquirendus est. Item V et VIIII armonici sunt, XLV per praedam adquirendus est. Item XXVIII et VII armonici sunt, IIII per praedam adquirendus est. In quorum omnium dispositione eadem ratio armonice proprietatis, quae superius praelibata est, diligenter consideranti aperitur, preter quod musice consonantie non adeo ibi inueniuntur, quia maxime in superpartienti proportione constituti sunt, quae sicut dicit Boetius ab armoniae continentia separatur; a Ptolomeo tamen recipitur, cuius de hac sentenciam qui nosse desiderat Boetii de musica tractatum perlegat. Predictos quoque utriusque partis terminos sic uariare potes, ut per arithmeticam seu geometricam proprietatem dispositi musicis quoque proportionibus uictoriam perficiant. Exempli gratia: Statue VII, VIII, VIIII siue VI, VIIII, XII uel VIIII, XII, XV et habebis arithmeticam medietatem et non nullas musicas consonantias. Ad geometricam uero medietatem disponendam pone IIII, VIII, XVI siue V, XV, XLV uel IIII, XVI, LXIIII, et in his musicam quoque non deesse perspicies. Hac tantummodo ratione utramque medietatem discernes, ut in arithmetica equales sint differentiae, in geometrica uero equali inter se termini proportione iungantur.

De geometrica armonia. § XII.

Est alia quedam pulcherrima uictoriae dispositio, quae in his tribus constituitur terminis, uidelicet VI, VIII, XII, quam Boetius geometricam armoniam appellat et nos cubicam uictoriam dicere possumus. Tribus namque interuallis continetur .i. longitudine, latitudine, altitudine. Omnis enim cubus XII latera habet, VIII angulos, VI superficies. Omnis autem armonica proprietas omnesque musicae consonantiae, si differentiae cum terminis considerentur, in hac dispositione inueniuntur. XII namque ad VI

18. Boet. inst mus I 5, p. 193, 1 Fr. 6, p. 194, 15. 31. Boet. inst. arithm. II 49, p. 158 Fr.

8. diaps R *hier und öfter*. 8. diapt R.

dupli sunt et diapason ostendunt, XII ad VIII sesqualtera proportione diapente reddunt, VIII ad VI diatessaron in sesquitercia proportione. Namque dif- [f. 93r] ferentia inter XII et VIII quaternarius est, inter VIII et VI binarius. Duodenarius igitur ad IIII et VI ad binarium triplam proportionem habentes diapason diapente symphoniam pandunt, VIII uero ad binarium quadruplus bis diapason resonat, ut haec descriptio docet:

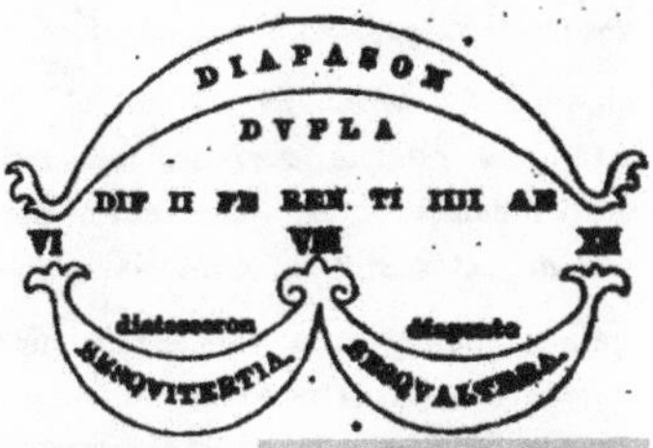

De maxima et perfecta armonia.

§ XIII.

Restat nunc dicere de maxima et [or] perfecta armonia, quae IIII terminis disposita nobilissimam et principalem uictoriae format stacionem tres praescriptas in se continens medietates et omnium musicarum symphoniarum proportiones. Cuius dispositio talis est: VI VIII VIIII XII. Hii ergo numeri solidi sunt, quia tribus interuallis distenti creuerunt .i. longitudine, latitudine, altitudine, sed non equaliter productis, quia alius ipsorum terminorum ab equali per equale equaliter, alius ab inequali per inequale inequaliter, alius ab inequali per equale equaliter, alius ab equale per equale inequaliter producitur. Siquidem semel bis tres VI creant ab inequali per inequale inequaliter procedentes. Minus est enim semel quam bis et bis minus quam tres. Bis duo bis VIII generant ab equali per equale equaliter gradientes. Equaliter namque sunt bis et duo et bis. Semel ter tres VIIII faciunt ab inequali per equale equaliter exeuntes. Minus est enim semel, equalia ter et tres. Bis duo ter XII pariunt ab equale per equale inequaliter prodeuntes. Equalia quippe sunt bis et duo, sed ter maius. Et ille quidem solidae quantitatis numerus, qui ab equali per equale equaliter procedit, cubus appellatur. Qui uero ab inequali per inequale inequaliter, scalenon grece, latine gradatus dicitur, eo quod de minore ad maius quasi per gradus exurgat idemque [2] speniscus .i. cuneolus appellatur, quod nulla ibi equalitas seruetur latitudinis uel altitudinis, sicut in cuneo, qui ad modum constringendae rei uel minuitur uel augetur. Inter hos medius est ille, qui neque cunctis partibus equalis est nec omnibus inequalis, sicut qui uel ab inequali per equale equaliter, uel ab equali per equale inequaliter procedit. Qui grece parallelipipedus uocatur, sed latina glossa non uniformiter exprimi potest, nisi quod tantum exponitur is esse, qui alternatim positis latitudinibus continetur. Igitur in horum dispositione

2. diatss R. 19. ab equale *per*] e *und* p *aus Correctur pr. m.* 26. quan^{ti}tatis R. 29. *d. h.* spheniscos.

terminorum arithmetica proportionalitas inuenitur, si XII ad VIIII uel VIIII ad VI comparemus. XII autem ad VIIII sesquitercia proportione, VIIII ad VI sesqualtera. In utrisque autem ternarius differentia est et iunctae extremitates medietate duplae sunt. Si enim iunxeris VI et XII, XVIII facies, cuius medietas est nouenarius. Geometrica uero proportio est, si XII ad VIII uel VIIII ad VI comparemus. Utraque enim comparatio sesqualtera proportio est et, quod continetur sub extremitatibus, equum est ei quod fit ex mediis. Nam XIIes VI idem est quod VIIIIes VIII° .i. LXXII. Armonica quoque medietas hĩc inuenitur, si XII ad VIII et rursus VIII ad VI comparemus. Qua enim parte senarii octonarius senarium superat, eadem octonarius a duodenario superatur .i. tercia parte. Quatuor enim quibus octonarius a duodenario superatur, duodenarii pars tercia est, et II°, quibus octonarius senarium superat, senarii pars tercia est. Et si extremitates iungas VI scilicet et XII easque per octonarium medium multiplices, CXLIIII fiunt. Quod si se extremitates multiplicent, VI scilicet et XII, LXXII faciunt, cuius duplus est CXLIIII. Omnes ergo proprietates trium medietatum superius descriptas in hac dispositione, si rite perpendas, inuenire licebit. Inueniemus hic quoque omnes musicas consonantias. Denique VIII ad VI et XII ad VIIII comparati sesquiterciam proportionem reddunt et diatessaron consonantiam; habet enim maior numerus minorem totum et eius terciam partem. Item VI ad VIIII uel VIII ad XII comparati sesqualteram proportionem faciunt et [f. 93[u]] diapente simphoniam; habet enim maior numerus minorem totum et eius alteram partem. XII uero ad VI comparati duplam proportionem efficiunt et diapason symphoniam, VIIII uero ad VIII considerati epogdoum faciunt, qui est tonus in musica. Habet enim maior numerus minorem totum et eius octauam partem. Huius descriptionis figuram subiecimus hoc modo:

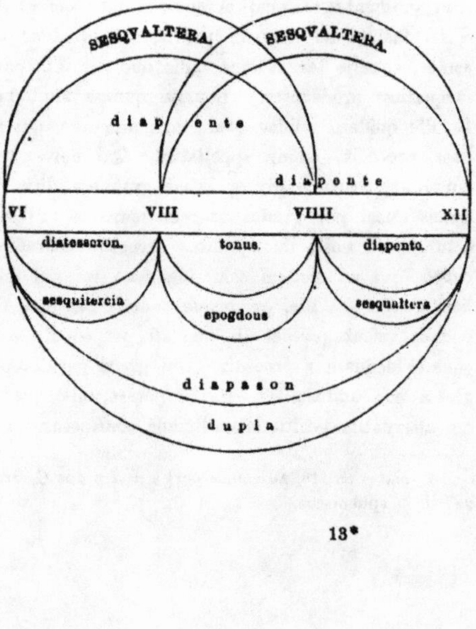

20. diat̃ss R.

Quia uero in facienda uictoria aliqui disponuntur termini ex genere superpartienti, in quibus musicae proportiones non possunt inueniri, sicut supra praelibauimus, non inutile arbitror ostendere, quomodo et in ipsis ubicumque terminis musica quoque speculatio deesse non possit. Dicit domnus Wido in micrologo suo talem distributionem neumarum in componendo cantu obseruandam, ut cum neumae tum eiusdem soni repercussione, tum duorum aut plurium connexione fiant, semper tamen aut in numero uocum aut in ratione tonorum ipsae neumae alterutrum conferantur atque respondeant, nunc aequae aequis, nunc duplae uel triplae simplicibus, atque alias collatione sesqualtera uel sesquitercia. Cum per has quidem proportiones diuisio disponatur monocordi, hic tamen intendit ostendere, quod sicut in monocordo istis mensuris praedictae consonantiae colliguntur, ita in armonia neumae, quae non nisi ipsis consonantiis fiunt, etiam ipsis praecipue proportionibus consonent [2] et conferantur. Sicut ergo ille proportiones per diuersos numeros diuerse sibi conferuntur, sic in cantibus secundum diuersos numeros sonorum non consonantiarum diuersitatem uidere possumus proportionum. Vnde et numeros sonorum, seu consonantia sit seu non sit, ita considerare possumus, ut cum habeant duplam, sesqualteram uel sesquiterciam proportionem, etiam inuenire possimus triplam, quadruplam et quincuplam ac deinceps, superbipartientem quoque et supertripartientem seu superquadripartientem ac deinceps, sicque fiat, ut ex genere superpartienti constituta uictoria musica quoque ibi non desit per proportiones tantum sonorum, non consonantiarum. Quod ut exemplo manifestius fiat, quasdam symphonias secundum has sonorum proportiones compositas subiecimus.

[f° 94r.] In hac autem proportione sonorum quod decentius est, magis obseruare debes, uidelicet inter duas dictiones uel tres uel IIII, ut uerbi gratia una dictio talem numerum sonorum habeat, ad quem alterius dictionis numerus conferatur uel sesqualtera uel sesquitercia uel sesquiquarta siue dupla siue tripla siue quadrupla aut superbipartienti aut supertripartienti seu alia qualibet proportione. Vel etiam ad unius dictionis numerum duarum uel trium dictionum numerus conferatur supradictis proportionibus, sicut in hac antiphona uidere potes, quam exempli gratia apposuimus.

5. Guidonis Aretini Microl. c. XV. M. Gerbert Scriptores de musica II, p. 15.

---

8. tenorum R. 26. *Diese symphoniae füllen die 2. Columne und 2 Langzeilen von f° 94r.* 34. *Diese antiphona füllt 2 Langzeilen auf f° 94r.*

Vides ergo quomodo hec antiphona proportionaliter incedit. In osculetur enim VI sunt uoces siue soni, in me VIII°. Octo autem totum senarium in se habet et eius terciam partem .i. II°. Serquitercia ergo proportio est. In osculo IIII^{or} soni, in oris sui VI. Sex autem totum quaternarium in se habet et eius alteram partem .i. II°. Est igitur sesqualtera proportio. In quia sunt duo soni, in meliora IIII^{or}, et hec est dupla proportio. Sunt habet IIIes sonos, ubera tua uino VIIII, et est tripla proportio. Fraglantia V^{e} sonos habet, unguentis optimis XX, eque quadrupla proportio. Oleum VI habet uoces, effusum X et est superbipartiens, quia habet in se totum senarium et eius duas partes .i. IIII^{or}. Nomen V uoces, tuum VII habet. Septenarius habet in se totum quinarium et eius duas quintas, que proportio uocatur superbipartiens quintas. Ideo habet IIII^{or} sonos, adolescentule XI. Vndecim habet IIII^{or} in se plus quam semel et insuper eius IIIes quartas, que proportio dicitur triplex supertripartiens. Dilexerunt VIII° uoces, te nimis V; supertripartiens quintas est.

[Sequitur tabula]

FINIT . OPVS . FORTOLFI . AMEN.

---

13. XI] XX R, *aber die zweite X ist ausradirt. Fol.* 95[u] *werden die symphoniae und die antiphona auf acht Langzeilen nochmals wiederholt, in berichtigter Abschrift. Diese theilen wir allein mit, ohne die kleinen Abweichungen, die sich oben finden.*

Bemerkungen zur Rythmimachie.

Omnia in mensura et numero et pondere constituisti! Sapient. XI, 21. Das wird man als Devise der Zeit die man Mittelalter nennt im ganzen, insbesondere des 11. bis 14. Jahrhunderts, betrachten dürfen. Die Geometrie mit den verwandten, untrennbar mit ihr verbundenen Wissenschaften, zunächst Arithmetik und Musik, ist das Centrum, von dem alle weitere Geistesthätigkeit ausstrahlt, und was das Mittelalter Grosses geschaffen, was es wirklich geschaffen, das ruht auf diesem Grunde. Die Geometrie galt diesem Zeitalter als Wissenschaft κατ' ἐξοχήν[1]), als Wissenschaft und Kunst des rechten Denkens, Glaubens, Lebens. Und will man den Ausdruck „Wissenschaft" bemängeln, da von wissenschaftlicher Auffassung allzumal das Mittelalter keine Ahnung gehabt, so wird man der Beschäftigung mit der überlieferten Geometrie doch nachrühmen dürfen, dass sie den wissenschaftlichen Sinn vor dem Ersterben gehütet, ihn im Halbschlummer bewahrt hat, für die Zeit, wo der Retter für dies Dornröschen erscheinen, wo das Licht eines neuen Tages es zum neuen frischen Leben wecken sollte. Wer sollte, sei er gleich Laie in den in Frage kommenden Wissenschaften, nicht den Reiz empfinden, dies Traumleben zu beobachten? Walther von Châtillon, der berühmte Dichter des Epos von Alexander dem Grossen, dem wir aber auch eine Reihe wirksamer lyrischer Ergüsse verdanken, in denen er gegen die Verderbniss besonders des Clerus seiner Zeit auftritt, gibt uns in dem verbreitetsten der letzteren, seiner Apocalypse[2]), folgende Schilderung:

Estiue medio dici tempore
umbrosa recubans sub Iouis arbore
astantis uideo formam *Pictagore*,
deus scit, nescio, utrum in corpore.

---

1) Isidorus Origg. III 1, § 1—2 nennt freilich die Arithmetik als erste: [Arithmeticam] scriptores secularium litterarum inter disciplinas mathematicas ideo primam esse uoluerunt, quoniam ipsa ut sit, nulla alia indiget disciplina. *Musica* antem et *Geometria* et *Astronomia*, quae sequuntur, ut sint atque subsistant, istius egent auxilio.

2) Die zehn Gedichte des Walther von Lille genannt von Châtillon, hrsg. von W. Müldener, Hannover 1859, n. IV, v. 5—22. Ich gebe die Verse nach meiner eigenen Collation der massgebenden Pariser Hds.

Ipsam Pictagore formam inspicio
inscriptam artium scemate uario.
an extra corpus sit hec reuelatio,
utrum in corpore, deus scit, nescio.

In fronte nituit ars *astrologica*;
dentium seriem regit *grammatica*;
in lingua pulcrius uernat *rethorica*;
concussis estuat in labris *logica*.

Est *arismetica* digitis socia;
in caua *musica* ludit arteria;
pallens in oculis stat *geometria*,
quelibet artium uernat ui propria.

Est ante ratio totius *ethice*;
in tergo scripte sunt artes *mechanice*.
qui totum explicans corpus pro codice
uolam exposuit et dixit: „Respice!"

Manus aperuit secreta dextere,
cumque prospexeram coepique legere,
inscriptum reperi fusco caractere:
DVX EGO PREVIVS ET TV ME SEQVERE.

Pythagoras also gilt ihm als Vertreter aller Wissenschaften; er ists, der ihn weiter zu neuen Gesichten führt; zunächst in ein anderes Land zu auserwählten Schaaren, unter denen einzelnen der Name an die Stirn geschrieben ist: das sind die Heroen der Wissenschaften und Künste; hier erscheint er selbst wieder neben Boetius und Euclides, dem einen als Vertreter der Arithmetik, dem anderen als dem der Geometrie, er selbst als der der Musik.

Wenn Pythagoras der mythische Heros der Wissenschaft, so tritt im Mittelalter als Lehrer neben ihn Boetius, der erste Lehrer des Mittelalters in Mathematik wie in Philosophie, einer Philosophie, die nicht Schemen nachjagt, sondern auf dem Boden der Wirklichkeit, des irdischen Leids erwachsen, das Herz erwärmt, der Rauheit der Zeiten gegenüber die milderen Gefühle des Herzens und damit die Gesittung rege zu halten sich eignete. Aber nicht zu allen Zeiten und mit allen seinen Schriften hat Boetius gleichmässig solchen Ansehens genossen, auch er hat eines Sospitators bedurft. Die Zahl der wohlerhaltenen Handschriften, die vor [illegible] Jahrhundert hinaufgehen, darf darüber nicht täuschen. Gerade die gelesensten Autoren sind es, von denen uns alte Hdss. fehlen. Wenn ich gleich für die Behauptung Hankel's[1]), dass vor Gerbert die Arithmetik des Boetius fast gar nicht citirt wird, nicht volle Verantwortung übernehmen darf — er hat nur ein Beispiel bei Rabanus gefunden — so meine ich durch die Citationen, die ich in des Abtes Lupus von Ferrières[2]) Briefen finde, dieselbe doch eher bestätigt als entkräftet und nur näher auf die Zwischenzeit zwischen Karl dem Grossen und Otto III. bestimmt zu sehen. Denn am Ende des 10. Jahrhunderts werden auf einmal die Spuren zahlreicher. Wenn die Nonne Hrotsuit von Gandersheim in ihren Comödien Pafnutius und Sapientia die handelnden Personen nicht blos boetianische Musik sondern selbst Mathematik vortragen lässt[3]), so beweist das schon Eindringen dieser Werke in den Klosterunterricht[4]); und dass dem wirklich so war, zeigt uns der Bericht, den Walter von Speyer, durch die Gnade Bischofs Balderich von Speyer (970—987) erzogen, über seine Studien erstattet in seiner im Anfang von Otto's III. Regierung verfassten Vita et Passio S. Christophori Martyris[5]). Ueber seine arithmetischen Studien spricht er dort I, 148 ff. folgende Worte, die allerdings zu ihrer vollen Lösung eines Oedipus zu bedürfen scheinen:

Rhythmica summarum praecessit quinque puellas: —
quae circumscriptis intende uocabula, lector,
haec quia dactylico non cernis idonea metro; —
primula multiplici caput irradiata metallo

1) Hankel Gesch. d. Mathematik p. 310 führt Rabanus bei Baluzius Misc. I, p. 7 an.

2) Lupi Ferrariensis epistolae ed. Baluzius. In ep. V p. 21 citirt er Boet. I 4 ex., I 31, II 2, und II 25.

3) In der Ausgabe von Barack p. 243 f., 279, vgl. R. Köpke Ottonische Studien p. 70 f.

4) Die Notizen über den Unterricht in den Stifts- und Klosterschulen, aus welchen die Gelehrten hervorgingen, sind doch nicht so selten, wie der Geschichtschreiber der Mathematik in Deutschland, C. J. Gerhard, (München 1877) p. 2 meint; und der Mathematik wird, wie das folgende Beispiel zeigt, in ihnen doch nicht so nebenbei gedacht. Aber freilich wer erst mit der Gründung der Universitäten das Studium der mathematischen Wissenschaften — ohne die unsere Dome doch wahrlich nicht gebaut worden wären — in Deutschland beginnen lässt (p. 4), wer auf so erhabenem Katheder steht, dass sich ein Gerbert ihm als Pygmäe darstellt, hat ein Recht über derartige Spuren die Nase zu rümpfen und ausführliche Lehrpläne modernster Art zu verlangen.

5) Zuerst publicirt von B. Pez Anecd. T. II P. 3 p. 37 sqq. Neu nach der Hds. hrsg. von Dr. W. Harster in der Beigabe zum Jahresbericht 1877/78 der k. Studienanstalt Speier. München 1878. 8°.

tardantem retro citius iubet ire sororem,
quae simul ad sociam conuersa fronte sequentem
inquit: Habeto meae tecum dextralia palmae;
hoc etenim speculi nostrae commendo sodali,
quam genui patria quondam statione locata.
Staret inornatis famularum quinta capillis,
ni sibi lacteolam praeberet tertia uittam.
ibant quamque sua comitum stipante corona,
et postquam planas limabant rite figuras
interuallorum mensuris et spatiorum
ordine compositis, cybicas effingere formas
nituntur mediumque uident incurrere triplum:
collatum primi distantia colligat una;
alterius numeros proportio continet aequa;
respuit haec ambo mediatrix clausa sub imo.
ordinibus mathesis gaudebat rite paratis
haec missura tibi solatia, clare *Boaeti.*

Ob diese Erscheinung bereits auf Gerbert's Einfluss zurückzuführen ist, ob in ihm der Drang seiner Zeit sich nur verkörpert darstellt — sicherlich verdient Gerbert jenen Namen als Sospitator des Boetius; und die Folgezeit erkennt das an und überträgt auf ihn so manches, was durch andere nach ihm gedacht und geschrieben worden.

Als Erfinder des Spieles, von dem unser Tractat handelt, wird bald Pythagoras, bald Boetius, bald Gerbert[1]) bezeichnet. Wir werden das ideale Recht darauf dem einen wie dem andern zugestehen müssen; bei Prüfung des wirklichen Anrechts könnte höchstens der letztere in Betracht kommen. Es mag ja einzelnes geben, was mit Recht, ohne dass ein directer Nachweis möglich, trotz aller Wandlungen, die das Mittelalter vorgenommen, auf Pythagoras zurückgeführt wird, wie das Pentagramm in seiner Wandlung zum christlichen Heilszeichen, wie die Sphaera Pythagorae, die zunächst, wie sie in der Redaction des Apuleius erhalten ist, nur über Leben und Sterben Kranker, dann in schlimmeren Zeitläuften auch über Sieg und

---

1) Pythagoräisches Spiel wird die Rh. von Neueren viel genannt, Boetius gilt dem Hermann Contractus als Erfinder, Gerbert wird von Boissier als solcher bezeichnet s. unten; Fabricius III 45 stellt Selenus' Ausgabe unter Gerbert's Werke. Chasles in seinem weiterhin erwähnten Briefe an Bethmann hat dagegen schon sein Bedenken ausgesprochen. Auf Pythagoras konnte schon Isidorus führen Origg. III 1, § 3: Numeri disciplinam apud Graecos primum *Pythagoram* autumant conscripsisse. Dazu kam die Wichtigkeit des unter dem Namen *tabula Pythagorica* allen bekannten Abacus.

Niederlage und in anderen Nöthen befragt wurde. Aber dann erscheinen doch die Spuren früher und nicht plötzlich in späteren Jahrhunderten. Von Boetius Schriftstellerei ferner haben wir doch zu genauen Bericht, als dass eine Sache, die erst in Handschriften vom 11. Jahrh. an uns bekannt wird, für boetianisch zu halten uns zugemuthet werden dürfte; und wenn wir dem Gerbert wirklich die Erfindung zutrauen dürften, so muss gerade jedes mit seinem Namen in Verbindung gebrachte Factum solcher Art peinlichster Prüfung ausgesetzt werden, ehe es glaubhaft für uns werden darf. Die handschriftliche Ueberlieferung indess giebt uns zu solcher gar nicht einmal die Veranlassung, und wir können über diesen Gedanken, der im 16. Jahrh. erst wie es scheint auftaucht, ruhig hinweggehen. Wie der Dichter der Vetula zum Erfinder des Schachspiels den Ulixes macht bei der Belagerung von Troia, wie Palamedes als inventor des ludus tabulae gefeiert wird in der lateinischen Anthologie[1]), so etwa sind die Genannten der Ehre theilhaftig geworden, Erfinder der Rhythmimachie zu heissen. Nur mit dem Unterschiede: sie mussten in der That dieser Erfindung vorausgehen, auf ihnen beruht diese Erfindung, selbst von Gerbert wird man das in obgedachtem Sinne behaupten dürfen; vor seiner Zeit konnte keiner daran denken[2]).

Und noch eins musste voraufgehen, das Schachspiel, welches nicht erst im 11. Jahrh. fleissig geübt wurde, aus dem uns Froumund's Zeugniss im Ruodlieb[3]) vorliegt[4]), sondern schon früher, wie ein Gedicht des 10. Jahrh. in Hagen's Sammlung beweist. Bald nach Gerbert, im ersten Viertel des 11. Jahrh., mag die Rh. entstanden sein; darauf führen die unten zu verzeichnenden Bearbeitungen, die von keinem Vorgänger ausser Hermann Contractus etwas wissen, soweit sie von Fabeleien absehen. Damit stimmt die Etymologie: es verräth der Name eine Unkenntniss des Griechischen und seiner Wortbildung, wie sie dieser Zeit eignet. Ums Jahr 1041 schrieb Anselm von Besate, Capellan am Hofe Heinrich III., eine *Rhetorimachia*[5]); der Gegenstand derselben ist so grundverschieden von unserer R. (der Verfasser, sich gegen einen fingirten Gegner mit allen Mitteln seiner Kunst vertheidigend, will ein Musterstück für den Unterricht der Rhetorik liefern), dass wir

1) Anthol. latina ed. A. Riese n. 82, 192—194.

2) Vor diese Zeit geht auch keine Notiz zurück. Isidorus hätte uns gewiss in dem 18. Buche des Origines eine Mittheilung gemacht. Ueber einen Missbrauch seines Namens s. unten.

3) Thörichter Weise dreht Boissier die Sache um und lässt das Schachspiel Gewinn ziehen aus der Rhythmimachie.

4) Carmina inedita ed. H. Hagen, Bernae 1877 p. 137 ff. aus Einsiedler Hdss. des 10. und 10—11. Jahrhunderts.

5) E. Dümmler, Anselm der Peripatetiker, Halle 1872, p. 20 ff.

den Titel ganz unabhängig, ganz ohne Anspielung auf die Rh., rein aus dem üblichen Sprachgebrauch seiner Zeit gebildet erachten dürfen; dazu tritt die Verwendung von ῥυθμός für ἀριθμός. Ich kann nicht glauben, dass dem eine missverstandene Stelle, des Martianus etwa IX 966 (p. 363, 9 Eyssenhardt), zu Grunde liegt:

Nunc rhythmos hoc est numeros perstringamus.

Kein Gelehrter hätte *rhythmos* so äusserlich mit *numerus* gleichgesetzt; davor war durch Kenntniss von Cicero und Quintilian, durch das Studium der Rhetorik jeder behütet. Dieselbe Veranlassung, die den Walter von Speier verleitet, *rhythmica* für *arithmetica* zu setzen, trägt hier die Schuld. Isidorus Origg. III, 1, § 1 sagt nämlich: *Arithmetica est disciplina numerorum; Graeci enim numerum ἀριθμόν uocant.* Ein verdorbenes ἀριθμόν der handschriftlichen Ueberlieferung dieser Quelle hat jenes Wort erzeugt.

Mir sind die geistigen und geistlichen Strömungen nicht hinlänglich bekannt, durch welche Wibold, Bischof von Cambrai († 965) veranlasst wurde, seinen Tractat *de Alea regulari contra aleam secularem*[1]) zu verfassen. — Es wäre wohl möglich, dass eine neue Zeitströmung das pythagoreische Spiel diesem Muckerspiel entgegengestellt hätte; wäre das aber auch nicht der Fall, so zeigt uns jene alea regularis s. clericalis, dass die Zeit, in welche ungefähr die Entstehung unserer Rh. nach dem vorgesagten zu versetzen ist, ein Bedürfniss nach ernsterem Spiel auch neben dem Schach empfand. Da Bethmann dies Spiel aus der Rh. sich entwickeln lässt, scheint es gerathen, ihren verschiedenen Charakter durch eine kurze Darstellung nachzuweisen.

Die Alea regularis soll dem gewöhnlichen Würfelspiel Concurrenz machen. Drei Würfel, jeder mit 1—6 Punkten auf seinen Seiten versehen, geben 56 verschiedene Würfe; jeder derselben führt den Namen einer Tugend: an der Spitze aller steht Karitas (1. 1. 1.), ihr folgt Fides (1. 1. 2.). Spes (1. 1. 3.). Den Schluss macht als Sechspasch Humilitas. Auf einer Tabelle sind Würfe und ihnen entsprechende Tugenden in dieser Reihe verzeichnet. Anstatt der Punkte werden jedoch die Würfel mit den 5 Vocalen in der Reihe des Alphabets beschrieben (*Y* spielt nicht mit), so dass, da jeder Würfel 21 Punkte zählt, der erste mit *a* beginnt und endigt, der zweite mit *e*, der dritte mit *i*:

1) Gesta episcoporum Cameracensium c. 89 = Pertz Mon. hist. IX (Scriptt. VII) p. 433 ff., daraus abgedruckt sammt Bethmann's Noten in San Marte's Parcival-Studien III 203—211, leider durch einige böse Druckfehler entstellt. Houillon Le jeu du seigneur Wibold, Cambrai 1832, 8°, hat das Spiel in einem Gedicht dargestellt — mir unbekannt. Histoire litt. de la France VI 311—313.

I.	*a*	*ei*	*oua*	*eiou*	*aeiou*	*aeioua*
II.	*e*	*io*	*uae*	*ioua*	*eioua*	*eiouae*
III.	*i*	*ou*	*aei*	*ouae*	*iouae*	*iouaei*

So wird jeder einzelne jener 56 Würfe wieder einer Anzahl von Variationen fähig, unter denen den richtigen zu treffen Sache des Glücks ist. Es werden nämlich ferner auch noch die Consonanten (*qu* als zusammengesetzt fällt weg, *v* existirt nicht) auf die vier Flächen einer dreiseitigen Pyramide (Tetraeder) nach ihrer alphabetischen Folge vertheilt:

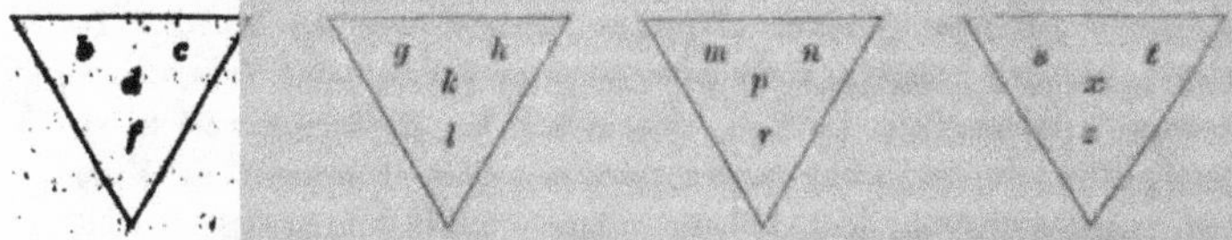

Beides, Würfel und Pyramide, werden nun zugleich geworfen und nun ist die oben liegende Fläche der ersteren, die unten liegende der letzteren massgebend, was dahin erklärt wird, dass die Consonanten dem Körper ähneln, der nach unten sinkt, die Vocale dem Geist, der in die Höhe strebt.

Nun zählt man die Points auf den drei Würfeln und sucht danach auf der Tabelle die entsprechende Tugend auf, sieht ferner zu, ob auf der Basis der Pyramide der erste oder ein anderer Consonant des Wortes sich findet: steht keiner da, so ist der Wurf misslungen, findet er sich, dann darf man weiter die Uebereinstimmung in den Vocalen prüfen[1]): wenn solche vorhanden, dann ist der Wurf gelungen.

Trifft ein Wurf des Gegners später dieselbe Tugend, so muss er sie dem, an welchen sie bereits vergeben ist, ohne Ersatz lassen. Besondere Schwierigkeit macht hier die Erlangung der Karitas, die für zwei Tugenden gilt. Da der Einerpasch nur *a e i* ergiebt, ist es dem, der ihn wirft, erlaubt, sein Glück in einem zweiten Wurfe zur Findung eines zweiten *a* zu versuchen. Sieger ist schliesslich, wer bis zum Ende am meisten Tugenden geworfen hat.

---

1) Wie weit die Uebereinstimmung gehen muss, da eine völlige doch bei Namen von 13 Buchstaben wie Perseuerantia unmöglich, ist aus der ungeschickten Darstellung Wibold's, die der Chronist wohl wörtlich übertragen hat, nicht zu errathen, die Einzelhandschriften, die freilich möglicherweise nur Excerpte aus der Chronik sind, hat Bethmann leider nicht beachtet, z. B. einen Bruxellensis, und die Erklärer lassen uns gänzlich im Stich, wenn sie nicht gar Thorheiten begehen, wie z. B. San Marte bei den Worten: *proiectis simul e manu cubis cum triangulo*, die einfach vom Wurf der drei Würfel sammt dem Tetraeder, hier *triangulum* genannt, zu verstehen sind.

Der Gewinnende gilt (ein Antrieb, sich dieselben anzueignen) aller Tugenden für theilhaftig; er soll bis zum sechsten Tage den Unterliegenden seinen Schüler nennen und die Tugenden, die ihm dem Ausgange des Spiels zufolge fehlen, durch gutes Verhalten sich zu erwerben mahnen; der Besiegte soll den Sieger als Magister ansehen; beide aber, falls keiner den Sieg davon trägt, einträchtig in der Liebe sich mit dem Brudernamen grüssen.

Wibold bemerkt am Schluss seiner Darstellung: *Quod si ludus uilescit aut animo tedium gignit, saltem* numerorum utilis coaptio *uirtutumque diligibilis inquisitio nec otiosa exercitatio mentem ad eum conuertant*, ut collatione numerorum exerciteris *uirtutumque cumulo graluleris*. Der praktische Nutzen des Verstandesübung wird also neben der Tugendübung und zwar in erster Reihe betont. Das leistete die Rhythmomachie in viel höherem Grade — gar nicht zu gedenken, wie hoch interessant sie diesem Spiele gegenüber auch dem Unbegabtesten erscheinen musste — hätte Wibold sie gekannt, d. h. hätte sie bereits existirt, so würde er sein Spiel nicht erfunden oder ihm eine ganz andere Gestaltung gegeben haben[1]). Von einer Ableitung des einen vom andern kann natürlich trotz Bethmann's Andeutung gar nicht die Rede sein, da dort ein Bretspiel, hier ein Würfelspiel vorliegt.

So ist uns das Spiel also ein Beweis, dass in der Zeit der Cluniacenserreformen wohl ein Bedürfniss nach solchen Dingen rege war, zugleich aber auch davon, dass die Rh. nicht vor der Zeit Gerbert's erfunden ist.

Wir wollen der Alea gegenüber die Grundzüge der Rhythmimachie kurz skizziren.

Zu Grunde liegen dem Spiele die drei von Boetius ausführlich besprochenen, auch von Isidor Origg. III 6 § 5—8 dargelegten Zahlenverhältnisse der multiplices, superparticulares, superpartientes.

Die Definition derselben, „jener widerwärtigen antiken Benennungen der Verhältnisse“ (Hankel p. 353) lese man bei den Angeführten, deren Autorität sie es verdanken, dass man ohne Rütteln an ihnen so lange festgehalten, oder in Fortolf's Tractat nach. Die Darstellung des Ganges unseres Spieles meinen wir in Kürze für Leser, denen das Latein des Mittelalters weniger zusagt, geben zu müssen.

Gefunden werden die *superparticulares* aus den entsprechenden multiplices, die *superpartientes* aus den entsprechenden superparticulares, wenn man die Verhältnisse umkehrt und nach der Formel

$$a : a + b : a + 2b + c$$

rechnet. Beispiel seien die multiplices sescupli:

1) Eine etwas interessantere Modification giebt Th. Morus an, s. unten.

$$1, 6, 36,$$

man kehre diese um:

$$36, 6, 1,$$

daraus ergibt sich für die superparticulares sesquisexti:

$$36 : \underbrace{36 + 6}_{42} : \underbrace{36 + 2 \times 6 + 1}_{49},$$

aus der Umkehrung dieser (49 : 42 : 36) wiederum für die entsprechenden superpartientes (supersexipartientes):

$$49 : \underbrace{49 + 42}_{91} : \underbrace{49 + 2 \times 42 + 36}_{169}.$$

Ich schreibe für den Laien diese Verhältnisse bis zur Grundzahl 9 her, da ihre Zahlen für das Spiel benutzt werden.

Multiplices				Superparticulares				Superpartientes			
dupli	1	2	4	sesquialteri	4	6	9	superbipartientes	9	15	25
tripli	1	3	9	sesquitertii	9	12	16	supertrip.	16	28	49
quadrupli	1	4	16	sesquiquarti	16	20	25	superquadrip.	25	45	81
quincupli	1	5	25	sesquiquinti	25	30	36	superquinquep.	36	66	121
sexcupli	1	6	36	sesquisexti	36	42	49	supersexip.	49	91	169
septupli	1	7	49	sesquiseptimi	49	56	64	superseptip.	64	120	225
octupli	1	8	64	sesquioctavi	64	72	81	superoctip.	81	153	289
nonupli	1	9	81	sesquinoni	81	90	100	supernonip.	100	190	361

Da nun aber

die erste Columne der multiplices lediglich aus der 1 besteht,

die erste Columne der superparticulares der dritten Reihe der multiplices, sowie

die erste Columne der superpartientes der dritten Reihe der superparticulares entspricht,

so lässt man diese weg und es ergeben sich dann 48 Zahlen, welche auf *Spielsteine* geschrieben in zwei feindliche Haufen gesondert werden, deren erster die pares, der andere die inpares, d. h. die auf gleiche oder ungleiche Grundzahlen zurückzuführenden Zahlen umfasst. Auf zwei gesonderten *Spielbretern* von je 8 × 8 Feldern findet sich für beide Parteien die Stellung genau vorgezeichnet. Beiderseits in der Mitte je acht *multiplices*, die pares von rechts nach links, die inpares von links nach rechts geordnet, so dass 2 und 3, 4 und 5, 6 und 7, 8 und 9 einander feindlich gegenübertreten, in zwei Gliedern, voran die der zweiten, dahinter die der dritten Columne. Seitwärts und hinter dem zweiten Gliede, die Breite des Brets einnehmend, stellen sich die acht *superparticulares* auf, im engen Anschluss also an die dritte Columne der multiplices, die ja zugleich ihre eigene erste

Columne bildete. Hinter dem Mitteltreffen bleiben vier Felder unbesetzt; auf die noch freien 2 × 4 Eckfelder werden die acht *superpartientes* vertheilt, im Anschluss an die ihrer ersten Columne entsprechende dritte Columne der superparticulares. Genaueres ersieht man aus der bildlichen Darstellung in Buch I c. 12 des lateinischen Tractats, oben S. 178.

Die Spielsteine selbst sind von verschiedener Gestalt und Farbe:

16 viereckige kleinere für die multiplices, weiss die pares, schwarz die inpares;

16 viereckige grössere für die superparticulares, roth die pares, weiss die inpares;

16 runde für die superpartientes, schwarz die pares, roth die inpares [1]).

Zwei von den runden sind jedoch kreiselförmig erhöht und zugespitzt. Sie stellen die Zahlen*pyramiden* dar, d. h. die durch die Addition quadratischer Zahlen gewonnenen Summen, die im Spiel nur durch zwei Exemplare, eins für jede Partei, vertreten sind:

auf der Seite der pares eine *perfecta pyramis* = 91,
(ihre Basis ist 36, ihre Spitze 1; 91 die Summe von 36 + 25 + 16 + 9 + 4 + 1),

auf der Seite der inpares eine *tercurta pyramis* = 190,
(ihre Basis ist 64, die Spitzen 1, 4 und 9 sind abgeschnitten, die Zahl ist die Summe von 64 + 49 + 36 + 25 + 16).

Es wird nun mit diesen Steinen Zug um Zug gethan abwechselnd von jeder Partei, wie es in den bekannten Bretspielen oder im Schachspiel geschieht. Welche Partei beginnt, darüber findet sich keine Vorschrift. Die Steine gehen gradaus, seitwärts nach rechts und links, übereck nach beiden Seiten. Die multiplices machen stets nur einen Schritt, die superparticulares zwei, die superpartientes drei.

Das Rauben der Steine des Gegners erfolgt nach folgenden Gesetzen:

1. Jeder Stein kann einen *quantitativ ihm gleichstehenden* des Gegners mit den ihm zustehenden Zügen rauben. Die Art des Schlagens ist dieselbe wie beim Schach. Die Anzahl dieser auf beiden Parteien gleichen Steine ist freilich eine geringe.

2. Wenn zwei Steine von *A* einen von *B* in die Mitte nehmen, deren Zahl die ihrigen durch Addition oder Multiplication miteinander erreichen, so schlagen sie den feindlichen Stein.

3. Wenn die Zahl eines Steines multiplicirt mit der Felderzahl, um die er von einem feindlichen absteht (das Feld des Angreifers wie das

1) Boissier will die drei Sorten lieber durch runde, dreieckige und viereckige tesserae bezeichnet wissen.

des Angegriffenen eingerechnet) die Zahl des letzteren ergiebt, so ist letzterer geschlagen.

4. Die *Primi et incompositi numeri*, unsere Primzahlen, wären also von diesem Schicksal stets ausgeschlossen. Sie dürfen nur dann gefangen, d. h. geschlagen werden, wenn sie von Gegnern so umdrängt sind, dass sie durch einen gesetzmässigen Zug nicht entweichen können. Schliesslich gilt diese fonea oder muscipula wohl für alle Zahlen; wer sich nicht mehr durch rechtzeitige Flucht vor Einschliessung retten kann, wird genommen.

5. Die Pyramiden werden beide durch den ihrer Basis entsprechenden feindlichen Stein genommen, durch 36 und 64[1]), auch nach dem unter 3 angeführten Gesetz, und mit der Pyramide fallen dann zugleich sämmtliche Steine, welche die Zahlen, aus denen sie zusammengesetzt ist, repräsentiren.

Es könnte scheinen, dass das Spiel eine grosse Geläufigkeit in der Kenntniss des Einmaleins voraussetze — und das kann selbst heute manchen abhalten, eine Probe mit diesem Spiele zu machen. Aber wahr ist doch, was Hankel sagt, dass man sich im Mittelalter nicht gerade mit dem Auswendiglernen desselben gequält hat. Man hatte stets, und so auch hier, wie der Tractat l. I c. 12 zeigt, das Cribrum zur Hand, ja an das Spielbret selbst angeheftet.

Man darf sich nicht wundern, dass sich in den Carmina burana neben dem Schach, dem Bret- und Würfelspiel, die dem lebenslustigen geselligen Menschen mehr *iocunditas* boten, unsere so viel trockenere Rhythmimachie weder erwähnt, noch wie jene abgebildet und besungen findet (Carmina Burana ed. Schmeller p. 244 f.). Die dort abgebildeten Spieler sind keine Mönche. In Verbindung mit Wein, Weib und Gesang zu treten, wie jene, dazu war unser Spiel nicht angethan. Was die Phantasie zu erregen vermochte, davon besass es nichts; mit der Liebe zu einer Vetula freilich, wie bei jenem Dichter, dessen Werk zum Spott unter Ovid's Namen sich verbreitet hat, liess es sich wohl einen. Wir treten dem Spiel damit wohl nicht zu nahe, dessen pädagogische Vortheile Leute wie Johann von Salisbury in früherer, in späterer Zeit Thomas Morus zu schätzen und zu rühmen wussten; geschah das doch im Gegensatz zu den oberflächlichen und unlauteren Vergnügungen der jungen Hofleute ihrer Zeit, besonders dem geistlosen Würfelspiel, und hier that ein Hinweis auf Ernsteres wohl noth.

1) Wenn der Stein, der die Zahl ihrer Basis trägt, vom Gegner genommen wird, bleibt die Pyramide trotzdem frei.

2) Ueber das Würfelspiel im Mittelalter vgl. San Marte in den Parcivalstudien III, p. 191—202. Ueber Alea in römischer Zeit: K. W. Müller in Pauly's Encyklopädie I, 819 ff., über Latrunculorum ludus: Teuffel ebenda IV, 824 ff.

Der Verfasser ist, wie sich für jene Zeit von selbst versteht, Mönch: *fraterna karitas extorsit opus*, sagt er im Prolog zum 2. Buche. Er ist wohl bewandert in den Schriften des Boetius, zunächst in dessen Arithmetik und Geometrie, und allerorten führt er die Stellen daraus an, auf denen sich das Spiel aufbaut. Auch Ptolomäus (II § 11) wird citirt, doch beruht das Citat ohne Zweifel auf Boetius de musica. Mehrfach erscheinen Stellen aus Horatius mit und ohne dessen Namen.

Auch über den Namen des Verfassers darf kaum Ungewissheit bleiben. „*Explicit opus Fortolfi*“ heisst es am Schlusse, eine ungewöhnliche Art ohne Zweifel den Verfasser anzugeben. Indessen bin ich in der Lage, ein zweites Beispiel aus einer, etwas früherer Zeit, vermuthlich aber demselben Vaterlande entstammenden Handschrift anzuführen. Die Wiener Hds. n. 391 s. XI (nimmermehr s. X, wie Endlicher meinte) der Gedichte des Alcimus Avitus episcopus Viennensis trägt am Schluss des 6. Buches die Worte „*Explicit opus docti Alcimi*“. Man kann den Anfang der oben erwähnten Schrift des Anselmus Peripateticus damit vergleichen: Hoc opus Anselmi collaudant subtitulati. Die That des Schreibers mit *opus* zu bezeichnen würde wohl auch schwerlich Jemand sich erkühnt haben. Der Name *Fortolf*, oder besser *Frotolf* (Nebenformen *Fruatolf*, *Frodulf*, *Frudulf*, von ahd. FRÔD prudens, wie Fruotbert, Fruotfrid, die Graff, Sprachschatz III 821 aufführt) erscheint nicht gerade häufig in Schriftwerken; die von Förstemann altd. Namenbuch I 435 gegebenen Nachweise, die nach Weissenburg, Corvey, Regensburg führen, habe ich näher zu prüfen nicht Gelegenheit gefunden. In Pertz Monumenta findet sich der Name auch nicht einmal. Ich suche den Mann in irgend einem der bayerischen Klöster, die in jenen Jahrhunderten rühmenswerthe Propagatores der Wissenschaften waren.

Fortolf ist nicht der einzige, der die Rhythmimachie in jenem Jahrhunderte zum besonderen Studium sich erkor. Weder für den Erfinder, noch ersten Bearbeiter giebt er sich aus. „Die Intention bei der Aufstellung des Spiels war, wie ich vermuthe, folgende,“ sagt er I § 3, und im Prolog zu Buch II bekennt er offen, aus Schriftwerken von Früheren das meiste geschöpft zu haben. Er überliefert das in möglichster Einfachheit in seinem ersten Buche: denn nicht Prahlerei, sondern der gemeine Nutzen[1]) bewegt ihn. Indessen konnte das Spiel wohl zu weiteren Erfindungen und Verfeinerungen verleiten, und wenn Neuere nicht vermieden haben, diesen Abweg zu betreten (erst Boissier rühmt sich die einfache Gestalt wieder hergestellt zu haben), wer wollte es dem grübelnden Klosterbruder verdenken,

1) Den Nutzen betont er zum öfteren, z. B. § 4: *confert scientiam multiplicandi et habitudines ipsorum numerorum cognoscendi, progressiones quoque pyramidum et differentias trium medietatum etc.*

dass er sich weiteres ausgeklügelt. Diese geistreichen, oder, wie es dem Laien scheinen mag, vielmehr spitzfindigen Entdeckungen, durch welche die *uictoria* verschönert werden soll, legt er uns im zweiten Buche dar und vertheidigt sie (im Prologe) mittelst einer Exposition über Originalität, die nicht uninteressant zu lesen ist.

Vor dem 11. Jahrh. hat der Verfasser nicht gelebt, wie u. a. sein Citat „*Wido in micrologo*“ bezeugt; kann doch nur Guido Aretinus gemeint sein, dessen Lebenszeit um 1025 fällt, vgl. Fabricius bibl. med. et inf. lat. III 127 ed. Mansi. Ist nun gleich Guido rasch auch in Deutschland bekannt geworden, so verliert doch dies Citat für uns den Werth einer Zeitbestimmung von Fortolf's Schrift vor jenen Ausführungen, nach denen er auf den Schultern Anderer zu stehen bekennt. Diese Anderen nämlich haben frühestens zu Guido's Zeit, eher aber etwas später geschrieben. Die Handschrift des Fortolfus, die bei ihrer vorzüglichen Ausführung und der Reinheit von Fehlern als eine unter des Verfassers Aufsicht geschriebene, nahezu als Autograph gelten darf, berechtigt, ihn um die Wende des 11. und 12. Jahrhunderts anzusetzen. Des Verfassers Vertheidigung gegen Böswillige lässt sich aus den Verhältnissen dieser Zeit wohl erklären. Von Ignoranten werde, sagt er, das Spiel verachtet und mehr *levitas* als *utilitas* in ihm gefunden, weil die äussere Einrichtung des Spiels, die *camporum distinctio et tabellularum protractio* der alea nachgebildet erscheine. Aber weit entfernt sei es von *levitas*, es sei eine *iucunda utilitas* und *utilis iucunditas* zugleich; er weist entrüstet den Vorwurf der *uanitas* und *irreligiositas* zurück: *ea maxime reprehendunt quae nesciunt*, ausserdem sei es *inuidia*, was jene stachle. Und wie einst Cassiodorius[1]), so weist auch Fortolf, mit dem Salomonischen Ausspruch, den wir an die Spitze unserer Bemerkungen gesetzt, die ungerechtfertigten Vorwürfe seiner Gegner ab.

Der Codex der Breslauer Stadtbibliothek n. 54 (früher Rehdigerianus S. I 4, 5) membr. f. 86^r—94^v s. XII, besteht aus einem quaternio nebst einem auf beiden Seiten beschriebenen $^3/_4$-Stück eines Blattes; die acht Blätter des quaternio in doppelten Columnen, die scedula ohne Columnentheilung. Schöne saubere Hand des 12. Jahrhunderts in Schrift und Figuren. Vereinigt wurde dieser quaternio schon früh mit einer guten Hds. von Boetius de arithmetica s. IX (f. 1—85); denn aus dem 14./15. Jahrh. stammt die Inhaltsgabe auf dem Vorsetzblatte f. 1^r: *Item duo libri Boecij de arismetrica | Item liber qui dicitur Rithmimachia.* Die Züge verrathen eine deutsche Hand; leider ist sonst nicht das geringste Merkmal der Herkunft zu finden.

---

1) In der Vorrede zu seiner Encyklopädie. Opera ed. Garetius II 528*.

Die Boetiushds. umfasst zehn von der Hand des Schreibers am Ende numerirte Quaternionen (f. 2—81) nebst vier Blättern (f. 82—85). Das Vorsetzblatt f. 1 gehört von Ursprung an dazu. Der Titel lautet f. 2r: INCIPIVNT DVO LIBRI DE ARITH|METICA ANITII MANILII SEVE | RINI BOETII VC̃ ET ILL̃ EXCSL̃ | ORD̃ PATR̃ | DOMINO PATRI | SIMMACHO BOETIUS | IN dandis etc.

Auf die vier Tabellen, welche f. 84v = p. 172, 173 Friedlein den Schluss des Werkes bilden, folgen noch anderthalb Seiten Text. Die untere Hälfte von f. 85v ist leer gelassen (auf ihr steht eine probatio pennae von anderer Hand: Dominus iesus χp̃s postquam). Ein Explicit, ja auch nur eine Andeutung, dass das Werk schliesst, wird hier wie in den übrigen alten Hdss. vermisst; ein ziemlich sicheres Zeugniss, dass der Schluss des Werkes verloren ist.

Der erste Abschnitt jenes in den Ausgaben fehlenden Schlussstückes f. 85r lautet:

> Inter diatessaron et diapente. tonum differentiam quoniam si fuerint tres termini ita constituti ut secunda ad primum sesquitertia habitudine referatur. ad eundem autem primum tertius sesqualtera. Idẽ tertius ad secundum sesquioctaua proportione iungetur. ut sĩ VI. VIII. VIIII. Nam VIII. ad VI! sesquitercius est. VIIII. uero ad eundum senarium! sesqualter. VIIII. autem ad VIII! sesquioctauus. id÷ epogdous. Qui iccirco dicitur differentia inter sesquitertium et sesqualterum! quoniam sesqualter id ÷ VIII. In octaua parte sesquitertia. uincit eundem sesquitertium.

Das sind, wie man sieht, erklärende Zusätze zur Arithmetik, wie sie nebst zahlreichen Interlinearglossen aus der Vorlage auf die Ränder der Hds. vom Schreiber übertragen worden sind[1]). Auch Varianten hat der Schreiber zwischen den Zeilen aufgenommen, z. B.:

	Text:	übergeschrieben:
p. 70, 18 Fr.	inueniatur,	in al' inuenitur
	Sit	in al' fit
„ 80, 18 „	ut superius distinctum est,	in al' dictum est
„ 79, 18 „	aequitas	in al' aequalitas
„ 83, 27 „	multiplicationis	in alt' multiplicitatis
„ 84, 21 „	dupla	in al' duplus
„ 87, 1 „	fingant	l' signant

1) Z. B. p. 80, 5 Fr. ∴ ENMUSITATON THEOREMA ∴ hoc est in carminibus dei uerbum. Aliter. inquisitio dei celsitudinis. — Lupus Ferrariensis a. O. citirt: *Nichomachus inmusitatum*, siue ut alibi reperi *enmusitaton theorficiens* etc. quae uerba graeca quam habeant proprietatem nescio si recte.

	Text:	übergeschrieben:
p. 87, 3	Fr. uno .V. uel decem	al' unos
„ 90, 11	„ additi tamen latitudini	al' addita al' altitudini
„ 92, 12	„ solus	al' in solis
„ 93, 4	„ procreabuntur	in al' in se procreabnt~
„ 93, 5	„ ut haec	in al' hic
„ 93, 5	„ Primum omnium ponent id quod	in al' & primum omnium ponenti
„ 93, 8	„ quae	in al' qui
„ 93, 11	„ ipse	al' ipso

u. s. w.[1]) Friedlein's Ausgabe, an deren Text mit Recht von H. Düker (Der liber mathematicalis des heil. Bernward im Domschatze zu Hildesheim, Progr. Hildesheim 1875. 4⁰. p. 10) ausgesetzt wird, dass in ihm keine feste Norm befolgt ist bezüglich der Handschriften, wird einer Revision bedürfen; die Rhediger'sche Handschrift, die der zu früh der Wissenschaft entrissene Gelehrte nicht benutzen konnte, dürfte für eine solche ein schätzenswerthes Hülfsmittel bilden.

1) Wie für die Uebertragung von Interlinear- und Marginalnoten, so ist auch in einer weiteren Hinsicht die Hds. interessant. Neuerdings ist von Leopold Delisle (Notice sur un mst. mérovingien . . d'Eugyppius. Paris 1875 p. 7) wieder auf die Vertheilung der Quaternionen einer Vorlage unter mehrere Schreiber aufmerksam gemacht worden, die sich theils in leeren Spatien, theils in Ueberfüllung der letzten Seiten mancher Quaternionen zu erkennen giebt. Ein solches Auseinandernehmen einer vielleicht anderwärts her entliehenen Handschrift halte ich nur in ganz vereinzeltem Falle für denkbar; für zahlreichere Fälle wird die von unserem Schreiber angewendete Methode Geltung finden, die auf der Ungefügigkeit des „Schreibleders" beruht: er richtet sich völlig nach der Quaternionen-, Lagen-, Blatt- und Seitentheilung seiner Vorlage; beschreibt den zurechtgelegten Quaternio nicht von Seite 1—16, sondern lagenweise, zuerst f. 1^r dann 8^v, 1^v und 8^r, 2^r und 7^v, 2^v und 7^r u. so fort; so kann er jede Lage, damit die Schrift wohl trockne und keine Unsauberkeit entstehe (und wie selten ist ein Abdrücken feuchter Schrift selbst beim dicksten Auftragen des „Schreibsaftes" in den älteren Hds. zu bemerken) bei Seite schieben. Auf solche Weise ist die auffällige Uebereinstimmung der Seitenabtheilung in der Ueberlieferung zahlreicher Autorentexte leicht erklärt. Der Beweis für die Boetiushds. liegt in folgendem: Das Vorsetzblatt (f. 1) ist Fragment einer von demselben Schreiber geschriebenen, wegen eines Versehens cassirten Lage, welche das 1. und 8. Blatt des Quaternio III. zu bilden bestimmt war: die Rückseite ist nämlich beschrieben Wort für Wort, Glosse für Glosse mit dem Inhalt von f. 18^v; der im Falz liegende Rest des einst dazu gehörigen Blattes zeigt vorn die Zeilenanfänge von f. 25^r, auf der Rückseite die Zeilenschlüsse von f. 25^v. Der Fehler hat ersichtlich in dem Einmaleins (p. 53 Friedl., f. 25^v unserer Hds.) stattgefunden. Auf der Vorderseite (f. 1^r) ist die Schrift säuberlichst mit Bimstein getilgt, dennoch erblickt man, aufmerksam geworden, die Spuren besonders der letzten Zeile von f. 18^r.

Die Bearbeitung des Fortolfus, die ich aus der alten und guten Rhediger'schen Handschrift mittheile, findet sich auch in einem Bruxellensis n. 927 s. XIV. Vielleicht giebt auch die Hds. von Avranches (Abrincensis) n. 145 mbr. s. XII in 8°. dieselbe Fassung; wenigstens werden aus diesem citirt die Worte „*Ritmomachia id est pugna numeri*. Indessen ist das ein gar zu geringer Anhalt, auch Oddo's unten zu nennende Bearbeitung beginnt: *Rhythmimachia graece, numerorum pugna exponitur latine.*

Von den berühmteren Namen, auf welche die Tradition Bearbeitungen der Rhythmimachie zurückführt, dürfen wir als leidlich begründet nur den des *Herimannus Augiensis* oder *Hermannus Contractus* nennen, wenn gleich Trithemius' Zeugniss nicht die genügende Gewähr bieten sollte. Ueber ihn und seine Werke vgl. Fabricius III 237 f., A. Potthast Wegweiser durch die Geschichtswerke des europäischen Mittelalters p. 364, Wattenbach, Deutschlands Geschichtsquellen im Mittelalter, 4. Aufl. II 36 ff., Giesebrecht, G. d. deutschen Kaiserzeit II 523 f. Als sein Todesjahr wird 1054 angegeben. Das Jahrhundert also, in welches sein Leben fällt, seine genugsam erwiesene Theilnahme an den mathematischen Bestrebungen seiner Zeit könnten Trithemius und seiner Zeitgenossen Zeugniss stützen, oder, wenn dieses nur auf eine Muthmassung sich gründen sollte, indem sie die Rhythmimachie mit mathematischen Werken des Herimannus in derselben Handschrift vereinigt fanden, diese Muthmassung zur höchsten Wahrscheinlichkeit erheben. Eine solche Handschrift ist die, welche G. Libri in seinem Cataloge[1]) 1859 p. 103 f. unter n. 483 verzeichnet hat:

483 Hermanni Contracti Liber de compositione Astrolabii — Incipit Rithmachia, Incipit: „Nomen materia intentio finis — Libri Almogesti Ptolomei Philudensis (Abbreviatio seu Capitulatio) — Rhetorica et Grammaticalia quaedam. 4to. SÆC. XII on vellum. . . . The present manuscript contains a text of the *Liber de Compositione Astrolabii* quite different in the general disposition as well as in the details from the two works (*De Mensura Astrolabii* and *De Utilitatibus Astrolabii*) published both by Pez [Thesaurus anecd. III] and M. Migne [Patrologiae cursus completus vol. 143]. For instance the manuscript begins with *quicunque astronomicae peritiae*, and contains a portion of the *Liber primus* of the work published under the title of „*De Utilitate Astrolabii* (Migne vol. 143 col. 389) and then gives the *Liber de compositione Astrolabii* published by M. Migne under the same title of *De Utilitatibus Astrolabii*,

1) Catalogue of the extraordinary collection of splendid manuscripts chiefly upon vellum in various languages of Europe and the East formed by M. Guglielmo Libri, the eminent collector, who is obliged to leave London in consequence of ill health, and for that reason to dispose of his Literary Treasures. 1859.

in the volume allready quoted (col. 389). But there are great differences between this manuscript and the edition. Besides the work, *De Mensura Astrolabii*, as printed, the manuscript contains some additional matter, followed by several chapters, the first of which forms in the edition (col. 405) the *caput primum* of the second book, *De Utilitatibus Astrolabii*. The tables also offer considerable variations.

Obwohl diese Beschreibung des ersten Theils der Hds. manches zu wünschen übrig lässt, habe ich sie mittheilen zu müssen geglaubt, da sie bei Vergleichung anderer Hdss. des Hermann von Nutzen sein kann, der Catalog aber selten ist[1]). Bezüglich der Rhythmimachie „a work of great importance for the history of arithmetic and of the composite or figurative numbers" fasst er sich kürzer. Der Text hat nichts mit dem der Ausgaben Rom 1482, Paris 1496 (wiederholt 1510), oder dem der Hds. von Montpellier zu thun; eine Stelle aus dem 1. Capitel lautet:

„Non enim aliter arismetice opus rithmachia representat, quam musica in cytharis et organis, et geometria in abaci opere et astronomia in horoscopis et astrolabii sollertia consistit. Inventor ludi huius apud Romanos Boetius fuit, quemadmodum arismetice apud Grecos Pytagoras et Nicomacus et alii quapropter his premissis ad negotium transeamus."

Geschrieben scheint die Rh. von derselben Hand, wie die Schrift über das Astrolabium, auf die sie unmittelbar folgt; denn „the abridgment of Ptolemy and the *Rhetorica*, consisting of five columes, closely written, are in a different, alttough ancient hand-writing".

Weitere Bestätigung für Hermann — so weit spärliche Mittheilungen über Hdss. Schlüsse gestatten — und ein neues interessantes Zeugniss, dass man sich in Süddeutschland angelegentlichst mit der Darstellung unseres Spieles befasste, gewähren uns die Mittheilungen aus Bethmann's Papieren in Pertz Archiv XII 232. Danach befindet sich in der „eigentlichen" *Vaticana* unter n. 3101 membr. in 4° eine im Jahre 1077 von Benedictus Accolytus mon. S. Arsacii — also im Monasterium Ilminense? — geschriebene „Ritmachya" (sic!). Ihr Anfang lautet: *Quinque genera inaequalitatis ex aequalitate procedere manif.*[2]) — Später liest man: *Huiusmodi conflictum quidam*

1) Mich hat Herr Prof. M. Cantor aufmerksam gemacht und die Güte gehabt, aus dem Heidelberger Exemplar die ganze auf obige Hds. bezügliche Stelle abzuschreiben.

2) Diesem Anfang zufolge könnte Vindobonensis 5216 f. 59ª—62ª chart. s. XV mit dieser Bearbeitung verwandt sein. Als Titel wird angegeben: *„De ludo Richomachie" siue tractatus de procliis;* er beginnt: *Quinque genera inequitatis ex equitate* — und schliesst: *Si quis hec plane uiderit, Richomachiam scire ualebit.* Es folgt eine tabula ludum repraesentans.

ex clero Wirciburgensi, si periti iudicent, dabit posteritati. Sit tabula — ac si tuus sit. Die Hds. des Benedictus enthält vielleicht dasselbe Werk wie die der Libri'schen Sammlung, von der thöricht genug die den Anfang bildende Rubrica (Nomen materia intentio finis), aber doch nicht der Anfang selbst mitgetheilt wird: indessen aus dem Titel *Ritmachya* statt *Rythmimachia*, könnte man einiges schliessen: die Benennung *conflictus* stimmt auffällig mit dem von Trithemius gegebenen. Die Hoffnung, in den folgenden Worten eine Hindeutung auf unsern Fortolf und damit den Ort wo er sein Werk verfasste zu gewinnen, muss so rasch wie sie aufgetaucht, schwinden. Ein Codex *Abrincensis* nämlich (Pertz Archiv VIII 383), der die *Compositio astrolabii secundum Hermannum* enthält nebst andern Schriften, die wohl auch von ihm herrühren könnten, veranlasste M. Chasles in Chartres in einem Briefe an Bethmann gelegentlich der Vermuthung, dass die Ritmachya des Vaticanus gleicherweise auf diesen Mann zurückgeführt werden könne, die oben ausgehobene Stelle vollständiger aus Cod. Parisinus 7377 C. mitzutheilen. Daselbst lautet sie: *Huiusmodi conflictum quidam ex clero Wirzeburgensi* nomine Asilo *si periti indicentur* [leg. *iudicent*] *dabit posteritati.* Am Rande aber stehen die Verse:

Nomen id expelle, quod dicis cęsar Agelle.
Asilo dicor ego, cui si mihi grammata tollo,
A remanebit et O; quid erit praestantior illo?

Die Verse beziehen sich zweifelsohne auf ein Factum: einen Besuch, den der Kaiser, bei welchem jener Asilo in Gunst stehen mochte, in Würzburg abstattete. Von dem freimüthigen Humor im Verkehr der jüngeren und älteren Klosterinsassen mit geistlichen und weltlichen Vorgesetzten hat uns ja die Klosterchronik von St. Gallen eine Reihe hübscher Beispiele bewahrt (vgl. Casus St. Galli c. 14, 26, 94, 123, 147). Zunächst bedürfen die Verse der Besserung; man muss im ersten *Aselle*, im zweiten *cum sit*, statt *cui si*, lesen:

Nicht Esellin, Herr Kaiser, mit Verlaub!
Nennt Asilo mich! wenn das SIL ich tilge,
Bleibt *A* und *Ω*: wer rühmt sich edlern Namens?

Da Asilo nur Hypokoristikon für Adalbert und Adalbero ist[1]) — wofür auch Azilin, Ascelin[2]), Ezilin und gerade Mitte des 11. Jahrh. Aezelin vorkommen —, so könnte man füglich an *Adalbero*, Grafen von Lambach

1) Vgl. Förstemann, Altd. Namenbuch I 192; F. Stark, die Kosenamen der Germanen p. 92 f.
2) Auch Adalbero Bischof von Laon 977 wurde Ascelin genannt.

denken, der zu Paris gebildet, Stiftsherr am Dome zu Würzburg, durch Kaiser Heinrich's III. Vertrauen den Bischofsitz bestieg 1045 († 1090). Dieser Kaiser aber galt seinerzeit selbst hochgebildet als vielgefeierter Gönner der Wissenschaften[1]).

Wer Asilo immer sein mag, — sein Licht wird er nicht unter den Scheffel gestellt haben bei dieser Befürwortung, zumal wenn dieselbe wirklich von Hermann ausgegangen ist — so wird man kaum den Gedanken zu kühn finden dürfen, dass eine vierte Bearbeitung, aus dem 11. Jahrhundert, die wie es scheint ziemliche Verbreitung gefunden hat, von ihm herrühre. In jenem Vaticanus folgen unter anderen Werken kalendarischer Art die *regula metiendae sperae* von *Gerbert*, der *Compotus Hermanni Sueui* mit desselben *Prognostica*, *Ratio de obseruatione quattuor temporum Gerungi et Berni*, *Helpericus de computo*, gegen das Ende endlich eine Schrift De arte aritmetica „Quisquis peritus etc.". Letztere ist vielleicht identisch mit einer Regula de rithmimachia „*Quisquis peritus arithmetice huius inuenti noticiam*[2]) — *sesquplet*", die sich in dem Fragmentbande Vatic. Christ. n. 598 auf einem Quaternio s. XI hinter einer Interpret. arabic. nom. astrolabii, Recepten zu Farben, Goldschrift u. a., Beschwörungen, Horologium regis Ptolomei (Pertz Archiv XII 297), ferner in zwei Pariser Hds. unbekannter Datirung (Paris. 7185 und Arsenal-Bibl. Sciences et arts n. 55, s. Pertz Archiv VIII 383)[3]), endlich in der Handschrift von Montpellier n. 366 membr. in 4° s. XIV (nach andern Angaben s. XII, s. Albrecht von Halberstadt, hrsg. v. Bartsch p. VII). In dieser soll die Rhythmomachia als Bestandtheil der oben citirten Vetula hinter letzerer stehen und zwar unter dem Namen des Hermannus Contractus — ein leicht erklärlicher Irrthum bei der Verbindung, die, falls die Vermuthung gegründet, zwischen beiden Männern bestand, und der Verbindung, in die die beiderseitigen Werke in den Handschriften traten.

Ausserdem haben wir aber noch eine gedruckte Bearbeitung, die unter bestimmter Namenangabe überliefert ist:

Regulae domini Odonis de Rhythmimachia.

---

1) Für die Abfassung von Hermann's Tractat würde sich daraus eine genauere Datirung, vor 1045, ergeben. Der Name sammt der Anecdote können immerhin, ohne dadurch an Glauben zu verlieren, in späteren Abschriften von Hermann's Werk durch einen anderen zugesetzt sein. Ueber Adalbero s. Wegele in Allg. deutsche Biographie Bd. I; Budinszky, die Universität Paris und die Fremden an derselben im Mittelalter, Berlin 1876 p. 115.

2) *Capit habere* lauten die folgenden Worte in der nachstehend angeführten Hds.

3) Eine jedenfalls von diesen verschiedene Pariser Hds., St. Victor Paris. Cod. 620, führt Le Beuf Dissert. II 91 an.

Sie beginnt: *Sesquialtera proportio est, quando numerus maior* — und schliesst: *quot unitates singulae continent pyramides in latere. Finiuntur.*

Martin Gerbert hat dies Stück aus einer Wiener Hds. s. XIII (jedenfalls Vindobonensis 2503) herausgegeben Scriptores eccles. de musica I p. 285—295. Aus derselben Hds. giebt er p. 296—302 *Regulae domni Oddonis super abacum,* die wie schon Hankel p. 318 Anm. meinte, ganz unbegründeterweise dem Oddo von Clugny zugeschrieben werden und nicht vor das 11. Jahrh. zurückgehen, ferner p. 303 *Eiusdem Oddonis quomodo organistrum construatur.*

Aus derselben Wiener Hds.[1]) gibt Gerbert I 25 ein Fragment der Rhythmimachie: „Hoc Excerptum est de Rhythmimachia *„Sunt numeri qui consonantias creant uel per quos ipsae discernuntur* —", Schluss: *Nam diapente et diatessaron iunctae diapason consonantias creant.*" Dies Stück findet sich auch im cod. lat. Monacensis 6369, einer aus Freisingen stammenden Hds. s. XI, f. 65—66. In beiden Hdss. geht voraus: *„Sententiae Isidori Episcopi ad Braulionem Episcopum de musica,* Excerpte aus Isidor's Origg. III c. 14—22, abgedruckt bei Gerbert I 19—24); man hat darum auch für das Fragment der Rythmimachie Isidor's Namen in Anspruch genommen, während es eine wörtliche Abschrift einiger Capitel von Oddo's Werk ist, die sich p. 287 f. bei Gerbert finden.

Man könnte nun meiner Ausgabe des Fortolfus die Berechtigung absprechen, da es gerade genug sei, die Grundgesetze einmal in Druck vor uns zu haben, die Tüfteleien der weiteren Bearbeiter aber geringen Werth beanspruchen dürfen. Und in der That, wenn wir an Oddo's Rh. das hätten, was solche Einwendungen voraussetzen, dürfte ich nicht in der Lage sein, sie völlig zurückzuweisen. Wie aber Martin Gerbert aus seiner Hds. sie gegeben hat, ist sie ein wirres Durcheinander. Es beginnt der Tractat ohne Vorbemerkung mit Behandlung der Proportionen, danach wird plötzlich eine Tabula beschrieben, erst auf der siebenten von elf Druckseiten wird der Name des Spiels genannt und erklärt. Dort nämlich p. 291, 1 ist in Wahrheit der Anfang und von ihm geht es leidlich in Ordnung fast bis p. 295, 2; dann erst müssen die Seiten 285, 1 bis 291, 1 folgen, die sich aber in trostloser Confusion befinden, die im einzelnen zu entwirren ich mir versagen muss; ich will nur aufmerksam machen, wie p. 286, Col. 2, Zeile 3 mit den Worten *siue per angulos fiat in directum* plötzlich in ein ganz anderes Capitel hineingefahren wird. Die Disposition des Werkchens findet sich p. 293, 1 in der zweiten Hälfte: danach kann man leicht den Faden durch

1) In ihr steht auch der Dialogus Oddo's, für den Gerbert (p. 252 ff.) einen anderen Vindobonensis benutzt hat, wie er Praefatio f. e^{v} angiebt; cod. 2503 scheint nämlich auf p. 259 col. 1 med. mitten im Stücke abzubrechen.

das Labyrinth finden, wenn gleich hier und da die Verbindungen verloren zu sein scheinen. Der Text selbst ist äusserst verderbt und M. Gerbert hat dem Stücke wenig Mühe zugewendet, so dass grobe Fehler, wie z. B. p. 293, 1 Zeile 2 v. u. *deterosi* statt *de cetero si*, p. 286, 1 Z. 12 *non ita* statt *nisi ita* stehen geblieben sind u. a.

Die Altersangabe der Münchener Hds, s. XI, würde uns nicht abhalten dürfen, zunächst an Oddo abbas Morimundensis, † 1161, als Autor der Rh. wie der anderen bei Gerbert unter Oddo's Namen aufgeführten Stücke zu denken. Unbezweifelt wird diesem ein Tractat *de sacris numerorum mysteriis* zugewiesen, der z. B. im cod. Vindobonensis 1418 s. XII erhalten ist. Vergl. Fabricius Bibl. med. et inf. lat. V p. 159 ed Mansi. Aber man muss doch die grosse Zahl von Schriftstellern dieses Namens in jenen Jahrhunderten bedenken, die längst nicht alle von Fabricius aufgezählt, und deren vielseitige Thätigkeit, wenn sie genannt sind, von dem berühmten Litterator doch nicht immer erschöpfend angeführt ist; als Beispiel mag der auch von M. Cantor genannte, in so vielen Beziehungen rühmenswerthe Odo von Tournay dienen[1]); das räth uns, nur auf die sichersten Angaben und bestimmtesten Beweise hin die Zuweisung von Schriftwerken vorzunehmen. Mir scheint ausserdem der Tractat selbst nicht gegen, sondern für eine frühere Zeit zu sprechen, als den Ausgang des 11. Jahrhunderts. Freilich Odo von Clugny, an den Martin Gerbert gedacht, hat wieder viel zu früh dafür gelebt (Abt 927—942) und auf des einzigen Anonymus Mellicensis Zeugniss hin möchte ich ihn selbst nicht zum Verfasser eines Werkes über Musik machen; dass der Horizont seiner Studien über die Theologie hinaus sich erweitert habe[2]), müsste durch zuverlässigere Angaben erwiesen werden.

Aber Odo giebt uns ja selbst einigen Anhalt seine Zeit zu bestimmen. In der Einleitung p. 292, 2 sagt er: *Nos uero uelut rudes intellectu, qui huius nouellae plantationis nondum satiamur fructu, ipsius tamen pomi dulce fragrantis per ipsius exteriorem non (notitiam?) dulcedinem interiorem palati adhuc esurientis summatim praelibauimus gustu. — Tentemus saltem leuiora*, sagt er ferner in der Einleitung p. 293, 1, *quibus haud posse subest prius discutere difficiliora, nec nisu temerario ea quae ipse huius artis panditor studiose inuestigata, ut omnium liberalium artium imbutus scientia, (in) notitiam futurorum stilo haud paruipendendo patefecit, repetamus. Sed*

1) Hist. litt. de la Fr. VII p. 95 sq. vgl. p. 137. M. Cantor Mathem. Beiträge z. Kulturleben der Völker p. 332.

2) Ich glaube hier mit den Resultaten M. Cantor's in seinem „Odo von Cluny“ überschriebenen Capitel (Mathem. Beitr. p. 292 ff.) mich eher in Uebereinstimmung als in Disharmonie zu finden.

salua ipsius personae auctoritate ex eiusdem [*et*] *scriptionis prato flosculos mellifluos legentes nostrae ignorantiae utiles recondamus. Caeteras uero rhythmimachiae normas ibidem pleniter subtitulatas memoriae non subtrahamus. Ibi namque praelibati conflictus certamen, siquod libeat, poterit cognoscere etc.*

Dreierlei geht daraus hervor: Erstlich ist nach seiner Ansicht, die mit unseren bisherigen Erfahrungen stimmt, die Rhythmomachie eine Erfindung jüngster Zeit. Zweitens aber hat er für seine Darstellung einen Führer sich erwählt, den er als einen Meister in den sieben freien Künsten und als *huius artis panditor* bezeichnet — ich gestehe, ich habe diesen Ausdruck anfangs falsch gefasst und sogleich auf Hermann Contractus bezogen, denn nur auf ihn und keinen andern Zeitgenossen konnte dies Lob sich beziehen[1]). Ich glaube nun geirrt zu haben. Das Wort *panditor* findet sich in den Lexicis, selbst im Du Cange nicht, und dennoch ist es richtig: Odo hat es dem Guido entlehnt, der am Schluss des Micrologus c. 20 (M. Gerbert II, p. 24, 2) die Worte hat: *Hinc enim incipiens Boetius panditor huius artis multam miramque et difficillimam huius artis concordiam cum numerorum proportione demonstrauit.* Und nicht blos das Wort, sondern auch die Beziehung selbst: Odo meint keinen anderen als den Boetius, auf dessen Lehren die Rh. sich aufbaut. Von Odo von Clugny kann also als Darsteller der Rhythmomachie nicht ferner die Rede sein. Vielleicht erstreckt sich dies Resultat nun auch weiter auf die anderen musikalischen Schriften, die unter diesem Namen gehen.

Als Führer in seiner novella plantatio, der Rhythmomachie, dürfen wir trotzdem den Hermann nicht aufgeben. Das geht zum dritten aus dem Gebrauch des Wortes *conflictus* hervor, der der Bearbeitung des Reichenauer Mönchs zu eignen scheint. Es kann hier die Erinnerung nützen, dass wir letzterem auch ein Gedicht unter dem Titel *Conflictus ouis et lini* verdanken[2]). Bei einem häufiger gebrauchten Worte, wie pugna, würde ein solches Zusammentreffen sehr gleichgiltig sein; bei dem wie es scheint ziemlich seltenen Vorkommen des in Rede stehenden wird man dem Beachtung schenken müssen. Und Oddo hat nicht zufällig an obiger Stelle dies Wort gesetzt, es kehrt bei ihm wieder p. 286, 2 in der 4. Zeile des Abschnitts *Nemo existimet*[3]).

Ich habe unter dem Texte des Fortolfus mehrere Stellen angemerkt,

---

1) Es ist doch ein grosser Unterschied, ob man jemand unter vier Augen rühmt, wie Hugo Metellus den Gerland Canonicus von S. Paul in Besançon in der Briefanrede: *Scientia triuii quadriuiique onerato et honorato*, (Hist. litt. de la France VII 138) oder vor der ganzen gelehrten Welt seiner Zeit.

2) Reiffenberg im Annuaire de la bibl. de Bruxelles, 1844 p. 80—86.

3) In der Folge ist das Wort wohl häufiger gebraucht worden. Bekannt sind mir Hildeberti Cenomanensis (geboren 1055) *liber de querimonia seu con-*

wo letzterer wörtlich mit Odo übereinstimmt; es mag noch mehrere der Art geben, ja es müsste noch eine ganze Reihe derselben sich vorfinden, wenn Odo's Text unverstellt erhalten wäre oder der letztere seiner übernommenen Verpflichtung so sorgsam nachgekommen wäre, wie Fortolf. Es ergiebt sich aus der ganzen Haltung beider Werke, dass nicht Fortolf den Odo, nicht Odo den Fortolf ausgeschrieben, sondern dass beide einer und derselben Vorlage in jenen Stellen, d. h. in den Grundgesetzen des Spiels, gefolgt sind, welche klarer und knapper wiederzugeben kaum möglich war; ein Verfahren, das unter die Rubrik der gestatteten Plagiate nicht blos jener Zeit gehört. Der Autor, dem beide entlehnen, was sie brauchen können, ist unzweifelhaft Hermann, und in seiner Rh. müssten sich diese Stellen wiederfinden; die Schrift, in der sie nachweisbar originaliter stehen, muss Hermann's Schrift sein.

Der Verfasser der von Gerbert edirten Bearbeitung hat also offenbar in geringem zeitlichen Abstande von Hermann dem Lahmen gelebt; näheres über ihn festzusetzen, zunächst ob er wirklich auf den Namen Odo Anspruch erheben darf, ist Sache weiterer Handschriftenforschung.

Du Cange führt nach einem mir nicht zugänglichen Werke von Abbé Le Beuf (Var. Script. II p. 85) einen Tractat über unser Spiel von *Wilhelmus Tegernseensis Scholasticus* an. In desselben Verfassers Dissertations sur l'histoire de Paris, Paris 1739—41 (3 Bde.) wird II 91 *Abaelard* als Verfasser einer Rhythmomachie genannt nach einer Angabe in Richard de Fournival's Biblionomia (Mitte des 13. Jhdt.). Hier liegt wohl nur ein Irrthum vor[1].

flictu *carnis et animae*, eine Nachahmung der boetianischen Consolatio, bei Migne vol. 171 p. 996—1004. Ferner *Carmen de* conflictu *virtutum et vitiorum* in den Münchener Hdss. lat. 4613 s. XII und lat. 3941 s. XV etc.

1) Richard beschreibt (nach L. Delisle, Le cabinet des manuscrits II 426) die Handschrift so: *46 Prefati Boetii liber de arithmetica ad Symmachum. Item Petri Abadalardi liber de pugna numerorum qui dicitur Rychmimachia. In uno volumine.* Man könnte an Adalbero denken. — Der Catalog von St. Amand s. XII (L. Delisle a. o. p. 453) führt zwei namenlose Abschriften auf: *159 Item regulae abaci et rimimachiae. 160 Tabula rimimachine, cum figuris numerorum eiusdem artis.* — Eine Berner Hds. der „Arithmomachie" (so wollte schon Le Beuf Dissertations II 91 das Spiel nennen) cod. 299 membr. führt M. Cantor Math. Beitr. p. 412 not. 430 an; das sind jedoch die Versus Acbrhanni de ludo tabularum secundum numerum, die von mir nach H. Hagen's Mittheilung im Anzeiger des German. Museums 1873 p. 249 f., dann von H. Hagen selbst in seinen Carmina medii aevi m. p. inedita Bern 1877 p. 142 ff. herausgegeben und schon früher von demselben in der Schrift „Antike und mittelalterliche Räthselpoesie" Bern 1869 (und 1877 wiederum) p. 32 f. erläutert worden sind. Verschieden davon sind die Versus Agbranii in einer Römischen Handschrift Cod. Vaticanus Christinae 1964 s. XI s. Dümmler, Neues Archiv IV 530 n. 5.

Endlich erscheint noch ein spätes Machwerk, des 16. Jahrh. wie es scheint, im Wiener Codex 3276 f. 213r—226v unter dem Namen eines Johannes Primicianus: Pythagorae ludus nuper in aliam formam translatus (Incip.: „*Usus et practica* ...", Expl.: „*domnum parant*"). Dieser mag dann schon aus neueren und nur im Druck erhaltenen Bearbeitungen geschöpft haben, zu denen wir uns nun wenden, nachdem wir einige Stimmen aus der Laienwelt citirt haben, die in die Zwischenzeit zwischen die obgenannten Schriften und den ersten der zu nennenden modernen Mathematiker fallen[1]).

Jo. Saresberiensis Polycrat. I c. 5 (ed. Giles III 33) (de alea et usu et abusu eius.) Attalus Asiaticus, si gentilium historiis creditur, hanc ludendi lasciuiam *[alearum ludum]* dicitur inuenisse, ab exercitio numerorum paululum deflexa materia. Cum enim antiquiores illud exercitium duntaxat approbarent, quod ad inuestigationem ueri disciplinasque liberales proficeret uel recte uiuendi instrueret usum, hic subtili quidem, licet infructuosa inuentione ueteris exercitii duritiam non temperauit sed emolliuit, multis adhuc in pristina manentibus grauitate. A manibus namque Graecorum abacus nondum excidit, aut ratio calculandi, aut ludus in quo plene uicisse est ad denunciatum calculum in campis aduersarii constituisse *perfectam et maximam harmoniam.* Cum uero in eisdem harmonica, arithmetica uel geometrica trium terminorum medietate exultat, semiplena uictoria est. Quaeuis alearum, etsi contingant citra triumphi gloriam, aut ludentis felicitatem aut artis peritiam protestantur. *Iucundum quidem et fructuosum est numerorum nosse certamina,* qui depredationi inueniantur obnoxii et qua ratione in castris sint alii tutiores, omnium periculorum ignari, nisi forte circumuenti ab hostibus captiuentur. *Huius uoluptate certaminis, Ptolomaeum, Alexandrum, Caesarem, Catonem, ipsum quoque Samium* grauiores operas legimus temperasse, quo etiam inter ludendum id agerent, unde essent philosophicis negotiis aptiores. Alea uero exciso regno Asiae inter manubias euersae urbis non sub una tantum specie migrauit ad Graecos. Hinc tessera, calculus, tabula, urio uel dardana pugna, tricolus, senio, monarchus, orbiculi, taliorchus, uulpes, quorum artem utilius est dediscere quam docere. Anderswo soll bei Johannes nach Du Cange das Wort *rithmachia* im Sinne von *concinnitas* gebraucht sein, die Stelle ist mir bisher entgangen[2]).

1) Der Gründe, weshalb ich mich nicht auf kurze Angabe der Stellen beschränke, sondern dieselben ganz abdrucken lasse, sind vornämlich zwei. Einerseits zeigt erst die ermöglichte Vergleichung mit dem Fortolftexte, dass bei den citirten Schriftstellern wirklich von unserer Rh. die Rede ist, was z. B. D. de Foncemagne bei Du Cange leugnete, andrerseits kann sich für die Herkunft und Verbreitung der verschiedenen Bearbeitungen ein Fingerzeig in ihnen finden: so deutet möglicherweise der Schluss der Honoriusstelle auf Fortolf.

2) Gemeint ist doch schwerlich epist. 235 (p. 431 ed. Masson): In Rithmachia

Es mag weiter die Darstellung in dem im Mittelalter dem Ovid unterschobenen Gedichte *de Vetula*[1]) folgen. Dort heisst es Buch I c. XXXV p. 25—28 in dem bekannten Nachdruck der Wolfenbütteler Ausgabe (ed. 1662 typis Sterniis):

O utinam ludus sciretur Rythmimachiae!
ludus Arithmeticae folium, flos fructus et eius
gloria laus et honor, quia totum colligit in se
ludus, ubi bellum disponitur ordine miro.
Campis in geminis congressio fit numerorum
quattuor *imparium*, qui sunt in limine primo,
cum totidem *paribus*, qui limite sunt in eodem,
principio numeri numeris non connumerato.
octoque sunt isti patres utriusque cohortis;
auxiliatores nam parti dantur utrique.
primo *multiplices*, quia ducto quolibet in se
quadrati subduntur eis, quibus ordine bino
subsunt *superparticulares* adicientes
toti particulam dictam patris a quotitate.
His alii subsunt, qui particulas superaddunt
dictas a numero uincente patris quotitatem
uno, sed numero patris aequales quotitati,
ordoque binus eis. Numeros hinc inde tabellae
seu Scaci portant, et sunt acies bicolores
ad discernendum, praesertim cum paritas et
imparitas mixtae sibi sint in utraque cohorte.
distinguuntur item Scaci tabulaeue figuris:
hi trigonis, hi tetragonis, illique rotundis;
scilicet ut Scaci numeros utrinque rotundi
primos octo ferant, trigoni sint octo sequentes,
tetragoni reliqui, nisi quod duo sunt ibi Reges
pyramidalibus ex numeris. Ideo quoque Scaci
pyramidales sunt: et habet pars utraque Regem.
In castris parium nonus decimus locus unam
perfectam dat *pyramidem*: senarius in se
ductus pyramidi basim producit eidem

---

ludentium hoc indicat iocus, ubi quoties aufertur pyramis intercepta, toties concidunt latera eius.

1) Vetula in oben genannter Hds. von Montpellier s. XII und zahlreichen anderen Hdss. erhalten: schon Richard von Bury im Philobiblon citirt sie als echtes Werk des Ovid, ebenso Walter Burleigh.

totaque pyramis est nonagenarius unus.
At locus imparium decimus bis *pyramidem* dat
tercurtam, cuius basim octonarius in se
ductus producit, quam pyramidem coadunant
centenarius et nonagenarius una.
Istae pyramides sunt Reges his aciebus
et sunt ex numeris quadratis omnibus ambae,
quod potes ex tabula subiecta noscere plane.

c. XXXVI:

O utinam multis numerorum pugna placeret!
quae si sciretur, placitam se redderet ultro.
Sed Mathesis uix inueniet qui iam uelit ipsam. etc.

Zur Erläuterung finden sich dahinter die Zahlen nach ihren Species und ihrer Vertheilung an die Spieler angegeben.

Noch einmal bezeugt der Verfasser l. III c. II p. 57 seine Liebe zur Rh., indem er von den Studien spricht, denen er sich ergeben will:

Adiciamque iocos dociles Mathesisque sequaces.
sumptibus exiguis aliquatenus aedificabo
concernens ad materiam geometrica quaedam,
sic abstracta quidem, quod non sine materia sint,
Algebraeque memor, qui ludus arithmeticorum,
admittam ludum, qui Rythmomachia uocatur[1]).

Auf *Alanus* de Insulis poetische Schilderung der Arithmetik im Anticlaudianus III 4 v. 17—22 p. 350 de Visch macht mich Le Beuf Diss. II 91 aufmerksam[2]):

1 Quarta soror sequitur, quartae rota prima sororis
est opus, huic operas operose dedicat illa.
et quamuis haec quarta foret; tamen esse secundam
4 se negat in facto, contendens prima uocari.
— — — — — — — — — — — — — —
17 *Mensam Pythagorae*, quae menti patula donat
Delicias animi sapiens, non corporis escas,

1) Der Verfasser schildert übrigens in anderen Capiteln auch den ludus Deciorum (c. 24—30, p, 15—23), das Schachspiel (c. 31—33, p. 23—25) und andere aus der Zahl der *alii parui ludi quos scire puellas est decens* (c. 34, p. 25); ist also wenigstens nach dieser Seite hin nicht uninteressant.

2) Als Autoren der arithmetica werden von Alanus bezeichnet am Schluss des 4. Capitels: Nicomachus, Gilbertus, Pythagoras, Chrysippus.

sustinet una manus, *pugnas* manus altera monstrat,
agmina disponit *numerorum*, praelia fingit,
indicat insultus uarios numerosque rebelles,
22 tandem subtili concludit bella triumpho.

Ihm lasse ich folgen *Honorius Augustodunensis* (um 1300), der in seiner Schrift de animae exilio die Rh. mit folgenden Worten erwähnt:

Quarta ciuitas est Arithmetica per quam quaerenda est patria. In hac Boetio docente par et impar numerus multipliciter se complicant. Cribrum simplices numeros per multiplices numeros reciprocat, Abacus per digitos et articulos eundo multiplicat, redeundo diuidit, minutiis monadem in mille particulas redigit. In hac Rhythmimachia pares et impares numeros in pugnam prouocat, alea Scachos certo numero in certamen ordinat, tabula iactis tesseris senaria sorte congregat. In huius urbis schola uiator discit, *quod deus omnia in mensura et numero et pondere disposuit.*

Im ersten Viertel des 13. Jahrhunderts schrieb Jordanus Nemorarius (um 1235 nach Fabricius IV 176) eine Rh. Seine Arbeit dürfte erst am Beginn der Neuzeit weiteren Kreisen bekannt geworden sein, als Jacobus Faber Stapulensis sie den Ausgaben von Nemorarius' Arithmetik Paris 1496 und 1503 anfügte. Ausser diesen Ausgaben hat M. Curtze von Jordanus' Rh. eine abgekürzte Form kennen gelernt in einem von ihm in Bulletino Boncompagni Tom. I p. 140 bezeichneten, seitdem verloren gegangenen Bande der Königsberger Bibliothek.

Im 14. Jahrh. soll nach Boissier's Angabe Nicolaus Oresmius (von jenem Orestinus genannt), als episcopus Lexoviensis † 1382, sich mit dem Spiel befasst haben. Fabricius V 120 schweigt darüber, und M. Curtze, der über „die mathematischen Schriften des Nicole Oresme" im Programm des Gymn. zu Thorn 1870 gehandelt, hat auch seit der Zeit, wie er mir im J. 1878 mittheilte, trotz fernerer Handschriftenforschungen, die die Schriften des Mannes betrafen, eine Rhythmomachie desselben nicht zu Gesicht bekommen[1]).

Das Ende des 15., sowie das ganze 16. Jahrhundert scheint sich dem Spiele mit einem Eifer, der an den des 12. erinnert, hingegeben zu haben. Es sind vornämlich Engländer und Franzosen, die sich seiner annehmen. Mein Bericht gründet sich, da ich von all den Ausgaben nur die jüngsten in den Breslauer Bibliotheken vorfand, hauptsächlich auf Boissier, der aber

1) Hier will ich noch anfügen die Notiz des Breviloquus Benthemianus s. XV in. (Progr. der Realsch. des Johanneums zu Hamburg 1879 s. 26): *Richmachia: est tabula geometricalis, in qua pueri discunt algorismum uel in qua proprium est disci algorismum, ubi tractatur de numero et pugnatur. et dicitur a ricmos id est numerus et machos pugna.*

selbst die erste der zu nennenden, die von Shirwood s. a. et l. in 4° (Rom 1482) nicht gekannt zu haben scheint.

Indem Boissier eine „*altera Chaldaeorum ludendi ratio*" bespricht, sagt er f. 41^b: *cum saepius ea mihi uenirent in mentem, quae Thomas Randolphus Vir bonarum literarum studiosissimus, cum Lutetiae operum literis dabat, solitus erat mihi dicere de uaria Rythmomachia ludendae ratione, qua Angli delectantur ... obtulit se mihi humanissimus uir Thomas Topcliphus* (ein Anglus, der wie B. bezeugt, *praecipue in Astronomia, Algebra et Scenographia praestat) ... copiam mihi fecit cuiusdam libelli, qui, ut ille retulit, decerptus est ex quodam ueteri libro Chaldaico ac anglico sermone donato. Hic libellus quandam ludendae Rythmomachiae rationem paulo a priore diuersam continet.* Einen französischen Freund der R. nennt B. f. 17^a (hinter f. 31^b!) am Schluss eines Abschnittes *Honoris litisque Victoria*: „*haec ultima species simplicium Victoriarum satis feliciter excogitata est a nostro Ioh. Mesmio Marsano mathemata Lutetiae profitente.* — Er glaubt: *hanc progressionis formam (quae Schachico respondet) nostri ludi perfectionem esse quamque ueteres in ludendo secuti sunt. Qua de re coniecturam capio progressum schachorum et incessum indidem suam originem traxisse. Hinc satis integrum est intueri, quam seuere et Stoice a quibusdam ueteribus hic ludus descriptus sit: qui dum contemplatione ludi contenti sunt, contempserunt id in huius ludi exercitatione, quod neque ingratum neque iniucundum ludentibus fuisset: Hi uero sunt Gilbertus Papa, Hermannus Contractus Castrensis*[1]), *Nicolaus Orestinus: quos hac nostra memoria sunt imitati Orontius Finaeus Delphinas, Iacobus Faber Stapulensis neque ego hactenus ab eorum uestigiis discessi.*

Des Orontius Schrift habe ich in dem bibliographischen Nomenclator R. Constantino authore Paris. 1555 und anderwärts vergeblich gesucht; vielleicht ist sie ein Anhang seines dort p. 104 citirten Werks Arithmetices practicae lib. 4.

Jacques Lefevre aus Etaples en Picardie 1455—1537 „scripsit (wie es dort p. 103 heisst) in Arithmeticem Boethii et Jordani. Et Rithmomachiae ludum". Und Boissier sagt f. 49^a: „*huic meae opellae id quod Iacobus Faber Stapulensis scripsit adiungere uisum est*" und es folgt 49^b —52^a „*Rythmomachia Iacobi Fabri Stapulensis. Dialogus. Bathillus. Alcmeon. Orontinus.*" Libri führt von diesem Dialog, der, wie schon der Name Orontinus zeigt, nicht von Jordanus herrühren kann, Pariser Folioausgaben von 1496 und 1510 an; ich finde ferner eine Ausgabe von 1514 genannt im Verzeichniss alter Drucke der Joachimsthal'schen Gymnasialbibliothek zu

1) Wie kommt Hermann zu dieser Bezeichnung?

Berlin Progr. 1878 p. 37: *Arithmetica .. Musica .. Epitome in libros diui Seuerini Boetii. Rithmimachie ludus. Haec secundaria sup. opp. ed. uenalis habetur Parisiis: in officina Henrici Stephani* (1514). Inwieweit diese von den bei Jordanus genannten Ausgaben verschieden sind, kann ich nicht angeben. Nur nimmt mich Wunder, dass Boissier des Jordanus Namen so ganz verschweigt. Sollte die äussere Verbindung mit dessen Arithmetik in Lefevre's Ausgaben verleitet haben, des Commentators Werk dem Commentirten unterzuschieben?

Die verschiedenen Arten, auf die man das Spiel in England und Frankreich betrieb, mag wer Lust hat bei Boissier selbst nachlesen, dessen Ausgabe nicht gar zu selten. Dass es wirklich gespielt und nicht bloss theoretisch betrieben wurde, wenngleich in kleineren Kreisen und von ernsteren Leuten, ist nicht zu bezweifeln[1]. Thomas Morus (1480, † 1535) empfiehlt es in seiner Utopia neben einem andern an Wibold's Alea regularis (s. oben) erinnernden, zweifelsohne von demselben abgeleiteten Spiele. Er sagt lib. II im Capitel de artificiis (ed. Helmestadi 1672 in 4° p. 69):

Aleam atque id genus ineptos ac perniciosos ludos ne cognoscunt quidem. Caeterum duos habent in usu ludos, latrunculorum ludo non dissimiles: alterum numerorum pugnam, in qua numerus numerum praedatur; alterum in quo collata acie cum uirtutibus uitia confligunt. quo in ludo perquam scite ostenditur et uitiorum inter se dissidium et aduersus uirtutes concordia; item quae uitia quibus se uirtutibus opponant, quibus uiribus aperte oppugnent, quibus machinamentis ab obliquo adoriantur, quo praesidio uirtutes infringant, quibus artibus eorum conatus eludant, quibus denique modis alterutra pars uictoriae compos fiat.

Mit Boissier's Schrift ist doch wohl eher ein feierlicher Abschluss dieser Beschäftigung mit der R. erfolgt, als dass man in ihr die Inauguration einer neuen Epoche finden dürfte. Ihr Titel mag drum, gleichsam als Epitaphium, hergesetzt sein:

NOBILISSIMUS ET ANTIQUISSIMUS ludus Pythagoreus (qui Rythmomachia nominatur) in vtilitatem & relaxationem studiosorum comparatus ad ueram et facilem proprietatem & rationem numerorum assequendam, nunc tādem per Claudium Buxerium Delphinatem illustratus. (Das Bild einer Henne mit der Umschrift: *IN PINGUI . GALLINA* †) *LUTETIAE Apud Gulielmum Cauellat, sub pingui Gallina, ex aduerso collegij cameracensis. Abacus et calculi*

1) Die nothwendigen Spielrequisiten, Abacus et calculi, waren, wie der Titel der Boissier'schen Schrift anzeigt, käuflich „in Palatio apud Ioannen Gentil". Meine Erwartung, das Germanische Museum in Nürnberg würde in Besitz eines mittelalterlichen Spielapparats sich befinden, war vergeblich.

vœneunt in Palatio, apud Joannem Gentil. 1556 CVM PRIUILEGIO REGIS. *(52 foll. in 8°.)*

Wie es scheint, wurde gleichzeitig auch eine französische Uebersetzung ausgegeben.

Nur als Nachzügler[1]) ist zu nennen die Bearbeitung des Italieners Franz Barrozi, Venedig 1572[2]), mit deren Uebertragung durch den Herzog von Braunschweig[3]) im folgenden Jahrh. unser Spiel nochmals nach Deutschland kam, sicherlich ohne sich der warmen Aufnahme von ehedem zu erfreuen.

---

1) In welcher Abhängigkeit des William Fulco *Μετρομαχία* s. Ludus geometricus, London 1566 u. 1578. 4°, und desselben *Οὐρανομαχία* i. e. Astrologorum ludus, London 1571. 4°, von unserer Rythmimachia stehen, habe ich nicht erkundet.

2) Il giuco pittagorico nominato Ritmomacchia per Franc. Barrozi. Venet. 1572. 4.

3) Rythmomachia. Ein vortrefflich, und uhraltes Spiel, deß *Pythagorae:* Welches *Gustavus Selenus,* auß des *Francisci Barozzi,* Eines Venedischen Edelmans, welschem Tractätlein, ins deutsche ubergesetzet, seinem vorgehenden Tractat, vom König=Spiele, (dieweil es ebenmessig, ein scharffes nachdencken erfodert) zugeordnet, und mit nützlichen glossen, auß dem Claudio Buxero Delphinate, verbessert. *Cum Privilegio S. C. Maiest.* Apud *Henningum Gros.* Jun. M. DC. XVI. in Folio. [Bildet p. 443—495 des „Schach- oder Königspiels" von Gustavo Seleno. Lipsiae CIƆIƆCXVI; die Rückseite von 495 enthält Errata, das nächste Blatt Angabe des Druckers und Verlegers.]

---

die Fourier'sche Reihe für die Function $f(\alpha)$ überginge, und dass die Convergenz der Fourier'schen Reihe aus der Convergenz der ersten gefolgert werden könnte. Nun giebt es eine im Innern eines Kreises mit dem Radius 1 convergente Reihe:

$$\frac{1}{2\pi}\int_{-\pi}^{+\pi} f(\gamma)d\gamma + \frac{1}{\pi}\sum_{n=1}^{\infty} r^n \int_{-\pi}^{+\pi} f(\gamma)\cos n(\alpha-\gamma)d\gamma,$$

welche für $r = 1$ formal in die Fourier'sche Reihe übergeht, aber es ist die Frage, ob der Uebergang in gleichmässig stetiger Weise erfolgt. Die vielfachen Untersuchungen über diese und einschlägige Fragen wurden zum Abschluss gebracht durch zwei fast gleichzeitig erschienene Abhandlungen, die erste von Herrn H. A. Schwarz[1]), die andere von Herrn Prym[2]). Herr H. A. Schwarz beweist folgenden in seinen wesentlichen Theilen schon von Riemann behaupteten Satz: „Wenn längs des Randes einer Kreisfläche mit dem Radius 1 eine für alle Werthe des Argumentes α endliche stetige und eindeutige reelle Function $f(\alpha)$, welche bei Vermehrung des Arguments um 2π periodisch in sich zurückkehrt, sonst aber keiner weiteren Beschränkung unterliegt, willkürlich vorgeschrieben ist, so giebt es jedesmal eine und nur eine einzige innerhalb und am Rande des Kreises stetige Function u, deren Ableitungen $\frac{\partial u}{\partial x}, \frac{\partial u}{\partial y}, \frac{\partial^2 u}{\partial x^2}, \frac{\partial^2 u}{\partial y^2}$, im Innern der Kreisfläche endliche, stetige und eindeutige Functionen von x und y sind, welche die Gleichung $\frac{\partial^2 u}{\partial x^2} + \frac{\partial^2 u}{\partial y^2} = 0$ erfüllt, und längs des Randes mit der gegebenen Function $f(\alpha)$ übereinstimmt." Der Beweis dieses Satzes wird aber nicht aus der Reihe, sondern aus dem Poisson'schen Integral

$$\frac{1}{2\pi}\int_{-\pi}^{+\pi} f(\alpha)\frac{1-r^2}{1-2r\cos(\alpha-x)+r^2}\,d\alpha$$

abgeleitet, welches im Innern des Kreises mit der obigen Reihe übereinstimmt und den reellen Theil der durch die Gleichung

$$\varphi(z) = \frac{1}{2\pi}\int_{-\pi}^{+\pi} f(\alpha)\frac{e^{\alpha i}+z}{e^{\alpha i}-z}\,d\alpha$$

1) Vierteljahrsschrift der Naturforschenden Gesellschaft zu Zürich. Jahrg. XV. „Ueber die Integration der Dffgl. $\Delta u = 0$ für die Fläche eines Kreises." Ein Abdruck der Abh. nebst Fortsetzung und Erweiterung der darin enthaltenen Untersuchungen in Borchardt's Journ. für Math. Bd. 74. 1872.

2) Ueber die Dffgl. $\frac{\partial^2 u}{\partial x^2} + \frac{\partial^2 u}{\partial y^2} = 0$. Borchardt's Journ. für Math. Bd. 73. 1871.

für alle Werthe von $z = re^{\alpha i}$, deren absoluter Betrag kleiner als 1 ist, mit dem Charakter einer ganzen Function eindeutig definirten Function des complexen Argumentes $z = x + yi$ darstellt. Das Poisson'sche Integral verliert nun am Rande seinen Sinn. Wenn man aber festsetzt, die durch das Integral im Innern des Kreises definirte Function solle am Rande mit der Function $f(\alpha)$ übereinstimmen, so lässt sich zeigen, dass die Werthe des Integrals in unendlicher Nähe des Randes in stetiger Weise in die Werthe der Function $f(\alpha)$ am Rande übergehen. Der reelle Theil der im Innern des Kreises definirten Function $\varphi(x + yi)$ geht demnach am Rande stetig in die Function $f(\alpha)$ über.

Andrerseits folgt aus dem von Dirichtet[1]) neu bewiesenen Abel'schen[2]) Satze, wonach die Grenze einer convergenten Potenzreihe $c_0 + c_1 r + c_2 r^2 + \ldots$, wenn r dem Werthe 1 unendlich nahe kommt, gegen den Werth $c_0 + c_1 + c_2 \ldots$ convergirt, falls letztere Reihe convergirt, dass die mit dem reellen Theile von $\varphi(z)$ im Innern des Kreises übereinstimmende Reihenentwicklung nach Potenzen am Rande stetig in die Fourier'sche Reihe übergeht. An den Stellen, wo also die Fourier'sche Reihe convergirt, kann sie nicht verschieden sein von den zugehörigen Werthen von $f(\alpha)$. Ob aber, und wann sie convergirt, können wir hieraus überhaupt nicht schliessen.

In dem Handbuche der theoretischen Physik von W. Thomson und P. G. Tait[3]) wird ein Beweis für die Convergenz der Fourier'schen Reihe gegeben, der, was Mangel an Strenge betrifft, wenig hinter dem Cauchy'schen, auf dem er sich im Allgemeinen aufbaut, zurücksteht. Die Fourier'sche Reihe wird aus der Umformung eines Integrals erhalten, von dem gezeigt wird, dass es zwischen einander immer näher rückenden endlichen Grenzen eingeschlossen werden kann. Damit ist aber gar nichts bewiesen. Die Herren W. Thomson und P. G. Tait versuchen ihr Verfahren sowohl im Allgemeinen in der Vorrede, als auch speciell im citirten Art. zu rechtfertigen. Die Berechtigung für ihr Verfahren leiten sie aber nur daraus her, dass „jede der (von ihnen) äquivalent gesetzten Formeln einen bestimmten arithmetischen Sinn habe, und die darin enthaltene Reihe somit convergire".

An zweiter Stelle behauptet Riemann, es lasse sich umgekehrt der pag. 236 angeführte Satz aus der Fourier'schen Reihe ableiten. Dieser Weg

1) Liouville. Journ. des Math. Sér. II. Tome VII. pag. 253—255.
2) Crelle's Journ. für Math. Bd. I. pag. 314—315.
3) Treatise on natural philosophy by W. Thomson and P. G. Tait. Vol. I. Part. I. 1879. New ed. art. 77. pag. 59 and f.

$$\text{I)} \qquad \lim_{k=\infty} \int_0^h f(\beta) \frac{\sin k\beta}{\sin \beta} d\beta = \frac{\pi}{2} f(0)_{0 < h \leqq \frac{\pi}{2}}$$

und daraus folgt unmittelbar, dass

$$\text{II)} \qquad \lim_{k=\infty} \int_g^h f(\beta) \frac{\sin k\beta}{\sin \beta} d\beta = 0_{0 < g < h \leqq \frac{\pi}{2}}$$

ist. Mit Hülfe des Satzes II) kann man den Satz I) auf alle stetigen Functionen ausdehnen, die nur eine endliche Anzahl von Maximis und Minimis haben. Hierbei nennt Dirichlet eine Function stetig, wenn sie zwischen 0 und h endlich und bestimmt bleibt, und bei der ausserdem noch $f(\beta + \delta) - f(\beta)$ mit δ ohne Grenzen kleiner wird. Es lässt sich jedoch in Folgendem überall die schärfere Definition zu Grunde legen: Eine Function $f(\beta)$ ist in der Umgebung eines Punktes β dann stetig, wenn es nach Annahme einer von Null verschiedenen, sonst beliebig kleinen Grösse ε stets eine Grösse δ' derart giebt, dass für alle Grössen δ'', deren absoluter Betrag unter dem von δ' liegt, $f(\beta + \delta'') - f(\beta)$ unter die Grösse von ε herabsinkt. Ist die Function $f(\beta)$ an der Stelle 0 unstetig, so convergirt die Fourier'sche Reihe auch noch, aber gegen den Werth $\lim_{\varepsilon=0} \frac{\pi}{2}(f(0 + \varepsilon) + f(0 - \varepsilon))$. Dies geschieht auch noch, wenn ausserdem noch in dem Intervalle von 0 bis h eine beliebig grosse, aber endliche Anzahl von Unstetigkeitsstellen liegt.

Wenn man nun die Function $\varphi(x)$ denselben Bedingungen unterwirft, wie $f(\beta)$, so lässt sich unschwer zeigen, dass die Summe S für jede innerhalb der Grenzen $-\pi$ und $+\pi$ gelegene Stelle x gegen den Werth $\lim_{\varepsilon=0} \frac{\varphi(x + \varepsilon) + \varphi(x - \varepsilon)}{2}$ convergirt, für die Grenzen selbst aber gegen den Werth $\lim_{\varepsilon=0} \frac{\varphi(-\pi + \varepsilon) + \varphi(\pi - \varepsilon)}{2}$ convergirt.

Wir haben demnach den Satz:

„Die Fourier'sche Reihe für eine Function, die

1) nicht unendlich wird,
2) nicht unendlich viele Unstetigkeiten, und
3) nicht unendlich viele Maxima und Minima besitzt,

convergirt gegen den Werth der Function an allen Stellen, ausser an den Unstetigkeitsstellen, wo sie gegen den Mittelwerth aus den beiderseitigen Grenzwerthen convergirt." Die Bedingungen, denen hier die Function unterworfen ist, sind zumeist als die Dirichlet'schen bezeichnet worden.

übertrug, gab er den Anstoss zu der mannichfachen Förderung und Klärung, welche diese Grundbegriffe bei Gelegenheit der Untersuchungen über die trigonometrischen Reihen erfahren haben.

Ausser der genannten Abhandlung hat Dirichlet noch eine zweite Abhandlung über die trigonometrischen Reihen geschrieben (siehe pag. 234. Anm. 1), die jedoch wesentlich nur eine ausführliche Darlegung der in der ersten Abhandlung theilweise nur angedeuteten Methoden enthält.

Dirichlet stellt sich die Aufgabe zu untersuchen, wann die Fourier'sche Reihe convergirt, und schlägt dazu folgenden Weg ein. Er untersucht, wie eine Function $\varphi(x)$ beschaffen sein muss, damit die Summe der $(2n+1)$ ersten Glieder der Fourier'schen Reihe:

$$S = \frac{1}{2\pi}\int_{-\pi}^{+\pi}\varphi(\alpha)\,d\alpha + \frac{1}{\pi}\sum_{k=1}^{n}\cos kx\int_{-\pi}^{+\pi}\varphi(\alpha)\cos k\alpha\,d\alpha$$

$$+\frac{1}{\pi}\sum_{k=1}^{n}\sin kx\int_{-\pi}^{+\pi}\varphi(\alpha)\sin k\alpha\,d\alpha = \int_{0}^{\frac{\pi+x}{2}}\varphi(x-2\beta)\,\frac{\sin(2n+1)\beta}{\sin\beta}\,d\beta$$

$$+\int_{0}^{\frac{\pi-x}{2}}\varphi(x+2\beta)\,\frac{\sin(2n+1)\beta}{\sin\beta}\,d\beta$$

mit unendlich werdendem n gegen den Werth der Function an der Stelle x, nämlich gegen $\varphi(x)$, convergirt. Die Untersuchung kommt daher auf die Bestimmung eines Integrales von der Form

$$\lim_{k=\infty}\int_{0}^{h} f(\beta)\,\frac{\sin k\beta}{\sin\beta}\,d\beta_{0<h\leqq\frac{\pi}{2}}$$

hinaus. Wenn man die Voraussetzung macht, $f(\beta)$ solle erstens zwischen 0 und h beständig endlich und bestimmt sein, und zweitens beständig positiv sein und nie zunehmen, so ist das Integral in eine Summe von Theilintegralen zerlegbar, deren jedes so beschaffen ist, dass die Function unter dem Integralzeichen beständig von demselben Zeichen innerhalb desselben Intervalles ist. In jedem Intervall lässt sich nun ein bekannter Mittelwerthsatz anwenden, und alsdann erhält man eine Reihe alternirender Glieder, die immer kleiner werden. Vermöge dieser Eigenschaft der Reihe kann man die Summe der $2n+1$ ersten Glieder zwischen zwei Grenzen einschliessen und zeigen, dass beide Grenzen bei wachsendem n gegen $\frac{\pi}{2}f(0)$ convergiren. Hiernach ist

sei.[1]) Herr Schläfli beruft sich auf Duhamel[2]), indem er von dessen Abhandlung meint, hier scheine dem Verfasser der Gedanke vorzuschweben, dass es natürlicher wäre, der durch die trigonometrische Reihe ausgedrückten Function an der Unstetigkeitsstelle alle Werthe, die zwischen den Grenzwerthen in stetiger Folge liegen, beizulegen. Nun spricht freilich Duhamel den Satz aus: Wenn man die Summe der ersten n Glieder einer Reihe, deren einzelne Glieder stetige Functionen von x sind, zusammenzieht, und statt x eine Function von n substituirt, die mit wachsendem n in einen Werth x_1 übergeht, für den die Function eine Stetigkeitsunterbrechung erfährt, so kann man diese Function von n so einrichten, dass die Function gegen jeden Zwischenwerth zwischen den Grenzwerthen convergirt. Er sagt aber zugleich, es gäbe zwei Wege, um den Werth einer Reihe an einer Stelle x_1 zu finden. Man könne zuerst $x = x_1$ setzen und dann summiren, so fände man einen Werth, und diesen Weg wende man an, um die Summe der Reihe wirklich auszuwerthen. Oder man bildet zuerst die Summe formal und setzt dann den Werth $x = x_1$ ein. Duhamel erkennt sehr richtig, dass bei stetigen Functionen beide Wege zu demselben Ziele führen, bei den unstetigen aber der angeführte Satz gelte. Aber die zweite Art und Weise der Aufsuchung der Summe ist überhaupt gar nicht zulässig, denn man darf nicht behaupten, dass die gefundene Summenformel für den Werth $x = x_1$ mit der Reihe für $x = x_1$ übereinstimme. Gegen die Zulassung einer derartigen Definition ist mit entscheidendem Gewicht ihre völlige Willkürlichkeit geltend zu machen. Es ist daher nur zulässig, den ersten Weg einzuschlagen, und dann convergirt die Fourier'sche Reihe nur gegen den Mittelwerth.

Auch Herr P. du Bois-Reymond[3]) hat den Nachweis zu führen versucht, dass die Fourier'sche Reihe an den Unstetigkeitsstellen jeden beliebigen zwischen den Grenzwerthen liegenden Werth annehmen kann. Er construirt an einer Unstetigkeitsstelle $x = x_1$ als Werth des $\lim_{n=\infty,\, x=x_1}$ der Fourier'schen Reihe:

$$\frac{\pi}{2}\left(f(x_1+0)+f(x_1-0)\right)+\left(f(x_1+0)-f(x_1-0)\right)\lim_{\substack{n=\infty\\ x=x_1}}\int_0^{n(x-x_1)}\frac{\sin\alpha}{\alpha}\,d\alpha.$$

---

1) Einige Zweifel an der allgemeinen Darstellbarkeit einer willkürlichen periodischen Function einer Variablen durch eine trigonometrische Reihe. Bern 1874. Universitätsprogrm. pag. 15, und Borchardt's Journ. für Math. Bd. 72. Ueber die part. Differentialgl. $\frac{\partial w}{\partial t} = \frac{\partial^2 w}{\partial x^2}$ pag. 284.

2) Liouville Journ. des Math. Tom. XIX. 1854. Note sur la discontinuité des valeurs des séries, et sur les moyens de la reconnaître.

3) Math. Annalen Bd. 7. 1873. Ueber die sprungweisen Werthveränderungen analytischer Functionen. Siehe insbesondere pag. 254: „Also sind alle Werthe,

Lässt man hierin erst $x = x_1$ und dann $n = \infty$ werden, so erhält man den Dirichlet'schen Mittelwerth; lässt man erst $n = \infty$ und dann $x = x_1$ werden, so erhält man die beiden Grenzwerthe, je nachdem man sich x_1 von der positiven oder negativen Seite her nähert; macht man aber die Grenzübergänge gleichzeitig, so erhält man alle dazwischen liegenden Werthe. Dies soll nach Herrn P. du Bois-Reymond die „eigentliche Werthbestimmung der Fourier'schen Reihe" sein. Dass sie auf einer nicht zulässigen Ansicht über Reihensummationen beruht, ist nach dem Vorhergehenden klar. Es darf keine andere Reihenfolge stattfinden, als die, zuerst $x = x_1$ und dann $n = \infty$ zu setzen, und dann fällt hier auch die sogenannte Stetigvieldeutigkeit fort. Andernfalls erhält man nämlich gar nicht den Werth der Fourier'schen Reihe an der Stelle $x = x_1$.

Man hat sich zu der irrthümlichen Ansicht, dass die Dirichlet'sche Mittelwerthbestimmung nicht genau richtig sei, verleiten lassen durch die oben erwähnte Betrachtung einer durch das Poisson'sche Integral im Innern eines Kreises mit dem Radius 1 definirten Function von x und r. Wenn die mit dem Poisson'schen Integral identische Reihe am Rande in die willkürlich gegebene, endliche, stetige und eindeutige Function $f(x)$ übergehen soll, so geschieht dieser Uebergang auf stetige Weise, und selbst dann gilt der von Herrn H. A. Schwarz bewiesene Satz, wenn die Function an einzelnen Stellen unstetig wird, wenn man nur auf die Uebereinstimmung der durch die Reihe definirten Function mit der gegebenen Function an den Unstetigkeitsstellen am Rande verzichtet. Herr Prym untersucht (a. a. O.) genau die Art und Weise des Ueberganges und zeigt, dass die Function beim Uebergange $r = 1$ an den Unstetigkeitsstellen jeden beliebigen zwischen den Grenzwerthen liegenden Werth und diese selbst annehmen kann, je nach der Richtung, in welcher man die Verbindungslinie zwischen dem Endpunkte von r und der Unstetigkeitsstelle an dieser gegen Null abnehmen lässt. Die Fourier'sche Reihe convergirt aber durchaus nur gegen den Mittelwerth, da sich x dem Werthe x_1 im Gebiete einer Variablen nähert, dagegen der Endpunkt von r der Unstetigkeitsstelle im Gebiete zweier Variablen.

Die Dirichlet'schen Bedingungen sind keine nothwendigen, sondern nur hinreichende. Nach ihnen blieb noch in Frage, ob eine Function, die

1) an einer Stelle unendlich wird,
2) unendlich viele Unstetigkeiten,
3) unendlich viele Maxima und Minima besitzt,

noch durch die Fourier'sche Reihe darstellbar ist.

---

welche die Fourier'sche Formel und die Fourier'sche Reihe an der Sprungstelle repräsentirt, eingeschlossen zwischen den Grenzen $\pi f(x_1 - 0)$ und $\pi f(x_1 + 0)$, ein Intervall, das sie continuirlich ausfüllen, und kein Werth liegt ausserhalb."

Wird die Function an einer Stelle c unendlich, so stellt Dirichlet bei Gelegenheit einer anderen Abhandlung[1]) die Convergenz des Integrals $\int f(\alpha)d\alpha$, wenn es über die Stelle c erstreckt wird, als Bedingung auf, damit die Fourier'sche Reihe auch dann noch die Function darstelle. Jedoch hat Dirichlet diese Bedingung durchaus nur als eine hinreichende, nicht als eine nothwendige aufstellen wollen. Wenn das Integral unbedingt convergirt, so ist diese Bedingung in der That eine ausreichende, wie Herr P. du Bois-Reymond bemerkt hat[2]).

Die beiden letzten Fälle, äusserte sich Dirichlet am Schlusse seiner ersten Abhandlung (pag. 169), seien auf die behandelten zurückzuführen. Eine Function, die unendlich viel Unstetigkeiten besässe, sei durch die Fourier'sche Reihe noch darstellbar, wenn sich nur zwischen zwei Stellen (a b) immer noch andere (r s) finden liessen, so dass zwischen letzteren die Function stetig wäre. Die Fundamentalsätze aus der Analysis, die zu dieser Erweiterung seines Satzes nothwendig seien, verspricht er in einer späteren Note auseinanderzusetzen, in der er sich auch noch mit andern merkwürdigen Eigenschaften der Reihe beschäftigen will. Dies Versprechen hat er aber nicht eingelöst. Die Bedingung, die er für die unendlich oft unstetigen Functionen formulirt, entspringt nach ihm aus dem Begriffe des bestimmten Integrals, und man hat daher sagen können, Dirichlet behaupte hier, für alle in seinem Sinne integrablen Functionen gelte die Fourier'sche Darstellung. Die genaue Ausführung des Beweises hat Herr Lipschitz gegeben[3]). Derselbe interpretirt Dirichlet's Ansicht über die Functionen mit unendlich vielen Unstetigkeiten gewiss richtig dahin, dass es dann nur eine endliche Anzahl singulärer Punkte geben dürfe, in deren Umgebung unendlich viel Unstetigkeitspunkte liegen. Dann aber stellt die Fourier'sche Reihe, wie er beweist, in der That die Function noch dar. Ob die Function auch an den singulären Stellen durch die Reihe dargestellt wird, bleibt unentschieden, und wir haben kein Mittel, diese Frage zu beantworten.

Wenn nun eine Function unendlich viele Maxima und Minima hat, so hindert nichts die Fourier'sche Reihe für diese Function aufzustellen, wenn

---

1) Crelle's Journ. für Math. Bd. 17. pag. 54.

2) Borchardt's Journ. für Math. Bd. 79. 1874. Allgemeine Lehrsätze über den Giltigkeitsbereich der Integralformeln, die zur Darstellung willkürlicher Functionen dienen, pag. 43—46, und Abhandlungen der Bayerischen Akademie Bd. XII, II. Math.-Phys. Classe. 1876. pag. 43—44.

3) Borchardt's Journ. für Math. Bd. 63. 1864. pag. 296. de explicatione per series trigonometricas etc. Die Abh. erschien zuerst pro adito muneris professoris ordinarii in ord. phil. univ. Frid. Guil. Rhen. 1864 Mai.

nur die Coefficienten einen Sinn haben und die Reihe convergirt. Aber dass die so gebildete Reihe die Function auch wirklich darstelle, kann erst behauptet werden, wenn gezeigt ist, dass ihre Werthe in jedem Punkte höchstens mit Ausnahme einer endlichen Anzahl bestimmter Punkte mit denen der Function übereinstimmen.

Die Functionen mit unendlich vielen Maximis und Minimis sind in solche einzutheilen, welche an einer Maximum-Minimumsstelle unendlich viele Oscillationen mit unendlich kleiner Amplitude besitzen, und solche, bei denen die Amplituden endlich sind. Die ersteren können stetige Functionen sein, die letzteren sind unstetige. Dirichlet hielt nun jedenfalls alle stetigen Functionen für darstellbar durch die Fourier'sche Reihe ohne irgend welche Ausnahmepunkte, und er soll auch nach einer mündlichen Mittheilung von Herrn Weierstrass, auf welche sich Herr P. du Bois-Reymond[1]) bezieht, diesen Glauben nicht verloren haben. Auch Riemann hat, nach mehreren Stellen seiner Schriften zu schliessen, an die Dirichlet'sche Behauptung geglaubt[2]); und H. Hankel[3]) meint geradezu „es sei durch Dirichlet, Lipschitz und Riemann erwiesen, dass alle stetigen Functionen in eine Fourier'sche Reihe entwickelbar seien". Das Irrige dieses Glaubens hat Herr P. du Bois-Reymond aufgedeckt, nachdem er nach mannichfachen vergeblichen Versuchen, den Satz zu erweisen, zu der Ansicht gelangt war, dass er wohl nicht richtig sei. In einer weitläufigen Untersuchung[4]) werden verwickelte Bedingungen aufgestellt, unter denen die Fourier'sche Reihe, welche sonst die stetige Function darstellt, an einzelnen Stellen nicht mit den Functionswerthen übereinstimmt. Da wir jedoch den Hauptwerth dieser Untersuchung darin sehen, dass ein erstes Bespiel einer solchen stetigen Function gegeben wurde, so werden wir nur am Schluss ein einfacheres Beispiel angeben, welches Herr Prof. H. A. Schwarz in seinen Vorlesungen gegeben, und dessen Mittheilung derselbe mir gütigst gestattet hat. Dasselbe ist zwar in dem allgemeineren du Bois-Reymond'schen Beispiel formal enthalten, zeichnet sich aber sowohl in der Anlage, als im Beweise durch grössere Einfachheit aus.

Hauptsächlich aus der Annahme, dass alle stetigen Functionen nach

---

1) Abh. der Bayer. Akad. XII, II. pag. VIII. Anm.

2) Ges. Werke. Inauguraldiss. pag. 3. „Neuere Untersuchungen haben indessen gezeigt . . ." und Habilitationsschrift pag. 223. „In der That für alle Fälle der Natur . . .", und pag. 224 „wenn man die unnöthige Voraussetzung . . . .".

3) Ueber die unendlich oft oscillirenden und unstetigen Functionen. Tübingen 1870. Universitätsschrift. § 3.

4) Abh. der Bayer. Akad. Bd. XII, II. Math.-Phys. Classe 1876. Untersuchungen über die Convergenz und Divergenz der Fourier'schen Darstellungsformeln. Cap. IV.

dem Dirichlet'schen Beweise durch die Fourier'sche Reihe darstellbar seien, entspringt wohl auch Riemann's Ansicht (a. a. O. pag. 223, 230 und 251), dass Functionen, auf welche sich die Dirichlet'sche Untersuchung nicht erstrecke, nicht in der Natur vorkämen. Wir wollen es mit Herrn Heine[1]) schon dahingestellt sein lassen, ob die unstetigen Functionen überhaupt in der Natur vorkommen, und es vorziehen, dieser naturphilosophischen Frage gegenüber zu sagen, dass wir darüber nichts wissen. Jedenfalls müssen wir uns bewusst bleiben, dass wir zu den gebrauchten Hypothesen in der Physik eine neue hinzufügen, wenn wir die Entwickelbarkeit einer auftretenden Function in eine trigonometrische Reihe annehmen.

Die Functionen mit unendlich vielen Maximis und Minimis, welche im Uebrigen den Dirichlet'schen Bedingungen genügen, hat Herr Lipschitz (a. a. O.) einer Untersuchung unterworfen, und hat eine Bedingung angegeben, unter der die für eine solche Function aufgestellte Fourier'sche Reihe sowohl convergirt, als auch in ihren Werthen in jedem Punkte mit denen der Function übereinstimmt. Herr Lipschitz betrachtet eine Function, die innerhalb der Grenzen endlich und stetig ist, oder nur eine endliche Anzahl von Stetigkeitsunterbrechungen erfährt, aber unendlich viele Maxima und Minima sei es in Punkten oder Strecken besitzt. Die beiden andern von Dirichlet nicht bis zu Ende behandelten Fälle, dass die Function an einzelnen Stellen unendlich viele Unstetigkeiten besässe, sollen hier nicht statthaben: „quis duobus, vel tribus (sc. casibus) simul adcitis seriei species potius quam vis et natura mutatur". Jedoch wird die Eigenthümlichkeit der Reihe nur dann nicht geändert, wenn nicht in demselben Punkte mehrere der von Dirichlet ausgeschlossenen Singularitäten zusammentreffen. Herr Lipschitz stützt seinen Beweis auf die beiden Integraltheoreme Dirichlet's I und II pag. 240. Er zeigt, dass sie gelten und damit, dass die Fourier'sche Reihe noch gegen den Functionswerth convergire, wenn an allen Stellen, wo die Function oscillirt, der absolute Betrag von $f(\beta+\delta)-f(\beta)$ mit abnehmendem δ rascher gegen Null convergirt, als das Product einer Constanten B und einer Potenz von δ mit beliebigem positiven Exponenten. Bezeichnen wir den absoluten Betrag der Schwankung $f(\beta+\delta)-f(\beta)$ mit D, so lautet die Lipschitz'sche Bedingung „$D < B\,\delta^{\alpha}$", wo $\alpha > 0$ ist. Diese Bedingung enthält mehr als die Forderung der gleichmässigen Stetigkeit. Wenn die Function gleichmässig stetig sein soll, so muss es für alle Werthe von β einen von β unabhängigen Minimalwerth δ' geben, so dass für alle Werthe δ'', die dem absoluten Betrage nach kleiner als δ' sind, $f(\beta+\delta'')-f(\beta)$ unter dieselbe vorgegebene beliebig kleine Grösse σ sinkt.

1) Handbuch der Kugelfunctionen. 2. Aufl. Bd. I. pag. 55.

Die Lipschitz'sche Bedingung verlangt aber mehr als gleichmässige Stetigkeit, denn es ist sehr wohl möglich, dass gleichmässige Stetigkeit stattfindet, aber wenn $\sigma = B\delta^{\alpha}$ vorgegeben ist, ist nicht gesagt dass der Minimalwerth δ', den die Bedingung der gleichmässigen Stetigkeit ergiebt, auch $\geq \left|\sqrt[\alpha]{\frac{\sigma}{B}}\right|$ sei. Die Bedingung umfasst also keineswegs alle stetigen Functionen.

Die Lipschitz'sche Demonstration gilt nur dann nicht, wenn D schwächer gegen Null convergirt, als $B\delta^{\alpha}$. Herr Lipschitz sagt, diese Ausnahme träte ein, wenn $B\delta^{\alpha}$ langsamer gegen Null convergirte, als $\frac{1}{\log\delta}$, und beruft sich dabei auf Gauss[1]), der diese Bemerkung zuerst gemacht hat. In der That, da δ^{α} stärker gegen Null convergirt, als $\frac{1}{\log\delta}$, so convergirt D erst recht schwächer gegen Null, als $B\delta^{\alpha}$, wenn es schwächer als $\frac{1}{\log\delta}$ gegen Null convergirt. Es ist aber auch nöthig, das Umgekehrte zu betrachten. Wenn D rascher gegen Null convergirt, als $\frac{1}{\log\delta}$, so ist damit noch nicht gesagt, dass es auch rascher gegen Null convergirte, als $B\delta^{\alpha}$. Ist letzteres nun nicht auch der Fall, so würde der Beweis von Herrn Lipschitz schon hier seine Geltung verlieren. Das ist aber nicht richtig. Denn man sieht leicht, das man ganz von vornherein, als beschränkende Bedingung $\lim_{\delta=0} D\log\delta = 0$ aufstellen konnte, welche identisch ist mit der Bedingung, dass D stärker gegen Null convergirt, als $\frac{1}{\log\delta}$. Herr Lipschitz bezeichnet selbst den Angelpunkt seines Beweises (a. a. O. pag. 310) „Atque hac in re sunt nervi demonstrationis nostrae". Es wird nämlich der Rest der Reihe zwischen zwei Grenzen eingeschlossen, und in dem einen Grenzwerth tritt $\lim_{\delta=0} D\log\delta$ als überschüssig über die Null auf. Damit nun der Rest gleich Null werde, setzt Herr Lipschitz $D < B\delta^{\alpha}$ und hieraus allein entspringt seine Bedingung. Man kann also die Lipschitz'sche Bedingung sofort durch die umfassendere $\lim_{\delta=0} D\log\delta = 0$ ersetzen. Herr Dini[2]) bedient sich derselben auch ohne Weiteres. Also die Fourier'sche Reihe stellt auch eine Function mit unendlich vielen Maximis und Minimis dar, wenn nur an allen Stellen, wo die Function oscillirt, $\lim_{\delta=0} D\log\delta = 0$ ist. Wenn aber an einer endlichen Anzahl von Oscillationspunkten die Bedingung nicht mehr erfüllt ist, so kann man auch dann noch sagen, die

1) Allgemeine Lehrsätze in Beziehung auf die im verkehrten Verhältniss des Quadrats wirkenden Anziehungs- und Abstossungskräfte. Art. 16.

2) Sopra la serie di Fourier. Pisa 1872.

Fourier'sche Reihe stelle eine derartige Function dar; jedoch muss man darauf verzichten, die Convergenz der Fourier'schen Reihe oder die Uebereinstimmung ihrer Werthe mit denen der Function an jenen singulären Punkten mit den bisher zum Ziele führenden Mitteln zu erweisen. Der Erfolg der Lipschitz'schen Untersuchung betreffend die Richtigkeit der beiden Integraltheoreme lehrt schon, dass Riemann mit seiner Behauptung (a. a. O. pag. 224), dass die Integraltheoreme, im Falle die Function unendlich viele Maxima und Minima hat, nicht mehr ausreichten, im Irrthum war. Es scheint mir überhaupt, dass eine Entscheidung, ob die Fourier'sche Reihe für eine Function convergirt oder divergirt, nur aus diesen beiden Integraltheoremen geschöpft werden kann, so lange die Function noch integrirbar ist. Erfüllt die Function nicht mehr die Bedingung der Integrirbarkeit, so haben die Integraltheoreme freilich ihren Sinn verloren; in diesem Falle aber haben wir überhaupt noch gar kein Mittel zur Untersuchung.

Durch die Bedingung, welche Herr Lipschitz aufgestellt hat, ist zwar wieder von einer ganzen Functionenklasse nachgewiesen, dass sie durch die Fourier'sche Reihe darstellbar ist, aber die nothwendigen Bedingungen haben wir damit eben so wenig erreicht, als durch die Dirichlet'sche Abhandlung. Ob eine Function, welche den bisher bekannten Bedingungen nicht genügt, nicht auch noch durch eine trigonometrische Reihe darstellbar ist, bleibt noch völlig unentschieden. Aber man kann vielleicht sagen, es ist zu viel verlangt, die nothwendigen Bedingungen anzugeben, denen eine Function genügen muss, damit sie durch die Fourier'sche Reihe darstellbar sei. Neben der allgemeinsten Definition, dass eine Reihe positiver Grössen dann convergirt, wenn die Summe der n ersten Glieder mit wachsendem n sich in einer bestimmten endlichen Grenze nähert, giebt es keine andere Definition, welche denselben Umfang hätte. Man kann daher wohl immer engere, dieser Definition immer näher rückende Bedingungen aufstellen, und damit das Gebiet der darstellbaren Functionen immer mehr erweitern. Hätte man aber die nothwendigen Bedingungen selbst, so könnten diese nicht verschieden sein von den in der Definition gegebenen, und eine Aussage über den Umfang des Gebietes, in dem die Functionen noch darstellbar sind, würde wieder auf die Definition des Begriffes der Darstellbarkeit einer Function zurückführen.

Wenn daher ein Versuch, noch weniger einschränkende Bedingungen als die Dirichlet'schen und die Lipschitz'sche zu finden, nicht auf einfache Resultate führt, so erscheint er insofern nicht völlig befriedigend, als die Bedingungen eben immer noch weiter eingeschränkt werden können, ohne dass man doch jemals zum Endziel gelangte. Es ist auch auf diesem Wege weiter vorzudringen nur noch ein Versuch gemacht worden, nämlich durch die Abhandlung des Herrn P. du Bois-Reymond: „Untersuchungen über die Convergenz und Divergenz der Fourier'schen Darstellungsformeln" (a. a. O. Cap. I—III). Dieselbe scheint mir jedoch zu keinen greifbaren Resultaten zu führen.

Nur das Eine wollen wir ihr entnehmen, dass in der That bei Functionen, welche der Lipschitz'schen Bedingung nicht mehr genügen, bereits Divergenz der Fourier'schen Reihe eintreten kann.

III.

Riemann hat in seiner Habilitationsschrift einen folgenreichen Schritt gethan, der das Verständniss aller folgenden Untersuchungen über diesen Gegenstand eröffnet, und sie überhaupt erst ermöglichte, indem er nämlich den Dirichlet'schen Weg verliess, und die Frage so stellte: Welche Eigenschaften muss eine Function haben, damit es eine trigonometrische Reihe giebt, welche überall da, wo sie convergirt, gegen den Werth der Function convergirt?

Ob diese Reihe dann die Function darstellt, wird hiermit nicht entschieden. Von dieser Seite aus konnte Riemann nun allerdings die Frage nach nothwendigen und hinreichenden Bedingungen, oder wie wir kürzer sagen, nach „den nothwendigen Bedingungen" aufwerfen. Und es ist ihm in der That gelungen, die nothwendigen Bedingungen dafür aufzufinden, dass es eine trigometrische Reihe giebt, welche, wo sie convergirt, gegen den Functionswerth convergirt. Sobald er aber wieder den Dirichlet'schen Weg betrat, musste er wieder zu bloss hinreichenden Bedingungen seine Zuflucht nehmen. In diesem Sinne ist daher auch nur die Bemerkung Riemann's (a. a. O. pag. 230) zu verstehen: „es müssen zunächst zur Darstellbarkeit nothwendige Bedingungen aufgesucht, und aus diesen dann zur Darstellbarkeit hinreichende ausgewählt werden". Dies erscheint jedoch in einer anderen Beziehung nicht ganz correct; denn hinreichende Bedingungen müssen allemal sämmtliche nothwendigen einschliessen, ebenso wie umgekehrt die Functionenklassen, welche in Folge der nothwendigen Bedingungen darstellbar sind, die welche in Folge ausreichender darstellbar sind, umfassen.

Die Riemann'sche Habilitationsschrift zerfällt in drei Theile. Der erste ist der historische, auf den wir oben mehrfach Bezug genommen haben. Der zweite Theil enthält jene Auseinandersetzung über Fundamentalsätze der Analysis, die schon Dirichlet für unumgänglich nothwendig zum weiteren Fortschreiten in diesem Gebiete gehalten hat. Der Begriff des bestimmten Integrals wird definirt, und untersucht, wann eine Function ein Integral besitzt. Diese Untersuchungen sind allgemein angenommen, und wir können ein näheres Eingehen darauf füglich unterlassen.

Die von Riemann anerkannte Definition des bestimmten Integrals einer Function $f(x)$, die innerhalb des Integrationsgebietes an einem Punkte unendlich wird, ist auf mehrfache Integrale erweitert worden. Wird z. B. eine sonst im Integrationsgebiete G stetige und endliche Function zweier Variablen $f(x, y)$ an einer Stelle $X_0 Y_0$ unendlich, so schliesse man von G ein kleines Flächenstück, welches die Stelle $X_0 Y_0$ enthält, aus. Wenn dann das über den übrig bleibenden Theil von G erstreckte Integral einer festen Grenze A zustrebt, wie man auch das ausgeschlossene Flächenstück gegen 0 convergiren lässt, so versteht man unter dem Werthe des bestimmten Integrals eben jenen Werth A; andernfalls hat das Integral keine Bedeutung. Herr P. du Bois-Reymond nimmt in seinen Schriften über die Fourier'schen Integrale einen Standpunkt ein, der von der consequenten Fortentwicklung der Riemann'schen Definition verschieden ist. Er beruft sich dabei auf Cauchy[1]). Herr du Bois-Reymond definirt nämlich[2]): „Ein bestimmtes Doppelintegral $\int_{X_0}^{X_1} dx \int_{Y_0}^{Y_1} dy . f(x, y)$, wo $X_0 Y_0 X_1 Y_1$ Zahlen bedeuten, ist das Resultat des Ueberganges der variablen Grenzen $x_0 x_1 y_0 y_1$ des unbestimmten Integrals $\int_{x_0}^{x_1} dx \int_{y_0}^{y_1} dy\, f(x, y)$ in die Zahlenwerthe $X_0 X_1 Y_0 Y_1$",

und wendet diese Definition auch für den Fall an, dass $X_0 Y_0$ ein Unendlichkeitspunkt ist. Die Folgen einer solchen Definition, auf welche Riemann's Urtheil über die Cauchy'schen Festsetzungen in Betreff der Hauptwerthe, dass sie schon wegen ihrer grossen Willkürlichkeit zur allgemeinen Einführung wohl kaum geeignet seien, zutrifft, treten denn auch bald hervor. Herr P. du Bois-Reymond giebt nämlich, indem er $f(xy) = \frac{\partial^2 F(x, y)}{\partial x \partial y}$ setzt, dem bestimmten Doppelintegral die Form:

$$F(X_1, Y_1) - F(X_0, Y_1) - F(X_1, Y_0) + F(X_0, Y_0),$$

und folgert nun, dass je nach der Reihenfolge, in der $x_0 x_1 y_0 y_1$ ihre festen Werthe annehmen, das Integral im Allgemeinen vierzehn verschiedene Werthe (oder auch unendlich viele) annimmt[2]).

Der Standpunkt, den Herr P. du Bois-Reymond in Bezug auf die Berechnung eines bestimmten Integrals, in dem die zu integrirende Function

1) Math. Annalen. Bd. 4. pag. 366.
2) Siehe Borchardt's Journal für Math. Bd. 69. pag. 70 u. f. u. 1).

einen willkürlichen Parameter enthält, einnimmt[1]), ist bei der Berechnung des Poisson'schen Integrals, die a. a. O. vorgenommen wird, unstatthaft, wie aus den Erörterungen auf pag. 241—243 einleuchtet.

Durch die Untersuchungen Riemann's über die Integrirbarkeit unendlich oft unstetiger Functionen wurde zugleich entschieden, dass eine stetige Function nicht allemal einen Differentialquotienten haben müsse. Es hat sich besonders durch die Untersuchungen von Herrn Weierstrass gezeigt, dass die Nichtdifferentiirbarkeit grossen Functionenklassen eigen ist. Darum erhalten aber nicht differentiirbare Functionen noch nicht den Charakter derjenigen Functionen, über deren Darstellbarkeit durch eine Fourier'sche Reihe wir nichts wissen. Die von Herrn Schläfli[2]) ausgesprochenen Zweifel, ob eine nicht diffentiirbare Function überhaupt noch in eine Fourier'sche Reihe entwickelbar sei, sind daher nicht begründet. Weder der Dirichlet-sche Beweis, noch die Riemann'sche Bedingung der Integrirbarkeit setzen die Differentiirbarkeit der Function voraus. Auch ist die Behauptung von Herrn Schläfli (a. a. O. pag. 13) irrig, die Convergenz der Fourier'schen Reihe zu schätzen, begegne selbst dann noch Schwierigkeiten, wenn die Function wohl einen ersten, aber keinen zweiten Differentialquotienten mehr besitzt. Dem wird von Herrn Prof. H. A. Schwarz durch die Bemerkung begegnet, man könnte dann statt der ursprünglichen Function $f(\vartheta)$ eine Function: $f(\vartheta) + M\vartheta$ einführen, wo M den Maximalwerth von $f'(\vartheta)$ im Intervall bezeichnet. Dann gilt für das in der Schläfli'schen Abhandlung auftretende Integral: $\lim_{\beta=0} \int_{-\beta}^{+\beta} f'(\vartheta + \varphi) \sin n\varphi \, d\varphi$ streng der Dirichlet'sche Beweis.

Im dritten Theile seiner Abhandlung, der sich mit der Darstellbarkeit einer Function durch trigonometrische Reihen ohne besondere Voraussetzungen über die Natur der Functionen beschäftigen soll, schlägt nun Riemann den angegebenen Weg ein.

Eine trigonometrische Reihe $A_0 + A_1 + A_2 + \ldots + A_k + \ldots$ wo $A_0 = \frac{b_0}{2}$, $A_k = a_k \sin kx + b_k \cos kx$ ist, soll durch Ω bezeichnet werden und ihr Werth an allen denjenigen Stellen, wo sie convergirt, mit $f(x)$. Ferner sollen die Glieder A_k für jeden Werth von x zuletzt unendlich klein werden. Dann lässt sich zeigen, dass die durch zweimalige Integration aus Ω erhaltene Reihe

$$F(x) = C + C'x + A_0 \frac{x^2}{2} - \frac{A_1}{1} - \frac{A_2}{4} - \frac{A_3}{9} - \ldots\ldots - \frac{A_k}{k^2} - \ldots$$

1) Math. Annalen. Bd. 7. pag. 257 u. f.

2) Siehe pag. 242. Anm. 1.

eine für jeden Werth von x convergente Reihe ist, beständig endlich ist, und eine Integration zulässt. Nun beweist Riemann, dass aus der Convergenz der Reihe Ω nothwendig folge (art. 8; 9, I), dass

$$1)\quad \frac{F(x+\alpha+\beta)-F(x-\alpha+\beta)-F(x+\alpha-\beta)+F(x-\alpha-\beta)}{4\alpha\beta}$$

gegen $f(x)$ convergirt, wenn α und β so unendlich klein werden, dass ihr Verhältniss doch ein endliches bleibt,

$$2)\quad \mu^2 \int_b^c F(x) \cos \mu(x-a)\, \lambda(x)\, dx$$

mit wachsendem μ unendlich klein wird, wenn b und c willkürliche endliche Grenzen sind, $\lambda(x)$ und $\lambda'(x)$ an den Grenzen des Integrals gleich Null und zwischen diesen immer stetig sind, und $\lambda''(x)$ nicht unendlich viel Maxima und Minima hat.

Es ist nun zu untersuchen, ob diese Bedingungen auch umgekehrt hinreichend sind, damit es eine trigonometrische Reihe giebt, deren Coefficienten zuletzt unendlich klein werden, und welche überall da, wo sie convergirt, gegen den Werth der Function convergirt.

Riemann multiplicirt die Gleichung:

$$F(x) - C'x - A_0\frac{x^2}{2} = C - \frac{A_1}{1} - \frac{A_2}{4} \ldots\ldots - \frac{A_k}{k^2} - \ldots\ldots$$

mit $\cos n(x-t)$ und integrirt von $-\pi$ bis $+\pi$. Damit findet er für A_n den Werth:

$$A_n = -\frac{n^2}{\pi}\int_{-\pi}^{+\pi}\left(F(t) - C't - A_0\frac{t^2}{2}\right)\cos n(x-t)\, dt$$

und behauptet nun, A_n müsste nach Voraussetzung 2) unendlich klein werden mit wachsendem n. Dies leuchtet nicht unmittelbar ein. Es ist indessen von Herrn H. Weber (in einer Anm. pag. 251 der Habilitationsschrift) gezeigt worden, wie das schliessliche Verschwinden der Glieder A_n auf die Voraussetzung 2) zurückgeführt werden kann. Herr Ascoli hat in einer Abhandlung [1]), die im Wesentlichen einen Commentar zu Riemann's Habilitationsschrift bildet, diese Stelle (a. a. O. pag. 307 und folgende) ausführlich behandelt, und die Riemann'sche Behauptung auf demselben Wege, wie Herr H. Weber abgeleitet.

Es ist also zunächst bewiesen, dass die Glieder A_k der trigonometrischen

1) Annali di Matematica. Ser. II. Tom. VI. dic. 1873 al genn. 1875. pag. 21 e 298. Sulla serie di Fourier.

Reihe zuletzt unendlich klein werden. Dass dann die Reihe, wo sie convergirt, gegen den Werth $f(x)$ convergirt, folgt aus der Voraussetzung 1).

Die zwei Bedingungen 1) und 2) sind also für den behaupteten Satz die nothwendigen.

Riemann zeigt nun weiter (art. 9, III) den wichtigen Satz, dass die Convergenz der Reihe an einer bestimmten Stelle nur von dem Verhalten der Function an dieser Stelle abhängt.

Soweit bleibt die Riemann'sche Abhandlung ganz allgemein. Wenn wir nun aber entscheiden wollten, unter welchen Bedingungen eine Function durch eine trigonometrische Reihe darstellbar ist, so müssen wir darauf verzichten, nothwendige Bedingungen zu ermitteln. Wir müssen mit Riemann specielle Fälle aufsuchen, in denen die Bedingungen 1) und 2) erfüllt sind; und dann ist nach Dirichlet'scher Methode eine Untersuchung anzustellen, an welchen Stellen die trigonometrische Reihe nun wirklich convergirt. Riemann zeigt nun, dass die beiden Bedingungen erfüllt sind, wenn die Function 1) nicht unendlich wird, 2) integrirbar ist, 3) nicht unendlich viele Maxima und Minima besitzt. In diesem Falle sind die Coefficienten A_n die Fourier'schen, und die Fourier'sche Reihe convergirt dann, wo sie convergirt, gegen den Werth der Function. Die Reihe wird aber convergiren an allen den Stellen, in deren Umgebung nicht unendlich viele Unstetigkeiten liegen. Sind diese Stellen nun bloss in endlicher Anzahl vorhanden, so werden wir sagen, dann stellt die Reihe die Function dar. Sind sie aber in unendlicher Anzahl vorhanden, so werden wir nach unserer Definition im Allgemeinen nicht mehr von einer Darstellung reden, wenn auch die Fourier'sche Reihe noch an einer unendlichen Anzahl von Stellen convergiren und mit den Functionswerthen übereinstimmen kann.

Der Fall, dass die Function unendlich würde, war bisher ganz ausgeschlossen. Es möge nun jetzt die Function an einer Stelle a unendlich werden, jedoch ohne Maxima und Minima. Wenn in diesem Falle Riemann die Bedingung aufstellt (art. 12), es solle $f(a+\delta)+f(a-\delta)$ bis an die Unstetigkeitsstelle heran integrirt werden können, und zweitens solle $f(a+\delta)\,\delta$ und $f(a-\delta)\,\delta$ mit δ unendlich klein werden, so will er damit keine andere Bedingung, als die früher angeführte geben, dass das Integral unbedingt convergiren soll. In der That aber ist der zweite Theil seiner Bedingung keine hinreichende Bedingung dafür, dass das Integral unbedingt convergirt. Dies kann man sowohl an Beispielen zeigen, als auch kann man wie oben schliessen, dass überhaupt keine Aussicht vorhanden ist, nothwendige und hinreichende Bedingungen für die unbedingte Convergenz eines Integrals zu erreichen, welche von der Definition verschieden sind.

Riemann hat bewiesen, dass die Fourier'schen Coefficienten mit wachsendem Stellenzeiger unendlich klein würden, sobald die Function endlich bleibt, und eine Integration zulässt. Es ist aber wünschenswerth, das Unendlichkleinwerden der Coefficienten in seiner Abhängigkeit von dem Wachsen des Stellenzeigers schätzen zu können. Setzt man bloss die Integrirbarkeit voraus, so ist dies, wie der Riemann'sche Beweis zeigt, nicht möglich. Unter beschränkteren Annahmen kann man aber zum Ziel gelangen. Wir wollen hier Sätzen von Herrn Heine folgen, die derselbe in seinem „Handbuch der Kugelfunctionen" pag. 59 u. f. mittheilt. Die Fourier'schen Coefficienten $\int_0^h f(\beta) \sin n\beta \, d\beta$ und $\int_0^h f(\beta) \cos n\beta \, d\beta$ seien mit A_n und B_n bezeichnet. Wenn die Function $f(\beta)$ endlich bleibt, und für jeden Werth des Argumentes β kleiner als γ ist, und zwischen 0 und h nur eine endliche Anzahl von Maximis und Minimis und Stetigkeitsunterbrechungen hat, so bleiben nA_n und nB_n unter dem Werthe $G\gamma$, wo G eine von n unabhängige Constante bezeichnet. Wenn aber $f(\beta)$ an der Stelle 0 unendlich wird, jedoch so, dass $\beta^\nu f(\beta)$ $0 < \nu \leq 1$ noch endlich bleibt, so sinkt $n^{1-\nu} A_n - \frac{\pi}{2\,\Gamma\nu \sin \frac{1}{2}\nu\pi} f(0)$ unter jeden beliebigen Grad der Kleinheit herab und desgleichen $n^{1-\nu} B_n - \frac{\pi}{2\,\Gamma\nu \cos \frac{1}{2}\nu\pi} f(0)$, wenn nur $\nu < 1$ bleibt. Die Producte $n^{1-\nu} A_n$ und $n^{1-\nu} B_n$ werden also, wenn man nur n stark genug wachsen lässt, endlich bleiben.

Man gelangt auch noch zu einer Schätzung, wenn $f(\beta)$ im Uebrigen den angegebenen Bedingungen genügt, aber an der Nullstelle unendlich viele Maxima und Minima hat, jedoch so, dass die Lipschitz'sche Bedingung erfüllt ist [1]. In $A_n = \int_0^h f(\beta) \sin n\beta \, d\beta$ werden die beiden Theilintegrale $\int_0^{\frac{\pi}{n}} + \int_{\frac{\pi}{n}}^{\frac{2\pi}{n}}$ abgesondert. Der Rest kann kleiner als $\frac{K}{n}$ gemacht werden, wo K eine von n unabhängige Constante ist. Die beiden ersten Theilintegrale geben aber $\int_0^{\frac{\pi}{n}} \left(f(\beta) - f(\beta + \frac{\pi}{n})\right) \sin n\beta \, d\beta$. Nach der Lipschitz'schen Bedingung muss nun dem absoluten Betrage nach $f(\beta) - f\left(\beta + \frac{\pi}{n}\right) < B \left(\frac{\pi}{n}\right)^a$

1) Siehe pag. 247. Anm. 2.

oder auch $< \frac{B}{\left(\log \frac{\pi}{n}\right)^{1+\alpha}}$, $\alpha < 0$ sein, und das Integral wird daher $< B\left(\frac{\pi}{n}\right)^{1+\alpha}$ oder $< \frac{B'}{n\,(\log n)^{1+\alpha}}$, wo B' eine andere Constante bezeichnet.

Kommen innerhalb des Intervalls mehrere Unendlichkeitsstellen oder Maximum- und Minimumstellen von angegebener Beschaffenheit, aber in endlicher Anzahl vor, so kann man auch dann noch zu einer Schätzung gelangen, wenn man das Intervall in Theile theilt, deren Endpunkte eben jene singulären Punkte sind.

Da der Beweis Riemann's, dass die Convergenz der Fourier'schen Reihe an einer bestimmten Stelle nur von dem Verhalten der Function in unmittelbarer Nähe abhängt, so lange die Function integrirbar ist, nur aus seinen allgemeinen Sätzen abgeleitet ist, so wird es nützlich sein, für diesen Satz einen eigenen Beweis zu geben, der direct von dem Dirichlet'schen Integral ausgeht, auf das der Riemann'sche Weg ja auch wieder zurückführt. Herr Prof. H. A. Schwarz hat in seinen Vorlesungen eine Abschätzungsformel für das Integral

$$\int_g^h \frac{\sin k\beta}{\sin \beta} f(\beta)\, d(\beta) \quad {}_{0 < \gamma \leqq h \leqq \frac{\pi}{2}}$$

gegeben, welche hier unmittelbar zum Ziele führt, und auch später noch gebraucht werden wird.

Um das Integral

$$S = \int_g^h f(\beta) \frac{\sin k\beta}{\sin \beta}\, d\beta \quad {}_{0 < g < h \leqq \frac{\pi}{2}}$$

abzuschätzen, werde das Intervall von g bis h in die Theilintervalle

$$g \ldots \frac{m\pi}{k},\ \frac{m\pi}{k} \ldots \frac{(m+1)\pi}{k},\ \ldots,\ \frac{m'\pi}{k} \ldots h,$$

$$\text{wo } \frac{(m-1)\pi}{k} \leqq g \leqq \frac{m\pi}{k}; \quad \frac{m'\pi}{k} \leqq h \leqq \frac{(m'+1)\pi}{k}$$

ist, zerlegt. Dann setze man:

im ersten Intervalle $f(\beta) = f\left(\frac{m\pi}{k}\right) + \psi_1(\beta)$

im zweiten „ $f(\beta) = f\left(\frac{m\pi}{k}\right) + \psi_2(\beta)$

im dritten „ $f(\beta) = f\left(\frac{(m+2)\pi}{k}\right) + \psi_3(\beta)$

im vierten „ $f(\beta) = f\left(\frac{(m+2)\pi}{k}\right) + \psi_4(\beta)$

u. s. f.

und theile S in zwei Theile S' und S'', von denen sich der erste auf die Functionen f, der andere auf die Functionen φ bezieht. Es ist nun:

$$S' = f\left(\frac{m\pi}{k}\right)\left[\int_g^{\frac{m\pi}{k}} \frac{\sin k\beta}{\sin\beta}\,d\beta + \int_{\frac{m\pi}{k}}^{\frac{(m+1)\pi}{k}} \frac{\sin k\beta}{\sin\beta}\,d\beta\right]$$

$$+ f\left(\frac{(m+2)\pi}{k}\right)\left[\int_{\frac{(m+1)\pi}{k}}^{\frac{(m+2)\pi}{k}} \frac{\sin k\beta}{\sin\beta}\,d\beta + \int_{\frac{(m+2)\pi}{k}}^{\frac{(m+3)\pi}{k}} \frac{\sin k\beta}{\sin\beta}\,d\beta\right] + \ldots.$$

Es wird dann nach Dirichlet

$$(-1)^{\nu-1}\int_{\frac{(\nu-1)\pi}{k}}^{\frac{\nu\pi}{k}} \frac{\sin k\beta}{\sin\beta}\,d\beta = \varrho_\nu$$

gesetzt. Berücksichtigt man, dass

$$\int_{\frac{(m-1)\pi}{k}}^{\frac{m\pi}{k}} \frac{\sin k\beta}{\sin g}\,d\beta = (-1)^{m-1}\frac{2}{\sin g}$$

ist, so wird

$$S' = f\left(\frac{m\pi}{k}\right)\left[\int_g^{\frac{m\pi}{k}} \frac{\sin k\beta}{\sin\beta}\,d\beta - \int_{\frac{(m-1)\pi}{k}}^{\frac{m\pi}{k}} \frac{\sin k\beta}{\sin g}\,d\beta\right]$$

$$+(-1)^{m-1}\left[f\left(\frac{m\pi}{k}\right)\left(\frac{2}{k\sin g} - \varrho_{m+1}\right) + f\left(\frac{(m+2)\pi}{k}\right)\left(\varrho_{m+2} - \varrho_{m+3}\right) + \ldots\right]$$

Nun ist

$$\int_g^{\frac{m\pi}{k}} \frac{\sin k\beta}{\sin\beta}\,d\beta - \int_{\frac{(m-1)\pi}{k}}^{\frac{m\pi}{k}} \frac{\sin k\beta}{\sin g}\,d\beta < \frac{2}{k\sin g}.$$

Der zweite Theil von S' ist, wenn man den grössten Werth unter den auftretenden Werthen von f mit c bezeichnet, und berücksichtigt, dass $\varrho_n < \varrho_{n+1}$ ist,

$$< c\left[\frac{2}{k\sin g} - (\varrho_{m+1} - \varrho_{m+2}) - (\varrho_{m+3} - \varrho_{m+4}) - \ldots\right].$$

Daher ist

$$S' < \frac{4c}{k \sin g}, \text{ und da } \frac{1}{\sin g} < \frac{\pi}{2} \cdot \frac{1}{g}$$

ist, weil

$$g < \frac{\pi}{2} \text{ ist, so folgt } S' < \frac{2c\pi}{kg}.$$

Dazu kommt nun noch der zweite Theil von S: S''. Bezeichnet man mit $\sigma_q(\beta)$ den absoluten Betrag der grössten Schwankung von $f(\beta)$ im $q$ten Intervalle, so ist derselbe sicher nicht kleiner, als der absolute Betrag des grössten Werthes der entsprechenden Function $\psi_q(\beta)$.

Es ist also sicher

$$S'' < \int_g^h \frac{\sigma(\beta)}{\sin\beta}\, d\beta < \frac{\pi}{2} \int_g^h \frac{\sigma(\beta)}{\beta}\, d\beta,$$

wo $\sigma(\beta)$ im $q$ten Intervalle gleich $\sigma_q(\beta)$ ist. Man hat daher endlich für S die Abschätzungsformel:

$$S = \int_g^h f(\beta) \frac{\sin k\beta}{\sin\beta}\, d\beta < \frac{2c\pi}{kg} + \frac{\pi}{2} \int_g^h \frac{\sigma(\beta)}{\beta}\, d\beta.$$

Das Integral $\int_g^h \frac{\sigma(\beta)}{\beta}\, d\beta$ kann nun beliebig klein gemacht werden durch Vergrösserung von k, wenn nur die Function $f(\beta)$ integrirbar ist und endlich bleibt.

Denn es ist

$$\int_g^h \frac{\sigma(\beta)}{\beta}\, d\beta < \frac{1}{g} \int_g^h \sigma(\beta)\, d\beta.$$

$\int_g^h \sigma(\beta)\, d\beta$ ist aber sicher kleiner, als $\Sigma \sigma_q(\beta)\, \Delta_q\beta$, wo $\Delta_q\beta$ die Grösse des $q$ten Intervalles bezeichnet, und sich die Summe über alle Intervalle erstreckt. Diese Summe muss aber nach dem Begriffe des bestimmten Integrals durch Verkleinerung der Intervalle beliebig klein gemacht werden können.

Um nun den erwähnten Riemann'schen Satz zu erweisen, zerlege man das Dirichlet'sche Integral $\int_0^h f(\beta) \frac{\sin k\beta}{\sin\beta}\, d\beta$ in die beiden Theile $\int_0^g + \int_g^h$, wo g sehr klein angenommen werden soll. [illegible] ndlich viele Maxima und Minima haben. Wendet man auf das Integral $\int_g^h$ die Abschätzungsformel an, so kann man k so gross wählen, dass sowohl $\frac{2c\pi}{kg}$, als auch $\frac{\pi}{2}\int_g^h \frac{\sigma(\beta)}{\beta}\,d\beta$ sehr klein wird.

Durch dieses Verfahren kann man der betrachteten Stelle beliebig nahe kommen, während immer alle Theile jenseits g einen Beitrag zu dem Integralwerthe geben, der durch Vergrösserung von k unter jeden Grad der Kleinheit herabsinkt. Damit ist bewiesen, dass die Convergenz der Fourier'schen Reihe an einer bestimmten Stelle nur abhängt von dem Verhalten der Function in unmittelbarer Nähe dieser Stelle. Nach einfachen Mittelwerthsätzen lässt sich dann zeigen, dass der Werth der Reihe an allen Stetigkeitsstellen und einfachen Unstetigkeitsstellen mit dem der Function übereinstimmt. Es lässt sich aber auch zeigen, dass dies selbst dann noch stattfindet, wenn die Function an der betrachteten Nullstelle unendlich viele Maxima und Minima besitzt, wenn nur die Lipschitz'sche Bedingung erfüllt ist.

Es ist zu dem Zwecke das Integral $\int_0^{\frac{\pi}{2}} f(\beta)\frac{\sin k\beta}{\sin\beta}\,d\beta$ zu berechnen. Man setze $f(\beta) = f(0) + \varphi(\beta)$, und theile das Integral in die Theilintegrale:

$$\int_0^{\frac{\pi}{2}} f(0)\frac{\sin k\beta}{\sin\beta}\,d\beta + \int_0^{g}\varphi(\beta)\frac{\sin k\beta}{\sin\beta}\,d\beta + \int_g^{\frac{\pi}{2}}\varphi(\beta)\frac{\sin k\beta}{\sin\beta}\,d\beta.$$

Der erste Theil ist gleich $\frac{\pi}{2}f(0)$. Da $f(\beta)$ der Lipschitz'schen Bedingung genügt, so muss $\varphi(\beta) = f(\beta) - f(0) < B\beta^{\alpha}$ $(\alpha > 0)$ sein. Der zweite Theil J ist daher $< B\int_0^g \beta^{\alpha}\frac{\sin k\beta}{\sin\beta}\,d\beta$, und da $\frac{2}{\pi} < \frac{\sin\beta}{\beta} \leqq 1$ ist, so ist

$J < B\cdot\frac{\pi}{2}\cdot\int_0^g \beta^{\alpha-1}\,d\beta < B\frac{\pi}{2}\cdot\frac{g^{\alpha}}{\alpha}$. Der dritte Theil ist nach der obigen Abschätzungsformel

$$< \frac{2c\pi}{gk} + \int_g^{\frac{\pi}{2}}\frac{\sigma(\beta)}{\beta}\,d\beta.$$

Daher wird

$$\int_0^{\frac{\pi}{2}} f(\beta)\,\frac{\sin k\beta}{\sin\beta}\,d\beta = \frac{\pi}{2}\,f(0) + K,$$

$$\text{wo } K < B\cdot\frac{\pi}{2}\cdot\frac{g^\alpha}{\alpha} + \frac{2\,c\pi}{gk} + \int_g^{\frac{\pi}{2}} \frac{\sigma(\beta)}{\beta}\,d\beta \text{ ist.}$$

Nun kann zunächst g beliebig klein angenommen werden, und dann k so gross gewählt werden, dass die Gesammtgrösse von K beliebig klein wird, und wir an der Grenze erhalten:

$$\lim_{k=\infty} \int_0^{\frac{\pi}{2}} f(\beta)\,\frac{\sin k\beta}{\sin\beta}\,d\beta = \frac{\pi}{2}\,f(0),$$

womit die Behauptung bewiesen ist.

Riemann untersucht noch in Art. 11, ob eine trigonometrische Reihe, deren Glieder A_k nicht für jeden Werth von x unendlich klein werden, zur Darstellung einer Function geeignet ist. Es zeigt sich aber, dass bei Functionen ohne Maxima und Minima die Reihe dann im Allgemeinen nur in einer endlichen Anzahl von Stellen mit der Function übereinstimmen kann (a. a. O. pag. 242 und 245), und zur Darstellung einer Function daher sicher ungeeignet ist.

Was nun die Functionen betrifft, die unendlich viele Maxima und Minima besitzen, so giebt Riemann keine allgemeinen Gesetze an, sondern illustrirt nur an Beispielen[1]) folgende beiden Sätze: 1) Es giebt Functionen, die unendlich viele Maxima und Minima besitzen, und durchgehends einer Integration fähig sind, ohne durch die Fourier'sche Reihe darstellbar zu sein. 2) Es giebt Functionen mit unendlich vielen Maximis und Minimis, welche keine Integration zulassen und doch durch die Fourier'sche Reihe darstellbar sind.

IV.

Die Riemann'sche Abhandlung bildet den wesentlichen Abschluss der Untersuchungen über die blosse Darstellbarkeit einer trigonometrischen Reihe. Die mannichfachen Hilfsmittel, welche Riemann zur Behandlung der trigonometrischen Reihen gegeben hat, haben erst ermöglicht, andere

1) Diese Beispiele sind von Herrn Genocchi einer näheren Prüfung unterworfen worden: Atti della Reale Acc. delle Scienze di Torino. Vol. X. 1875. Intorno ad alcune serie.

Untersuchungen über diese Reihen mit Erfolg durchzuführen, zu denen wir uns nunmehr wenden wollen.

Cauchy hatte in einer Note den Satz ausgesprochen, dass das Integral einer unendlichen Reihe von Gliedern gleich der Summe der Integrale der einzelnen Glieder sei. Dieser Satz war unbestritten angenommen worden, und alle Untersuchungen über Fourier'sche Reihen, die wir bisher angeführt haben, beruhen auf ihm. Da zeigte Herr Weierstrass, dass der Versuch den Satz zu beweisen, nur dann gelänge, wenn die Reihe innerhalb des Integrationsintervalles in gleichem Grade convergirte, und verstand darunter, dass für jeden Werth der Variablen der Rest der Reihe von demselben Gliede ab kleiner, als dieselbe vorgegebene Grösse würde. Diese Bemerkung findet zuerst in der Heine'schen Abhandlung[1]) „Ueber trigonometrische Reihen" Anwendung. Herr Heine citirt daselbst eine Abhandlung von Herrn Thomé, in der bereits der Weierstrass'sche Begriff der Convergenz in gleichem Grade als ganz bekannt erwähnt wurde[2]). Der Begriff der Convergenz in gleichem Grade war eigentlich schon in einer Abhandlung[3]) von Herrn Seidel aus dem Jahre 1848 enthalten, doch scheint dieselbe lange übersehen worden zu sein. Cauchy[4]) hatte behauptet, eine convergente Reihe, deren einzelne Glieder stetige Functionen des Argumentes sind, stelle allemal selbst eine stetige Function dar. Bereits Abel[5]) bemerkte, ihm scheine, dass dieser Satz zuweilen Ausnahmen erleide, und hatte zum Beleg seiner Ansicht die Reihe

$$\sin\varphi - \tfrac{1}{2}\sin 2\varphi + \tfrac{1}{3}\sin 3\varphi - \tfrac{1}{4}\sin 4\varphi + \dots\dots$$

angeführt, die trotz der Stetigkeit aller ihrer Glieder zwar für alle Werthe von φ zwischen $m\pi$ und $(m+1)\pi$ gleich $\frac{\varphi}{2} - \nu\pi$ ist, wo $m = 2\nu$ oder $= 2\nu - 1$ ist und ν irgend eine positive ganze Zahl ist, aber für $\varphi = m\pi$ selber $(m > 0)$ unstetig wird, nämlich den Werth 0 annimmt.

Um eine Aufklärung über diesen Punkt herbeizuführen, beweist nun Herr Seidel folgenden Satz: „Ist eine convergente Reihe, deren einzelne Glieder stetige Functionen des Argumentes sind, eine nicht stetige Function, so giebt es in der unmittelbaren Nähe einer Unstetigkeitsstelle Stellen, an denen die Reihe beliebig langsam convergirt." Er unterscheidet zwei Fälle: erstens wenn die Function das Verhalten zeigt, was wir heute mit

1) Borchardt's Journ für Math. Bd. 71. 1870.

2) Borchardt's Journ. für Math. Bd. 66. 1866. pag. 334.

3) Abh. der Bayerischen Akad. 1847–49. Note über eine Eigenschaft von Reihen, welche discontinuirliche Functionen darstellen.

4) Analyse algébrique pag. 131.

5) Crelle's Journ. Bd. 1. pag. 316. Anm. u. pag. 336.

Convergenz in gleichem Grade bezeichnen, so ist der Cauchy'sche Satz richtig; zweitens wenn sich die Reihe nicht so verhält, dann gilt sein Satz. Dass eine unstetige Function niemals durch eine in gleichem Grade convergente Reihe dargestellt werden könne, beweist auch Herr Heine, führt aber alsbald den Begriff einer im Allgemeinen in gleichem Grade convergenten Reihe ein, wobei „im Allgemeinen" so zu verstehen ist, dass in der unmittelbaren Umgebung aller Unstetigkeitsstellen auf die Convergenz in gleichem Grade verzichtet werden soll. Herr du Bois-Reymond[1]) zeigt, dass das Aufhören der Convergenz in gleichem Grade nicht bloss an Unstetigkeitsstellen stattfindet, was schon vorher Herr Seidel (a. a. O. pag. 393) vermuthet hatte. Es bedarf also eines Beweises, dass eine trigonometrische Reihe, die eine stetige Function darstellt, in gleichem Grade convergirt. Durch die Weierstrass'sche Bemerkung war klar geworden, dass man bei der Coefficientenbestimmung der Fourier'schen Reihe nicht ohne Weiteres die Multiplicationsmethode Fourier's anwenden dürfe, weil diese auf der Voraussetzung beruht, dass das Integral einer Summe unendlich vieler Glieder, die eine convergente Reihe bilden, gleich der Summe der Integrale der einzelnen Glieder sei. Durch diese Schlussfolgerung wurde aber bewiesen, dass, wie man auch eine Function in eine trigonometrische Reihe entwickeln möge, man immer dieselbe Entwicklung erhielte. Auf diesem Satze von der Eindeutigkeit der Entwicklung basirten nicht nur alle physikalischen Anwendungen, sondern auch manche wichtige mathematische Folgerung, wie z. B. Jacobi's Darstellung der Wurzeln einer algebraischen Gleichung durch bestimmte Integrale. Dieser Satz war also hiermit in Frage gestellt. Die Wiederherstellung desselben ist von Herrn Heine (a. a. O.) begonnen, und von den Herren G. Cantor und P. du Bois-Reymond fortgeführt worden.

Herr Heine spricht sich dahin aus, es sei durch die Arbeiten von Dirichlet, Riemann und Lipschitz nur festgestellt, dass eine Function von x sich unter gewissen Bedingungen iu eine trigonometrische Reihe entwickeln lasse, aber nicht auf wie viele Arten dies geschehen könne.

Man könnte nun vielleicht verlangen zu beweisen, dass eine trigonometrische Reihe, welche eine stetige Function darstellt, auch in gleichem Grade convergirt. Doch da überhaupt noch nicht bewiesen ist, dass es eine trigonometrische Reihe giebt, welche die genannten Eigenschaften hat, so begnügt sich Herr Heine zunächst damit, zu beweisen (a. a. O. § 7—9), dass die Fourier'sche Reihe für eine endliche, nur an einzelnen Punkten unstetige Function, die nicht unendlich viele Maxima und Minima hat, in

1) Siehe Abh. der Bayer. Akad. Bd. XII, I. pag. 119. Anm.

gleichem Grade convergirt. Dazu hat aber Herr Schläfli (a. a. O. pag. 7) die Bemerkung gemacht, dass der Heine'sche Beweis nicht mehr stichhaltig sei, wenn eine Maximum-Minimum-Stelle in der von vornherein der Ausdehnung nach definirten unmittelbaren Umgebung des Punktes liegt, zu dem die Function dargestellt werden soll. Diese Bemerkung trifft zu; indessen lässt sich zeigen, dass auch dann noch der Satz gilt. Herr Prof. H. A. Schwarz hat bei Gelegenheit einer Universitätsvorlesung diesen Beweis ausgeführt; für den Fall, dass $f(\beta)$ stets positiv bleibt, sollen die Hauptmomente des Beweises hier kurz dargelegt werden, da andernfalls nur einfache Modificationen eintreten.

Es sei

$$S = \int_0^h f(\beta) \frac{\sin k\beta}{\sin \beta} d\beta \,.\quad 0 < h \leqq \frac{\pi}{2}.$$

Wenn $f(\beta)$ zwischen den Grenzen 0 und h beständig positiv bleibt, und nie zunimmt, so ist, wenn m irgend eine positive ganze Zahl ist, so dass $2m + 1 < \frac{k}{2}$ und $\frac{2m\pi}{k} < h$ ist, und $f(\beta) \leqq c$ ist,

$$\left| S - \frac{\pi}{2} f(0) \right| < \frac{c}{2m} + \frac{\pi}{2}\left(f(0) - f\left(\frac{2m\pi}{k}\right)\right),$$

wo durch die senkrechten Striche angedeutet werden soll, dass der absolute Betrag der eingeschlossenen Grösse zu nehmen ist.

Wenn $f(\beta)$ beständig negativ bleibt und nie abnimmt, so gilt die Formel

$$\left| S - \frac{\pi}{2} f(0) \right| < \frac{c}{2m} + \frac{\pi}{2}\left|\left(f(0) - f\left(\frac{2m\pi}{k}\right)\right)\right|.$$

Wir werden nun bei stetigem Verlaufe von $f(\beta)$ sagen: Die $f(\beta)$ im Intervalle von 0 bis h darstellende trigonometrische Reihe convergirt in gleichem Grade, wenn eine Zahl m derart gefunden werden kann, dass für alle Werthe von β innerhalb des Intervalles die Differenz $\left|S - \frac{\pi}{2} f(0)\right|$ kleiner als eine vorgegebene beliebig kleine Grösse ε bleibt.

Soll nun die Differenz $f(\beta + \delta(\beta)) - f(\beta)$ kleiner als eine vorgegebene beliebig kleine Grösse ε_1 sein, so giebt es bei einer stetigen Function $f(\beta)$ einen von β unabhängigen Minimalwerth δ' von $\delta(\beta)$, so dass für jedes β zwischen 0 und h die Differenz $f(\beta + \delta'') - f(\beta) < \varepsilon$ ist, sobald dem absoluten Betrage nach $\delta'' \leqq \delta'$ ist. $\frac{2m\pi}{k}$ ist nun so bestimmbar, dass es $< \delta'$ wird. Zwischen 0 und h möge $f(\beta)$ μ Maximum- und Minimumstellen $\beta_1\ \beta_2 \ldots \beta_\mu$ besitzen. Alsdann wenden wir auf die Function $f(\beta)$ folgende Zerlegung an. $f(\beta)$ ist überall zwischen 0 und h gleich der Summe:

$$f_1(\beta) + f_2(\beta) + \dots + f_{\mu+1}(\beta) + f(h-0),$$

wenn die $(\mu + 1)$ Functionen $f_1(\beta) \dots f_{\mu+1}(\beta)$ folgendermassen bestimmt sind: $f_1(\beta)$ sei im ersten Intervall gleich $f(\beta) - f(\beta_1)$, in allen folgenden gleich Null.

$f_\lambda(\beta)$ $(\lambda = 2, 3 \dots \mu + 1)$ sei im Intervalle $0 \dots \beta_{\lambda-1}$ gleich $f(\beta_{\lambda-1}) - f(\beta_\lambda)$
. . . . $\beta_{\lambda-1} \dots \beta_\lambda$ gleich $f(\beta) - f(\beta_\lambda)$
. . . . $\beta_\lambda \dots h$ gleich Null. $(\beta_{\mu+1} = h - 0.)$

Auf jede der Functionen $f_1(\beta) \dots f_{\mu+1}(\beta)$ ist nun die eine oder die andere der obigen beiden Formeln anwendbar.

Ist $\delta < \beta$, so ist jedenfalls

$$\left| \int_0^{\beta_1} f_1(\beta) \frac{\sin k\beta}{\sin \beta} d\beta - \frac{\pi}{2}\left(f(0) - f(\beta_1)\right) \right| < \frac{c}{2m} + \frac{\pi}{2}\left| \left(f(0) - f(\beta_1) - f\left(\frac{2m\pi}{k}\right)\right) \right|.$$

Für jede folgende Function f_λ ist $f\left(\frac{2m\pi}{k}\right)$ constant und zwar gleich $f(\beta_{\lambda-1}) - f(\beta_\lambda)$. Alsdann ist für $\lambda = 2, 3 \dots (\mu + 1)$:

$$\left| \int_0^{\beta_\lambda} f_\lambda(\beta) \frac{\sin k\beta}{\sin \beta} d\beta - \frac{\pi}{2}\left(f(\beta_{\lambda-1}) - f(\beta_\lambda)\right) \right| < \frac{c}{2m}.$$

Ist aber $\delta > \beta_1$, also liegt die erste Maximum- oder Minimumstelle zwischen 0 und δ und ist $\delta < \beta_2$, so wird

$$\left| \int_0^{\beta_1} f_1(\beta) \frac{\sin k\beta}{\sin \beta} d\beta - \frac{\pi}{2}\left(f(0) - f(\beta_1)\right) \right| < \frac{c}{2m} + \frac{\pi}{2}\left| \left(f(0) - f(\beta_1)\right) \right|$$

$$\left| \int_0^{\beta_2} f_2(\beta) \frac{\sin k\beta}{\sin \beta} d\beta - \frac{\pi}{2}\left(f(\beta_1) - f(\beta_2)\right) \right| < \frac{c}{2m} + \frac{\pi}{2}\left| \left(f(\beta_1) - f(\beta_2) - f\left(\frac{2m\pi}{k}\right)\right) \right|$$

während alle folgenden Integrale ungeändert bleiben. Die Summe der Integrale ergiebt im ersten Falle:

$$\left| S - \frac{\pi}{2} f(0) \right| < (\mu + 1)\frac{c}{2m} + \frac{\pi}{2}\left| \left(f(0) - f(\beta_1) - f\left(\frac{2m\pi}{k}\right)\right) \right|,$$

im zweiten:

$$\left| S - \frac{\pi}{2} f(0) \right| < (\mu + 1)\frac{c}{2m} + \frac{\pi}{2}\left| \left(f(0) - f(\beta_2) - f\left(\frac{2m\pi}{k}\right)\right) \right|.$$

Es muss nun sowohl

$$\left| \left(f(0) - f(\beta_1) - f\left(\frac{2m\pi}{k}\right)\right) \right| \text{ als } \left| \left(f(0) - f(\beta_2) - f\left(\frac{2m\pi}{k}\right)\right) \right|$$

kleiner als ε_1 sein.

Also muss

$$\left|S-\frac{\pi}{2}f(0)\right|<(\mu+1)\frac{\varepsilon}{2m}+\frac{\pi}{2}\cdot\varepsilon_1 \text{ sein.}$$

Nun war ε_1 ganz willkürlich angenommen. Wählen wir ε_1 so, dass $\varepsilon-\frac{\pi}{2}\varepsilon_1>0$ ist, so sieht man, das m immer von der Grösse gewählt werden kann, dass $S-\frac{\pi}{2}f(0)$ unter ε sinkt.

Ueberträgt man die nämlichen Erörterungen auf die Summe der Integrale

$$\frac{1}{\pi}\int_0^{\frac{1}{2}(\pi+x)}\varphi(x-2\beta)\frac{\sin k\beta}{\sin\beta}\,d\beta+\frac{1}{\pi}\int_0^{\frac{1}{2}(\pi+x)}\varphi(x+2\beta)\frac{\sin k\beta}{\sin\beta}\,d\beta,$$

so zeigt man leicht, dass die nämliche Schätzung für jeden Werth von x gilt, womit unsere Behauptung erwiesen ist.

Ist nicht $\delta'<\beta_2$, sondern ist etwa $\beta_\lambda<\delta'<\beta_{\lambda+1}\;(\lambda>1)$, so ist das obige Verfahren auch dann noch leicht anwendbar, und es lässt sich immer zeigen, dass die Reihe in gleichem Grade convergirt.

Die vorhergehende Erörterung trifft auch den Abschnitt über trigonometrische Reihen in Heine „Handbuch der Kugelfunctionen" pag. 61—62.

Es ist also zunächst nachgewiesen, dass es überhaupt eine Reihenentwicklung giebt, die in gleichem Grade convergirt. Aber es könnte auch mehrere solcher Entwicklungen geben, von denen nicht jede in gleichem Grade convergirt. Herr Heine beweist nun, dass, wenn es überhaupt eine in gleichem Grade convergente Reihe giebt, dieses die einzige in gleichem Grade convergente Reihe ist. Ob es ausserdem noch andere giebt, die nicht in gleichem Grade convergiren, bleibt hiernach fraglich. Es wird die Identität zweier im Allgemeinen in gleichem Grade convergenten Reihenentwicklungen derselben Function dadurch nachgewiesen, dass ihre Differenz gebildet und dann folgender Satz bewiesen wird: Eine trigonometrische Reihe, die im Allgemeinen convergirt und Null darstellt, existirt nicht, d. h. die Coefficienten müssen sämmtlich identisch Null sein.

Riemann hat als nothwendig für die Convergenz einer trigonometrischen Reihe in endlichen Strecken erkannt, dass $A_k = a_k \sin kx + b_k \cos kx$ mit wachsendem k unendlich klein werde. Herr Heine beweist nun, dass bei einer im Allgemeinen in gleichem Grade convergenten trigonometrischen Reihe die einzelnen Coefficienten a_k und b_k zuletzt unendlich klein werden; und darauf gestützt, dass die Coefficienten der aus der Differenz der beiden Reihen gebildeten neuen Reihe überhaupt verschwinden müssen, womit die Identität beider Reihen gezeigt ist.

Das Resultat der Heine'schen Abhandlung ist also schliesslich folgendes: eine endliche, nur an einzelnen Punkten unstetige Function, die nicht unendlich viele Maxima und Minima hat, kann nur auf eine Weise in eine in gleichem Grade convergente trigonometrische Reihe entwickelt werden; und diese Reihe ist die Fourier'sche.

Es bleibt nun noch in Frage, ob es nicht noch andere Reihenentwicklungen geben könnte, die nicht in gleichem Grade convergirten, und zwar ob noch mehrere. Mit dieser Frage hat sich Herr G. Cantor beschäftigt. Derselbe schlägt den nämlichen Weg ein, wie Herr Heine, indem er zunächst beweist, dass in jeder im Allgemeinen convergenten trigonometrischen Reihe $\sum_{n=0}^{\infty}(a_n \sin nx + b_n \cos nx)$ die Coefficienten a_n und b_n zuletzt unendlich klein werden [1]), ohne jedoch eine Voraussetzung über die Art der Convergenz zu machen. Alsdann beweist er, dass eine im Allgemeinen convergente trigonometrische Reihe $\sum_{n=0}^{\infty}(c_n \sin nx + d_n \cos nx)$, welche überall mit Ausnahme einer endlichen Anzahl von Stellen Null darstellt, nicht existirt, also die Coefficienten c_n und d_n sämmtlich verschwinden müssen [2]). Der vorbereitende Satz ist aber nach einer Bemerkung von Herrn Kronecker gar nicht nothwendig [3]). Es sei die Differenz zweier im Allgemeinen convergenten trigonometrischen Reihenentwicklungen derselben Function:

$$D(x) = C_0 + C_1 + \ldots + C_n + \ldots = 0,$$

$$\text{wo } C_0 = \frac{d_0}{2},\ C_n = c_n \sin nx + d_n \cos nx \text{ ist.}$$

Man bilde nun

$$D(x+\delta) - D(x-\delta) =$$
$$e_0 + e_1 \cos x + e_2 \cos 2x + \ldots = 0,$$

so müssen nun die Coefficienten $e_n = c_n \sin \delta n + d_n \cos \delta n$ von vornherein unendlich klein werden, wenn die letzte Reihe im Allgemeinen convergiren soll, wie es nach Voraussetzung der Fall ist. Nun ist auf diese Function das von den Herren Heine und G. Cantor benutzte Verfahren anzuwenden.

---

1) Borchardt's Journ. für Math. Bd. 72. 1870. „Ueber einen die trigonometrischen Reihen betreffenden Lehrsatz", und Math. Annalen. Bd. 4. 1871. Ueber trigonometrische Reihen.

2) Borchardt's Journ. für Math. Bd. 72. 1870. Beweis, dass eine für jeden reellen Werth etc. . . . .

3) Borchardt's Journ. für Math. Bd. 73. 1871. Notiz zur vorerwähnten Abhandlung.

Man bildet die Riemann'sche Function:

$$F(x) = c_0 \frac{x^2}{2} - c_1 - \frac{c_2}{4} - \frac{c_3}{9} - \dots$$

so muss

$$\frac{F(x+\alpha) - 2\,F(x) + F(x-\alpha)}{\alpha^2}$$

ausser an einer endlichen Anzahl von Punkten gegen Null convergiren. Dann muss aber nach einem von Herrn H. A. Schwarz gegebenen Beweis $F(x)$ eine lineare Function sein (pag. 265, Anm. 2), und zwar, wie Herr Heine gezeigt hat, in jedem der durch Unstetigkeitspunkte getrennten Intervalle dieselbe lineare Function $cx + c'$. Also muss

$$c_0 \frac{x^2}{2} - cx - c' = c_1 + \frac{c_2}{4} + \frac{c_3}{9} + \dots \text{ sein.}$$

Indem man nun mit $\cos n(x - t)$ multiplicirt, und von $-\pi$ bis $+\pi$ integrirt, ermittelt man, dass für jedes n und jedes t $c_n \sin nt + d_n \cos nt$ und somit auch c_n und d_n selbst verschwinden müssen. Damit ist bewiesen, dass eine im Allgemeinen stetige Function, die nur eine endliche Anzahl von Stetigkeitsunterbrechungen erleidet und nicht unendlich viele Maxima und Minima hat, nur auf eine Weise in eine im Allgemeinen convergente trigonometrische Reihe entwickelt werden kann.

Es ist aber Herrn G. Cantor durch die erfolgreiche Anwendung eines Weierstrass'schen Satzes gelungen, den Satz von der Einheit der Entwicklung auch auf Functionen auszudehnen[1]), die unendlich viel Unstetigkeiten haben, wenn diese nur in gewisser Weise vertheilt sind. Wenn eine unendliche Anzahl bestimmter Stellen gegeben ist, so giebt es nach einem Satze, den Herr Weierstrass in seinen Vorlesungen beweist, in dem Gebiete dieser Stellen mindestens eine Stelle, in deren Umgebung unendlich viele definirte Stellen liegen. Es kann aber auch mehrere, und auch unendlich viele solcher Stellen geben, und wir wollen ihre Gesammtheit mit Herrn G. Cantor die erste abgeleitete Punktmenge nennen. Enthält diese wieder unendlich viele Punkte, so kann man eine zweite Punktmenge ableiten u. s. f. Kommt man auf diese Weise zu einer Punktmenge, die nur aus einer endlichen Anzahl von Punkten besteht, so lässt sich der Beweis für die Eindeutigkeit der Entwicklung auf diesen Fall ausdehnen. Es kommt darauf an zu zeigen, dass in jedem der durch die Unstetigkeitspunkte getrennten Strecken $F(x)$ dieselbe lineare Function von x ist.

Nun lässt sich zeigen, dass in jedem der Intervalle, deren Endpunkte

---

1) Math. Annalen Bd. 5. 1872. Ueber die Ausdehnung eines Satzes aus der Theorie der trigonometrischen Reihen.

durch die Punkte der ersten abgeleiteten Punktmenge bezeichnet sind, nur eine endliche Anzahl von Unstetigkeitspunkten liegen kann, so dass nun wieder der Heine'sche Beweis für jedes dieser Intervalle eintritt. Durch Iterationen dieses Verfahrens, deren Anzahl eine endliche sein muss, weil die letzte abgeleitete Punktmenge nur eine endliche Anzahl von Punkten besitzen soll, zeigt man, dass $F(x)$ überall dieselbe lineare Function ist.

Wir haben daher den Satz: „Eine endliche Function, die in der Weise unendlich viele Unstetigkeiten besitzt, dass es eine abgeleitete Punktmenge von einer endlichen Anzahl von Punkten giebt, und überhaupt in eine trigonometrische Reihe entwickelbar ist, kann nur auf eine Weise in eine solche entwickelt werden.“ Eine derartige Function ist, wenn sie nicht unendlich viele Maxima und Minima hat, integrirbar; also convergirt die Fourier'sche Reihe für sie, wo sie convergirt, gegen den Werth der Function, und ist die einzig mögliche Reihenentwicklung.

In dem ganzen Gebiete dieser Functionen müssen daher die Coefficienten der Reihenentwicklung die Fourier'sche Gestalt haben, und ein Beweis, dass dies wirklich so sei, führt nur auf einem andern Wege zu demselben Ziele, wie der Heine-Cantor'sche Beweis von der Eindeutigkeit der Entwicklung. Ebenso wie umgekehrt ein Beweis, dass die Reihenentwicklung der Functionen aus diesem Gebiete nur die Fourier'schen Coefficienten haben kann, den Satz von der Einheit der Entwicklung in diesem Gebiete ersetzt. Derartige Beweise sind denn auch in der That von den Herren Dini [1]) und Ascoli [2]) gegeben worden, sie gelten aber nur für ein beschränkteres Functionengebiet, als dasjenige ist, für welches der Heine-Cantor'sche Beweis gilt, geben also keine Erweiterung der Theorie.

Wohl aber haben wir eine Erweiterung der Theorie darin zu erkennen, wenn Herr P. du Bois-Reymond [3]) nachweist, „dass, wie man auch eine Function $f(x)$ in eine Reihe $f(x) = \sum_{n=0}^{\infty} (a_n \sin nx + b_n \cos nx)$, deren Coefficienten a_n und b_n zuletzt unendlich klein werden, entwickeln möge, die Coefficienten doch immer die Gestalt haben:

$$b_0 = \frac{1}{2\pi}\int_{-\pi}^{+\pi} f(\alpha)d\alpha;$$

1) Siehe pag. 247. Anm. 2. daselbst Art. 4.

2) Siehe pag. 252. Anm. daselbst Art. III. und Math. Annalen Bd. 6. 1873. pag. 231—240.

3) Abhandlungen der Bayerischen Akademie. Bd. XII, I. 1875. pag. 117—167. „Beweis, dass die Coefficienten etc.“

$$a_n = \frac{1}{\pi}\int_{-\pi}^{+\pi} f(\alpha)\sin n\alpha d\alpha; \qquad b_n = \frac{1}{\pi}\int_{-\pi}^{+\pi} f(\alpha)\cos n\alpha d\alpha,$$

jedesmal, wenn diese Integrale einen Sinn haben". Der Zusatz „deren Coefficienten a_n und b_n unendlich klein werden" fehlt zwar in dem du Bois-Reymond'schen Satze, muss aber doch gemacht werden, da er in dem Beweise (a. a. O. pag. 141) nothwendig gebraucht wird. Der obige Satz schliesst den Satz von der Einheit der Entwicklung nothwendig in sich, und indem er die Folgerung enthält, dass es für alle Functionen, deren Entwickelbarkeit in eine trigonometrische Reihe nachgewiesen ist, nur eine einzige solche giebt, und dieses die Fourier'sche ist, giebt er allen bisherigen Untersuchungen die gewünschte Vervollständigung.

Es sollen nun die Grundzüge der du Bois-Reymond'schen Beweisführung angegeben werden. Bis auf Weiteres soll die zu behandelnde Function endlich bleiben. Zunächst wird der Beweis für die stetigen Functionen, welche nicht unendlich viele Maxima und Minima haben gegeben, wie ihn im Allgemeinen auch schon die Herren Dini und Ascoli angegeben haben.

Man bilde die Riemann'sche Function

$$\text{I)}\quad F(x) = b_0\frac{x^2}{2} - \sum_{n=1}^{\infty}\frac{a_n \sin nx + b_n \cos nx}{n^2}.$$

Es ist nothwendig für jeden Werth von x zwischen $-\pi$ und $+\pi$

$$\frac{d^2}{dx^2}\int_{-\pi}^{x} d\alpha \int_{-\pi}^{\alpha} d\beta f(\beta) = f(x).$$

Bildet man nun

$$\Phi(x) = F(x) - \int_{-\pi}^{x} d\alpha \int_{-\pi}^{\alpha} d\beta f(\beta),$$

so folgt

$$\lim_{\varepsilon=0} \frac{\Phi(x+\varepsilon) - 2\Phi(x) + \Phi(x-\varepsilon)}{\varepsilon^2} = \frac{\Delta^2\Phi(x)}{\varepsilon^2} = 0$$

und daraus $\Phi(x) = c_0 + c_1 x$.

Also

$$\text{II)}\quad F(x) = \int_{-\pi}^{x} d\alpha \int_{-\pi}^{\alpha} d\beta f(\beta) + c_0 + c_1 x.$$

Wenn man I) mit $\sin n\alpha$, $\cos n\alpha$, 1 multiplicirt und integrirt, so folgt:

$$\int_{-\pi}^{+\pi} F(\alpha) \sin n\alpha \, d\alpha = \qquad\qquad - \frac{a_n}{n^2} \cdot \pi .$$

$$\int_{-\pi}^{+\pi} F(\alpha) \cos n\alpha \, d\alpha = (-1)^n \frac{2\pi . b_0}{n^2} - \frac{b_n}{n^2} \cdot \pi .$$

$$\int_{-\pi}^{+\pi} F(\alpha) \, d\alpha \qquad = - \frac{\pi^3}{3} \cdot b_0 .$$

Man setze nun für $F(x)$ den Ausdruck II) ein, und ermittele den Werth der Integrale durch partielle Integration. Indem man n unendlich werden lässt, findet man unter Zuhilfenahme des hier geltenden Satzes, dass $\int_{-\pi}^{+\pi} f(\alpha) \sin n\alpha dx$ und $\int_{-\pi}^{+\pi} f(\alpha) \cos n\alpha d\alpha$ und a_n und b_n zuletzt verschwinden, dass zunächst

$$c_0 = \frac{1}{4\pi} \int_{-\pi}^{+\pi} f(\alpha) \left(\frac{\pi^2}{3} - (\pi - \alpha)^2\right) d\alpha;$$

$$c_1 = - \frac{1}{2\pi} \int_{-\pi}^{+\pi} f(x) (\pi - \alpha) \, d\alpha; \quad b_0 = \frac{1}{2\pi} \int_{-\pi}^{+\pi} f(\alpha) \, d\alpha$$

ist, und alsdann, dass

$$a_n = \frac{1}{\pi} \int_{-\pi}^{+\pi} f(\alpha) \sin n\alpha d\alpha; \quad b_n = \frac{1}{\pi} \int_{-\pi}^{+\pi} f(\alpha) \cos n\alpha d\alpha$$

für jedes n ist. Was für stetige Functionen somit nachgewiesen ist, kann man nun nach der Heine-Cantor'schen Methode auf alle Functionen ausdehnen, die nur eine endliche Anzahl von Maximis und Minimis besitzen, und in der Weise unendlich viele Unstetigkeiten, dass eine abgeleitete Punktmenge von einer endlichen Anzahl von Punkten existirt.

Wenn aber die Function nur der Bedingung, integrirbar zu sein, unterworfen ist, so kann nicht mehr behauptet werden, dass dann $\lim_{\varepsilon = 0} \frac{\Delta^2 \Phi(x)}{\varepsilon^2}$ überall gleich Null ist.

Denn die Function hat hier nicht nothwendig in jedem Punkte einen bestimmten Werth; ihr Werth kann zwischen einer unteren und oberen Grenze hin und her schwanken. Bezeichnen wir die Summe der oberen und der unteren Grenze einer Function $f(x)$ an einer Stelle x mit $S(x)$, und ihre Differenz mit $D(x)$, so kann man offenbar dem Werthe der Function die Gestalt $f(x) = S(x) + jD(x)$ geben, wo j eine zwischen -1 und $+1$ liegende reelle Zahl ist, und $S(x)$ und $D(x)$ zum bestimmte Werthe sind. Wenn man nun ganz nach der von Riemann (art. 8) angewandten Methode $\lim_{\varepsilon=0} \frac{\Delta^2 F(x)}{\varepsilon^2}$ bildet, so findet man, dass dieser die Gestalt hat

$$\lim_{\varepsilon=0} \frac{\Delta^2 F(x)}{\varepsilon^2} = S(x) + j\left(\frac{1}{2} + \frac{1}{\pi^2} + \frac{1}{\pi}\right) D(x).$$

Desgleichen hat man $\lim_{\varepsilon=0} \frac{\Delta^2 F_1(x)}{\varepsilon^2}$ zu bilden für

$$F_1(x) = \int_{-\pi}^{x} dx \int_{-\pi}^{\alpha} f(\beta)\,d\beta$$

und erhält

$$\lim_{\varepsilon=0} \frac{\Delta^2 F_1(x)}{\varepsilon^2} = S(x) + j_1 \cdot D(x),$$

wo j_1 ebenfalls zwischen -1 und $+1$ liegt. Da nun $\Phi(x) = F(x) - F_1(x)$ ist, so ist der grösste Werth, den $\lim_{\varepsilon=0} \frac{\Delta^2 \Phi(x)}{\varepsilon^2}$ annehmen kann:

$$\left(\frac{1}{2} + \frac{1}{\pi^2} + \frac{1}{\pi}\right) D(x).$$

Es ist also nicht nachweisbar, dass für jeden Werth von x $\lim_{\varepsilon=0} \frac{\Delta^2 \Phi(x)}{\varepsilon^2} = 0$ ist. Nichtsdestoweniger lässt sich mit Hilfe der Bedingung der Integrirbarkeit für $f(x)$ zeigen, dass $\Phi(x)$ eine lineare Function von x ist. Sobald dies bewiesen ist, tritt wieder der pag. 268 und 269 geführte Beweis in Kraft. Das Intervall von x bis $x + a$ theilen wir durch die Punkte:

$$x,\ x + \delta_1,\ x + \delta_1 + \delta_2,\ \ldots,\ x + \delta_1 + \delta_2 + \ldots + \delta_{n-1},\ x + a$$

in Intervalle, und bilden die Summe:

$$D(x + \varrho_1 \delta_1)\,\delta_1 + D(x + \delta_1 + \varrho_2 \delta_2)\,\delta_2 + \ldots\ldots + D(x + \delta_1 + \delta_2 + \ldots + \varrho_n \delta_n)\,\delta_n,$$

wo die ϱ positive echte Brüche sind.

Diese Summe muss vermöge der Bedingung der Integrirbarkeit verschwinden mit verschwindenden δ. Es muss also erst recht verschwinden mit verschwindenden δ:

$$\lim_{\varepsilon=0} \frac{\Delta^2}{\varepsilon^2} \Big\{\Phi(x + \varrho_1 \delta_1)\,\delta_1 + \Phi(x + \delta_1 + \varrho_2 \delta_2)\,\delta_2 + \ldots\ldots + \Phi(x + \delta_1 + \delta_2 + \ldots \varrho_n \delta_n)\,\delta_n\Big\}$$

oder es ist

$$\lim_{\varepsilon=0} \frac{\Delta^2}{\varepsilon^2} \int_0^a \Phi(x+\alpha)\, d\alpha = 0.$$

Daraus folgt nach dem von Herrn H. A. Schwarz bewiesenen Satze, dass

$$\int_0^a \Phi(x+\alpha)\, d\alpha = c_0 + c_1 x$$

ist, wo c_0 und c_1 Constanten sind. Nun ist

$$\int_0^a \Phi(x+\alpha)\, d\alpha = \int_0^a F(x+\alpha)\, d\alpha - \int_0^a F_1(x+\alpha)\, d\alpha.$$

Bezeichnet α_1 einen mittleren Werth der zwischen 0 und a gelegenen Werthe von α, so ist $\int_0^a \Phi(x+\alpha)\, d\alpha$ bei unendlich klein werdendem a

$$\text{gleich } F(x+\alpha_1) - F_1(x+\alpha_1) = \frac{c_0}{a} + \frac{c_1}{a} \cdot x.$$

Lässt man dann a gleich Null werden, so erhalten $F(x)$ und $F_1(x)$ bestimmte Werthe, und dies muss demgemäss auch bei $\frac{c_0}{a}$ und $\frac{c_1}{a}$ der Fall sein. Daher wird

$$F(x) - F_1(x) = c'_0 + c'_1 x,$$

wo c'_0 und c'_1 Constanten sind, und damit sind wir auf den früheren Beweis zurückgeführt.

Wird die Function an einer Stelle unendlich, so müssen die Riemannschen Bedingungen (siehe pag. 253) eintreten.

Hiermit hoffe ich die wesentlichsten Untersuchungen über die Darstellbarkeit willkürlicher Functionen einer Variablen durch trigonometrische Reihen berührt zu haben, welche seit der Abfassung der Riemann'schen Abhandlung erschienen sind, und es bleibt mir nun noch übrig, das von Herrn H. A. Schwarz gegebene Beispiel einer stetigen Function anzuführen, für welche die Fourier'sche Reihe nicht überall convergirt.

V.

Das Intervall von $\frac{\pi}{2}$ bis 0 sei in unendlich viele bis zur Null kleiner werdende Theilintervalle:

$$\frac{\pi}{2} \cdots \frac{\pi}{[1]}, \frac{\pi}{[1]} \cdots \frac{\pi}{[2]}, \cdots, \frac{\pi}{[\lambda-1]} \cdots \frac{\pi}{[\lambda]}, \cdots, \frac{\pi}{[\mu]} \cdots 0.$$

eingetheilt, wo $[\lambda] = 1 . 3 . 5 \ldots (2\lambda + 1)$ für $\lambda = 1, 2, 3, \ldots \mu$ und $\lim \mu = \infty$ sein soll. In dem λten Intervalle sei eine Function $f(\beta)$ durch die Gleichung $f(\beta) = c_\lambda . \sin [\lambda]\beta$ definirt, wo $c_1, c_2, c_3, \ldots c_\mu \ldots$ eine bis zur Null abnehmende Werthreihe bilden sollen. Diese Function ist von vornherein stetig; sie nimmt, wenn sich β der Stelle 0 nähert, mit unendlich vielen Maximis und Minimis von unendlich kleiner Amplitude ab, und es soll festgesetzt werden, dass sie bei $\beta = 0$ selbst den Werth 0 hat. Um nun zu sehen, ob die Fourier'sche Reihe, welche im Uebrigen die Function darstellt, auch noch an dieser Stelle den Functionswerth ergiebt, hat man den Werth des Integrals

$$J = \lim_{k = \infty} \int_0^{\frac{\pi}{2}} f(\beta) \frac{\sin k\beta}{\sin \beta} d\beta$$

zu untersuchen. Es wird sich zeigen, dass dieses Integral nicht convergirt. Wir lassen k wie $[\mu]$ mit wachsendem μ unendlich werden, und theilen das Integral nach den vorbezeichneten Intervallen in Theilintegrale; so ergiebt sich:

$$J = \int_0^{\frac{\pi}{2}} f(\beta) \frac{\sin [\mu]\beta}{\sin \beta} = c_{\mu+1} \int_0^{\frac{\pi}{[\mu]}} \sin [\mu + 1] \beta \frac{\sin [\mu]\beta}{\sin \beta} d\beta$$

$$+ c_\mu \int_{\frac{\pi}{[\mu]}}^{\frac{\pi}{[\mu - 1]}} \frac{\sin^2 [\mu]\beta}{\sin \mu} d\beta + \sum_{\lambda = \mu - 1}^{2} c_\lambda \int_{\frac{\pi}{[\lambda]}}^{\frac{\pi}{[\lambda - 1]}} \sin [\lambda] \beta \frac{\sin [\mu]\beta}{\sin \beta} d\beta$$

$$+ c_1 \int_{\frac{\pi}{[1]}}^{\frac{\pi}{2}} \sin [\beta] \frac{\sin [\mu] \beta}{\sin \beta}.$$

Diese vier Theile untersuchen wir nun einzeln. Das erste Integral wird in Theilintegrale zerlegt, so dass in jedem derselben $\sin [\mu + 1]\beta$ von demselben Zeichen ist. Dann folgt unter Anwendung eines bekannten Mittelwerthsatzes, dass das Integral nicht grösser sein kann, als

$\int_0^{\frac{\pi}{[\mu]}} \frac{\sin [\mu]\beta}{\sin \beta} d\beta$, also nicht grösser, als das Dirichletsche ϱ_0, und dieses ist

nicht grösser als $\frac{\pi}{2} + \frac{2}{\pi}$. Daher ist der erste Theil von J kleiner als $c_{\mu+1} \left(\frac{\pi}{2} + \frac{2}{\pi}\right)$, und verschwindet also mit wachsendem μ.

Für ein Theilintegral J'_λ des dritten Theils ist die pag. 257 gegebene Abschätzungsformel anzuwenden. Darnach ist:

$$J'_\lambda = c_\lambda \int\limits_{\frac{\pi}{[\lambda]}}^{\frac{\pi}{[\lambda-1]}} \sin[\lambda]x \frac{\sin[\mu]\beta}{\sin\beta}\, d\beta < \frac{2\mu c_\lambda}{\frac{\pi\cdot\mu}{[\lambda]}} + \frac{\pi}{2}\cdot c_\lambda \int\limits_{\frac{\pi}{[\lambda]}}^{\frac{\pi}{[\lambda-1]}} \frac{\sigma_q[\beta]}{\beta}\, d\beta$$

$\sigma[\beta]$ ist im $q$ten Intervalle von $\frac{q\pi}{[\mu]}$ bis $(q+1)\frac{\pi}{[\mu]}$ gleich $\sigma_q(\beta)$, dem absoluten Betrage der grössten Schwankung der Function $\sin[\lambda]\beta$ in diesem Intervalle.

Da nun die Differenz zweier Sinus allemal kleiner ist, als die Differenz der zugehörigen Argumente, so ist

$$\sigma_q(\beta) < (q+1)\frac{\pi}{[\mu]}\cdot[\lambda] - q\cdot\frac{\pi}{[\mu]}\cdot[\lambda]$$

$$\text{also } \sigma_q(\beta) < \pi\cdot\frac{[\lambda]}{[\mu]}.$$

Daher ist:

$$J'_\lambda < 2\,c_\lambda\cdot\frac{[\lambda]}{[\mu]} + \frac{\pi}{2}\cdot c_\lambda\cdot\pi\cdot\frac{[\lambda]}{[\mu]}\int\limits_{\frac{\pi}{[\lambda]}}^{\frac{\pi}{[\lambda-1]}}\frac{d\beta}{\beta},$$

$$J'_\lambda < 2\,c_\lambda\cdot\frac{[\lambda]}{[\mu]} + \frac{\pi^2}{2}\cdot c_\lambda\frac{[\lambda]}{[\mu]}\cdot\log(2\lambda+1).$$

Bildet man nun $\sum\limits_{\lambda=\mu-1}^{2} J'_\lambda$, so erhält man für den dritten Theil:

$$\sum_{\lambda=\mu-1}^{2} J'_\lambda < 2\,c_1\sum_{\lambda=\mu-1}^{2}\frac{[\lambda]}{[\mu]} + \frac{\pi^2}{2}\cdot c_1\sum_{\lambda=\mu-1}^{2}\frac{[\lambda]}{[\mu]}\cdot\log(2\lambda+1),$$

$$\sum_{\lambda=\mu-1}^{2} J'_\lambda - 2\,c_1\sum_{\lambda=\mu-1}^{2}\frac{[\lambda]}{[\mu]} < \frac{\pi^2}{2}\,c_1\left\{\frac{\log(2\mu-1)}{2\mu+1} + \frac{\log(2\mu-3)}{(2\mu+1)(2\mu-1)} + \dots\right.$$

$$\left.\dots + \frac{\log 5}{(2\mu+1)(2\mu-1)\dots 9.7}\right\},$$

$$\sum_{\lambda=\mu-1}^{2} J'_\lambda - 2\,c_1\sum_{\lambda=\mu-1}^{2}\frac{[\lambda]}{[\mu]} < \frac{\pi^2}{2}\cdot c_1\,\frac{\log(2\mu-1)}{2\mu-1}\left\{1 + \frac{1}{2\mu-1}\right.$$

$$\left. + \frac{1}{(2\mu-1)(2\mu-3)} + \dots\frac{1}{(2\mu-1)\dots 9.7}\right\},$$

$$\sum_{\lambda=\mu-1}^{2} J'_\lambda - 2\,c_1\sum_{\lambda=\mu-1}^{2}\frac{[\lambda]}{[\mu]} < \pi^2 c_1\cdot\frac{\log(2\mu-1)}{2\mu+1}$$

mit wachsendem μ. Mit unendlich wachsendem μ wird

$$\sum_{\lambda=\mu-1}^{2} J'_{\lambda} - 2\,c_1 \sum_{\lambda=\mu-1}^{2} \frac{[\lambda]}{[\mu]} \text{ gegen } \sum_{\lambda=\mu-1}^{2} J'_{\lambda}$$

zugleich aber auch gegen Null convergiren, da $2\mu + 1$ stärker une wird, als $\log(2\mu - 1)$. Ebenso wie hiernach mit unendlich wachsen der dritte Theil gegen Null convergirt, kann man dies mit Hilfe der Abschätzungsformel vom vierten Theile zeigen. Es bleibt noch zweite Theil

$$c_\mu \int_{\frac{\pi}{[\mu]}}^{\frac{\pi}{[\mu-1]}} \frac{\sin^2[\mu]\beta}{\sin\beta}\, d\beta$$

zu untersuchen übrig. Da sämmtliche Elemente desselben positiv sin ist das Integral

$$\int_{\frac{\pi}{[\mu]}}^{\frac{\pi}{[\mu-1]}} \frac{\sin^2[\mu]\beta}{\sin\beta}\, d\beta = J'' > \int_{\frac{\pi}{[\mu]}}^{\frac{\pi}{[\mu-1]}} \frac{\sin^2[\mu]\beta}{\sin\beta}\, d\beta.$$

Nun kann man leicht zeigen, dass auch

$$J'' > \int_{\frac{\pi}{[\mu]}}^{\frac{\pi}{[\mu-1]}} \frac{\cos^2[\mu]\beta}{\beta}\, d\beta$$

ist, und erhält daher durch Addition der beiden letzten Ungleichung

$$J'' > \tfrac{1}{2} \int_{\frac{\pi}{[\mu]}}^{\frac{\pi}{[\mu-1]}} \frac{d\beta}{\beta}, \text{ also auch } > \tfrac{1}{2} \int_{\frac{\pi}{[\mu]}}^{\frac{\pi}{[\mu-1]}} \frac{d\beta}{\beta}.$$

Es ist daher $c_\mu J'' > \frac{1}{2} c_\mu \log(\mu + \frac{1}{2})$. Wählt man nun die Werthreil c_μ so, dass $\lim_{\mu=\infty} c_\mu \log(\mu + \frac{1}{2})$ unendlich wird, während c_1 e bleibt, und c_μ doch mit wachsendem μ unendlich klein wird, so wir zweite Theil von J unendlich gross. Dies tritt z. B. ein, wenn ma die c_μ eine Reihe wählt, die wie die absoluten Beträge von $\frac{1}{\sqrt{\log(\mu}}$ mit wachsendem μ abnimmt. Denn dann wird der zweite Theil v selbst $< \frac{1}{2}\log(\mu + \frac{1}{2})$ also unendlich gross mit unendlich wachsend Damit ist nachgewiesen, dass die Fourier'sche Reihe, welche die angeg stetige Function sonst darstellt, an der Stelle Null nicht convergirt.

Anmerkung.

Vorstehende Abhandlung ist zuerst im Mai 1879 als Inauguraldissertation in Göttingen erschienen. Herr P. du Bois-Reymond hat sich bewogen gefühlt, gegen dieselbe im Mai 1880 eine Schrift unter dem Titel: „Zur Geschichte der trigonometrischen Reihen, eine Entgegnung" (Tübingen) erscheinen zu lassen. Eine von mir verfasste Anzeige derselben findet sich in den Göttinger gelehrten Anzeigen. 1880. Stück 31. Die Einwendungen des Herrn P. du Bois-Reymond, soweit sie sachlich sind, habe ich in Erwägung gezogen und auf pagg. 241 und 248 mit Dank benutzt; auf pagg. 242 und 243 sind Aenderungen in der Wortfassung vorgenommen worden, und grössere Ausführlichkeit ist der Kritik der du Bois-Reymond'schen Auffassung des bestimmten Integrals auf pagg. 250 und 251 ertheilt worden.

Arnold Sachse.

Inhaltsangabe.

I. Angabe des Problems, dessen Geschichte behandelt werden soll. Ueber die Entstehung des Begriffes einer willkürlichen Function. Definition der Fourier'schen Reihe. Ueber die Priorität der Auffindung der Coefficientenbestimmung dieser Reihe. Das Poisson'sche Integral. Der Cauchy'sche Versuch, die Convergenz der Fourier'schen Reihe zu beweisen, und daran sich knüpfende Erörterungen, ob der Cauchy'sche Satz und ähnliche überhaupt zum Ziel führen können.

II. Die Dirichlet'sche Abhandlung. Ihre Bedeutung für die Klärung der Fundamente der Analysis. Dirichlet's Beweis für die Convergenz der Fourier'schen Reihe. Reduction der die Function beschränkenden Bedingungen. Ueber den Begriff der Darstellbarkeit einer Function. Ueber den Mittelwerth an den Unstetigkeitsstellen. Dirichlet's Ansicht über die von ihm nicht erledigten Fälle. Seine Definition des bestimmten Integrals. Sein Irrthum in Betreff der stetigen Functionen. Ueber das Verhältniss der Darstellung einer willkürlichen Function zur Naturerklärung. Die Lipschitz'sche Bedingung für die Functionen mit unendlich vielen Maximis und Minimis. Ueber das Verhältniss der gefundenen Bedingungen zu den noth-

III. Die Riemann'sche Habilitationsschrift. Ihr Ziel. Die vorbereitenden Auseinandersetzungen über einige Fundamentalsätze der Analysis. Die beiden Riemann'schen Bedingungen; sie sind hinreichend, und auch nothwendig, aber in einem andern Sinne, als dem bisherigen. Die daraus abzuleitenden Resultate über die Darstellbarkeit. Ueber das Unendlichwerden der Functionen. Ueber das schliessliche Verschwinden der Fourier'schen Coefficienten. Die Convergenz der Fourier'schen Reihe hängt nur von dem Verhalten der Function in der unmittelbaren Umgebung der betrachteten Stelle ab. Beweis dafür mit Hülfe einer Abschätzungsformel von Herrn H. A. Schwarz. Mit deren Hülfe auch Ableitung der Lipschitz'schen Bedingung. Ueber die Functionen mit unendlich vielen Maximis und Minimis.

IV. Ueber die Eindeutigkeit der Entwicklung einer Function in eine trigonometrische Reihe. Die Aufklärung über die Cauchy'sche Ansicht betreffend die Integration einer unendlichen Reihe durch Herrn Weierstrass. Definition des Begriffes der Convergenz in gleichem Grade. Die erste Aufstellung dieses Begriffes durch Herrn Seidel. Durch die Weierstrass'sche Bemerkung waren eine Reihe der bisherigen Beweise in Frage gestellt. Insbesondere der Satz von der Eindeutigkeit der Entwicklung. Heine's Beweis, dass die Fourier'sche Reihe in gleichem Grade convergirt. Vervollständigung dieses Beweises. Der Heine'sche Beweis für die Eindeutigkeit der Entwicklung der stetigen Functionen, die nicht unendlich viele Maxima und Minima haben. Cantor's Fortführung der Heine'schen Untersuchungen ohne Voraussetzung der Convergenz in gleichem Grade. Ihre Ausdehnung auf unendlich oft unstetige Functionen besonderer Art. Ueber das Verhältniss der Heine-Cantor'schen Sätze über die Eindeutigkeit der Entwicklung zu dem Satze, dass die Coefficienten einer convergenten trigonometrischen Reihenentwicklung einer Function die Fourier'sche Form haben müssten. Beide erreichen dasselbe in einem gewissen Functionenbereich. Ausdehnung des zweiten Satzes zu seiner weitesten Brauchbarkeit durch Herrn P. du Bois-Reymond. Dessen Beweismethode.

V. Einfaches Beispiel einer stetigen Function, für welche die Fourier'sche Reihe, welche die Function sonst darstellt, an einer Stelle nicht convergirt.

2[a]

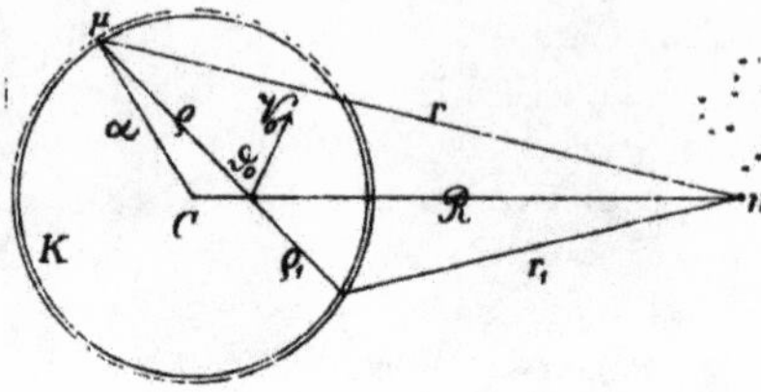

Fig. 4.

F

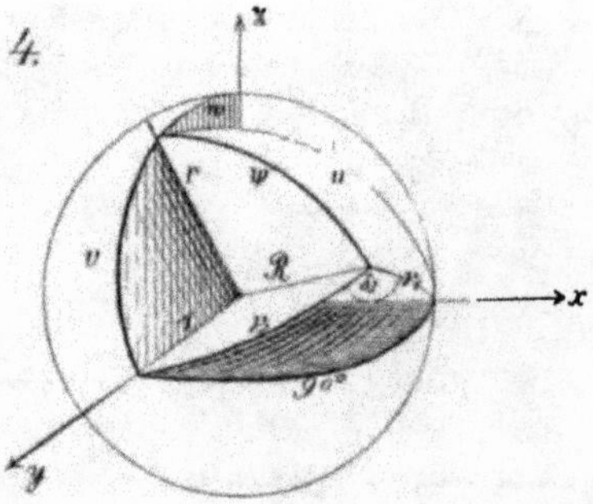

7.

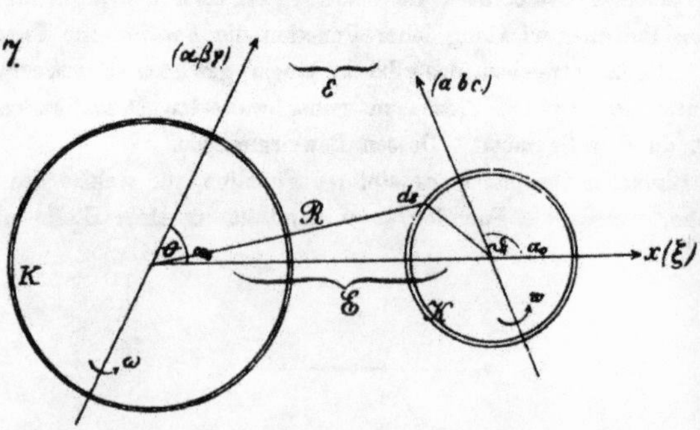

Zeit

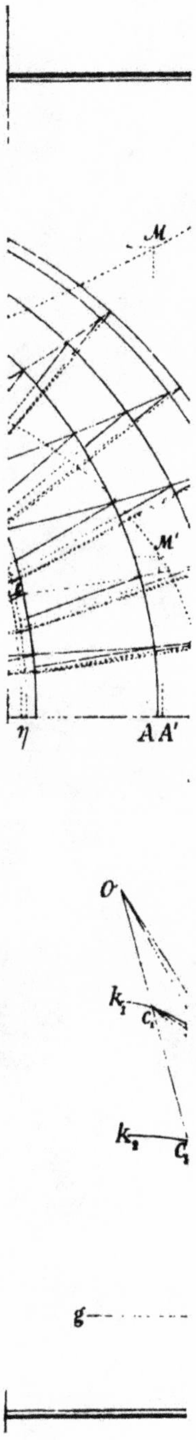

M
M'
η
A A'
O
k_1
c_1
k_2
c_2
g

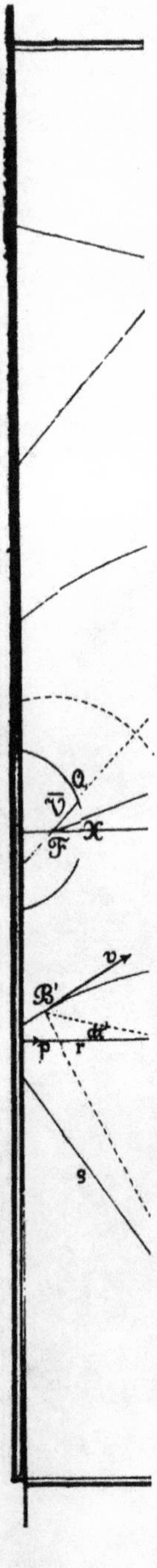
Q
V̄
F
B'
v
p
r
s

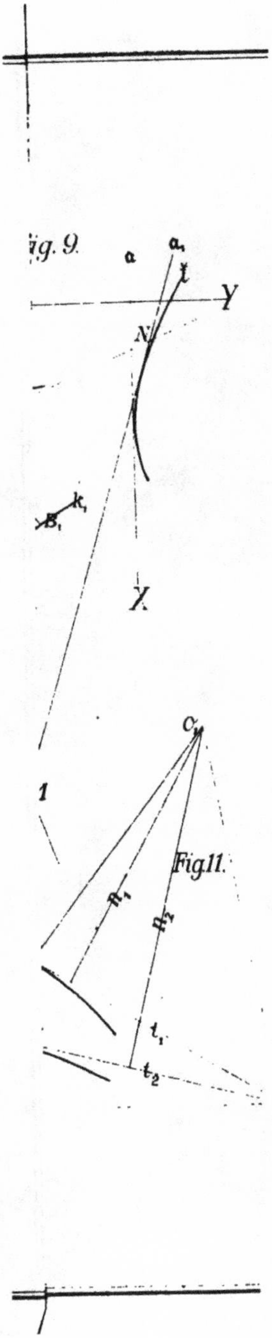
ig. 9.
a
a₁
t
Y
N
k₁
B₁
X
1
C
Fig.11.
n₁
n₂
t₁
t₂

Fig. 4.

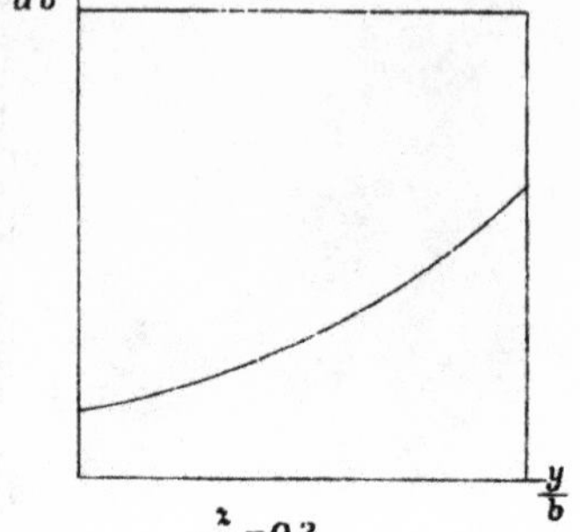

$\frac{z}{b} = 0{,}3.$

Fig. 9.

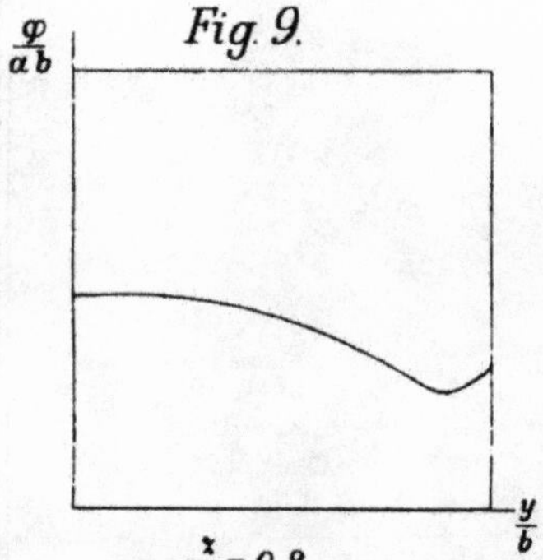

$\frac{z}{b} = 0{,}8.$

Fig. 14.

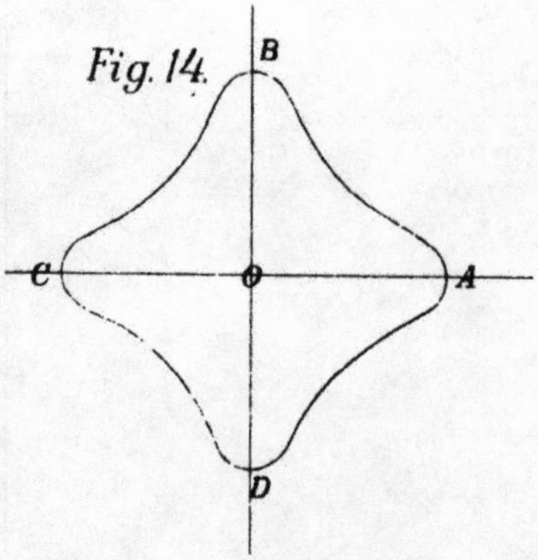

Tafel VII

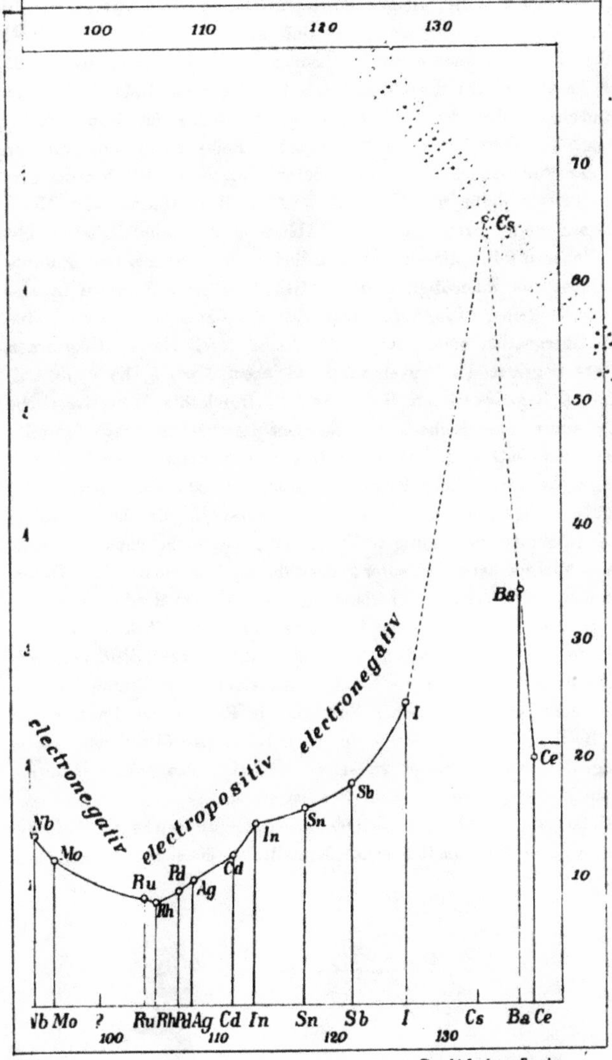

Fliegel & Sandmann, Dresden.

III. Die Riemann'sche Habilitationsschrift. Ihr Ziel. Die vorbereitenden Auseinandersetzungen über einige Fundamentalsätze der Analysis. Die beiden Riemann'schen Bedingungen; sie sind hinreichend, und auch nothwendig, aber in einem andern Sinne, als dem bisherigen. Die daraus abzuleitenden Resultate über die Darstellbarkeit. Ueber das Unendlichwerden der Functionen. Ueber das schliessliche Verschwinden der Fourier'schen Coefficienten. Die Convergenz der Fourier'schen Reihe hängt nur von dem Verhalten der Function in der unmittelbaren Umgebung der betrachteten Stelle ab. Beweis dafür mit Hülfe einer Abschätzungsformel von Herrn H. A. Schwarz. Mit deren Hülfe auch Ableitung der Lipschitz'schen Bedingung. Ueber die Functionen mit unendlich vielen Maximis und Minimis.

IV. Ueber die Eindeutigkeit der Entwicklung einer Function in eine trigonometrische Reihe. Die Aufklärung über die Cauchy'sche Ansicht betreffend die Integration einer unendlichen Reihe durch Herrn Weierstrass. Definition des Begriffes der Convergenz in gleichem Grade. Die erste Aufstellung dieses Begriffes durch Herrn Seidel. Durch die Weierstrass'sche Bemerkung waren eine Reihe der bisherigen Beweise in Frage gestellt. Insbesondere der Satz von der Eindeutigkeit der Entwicklung. Heine's Beweis, dass die Fourier'sche Reihe in gleichem Grade convergirt. Vervollständigung dieses Beweises. Der Heine'sche Beweis für die Eindeutigkeit der Entwicklung der stetigen Functionen, die nicht unendlich viele Maxima und Minima haben. Cantor's Fortführung der Heine'schen Untersuchungen ohne Voraussetzung der Convergenz in gleichem Grade. Ihre Ausdehnung auf unendlich oft unstetige Functionen besonderer Art. Ueber das Verhältniss der Heine-Cantor'schen Sätze über die Eindeutigkeit der Entwicklung zu dem Satze, dass die Coefficienten einer convergenten trigonometrischen Reihenentwicklung einer Function die Fourier'sche Form haben müssten. Beide erreichen dasselbe in einem gewissen Functionenbereich. Ausdehnung des zweiten Satzes zu seiner weitesten Brauchbarkeit durch Herrn P. du Bois-Reymond. Dessen Beweismethode.

V. Einfaches Beispiel einer stetigen Function, für welche die Fourier'sche Reihe, welche die Function sonst darstellt, an einer Stelle nicht convergirt.

2.a

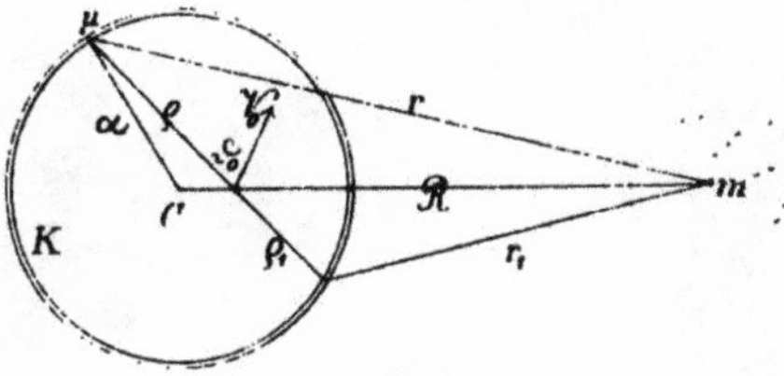

Fig. 4.
F

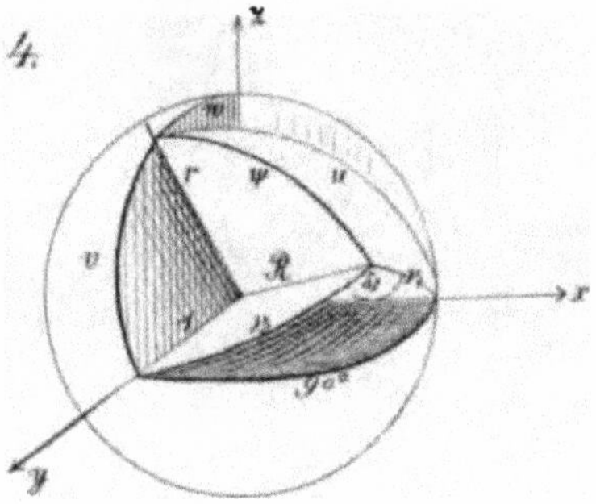

7.

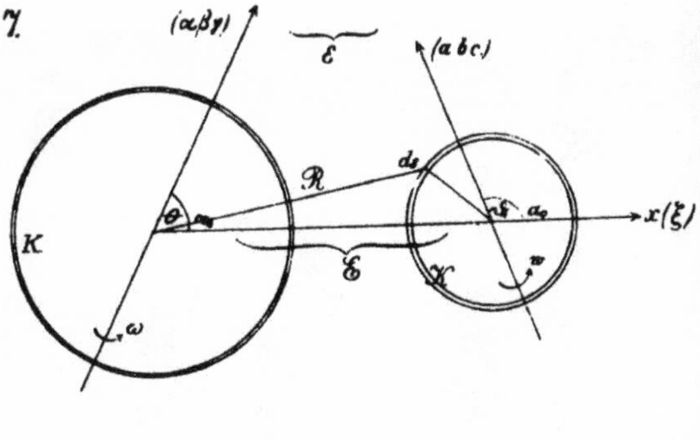

CPSIA information can be obtained
at www.ICGtesting.com
Printed in the USA
LVHW040718040423
743358LV00001B/150

9 783382 009656